中国精怪故事

上

ZHONGGUO
JINGGUAI
GUSHI

车锡伦 孙叔瀛 编

南京大学出版社

目录

前言 　　　　　　　　　　　001

狼精

狼妖精 　　　　　　　　　　001
猎手和狼精 　　　　　　　　006
白脸狼 　　　　　　　　　　009
狼姑娘 　　　　　　　　　　012
黄狼精 　　　　　　　　　　016
变成萨满的狼精 　　　　　　018

虎精

石虎精 　　　　　　　　　　020
虎妻 　　　　　　　　　　　028
稚榜嫁虎 　　　　　　　　　031
四梅香和虎精 　　　　　　　037

鹿精

金鹿的故事 　　　　　　　　042
达布苏与梅花鹿姑娘 　　　　045

猴精

猴子精 　　　　　　　　　　049

猪精

猪姐 　　　　　　　　　　　052

獐子精

香獐子 　　　　　　　　　　054
獐子姑娘 　　　　　　　　　056

麃子精

黄㹻仙子 　　　　　　　　　058

兔子精

白兔姑娘 　　　　　　　　　066
古拉玛珲宝石 　　　　　　　070

老鼠精

五鼠闹东京 　　　　　　　　074
金丝猫和老鼠精 　　　　　　076

周涛捉拿老鼠精	081	**牛精**	
鼠仙堂	084	花牛仙	163
白老鼠精	091	小白牛	166
老耗子皮	094		
		驴精	
黄鼬精		黑驴沟	177
黄夜仙	097	黑驴精	182
黄鼬报恩	100		
李三与黄鼠狼	103	**羊精**	
		三抠白羊精	186
刺猬精		绵羊石	188
刺猬女	106	老猎人和皇帝	192
		尕孙子	197
熊精			
发髻的来历	110	**凤凰精**	
		凤凰山和鬼龙潭	201
马精		凤仙传火	205
宝马	114		
		白鹭精	
狐狸精		猎人和白鹭姑娘	208
九尾狐	120		
狐女	123	**白鹤精**	
张金和张银	127	白沙井	211
沈学生游华山	134		
狐狸仙	137	**乌鸦精**	
胡大嫂	143	乌鸦精	214
白鹿书院的故事	146		
九节狐狸戏皇帝	152	**雁精**	
判官辟狐精	157	大雁姑娘	218
狐仙背粮食	161	尼雅岛	223

燕子精

青燕仙子	226
燕娥姑娘	229

喜鹊精

织布格格	232

鹰精

山鹰姑娘	237

黄莺精

柳浪闻莺	242

鸽子精

王小和白鸽	247

雀精

雀儿妻	253

火鸟精

火晶柿子	256

布谷精

钻石姑娘	259

鸡精

虎口屋	266
鸡冠亭	269

鸭精

黄水坝	272

鹅精

鹅姑娘	276

蛇精

二梅嫁蛇郎	280
蛇郎	283
公冶长与蛇精	289
汉龙和培善	291
白娘娘下山	295
白龙洞	299
法海洞	302
蛇娘娘	307
蛇媳妇	314
蛇为媳	320
青藤缠枫树	326
蟒精	328
蟒山小姐	331

蝎子精

蝎子精	335
荨麻草	341
定风珠	344
蝎子媳妇	348

蜈蚣精

君山方竹扁山锁	351
鸡公山	353
鸡冠花	357
孤儿和蜈蚣	359

蜓蚰精

蜓蚰精　　　　　　　　363

蜘蛛精

蜘蛛挂线　　　　　　　366

蝙蝠精

迎客僧　　　　　　　　368

无毒精

花兜兜的故事　　　　　373

蝴蝶精

神笛　　　　　　　　　376
书痴和蝶仙　　　　　　386
情人洞　　　　　　　　390

蚯蚓精

月月红　　　　　　　　395
蚯蚓公主　　　　　　　398
春蛇的传说　　　　　　401

蚊子精

蚊子精　　　　　　　　403

蚕精

蚕姑姑　　　　　　　　405
依西和蚕姑　　　　　　410

鱼精

鲤鱼少年　　　　　　　414
鲤鱼精看戏　　　　　　417
盗仙水　　　　　　　　419
彩云　　　　　　　　　421
水花井　　　　　　　　426
石香炉　　　　　　　　428
黑鱼上礼　　　　　　　431
白鱼潭　　　　　　　　433
绿鱼精　　　　　　　　435
货郎与红尾鱼　　　　　440
鲍鱼　　　　　　　　　444
道士山　　　　　　　　452
红泥鳅　　　　　　　　455
孤儿和仙女　　　　　　459
小孤山　　　　　　　　464
鲫鱼贝子　　　　　　　467
冶塔仙灯　　　　　　　473
智斗泥鳅精　　　　　　476
鱼儿子　　　　　　　　478

獭猫精

獭猫精和赵匡胤　　　　482

虾精

河堤柳的传说　　　　　486
石老人　　　　　　　　488

前言

精怪故事是以精怪及其活动为描述对象的民间幻想故事,它同神话、鬼话、仙话一样,均在古老的民间信仰基础上产生,并形成富有中国特色的神、仙、鬼、怪幻想故事系列。

所谓"精怪",就是民间传说中的"物精""物怪"。"物",包括人类自身以外的世界上的各种物:既包括有生命的动物和植物,也包括山石、雨雪、日月、星辰等无生命物,及人类制造和使用的各种器物。这些物,因自身获得某种灵性和神力,或被某种灵性和神力所依凭、主宰,而变化为精怪。它们既能化形为人(或具有人的某些特征),又能复现原形;既通人性,又具物性。它们介入人们的生活,造福或遗祸于人。这类故事便是精怪故事。

就产生的本源和基础来说,神话、鬼话、精怪、仙话均属中国社会早期信仰文化的产物。神话产生最早,它是通过原始初民的"幻想用一种不自觉的艺术方式加工过的自然和社会形式本身"[①]。这种幻想的"不自觉的艺术方式"是建立在自然崇拜、万物有灵、灵魂不灭等原始信仰观念基础上的原始思维活动,由此而"加工"出一个充满神灵的世界。在这神灵世界中,后世称为"神话"的文学艺术也孕育其中。各种各样的神灵在原始人的生活中占据着主导的地位,它们同原始人为生存而进行的斗争息息相关。人们在敬神、娱神的活动中,表现出为自身的生存而斗争的渴望和意志,这就构成了原始神话的战斗精神。

---

① [德]卡尔·马克思:《〈政治经济学批判〉序言》,载《马克思恩格斯文集》(第二卷),中共中央马克思恩格斯列宁斯大林著作编译局编译,人民出版社,2009年。

精怪的形象源于原始神话中被神化的自然物。它们多有半人半兽或状若人的形体,有名字,人可以呼其名,甚至吃它们。它们所具有的神力,给人带来祸或福。因为这些原始的精怪具有神性,所以一般被称为"精"或"神",不被视为"怪"。如《管子·水地篇》中的涸泽精庆忌:"涸泽数百岁,谷之不徙,水之不绝者,生庆忌。庆忌者,其状若人,其长四寸。衣黄衣,冠黄冠,戴黄盖。乘小马,好疾驰。以其名呼之,可使千里外一日反报。此涸泽之精也。"又如《竹书纪年》中的河精:"禹观于河,有长人白面鱼身,出曰:'吾河精也。'呼禹曰:'文命治水。'言讫,授禹《河图》,言治水之事,乃退入于渊。"当人们把这些"精""神"同"物"的特殊变化联系起来,而进一步探求其生成的原因的时候,它们便被视为"怪",而成为精怪了。

鬼的信仰产生于灵魂不灭的观念。《说文》:"人所归为鬼。从人,象鬼头。鬼阴气贼害,从厶。"《小戴记·祭法》:"大凡生于天地之间者,皆曰命,其万物死,皆曰折,人死,曰鬼。"在原始神话中,鬼与神是在同一幻想世界中,神是鬼的统领。《论衡·订鬼》引《山海经》佚文:"沧海之中,有度朔之山,上有大桃木,其屈蟠三千里,其枝间东北曰鬼门,万鬼所出入也。上有二神人,一曰神荼,一曰郁垒,主阅领万鬼。"在《韩非子·十过》记载黄帝与蚩尤的神话中,黄帝曾"合鬼神于泰山之上,驾象车而六蛟龙,毕方并辖,蚩尤居前,风伯进扫,雨师洒道;虎狼在前,鬼神在后,腾蛇伏地,凤皇覆上,大合鬼神,作为《清角》。"这位威风凛凛的黄帝,是一切神鬼、精怪的统领。后来由于鬼和精怪常常作祟人间,所以也常混同在一起。"人死为鬼,物精为魅。""鬼魅"便指神、仙之外的一切精灵。

较之鬼话和精怪故事,仙话从神话中分化出来要迟一些。有研究者认为它产生于春秋战国时期。① 《释名·释长幼》:"老而不死曰仙。"人的肉体和精神何以"老而不死"? 最早是认为获得了"不死之药"。《山海经》中所载"不死民""不死国"的神话中,便是吃了"甘木"(不死树)而"不死"。神话中的西王母,更被认为是掌握了"不死药"的神人。② 其次是修炼成仙。后来不仅人可修炼成仙,凡

---

① 郑土有、陈晓勤编:《中国仙话·前言》,上海文艺出版社,1990年。
② 见[西汉]刘安编:《淮南子·览冥训》等。

有生命的动植物,乃至于鬼,都可以修炼成仙。这样便产生了动物仙仙话、植物仙仙话和鬼仙仙话。① 鬼话、仙话和精怪故事在此便产生了交叉重叠的现象。

  信仰文化就其本质上讲,是思维方式的问题。实本无,而信之有,把观念作为思维的前提和基点;把某种观念的显现,视为真实的、神圣的存在。这种反科学的、唯心主义的思维方式,正是一切宗教和民间信仰的基础,并由此创造出众多神、仙、鬼、怪等现实中并不存在的形象。因此,神、仙、鬼、怪故事的产生,最初都不是自觉的文学艺术上的创作,而是信仰文化观念的具象显现。

  中国信仰文化的发展有其明显的特征,在中国始终未形成视其他信仰为异端的一神宗教。原始信仰和原始宗教在国家建立后,仍被继承下来,发展为国家的正统宗教。特别是进入封建社会之后,形成了一整套由天神、地祇、人鬼组成的神灵系统,并制定了严格的祭祀、礼仪制度。这只要查一下各个王朝历史中的《祭祀志》就十分清楚了。它虽然带有封建国家的政治色彩,但同原始宗教和信仰的联系十分明显。比如对山川神的祭祀,便源于原始的山川崇拜;敕封的山川神,则多出于神话、传说中的山川神灵。历代封建王朝以神道设教,并不排斥民间的信仰,甚至参与民间的造神活动。各朝政府所封的新神,多有民间信仰和神话传说的基础。

  汉代形成的道教,是集民间信仰之大成的庶民宗教。民间神、仙、鬼、怪信仰文化均被纳入其宗教系统。道教承认精怪的存在,并以"捉妖拿怪"作为显示其法术的宗教活动。佛教是外来的宗教,其传入之初,便尽量适应中国的国情。佛教僧尼尽管严守着佛典和佛门戒律,但尽量满足和容忍世俗民众信仰的需求和选择。比如佛陀的侍者观世音,最终被改造为有求必应的妙庄玉女,并经常同非佛教的神灵被民众供奉在一起。历史上争论不休的佛、道之争和儒(基本上代表封建国家的正统宗教)、释、道"三教论衡",最后形成三教共存合一的局面。比如源于民间信仰的人神关公(他的原型是三国时蜀国名将关羽),道教中他的封号是"三界伏魔大帝神威远震天尊关圣帝君",遍布全国各地的关帝庙则由道士们看管着,佛教也把这位神君拉去做了护法的伽蓝,民间则继续编织着这位神君的

---

① 参见姜彬主编:《中国民间文学大辞典》,上海文艺出版社,1992年,第74页。

传说故事。

中国信仰文化的这种特征,使乡土平民社会中长期存在着带有原始信仰特征的民间信仰;在漫长的封建时期,以小农耕作为基础的自然经济也阻滞了科学文化的发展和普及。这就构成了中国神、仙、鬼、怪故事发展的历史背景。鲁迅曾说过:"中国人至今未脱原始思想,的确尚有新神话发生,譬如'日'之神话,《山海经》中有之,但吾乡(绍兴)皆谓太阳之生日为三月二十九日,此非小说,非童话,实亦神话,因众皆信之也。"① 中国现代神话学的研究受欧美神话学的影响,着重于原始神话的研究,而未留意于中国民间不断产生的新神话。这些新神话,同鬼话、仙话和精怪故事,大半被视为封建迷信或宗教传说而遭摒弃。事实上,中国的神、仙、鬼、怪故事系列,在中国特殊的信仰文化背景上,虽受宗教文化的影响,但不受宗教信仰的束缚,最终由民众的信仰、价值观和审美观念决定着自己的发展。关于神话、鬼话、仙话可做相关的专题研究,以下主要谈精怪故事。

精怪故事源于神话,又不同于神话。它是原始初民对客观世界的"物"的发生、发展、变化有了一定认识之后产生的,比如动物、植物的生长变化,非生物的一般存在形式。但是,人们遇到物的某些特殊的变化、特殊的形态(比如偶具人形或某些类似人的特殊形态),未曾见识过的奇异生物,或某些难以理解的自然现象和变化等,出于对自然的崇拜和万物有灵的信仰,便产生了幻想的、畸形的解释,以及关于它们对人们生活的影响的联想,这样便产生了精怪变化造福或贻害于人的精怪故事。

从先秦文献中记录的某些精怪变化来看,它们常常同社会政治生活联系起来,因此被记录于国家的历史中。如传为战国时期魏国史官所作的史书《竹书纪年》载:"宣王……三十二年,王师伐鲁,杀伯御,命孝公称于夷宫。陈僖公孝薨。有马化为人。"② 《左传》中也有许多这类记载。汉代学者把天人感应说纳入封建神学体系,作为国家正统宗教的神学基础,精怪的变化便正式被视为国家兴衰、

---

① 鲁迅:《鲁迅全集》第9卷,人民文学出版社,1957年,第343页。
② 据《秘书二十一种》本,[清]汪士汉辑,康熙七年新安汪氏用《古今逸史》刊版重编本。

人间灾异的征兆了。董仲舒说，"王者承天意以从事"，"国家将有失道之败，而天乃先出灾害以谴告之；不知自省，又出怪异以警惧之；尚不知变，而伤败乃至"。①这里说的"怪异"，便包括了精怪。后来各朝正史《五行志》中便记载了许多这类精怪变异。

这种观念在汉代是十分流行的。东汉王充虽然批判天人感应说，但也认为万物的特异变化，对应着国家的政治："且物之变，随气；若应政治，有所象为。"因此，"汉兴，老父授张良书，已化为石。是以石之精，为汉兴之瑞也。犹河精为人持璧与秦使者，秦亡之征也"②。这里所指的两个精怪故事，都见于司马迁的《史记》。前者见于《留侯世家》，即张良圯桥进履的故事。黄石头精变为老父，考验张良，最后授与张良《太公兵法》，并告诉他：十三年后"孺子见我济北。谷城山下黄石即我矣"。张良靠这部兵法辅佐刘邦南征北战，建立了汉王朝。十三年后，张良"从高帝过济北，果见谷城山下黄石，取而葆祠之"。后一则故事见《秦始皇本纪》。始皇三十六年（公元前211年），河精变为人，手捧二十八年始皇渡江时所沉玉璧，拦住始皇派往各地的使者，告诉他："今年祖龙死！"果然秦始皇便病死沙丘。司马迁在《留侯世家》中说："学者多言无鬼神，然言有物。"司马贞在《史记索隐》中曰："物，谓精怪及药物也。"看来司马迁也相信"物化为精怪"是真实存在的。

汉代以后，受道教修炼得道成仙的观念的影响，民间的精怪故事中则有物修炼成人、成仙的说法。这类物的修炼方法五花八门，它们或居深山、旷野、森林、山洞、河海，经过成百上千年的修炼，化为人形，修得仙体，所以后来的精怪故事中，也把这些修炼成的精怪称作"仙""神"，特别是那些与人为善、造福于人的精怪。道教修炼讲究房中术，那些化为人形的精怪为修得仙体，也常常作祟人间，与人交接，采人之精。唐以后的狐精故事中，尤多这方面的内容。

"物老成精""物老为怪"，也是解释精怪产生的一种古老的民间信仰的观念。晋郭璞在《玄中记》中说："狐五十岁能变化为妇人；百岁为美女，为神巫，或为丈

---

① ［汉］班固：《对贤良策（一）》，载《汉书·董仲舒传》。
② 王充：《论衡·无形》，上海人民出版社，1974年。

夫，与女人交接，能知千里外事，善蛊魅，使人迷惑失智；千岁即与天通，为天狐。""百岁鼠化为神。""千岁之龟，能与人语。"①不仅生物老了可以成精怪，非生物亦如此。唐牛僧儒的《玄怪录》记录了一则皮袋精故事：汉代李陵遗留的数千运粮皮袋，被埋在居延山下。"绵历岁月，今已有命"（指有了生命），被居延山神收为伶人，自称姓皮、马、鹿、熊等。它们又一再到居延部落主勃都骨低处戏弄，骨低不堪其扰，于是追踪到掩埋处，将它们挖出来，置火焚烧。这些皮袋"无不为冤楚声，血流漂洒"②。

　　人的体液浸染了物，也可使物精变，这是源于古老的原始信仰：人血及精液、汗、尿、泪等，包含了人的生命和元气。人血滴在石头或其他物件上；人在河中沐浴，偶然排精被鱼类吞食；人撒尿时对着家禽、牲畜，或撒在花木上……这些接触到人的体液的物，便借以得到人的生命和元气，变为精或变为人，或具人的行为特征。这类情节，在现代流传的精怪故事中也经常出现。

　　上述有关精怪变化的各种解释，有出自宗教信仰，也有来自民间的信仰。它们说明精怪故事是信仰文化的产物。但作为民间故事，它们又受民间文学发展规律的制约。从古代文献记录和现代流传的大量精怪故事来看，中国精怪故事的发展大致可分为原生期、发展期、演化期三个阶段，这也是精怪形象发展的三种形态。

　　原生期的精怪故事，如上所述，从原始神话中脱胎出来，尚带有神话的胎记。其中的精怪，像神话中的神灵，具有神性，常常是半人半物的形体。它们介入人的生活，带有浓厚的神秘色彩。先秦及汉代文献，如《山海经》和汉人所编《白泽图》③中记录的精怪故事，多属此类。

　　发展期的精怪故事的特点是"怪"，精怪的形象虽是人形，但妖性十足。精怪的出现和活动带有偶然性，其与社会问题的联系，意在说明某种信仰观念。历史文献中作为社会灾异征兆被记录的精怪，除了所依附的社会事件外，大都没有故事。民间流传的精怪故事，涉及社会生活的各个方面，精怪给人带来祸福（多数

---

① 原书已佚，据鲁迅辑《古小说钩沉》。
② [宋]李昉等编：《太平广记》卷三百六十八，中华书局，2013年。
③ 这是一部精怪故事集。原书已佚，参见[清]马国翰《玉函山房辑佚书》。

是与人为害),但一般不触及社会问题;这些故事虽具有一定的文学性,但仍属信仰文化的产物,而不是自觉的艺术创作的文学故事。汉代以后,道教、佛教兴盛,它们都承认精怪的存在,并以此作为宗教宣传的资料,民间因此盛行"谈鬼说怪"。许多文人也纷纷记录、整理、编写精怪故事,成为南北朝志怪小说的重要内容。许多精怪故事中出现道教法师捉妖拿怪、佛教僧侣视破妖异解人之厄的情节,借以说明道教法术、佛教佛法的威力。晋干宝《搜神记》卷十八记录的一则狸精故事具有代表性:

> 晋时,吴兴一人有二男,田中作时,尝见父来骂詈赶打之。儿以告母。母问其父,父大惊,知是鬼魅,便令儿斫之。鬼便寂不复往。父忧,恐儿为鬼所困,便自往看。儿谓是鬼,便杀而埋之。鬼便遂归,作其父形,且语其家:"二儿已杀妖矣。"儿暮归,共相庆贺,积年不觉。后有一法师过其家,语二儿云:"君尊侯有大邪气。"儿以白父,父大怒。儿出,以语师,令速去。师遂作声入,父即成大老狸,入床下,遂擒杀之。向所杀者,乃真父也。改殡治服。一儿遂自杀,一儿忿懊,亦死。

故事中的一家人遭狸精戏弄作践,最后父死子丧,带有偶然性,不触及任何社会问题。他们的失误,在于没有"法术"却想除去害人的狸精;狸精见了"法师",则立即现了原形,被擒杀。故事说明的是精怪害人和道教法师捉妖拿怪的法力;记录整理者的目的在于"发明神道之不诬"①。魏晋南北朝志怪小说中记录、编写的精怪故事大多属于此类。除干宝《搜神记》外,刘义庆《幽明录》、刘敬叔《异苑》及题为陶渊明编的《搜神后记》等,均收有大量精怪故事。宋代以前志怪小说中的精怪故事,大都被选编入宋初李昉等人编的《太平广记》中。

唐代以后,民间一直存在着精怪信仰,因此表现这种信仰观念的精怪故事仍不断产生和流传。有些文人继承魏晋南北朝志怪小说的传统,仍大量搜集、记录、编写这类故事,如南宋洪迈编的《夷坚志》、金元时期元好问的《续夷坚志》、无

---

① [晋]干宝:《搜神记·序》,汪绍楹校注,中华书局,1979年。

名氏的《湖海新闻夷坚续志》,直至清人袁枚编撰的《子不语》等笔记小说中,便记录了不少精怪故事。延及现代,我们仍可从民间搜集到这类精怪故事。

演化期的精怪故事已由信仰文化的显现,发展为反映社会、人生的文学故事。信仰和宗教色彩淡化或完全消失,而文学审美性加强。故事中的精怪形象,不仅有人的形貌,也具人性、人情,有人的意志、思想、感情和善恶美丑。其形象也具有某些物性(如物的形体和行为特征)与魔力(如可以变换形体或具魔法),但这已不是信仰观念的表现,而是塑造精怪艺术形象的手段。这类精怪故事内容多种多样,主题广泛深刻;表面上是谈精说怪,实质上是谈人生与社会,即人生的悲欢离合、社会的是非善恶等。

精怪故事的这种演化,在魏晋南北朝志怪小说中已现端倪。比如《搜神后记》中的田螺精故事:

> 晋安帝时,侯官人谢端,少丧父母,无有亲属,为邻人所养。至年十七八,恭谨自守,不履非法。始出居,未有妻,邻人共愍念之,规为娶妇,未得。端夜卧早起,躬耕力作,不舍昼夜。后于邑下得一大螺,如三升壶。以为异物,取以归,贮瓮中。畜之十数日。端每早至野还,见其户中有饭饮汤火,如有人为者。端谓邻人为之惠也,数日如此,便往谢邻人。……邻人笑曰:"卿已自娶妇,密著室中炊爨,而言吾为之炊耶!"端默然心疑,不知其故。后以鸡鸣出去,平早潜归,于篱外窃窥其家中,见一少女,从瓮中出,至灶下燃火。端便入门,径至瓮所视螺,但见女(壳)。乃到灶下问之曰:"新妇从何所来,而相为炊?"女大惶惑,欲还瓮中,不能得去。……

这一田螺精故事,在唐人皇甫氏《原化记》中,可见到民间流传异文:男主角成了常州义兴县县府小吏吴堪,他也得到一位白螺精变的美丽妻子,为之"执爨"。后面则增出极富现实性的情节:"县宰豪士闻堪美妻,因欲图之",便一再出难题,让吴堪去办,以便加害他。先让吴堪去找"虾蟆毛、鬼臂",吴堪在妻子帮助下交了差。又让吴堪去找"蜗汁",吴妻给他一头大如犬、能"食火粪火"的怪兽。这头怪兽吃了县宰索来的炭火,粪火于地。"火飙暴起,焚爇墙宇,烟焰四合,弥亘城门。宰身及一家,皆为煨烬。"吴堪和妻子也不知去向。①

故事中的田螺精虽然说是受"天帝"派遣,带有宿命论的色彩,但故事描述的是平民百姓的生活,表达了民众对孤苦之人的同情、追求家庭生活美满幸福的愿望。《原化记》中的异文,更涉及封建社会中官、民的矛盾,按照民众的愿望,惩治了那个谋霸人妻的"县宰豪士"。

唐代的精怪故事大都收在传奇小说中。鲁迅论述传奇小说的特点时说:"传奇者流,源盖出于志怪,然施之藻绘,扩其波澜,故所成就乃特异,其间虽亦或托讽喻以纾牢愁,谈祸福以寓惩劝,而大归则究在文彩与意想,与昔之传鬼神、明因果而外无他意者,甚异其趣矣。"②唐传奇的这种特点也表现在许多精怪故事中。比如《元无有》③中的故杵、灯台、水桶精;《宁茵》④中的牛精、虎精,像文人那样吟诗弄文;《来君绰》⑤中的蚓精,同来君绰等四位秀才交谈、行令,辞采朗然,文思敏捷,使这些秀才折服。这些精怪虽然最后都复现原形,但无妖性,并不令人生厌。《崔玄微》⑥中那一群花木精变的女子与处士崔玄微友善相处,更使人感到可爱。其中安石榴精阿措性格倔强,不向威胁她们的封姨(风神)奉承讨好,而求处士保护她们不为封姨所摧折,透露出对真、善、美的歌颂。

唐传奇小说中还讲述了许多化为女子与人成婚的精怪,她们非但不与人为害,反而多具人性、人情。比如《孙恪》⑦中的猿精袁氏,她嫁给落第秀才孙恪,理家生子。孙恪受表兄张闲云处士挑唆,以她为异类。她最终化为猿而归深山,临别却抚二子咽泣,再三反顾。沈既济《任氏传》⑧中的狐精任氏,更被塑造为聪明美丽、挚诚坚贞的女性。贫困无家的郑六一再追求她。她同郑六结婚后想方设法帮郑六解脱困境,严拒富家子弟韦崟的调戏。最后明知将遇难必死,却不拒绝

---

① 原书已佚,此见《太平广记》卷八十三。
② 鲁迅:《中国小说史略》第八篇《唐之传奇文(上)》,《鲁迅全集》卷八,人民文学出版社,1957年,第54—55页。
③ 见《太平广记》卷三百六十九,出《玄怪录》。
④ 见《太平广记》卷四百三十四,出《传奇》。
⑤ 见《太平广记》卷四百七十四,出《玄怪录》。
⑥ 见《太平广记》卷四百一十六,出《酉阳杂俎》及《博异记》。
⑦ 见《太平广记》卷四百四十五,出《传奇》。
⑧ 见《太平广记》卷四百五十二。

丈夫的恳请，与丈夫同行赴任，结果为猎犬所害。作者在文末说："嗟乎！异物之情也，有人道焉。遇暴不失节，狥人以至死，虽今妇人有不如者矣！"

唐人传奇小说中的这些精怪故事虽出自文人的改编或创作，不能反映出民间精怪故事的原始面貌，但可说明人们关于精怪故事的观念的变化：从单纯的信仰观念的显现，变为反映社会人生的文学创作。继承传奇小说这一传统的清代作家蒲松龄，在大量民间传说故事的基础上，写成了"自成一家言"的文言短篇小说集《聊斋志异》，其中大部分是鬼话、仙话和精怪故事。那些狐仙、花精，大都具有人的各种性格特征，表现了人间的真、善、美，而对人间的假、丑、恶现象做了尽情的讽刺和抨击。影响所及，至今山东有些地区仍称讲民间故事为"说聊斋"，民间故事被称作"聊斋汉子"。

唐代以后，民间说话艺术的发展对精怪故事的演化也起了推动作用。民间说话源于民间的讲故事。"话"即民间故事，至今北方方言仍保留这一名称，不过音转为"gua"。南北朝时民间盛行的谈妖说怪，大概在唐代已成为民间说话艺人的话题。宋代"说灵怪"是民间说话"四家数"之一"小说家"的专题。① 宋罗烨《醉翁谈录》"小说开辟"条："说《杨元子》《汀州记》《崔智韬》《李达道》《红蜘蛛》《铁瓮儿》《水月仙》《大槐王》《妮子记》《铁车记》《葫芦儿》《人虎传》《太平钱》《芭蕉扇》《八怪国》《无鬼论》，此乃是灵怪之门庭。"其中所说的话本，据今人研究，大部分是精怪故事。② 据民间说话整理编写的话本小说，作为俗文学读物在民间广泛流传，推动了民间精怪故事的发展。明、清在民间说话基础上由文人改编创作的长篇神魔小说，如《西游记》《封神演义》等，更是集民间神、仙、鬼、怪故事之大成。

以上是对精怪故事发展的三个阶段的简要介绍。除了原生态的精怪故事外，宋元以来发展态、演化态的精怪故事是并行存在和流传的，这是民间精怪信仰长期存在的缘故。但作为民间故事的一种类别，精怪故事最终摆脱了信仰观念的束缚，演化为以审美和娱乐为主的文学故事，并成为精怪故事的主体，这也

---

① 见[宋]耐得翁《都城纪胜》、[宋]吴自牧《梦粱录》。
② 参见胡士莹：《话本小说概论》（上册）第八章第一节，中华书局，1980年。

是必然的发展趋势。现代从民众口头流传中得到的精怪故事正反映了这种情况。

中国古代对精怪故事的认知是比较明确的。宋李昉等人编的《太平广记》按故事题材划分入选作品，专门列出"精怪"一类（卷三百六十八至三百七十三），所收为器物精怪，其他各类则分别附收精怪故事，如"草木"类末附"木怪""花卉怪""药怪""菌怪"等（卷四百一十五至四百一十七）。元无名氏《湖海新闻夷坚续志》有"精怪门"，下分"水族""狐虎""猿猴""猫犬""猪鼠""飞禽""树木""山石"等类故事。现代中国民间故事的分类中，精怪故事一般作为"变形故事"被归入民间童话或幻想故事中。但研究者所注重的是演化态的部分精怪故事，因此不可能反映中国精怪故事发展的全貌及其文化特征。

将精怪故事作为中国民间故事的一大类别，并把中国神、仙、鬼、精怪故事系列放在中国信仰文化背景上进行系统研究，是一新的课题。本书的编者意在从当代流传的民间精怪故事中选择有代表性的作品，向广大读者推荐，并为研究者提供深入研究这一课题的资料。根据后一需要，本书也选入若干信仰色彩较重的精怪故事。编选工作的不到之处，希望留意于此的读者批评指正。

讲　　述：李伯洋
搜集整理：陶阳
流传地区：山东泰安

狼妖精

从前有一个老嬷嬷，她只有三个闺女，大闺女叫大门环，二闺女叫二门鼻，三闺女叫笤帚疙瘩，除此以外，没有别人。

有一天，她买了烧饼和香油果子①装了个篮子头②，去走娘家。她临走时嘱咐女儿说："今天我上你老娘③家去，不定回来不回来。你们晚上可早睡觉，千万别等我。如果不是我叫门，谁来也不开。"说罢，提着篮子就出了门。

老嬷嬷走出庄头，遇到一个人，也是个老嬷嬷，这个人问她："你到哪里去呀？"

她说："我到村东去走娘家。"

"正巧，我也到那个庄上有点事，咱俩一块走吧！两个人在路上拉着呱，不觉累就能到了。"

那个老嬷嬷又问："你家里都有什么人呀？"

"我家只有三个闺女。"

"都是叫什么名字呀？"

"大的叫大门环，二的叫二门鼻，三的叫笤帚疙瘩。"

"那你住在哪一块呀？"

"我住在庄东头南北胡同里，从南数第一个大门。"

原来路上碰见的这个老嬷嬷是个狼妖精。它把一切都记在心里。走到半路

---
① 香油果子：香油炸的油条。
② 篮子头：把点心和精细食品装在篮子里送亲戚，俗称篮子头。
③ 老娘：外婆。

上,它一望四处没人了,就打主意吃她。它就又开口问:"你那篮子里提的什么东西?"

她说:"篮子里是烧饼和香油果子!"

"你给我吃了行吧?"

她说:"那可不行,我这些东西是看俺娘的。"

它说:"你不叫我吃,我就把你吃了!"

她听了要吃她的话,这才抬头细看它,知道是个妖精变的,吓得了不得。想着逃命,就把篮子里的烧饼和果子给妖精吃了。

老嬷嬷趁妖精吃的工夫,她就向回跑开了。这个妖精霎时间就把篮子里的东西吃了个精光,拔腿就追老嬷嬷。追上老嬷嬷,一把抓住拉到高粱地里吃开了。只因妖精刚吃了些烧饼果子,没有吃完,把剩下的手脚放到篮子里,留着饿了再吃。

不多时,天渐渐地黑了。妖精就提着篮子向老嬷嬷家里走。走到大门口就学着老嬷嬷的嗓音叫:"大门环儿,二门鼻儿,笘帚疙瘩开屋门儿!"

三个闺女都听着是娘的叫声,一齐走到门口把门儿开开。女儿们问:"你为什么回来得这么晚呢?"

它说:"别提了,我走到半路肚子疼开了,所以回来晚了。"

大闺女说:"娘!咱点上灯吧!"

它说:"千万别点灯,点灯妨公公!"

二闺女说:"咱打火可行?"

它说:"千万别打火,打火妨婆婆。"

三闺女说:"黑着睡吗?"

它说:"黑着睡才好哇!"

说着四个人睡了觉。刚睡倒,三个闺女都觉着有一条尾巴,张口便问:"娘!你怎么还有一条长尾巴呢?"

它说:"你老娘家的人,今天都在地里干活,你老娘趁这个机会给我一匹麻。天晚了,忙得没放下。"

三个闺女也就相信了。一会儿听见咯吱咯吱地吃东西。

大闺女问:"娘呀娘,你吃的什么东西?"

它说:"我从你老娘家拿来的胡萝卜头子。"

三个闺女齐说:"俺们尝尝行吧?"

它说:"你们真嘴馋!只因天晚了,我在你老娘家也没吃好也没喝好。"不给吃。

三个闺女还是要尝尝。狼妖精赌气拿了几块扔过去,叫她们吃。

三个闺女拿到手里,觉着好像手指头和脚指头。放到嘴里一啃,果然是手指头和脚指头。她们都毛了,知道它是个妖精,亲娘一定叫它吃了。

大闺女心生一计,要拉屎,说:"娘呀娘,我要拉屎!"

它说:"你在床下拉吧!"

大闺女说:"不行,床下有床神。"

它说:"你到屋门后头拉。"

大闺女说:"可不行,屋门后头有门神。"

"你到外头去好啦!"

"我害怕!"

"你和二闺女去!"

姊妹俩一块到了天井。三闺女独自更害怕,也说:"娘!我也拉屎!"

"你也到门外找你两个姐姐去吧!"

三闺女急忙跑到外边,找到了大姐二姐。她三人商量好,把梯子竖到树上,三人都上了树,把梯子拔到树上放在树杈上。

这时,可巧外面有娶媳妇的,打起锣来了。姊妹仨商量,借这个巧头叫它出来看戏。

"娘呀娘,快出来看唱戏!"

狼妖精一听看戏,急急忙忙爬起来向天井跑,到了天井就问:"戏在什么地方?我也瞧瞧吧!"

三个闺女说:"戏在树上了,真好看呀!你要想看,得赶快搬出鏊子,拿出柴火,把鏊子放到树底下烧红。"不多时,狼妖精把鏊子烧得红红的。它问:"行了吧?"

三个闺女看看鏊子全烧红了,说:"行了!快到屋里东墙上拿根绳子捆住你的腰。"

它真的拿绳子捆住腰,把另一头拴在大闺女放下的绳头上,说:"好了!快拔我吧!"

大闺女说:"我年龄大,我有劲,我拔。"她用上全身的力气拔到树半截,猛一松,狼妖精正好落到鏊子上,烙得它直叫唤。

它开口就骂:"叫你们这些小臭妮子先作着孽,我上去一定饶不了你们!"

二闺女说:"我来拔你,大姐没劲!"

它说:"好吧!"

二闺女拔到树半截,又猛一松,叫它落在鏊子上,烙得它可急了,说:"哎哟,可把我烙死了。我上去把你们都吃了。"

三闺女说:"俺三个一块拔你吧!人多力量大呀!"

狼妖精一听,就答应了。

这一次,拔得快到树柯杈了,又猛一松,连摔加烙,它更急了,绳子也烙断了。

它说:"我到东山钢钢牙①,我到西山钢钢牙,回来吃你姊妹仨!"说完,就走了。

这时,天也亮了,她姊妹仨下树来,没有依靠,怕晚间妖精来吃。没有办法,就哭起来了。哭了许久,来了一个货郎,他问:"你们哭的什么?"

姊妹仨一起回答:"可了不得了!俺娘叫妖精吃了,它还装着俺娘想来吃俺三个。俺想给娘报仇可是没有把它弄死。它临走的时候说:'我到东山钢钢牙,我到西山钢钢牙,晚上回来吃你姊妹仨!'"

货郎说:"这个不难,你们放心吧!我给你们想个办法:你们预备一个蝎子,把它放在烟笸箩里;一个鳖,把它放在水瓮里;一些鸡蛋,把它们放在灶火里烧着;一个碌碡,把它用绳吊在屋门上。等它晚上来了,先叫它吸烟,一摸烟笸箩,蝎子就蜇它,再叫它到水瓮里去拔毒②,鳖就咬它的手指;然后再叫它到锅底下

---

① 钢钢牙:磨磨牙的意思。钢,方言读 gǎng。
② 拔毒:消毒。习俗认为水可消毒。

拿灰揸①上,一摸锅灰,鸡蛋就爆瞎它的眼;再叫它到屋里去治眼,它一碰绳子,碌碡就掉下来将它砸死。"

姊妹仨对货郎很是感激,留他吃饭,他也不受就走了。

接着姊妹仨将东西准备齐全,布置完善。一会儿,天就黑了。妖精真的又来了,它一进大门就喊:"开屋门呀!"

姊妹仨说:"你先装袋烟吸吧!"

它真的摸烟笸箩吸烟,一摸就被蝎子蜇着了。

它说:"哎哟!我被蝎子蜇了,怎么办呢?"

姊妹仨说:"快到水瓮里去拔拔毒!"

它听了真的向水瓮里去拔毒,一伸手就被老鳖咬掉了手指。

它说:"了不得了,叫鳖咬掉手指头了。怎么办呀?"

姊妹仨说:"快到锅底下揸上点灰就好了。"

它听了急忙跑到锅门脸掏锅底。一掏锅灰,鸡蛋就爆了,把它的双眼爆瞎了。

它说:"哎哟,可没了命了,我的双眼都被鸡蛋爆瞎了。"

"你用水拔拔凉,眼就好了。"

它听了,就向屋里摸,在门上摸来摸去,一霎的工夫就碰着绳子,碌碡猛地掉下来,正好落在狼妖精的身上,只听得"哎哟"一声,就完蛋了。

————————
① 揸:即撒的意思。

讲　　述：葛德胜（赫哲族）
搜集整理：马名超
流传地区：黑龙江饶河县

猎手和狼精

有一帮猎人，合伙上山里打貂皮。呼呼啦啦赶着马驮子，正好是"五花山"那咱上的山，冬至才下来，撑了不少毛管丰满的紫貂皮。

可谁都没想到，就在猎手们刚想拔锅回家的头几天夜里，一到太阳落山，就总是有只老虎，围着草窝棚前前后后，"闷啊闷啊"，瓮声瓮气叫个没完，整宿整夜地闹腾。说也真怪，一到天光放亮，嗯，它就走开了。

这天黑夜，老虎又来啦。老把头①让大伙都把自己戴的帽子，扔到外边去。那谁敢不扔！按山里的规矩，谁扔出去的帽子若是被老虎抓走了，那个人就要单独留下来，在荒沟野岭里陪伴"山神爷爷"。是死是活，那就没法子说了。

这一夜猎手们谁都没合眼，不知道第二天会有啥大祸临头哩！等到天刚闪亮一看，嗬！别人的帽子全纹丝没动地搁在草窠子里，只有背锅扛米的年轻猎人嘎斯芬，他戴的那顶貂绒帽子，没啦！

老把头挺伤心地说："唉！嘎斯芬哪，该着你是虎嘴里的一口肉。没法子，只好把你一个留在沟膛里喽！"说完，老把头和别的猎人给他留下几把米，搁下一口吊锅，又嘱咐半天，才含泪赶起驮子下山了。

眼巴巴地望着人家都走了，只剩下嘎斯芬孤单一个，留在四下透风的茅草窝棚里。他煮了点饭吃，天刚黑下来，就掖上一把磨得溜光锃亮的大斧子，悄悄爬上门口一棵老红松，在那顶尖上看动静。

等星星都出齐了，老虎带着呜呜响的大风，真又上来啦。它围着松树，转悠

---

① 老把头：从事采集生产最有经验的带头人。

来转悠去,蹲下来朝树顶瞅他,一点都没有伤害他的意思,只是蹲在那儿吧嗒吧嗒直掉眼泪珠子。一晃,又过了一宿,眼见东边又放亮了,这时,只见那老虎纵身往高处一蹿,下落时不偏也不歪,恰好把脑袋紧紧夹在一棵大树卡巴上。挂得死死的,上不来也下不去。

看到这里,猎手嘎斯芬啥都不顾了。他连忙爬下树,摘下腰间掖的那把大斧头,抢起来"咣咣"几下,就把大树卡巴砍成两段。老虎梆噔一下掉在苔地上,连纵几纵,就钻进柞木棵子里,自己走去了。

第二天晚上,嘎斯芬住的撮罗①里,见帘子一掀,进来一位老人。看模样,慈眉笑眼的,漂白的长胡子,好和善哩!进门来就问:"他们都走啦?"

嘎斯芬见问,就和和气气跟他说:"走了。这里还有几把米,咱爷儿俩拾掇点饭吃吧!"

说着,嘎斯芬上撮罗外头捡一抱干柴,把火塘挑旺,麻麻利利打点一顿粗米饭。吃完了,还留老头住下来。他边烤火边对嘎斯芬说:"明天,你待在家里照看着,我给你撵貂皮去。多逮一些,你好回家!"

第二天,老人家真出去了,傍黑才见回来。他穿的皮大哈里,揣得鼓包溜丘的。一掏呢,全是翻肥翻肥、绒嘟嘟的紫貂啊!

"嘎斯芬,快剥皮吧!"

嘎斯芬怕老人肚腹空啊,早给熬好了米汤,炖了肉干,忙活着打点饭食。这晚上,老人又没走,坐在火塘旁边烤火,总也不去睡,一直等天亮才说:"你把兽肉也吃光了吧!等着,我给你拿点肉来!"

嘎斯芬出外,拾了一天柴火。天黑下来,见老头背回一头大马鹿,腰带里掖着一串毛管乱颤的貂皮筒子。

说这话,很快就过了二十几天光景啦。下过头场小雪,树叶子全脱光了。这天,老头忽地告诉嘎斯芬说:"小子啊,今儿晚上,你可要遭祸害啦!"

嘎斯芬不信,寻思大山里头,有啥大祸可遭的,就问:"老爷子,有啥祸呀?"

那个老爷子就一五一十地跟嘎斯芬说个明白,顺手还给他一个小包儿,叫他

---

① 撮罗:又名"撮罗子",是猎人在山野临时搭就的简易小屋。

煞急时就把这小包亮出来,准能得救。老头子说完,恋恋不舍地走啦。

果真,就在老头离开撮罗的那晚上,嘎斯芬上林子去豁几张桦树皮,又背几捆草,想拾掇一下窝棚,挡挡风寒。刚走出树林,不知咋的,忽地就瞅他那撮罗里冒烟了。他觉得很奇怪,赶忙进去一看,见是一个女的,长得跟他家嫂子模样不差,只是总耷拉着脑袋,不敢给嘎斯芬正脸儿看。荒山野岭的,嫂子独自干啥来哟?这时,嘎斯芬忙从地上拿过一根拎棍儿①,对那个女人说道:"你是谁呀?"

"是你嫂子,还不认得!咱是给你做饭来。"

一听,嘎斯芬忙把拎棍儿举起来,机灵地问她说:"嫂子,你说这叫啥呀?"

女的没抬头,答说:"塔米儿,塔米儿。"

嘎斯芬耳朵真灵,一听,就觉得她的舌根太硬,不像他嫂子,心里早明白了几分。接下去,又问挂吊锅子上边那个钩子叫啥?她说那叫"甘固",把话也给说走音了。这下,嘎斯芬就更清楚了八九。他囫囵吞了几口饭,拾掇拾掇,暗中紧握住老爷子送给他的那个小包包,倒下来,假装着睡实啦。正在这个时候,只见那个佯装嫂子的家伙,一骨碌身,变成好大一条白眼狼,张牙舞爪地朝嘎斯芬猛扑过去。他躺那儿,早防备上了。见狼精过来,他赶忙打开那个小包包,猛然由里边飞出一支利箭,不偏不斜,正对准狼精胸脯,一下猛刺进去。只听"嗷"的一声惨叫,一溜火线就逃得无影无踪了。

第二天天亮,猎手钉个柞木爬犁(雪橇),装满皮子和兽肉,拖着就下山了。他到家一看,哥嫂还都以为他早丧了命,一见人回来了,都流着泪感谢天地。听说他活着回来,猎手们也都赶来看望他,称他是了不起的莫日根②。

---

① 拎棍儿:即木棍,赫哲语称"米塔儿"。狼精说成"塔米儿",已露破绽。
② 莫日根:赫哲语,英雄或渔猎能手之意。

讲　　述：齐万春（满族）
搜集整理：赵君伟
流传地区：黑龙江宁古塔一带

白脸狼

　　松乙河南岸有一个小屯子，全屯几十户人家除种点沟塘地，就依靠打围、放山过日子。家家粮食吃不尽，钱花不了。这一年，一过旧历年，不知咋的，活蹦乱跳的孩子说没就找不着。人们都愁眉苦脸，屯子里天天都有哭丧声。有小孩的都天天关门闭户，不出门做活了。屯子里有个叫山音阿哥的可受不了啦！

　　这山音阿哥叫苏隆阿，这小伙子身高六尺开外，膀大腰圆，浑身是劲。一把飞叉百发百中，一张宝弓能力发双箭，就是老虎也逃不出他手。家里只有一位六十岁老额娘①。他见好多孩子都是活着不见影，死了不见尸，就对额娘说："不捉住害人的豺狼，不弄个水落石出，决不罢休。"

　　苏隆阿白天晚上在屯子周围转悠，在山沟里蹚荡。这天早上，刚下弯沟北山，就从荒草甸子里蹿出一只狼，他刚一搭箭，狼就无影无踪了。他转悠一头晌，见前面有座山神庙，远远听见庙里有女人哭泣的声音。到跟前，见个穿着素色旗袍的十八九岁的姑娘，一把鼻涕一把泪痛哭不止。姑娘听到苏隆阿的脚步声，抹一抹眼泪，慢慢站了起来。这姑娘细高挑，杏仁眼，长得像朵沾着朝露的芍药花。她媚视苏隆阿一眼，就顺着河岸往屯里去了。苏隆阿进了后殿，只见一张新剥下的白脸狼皮扔在地上，墙角下有一堆小孩骨头。他断定是那只狼给吃的，可是不知哪位高明猎手将狼打死，把皮扔在这里。他把狼皮踢了两脚，用猎叉挖个坑，把狼皮埋了。

　　苏隆阿回到家里，一跨进门槛，看见在山神庙碰见的那姑娘扎着围裙跟他妈

---

① 额娘：满语，妈妈。

做饭呢!苏隆阿不禁一愣。姑娘见苏隆阿回来,急忙躲进屋里去了。苏隆阿妈笑嘻嘻地说:"这阿妹可苦啦!阿玛①额娘都没有,无依无靠,从江北逃荒到这里。进屋就央求我,让她给你做媳妇。我看她是咱旗人,人品又好,就答应了。"说到这里,姑娘也羞答答地走了出来,悄声说:"阿哥,我打着灯笼也找不着你这样的人,要不嫌弃,我愿意跟你侍候额娘。"苏隆阿一甩袖子,对他妈恳求说:"互不熟悉,过些日子再说吧!"姑娘一听又委委屈屈地哭起来了。哭了一会儿,脚一跺说:"额娘答应我了,我也不能再嫁他人了。你不同意,莫不如死了干净!"说完扭身就往外面跑。额娘一把拽住,冲着苏隆阿斥责起来:"不听你妈话,还听谁的?妈说的事,不同意也得同意!"苏隆阿是个孝子,从来没见额娘发过这么大的火,就低头不吱声了。当天下晌,额娘就亲自给姑娘盘起高粱,打了鬓角,开了脸,跟儿子拜堂成亲了。

小两口处得还挺和睦。媳妇对老婆婆也挺孝顺。一来二去,到了冬天,屯子的小孩仍然不断失踪,苏隆阿还是整天整夜到处查看。这天,看到屯头的雪地上有一串豹子爪印,就跟踪撵下去了。儿子不在家,媳妇又怀了孕,当婆婆的对媳妇更得多份心照料了。这天晚间,额娘悄悄来到媳妇的窗户底下,听到屋里有吃什么的动静,就用舌头把窗户纸润开一个小眼,往里一瞅,一个小孩尸体横在地上,儿媳妇正挑着心肝,血水淋淋地咬着吃呢!当时把老额娘吓得"哎哟"一声倒在地上。这时屋里灯忽地一声灭了,待有半袋烟工夫,媳妇从屋里出来,把老婆婆扶了起来,给老婆婆捶捶背心。老婆婆苏醒了过来,媳妇问她怎么的了,她没敢实说,就说抽风病犯了。

第二天早晨来到媳妇窗前,看窗纸上的窟窿眼糊上了。自己偷看的事被媳妇知道了,更害怕了,唯一的办法就是盼望儿子早点回来。

再说苏隆阿瞄着豹子爪印寻到一个青石砬子前面,见豹子脚印溜进了一个石洞,他就挽弓搭箭隐蔽在一块大青石后面,等着豹子出来。一直等到第二天早晨,才听到有沓沓的脚步声,从洞里出来的果然是一头金钱豹。没等豹抻腰,他双箭齐发,正正道道地射进豹子的两只眼窝里。豹子疼得一扬脖,他又把钢叉抛

---

① 阿玛:满语,爸爸。

出刺进豹子的咽喉。豹子一晃头就四脚拉叉倒在血泊里。他看豹子死了,手提钢叉飞身进洞,也没发现有小孩尸骨,知道冤了豹子,就返身出了洞。

苏隆阿刚走出豹子洞,听到狼叫唤,闻声奔去,来到南山脚下。这里有一个柞木圈,圈里有九只大狼,一个老玛法①在一个树墩上坐着,手里掐着一把皮鞭,看样子是看狼的。苏隆阿走到老玛法面前,深深打个千,给老玛法问安。老玛法站起来让座,苏隆阿问:"有多少只狼?"老玛法把一只手翻了一番说:"那只白脸狼半年前就逃跑了,如今还没个下落。这狼吃过七八十个活人心了,都有半仙之体,一逃出去再作孽就了不得啦!"苏隆阿听出逃跑的这只狼和小孩失踪有关,就把自己屯子小孩失踪的事跟老玛法叙述了一遍。老玛法说:"难得你为民除害。你要抓住它,只把皮给我就行。"苏隆阿急着要找吃小孩的狼,就同老玛法告别啦。

苏隆阿在山里又转悠了两天,没见着一只狼,就往回走,到家时已经是二更天了。像往常一样,他先要看他额娘。额娘屋里灯亮着,门扣着。他刚要叫门,就听他妈拼命喊了一声:"救命啊!"他知道不好,一脚把门踢开,一个箭步就闯到屋里,见他媳妇按住他妈正撕衣服。原来他媳妇知道她婆婆发现她吃小孩的事,来个先下手为强。苏隆阿就一把把他媳妇抓了过来,踩在脚下。他妈一翻身坐了起来,指着媳妇说:"屯里的孩子都是她吃的,她正要吃我!"接着又把那天晚间吃小孩的经过说了一遍。苏隆阿听完他妈的话,没有立即动手,就厉声对他媳妇问道:"你是不是从四道河子南山坡狼圈里逃出来的白脸狼?"她点了点头。又问:"你吃了多少个人心了?""吃了九十八个,就差两个不到一百。""你吃人心做什么?"她哀求地说:"你成全成全我吧!我吃了她的心,再加上腹内孩子的一颗心,我就能成狼仙了。那时候,你也跟着成仙得道了!"苏隆阿再也忍不住了,手起叉落,一下结果了她的性命。

苏隆阿第二天就到山神庙的后殿把狼皮起了出来,交给看狼圈的老玛法。老玛法接过狼皮一看,笑吟吟地说:"正是这个孽畜!杀得好!"随后,把狼皮举起来对着圈里的九只狼喝道:"看见了吧,你们谁再作孽,这就是下场!"九只狼都怕得哆嗦成一团。

---

① 老玛法:满语,老大爷。

讲　　述：努斯甫（哈萨克族）
搜集整理：木塔里甫
流传地区：新疆昌吉州阜康

狼姑娘

　　很久以前,有一个名叫杜拉克的牧马人,他从小练就一身牧马的好本领,可汗①总是把最好的马群交给他放牧。

　　有一年,杜拉克照旧把马群赶到深山的夏牧场去放牧。奇怪的是,每天早晨起来,都少一匹马。他找遍了群山和所有的马群,不见他丢失的那些好马的踪迹。这个憨厚老实的小伙子发愁了。他想:怎么向可汗交代呢？这样下去,这群马连一匹都不会剩。为了把事情搞清楚,他决定守夜。他藏在暗处,整整守了一夜,没有任何动静。天快亮了,他正准备躺下睡觉,突然发现一只大灰狼慢悠悠地钻进马群,拖着一匹马就跑。杜拉克急忙跨上一匹快马追上去。他策马向狼逼近,举鞭向狼抽打过去,狼却奇迹般地说话了。它把马放下,说道:"慢,别动手！"杜拉克大吃一惊。转眼间,狼又拖着马跑了。杜拉克策马又追上了狼,狼哀求说:"请饶恕我吧！"杜拉克又犹豫起来。可是一想,你拖走了我的马,害得我够苦的了。可汗向我问罪,我怎么办？于是,他向狼狠狠地甩了一鞭子。狼丢下马,转身向他说道:"请你忍耐一会儿,你会明白一切的。"说着,它叼起杜拉克的马缰绳,把他带到深山里的一个石洞前。这时,狼却突然不见了。杜拉克真不知该怎么办才好,他拴好马,壮着胆,走进这个山洞。他向一处有亮光的地方走去,展现在他面前的竟是一座十分华丽的宫殿,各种各样的奇珍异宝闪闪发光,一阵阵清香扑鼻。杜拉克被这景色迷住了,他东瞧瞧,西望望,眼花缭乱,竟把狼的事给忘了。

―――――――
① 可汗：突厥语,国王。

这时，从宫殿里走出一位白发老人。他向杜拉克施礼，说道："让你辛苦了，请坐下吧！"杜拉克正要坐下，忽然看到老人身后有一位仙女般的姑娘，她脚步轻盈，端着一碗醇香的奶茶走来。杜拉克差点儿昏迷过去，他简直不敢想象世上竟有这样美丽动人的姑娘！姑娘微笑着来到杜拉克的面前，恭恭敬敬地献上一碗奶茶，轻声说："请喝茶！"杜拉克慌忙接过茶，坐了下来。

这时，慈祥的老人开口说道："我就是那个每天从你的马群中拖走一匹马的大灰狼。我这样做，因为我这个女儿爱上了你。她没有别的办法和你相见，只好让我把你请到这里来。假如你同意这门亲事，她现在就嫁给你，跟着你回去。我拖来的马，匹匹膘肥体壮，全喂养在这里，你们走时把它们赶回去吧！"

杜拉克简直不敢相信慈祥的老人就是那只大灰狼。但是，美丽的姑娘已使他神魂颠倒，来不及顾及其他的事了。杜拉克满口答应了这门亲事，赶着马匹走出山洞。他虔诚地给大灰狼施了礼，带着狼姑娘，赶着马群回牧场去了。

杜拉克和狼姑娘过着美满的生活。狼姑娘既贤惠又勤快，把一切都安排得井井有条。从她来以后，牧草更加旺盛，野兽也再不来骚扰马群了。杜拉克放牧的马群膘肥体壮，惹人喜爱，杜拉克从来没有这样高兴过。他感到美中不足的是，他的妻子白天披着狼皮，只有到了日落西山后才脱去狼皮，变成美丽的女子。他想：如果妻子白天也不披狼皮该多好啊！于是，他想烧掉妻子的狼皮。

有天傍晚，妻子脱下狼皮，正要收藏，杜拉克一把夺过来，将狼皮投进熊熊的火堆。毡房里顿时发出奇异的光彩，他妻子叹口气，说："从今以后，我们会碰到许多麻烦！"

自从杜拉克烧掉妻子的狼皮，他的那顶闪闪发光的毡房引来了许多鸟儿。这些鸟儿落在毡房顶上，用优美的歌声赞颂着狼姑娘的美丽。甚至飞往远方的候鸟，也被毡房美丽的光彩吸引，集聚在毡房周围，欣赏狼姑娘动人的身姿，连它们要飞往远方的事都忘记了。

一次，可汗外出打猎，来到深山。他在山里转来转去，一只猎物也没碰到，只看到几只麻雀从上空一掠而过。他很纳闷：这里原是野兽经常出没的地方，今天怎么竟变得这么安静？这时停在可汗手背上的猎鹰向着南方鸣叫不停，可汗觉得很奇怪。他发现一只蹦跑的小兔，忙打开鹰的头罩，抬手撒开猎鹰。猎鹰不扑向小兔,却鸣叫着向南飞去。可汗向着猎鹰飞去的方向策马奔去,他看见猎鹰落在一个破旧的毡房顶上。毡房放射着奇异的光彩,许多鸟都聚集在那里,拍打着翅膀,发出各种优美的鸣叫声。可汗想弄明白,走进杜拉克的毡房,只见一位浑身闪烁着光芒的美女坐在毡房里。可汗没有想到世上竟有这样美丽的女人,他起了要霸占这位美女的邪念。

可汗想来想去,想出一个主意,他对杜拉克说:"咱俩来捉迷藏,你藏三次,我藏三次。假如我藏三次都被你找到,我这群马就属于你;假如你藏三次都被我找到,你的老婆就输给我。"

憨厚的杜拉克左右为难,但又不敢违背可汗的旨意,只好让可汗先藏。当可汗走出毡房后,杜拉克的妻子告诉他:"你别愁眉不展,我给你想办法。可汗这次变成了锥子,就插在咱们门前的那棵大树干上。"杜拉克来到大树前,果然有一把锥子,便说:"可汗,我找到您了,您变成了锥子。"可汗第二次去藏身,杜拉克的妻子说:"他这次变成了弓箭,藏在你晾干的山羊皮底下。"杜拉克按妻子说的又找到了可汗。第三次,可汗变成了前额有黑斑的雪青马跑了。杜拉克的妻子说:"你也必须骑上一匹雪青马,这样才能捉住那匹前额有黑斑的雪青马。"杜拉克骑了一匹雪青马,很容易地用套马绳套住了那匹雪青马。

这时,轮到杜拉克藏身了。狼姑娘第一次把杜拉克变成水,盛在锅里。第二次把他变成打羊毛用的皮垫子,用它来打羊毛。第三次把他变成纺线锤,用它纺线。可汗整整找了三天也没找到,只好在他们面前认输,悻悻地回到王宫。

这位贪色的可汗不死心,一心要把这位绝色美人弄到手。他想出一个恶毒的办法,要害死杜拉克。他派人把杜拉克请到王宫,说:"我曾在父亲去世的周年,用一匹雪青马做了祭祀的供品,它是我最喜爱的马。你去把这匹马牵回来。要是牵不回来,我要你的脑袋!"

杜拉克忧心忡忡地回到家里,向妻子说了可汗的恶毒诡计。妻子对他说:"这全怪你烧了我的狼皮。可汗不仅想霸占我,他还想害死你。也罢,他父亲的坟墓就在南山坡上,你去把他的骨骸收集到摇篮里,不停地摇三天三夜,他的父亲就会给你雪青马。"

杜拉克来到南山坡,挖开可汗父亲的墓,把残剩的骨骸收集在摇篮里,整整摇了三天三夜。第三天傍晚,摇篮里发出了声音:"我和你无冤无仇,你怎么这样折磨我?"杜拉克说:"不是我存心找您的麻烦,而是您的儿子叫我来的。他说在您死后的周年祭奠仪式上,杀了一匹他最心爱的雪青马作为供品。他要我来把马牵回去。"

不一会儿,一匹三条腿的雪青马摇摇晃晃地出现在杜拉克面前。杜拉克问:"这匹马原来是三条腿的吗?"摇篮里的声音说:"祭祀那天,可汗这个孽种把雪青马的一条后腿藏起来,自己偷着吃了。所以这匹雪青马缺一条后腿。"

杜拉克牵着三条腿的雪青马,到王宫见了可汗,说:"您看,雪青马给您牵回来了。"可汗先是大吃一惊,接着大声训斥道:"你这个贱民,还敢跟我耍花招!我要的是那匹可爱的雪青马,而不是这匹三条腿的赖马。你是不是存心找死呀!"

杜拉克不慌不忙地说:"我到您父王那里去要您的可爱的雪青马,他说,祭祀那天,您把一条后腿藏起来,自己偷吃了。这条后腿没有祭给他,这匹马也就成了三条腿的马。"可汗还想抵赖,那匹雪青马突然长嘶一声,扬起前蹄扑向可汗,把这个不孝不义的可汗活活踩死在他的宝座上。

可汗死了,百姓们高兴极了。大家一致推举杜拉克为可汗。杜拉克在狼姑娘的帮助下,把国家治理得很好。杜拉克当政的年月里,没有遇到任何灾难。牧民们在这个水草丰盛的国度里,过着安居乐业的日子。

讲　　述：陈文军
搜集整理：王统洲
流传地区：甘肃静宁县

黄狼精

从前，在大山里有一家人，老两口养了一儿一女。一家四口人，平平安安地过活着。

儿子常常出去放羊。后来他发现每天赶羊时羊总要少一只，他很奇怪，决心看个究竟。有一天他放羊回来，把羊圈起来后就悄悄地躲在羊圈背后，透过墙缝眼往羊圈里看。一会儿，他看见妹妹从绣房出来跑进羊圈，在羊圈里打了一个滚，变成了一只黄色的狼，几口就把一只羊咬死吃起来。他吓得赶紧跑到父母跟前，把看到的事情说了一遍。老两口怎么也不相信，还骂儿子："你胡说，你妹妹咋能是狼呢！"哥哥没办法，就骑上马出门走了。

他就一直走。有一天，他碰见三个人，这三个人掏了四个鹰娃①。他们把三个分了，还有一个不能分了，说杀了分。他看到了，就把那只鹰娃买下来。又有一天，他碰到一只小黄狗，也把它带上了。他带着狗和鹰走了几天几夜，来到一个村里住下生活。从此，他一边干活一边精心照料小狗和小鹰。

过了好多年，他也成了家。小鹰小狗也都长大了，都很机灵。他就给小鹰起了一个名字叫黑鹰，给黄狗起了一个名字叫天犬。后来，他想回去看看父母。临走之前，他在当院放了一盆水，嘱咐媳妇说："我现在回家看父母去，如果你看见这盆里的水淹开了，就把我的黑鹰和天犬放开。"媳妇答应了，他还是不放心，再三叮咛后就走了。

走到老家一看，整个村连一个人也看不见，房屋倒塌，野草比人还高，整个村

---

① 鹰娃：鹰雏儿。

子里阴森森的叫人害怕。原来,他的妹妹早就被狼吃掉,狼又变成他妹妹正在屋里梳头,从镜子里看到哥哥在东瞧西看,一阵高兴,就去把哥哥引到屋里。哥哥到屋里一看,见满地都是骨头,门背后还挂着个啃得烂拉拉的人头,就知道父母已经被吃了。他心里很悲伤。妹妹取了一把胡胡①给他说:"哥哥你拉胡胡,我给你做饭去。"

妹妹走了,他想跑,就是想不出办法:如果停住胡胡,妹妹就来了。其实妹妹到厨房里正在磨刀子,她馋得受不住了,就吃了马的一条腿,问:"哥哥,哥哥,你的马咋三条腿?"哥哥没法回答,就只好说:"我的马就是三条腿。"一会儿她又吃了一条马腿,又问:"哥哥你的马咋两条腿?"他回答说:"啊,我的马是两条腿。"最后她把马吃光了,又到厨房去磨刀子。眼看他就活不成了,就在这时,从窟窿里钻出来两只白老鼠对他说:"你赶快跑,我两个来拉胡胡。"他就把胡胡交给老鼠,从后门跑了。

他跑着跑着,碰到一个涝坝②,中间有一棵大树,他急忙爬上树。不一会儿狼来了,它看见水里一个人,就把水喝光,涝坝里的人没了。它又把水吐到涝坝里,又看见人,又喝起水来。他在树上忍不住笑出声来,狼一看人在树上,就张开大口啃树,不大一会儿就快把树啃断了。

再说他媳妇在家正在游门子,猛记起前几天的事,就急忙去看。盆里的水淹得很厉害,她急忙放开黑鹰和天犬。黑鹰和天犬一直向这里奔来。眼看树差一点就要断了,黑鹰飞来把狼的两个眼睛叨瞎了;天犬扑来,一爪子把狼的心掏出来吃了。

---

① 胡胡:胡琴。
② 涝坝:水潭。

讲　　述：尤树林、葛德胜（赫哲族）
搜集整理：黄任远
流传地区：黑龙江同江县、饶河县

变成萨满的狼精

从前，南山有个狼精，经常到附近村屯祸害人，闹得百姓生活不得安宁。

有一年秋天，猎人莫尼特领着他那个七岁的小男孩上山打秋皮。他还想追踪到狼窝消灭狼精，为民除害。

一天，莫尼特在山脚边打了一头野猪。爷两个一起动手扒了野猪皮，架上火，用小吊锅煮起了野猪肉。煮了一大会儿，锅里传来了一阵阵肉的香味。

儿子拉着莫尼特的手问："阿玛，肉烀熟了吧？"

莫尼特说："好孩子，乖！等煮熟了再吃吧！"

儿子跑一边玩去了。过了一会儿，儿子又跑回来，见阿玛不在，就伸手到吊锅里抓了一小块肉，蹲着吃了起来。刚吃完，肚子就痛了。孩子一边捂着肚子一边喊："阿玛，阿玛！我肚子痛呀！"

莫尼特听到儿子招呼，跑了回来，抱起孩子问："怎么啦？哪里不好受？"

"阿玛，我的肚子痛呀！"

"你吃什么东西啦？"

"我刚才吃了一小块肉，吃完就痛开了。"

"你这孩子，不听话，叫你先别吃，你就先吃上了！难道肉里有毒吗？"

儿子痛得昏了过去，像死了一样。莫尼特没有吃，把一吊锅肉都倒了。不大一会儿，天黑了。莫尼特把空吊锅戴在脑袋上，手里握着激达①，猫在孩子睡的撮罗子后面。

---

① 激达：扎枪。

到了小半夜的时候,他听到不远处有沙沙的动静。不一会儿,一只大白狼走到撮罗子跟前,围着绕了三圈,接着用爪子扒门。莫尼特在暗处瞅得真切,未等狼扑近自己儿子,手中的激达早就飞了过去,一家伙扎在大白狼的肚子上。大白狼一声尖叫,就跑没影了。第二天,莫尼特背着昏迷不醒的儿子回了家。把儿子往炕上一撂,莫尼特就去找村里新来的萨满①,想问问那狼把自己的激达带哪儿去了,自己儿子是什么病。到了萨满家门口,莫尼特见门口围了一大帮人。他走上前问:"出了什么事啦?"

有人回答他说:"萨满昨晚得了病,一个人关着门在屋里直哼哼,也不让人进去。"

莫尼特说:"我从前也学过萨满,会给人治个病,让我进去给他看看病吧!"

说完,莫尼特用力拉开了反锁着的门,闯进了屋里。一看,萨满正跪在西墙边木头神下祈祷呢,莫尼特的一把激达还在萨满的肚子上叉着。

莫尼特上前一把抓住激达,对萨满说:"原来是你呀!想害我的孩子,我看你还往哪里跑?!"他说着把激达往外一拔,肚里的肠子也拉出来了。不一会儿,萨满就咽了气,变成了一只死狼。

莫尼特拿着激达往家走,管屯子的嘎深达②跑来了,问:"莫尼特,你为什么要杀死萨满?"

莫尼特说:"他不是萨满,是只狼!"莫尼特当着乡亲们的面,一五一十地把自己在山上打猎遇到的事说了一遍。

这时,有人已把那只死狼抬了出来。众人一看,都说:"莫尼特为民除了害,真是个莫日根!"嘎深达弄明白了真相,也赞扬莫尼特做得对。这时候,莫尼特的儿子从家里跑来找他了。原来狼精一死,妖法破了,孩子的病也好了。

狼精被莫尼特扎死后,这一带的渔民和猎人过上了太太平平的生活。

---

① 萨满:萨满教巫师,这里指专门跳神为人治病的人。
② 嘎深达:村长。

讲　　述：傅英仁（满族）
搜集整理：王士媛
流传地区：黑龙江宁安、海林、旧街一带

石虎精

　　相传在吉林的东北有一个城寨，叫木克通寨。这个寨子是远近最大的一个城。城里住着五六十户人家。这里住着一个老贝勒①，名字叫吾都。寨里寨外都知道他，他为人忠厚老实，宽宏大量。

　　吾都贝勒快要六十了，可他的体格还挺壮，精神头挺足，紫红的脸膛，溜直的身板。骑马射箭，拔刀使枪，他全行。他管辖这个寨子快三十年了，是个挺有威望的老贝勒。

　　老贝勒有一个儿子，精明能干，叫昆图，人们都叫他昆图巴图鲁②。老贝勒晚年得子，很是疼爱，教儿子习文练武。昆图长到二十五六的时候，已经箭马娴熟、英勇无比了。

　　有这么一天，老贝勒来了兴头，把儿子叫到跟前，说："昆图，我想出去打打围、散散心，你好好在家照管照管咱们的城池吧！"昆图说："好吧，阿玛，你就放心地去吧！"昆图帮老贝勒打点了一下，老贝勒就出外打围去了。

　　每次老贝勒出去打围，顶多三天就回来，可这次去，一连九天也没回来。昆图很着急，怕阿玛在路上出什么事儿。嗯，到第十天头上，老贝勒回来了，昆图这才放了心。

　　哪承想，吾都贝勒这次打围回来，脾气变了，跟从前大不一样了，动不动就发一顿火，把大伙整治得没办法。他把城里的五六十户人家，甚至左近的几百户人

---

① 贝勒：满语，王爷。
② 巴图鲁：满语，英雄。

家，都给召集到一块，训斥他们："今儿个你们都去给我干苦工去！每人每月每年都要给我献贡品，牛哇，马呀，金银财宝哇，都给我送来！"

交贡品，有的交得起，有的也交不起呀。一交不起，轻了，毒打一顿，重了，就杀头。差不多天天都杀一个人。说也奇怪，杀了人，刚刚埋上，第二天尸体就看不着了。老贝勒对家里的人也不那么亲近了。人们都挺纳闷：老贝勒从前也不这样啊，怎么变成这样了？大伙敢怒不敢言。

这还不算，老贝勒还让人在城里搭了九丈多高的台子，抬上去十八口大缸。谁也不让上这高台上去，只许他去。谁要离高台一丈来远，就要杀头。也不知他从哪儿招来这么一大批兵马，这些兵马，长得奇形怪状，特别厉害，都一心一意地给老贝勒监工、抓人。这一阵子，他把自己的寨子祸害得够呛，人畜不得安宁，就是别的寨子，也给祸害得够呛，人畜也不得安宁。

又过了一些日子，老贝勒不知搁哪地方又娶来一个古里古怪的老婆。这个老婆妖里妖道，她专门爱吃清蒸的小孩。跟着她还来了一些古怪的人，有黄脸的萨满，白脸的笔帖式，黑脸的侍卫。哎呀！简直把这个木克通寨闹腾得天翻地覆。有不少人就想偷偷地逃走。可是，老贝勒手下的人多着呢，兵啦，马啦，军师啦，还有些萨满什么的。这些人四处追踪，谁想跑也跑不了，人们只好忍气吞声地给他当奴隶。

老贝勒的儿子昆图巴图鲁心里总是纳闷：我阿玛平素间也不是这样啊，怎么就变成这样了？愁得昆图吃不下饭、睡不着觉。有一次他对老贝勒说："阿玛呀，咱们不该对老百姓那么凶。你想想，三十年了，你待老百姓多好哇，他们对你也好哇！"不说便罢，这一说，老贝勒不是打他就是骂他。当儿子的对老子也没法儿呀，昆图就是愁哇。

有一天晚上，昆图躺在炕上似睡非睡，听门"呼啦"一下开了，紧接着进来一个老头。昆图仔细一瞅，是他阿玛进来了。他赶紧坐起来，下了地，说："阿玛，你深更半夜来干什么？"老贝勒看着儿子就掉眼泪了："昆图哇，你是不知道哇，我出外打围的时候，让一个老虎精把我抓去了，它把我关在南山洞里了，还用一种迷魂药，把我给迷糊住了。你应该救我去呀！你现在的这个阿玛不是我，是老虎精变的。它带着一些山妖，杀了人就吃，还想靠人的力量夺天下，让天下都归属它。

放在高台上的那十八口大缸里头装的都是黑豆,修炼到九九八十一天的时候,这些黑豆都能变成天兵天将,那时候,再想铲除他们,就比登天还难。你赶紧想办法,把我救出来,整死这个老虎精。"老头说完就不见了。

昆图冷不丁醒了,原来是一场梦!这一宿他一连做了三个梦,三个梦全一样。他偷偷地把做梦的事告诉他额娘了,顺便问:"我阿玛对您怎么样?"老太太说:"以前你阿玛对我挺好,自从他打围回来对我冷若冰霜,总也不到我房去。"啊,原来是这样,昆图明白了,于是他想设法逃出去,好四处搬兵,来消灭这个老妖精,救出他阿玛。

第二天,他就跟假贝勒说了:"阿玛呀,我想到外面打猎去!"老虎精看看昆图说:"你打猎可是打猎,如果天到酉时你还不回来,我就派人抓你去!"昆图心里纳闷:为什么它限定我酉时回来呢?不管它怎么说,我就是得跑出去。哪承想,老虎精又告诉他:"你只许在西林子打猎,不许你到别处去打!"说完就让昆图骑着马走了。

到了西林子,昆图心想,我搁这就跑吧。他刚要出林子,就让十八个山妖给圈回来了,老虎精让它手下的人足足打了昆图八十大板。

过了一天,正赶上七月十五,昆图的爷爷烧周年。每年这一天上坟,都是老贝勒率领全家人去祭奠祖先。可这回呢,假贝勒不去。昆图早想好了,要趁这机会跑,便跟假贝勒说:"阿玛,今天是上坟的日子,您每年都去,怎么今年不去?"假贝勒说:"我今年太忙,你替我去吧!可有一样,不许你离开坟地,不然你回来我就狠狠地罚你!"

昆图骑上马,带上纸钱,不大一会儿就到了坟茔,他烧了纸钱,痛哭了一阵子以后骑着马往正南跑去。没等跑出一里地呢,又让十八个山妖给圈回来了。老虎精又让它手下的人打了昆图八十大板,然后将他塞进了牢房。

这回昆图跑不出去了,愁哇!正在这阵儿,就听墙脚"沙沙沙,沙沙沙"的声音,像耗子嗑什么似的。昆图仔细一瞅,只见九十条大耗子正在那儿盗洞呢。有一个大耗子到昆图跟前,闻一闻,又指指它们盗的洞。啊,昆图明白了:这是九十条耗子给他盗洞呢!于是,昆图就随着耗子盗的洞往前骨碌,不一会儿就出了洞。

昆图他们家养了一条猎狗,从打老虎精来了之后,这猎狗就总也不回家,在野外到处吠。这天正赶上昆图搁洞里爬出来,让这条猎狗碰上了。它见到主人就扑了过去,舔舔这,舔舔那的,可亲热了。昆图见是自己家的狗,心里格外乐,猎狗领着昆图就跑了。

一跑跑到宁古塔的忽尔汉湖。这里有一座山,叫东平山,山里有位大萨满,叫海伦。昆图见到海伦萨满就跪下了,把他怎么怎么来的,说了一遍,最后他恳求海伦萨满帮他报仇。海伦萨满说:"好吧,我来帮助你,我给你一瓶药水,再给你一把宝剑。这把宝剑砍石头石头碎,砍铁铁断。"说着便把两样东西递给了昆图,嘱咐他说:"等你到那地场见到你阿玛尸首的时候,你就把这瓶药水给他洒上,他就活了。"这个时候离黑豆兵成形的日子只有三十天了,等过了三十天就谁也治不了了。昆图巴图鲁拜别了海伦萨满,一直往南走去。

昆图走哇走哇,走到了两山夹一沟的地方,再往南走一点,果然有一个大洞。洞口堵着两三人高的石头,这就是他阿玛被害的地方!昆图急不可待,拿起宝剑就砍,"唰唰唰"地,没用一个时辰,把这块石头砍得细碎细碎。昆图往里一看,里头有一个石头槽子,槽子里躺着一个老人,正是他的阿玛吾都贝勒。

哎呀,昆图一看是他阿玛,就哭哇哭哇,哭了一阵子,他突然想起海伦萨满给他的药水,拿出来就往他阿玛身上洒。不一会儿,老贝勒真的活了,看着跟前是他儿子,就抱头痛哭,说:"儿呀,咱们得搬兵去报仇哇!不整死那个老虎精我死不瞑目!"

爷儿俩走了三个部落,走了十八个寨子,搬来两三千人马,把个木克通寨围了个水泄不通。

城里的人听说昆图巴图鲁搬兵了,大伙都挺乐,全想动手帮着打。哪承想,老虎精知道了,它带领"起妖"①来到城头上,走了四门,吹了四口气,把两千兵马全都给吹跑了,吹得东倒西歪,四处逃散。老虎精哈哈大笑:"我看你还有什么能耐!胆敢碰我?"

爷儿俩一看硬拼不行,二分脚又到海伦萨满那儿去了。海伦萨满乐了,说:"你

---

① 起妖:满语,魔鬼名。

们单靠人力不行,我给你们一个托力①,拿着它去围城。老虎精要是吹气,你们就拿托力一照,它就能现出原形。一现原形,它就没力气了,你们马上用那把宝剑把它杀死。"

爷儿俩拿着托力,又把那些残兵败将搜罗起来,有一千多人,第二次去围城。

老虎精一看,啊!你们又来了。它一上南门,刚要吹法气,昆图拿出托力这么一照,老虎精"哎呀"一声,就地打了一个滚儿,变成了一只老虎。昆图回头一看,他阿玛老贝勒也大叫一声,一下子也变成一只老虎。城头上那个老虎精直奔昆图阿玛这只老虎来了。两只老虎滚成一个团儿,长得一模一样,昆图弄不清哪个是真,哪个是假,想砍,也没法砍了。老虎精请来的那些黄脸萨满、白脸笔帖式、黑脸侍卫一起围着城喊叫,昆图没法拿托力照。

无奈,他只好第三次去求助海伦萨满了。海伦说:"我只能认出真虎、假虎,让老虎精现出原形,可是我整不死它。走,我领你找我师父去!"说完,海伦收拾收拾,带着昆图从宁古塔直奔东南走去。他俩上了一个山,海伦的师父毕尔汉恩都力②就在这山上修行。毕尔汉恩都力听他徒弟海伦说了来由之后,说:"我给你们一面镇山鼓,你们拿它敲三下,就能把老虎精镇住。你们不要杀死它,我自有用处。"

海伦萨满带着昆图,拿着镇山鼓下山了。到了城上一看,还是老虎精那些家伙把着呢!海伦萨满让昆图敲鼓,昆图猛击三声,老虎精立时现了原形,那些黄脸、白脸、黑脸的家伙,也都现了原形。有的是黄鼠狼,有的是白脸狼,有的是黑瞎子,一齐往四外逃。这时海伦萨满又集起来八十一个托力,托力全都飞起来了,把这些妖怪照得鬼哭狼嚎,四处逃散,城池夺到手了。

可是,两只老虎哪里去了?昆图到处找,一直找到他阿玛被关的石洞。噢,两只老虎正打得难解难分。昆图拿起镇山鼓连打了三下,老虎精当场就倒下了。昆图一看,这就是老虎精了,举起剑就要杀,毕尔汉恩都力走来,说:"不要动手,你杀不死它,我来收拾它。"说完他就拿出一个晃铃这么一套,套在老虎精身上,

---

① 托力:满语,铜镜。
② 毕尔汉恩都力:满语,萨满神。

它就乖乖地站在那儿一动也不动了。

毕尔汉恩都力到了老贝勒老虎那儿去,照着老贝勒的脑门拍了三下,老贝勒就恢复了人样。

治服了老虎精,救活了老贝勒,城里的老百姓都感谢毕尔汉恩都力,一齐下跪磕头。毕尔汉恩都力说:"这只老虎是石头变的,它是给我看山的石头虎。"他指着昆图接着说:"你爷爷年轻时,有一次来打猎,把石头老虎的耳朵给削下半拉。石头老虎怀恨在心,总想报复。怪我管教不严,它偷着下山了,作了这么大的祸。"

打这以后,你看吧,凡是石头老虎都挂着一个铜铃,据说这就是毕尔汉恩都力治服石虎精的一件法宝。不然,天下所有的石头老虎不都得作妖吗?

讲　　述：代俄沟兔汝（彝族）
搜集整理：燕宝
流传地区：贵州威宁

虎妻

很久很久以前，有个姑娘出嫁去远方，走到半路，她要到一边去解手，接亲人只好坐在路上等她（彝族习惯，接亲的都是男子）。姑娘一去就遇着一只老虎。老虎把姑娘吃了，变成姑娘的样子回来，跟着接亲人到了男家。

结婚喜酒吃过以后，按风俗新娘子要做的头一桩活路就是背水。这新郎家只有兄妹二人，小姑子带嫂子去背水。走拢水井边时，见一只锦鸡飞过去，小姑子很羡慕锦鸡毛色好看，就说："嫂嫂呀嫂嫂，你看那锦鸡多美啊！"

嫂子说："那算什么呀，我要是变个样子给你看，那才叫美哩。"

小姑子高兴地说："嫂嫂，快变给我瞧瞧吧！"

嫂子说："要变可以，你得答应我一句话。"

"你快变来，一百句我都答应。"

"不许回去对你哥哥讲。"

"我不讲，一定不讲。"

嫂子放下水桶，"呼"一下打个转身，变成一只纯一色的黄毛老虎。

小姑子忙说："嫂嫂呀，你莫吓我，快变回来吧！"

老虎又打个转身变成了人。

后来，小姑子还是对她哥哥讲了。哥哥就想法子收拾老虎，他上山砍来了好多野竹子。虎妻问他："要那么多野竹子做啥呀？"他说："我这房子不牢实，另起个新的。"

那人天天编篱笆围房子，围成了内外九层、层层回环旋转的新房子，便出去喊人来收拾老虎啦。临走前，他安排自己妹妹住最里层，虎妻住最外层。他晓得自己走了以后,虎妻会去吃他妹妹。他想,一天晚上拆一层篱笆,等他回来的时候,还到不了最里层,便放心了。于是,对虎妻和妹妹说:"新房子围成啦,我去喊客人来吃落成酒,你们好生看家。"

虎妻暗自高兴,就说:"好嘞,你走吧!"

那人走后,妹妹晚上听到虎嫂"唰唰唰"拆篱笆的响声,就问:"嫂嫂,你做啥呀?"

"没做哪样。屋里黑得很,我抠个洞洞亮点。"它一晚上拆去好几层,很快就把小姑子吃了,剩下的肠子和骨头变成了斑鸠,所以斑鸠总是"咕咕嗯爵①,咕咕嗯爵"地叫。

那人带着很多朋友回来的时候,见新房子拆得稀巴烂,不见自己的妹妹出来,就晓得是咋回事了。他也不说什么,只带他的朋友割了很多蕨草回来,在新房子里铺起许多草窝铺,每个窝铺下面钉个木桩桩。等一切都搞好了,他便对虎妻说:"我家的客都请来啦,你去喊你家的客吧!"

虎妻跑到大山林里叫了一阵,各处的老虎都来了,它们都变成人的样子来做客。可是尾巴变不了,就藏在裤裆里头。

喝酒的时候,老虎们一点也不客气,大块大块地吃肉,大碗大碗地喝酒,个个都喝得大醉。人们把它们扶到草窝铺里,一躺下就呼呼地睡着了,拿竹签子刺鼻子都醒不来。人们就将它们的尾巴绑在木桩上放起火来。老虎们烧醒以后想逃跑,尾巴给绑住了,跑不脱,都被活活地烧死了。只有一只秃尾巴母老虎逃掉了,可也烧得皮癞毛焦。现在老虎皮毛上的花斑,就是那回烧伤留下的痕迹。

这只母老虎伤心极了,低着头一路走一路独自念叨:"我从此以后,一年生九窝,一窝生九只,要把人类吃光。"走到陆楚尕阿鲁面前了,它还在这样念叨。

"嘿! 你讲哪样?"陆楚尕阿鲁吼它一声。

母老虎抬头见是赶山的神仙,就向他诉了一通苦,把它的话重念了一遍。

陆楚尕阿鲁说:"你这话说错了,要这样讲才对:我从今以后,九年生一窝,九

---

① 咕咕嗯爵:彝语,"想念哥哥"的意思。

窝得一崽，见人就逃跑，只能咬猪牛。"

母老虎后来就照着陆楚尕阿鲁讲的这样念，所以此后老虎就生得不多了。但一讲起虎妻，大家还是很戒备，从此以后我们彝家姑娘出嫁时，就不吃不喝，免得路上解手出事。这就是出嫁禁食风习的由来。

讲　　述：李张氏（苗族）
搜集整理：燕宝
流传地区：贵州西部、西北部

稚榜嫁虎

从前，朵孙彩珍家有个姑娘，名叫稚榜，长得像只花蝴蝶，美极了。小时候，父母接了人家的厚礼，把她放①给人家了。男的是个癞子。稚榜长大了，要办婚事，稚榜高低不肯，又哭又闹地说："我宁愿嫁个老虎，也不嫁癞子脑壳。"妈妈赶忙捂住她的嘴说："这个说不得！说不得！老虎听了，会把你扛走的。"

稚榜大声说："扛走就扛走！扛走才好哩！"

有一天，稚榜和妈妈在菜园里除草。妈妈又劝她出嫁，妈妈说："榜儿，嫁个有吃有穿的人家，才是要紧的。人好不好，有哪要紧！那又当不得吃，当不得穿！"

稚榜说："苗家姑娘谁不是在跳花场中选丈夫的呢？你们给我说的人，我就是不爱；我宁愿嫁老虎，也不嫁给他！"

这时，恰好有只老虎蹲在菜园子外面的篱笆脚下听到了，它咆哮一声跳进来，扛起稚榜走了。

稚榜的阿妈哭喊着跑回家来："不好啦！不好啦！我家稚榜叫老虎扛走啦！"稚榜的阿爸拿根大棒追出去。

老虎咬了一只狗，吃了狗肉，把狗肠子撒在路上。稚榜爹看见血糊糊的狗肠子，当是稚榜给老虎吃了，没心去追了。

老虎扛稚榜到家了，大声喊道："妈妈！开门来！快开门！我给你带个媳妇来啦！"母老虎打开门，高兴地问："媳妇在哪呀？"

---

① 放：订婚。

老虎指着地上昏迷不醒的稚榜说:"那不是!"

母老虎看了,嗔怪儿子说:"哎呀呀!恐怕你下嘴重了,咬死啰!"老虎说:"不是,我咬住她的衣服扛回来的。怕她是害羞,或是睡着了。"母老虎轻轻拍着稚榜喊道:"媳妇,我的好媳妇,快起来,别怕,我家是人,不是鬼。"

稚榜爬起来,见喊她的是个和蔼可亲的老太婆,旁边站着个她一看就喜欢的漂亮小伙子。稚榜高兴地叫起来:"噫!这就怪了,我不是被老虎扛走的么?咋会到这里来呢?是做梦呀?"漂亮小伙子说:"不是做梦,是你自己愿意,我才把你引来的。"①稚榜笑起来说:"乱讲!我没在哪里见到你,咋个说我愿意跟你呢?"漂亮小伙子说:"你讲过'宁愿嫁老虎,不愿嫁癞子'的话么?"稚榜说:"讲过!讲过!你要真是老虎就好啰,癞子家就不找我啦!"

漂亮小伙子说:"我变来给你看看,是不是真老虎?"说着,在地上打个滚,就变成只老虎了,还笑着问稚榜怕不怕。

稚榜抱着老虎的头说:"牛皮上的字,狗咬得烂;我说过的话不后悔。你是老虎我也爱。"老虎高兴地又打个滚,又变成个漂亮的小伙子。稚榜和他做了夫妻。

好多年以后,稚榜的孩子已长成个放牛娃了。一天,稚榜在门外晒太阳,一边纺纱,一边时时抬头看远方。老虎见她是想家了,就问:"是想爹妈了?"

稚榜叹声气说:"想啊!哪会不想?我来你家八九年啦!还没回门②哩!"

老虎说:"好吧,等收庄稼后,打两斗米的粑粑,熏半边猪的腊肉,提两葫酒③、一只公鸡、一只鸭,带着孩子回去同外公外婆过苗年。"

苗年节的头天,稚榜夫妇带着孩子,挑着粑粑、腊肉,带着酒葫、公鸡、绿鸭④,回到娘家的时候,天已黑了。稚榜对她多年不见的老妈妈说:"务⑤,我们是

---

① 苗族婚俗,男的把女的引回家去,就算是结婚,所以苗语结婚也叫"引妻"。
② 回门:苗族婚俗,结婚三天后,要礼送妻子回娘家去,叫"回门"。一引、一回门,便是结婚的全部仪式过程。
③ 葫酒:苗族农村皆用葫芦盛酒,故叫酒葫,不叫酒壶;叫一葫酒,不叫一壶酒。
④ 绿鸭:公鸭。公鸭一般是绿头、绿翅。苗族风俗,送新娘回门,需用两升到一斗的糯米饭或糯米粑、两腿猪肉(即半边猪)、一坛(缸、葫)酒,以及公鸡、公鸭各一只,作为礼物。
⑤ 务:苗语对老年妇女的称呼,即婆婆或大妈的意思。

远方人,回娘家过年,到这里天就黑了,在你家住一宿吧？明天再走。"夜里,老妈妈不认识自己的女儿了,就说:"过年过节,我家客人要来。一会子,还要打过年糍粑,没地方给你们住,请别家去住吧!"

一个小兄弟说:"妈,这位大姐是远方人,带这么多东西回娘家,天黑了,让他们住一宿吧!"

老妈妈改口说:"说的也是,出门谁带房子走呢,请到谷仓下边屋里住一宿吧!"

第二天,稚榜的那个好心的小兄弟来看过路的客人。稚榜烧一个粑粑给他吃了,又拿两腿腊肉给他,说:"好兄弟,这是给阿爸、阿妈的,拿去吧!"

小兄弟忙伸手一挡说:"大姐姐,这是你带回自己娘家的礼物,我们不要!"

"快拿去吧,一会儿还有哩!"

小兄弟推辞不过,一声一个谢地走了。他回去对爹妈说:"那位过路的大姐姐好慷慨啊！喏,这是她送给二老的礼物。"

爹妈很是感谢,就出来看看客人。一见面,两位老人就吃了一惊,这位好心的客人太像他们的女儿稚榜啦！可他们绝对不会想到这就是自己的女儿,因为她早就被老虎吃了。

稚榜见了爹妈,伤心地哭起来。两位老人劝慰她:"大姐姐,回娘家过年省亲,应该高兴啊,咋又哭了?"

稚榜说:"见二位老人,就像我多年不见的爹妈,我又高兴,又伤心。"

两位老人就问:"你爹妈多大年纪了?"

稚榜说:"年纪相貌,都同你两位老人一模一样。"

老妈妈听了,也伤心地哭起来说:"见到你这位大姐姐,我又高兴,又伤心,高兴的是像见到了我那苦命的女儿；伤心的也是我那个苦命的女儿,她和你一般年纪,长相也一模一样。"

稚榜问:"妈妈,你的女儿叫哪样名字,现在在哪里呀?"

妈妈说:"我女儿叫稚榜。唉！早就不在了。"

"怎么不在了?"

"老虎扛走了。"

"那你不会去找？"

"吃掉了，还找什么！"

"妈妈，你女儿没有死，我知道她在哪里。"

老妈妈一把抓住她："真的？在哪呀？快跟我说！快说！"

"远在天边，近在眼前！"

老妈妈睁大眼睛，东张张，西望望："啊！在哪里呀？在哪里？啊？……"

母女俩在一问一答的时候，老头子暗暗地在一边仔细听着，一边注意瞅着这位过路客人的一举一动，直听到她最后一句话，他再也耐不住了，流着眼泪对老伴说："哎呀！她妈，这就是我们的稚榜啊！你还看啥！"

稚榜就说："爸爸，妈妈，我就是稚榜啊！我带女婿和外孙看二老来啦！"

两位老人惊喜地看看女儿，又看看女婿和外孙。见女婿长得英俊漂亮，外孙聪明健康，有说不出的高兴，赶忙接到正房去住。

稚榜回来了，朵孙彩珍家，当成"回门"一样隆重庆贺。他家一面杀猪宰羊，一面派人四处去请亲友。消息像风一样传出去，村村寨寨都传遍了。

那个癞子家听了，派来个人说："这门亲是我家先订的。活着是我家的人，死了是我家的鬼。如今她已回来了，我家还是要人！"

稚榜的父母吓坏了，问女婿咋个办？女婿说："我不是从他家拐骗去的，我是从老虎嘴里抢来的。是真是假，我们喊老虎来问个明白，他家敢不敢？"

癞子家说："这敢情好，请你喊老虎来问吧！"

女婿说："你全家人都到这里来，我喊来问给你们听吧！"

一会子，癞子家的人都来了，要女婿喊老虎来当面问问。

稚榜从屋角里拿来个铧口，跑到门外"当当当"敲了一阵，大声喊道："我的虎公虎奶、虎叔虎伯们！都请到这里来！"

忽然之间，平地刮起一阵狂风，天旋地转，满山遍野的老虎，成群结队地吼叫着跑来了，将个屋子团团围住，一个个张开血盆大口，要冲进屋来。人们都像冬月天穿单衣，不抖也打战战，恨不得有个地洞钻下去才好。

稚榜问那个癞子家的人："你家还要不要人哪？"

癞子家说："我们不要了，不要了！"

"我是你家的人哪?"

"不是了!不是我家的人了!"

稚榜的丈夫说:"好吧!不要,我们就走啰!"说着,就地打个滚,变成一只大老虎。稚榜和她的孩子骑在虎背上,随着外边那群老虎走了。

四梅香和虎精

讲　　述：刘元基
搜集整理：王知三
流传地区：甘肃静宁县

　　从前有个做官的王大人，做官期满回了家。他家所在的地方，叫作南阳风一亭。回家后，他有一次去南阳赶集，见一个叫作四梅香的姑娘，背柴卖草。王大人问："你是谁家女子，为啥在这里背柴卖草？"四梅香说："我家有八十岁的老母亲，我得背柴卖草养活。"王大人一听是个孝女，于是给了四梅香十两银子，说："你拿回家去，供养老母亲。"隔了多天，王大人赶集又碰见了四梅香，问："你又背柴卖草哩，今天我就跟你去看你那八十岁的老母亲。"

　　到了家里，四梅香的老母头发白得像面碗。四梅香给她母亲说明，她母亲说："原来是王大人给我四梅香十两银子。今天到了我家，你看这窟窑里坐也没处坐。"王大人说："你老人家是上岁数的人了，你睡下暖着，我在炕边吃一瓶烟酒就走了。"临动身时，又拿出十两银子给四梅香，说："十两银子留着供养你老母，我要回去了。"

　　又过了一月多，他再到南阳赶集，又遇见四梅香。这次她穿白戴孝。王大人说："你今日穿白戴孝，莫非你老母亲下场①了？"四梅香说："嗯，下场了。"王大人说："你母亲的百日纸烧过后，你就来侍候我能行吗？"四梅香说："能行。"王大人等过百天，就把四梅香引到他家里。四梅香聪明伶俐，侍候了王大人一两年。

　　王大人有两个后人②：大后人名叫善儿，小后人名叫地雷儿。他和老婆商议："你问四梅香给咱善儿当女人不？"王大人走了，老婆把四梅香叫来，说："四梅

----

① 下场：方言，殁了。
② 后人：指儿子。

香,我有一句话说出来,你燥①不燥?"四梅香说:"你老人家说话,我还有什么燥不燥的,看你给我说啥呢?""既然你不燥,那你给我善儿当女人不?"四梅香把脸翻了,说:"不过我花了你家二十两银子。我给你做活已把账销了,今儿还叫我给你当媳妇,我就走了!"王大人说:"你不当就算了。你再侍候我一两年,能行吗?"四梅香点头同意了。

隔了一响,王大人睡觉起来,把窗子扳了一个缝隙看天色,只见善儿从四梅香住的厨房窗子里出来了。王大人又和老婆商量:"你再问四梅香去,她这回准给咱善儿当女人呢!"老婆说:"我再不好问。若问起她,再把脸翻了,要走咋办?"王大人说:"你去问去,她一定给咱当媳妇呢!"老婆又去问四梅香说:"你给我当媳妇不?"四梅香说:"你老人家又问我,叫我咋说呢!只要你们不嫌弃……"老婆回到上房,王大人就问:"你问了她愿意不愿意?"老婆说:"她这回当真同意了。"王大人说:"既然她愿意,就给他们成亲。"

完婚后,王大人到夏江去做生意。四梅香对王大人说:"你回来时走捷径,捷四十里;走弯径,弯四十里。请记住:捷径里不要走,弯径里走能回来。"王大人就走了,生意很好。一年多往回走,走着走着,记起四梅香说的话,但他没有朝弯径里走,而朝捷径里走。走哩走哩,见一个姑娘在崖畔里坐下吼着,哭声连天。王大人害怕姑娘听见人声,就顺崖溜着下去。他悄悄地一步一步往前走,走到这姑娘跟前,将姑娘抱住问原因。姑娘哭着说:"我既没有个娘家,也没有个婆家。"这王大人说:"你不要哭,跟我去,给我当个媳妇子就有家了。"姑娘说:"你老人家愿意,我就给你当个媳妇子。"王大人说:"你就坐在我的轿子上走。"

一回去,只见四梅香努着嘴,丧着脸。王大人说:"四梅香,我给你寻下个弟妇子。"四梅香说:"你给我把仇人寻来了。"这个姑娘抱住脸哭。王大人说:"你进来么!""我不得进来。""你躲着进来。"姑娘随着王大人的声音就进去了。

王大人到家就把做的生意放下,隔了几天,就给地雷儿完婚了。头一晚上,家里就出了事儿:家里顶好的一匹马被吃掉了。四梅香说:"你给我找上一张弓、三支箭,我今晚到马厩里去拾掇她。"善儿说:"我也去。""你胆小得很。"善儿忙

---

① 燥:方言,发火。

说:"我有胆量。""既然你胆大,咱俩趴在马槽里。我一支箭按上,如果发了,你赶快给我再递一支箭。"善儿说:"能行。"

到了晚上,他两个到马槽里等着。弟妇子进了马厩,打了个滚,变成一只金黄老虎走到一匹马跟前,嫌这马瘦,想寻着吃个肥的。四梅香把箭向老虎射去,善儿被刚才的情形吓怕了,两支箭全丢在马槽底下。这只金黄老虎跳出了马厩,又变成女人天哩地哩地乱叫。王大人问:"你叫唤着咋了?"地雷儿女人说:"我出去尿尿,你家大后人把我拉住,用箭将我的鼻梁射烂了。你不信,咱家头门上的一个兽爪也射着了。"这下可把王大人气坏了,他要杀了善儿。四梅香对王大人说:"你杀他做啥呢?你不要了,就叫他逃命去。"

四梅香打发善儿去逃命,走到牛圈门口,善儿想吆个牛跟他一同去。圈里卧下个牛犊,猛地翻了起来,连蹦带跳从牛圈里出来了。善儿说:"走,跟我逃命去吧。"四梅香对善儿说:"这个车车儿你用牛犊套上,一块逃命去!"又叮咛说:"你走到一座桥上,有个人叫你,你就跟着这个人去。"

善儿听下,就把小牛车吆上朝前走。走不多时,下了一场大雨,山水冲着下来了一只狗娃。他从山水里捞起狗娃,又捡了一只青鹞①,说:"我是受难的人,你们跟我走吧!"走到一座大桥跟前,有个白胡子老汉说:"娃娃,你跟我到山上务农去吗?"善儿说:"好得很。"他指着前面说:"娃娃,一直沿着这条路朝前走,没有岔路,你前面走,我赶个集再追你。"

善儿边走边看,没见老汉的影子,沿老头所指的方向,善儿上了山。老汉却早已到家了,连饭也做熟了。善儿问老汉说:"我头里咋一直没见你,你怎么连饭都做成了?"老汉说:"将牛娃拴在圈里,添些草,你来吃饭。""我吃饭,还有我的狗娃和青鹞呢?""你给狗娃凉些饭,让它吃去;丢一把谷子,叫青鹞吃去。娃娃,你能做啥?""我单会做庄农。""既然你会做庄农,咱俩就在这山上做庄农。这山场上有十几亩地,做好咱两个可以浑吃大喝。"

到了下种季节,善儿撒下谷子,种了十几亩谷子,长势很好。善儿想:"今年一料庄农,人有吃的,牛有吃的,青鹞有吃的了。"谷子割上场,打碾后,种了三升

---

① 青鹞:鹰类。

谷子,长势那么好,只回碾了三升谷。善儿问老汉:"谷子长得那么凶,咋只把籽收来?咱两个怎么度生活哩?"老汉说:"吃的嘛,你不要操心。"

第二年,还是由善儿种谷子,撒了十几亩。由于天旱,只出来了一苗谷子,善儿气得睡倒了。老汉说:"睡下咋呢,娃娃?"善儿说:"去年的谷子那么多,刚把种子打来;今年只出来了一苗谷子,能做啥呀,我不睡觉还做啥呢?"老汉说:"你将这一苗谷子浇水、上粪,精心护理。"照老汉说的,他就一天天担水、上粪,精心作务。只见谷子秆长得有缸粗,穗子像筐箩壮。谷子黄了,他砍来,打碾完毕。老汉说:"娃娃,你家女人给你来信,叫你回去呢!"善儿说:"那我回去。"走时老汉就给善儿三颗谷子,颗粒足有扁豆大。他装在他的袋子里,把狗娃和青鹞放在车子上,套牛往回走。

走到他家庄里,他弟妇子说:"啊,哥哥你回来了。"善儿始终没言语,坐在车车上。他弟妇子又说:"你给我不言语,我给你变脸哩!"善儿到底没言语,弟妇子变了只金黄老虎,走到前面,牛连打带角抵;走到后头,狗娃连扯带咬;青鹞飞上去叼。老虎不能近前。牛抵,狗咬,鹞叼,善儿脱身到了屋前。他家院子里没有一个人,长满野草。走到他家屋门口,有一棵大槐树,善儿就往树上爬。这只金黄老虎变作一只狸猫也爬上树。善儿见它上树来,只好再往高处爬,狸猫也往高处爬。爬到半树腰,善儿装谷子的袋子散了,一颗谷子把狸猫的脑门打碎了。

善儿从树上下来,听到四梅香的魂音说:"你过来一些,我入了你的七窍就能活过来。你口对口,心对心,叫上三声妻,我就起来了。"善儿应声,口对口,心对心,叫了三声妻,四梅香起来了。四梅香说:"咱庄里人死得多,叫上高道,做上一场大醮,咱两口子重新过日子。"

讲　　述：吴连贵（赫哲族）
搜集整理：黄任远
流传地区：黑龙江同江、饶河县

金鹿的故事

　　这个故事出在饶河。

　　早年，有这么一个年轻的猎人。冬天上山打猎时，他在一个大雪窝子里碰到一只鹿。这只鹿让人伤了腿，跑不了啦。它见到这个猎人，便吧嗒吧嗒掉开了眼泪。猎人一见，心也软了，从怀里拿出一副接骨膏给它敷上，撕了几根布条子缠好，还把自己带的鱼干、肉干给鹿喂了一点。鹿慢慢地有了精神，摇摇晃晃地站立了起来，围着猎人转了三圈，一拐一拐地往树林里走了。

　　后来有一年，猎人得了黄病，整日卧炕不起，瘦得皮包骨头，眼看快不行了。就在这个时候，来了一个漂亮的姑娘。她那双水灵灵的眼睛会说话，红扑扑的脸蛋像苹果，穿着紧身的绣花衣服，又合身又好看。

　　这个姑娘一进屋，就径直走到炕边，也不厌埋汰①，往炕沿一坐，说："猎人大哥，听说你病了，我是特意赶来给你除病的！"

　　猎人好不容易睁开眼皮，瞧了一眼姑娘，说："我已经像个死人，只有进气，没有出气，怕不中用了。"

　　姑娘说："没事，我给你拿来了药，吃了就会好的。"说着，她拿出一个红布包，里面有一面镜子、一根草棍。那草棍漆黑漆黑的。姑娘说："这叫还阳草，吃了它什么病都没有了！"

　　猎人开头还半信半疑，吃了还阳草以后，浑身上下发热，从头到脚出了一身大汗，不一会儿就浑身舒服，身子骨也长精神了。

---

① 埋汰：脏。

姑娘笑笑说:"猎人大哥,怎么样?这药还灵吧!"

猎人连声称谢说:"好心的姑娘,你救了我一条命。今生要是报不了你的恩,来生也要给你当牛当马报答你。"

姑娘连忙摆摆手说:"快别这么讲,用不着你谢!我这次来,就是跟你过日子来的。"

猎人做梦也没想到有这样的好事。这个姑娘不光给他治好了病,还给他当了媳妇。

小两口恩恩爱爱,日子过得很红火。猎人上山打猎,媳妇在家熟皮子,做家务。猎人打来的猎物吃不了,媳妇熟的皮子拿到皮货商那里,还换回来小米、盐和布。

一晃过去了三年,媳妇养了个白胖小子,长得可喜人了,不到一岁就能走路,不到两岁就学会说话了。

这年冬天,猎人换回了东西往家里赶,半路上碰到了一个女萨满。这个女萨满对他说:"我看你的脸色不好,好像家中有妖气。"

猎人说:"我家三口人都好好的,哪来什么妖气?"

女萨满敲打腰铃,"天灵灵、地灵灵"地唱了一阵,说:"我的护身神告诉我了,你那个媳妇不是人,她是一头母鹿变的。"

猎人不信,说:"我媳妇好端端的人,怎么是母鹿变的呢?"

女萨满说:"你若不信,回家到你的鱼楼子①去找一找,准能找到鹿皮。这就是你媳妇的,你把它烧了。"

猎人回到家,到鱼楼子翻箱倒底,真的找到了一张鹿皮。他当即在院子里点起了一堆火,把鹿皮扔进了火堆里。

媳妇在屋里只觉得心口痛,跑出屋来,只见鹿皮已经着火了。她赶忙跑上前去,把鹿皮从火堆中抢了出来,压灭了火,回头对猎人说:"咱们的缘分尽了!我该走了。"

猎人问:"那么说你真是鹿变的?"

---

① 鱼楼子:相当于汉族的仓库。

媳妇说:"我为了报答你救命之恩,赶来给你治病,做了你媳妇,给你生了个儿子,想不到你今天烧我的皮要害我,我只好离开你了!"

说着,她拿出红布包里的小镜子,往猎人脸上一照。猎人顿时一阵恶心,吐出一根草棍来。媳妇捡起草棍,用红布包上,抱着鹿皮,头也不回地拔腿走了。

孩子从屋里哭着出来找母亲。猎人抱起孩子去撵,撵到山脚下,只见雪地里的脚印变成了鹿蹄印,远处传来了几声悲哀的鹿鸣。

猎人连声叹息,直捶自己的胸口,可是后悔也晚了。

没过多久,这个猎人就病死了。那只鹿又回来领走了孩子。孩子跟着母鹿生活,钻山林,吃鹿奶,打野兽,长大后成了一名出色的猎人。

讲　　述：王殿和（满族）
搜集整理：李洪昌
流传地区：辽宁岫岩县

达布苏与梅花鹿姑娘

　　从前，长白山里有那么哥儿俩，哥哥叫达布伦，弟弟叫达布苏，都没有娶媳妇。

　　一天，达布苏打猎路过一块空地，空地上开着几朵花，他蹲在地上用手扒拉起来。不一会儿，扒出个像小胖孩一样的东西来。他把它捧回家去，哥哥达布伦一见，吃惊地说："这不是个大棒槌吗？"他心里乐坏了，对达布苏说："是不是棒槌我也不认识，明天我把它拿去卖，你在家等着。若卖了钱，一定给你买件新衣裳穿。"可是两个月过去了，达布伦也没回来。达布苏急坏了："是哥哥去的地方远吗？还是在路上生病了？"

　　一天，达布苏打完猎往家走，突然，看见一只老虎嘴里叼着个黑乎乎的东西奔过来。他躲在大树后面，张弓搭箭，一箭就把老虎射中了。达布苏上前一看，老虎嘴里叼的原来是只小梅花鹿。达布苏抱着它回家去，生火为小鹿取暖。小鹿苏醒后，一动也不动地靠在达布苏身边。

　　从此以后，小鹿成了布达苏的好伙伴，白天一块去打猎，夜晚守在达布苏身边。一天早上，达布苏醒来，发现小鹿不见了，一连几天再也没回来。又过些日子，他打猎回来，看见自家烟囱冒烟。他奇怪，一推屋门，愣住了：屋里站着一个大姑娘，锅里饭已做好了。姑娘说："阿哥，快吃饭吧。"达布苏问："你是谁家的格格？"姑娘红着脸儿，慌忙走了。

　　从此，达布苏每天都能吃到热乎乎的饭菜。可他心里很不踏实，这深山老林里，天天来帮他做饭的姑娘是谁呢？一天他拿着弓箭假装去打猎，走了一会儿又偷偷绕回来，扒着后窗缝往屋里瞧。瞧了一会儿，屋里没人。正发愣，突然看见一只小鹿从门外跑进屋去,它在地上打了个滚,脱下鹿皮,变成了一个漂亮的姑娘。姑娘又拿起那张小鹿皮,藏在外头的石堆里,然后回屋里做起饭来。达布苏悄悄地去把小鹿皮拿出来,烧了。姑娘做好饭,发现鹿皮没有了,迎面遇到达布苏,问:"石堆里的东西是你拿去的吗?"

达布苏说:"已经被我烧了,你就留在这儿别走了。"

这时,梅花鹿姑娘说:"我本是梅花山的鹿仙,自那日被你救了性命,我见你心地善良,勇敢勤劳,孤单一人怪可怜的,所以来帮助你。如今没有了鹿皮,只恐大难当头时,无力解脱。"说完,长叹了一声。达布苏听了姑娘的话,很后悔烧掉了鹿皮。

从此,达布苏与梅花鹿姑娘结成夫妻。达布苏一天看不见妻子,打猎也不愿去。梅花鹿姑娘想个主意,她对着水面把自己的容貌活灵活现地画在一张纸上,让达布苏带在身上。他打猎时想念妻子,就拿出来看看。一天他正拿着画像看,冷不防被一阵大风卷了起来。画像在空中飘呀飘呀,最后落在一个国王宫殿里。国王一见,大吃一惊:"天下竟有这般绝色美女!"当下派出兵马,遍天下去寻找画中美女,并下了圣旨:有谁寻到此女,封官加爵,享受厚禄;找不到她,杀头问罪。半年过去了,派出了不少人,谁也没寻着。

单说这派出去的人当中,有一个人正是达布苏的哥哥达布伦。原来那年他拿着棒槌出了长白山,在一家大药铺里卖了五百两银子,撇下了达布苏在外边鬼混,后来混在国王部下当差。如今他见那些派出去的人个个落得杀头的下场,为了逃命,便独身一人逃进了长白山,去找达布苏。达布苏以为哥哥早已不在人世,今天能见到哥哥,叫他怎不高兴!他禁不住一头扑在哥哥怀里,大哭起来,又把妻子叫出来介绍说:"这是失散多年的哥哥,快来见礼!"

达布伦抬头一看,不禁大吃一惊:"这不就是要我的画中美女吗?她怎么会是弟弟的妻子呢?"他一时愣住了,便编笆造模①说:"那年我出山去卖棒槌,走了三个月,后来在一家药铺卖了二百两银子,不想路上被强盗打了杠子,连衣服都给剥了去。我只好四处乞讨,后来又被抓去当了兵,一直脱身不得,就在那儿成

---

① 编笆造模:方言,胡编乱造的意思。

了家。可是我一直挂念弟弟,如今借外出公差之机,偷偷回来看弟弟。"老实憨厚的达布苏相信了达布伦的话。达布伦为了领功请赏,第二天便匆匆离开了弟弟的家,直奔王宫报功去了。

很快,来了一帮披盔戴甲的士兵,把梅花鹿姑娘抢走了。临走时,梅花鹿姑娘对达布苏说:"阿哥不要难过,请记住我的话,如果你诚心爱我,就去梅花山向我那些妹妹求救,她们会设法救我的。"

达布苏记住了妻子的嘱咐,立即背上弓箭,离家去梅花山。可是梅花山在哪个方向,有多远,他全不知道。他走啊走啊,饿了吃野果,渴了喝溪水,一路上不知杀死了多少狼虫虎豹。整整走了一百天,终于远远望见了云烟缭绕、高入云天的梅花山。他拼命地跑啊跑啊。俗话说:望山跑死马。他跑了一段路,天黑下来了,伸手不见掌,摸不着路径了。达布苏对着黑夜说:"月亮啊月亮!出来给我照照路吧,我要救梅花鹿姑娘!"奇怪,月亮真的钻出厚厚的云层,照得地上如同白昼。他跑着,地上的石头总是绊脚,达布苏说:"石头啊石头!给我闪开条路吧,我要救梅花鹿姑娘!"石头真的滚在一边,闪出一条路来。

达布苏终于来到了梅花山下,往上一瞧,梅花山像一根柱子,望不到顶。达布苏犯了愁:这可怎么攀上去呢?他摸着顺山根石壁长起来的一棵葫芦秧儿说:"葫芦秧啊葫芦秧!我要能扯着你上去该多好哇!"话音刚落,这葫芦秧儿真的长了起来,一会儿就看不见梢儿了。达布苏试试葫芦叶子,一点也不晃荡。他脚踩着葫芦叶儿,一节一节地往上攀。

天亮了,达布苏终于攀上山顶。一看,一群欢蹦乱跳的梅花鹿,一眨眼儿变成了一群仙女,朝达布苏走过来。达布苏望着冲他微笑的仙女们说:"众位姐妹,救救梅花鹿姑娘吧!"话音刚落,一个仙女甩手抛下一件梅花鹿衣,落到达布苏身上,又听那位仙女说:"好心的达布苏,你有了这梅花鹿衣,梅花鹿姑娘就得救了。记住我的话:你只管安心打猎吧,有人会把这件衣裳送给梅花鹿姑娘的,那时,梅花鹿姑娘就会重新回到你的身边。"说完,仙女们飘然而去。

达布苏把梅花鹿衣背在身上,顺着来路,踩着葫芦叶子下了山。他双脚刚一着地,葫芦秧子就跟着落下山来,枯黄的秧蔓上挂满了嘀里嘟噜的葫芦,有几个已经裂开缝子,露出黄澄澄的东西。达布苏仔细一看,全是金子,他只拿了一个掖在怀里,匆匆离开了梅花山。

再说梅花鹿姑娘自被抢进王宫,一心想念达布苏,茶饭不进,终日闷闷不乐,默默不言,也不许国王靠近身边。什么山珍海味、珠宝绫罗,都动不了她的心,把国王愁坏了。这天,国王又对梅花鹿姑娘说:"你到底稀罕啥东西?你就是要龙心凤胆我也给你取!"

梅花鹿姑娘突然开口说:"你的东西我啥也不稀罕,我就想穿家中那件梅花鹿衣,有了它我才高兴呢!"

国王一听乐坏了,他还是头一次听到梅花鹿姑娘对他说话呢!为了尽快取来梅花鹿衣,要选一名最熟悉路途的人前往。这时,财迷心窍的达布伦为了讨好国王,又应承了这个差事。

达布伦离开王宫,到了达布苏家里。进屋一看,达布苏不在家,正疑惑间,一眼看见墙上挂着一件梅花鹿衣,急忙把它拿下来。突然,打衣服里掉下一个葫芦,他仔细一瞧,葫芦裂缝里露出了金黄的东西。"啊!是金子!"达布伦乐得惊叫起来。他怕弟弟回家看见,急忙用梅花鹿衣裹了葫芦,出门上了马,飞奔而去。

达布伦回到王宫,把梅花鹿衣交给国王,带了葫芦就匆匆回家了。回家取出葫芦扒开一看,傻眼了,里边哪是什么金子,全是白花花的葫芦籽。他气坏了,正要往地上摔,突然一股醉人的清香钻进他的鼻子。他抓起一颗葫芦籽,闻了闻,放进嘴里,哪知葫芦籽刚一进肚,立时腹中疼痛难忍,七窍流血,丧了性命,原来他吞的是金子。

再说梅花鹿姑娘穿好了梅花鹿衣,冲着国王微笑。国王魂不附体,不顾一切上前去搂。这一搂不要紧,梅花鹿姑娘立即变成了一只梅花鹿。国王还没闹清怎么回事,梅花鹿已带着国王腾空而起。国王只觉得身边冷风飕飕,天旋地转,他两手一松,从空中摔下来,成了一摊烂泥。

这时,梅花鹿已经飞过重重高山,越过条条大河,奔长白山找达布苏去了。

搜集整理：杨桂琴
流传地区：黑龙江一带

猴子精

从前，有位姑娘出嫁到离家很远的地方。时间一年年地过去了，姑娘一天比一天思念自己的家乡和亲人，怎奈娘家与婆家相距很远，丈夫在外面做工，自己跟孩子不便回去。再说丢下婆母一人，家里的活计也照顾不过来，所以她每天只能站在房后向家乡的方向遥望，她多盼望娘家能来人接她回家住几天啊！

一天中午，她正在做饭，忽听外面有马车的动静。她出去一看，见一人正赶着一辆二马车往院里走。赶车人见出来人，便问："这是老王家吗？"

"嗯，是，你是谁？"她疑惑地问。

赶车人上下打量打量她，然后问："你是李玉兰吧？"

"你怎么知道？"她更加不解。

"哎呀，玉兰哪，你看看几年不见，你我兄妹都认不出来了，我是你大哥呀！咱妈让我来接你回家住几天。"

这下可把她乐坏了，急忙上前帮"大哥"摘套卸车，大着声地冲屋内喊："妈，我大哥来接我了。"

一家人对她大哥亲热得不得了，问这问那，不一会儿菜饭上桌。她大哥吃饭时，不管怎么让他坐他也不坐，说我蹲着吃饭已经习惯了。吃完饭大哥对她说："妹妹，你赶紧收拾收拾咱们赶路吧，妈在家等着着急。"她和婆母说："这么远的，住一宿再走吧！"他执意不住。其实她的心也早就急不可耐了，于是赶紧收拾东西，给孩子穿上新衣，跟着大哥回娘家了。

二马车刚走出屯，就一步快似一步起来。忽然她发现大哥的后面露出了一条毛茸茸的尾巴，她心里害怕起来。她想可能是自己眼花了吧，用手揉了揉眼睛仔细看了看,果然是一条尾巴,这下她真的害怕起来。四下张望,见不着一个人影,忽然她发现走路的方向根本不对,这可怎么办呢?她连急带怕出了一身的汗,想了想,她说:"大哥,你走的路不对吧,怎么往这边走呢?"

她大哥说:"怎么不对,这条路近。"

车越走越快,越走越远。

她大哥嘴里还不时地说着:"走一坡又一坡,到我家猴子窝。"

这下她明白了,原来"大哥"是个猴子精啊!这下完了,不好了。她想让车停下逃跑,就说:"大哥大哥,你停会儿车,孩子的小被掉了。"她"大哥"也不说话也不停车。她又说:"大哥大哥,你停会儿车,孩子的小鞋掉了一只。"她"大哥"仍是不停车。

天黑了下来,她也分不清东西南北了。走着走着,车停了,她"大哥"说:"下车吧,到家了。"说着从屋里跑出了一帮小猴精,这个叫大姐,那个也喊大姐,也不知是谁把孩子抱走了。到屋以后她就问:"他二姨,我的孩子呢?"二姨说:"噢,他三姨抱着。"一会儿三姨来了,她又说:"三姨,孩子快给我抱来。"三姨又说:"他四姨抱着。"直到吃饭时,她也没见着孩子的面。吃着吃着,她夹到一根小手指,接着又夹着一根脚趾。她的心一下子抽紧了:这不是我的孩子吗?她哪还有心吃饭,放下筷子说出去看看,那帮小猴精叽叽喳喳地身前身后围了一大帮,根本逃不了身。到了晚上,她被安排在西屋睡下了,挨着她的是一个精瘦精瘦的白头发老太太。到了深夜,老太太轻轻地碰了碰她,见她没睡着,就压低声音说:"你咋到这儿来了?这是一帮猴子精啊,今晚上它们就要杀你吃肉呀。你的孩子已经让它们吃了。它们把我骗来,看我瘦,还没下手呢,说先养几日,等胖些了再吃我。"

"大娘,我也是被骗来的,你看我该怎么办啊?"她焦急地说。

"再等一会儿,它们都睡死了,我打开窗户把你放出去吧。门你是走不出啦,它们把门堵死了。"

过了很长时候,她和大娘听着猴精们已经睡死了。老大娘轻轻地打开窗户,把她放走了。她给大娘磕了个头,撒腿就跑。跑着跑着她碰着一个拉缸的人,这时她实在是跑不动了,就说:"好大哥,快救我一命吧!"拉缸人回头一看,啊!这不是孩子他妈吗,就问:"玉兰,你这是干什么去了?"

玉兰一看是自己的丈夫,哇一声大哭起来,把事情的原委哭诉了一遍。

可巧她丈夫在外面做工买了一只缸送回来,碰上她了。她丈夫赶紧说:"快上车,赶紧走,不然猴子精发现你没有了,一定会来找的。"说着把妻子扶到车上,扬鞭打马直奔家的方向而去。

猴精们睡了一觉,摸黑来杀她。猴精们先摸到老太太,然后一刀砍了下去。点灯一看,啊!杀的是自己的小猴精。这下炸了窝,老猴精发话,全出去追她。猴精们东寻西找,到了天亮也没寻到她的影子,个个精疲力竭地回到了窝。到窝一看,那个老太太也不见了。

讲　　述：李马氏（满族）
搜集整理：张其卓、董明
流传地区：辽宁岫岩县

猪姐

有个小伙名叫白达色，住在山里。他上无父母，下无兄弟姐妹，只身一人，靠下套子捉野猪度日。他套来的野猪，大的吃肉充饥，扒皮缝成衣服，做成乌拉，剩下猪油冬天涂抹在身上御风寒。小的舍不得杀，在圈里养起来，越养越多。

这天晚上，从门外进来一个大姑娘，笑嘻嘻地说："阿哥，你一个人过活不嫌孤单吗？"白达色回答说："唉，孤单又怎么办？"姑娘说："要不嫌弃，我来给你做伴吧！"白达色说："这可不好，我家又没别人，传扬出去，不败坏了你的名声？你一个姑娘家。"姑娘说："那不怕，我明跟你说吧，我不能今晚来明晚走，咱俩就在一起过日子了！"就这样，白达色和姑娘结成夫妻，两个人过得亲亲热热，你敬我爱。白达色本来稀罕猪，也会养猪，那些小野猪在他家里，一点一点地退了野性子。可姑娘比白达色的本事还高，她只要"嘎嘎嘎"一呼唤，小野猪就全来到她身边，围前围后，大耳朵竖着，瞅着她；她一呵斥，小野猪全老老实实地趴在圈里，没一个敢乱蹦乱跑的。她挖苣荬菜、采山菜、撸树叶，把小野猪喂得一个个膘肥，长得风快。过了一年多，她又生了个大胖小子。

孩子长到四五岁的光景，一天晚上，姑娘不知为什么"呼啦"从炕上爬起来，呜呜地直哭。白达色问："你哭什么？快告诉我。"不管怎么问，姑娘也一字不说。她一憋劲哭了三个晚上，到末了，不说不行了，才告诉白达色："我叫猪姐，家住猪姐山，离这儿一万八千里。我的父母催我快回去，我得走了。"说完抱着孩子，出了大门就没影了。圈里的小野猪也跟着她一溜火星似的不见了。

白达色这才明白，他的媳妇是个野猪神。可上哪去找呢！他愁得饭不吃，水不喝，活也不做了，把小家折腾了几个钱当作盘缠，一路打听着找猪姐山去了。

白达色一走走了三年,盘缠早就花没了,只得一路乞讨往前走。

　　这天一条大河拦住去路,岸边有一处小人家,白达色走上前去一招呼。屋里出来个白胡子老头,摸着胡子,说:"你打听猪姐山,过眼前这条大河就是了,那可不是凡人去的地方,你去得了吗?"白达色一听对面就是猪姐山,心里挺乐,管它是不是凡人去的地方。走啊!走到河边一瞅,河上只有一根独木桥,这头搭那头。上去一踩,左右乱蹦;迈一步,上下直颠。一不小心就会栽下去。河水一个浪接一个浪,黑幽幽的也不知有多深。唉,一万八千里都走了,就这条河还过不去?淹死就淹死吧!他闭上两眼,摸着桥一点一点两脚交错着,不多时也就过去了。下了桥再往上一瞅,大山石崖陡立,别说是上,爬也难,要是骨碌了,还不得摔死?他心又一狠,摔死就摔死,一万八千里都走了,独木桥也过了,剩这么一座山,就能挡回去吗?白达色闭上两眼,摸着往上爬,抓着蒿子扯蒿子,抓着树藤扯树藤,只觉得忽忽悠悠,就这么上山了。他好不高兴,跪在地上给大河叩了三个头,谢河神;给大山磕了三个头,谢山神。

　　白达色在山上走不多时,见前边有四处房子。走到第三家,大门口有个小孩在玩。小孩见了白达色,忙跑回去,告诉猪姐:"喏,喏,我阿玛来了!"猪姐说:"别胡说,这地方你阿玛怎能来得了?"小孩说:"喏,不信你看,阿玛真来了。"猪姐往外一瞅,果真是!她跑了出去,夫妻见面了。白达色抱起了孩子,对猪姐说:"可找到你们娘儿俩了!"猪姐说:"你走了一万八千里,过一次河,爬一次山,来得真不容易啊!今后,咱俩就在这儿过吧!"

讲　　述：刘柏山
搜集整理：曾军
流传地区：辽宁辽阳

香獐子

有个姓张的猎户，以打猎为生，武艺很好。他打猎有个规矩，叫"四不打"：老虎不打，狮子不打，猿不打，猴子不打。每天上山从来没有空手回来的时候。

正月初三这天，刚把从山里打来的野物放下。他一回头，见门外进来一个人，细一看，原来是爹。张猎户吓得魂飞胆裂，身似筛糠。他爹已死一年多了，这是显魂来了。他爹说："我就不到里屋了，别惊动别人，吓着孩子，就在这外间屋吧！"张猎户说："爹，你还没吃饭吧？"他爹答道："是呀，有酒吗？我还想喝两盅。"张猎户把过年剩的酒菜端上来，给他爹倒了一盅。他爹端起来一饮而尽。不一会儿工夫，老头吃喝完毕，站起来对张猎户说："孩子，我得去了，正月十六我再来看看，你再给我预备点酒菜吧！"说完，开门走了。

说话就到了正月十三。张猎户正在家里歇着，只见门帘一动，进来一个人。他抬头一瞧，原来是自己的舅舅来了，连忙起身让座。舅舅说："今天来串个门，看看老姐姐，顺便在这儿住几天。"猎户很高兴，一家人忙着招待舅舅吃饭安歇。

到了第二天，张猎户说："舅舅，你是看阴阳的，有法术，我正想跟你说个事儿。"舅舅说："啥事？"猎户说："正月初三那天，我爹从外边回来了。在这儿吃了饭，喝了酒，临走说是正月十六还来，叫我给他准备酒菜等。你说这事怪不？"舅舅一听，说："你爹爹已死去一年多了，你不明白人死不能复生吗？"猎户说："是呀，可是跟我爹长得一模一样，说话也不差。"舅舅说："这一准是什么精灵作怪，我倒要看看他是个什么东西变的。他若敢再来，我就把他拿住。"

到了十六这天，张猎户早早准备好了酒菜，摆在外间屋那场，家里人都躲到里屋，只留他一人在外屋等。天黑下不大会儿，他爹果然又来了。同上回一样，坐下来就吃菜喝酒。喝了一会儿,猎户却拿起菜刀说:"爹爹,你慢慢喝着,我再弄个菜来。"说完悄悄走到身后,举刀就砍。说时迟,那时快,只见他爹一闪身,跳到一边,转身骂道:"好你个混账东西,你敢杀你爹!"张猎户手举菜刀,两眼发直站在那里,就不敢动弹了。

忽听舅舅在里屋说道:"外甥不要怕,有我在此。"说完马上出来用手罩定妖怪喝道:"不要走,看我用雷劈死你。"说着就要动手。

妖怪一看,吓得魂不附体,连忙跪下求饶。猎户的舅舅问道:"你是什么玩意儿?竟敢变化成人形跑来作怪。"那人马上现了原形,原来是一只香獐子。只见獐子前腿跪下说道:"请上仙饶我性命,以后再也不敢胡作非为了!"

阴阳先生说:"畜牲!若饶你性命,又再去害人,今天叫你死于非命。"又要动手,香獐子又给猎户磕头哀求救命。猎户说:"舅舅,它已经有了悔改之心,就饶它一命吧!"舅舅见外甥求情,喝道:"今天饶你一命,若不改邪归正,将来定要把你活活打死。"香獐子千恩万谢,又给猎户磕了三个响头,转身逃命去了。

香獐子逃回自己的洞里,心想:我今天去给人家装爹,骗人家酒菜,真是胡闹;幸亏张猎户为我求情,才逃得性命,我应报答报答他。过了几天,香獐子又变成人形,来到张家,说:"张大哥,你不认识我啦?我就是你前些日子救下的香獐子,今日特来报答你救命之恩。没别的,送你一只小铁锅烧饭吧。"说完,放下小铁锅走了。

张猎户拿着小铁锅看看,心想:锅这样小,能盛什么东西呢?无意中从口袋里掉进一枚铜钱。一眨眼,锅里长出满满一铁锅钱来。张猎户才知道是个宝贝。有了钱,张猎户家的日子一天天地过得好起来了。

这天,香獐子又来了,说:"大哥,你也富了,这东西再也用不着了,我拿走了。"说完,香獐子又现了原形,嘴里叼着宝贝,转眼不见了踪影。

讲　　述：冯明文
搜集整理：李征康
流传地区：湖北伍家沟

獐子姑娘

深山里有个獐子，修行了上千年，变成个姑娘。她样子端庄，十分俏丽，穿一身红衣裳，不打胭脂不擦粉，早晚香喷喷的。

这天，土地爷来给她做媒，叫她嫁给王小。她说："我是树林中长大的，没有家也没有爹妈，没有名也没有姓，人家咋会要我？"

土地爷说："这好办，谁若问你家住哪里，姓啥名谁，你就说：'家住张家河边张家湾，爹爹名叫张大爷，妈妈名叫张大奶奶，小姑娘名叫张秀英。'这不就有根有秧，成了张家小姐了吗！"

獐子姑娘听土地爷一说，笑眯眯地点点头，答应了。土地爷当下就引她到了王小家。

王小是娘儿俩过日子。这小伙手脚勤快，对人实在①，天天打柴卖草，养活老妈。

土地爷引獐子姑娘到了门上，指着那两间茅草棚子，笑着说："房支千根黄金柱，墙镶万块白玉砖。② 你不怕屋子烂吧？"

獐子姑娘说："屋子烂了我会修。"

土地爷又指着屋内厨房吃的菜饭说："翡翠珍珠锅里转，黄金白玉家常饭。③ 你受得了罪吧？"

"受得了。过日子我最会调停。"

---

① 实在：诚实。
② "房支千根黄金柱，墙镶万块白玉砖"：说房子是用千百根竹子和白沙子泥巴造的。
③ "翡翠珍珠锅里转，黄金白玉家常饭"：指绿豆高粱米稀饭，苞谷掺白米干饭。

土地爷哈哈大笑,将獐子姑娘推进王小屋里,说:"这是个武官人家,檐下养兵千百万,前后左右护家院。①"獐子姑娘笑着点了点头,感激土地爷的大恩大德。

獐子姑娘到了王小家,她先敬老爷②。只因家里烧不起香表,夫妻俩就对着月亮拜了几拜,成亲了。她早晚孝敬老妈,天天还帮王小料理家务。又用些法术,搞些山货变钱。不几个月,茅草棚换成了大瓦房,吃的、穿的、用的,样样都有,还余下好多银子钱。

王小家不远,有个李强盗,听说王小接了个好女人,就来看看。一看,相中了,真是个仙女下凡。他有意了,便生个计策,说王小发财是偷来的银钱,要告在县衙里,叫他坐牢。王小吓得不敢说话。李强盗就来抓獐子姑娘。獐子姑娘在地上一滚,变成个葫芦。这葫芦不大,光溜溜的,很好看,也很好玩。

李强盗想,我将葫芦带回家去,只要它再一变,又是个好姑娘,正好给自己当老婆。他拿着葫芦朝回走,葫芦越变越重,压得他直冒汗。一走进家门,他妈和全家人都挤上来看稀奇。李强盗将盖子一揭,葫芦"扑哧扑哧"直喷火,一时三刻,把强盗的房子、家具和人,都烧光了。

王小听说李强盗家失火,赶忙跑来搭救獐子姑娘。他刚走到火场边,有个葫芦"咕噜咕噜"从火堆里滚出来,獐子姑娘笑眯眯站到面前,和他手拉手回家团圆了。

---

① "檐下养兵千百万,前后左右护家院":说养有蜂子。
② 敬老爷:敬神。

讲　　述：王克臣
搜集整理：于佳
流传地区：河北廊坊

黄猄仙子

很早很早以前，太行山里有个姜家庄，庄里有个叫姜英的小伙子。他父母早丧，一个人以打柴为生，过着孤苦的日子。

有一天，姜英打了一天柴，回家连饭也没吃便躺下了。他刚闭上眼，便听门吱的一声开了，走进一位老妈妈，满头白发，一身黄衣服，一进门就跪在姜英面前："好心的青年人，救救我的女儿吧！"

姜英吃了一惊，急忙扶起老人道："老妈妈，快不要这样。你有什么为难之事，就说吧！"

老妈妈道："孩子，明天你去打柴，到东山沟会碰见一只狗正追一只黄猄。那黄猄就是我闺女变的。你千万救下她！"

"我怎么救她呢？"

"你只要把狗打跑就行了。"

姜英道："好吧，我按你说的办就是了！"

姜英醒来了，原来是个梦。他也没往心里去，一看天还早，翻个身又睡了。他刚一闭眼，老妈妈又来了。一连三次都是如此。他知道是神仙托梦来了，于是暗暗记在心里。

又睡了一会儿，天亮了。他急忙起身穿衣，烧火做饭，胡乱吃了几口饭，便拿上扁担绳子上路了。

姜英走了半日，来到了东山沟。沟里柴草蓬蓬，山榆遍地，榛柴棵子绿油油的。他找了块柴草厚实之地，正要弯腰开始割，忽然刮来一股大风，接着蹿过来一只牛犊子般的大黄狗，正追一只黄猄。那黄猄有猫般大小，浑身黄毛，娇小玲珑，甚是可爱。黄猄被黄狗追得前蹿后跳，左躲右闪，跑到姜英面前，围着他转了几圈，不停地哀哀鸣叫。

姜英想起昨天夜里的梦，马上抄起扁担去打黄狗。可黄狗不理不睬，还是穷追不舍。姜英生气了，憋足劲儿，抡起扁担，猛地向狗打去，只听"啪"的一声，打个正着，打得那黄狗哼哼叫了几声，一瘸一拐地跑了。

那黄猄极通人性，跪到姜英面前，一拜再拜，一直拜了三回才走。

自那以后，姜英照旧打柴，天不亮上山，太阳压山时回来。两个多月过去了，什么事儿也没出过。

这天晚上姜英打柴回来，正要吃晚饭，忽然来了个老太婆，领着个十四五岁的姑娘，走到姜英跟前，可怜巴巴地道："好心的年轻人，赏口饭吃吧，我们快饿死了！"

姜英是个善良的孩子，见娘儿俩很可怜，于是盛了两碗饭，让她们吃了。

吃过饭，老太婆又道："好心的年轻人，天黑了，我们实在没地方去，就让我们在这儿住一夜吧！"

姜英听了，忙说："那可不行，家里就我一人，又是男的，不方便。您还是住到别家去吧？"

老太婆说："好心人，我们娘儿俩初到此地，人生地不熟，要是碰上坏人如何是好？你行行好，还是让我们住一夜吧！"

姜英想了想，觉得老妈妈说得也对，只好答应了。他让她母女睡屋里，自己在院里搭个铺。

一夜很快过去了。第二天，老太婆又道："年轻人，你心眼真好，我也没啥报答你的。我女儿叫黄容，已经十六岁了，针线女红样样会干，只是命苦些。如果你不嫌弃，就让她给你当媳妇吧！"

姜英听了，忙道："不，不，不！老妈妈，我是个苦命人，怎能让小妹再跟我受苦呢！"

老太婆说："你日子虽苦，但很能干。过门后，你打外，她打里，会好起来的！"

"我家连耗子都养不起，到哪里去找彩礼？"

"我们看的是人，彩礼不计较！"

"我就这么一间屋子,让妹妹住哪里?"

"无妨!我女儿也是苦出身,有个窝就行。再说,以后赚了钱还可以盖房!"

姜英见她母女心眼实,也很高兴,就答应了。

两天以后,他们成亲了。婚后,老妈妈离开姜英,回了老家。

从那以后,小两口儿过上了幸福日子。姜英早起晚睡,每日上山打柴,过去一天一趟,现在一天两趟。黄姑娘纺线织布,捎带耕种园子,日子越过越富裕。不久便盖了新房,买了牛羊,成了庄里富户。

再说,追黄猄的那条犬原是杨二郎的哮天犬。那天,它到人间游玩,发现一只小黄猄,馋得流哈喇子①,立刻向它扑去。眼看就要撵上了,不想被姜英打了一扁担,险些把腿打断,痛得逃回灌口,趴在杨二郎身边直叫唤。

杨二郎知道这事后大吃一惊,暗道:一个凡夫俗子也敢打我的哮天犬,这还了得!他急忙上了灵霄宝殿,找玉帝奏本。玉帝听了十分恼怒,命他带领三千天兵天将,前去捉拿黄猄,严惩姜英。

杨二郎回到灌口,立刻升了宝帐,手拿令旗,高声叫道:"司山天尊帐下听令!"

杨二郎话音刚落,左厢立刻闪出一位凶猛剽悍的神将,跪到地上,道:"末将在!"

杨二郎道:"我命你今夜子时施展移山大法,搬动乾元山,把姜家庄压住!"

司山天尊躬身施礼,道:"遵命!"说罢去了。

这天,姜英吃过早饭,刚要上山,黄容忽然走来道:"姜郎,今天不要上山了,你快帮我撅箭杆!"

姜英道:"要那何用?"

黄容道:"不要问了,以后你自然明白!"

姜英知道她比自己聪明能干,她让撅箭杆必有大用,也不再问,急忙搬来秫秸一根一根地撅起来,不一会儿,便撅了一堆。

黄容手拿箭杆,左插右插,前绑后绑,不一会儿便插了个箭杆庄子。那箭杆

---

① 哈喇子:方言,口水。

庄有街有道,有房有屋,人在庄里跑,狗在庄里叫,就像真庄子一样。

半夜以后,黄容同丈夫把箭杆庄搬到庄西,然后一挥袍袖,庄子立刻活起来。只听里边人欢马叫,鸡鸣狗吠,甚是热闹。接着,黄容又拢了一抱草,向空中扬去。那草飘飘下落,不一会儿,便落到房上、街道上。顷刻间,姜家庄便被杂草遮住了。

子时到了,司山天尊搬了一座大山,匆匆忙忙来到姜家庄。从云端上往下一看,只见庄子安安静静,人们都睡了,心中大喜。于是双手一撒,大山飞速下落,咕咚一声,把姜家庄压住了。

第二天,杨二郎命值日功曹前来察看,值日功曹见庄子完好无缺,一点没受损失,压住的是那箭杆庄子。杨二郎大怒道:"我命司山天尊前去压住,因何没压住!"

值日功曹道:"是一个叫黄容的妖女作的法。"

"这黄容是什么人?"

"是千年黄猄得道成仙,后来又偷吃了蟠桃御酒,法术很大!"

杨二郎听罢更怒了,又命雷神火神前去姜家庄捉拿妖女。

这日,丈夫又要上山,黄容又把他叫住,道:"姜郎,你不要上山了!"

姜英道:"又有何事?"

黄容道:"今夜子时全庄有大难,快让乡亲们做好准备!"

"有甚大难!"

"昨夜,杨二郎派人压山不成,越发怒了。今夜,他派雷火二神前来放火烧庄!"

姜英道:"你咋知道?"

黄容道:"姜郎,实话对你说吧,我本不是凡夫俗子,而是黄仙降世。因为天狗追赶,被你救了性命,特此前来报恩。不想惹恼了二郎真君,奏知玉帝。玉帝大怒,命他带着天兵天将惩罚我们。昨夜,他派人压庄,被我破了,今夜又命雷火二神前来烧庄。"

"那咋办呢?"

"你马上通知全庄人,熄灭火种,埋了火柴,在房顶上压块铁板,不然全庄人必死无疑!"

姜英听了急忙出院,告诉全庄人。大家开始不信,后来,看了村西无故长出一座大山,这才信了,于是马上准备起来。

太阳落山了,天上起了云彩,越聚越厚,铺天盖地向姜家庄压过来。云端上站着两个大汉,一个青脸,一个红脸。青脸的左手拿凿子,右手拿锤子。红脸的左手拿火石,右手拿火镰。来到姜家庄上空,只见青脸大汉把凿子对准姜家庄上空,举起锤子猛地向凿子击去。只听喀啦啦一声巨响,响起一阵阵拉磨雷声,向前滚去。滚到房顶,碰到铁板上,又反弹了回来。一连几次都是如此,雷神知道无望,只好退下。这时,火神急忙打着了火镰,扯起道道闪电,向姜家庄击下。可是,姜家庄早已熄了火,神火碰不着凡火,烧不起来。反复几次,都是如此,雷火二神只好退回灌口,向杨二郎报告去了。

杨二郎听了报告,更怒了,又调来千里眼、顺风耳和四海龙王。他要调拨三江四海来个水淹姜家庄。

这日早起,黄容又把丈夫叫住:"姜郎,你不要走,我有话说!"

"又有何事?"

黄容道:"杨二郎一再失利,恼羞成怒。今天傍晚,他要亲自带着天兵天将前来报复!"

"他要怎么报复?"

"他正调拨三江四海之水,来淹我们庄子!"

姜英听了大惊道:"那,我们怎么办呢?"

黄容道:"姜郎不要害怕!我这儿有根竹子。你先用竹竿围庄画一道白印,然后劈开,分给庄里青年人,让他们夜里别睡觉,都到村口护堤,有水怪上来,不要害怕,只要用竹竿打它就行了!"

姜英忙问:"护堤,我们庄子哪有堤啊?"

黄容道:"快去吧,不要问了,到时候会有的!"黄容说罢,从衣袖里抽出一根小竹棍,迎风一晃,变成个大竹竿,急忙递给丈夫。

姜英急忙接过竹竿,出了大门,去通知庄人。因为有了前两次经验,人们对姜英非常信服,一说便通。大家急忙找锨找镐,旋风般地忙起来。

太阳刚压山,天便阴起来,接着下起了瓢泼大雨。杨二郎带着千里眼、顺风耳和四海龙王向姜家庄飞来。他站在云端上手挥令旗,千里眼睁开火眼金睛,顺风耳张开金轮大耳,四海龙王施法术,驱赶虾兵蟹将。一时间,天上黑云翻滚,地上涛声阵阵,大有黑云压城之势。

这时,全庄男女老少都来到了庄头。那白印已变成了大堤,水涨堤高,水落堤落;手中竹棍也变成了驱魔杖,可长可短,可粗可细。人们站在堤上,手握竹棍,眼睛盯着洪水,照着水头猛打。只打得虾兵蟹将鬼哭狼嚎,哭爹叫妈,纷纷后退。

杨二郎见了怒不可遏,又催促众神一齐攻上来。

黄容站在房上,正指挥大家护堤,见了杨二郎非常生气,高声喝道:"杨二郎,仙姑与你有何仇恨!你因何三番两次跟我为难?"

杨二郎怒道:"好妖女,你罪孽有三,罪不容诛!"

黄容怒道:"我身犯何罪,还请当面说来!"

杨二郎道:"你乃异类,不该涉世人间!"

黄容道:"我虽异类,可没干过什么坏事,不像你纵犬行凶,无故伤人!"

杨二郎道:"你反抗天兵天将,预谋造反。"

黄容道:"你身为天神,却不守天规,向玉帝说假话,还想毁灭姜家庄。你算什么天神!"

杨二郎更怒了:"你美颜惑人,迷住姜英!"

黄容笑了:"好不要脸的东西,你也配说我!你妹妹若不是到人间寻欢作乐,何以有了沉香!何以会出现劈山救母一段笑话!你说这话丑也不丑?"

杨二郎一听,脸一下红到脖子,恼羞成怒地嚷道:"反了!反了!众将官还不给我拿下!"

黄容见了,冷笑道:"杨二郎,你不要猖狂,你既然来了,那就让你见识见识姑奶奶的手段!"黄容说着,从怀中取出个香袋向空中扔去!

那香袋飞到空中,自动张口,顿时有一股气体从袋中冒出,奇香无比,越散越快,越来越浓。

众天神得了将令,正要往上攻,猛然闻到一种奇香,起初舒服受用,接着头重脚轻,昏昏欲睡。大家惊慌不止,一齐退了下去。

杨二郎也感觉到了,但不知妖女使的什么法术,只好带人退了下来。

杨二郎退到灌口,坐下一想,知道自己也有错处,如果让玉帝知道必然要受到斥责。他想来想去,终于想出个好主意,于是飞上天宫,跪倒在品级阶前,高声道:"万岁在上,杨二郎叩见我主!"

玉帝笑道:"爱卿可好!我命你前去捉拿妖女,不知胜败如何?"

杨二郎道:"臣奉旨捉拿妖女,大获全胜。妖女已经正法,姜家庄也受到了惩罚,还望我主饶了他们的性命吧!"

玉帝想了想,道:"好,就这么办!"

杨二郎回灌口去了。

从此,姜家庄的老百姓过上了好日子。为了纪念黄容,人们在村头修了庙,名叫"黄仙寺"。

讲　　述：薛天智
搜集整理：刘敏
流传地区：辽宁沈阳

白兔姑娘

很多年以前，在古老的长白山脚下有一个小村子，村里住着一家亲哥俩，哥哥叫李勇，弟弟叫李勤。李勇十五岁那年爹妈相继去世了，他就拿上父亲给他留下的那张弓，靠打猎养活弟弟。

冬去春来，李勇长到二十三岁，李勤十八岁了。哥俩都到了应该娶媳妇的年龄。有人给李勇提亲，他听了摇摇头，说："爹娘去世早，没给咱留下啥，这几年省吃俭用攒下那点积蓄，只能成一个家，娶一房媳妇，还是给弟弟办喜事吧。"就这样，他先给弟弟办了婚事。

谁承想李勤媳妇身懒嘴馋心眼坏，过门之后她总想吃好喝好不爱干活。偏赶上李勤生性随和怕老婆。要说他怕老婆可不是一般的怕，他看见媳妇一瞪眼，不说能吓掉魂，也得哆嗦半拉月，所以他对媳妇总是百依百顺。李勇性情憨直，手脚勤快，是个要强的人，怎么能看得惯呢？起初他一忍再忍，把拱到舌头尖的话强咽回肚里，实在看不下去，才拐弯抹角劝说几句。没承想李勤媳妇把好话当成土坷垃，好心当作驴肝肺，嫌大伯哥在跟前碍眼，便对李勤说："把大哥轰出去吧。"

"那可不中！他把我从小拉扯大，盼望我成家娶了媳妇，有人给做热乎饭了，有人给缝破补绽了，把他撵出去，岂不被人骂我没良心！"

他媳妇把脸蛋子往下一拉道："你懂得个屁！没看出来，他不让咱吃好的，不让咱喝好的，只催咱多干活，把咱当牲口使，是攒钱给他自己娶媳妇。他算计有朝一日成了家，像老鹰撵小鸡一样把咱两口子轰出去。咱来个先下手为强，把他挤对出去算了！"李勤本来心眼小，又不是个明白人，听媳妇这么说就点了点头。

这一天晚饭后,李勤刚把分家这话露出来,李勇便一挥手说:"小弟,你的心意哥哥明白。我早就想出去过,只是怕你支撑不了门户才没开口。你说分家,一点薄产有啥可分的?我啥也不要。"李勤媳妇在一旁暗自高兴。

第二天,李勇只拿了随身所用之物走出家门,在离弟弟家不远的南山坡,盖了一间小房住下了。有一天,他拿着弓箭去林中打猎。刚到林子边,突然看见一只浑身雪白招人喜欢的小兔被一只老鹰罩住。白兔在地上拼命地逃,老鹰在天上恶狠狠地追,眼看恶老鹰往下一扎就要把它抓住。李勇急忙摘下弓,搭上箭对准老鹰射去。老鹰被射死了,白兔围着李勇转了一圈才跑进林中。

树叶黄了,树叶落了,北雁南飞,秋天到了。李勇把自己种的白菜砍下来堆放在屋角里。过了几天,他突然发现白菜少了,不由得心中纳闷:我这几天没吃白菜,可为啥缺了十多棵呢?难道说是让谁偷了去?我这里是前不着村后不挨店的,也很少有人到这里来呀!

在一个月儿特别明亮的夜晚,他趴在炕上,刚要入睡,蒙眬中忽听到房门吱扭一声响,睁眼一瞧,见门外进来一只小白兔,蹦蹦跶跶来到白菜垛前,叼起一棵白菜转身向门外跑去。李勇这才明白,原来是它在偷我的白菜呀!李勇一虎身起来,追出门外。小白兔在前面跑,他在后边追。明明相差几步远,可就是撵不上,把李勇累得喘吁吁的。他想:几棵白菜它吃就吃了吧,就停下了脚步。可那只小白兔呢,它好像故意气李勇,蹲在那儿直瞅他,好像在问:李勇啊,你咋不追了?李勇觉得这小白兔挺有趣儿,又放开脚步往前追。

也不知道追了多远,到了什么地方。只见前面有一片树林,林中有栋小木房,屋子里头有灯光,眼看小白兔跑到那屋门口就不见了。李勇一瞧心中高兴,心想:你进了屋,这回可跑不了啦!他紧追几步,来到门前轻轻叩门,喊道:"屋里有人吗?""你是李勇吗?""是呀。""门没上闩,你自个儿推门进来吧。"李勇推门进了屋,见一个俊俏大姑娘站在那里。李勇一愣,想:我一个大小伙子深更半夜闯进人家大姑娘屋里可不对劲,便回身想走。谁知那姑娘一闪身把门口堵住了,笑道:"我好不容易把你请来,也没上炕坐坐喝杯茶,咋就想走呢?""我不认识你呀。""唉,傻哥哥,实话对你说了吧,我就是偷你家白菜的小白兔哇!""你明明是个人,咋会是兔呢?""我是白兔姑娘,感谢你前几天从鹰嘴里把我救下来,我看你人好，心眼好，所以今晚把你请来，想和你结为夫妻，你乐意吗？"白兔姑娘羞答答地说罢，脸色绯红，像初绽桃花那样美。李勇听了叹气道："你是仙女，我是一个凡人穷汉，咱俩成亲后怕你跟我受罪呀！""李勇哥呀，我不嫌你穷，不怕遭罪，只要你不嫌弃小妹，咱俩今晚就拜堂成亲吧！"她说完抬手一指，眼眬着小木屋变成一栋金碧辉煌、灯火通明、十分漂亮的宫殿。也不知从哪儿来了那么多美丽的姑娘，她们唱着、跳着来祝贺他和白兔姑娘的婚礼。

李勇在这里住下来。白兔姑娘天天陪着他吃喝玩乐，生活快乐极了！没几天，白兔见李勇有点不太高兴，就问："李勇哥，你愁眉不展有啥心事吗？"李勇叹口气说："我在这里享福，也不知弟弟他们生活得咋样，想回家看看。""唉，你一点也不恨他们，心肠太好了，咱这里有金子，有银子，给他们带点儿去吧。"

白兔姑娘说着领他来到一个屋子里。李勇一瞧，这里的金银堆成山，还有那老多从未见过的宝物。他正在琢磨拿啥，忽然看到一只小缸。仔细一瞧，那里装的是圆滚滚的黄豆，便抓了一把揣在怀里。白兔姑娘问："你放着金银财宝不拿，拿它干啥？"李勇说："弟弟是庄稼人，他见了这么好的黄豆种一定会很高兴，把这个带给他再好不过了。"说罢转身要走。白兔姑娘咯咯笑道："傻哥哥，这里离家好几千里，啥时候才能走回去呢？"说着从怀里掏出一块绣花手帕铺在地上，说："你站在上面闭上眼，我送你回去。"李勇刚把眼睛闭上，睁开眼一看又回到了自己原先住的小木屋，只是院子里长满了蒿草，屋子里挂满了灰尘。他心中奇怪：我刚走几天咋变成这样了？仔细一想，白兔姑娘那里是仙境，仙境一天，人世上就是一年呀！

他来到弟弟家。李勤见了他一愣，问："哥哥，你这几年干啥去了？临走咋不告诉我一声。看你穿得这样阔气，八成是发了财吧？"弟媳妇闻声出来，见大哥果然是红光满面，穿着绫罗绸缎，站在院里，不禁心中暗喜，紧打主意：我要好好恭敬恭敬他，套几个钱来。便上前申斥李勤说："死木头疙瘩，咱哥远道归家，还不快请进屋里歇着，我去杀鸡打酒。"李勇见弟弟和弟媳对自己挺亲热，心中高兴，便把自己的奇遇对他俩述说了一遍。起初，他两口子不咋信，等见李勇掏出黄豆种时，惊得嘴张多大，半天没喘过气来。原来，那豆并不是一般黄豆，而是黄澄澄金闪闪的金豆子呀！

到了晚上,李勤两口子趴在炕上翻来覆去睡不着。李勤想:大哥真有福气,娶了个漂亮媳妇,还发了那么大财,这样好的事,咋就没让我赶上呢!李勤媳妇想:大哥家有金山银山,莫不如讨些来。她想到这儿便对李勤说:"后天晚上咱用酒把大哥灌醉,咱俩到他家,跟大嫂要些金银宝贝。"李勤说:"好吧。"

第三天晚上,李勤两口子把李勇灌醉之后,便来到了林中小木屋前。李勤让媳妇在门外等着,他自己进了屋里,跪在地上说:"请你可怜可怜咱两口子,给我们一些金银吧!"这时,李勤媳妇也跑进屋来跪在地上哀求。白兔姑娘摇头叹口气,把他两口子领到那间宝库里。李勤两口子进去一看,乐颠了馅,拿出事先准备好的大布口袋,装呀装,装满了两口袋,使出了吃奶劲,挪也挪不动,扛也扛不走,这可咋办呢?李勤媳妇又来了坏道,凑到李勤耳边说:"咱把大嫂打死,财宝不就全归咱两口子了吗?"李勤点了点头,一回身捡起一根木棒对着白兔姑娘头上打去。白兔姑娘一闪身躲过,一抬手招来一座大山,把这对黑心夫妇压在了山下。

白兔姑娘又把李勇接回林中,夫妻在一起过上了幸福日子。

讲　　述：郭景霞（满族）
搜集整理：育光
流传地区：黑龙江呼兰

古拉玛珲宝石

　　嫩江，在早叫诺温江，出一种宝石，很像晶莹的玛瑙，在阳光下烁烁耀眼，镶在衣、帽、鞍辔、刀柄、荷包上，好看极啦！古拉玛珲，满族话是兔。戴上古拉玛珲宝石，象征着忠贞不渝，吉庆幸福。所以，青年男女都喜爱它。

　　传说，很早以前，有位长得比鲜花还俊俏的沙里甘追①，名叫陶格洛，是兴安贝勒的家生子，因受不住凌辱和折磨，在昏黑的夜里从福晋屋的月亮窗逃出来。起小侍候福晋、跪着长大的陶格洛，哪见过世间的高山、树林、草甸子呀，夜风如狼嚎鬼叫，举目无亲，往哪逃啊？河滩卧着一帮倒嚼的黄牛，陶格洛爬进牛群里，牛很温驯地贴着她，不顶她。等天亮啦，黄牛走啦。陶格洛来到一条大路旁，眼泪汪汪，急得不知往哪方奔好。头上，嘎嘎嘎大雁叫啦。陶格洛想：雁啊，雁，会不会是恩都力赐给我的引路神呀？对，跟着雁走吧！她望着北飞的雁群，沿着滚滚的松阿里乌拉②，拼命地逃啊，逃。贝勒的兵丁在后头撵，陶格洛两脚不停地朝前跑啊，跑。饿啦，嚼一把苦哇哇的草；渴啦，趴在河沟咽口难喝的水。陶格洛不知逃出几条河套子，跑过几片白桦树林。追兵的马蹄子和狗叫声听不见啦，可是，陶格洛的两个脚片子啊，让石头硌得翻胀着白骨头，像两个血萝卜。陶格洛伤心地哭啊，哭，精疲力竭。

　　哭着哭着，陶格洛就听头顶上大雁说话啦："走啊，走啊，别歇脚，黄花甸子里安家啊！"

---

① 沙里甘追：满语，闺女。
② 松阿里乌拉：松花江。

陶格洛擦了擦眼泪,觉得奇怪,就见大雁抖落下来不少花翎羽毛,刮阵清风吹来不少乌拉草。陶格洛把草揉了揉,捡起羽毛,把脚裹上啦。陶格洛脚不疼,浑身有劲啦,爬起来,跟着雁群跑啊,跑。逃出了几百里,一直逃到开满野菊花的诺温江平原。浑身实在支撑不住啦,一头栽倒在菊花丛里。

不知过了多少时辰,陶格洛迷迷糊糊醒了过来。一看,很吃惊,自己躺在一个地窖子里,身边坐着个穿白褂半裤的小阿哥,正用江水给自己洗着脚,梳着头哪!陶格洛觉得这一洗,全身筋骨不疼啦,伤好啦,长发洗得乌黑闪亮。她很感激。就听小阿哥向陶格洛说:"灾难深深的陶格洛,我跟你一样,是诺温江上的独根草,你要乐意,咱俩一块在这儿过日子吧!"

陶格洛无依无靠,没有家呀!心里也很爱这个淳朴、热心的小阿哥。两个苦命人相遇挺亲热,于是成了夫妻。这个小阿哥起早贪黑出去打鱼,勤快能干;陶格洛会掂掇做百样饭,温柔体贴,亲亲爱爱,小日子过得很甜蜜。

这天,陶格洛问小阿哥:"唉,额依根①,咱俩过这么多天,怎么就看见你,咋见不到公婆、小叔、小姑们哪?"

小阿哥犹豫半天,说:"唉,怕你害怕,没敢告诉你。江对岸很远的地方,住着一个残暴的千年雕精,害得诺温江日夜不宁。它吃掉的生灵,尸骨比江里的石头还多。我的父母兄弟全让雕精抓走吃啦,就我逃到这里。陶格洛,你可记住,我不在家,不管谁来,你都千万不要出去!"小阿哥像还有话要说,含着泪,打鱼去啦。

日子一天天过去。这天,陶格洛正在地窖子里熟皮子,听见洞外边有哭泣声。这哭声一阵比一阵高。陶格洛的心乱得干不下活啦。心想:在这大荒片子上,准是逃难的人碰到不幸的事啦。她心软啊,忘了丈夫的话,慌忙爬出地窖子,只见一个瞎眼睛老头在地上边哭边摸,嘴里喊着:"阿布卡!阿布卡!我的拐杖掉哪去啦?可咋回去耶?"陶格洛忙走过来,搀起老人,说:"苦命的沙克达②,不要伤心,我帮你找。"她四处一寻摸,一根歪把蛇皮拐杖掉在草窠里啦。陶格洛高兴地说:"玛法,拐杖在这儿哪!"她走过去拿,回头再看老头没啦,捡起来的手杖

---

① 额依根:满语,丈夫。
② 沙克达:满语,老人。

变成一条黄蛇,缠住了陶格洛。她刚喊"额——依——根",就被黄蛇搅起的旋风卷得没影没踪了。

小阿哥听到呼唤,闻声跑来,人已不见了。他对着江水哭喊着,哭喊着。原来这小阿哥是诺温江边一只受欺凌的白兔,陶格洛并不知道。白兔一心要追找陶格洛,眼前的江水又宽又急,白兔过不去。他沿着江岸上下狂跑,拼命呼唤着心爱的陶格洛,两眼窝哭出了血滴。

雕精抢来美貌如仙的陶格洛,要在魔洞里威逼成亲。陶格洛深爱着穷苦憨厚的额依根,誓死不变心。雕精说:"诺温江上金银财宝任我用,诺温江上生灵的苦乐任我定,天宫神仙也比不了我。陶格洛,答应吧!答应吧!"雕精赏她玉楼珠床,陶格洛不住;送上翡翠山珍,陶格洛不稀罕;端来珍馐美味,陶格洛连瞧都不瞧。雕精火啦,把陶格洛关进冰霜洞,三天三夜后雕精一看,陶格洛的诚心把冰霜融化啦。雕精把陶格洛扔进百兽成群的血池子。血池子里有虎、豹、熊、蛇。陶格洛在池子里爬呀爬。怪事,百兽都不咬她,不吃她!一只老金钱豹吧嗒吧嗒奔过来,对陶格洛说:"陶格洛,陶格洛,你的一片诚心感动了我们。唉,我们都是让雕精抓来的,都是它嘴里的菜呀!你要跑,我告诉你,雕精脖子上系个彩穗荷包,把这个宝贝弄到手吧!"

陶格洛谢过了金钱豹。黄蜂们给陶格洛送来黄蜂针,小雀给陶格洛叼来老苍子和蜇麻子。都备齐啦,她叫小妖传报:答应亲事啦!

雕精一听陶格洛回心转意,高兴极了,忙把她接进宫里。陶格洛说:"我呀,可以答应。不过,我做了个梦,梦见大王有个宝贝。咱们是夫妻啦,我验验梦准不?大王若有,不给我看,我就不应允亲事。"

雕精哈哈大笑,说:"说吧,我答应就是了。"

陶格洛说:"我梦见大王脖子上系个彩穗荷包。"

雕精听后大吃一惊,半天才说:"这个——没有,还是看别的宝贝吧。"

陶格洛转身就走,边说:"心不诚实,算啥夫妻?大王不给看,我情愿回血池子!"

雕精为难了,想想,反正你在我手里,逃不了,看看也无妨,忙说:"行,行,给你看。这宝物太珍奇了,我修炼千年才把世间的幸福统统聚到里边。光看不能打开啊!"

陶格洛仔细看了看，认熟了，又给雕精挂在脖子上，说："好，成亲吧。"

还回宝物，雕精更放心啦，忙叫摆好十二碟十二碗的酒席。陶格洛在席上勤给雕精倒酒。雕精肚子大，贪吃，陶格洛偷偷在糖馅饽饽里塞进了老苍子，净是钩刺，还带尖。雕精心里乐，狼吞虎咽，苍耳子都囫囵吞肚里了，扎得他肚子疼，捂着叫唤，躺下了。陶格洛抓出一把黄蜂针和蜇麻子，偷偷塞进雕精衣袍里。雕精肚疼难忍，又忽然浑身肿疼、奇痒，疼得眼睛冒泪睁不开。陶格洛趁他折腾打滚，悄悄把彩穗荷包从雕精脖子上解下来，拼命往外跑。

她打开彩穗荷包，说："荷包，荷包，送我过江！"

只见荷包里飞出一条彩虹，唰地落在江上变个长桥。陶格洛恨坏了恶魔，惊喜荷包太珍贵啦，就忘了急着过江，大声说：

荷包，荷包，烧死恶雕！

荷包，荷包，打开血池！

荷包，荷包，花开两岸！

陶格洛喊声里，雕精让烈火烧着啦；血池里被困的昆虫、鸟、兽逃回旷野；两岸百花缤纷怒放。陶格洛乐着往桥上跑啊，她要寻找额依根。桥那边的白兔，哭泣中看见江上出现一道彩桥，欣喜若狂，拼命跑啊，想过江见到陶格洛。夫妻俩刚刚手挨手，在桥上会面，哪知道雕精还没烧死，用爪子一抓彩桥，桥断了，陶格洛和白兔夫妻双双掉进翻滚的诺温江里。

从此，诺温江出一种红艳艳的亮宝石，很像白兔眼睛，又像陶格洛的红心。雕精夺走的人间幸福，回到了诺温江。都说，富饶的江湾可像彩穗荷包啦！

讲　　述：宋荆枝
搜集整理：杨洪山
流传地区：山东一带

五鼠闹东京

古代有个昏庸的皇帝，不听忠臣的劝阻，却偏偏听信奸臣的谗言，出了一道"六十岁换家子"的圣旨，人到六十岁后如果没有死，就统统活埋。

圣上有旨，谁敢违抗？那些度过六十岁的老人不管有功还是有过，都只好活活被埋，含恨而死。那些孝顺的儿女，虽不敢违抗君令，却也不忍心把生身父母活活送进黄土，只好给老人建一个营楼坟，里面放上一盏灯，放上几天吃的东西。老人进去后，就封了口，老人两三天吃完了东西，就死在里面。胆子大一点的，就在家中偷偷垒起夹墙，把老人藏在里面，按时送饭送水，以尽孝心。

话说猫儿庄有一位老人名叫张智星，因年过六十，其儿子张良只好把他藏进夹墙里，一日三餐给老人送饭。

一天，张良等父亲吃完了饭后，忍不住痛哭泪流，父亲惊问其故，张良吞吞吐吐不肯说，父亲一遍再逼，他才说了实话。

原来，皇帝无道，朝内出了五个人，长得丑陋，出言不逊，常常云来雾去。满朝文武都奈何他们不得，闹得纲常混乱，君臣不宁。皇上暗暗传旨，派大臣四处招人，凡拿得住的，赏金万两；拿不住的，统统杀头。天下人不知被杀了多少，明天轮到张良去了。孝顺的张良心想：自己死了不要紧，今后谁再来为父亲送饭呢？

张智星叹道："皇上无道，本该有此难，不过真正苦的还是我们这些小人，还是让我想想办法吧。"

张智星老汉和他的名字一样，是一个勇敢、有智慧的人，年轻的时候，驱妖拿邪是他的拿手好戏。他虽然并不十分相信天帝，但他知道人世间还有鬼怪，他知道什么样的鬼怪该用什么方法去对付。他是一个善良的人，决心要除掉这群鬼怪,便问道:"可知那五个妖孽什么模样?"

"儿听人们传说:那五个妖人尖嘴圆耳老鼠眼,八字胡子分两边,走路快如风,叫声鸣尖尖,有一天喝醉了酒,还露出了一条五尺长的尾巴。"

张智星暗喜道:"听你说的,倒像五只老鼠,明天你进东京,衣服上绣一猫图,看他们有什么反应。如果真是老鼠精,见了猫图必有惧色,你再把咱家的大狸猫带去,必能成功。"

第二天张良被接进京,见了万岁后,果见有五个人,不守君臣礼节,到处乱蹿,皇帝只好让他们三分,文武大臣个个都有惧色。张良壮着胆子,站起身来,亮出胸前的狸猫图,众人都不解其故。那五个妖人见了,个个面带惧色,不敢乱动。君臣见张良不似前人,五个妖人见了他都十分害怕,心中大喜。退朝后送张良到养心殿休息,皇帝亲自登门拜访。张良没有讲破缘由,只是告诉皇帝,每天要送给他五斤鲜鱼、五斤鲜肉,半月后,选个吉日良辰,他要上朝捉妖。

张良为什么要五斤鱼、五斤肉,难道在宫里还没有他吃的吗?原来临别时父亲告诉他,张良家里的狸猫体重只有七斤,必须连喂它几天,让它长够十斤重,方能万无一失。

半月后,张良把狸猫喂得膘肥体壮,好似一只小老虎,称了一下,十斤有余。张良大喜,将狸猫藏在袖内,进了皇宫,只见五个妖精正在宫内耀武扬威,到处乱窜。皇帝面带愁容,文武百官个个胆战,张良也捏着一把汗,但他想起父亲的话,壮起胆子,逼近五个妖人,将猫头露出袖外。大狸猫一见五个妖孽,把眼一瞪,吓得五个妖怪浑身发抖,逐渐变小,最后缩作一团,现了原形,原来是五只老鼠,满地乱跑。张良手一松,狸猫飞身而出,闪电般地扑向那群老鼠,四只爪子各按住了一个,用嘴咬住了一个。皇帝见状,龙颜大喜,众文武齐声喝彩,山呼万岁。这只猫一惊,略一走神,脚下逃跑了一只。其余四只变成了它的一顿美餐。那只逃了命的老鼠,成了现在老鼠的祖宗。

皇帝问张良怎么知道它们是一群老鼠精,张良将缘由说了一遍。皇帝恍然大悟,知道老人虽年迈体弱,但智慧过人,不该全部活埋,于是下令杀了那个进谗言的奸臣,并传出圣旨,不准再活埋老人。

圣旨传出,许多老人从死亡的威胁中走了出来,获得新生。人们载歌载舞,万民俱乐,皇家的江山也就稳固多了。

讲　　述：陈彩金
搜集整理：屠再华
流传地区：浙江余杭

金丝猫和老鼠精

有个叫田庄人家的小伢儿去蒙童馆读书，走了一段路，看天要落阵头雨了，就拼命价跑。半路里有一个破冷庙，伊①就跑进去躲雨。刚一脚跨进门槛，阵头雨就滴滴答答落来了！小伢儿就坐在破蒲墩上打起瞌睡来，呼噜呼噜困着了。

到了夜里，出来一批老鼠精！挑头儿的是一只老老鼠精。老老鼠精看见有个小伢儿困着在蒲墩上，高兴得哈哈大笑："小伙计们！大家肚皮已经饿了好几日了，今朝这个伢儿自己送上门来，大家就勿要客气哉！"小老鼠精也叽叽喳喳价喊："快动手吃呀！快动手吃呀！"乱喊乱叫了一会儿，就挤到小伢儿的身边，扒衣裳的扒衣裳，脱鞋子的脱鞋子。结果，这个可怜的小伢儿，连骨头也不剩一根。

过了三日，这个小伢儿的父母还以为是蒙童馆里的先生留着自己的儿子读书，交关②感谢！小伢儿的阿爸就拎着一个糖果包包，到蒙童馆去谢先生。先生呢，却以为这小伢儿生病了，也买了一点东西，去田庄家望望自己的学生子。

就这样，两家头在半路里相遇了。小伢儿的阿爸田庄说："先生，先生，真要谢谢你！你留着我的儿子在馆里。"先生讲："哎呀！你的儿子已经有三日勿来读书哉，我正要去望望伊哩！"这样，田庄就和先生争执起来。田庄说："我的儿子，明明白白，是到你那里去读书的！"先生讲："你的儿子，清清楚楚，已经有三日勿来读书哉！"田庄向先生要儿子，先生说田庄蛮不讲理。两家头争论不休，大家就都去告官。

---

① 伊：吴地方言，他或她。
② 交关：吴地方言，十分。

县官陆大头,块头大,做官清正。县官问田庄:"你有啥些理由向先生讨儿子?"田庄答:"我的儿子是到先生那里去读书的。"县官又问先生:"你为啥些告这个田庄蛮不讲理?"先生答:"伊的儿子没有来读书,硬向我讨儿子,岂非蛮不讲理?!"县官想了一想:先生讲得有理,可田庄是个老实汉子,勿会平白无故向先生讨儿子,其中必有蹊跷!县官劝解着说:"你们两家头都好好想一想,这三日当中的头一日,发生了些啥情况?"田庄和先生很快就想起来,一同讲:"头一日早上落过一场阵头雨!"接着,县官问田庄:"你的小伢儿有没有带雨伞?"田庄答:"没有带雨伞,他出门后,顷刻变了天!"县官一点头,又问田庄:"你是个有经验的田庄汉,估计你儿子走到哪里碰着这场阵头雨了?"田庄答:"哎——大概他已走了两里路光景。"县官又问先生:"蒙童馆距离田庄家有多少路?"先生答:"足足四里。"县官宣布说:"退堂!让我去查看查看再讲。"

县官陆大头当即改扮成平民百姓,带着一名童儿去查访,沿途人家都讲没有留着别人家的小伢儿。县官又根据田庄讲的,找到了破破烂烂的冷庙。

县官走进冷庙一看,只有几个破败的菩萨,一个破蒲墩,还有一个搁在木架子上的大牛皮鼓。县官看了后,说:"这个冷庙,离蒙童馆二里,离田庄家也是二里,附近又没有人家,那小伢儿可能就在这里躲阵头雨。"童儿讲:"大人说得有理。"县官决定和童儿躲在那面大牛皮鼓里过夜,看看动静。

天一黑,老老鼠精又带着一批小老鼠精进冷庙来了。老老鼠精一看没有东西好吃,就叹起冷气来了:"唉!三日前吃饱了一顿,看样子今朝捞勿着东西吃了。"小老鼠精叽叽喳喳讲:"是啰,是啰,怎么办呀?"躲在大牛皮鼓里的县官说话了:"喂!你们要吃东西,明朝这辰光再来!"老老鼠精乌眼珠骨碌碌一转,见四下无人,便问道:"说话的是什么人?你在哪里?"县官答话:"我是鼓皮牛大!你们老鼠精是看勿到我的。"老老鼠精想,说勿定也是一个吃人的精怪,就回话:"好的!明朝夜里就看你的本领了。"县官又说:"我讲话从来算数,你们天一黑就来!"老老鼠精说:"误勿了!误勿了!明朝天一黑就到。"老老鼠精一声尖叫,带着这批小老鼠精走出了冷庙。

第二日夜里,县官陆大头带领大批人马,拎着十几桶火油在冷庙四周隐蔽下来。天一黑下来,老老鼠精果真带着一批小老鼠精溜进冷庙。县官从茅草窝里立起来大喝一声:"烧!"隐蔽着的人马都"嗖"地蹦了出来,围住冷庙,浇上火油,点火烧了起来。老鼠精都在火中烧死了!发出一阵阵老鼠毛肉的焦臭气。县官和大家都很高兴。

哪晓得老老鼠精没有烧死,偷偷从地道钻出来逃到了京城里。恰好皇帝选妃子,伊变成了一个嗲声嗲气的美女,被选进了皇宫,成了皇帝的爱妃!

老老鼠精为了向县官陆大头报复,便在皇帝面前咿咿呀呀装起病来:"呜呜呜,我的病什么宝贝药都医勿好,只有一个叫陆大头的县官医得好。"皇帝讲:"这还勿容易,把他宣进来当御医好啦。"老老鼠精说:"呜呜呜!不是叫伊当御医,我要吃他的心肝,病才能好。"皇帝哈哈大笑讲:"爱妃不要哭,这还勿容易!马上把陆大头叫进京城来好了。"皇帝立刻下了一道圣旨。

县官陆大头接到圣旨,马上动身去京城。县官一路上想:皇帝咋会晓得我这个小小知县陆大头呢? 他想来想去想勿出一个名堂来。县官在路上遇到一个姥姥。姥姥对县官讲:"你这次去京城凶多吉少!"县官说:"姥姥,我也在这样想,皇帝咋会晓得我这个小小七品官的?"姥姥讲:"倒有办法救你,我给你画几只猫!"只见那姥姥右手一挥,就从手指头上滴滴答答流出墨水儿来! 姥姥叫县官摊开两只手底板,在上边各画了一只猫。姥姥又叫县官脱下袜子,在他的一双脚底板上各画了一只猫。姥姥吩咐县官讲:"你手心上的两只猫,天再热也勿能洗掉;你脚上的一双袜子,天再热也勿能脱掉。这四只猫会救你的!"县官点头答应。县官走了一阵,又被姥姥喊回,在他胸脯上又画了一只猫。姥姥一再叮嘱说:"你勿遇到困难,天再热也勿要解开衣襟来!"姥姥的话音一落,就无影无踪了!

去京城有千把里路,县官走了七天七夜,天太热,他再也忍不住了,就到河边去洗把脸,喝口水。哪晓得一洗手,扑通两声,两只水獭猫从他的手心里跳进了河里! 他想洗洗脚,刚脱下袜子,只见两只野猫从脚底板下钻出来,逃到山上去了!

这辰光,县官才想到,那个姥姥一定是想搭救他的神仙。可姥姥画在县官身上的五只猫已经逃走了四只! 县官想,画在他胸脯上的这只猫,千万勿能让它逃掉。县官走啊走,走得汗流浃背,抓一把衣裳挤得出水来。但是,县官决心就是热得像火烧,也勿解开衣襟来。

县官陆大头整整走了七七四十九天,才急煞拉乌地走到了京城,来到皇宫前。手拿刀枪的卫士喝道:"你来此作甚?"县官说:"是皇上宣我来的。"卫士问:"你姓甚名谁?"县官说:"知县陆大头。"卫士"哼"的一声,立刻把县官五花大绑,推进皇宫,反锁进一间小屋子里。

皇帝和老老鼠精变的爱妃这时正在皇宫御花园赏花。一名御医匆匆忙忙赶去,跪在皇帝面前禀告:"万岁!县官陆大头捉拿在押。"老老鼠精哈哈大笑,说:"去!你们照着我开的药方办就是了。"

过了一会儿,老老鼠精又拉扯着皇帝说:"皇上,我想亲眼看看,刽子手是怎样取药的。"皇帝讲:"唉!爱妃,这有什么好看的?还是走吧!"老老鼠精又撒着娇说:"我才不怕呢!我就喜欢看新鲜。再讲,如果搞错了,不是陆大头,吃了病也不会好的。"皇帝讲:"爱妃,依你!依你!哈哈,你这美娇娇的还吃过豹子胆哩!"皇帝叫太监传话,把陆大头拿到御花园,让爱妃验明正身取"药"。

陆大头被押到御花园,听到皇帝和妃子在讲挖心取肝的事,十分气恼!他料定自己遭了暗算。

县官脑子一激灵,记起了姥姥的话!便猛一挣扎,用嘴咬开了衣襟。只见一只毛光闪亮的金丝猫从他的胸脯上跳出,"喵呜"一声,扑到皇帝身边的爱妃身上!顷刻间,这妃子原形毕露变成了老老鼠精。金丝猫就同这老老鼠精斗了起来!不到一筒烟的工夫,金丝猫"啊呜"一口吞进了老老鼠精,嘴巴边露出有二三寸长的尾巴!金丝猫一个虎跳,便无影无踪。县官才明白过来:原来这老老鼠精没有烧死,逃进京城摇身一变成了美女,迷住皇帝,成了皇帝的爱妃。宣他进皇宫,掏心取肝,是老老鼠精对他的报复!

金丝猫吃掉老老鼠精,这一下可把皇宫弄得乱哄哄。皇帝早已吓昏过去,皇宫里的人逃的逃掉,躲的躲。县官就趁这一片混乱溜之大吉。

县官陆大头回到县城后,就把田庄和先生请了来,一五一十地讲明了情况,劝他们两家头重归于好,又向那失去儿子的田庄安慰了几句。

过了几日,县官陆大头亲自写了一块碑文,把碑立在火烧了的破冷庙废墟上。时间一长,碑文风化了,连讲故事的老辈儿也都说不清了。

周涛捉拿老鼠精

讲　　述：顾立基
记录整理：范国华
流传地区：江苏如皋

有个叫周涛的是通州州官。一天,看粮仓的向他禀报:库里的粮食天天少,又不见哪个贼子来偷。周涛亲自去查看,瞟见两只大老鼠,有八九十斤的猪子大,都吃得肥肥壮壮的,要除掉它们可不容易。

周涛就召集手下的差役,叫他们找九斤四两的狸猫。大家出去访啊,寻啊,寻来寻去都找不到。后来有个人总算找来一只大猫,周涛一称:"啊,才九斤,就勉强点吧!"他把大猫捧到粮库里,往囤子里一撂。那猫"喵呜"一声,扑住了一只大老鼠;另一只吓得要死,赶忙溜掉了。

溜掉的是只母老鼠,它一心要翻周涛的本。正好皇帝在选妃子,它变成一个非常齐整的姑娘,就挨差官选到宫里去了。进宫以后,它拼命讨皇上喜欢,当上了西宫娘娘。以后就害假病,同皇上说:"我这个病要吃通州州官的心才得好。"皇帝是个昏君,就下旨传周涛进京。

周涛晓得,皇帝特为传臣子进京,八成没得好事,但又不好抗旨不去。他就坐船上京城去,行了几百里路,叹了一路的气。怨气冲上南天门,玉皇大帝晓得了,就着太白金星:"去瞟瞟哪个凡人有难。"太白金星踏着云头往下一看,知道老鼠精要吃周涛的心,就连忙上殿启禀玉帝。玉帝说:"你去搭救一下子,送三只狸猫给他。"

太白金星变成个老头儿,赶到周涛乘的船边,朝船上吵道:"喂,行船的载我一程,船钱照给。"

行船的说:"周大人要上京城,不好带人。"

"我也是上京城的。请你家周大人行个方便啊。"

周涛见他是个老人家，就朝行船的点了点头。等太白金星上了船，周涛跟他谈家常，问："老先生，你做的什么交易？"

"我是相命的。"

"那好啊，就请你相相，我这次进京是祸还是福？"

太白金星朝他一顿相，说："哎呀，你这一去是天大的祸事。"

"哦？倒是什么祸呀？"

"你弄九斤猫捉到一只大老鼠，另一只变成美女混进皇宫，眼下正在皇帝跟前害假病，要扒你的心吃。"

哎哟，他说出九斤猫的事，相得还真灵呢！周涛连忙问："老先生，可有法子解救呀？"

"有法子。"太白金星在他胸口和两只手上各画了一只狸猫，吩咐他捏紧拳头，见到老鼠精才能松手。说罢，太白金星身子一闪，眨眼就不见了。

周涛心里有了底，一气上赶到京城。朝臣进宫一通报，西宫娘娘就叫把周涛绑在午朝门外，扒出心来给她吃了治病。周涛说："我情愿帮娘娘把病治好，只不过人心要现扒现吃，过了时就没效。"娘娘听了禀报，心想横竖你是死定了，我就装成治病的样子，来个现扒现吃也好。她亲自来到午朝门外，动手就解周涛的胸衣，打算开膛挖心。哪知道胸衣才一解开，一只狸猫忽地钻出来，一口咬住她的颈项。周涛把两个拳头一松，又蹦出来两只狸猫，你一咬他一撕的，顿时叫娘娘变成一只老大的死老鼠。

周涛除掉老鼠精，大骂皇帝无道，居然迷上了妖精，谋害忠良。皇帝晓得上了当，连忙给周涛加封，还赏了他许多金银。

讲　　述：薛天智
搜集整理：刘敏
流传地区：辽宁沈阳

鼠仙堂

很多人都知道，在盛京大西边门外有一座太清宫，却很少有人记得在老多年以前，这观院的后身曾有过一座鼠仙堂。一般人听了一定会问，过去有狐仙堂、黄仙①堂，咋还有人修建鼠仙堂呢？这是一个在盛京城内流传多年的故事。

明末清初，更确切一点说，是老罕王努尔哈赤在盛京登基坐殿那时候。关内兵荒马乱，连年荒旱，许多人见活不下去，便推着小车，挑着担子，带着妻儿老小，成群结伙闯关东。在逃难的人群里，有一对年轻夫妻。他俩从山东老家出来，刚走到锦州地界，媳妇就生了一个小男孩。因为在男孩上边有个哥哥没站住②，所以他爹娘给他取了个乳名叫小二。这小二刚降生下来，爹娘急于赶路，把他裹巴裹巴就抱在怀里往前走了。当时正是深秋天气，走着走着，走到前不着村、后不着店的地方遇到一场大雨，小二爹怕把儿子淋着，急忙脱下上衣给他遮上。没承想，秋雨如霜遭了凉，病倒在沿途小店。他们是逃难之人，盘缠路费早已用尽，眼睁睁请不起郎中，抓不起药。不久，小二爹便病死在逃难途中。那一天，小二娘抱着不懂事的儿子，坐在丈夫坟前呼天喊地放声痛哭。她数叨着丈夫生前与自己的恩爱、今后日子的艰难。在场的人眼睁睁看着这可怜的孤儿寡母无不落泪，连老天爷都可怜他俩，飘飘洒洒扬下了清冷的雪花。好心的人围上来纷纷劝解："大妹子，人死了不能复生，小心哭坏了身子，顾全孩子要紧哪！"小二娘一想：是啊，光坐在这里哭，不找活路，怎能保住丈夫留下的这点骨血呢！她收住眼泪，在丈

---

① 黄仙：黄鼬仙。
② 没站住：没有活下来。

夫的坟前拜了几拜，咬紧牙站起身，抱着孩子往盛京走来。

母子俩历尽千辛万苦，这一天终于来到了盛京城内，到这里四处一瞅，果真像传说的那样，大街小巷齐齐整整，人来人往车水马龙，买卖店铺一家挨着一家，生意火红十分兴旺。小二娘东瞅瞅西转转，见城里无处落脚，便寻摸到大西边门外，在太清宫附近找到一间空闲多年、无人居住的小破房安下身来。从这以后，她每天起早贪黑，背着孩子，提溜着破瓦罐子走街串巷，靠挨门挨户讨要一口口剩饭，拉扯孩子过活。

虽然说苦日子难熬，可它毕竟挡不住日头每天从东边出来，又到西边落下去。转眼之间，小二已长到七岁。都说穷人家孩子懂事早，这种说法不无道理。别看小二年纪小却很懂事，他从来不和房边左右家孩子吵架。他每天跟娘出去讨要，不用娘背着，也不用娘抱着，不因为饿一点、凉一点就哭天抹泪吵闹，只是闷声不响地跟在娘身后走，暗中学习娘的一举一动，想再等两年自己长大一点，单独出去讨要养活娘。有时候赶上闹天头，娘就把他一个人留在家里。有一天赶上外面下雪，娘怕把他冻着，又将他留在家里自己出去了。娘前脚出门，他后脚就学着娘的样子到近处讨要起来。那天，他果真讨来不少，好一点的自己没舍得吃。娘回来见了，将他搂在怀里哭起来。从此，小二便和娘分头去讨要。

那时，大西门里路北有一座"三盛源"粮店。这粮店门市阔气，铺面整齐，四合套院子，石头狮子把门，高房大屋，飞檐走拱，清一色青砖小瓦，它是当时盛京城里数得着的大买卖。每天从早到晚，来这里买粮的人一个接着一个，到这里卖粮的一拨跟着一拨不断溜儿。那些卖羊汤花卷煎饼豆腐脑的、卖糖球大枣瓜果梨桃的小商小贩一家挨着一家，吵吵喊喊十分热闹。小二怕这里的地痞二混欺侮他，每次出门讨要都不敢从这前门经过，绕道从后大门走。这后大门虽然赶不上前大门热闹，却也不一般，等着往里送粮卸粮的大车一辆连着一辆，院中的粮仓左一排右一溜的摆放在那里。后大门两侧虽然没有像前门那样威武的两只大石头狮子，却有两块半人来高、四棱四角十分光滑的大石排列两旁。十个小孩有九个贪玩儿。小二见这石头挺有趣儿，每天早早晚晚，一有工夫就到这儿爬上爬下去耍。天长日久，还真就玩上了瘾，觉着落下一天没到那石头上蹦跶蹦跶、坐一坐、摸一摸，就像缺点啥，没的抓挠儿。所以，他除了遇到刮风下雨天以外，几乎是每天必到。有一天,他从城里讨要回来走到这里,已经是掌灯天了。他把饭罐放在墙下,往手心里吐口唾沫,腾腾几步走到石头根底下想往上爬,猛然间抬头往上一瞅,吓得一伸舌头,见一位七八十岁、白头发白胡子、身穿灰缎子大袍的老头闭目合眼,四平八稳坐在大石头顶上。小二暗中嘀咕:这"三盛源"粮店的老板可真行,天都这么晚了,还守在后大门怕小偷拿他粮食。他一看玩不成了,只好恋恋不舍蔫巴登儿回家了。头天晚上没玩成,趴在炕上总惦记这回事,这一宿觉也没睡踏实。第二天早起天刚亮,他就悄悄爬起来,拎着讨饭罐溜出门去,他想趁早晨没人的工夫到那儿痛痛快快地玩一回之后再上街。等他呼哧带喘跑到那儿,往石头上一瞧,不禁垂头丧气,见那老头跟昨天晚上一样闭目合眼,四平八稳坐在那里,不由得心中恨道:老板哪,老板,你可真是个看家虎、守财奴,都老大一把岁数了,也不怕大清早天冷风寒把你冻着。唉,又玩不成了!以后一连好几个月,那老头天天如此,这几乎断绝了小二再去那儿玩的念头。

又是一天晚上,小二从这里经过时已经夜深人静了。他习惯地往那块石头上一瞅,这回可真乐坏了。那老头今晚没来,活该我玩个痛快!他蹦蹦跶跶爬到石头上,也学老头那样子,闭目合眼,四平八稳盘腿大坐在那里。他正玩得高兴,忽听见"汪汪"狗叫。睁眼一瞧,见前面不远的地方有一群野狗在撕扯着什么。他出于好奇,从石头上跳下来跑过去,那群野狗见有人来吓得四散奔逃。他来到近前一看,心中喊道:哎呀,这不是天天坐在石头上看家守财的老板吗?他咋酒气熏天地醉倒在这里啦?你看他身上的大袍被野狗撕破了,脸也磕出血了,身上的肉也让那群饿狗咬伤了好几块,周围还有出酒秽物的痕迹。小二心想:这老头可真怪,大老板出门也不带几个跟班。天都这样晚了,他家里人也不出来找找。我要是往家一走扔下他不管,那群野狗万一再回来,恐怕他的老命就没了。到他家报个信,人家深宅大院前门闩着,后门关着,去叫门人家也不能搭讪我这个穷要饭的呀!干脆把他背到我家去吧。小二想到这儿,弯下腰来,把那老头半拖半拽地背到家,叫开门。小二娘端着个小油灯迎出来一瞧,问:"小二,你背的这是谁?"

"'三盛源'粮店老板。"

"他咋啦?"

"他喝醉了。"

小二娘是个好心人,急忙帮儿子把老头放在用破木头板子搭成的草铺上。娘儿俩在他身边足足守了一天一宿。那老头才醒过来,睁开眼便问:"这是哪里呀?"

小二答:"这是我家呀。"

"你是谁?"

"我叫小二。"

"我怎会躺在这里呢?"

"你已经醉了一天一宿了。"

这时,小二娘给他端来一碗温暾水,说:"家穷没有好茶招待,请喝一碗白开水吧。"老头酒后正干渴,二话没说接过碗来,捧到嘴边咕咚咕咚一口气就喝了下去。他喝罢用袍袖揩了揩嘴,这才说出个"谢"字。抬头四处一撒目,才看清这家真是穷到了分上。一间小房东歪西倒,土坯垒的窗户,麻袋片的门,阴暗潮湿,霉气味难闻,屋里的摆设是讨饭用的黄瓷瓦罐一对、打狗棒两根,一张破床还让他独占了一天一宿。再看小二母子,虽说是穿戴破旧,面带饥色,却能看出是憨厚善良之人,尤其是小二,长得虎头虎脑,憨直可爱。老头看罢起身下床,叹口气道:"你母子二人如此清贫,却有这等热心,救下了老朽一命,日后我当重谢。"说罢深施一礼,辞谢出门而去。

一晃又是七八年。小二已长成一个身强力壮、膀阔腰圆的小伙子。这时,他娘儿俩已不讨饭,靠小二到工夫市打短工维持生活。日子虽然不宽裕,却也能混个一温半饱,能有件囫囵衣服穿了。这一天晚上,小二和娘吃过晚饭闲着没事,为了节省灯油,早早就关门闭户趴在炕上睡下了。娘儿俩正在似睡非睡,蒙眬中忽然听见马车声,那声音由远而近,听车把"吁"了一声停在门前。紧接着有人叫门:"小二,睡下了吗?""谁呀?""开开门就知道了。"小二赶紧披上衣服,跑到门前拉开门闩,他娘也急忙点上油灯穿衣下地。待那人进到屋里,娘儿俩一看便愣住了,原来是几年前救下的老头。只见他乐呵呵道:"转眼阔别数载,恩人好吗?"

小二娘道:"还好,请炕上坐。"

"不啦,这多年来,我时时刻刻都没有忘记你们母子的救命之恩。今天来,想把二位请到我家坐坐,能赏个脸吗?"

小二娘听了一转念,推辞道:"唉,那么点小事还提它干啥?深更半夜打扰贵府,就不必啦!"但呛不住那老头实心实意地再三邀请,只好走出门来。到外面一看,那辆马车十分华丽,两匹红缨白马咴儿咴儿直叫。

一个二十多岁、穿戴整齐的年轻车把上前撩开车帘,将娘儿俩让到车上。几个人坐稳,那车把摇动鞭杆,拧了个清脆的鞭花,便催动车马疾行。娘儿俩坐在车里想往外瞧瞧到哪里去,可是,四周遮挡得溜严,啥也看不见,只听马铃哗哗,车轮隆隆,耳边呼呼风响。

不知道走了多长时间,也不知到了啥地方,当马车停下,老头亲自撩开车帘,娘儿俩走下车时方才看清,这是一户好阔气的富贵人家。高大的门楼上挂着一对宫灯,两只石头狮子把住黑油子大门,高墙顶上琉璃小瓦,东西两厢、正房门房灯火通明。那老多穿红挂绿的男女,全都笑盈盈地排列车前。众人簇拥着小二母子来到上房落座,献上茶来。茶罢,老头对小二娘道:"今天把恩人请来,想和你们商量件事。我有一个小女儿名叫玉翠,眼下刚满一十七岁还没出聘①,如恩人不嫌,让她到你家和小二结为夫妻,早早晚晚服侍你。"

小二娘听罢又喜又忧:她喜的是老头有良心,为了报答救命之恩,肯把亲生女儿下嫁给咱这样的穷苦人;忧的是,虽说儿子到了成家的年龄,可手头没有半点积攒,富家女儿身子娇贵,到咱家能吃得苦,过得惯那有上顿没下顿的穷日子吗?再说,穷家和富家门也不当,户也不对呀!唉,豁出咱自个儿穷死一窝,烂死一块,就别拖累人家啦!想到这儿,她欠起身来推辞道:"老人家,您的盛情……"没等她把话说完,老头好像知道她下话要讲啥,哈哈大笑,打断了她的话头:"恩人,你不就是自愧家贫有门第之嫌,怕拖累小女吗?依我看,你那想法有点不通情理。恩人当初救我的时候,根本就没有贪图报答,那叫诚心诚意;今天轮到我这儿,偏要实心实意酬谢,难道说只许你对我有诚心,就不兴我对你有实意吗?"这番话把小二娘说得赞叹不已。她心想,我要是再固执下去,就显得太不通人情了,便笑答:"人与人之间,难得像你这样坦诚,我是怕……""你还怕啥,是不是怕

---

① 出聘:出嫁。

小女容貌丑陋配不上你儿子呀？玉翠，你过来！"话音刚落，从屏风后面闪出一位姑娘，小二娘抬头一看哪，就不用提心里有多高兴了。这姑娘长得苗条俊俏，好似天女临凡，把个小二娘乐得嘴张多老大，愣了老半天没合上。小二呢？他生来就没长那心眼，想施恩求报，贪图谁的便宜，听娘说了半天觉得句句在理。他也想：咱小庙可不能奢求供那大佛，别看老头那样好，他女儿就未必随爹。咱家穷得叮当响，她为了遵从父命憋憋屈屈嫁到我家，万一有那么一天变了脸嫌弃咱，摔牌骂骰子闹腾我，让娘跟俺着急上火就不如打光棍了。他刚想到这儿，听老头喊女儿出来，便不由自主地偷看了一眼。这一看不要紧，那心当时就被她给拽了过去，暗中夸道：我小二在盛京城里走街串巷讨过饭，到城外东跑西颠卖过工，见着过的姑娘无其数，咋就没有一个能赶上她这样好看呢！说她像画上画的，却比那画中美女美上百倍。看她那羞答答的样子，不由得心里打鼓，脸像关公。玉翠来到他们母子面前，给小二娘请了个安，娇羞地叫了声："娘！"这一声好像把小二娘的心揪进了蜜罐。小二顺着声音一瞅，正好和玉翠的目光碰个正着。老头见了朗声笑问："小二，我这女儿可是嫁不出去？你要乐意就点点头。"小二看看娘，娘笑道："只要你俩乐意，我没啥可说的。"小二听娘说，急忙把头慌乱地点了几点。这时只见老头一抬手，那院中厅前，鼓乐齐鸣，丫鬟奴仆鱼贯而入摆上酒宴来。那席面全是小二母子从来没见过的山珍海味。酒席间，老头让他们娘儿俩不要为喜事准备啥，只要等他看准良辰吉日把女儿送过去完婚就是了。说说唠唠眼看着鸡叫天明，老头便打发来时车马将娘儿俩连夜送回家去。

娘儿俩忽忽悠悠坐在车里，到了家中已是天亮。娘瞅瞅儿子，儿子瞧瞧娘，以为是梦，但宴时酒香还在，方相信是实。转眼又过数日，一个初春月夜，娘儿俩忽听见门外人喧马叫，鼓乐喇叭齐奏，鞭炮齐鸣，急出去看，见许多人簇拥着一乘小轿落在门前，原来是老头送女儿完婚。

洞房花烛，夫妻恩爱咱不去表。说那玉翠过门之后，真是对婆婆孝顺，对丈夫体贴，吃那粗茶淡饭，穿那粗布衣衫，并无半点怨言，每天早起晚睡忙里忙外很是勤快。这一天晚上，玉翠对小二道："你打短工受人支使还挣不许多，白天时，我已和娘说好，咱不如开个小买卖吧。"小二听罢苦笑道："唉，哪来的本钱！""我带来些，开个小杂货铺还是满够。"小二见有了底垫自是高兴。次日早起便修整门面，张罗进货，忙了起来，第二天头上正式开张营业。

没想到，从这天起仅几年时间，小二家那买卖就越做越大，由开小铺到开丝坊，由开丝坊到开商行，在大西边门开了十多处大买卖，小二成了大西一带头等富户。他旧时名字早已经没人叫了，得了个大号"洪生"，他的商行也因此而得名"洪生商行"。

前面说过的大西门里路北那座"三盛源"粮店，到后来不知为啥生意冷落，老太太拜年一年不如一年了，眼看着就要黄铺。店老板只好忍痛出兑，玉翠听说之后便让洪生兑了过来。这粮店到毛家之后没出半年，那买卖比旧时还要兴旺，成了盛京头号粮行。

要说人生易老，真是几十年一晃过去。洪生娘早已故去，洪生和玉翠已子孙满堂，过了古稀之年。这一天，玉翠对洪生说："你已知道我家是鼠仙。当年，我爹醉酒，都怨'三盛源'粮店老板。他在难时，我家保他飞黄腾达。他得意之后，便忘恩负义拆除了仙堂，弄得我全家老小无家可归，逼爹爹蹲在石上还在保他。可那老板执迷不悟，恩将仇报，请人画符驱魔，将我家逼得山穷水尽，才对他这小人抱之以怨。你对我全家有恩，不能与他相比。常言说，没有百年不散的筵席，你我夫妻再好也不能与天同寿，恐怕双双去了之后，儿孙们会忘记毛家之德、鼠家之义，不能好自为人哪！我想修建一座鼠仙堂，要他们记住做人要做仁义君子才能人丁兴旺，财源茂盛，你看我这主意有道理吗？"洪生听了不胜感慨，连连点头，第二天便命人采取上等砖石木料，雇能工巧匠在原住旧址太清宫后身修建了一座鼠仙堂。

鼠仙堂建成之后，玉翠曾带子孙去焚香叩拜多次。一天，她说要回娘家探亲，当晚，还是几十年前那辆马车将她接了回去。她走后不久，洪生将子孙召集堂前，道："你们要好自为人，保存仙堂，按时祭祀，切记，切记！"说罢无疾而终。当时，有人看见他好像和玉翠一起，坐在一辆红缨白马拉着的漂亮马车上，奔砖城里啥地方去了。

搜集整理：周欣
流传地区：江西贵溪

白老鼠精

在江西贵溪县的农村里，有一农夫，妻子长得很漂亮，虽然是农家装扮，布衣青裙，却也楚楚动人，十分可爱。

有一天，农妇从田间送饭回来，路上碰到一个道士打扮的人，衣衫整齐，相貌堂堂。二人一见，眉去目来，各人的心里有说不尽的你爱我、我怜你的滋味。一路之上，二人就谈上了。道士说："我乃西天十八洞府的活神仙，神通广大，法力无边。你我有夫妻缘分，故特前来与你相会。"农妇说："我有丈夫了，怎能与你配夫妻呢？"道士从口袋里拿出一个木头人，交给农妇说："这是我的替身，你把它拿回家去，供奉在堂上，你家里的人只要看见木头人，就看不见我了。我就能随时进出你的家门，陪伴你了。你有难处，只要在木头人前烧香拜佛，我就知道了，自会帮你排忧解难。"

农妇一听，心里乐开了，双手供奉木头人，同道士回到家中。家中有个婆婆，正坐在门口看门，只见媳妇双手捧着一个木头人，一个人回来，果然看不见同来的道士。农妇把木头人供奉在堂屋上，即拉着道士，进入房间。二人亲昵了一场之后，道士右手一指，口中念念有词，一席酒菜摆在面前了。二人就肩挨肩坐在同一条凳子上，吃起来了。正吃得高兴的时候，农夫回来了，进了房间，只见妻子一个人坐在桌子边吃喝，一点也看不到与妻子在同一条凳上坐着的道士。农夫就问妻子哪里办来这样丰盛的酒菜。妻子说："今天路上捡到一个木头人，我将它供奉在堂上，有求必应，想吃酒菜，酒菜就到，今后想什么有什么，我们发财发定了。农夫一听，也乐开了。

第二天早上，农夫对妻子说："我们种田辛苦了一辈子还没有牛，你今天到木头人前,求它赐给我们一头牛,那有多好呢。"妻子说:"容易,容易。"妻子起床后,也不要再去烧饭做菜了。这些麻烦的家事全由丈夫来做。她洗过脸即到木头人前去烧香拜佛,一会儿,一锭银子求回来了。农夫一看,足够买一头大水牛,还有余。过几天,农夫有了大水牛,又想,牛有了,田可以多种几亩,但买种子和肥料还缺钱。妻子说:"区区小事愁什么?"第二天,妻子又从木头人那里求得一锭银子。种子和肥料全都解决了。

过了一段时间,农夫想想,种田要起早摸黑,实在很辛苦。现在堂上供奉木头人,有求必应,来得容易,何必种田呢?第二年,农夫真的不想种田了,就叫妻子天天陪着木头人,求这样,要那样。不到一年时间,农夫家中变得很富有了。村里人都知道他家中供奉木头人,保佑发了财,实在是羡慕他,但也有眼红的,也有嫉妒的。

有一天,婆婆病了,郎中说:"老年人身体虚弱,只要每天吃一只鸡,滋补滋补就行了。"

他家里有的是钱,但农村里每家养鸡都是自给的,这可为难了。妻子就去求木头人,说也奇怪,每天厨房里就有一只鸡来。今天杀了一只,明天又来一只。可是村里人发现有偷鸡贼了,不是今天这家少了鸡,就是明天那家少了鸡。大家就逐家逐户去查问,结果查到农夫的厨房里,发现一大堆鸡毛,大家火冒了,就打盆碗,翻桌凳,大闹了一场,还要报官来查处。

农夫的妻子很不服气,就到木头人面前求救。道士安慰她道:"这些村民怕什么,待我各家各户降点灾难给他们看看。"

第二天,有一家柴房无缘无故起了火,有一家的牛平地上跌断了腿,还有一家的孩子掉进井里去了,幸亏救了起来。那带头闹事的一家,有个不满周岁的婴儿被人丢进粥锅里去,活活煮死了。这一切灾难让村里的人慑服了,只有婴儿被投入粥锅里的这一家,心疼小宝宝惨死,实在不甘心。他想,这个木头人如果是公正的活神仙,理该保护全村人,现在却偷鸡摸狗,降灾给村民,肯定不是神仙,而是魔鬼。他决定到龙虎山张天师面前去告状。

张天师准了状,即派法师来到村中收妖捉怪。木头人得知,可慌作一团了。心想逃命要紧,摇身一滚不见了。法师走进农夫的堂屋,朝四周一看,说道:"这只畜牲所逃不远。"当即拿出一张天师符烧了,变出一只大黄猫,飞奔而去,一会儿大黄猫衔着木头人回来了。村里人看见木头人,恨之入骨,都想立刻把它砸个稀巴烂。法师说:"且慢!这还是替身,待我现出它的原形再说。"

法师又取出一道天师符,烧在一碗水上,喝了水喷在木头人上,木头人就变为一条老鼠的尾巴,在地上滚动。法师又喷了几口水,这条尾巴的前面就现出了一只肥肥胖胖的白老鼠。村里人就想上前踩死它,法师一看,马上阻止道:"且慢!这是一只做窠在西天如来佛祖脚下的老鼠精,它有千年的道行,只是贼性未改,待我送交如来佛祖处置好了。"法师即从口袋里取出一只大纸封,把白老鼠放在里面,封好口,贴上一张符,然后把大纸封放进口袋中,辞别众人,扬长而去。

老鼠精·白老鼠精

讲　　述：黄显孚
搜集整理：金鑫、柳竹
流传地区：吉林长白山一带

老耗子皮

　　从前，关东山里有个"老洞狗子"①姓白，在深山老林里打个山毛野兽的，夏天还刨种点地维持生活。要过年了，三十晚上包饺子，来了一个小媳妇，说："大爷，我来帮你包饺子呀？"

　　老白头说："好哇，上炕吧！"这个小媳妇就上炕了。穿得还挺好，头上还戴着花。老白头寻思：这深山老林里头哪来这么个小媳妇呢？肯定不是人。他边包饺子边留心看，这小媳妇边包饺子边往嘴里抿馅子。老白头明白了，对她就有戒备了。包完饺子小媳妇走了，老白头就往下收拾馅盆子什么的。一看，饺子边上净是些耗子爪印。老白头心里话："啊！是个耗子精跑这儿来了。"半夜煮点饺子，吃完就睡觉了。

　　第二天一大早，老白头洗完脸，拿点香要去给老把头庙拜个年。不知什么时候外面地上落了一层小雪，从门口出来就是一溜儿耗子爪印。他先去老把头庙烧完香，拜完年回来，顺着耗子爪印走到山根下。一棵大树根底下有个洞，他在附近划拉点树枝，堆在洞口，准备点火用烟熏。正在这时，从洞口出来老两口子说："大哥，昨晚我姑娘上你那儿闹腾你去了。你老别生气，今年我一定要让你顺顺当当下山，决不会亏了你。"老白头一听，也就回家了。

　　唉，你还别说，这一年鹿茸、熊胆什么的山货土产真没少整。老白头寻思寻思，出来好几年了，也该把山货卖了，折腾折腾回家吧！他要准备下山了，临走时来到老把头庙烧烧香，磕磕头。一看旁边有个老太太，领着三十晚上去包饺子的

---

① 老洞狗子：常年蹲在山里打猎、放山、采集山货的人。

小媳妇,老白头也忘了咋回事啦。

老太太说:"大哥,你要回去了,咱们邻居一回,我们也没有什么送给你的,有这么一张皮子给你吧!"说完就走了。老白头一看,是一张白耗子皮,就揣起来拿回窝棚了,心想:我要这张耗子皮有什么用?顺手扔在窝棚顶上,进屋把山货包的包,捆的捆,收拾收拾,准备背着下山,卖点钱带着回家。

外边又下上雪了,一看窝棚顶上不落雪,老白头就划魂儿了。地上落了不少雪,窝棚顶上怎么连一点雪花都没落呢?哎哟,是不是这张耗子皮的事呀!把它够下来,围在脖子上就走了。

走着走着,下山了,出了林子,进了边关镇。天下着鹅毛大雪,正遇上总兵带着人马出去习武。这个总兵眼睛挺毒,一看这个老头肯定是个"老洞狗子"。在山上待得头发胡须都挺长,更奇怪的是,大雪飘飘扬扬地下,就是不往他身上落,便打发当差的把老头叫来了。总兵问:"你是刚从山里下来的吧?"

老白头回答:"是啊,是啊!"

总兵又问:"你下山都带的什么货物啊?"

老白头说:"也就是鹿茸、熊胆什么的。"

总兵还追问:"再没有什么别的东西?"

老白头说:"没有了!"

总兵听了又问道:"那你身上怎么不落雪呢?你脖子上围的是什么?"

老白头也没敢说是耗子皮,就说:"是我在山上捡的这么一张小牲口皮。你说是兔子皮吧,又不像兔子,说不是兔子吧,我又叫不上来是什么。"

总兵说:"那你解下来,给我看看。"一看,就命令老白头:"你往后退退!再往后退退!"老白头身上就落雪了。

总兵说:"你这张皮,大概是张老耗子精皮呀!把它卖给我吧。"

老白头一听,这老总兵眼睛可真毒啊,赶忙说:"总兵大人,您要看中了就拿去吧,什么卖不卖的。"

总兵说:"那可不行!你这些东西卖了钱都干什么用啊?"

老白头说:"总兵大人,不瞒您说呀,我已经在山里转悠十多年了。就想卖点钱,好回山东老家呀!"

总兵说:"那么的吧,把这些山货都背到我府里去,以后我再打发你回家,你看怎么样?"

老白头说:"行啊,那敢情好啦。"

说完,总兵就派两个当差的把老白头送回总兵府了。

到了总兵府,老白头可就抖起来了,剃了头,刮了胡子,洗了澡,从里到外都给换上了新衣裳,吃的就更不用提了。过了四五天,总兵回来了,问老白头在这儿待得怎么样。

老白头说:"总兵大人啊,我活了这么大岁数,也从没享受过这样的福哇!"

总兵说:"我给你带些衣裳,再给你拿二百八十两银子,回去过日子吧。"老白头做梦也从没想到他能得到这么多钱哪,乐得嘴都合不上了。总兵派当差的把老白头送回了山东。

讲　　述：靳正新
记录整理：秦秀荣
流传地区：河北藁城

黄夜仙

　　清朝年间，李家庄有个李二愣，在本村砖窑上烧砖。砖窑暂时停工，伙计们都回了家，只留下李二愣看窑。八月十五这天晚上，月亮圆圆的，李二愣一个人坐在月光地里喝酒赏月。忽然看见一只黄鼠狼，头顶块破布，拄着根麻秸棍慢慢地向他走来，对李二愣说："嘿嘿嘿，你看我像什么？"李二愣说："像什么？像个八十岁的老婆婆。"黄鼠狼就说："俺像个十七八岁的小妮子，看你一个人喝酒闷得慌，我给你跳个舞吧！"李二愣一看它不是个好东西，就脱下鞋来，照着它的屁股扔去，骂道："滚你娘的蛋吧，是妮子也是个丑妮子！"

　　那李二愣不知道，这黄鼠狼正在修炼人形。这年八月十五黑价，要摆上一百个月饼，要是遇见人，人说它是什么它就能成什么。李二愣最后说它是个妮子，它从此真的变成了一个十六七岁的妮子。俗语说：十七八岁无丑女。那黄鼠狼变的妮子，果然也长得好看，自己就起了个名字叫黄夜仙。到了年三十，黄夜仙感激李二愣的吉言，就又来找他。恰巧李二愣和了肉馅正包饺子，黄夜仙走过来说："我帮你包饺子吧！"李二愣想：大年初，家家都很忙，谁家跑来个大姑娘？就说："不用，你走吧！"黄夜仙不走，洗洗手就搓起面来。李二愣细细看她那双搓面的手，细细的、短短的，和黄鼠狼的手一模一样，知道她不是个好玩意儿，拿起切菜刀，照她的左肩上狠狠地砍了一刀。只听黄夜仙尖叫一声，一溜烟没了。李二愣就顺着血迹往前找，在一堆碎石烂柴里有一个洞，血迹进了洞，李二愣笑了，说："我当是啥东西，原来是黄鼠狼精呀！"

　　再说，李家庄有个学生叫李镇五，十七岁，生得眉清目秀，在学府里读书。学府就在李家庄东边不挨村的一个僻静地方。放暑假了，因为离村远，老师就让他看校,一边温习功课。伏天天气热,李镇五打了凉水洗衣服,忽然过来了一位十六七岁的小妮子,长得跟仙女似的,对他说:"相公,让我喝口水吧!"李镇五是个老实人,忙说:"可以!"那小妮子喝完水,道了谢,就走了。一连几天都是这样。李镇五心里纳闷呀,就问她是干什么的,小妮子就说:"俺叫黄夜仙,娘家住东庄,姐家住西庄。这几天姐姐有病,娘也不在家,我又得看家,又得照顾姐姐。天又热得慌,来这儿讨口水,打扰相公了。"李镇五见这小妮子不光长得漂亮,心眼也挺好,不禁生了爱慕之心。那黄夜仙见李镇五忠厚老实,也有点恋恋不舍了。

一天傍晚,天忽然下起雨来,李镇五正在灯下用功,忽然黄夜仙淋得水鸡一样跑进来。李镇五心疼地说:"这样的天你还来回跑,淋坏了怎么办?我还有一套干衣服,你换上吧!"黄夜仙说:"不用,我一会儿就暖干了。"李镇五哪里肯,硬是让她换了衣服。黄夜仙谢过李镇五就要走,李镇五看外面下着大雨,就说:"你不要走了,这么大的雨,我不放心,今晚你就在我这儿住,我另找地方去。"起初黄夜仙不肯,搁不住李镇五劝说,就答应了,羞答答地说:"今晚咱俩谁也别睡了,坐一夜吧。"一大早黄夜仙就走了。大门也没开,不知是怎么走的。李镇五迷了心,也不想这些。从这以后黄夜仙每晚都来这里过夜,李镇五渐渐地面黄肌瘦,像害了病一样。

转眼一个月的暑假过完了,老师见李镇五面无人色,精神不振,功课也不好,就问他怎么了。开始他什么也不说,老师再三逼问,他才说了实话,老师就让他回家养病去了。

回家两天,黄夜仙又来了。李镇五细细一想:不好!黄夜仙来无影,去无踪,一定是个妖精。恰巧他的表叔李二愣来他家串门,他就把这些事情告诉了李二愣。李二愣一听,跟包饺子那个晚上的妮子长得一样,一定是那个黄鼠狼精。他对李镇五说:"按你说的样子一定是个妖精,这个妖精我见过。这样吧,她再来时,你让她脱了衣裳,看看她左肩上有疤没有。如果有疤,我就成全你们做对恩爱夫妻;如果没疤,我也自有拿妖的办法。"

晚上,黄夜仙又来了,李镇五就要她脱掉衣服,她起先不肯,见李镇五恼了,也只得脱了。李镇五一看,左肩果然有一块疤,也没吱声,第二天就对李二愣说了。

李二愣说:"今天晚上,你备好酒把她灌醉。她走到哪里也离不了那个小包袱,那个小包袱是她的皮,她没了皮就再也变不转了。我把她领回家里做女儿,再择个吉日,给你娶过来。"果然,晚上黄夜仙又来了,李镇五劝她喝酒,黄夜仙推辞不过,就喝起来,不一会儿就醉了。李二愣走进来,夺了她的包袱撕了个碎,对她说:"我认识你,打过你两次了,现在又撕你的皮。你跟我回去做我的女儿,择个日子和镇五成了亲,这就罢了,若不我现在就打死你!"黄夜仙连忙说:"叔叔饶命,我听你的就是了,我跟你回去。"

就这样,李镇五和黄夜仙结成了恩爱夫妻,幸福地在一起生活了一辈子。

讲　　述：李继周
搜集整理：李传瑞
流传地区：山东滨州

黄鼬报恩

　　早年间，黄河边上有个李家庄，庄上有个十八九岁的小伙子。他从小没了爹娘，跟着大爷、大娘过日子。大娘双眼瞎，大爷两耳聋，顾不上料理孩子，撑一顿饿一顿，好不容易把他拉巴大。这孩子本来有名有姓的，就因为除了寒冬腊月，一年到头他上身只披一件破大褂子，人们便叫他"李大褂"。

　　李大褂心宽，啥事也不在乎，穷得叮当响，还整天乐呵呵的，总爱跟人逗笑。有一年，他种了二分地的甜瓜，从早到晚在地里侍弄，一颗汗珠摔八瓣，眼看着甜瓜一天天熟了，他便在地头上搭了个瓜棚子，住在里边看瓜。他倒不在乎过路的人口渴了摘个瓜吃，也不心疼孩子们摸个瓜解馋，就担心刺猬、獾什么的进来胡乱糟践。

　　真是越怕越出事。一连几天，每到早晨查看，都少一个熟好了的大甜瓜。他挺纳闷，打定主意看看到底是谁来偷瓜。碰巧这几天月亮大，连点云彩丝也没有。瓜地里明晃晃的，像白天一样。李大褂蹲在瓜棚门口，直瞪着两眼瞅着。半夜，他有点困了，刚一眯眼，猛地听见一阵"唰啦唰啦"的声音，一睁眼，怪了，只见瓜地里走着一个小人。这小人有一尺来高，头上戴着苇笠，肩上扛着一杆锄，一边走一边停下用手拍拍地里的瓜，好像挑生拣熟的样子。李大褂生来胆子大，明明知道来的不是人，心里也不打怵，开玩笑似的吆喝一声："要吃熟瓜，拣着软手的摘。"话音刚落，就见一溜火星，小人不见了。李大褂跑过去，捡起那小人撇在地上的苇笠和锄一看，苇笠是一片方瓜①叶子，锄是一根高粱秸。

---

① 方瓜：一种蔬菜，叶子较大。

李大褂明白这是精灵作怪，也不声张，照常侍弄他的瓜地。这天，到了半夜光景，那小人又来了。这回，它不进瓜地摘瓜了，而是在瓜棚子前边来回走，一边走还一边念叨："我会踏踏①我会跑，我会踏踏我会跑。"李大褂见它走路趔趔趄趄的，知道道行修炼得还不深，猜想它是来讨封的。他听老人们说过，精灵们成精时都得先向人们讨封，它在你跟前念念叨叨，你随着它的口气说上一句话，它就可以成精了。李大褂一心想看看这小人还闹什么新花样，就偏不开口，拿起长烟袋装上烟末抽起烟来。那小人见李大褂不吭声，沉不住气了，又变着花样说："股蹲②股蹲抽袋烟。"说着，学着李大褂的样子蹲下，两只手伸过来，向李大褂要烟抽。就在这时，庄里的公鸡叫了，小人也一溜火星不见了。

第二天，李大褂回家拿来了打野猫③用的火枪，装上些锅底灰，打算跟小人逗逗乐。这天半夜，小人出现了，又扭又唱了一通，还伸手向李大褂要烟抽。李大褂早有准备，把火枪伸过去，说："给你袋烟。"那小人刚要接，李大褂一勾枪栓，锅底灰"呼"地一下喷出去，又是一溜火星，小人没影了。

打这以后，瓜园里再不闹邪了。李大褂专心侍弄他的瓜，待熟的多了，便摘下来挑上一担到集上去卖。有一天卖完瓜，他坐在树荫凉里歇着，就听见旁边有两个人说闲话。一个说："吴家庄吴员外家的小姐中邪了，不吃不喝，也不梳洗，老在天井里又扭又唱：'我会踏踏我会跑，股蹲股蹲抽袋烟。'吴员外先后请了好几个捉邪的来治病，都不顶用，一个个被吴小姐骂得狗血喷头，把他们骂走，吴小姐还得意地唱：'天不怕，地不怕，就怕火枪李大褂。'你说这事怪吧！"另一个人接过话茬儿说："要真有李大褂这么个人，那他算交了好运了。吴员外说谁要治好了他闺女的病，年轻男的，只要愿意，就招为女婿；别的人，要钱给钱，要地给地。"

这两人说完话就走了，李大褂却动了心思：这小姐怎么跟那小人唱得一样？再说，十里八乡也没听说还有个叫李大褂的，说不定这事就应在自己身上。大爷、大娘年纪大了，又都有残疾，日子过得这么难，要真能给吴小姐治好病，挣上二亩地，给大爷、大娘养老送终该有多好。想到这里，他急三火四回了家。

---

① 踏踏：方言，幼儿初学走路时的动作。
② 股蹲：方言，两腿蹲下。
③ 野猫：方言，兔子。

李大褂到家对大爷、大娘一说,大爷皱着眉头琢磨了半晌,说:"那就去试试吧!"爷儿俩讨换①采了鸡血、狗血,涮了铁砂(人们都说鸡血狗血可以驱邪),装进火枪里。李大褂带上火枪,找到吴员外庄上,说明来意。吴员外见他破衣烂衫,不大信服,可是请了那么多人也没治好闺女的病,就再碰碰运气吧,于是领着李大褂来到内宅。刚站下,吴小姐就扭扭捏捏出来了。只见她头上顶着方瓜叶,肩上扛着高粱秸,一会儿唱"我会踏踏我会跑",一会儿又唱"股蹲股蹲抽袋烟"。李大褂一见这光景,心里更有数了,但他不愿把事做得太绝,心想:把这精灵吓唬住,让它以后不再缠磨人就行了。于是,他抬高了枪口,大声吆喝道:"给你袋烟,送你上西天。"说着,"通"地放了一枪。就见吴小姐扑通倒在地上,一动也不动了。吴员外老两口吓得脸色蜡黄,跟头骨碌地跑过去,一见闺女没伤着,才放下心来。他们又是掐巴又是揉搓,那小姐哇地吐出一大堆痰,这才呜呜哭出声来。吴员外两口让丫鬟把小姐扶进屋里,这小姐又要吃又要喝,病立时好了。

吴员外两口子那个高兴劲就别提了,接着让人向李大褂提亲。李大褂说:"我穷得饭锅吊起来当锣敲,哪有钱娶媳妇?就是娶了也养不起,给我二亩地就行了。"吴员外麻利地答应了。可他的闺女不依,非嫁给李大褂不可。老员外又让人劝说李大褂。李大褂见推辞不掉,就说回家跟大爷、大娘商量商量。

李大褂高高兴兴地回到家,事情更怪了:大爷不聋了,大娘也不瞎了。一问,大爷说,那天来了个白衣少年郎,自称是大褂的好朋友,到大褂的瓜园吃了不少甜瓜,很过意不去,再说大褂还救过他的性命。为了报恩,他奔走南北,寻来了治病的灵丹妙药。走时,还留下两锭金子,说是让大褂盖屋娶媳妇用的。李大褂一听,知道是那小人送的,就把自己去给吴小姐治病这几天的事说了一遍。大爷、大娘说:"千年黑,万年白,看他那一身白,准是修炼了万年以上的黄鼬大仙啊!"

后来,李大褂盖了新房子,娶了吴小姐,一家人过得挺舒坦。

---

① 讨换:方言,四处寻觅。

李三与黄鼠狼

讲　　述：刘长仁
搜集整理：刘西挺
流传地区：江苏连云港

从前有个李三，好交朋友，谁有难事求他，他从不辞人，满口应承。这样，不几年就把田地花得山干水净，连房产都卖了接济人了。两个哥哥的房子也不给他住。无奈，两口子搬到村头一间小车屋里住。

话说到腊月二十四五了。妻子说："今年穷得这样，如何过年？东庄刘二曾借俺家银两，你不能去先要点来好过年！"李三心想：奶奶，借给人家东西怎好要哎！妻子逼得没法，只好硬着头皮去了。

走到刘二家围墙外，只见有驴驹儿那么大的一只黄鼠狼趴在那里。李三自言自语说："你这个黄先生，幸亏遇到我，若碰到别人，抓块砖头砸死你，剥下你的皮，还能卖点散金碎银。快跑吧！"谁知黄鼠狼爬起朝他点点头走了。黄鼠狼走了，李三琢磨刘二借的钱也不大好要，两手空空就回家了。

妻子一见，气不打一处来，上床睡了。李三腹内空空，又冻得够呛，去灶房伸手抓把茅草想烘烘身子，谁知茅草底下有六七个馒头，把李三喜得一蹦多高："奶奶，天赐！"一口气吞了六个，剩下一个伸手递给了老婆。老婆也觉得奇怪，加上肚里饿得咕咕叫，一口咬去半边。奶奶！脖子一勾，腿一伸，给噎死了。

李三心想：没吃命的，怎噎死了？哭了一会儿，弄块破席卷卷，扛到南湖埋了。回到家中，倍觉冷清，不由又掉下泪来。正哭之际，忽听得风声大作，"吧嗒"一声，一个人落在李三面前。"谁？"李三惊问。"我是李四啊！"李三说："我不认识你呀。"来人说："在东庄围墙外，不是你放了我？！"李三心想：奶奶！原来还是个黄鼠狼精。李四说："哥哥，你别介意，我是来报你恩的！"李三半信半疑，李四跟他像亲兄弟一样。

自从李四来后,李三盖起了大瓦房,家里样样都有,像个财主哩!其实,这些钱都是李四这个黄鼠狼精弄来的。因为他身上有隐身草,别人看不见他,他专门偷那些大户财主家的银库、面库、酒库,所以李三一天一天富了起来。

光有家业还不行,李四又要帮李三说老婆。这一天夜里,李四一驾祥云,来到了陕西。陕西有一个黄员外,有个儿子跟丑八怪似的,凭着有钱有势,说了东庄王小姐。王小姐死活不愿意,给硬抢来了。李四一算,趁两口刚要圆房之际给抢来了。王小姐一看李三有人才,又老实忠厚,当夜就与李三成了亲。

第二天一早,李四眼中掉泪,对李三说:"哥哥,我该走了。"李三也含泪说:"咱兄弟还能见面吗?"李四告诉了他的住处,洒泪而别。

话说又过了三年,李三也生了儿子。这天,李三想起了李四,决意去终南山找他。李三老婆打点了行装,李三就上路了。

走了不知多少年,这一天终于来到了终南山。山上虎狼成群,林木遮天。李三在山北头磨盘粗的一棵大松树下找到了那块青石板。李三一跺脚说:"要我李三来,还得石门开!"说完,石门呼啦一下开了,李四早在殿门前恭候了。兄弟一见,悲喜交加。

李三一连住了十几日。这天,李四要赴什么宴去了,临走关照李三,叫他一个人别乱转。李三一人怪闷得慌,这洞里没有什么人影,无非都是那一路货色。唉!出去转转散散闷。

李三出了客屋,直奔后花园去了。后花园还有小角门,出了小角门朝北去。离花园二三里路,有一个大殿。大殿前边有一个大窑矿子,是烧砖瓦窑那种大窑矿子。这是什么东西弄的呢?一看全是黄泥堆的。李三心想:俺兄弟叫我不转,这洞里不也没有什么稀奇之物吗?转累了,也就蹲搁点歇歇。这个窑顶的黄泥,他用手一摸,跟面一样,很软和。无事可干,便伸手挖了一块黄泥,一捏捏成了一只小鸡。奇怪!小鸡一捏成,当时就长毛了。毛刚长齐,扑棱一下飞走了。李三正在惊奇之际,李四气呼呼来了,说:"三哥,三哥!你坑死我了。我赴了这场宴席,叫你把我去了五百年道业!"李三一愣:"咋了?我不就是闲着无聊,抓把泥整只小鸡飞了,我别的没拿你什么呀。"李四说:"兄弟,你不知道,这个洞里整什么像什么。整什么,人间就有什么。你想,小鸡一飞到人世上,不折我的道业吗?"

李三心想,还真给四弟闯祸了,说:"不行,我就走吧!"李四说:"三哥,你要走,我也不留你,不过我得送你。要不然,又够你走十几年的!"

　　第二天,兄弟俩吃过早饭,李四说:"三哥,临别无有什么送给你,你整的那只鸡,你就带着吧。既然它已成形,我这洞里不能要它。"这后来,人们家里喂养的鸡,就是打那时传下来的。

　　自从李三把鸡带到人世,李四老是想着那只鸡。有时想极了,就趁夜里来到李三家鸡圈旁,打那起也就有"黄鼠狼拖鸡"一说了。

讲　　述：王中良
搜集整理：张椿先
流传地区：山东崂山一带

刺猬女

　　有这么一户人家，哥哥、嫂子和弟弟一块过日子。一家三口，全靠哥哥做小买卖养家糊口。

　　这天，嫂子对哥哥说："咱兄弟眼看长大了，他要是娶了媳妇，这家产得分去一半。我看，不如想个法儿把他处治了！"哥哥听后摇了摇头。嫂子见哥哥不乐意，便又哭又闹地说："你不处治了他，我就去死！"说着，拿起一把剪刀就要往心窝里刺！哥哥没法儿，只好答应了嫂子的要求。

　　第二天，吃了早饭，哥哥为弟弟找出一套新衣裳叫他穿上，说要领他去山外见世面。兄弟俩走啊走，走了一程又一程。走了大半天，来到一条大山涧里，哥哥含着泪对弟弟说："兄弟，咱俩就在这里分手吧！"弟弟听后吃了一惊，忙问："哥哥，你不想要我了？！"

　　哥哥便把嫂子要处治他的事，对弟弟说了一遍。最后，哥哥从腰里掏出两吊钱递给弟弟说："兄弟，你带上当盘缠，顺着这条山涧往山外走，自己逃命去吧！"说完，二人分了手。

　　弟弟和哥哥分手后，独自一人哭哭啼啼往山外走去。走着，走着，天要黑了。他抬头一看，见半山腰上有个草棚子。上前一看，见一帮猎人住在里头，便走进去求他们留个宿。猎人们见他孤孤单单一人十分可怜，就留了他。

　　弟弟见棚口的柱子上拴着一只大刺猬。那刺猬两只眼转来转去地望着他。他见刺猬挺可怜，便对一个老猎人说："大爷，这棚柱子上拴的那只大刺猬好做什么？"

　　老猎人说："好剥皮吃肉。"

弟弟说:"看它怪可怜的,放了它吧!"

老猎人说:"打了一天猎,连个下酒的肴都没弄到,就仗着这只刺猬下酒呢!"

弟弟说:"别杀它,我给你们钱。"说着,把哥哥给他的钱掏出来给了老猎人。

老猎人收了弟弟的钱,答应了弟弟的请求。弟弟便走上去,为刺猬解开绳子,牵着它摸黑下了山。

弟弟牵着刺猬走了一会儿,见离开猎人的窝棚远了,便把刺猬腿上拴的绳子一解,对它说:"逃命去吧!要是再叫他们捉住了,我就没钱赎你了!"刺猬挺近人情味儿地点点头,"嗖溜"一下子不见了。弟弟见刺猬走了,抬头四下一打量,见路旁有个大草垛,便在大草垛上扒了一个窝,钻进去住了宿。

弟弟刚刚在草窝里躺下,忽见一个十七八岁的大闺女,双手抱着一床大花被,走进草洞里对他说:"恩人啊,你在这里过宿挺冷的,我给你送被来了!"

弟弟抬头一看,吃了一惊。他借着月光仔细一瞅,这闺女小嘴、大眼、椭圆脸蛋。他对闺女说:"小妹妹,你的心眼真好,真是天下少有的好人啊!"就这样,两人在草垛里说起话来。

闺女问:"你有家吗?"

弟弟说:"有。"

闺女又问:"有家为什么跑到这大山里来?"

弟弟说:"爹娘不在,嫂子要害我!"

闺女说:"你还想家吗?"

弟弟说:"我想哥哥。"

闺女说:"你愿意回家吗?"

弟弟说:"想回家不敢回。"

闺女说:"不要紧,我背你回家。不过,你得先娶我做媳妇,我才能背你回家。"

弟弟说:"好。"当晚,两人就在草窝里成了夫妻。

第二天,天刚刚放亮,闺女对弟弟说:"郎君,你披上这床花被,趴在我脊梁上,闭着眼,等我叫你睁开时,你再睁开。"弟弟照着做了。闺女背起弟弟出了草垛洞口。弟弟只觉得耳旁风声"飕飕"不停。一阵工夫又试着两脚落了地。

闺女说:"睁眼吧!"

弟弟睁眼一看:哎呀呀,这不是来到自己的村头上了吗!弟弟抬脚就要拉上闺女往家走。闺女一把拉住他说:"郎君,不要忙着回家,咱俩先找个地场住下再说。"

弟弟一想也对,便领着闺女来到二大爷开的小酒店里。二大爷一见弟弟领着个俊俏的大闺女进了屋,大吃一惊地问道:"孩子,你不是没了吗?怎么又回来了?"

弟弟便和二大爷讲了实情。

闺女跪下给二大爷磕了个头,对他说:"二大爷,俺想在村头上买块地皮盖房子,求您帮个忙。"

二大爷说:"好,这事就包在我身上了。"

第二天,二大爷便对弟弟说:"村北有四十亩地。人家说四百两银子就卖。不知你有没有这么多银子?"

没等弟弟说话,闺女说:"二大爷,这地俺要了。四百两银子便宜。"说着,便从大花被里掏出五百两银子,十个元宝。闺女让弟弟去置办了酒肴,叫来卖主,找人当天立了约。

黑了天,闺女叫弟弟领她来到新买的地中间,从头上拔下一根簪子,在地上画起来。画完了,朝地上一点,只听得"轰隆"一阵响声,平地上出现一片青瓦房!

闺女领着弟弟走进瓦房里,只见满屋金银珠宝闪闪发光;东西两厢高高的粮囤里,麦子、豆子和谷子上尖高。走到后院一看:一溜儿马棚里拴着十几匹白马!就这样二人安了家。

转眼过了三年。这一天,媳妇对弟弟说:"郎君,咱俩一块过了好几年,也没生出个孩子。我看,你另娶个媳妇吧!"

弟弟听了媳妇的话说:"没有孩子不要紧,有你比什么都好。"

闺女听后叹了口气说:"我不能和你过一辈子。"接着,对他说了自己是他救的那只刺猬变成的,是特来报答他的救命之恩的。弟弟听后,只好按照闺女的话,不情愿地去找二大爷帮忙找媳妇。二大爷听后,笑了笑说:"美女天下到处有。但是,哪里也没有苏州和杭州的俊,你就到苏州、杭州去找吧!"

弟弟听二大爷这么一说,便乘船下了江南。可是,走遍了苏杭二州,看了千万女子,都觉得不如自己的媳妇俊。

这一天,弟弟来到西湖边,只见湖边有一栋很新奇的小楼,阳台上站着一个特别俊秀的女子。这女子一见弟弟,也就不转眼地看他。弟弟叫那女子瞅动了心,转身回到店里,让店主去楼里为自己说媒。

店主去了不一会儿,便急匆匆地回来说:"这是杭州有名的富户王员外家。他只有这么一个宝贝疙瘩。人家说,要你用七套马车,拉上七车银子,才能把闺女嫁给你!"

弟弟听后回了家,对那刺猬媳妇说了。媳妇说:"那好办。"马上拉了三七二十一车银子,日夜不停地赶到杭州,来到那家店门口。弟弟进店对店主说:"你叫王员外来数银子吧!"

店主一见弟弟果然把王员外要的条件办成了,马上去叫员外。王员外急急忙忙跑来一看:哎呀呀,那漂亮的马车,那肥壮的骏马,那白花花的银子……当场把闺女嫁给了弟弟。刺猬媳妇帮弟弟把媳妇迎进了家,当晚,就为他们成了亲。

第二天早上,新婚的小两口起来找刺猬媳妇问安时,却寻找无踪,这才知道她早已走了。

从此,弟弟便和新媳妇过起日子来。第二年,新媳妇一胎生下一男一女,实现了刺猬媳妇的愿望。

讲　　述：杨小妹、包秋金（仫佬族）
搜集整理：潘琦、包玉堂
流传地区：广西罗城

发髻的来历

　　从前，在我们仫佬人住的地方，有个大山林，山林里住着一个大婆猕①。它留着一条同仫佬族姑娘一样长的辫子。可是笨婆猕不会自己梳头，头发总是乱蓬蓬的，生了很多很多虱子。它每天都到山道口上等着，碰上寨子里进山做活路的姑娘，就拉着她们帮它梳头，帮它打辫子，帮它找虱子。谁若不肯，它就吃掉谁。弄得各寨子的姑娘都怕上山做活路。

　　有一个聪明勇敢的姑娘，名叫依秀。有一天，家里没有一粒米下锅了，阿爸又病在床上，依秀对阿妈说："我们不能这样等着饿死，我上山砍担柴卖，买点米回来！"阿妈忙说："依秀啊依秀，你妹仔家去不得，山上林子里的婆猕正等着呢！"依秀握着柴刀说："山鹰不怕强豹，猎人不怕猛虎。阿妈呀，莫担心，到时候我自有办法对付它！"依秀把柴刀磨得雪亮，把辫子扎得紧紧，便上山砍柴去了。

　　依秀爬过一个高高的山头，穿过了一片密密的树林，来到了柴火最多最多的金鸡山。她放下扁担，砍起柴来。砍呀砍呀，不一会儿就砍了一大担柴火，挑着往回走。走呀走呀，走到了山脚下，在一蔸大榕树下，放下担子歇凉。她还未坐稳，突然间听到不远处传来哈哈的大笑声，回头一看，原来是一只又高又大的婆猕。它一边笑，一边拖着笨重的身子走过来："漂亮的妹仔呀，大妈我找遍了整个山林，寻遍了所有的山道口，望穿了一双眼睛，都没碰上一个妹仔。今天算运气好，碰上你了。妹仔呀，快帮我梳梳头吧！"

　　依秀自知逃是逃不脱了，她仍坐着不动，若无其事，心里却暗暗想办法对付

―――――――
① 婆猕：仫佬话，人熊婆的意思。

它。那婆猕走上前来,一把抓住她,将一把又粗又大的木梳交给侬秀,说:"快给我梳头吧,头上痒得很!"侬秀拿下自己别在头发上的银梳说:"阿婆呀,我知道今天砍柴一定会碰上你,有心来为你梳辫子。你看,梳子我都随身带咧!"那婆猕一看,果真是一把银梳,哈哈大笑:"好妹仔!你真乖啊!"

侬秀见它相信自己,紧接着说:"阿婆呀,你的辫子太长了,在这地上梳,辫子会拖到泥巴里,多不干净!"

"那就到山顶去梳!"

"山顶又高又陡,阿婆难走啊!"

"那就到大石头上梳!"

"石头上有青苔,滑着呢,阿婆会跌下来!"

"你讲到哪里梳,阿婆由着你!"

侬秀心里暗想,老东西上套套了,便说:"阿婆呀,就到这棵大树上梳,又方便又干净。"

"好,好!妹仔呀,快上去吧!阿婆头痒得很,快点给我梳一梳!"

于是侬秀便和它一同爬到大树上。那婆猕坐在低一点的树杈上,侬秀坐在高一点的树杈上,慢慢梳起来。侬秀梳一把头发,便把一把头发绞在树杈上。梳了一会儿,婆猕问:"好妹仔,梳好了没有呀!"侬秀故意说:"阿婆呀,你老人家的头发又长又黑,实在好看,我慢慢给你梳,打一条最好的辫子。"

"好妹仔,你真会说话,阿婆由着你!"

侬秀便又慢慢地梳。一边梳,一边把那婆猕长长的头发,一把一把地全都紧紧地绞在树上。梳完了,绞完了,侬秀故意把梳子丢到树底下,哎呀一声叫了起来:"阿婆呀,我的梳子掉到树底下去了!"婆猕说:"不要紧,不要紧,等阿婆下去帮你捡上来!"侬秀一听忙说:"阿婆呀,你年纪大,上下不方便,还是让我去捡吧!"

那婆猕见这个姑娘很懂礼貌,便放心了,说:"好吧,你快点捡上来,梳完头,还要帮阿婆找虱子呢!"

"阿婆尽管放心,今天我要服侍你一天!"

侬秀到了树下,捡起梳子,挑起柴火,抬头对那婆猕说:"阿婆呀,请你等一等,我挑这担柴火到街上卖了,回头再给你梳头找虱子吧!"说完就挑着柴火往山外跑。那婆狓见依秀跑开了,自知上了当,想爬下树追赶,不料头发全被绞在树上,想下树下不得。它破口大骂:"你这死仫佬妹呀,今天老娘算上了你的当,来日再碰上你,非把你撕成肉丝不可!"骂着骂着,猛地往树下跳。这一下,绞在树上的头发全都撕脱了头皮,头上光秃秃、血糊糊的,痛得它哇哇直叫。这时,勇敢的依秀早已跑得无影无踪了。

那婆狓抱着头,忍着痛,跑回山洞去。森林里的狮子、老虎、猴子看见它这般模样,讥笑道:"哟,怎么把头发全都拔光了,这回变成公狓了!"

那婆狓听了很生气,对邻居们发誓:"总有一天我会把各寨所有仫佬妹的辫子全拔掉,让她们都像我一样秃头!"

这话一传十,十传百,在仫佬山乡传开了。妹仔们都埋怨依秀得罪了婆狓,闯了大祸。依秀知道了,跑遍了各个寨子,对姑娘们说:"别害怕,别担忧,我有办法对付它!"当下她告诉大家,往后每天出门,都把长辫子绾成一个髻,绾在脑壳的后面,然后用一个细丝网网起来,再用青蓝布巾包着头,这样,愚蠢的婆狓就以为我们没有辫子,不是仫佬妹仔了。姑娘们听了,都说是好办法,大家都照着办。

那婆狓自从被拔光了头发,扬言要报复后,天天都在森林里打转,在山道口子守着。奇怪,它找呀找呀,守呀守呀,见到的全是没有长辫子的仫佬人。它心里好不服气,就向仫佬人的寨子里走去。

走到半路上,正好碰上了装成木匠佬的依秀。那婆狓就问:"木匠大哥,你见哪个寨子有打着长辫子的仫佬妹仔?"木匠说:"咳,那些仫佬妹仔怕婆狓,都逃到别的地方去了,山寨里一个也没有了。"那婆狓听了,点了点头,转身要回山洞去。装成木匠的依秀忙说:"阿婆,你的辫子怎么全都没有了,头上伤成这个样子?"婆狓咬牙切齿地说:"咳,讲起我的辫子,我就恨死那些仫佬妹啦!"依秀装出很同情很可怜它的样子,说:"是仫佬妹欺负阿婆啦,真太不该了。阿婆,你太可怜了,我这里有一种药,专医脱发病的,用过了可以重新长出辫子来。你若愿意,可以帮你医一医。"那婆狓听了,心里好高兴,连忙回转头说:"木匠大哥,要真的医好了,我送你三头大猪!"木匠说:"不用,我帮人做事,从来不用别人送东西的。""那就谢谢你啦。"说着,依秀叫那婆狓坐到路边的石板上,拿出一包石灰粉,撒在那婆狲的头上。婆狲又痛又辣,"哎哟哎哟"喊起来,问:"木匠大哥,你给我放的是什么药,痛得我好难过!"侬秀说:"阿婆,不要紧的,忍一下就好了,再放第二种药就不痛了。"接着侬秀拿出一把斧头,用斧背在婆狲头上轻轻地擦,问那婆狲:"阿婆,现在舒服了吧?"婆狲觉得头上凉丝丝的,答道:"舒服啊,舒服啊!"正在这时,侬秀把斧口倒过来,突然用力一劈,把那婆狲的头一下子劈成了两半,把它的老命收了。

婆狲除掉了,侬秀脱了木匠服,解下头巾,摸摸脑后的发髻,开心得哈哈笑了起来。

后来,仫佬山乡的姑娘们为了纪念侬秀,都爱把辫子绾成发髻,慢慢地成了习惯,一代传一代,这便成了仫佬族妇女特有的装束打扮。

讲　　述：魏贵祥（鄂伦春族）
搜集整理：王朝阳
流传地区：黑龙江大兴安岭一带

宝马

　　从前，有一家鄂伦春族猎民，夫妻俩养了一个姑娘。姑娘长得别提有多漂亮了，来提亲的人接连不断。把姑娘嫁给哪家好呢？夫妻俩一时拿不定主意，想来想去，想了这么个办法：谁能猜到姑娘的名字，就把姑娘嫁给谁。

　　来求婚的十几个小伙子，只有一个猜到了姑娘的名字。夫妻俩就把姑娘嫁给了他。阿爸在送姑娘离开家的时候，给了姑娘一匹黄马、一条马鞭。

　　姑娘刚刚牵到黄马，黄马就生下了一匹小马驹。小马驹刚落地，自己就戴上了马笼头，备上了马鞍，转眼间就长成一匹大马了。阿爸于是牵走了老马，把新生的马驹陪送给姑娘。

　　姑娘骑着马驹，跟着小伙子走了。走了不远，小伙子突然开口对姑娘说："以后没有空儿再回去看望岳父岳母了，我得再去看一看他们。"说完，就返回姑娘家去了。

　　小伙子走后，黄马就对姑娘掉眼泪。姑娘奇怪地问："谢日嘎莫仁①，你哭什么？"

　　黄马说："我算出来，你的丈夫不是人，是蟒猊。它现在已经把你的阿爸、阿妈吃了。等它回来，你叫它笑笑，你就可以看到它的牙缝里还塞着你阿妈的头发呢。"

　　姑娘听了，悲愤的泪水流成了两条小溪。这时，蟒猊回来了。

---

① 谢日嘎莫仁：鄂伦春语，黄马。

姑娘问它:"你看见我阿爸、阿妈了吗?"

蟒猊说:"看见了。"

姑娘说:"你笑笑。"

蟒猊龇牙一笑。姑娘看清了:蟒猊的牙缝里真的塞满了阿妈的头发。姑娘恨不得一下子就把蟒猊打死,为阿爸、阿妈报仇。

黄马知道姑娘的心思,悄悄地劝姑娘说:"眼下你的功夫不够,我的功夫也不够,咱还打不过蟒猊。要想打败它,咱得上天去增长本领。要上天,就得往天边走,只有天边那儿才有上天的路。可是,蟒猊在上天的路上挖了一个洞,住在洞里把守着上天的路口。我们走到路口时,就会有五个蟒猊从洞中出来拽你。这时候你的动作要特别快,不等它们到你跟前,你就一挥马鞭,我就飞起来上天。要是在这节骨眼儿上你稍微慢了一点,我们就会被蟒猊抓住。上天以后,我们就练功夫。等将来蟒猊找上门来的时候,我的功夫练硬了,能跟蟒猊较量了,那时候,再给你报仇。"

姑娘听了黄马的话,就跟着蟒猊往天边走。

走呀走呀,终于走到了天边,走到了上天的路口处。这个路口,是上天的唯一通道。这时,蟒猊朝洞中喊了一声,五个蟒猊立刻从洞中蹿出来,六兄弟一齐来拽姑娘,想把姑娘拽进洞去。

还没等六个蟒猊贴上姑娘的边儿,姑娘就一挥马鞭,只见黄马一甩马尾,身上长出了翅膀,长啸一声,向云端飞去。

蟒猊急忙追赶,但它们还不会上天,眼见追不上,只得拿起弓箭,向姑娘和黄马射去。射出一箭,偏左了;再射一箭,偏右了……也不知射了多少箭,可一箭也没伤到姑娘。

姑娘骑着黄马,飞过黑云层,又飞过白云层。飞呀飞呀,飞过了十八层云层,终于飞到了天上。

姑娘在天上发现了一间小房子,她就下了马,站在屋门外。这时,从屋里走出来一个小伙子,对姑娘说:"阿妹,请到屋里歇歇吧。"

姑娘说:"多谢阿哥。"

说完就跟着小伙子进了屋。一看小伙子使的弓箭和打来的猎物,就知道小伙子是一个阿亚莫日根①。再看看小伙子长得结结实实,人又厚道,姑娘对他有了爱慕之情。

小伙子长久一个人在这里狩猎,很孤单。他见了姑娘特别高兴,就用狍脑袋来招待姑娘。按鄂伦春人的风俗,用狍脑袋待客,是对客人最尊敬的表示。

姑娘见小伙子用狍脑袋来招待她,知道小伙子对自己很尊敬,心里热乎乎的。姑娘就和小伙子一起吃了喷香的狍脑袋肉。小伙子斟满两桦树皮碗好酒,姑娘一碗,自己一碗,二人端起桦树皮碗,深情地碰了一下,一饮而尽。后来,姑娘就把自己的遭遇一五一十地对小伙子说了。

小伙子很同情姑娘,对姑娘说:"你就住在我这里吧,咱俩结成夫妻。"

姑娘打心眼儿里愿意,就和小伙子结了婚。

这对年轻夫妻,相亲相爱,在天上过着狩猎生活。一晃十年过去了,夫妻俩生了两个孩子。一家人过得高高兴兴的。

有一天,妻子对丈夫说:"我做了一个不好的梦,今天你别去打猎了。"

丈夫说:"不怕的。"

妻子说:"你要去也行,可是你得记住:到了山上,要把马拴到细树干上,千万别拴在粗树干上。"

丈夫骑着马,走到森林里。他想:要是把马拴到细树干上,马容易拽断树干。他就把马拴到了一棵粗树干上,自己打猎去了。

妻子正在家做饭,十年前的蟒猊突然闯进屋来了。这会儿,蟒猊能上天了。蟒猊说:"看你还往哪儿跑!你赶快做饭给我吃。吃了饭,跟我到人间去成亲,当我的老婆去!要是不愿意,我就吃了你。"那五个蟒猊也先后进来了。

她看见六个蟒猊,个个一丈多高,头像犴达罕②,眼像大鸡蛋,嘴像大血盆。她料自己打不过蟒猊,必须立刻唤回黄马来给自己报仇,于是就蹬着梯子上了

---

① 阿亚莫日根:鄂伦春语,好的猎手。
② 犴达罕:驼鹿。

房,并马上把梯子抽上房去。她站在房顶上,对着丈夫去打猎的方向,高声唱道:

> 谢日嘎莫仁呀,
> 谢日嘎莫仁!
> 我遇到难处了,
> 你快回来吧!
> 快回来为我报仇呀!
> 快回来为我报仇呀!

黄马竖起耳朵,听到了她的歌声,急得一下子挣断缰绳,长啸一声飞到了家。黄马对她说:"我在咱家门前的水泡子里跟蟒猊打仗。你记住:看见水泡子的水面上冒黑血,你就笑;看见水泡子的水面上冒红血,你就哭。你笑和哭,我都能听到。我听到你的哭声,全身会增加为你报仇的力量,转败为胜。我听到你的笑声,就会胜上加胜。"

黄马见她的丈夫也跑回来了,就对他说:"看见水泡子的水面上冒黑血,你就用箭射那黑血;看见水泡子的水面上冒红血,你就喊:翻过来! 翻过来!"

黄马说完,就跳进水泡子里,跟蟒猊打起仗来了。

水泡子里呼噜呼噜地响。她看见水面上冒黑血了,就放声大笑,她的丈夫用箭对准水面,狠狠地射进去。一会儿,看见水面冒红血了,她伤心得大哭,她丈夫拼命地喊:"翻过来! 翻过来!"这样,夫妻俩看着水面上,一会儿冒红血,一会儿冒黑血,不停地哭着、笑着。最后,水面上光冒黑血,不冒红血了。夫妻俩仰天大笑。他们知道,黄马已经把六个蟒猊全都打死了。

黄马钻出水面,走出水泡子,高兴地对主人说:"主人啊主人,我给你们报了仇了! 我也不行了! 我死了以后,你们用我的四条腿做四根柱子,用我的脊梁骨当房梁,用我的肋巴骨当房檩,用我的皮当房盖,用我的肉抹墙,用我的头做你们的枕头。这样,你们就会好过了。你们千万要按我说的话去做呀!"黄马说完后,就闭上双眼死了。

他们一家哭呀哭呀,泪水流成了河。他们不忍心把黄马的身体卸开,想把黄马整个葬在土里。可是,说也奇怪,黄马自己把身子卸开了。

他们只好按黄马说的,用四条马腿做柱子,用马脊梁骨当房梁,用马肋巴骨当房檩,用马皮当房盖,用马肉抹墙,用马头当枕头。

一家人睡到天亮,睁眼一看:哎呀！他们躺在一间金碧辉煌的新房子里。起来后走出房门,往草甸子上一看,草甸子上有一群黄马,活蹦欢跳;有一群猎狗,正互相追着玩。到处都是獐狍野鹿。

一家人跪在马死的地方,哭着说:"我们的马呀,你叫我们过上这样的好日子,你是我们的大恩人呀！"

讲　　述：丁凤兰
搜集整理：王溪先
流传地区：山东

九尾狐

传说，在很早很早的时候，障日山是飞禽走兽的乐园。有个修炼成仙的九尾狐，做它们的头儿。自从山下出了几家猎户，障日山上就不安宁了，飞鸟不敢唱歌，走兽不再戏耍，死的死，逃的逃，好不凄惨。

起初，九尾狐为了搭救它的伙伴们，总是躲在暗处发个警报；可有些小家伙贪玩儿，还是被猎户们收拾了。后来，九尾狐干脆变个拾草的村姑，猎手们走到哪里，她就跟到哪里，猎手们瞄准什么，她就像赶小鸡似的，"起一号，起一号"地喊叫，因而尽让猎手们扫兴。为此，为首的猎户常仁发誓说："打不死障日山的九尾狐，算俺常仁孬种！"

九尾狐在山上住久了，闷得慌，时常变作一个白胡子老汉，到瓦店集上喝酒看牌。别看喝酒光喝醉，看牌可没输一回儿。赢了钱它又不要，只图个欢乐痛快。集上碰见常仁卖山货，总要说他几句："少去山上转悠。"每当遇上那个讨厌的老汉，常仁的山货不是卖不了，就是卖价低。为此，常仁窝了一肚子气，就是没找着地方出。

这年腊月二十三，正逢瓦店大集，那白胡子老汉笑嘻嘻地进了一家酒铺，被常仁瞅上了。常仁见那老汉喝得起劲，就暗中送给店主一串钱，嘱咐一定要把他灌醉，自己躲在一边瞧火候。这一天，冷得猫咬似的，老汉贪杯，不一会儿就沾酒了。店主一个劲儿地劝酒，又免费送上几碗，老汉推辞不脱，不喝不喝又进去三碗。等到起身告辞时，已经摇摇晃晃走路费劲儿了。

老汉走出集来，哼着当地的周姑子戏，顺着弯弯的小路往回赶。常仁呢？在背后不远不近，紧走紧跟，慢走慢跟，一直尾随到障日山下。这时，老汉爬上一个陡坡,不料酒性发作,一骨碌滚进一个土坑里,心里话:哟,又利索又避风,正好……老汉迷迷糊糊说着,倒头就打起呼噜来。

常仁赶到山脚下,不见了老汉。正要发急,忽然看见九尾狐睡在旁边的土坑里,心里话:娘的,真是冤家路窄,顺手往枪管装药。

那九尾狐果然机警,轻轻一点塞窣声,便一骨碌爬起来。就在睁开眼皮的一刹那,常仁的枪口就顶住了它的天灵盖。

"大哥饶命!"九尾狐哀告着。

"休想!"常仁两眼冒着火星儿。

"大哥呀,若是饶了我的一条命,我保你五谷丰登,长命百岁!"

"不行!"

"大哥呀,若是饶了我的一条命,我保你人丁兴旺,财源茂盛!"

"不行!"

"大哥哟,若是要了我的这张皮,顶多值四吊……"

"通"地一枪,九尾狐话没说完就被打死了。

转过年来是正月。常仁猛吃猛喝十多天,这一天没钱花了,忽然想起那张狐狸皮。他把它卷了卷,挑在枪筒上,去找铺子。到了瓦店集上,把皮递过去。皮货商握在手里翻来覆去摸不够,连称:"好皮!"不过又说老了点儿,暖性差。常仁一把夺过来,说:"你真不识货。痛快点,给多少吧!"

皮货商使了使劲伸出四个指头:"四吊!"

常仁把眼一瞪,挑起那张皮,头也不回地走了。他憋着一肚子气来到朱解铺子上,先递上烟荷包,后递过皮去。皮货商托着皮,眼睛一亮,舍不得放下,他对着案板量了量,说道:"不瞒大哥,顶行市,四吊!"

常仁一把抄起那张皮,说道:"掌柜,留着你那四吊钱吧,俺不卖!"说完就退出铺子。

从朱解出来往西,是通县城的路。路上,常仁愤愤地想:乡下铺子就知道赚钱,我到城里卖卖试试。他进了城里铺子高声嚷着:"掌柜的,这是三九猎的上等货,您看这板子、毛眼!"

皮货商接过皮去,边摸摸,边敲敲,然后把常仁拽到一边去,贴着耳根说:"给你个大价!"说着,把四个指头插在常仁的手心里。常仁傻眼了,过了半天说:"再加加!"皮货商摇头。常仁狠了狠心,说:"四吊就四吊!"接过铜钱,数都没数,揣进怀里进了馆子。

下午喂牛的时候,常仁东倒西歪地爬上障日山后尾,坐下来,想咂上一袋烟醒酒。迷糊中,忽然看见先前那个土坑里又有两只小狐狸。这时,窝囊气又上来了,他把烟锅一扔,装上铁砂就"通"地一枪。这一枪不打紧,两个孩子哇地哭了。

常仁跑过来一看,正是自己的一男一女,旁边还放着两只草篮。看到两个孩子血流满面哭爹叫娘,常仁长叹一声,挽着两个孩子回家了。

回到家,常仁把火药、铁砂倒进东大河,把猎枪砸巴砸巴,投进铁匠炉里,从此安安生生务农,再不打猎了。

[附记] 九尾狐的故事最早见于古籍《山海经》。该书记载,青山中有一种野兽,形状与狐狸相似,生有九尾,叫声如婴儿啼哭,能吃人。但人若食其肉,可辟邪气。

讲　　述：周广生
搜集整理：杨兆兰、翟鸿荣
流传地区：江苏盐城

狐女

　　从前，有个书生名叫李文，生得眉清目秀。一天游玩来到桃花镇，登上小桥，迎面遇到一个窈窕女子，十分美貌。他不觉两眼发呆，对着姑娘笑了一笑。那女子也还了他一个笑，便擦肩而过。李文在桃花镇上玩了一天，傍晚时分才回家去。走着，走着，太阳已经落下山去。李公子心里正愁没处落脚过宿，忽见小道旁边有一个人家，便下马问道："屋里有人吗？"话音刚落，门帘掀起，走出一个绝色的女子。李文细细一瞅，原来正是在小桥上遇过的那个女子，不觉心里一喜："请问大姐贵姓？"那女子说："小女姓魏，名翠，天色已晚，请李公子在我家歇息吧！"李文惊诧道："翠姐何知我的姓氏？"魏翠掩口一笑："我暂不告诉你。"说着，就请李文进屋坐了，摆上菜肴佳酿，款待李文。酒席间两人眉来眼去，互有爱慕之心。

　　突然，一阵风把门吹开，这女子脸色大变，说："我妈回来了！"果然，门外走进一个老妇人。李公子打了一揖说："李文路过贵府，天色已晚，承蒙小姐款待，望能留宿一夜，明早就走，请老婆婆给个方便。"那老妇人冷冷一笑道："当然可以，只是我们家有个习惯，睡的是石床，用的是石枕，只要公子受得这份苦，莫说住一宿，就是住十天半月，也无不可。好啦，我去收拾床铺，翠儿，你陪公子饮几杯酒吧！"

　　老妇人上了楼，翠姐悄悄地说："李公子，今晚妈妈要害你！"李文大惊失色："什么？你妈妈为什么要害我呢？"翠姐说："因为我的家是狐窝，我妈是狐，我也是狐狸呀！我妈不准我和男人来往，谁要是看上我，她就要害死他！"李文问道："你妈怎么害我呢？""夜里等你睡着了，我妈就将被子盖在你的身上，那被子是石头变的,石被就会将你压死。"李文说:"翠姐,你和我一起逃跑吧!"翠姐摇摇头说:"不行,我妈有飞刀。"李文说:"这、这怎么办呢?"翠姐说:"你别慌,睡的时候你把石枕抱在怀里,石被就压不死你啦!听到我妈打呼噜,那就是她睡着了,你悄悄溜出来,我们就跑了!"

李公子依计而行,上了石床,就睡了。睡到小半夜,悄悄地把石枕抱在怀里侧卧着,细听隔壁的老妇人没有打呼噜。过了好久,忽然背后有脚步声,一阵狂风刮来,一床很大的被子将他压住。那被子越来越重,压得他喘不过气来,他把石枕紧紧抱住,这才觉得好受些。过了许久,果然听到隔壁发出鼾声,知道是老狐狸睡着了。李文听听周围没有一点动静,就钻出被窝,下了床,再往被上一摸,那被子真的变成了冰冷的大石头。李文轻手轻脚地逃出了房子。在门口,翠姐打着一把伞,怀里抱着一只公鸡,一把拉住他说:"快走!"

他们没走多远,就听背后"呜"的一声。翠姐说:"李公子,我妈的飞刀到了,快把伞抓住,再把公鸡放在伞边上。飞刀把公鸡头切掉之后,刀刃见血,刀就回头了。"果然,那飞刀眨眼飞到伞边,绕着伞转。李文把公鸡举到伞外,那飞刀立即砍掉了公鸡脑袋,血淋淋的飞刀往回飞去。

翠姐说:"鸡血是咸的,人血是甜的。我妈一尝就知道没有杀死你,还会追上来的。我们不能走大路,赶紧奔江边去吧!只要过了江就好了,我妈的飞刀过不了江。"

两人来到江边,望不见一只船。翠姐就在岸边掐了几片芦叶,叠了一只船放到水里,哈了一口气,船就变大了。翠姐把李公子一拉,二人跳上了船。船只有澡盆大,摇摇晃晃过了江,上了岸,翠姐这才松了一口气说:"这下可好了。"

话音未落,江水里冒出一个黑大汉,跳上岸来,喝道:"你们两个哪里跑?今天,你们可跑不了啦!今天是三月三,祭江之日,你们一对童男童女,正好跟我去吧!"翠姐一看知道是遇到了江神,必然凶多吉少,流泪对李文说:"李公子,看来今生今世我和你做不了夫妻了,我死了你把我放在缸里盖好,等到七七四十九天,就把盖掀开,我也许还能活着出来。"话说完,那江神向李文放来一根飞钉,翠姐用身子一挡,飞钉正中翠姐胸口,李文抱住翠姐的尸体不放,号啕大哭。江神便发起狂涛将他们卷入江底。李文背着翠姐直奔江堤上来,一个浪头,把他打趴在江堤上,潮水这才渐渐退去。

李文按照翠姐生前的吩咐,买了一口缸,让翠姐坐在缸里,然后封上盖子,在江边搭了个草棚住下,日日夜夜守着缸痛哭流泪。直等到第四十九天晚上,李文心想:翠姐一定活转过来了,就慌忙打开盖子,冒出一阵香雾,雾气中一个亭亭玉立的女子站在他的面前,跪下说:"李公子,谢谢你救我一命!"

李文连忙把翠姐拉起来说:"翠姐,我们现在往哪里去呢?"翠姐说:"再向北走,走九百九十里,我就脱胎换骨,变成人了!"李文说:"我已经没有分文路资,如何走得了那么远?"翠姐说:"这好办,我变成一匹马,你就在路上把我卖了,然后,我再逃走。"

翠姐摇身一晃,变成一匹白马。这白马身姿雄壮,体态优美。走不多远,就有一个少年问:"喂,你这马卖吗?"李文回答说:"卖的。""多少银子?""三百两。"那少年说:"贵是贵了,只是这马长得太好看,跟我回家拿银子给你。"少年把李文领到一个大户人家门口,门里走出一个长者。少年说:"舅舅,你看这马多好。三百两,我买下了。"舅舅看了看那马,脸色顿时大变,原来认出白马是小狐变的。他眼珠一转说:"把马牵到马房关起来,用纸把窗户糊好,请这位公子住一宿,明早结账。"

李文没办法,只得让人家把白马牵进马房。那人又把李文灌醉了,送到西厢房睡了。

再说白马心里急啊,马房里黑洞洞的什么也看不见。看不见光,她就没办法再变;没法再变,就逃不出去。忽然,只见窗纸被外面的小孩捅了一个洞,白亮亮的光透了进来,白马一变变成了一只麻雀,从窗纸洞里飞了出去。那舅舅一看,一只麻雀飞出马房,知道是小狐精跑了,忙打一个滚,变成一只鹞鹰,就去追麻雀。眼看要追上了,麻雀一头往下一栽,变成一枚铜钱,掉在一个小孩的粥碗里。小孩喝完粥,看见一个铜钱,拿在手上玩。鹞鹰一望,就变成了一个和尚,说:"孩子,这是我们和尚的佛钱,快还给我吧。"小孩说:"这钱是我碗里的,我扔了也不给你。"说着"叭"地往地上一扔。铜钱滚着滚着变成一只小老鼠跑了。老和尚马上又变成了一只狸猫追小老鼠,眼看要追上了,小老鼠一逃进了墙洞。狸猫心想:"你在洞里出不来,我就站在洞口等着你。"谁知小老鼠又打了一个后洞,一出来就变成一只大黄狗,一口咬死了狸猫。

第二天早上,李文一觉醒来,才发现自己睡在野草滩上,坐起来一看,翠姐正在水边梳头哩。他惊喜地喊:"翠姐,你这一夜到哪里去啦?"翠姐说:"我已经经历了三灾六难,从今以后,我就谁也不怕啦!我们赶快走吧!"他们手拉着手,一直往北走去。

讲　　述：何大爷
搜集整理：夏映月
流传地区：吉林长春

张金和张银

有户庄户人家，就哥俩，老大叫张金，老二叫张银。爸妈早死，哥俩相依为命。哥哥种地供弟弟念书。哥哥一心一意种地，精耕细作，按季适时，所以庄稼长势总比人家的好三分，收成也比人家的多两成。弟弟读书也专心致志，成天抱着本书，简直入了迷。后来哥哥娶了媳妇，日子过得还算安稳。哥嫂一年四季，面朝黄土背朝天，也真不易。

这天，哥嫂在地里铲地，太阳晒得人浑身冒油，喉咙里像着了火，两人实在渴得连腿都迈不开了。等铲到地头，正好有人从地头路过，就让捎个口信，让张银给送罐子水来。张银得到信，忙拎了一罐子水出了门。他一手拎着罐子，一手拿着本书看，半道上绊了一跤，把水罐子弄打了。他折回家来，心想再拎一罐子水去，可就是再也找不着罐子，再一想，反正他们也快收工了，不如看一会儿书。

再说，这哥嫂俩坐在地头等弟弟送水来，左等右等，总也见不到个人影儿。哥哥说："兴许信没捎到，也该收工了。咱走吧！"两个人便回家了。

到家一看，弟弟正盘腿坐炕上看书哩！哥哥问弟弟："让人捎信给送水，信捎到没有！"张银看书正入迷，顺口答应了声："捎到了！"也没提打碎罐子的事。嫂子一看弟弟这副不理不睬的样子，心里不痛快，便说上三七了："只听人说有老老爷子，今儿才知道还有个少老爷子。累死累活地供他读书，连口水都不给送。"

从这以后，嫂子的嘴就有空不饶人，说："读书能顶饭吃，还是能顶衣穿？""生就的搬土拉疙瘩的命，偏偏要假斯文，鸡窝里还能飞出个金凤凰？"

嫂子这么每天敲打，张银越寻思越不是滋味，一气之下就离家出走了。到哪去了？他顺着大道往前走，来到城里。他能干什么呢？肩不能挑，手不能提。身上带的两个钱也花完了,这才知在家日日好,出外事事难,只好靠摆字摊混饭吃。

说来也巧,就在张银摆字摊的对面,有家大买卖铺,叫"德胜隆"。这天晌午时候,伙计们都吃饭去了,掌柜的坐在门前照料铺子,他坐柜台里抽烟,就瞅着马路当中有个铮亮铮亮的大钱。有钱人见钱就眼开。他放下烟袋,赶忙跑出柜台到马路上去捡,可到跟前一看,哪是钱?是一摊吐沫。他心想:我眼也没花呀,看得清清楚楚的,明明是个大钱嘛,怎么是摊吐沫呢?他回柜台里,再坐凳子上抽烟,一边抽,一边又仔细地往马路上瞅,一瞅还是个大钱。这一次,他连烟袋也没顾得放下,眼睛一眨也没有眨地瞪着那大钱,朝马路上走去。可是,到跟前一看,还是摊吐沫。他只好长叹了口气,跺了一脚再回柜台里坐着去了。这工夫,恰恰张银打这儿路过,一弯腰捡起了个大钱。掌柜的见此情景,就把张银叫到跟前问:"你捡的是啥?"

"一个大钱呀!"

"你是干啥的?"

"摆字摊的。"

掌柜的点了点头,说:"真像俗话说的那样:命里有钱终归有,命里无钱莫强求啊!看来你的命不错。你摆字摊一天能挣多少钱?"

张银说:"连三顿饭钱都不够。"

掌柜的说:"到我店里来当个伙计吧!"

张银说:"行!"

就这样,张银在"德胜隆"当上了伙计。

到了年终,店里结账。这账,弄来弄去,就是弄不清。张银读的书多,能袖里吞金,就让掌柜的交给他算。掌柜的问他:"要几个帮手?"他说:"一个也不要,自己一个人,就忙得过来了。"

掌柜的有些不信,伙计们却示意掌柜的让他弄。其实,大伙是想看他的笑话。张银接过账目,也不用算盘,小数心算,大数手掐,只一宿工夫,就把账目弄得清清楚楚,一条一款都工工整整地写在账本上,大伙对张银都服气了。掌柜的便让他当了二老板。

柜上每年秋天都得出去办货。这年刚入秋,掌柜的就让张银出去办货。张银领着两个伙计来到一个大码头,找了个店住下了。半个月过去了,张银的货还没办成;一个月过去了,张银的货还是没办成。两个伙计都沉不住气了,一个劲儿催他,他总是说:"不慌,不慌。"

他整天就在码头上东游游,西逛逛,东查查,西寻寻的。别的办货人都车载船装地启程了,店里就剩下他们了。张银呢,还是成天在街上转悠。

这天张银从街上转悠回来,对伙计们说:"货已办好了!买的中药黄檗和大黄。"两个伙计说:"掌柜的,咱'德胜隆'又不是中药铺,买这么多黄檗和大黄干啥?再说这玩意儿在码头上堆满了,谁也不要,买回去能行吗?"

张银说:"这就是古书上说的:'人弃我取,奇货可居。'生意人赚钱就是好买卖。明天就装货!"两个伙计见二掌柜的已下了决心,也不好再说什么。第二天就雇了人把码头上的黄檗、大黄全买下装上船运回来了。

船到了,张银正忙着卸货哩。有人就给掌柜的传过话来了:二老板买了那么多黄檗和大黄回来了。掌柜的听了也纳闷,心想:咱"德胜隆"又不开药店,买这干啥?说着,张银已卸完货来到柜上。掌柜的一见他就问:"你买这么多黄檗和大黄干啥?"

张银说:"现在图它便宜,将来靠它赚大钱。"

掌柜的说:"你有啥把握?"

张银说:"做买卖,要上识天文,下知地理。我从开春到现在,就一直在观察这气候的变化,不出两月,这批货就会有大用场。"掌柜的半信半疑,心想就等它两个月再说吧!

事情真像张银所料,没出两月,这地方竟闹起瘟疫来了,黄檗和大黄正是专治这病的。可是,平日开药铺的不多,药物奇缺,为了治病保命,这黄檗和大黄的价钱一下就猛涨起来。"德胜隆"门前,买药的人挤得水泄不通。后来一结账,这笔买卖竟赚了上千两银子,这下可把掌柜的乐坏了,一个劲儿地夸赞二老板的脑瓜好使。为了奖励他,掌柜的赏了他二十两银子,还给他盖了间房,好让他住在里面养脑子和专心看书,研究生意经。后来,张银又帮掌柜的出去办了几趟货,都赚了大钱,每趟都得到掌柜的赏赐。

有一天夜里,张银正坐炕上在灯下看书哩!只听房门"嘎吱"一声响,进来个年轻貌美的姑娘。姑娘挺大方,进屋往炕沿上一坐,说:"这么用功,可别累伤了身子啊!"

张银说:"不碍事!自小养成的习惯。不知姑娘从哪来?"

姑娘说:"我是你东边的邻居呀!也是从小爱读书,只因爹妈死得早,现在和兄嫂住在一起,没人授教,想请你给当当老师。"

张银说:"授教二字我可不敢当,既然姑娘也爱读书,以后咱们就在一块学吧!"

打从这开始,姑娘就经常来和张银唠唠嗑,说说书上的事情。天长日久,两个人就有了情意,慢慢地姑娘就变成天黑来天明去了。转眼就过了半个月,天底下哪有不透风的墙?有天晚上,打更的老头从张银的窗户底下过,听见屋里有说有笑的,趴窗户缝往里一看,只见张银正和个年轻女子对坐在炕桌前喝酒哩。第二天早晨,打更老头就把这事一五一十地告诉了掌柜的。掌柜的听后,心想:也是呀,张银的岁数也不小了,是该成家了,这事我怎没想到呢?于是,便到张银屋里去对他说:"我看你二十好几,也该成家了,你要是有相中的人,我就找媒人给你去提亲。"

张银见老板这么关心自己,就把邻家姑娘的事都照实说了。掌柜的说:"真要有事,就早点操办吧!不过,这东邻家有这么个好姑娘吗?"

张银说:"回头我问问她就清楚了。"

晚上,姑娘又来了,张银向她说起掌柜的事,满以为姑娘会高高兴兴,欢欢喜喜,谁知姑娘却皱着眉头不吭一声。问到末了,姑娘这才叹了口气说:"掌柜是一番好心,可要这么办,咱俩的缘分就算到头了。"

张银问她:"为啥?"

姑娘说:"哥嫂都想把我嫁给个有钱有势的,十有九成是不答应这门亲事的,那时咱俩的往来也就断了。"

张银问:"那咋办呢?"

姑娘说:"明天,你就对掌柜的说,婚姻大事你得回去问问你哥嫂,到时你把存放在柜上的银子支出来,雇辆车,我在半道等你,然后咱俩一块走。"

张银犹豫不定,姑娘又接着说:"当初你哥嫂种地供你读书,只因嫂嫂说了几句闲话,你就赌气出走,这本来就不应该,如今你挣了上百两银子,发了,也应想到他们。天底下,就这'情义'二字重值千金,为人要讲究情义,应该回去看看哥嫂。"

张银说:"理是这个理,只怕回去你和他们过不到一块去呀!"

姑娘说:"这事你尽管放心,我从小就和哥嫂住一块。"

第二天,张银便向掌柜的提出要先回趟家去征求哥嫂的意见,掌柜的也很赞同,于是就给支了银子,还替他雇了辆大车。收拾停当后,就启程上路了。出城没多远,姑娘果真在半道上等着,上了车,两人一路顺顺当当欢欢喜喜到了家。

哥嫂见兄弟回来了,还娶了个俊俏媳妇,都很高兴。兄弟媳妇又让张银把挣来的银子交给了哥,买了三间青砖大瓦房,一家人过得和和睦睦,妯娌俩也处得很好。没过多久,便到了中秋节。这天晚上,桌上摆上了月饼、香梨、大枣啥的,一家人围坐在一起,有说有笑一直闹腾到半夜。嫂子刚眯了一觉,就听东屋门嘎吱一声响,侧着耳朵一听,好像是兄弟媳妇到院子里去抱柴火。嫂子心想:明天虽然轮到兄弟媳妇做饭,可这前半夜大伙都没睡,自己也该起来帮兄弟媳妇一把忙。于是,她也就轻手轻脚地起了炕,到了外屋,往当院一瞅,她差点没叫出声来:怎么当院有只大狐狸正跪地上给月亮磕头呢?嫂子大气也没敢出,悄悄地躲在锅台后头想看个究竟。只见狐狸拜完了月亮,就地打了个滚,竟变成了兄弟媳妇,然后去西墙根抱柴火。嫂子吓得溜回自己房里,把张金推醒,趴在他耳朵跟前说:"咱兄弟媳妇不是人,是只狐狸精。"

张金说:"半夜三更的,你胡说啥!"

嫂子把刚才她亲眼看见的事说了一遍,吓得张金忽地坐了起来,说:"那可咋办呢?"

嫂子说:"不要紧,我娘家兄弟专会捉妖,今头晌,我就去把他找来。"

第二天天刚亮,嫂子收拾收拾,说是过中秋节回娘家看看就起身上了路。到傍黑她娘家哥哥真的来了,还带的驴蹄子啦,黑狗血啦,桃木剑啦,好多家什。他一边嘴里叨咕,一边就在当院支起了桌子香案。张银的媳妇呢,却一边挑水,一边偷着笑。嫂子娘家兄弟念了一通咒语,也没灵,张银的媳妇还是照样挑水。嫂子的娘家兄弟有些急了,正好这时张银的媳妇挑着水从他跟前过,他端着桌上的黑狗血就往张银媳妇身上泼了过去。这下可把张银的媳妇惹恼了，只见她把扁担一抢，那扁担就变成了一条大长虫，直冲嫂子的娘家哥哥蹿来，当场就把他吓得瘫倒在地上。香炉、符贴、驴蹄子、黑狗血掉了一地。张银媳妇瞅瞅哥嫂，鼻子里哼了一声，就回屋了。

张银开头还以为是他哥嫂像平时那样，一年请人来家一次，做做道场，驱驱邪，辟辟鬼，求得全家平安。一看这阵势，心里也明白了几分，再过去一问哥哥嫂嫂，这才知道媳妇是狐狸精变的。他哪敢再回东屋，忙着帮哥嫂把人抬回西屋，就在西屋猫下。哥哥、嫂嫂、张银，再加上嫂子的娘家兄弟，四个人整整商量了一宿。嫂子娘家兄弟说："听说山南有座山神庙，庙里的老道专能捉怪，明天你们就说是串亲戚，把她哄上车，拉到山神庙去，让老道把她捉住。"

第二天一早，张银正在当院套车哩！媳妇过来给他披上夹袄，说："张银，这段时间我待你怎样？"

张银说："好！好！"

媳妇说："既然待你好，为啥要找人来害我？"

张银说："可你是……是只……"

媳妇说："我是只狐狸精，可我从来没想害你，也没想害哥哥和嫂嫂。我只想早点修炼，真正化成人身，和你白头偕老，可没有想到你竟这样无情无义，看来我们的缘分是到头了。"

张银说："可这狐狸和人能过一块吗？"

媳妇说："怎不能，这段时间咱俩不过得好好的吗？我看现在这世道，人呀，都是人面兽心；相反，兽呢，却还真有些人性哩！"

张银说："这么说，咱俩就再在一块过，没事！"

媳妇说："强扭的瓜不甜，缘分到了，勉强不行。"

张银说："那咋办呢？"

媳妇说："回头你就赶车送我一程吧！我也该回娘家看看了。"说着媳妇又来到西屋，给坐在炕上的哥嫂磕了个头，说："哥、嫂，自从张银领我回来，你们待我也不薄，怪只怪我自己不检点。我虽是条狐狸，还懂得'情义'二字，原只想和哥嫂一块好好过日子，没想到落得今天这个结局。不用送我到山神庙去了，山神庙那老道也是个没本事的骗子,我已和张银说好,让他赶车送我回娘家。"

嫂子说:"既然这样,大妹子,你就留下吧,只当我啥也没看见,都怪我多事。"

兄弟媳妇说:"嫂子,人与人之间要是犯了疑心,哪能再处好呢?这也是缘分到头了。"

说完话,张银媳妇走到当院,接过张银手中的鞭子,让张银也上了车,她就自己赶着车走了。走到半道上,她把鞭子交给张银说,要下车到高粱地里去解手,从这一去就无影无踪。只是到了第二年二月清明节那天,张银和他哥嫂一块给爹妈上坟回来,进屋一看,炕上正睡着个大胖娃娃。再一细看,娃娃的胳臂上套着一对当初张银给媳妇买的玉石手镯。三个人撵到房前屋后看了一遍,连个人影也没见着。

后来,张金一房没生孩子,张银也再没找媳妇,这孩子顶了两房,取了个名叫张里,意思是不忘狐狸媳妇的好处,只不过把狐狸的狸字那半拉带兽的偏旁去掉了。

讲　　述：韩志高
搜集整理：梁志强
流传地区：宁夏彭阳县

沈学生游华山

从前，有个沈员外，好行善事，远近很有威望。他只生一子，送到南学读书，人都叫他沈学生。

一天，沈学生独游华山，走到山坡上，看见个网子套住了一只小白狐狸。小白狐狸一见他，流着泪向他连连点头。他看见小白狐狸怪可怜的，就去把它放了。正准备向前走，忽然走过来个猎人，大声喊着要他赔狐狸钱。他急忙向猎人道歉，又赔给了狐狸钱，赶忙离开了这个地方，上山游玩。

由于贪玩，下山时天已经全黑了。夜黑无法行走，他只得坐在个大石头上过夜。深夜，狼嚎鬼叫，飞沙走石，吓得他坐在大石头上直打战。忽然发现有一道亮光，他顺着亮光走了过去，看见个四合院子，大门上站着一个白胡子老汉向他招呼。他赶忙走到老汉跟前说明来历，老汉便把他领了进去。

到了上房，茶童给他倒上了茶，茶后又备了丰盛的宴席，席后老汉借口有事，走出去了。一会儿，进来了一个长辫白衣少女，看起来年龄在十七八，长得秀丽。进来后，对他送情献媚，看他不理睬，就生气地向他鼻子舔了一舌头，他就糊里糊涂地同女子睡了一夜。

第二天一早，白衣女子亲自给他倒茶端饭。吃完后，女子再三给他说："你要用心读书，千万别再上华山来了。"白衣女子一直把他送到山下的大路上，再次向他重复了这句话。他嘴里应承着，心里不以为然，慢慢地走回了家。

过了几天后，他想起了白衣女子，又想上华山游一趟。早上，他带上盘缠，没有上南学去，一个人又急急忙忙地向华山走去。来到华山游逛了一天，晚上他有意坐在大石头上过夜。入夜，和上次一样，先是狼嚎鬼叫，飞沙走石，接着又见一亮光,光暗而黄,没有上一次明亮。他顺着光走了过去,又看见个四合院子,大门口站着一个麻脸老汉向他招手。他三步并作两步地走到老汉跟前,老汉把他领到了上房。到了房里,老汉就亲自给他倒茶,茶水腥臊难喝,房内灯光昏暗,使人发急。茶后,又端上了酒席,全是蛤蟆、长虫、蚯蚓之类的,使人无法入口。席毕,麻脸老汉借口有事出去了。老汉刚一出去,就进来一个麻脸女子,忸忸怩怩的,妖声妖气,十分难看,向他百般骚情,把他吓得躲躲闪闪。麻脸女子生气了,大叫一声,向他扑去,抓住后用舌头在他鼻子上舔了一下,他就什么也不知道了。麻脸女子挖出他的心吃了,笑着走了。

第二天,有个游华山的人发现大石头旁边有个尸体,便大喊大叫起来。不一会儿,聚集了很多人。有一个人是沈员外的邻居,他认出了是沈学生的尸体,就急忙跑回去向员外报丧。

沈学生的尸身搬回家后,全家人哭得死去活来。为超度亡灵,沈员外请阴阳先生给儿子念了七天七夜经。

到第七天早晨,忽然来了个白衣女子。她到沈学生亡灵前大哭一场,起来对员外说:"我能救活沈学生,请您把我同沈学生的尸体放在一个古窑洞里,然后封上门,一百天后便可复活。"沈员外就照女子说下的办法做了。

过了一百天,打开窑门一看,沈学生果然活了,只是不会说话,脸色蜡黄。白衣女子说:"赶快给我派十个小伙子,带三斗火药、一把铜铃、一把剑、镢头、撬杠!"沈员外就急忙备齐,白衣女子带上走了。

到了华山石嘴,白衣女子叫小伙子们用镢头挖开大石,用撬杠撬起,看见石底下有一洞。白衣女子对小伙子们说:"我下去后,你们听见铜铃响,就赶快点着火药从洞口倒下。"说完手提宝剑,拿上铜铃跳了下去。

一会儿,只听铜铃急响。小伙子们赶忙点着火药,从洞口往下倒。火药着后,只见白衣女子一手抓住麻脸女子的头发,一手拿着剑狠狠地向麻脸女子的胸部刺去。麻脸女子惨叫一声,死去了,现了原形,原来是个大蛤蟆子精。白衣女子取出蛤蟆子的心提着,同小伙子们一起到了沈员外家。她叫沈学生把蛤蟆心用黄酒做引,吃后一百天便会说话。临走时再三给沈员外安顿,叫沈学生病好后,中秋节到华山来和她见一面,她有要紧事需沈学生帮助。

中秋节那天,沈学生带了许多礼品来到了华山,他老远就看见白衣女子怀抱一个婴儿站在一棵树下。到了跟前,白衣女子对他说:"我什么礼物都不要,请你带回去,好好抚养咱们的儿子。儿子懂事后,一定叫他读书。"说着把婴儿交给了沈学生。沈学生流着泪说:"请你同我一起回家,咱们一起过日子,共同抚养咱们的儿子,那多么幸福啊!"白衣女子也流着泪说:"我是狐仙,不是人,不能同你一起过日子。因你救了我一命,为了报答你,我才给你生了一个儿子。他将来一定能成大器。"沈学生接过儿子抱在怀里,哭着下山回家去了。

回家后,沈学生对员外叙说了他见白衣女子的过程。一家人把婴儿当掌上明珠,爱不释手。后来,沈学生的儿子果然中了状元。

搜集整理：董均伦、江源
流传地区：山东沂蒙山一带

狐狸仙

老辈子里，这沂山的周围也是树木成林，星星点点有几户人家，都是从平原地方挪了来的。那时候，有一个小伙子叫杨五，长得眉眼含笑。他那和蔼的脸面，似乎在向人说：我的心地是多么清白，多么善良呀！杨五的老家，原来是靠近黄水滚滚的黄河。那年老家受了水灾，杨五和娘一挑子来到了沂山，用木头树枝，好歹挡起几间小屋来，娘儿两个就在这地方落了户。

从此以后，杨五那使桨的手，拿起了斧头；那背渔网的肩膀，背着柴捆了。他天天在那森林里打柴，从来也没走到树林的尽头。那一天，正是不热不冷的秋天，树林里松叶绿柞叶红，连那哗啦啦响的杨树叶子，也是金黄金黄的了。杨五砍着柴，不知不觉到了一个平时不常去的地方。这里，几百棵柿子树连成了一片，虽说已经是半过午的时候，照在这里的阳光，却如同早晨刚出来时一样清新。不是阳光照红了柿叶，是那柿叶映红了阳光，在那红红的柿子叶中，闪耀着一对又一对金黄簇新的柿子。杨五很敏捷地爬上了树，摘了许许多多大甜柿子拿回了家。一进门就说道："娘呀，你也欢喜欢喜吧！咱今年过年能喝上酒了。"娘看儿子那个高兴样，也笑着答应了。

这一年，杨五真的把那柿子酿成了酒。酒色又浓，酒味又香，只要把坛盖掀开，隔老远就能闻到。过年黑夜，娘对杨五说道："孩子，咱少菜缺油的，没有别的吃，你就搬出那酒坛子，燎酒喝吧。"

杨五点起了干的树枝，不多一会儿，一股白气带着酒香，从酒壶里丝丝缕缕慢慢地升了起来，又慢慢地向四外散去。他刚刚把燎开的酒倒进盅子里，关着的屋门就被轻轻地推开了，从门外迈进了一个小伙子。小伙子棕红色的脸，亮闪闪的眼睛，人很漂亮，穿戴得也十分整齐。娘儿两个都直愣愣地看着他，谁也没有想起曾经在什么地方见过这么一个人。小伙子笑嘻嘻地在桌边上坐下了，看样子是想喝酒。杨五和娘心里都想：过年过节的，人越多越好啊！娘说道："你要是不嫌，就在这里过年吧！"杨五也给小伙子送过酒去，小伙子说道："这酒味是真好呀！"杨五很得意地说道："味好闻，酒是更好喝呀！"小伙子端起了酒盅，一直脖喝了下去，连声夸奖道："好酒！好酒！"杨五听了，更加高兴。小伙子喝一盅，杨五倒一盅；小伙子喝两盅，杨五倒两盅。两个人欢欢喜喜的，又喝又说的，不觉天快明了。小伙子站了起来，对杨五说道："兄弟！明天半夜里，只要你把灯点了起来，我就来了。"他说完，风快地向门外走去了。

娘儿两个记着那小伙子的话。初二日，看看天快半夜了，杨五对娘说道："娘呀！咱点起灯来吧！"娘说道："昨晚上，把油都点完了，你就去点起那松明来吧！"

杨五点起了松明向门外走去，那真是一寸火光百步明，门前面老远都被照亮了。在这一霎，杨五疑心自己的眼睛是不是被那松明耀花了，杨五也疑心自己是不是到了别的地方啦。门前面吃的用的粮食布匹什么都有。那小伙子也从暗影里闪进了光亮里，扬起一只手，跟杨五打着招呼。杨五又欢喜又迷惑地说道："哥哥呀，不知在什么时候，门前面忽然有了这么多的东西！"这时候，娘也从屋里赶了出来，惊奇地问道："孩子呀，这是怎么回事啊？"小伙子说道："大娘呀，这些东西都是我搬来给你老人家的，我还有一桩东西送给俺兄弟呢！"他说着，把手伸进腰里，摸出了一块比牛舌头还要大的金块来给了杨五，又说道："兄弟呀！你拿上吧，这是那恶龙山上的。那里满山满岭都是金子，可是有条恶龙守着，不让谁去动它一点。"杨五就火光中看那金子时，黄澄澄的亮光刺眼。小伙子又对杨五说道："兄弟呀，我回去还有别的事，咱就以后再耍吧！"杨五十分舍不得和这个神奇而又和蔼的人分别，他说道："哥哥啊，你有事要回去，我也留不住你。要是我想念你，怎么才能再见你的面呀？"小伙子说道："要见我的面，那十分容易，只要你走进树林子一百步，脸朝正西，喊三声'哥哥'，我就来了。"

娘儿两个送走了小伙子，过了不多日子就是正月十五了。这一天晚上，娘做了好菜好饭，杨五也糊了两个红色的灯笼。他想：今天是个耍节日，他也不会有什么事情，我去把他叫了来，两个人痛痛快快地过个节吧！杨五挑着灯笼走进了树林子,树影在他身前摇晃,白雪在他脚下发响。他一步一步数着,不多不少走了一百步。他站住了,脸朝正西,放大嗓子叫了三声"哥哥"。当细微的回声从遥远的树林深处传来的时候,小伙子已经站在杨五的跟前了。两个人见了面,都有说不出的欢喜。

　　小伙子和杨五回到家里时,娘已经按照风俗把做好的各种各样的黄豆面灯点起来了。那粮食囤上、瓦罐里、石台上、门后面,到处是灯影晃晃,火光闪亮。三个人吃完了饭,喝完了酒,看着什么,想什么。娘说道:"听说那扬州城里,每年正月十五都有一个灯火会,也不知是真是假?"杨五也说道:"那一点不假,听说那扬州的花灯是再好没有了。"小伙子说道:"兄弟,你说那扬州的花灯好,今天晚上咱又没事,就到那里去观望观望吧!"娘听了说道:"那扬州离这儿还不知有几千里路远,就是几百里路,你们今晚上也去不了呀!"小伙子笑笑说道:"到扬州也用不了多少时候。兄弟!你过来,我背着你,咱早去早回,省得误了睡觉。"

　　小伙子把杨五背在身上,往外走了两步就不见了。当娘走到门外时,杨五和小伙子已经离家几百里路了。地上白雪,天上明月,白光光的雪地上,是一片又一片的红色灯火,青天上也有着一颗又一颗闪闪晶莹的星星。两个人一会儿工夫便来到扬州城了。扬州城里,有那清平如镜的流水,有那古香古色的楼房。大街上,桥头上,果然点着各色各样的花灯。街上,月光伴着灯火,比白天还明;水里也是月明灯亮,红光银光相映。真是到处灯烛辉煌,到处金光灿灿。观灯的更是人山人海。看了狮子灯,又看那荷花灯,看了那红梅灯,又看那西瓜灯、金蝉灯、金鱼灯、蝴蝶灯、石榴灯……反正是看什么灯,有什么灯。两个人东看看,西望望,不知不觉走到了一座玉石桥头,有几百人围在那里,争着在看什么。杨五和那小伙子也挤了进去,只见在那桥栏杆旁,并排放着两盏鸳鸯花灯,那花灯扎得又好,描得又巧,叫那红烛的红光一耀,显得比那真的更加活现,更加迷人。杨五看了又看,暗暗赞扬道:"这人真是手巧!"这时周围的人们正在议论,他仔细一听,才知道是本城里李员外的闺女翠翠扎的。他不觉又想道:手这么巧,不知那心里是怎么聪明了。杨五不知看了多少时候,小伙子把他拉了一下,两个人才挤出了人堆。

　　小伙子在前面走,杨五随在了后面。走在人少的地方时,小伙子低声对杨五说道："我领你去看一看那个扎鸳鸯灯的闺女吧！"杨五愣了一愣，摇摇头说道："这怎么能行啊！别说人家家里人看见了会不让咱，就是那个闺女看到咱，不认不识的，怎么好意思呀？"小伙子拉着杨五的手说："你尽管跟我来吧！"他一直拉着杨五走到了一个大门前面才停住了。小伙子把一根长着两叶的青草递给他，说："这是一根隐身草，拿着它谁也看不到你。"两个人进了大门，又进二门，把门的大汉，端茶的丫鬟，没有一个人能看到他俩。他们不进上房，不去大厅，在那大院子的深处，有一座小巧的楼房，小伙子和杨五上了楼梯，进了楼门。屋里是大镜小镜、大箱小箱地摆设着，满屋里一点动静也没有，只有一个闺女坐在床上，不用说，那就是翠翠了。杨五差一点就喊了出来：哈！这是多么俊秀的姑娘呀！

　　翠翠也真是俊秀呀！这时她的两只亮晶晶的大眼里掉下泪来，她的小嘴紧紧地闭着，还是那么好看。她慢慢地转过头去，望着那灯火映红了的窗纸，轻轻地把嘴张开，自言自语地说道："爹啊，你只知道讲那门当户对，你怎么知道女儿的心思？还不知道要把我嫁给一个什么样的人啊！"小伙子这时却接着说道："大姐呀，你不用愁也不用忧，我就是来给你做媒的。"翠翠满屋里都找遍了，为什么只听到说话不见人呢？她还是十分镇静地问道："这说话的是鬼呢，还是仙？"小伙子又应道："我给你领来的这人，不是鬼，也不是仙，是一个好人呀！"他说着从杨五手里接过了隐身草，闺女立刻看到杨五了。她不觉想道：要是我能嫁给这么一个人，也就心满意足了。可是又一想，就是自己看好了，爹娘和哥嫂也不会依随着自己的心愿呀！她又喜又愁，又怕又忧，向杨五说道："你这个人呀，你怎么进来的？你家是哪里？叫什么名啊？"杨五照实说了。闺女又要问什么，楼梯上却响起了脚步声。杨五一阵惊慌，转身看时，那小伙子已经不知在什么时候走了。幸好，在他身旁的桌子上，还放着那根隐身草。他连忙拿了起来。丫鬟推开楼门进来了。除了姑娘，丫鬟什么人也没有看到。

　　这天晚上，杨五就宿在翠翠的楼上。

　　第二天，丫鬟给翠翠送上了饭来，杨五手拿隐身草，两个人坐在一张桌前吃饭喝水。一个人的饭两个人吃，自然是不够吃的了。翠翠对丫鬟说道："这一顿我觉得爱吃了，下一顿你就多送一些来吧。"丫鬟答应着。到了晌午，少说拿了足够三个人吃的饭来。翠翠和杨五早晨没吃饱，两个人把饭菜又都吃光了。丫鬟心里很是奇怪:姑娘平时吃一点点的饭,今天怎么吃这么多了呢?可是,晚上送来的饭,又都干干净净地吃光了。一连几天都是这个样,不只是丫鬟心里奇怪,连老太太也奇怪了,想道:为什么闺女吃完了饭就把那楼门一关,一连三天也不下楼来呢?老太太轻轻走上了楼梯,站在楼门外一听,便听到屋里有男人说话。她连忙叫开了门,走进去一看,屋里除了自己闺女,什么人也没有呀。她气狠狠地盘问翠翠,翠翠说:"娘呀,屋里没有外人,你那是听错了啊!"老太太还是信不过,这里也找,那里也找,满屋里都找遍了,还是什么都没有找到。她疑疑惑惑地下了楼,又去责问丫鬟,丫鬟照实说了。到了晚上,老太太憋不住,又对老太爷说了。老太爷一听,立刻就火冒三丈高,口口声声嚷着要把翠翠活埋了。老太太听到要把闺女活埋,怎么也舍不得。老两口子在屋里争争吵吵,越吵声越大,越吵声越大了。哥哥听到爹娘屋里吵嚷,站在门外什么都听清楚了,回到屋里对嫂子说了,又发狠道:"非打死她不行!"嫂嫂把嘴一撇,指点着哥哥说道:"恁爷儿两个都没心眼,俗语说:'家丑不可外扬。'也不必惊天动地去活埋她,更不要动嘴动舌的,咱就豁上那座楼,点上一把火,就说起了天火把她烧死了,出一个殡,什么事也就遮挡过去了。"哥哥听了嫂子的话,坐在屋里,只等那夜晚到了好去行事。

这天夜里,杨五和翠翠一齐被烟熏醒了,开开楼门一看,楼梯早已烧断了,眼看着火苗就要扑到屋里来了。杨五想起了小伙子,大声叫道:"哥哥啊!哥哥!快来救救俺吧!"杨五的话才说完,一只几丈长的大鸟,斜着翅子从楼门里飞到了他俩跟前,两个人也顾不得多说,一齐坐到大鸟的身上。大鸟展开翅膀飞到了半空,楼房的窗里已经冒出火来了。

大鸟驮着他俩,一直飞到沂山,在杨五家的门前落下了。两个人从鸟身上下来,那大鸟把翅子一拍,又变成那小伙子了。杨五说道:"哥哥呀,这还是你啊!"小伙子说道:"为了你,我这么多日子也没离开那扬州城。我得赶紧回家去看看了。"小伙子说完,走进树林去不见了。

杨五娘正在家里盼儿子回来,见杨五领了个媳妇来家,欢喜得泪也掉下来了。

过了几天,就是二月二了。二月二是惊蛰,百样的昆虫都出蛰了。又过了几天,春雷一响春雨下,雪也化了,冰也消了。天刚放晴,杨五又去树林里打柴。那白杨树干被雨一淋,透出了新鲜的绿色,那杏树枝头也红玉玉的了。杨五爬上了一棵橡树去砍干柴,一块干柴还没砍下,忽然一阵大风刮了来,那留在树上过冬的干橡树叶子,被刮得乱纷纷地落下去了,他紧紧抱住了粗粗的树枝,才没有被刮下去。风过了以后,从东北面飞来了一片乌云,乌云里翻着一条黑色的大虫,黑虫把那尾巴一摆,雷也响,闪也亮,那红闪弯弯曲曲地向一棵大松树下扑去。杨五不看还好,他向松树下一看,着急得汗珠子都冒出来了,原来在那松树下站着的不是别人,正是那个小伙子。小伙子脱下了上衣,用力摆动着。他一摆,闪电就灭了,黑虫一闪,却又向他扑去。闪电一灭一明,一灭一明,少说有十多次。那闪电一次比一次离那小伙子近了,到后来简直是在他身边跳动了。杨五看到这里,把斧头用力向那黑虫抛去,斧头砍在了黑虫身上,黑虫抖了一下,小伙子得了这空,连连地摆动着衣裳,黑虫头朝下、尾朝上掉在地上死去了。

　　杨五从树上跳了下来,奔到了小伙子身边。小伙子说道:"兄弟呀,这是那恶龙山上的恶龙,这次亏你帮助了我,要不是你,我就没命了。我这次明白啦,我的武艺还是没有学好。兄弟呀!咱们只得分别了,我要周游四海去学本领。"

　　杨五多么舍不得和他分离呀,他问道:"哥哥呀,我认识你这么多日子,你到底是人还是仙呢?你现在要走了,就告诉我,让我明白明白吧!"小伙子很干脆地说出四句话来,现在我就用他说的这几句话,作为故事的结尾吧:

　　　　杨五长得欢,结交狐狸仙;
　　　　扬州去观灯,千里成姻缘。

讲　　述：高茂生
搜集整理：于令珠
流传地区：山东昌乐县南部

胡大嫂

　　清朝初年，昌乐朱翰庄有个姓高名继德的人，只有娘儿俩过日子。家里穷得叮当响，除了两间茅屋、一床破被、一口破锅，啥也没有，更甭提让继德念书啦。继德长到二十多岁，虽说小伙长得怪俊相，也挺精灵，心眼好，人也孝顺，可穷到这种地步，谁家的闺女愿意上门？俗话说：人穷志短，马瘦毛长。为了生活，别无挣钱的门路，只好给当庄财主家放羊呗。

　　一天，太阳偏西了，继德正在山西坡放羊。突然看见羊群里站着一位年近三十的大嫂，羊又叫又跳，围着圈乱蹿。骚动了一阵子后趴下不动了，大嫂也不见了。继德心里正纳闷，一霎间从山上过来一个打猎的，问："小兄弟，见一只皮狐子①过来吗？"继德心想：就是只皮狐子，一没伤你，二没害你，不能为了换两个大钱，就害它一条性命！便顺嘴说："我只顾放羊，哪里还顾得上什么皮狐子，准是朝山下跑啦。"打猎的一听就急忙朝山下撵去了。继德回头一看，怪哩！那位大嫂从羊群里站起来，走到继德跟前，扑通一声跪在地上，说："谢谢大兄弟救命之恩，俺今生今世没齿不忘，过些日子定来报答你。"边说边叩头，继德忙扶起来问："大嫂，家住哪里？为啥一个妇道人家慌不择路朝山下走？"大嫂边哭边说："俺姓胡，家住西南大鼓山前庄，家有八十岁的婆母和未满三岁的孩子。婆婆近来有病，卧床不起。俺三天一次、两天一趟去潍县城取药，没想到被他瞄上了。这次又追着俺不放，要不是大兄弟相救，俺早就没命啦。"继德看看大嫂背的包袱里全是草药，也不介意，说："救人行善是应该的。大嫂走这么远的路，必然饥渴，若不

---

① 皮狐子：狐狸。

嫌俺家脏,到家喝口水吃点干粮再赶路吧。"胡大嫂一谢再谢,随继德回到庄上。

一进门,继德娘见儿子领了个俊媳妇来,喜得合不上嘴,让进屋里。胡大嫂进屋一看,黑洞洞的,又窄又脏,要铺没铺,要盖没盖,连日常家具也没有,只好在光炕沿上坐下,就和继德娘拉起家常来。大嫂说:"人啊,没有代代富的,也没有辈辈穷的。常言说得好:穷有穷的路,富有富的谱,人善胜过富千金。我看这个家也该想法儿翻翻身了,让那些瞧不起咱的人也看看,叫那媒人踏破咱家的门。"高大娘叹了一口气说:"咳,咱穷门小户的,要啥没啥有啥法儿想啊?""这有啥难的,我看继德兄弟今后别再当这个羊倌了,咱们开个药铺看病吧。继德坐堂开方,我拉药匣子。"继德一听,说:"咳,大嫂啊,俺从小一天学没上,整天价放羊,斗大的字识不了一箩筐,还能开方当大夫?"

大嫂说:"俺回家安排一下,十天后回来就帮你开张。放心吧,我自有安排。"说完吃了两个菜团子,喝了点水就走了。

第九天上胡大嫂带着两个人,推了满满的两车草药,还有坛坛罐罐、药匣子、药碾子,到了高家就收拾房子,把两间屋摆得满满当当的。

第二天开张了,高家屋山头挂上了"高家药铺"的牌子。这一挂不要紧,庄里人七嘴八舌地嘀咕开了:"嘀!天下事无奇不有,大字不识一个当大夫?!""兔子能拉犁,要大牛大马干什么? 还不知从哪来了个妖精,别叫她药煞。"也有抱不平的:"人不能光看貌相,海水不能用斗量。你又没看病,怎么知道人家不会看病呢? 没有点道道还敢挂牌子开药铺!"反正说咸的、道淡的,酸甜苦辣什么滋味的都有。

说来也巧,邻庄张大伯长了个对口疮,又肿又痛,打听着来到高家药铺。只见胡大嫂在屋里朝继德一扬手。怪啦! 继德不由自主地拉着张大伯坐下,问了三言两语,手好像有人摆弄着似的,提起笔来,边写边念:"地丁、麻黄、豨莶草、蒲公英、金银花、白菊花,各三钱,三副,水煎熏洗,外敷败毒散。拿药吧!"话音刚落,胡大嫂早把药包好放到桌子上了。张大伯赶忙付了药钱。第三天张大伯挎着一篮子鸡蛋又来了,进门就说:"高兄弟,你的方子真灵啊! 熏洗后两天就不痛了,今天肿也消了,全好啦! 可谢谢你啦。"

张大伯逢人就说,高家的方灵药好。一传十,十传百,不几天工夫传遍了方圆几十个庄子。近的一里二里,远的二十里、上百里也赶来就医。腿痛腰酸的,头痛脑闷的,心腹胀满的,痨病痰喘的,甚至那妇女痛经的、不育的,连小儿泻肚子也来找高大夫。真是"河里没鱼市上见",男男女女,老老少少,挤得小院里水泄不通。来者不论谁就诊,只要胡大嫂一扬手,继德就顺手开出方来。这些方子多至几十味,少至一两味,只收富人家的钱,不收穷人家的钱。凡看过病的没有不痊愈的,个把月工夫治好的病人不计其数。真是药到病除,妙手回春。从此乡里给他起了个雅号叫"高妙手"。朱翰庄也整天价人来人往像赶大集似的热闹起来。庄上的街里街坊见高家药铺只有两间小屋实在太小了,主动凑钱给继德家盖了一个四合院。从此,药铺搬进了新居。

这药呢,也神奇,整天价用也不见少,一天黑就不见胡大嫂的人影儿,第二天药匣子老是满满的。到底怎么来的,连继德也莫名其妙。

眨巴眼的工夫半年过去了,高继德的名声越来越大,成了这一带有名的神医。上门攀亲的,从早到晚出出进进,络绎不绝。有近的远的,有穷的也有富的,继德他娘也拿不定主意娶哪家的闺女好。

一天晚上,胡大嫂和继德娘拉起呱来。胡大嫂说:"来说亲的这些闺女我早都见过,依我看哪,北庄张立德家的闺女最合适。虽然是穷家闺女,却俭朴又贤惠,通情达理,人品也好。"大娘说:"这个家多亏了你,你兄弟的婚事,你说了算,就和张家成亲。"不多日,继德欢欢乐乐地成了亲。

这天忽然下起了瓢泼大雨,来医者少。胡大嫂和继德说:"你现在成家立业了,经过两年学医,医道学得也差不多了,往后就教你媳妇拉药匣子,再雇上个人去潍县城进药就行了。'天下没有不散的筵席。'俺婆家捎信来,俺家要往沂山山里搬。俺再住下去,说不定潍县和周围几个县的人就来找麻烦了。只要你好好为人治病,俺也就放心了。"继德一家依依不舍地送胡大嫂上了路。

从此以后,再也没听到胡大嫂的音信。人说胡大嫂是个狐狸精,可这狐狸精比人还通情达理。高继德按照胡大嫂的嘱咐,为人们看了一辈子病,不枉收一文钱,万世流芳。

讲　　述：陈梅香
搜集整理：张讷
流传地区：江西庐山

白鹿书院的故事

　　庐山五老峰下，有一座古老的房屋，叫白鹿书院。南宋时，大名鼎鼎的朱熹曾在这里读书、讲学。后来这里就成了天下四大书院之一。说起朱熹讲学，还有一段有趣的故事。

　　据说，当时白鹿书院有一只修炼了五百多年的母狐狸，最后修炼成了一个美丽、聪明、善良的少女，它自己取了个名字叫慧娘。

　　一年的春天，慧娘到鄱阳湖滨的曲塘坝游玩。她欣赏着平静如镜的鄱阳湖景色和湖里倒映着的庐山雄姿，直到傍晚还不愿回家。这时，湖里有只小船向湖岸驶来，在慧娘不远的地方停泊了。她向小船望去，只见舱里坐着一位年轻、漂亮的公子，又听得船夫说："朱先生，我们今天赶不到南康府了，就在这里住一夜吧！"这位被称为朱先生的人就是朱熹。他看看快要落山的太阳，也只好同意船夫的主张。船夫忙着生火做饭。朱熹闲着没事便上岸散散步。

　　慧娘见朱熹上岸，立即隐藏在草丛中窥看，不禁对这个英俊聪颖的青年产生了爱慕之情。她想：此人年轻有才，我若能跟他读点书、识点字该多好！可是一想到自己毕竟是只狐狸，又感到十分伤心。慧娘心里充满忧愁，看着朱熹久久不忍离去。

　　船夫弄好饭菜，请朱熹上船吃饭，并向他说，明天清早开船，傍午时赶到南康府。慧娘听船夫这么一说，心里就不平静起来，心想：我在深山修炼多年，从未碰上一个这么有才有识的人，今天这么好的机会怎能白白放过！我一定要设法留住他。

　　朱熹吃完晚饭，洗完脸，天还没有黑。正准备读书，忽然看见岸边离船很近的地方有只小白兔在悠闲地啃着青草,不时竖起耳朵,踮起前肢朝船中张望。朱熹感到十分奇怪,纵身跳下小船,捕捉这只送上门来的野兔。白兔见有人前来捕捉,便不慌不忙地边逃跑边回头张望,跑了一阵,又在离朱熹只有几尺远的地方停下来吃草。朱熹一心想逮住这只白兔,便紧追不放,而小白兔则不即不离地在前边引逗他,就这样追了很远很远。直到天色完全暗了下来,黑得伸手不见五指,朱熹才感到迷了返回曲塘坝的道路,心里又害怕又后悔。正在这个时候,他看见前面不远处有两个灯笼在移动,便赶忙朝灯笼移动的方向走去。不管他走得多快,这两个移动的灯笼总在他前面几十步远的地方引路,可就是追不着。他跟着灯笼顺涧谷上去,走着,走着,一直走到一处有房屋的地方。

朱熹身上冒汗,心情紧张,赶忙上前敲门。院里的老丈听见有人来了,提着灯笼前来开门。朱熹见是一位老丈,便上前施礼道:"老丈,小生今晚迷了路途,请借宝地歇息一会可好?"老丈见是一位书生,便一口应允,忙引朱熹进到室里,献上香茶,问道:"请问先生尊姓大名,为何深夜到此?"朱熹通了姓名,讲了迷路的经过,接着对老丈说:"请问老丈,此处是什么地方?离湖边有多少路程?"老丈说:"此地原是一座书院,唐朝时李渤曾在此读书讲学,后来经历代战乱焚毁,渐渐地衰败了。这里离曲塘坝有八九里路,如无人伴送,难以返回湖滨。不如在此暂住一宿,明日登舟吧!"朱熹对老丈的热情招待十分感激,于是便借宿在东院的书房。

原来,白兔引逗、灯笼指路都是慧娘弄的玄虚。此时,她又变成一只小小的白鼠坐在朱熹的床头,心想:他明日一早就要走了,我有什么办法把他留下?想了一会儿,有了主意。于是她马上变成一个老翁,向昏昏入睡而尚未睡熟的朱熹说:"这里是颖灵之地,来到这里的人就会变聪明。天缘有分,望你不要错过。"

第二天,朱熹醒来,模模糊糊记得梦中的话,心想:莫非神人指引我在此读书讲学?昨夜天黑,未见庐山真面目,我何不趁此白天游览一番,看看这山清水秀的颖灵之地。他梳洗完毕,走出庙门,庐山的秀丽风光立刻呈现在他的眼前。远望五老峰,峰峰似老人,近看淙淙溪水,清澈可爱。于是,朱熹决意在此住下。早饭后,他便向老丈提出要借古庙东院读书、讲学。看院老丈本来感到寂寞,巴不得有人做伴,便满口答应了。正在这时,船夫寻来了,朱熹谢了船夫的好意,并请他把行李取来，在此安然住了下来。

一天，雨过天晴，空气格外清新。朱熹读书读得有些疲倦，就到小溪边去散步。来到溪边，见涧旁有一个十八九岁的姑娘在采摘蘑菇。他偷偷地向姑娘看了一眼，只见她乌黑的头发，绯红的双颊，鹅蛋脸，柳叶眉，樱桃般的小嘴，一双水灵灵的眼睛。朱熹立刻被这姑娘的美丽吸引住了，心想：荒山村野竟有这么美丽的姑娘，真是难得。这时，姑娘走到朱熹面前，从篮子里拿出一只蘑菇，很有礼貌地问："先生，这是什么蘑菇？"从来都没有在山里生活过的朱熹哪里能认得蘑菇，姑娘的问话，使这个有学问的人感到有点儿窘。他为了不在乡村姑娘面前丢脸，只好搪塞："这是春雾蘑菇。"慧娘听后，觉得有点儿好笑，嘴里却说："多谢先生指教。"说完向朱熹深深一揖。朱熹说："大姐不必多礼，你家住何地，叫什么名字，为什么只身到这里采摘蘑菇？"慧娘说："小女子姓胡，名叫慧娘，家住殷家垄，父亲给书院种庄田，因家境贫寒，所以采些蘑菇充饥。"慧娘的聪明美丽，深深地印在朱熹的脑海里。

一个雷电交加、大雨倾盆的深夜，朱熹挑灯夜读。正读得口干舌燥之时，慧娘提着一壶热茶来，并倒了一杯送到他的手里。这茶来得正是时候，朱熹接过香茶一饮而尽，顿觉全身清爽，满口异香。朱熹心里又感激又惊奇，说："慧大姐，谢谢你，这么大的雨，来到我的书房有何事情？"慧娘低着头，羞答答地说："先生，我……"朱熹见慧娘说话吞吞吐吐，赶忙关切地问："你怎么了？"慧娘抬起头向朱熹笑笑说："先生，我是个野女子，不知书，不识礼，先生如不嫌弃我，我想请先生教我读点书，不知您……"朱熹一听爽快地说："啊！原来如此，这事不难。"便满口应允了。从此以后，慧娘几乎每天深夜来此读书习字。由于她天资聪慧又十分勤奋，不久就可以写诗了。

一天一天过去，慧娘的知识越来越多了，他们之间的爱情也更加深厚了。就在中秋佳节的那天深夜，他们请松柏为媒，五老峰做证，月亮主婚，山盟海誓结为夫妇。婚后他们相亲相爱，形影不离。

朱熹和慧娘的美满姻缘，很快就遭到了蛤蟆精的破坏。原来书院前面，有一个荷花塘。塘里有一只修炼了三百多年的蛤蟆，专靠吞吃一片七齿荷叶上的七个仙露珠而修炼成精。这只蛤蟆精不但长得丑陋而且性情凶恶，阴险毒辣。他

一心想独霸白鹿书院的山水,又想得到慧娘身上的一颗宝珠,为此,他曾多次假意向慧娘表白爱情。蛤蟆精的本领不如慧娘,因此当他的要求遭到拒绝后,又不好硬来,只得等待时机。他想:等着瞧吧!总有一天我要把你置于死地!当他得知慧娘和朱熹结为夫妇后,更是恨得咬牙切齿。他本想将朱熹弄死,但又怕斗不过慧娘。怎么办?想了很久,终于想出了一条一箭双雕的毒计。

　　一天深夜,蛤蟆精探得慧娘不在书院,就变成一个老道来到朱熹的书房。朱熹正坐在灯下凝思,忽见一老道前来,深感诧异地说:"请问道长,深夜来此,有何见教?"蛤蟆精哈哈大笑起来说:"先生,我是专来给你治病的。"听他这么一说,朱熹感到莫名其妙:"我有什么病?"蛤蟆精说:"先生,你被妖精缠住了,再不分开,性命难保!"朱熹不以为然地说:"道长请勿取笑,我这儿哪有什么妖精?"蛤蟆精说:"告诉你,妖精就是那个天天伴随你的慧娘,她是一只狐狸精。"朱熹正爱着慧娘,听老道这么说后,十分反感,说:"请道长不要用恶言伤人,你说她是妖精有什么根据?"老道说:"慧娘口里有一颗珠子,这你总该知道吧?"朱熹放声大笑说:"有一颗珠子就是妖精,这话太荒唐了。"老道说:"荒唐?你才荒唐哩!你见过人口里经常放颗珠子吗?只有妖精才用珠子吸人的精华,你死到临头还执迷不悟!出家人以慈悲为怀,我这里向你献一除妖之策,你不妨试试。等妖精来后,你设法将她的珠子要过来,吞下腹去,喝下一口墨汁,她就会现出原形立即死去。信与不信,你自己拿主意吧!"说完,扬长而去。

　　第二天,朱熹独坐书房,无心攻读,想想道人的话,心里很不安,这么美丽善良的姑娘怎么会是狐狸精?要说不信,那么慧娘的珠子又怎么会有人知道?思来想去,觉得老道的话似乎有点儿道理。也罢,我就照老道的话试试,如果不是,明天再找老道算账。于是他磨好墨汁,等待慧娘的归来。

　　入夜,慧娘满面春风地来到书房,朱熹和往常一样与她相亲相爱,吟诗作对。更深了,她请朱熹休息。朱熹要慧娘先睡,说自己再读一会儿书。慧娘坦然地上床安歇。朱熹悄悄地朝慧娘望去,见她同往常一样,将口里的珠子一吞一吐,就说:"慧娘,我们结婚数月,你这颗宝珠我还从未认真看过,今晚你能给我开开眼界吗?"慧娘毫无疑虑,将珠子交到朱熹手中,坦然地说:"你要看就拿去看吧!"朱熹接过珠子,在灯下仔细一看,只见宝珠晶莹夺目,闪闪发光。他背着慧娘,把珠子往嘴里一塞,随即将准备好的墨汁倒在口里随同珠子吞下肚去了。慧娘一见,大惊失色,拦阻不及,倒在床上大哭起来。朱熹见慧娘这么伤心,慌了手脚,后悔地说:"慧娘,你别伤心,我吐出来就是。"慧娘悲愤地说:"先生,我是一片真心待你,想不到你听信谗言,置我于死地!"朱熹急忙分辩说:"慧娘,我不过试试道人的话是真是假。如果你真是只狐狸,我也是爱你的。"慧娘听了朱熹的话,泪如泉涌,哽咽地说:"先生,我真是一只狐狸,但我真心实意地爱着你,可是你……"朱熹急忙说:"你别伤心,我这就把珠子吐出来。"慧娘又气又疼地说:"你这书呆子,现在吐出来有什么用呢?"朱熹焦急地问:"为什么?"慧娘伤心地说:"你喝下了墨汁,使宝珠失去了光彩,这就夺去了我的生命。"朱熹一听伤心地大哭起来,痛骂自己说:"我枉读诗书,贤愚不分,善恶不明,听信谗言,中了小人的奸计,引来今日大祸,叫我如何对得起你!"此时慧娘全身瘫软,神情憔悴,深情地说:"先生,请别难过,现在后悔也无用了。告诉你,那老道是只蛤蟆精,专靠吞吃院前荷花塘里一片七齿荷叶上的七颗露珠而成精。"朱熹一听此言,恨不得立即找妖精算账,为慧娘报仇。慧娘接着说:"那妖精如果七七四十九天喝不上露珠就会活活渴死。你要报仇,就每天五更前去喝掉那七颗露珠,妖精要五更后才去喝。就让它喝不到露珠,活活渴死。"生离死别,难以割舍,他们拥抱着,痛哭着。鸡叫了,慧娘浑身发抖,脸色苍白,有气无力地说:"先生,你吞吃了那七颗露珠会更聪明,更健康。你不要害怕,在七七四十九天里,我的宝珠没有化尽,妖精就不敢加害于你。你多多保重,你……"鸡叫三遍时,慧娘现出原形,立即断了气。朱熹捶胸顿足,痛苦万分,直到天明才停止了哭声。第二天,他买来一口柏木棺材,将慧娘安葬在白鹿书院前面的山丘上,并立了一块墓碑,上面写着"胡氏慧娘之墓,朱熹立"。朱熹将这一切办妥之后,按照慧娘的遗嘱,每天五更时去荷花塘里吞吃七齿荷叶上的七颗露珠。

　　蛤蟆精得不到仙露的滋养,过了四十九天就活活渴死了。

搜集整理：周沐照
流传地区：江西贵溪

九节狐狸戏皇帝

江西贵溪龙虎山是一座道教名山，教主尊称"天师"。自东汉中叶以来，这一尊号一直由张姓子孙承袭，世称"张天师"。一千八百多年来，张天师共承袭六十三代，号称"天师之家"。

"天师"这个尊号是怎么来的呢？有的说是张天师自称的，有的说是皇帝诰封的，也有的说是太上老君委任的，说法不一。龙虎山民间则流传说，"天师"这个尊号是由九节狐狸一手导演而取得的。

早在张天师来龙虎山之前，这个风景秀丽的山岳被一个狐狸精所霸占。狐狸精已在这里修炼了九百九十九年，尾巴长到第九节，如果千年期满，尾巴长满十节，就可得道成仙。

张天师是太上老君的门徒，领法旨来龙虎山创建道教。当地农人见他画符捉妖，则称他为"画符先生"。这位"画符先生"一到龙虎山，就宣称这一带为"人间福地"，归他统领。这一来激怒了九节狐狸精，决心要与"画符先生"比比法术，斗个高低。

狐狸精有三套绝招。第一招是"狐假虎威"，变成一只麻老虎向他恐吓。"画符先生"因怀中藏有《道德真经》，尽管麻老虎穷凶极恶地恐吓了三天三夜，也没能吓倒他。第二招是"偷鸡摸狗"，趁"画符先生"熟睡之时，把他的鸡、鸭、粮食偷吃个精光，使"画符先生"饿了几天肚皮，可还是没能制伏他。

狐狸精见前两招都失败，于是又施出了最厉害的第三招：化为美女，提一只清炖母鸡和两壶美酒，笑盈盈地来到"画符先生"草堂。她甜蜜蜜、娇滴滴地说道："小女子特来请先生画符，这点东西算是奴家孝敬先生的一片心意。"说罢，送上清炖鸡和两壶酒。"画符先生"这几天正因吃的东西被偷,肚皮饿得发慌,又见这女子美貌动人,便半推半就,与她一同饮起酒来。狐狸精说:"小女子不会饮酒,还是请先生多喝几盏吧!"边说边提起酒壶满满地筛了一盏。"画符先生"饥饿难忍,也不客气,端起酒盏,一饮而尽,又撕下一只鸡腿,大口大口地啃了起来。狐狸精见阴谋得逞,心中暗暗欢喜,又一个劲儿地劝"画符先生"多饮几盏。

原来,这酒里有毒药,吃了会死。三杯未尽,毒性发作,"画符先生"觉得头昏脑涨,腹中剧痛,这才知道遭了暗算。幸好他身上带有太上老君赐给的金丹,就趁这女子低头斟酒之时,偷偷服了一颗,腹痛才得以消除。

"画符先生"吃了亏,心中愤恨,决心擒拿这个来历不明的妖精。他假装酒醉中毒,跟跟跄跄地走到妖精身边调情,闻得一股狐臊臭,直冲鼻孔,才知道这是个狐狸精,即抽出镇妖法剑喝道:"大胆妖精,竟敢毒害本道!几壶毒酒岂能谋害于我?"狐狸精见计谋败露,身子已被法剑镇住,想骗骗不了,想逃逃不脱,只好跪在地下苦苦求饶。"画符先生"心头之恨难消,举起法剑欲斩狐妖。狐狸精用手托住剑柄说道:"先生初到此山,人地两生,势单力孤,信徒不多,望先生饶奴性命,情愿终生追随先生,辅助道教。"并吐出嘴里那颗修炼了九百九十九年的宝珠,呈给"画符先生",以明心迹。"画符先生"见狐狸精态度真诚,讲得有理,就免它一死,并收下作为帮手。

从此以后,"画符先生"就与狐狸精搭档,大显神通。这个狐狸精开始还只是偷鸡摸狗,骗人钱财,后来见"画符先生"不仅没有责怪它,反而屡次赞赏它,因此胆子越来越大,坏事越做越多。经常变成美女,招引各村后生,喝人精血,害人性命,弄得龙虎山一带人心惶惶,不得安宁。

由于狐狸精作祟,"画符先生"的生意也突然兴旺起来。东村的小伙子被妖精迷了,就请他去画一道符;西村某家后生被魔鬼缠了,也请他去打一次醮。妖怪闹得厉害的地方,只要"画符先生"去作一次法,妖魔鬼怪就被降伏,全家老少也就平安无事。这样一来,"画符先生"的名气也越来越大了。

一日,狐狸精对"画符先生"说:"你我合作,虽然在龙虎山一带名声大振,但此地是穷乡僻壤,成不了大事。何不去京师走一遭,闹个天翻地覆,以显神通?""画符先生"听了,认为这主意很好,就派狐狸精先去京城作祟,他随后见机行事。

狐狸精告别了"画符先生",溜进京城。首先钻进皇宫兴妖作怪,把皇宫后院的皇后妃子、太子王孙一个个弄得神魂颠倒,寝食不安。狐狸精除了在皇宫后院作怪以外,大白天还蹿到金銮殿顶棚上厉声怪叫,拉屎撒尿,把皇帝和一班大臣弄得满身污秽,怪病百出,连御医也医治不了。这么一闹,气得皇帝暴跳如雷,一连杀了好几个御林军头目和御医,但仍旧无济于事。皇帝无法可施,只得出榜召天下方士仙道来京擒妖。"画符先生"听到这个消息,知是狐狸精作祟所致,即去京城揭了榜。

  皇帝听说有人揭榜捉妖,立即召见。见来者赤发绿眼,浓眉宽额,身长九尺,手有印文,相貌奇异,并非常人,说道:"皇宫自出现妖精以来,闹得孤家坐卧不宁。先生如能清除妖孽,朕将重重赏你。""画符先生"稽首说道:"本道乃太上老君亲授法术,仗剑则鬼神听令,登坛则雷雨应时。莫说这小小妖孽,就是雷公电母也要听从本道号令。"皇帝听说"画符先生"有如此法术,非常高兴,即命作法除妖。"画符先生"领得圣旨,挥笔画了几张似字非字的镇妖符,分贴在皇宫的前后院门及京师要道,又在京师做了七天七夜道场。真灵验,从此皇宫内外、整个京城就平静无事了。那一群神魂颠倒的皇后妃子、太子王孙也渐渐恢复了元气。皇帝见妖孽清除,京师平静,非常高兴,特命太监传话给"画符先生",即日上殿接受赐封。

  当天晚上,"画符先生"在京师寓所会见了九节狐狸精,商量应该取得什么样的诰封才好。狐狸精说:"明天一早我就藏身于金銮大殿顶棚,皇帝给你赐封时,你看我的眼色行事。我在上面摇头,你就不要接受;我点头赞同,你就谢恩接受诰封。""画符先生"想到狐狸精办事很有谋略,也就欣然同意了。

  次日清晨,皇帝接受了百官朝贺以后,传旨请"画符先生"来到金銮宝殿。皇帝对"画符先生"的法术大大地赞赏了一通,接着说道:"朕闻龙虎山一带乡民都称你为'画符先生',现将此号正式赐封与你如何?""画符先生"抬头看了看大殿顶棚上的狐狸精,见它在上面直摇头,也就没有作声。皇帝见他一声不吭,又说道:"天下名号一旦经朕赐封,就将无比尊贵,朕还要颁发诏书:天下符箓只准先生一家出售,那你就富甲天下了!""画符先生"又抬头看了看狐狸精,见它仍旧摇头,所以还是没有接受。皇帝见他不受,心想:这"画符先生"大概是想做官吧。

于是改封他为"光禄大夫"。"画符先生"见狐狸精还是摇头,就又表示不受。接着,皇帝改封他许多名号,诸如"真君""真人""大真人""国师""大法师"等,但"画符先生"在狐狸精的暗示下,一概表示拒绝。皇帝好生纳闷,带着不悦之色说道:"朕赐封你多种徽号官衔,你都不受,是何道理?你两只眼睛老是看着天上,莫非想当'天师'么?"皇帝话音刚落,"画符先生"见大殿顶棚上的狐狸精频频点头赞同,于是立即谢恩,接受了"天师"封号。这样,"天师"这个尊号终于由九节狐狸精一手导演而获得了。这就是民间关于"天师"尊号由来的传说。因他姓张,故又称"张天师"。

讲　　述：凌国祥、乐见
搜集整理：俞文斌、朱喜文
流传地区：江苏盐城

判官辟狐精

传说在清朝末年，盐城西乡丁马港有一户姓顾的人家。小夫妻两个，家境不太好，丈夫经常外出做小本生意。这个女人生得五官端正，满脸秀气。她一人在家操持家务，非常勤劳。

一天，丈夫外出做生意了。晚上这个女人睡得很早，睡到半夜，她迷迷糊糊地看到一个白面公子，衣服脱脱就睡在她的身边。女人死命地喊又喊不出来，动又动不了。

第二天太阳好高了，这个女的才醒来。起来一看，家里的堂屋门和房门都关得好好的，不像是有人进来的样子。但夜里的事情，她感到很奇怪，丈夫不在家，这个丑事不敢告诉别人，只好放在肚里。

第二天夜里，她刚睡着，那个白面公子又来了，还听见他说："看你家穷，今晚带一针线匾子①银洋钱来给你。"她想捽他走，但浑身无力气，身子发软，就这样白面公子又跟她睡了一夜。

早上她起来一看，房门和堂屋门还是好好的。再一看针线匾子里，真有一家伙银洋钱。以后天天如此，日子长了，这个女人渐渐面黄肌瘦。

丈夫一趟生意回来，看到女人瘦得这个样子，连忙问是什么原因。女人见丈夫回来又喜又忧，一肚子话没法说。到了晚上才惮惮惑惑地把发生的事情告诉丈夫。开始丈夫不相信，看到娘子病得这个样子，又不好发作。

到了夜里，睡到半夜时，丈夫好像被一个人推到铺里边，那个人和自己的女

---

① 针线匾子：过去女人用来放针线的柳制品。

人睡了,自己要动又动不了。第二天起来一看,正如女人所说的,房里针线匾子里银洋钱又满了。丈夫还是半信半疑。后来又过了几夜,还是如此,他才相信了。丈夫想:这个白面公子肯定是狐狸精变的。看到女人被折磨得半死不活的样子,就准备把狐狸精赶走。他找老人商议办法,听老人说判官图①能驱邪捉鬼,如果找到一幅古判官图就可以将狐狸精赶走。

丈夫回来到处打听谁家有判官图。这天他忽然想起自己在苏州做生意时,曾听说苏州知府潘大人家里有一幅判官图很灵,一直保护着家里的金面盆。此时他计上心来,并和妻子商议了一阵,叫她如此这般去做。

当夜,狐狸精又来了。女人说:"我家里银洋钱已经很多了,现在缺少金子。听说苏州潘知府家有一只金面盆,你能不能弄来给我洗洗脸?"狐狸精听了当下就答应了。

第二天夜里,狐狸精真的没有来,去苏州偷金面盆了。一连隔了好几天,狐狸精才来。女的问它金面盆为什么不带来,狐狸精唉声叹气,把去苏州的情况讲了出来。

原来狐狸精到了苏州潘知府家,找到了金面盆,拿了刚刚走到门口,就被潘大人家的判官发现了。判官猛一剑,刚好刺在面盆上,把金面盆打得飞上屋顶的天沟里了,狐狸精吓得夺门而逃,险些把小命送掉,所以金面盆没有偷来。

狐狸精说:"如果想要这个金面盆,并不费难。潘大人家丢了金面盆肯定要找,你叫你丈夫装扮成一个相命打卦的先生到潘大人家。潘大人要打卦找金面盆,就说肯定有,找到后把钱不要,就要他家的判官图,然后我再去偷金面盆就无阻挡了。"

早上起来,女人就告诉了丈夫。丈夫想:"我叫它去偷金面盆,结果它没有被判官杀死,现在它出了这个主意,我何不将计就计。果真把判官图拿回来,日后挂在家里,这个狐狸精不是再也不敢来了吗?"想到这里,他立即收拾动身上苏州潘大人家去了。

再说苏州潘知府家,发现金面盆没得了,命人到处找。这些人免不得被冤枉

————————
① 判官图:钟馗像。传说钟馗是降妖伏怪之神。

挨打,就是找不到。这天用人听到外边有人喊测字、算命,就禀报潘老爷,要老爷让打卦先生打个卦,看看金面盆到底是有还是没有了。潘大人想了想,准许了,就把这个姓顾的带进了府。

潘大人请他打上一卦,姓顾的假装一套说:"嗨,大人,你家这个宝贝有呢!"潘大人一听愁闷顿消,高兴地说:"先生要是说得准,我一定重赏。"姓顾的说:"保准有,不过事成之后我不要钱。"潘大人不解地问:"你要什么?"姓顾的手朝屋梁上一指说:"我只要老爷家里挂着的判官图。"潘大人看了看又旧又破的判官图说:"好!一言为定。"说完,就命人把判官图取了下来,放在姓顾的手里。这时他讲了:"老爷,金面盆在你家屋顶上的天沟里。"手下人一听,连忙爬上屋顶一看,真的在天沟里,随即拿下来让潘老爷过目。潘大人一见大喜,就把判官图给了姓顾的。姓顾的得到了判官图,就日夜往家赶。

第二天一清早,夫妻二人就把判官图端端正正地挂在了堂屋里,果真灵得很,从此,狐狸精再也进不来了。

狐狸精又气又恨,气的是自己再也沾不到那个女人的边,恨的是自己搬起石头砸自己的脚。它气得没办法,就在每天夜里拾来砖头瓦瓷朝姓顾的田里扔,弄得顾家小夫妻耕田又不好耕,插秧又不好插,脚下不了田,他们伤透了脑筋。后来丈夫又想了个绝妙的主意。这天夜里他躲在田里,看见狐狸精又往田里扔砖头瓦瓷时,就笑着说:"砖头瓦瓷年年在,猪屎狗屎才烂秧根呢!谢谢你的好心哪!"狐狸精听得清清楚楚,心想:"对啊!撂砖头瓦瓷有什么用啊?我就拾猪屎狗屎倒到他田里,来烂他的秧根。"以后,狐狸精把田里的砖头瓦瓷通通拾掉了,就把猪屎狗屎拾了往田里扔,天天如此。结果顾家的庄稼年年丰收。狐狸精见斗不过顾家,气得没法儿,也就走了。

后来,顾家这个女人的身子也就一天天地好了。

讲　　述：尹宝兰
搜集整理：刘家训、王全宝
流传地区：山东沂蒙山一带

狐仙背粮食

人说从前为什么地主富，穷人穷？那是因为地主把皮鞑狐子精用酒肉买通了，叫小皮狐仙把穷人家的粮食都在夜间背到地主家去了。

这家子只有一个老头，年纪很大了，胡子都白了。老头可怜出力流汗，种点粮食放缸里。说也奇怪，这缸粮食吃不了几天就露底了。老头气得蹲缸边抽旱烟袋，也没见有人来偷。

光等也不是法儿，老头还得吃饭。他没咒念了，就卖了几个鸡蛋，籴一小罐高粱。赶集回来，老头怪高兴，伸手抓一把高粱煮着吃了。

吃完饭，老头看看小罐，又少大半罐子高粱。老头想：我蹲这地方看着，到底是什么东西把粮食偷走的。

不一会儿，门外头来个小人。老头揉揉眼，仔细看看不假，是个三指多高的小人，扛个小黄口袋，能装二斤粮食。老头藏着，小人没看见，一蹦跳进罐子"呼儿呼儿"装满一小口袋，扛着就走。这小人儿一会儿一趟，一会儿一趟，不大会儿工夫罐子就快见底了。老头说："噢，是你个小熊孩给我弄走的！这回你再来，我堵上罐子口，我不砸死你算完？真叫你鼓捣穷了。"

老头正叨念着，小人又蹦跳进罐子去了。老头拿个破锅盖一下子捂上了。老头乐了："嘿嘿，今回我非捏死你不行，我打点粮食不撑吃，买点高粱你也来偷。"这个小人是小狐仙。小皮狐精说："你别捏死我。是俺大王叫我来的。俺大王吃了张财主的酒席，答应偷你的粮食给他。"

"嗯，"老头气得直咬牙，"我非捏死你不行！"小皮狐精一急，现了原形，原来是条金黄的狐狸！小狐狸对着老头直磕头，说："是俺大王叫我这样干的。我以后再也不偷你的粮食了。"

老头说:"你偷完了我的粮食啦,你说不偷,你把我以前丢失的那些粮食给我送回来,我再放你。"说着把狐狸嘴里衔的一块鲜红的小宝石拿走了。这个小狐狸道业浅,没有了宝石就变化不成人形了。

小狐狸只好说:"我还你粮食。"说完就拉着尾巴跑回家了。狐大王一看,这个小狐狸栽了,只好又带领其他皮鞑狐子精来还粮食。

狐大王对老头说:"我们还你粮食。"

老头问:"还我多少?"

皮狐精理亏,说:"我还你一升。"

老头说:"你还我十斗也不行哎,你指挥你的小狐羔天天给我鼓捣,给我偷去两缸多——"老头说到这里,心生一计,就对老皮狐精说,"你还我一升吧。不过不能白天还,晚上还。我把升放屋顶,你装满升就算完,我就放了你的小羔子。"

皮狐精一听:"行!我这么些人,一人一趟,也把你的升装满了哎!"到晚上就叫小皮狐精去偷张财主的粮食给老头。

再说老头呀,心计大,他在屋脊挖个洞眼,把升底子打穿,正对屋脊那个眼搁屋顶上。你说这些皮鞑狐子精背吧!背一趟,填不满升;背两趟,还填不满升。谁知从升底漏去了,粮食也随之漏屋里去了,你想什么时候才装满?只有屋里装满了,升里才满。皮狐大王晚上不来,那些小皮狐精也不敢去问哎。还怕挨罚,小皮狐精都拼命去背。这可把张财主家的粮食快偷完了。他坑穷人的,又叫老头施计叫小皮狐精给背回去了。

这回可把这些皮狐子精累死了。牲畜成了精,再精灵也乖不过人。人是万物之灵,人聪明。老头看这些皮狐精累得东倒西歪的,也发了恻隐之心,把那个小皮狐精的宝石还给它了。小皮狐精连连磕头,说:"再也不祸害穷人了。"

第二天,老头叫四邻八舍的穷人都来挑粮食,这年穷人可过了个安稳年。

讲　　述：蒋天智
搜集整理：刘敏
流传地区：辽宁沈阳

花牛仙

新民县境内有一个叫花牛堡的村子。提起这村名来，还有一段动人的传说呢。

这是很多年前的事了。原来这个村子里有个叫李良的小伙子，靠给财主放牛，养活六十多岁的老妈妈。

村西南有条河，河南岸有个大草甸子，他每天都把牛赶到那里去放。放牛的人爱牛，他最爱牛群中那头小花母牛。这小花牛听话又仁义，从来不糟蹋庄稼，从来不调皮乱跑让他操心。李良偏疼它，每天把它赶到草最好的地方，让它吃饱，拉到河里给它洗澡。

这年夏天一个晌午，李良看着吃饱的牛群趴在凉快地方倒嚼，自己铺上蓑衣，用草帽遮着脸，躺在柳树底下迷迷糊糊地睡着了。睡得正香，突然听到一个姑娘轻轻叫他："李良哥，李良哥！"李良一惊醒来睁眼一看，哪来这样一个漂亮的姑娘呀！看年龄就在十七八岁，长得苗苗条条，有红有白，笑嘻嘻地站在面前。李良问："是你在叫我吗？"姑娘点点头："你不是在放牛时老唱'光棍苦，光棍苦，衣服破了没人补'吗？""是呀！""我今天想把你的破褂子补一补，把你的埋汰袜子洗一洗。""可咱俩还不认识呀！""一朝生两朝熟嘛！"姑娘见李良还要追问，就说："我住在哪，姓啥叫啥，到时候会告诉你的。不过咱俩这事可不能让外人知道。"李良想：凭空蹦出个大姑娘，对我又这样好。喜得他连连下保证，对谁也不说。

打这以后，姑娘天天晌午来，不是帮他干点啥，就是坐在一起聊天。半个月过去了，李良心想：这姑娘的来历真叫人琢磨不透，为什么单等我晌午一打盹就来，说帮我去赶牛就不见了呢？这天晌午他和往常一样，铺上蓑衣，把草帽盖在脸上,把呼噜打得响响的,眼睛睁得圆圆的,从草帽缝里往四处撒目。突然看见离他不远的小花牛抖抖身上的毛变成了大姑娘,乐呵呵向他走来。李良想:她原来是牛仙呀!求她给我做媳妇吧!想到这儿,他一虎身站起来结结巴巴地说:"牛仙妹,你不要再走了。"姑娘羞红了脸,甜甜地说:"早知道你会有这一手,实话告诉你吧,我是天上的神牛,因偷喝了天河水被打落凡间的。李良哥,你不嫌我是牛变的,我愿意和你在一起。"

李良把她领到家,妈妈乐得合不拢嘴,街坊邻居来贺喜,问姑娘的来历,姑娘告诉乡亲她叫牛小花,逃难来到李良家。

结婚后,小花对婆母孝顺,对丈夫体贴,起早贪黑操持家务,东邻西舍都夸李良娶了个贤惠勤快的俊媳妇。

这话一传十,十传百,让李良东家知道了。他打发人把李良叫到家里说:"我有金子又有银子,良田千顷,牛马成群,就是没个俊媳妇。你只要同意把你媳妇送我家来,给你二百两金子、三百两银子、四十亩好地、五十头牛马。你要是不同意,也叫你媳妇来,要她在一夜之间把院里那堆乱麻理完。鸡叫头遍理不出来,你媳妇就归我。"李良回到家里把东家的话说了一遍。小花说:"小事一件,不必犯愁,我去去就来。"当晚小花来到东家院里,施用神术,没等鸡叫,一院子乱麻理得顺顺溜溜的了。

天亮后,东家看乱麻早已理完,贼眼一转,便想打下一步坏主意。正在这时,县官坐着大轿赶来了,对李良说:"我有权又有钱,三妻四妾围着转,就是没有一个像你媳妇这么俊的,你要是同意就把你媳妇给我,我保你升官发财。"李良把县官的话向小花学了一遍。小花还是那句话:"小事一件,不必犯难,我去看看。"她说着来到县官跟前,从手腕上撸下一只镯子扔到地上,对县官说:"只要你把这只镯子捡起来,我就跟你去。"县官乐坏了,心想:小小手镯重不足一两,连三岁小孩都能捡起,看来这小媳妇是相中我了。他乐呵呵来到镯子前,便哈腰去拿,可是一拿没拿动,二拿没欠缝儿①。他把吃奶劲都使出来了,可这镯子就像生了根长在地上,羞得他老脸红一阵紫一阵的。他见小花正站在那儿讥笑他,便恼羞成

---

① 欠缝儿:方言,露出一点儿缝隙。

怒,扯开嗓子命手下人往轿里抢。那些人刚要动手,只听轰隆一声巨响,大轿飞上了天,县官吓得屁滚尿流转身就跑。他以为是强抢民女天公报应,哪知道是小花使的仙术呢。

一晃就是十来年。李良已经儿女双全,小日子越过越红火。有一年夏天雨水大,刚进伏就开下,沥沥拉拉下到三伏,还是不开晴,眼见着南河水蹿着箭似的往上涨。男女老少急红了眼,冒着大雨拼命加高河堤,可还是撑不上河水涨得快。眼看着河水漫过河堤,村里人畜马上就要遭难了。这时,忽然听见哞的一声牛叫,从村里蹿出一条几十丈长的大花牛,跑到河边,它前腿跪在岸上,嘴插进河里就喝起河水来,眨眼间河水降下三尺。大伙惊呆了,等明白过来再看那花牛,不知啥时不见了,同时发现李良媳妇小花也不见了。

人们才明白,那治水的花牛就是李良媳妇小花。牛小花因救了一方百姓被召回天上去了,人们为了不忘她的功德,就把这个村子取名叫花牛堡。

讲　　述：姜淑珍
搜集整理：李桂凤
流传地区：辽宁沈阳

小白牛

　　从前，有个姓赵的老爷，他有三个夫人：大夫人是个花里胡哨、眼珠一转一个道儿、一脸横肉的刁女人；二夫人是个嘴尖舌快、说长道短的女人；三夫人是个心地善良、勤劳温柔的女人。

　　赵老爷是个知书达礼的人，他对这三个夫人从不说三道四的，对她们都挺好。有一天，赵老爷要出远门，临动身，他把三个夫人叫到一起，说："有件事儿，我不放心，要你们当面回答我。"

　　这时，大夫人说："老爷，有啥事儿您就直截了当地说呗。"

　　"这不，今儿个我就出远门去了，说不上什么时候才能回来。我不在家，你们能不能和睦相处呀？"

　　大夫人说："哎呀，老爷，我当是啥事儿呢！这不是明摆着，二妹、三妹都比我小。再说，我从来就把她俩当我的亲妹妹看。您就放心地去吧！"

　　二夫人接着说："我和大姐、三妹平日一丁点儿说的都没有，比一奶同胞的亲姐妹还亲呢！您就放心去吧！"

　　三夫人说："大姐、二姐都把我当亲妹妹，我也把她们当我的亲姐姐。您就放心地去吧！"

　　赵老爷听三个夫人说完，挺乐，连声说："好！好！你们能像亲姐妹一样相处，那我就放心了。"

　　这时，老爷起身要走，大夫人又说："老爷，您还有什么话儿要说吗？"

　　"还要说的也有，那就是我回来的时候，你们都拿什么迎接我呀？"

　　话音刚落，二夫人抢先说："老爷，您回来时，我双手捧着一件蟒袍，迎接您。"

大夫人接着说:"老爷,您回来时,我双手捧着一棵大人参,迎接您。"

三夫人低下头,红着脸说:"我给您生个大胖小子,抱着公子迎接您。"当时,三夫人已经怀孕了。

赵老爷听老三说完,顿时喜上眉梢,乐得不得了。他站起身走到三夫人跟前,说:"借你的吉言,真生个小子,我就不会断烟火啦!"大夫人、二夫人一听这话,心里就不是滋味。

赵老爷说完,走出屋子,骑上骏马,嗒嗒嗒走远了。三夫人站在路边,一直到望不见赵老爷的背影儿了,才转身回家。

老爷走后的当天晚上,大夫人到二夫人的屋里,两人你一句我一句地喳喳开了。

大夫人说:"你说捧蟒袍迎接,我捧人参迎接,也抵不上人家老三生个小子值钱哪!"

二夫人说:"老三她要是生个丫头还好说,要是真生个小子,那咱俩在老爷跟前,就是马尾巴串豆腐——提不起来了。"

"那可怎么办呀?"

说着,二夫人凑到大夫人耳边小声说了几句,大夫人一边听一边点头说:"行!行!就得这么办。"说完大夫人就回自己的屋去了。

打这以后,大夫人、二夫人与三夫人分了心。

有一天,大夫人和二夫人从三夫人门前过,见三夫人正在洗衣裳。大夫人给二夫人递了个眼色,二夫人就说:"三妹妹,我有几件衣裳埋汰了,我手掌痛没法洗,求你给洗洗行吗?"

三夫人寻思,虽说自己身怀有孕,可二姐求一回,怎能不赏脸,连忙说:"行!拿来吧!我给你洗。"这时,大夫人也说:"三妹妹,我也有两件要洗的衣裳,你一就手,给我的也洗了吧!"说完,两人就去了,不一会儿她们就抱来两大包子衣裳,全让老三洗。老三有口难言,大姐二姐让洗,就得洗呗!可大夫人和二夫人背后告诉家奴说:"谁要是给老三挑水,就打断谁的腿!"吓得家奴谁也不敢给老三挑水了。三夫人只好自个儿一担一担地挑水,给大夫人和二夫人洗衣裳。她从一大早儿一直洗到太阳落山,才洗完那两大包子衣裳。

大夫人和二夫人寻思,那么一大堆衣裳,先挑水,再洗衣裳,就是好身板的人也得累散架子,老三干那么累的活儿,胎儿准保不住。可就是老天成全,足月足日老三生下个小子,又白又胖,可招人稀罕了。

大夫人和二夫人听说老三真生个小子,脸色唰地变了,气得眼睛发红,脸发青。二夫人又嚖①了老三几句。大夫人说:"得了!气、骂都不顶用,咱俩得想个招儿。"这时,大夫人的眼珠子上下左右转了几下,说:"这个招,你看行不行?"

二夫人急忙追问:"啥招儿?快说出来!"

只见大夫人在二夫人的耳边喳咕了一会儿。就听二夫人说:"行,高招儿!这叫人不知,鬼不觉。"

就这样,大夫人和二夫人按她俩喳咕的去做了。她俩从集市上买来一筐鸡蛋,又给孩子买了两件小衣裳,给老三送去了。刚跨门槛,大夫人就说:"三妹妹,你真可心!生了个小子,我们也跟着沾光了。"

"哎呀!这孩子,白胖白胖的,可真招人喜欢。"

三夫人说:"大姐、二姐你俩快坐下,多待一会儿。"

大夫人说:"不坐了,得空儿再来看你。"

二夫人说:"三妹妹,这筐鸡蛋和两件小衣裳,是我和大姐的心意。"接着,大夫人又说:"我和你二姐再告诉厨师一声,给你整点稀粥烂饭,多煮几个鸡蛋,熬点鱼汤,好多下奶呀!"

三夫人看大姐、二姐这么关心自个儿,就说:"谢谢大姐和二姐。"

"谢啥?这也是姐姐应当做的么。"说完,大夫人和二夫人就走了。

俗话儿说:虎心隔毛翼,人心隔肚皮。知人知面不知心哪。三夫人哪里知道,大姐和二姐去看她,是黄鼠狼给鸡拜年——没安好心。表面上亲亲热热,说的话比蜜还甜。可背后她俩的心比蛇蝎还毒,比豺狼还狠。

这天下半晌,大夫人和二夫人悄悄猫在三夫人屋后的窗户底下。趁三夫人出屋给孩子晒尿布时,大夫人从北窗户跳进去,把孩子从炕上抱起来,递给在窗外的二夫人,两人把孩子偷抱出来扔到狗窝里了。她俩寻思,老母狗刚下过崽

---

① 嚖:骂的意思。

儿,孩子扔进去不咬死,也得踩死。这时,大夫人冲着二夫人说:"这回可去了咱俩的心病了。"

"等老爷回来时,看老三还拿啥显摆。"

常言说,做贼心虚。过了不到一袋烟的工夫,大夫人又对二夫人说:"二妹,咱俩去看看那孩子死没死?"

"别去了,刚才没让旁人看见就算万幸,可不能再去了。"

"没事儿呀,咱们俩装喂老母狗去,不就看着了吗?"

"那行,走吧!"

大夫人端着半瓦盆剩饭在前头走,二夫人跟在后头,大模大样地到狗窝给狗送食去了。说来也奇,她们俩走到狗窝,往里一看,啊!孩子没咬死也没踩死,老母狗正在给孩子喂奶呢!

大夫人吓得慌了手脚,"啪嚓"一声,瓦盆掉在地上摔得稀碎。二夫人也愣了一会儿,说:"快!得赶快把孩子整死。"大夫人上前一下子把孩子拽过来,咬着牙,把小孩儿活活掐死了。接着,她俩又急三火四地把孩子埋到自个儿房后了。

再说,三夫人晒完了小孩儿的尿布,进屋给孩子喂奶,可往炕上一看,孩子没了,顿时头昏眼花。她哭着说:"孩子哪去了!孩子怎么不见了!"她又急忙跑出屋,问这个,说没看见,问那个,也说没瞅着。三夫人一屁股坐在地上,哭得言不得语不得的。

这时,大夫人和二夫人来了,装着不知出了什么事儿。大夫人问:"三妹妹,你这是咋的了?"老三哭得说不出话来,旁人说:"三夫人的孩子丢了。"

"哪去了?"

"不知谁从后窗户把孩子偷走了。"

大夫人骂起来了:"这是哪个损八辈儿干的事儿呀!"说着两人假装难过,咧儿咧儿地也挤出几滴眼泪来。过了一会儿,大夫人和二夫人就说起风凉话来了。"三妹妹呀,不是大姐给你火上浇油,你说,你这么个大活人,一天价啥活也不用你干,怎么能把孩子弄丢呢?"

"老三,二姐也许说得不对,我看你压根儿就不该在老爷面前那么显摆!这下可好!孩子丢了,看你怎么向老爷交代。"

大夫人说:"可不!把老爷传宗接代的人弄没了,你可就是个罪人啦!从明儿起,你就到磨坊里推碾子拉磨赎罪去!"

打这以后,三夫人吃不着好的,穿不着好的,还得天天到磨坊推碾子。

再说,大夫人和二夫人把孩子埋到房后不几日,埋孩子的地方,就长出一堆嫩草,让家里的老乳牛吃了。老乳牛肚子一天比一天大,不久,就生下一头小白牛犊。小牛犊粉鼻子粉眼儿的,可撩人儿了,谁看见都瞅几眼,说这小牛可真有意思。小牛一见着三夫人就跑到跟前,用身子靠哇,用脑袋瓜子往身上贴呀!和三夫人可近乎了。可是,小牛见到大夫人和二夫人扭头就走。二夫人指着小牛的背影对大夫人说:"你看这小牛来气不?见着咱俩它就跑,见着那个三死鬼那么亲。"

"它是个畜牲和它生气干啥!我说咱俩想法儿把它喂大,老爷回来时还能请一功。"

"对!咱俩费点心,把它喂大。"

老乳牛没有多少奶,她俩就精心在意地饲养。一来二去,小牛犊长起来了。有一天,它看见三夫人在磨坊里推磨,就顶开磨坊门,进去就把三夫人往旁边推。小牛头儿往磨杆上一顶,就呼呼地推起磨来了。三夫人愣了,心想:这小牛还能替我推磨?打这往后,小牛犊天天来磨坊替三夫人推磨。

这一天,大夫人和二夫人从磨坊经过,听着磨坊里呼呼的推磨声,心想:这个三死鬼还挺有劲儿呢。她俩扒门缝一看,啊!是小牛在替老三推磨呢!大夫人、二夫人这个气呀,拎着木棍进去,"叮当"一顿揍,把小牛打出去了。二夫人对大夫人说:"你说怪不怪,这畜牲还可怜她,帮她推磨?"

"叫它和她一条藤儿,等老爷回来也饶不了它。"

说老爷回来可就真回来了。老爷骑着高头大马走在前头,后面跟着几个差人,进了院儿。大夫人、二夫人赶忙跪爬半步将老爷迎进屋里。老爷满脸带笑,进了屋,坐在西屋炕上与家人团聚。这时,大夫人捧出一棵八两的大人参,二夫人从柜里拿出一件合身的蟒袍。

老爷看三夫人没来,就问:"你三妹妹呢?"大夫人说:"老爷您走后,不知老三中了什么邪,整天披头散发地坐在磨坊里,像丢了魂似的。"

二夫人嘴儿快,说:"老爷,老三生了个小子,可她不好好拉扯孩子,把孩子弄丢了,她没脸儿来见您了。"

老爷一听,心里"咯噔"一下,皱着眉头,半天没说话。这时,大夫人和二夫人心里暗想:老爷肯定不能饶过老三,非打死她不可。可过了一会儿老爷对差人说:"去磨坊把三夫人扶来。"

差人到磨坊把三夫人扶到老爷面前,三夫人"扑通"一声给老爷跪下了,眼泪止不住往下淌。老爷问:"你生病了?"三夫人摇摇头。老爷又问:"那你哭什么?"

三夫人说:"我哭什么,您临走时我说抱大胖小子迎接您,大胖小子丢了。"

老爷说:"丢了就丢了,那么小的孩子不好拉扯,不用哭!老爷不责怪你,快起来吧!"大夫人和二夫人看老爷没怪罪老三,心里气得够呛,可嘴上不敢再添油加醋了。

小牛见老爷回来了,在房后的窗户底下转悠。老爷出屋,到院子里这儿瞅瞅那儿看看,小牛就跟在他身后,不是伸出舌头舔舔手,就是用嘴扯着衣裳襟,和老爷可亲近了。老爷也挺喜欢它。大夫人和二夫人见老爷喜欢小牛,就走上前说:"这小牛是俺姐俩饲养大……"话还没说完,小牛冲着她俩顶个大屁股蹲儿。她俩爬起来要打小牛,小牛跑没影儿了。大夫人气得一跺脚,说:"该死的小牛,我白给你喂大了!"

二夫人骂着说:"这遭瘟的小牛,明儿逮着它,我非往死里揍它一顿不可。"说完,两人气哼哼地回屋去了。

进了屋,大夫人和二夫人又喳咕了。

大夫人说:"这小牛不能留,咱俩还得想法儿把它杀了。"

二夫人说:"这小牛见着咱俩不是顶就是跑,怎么能杀死它呀?"

"能杀!"

当天晚上,大夫人和二夫人用二十两银子和一个郎中串通好了。郎中见钱眼开,就答应了。

第二天,大夫人和二夫人一齐躺在炕上叫唤装病。老爷不知两个夫人得了什么病,就立即派人请来了郎中。大夫人和二夫人一看,请来的正是她俩串通好的那位郎中。两人叫唤声音就更大了。郎中假装号了一会儿脉,故意惊讶地对老爷说:"老爷,这两位夫人的病可不轻啊!"

老爷急忙问:"吃什么药能使病好得快?"

郎中故意低下头想了一会儿才说:"用药不如吃偏方好得快!"

"吃什么偏方?"

"吃一颗煮熟的小牛犊心就保准病能好!"

"这不难,咱去买一个。"

大夫人和二夫人一听,又叫唤起来了,郎中明白她俩的意思,又说:"老爷,买的不好使,要你家小牛的心。"

老爷寻思小牛是挺招人喜欢,可它再好毕竟是个畜牲,就答应说:"行!行!只要我的夫人病好得快我去杀小牛。"

老爷手里拿着刀出了屋,一看小牛正站在窗户底下落泪呢,老爷心就软了。这时小牛"扑通"一声给老爷跪下了,眼泪一对一双地往下流。刚才他们说的话小牛都听见了。

老爷一看,说:"小牛你还哭了,你通人性?你要是真通人性,就把头点三点。"

小牛真就把头点三点。

老爷心更软了,说:"你别哭了,我不杀你了,你赶快跑吧!"

小牛"腾"地起来,一溜烟儿地跑出了院子。老爷手里拎个刀,装着在后面追。追了一气,老爷看小牛跑没影儿了,就到集市上花十两银子,买了一个猪心,拿回家来了。老爷对大夫人和二夫人说:"小牛跑得挺快,跑出挺远我才抓着,费挺大劲儿才把它杀了。快!拿它的心做偏方吧!"

大夫人和二夫人一看,老爷手里真捧着血淋淋的一颗心,就不像刚才那么叫唤了。

再说,小牛被老爷放走了后,跑呀!跑呀!一口气儿跑到了一个镇子里。它看挺热闹,就趴在道儿旁,一边歇脚,一边"卖呆"。这时,对面走来两个人,一个是丫鬟,一个是小姐。哎呀!这小姐长得太美了,水汪汪的大眼睛,弯弯的柳叶眉,脸蛋儿像半开的荷花!有红有白的。她是镇子里刘老爷的闺女,年方二九,还没成亲,今儿个她和丫鬟出来散心。丫鬟眼神儿尖,离老远就看着道旁趴头小牛。丫鬟手指着前边对小姐说:"小姐,你看!前边那疙瘩有头小白牛犊,长得多好看呀。"

丫鬟搀扶着小姐来到了小牛跟前。两人这么瞅,那么看,觉得小牛挺招人喜欢。这时,丫鬟说:"小姐,咱俩扔手绢儿玩吧!看谁能把手绢儿扔到小牛头上,谁要扔上了,谁就给它做媳妇。"小姐说:"行!那你先扔吧!"说来也怪,丫鬟拿出手绢儿,一连扔了七八次,手绢儿不是落在小牛脑袋的左面,就是右边,再不就掉到小牛的身前或身后,就是扔不到小牛头上。说来更怪,轮到小姐扔的时候,她手绢儿一出手,就不偏不斜,正好落在小牛的头上了。这时,丫鬟乐得拍手打掌地一边蹦一边说:"咱们小姐有牛女婿啦!小姐有牛女婿啦!"丫鬟和小姐都乐得前仰后合。两人笑了一气儿,调皮的丫鬟冲着小牛问:"我们小姐给你做媳妇你乐意不乐意呀?"想不到小牛站起来,竟冲着她俩把头点了三点。这一下可把丫鬟和小姐吓坏了,转身就往家跑,小牛在后面跟着。跑到大门口,丫鬟刚要关大门,小牛也挤进来了。丫鬟拽着小姐急忙跑进了闺房,再也没敢出屋。

单说这天晚上,小姐躺在床上,翻来覆去怎么也睡不着。她想起白天和丫鬟往小牛身上扔手绢儿的事,想着,想着,小姐迷迷糊糊地睡着了。睡梦中,小牛变成一个眉清目秀的小伙子。小姐一看乐了。这一乐不要紧,小姐乐醒了,原来是一场梦。这时小姐寻思,小牛要能像梦中那样变成人,我就嫁给他。小姐这么寻思着,就觉得屋里地当间儿影影绰绰有个人似的。小姐忙问:"你是谁?"

小牛说:"你说我是谁?你刚才寻思的是谁,我就是谁。"

小姐愣了,她划着亮儿一看,正是小牛站在地当间儿呢。它就地一滚,真变成个眉清目秀的小伙子,眨巴着一双大眼睛瞅着小姐。小姐低着头,红着脸问:"你是这样一个英俊的小伙子,为什么要变成一头小牛呢?"

小牛长叹了一口气说:"我原来是一个人,可我被一个人面兽心的人害了,不得不变成了小牛。"接着,小牛又把自己的身世和小姐说了一遍。小姐听小牛说时,双目流泪,揩干了又流下来。这时,小牛又说:"善良的小姐,咱俩有缘分,我愿和你结成夫妻,你愿意吗?"小姐一边揩去眼泪一边说:"愿意!愿意!"

第二天,小姐就把她和丫鬟怎么往小牛身上扔手绢儿,小牛又怎么变成个英俊的小伙子,以及自己要嫁给小牛的心思跟父亲说了。刘老爷一听,气得火冒三丈,说:"不行!你是一个千金小姐,怎么能给一头小牛做媳妇呀?"刘老爷百般不乐意,可他又一想:小牛变成小伙子已进了女儿的闺房,传出去好说不好听。想到这儿,老爷就说:"你自个儿愿意的话,那就嫁鸡随鸡,嫁狗随狗吧!"

就这样,当天晚上,小牛又变成俊小伙,小姐打扮得更漂亮了。他俩手拉手入了洞房。

小牛和小姐成亲之后,每到晚上小牛脱掉牛皮变成俊小伙,白天再变回来,刘老爷见他们俩恩恩爱爱地生活,就不再说什么了。

过了不久,刘老爷得了急病,先走①了。就在这天晌午时,从外乡来了一人,手里拿着书信,说是找刘老爷。小姐接过信一看,是父亲生前的老朋友赵老爷要过五十大寿,请刘老爷喝酒祝寿去。小姐想,是父亲生前的朋友,就答应说:"好吧!我们一定去!"

这天,小牛又变成了俊小伙,和小姐坐着轿子去赵老爷家祝寿去了。

无巧不成书,他俩去的赵老爷家正是俊小伙的家。给赵老爷祝寿的亲朋好友,来了不少。大家伙儿,你说我笑地喝酒吃菜。

家人把小姐和俊小伙让到上屋,拜见了赵老爷。这时,赵老爷问:"我贤弟,他可安好?"

小姐寻思,今儿个是伯父的寿辰,不能让他伤心,就说:"谢伯父挂念,近日他老人家身体欠佳,让俺夫妻来,代他向您祝寿。"

"好!好!赶明儿我去看贤弟去。"

这时,家人把饭菜都摆上来了,亲朋好友也入了座。

赵老爷就对他俩说:"你们夫妻俩和我,还有我的三个夫人坐在一张桌上行吗?"

俊小伙连声说:"行!行!那太好啦。"

就这样,他们围坐在一张桌上,高兴地吃着喝着。过了一会儿,俊小伙站起身给赵老爷敬了一杯酒说:"为了让大伙儿更高兴,我给你们讲一段故事好吗?"

大夫人和二夫人哪认得这俊小伙就是小牛呢?她俩听小伙子要给讲故事,

---

① 走:这里是死的意思。

就满口答应说:"那太好了,快讲吧,俺们就爱听故事。"小牛又回过头问赵老爷:"伯父,您愿意听故事吗?"

"愿听!愿听!"

"那我就开讲了。"

俊小伙说:"有一个老爷,他有三个夫人,有一天他出远门前,问他的三个夫人:'我回来时,你们拿什么迎接我?'二夫人抢先说:'我拿合身的蟒袍。'大夫人说:'我拿一棵大人参。'三夫人说:'我拿一个大胖小子迎接。'老爷高兴地走了。三夫人生下了一个男孩儿……"

讲到这儿,大夫人、二夫人一听,坐不住了,一会儿起来,一会儿坐下,像热锅上的蚂蚁。这时,见大夫人眼珠一转说:"小伙子,不讲了,喝酒吃菜吧。"可老爷听得入了神,说:"你们不愿听,我愿意听,请接着讲。"

俊小伙说:"您愿听,我就接着给您讲下去了。三夫人她生了一个男孩,可大夫人、二夫人气得不得了。她俩在一块喳咕把孩子弄死。一天,大夫人、二夫人把老三的孩子偷出来,扔进了狗窝。后来她俩看孩子没死,就把孩子活活掐死了,埋在房后。埋孩子的地方,长出的嫩草让老乳牛吃了。乳牛吃了后,生了个小白牛犊。大夫人、二夫人要老爷杀小牛,用它的心做偏方……"听到这儿,大夫人、二夫人坐不住灵霄殿了。大夫人、二夫人都站起来说:"小伙子,别讲了!别讲了!快喝酒吃菜吧。"这下老爷可急眼了,对她俩说:"不听,你们给我下去!"大夫人、二夫人不敢再拦了。这时老爷问:"那个老爷杀死小牛了吗?"小伙子又接着往下讲:"老爷拎着刀,刚要抓小牛,小牛流下泪来,老爷心软了,将小牛放了。"

老爷又问:"你知道那小牛还活着没有?"

俊小伙说:"活着啊!"

"在哪儿!"

"远在天边,近在眼前,就在您身旁。"

老爷前后左右看看说:"在哪儿呢?"

"您要看看吗?"

说着俊小伙从小姐的包里拿出牛皮,往身上一披,马上就变成了小白牛。

老爷一看,这小白牛和当年的小白牛一影儿不差,说:"这小牛是我放走的,这事儿是我家的。你就是我的儿子呀!"

小牛就地一滚,又变成了英俊的小伙子,扑到了赵老爷怀里。父子俩抱头痛哭。这时,小伙子又扑向三夫人怀里,母子俩又痛哭一场。

老爷气得直跺脚,他拎着菜刀,非要把大夫人和二夫人的心挖出来、手剁下来不可。可她俩连影儿都不见了。找到仓房一看,大夫人和二夫人脖子上套着绳子,吊在房梁上,见阎王爷去了。

讲　　述：王克仁
搜集整理：陈春梅
流传地区：宁夏隆德县

黑驴沟

以前，人们把六盘山叫鹿盘山。这山上有一个最险要的地方，这个地方道路狭窄，从上往下看是一个无底的深谷，一不小心掉下去，就休想活命。

传说有一个樵夫，吆着一头黑驴，来到鹿盘山上砍柴。从清早一直砍到晌午，才砍了一捆柴，驮到黑驴身上，想打个捷路早些回去。可是，当他走到咻①个悬崖狭窄的小路上时，忽然黄风四起，只听深谷中的石头吼声震天，一股黑烟云雾遮住了他的眼睛，看不清四下。又一阵黄风刮来，将黑驴和柴都刮下了深谷。樵夫叫天天不应，叫地地不回，急得他跳上跳下寻黑驴，到处都寻不着，只好提着镰刀哭哭啼啼地回去了。

咻头黑驴被黄风刮到深谷后，摔死在深谷中一个茂密的大树林子里了。百日以后，风吹日晒，竟成了精，变了一个年轻貌美的媳妇，到处骗着吃人。

有天，一个道士到了这片大树林，碰着她。看她蹴在石头上梳头，模样很俊，就不由得问道："你是谁家的媳妇子？蹴在这深山老林里，不害怕豺狼虎豹和妖精吗？"咻黑驴子精一听，哭哭啼啼地对道士说："我在家里闯下了大祸，公婆和男人商量着要杀死我呢。我听后就赶紧逃了出来，可又舍不得撇下我咻宝贝儿子呀！道士能行行好，把我引着回去，替我说些好话？"道士听后睁开仙眼一看，原来是个黑驴子精。他赶紧使上解数和黑驴子精斗法。斗来斗去，他哪里能斗过黑驴子精呢！他使了个脱身法赶紧逃走了。

---

① 咻：方言，那的意思。

道士临阵逃性命,一直逃到了静宁州①,对着城隍庙里的刘隍爷,将黑驴子精害人的事一五一十地说了一遍。刘隍爷一听着了急,就赶紧打点好行李,带上衙役来到隆德,和隆德的城隍爷商量降妖之计。他二人商量时互推互让,不由红了脸,就击掌打赌。刘隍爷说:"我要是降不了妖,你就挖了我的左眼睛。"隆德的城隍爷说:"我要是降不了妖,你就斩了我的头。"于是,刘隍爷就前去降妖了,他带着五方土地神、八大金刚来到了大树林子里,拉开阵势和黑驴子精厮杀起来。眼看刘隍爷就要战过黑驴子精了,这时,黑驴子精却使了个绝招,吐下一口黑烟雾,罩住了刘隍爷的人马。刘隍爷觉得事情不妙,就带上他的人马,赶紧逃回隆德的城隍庙。隆德的城隍爷一看,二话没说,命人挖掉了刘隍爷的左眼。到如今,静宁的城隍爷还塑不住左眼呢!

　　隔了几天,隆德的城隍爷又前去降妖。他不像静宁的刘隍爷到处大张旗鼓,而是装扮成一个卖货郎来到了大树林。他肩挑货郎箱,手摇货郎鼓,边走边摇,还大声喊着:"货郎鼓,唢嘟嘟!我是一个卖货郎。百样货物都齐全,由你一看心欢畅。"黑驴子精一听有人过来了,赶紧跑出来一看,原来是一个年轻力壮的卖货郎。她装得羞羞答答,笑嘻嘻地走到卖货郎跟前,深施一礼,接着说道:"卖货郎留步,奴家要买东西呢!"城隍爷故意前行,不肯止步,边走边说:"路途远,不敢停;要是停,天要黑;要是买啥,到了来天。"黑驴子精一听着了急,一把抓住扁担头,恳求着说:"货郎哥,货郎哥!快站住,快站住!买把扣线②把花绣。"城隍爷放下担子,揭开货箱说:"要买啥线,由着你挑,我也乘乘凉。"黑驴子精一看:"哎哟!里头啥都有呢!"她伸手拿了这又取咻,只顾挑货拿扣线,却忘了她是个黑驴子精。这时,城隍爷趁她不注意,赶紧上前,一把扳倒货箱盖,压住了黑驴子精。箱盖盖得太急了,黑驴子精的一条腿露在了外头,她就不得不现了原形,将小小的三寸金莲变成了驴蹄子夹在货箱外。城隍爷赶紧连夜担回了庙。

　　第二天,道士上庙焚香,看见庙里的墙角处放着一副货郎担,货箱缝里夹着一条驴腿,他也没敢翻开。到了夜间,城隍爷给道士托梦说:"是我降了黑驴子精,

---

① 静宁州:今甘肃静宁县。
② 扣线:方言,指绣花线。

庙里的货郎箱万万不能开，等到七七四十九天后，我把它带给玉帝，让玉帝把它压到十八层地狱，叫它永世不得翻身。"到如今，隆德的城隍庙里还塑着个货箱，箱缝中还夹着条驴腿呢！

打这以后，人们把摔死黑驴子的哪个地方叫黑驴沟，也就是现在六盘山车路拐弯最急的那个深沟。

讲　　述：刘西虎
搜集整理：王知三
流传地区：甘肃静宁县

黑驴精

从前，凡是到过宁夏隆德城隍庙和甘肃静宁城隍庙的人，都见过这样两种情景：隆德城隍庙里，一尊"人头驴身子"的塑像，静宁城隍庙里的隍爷两颗黑光晶晶的眼珠子掉在香案台上。这是怎么回事呢？这里有一段非常奇妙的传说。

大约在清朝乾隆年间，六盘山里发生了一件可怕的怪事儿。在那条客商踏出的羊肠小道旁的悬崖洞里，一个衣着娇艳、相貌美丽的年轻女子常常显面。每天早上，太阳刚冒出山顶，那女子就端坐洞口的荒草台上，把头卸下来，架在膝盖上梳理起来。太阳午照之时，她直挺挺地躺在那里睡觉，衣服脱得精光，浑身炭黑。一到傍晚，就在人睡停时分，她大叫一声，峡谷里霎时刮起一阵狂风，沙石乱飞，山震林吼。

六盘山那条小道是金城通往长安的一条必经之道，来往商人客官不断。不管是谁，一旦走到那个地方，头皮都不觉一紧，浑身发麻，心里一搐，眼前立刻显出那个漂亮的女子。她满脸笑容，扭头拧腰，嗲嗲地直向你靠来，伸出一双白嫩纤细的手，扯住你的衣角，把你诱入半崖的洞里。就这样，不知多少客商便将自己的白骨堆进那无底的洞内。不上半年时间，六盘山这条路被这个妖女子咬断了，没有人再从这里走过。荒草淹没了羊肠小道，六盘山里断绝了交通。

更奇怪的是，离山不到十里路远的丰台庄子，到晚上人熟睡的时候，就有一阵妖风把人吓醒，家家门上听见一个清亮的女子声音在叫门。这个庄子里的人家实在怕得住不下去，只十个日子，全庄子就腾空了。他们携儿带女，走到离六盘山很远的地方去居住了。

这事儿被隆德的隍爷和静宁的隍爷听在耳里，两个县的隍爷都在揣摩捉拿

这一妖女的妙法。一天,两个隍爷在隆德城隍庙里计谋,静宁隍爷激隆德隍爷说:"此妖女现在你所管辖的地界,为非作孽,残害庶民。隆德的百姓香烟把你白敬供了,你难道没有一点儿降妖的法术啊!"

隆德隍爷紧闭双目,捋着他的三须黑胡,老半天才开口:"解难安民,这是你我所尽的天职,还分什么地域?你有妙法,只管施展,我尽力相助好了,问我有法无法何意?"

静宁隍爷听后,哈哈大笑,认为隆德隍爷胆怯无能,便相欺说:"我看你就没有降伏妖魔鬼怪的道术,要是有的话,妖女早已捉拿,丰台庄的老百姓决不会挑儿担女,背井离乡。"

这下惹怒了隆德隍爷,他和静宁隍爷击掌赌咒,都以自己的眼珠为赌注。静宁隍爷说:"你如能在两天之内捉拿住妖女,我愿将一双眼珠子献出。""我亦如此!"隆德隍爷口气坚决地说。

一天晚上,隆德隍爷在住持那里要了一副货郎担子,备好新鲜的货物,第二天,扮作串乡的货郎子,摇着手鼓,吆喝着走上山去。

这个妖女正在荒草台午睡,听见"卖货,卖货"的吆喝声,知道有人上山。多日子不见人影,心里闷得慌,此时异常高兴,一下翻起身,穿戴一新,走近"货郎子"跟前,妖声怪气地问:"什么货呀,郎夫?"

"要什么有什么,尽你挑选。""货郎子"说着放下担子,坐在货箱前,用发黄的草帽扇着凉。

妖女在货箱里胡乱翻了一阵,说:"怎么没有我要的一样好货呀?"

"你们姑娘家用的好货在箱底,你往下看。""货郎子"说。

妖女听说好货在箱底,假装要看好货,便将头伸进箱底,这时,"货郎子"猛站起来,一双大手紧紧抓住她的两腿,用力捣进货箱,"咔"的一声扣住盖子,一把大铜锁牢牢地锁住货箱,担起担子转身就急匆匆往城里赶。

这天夜里,隆德隍爷在庙西厢设了法堂,用铁绳将这个妖女捆在铁柱上,他森严地坐在法案前,手执缠妖鞭,狠劲地抽打妖女。一鞭一道火,只抽了九鞭,妖女的衣服就化了灰,她现了原身。咳!是一条黑草驴。隍爷高举缠妖鞭,正要抽打最后一鞭,突然法堂门开了,隆德的老百姓听说隍爷捉了妖女,都前来烧香叩头,表示庆贺。不料这下惊动了隍爷,少抽一鞭,驴头还没有变出来,就直挺挺地死在那里。隆德县的老百姓为了纪念隍爷降妖有功,就在庙堂塑了个人头驴身子的像。

说也奇,第二天一早,静宁城隍庙里的住持推门进去,正要叠被卷褥洒扫庙堂时,发现隍爷的两颗眼珠子掉在香案台上。他拾起来轻轻镶在眼眶里,没等他离开身子,眼珠又"啪"地掉在地上。这样几次,隍爷还是两个黑眼眶,因此人们叫他"瞎城隍"。

说来道去,这个黑驴是怎样成精的呢?

大家都晓得,六盘山从前没有大道,只有那条羊肠小道。

有一天,一个老盐客赶着个毛驴去固原城籴盐回来,驮着一口袋盐,走到六盘山峡谷的这条下山小道上。黑草驴打了个趔趄,一下子摔到山崖下。正好悬崖下二丈余处有个荒草台,荒草台上长着一棵松树,黑草驴翻了个身就落在了这个荒草台上。老盐客看到折了老本,只瞅着崖边掉了一大串眼泪,忧伤地回了家。谁知这条摔死的黑草驴,享受日月精华,过了百日,竟兴妖作怪,苦害起老百姓来。

讲　　述：杨显云
记录整理：杨朝连
流传地区：浙江宁海县

三抠白羊精

从前白桥岭有只白羊精，每逢三、六、九宁海市日，它就化作一个漂亮的姑娘，坐在半岭的一块大石头上，娇滴滴地叫："月亮彭彭，谁人与我同行？"进城赶市的人，有的见姑娘漂亮，就与她混上了，回到家里便半痴半呆。

白桥岭出了妖怪，一传十，十传百，没几日，方圆几十里都知道了。过往行人甭说夜里不敢过岭，就是在白日也提心吊胆。这件事被白桥的赵道士知道了。

一日夜里，赵道士扮成一个卖柴人，提着柴走上白桥岭。赵道士听到半岭上有女子在叫："月亮彭彭，谁人与我同行？"知道是妖怪，随即应道："月亮彭彭，我来同行。"赵道士一边答应，一边在地上拔了一束茅草，搓了一根"左手绳"，念上经咒。姑娘走到赵道士旁边，娇滴滴地往赵道士身上抱，赵道士拿出绳，一把将姑娘勒住。只听"咩"的一声，姑娘变成了一只大母羊。赵道士想：原来是一只白羊精。好！牵去卖了钱，兑几壶酒喝喝。

当夜，赵道士把羊牵到城里，叫开肉铺店，卖了三百文。临走时又吩咐屠夫说："这只羊要先杀后解绳，不要先解绳后杀。否则，逃跑了我不管。"屠夫听了，觉得好笑，满不在乎地说："我杀了这么多的羊，从没见过上凳的羊会逃了。"

天亮了，屠夫烧好汤，把羊捉上屠凳，用屠刀割断草绳，正待进刀，谁知羊一卷杠①，逃出肉铺店，一眨眼连影踪也没有了。屠夫惊呆了：晦气三百文铜钱。

白羊精逃回白桥岭，怕卖柴人厉害，差点就送了命，便变成一个男人，经常迷过往的女人。

---

① 一卷杠：翻了个身。

白桥岭又出怪了,这件事又传到赵道士耳中。

一天,赵道士扮成个女人,提着竹篮,背着包裹,天一黑就走上白桥岭。白羊精慌了,忙变成枝鲜艳的牡丹花。赵道士将这牡丹花拿到市上,又卖了三百文铜钱。他吩咐买主:"这花上缚着的草绳千万别解开。这花只能干养,不能水养,否则要逃掉。"买主不听赵道士的话,结果又让白羊精逃掉了。

过了几年,山后一户人家的独生子被怪迷了,主人请赵道士降妖。赵道士掐指一算,仍是那只白羊精作怪,就答应了。

赵道士来到山背这户人家,把水倒在米筛里洗了手,接着摆起神台,用符咒将前后门、大小窗、水沟洞都封上。然后,念咒作法,三抠白羊精。突然一股青烟从门背后一个小洞处钻了出去。赵道士拿过降妖剑,拔脚直追,一直追到白桥岭。

快追上了,见那股青烟钻进了岩壁。赵道士从地上捡起一个土块,念上咒语,在石壁上写下"南无阿弥陀佛"六个大字,又喃喃地说:"要想出洞,等待字没。"

原来赵道士明知用泥块写字,字迹不会持久,故意留这余地,等白羊精再次出来,好再抓去卖铜钿。谁知第二天有个老石匠走过,见到石壁上写着这句佛经,就拿出钢钎,把字给凿深了。从此,这白羊精被镇在石壁里面,再也出不来了。

搜集整理：江崇辉
流传地区：山东青岛

绵羊石

很早以前，崂山北半截有个小村，村里有个年轻人叫来福。爹娘都过世了，他靠拾草打柴过日子。

来福上山打柴时，常见一只老绵羊在山下吃草。起先，绵羊见了他还躲着走，日子长了，它也不再怕他了。

一天，来福正在打柴，忽听一阵"咩咩"的惊叫声。他往山下一望，见两只灰狼正一前一后围着老绵羊。老绵羊惊慌地用角去抵前面的那只狼，没提防后头那只狼蹿过来，一口咬住它的后腿，绵羊惨叫着倒在地上拼命地挣扎。在这危急关头，来福大声喊着："打狼啊！打狼啊！"大步流星跑过来。

灰狼听到喊声忙跳到一边，看看只有一人前来，胆子大了。它眼露凶光，张着血口向来福扑来。来福一闪身，灰狼扑了个空。他忙跳过去一斧，狼头开了花。另一只狼眼红了，猛地蹿过来，扑在来福脊梁上。来福回头又一斧，把狼的一条后腿砍掉。灰狼"嗷"的一声跳出老远，一瘸一拐地逃跑了。

绵羊疼得浑身哆嗦，躺在地上发出阵阵绝望的叫声。来福忙采了些能止血消毒的药草，用嘴嚼烂，糊在绵羊的伤处；又撕下衣襟，把它的伤口包扎好，然后抱着绵羊回了家。

从那以后，来福打柴总要带些青草回家给羊吃，做饭时多熬些米汤给羊喝。经过十来天的护养，绵羊又能上山吃草了。

有一天，来福又上山砍柴，绵羊突然对他说起话来："好心的人呀，多亏你救了我！今天我要走了，有空请到我家来耍耍！"来福惊奇地问道："你住哪儿呀？"绵羊说："半山坡上河北崖，门前有棵骷髅槐，闭眼先拍树三下，叫声羊伯我就来。"来福"吧嗒吧嗒"掉着眼泪说："你别走啦,留下和我做伴吧!"绵羊叹了口气说："留下三腿狼,砍腿仇难忘;家有儿和女,回去多提防。"

听说绵羊还有儿女,来福只好让它回家去了。

转眼过了一年,没见着绵羊,来福心中着急。他每天爬南山,奔北岭,一边打柴,一边寻找绵羊。有一天,来福打完柴,浑身被汗湿透了,便跑到一条河里洗澡。洗完澡,在穿衣裳的当儿,见前面有棵骷髅槐,心想:莫非这就是羊伯的家?来福闭上眼睛,在树上拍了三下,叫了声:"羊伯!"只觉得眼前光亮一闪,睁眼看时,面前出现了一座宽敞的楼房,从黑漆的大门里,走出一个白胡子老头来。他手扶拐杖,满脸堆笑地说："可把你盼来了!快进屋吧!"来福惊奇地问："老伯,你……"老头笑着说："我就是羊伯啊!"进了门,院中有座假山,山上有四季不谢之花、终年常青之草。屋里摆设着一盘盘金银珠宝。不多会儿,老头摆好了酒席。吃的是山珍海味,喝的是金浆玉液。酒饭后,老头说："好心人哪!多亏你相救,我家的东西任你挑些带回去,也算是我的一点心意吧。"来福一听脸就红了,忙说："老伯说哪里话,解人之危是年轻人的本分,哪能图报答啊!"老头说："这我知道,不过你一点东西也不要,我的心老是不安哪!"

来福正在作难,见一只雪白的小羊依在老头身旁,心想:我吃不愁,穿不愁,就是孤单点。他指着小羊说："就把它送给我做个伴吧。"老头思索了一会儿,说："既然你喜欢,就带走吧。不过,要提防三腿狼,出门时叫它把门关好。要是三腿狼露面,我会给你们报信的。"

来福有了小羊做伴,和往常一样,有空就帮邻居干活。过路的人病了,他总是请到家里,给人家请医抓药。

灰狼自从被砍掉一条腿后,就跑到一个很远的山洞里养伤。伤好了,它经常在夜间出来,吃这家的猪,拖那家的羊。附近的人们都恨死了三腿狼。

三腿狼时刻想报砍腿之仇,不敢和来福硬拼蛮斗,便穿上一套女人衣裤,戴上一顶风帽,装作老太太,准备欺骗心肠慈善的来福。有一天,来福卖柴回来,天已经黑了。他走呀走呀,来到一个山洞里,忽听山上传来"咩咩咩"的叫声,心想,羊伯给我报信,可能是三腿狼出现了。他两手紧握扁担,边走边四下打量。在离家不远处,有个黑影"呜"的一声倒在路旁。

来福小心地走过去一看,地上躺的是个老大娘。他叫了几声大娘,也没有回应。这时又听到一阵羊叫声,来福心里明白是三腿狼假扮的,便嘟哝着说:"大娘准是冻坏了,弄回家料理吧!"说着便脱下棉袄把三腿狼包上,又解下扎腰带把棉袄捆好,抱起来就走。

来福进屋把三腿狼放在炕上,点上灯,见它裤筒里露出一截尾巴,微闭的双眼还不时地闪出凶恶的绿光。往日来福回来,小羊都亲热地依偎着他,今日它却躲在墙根下,不住地发抖。

来福把小羊抱起来,偎着它的脸说:"饿了吧?待会儿就给你做饭,我得先照料大娘啊!"他故意点上一些湿草,弄得满屋浓烟,然后拿起菜刀磨起来。

三腿狼被浓烟呛得直咳嗽,听见"哧哧"的磨刀声,知道不妙,便挣脱扎腰带,跳下炕来,扑向来福。来福回头见三腿狼扑来,顺手就是一刀,砍在三腿狼的脊梁上,顿时鲜血直流。三腿狼又嗥叫着扑向小羊。来福又一刀砍中了三腿狼的后腰,痛得它满屋乱蹿,将灯扑灭,趁着黑暗蹿出屋门,逃跑了。

第二天一早,来福顺着血迹找到了十里外的"马虎洞",血迹不见了。三腿狼是死是活没有着落,反正从那以后,再没见它出来过。

有一天,来福打柴回来,掀开锅盖一看,饭做好了。他给小羊舀了几碗米汤冷着,心想:是哪家大娘婶子帮我做的饭?我得好好谢谢人家。一连四五天,天天都是这样,问了好几家,都说没有帮他做饭。来福端着饭碗,咳了声说:"大娘婶子帮我做饭,都不好意思说,我要有个做饭的,就不用难为人家啦!"

第二天,来福装作上山打柴,快到做饭的时候,他躲在窗外往屋里偷看。不多会儿,就见小羊在里间炕上打个滚,变成一个如花似玉的大闺女,到外间刷锅洗米做起饭来。炕上留下一张雪白的羊皮。来福一见,又惊又喜:啊,原来羊伯把闺女送给我了!他从窗内偷偷地把羊皮拽出来,披在身上说:"开门吧,外面可真冷啊!"小羊听到叫门声,连忙跑进里间,找不着羊皮,急得不知该怎么好。听到来福在门外冻得直跺脚,小羊心里又痛又慌,便羞怯怯地开了门。来福进门就笑着说:"大妹子,你何必瞒着我,早知道你有这件皮袄,借给我穿着打柴,就不用挨冻了。"闺女羞得低着头说:"你穿着我的皮袄,我就变不回去了。"来福红着脸,腼腆地说:"大妹子,别再变了。你要是不嫌我穷,就在这儿和我做个伴吧!"闺女看着来福,抿嘴一笑,羞答答地点了点头。

来福和闺女成了亲,你敬我爱过了一辈子幸福生活。

老绵羊因三腿狼下落不明,怕它再来报仇,每天在山上观望,天长日久就变成一块石头,直到如今还伸着舌头,卧在太平宫南门外的山上,人们都叫它"绵羊石"。

搜集整理：谢馨藻（苗族）
流传地区：贵州黔东南一带

老猎人和皇帝

从前有个老猎人，练得一手好枪法，不管是空中的飞禽，还是地上的走兽，只要他的枪一响，都逃不脱他的枪口，真是百发百中。老猎人每天都出去打猎，这个地方糟蹋庄稼和伤害人畜的野兽，几乎都被他打光了，只剩下一只山羊精，这只山羊精就恨死了老猎人。

这一年，皇帝把皇宫里的皇后、妃子都玩腻了，差人到各处去寻找美人。可是，从各地找来的姑娘没有一个能使皇帝称心如意。残暴的皇帝就把这些姑娘和找美人的臣子，一个个都杀掉了。

这次，皇帝又命令两个大臣去找美人。大臣倒约和今成临走时，他对他们说："你们如果也找不到美人，我照样要你们的狗命！"

倒约和今成告别了全家老小，忧忧愁愁地离开了京城。他们走呀走呀，每天从天亮走到天黑，从太阳出走到太阳落，走过了一座座高山大岭，涉过了一条条大河小溪，走遍了很多地方，可就是没有找到一个能使皇帝满意的美人。一天，他们走累了，坐在一棵大树下休息，坐着坐着就商量起来。倒约说："唉！我们出来已经几个月了，你说我们回去怎么交差呢？"

今成说："是呀！看来我们两个性命也难保啰！"

倒约想了想说："死就死吧！我们索性去找一个世上最丑的老太婆，抬到皇宫去气气皇帝，出一口闷气，我们死了也甘心呀！"

今成听了，拍着巴掌说："好办法！我们就这样办吧！"

倒约和今成正在商量，山羊精躲在大树后面听见了。它马上变成一个又老又丑的老太婆，提着个破篮子，故意从倒约和今成面前走过。倒约见了，说："老

太太,你到哪里去?"

老太婆说:"我去打猪草。"

今成说:"我们把你抬去给皇帝做老婆好不好?"

老太婆说:"皇帝怎么会要我这个又老又丑的老太婆?"

倒约说:"会要的,只要你愿意,我们就找人把你抬到皇宫去。"

老太婆高兴地答应了。倒约和今成到附近寨子里找了一乘轿子,叫来两个人把丑老太婆抬去了。

到了宫里,倒约和今成都硬起头皮准备上杀场,谁知从轿子里却走出一个花枝招展的姑娘。皇帝乐坏啦,当晚就和她成了亲。

不久,年轻貌美的新妃突然生起病来啦!皇帝急得团团转,生怕她死掉。有一天,新妃娇声怪气地对皇帝说:"哎哟哟,我的心口痛死啦!曾经有个医生对我说:'你这个病,只有吃猎人的心才能治好!'请皇上给我做主,帮我治好这个病吧!"

皇帝立刻下令,杀死了很多猎人,取出血淋淋的心来给新妃吃。新妃吃一颗猎人心,病就能好上个两三天,吃上十颗猎人心,病才能好个把月。时间一年一年过去了,几乎所有的猎人都被这只山羊精害死了,可是在这些遭难的猎人中就是没有老猎人。有一天,新妃的病又"发作"了,她两手抱着胸口"哎哟哟"地叫着在床上打滚,一把眼泪一把鼻涕地对皇帝说:"你如果真心爱我,就把那个老猎人找来,只有吃了老猎人的心,我的心痛病才会断根。"

皇帝听了,立刻派人去找那个老猎人。老猎人扛着火枪,带着猎狗,来到了皇宫。皇帝把老猎人带去见新妃,问:"是不是这个老猎人?"当她坐起来打量老猎人时,被猎狗发现了。猎狗猛地扑过去咬她。顿时,新妃一阵惊慌,就现了原形,变成一只山羊精逃跑了。猎狗汪汪叫着随后紧追,老猎人也扛起火枪随后追出了皇宫。追呀追呀,山羊精终于被猎狗咬住了脖子,老猎人赶上来,举起火枪把山羊精打死了。

老猎人为人类除了大害,人人都很高兴。可是皇帝因为失去了一个年轻美丽的妃子,气疯啦!他恨死了老猎人,心里打着主意,决定暗暗害死他。

一天,皇帝说老猎人打死山羊精,立了大功,特地派人来请他去皇宫赴宴。老

猎人知道这一去凶多吉少,临走时嘱咐他老伴和孩子们说:"如果我死了,你们千万不要哭。找一张桌子摆在堂屋中间,桌子旁边放一把椅子,把我的尸首抬到椅子上坐好,像生前一样抽烟。"说完就走了。

老猎人来到皇宫以后,皇帝和大臣们一起陪他喝酒。皇帝偷偷把毒药放在老猎人酒杯里,老猎人虽然悄悄把喝的酒吐掉,但还是有一些毒酒下了肚。老猎人感到心里火辣辣地难受,知道毒性已经发作,马上辞别皇帝回家去了。

老猎人跌跌撞撞回到家里,一头栽倒在床上就死了。他的妻子儿女虽然极为悲痛,却不敢哭出声来。照他的嘱咐,把他抬到堂屋中间桌子旁边的椅子上坐着,让他像活着的时候一样,手里拿着烟杆在抽烟。

皇帝打发两个臣子去看老猎人到底死了没有?他们躲在老猎人的家门口,偷偷地看了很久,屋里没有什么动静,只见老猎人端端正正地坐在椅子上正在抽烟。

两个臣子回到皇宫,把亲眼看到的情形禀报皇帝。皇帝很惊奇,他有些不相信,又亲自跑去看,果然老猎人还端端正正坐在那里抽烟。皇帝十分恼火,臣子没有遵照他的旨意办事,把好酒当毒酒给老猎人喝了,才使他安然无恙。他决定把那瓶毒酒拿来亲自尝一口,再把那个臣子杀掉。谁知这真是毒酒,不大一会儿皇帝就直挺挺地死在床上了。

这时,老猎人的家里才发出了悲痛的哭声。

搜集整理：自祥、马宏图（东乡族）
流传地区：甘肃东乡族自治县

传说在苦拿努山底下，有一对白了头发的老两口，没儿没女，日子过得很寂寞。人老孤苦，加上受穷，就互相抱怨，整天叨咕个没完。有一天，老两口商量要分家，各顾各，少淘些气。可分家分啥呀，家里只有一只绵羊，这可怎么个分法呢？老头儿先有了主意，锅里煮圆根①，看谁的先熟，就算谁赢了绵羊。老奶奶也就随口答应了。于是两人每人分了一个锅，在各自的锅里煮了一个大圆根。一会儿老头子对老奶奶说："外边有人在叫你。"老奶奶信以为真，就放下手中的干柴，到门外去看人。老头儿趁机把自己的锅搬到老奶奶的炉上，把老奶奶的锅换到自己的炉上。老奶奶开门一看，见没有人叫她，就到厨房里来继续烧锅，老头儿对老奶奶说："现在我们看谁的先煮熟了。"两人揭开锅盖仔细一看，爷爷锅里的圆根软软的、绵绵的；奶奶锅里的圆根硬硬的、生生的。这下老爷爷可高兴了，绵羊归他了。他想牵走绵羊，老奶奶不答应，她一把抓住绵羊的尾巴死不放手。两人使劲一拉，哎呀，不好了，绵羊的尾巴给拽下来了，老奶奶拿起尾巴，包在一块麻布里，放进炕柜的抽屉里。

过了三四天，听见抽屉里面"呱嗒呱嗒"地响个不停，老奶奶拉开抽屉一看，唉！怎么一个胖墩墩的尕娃娃睡在里面，见了她还说话哩。"奶奶，奶奶，你不要怕，我是绵羊尾巴变的，你没有孙子我给你当孙子。"老奶奶早乐得合不拢嘴了。真是半空里掉下一个宝贝孙子，心里咋能不欢喜哩。

有一天，老奶奶正在富汉家的地里锄草，富汉骑着马从地边走过。富汉无聊

---

① 圆根：一种根块植物，形似萝卜，可作蔬菜食用。

地对老奶奶说:"你每天锄草,知道锄下了多少根草吗?""胡达呀!你这不是存心奚落人吗?我整天只知道锄草,哪能记得清这个数目?"可富汉吹胡子瞪眼地留下话来:"你明天要把锄掉草的根数记下来,不然的话,扣你的工钱。"奶奶很发愁,天黑回家后连饭也不想吃,就睡在炕上了。她一声连一声地叹着气,尕孙子听了问道:"奶奶,你怎么不吃饭光叹气?你有什么不顺心的事对我说,我给你出主意。"奶奶就把事情告诉了尕孙子。尕孙子又气又恨,对奶奶说:"你明天把我领到地里,扣在背篼底下,富汉来了,让我来对付他。"

天刚亮,奶奶就领着尕孙子到了地边,她把尕孙子扣在背篼底下就锄草。不到响午,富汉骑着马来到地里。他洋洋得意地问:"你今天锄掉了几根草记下了吗?"尕孙子从背篼底下钻出来,走到富汉的旁边说:"富汉,你整天骑着马走,留下了多少个马蹄印,记下了吗?你若能回答上我的问题,我奶奶就能回答你的问题。"这一下,把富汉弄得张口结舌,半天说不出话来,只好骑着马灰溜溜地走了。

过了四五天,富汉来到老奶奶的家里,假惺惺地对老奶奶说:"我看你年龄大了,就在家里好好养着,让尕孙子给我赶马顶工吧。"老奶奶不放心尕孙子给他赶马,说什么也不肯答应,可是富汉非让尕孙子赶马不可。奶奶没办法,只好淌着眼泪让尕孙子跟富汉去了。尕孙子临走时对奶奶说:"要是有一天,你的右手大拇指流血了,那就是我不能回来了。如果流脓,我还能回来。"

富汉骑着马,尕孙子在后面赶着,翻山越岭,走了三天三夜。这天来到一条大河边,天快黑了,富汉取下马背上驮的小褡裢,就在河边一块绿草滩上铺上褥子,准备睡觉,叫尕孙子睡在他的脚底下。人们常说:"有横财的富汉心肠毒。"富汉压根儿就没安好心,他想趁尕孙子睡熟的时候,一脚把他踢到河里去。睡了一会儿,富汉打起呼噜,尕孙子悄悄爬起来,把马鞍子取下来塞进自己的被子里,自己悄悄地睡在旁边一块草地上。富汉睡醒了一觉后一看:奶奶的,尕孙子用被子盖着头睡得正香哩!他就恶狠狠地使劲朝被子踢了一脚。只听"扑通"一声,把马鞍子踢到水里去了。睡在旁边草地上的尕孙子听到响声,知道是怎么回事,就假装没有听见,照样睡他的觉。这时富汉站起来假惺惺地大声怪叫:"快来人呀,救老奶奶的尕孙子!快来人呀,救老奶奶的尕孙子!"尕孙子一下跳起来,也大声喊:"我在这里哩,富汉,你胡喊什么?"富汉回头一看,可傻眼了,只见尕孙子站在那里,而自己的一副银边马鞍子却在河里顺水漂走了,气得他浑身直打摆子。

狠心的富汉存心要害死尕孙子,一计不成,又生一计。回家以后,他表面上仍装出一副假仁假义的样子,对尕孙子说:"你睡在我的草房里,那里面舒服得很哩。"尕孙子在草房里睡了一会儿,就悄悄走出来,把富汉的那匹马牵到草房里,自己睡在磨坊里。半夜,富汉把草房给烧着了,想烧死睡觉的尕孙子。他看到火烧得很旺了,才大声喊:"快来人救火呀,老奶奶的尕孙子烧死了!"尕孙子听到喊声,跑到院子里,站在救火人的中间大声喊:"快来人救火呀,富汉的马烧死了!"这次富汉又烧死了自己的一匹马,还是没有把老奶奶的尕孙子害死。

富汉挖肚倒肠地想出了一条毒计,要活活折磨死老奶奶的尕孙子。有一天,他和狗腿子们去收债,临走对尕孙子说:"今天把我前后院打扫干净,也不要让牲口屙粪,如果拉一点粪我要叫你给吃光。"富汉走后,尕孙子偷着把蜂蜜拿了出来,再把炒面掺在一起,用手捏成驴粪蛋的样子,撒在院子里。富汉收债回来一看,满院子的粪,就把尕孙子找来,破口大骂:"你这兔孙,不是个好东西,我今天早上给你怎么叮嘱的,现在你全给我吃干净。"尕孙子什么也没说,就拿起"驴粪蛋"一个个地吃起来。富汉看尕孙子吃得满嘴流蜜,觉得很香,就也拿起一个吃了,真是又甜又香,就问尕孙子:"你是怎样让驴屙的粪这样好吃?"尕孙子对富汉说:"我是从蜂窝里挖出蜜和驴粪掺在一起的。"富汉让驴吃得饱饱的,牵到院子里。过了一阵,驴屙下了粪,他就跑到蜂窝旁,卷起衣袖,把一只手伸进蜂窝里去掏蜂蜜。这下可把蜂惹怒了,它们落在他的头上脸上使劲蜇,痛得他大声喊叫:"快来打蜂!"尕孙子跑到旁边问:"用什么东西打?""快用铁榔头打!"尕孙子就拿起铁榔头一记记地朝富汉头上打下去,富汉顿时满头流血,过了一会儿就断气了。

尕孙子把富汉的尸体装进麻袋里,扎紧袋口,放在富汉大房子门后边。这时几个脚户①哥来到门边,要在富汉家过夜。尕孙子把他们领到富汉的大房子里睡觉,并再三叮嘱他们:"你们睡觉就睡觉,可千万不要动门后面的麻袋。"脚户们想,那麻袋里准是富汉家的宝贝东西。于是他们睡到半夜里便起了床,把自己驮

---

① 脚户:马帮。

的货取下来，驮着麻袋就悄悄从后门走了。他们来到一条没人烟的大深沟里，打开麻袋一看，原来是一个死人。他们又惊又怕，放下死人就跑了。

尕孙子跟着他们的脚踪找到尸体，把死人抬到另一家有钱汉的豆子地里，再在死人的一只手里放一根棍子，另一只提着一个破竹篮子，然后再用棍子把死人支住。有钱汉远远地从家门口看见有人偷他地里的豆子，就大喊："抓贼！抓贼！"可是偷豆子的人好像没听见一样头也不回。他忙从家门口跑到地边，拿起一块石头，朝"贼"扔了过去。正好打在"贼"腰里，"贼"立刻倒在地里。富汉跑过去一看，是一个尕老汉，已经断气了。这时趴在另一块地里的尕孙子就大声哭着跑了过来，一头扑到老汉身上。有钱汉急了，就扶起尕孙子："你不要哭，我给你赔人命钱。你不要说出去，你如果没有媳妇，我就把自己家的佣女嫁给你。"尕孙子答应了。他给尕孙子三十两黄金的人命钱，把自己家的佣女嫁给了尕孙子。

自从尕孙子离家以后，奶奶非常想念他，整天坐在家里哭。有一天，奶奶的大拇指上流脓了，奶奶就知道尕孙子要回来了。果然这天尕孙子领着新媳妇，驮着脚户的货物，拿着三十两黄金，回到家里。从此以后，一家三口人生活过得幸福美满，也没有人再来欺负他们了。

讲　　述：杨小妹（仫佬族）
搜集整理：潘琦、包玉堂
流传地区：广西罗城

凤凰山和鬼龙潭

　　传说很久很久以前，仫佬山里有一口四季长流的水沓①。每天，一只美丽的金凤凰都会飞到沓水旁，汲上那清清的沓水，去灌溉千万亩良田。那时候，仫佬山乡是个美丽富饶的地方，到处是金灿灿的稻谷、黄澄澄的小米、绿葱葱的山林、香喷喷的花果。仫佬人家过着美满的日子，美丽的金凤凰好生欢喜。

　　在离沓水不远的地方，有一座高山，山上住着一条黑龙。面对富饶美丽的仫佬山乡，黑龙万分眼红，心里暗暗打着坏主意。

　　有一年夏季，连续下了七七四十九天倾盆大雨，山洪暴发，仫佬山乡变成了一片汪洋大海。山上的黑龙趁机随山洪冲下山来，钻到沓里，堵住了泉眼。等到雨后天晴，洪水慢慢退去，山泉水源断流，沓口变成了一潭死水，金凤凰再也喝不上清清的沓水了。从此，仫佬山乡土地龟裂，禾苗枯死，颗粒无收。可是，一旦刮风下雨，黑龙又钻了出来，兴风作浪，山洪暴发，遍地洪水卷起泥沙，奔腾咆哮，淹没了良田，冲毁了房屋，夺去了人们的生命和财产。在苦难的日子里，人们是多么怀念美丽的金凤凰啊！

　　这年，又是大旱，几个月不下一滴雨，火红的太阳像一个大火炉似的烘烤着大地，仫佬人心里万分焦急，白天顶着烈日跪在潭边向黑龙求水，夜里拜着满天星斗求雨。可是，人们跪破了双膝，晒裂了皮肤，也打不动黑龙的黑心，打不动老天爷的铁心！

　　有一天，人们正聚集在潭边求拜，突然间，大风呼呼地吹，树林唰唰地响，一

---

① 沓：山泉。

道金光闪来,只见一只色彩缤纷的金凤凰张开着两翅,穿云破雾地向众人飞来,落在潭边,化成了一个漂亮的姑娘。大家见了,十分欢喜,蜂拥上来,异口同声地说:"金凤凰啊!金凤凰!自从黑龙下山,仫佬人受尽了灾难啦,快给我们做主吧!"

凤凰姑娘说:"你们的灾难我全知道,你们的心情我都懂得啊。我今天来,就是要和大家磋商解脱苦难的法子!"

大家听了,万分高兴。可也有人说:"风吹彩云会飘散,龙堵杳水会断流,这鬼地方看来不是长住之地!"

众人说:"金凤凰过去常来的地方,是宝地!我们千万不能离开!"

凤凰姑娘说:"要在这里住下,就得治住黑龙!"

有人伤心地说:"有什么法子啊?"

凤凰姑娘说:"龙怕揭鳞,虎怕抽筋。大家快下潭去降伏它!"

一位老人连忙说:"做不得啊!黑龙是水中妖精,跟海龙王住在一起哩!我们哪里去找它?它一出来,就会兴风作浪,山洪暴发,我们没法和它搏斗啊!"

凤凰姑娘挺身而出,说:"那就让我跟它斗一斗吧!"

众人听了,都劝阻说:"使不得呀,使不得,那黑龙是凶猛无情的魔鬼,它会把你吃掉的!"

凤凰姑娘说:"打虎不怕虎牙利,擒龙哪怕龙爪凶。为了让仫佬人家世世代代免遭灾难,我死了也心甘。"说完,从头上拔下两根雪白的羽毛,化作两把利剑,纵身跃进深深的潭水里。

凤凰姑娘顺着水势,来到了黑龙居住的地方。只见石门紧闭,阴森恐怖。勇敢的凤凰姑娘用脚对着石门猛力一蹬,只听哐当一声,石门被蹬开了,现出了一条宽宽的山道来。这时,黑龙闻讯赶来了。它见了凤凰姑娘,大声喝道:"哪里来的野姑娘,竟敢闯进我的龙宫来了!"

凤凰姑娘毫不示弱,大声叱道:"喂,黑龙听着:你要乖乖把水放出去,我就饶了你,假若你还要胡作非为,那就莫怪我手下无情了!"

黑龙听了哈哈大笑,把凤凰姑娘的告诫当作耳边风,一下子猛冲过来,要一口吞掉凤凰姑娘。凤凰姑娘眼明手快,拔出白光闪闪的宝剑,和黑龙搏斗起来。

打呀打呀，一连斗了三天三夜。凤凰姑娘毕竟水性不佳，敌不过那凶猛成性的黑龙，最后，被黑龙一口咬伤了手臂。正当蛇毒上身，凤凰姑娘生命垂危的时候，她使尽全身气力，冷不防回手一剑砍去，斩断了黑龙的尾巴。顿时，黑龙鲜血喷涌，沓水轰隆一声冲了出来。这时，凤凰姑娘顺水一下跳出了水潭，化成了一座清秀的山峰。

沓口打开了，清清的流水渗进了干枯的稻田。这一年，仫佬山乡又得到了丰收。人们为了纪念金凤凰为民献身的精神，把这座山叫作"凤凰山"，把黑龙盘踞的地方叫作"鬼龙潭"。

可是，黑龙并没有被杀死，只是变成了一条更加凶恶的秃尾巴龙罢了。每年春夏季节，它仍常常出来兴妖作怪，把灾难带给仫佬山乡。

苦难的仫佬人，日夜盼望着金凤凰复生，去斩除黑龙，开出清清的沓水，给大家夺回幸福的日子。

讲　　述：陈贞荣
搜集整理：王子鉴
流传地区：河南桐柏县

凤仙传火

古时候，桐柏山（河南桐柏县境内）有一个柏子国，柏子国里啥宝都有，就是缺火。

一个商人不知从哪儿带来了一点火种，就做了柏子国的国王。这个国王啥事不管，专门管火。他规定：用火者，要用粮食或猎物到王宫里来兑换火种；谁要私留火种，查出重罚。老百姓吃尽了缺火的苦头儿。

柏子国里好多人以打猎为生。猎手中箭法最好的要数秃石岭上的红炎。这一天，红炎见草丛里有一只毛狗①正伸着爪子，夹着尾巴，要吃什么，忙举箭开弓，"嗖"的一声，那毛狗应声倒地。红炎走近一看，原来，毛狗正要吃的是一个四四方方的凤凰蛋，他捧回了家中。

晚上，红炎把凤凰蛋放在枕旁，觉得暖乎乎的。一会儿，热得有点发烫了。侧身儿一看，凤凰蛋金光闪闪，刺得眼花缭乱，只好闭上眼睛。等他睁眼时，凤凰蛋不见了，眼前站着一个面目清秀的姑娘。红炎一见慌神儿了："你是妖还是怪？快快出去！"

姑娘说："我是哥哥救下的凤凰姑娘。我没法报答哥哥的恩情，我愿和你结为夫妻，一辈子侍奉哥哥。"红炎一听，忙说："不中！不中！我成年累月打猎，还不够燃火和糊口用，咋能让你跟我一块儿受苦呢！"凤凰姑娘看了红炎一眼，说："哥哥放心，咱今后不再到国王那儿燃火了，我有办法。"

红炎和凤凰姑娘结成了恩爱夫妻。做饭时，凤凰姑娘对着松毛轻轻一吹，松

---

① 毛狗：指狐狸。

毛就着起来。红炎忙给东邻西舍送火。

国王知道了红炎传火的事儿，就到秃石岭红炎家里，硬说红炎偷留了火种，要捉拿重罚。在岭下洗衣服的凤凰姑娘听说这事，急忙赶回家。国王一见到凤凰姑娘，就像掉了魂，忙丢下红炎，去抢凤凰姑娘。红炎拔剑去挡，国王的随从一下子上去把他砍成了重伤。红炎大喊一声："姑娘快逃！"就倒在血窝儿里了。

凤凰姑娘见红炎被害，噙着眼泪对国王说："你们不用动手，只要答应我两件事，我就随你去。"国王问："哪两件？"凤凰姑娘说："第一件，你得用金子铸一口棺材，把我丈夫埋在秃石岭上。第二件，用银子造一辆车，你亲自到岭上来接我。"国王满口应许，一一照办。

那天，国王把银车拉上秃石岭，凤凰姑娘先上了车，国王也跨了上去。上车一看，不见凤凰姑娘，只有一个凤凰蛋，冒出一阵寒气，冻得国王直打哆嗦。国王恼了，一剑向凤凰蛋劈去。"扑"的一声，车内起了大火。霎时，整个秃石岭成了一片火海，国王和随从都被烧死了。

人们看见从烈火中飞出一对凤凰，岭上的石头也烧成五光十色的了。百姓们望着国王被烧焦的乱骨头，还不解恨，举锄头就砸。锄头碰到石头上，迸出了火花。人们说，这是凤凰姑娘升天时，给百姓留下的火种。为了纪念凤凰姑娘，秃石岭改名为凤凰岭。凤凰岭上的石头，成了驰名全国的桐柏火石了。

现在，凤凰岭还能见到火神庙的旧址。据说，火神庙敬的神就是一只凤凰和一个光肚儿的小伙子。

讲　　述：李开寿（彝族）
搜集整理：姜仕英
流传地区：云南楚雄

猎人和白鹭姑娘

很久以前，梭罗山下有个小伙子叫普阿扎。他吹得一手好笛子，只要笛声一响，就能把森林里的各种鸟儿引来，大家都称他是"神笛"；他骑马和射箭的本领也是远近闻名。

时间一天一天过去，父亲看他已经长大成人了，便劝他说："孩子，快成个家吧！你要哪个姑娘，我请人去说。"普阿扎不在意地回答："阿爹，莫要管我，我自己会找。"话虽这样说，可就是不见他去找。山寨里有许多长得像山茶花一样的姑娘，都用眼睛盯着他，对他表示爱慕，他也不理睬。他父母对他的婚事很不放心。

有一天，普阿扎带上弓箭和笛子去撵山打猎，来到了一个长满青苔的悬岩上。悬岩边淌着一股清泉，周围是一片草地，遍地葱绿，流水潺潺，真像进了美丽如画的仙境。普阿扎坐在一块青石板上歇脚，吹起了竹笛。清悠的笛声透过森林，飞向蓝天碧空，把森林里的各种鸟儿都引来了。突然，天空中闪现出一片阴影，百鸟立刻停止了歌唱。普阿扎站起来向空中望去，只见一只大山鹰抓着一只白鸟在空中盘旋。普阿扎张弓搭箭，对着老鹰"嗖"的一箭，正中恶鹰的脚杆。恶老鹰丢掉了白鸟，向远方飞去。那只受伤的白鸟掉在地上后，看见了普阿扎，就对普阿扎说："善良的猎人，救救我吧！"猎人说："我怎么救你呢？身边一点药草也没有。"白鸟说："莫急，你从这里向北走，翻过一架山，在山箐里有间草房，里面住着一位白发老人，他有一种药草能救我。"说着，说着，白鸟就闭上了眼睛。

猎人抱起受伤的白鸟便向北跑去，翻过了一架山，果然看到山箐里有一间草房。草房里走出来一个老人,猎人向他哀求道:"老人家,救救这只白鸟吧!它被恶老鹰啄伤了。"那老人打量了他一眼,笑道:"年轻的猎手,别着急,我有办法。"老人马上舀了一碗清泉水替白鸟洗净斑斑血渍,又从草屋里取出一个葫芦,用葫芦里的仙药给白鸟糊好伤口。白鸟颤抖了一下翅膀,马上睁开双眼,站了起来,变成了一个美丽的姑娘。

　　白发老人对着猎人哈哈大笑道:"你救了白鹭鸟,她报答你的恩惠,今后就是你的妻子了。如遇到什么困难,你还可以再来找我。"说完,老人身子一闪不见了。猎人和姑娘就高高兴兴回家去了。

　　猎人与姑娘成婚后,还不到三个月的时间,突然发生了战争。敌国侵扰边境,人民奋勇迎敌,不料一连吃了几次败仗,百姓都很惊慌。白鹭姑娘忙对丈夫说:"你是个有本事的男子汉,现在敌人来侵犯,你应该前去杀敌,保卫家园。"猎人听了说:"你的话很对,就是舍不得离开你。我马上就出发,不把敌人驱逐出境,决不回来见你。"说完,他就骑上马,带上了弓箭,向前方奔驰而去了。

　　猎人走后,恶老鹰又来了,总想找机会害死猎人的妻子。它左思右想,变成了一个毕摩,来到了猎人家门前,对着猎人的父亲说:"哎呀,你家里有妖气,肯定有鬼,如不驱除,一定会家败人亡。"

　　猎人的父亲问:"妖在哪里?"那个毕摩走进屋内,用凶恶的眼光搜索着,指着白鹭姑娘说:"妖精就是她!来呀,把她拿住!"这时,忽然从外面溜进来了一群小毕摩,把白鹭姑娘抓走了。

　　儿媳被抓走之后,猎人的父亲心里很焦急。正在这时,普阿扎打了胜仗归来了。他进家不见了妻子,忙问父亲。父亲说刚才被抓走了,不知去向。猎人想起了深山老人的嘱告,就来向他求援。老人告诉他:"抓走白鹭姑娘的就是你射伤的那只恶老鹰,他住在黑风山上。只是这架山狂风呼啸,山峰陡险,难攀难上。"猎人说:"不怕,我一定要去救她!"老人看到他态度很坚决,便说:"你一定要去,我也不阻拦你,我送你两件东西:一是我的弓箭,你带着它可以战胜一切困难;二是我养的这只狗,它可以给你带路。"猎人告辞了深山老人,骑上快马上路了。

　　翻过了一架山又一架山,渡过了一条江又一条江。不知走了多少路,才到了一架大山前。山上狂风呼啸,乱石飞滚,人无法通过。猎人拉起弓,向着那山尖

"嗖"的一箭射去。突然,那高山摇了一摇,崩塌下来。他扬鞭打马,飞快地越了过去。可是,面前又出现一条宽阔的江,江水滚滚沸腾着,冒起一股股热气。猎人抽出剑来在水里一试,不一会儿那剑就被熔化了。这时猎狗突然在旁边讲起话来:"这样烫的水,铁块都能熔化,我们怎么能过去呢?"猎人看着沸腾的江水,说:"不怕,我有办法。"他又取出深山老人送他的弓箭,一箭往江心射去。江里发出一声巨响,江水变红了。波浪一个接一个翻腾着,仿佛要把他吞没似的。忽然一条巨大的鱼漂上水面来,那鱼背像一座长桥,从这边搭到那边,猎人带着狗就从鱼背上跨了过去。

走呀走,不知又走了多少路程。第三天,他们来到一片茫茫无际的沼泽地。地上都是些泥巴塘,他赶路心切,不提防,马陷进了泥塘里。他和狗连忙爬到一棵大树上,才没有陷进去。猎人急得满头大汗,不知怎样办好。这时忽然从空中飞来一只巨鸟,落在大树上问:"你们要到哪里去呀?"猎人说:"到黑风山去救我的妻子,她被恶老鹰抓走了,你能帮助我吗?"巨鸟张开羽翼说:"你们趴在我的翅膀下面,我可以带着你们飞到黑风山去。"猎人和狗一起趴到巨鸟翅膀下,抓住巨鸟的羽毛。巨鸟腾空而起,飞呀,飞呀,飞到了黑风山上。巨鸟把他们带到了一个山洞口,说:"到了,你的妻子被恶老鹰叼在这个黑山洞里。"猎人一看,雾气沉沉,山势险恶,洞口有两扇大石门紧闭着。他用手推了推,石门一动也不动。于是他退后几步,取下弓箭,对着石门射去。

白鹭姑娘被恶老鹰抓到这个石洞以后,被捆在一根大石柱子上。恶鹰扬扬得意,正准备把这美食饱餐一顿。白鹭姑娘双眼都哭肿了,泪水湿透了衣裳,她绝望地想:我再也见不到丈夫了,他也不知道我会死在这里。正在这时,洞口发出一声天崩地裂的巨响,洞门被猎人射得粉碎。接着猎人闯了进来,和恶老鹰厮杀。猎人带的那只狗,一下子扑上去咬住了恶老鹰的翅膀,猎人一箭正射在恶老鹰胸上,结果了恶老鹰的性命。

白鹭姑娘得救了。她和猎人在美丽的梭罗山下,生活得很幸福。

搜集整理：苏正湘
流传地区：湖南长沙

白沙井

长沙南门城外有一座小山，叫回龙山，山下有一口井，叫白沙井。周围好几里地的老百姓都爱来这里打水喝。长沙有名的白沙液酒，就是用这井水酿制的。传说很久以前，这里并没有山，也没有井。那时，当地的人吃水、用水全靠一口水塘。后来，不知从哪里飞来一条黑龙，落到塘里，成天在里面滚呀，翻呀，把塘水搅得像锅泥浆，人畜喝了常常闹病。

有天早晨，一位老农下地劳动，路过水塘，见塘边躺着一只紧闭双眼的丹顶白鹤。老农想，这只白鹤一定是喝了塘里的水，中毒了。连忙把它捧回家，采些草药熬好汤，一匙一匙地喂进它的嘴里。不一会儿，白鹤苏醒过来，对着农夫点点头，然后展展翅膀，围着老农转了一圈，飞走了。

几天以后，从外乡来了一位名叫白沙的姑娘，到这里租下了一间房子，开起了一个小面铺。黑龙听说有个漂亮姑娘开了个面铺，变成一个黑汉子来了。一进面铺，他干咳一声。白沙姑娘闻声从里屋出来。黑汉子一见，果然是一个美妙女子，顿时像喝醉了酒，朝着白沙姑娘扑了过去。姑娘轻盈地一闪腰身，让他扑了个空。

白沙姑娘面上却像没事一样，笑盈盈地招呼黑汉子坐下，问他要不要吃面。黑汉子见姑娘这般和气，还以为是怕他，便点点头，美滋滋地坐了下来。不一会儿，白沙姑娘端上来一碗香喷喷的面条，黑汉子便大口大口地往肚里吞。这时，白沙姑娘不慌不忙地拿起掸尘朝面碗前一扬，只听见"哗啦啦"一片响，面条顿时变成了一串铁链，牵住了黑汉子的肚肠。接着白沙姑娘把筷子穿过链环，往地上一插，筷子变成一根粗长的铁棒，锁住了黑龙。

　　黑龙知道上当了,大吼一声,身子一抖现了原形,挣扎起来,刹那间搅得飞沙走石,天昏地暗。

　　这时,只见一只耀眼的丹顶白鹤腾空而起,接着有一座小山从天而降,不偏不倚地压住了盘蜷挣扎着的龙身。白鹤又飞下来勒令黑龙吐清水,黑龙不愿意,白鹤的尖嘴就向它头上啄去。黑龙痛得嗷嗷直叫,只好不断地吐出清水来。

　　乡亲们见到这奇事,十分惊异,后来又欢呼着去寻找白鹤和白沙姑娘。找了半天,白鹤和白沙姑娘没有找着,却看见小山脚下出现了一口水井,不断涌出清水,一尝,又甜又凉。这口井,后来就叫作"白沙井"。

讲　　述：叶永桃
搜集整理：邱国鹰
流传地区：浙江沿海一带

乌鸦精

　　一座山下住着一户人家，母子两个，靠儿子袁青砍柴度日。袁青阿妈每日早上煮一大碗饭，装在饭袋里，挂在冲担头，给他带上山。

　　有一日上午，袁青砍完柴，要吃饭。咦！挂在树头上的饭袋空空的。奇怪了，这么冷清的山上会有贼呀？他只好空着肚回家，说："阿妈，我的饭给贼偷去了。"袁青妈说："孩子，偷饭不是贼，若是看到了，不要打，不要骂。我明天给你带两碗去，一碗给那个人，一碗给你自己吃。"第二天，袁青把两碗饭挂在树头。吃中饭了，咦！树头上的饭袋又都空了。真该死，又被偷了！他的阿妈讲："这个贼心太凶，也不留一碗。孩子，明日再带两碗去。"

　　第三日上山，袁青想：前两日我砍柴走得远，没看到贼。今日我要把这个贼抓牢。他把饭袋挂在冲担头上，冲担捆在高高的树杈上，远远就看得亮亮清清。他也不走远了，围着这株树的一圈砍柴。等到吃中饭了，他把冲担放下，一看，又是空的！奇怪，前两日我走得远，看不到偷饭贼，还讲得过去；今日我就在这一圈，怎么看不到偷饭的人？这个人会遁地呀？奇怪奇怪。正想着，一个媛主儿①来了，远远就喊："相公相公，你的饭我吃了。"袁青说："瞎讲，我不信。"媛主儿说："真的。今日我有米了，饭煮了一大锅，你来吃，算我补还你。"

　　"大姐，你真的有饭煮起来？"袁青饿得肚皮贴着脊背了，也顾不得多问，跟媛主儿翻过一道岭，到了媛主儿家。嗬，一股饭香钻肚里。媛主儿说："大哥，你多吃点，这些米是舅舅给的。明日、后日的饭，你也不用带了，我还给你三顿饭。"

———————
① 媛主儿：方言，少女。

第二日快到吃午饭时，媛主儿又来叫了："大哥，饭煮好了，来吃呀！"吃着吃着，媛主儿问了："相公，我叫小英，你呢？"袁青回答："我叫袁青。"小英讲："袁大哥，你每日砍柴，每日要挑回，多吃力。不如把柴存在我这里。我屋里有一间空的，存多了，叫一条小船载回去卖，就省力了。"袁青快活地说："这主意好。"当日天色将晚，袁青把砍来的柴挑到小英的空房里。十多日下来，买柴的主顾雇船来运。这样袁青砍的柴多了，跟媛主儿也熟了。

有一次，袁青一连三日没有上山砍柴。第四日，袁青才上山来。小英来问："袁大哥，三日不见你来，你又把柴担回去了？"袁青听了，眼泪唰唰流出来，说："不是，我阿妈死了。屋里只剩我一个了。"小英说："袁青，我们两个一样苦，你没有阿爸阿妈、兄弟姐妹，我也没有阿爸阿妈、兄弟姐妹。我们不如结成夫妻，两家并一家。"袁青想想，也好，老婆不要铜钱娶，好哩！买一对蜡烛，就成亲了。第一年生个儿子，叫袁一；第二年又生个儿子，叫袁二。

十三四岁时，袁一和袁二也会砍柴了。一次，两个儿子上山去砍柴，小英问袁青："你晓得我是什么人？"袁青奇怪："这还用问？你是我老婆嘛！"小英说："咳，我不是凡间人，我是妖精，是千年老鸦精。"袁青眼睛也不眨一下，说："不管你是什么精，我们夫妻俩好就是了。"小英叹叹气："我们的缘分到头了，我要入仙班，儿子要管好。有两件事要交代你。"说着拿出一件毛茸茸的衣裳、一个四四方方的小箱子："衣裳给袁一，这叫百鸟衣，穿了它，人会飞，想到哪里就到哪里；箱子给袁二，这叫千谷箱，有这箱子，你要什么吃食有什么吃食。"交出了宝贝，小英"腾"的一声，就没有影踪了。袁青呆呆站着，心里苦哇。

两个儿子回来了，找阿妈。袁青说："阿妈不是凡间人，是千年乌鸦精，入仙班了，留下两件宝贝给你们。"他把百鸟衣给了袁一，千谷箱给了袁二。

过了几年，袁一、袁二长大了。袁二对袁一讲："阿哥，砍柴砍得烦死了，我要出外嬉戏，宝衣借我一借。"穿了衣，背了箱，出外了。一飞飞到杭州、南京，再飞又飞到扬州、苏州。苏州一个宰相姓戚，千金小姐戚秀英正靠在窗台边梳妆。戚小姐漂亮，袁二心动了，想看个仔细，就飞下来。丫鬟惊叫："小姐，小姐，有妖精，有妖精。"袁二说："我不是妖精，我叫袁二，跟小姐你有缘分哪。"小姐问："你不是妖精，那怎么一身毛茸茸？""这是宝衣，想飞到哪里就飞到哪里。"脱下百鸟衣，嗨！一个壮实的后生。小姐脸红红，吩咐丫鬟："下楼端些吃的招待客人。"袁二说："不要不要，我这里还有个宝箱，吃食应有尽有。你想吃什么，我叫它变什么。"

袁二和小姐讲笑了一会儿，小姐问："你能带我出去，到从没到过的热闹的地方嬉哦？"袁二一口答应："好，好，我带你去。"袁二穿起衣，叫小姐趴在背上，"呼"地又飞了起来。一飞飞到一个海岛。小姐叫了："怎么来到这种地方，叫你飞到从没到过的热闹的地方嘛。"袁二笑笑说："这海岛你我都没到过嘛，你听，海浪漂漂，海鸟叫叫，热闹呀！"打开千谷箱，把吃食摆在平坦的礁上吃。小姐又问："袁二，这件衣我穿起来，也会飞吗？"袁二说："会呀。"小姐说："那好，我试试。"袁二喝了一点酒，也不在意，应答："好，你试就试。"小姐穿了起来，"呼"地飞回去，不来了。

袁二酒醒，后悔了："该死，百鸟衣没有了，怎么回去？好在还有千谷箱，不会饿死。"他日日站在码头等船，只见海浪漂漂，海鸟叫叫，不见一条船影。

有一天，走到岛东面。嗨！一株大桃树上，结出红通通的桃子。袁二想：这么大的桃子，一定好吃。摘下就吃，一口，两口，才吃了三口，"呀"一声，鼻子垂下来了，又粗又长，跟大象鼻子一样。该死，回到家，阿爸阿哥一定认不出我了。再走，走到岛的西面，西面一株桃树，结的大桃子绿茵茵。袁二想：鼻子横竖也长了，不管它，再吃。摘下一个，一口，两口，吃到第三口，"呀"一下，鼻子缩了回去，跟原先一式一样了。哈！有趣，有趣，这两种桃子神奇，他就摘了几个红桃子、几个绿桃子，带在身边。

又等了几天，刮大风了，大风把一条船刮到海岛边上。船老大把袁二带上船，到了苏州。

袁二想进宰相府，府前有门人守着，不敢进，围着府四处转，转到府后，抬头看，嗨！正是小姐的窗口，两个月前就是从这里飞进去的！好，趁小姐和丫鬟不在，他拿出了红桃子，抛了上去，不偏不斜，正抛在梳妆桌上。

小姐和丫鬟上楼来，看到桃子，奇怪：现在都八九月了，哪来的桃子？丫鬟说："小姐，你日日都拜观音菩萨，这一定是观音送来的仙桃，吃了延年益寿的。"小姐拿过桃子一看，红通通，软绵绵，喜欢，就吃了。一口，两口，吃到第三口，

"呼",鼻头变得又粗又长,一直垂到楼板上。皇天,没有命啦!丫鬟赶紧通报宰相。老宰相晚年才得了这个宝贝千金,看看这光景,吓得六神去了五神半,赶紧请内科、外科、骨科的医药先生。请了无数,没一个治得了。只得写张告示贴在外面:"谁人治得了我女儿的病,年岁相当的,配婚成对;不相当的,千金重谢。"

袁二正等着呢,撕下告示,对宰相说:"我有单方,祖辈相传,单医长鼻头。只是医的时候,不准外人在场。"他进了小姐绣房,说:"小姐,你真无情,骗我百鸟衣,想害死我呀!"秀英说:"相公,我是千金小姐,你日日飞来飞去的,阿爸晓得,外人晓得,我怎么做人呀?我还是喜欢你的。"

"咳,这下不用怕,你阿爸答应了,医好你的鼻头,我俩就成亲。"说完取出绿桃子叫小姐吃。小姐慌了:"桃子不能吃呀!我这鼻子就是吃了桃子才变的。"袁二笑笑:"不用怕,你吃。"小姐吃了一口,两口,才吃了三口,"呼",鼻头缩进去了。小姐快活,丫鬟赶紧报给老宰相。老宰相问了袁二的年岁,晓得他未婚配,高兴地说:"哈,正好,给我当女婿又当儿郎。"

袁二说:"岳父大人,我没有聘礼,这千谷箱就当作聘礼。百鸟衣是阿哥的,要还给他。"

袁二把阿爸阿哥都叫了来,择吉成了亲。

搜集整理：萧崇素
流传地区：四川凉山州

大雁姑娘

　　从前，一黑彝家有个锅庄娃子，非常聪明伶俐，常能想出很多办法使自己和别的锅庄娃子不吃亏，因此，黑彝主子非常恨他，锅庄娃子们却很喜欢他。日子一久，黑彝主子不放心，怕他带领别的锅庄娃子起来反抗，就找了一个借口，给了他一把锄、一把砍刀和一羊皮口袋吉克比目粑粑①，把他赶到高山上去，叫他开地，还叫他守在山上不准回来。

　　他满肚子不高兴，只好独自一人在高山上，时而挖地，时而玩耍，在自己搭的一个小木板棚里住了下来。

　　他最会吹叶笛。他想吹时，就摘片树叶在嘴上吹起来，诉说锅庄娃子的不幸、黑彝主子的蛮横，咒他们千刀死、万刀亡。吹得痛快时，他就咯咯地笑起来。他吹得那样好听，那样动人，有时把山鸟都吸引来了，一群群地在他头上打转。

　　有一天他正这样吹着，有群大雁从他头上飞过。那些大雁听得舍不得走了，不断在他头上盘旋。当他仰头看时，忽然有一根雁毛落在他的脚前。他见那雁毛洁白可爱，闪闪发光，拾起来看了又看，然后把它放回地上。他刚一放下，那雁毛却自己一跳，翻了个身。他觉得奇怪，就又把它翻过去放着，雁毛又立刻翻过来。他一连这样放了三次，三次雁毛都一跳就翻个身。他觉得很奇怪，就把这根雁毛拾起来，带回去插在他那小板棚的柱上。

　　自从这天起，他每天从地里回来，锅庄石前都摆好了菜饭，冒着热腾腾的蒸气，锅庄石里都烧好了火，煨着滚腾腾的水。吃的都是从来没吃过的上等好菜

---

① 吉克比目粑粑：野草和少量苦荞做成的饼，为一般奴隶日常的食品。

饭,再也不是那没味的乌果串①和难吞的吉克比目粑粑了。他感到从来没有这样舒适幸福过。

日子一久,他就觉得奇怪,很想知道这菜饭是怎样来的。有一天,他假装去种地,但又悄悄走回来,藏在离板棚不远的岩石后边瞧着。

到了做饭时候,他看见柱上插着的雁毛一动,忽地从墙上飘了下来,在地上一跳,变成了一个年轻美貌的姑娘。他惊奇极了,在岩石后边屏着气,不转眼地看着。他看见那姑娘挽起双袖,就开始烧火打水,做起饭来,做的正是他每天吃得很合口的那种饭。他心里又惊又喜,担心她做完了饭以后,又变成雁毛再不出来了。他实在忍不住,就悄悄走到姑娘背后,忽地用两手把她抱住,说道:"哎呀!原来给我弄饭的就是你呀!我谢谢你了!"

姑娘一惊,知道是他,就说:"放了我吧,我们见面得太早了,将来恐怕不会有好结果的。"

少年说:"不早,不早,一点也不早!你若肯给我做妻子,我担保不会有什么不好的。"

姑娘说:"那么,你能发个誓吗?你要发誓:我们两人永远不发生口角;纵然发生口角,你也永远不要说我是雁毛变的,我也担保不嫌你穷。"

少年说:"我担保,我担保!我担保一辈子不说你是雁毛变的。"

姑娘同意了,两人就成婚了。

姑娘又勤快,又会管家。她日夜纺毛线,帮助丈夫在地里做活路。过了不久,他们的木板房也变大了,而且里边什么都有,慢慢感到日子好过了。不觉几年过去,他们有了一个男孩和两个女孩。三个孩子长得又好看,又结实,夫妻两人十分恩爱。

有一天,因为孩子不听话,两人发生口角了。少年生气地骂道:"你这庇护孩子的女人!你这雁毛变的女人!"

他刚这样一说,姑娘立刻闭了口,一句话也不说了,只悲伤地盯了丈夫一眼,脸色惨白,在地上一滚,就变成一只雁,由窗口飞走了。少年急了,连忙牵着孩子

---

① 乌果串:做菜用的干无根菜。

在后面追着喊着……但只看见一只孤雁飞上天空，慢慢缩小，慢慢缩小，飞进正在天边飞着的雁群里去了。

少年看看身旁的儿女，看看他们居住的板棚，想起妻子平时的好处，日夜悲伤，连庄稼也懒得做。孩子更日夜啼哭，向他要妈妈，夜晚梦中也常常哭着喊："阿姆！阿姆！我要阿姆！我要阿姆！"

少年听见，更加难过。第二年雁群飞来时，少年心中悲伤，为了安慰自己和孩子，就对孩子们说："娃娃呀娃娃！你们不是平常的孩子，你们是雁生的孩子。若是要见你们的阿姆，只有等到雁群飞过时，你们一齐向天空这样唱：'前面飞的是阿爷，中间飞的是阿婆，后面飞的是阿姆！阿姆，回来呀！阿姆，回来呀！'只要你们这样唱，你们的阿姆就会回来了。"

孩子们实在太思念妈妈了，因此只要天空有大雁飞过，就急忙跑出门外，一齐望着天空唱着：

前面飞的是阿爷，中间飞的是阿婆，后面飞的是阿姆！阿姆，回来呀！阿姆，回来呀！

他们唱得非常悲伤，所有飞过的雁群，都在他们头上盘旋着，这样回答说：

咕呷，咕呷①！可怜的小阿衣②呀！
我们这里没有你们的阿姆！我们这里没有你们的阿姆！

直到孩子们不再唱了，它们才依依不舍地飞走。

秋天快完了，最后一群雁飞来了。孩子们又出来唱着，只有这群雁不回答，一直留恋地在孩子们的头上盘旋着，孩子们也更悲伤地向天空招着小手唱着。

唱着，唱着，忽然这群雁中的最后一只雁用非常悲伤的声音回答说：

---

① 咕呷：雁的叫声，彝语也称雁为咕呷。
② 阿衣：孩童。

咕呷，咕呷！可怜的小阿衣呀！

阿姆来了！阿姆来了！

这雁忽地往下飞来，往孩子们面前飞来，但是刚飞到孩子们的脚前，就一下坠地断气死去了。

少年知道这只雁就是他的妻子，只好含着眼泪，带着孩子们，在屋旁把它的尸体用火焚化，然后把骨灰埋葬了。

不久在葬雁的地方，长出了一棵白杨树。每天有许多小鸟飞来歇在树上，叽叽喳喳地叫个不停。少年因为想念妻子，也常常带着孩子们到树下来。

有一天，他正坐在树下愁闷着，一只喜鹊飞来向他说："喳喳喳，傻姑爷，不要伤心叹气吧！你的妻子托我带信给你了，叫你把这树砍下做个喂羊的水槽，它会给你带来好运气的。"

少年听说是妻子给他带的信，非常相信，立刻把树砍来做了个喂羊的水槽。说也奇怪，在这水槽里饮水的羊，不到几天就长得又肥又壮，在市上卖到了别人卖不到的价钱，他和孩子们的日子比原来过得更好了。

这事被黑彝主子知道了，他亲自骑马来看。看见少年的羊果然长得又肥又壮，他不独牵走了羊，还叫人把水槽也扛走了。但黑彝家用这槽喂羊，羊不但不长，还一喂就死。黑彝主子生气了，说他的羊是这水槽害死的，就用刀把水槽劈来烧了。

少年来讨水槽时，见水槽已被黑彝烧掉，他又气又恨，就跑到烧水槽的地方去找。看见还有一小块木头没烧化，他急忙拾了起来，带上山去。他为了纪念妻子，就把这一小块木头做成一把木梳，天天用来给自己和孩子们梳头。说也奇怪，用这木梳一梳，他们一家人的头发长得又黑又亮。

不幸，这事又被黑彝婆知道了，这女人是个半秃头，生怕黑彝主子嫌她长得丑，听说少年有这样的梳子，急忙自己走上山来借。但她拿回家一梳，把她原来很少的头发梳得连一根都不剩了。她气得又吵又跳，立刻找来一把斧子，把木梳敲得粉碎。

少年去讨木梳时，只拾得一根梳齿回来。他拿着这又小又细的梳齿伤心地流泪，因为舍不得丢掉它，就用火把它烤成钓钩，拿到河里去钓鱼。说也奇怪，只要用他这钓钩去钓，就能钓出满筐满篓的鱼。他带回家去，孩子们吃不完，还卖了很多钱给孩子们添衣服，买吃食。这样他的孩子们穿得又暖和又整齐，长得又结实又漂亮。邻居们看了都称赞说："多好的雁妈妈啊！你看她死了也没有忘记她的儿女哪！"

黑彝家因为受了那两次教训，再也不敢来借他这钓钩了。

讲　　述：武维斌（满族）
搜集整理：白文
流传地区：黑龙江一带

尼雅岛

黑龙江岸有个地方，叫黄河①口，黄河口岸有个小岛，叫尼雅岛②。为啥叫这么个名字呢？这里边有个故事。

相传，在金兀术当朝那个年月，江边上住个小伙子，会打一手好鱼。他看江心这个小岛上，又是树木药草，又是花枝鸟雀的，一搭眼就离不开了。他伐倒几棵树，压巴个木头垛儿，就住了下来。小岛原先就挺美挺美的，一有了人烟，就更好看了。

这一年上秋，有一天，小伙子打完鱼，正往家走。半道上，冷不丁听见一阵女孩儿家的哭声，抽抽噎噎，怪揪心的。他心里觉着纳闷儿，本来岛上也没人，哪来的女子哭得那么伤心呢？他忙放下鱼篓，放眼望望，也瞧不见别的，只有一行扑扇着翅膀的大雁，在头上转悠来转悠去的。小伙子暗想：备不住是听错了，把雁叫当成人哭啦？想着，便又背起柳条鱼篓，朝前走去了。还没走几步，就听草棵里"扑棱"一声，把他吓一跳。只见一只大雁，一瘸一拐，正朝草棵子里钻呢！小伙子忙又搁下鱼篓，拨开草棵子，一下把大雁捧起来。仔细一看，雁腿正往下滴血，这雁还"吧嗒吧嗒"直劲掉眼泪。小伙子急忙撕条小褂上的布，给大雁包好，又双手捧着大雁，送它往天上飞。可是大雁伤太重，怎么也飞不起来了。小伙子眼睁睁望着这只灰肚囊大雁，见它眨眨眼皮儿，又簌簌地淌下了眼泪。小伙子心想：它长得秀气俊俏，好像懂人事似的。越瞅越喜爱，真不忍心把它扔在荒草野

---

① 黄河：精奇里江，今称结雅河。其水呈黄色，故称黄河。
② 尼雅岛：女雅通岛。"女雅"是女真语"尼雅"的谐音，为"大雁"之意。当地满族老人一直称女雅通岛为尼雅岛。

甸上,丢下不管。忙把篓里的鱼倒出一半,腾出空儿把大雁轻轻装上,背着回家了。

小伙子回到家,把那只受伤的大雁放在屋里养着。一天三顿,喂鱼喂米,自己饭都忘了吃。冬天没鲜鱼了,就冒雪凿冰下串网,挂活鱼给它吃。

这样,一天天过去了,大雁腿上的伤也养好了。它整天屋里屋外"嘎啊嘎啊"地叫着,又飞又跳的,像给小伙一个人的孤单日子多增口人似的。不知不觉,大江开了,树绿了,南飞的大雁和各样鸟雀又都飞回来,岛上又热闹起来了。小伙子望着半空里的雁群,心里想:俺家的大雁伤好了,也能飞了,应该放它上天了。于是,小伙子就把大雁捧在手掌心,恋恋不舍地跟它说:"雁儿雁儿,你走吧,找你妈妈和姐妹去吧!"说着,朝半空里一扔,那大雁张开翅膀,一下就飞走啦。大雁走了,小伙子还跟往常一样,过着一个人的孤单岁月。

时光过得快,转眼又是一年。望着冰凌开花,春草发芽,小伙子心想:该补网了,等冰排跑净,好下江打鱼。想着,刚要出门,就见门前一个白胖白胖的大姑娘,穿一身青灰裤子,正坐在地上补网呢!这可把小伙吓愣了,忙问道:"你是哪家的?为啥给我补渔网?"

只见补网姑娘笑一笑,丢下手中的网梭子,大大方方告诉他说:"我叫尼雅,是爹妈让我来找你成亲的。"

小伙子细细端量一下那姑娘,见她又白又胖的鸭蛋脸,细眉大眼真俊俏,不觉又是惊,又是喜。可是,姑娘到底是谁家的呢?想问,又难开口。尼雅姑娘看透了他的心思,就笑眯眯地跟他说:"看你的记性!我那年贪玩,跌伤了腿,不是你给我治好的吗?"

小伙子是个忠厚人,皱着眉头想了又想,就是想不起来。姑娘见他不信,就挽起裤腿给他看,可不,大腿上真有块紫红的伤疤。小伙子把眼前的闺女看几眼,赶忙低下脑袋说:"俺除了两只手,还有一条船和一张破网,别的什么都没有,只要你不嫌弃就行。"

就这样,他俩成亲了。小两口日子过得挺舒心。尼雅手巧心灵,家里外头什么都行。转眼就过去了三年,慢慢到了秋令,天渐渐冷下来。不知怎的,尼雅的脾气突然变得好像另一个人,也不蹦不跳,不说不笑了,整天躲在窝棚里唉声叹气。一天晚上，小伙子打鱼回来，见一只黑老鹰正在家门前扇忽扇忽直转悠。他捡起根棒子，赶忙把老鹰撵跑了。刚想进屋，就听尼雅正哭呢。小伙子忙问她："你怎么啦？"尼雅听了，哭得更厉害，急得小伙子直转磨磨。尼雅哭了一阵子，便拉住他的手，眼泪汪汪地说："唉，咱俩相处这么多日子，别怪我没跟你说实话。告诉你吧，我不是人哪！"小伙子用手揉揉眼，把尼雅由头到脚看一遍，笑着摇摇头。尼雅接着说："我本是东海龙王的三孙女，去年，变成一只大雁出来玩，一不小心跌伤了腿，幸亏你好心救了我。为了报答你，我才变成姑娘来和你成亲。谁知，这事让爷爷知道了，就叫二哥变只老鹰来追我，逼着我回去，若不，就要啄死我！可我宁死也不离开你哟！"小伙子听得心酸，连忙说："不管你是龙是雁，有我就有你，谁也拆不开！"尼雅不哭了，让小伙子把门关严，把窗户打开，不大不小地挂上一张渔网，他都照着做了。那只老鹰呢，接连好几天，转啊转啊，就是不敢扑进来，生怕渔网套住它。

  过了几天，老鹰不再来了，可是尼雅被折磨得黄皮蜡瘦的，小伙子怎能不心疼得要命！他就想：打点鱼，给她补补身子，提提气吧。于是就插上门，摘下网，悄悄到江边打鱼去了。那天鱼多，左一网，右一网，网网不空，连打八大网，鱼篓装得满满登登的，只好扛着回家了。进屋一看，饭菜还冒着热气呢，尼雅却不见了。他也顾不上吃饭，连忙跑出去找。从河湾跑到江滩，又从江滩找到柳条沟，后来到底在水边上找到了尼雅。她一半身子在水里，一半身子在岸上，让黑老鹰给啄死了。

  小伙子心上像插进一把刀，他背起尼雅的尸首，把她埋在鱼房子跟前。小伙子想念尼雅，天天哭啊哭，嗓子哭哑，眼泪哭干，后来，就死在尼雅的坟前了。

  传说，尼雅死后，她的姐妹们也都很伤心，总是想念她。每年春天一到，她们就相约飞到小岛上，围着尼雅的坟头转，衔泥叼土，给她添坟，小岛也跟着越来越高，越添越大，慢慢就成了今天这样一个大岛了。为了不忘尼雅，那岛也被叫成了尼雅岛。

讲　　　述：薛天智
搜集整理：刘敏
流传地区：辽宁沈阳

青燕仙子

很早以前，有个叫王才的小伙子。他的命可真够苦的啦！他七岁死了爹，八岁没了娘，十五岁来到本村财主黑新立家当磨倌儿。

提起这黑新立，他仗着财大气粗抢男霸女、刨绝户坟、踹寡妇门，是个啥屎都屙的祸害。他使唤起人来更是像蝎虎一样：让小王才当磨倌儿，放着养得膘满肉肥的毛驴不准使，偏叫他每天抱着磨杆磨一斗苞米二斗麦、三斗高粱四斗稗，供他家人吃马嚼。小燕秋去春来，王才起早贪黑拼命地推磨，在磨道里熬过了十九个年头。

这一年春暖花开，他看别人家的燕子从南方一对一双飞回来，他那磨坊里的小燕子却是一只，孤单单地飞进飞出。王才心里琢磨：我穷光棍一条娶不上媳妇没帮手，它差啥找不到帮手耍单帮呢？便对小燕念叨："燕呀燕儿，你孤苦伶仃没有伴儿，垒不成窝下不了蛋儿，我帮你一把吧！"说着，他就拿了把草裹了点泥，帮小燕子做了个又结实又舒适的窝。

打那天起，小燕子连着在窝里下了三个蛋。王才见了又对小燕子念叨："会下蛋的小燕呀，你若能变个大姑娘给我当媳妇该有多好哇！"

有一天晚上，王才从伙房里吃饭回来，发现没磨完的高粱，不知谁给磨利索了。接连几天，天天如此。王才心里嘀咕：是谁在暗中帮我呢？

这天晚上，他决心弄个明白，便没去吃晚饭，悄悄躲在屋外窗户根底下。不大会儿，忽然听见屋里有响动，偷着扒窗户眼儿往里瞧，见一个穿青衣、系青裙的大姑娘，把没磨完的高粱填在磨上，然后用手一指，这盘大青石磨就呼呼地转开了。王才心里一激灵，暗道：原来是天上仙女在暗中帮我呀！我得赶紧去谢谢人家。王才想罢推门进屋,冲着姑娘深施一礼,说:"仙女姐姐在暗中帮我王才,几天没露踪影,闷得我吃不下睡不香,一心想找到帮我之人,今天,让我好好谢谢你吧!"他说着就要行礼,姑娘抿嘴一笑,用手轻轻拦住他说:"要说谢,我应先谢你王才哥才对呢!你帮我盖房,我帮你磨面是礼尚往来。"王才一愣,心想:我没帮谁盖过房呀!姑娘看他发愣又说:"人都夸你王才哥记性好,几天的事咋就忘了?"王才摇摇头。"你不是可怜我孤苦伶仃没有伴儿吗?"王才忽然想起前几天给小燕垒窝的事,心里一亮:"请问姐姐尊姓大名?""我春来塞北,秋去江南,名叫青燕。""难道说你就是南来北往,进出千家万户,专门查访人间善恶的青燕仙子?"青燕仙子点点头,红着脸悄声说:"王才哥,你不是念叨要娶我做媳妇吗?"王才听了,乐得半晌说不出话来。

第二天,王才对人谎称有个和他订娃娃亲的表妹来寻他完婚。大伙听了都来贺喜,十人见了九人夸王才媳妇长得俊。

这话传到黑新立的耳朵里,他贼眼骨碌了几骨碌,坏点子就上来了。他带一帮打手来到磨坊门口,叫王才把媳妇喊出来让他瞧瞧。青燕仙子大大方方走到黑新立面前,说:"哟,原来是黑东家,找我有啥事?"黑新立的两只眼睛早看直了。心里话:这姑娘可咋长的呢?她不矮不高,苗苗条条,不胖不瘦,眉清目秀,小脸蛋白里透红,说起话来像燕子唱歌那么好听,莫非是仙女下凡?快把她抢过来给我做小老婆吧。想到这里,便把驴脸一沉,说:"大胆王才,你竟敢拐骗良家妇女。来人啊!把这小子绑起来,吊在马棚,把这姑娘请到我的书房。"打手们刚要动手,青燕仙子一声冷笑:"黑东家,我知道你平日抢男霸女,坑害乡邻无人敢管。常言说:善恶到头终有报,对恶人不报,天理难容!"说着,她飞身起来,从燕窝里取出一只燕蛋,用手指轻轻一弹,便从里边飞出一条火龙,张牙舞爪向黑新立扑去。他想躲,四周是火无处躲,号叫几声就被火烧死了。

黑新立死后阴魂不散,忽忽悠悠来到阴曹地府,被牛头马面领到阎王殿上。阎王问他:"你的阳寿未尽,怎么提前来了?"黑新立把经过哭诉一遍。阎王爷得过黑家好处,听罢大怒:"大胆青燕,你竟敢目无本王,牛头马面速速去阳间把她拿来。"牛头马面领旨来到磨坊,见王才在门口坐着,便厉声问道:"王才,你媳妇呢?"王才连眼皮都没撩,用手往屋一指说:"她在屋里睡觉呢!依我说,你二位别

再帮狗吃食,干那些伤天害理的事情了。若不赶快回去,可没你们的好处。"牛头马面气得哇哇怪叫,抖开追命索,就想冲进屋里,一抬头,见青燕仙子堵住门口,拿出第二只燕蛋,用手指轻轻一弹,便从里边喷出一股水来。两个想逃,见四方是水,无处逃,急得一张嘴,咕嘟咕嘟喝了一顿老汤,把这对难兄难弟灌了两个大肚,呛得晕头转向地跑回阎罗殿。

　　阎王一见马面成了河马,牛头成了大水牛犊子,每人还提溜个大肚子,气得大骂几声废物,便亲自点了两千阴兵,驾着阴风来到磨坊,厉声高叫:"王才,快叫你媳妇出来受死!"王才伸着懒腰,打着哈欠从屋里出来,带搭不理地说:"我媳妇在屋里纺线,没工夫搭理你们。她让我问你,你得了黑家多少好处?你抑善扬恶,罪在不赦,若知罪就把黑新立打入十八层地狱,不然,她要奏请上方玉皇大帝治罪于你!"阎王气得胡子乱颤,抽出宝剑。王才一闪身,青燕仙子乐呵呵站在阎王面前,用手指轻轻一弹第三只蛋,便从里面飞出两根燕子羽毛,正好捂住阎王两眼。阎王左一把右一把,手忙脚乱往下揪,越揪捂得越严,越抠粘得越紧。这时,青燕仙子不慌不忙抡开巴掌,左右开弓打了他六个大嘴巴子。阎王两个腮帮子当时就肿得横了过来。只听青燕咯咯一笑,用手一指,从天上招来无数只燕子,把阎王胡子叼了个精光。阎王赶紧跪在地上求饶,青燕仙子一抬手,他带着阴兵驾着阴风像夹尾巴狗似的逃了回去。

　　王才和青燕仙子把黑新立的家产分给穷乡亲,自己也过上了太平日子。

讲　　述：殷世炎
搜集整理：毛培夫
流传地区：河南桐柏县

燕娥姑娘

　　从前，刘家河有个年轻瓜匠，姓刘名保。父母去世时，欠了本村财主李员外的账，他只好到李员外家种瓜抵债。

　　一天，刘保刚走进大门，见李员外气呼呼地在追打一群燕子。刘保赶忙上去拦着说："员外，这燕子是好鸟啊！它们整天在瓜园里帮我逮虫，不能打呀！"李员外把眼一瞪，说："啥好鸟啊！屙屎就屙到我神桌上了，我要它干啥！"说着，捡起一块石头砸了过去，正好砸落一只燕子。刘保急忙跑过去把燕子抢在手里。李员外一见，大声说："刘保，你快把它摔死，不把燕子摔死，我不让你进屋吃饭。"刘保说："我饿死也不把它摔死！"李员外一气，就把刘保赶出了大门。刘保怀揣这只受伤的燕子，到一个破窑里安了家，把燕子的伤养好后，放它走了。

　　转眼过了三年。有一天夜里，一个身穿黑裙的姑娘走到刘保跟前说："刘保哥，你认识我吗？"刘保摇了摇头。姑娘说："我就是被你救出来的燕娥仙子啊！"刘保想了想，摇摇头说："我没有救过你，是你记错人了吧？"

　　姑娘说："刘保哥，你记得员外打燕子的事吧？"刘保说："记得。"姑娘说："我就是被你救活又放走的那只燕子！"刘保说："真的吗？"姑娘说："真的。"说罢，姑娘含羞一笑，轻飘飘地出门了。刘保慌忙追出去，姑娘已经走远。刘保一觉醒来，看看自己还睡在破窑里，知道是一个梦。

　　第二天早上，刘保刚起床，一只燕子飞进破窑里，叫唤了几声，把一粒西瓜籽丢在刘保面前，又飞走了。刘保把西瓜籽捡起来一看，长有半寸，宽有三分，饱盈盈。刘保感到稀奇，就把它种在门外，施上肥，浇上水，没有几天，苗就出土了。

　　说也奇怪，这棵西瓜秧第一年光长藤，不开花。霜打也不枯，落雪不死秧。

第二年,光开花,不结瓜。数九严寒花不败。到了第三年,一开春,西瓜秧上就结了一个绿莹莹的西瓜。刘保高兴极了,昼夜看护着它,这西瓜长得特别快。

西瓜长得有石磙恁大了,刘保费了好大的劲儿才把它摘下搬进屋里。刘保歇了一会儿,自言自语地说:"西瓜呀西瓜,我可把你盼熟了。今天,我要饱餐一顿!"他拿起刀,轻轻地把瓜皮切开。猛听有人喊了一声:"刀下留情!"刘保一愣,顺喊声找去。西瓜一晃一动,一闪一蹦。眨眼间,从里面跳出一个身穿黑裙、面似桃花、柳眉细腰、举止大方的姑娘。刘保一见,惊得后退了几步,说:"你是从哪儿来的?"姑娘忙施礼说:"让哥哥受惊啦,妹妹赔礼!"刘保定了定神,说:"你是谁呀?"姑娘一笑,说:"咋!你不认识我了?"刘保摇了摇头。姑娘说:"三年前,咱们不是见过面吗?"

刘保仔细把姑娘看一下子,猛想起梦遇燕娥的事儿,就问:"难道你就是我梦见的小燕?"姑娘点头一笑,说:"我就是你梦见的燕娥姑娘啊!""你到这里来,有啥事儿?"燕娥姑娘说:"来与哥哥一块种瓜,陪伴终生,报你往日救命大恩啊!"刘保和燕娥姑娘在破窑洞里拜了天地。

从此,刘保在外开荒种瓜,燕娥在家缝洗纺织。小两口相亲相爱,日子过得一天比一天好。

一天早上,刘保正准备下瓜卖,燕娥姑娘忙说:"今日不能摘瓜,午时有大雨。"刘保抬头看看天,哈哈一笑,说:"娘子啊,这红光火日的,咋会下雨呢?"燕娥姑娘笑了笑,没吭气儿。

午时,天上乌云乱翻,下起了大雨。不一会儿,河水猛涨,眼看着瓜园被洪水淹没,刘保不知咋办才好。燕娥姑娘说:"哥哥别担忧,我有办法。"她抖开发髻,用手捏着辫子,对着天空一舞,燕子铺天盖地飞来,它们口衔泥蛋儿,垒起了河堤。

河堤垒好了,风也停了,雨也住了,瓜园保住了。

李员外一见大雨猛下,就暗暗高兴,他想:这场大雨能把刘保的瓜园冲毁,淹死刘保,那漂亮的燕娥姑娘就能归我了。想到这儿,他就向瓜园走去。一看瓜园好好的,河沿上垒起了一条长长的拦水堤,刘保夫妻俩还在瓜园里说笑呢。李员外眉头一皱,有了鬼点子。他上前对刘保说:"哎呀,老弟,你在这儿种瓜多不安稳呀,明年到我家瓜园好吧?我给你二十亩地。"刘保知道他是黄鼠狼给鸡拜年,没安好心,就说:"要是种不好咋说啊?"李员外嘿嘿一笑,说:"种不好嘛,地算给你了。不过你得拿你娘子对换。"刘保一听,上前就要揍他,燕娥姑娘拦住说:"员外,这话可是当真?"员外苦笑着,说:"谁还撒谎!"

　　第二年下种的时候,刘保拿着李员外送来的瓜籽,正要种哩,燕娥走了过来,说:"刘保哥,这瓜种是李员外煮熟的,不能种。"刘保一听,又气又恨,为难地说:"这可咋办呢?"燕娥姑娘微微一笑,说:"他难不着咱们。"说罢,她用手抓了一撮头发,用剪刀一剪,吹了口气儿,把头发茬儿往圆圈儿一撒,眨眼工夫,二十亩大地长出了绿油油的西瓜苗。

　　李员外没难着刘保,又生一计。他把刘保请到家中,设宴招待,酒里放毒,让刘保去喝。刘保不知是计,正要接杯,一只燕子飞进屋来,蹬掉刘保的酒杯。李员外一见毒酒泼地,就让家丁把刘保打倒在地,叫家丁去抢燕娥姑娘。

　　燕娥姑娘被带进客厅。她见丈夫刘保倒在地上,就忙用力撕下发髻,往上甩。一会儿,客厅里飞满了燕子。这些燕子拼命地啄李员外和家丁,吓得他们哭爹叫娘地到处躲藏。燕子紧追不放,硬把他们啄死了。

　　燕娥姑娘急忙走到刘保跟前,取出一粒仙丹,放到了刘保嘴里。不大工夫,刘保就醒了过来。燕娥姑娘搀扶起刘保,出了大院,向深山走去。

讲　　述：傅英仁（满族）
搜集整理：王士媛
流传地区：黑龙江宁安

织布格格

早些年，我们满族不会织布。穿什么呢？夏天，把鹿皮毛都去掉，做成薄薄的坎肩，或是做成叫窝楞袋的上褂，就穿这个。顶好的人家，就在皮子边上镶点布边儿，也有镶点缎子边儿的，这就觉着挺好挺好了。要问满族的织布手艺是怎么来的，据老人说是织布格格留下的。

传说，在长白山北边，离长白山约莫一百多里的地方，有一个小部落。小部落里有一个老太太。这个老太太呀，一辈子就专门爱养活喜鹊。在她的院子里，常常落满喜鹊。哪个喜鹊身子上有块伤，她就像侍弄自己孩子似的给它治病。一来二去，喜鹊们就喜爱上这老太太了。

日子长了，老太太给这些喜鹊起了些个名儿。有两只小喜鹊是老太太最喜爱的，她给这大喜鹊起名儿叫三音伊尔哈，就是好看的花儿的意思；给这小喜鹊起名儿叫都龙哈，就是精明伶俐的意思。

这小喜鹊都龙哈一天除了吃食，就光玩。这大喜鹊除了吃食，还房前房后走一走，屋里屋外看一看。老太太说："好哇，三音伊尔哈是我的大姑娘，都龙哈是我的二姑娘。你们姐妹俩在这儿好好待着吧！"

老太太出门的时候，就告诉两只喜鹊："我要走了，你们俩看家吧！"哎，这两只喜鹊也不飞走，就给老太太看家。老太太家里要来人了，两只喜鹊就飞出去挺老远，招呼老太太。老太太看见三音伊尔哈和都龙哈来招呼她，打心眼儿里高兴："你看看，我的姑娘们又招呼我了，我得回去了！"就这样，大喜鹊三音伊尔哈和小喜鹊都龙哈跟老太太一起过日子，十分和好。

赶到这年冬天，这两只喜鹊飞走了。飞走了好长时间也不回来，老太太挺想这两只喜鹊,她天天叨咕:"三音伊尔哈呀,都龙哈呀,你们怎么不回来了呢?"想一天、两天,想一个月、两个月,想三个月、四个月,一晃到第二年秋天了,老太太身子骨不太硬实,行动也不方便了,心里话:"我这孤身一人,没儿没女的老婆子,可怎么过呀……"

冬天了,老太太一个劲儿咳嗽气喘,起不了炕,出不了屋。就在这个时候,从外头进来两个姑娘,一个高个儿姑娘,一个矮个儿姑娘。满族的姑娘没有扎围脖的,可这两个姑娘,一人扎一条白围脖。两个姑娘到老太太跟前深深地请个安,说:"老额娘啊,你好哇!"老太太一看,说:"我不认识你们俩呀!"姑娘们说:"我们是远道来的。我们的额娘说了,让我们认你老当干妈,我们找了半天才找着你老。"说完,这两个姑娘趴地下就磕头,认这老太太做干妈。老太太乐得呀,眼泪都掉下来了。

这两个姑娘真像到自个儿家似的。说也怪,你看这大姑娘啊,对老太太家的事儿可熟悉了。家里用的东西、吃的东西搁在哪儿,也都知道,不用老太太操心。这小姑娘呢,也像在自个儿家长大似的,整天价乐呵呵的,又跳又蹦。大姑娘、二姑娘对院子里这些喜鹊也爱得什么似的,比老太太还管得好。过去,喜鹊可着院落乱飞,可着街拉些个喜鹊粪。自从姑娘们一来,喜鹊们不到处乱飞了,也不满街拉喜鹊粪了。喜鹊全听大姑娘、二姑娘的话。老太太一看,高兴得不知说什么是好。

第二年春天,姑娘们把老太太的病侍候好了,就对老太太说:"额娘啊,咱们的日子,这么过也不太好哇!"老太太说:"怎么了?你们有什么招儿哇?"姑娘们说:"我们有个招儿,我们俩会织布,织出来这布,除了咱们穿的,还可以到街上去卖。"老太太说:"哎哟,我可听人家说,那些汉人都穿布。我们不会织布,就得穿皮。你们不知道吗?我们满族男的,穿什么皮长大的,就叫什么皮。①"

一天,姑娘们收拾好了一个屋,就跟老太太说:"额娘啊,我们俩就要织布了。可有一样,我们俩织布的时候,你老可别看。我们好好织,织完了,你就换钱去。"老太太说:"好,我不看。"姑娘们把门一关,在屋里大声说:"明儿个巳时,你老就去卖布啊!"

---

① 满语管皮叫哈赤,努尔哈赤翻译成汉语就是野猪皮,他是穿野猪皮长大的。

第二天巳时，两个姑娘出来了。姑娘们累得一点劲儿也没有了。织好的两匹布纹缕又均匀，又好看。姑娘们说："你老拿出去卖一匹，咱们留一匹自己穿。"老太太高高兴兴地卖布去了。

老太太卖布的事，叫这地方最大的官贝勒大人知道了。贝勒一看："哟，这布织得好哇！比那汉人织的布强多了！你要多少钱？"老太太说出了银子的数量。贝勒说"行"，就买了。贝勒问："还有吗？"老太太说："明儿个还有。"就这样，两姑娘连着织了三天，三匹布，挣了不少银子。

这天，姑娘们说了："老额娘啊，有一件事儿告诉你：无论谁问，你都别说是我俩织的，你就说是你织的。"头一天，老太太照这么说了，第二天，老太太也照这么说了。第三天，老太太架不住人家夸呀，心里话：我有两个姑娘，为啥要藏着掖着呢？就说了实话了。老太太说："实不相瞒哪，我有两个格格。这布是我那大格格、二格格织的。"

贝勒听了，说："噢，好，好，我去看看！"说去就去了。到那儿一看，这两个姑娘长得可真好看啊！贝勒都看傻眼了，他对老太太说："好，明儿个送进贝勒府，到那儿给我织布去！把你老也领进去，到府里吃香的喝辣的！"

贝勒走了，两个姑娘埋怨老太太："额娘啊，不是不让你说，你怎么就说了呢？"老太太也后悔了，掉泪了。那时候，贝勒说一句话，你敢不听吗？就这样，贝勒把娘三个逼到贝勒府去了，死逼着两个姑娘给织布。贝勒说："你们要给我织出三十匹布，我就把你们娘仨放回去。你们若是织不出三十匹布，我就不放你们！"没办法，两个姑娘你瞅瞅我，我瞅瞅你，说："好吧，我们给你织。"就这样，两个姑娘给贝勒织布了。

姑娘织布的时候，贝勒派兵在门外看守着。有一天，贝勒心想：她俩怎么织这么好的布呢？我下晚黑看看去。到晚上，贝勒来到织布屋子的窗户底下。他用舌头舔开窗户纸，往里一看，哎呀！灯光下面，两个姑娘赤条精光的，一点衣裳也没穿。只见她俩你咬我的身上，我咬你的身上。就这么来回咬哇，咬出根根细纱，就往织布机上织。咬哇，咬哇，咬得两个姑娘直掉眼泪。贝勒一看这两个赤身裸体的好看姑娘，就产生了邪念：哎呀，我要她俩当我的福晋，该有多好哇！贝勒越看越出神，不知不觉大声喊道："不用织了！你俩都给我当福晋吧！"这一句

话,吓得两个赤身裸体的姑娘"叭"的一声,就把织布梭子撂下了!两个姑娘撂下了梭子,再想穿衣裳,穿不上了,当时就晕倒了。

贝勒赶紧喊:"来来来,把她俩给我拖出来,赶紧给我将养好!"管事的把两个姑娘搁到另一个屋子里将养起来。第三天头上,老额娘看她们来了。额娘一看两姑娘这样,眼泪成串成串地往下掉,她说:"是我害了你俩了!"姑娘说:"老额娘啊,你不用哭了,我俩不能老待在这儿,我们就要走了。我们没什么给你,请你到织布那屋去,那儿有三撮羽毛。你把那三撮羽毛拿回家绑在织布机的绳子上,再用我俩织的布把三撮羽毛盖上,管保每三天给你出一匹布。老额娘啊,你别管我俩了,我俩是不行了!"老太太拽着两姑娘哭得泪人似的,说不出一句话来。

姑娘们又说:"实不相瞒哪,我们两个就是你的大姑娘三音伊尔哈和二姑娘都龙哈。那三撮羽毛就是我们的衣裳,让坏蛋贝勒这么一惊,穿不上了。我俩只好回家让阿玛、额娘再给我们穿新衣裳了。"

姑娘们说完,贝勒进来了。他刚扑上前来,只见两个姑娘这么一撒手,就出来一股烟儿,立时把老贝勒的眼睛熏瞎了,人也昏过去了。两个姑娘就从窗户一个一个地飞走了。

传说,后来老额娘把这个织布的手艺留给了后世。在这一带还流传着一支歌颂织布格格的歌儿:

都龙哈那么哟咿儿哟,伊尔哈那么哟咿儿哟,
飞呀,飞呀,净身飞呀,织出布来哟,光又滑呀!

讲　　述：潘世贤（仫佬族）
搜集整理：潘琦
流传地区：广西罗城

山鹰姑娘

　　古时候，罗城德音一带原是一片大山林，这里的仫佬人还不会耕田种地，专靠打猎为生。那时候，山是寨佬①的山，树是寨佬的树，穷人上山打猎，得向寨佬进贡。穷苦的仫佬人每天辛辛苦苦打到的猎物，大部分要交给寨佬，自己不够吃，只好吃野果，啃树皮，苦挨苦熬地过日子。

　　在一个寨子里，住着兄弟俩，哥哥叫索洛，弟弟叫索尼。父母临死时留给他们一支猎枪、一副弓箭和一栋破竹楼。兄弟俩相依为命，一年四季爬山穿林打猎，到头来还是挨饿受冻，长年过着黄连般的苦日子。

　　一天，猎人兄弟和往常一样，扛着猎枪，背着弓箭，出门打猎。他们翻过一座座山岭，穿越一片片森林，涉过一道道溪流。奇怪！怎么今天连一只走兽、一只飞鸟也没有碰见？他们走呀走呀，搜呀搜呀，不知不觉一天过去了，树林里慢慢地暗了下来。兄弟俩着急起来，忙寻找回家的路，可是，找呀找呀，连家乡的方向也认不出来了。索尼一屁股坐在一蔸大树下，对阿哥说："哥，看来我们的骨头要丢在这山里喂老虎了！"

　　索洛上前拍着弟弟的肩膀，说："侬②呀，莫怕，自古大路都是人走出来的，我们还是慢慢找吧！"

　　兄弟俩正说着，突然"扑"的一声，只见一棵大树上飞出一只山鹰来。兄弟俩眼明手快，拿起弓箭便追上前去。那山鹰飞呀飞呀，冲破夜空，穿过山林，一直向

---

① 寨佬：古代仫佬族村子里的统治者。
② 侬：仫佬语，即弟弟、妹妹。

东方飞去。兄弟俩追呀追呀,披荆斩棘,穿林越谷,可总是没有开弓的机会。

夜深了,天黑了,地暗了,山林里伸手不见五指,兄弟俩失望了。突然,山林里又闪起一道耀眼的光芒,现出一条金光闪闪的大路来,山鹰又出现在眼前。兄弟俩感到很奇怪,索洛心想:这山鹰莫不是仙鹰,有意来救我们?!忙对弟弟说:"侬,这山鹰不平常,千万不要随便开弓啊!"说完,又跟踪着山鹰。

第二天清早,山鹰飞到一个宽敞的垌场里,落在一片绿茵茵的草地上,不走了。兄弟俩轻手轻脚地走过去,山鹰也不飞走。索洛抱起山鹰,山鹰温顺地依偎在他的怀里,索尼高兴极了,指着山鹰说:"总算抓到你了,这一夜工夫没有白费!"

这时,兄弟俩感到又累又饿,但是他们都不忍心杀掉山鹰。索洛抬眼看看垌场四周的山坡,山坡上长满了一丛丛野板栗和各种各样的野果。他像发现了珠宝一样,忙对弟弟说:"侬,你看这山山岭岭上长的全是吃的东西,快去摘来吧!"

他们摘来野果,坐在一棵松树下吃了起来。索洛一边吃,一边对弟弟说:"尼啊,劳苦的日子我们过够了,寨佬的盘剥我们受尽了,这地方有山有水有野果,又偏僻,谁也不晓得,我们何不在这里安个家?!"索尼听了哥哥的话,觉得有道理,便说:"怀①呀,就按你的主意办吧,只要我们手脚勤快,好日子会在后头的!"

他们把山鹰放在松树下,脱下自己的衣服给它做了个窝,便到山顶上砍来竹子、木头,割来茅草,搭起了一座小小的竹楼。

晚上,兄弟俩在竹楼里点起松明,铺好草床,然后把山鹰放在床上,躺下一起商量着往后的生活。说着说着,两人不知不觉地睡着了。

半夜里,一阵山风把索洛吹醒了,他睁开眼睛一看,只见小竹楼里一片金光,身边的山鹰不见了,面前站着一个穿着花衣和百褶裙的姑娘,笑眯眯地对着他点头说:"大哥,你们辛苦了……"

索洛不待她把话说完,一骨碌爬了起来,大声地问道:"你是谁?"

"大哥,莫害怕,我是山鹰姑娘。你们的苦楚我知道,你们的心思我了解。是我特意把你们带到这个垌场来的!"

---

① 怀:亿佬语,即哥哥。

"山鹰姑娘,太感谢你了!"索洛镇静了一下,感动地说。

山鹰姑娘说:"别客气。请问,往后你们打算怎么办?"

"要用双手开发这垌场,在这里自由自在地过日子。"

"好啊,如果你不嫌弃,我想跟你们一起在这里安家,一起过日子!"

"不行,不行!"索洛忙摇头说,"这偏僻的垌场,就你一个姑娘,多不方便!"

山鹰姑娘"咻咻"地笑了起来:"难道你就一辈子打单身?"说得索洛红了脸,低下头,心里暗暗高兴。他俩便坐在一起叙谈起来。

天亮了,索尼醒来了。他看见一个漂亮的姑娘跟哥哥坐在一起,亲亲热热地讲话,感到很奇怪。索洛把昨晚的事一五一十地告诉了他。索尼高兴极了,当下就催哥哥马上和山鹰姑娘拜天地。没有媒人怎么办?这时,老松树开口说话了:"你们的事我全知道啦,我为你们做主吧!"

山鹰姑娘和索洛成了亲,她教会他们兄弟开山造地,种玉米,种小米,种棉花,又在荒山上栽了板栗、桃、李等好多果树。可是三人挖呀挖呀,挖了整整一年,才开了房子那么大的几块地。

一天,索尼对哥哥和嫂嫂说:"这样挖,不知挖到哪年哪月,才能把整个垌场开完啊!"

山鹰姑娘说:"索尼,莫发愁!请你拔掉我头上这三根金丝发,就能变成金条。你拿着金条去买牛和犁,有了牛和犁,开田挖地就快了。"索尼正要动手,索洛拦住了,说:"山鹰姑娘,这是你的仙羽啊,千万不能拔!"

晚上,兄弟俩睡着了,山鹰姑娘对着清清的泉水,自己悄悄地拔下了头上的金丝发,变成了金条。第二天,索尼拿着金条到山外很远很远的地方,买回了一头黄牛和一架犁。从此以后,他们每天开山犁地,栽树种粮,纺纱织布。又过了一年,山鹰姑娘生了个白胖胖的娃仔,索洛笑得合不拢嘴,索尼整天逗着侄儿笑,一家人和和睦睦,日子过得很美满。

山鹰姑娘和索洛兄弟开拓垌场的事,很快在仫佬山里传开了。不少穷苦的仫佬人先后搬进了这个垌场来,渐渐地聚成了一个三十多户的寨子。人们全都学会了耕田种地,纺纱织布,植树栽花。一年复一年,这个垌场变得越来越富饶、越来越美丽了。

后来,这件事传到了寨佬的耳朵里,寨佬气得火冒三丈,他恨这帮贼骨头过上了好日子,不给他进贡交租。一天,狠心的寨佬勾结官府,派来许多官兵,把峒场团团围住。他们传令:私自开拓峒场的罪魁祸首是山鹰姑娘,要人们把她交出来,否则就踏平全峒场。

乡亲们劝山鹰姑娘快回仙界去,山鹰姑娘说:"当初我忍心拔掉头上的金丝发,就是要永远留在人间。如今生是人间的人,死是人间的鬼,我哪里也不去!"

乡亲们劝索洛带着山鹰姑娘逃往远方,山鹰姑娘又说:"这峒场是我们用血汗开出来的,生要在这里住,死要在这里埋,我哪里也不去!"

这时官兵围上来了,山鹰姑娘从容不迫地走上前去,对官兵们说:"我就是山鹰姑娘,你们不要伤害乡亲们,万事由我承担!"

官兵抓住了山鹰姑娘,搬来了很多很多干柴,把山鹰姑娘捆在老松树下,烧起了熊熊烈火。烧呀,烧呀,突然一阵山风吹来,把火吹灭了,把柴草吹散了,把官兵们一个个吹倒了。只听"轰隆"一声巨响,一座石山裂开一个缺口,石头从缺口上飞崩下来,把官兵们全砸成了肉酱。事后,乡亲们跑到老松树前一看,山鹰姑娘不见了,只见树根下冒出一股清清的泉水来。

后来,仫佬人为了纪念山鹰姑娘,就把这个峒场叫作"得鹰峒",把崩裂的山口子叫"得鹰坳",把老松树下的泉水叫"得鹰杏"。

搜集整理：陆高平
流传地区：浙江杭州

柳浪闻莺

西湖十景，什么"苏堤春晓""三潭印月"，什么"平湖秋月""断桥残雪"，都是天下闻名。但传说西湖原来只有九景，有一处风景叫"柳浪闻莺"，是后来加上去的，内中还有一段故事。

据传，这一带从前叫柳浦，满村是密密层层的杨柳、一排排的破院。住在这里的三百来户人家都是郡王府的织锦户。他们家家织得好锦，有一手好手艺，但家家都很穷困，过的是苦日子。有一户是母子两个，儿子名叫柳浪，是个好后生，手艺很高，但因为穷苦，年纪不小了，还没有娶媳妇。柳浪的心思从来不向人透露，只向那柳林里游转的黄莺倾诉。这黄莺也真懂事，天天飞来为柳浪唱歌做伴，陪他织锦。日子一久，他和黄莺竟成了知心的朋友。

有一天，柳林里转出一个十八九岁的姑娘，圆眼睛，瓜子脸，一身金黄衣衫，显得十分俊秀。她就是黄莺姑娘，偷偷地在窗口看柳浪织锦，想进屋里去，又有点怕羞。这时，正好来了张二嫂，她是个热心人，喜欢管闲事。看到有个姑娘偷偷看柳浪，暗暗地好笑。不料这姑娘一见二嫂，就迎上去叫声姐姐，还说自己是她的表妹金衣。二嫂揉揉眼睛，想：我哪来的表妹呀！但经不得莺姑娘连声叫唤，有点迷糊了，好像娘家真有个金衣妹妹。莺姑娘又编了一些家事，最后说是投奔姐姐来的。二嫂听她这么说，又仔细瞧瞧她模样，心里有了盘算，就过去高声地朝屋里喊道："柳浪！你出来见见我的表妹！"柳浪在屋里织锦，他今天听不到黄莺鸣叫，正在纳闷哩！听到喊声，出门一看莺姑娘，竟觉得十分面熟，就笑吟吟地望着她，莺姑娘红着脸，也不说一句话。二嫂见了，拍着手说："真是天生的一对！"就进屋去找柳婆婆了。

这桩婚事经二嫂一撮合,大家都愿意,就定下来了。柳婆婆更是高兴得合不拢嘴,准备为儿子办喜事。

这一天刚逢三六九日,是缴锦的日子。柳浪定了这门亲事,心里乐滋滋的,就背起锦,兴冲冲地跟着乡邻到郡王府去了。

那郡王是皇帝的侄儿。这一年正是皇帝六十岁,郡王准备选一匹最精美的锦绸奉献上去,就在缴来的彩锦里挑选起来。可是看来看去,挑来挑去,都不满意,后来看到柳浪织的那匹锦,才连连说好。但一听说这锦名叫"西湖九景缎",连忙摇头说:"九字不到头,不能庆万寿。"就立刻唤进柳浪,要他在一夜之间赶织"西湖十景缎",还规定这新添的一景要有声有色。柳浪高高兴兴去缴锦,却带着这灾难回家来了。

莺姑娘在村口等柳浪,见他回来,喊他不应,问他不响,只听他自言自语:"有声……声……"莺姑娘告诉他,家里米不止一升,有两升,够吃三顿了!柳浪又自言自语:"有色,色彩……彩……"莺姑娘再告诉他,二嫂送来一盆鲞,门外挑来一些菜,有荤有素了!柳浪还是焦急地自言自语:"一夜织,织……织……"莺姑娘又告诉他,婆婆已经在煮饭了,不要急!

后来,把事情弄清楚了,莺姑娘说:"有色容易,一夜间织成也不难,只是有声怎么织呢?"她一边说,一边想,后来笑了起来,"有了,有了,你不要急,今晚我夫妻俩同织就是了。"柳浪听莺姑娘能织,忧愁丢了一半,又怕妈妈担忧,要莺姑娘暂先瞒着。

当晚,柳婆婆听说他俩要同织一匹夫妻锦,安心去睡了。柳浪整丝上机,就开始织起来。莺姑娘却推说要去烧壶滚汤,走出了机房。

这有声有色的一景,到底该怎样织,莺姑娘实际也心中无数,她想找众姐姐去商量。趁这月上柳梢的时候,她走到堤边,轻轻地叫了三声姐姐。

一会儿,画眉鸟、八哥鸟、百灵鸟、芙蓉鸟都飞来了。她们听说要织有声有色的美锦,也想不出好办法。最后还是画眉鸟有主意,拉着杨柳条,叫道:"好阿姨,你替我们想想办法吧!"杨柳笑笑说:"小黄莺,这有什么难!织上杨柳就有色,织上黄莺便有声。"

莺姑娘送别了姐姐们,急忙回到机房。这时已经三更天了,柳浪心灵手巧,已织到第五景了。莺姑娘就接过鱼梭,坐上机架,继续一梭一梭地织下去。柳浪在一边,看她织好一景又一景,看到开织第十景,先是一条堤,再是一个旧祠堂,以后是一片成行的杨柳。柳浪看得着急起来,说:"这倒像是我的家,怎么称得上风景?"

莺姑娘笑了笑:"你的家为啥称不上风景呢?"她还是一梭接一梭地织下去,趁柳浪一转眼,她拔下根羽毛,铺到锦上又织了几只小黄莺。

柳浪越看越急,莺姑娘却故意慢吞吞地织好最后一只黄莺,剪下锦缎卷成了一筒。

"我明朝怎么讲呢?这算是什么风景?"

"就叫柳浪闻莺。"

"这越发不对了。"

"有什么不对?风吹杨柳翻绿浪,枝头常闻莺啼唱。这不是柳浪闻莺是什么?"

"有声有色……这声在哪里?郡王规定要有声音的啊!"

莺姑娘再把锦展开,指着杨柳问柳浪,有没有色?柳浪点点头,再指着黄莺叫柳浪细听,果然一只只黄莺,一齐"呖呖"地唱起来。这一下,柳浪可高兴了。从此,"西湖九景缎"也就改为"西湖十景缎"。郡王验过这匹"西湖十景缎",更是如得珍宝,赶快装上锦盒,派人押送进京,还赏赐柳浪一锭元宝。

有了钱,就好张罗喜事了。乡邻们晓得这件事,大家也高高兴兴来帮忙。不料成亲的那一天,郡王府的总管和旗牌上门来了。他们当众开读郡王的令旨,要柳浪的妻子进府去。柳婆婆急忙上前去讲理,旗牌把她推倒了。乡亲们气咻咻地指责总管,旗牌把他们赶走了。柳浪死也不肯让莺姑娘进府去,旗牌把他绑在树上。

莺姑娘这时也真着急:展翅飞吧,怕暴露了自己的秘密;不飞吧,一时又想不出好办法。正在犹豫不决,几个旗牌上前把她绑进彩轿,哄抬去了。

原来,郡王打发走了柳浪以后,自己也想弄一匹西湖十景美锦,又怀疑不一定是柳浪织的,就派旗牌去打听。去的人回报,柳家有一个天仙般的美女。郡王是个色鬼,一听说有美女,立刻下令,骗也好,抢也好,快快派彩轿把她抬来。一面就在偏殿挂灯结彩,准备将莺姑娘娶作第十位夫人。

就这样,旗牌抢了莺姑娘,抬着彩轿进殿来。郡王欢欢喜喜地打开轿帘,哪

有什么美女，竟是一顶空轿。郡王大怒，旗牌们也都慌了。正在这时，府门外传来一阵"咚咚咚"的急促的鼓声。门上人来报，说是柳浪辕门击鼓。郡王哼了一声，说："我正要找他算账呢！"要旗牌将柳浪带进来。柳浪一见郡王，据理指责他不该强抢民妻。郡王却指着空轿破口大骂，说他抗旨欺王。柳浪听说是空轿，以为莺姑娘被他们害死了，一面哭喊，一面大骂，更是大叫大闹。郡王就下令把他绑起来斩了。这时，柳浦的人纷纷赶到，大家哄闹起来，郡王一怒，也叫旗牌都捆绑在一边，一面又连声说："斩，斩，斩，把柳浪斩了！"

郡王刚说完，莺姑娘忽地站在他面前。他一见这俊俏的姑娘，立刻变了一个模样，呵呵笑着，连声说："美人到了，赶快成亲。"

莺姑娘说："慢！先放了人，再来说话。"郡王放了柳浦的乡亲，却不肯释放柳浪。莺姑娘责问他："为什么不放柳浪？"郡王说："罪有大小。要放柳浪不难，只要你我先进洞房。"莺姑娘咬了咬牙，答应了。一些宫娥使女立即把她拥进新房去了。

当天夜里，郡王府里闹盈盈，郡王喜洋洋地进了新房，柳浪却孤零零地被绑在花园里的大槐树下。他迷迷糊糊的，忽然听见黄莺的啼声，又好像有人替自己解绳子，定睛一看，果然莺姑娘在他身边。莺姑娘替他解了绑，就拉着他穿过假山，走上亭阁，翻出墙去。等到旗牌发觉，追上来，只见两个人影子一闪不见了。

旗牌们赶快去报郡王，可是在房门口一连报了几十声，都不听见回应。好容易守到天亮，还是一点动静也没有。没法子，撬进去一看，郡王竟被几株枯杨柳压住了，他翻着白眼，嘴里塞满了泥巴，发不出一点声音来。

莺姑娘和柳浪回到家里，柳婆婆正在哭泣，见到他们回来了，又是喜，又是愁，说："逃是逃出来了，郡王追来还不是……"话未说完，又伤心地哭起来。莺姑娘说："婆婆不要哭，我有办法。"她要柳浪将草鞋脱下来，就带了它奔出村去。

大家正在奇怪，只见天上出现了几百只黄莺，衔着一只大草鞋，慢慢地向郡王府飞去。越飞越低，"砰"的一声巨响，落到郡王府，草鞋变成了山岭，郡王府从此就不见了。

柳浪和莺姑娘欢欢喜喜成了亲。他们织的"柳浪闻莺"一景后来出了名。西湖边这一带，杨柳常青，黄莺常啼，春光也越发好了。

王小和白鸽

讲　　述：曹述茂
搜集整理：侯国锋
流传地区：辽宁弓长岭一带

　　东山沟有个山大林密、人烟稀少的村子。村里有这么一个庄户人家，姓王，小伙子叫王小。父亲头些年就病死了，孤儿寡母的，靠王小打柴过日子。

　　有这么一天，王小正在山上打柴。一抬头，瞅见一个年轻女子也在打柴。那女子转过脸来冲王小那么一笑，这王小的心就怦怦地一阵乱跳。怎么的呢？这姑娘长得太好看了。王小低头一琢磨，这深山老林的，就我和一个年轻女子在一块儿打柴，传出去好说不好听啊！王小就对女子说："山上的柴火有的是，你在这山打。我再走远点，到那边山上去打吧。"王小说完话就奔南山去了。别看王小天天在山上打柴，这南山却是头一回来。他打完柴坐下歇气儿的时候，看到山顶上有个陡立的砬子。砬子上有一个山洞，有不少鸽子在洞左洞右来回飞。他心里琢磨，我爬到山顶掏点儿鸽子蛋，拿回去给老娘将养身子该有多好啊！

　　王小走到砬子根底下，用手抓住葛藤，向山洞爬去。这砬子可真不好爬呀！王小累得满头大汗，张着大嘴直喘粗气。他还是一个劲儿地往上爬，王小是孝子嘛，要是为老娘好，豁出命去他都干。

　　王小刚爬上砬子头儿，只见刚才那个女子正在洞前向他招手呢！她穿了一身雪白的衣裙，衬在绿棵子和洞前面显得特别耀眼。王小心里直纳闷儿：她是啥时候上来的？我爬上来都费这么大劲，她一个弱女子是咋爬上来的呢？她上来干啥？也给老娘掏鸽子蛋？管她呢，反正上来了就不能空手回去。王小硬着头皮向洞口走去。到了洞口那场一抬头，怪呀，那个女子咋不见了？王小寻思，也许是她进洞了。

　　王小也进了洞。先头还能影影绰绰地看着点亮，越往里走越黑。走着走着，王小一脚踩空。他觉得心里忽悠一下子,身子悬空起来,一直往下坠,王小心里想,这下子可没命了。不承想,到了洞底儿,他像落在一堆棉花上,一点也没摔着。他四处瞅了瞅,见前边儿有点亮光。他就迎着亮往前走。走到洞外边一看:啊!这里青的是青山,绿的是绿水,雀鸟唱,花草香,景致美透了。再细瞅也有耕田种地的,骑马坐轿的,跟洞外没啥两样儿。离王小不远,有三间瓦房。房门开着,一个姑娘靠在门框上瞅着王小笑。王小仔细一看,正是山上砍柴那个女子。这女子对他招手让他过去。王小到这人生地不熟的地场,和这女子好赖还有一面之交,只好过去和她搭话。

王小过去对那位年轻女子深施一礼:"请问大姐,这是什么地方?"姑娘轻启鲜红的嘴唇,露出一口雪白的牙来。她对王小说:"这里叫天放府,既非天上,也非人间。乍看是一片太平景象,其实四处都埋伏着杀机,你千万不可到处乱走。你要是不嫌弃的话,请到我屋里歇歇脚吧!"

别看王小惦记着家里的老娘,可心里明镜似的,要想回到人间也不是件容易事儿,除非请这女子帮忙。事情到这个节骨眼上,只好跟女子进了屋。屋里的摆设特别洁净,连一点灰星儿也没有,还有一股淡淡的香味直往王小鼻子里钻,使王小心里挺敞亮。王小是穷人家的孩子,别看对这些摆设叫不出名堂来,可也觉得挺值钱、挺好玩的。那女子三番五次地让他,他才在一把太师椅的沿儿上轻轻坐了下来。王小欠着身子问:"大姐,你贵姓?"年轻女子说:"我姓白,你就叫我白大姐好了。"

王小又问:"白大姐,你把我叫到这场来有啥事吗?"女子说:"我知道你是个出了名的孝子,是一个能干活、心眼儿好的小伙子。我想和你成亲,你要答应了,我今儿个就做你的媳妇。在这儿待几天以后,咱们就双双回家侍奉老娘。你要是不答应,我可不是吓唬你,今生今世你就别想再回去了。"

王小瞅着眼前的女子长得那么带劲,这么大个小伙子了,心里能不喜欢吗?真和她成亲,那是打着灯笼也找不着的好事呀,可他又惦记着家里的老娘,心想:我要在这儿待个三天五日的再回家,老娘还不得饿死呀!那女子像看透了王小的心思,她说:"你是惦记着老娘没人照管吧!这事你不用犯愁,老娘在家现在就有人侍候。等你回去以后,老娘肯定将养得又白又胖。"王小还是有点不放心地问:"你不哄弄我?"姑娘说:"等成了亲咱就是两口子了,我怎么能哄弄你呢?"

王小这下心里有底了,就乐颠颠地答应了亲事。当天晚上他们就拜堂成亲。什么吴三姑哇,贾二哥呀,姐姐妹妹呀,来了不少的客人,一直闹腾到半夜。客人散后,两口子进入洞房。那股恩爱劲儿呀,就不用细说了。

这女子是谁?她的原身是只美丽的白鸽儿。她苦心修炼,受了日精月华,变幻成人形。她时常看王小打柴,就动了春心,和王小成了亲。

第二天吃完早饭,白鸽姑娘对王小说:"我到你家去看看老娘,约莫有两个时辰就能回来。你就在家待着,哪儿也不兴去。实在闷了,就在后花园里逛荡逛荡,千万别往远走。"王小说:"那好吧,我哪场也不去。"

王小在屋里坐了一会儿,实在闷得慌,就出门来到后花园。后花园不大,一袋烟的工夫就走遍了。他看到后花园还有个月亮门儿,就走出月亮门儿,沿着石头台阶,信马由缰地往前走。山道两边全是不知名的花花草草。王小只顾游山玩水,忘了白鸽姑娘的话,一直向山顶走去。来到山顶,他看到各种雀鸟成群,在天上自由自在地飞来飞去。离山顶不远的地方,有一个山洼洼,那里的花草长得特别茂密。王小越看越觉得怪,雀鸟飞到那个山洼洼就掉到草棵里,再也不见飞起来。

王小想弄明白到底是咋个事,就悄悄地向那个地场走去。到那个山洼洼附近,他躲在一棵大树后面探头张望。王小不看还好,这一看,差点把他的魂儿都吓飞了。你猜怎么着,深草棵里有一个像井一样的洞,一条足有老缸粗的怪蟒大半截身子在洞里,头和小半截身子在洞外,张着血盆大口在那儿等着。凡是有鸟雀飞过,怪蟒轻轻往里一吸,鸟就落到它的嘴里去了。

王小的怕劲一过,这气劲可就上来了。他心里琢磨:怪蟒啊怪蟒!你这么大的家伙,吃鸟雀一天得吃多少?刚才我搁山顶上站那么一会儿,你就吃了百八十只,这得要多少鸟雀才能供你吃饱?看你那样一顿就能吃一头老牛。不想法儿把你整治住,往后这鸟得叫你吃绝了。王小四处一撒目,看到一块五颜六色、亮闪闪的石头。王小琢磨:我把石头往你头顶一扔,你定会认为是彩色鸟。你要把石头吞了,也够你这家伙一呛。想到这儿,王小拿起石头用力向怪蟒头顶扔去,怪蟒猛地一吸,就把那块石头吸进肚里。怪蟒知道上了当,可已经晚了。它想收拾王小,已经没了精神,身子往下一缩,回洞里去了。

王小在大树后面等了好一会儿,见没有什么动静,就走过去趴在洞口往里看。他刚往洞里一探头儿,就觉得洞底像有什么东西在拉他。王小身不由己地被拉到洞里去了。

这洞又黑又滑,还有一股刺鼻的腥气,弄得王小直想呕吐。他强忍这难闻的味,觉得两耳生风,呼呼地向洞底掉去。王小想,这回该没命了。哪承想,落到洞底,却被一个老太太用手接住了,还是没摔着。

老太太拉着王小的手,向这个洞的洞口走去。王小觉着老太太的手冰凉冰凉的,直拔骨头。这洞外又是一个世界,看着比他媳妇儿住的那地方还好。真是山外有山,天外有天!王小仔细一打量这个老太太,只见她穿青褂罩,一身黑,右手拄着拐杖,左手紧紧握住王小不放。老太太一脸凶相,样子十分吓人。

老太太把王小拽进一个黑漆大门里边儿。这里的房子一色是黑瓦青砖。老太太把王小推到一间石头屋里,用拐杖冲王小一点,王小就动弹不了啦。

老太太坐在门口儿的一把椅子上,跷起二郎腿对王小说:"王小哇王小,你的心也太狠了。你知道我是谁吗?我是蟒仙,刚才你看到的大蟒是我丈夫。他早就闻到了生人味,是一时大意才上了你的当。你知道你刚才扔的是什么石头吗?是金刚石。那玩意儿吞到肚里怎么也化不了,能把五脏六腑都坠坏。为了治好老头子的病,今夜子时我要拿你的心做药引子,你就等着开肠破肚吧!"老太太说完进了上屋,去侍候大公蟒了。王小这下来了个透心凉,只好等死了。

再说白鸽姑娘,她和王小告别后,化成鸽身,展翅飞翔,不一会儿就到了王小家。王小他老娘见儿子一宿没回来,正坐在门口抹眼泪呢。白鸽姑娘变成人身,来到老太太跟前说:"大娘,您们家王小在辽阳城办点事,这两天不能回来。他托我给您捎个信,带点吃的和烧的来。"老太太说:"我儿子到底出啥事了?他不回来我可咋过呀!"白鸽姑娘说:"您老安心过日子吧,若有啥难办的事,会有人来帮您的。昨下晚儿不就有人帮您煮饭吗?"老太太一想可也对。她用眼睛瞅了瞅姑娘带来那点粮和柴,心里又没底了。为啥?粮食能数过粒来,柴火能数出根来。老太太寻思,这还不够我吃一顿的呢!

白鸽姑娘看透了老人的心思,急忙对老太太说:"大娘,您老别看粮少。您可以使劲吃,等把这些粮吃没了,您儿子就该回来了。"

白鸽姑娘走后,老太太心里琢磨:我一下子把米都煮了,把柴火都烧了,下晚儿我儿子不就回来了吗?对,就这么办。老太太赶紧淘米做饭。饭做好了,她就盛出来吃。老太太吃这饭觉得特别香甜,不用吃菜,里面山珍海味,合计什么味就有什么味儿来。吃完一碗,老太太还想吃。她揭开饭锅一看:这怪事就来了,锅里还是那么多饭,管吃不见少。打这以后,老太太就靠吃这锅饭活着。这饭还不馊不坏,啥时候吃都是热乎的。

白鸽姑娘告别了老太太,"呼啦啦"一眨眼的工夫,就飞回了洞府。她一看王小没了,掐指一算,这下糟了:王小让蟒精给困住了。凭自个儿的道行,怎么也不是蟒精的对手。只好去请吴三姑帮忙。这吴三姑是谁?是千年的蜈蚣精,别看蜈蚣小蟒蛇大,这蟒蛇专怕蜈蚣,就像大象怕耗子似的。

白鸽姑娘飞到吴三姑的洞府,见吴三姑正在打坐。吴三姑见来者是白鸽姑娘,就和她打诨取笑:"小妮子,得了如意郎君,过得快活吧?"白鸽姑娘娇嗔地说:"三姑,人家心里都要急死了,你还来取笑。"吴三姑笑着说:"瞧把你急得那个样,还你一个活蹦乱跳的王小不就结了?"白鸽姑娘乐得直拍手:"三姑,你答应了?"吴三姑说:"答应归答应,我可不能上她洞里跟她斗,你得把她引出来才行。"白鸽姑娘满口应承。

吴三姑先在远一点的地方躲着,离近了怕蟒精算出来。白鸽姑娘上前骂阵。她来到蟒洞附近,左一个老妖婆,右一个妖怪地骂。骂了足有半个时辰,到底把蟒精的火给骂上来了,她驾着黑风冲出洞外。白鸽姑娘早已飞得远远的了,她在远处的山上冲着蟒精高声叫骂。蟒精恨得咬牙切齿:"小丫头片子,我非活吞了你不结。"就驾着黑风向前追去。等蟒精省悟过来往回走的时候已经晚了,吴三姑正在洞前等着她呢!

母蟒精明知不是吴三姑的对手,也只得硬着头皮应战。怎么着?她惦记着老公蟒哪!好一场恶战!狂风滚滚,飞沙走石,两个绞在一起。战了能有一个时辰,还是不分上下。战着战着,吴三姑突然一缩身形,变成一条小蜈蚣,"哧溜"一下就钻到蟒精的鼻子里去了。这小蜈蚣顺着鼻子眼直钻到蟒精的脑袋里,去吸蟒精的脑子。蟒精一阵头晕目眩,现了原形,在地上打了几个滚儿,死了。

吴三姑把白鸽姑娘喊到跟前，直奔蟒精的洞穴杀去。吴三姑治死了大公蟒。白鸽姑娘就去救王小，可她找了半天也没找着，就可着嗓子喊："王小！王小！"她听到王小在一个大石头箱子里答应。白鸽姑娘急忙跑到石箱子跟前，见王小在里面囚着，这箱子盖上有个透气的眼儿，王小才没被憋死。原来，母蟒精出战前，怕王小趁机跑了，就把王小关在石头箱子里了。吴三姑和白鸽姑娘对着石头箱子那是一点辙也没有，把个白鸽姑娘急得"嘤嘤"直哭。王小在石头箱子里也唉声叹气。

吴三姑说："我有办法了，你拿我的宝剑去请贾二哥。他看着我的宝剑，肯定跟你来。"贾二哥是谁？是穿山甲修炼成的。他穿山钻洞的本领那是天下第一。这小小的石头箱子对他来说，是张飞吃豆芽——小菜一碟。

白鸽姑娘拿着吴三姑的宝剑，心急火燎地向贾二哥的洞府飞去。不一会儿，贾二哥和她一起到来，三下五除二地钻坏了石头箱子，救出了王小。王小和白鸽姑娘夫妻相见，抱头痛哭。

他们哭了一气儿，贾二哥对白鸽姑娘说："你们赶快走吧！怪蟒还有三个儿子，他们听到父母遇难，肯定找你们报仇。你们赶快逃到凡界。他们不敢去那场找你们。他们如果到了凡界，就是违犯了天条，玉皇大帝会派人去用雷把他们劈死。"吴三姑说："本来我可以把他们都除掉，但人家也修炼了好几百年，我不能再杀生了。你们还是快点逃走吧！"

白鸽姑娘与王小对吴三姑和贾二哥千恩万谢。吴三姑不忍和白鸽姑娘分离，拉住她的手说："妮子，我已是过来人了，愿你们夫妻恩爱，早日了却这一场尘缘，早日回归洞府。"四个人洒泪而别。

白鸽姑娘和王小回到洞府，打点了一些该用的东西。随后，白鸽姑娘对着王小的脸吹了一口仙气，喊声："变！"他们化作一对白鸽，双双飞到人间。

到了王小家门口儿，他们又变成人形，来到老人身边。王小瞧老娘吃得又白又胖，心里这块石头才算落了地。老太太见儿子领回这么个俊俏媳妇儿，细一瞅正是上回送粮送柴那个姑娘，乐得连嘴都合不上了。打那往后，他们一家三口团团圆圆地过日子，生活得很美满。

讲　　述：杨国花（苗族）
翻　　译：熊湘模
搜集整理：范仲成、熊湘模
流传地区：四川珙县

雀儿妻

有个孤儿天天去开田，开呀开呀开到一块田，明晃晃的。有群雀儿从半空中飞来，天天跟到田坎转，看孤儿开田。

有一天，他要收活路的时候，那群雀儿把身上的毛扯来插在田坎上就飞走了。接连几天都是这样，孤儿觉得奇怪，就去问老汉："老汉，往年我开田，没得雀儿飞来看。今年我去开田，有群雀儿天天飞来看。我犁朝这边，它们跟着朝这边；我犁朝那边，它们跟着朝那边；我收活路的时候，它们把毛扯来插在田坎上才飞走。接连好些天都是这样，不晓得是咋个的哟？"

老汉说："这回你去犁田，收活路的时候，等雀儿全飞走了，你去田坎上这半头扯三片雀儿毛，那半头扯三片雀儿毛，拿回家，好好地插在屋檐上，看会出点啥子事。"

第二天，孤儿当真按老汉说的，在田坎这半头扯三片雀儿毛，在田坎那半头扯三片雀儿毛，拿回去插在屋檐上。从那以后，孤儿每天犁田回来，都有人给他煮好饭，屋子扫得干干净净的。他问寨子头的人，满寨子的人都说不晓得是谁。孤儿又去问老汉，老汉说："明天早上吃过饭，你假装去犁田，半路上悄悄回去藏在簸箕底下，就看到是哪个来帮你煮饭的了。"

孤儿回去照老汉教他的办法，刚刚藏到簸箕底下，就看到一个女子进屋来帮他煮饭收拾屋子。他跑过去一把逮到那女子，后来他们就成了家。

过了些日月，婆娘生了一对娃儿。婆娘天天去做活路，留男人在屋头照看娃娃。小的那个娃娃爱哭，他就去扯屋顶上的雀儿毛来，一个耳朵头插一片，飞来飞去逗娃娃，两个娃儿直笑，再也不哭了。

那天，婆娘在屋头带娃娃，娃娃哭得不得了。她问："噫，娃娃，你爹在屋头带

你们,你们不哭,我在屋头带你们,你们咋个爱哭哟?"

娃娃说:"爹在屋头带我们,拿雀儿毛插在耳朵头,飞来飞去逗我们,你做不到,我们咋不哭呢?"她又问:"雀儿毛在哪点吗?"娃娃说:"在屋檐上。"她说:"你们引我去看!"娃娃指给她看。她看到她的羽毛,就捡来插在耳朵头,也飞来飞去逗娃娃。飞啊飞啊飞一阵,就变成个雀儿飞上天去了。娃娃见妈变雀儿飞走了,哭得不得了。

孤儿收工回来听到娃娃直哭,问:"你们哭啥子哟?"娃娃说:"妈变成雀儿飞上天去了。"

孤儿叹了口气,坐下说不出话来。娃娃见爹气倒了,就说:"爹,我们去问老汉,看咋个才把妈找得回来哟。"

两个娃娃去问老汉,老汉说:"娃娃们,你们回去还是拿雀儿毛插在耳朵头,飞上天去找你们妈回来嘛!"

两个娃儿回来,把雀儿毛插在耳朵头,飞来飞去的,当真就飞上天去了。飞啊飞啊,终于飞到他们家公家婆屋头。两个娃娃住下来,晚上横竖哭。家公问:"你们哭啥子哟?"娃娃说:"哎呀,妈上来了,我们不晓得把她找得回去不哟。"家公说:"娃娃,你们甭哭,明天你们上山去,认得到家公,就喊得到你妈回去;认不到家公,就喊不到你妈回去哟!"

唉!咋个认得到家公啊?两个娃娃又急得哭啊,哭得不得了。家婆悄悄来对娃娃说:"娃娃,你们不要哭。明天你们看到对面山坡上有匹大白马吃草,就上去,哥哥逮马尾巴,弟弟逮马鬃,逮到后你们两个就喊'哥逮尾,弟逮鬃,你是我们亲家公',你们就找得到妈回去了嘛。"两个娃娃听了好欢喜啊!

第二天吃过早饭,家公说:"娃娃,你们找家公嘛,一会儿来哟!"说着,家公走了。

两个娃娃耍了一阵才走后头去。看到一匹大白马在山坡上吃草,两个娃娃爬上去,哥哥逮到尾巴,弟弟逮到马鬃,兄弟俩边拉边喊:"哥逮尾,弟逮鬃,你是我们亲家公!"大白马当真笑啊,笑啊,笑得不得了。

回去后,家公对两个娃娃说:"你们认到我了,让你妈跟你们回去。"他们吃了七天肉,喝了七天酒,家公家婆把娃娃妈喊出来,跟儿子们回地上来,儿爷娘才团圆了。

讲　　述：林振邦
搜集整理：林宏
流传地区：陕西临潼

火晶柿子

关中临潼县，有座苍翠的骊山。骊山东边不远的山坡上，有个小村子叫三里任，这儿盛产一种中外驰名的火晶柿子。凡是来骊山游览，到华清池温泉洗澡，或去秦俑馆参观的人，如赶上季节，都要品尝品尝这种又红又软、皮薄瓤细、汁美味甜的火晶柿子。

这种柿树无籽可种，是靠嫁接在软枣树上繁殖的。是谁第一个把软枣树嫁接成柿树？第一枝火晶柿子树的果枝是从哪儿来的？故事就从这里讲起。

很早很早以前，三里任村住着一个老头，养着四个儿子。大儿子叫大富，二儿子叫二财，三儿子叫三卒，四儿子出生不久，老伴就不幸死了。老头无心给娃取名字，村里乡亲们都顺口叫他四子。

一年一年又一年，老头的四个儿子都长大成人。眼看着穷老头就要享清福了，谁知命运不济，大富、二财、三卒都先后死了，老头只好随着四子苦度晚年。四子为人忠厚老诚，干活勤快，孝敬老人，乡亲邻友都夸赞他。四子为了让老父亲吃饱穿暖，不怕劳累，春夏开荒种地，入冬上山打柴，采摘软枣，换钱贴补家用。父子俩就这样相依为命，凑合着过日子。

四子家门前有棵枝叶繁茂的大树，不知啥年啥月起，有只火鸟落在大树上，絮了个窝长住下来，任家老辈也不在意。火鸟长着一身火红的羽毛，叫声清亮动人，四子从小就喜欢火鸟。等到四子稍大，能下地干活时，每天清晨，火鸟便用清亮的叫声唤四子起床、下地干活。傍晚，火鸟又唱着好听的歌儿迎接四子收工还家。长年累月，四子和火鸟之间建立了深厚的感情。

一年冬天，任四子从集上卖枣回来，老远就听到火鸟急促的呼救声。四子连忙加快脚步,赶到村口,瞧见两个孩子上树拆鸟窝。火鸟也不示弱,用嘴去啄一个孩子。另一个孩子看见自己的伙伴被火鸟啄得抬不起头,便拉弓放箭,只听"嘣"的一声,火鸟被射落到地上。四子赶到树下,见火鸟右翅中箭,在地上扑棱着。四子心痛地抱着火鸟,拔去箭,轰走两个淘气的小孩,把火鸟带回家包扎好伤口。他端来了清凉的泉水,好心的老父亲给火鸟拿来了小米饭。父子俩每日精心地照护这只心爱的火鸟。

一月一月又一月,春暖花开,火鸟受伤的翅膀长好了,四子和父亲就把火鸟放回树上。从此,每天大清早,火鸟就又叫醒四子下地干活;晚上,又唱着歌儿迎接四子归来。

一天,四子从地里干活回家,走到门前,听见一个姑娘用清脆的声音和他打招呼:"四子,你回来了!"四子惊奇地看了看四周,连一个人影都没有。接着,他又听见对他说:"你喜欢我吗?救命恩人!"四子寻声猛地抬头,树上那只火鸟正笑着向他点头呢。四子不由得又惊又喜,急忙答道:"我喜欢你,火鸟!"

原来,火鸟在四子家门前的大树上,已经住了整整一百年,会讲人话了。火鸟从窝里衔出一根果树枝,丢给四子说:"这是我从遥远的花果山衔回来的,它能结出又红又甜的果子,比软枣好十倍。"四子拾起来一看,觉得很奇怪,这连根都没有的树枝,能栽得活、结果子吗?于是问火鸟:"没根的果枝能活吗?"火鸟回答说:"会活的。你先收起来,明天有人来帮你拾掇。"四子半信半疑地拿着果枝回到屋里。

这天晚上,四子做了一个奇怪的梦,他梦见一个姑娘,穿着一身红似朝霞的衣裙,送给他一对火红色的水晶灯笼。他高兴地拿给父亲看,又请来了好多乡邻,大家都说好。忽然,火鸟一阵叫声把他从梦中唤醒,他睁眼一看,天已大亮了。勤劳的小伙子惦着昨天还没有种完的地,就连忙起身下地去了。

四子来到地里,一口气把地种完,干得浑身是汗,就想到地头歇一下。他刚在一块石头上坐下来,就站起来了。原来,他看见地头一棵软枣树齐腰断了。他自言自语:"人没头活不成,树没头咋长?谁把树给截断了呢?"他想:如果把昨天火鸟送的那根果枝嫁接在软枣树上,不就两全其美了吗?于是,他就收拾家伙回家去了。

快到家门口时,他看到自己灶房的烟筒冒着青烟,他抱怨自己只顾干活,忘了早些回家给父亲做早饭,让老人自己动手了。可是,他走到家门口就不由呆住了,原来草房中有一位美貌的姑娘,正在给父亲端饭呢!这位年轻姑娘和自己昨晚梦中见到的一模一样。四子十分纳闷,真想叫一声大姐,可又觉得害羞,叫不出口。姑娘见他那副呆傻样子,大方地笑着说:"到家了,不进门,待在门口干什么?"这时父亲才说:"四子娃,你过来,听爹给你说。这姑娘名叫火晶,无依无靠,今天来咱家讨饭,我见她十分可怜,把她让进咱家。她看我上了年纪,一个人在家挺孤单,愿养我到老。我一生有儿没女,就把她收作干女儿留在咱家。从今以后,你俩就是兄妹了。"四子听了,高兴得合不拢嘴,饭也吃得特别香甜。吃完早饭,兄妹二人就一同下地了。

四子和火晶来到地畔,四子说要给断了头的软枣树接个头。火晶说:"行!"四子从怀里取出无名果枝,火晶姑娘用镰刀在软枣树上砍了个裂缝,四子把果枝接头削成马耳形插进去。火晶姑娘又剥了些树皮绑了几圈,两人就上山砍柴去了。

一年两年三年,这棵树开花、结果了。秋后,树上好像挂满了红灯笼,晶莹透亮,兄妹俩把果子摘回家,一家三口谁都舍不得吃。

在劳动和生活中,四子和火晶姑娘相亲相爱,父亲和乡邻们都说他俩是很好的一对,婚事就这么定下来了。大年初三是他俩成亲的日子。当乡亲们来祝贺时,他俩就把藏了一冬的新奇果子端出来待客,让大家尝新鲜,大家吃了赞不绝口。村中一个老秀才插嘴说:"这果子咱们还是头一次尝到,过去别说吃,连见都没见过。果子还没有名字,今天我给它取个名字,就叫'火晶四子',吃果不忘育果人嘛。"大家觉得很好,火晶四子这个名字从此就叫开了。

火晶四子受到乡亲们的欢迎,他们把培育这种果树的嫁接方法传授给大家,全村家家户户都种上了火晶四子树。不知过了多少年,人们把"火晶四子"念白了,传成今天的"火晶柿子"了。

讲　　述：益西丹增（藏族）
搜集整理：廖东凡、次仁多吉、次仁卓嘎

钻石姑娘

　　从前，在帕加桑布，有一个贪得无厌的国王。他住着镶金嵌玉的宫殿，吃着山珍海味的酒宴，守着装满珍宝的宝库，但是，他像贪婪的强盗一样，搜刮着人民每一块沾满汗渍的钱币。

　　王宫附近，住着一个穷苦的少年，叫作班台。因为他模样十分难看，人们叫他"丑孩子"。他从小失去了父母，两个哥哥又不愿抚养他。所以，班台白天在市场拍手唱着乞讨歌，求得一点糌粑和食物，晚间回到一个破木棚里，蜷缩在草屑里睡上一宿。

　　班台的两个哥哥常常到深山砍伐树木，然后背到市场出卖，日子渐渐富裕起来。班台央求两位哥哥带他一起到深山伐木。有一天，他们来到一片离城很远很远的森林，砍倒树木，剁去枝丫，然后，两个哥哥拿出自己携带的食物，坐在石头上大嚼大喝。可怜的丑孩子什么吃的也没有，在一旁气愤地说："哼，越是有钱的人，手头越是吝啬！总有一天，我要是当了国王，就要把一切金银珠宝都施舍给穷苦的百姓。"两个哥哥听了，拍着肚子哈哈大笑，说："弟弟，石头里打不出酥油来，你还是啃啃自己的手指头当点心吧！"

　　丑孩子班台又饿又累，不知不觉酣睡过去。等他醒来的时候，天色已经昏黑，大雨落个不停，霹雷在森林中滚动，两个哥哥早已走得无影无踪。他冷得瑟瑟发抖，在茫茫无边的森林里乱跑，寻找回城的道路。忽然，他看见一只美丽的金翅鸟，被雷雨击落在地上，眼看就要断气了。他十分可怜这只小鸟，轻轻地捧了起来，小心地揣在怀里。由于他身上暖和，小鸟苏醒过来，发出"叽嘎叽嘎"的鸣叫声。少年高兴地说："飞吧，飞吧，可爱的鸟儿！飞到你阿妈的怀里去吧，飞到你阿爸的窝巢里去吧！"鸟儿展开翅膀，在少年的头上飞了三圈，才恋恋不舍地离去。

过了几天，他在街头要饭，忽然觉得有个人形影不离地跟着他，回头偷偷一望，天啦！原来是一个绝顶美丽的姑娘，披着金丝的长衫，戴着钻石项链，不住地朝他微笑。少年又惊又怕，心想：她不是国王的公主，就是贵族的小姐，我若和她搭腔，就会招来灾祸。对，逃吧！于是他钻过人群，一溜烟逃回自己的小木棚。

从此，班台每次出门，姑娘都不停地跟在他后面，还"哧哧"地笑个不停。他失魂落魄，有时躲进酒店，有时藏到林卡，怎么也摆脱不了姑娘的纠缠。有一回，班台壮着胆子说："高贵的姑娘呀，你如果是天上来的，就回天上去吧！如果是海里来的，就回海底去吧！你天天跟着我这又穷又丑的少年，使我连乞讨的路子都没有了！"姑娘上前几步，温存地说："少年，你住在什么地方？我想到你家看看。"班台大吃一惊，连连央告道："我住的地方跟狗窝不相上下，实在没有一点点可以看的地方。再说，这件事被你权高势大的父兄知道，我的脑袋就要搬家了。咕叽，咕叽①，请你再不要跟着我啦！"

少年七弯八拐，回到自己破旧的小木棚时，那个穿金衣衫的姑娘已经在里边把东西收拾干净，等他多时了。姑娘笑盈盈地说："在一切男人中间，你是最没有出息的了。我对你十分钟情，自愿和你结为夫妇，你却把我当成吃人的老虎，满城逃奔。"

丑孩子哭丧着脸说："我身上没有穿的，口里没有吃的，哪里养得起你这云间落下的仙女？再说，我的长相又是这么难看。"

姑娘说："你面貌虽丑，却有一颗金子般的心！告诉你吧，我叫帕朗玛娣②，是森林中一个普通的姑娘。只要我俩一起生活，吃喝就用不着你发愁。"说罢，抖开自己浓密的头发，用金梳子梳了几下，只听得满地发出清脆悦耳的响声，阴暗的木棚顿时处处光芒四射。原来从姑娘头发里掉下的，全是珍贵无比的钻石。班台站在一旁，只管看得发呆。

---

① 咕叽：藏语，劳驾。
② 帕朗玛娣：藏语，钻石姑娘。

帕朗玛娣拾起钻石,用一块白绸子包好,递给少年说:"你把这些钻石卖给街上的商人吧!不过,你要记住,千万不要讲钻石的来历,也不要提我的名字。因为除你之外,旁人是看不见我的。"

少年班台把钻石揣在怀里,走进一家四张木门的店铺中。商人看到这些稀有的珍宝,惊奇得半天说不出话来,最后才结结巴巴地说:"少年,你这些钻石的价值,可以买下整个王宫。我这辈子是没法付清的。如果你一定要卖给我,那么,我城里有幢三层楼的房子,房子里有九间装满酥油、茶叶、青稞、氆氇、肉类的仓库,我把这幢房子上从屋顶的经幡,下到门后的扫帚,统统交给你好了!"于是,商人陪同班台察看了房屋和仓库,交接了所有的锁钥,两人就高高兴兴地分手了。

从此,在破旧的小木棚里,姑娘和少年共同过着愉快的生活。他们不愁穿,不愁吃,有时喝酒谈心,有时弹琴歌唱。渐渐地,班台丑陋的面容变得端正而英俊;他那瘦猴似的身子也一天天健壮起来。凡是和他相识的人,无不惊奇他的变化。有些好事的邻居到破棚附近偷听,听到有年轻姑娘的歌声和笑声,但从门口张望,又只有少年独自一个。

再说,商人得到钻石的事情,传到了国王的耳朵里。他马上派出一队士兵,搜走全部的珍宝,并把商人押进王宫。国王说:"诚实的商人呀,请你告诉我,这么多珍奇的钻石,是从何处得来的?"商人跪在国王面前,不停地用额头碰着地面,战战兢兢地说:"报告主上,这是从外国一位富商那里买来的,因为实在太昂贵,我只得一年一年地付钱。"

"住嘴!"国王凶恶地吼叫,"既然是国外的巨商,怎么会让你一年一年地付款!我要把那根烧红的铁条从你的嘴里捅进,脚板心里捅出,才能把你的真话捅出来。"商人朝国王指的方向一看,只见四个凶神般的武士,拿着一根烧得通红通红的铁条走来。他吓得几乎昏倒过去,只好承认钻石是从一个丑孩子那里买来的。国王命令商人三天之内要把少年找到,如果找不到,还得用烧红的铁条处死他。

商人找呀找呀,整整找了七天,怎么也找不到少年的影子。因为刚才说过,少年的模样已经变了。国王说:"你这个办不了事的家伙,我先给你打个印记吧!"他吩咐手下的武士用铁条在商人的腿上烫了一下,痛得商人死去活来,当场签字画押,继续去寻找少年。

一天,少年班台正从市场走过,看见商人拄着拐杖,愁眉苦脸,一瘸一拐地东张西望。他兴高采烈地跑去,开心地摸着商人的长胡须。可怜的商人左看右看,终于认出了他,便流着痛苦的眼泪,把倒霉的经过原原本本说了出来。少年对他十分同情,和商人一起去见了国王。国王说:"要饭的,你从哪里弄到这么多珍宝呢?"少年回答道:"国王呀,说起这些钻石的来历,真是有趣极了。有一次,我在很远很远的山里拾柴,看见一棵很高很高的树,树上有个很大很大的鸟巢。我想:掏几个鸟蛋做午饭吧!我爬呀爬呀,爬上树顶,看见鸟巢里有一把小石子,闪闪发光,赶紧抓起来带回家,卖给这位商人,才知道这些石头子叫什么钻石。"国王尖细的眼睛转了几转,假心假意地说:"我相信,帕加桑布的百姓是不会欺骗自己的国王的。你们走吧,回家去吧!安安心心地过快活日子吧。"

从王宫出来,少年暗暗庆幸,因为钻石的来历总算瞒过了残暴的国王。谁知没过三天,少年又被武士抓到国王那里,他一边走一边叫道:"国王呀国王,我是半颗钻石也没有了。"这时,国王从黄金宝座上俯下身来,和颜悦色地问:"少年,告诉我,在你破木棚里唱歌说笑的姑娘,是从哪里来的?"原来,少年从王宫出来的那天,国王已经派出暗探侦察了他的情况。听了国王的话,少年大吃一惊,不过,他还是笑嘻嘻地说:"国王呀,请不要在穷人的身上寻开心了,我这乞丐,除了自己的影子,谁还会来做伴呢?"国王怒骂道:"闭嘴!我要把烧红的铁条从你的口里捅进,脚板上捅出,把你肠子里的实话捅出来。"

说罢,一群魔鬼似的刽子手,有的把他掀翻在地,用牛皮条把他的手脚牢牢捆上;有的拿着烧得通红通红的铁条,比比画画,只等着国王一声命令。少年班台惊恐地闭上眼睛,默默地祷告:"美丽的姑娘帕朗玛娣啊,我们只能在另一个世界相见了!"

但是,国王处死少年的命令被一阵清脆的笑声打断了。只见一个穿着金衣衫的俏丽女子像一朵轻风吹动的金云,飘到国王面前。她那爽朗的、纯洁的、银铃般的笑,真是能让死人复活,让老人变得年轻。她笑着对国王说:"我就是这位少年的妻子,你不要杀他,有事找我好啦!"

国王瞪着一大一小两只眼睛，连声喊道："可惜呀可惜，这么美丽的女子，却嫁给一个要饭的穷人。来来来！留下来做我的妃子吧！"说完，就伸出长满汗毛的胖手，去拥抱帕朗玛娣。姑娘却像一只灵巧的小鸟，"咯咯"地笑着，飞快地跑着，一会儿在东，一会儿在西，一会儿跳上宝座，一会儿绕过台阶。国王就像一只笨拙的狗熊，不是踢倒了椅子，就是碰破了额头。看着国王的丑态，不但少年班台非常开心，那些侍从武士也捂住嘴巴暗笑不止。帕朗玛娣站在国王的宝座上，指着累得直不起腰的国王，笑嘻嘻地说："国王呀，如果你想得到钻石的话，快快趴在地上捡吧！"说完，抖开自己又浓又密的头发，用金梳子不停地梳着。一颗颗金光闪闪的钻石，叮叮当当地在殿堂上飞溅。国王高兴得狂叫起来："侍从呀！武士呀！快快帮我捡钻石呀！"他们在地上爬来爬去，想抓住那些乱蹦乱跳的小宝贝。但是，钻石抓到手里，就像雪花落在湖面，无声无息地消失了，他们累得东倒西歪，也没有得到一颗钻石。而帕朗玛娣和少年班台早已从王宫逃跑了。国王暴跳如雷，命令出动所有的兵士，一定要把少年和他的妻子抓回来。

　　再说帕朗玛娣回到小木棚，对班台说："告诉你吧，我就是你在森林中救活的那只鸟儿。现在既然被贪心的国王看到，他一定会派兵来抓人。今夜你快快赶到我姐姐爱扎玛娣那里，把那个奇妙的风箱借来！"接着，她交给他一只宝石戒指，嘱咐了种种寻找爱扎玛娣的办法，少年就匆匆出发了。

　　他按照姑娘的指点，一直朝东走呀朝东走，翻过白雪覆盖的高峰，越过喷珠吐玉的江河，走进一座很大很大的森林。森林里长满檀香树、红松树、白桦树，还有各种各样的果树、灿烂夺目的鲜花。无数他见过或者没有见过的鸟儿，有的在翩翩起舞，有的在林间嬉戏，有的在互相追逐，有的在云间盘旋。五颜六色的羽毛，使人眼花缭乱；此起彼伏的鸣叫，好像节日一样喧闹。少年穿过森林，看到一座珊瑚砌成的宫殿。他走上第一层楼，那里有许多穿绿衣服的姑娘，在叽叽喳喳地说着笑着，他按照帕朗玛娣的吩咐，用宝石戒指在每人面前晃了一下，踏着玉石楼梯登上二楼。那里又有许多穿金衫的美女，在高高兴兴地唱着跳着，他又按照帕朗玛娣的吩咐，用宝石戒指在每人面前晃了一下，登上三楼。

　　三楼上，摆着一把金椅，椅上放着一只宝石镶嵌的小箱子。他又按照吩咐，朝金椅作了三个揖。忽然，从箱子里跳出一只百鸟之王布谷鸟①来，"叽嘎叽嘎"叫了三声，变成一个跟帕朗玛娣同样美丽的姑娘。

她头上戴着绿色的宝石，身上穿着蓝得发亮的长裙，用唱歌般的声音对少年说："我就是爱扎玛娣！我就是爱扎玛娣！你有什么事说好啦！你有什么事说好啦！"少年把帕朗玛娣交代的话向她重述一遍。爱扎玛娣眉头一皱，气愤地说："帕加桑布的国王，太坏啦！太坏啦！你快把宝贝拿去，搭救我可怜的妹妹吧！"说完，交给他一只很小很小的风箱。少年左看右看，怎么也不相信它能对付国王的军队。再看看天空，已是第二天的早晨，太阳已经升上雪山，这么远的路程，怎么能赶回去呢？他心里更加焦躁不安。爱扎玛娣看出他的心思，给他披上一件羽毛缝制的衣衫，用嘴轻轻一吹，少年就像长上仙鹤的翅膀，飞过森林，飞过雪山，飞落在自己的破木棚旁边。

这时，国王的几千卫队正带着刀矛弓箭，发出"勾——嗨——啸——"的狂叫，把小木棚围得水泄不通。帕朗玛娣得到奇妙的风箱，心中十分高兴。她走出小木棚，对国王的卫队说："士兵们，你们快回去吧，回去吧！你们还不撤走的话，我叫你们耀武扬威地来，东倒西歪地逃跑！"国王的卫队长不听姑娘的劝告，命令兵士们冲锋。帕朗玛娣非常生气，打开奇妙的风箱，朝国王的卫队不停地扇动②。只见一股股强劲的风把士兵们吹刮得东倒西歪，有的跌落在水沟，有的紧钉在墙壁。大家见势不好，用刀矛当成拐棍，用弓箭支撑身子，统统掉转身逃命。

少年看到奇妙风箱的威力，高兴得把帽子扔向天空，说："姑娘！姑娘！快把风箱借给我，让我去教训教训那个残暴的国王。"他带上风箱，来到王宫下边。正在房顶观战的国王，见自己的卫队像秋风吹刮下的树叶，七零八落地飘过来，不知发生了什么事情。少年一手叉腰，一手指着国王骂道："你这吃山不知饱、喝海不解渴的暴君，一只脚已经踏上天葬场了，还威风些什么！"国王一见少年，恨得咬牙切齿，命令身边的武士赶紧用乱箭把他射死。少年说："国王，你天天想着上

---

① 布谷鸟是西藏民间传说中的鸟王。
② 西藏的风箱是从上往下压动，而不是拉的。

天堂,现在,我就送你上天堂好啦!"他打开风箱,用劲扇了几下,国王就像一只风筝,很快地升上天空,在市场上空起起落落,时上时下。

市场上来来往往的百姓都痛恨残暴的国王,纷纷拍手叫好。少年说:"国王,既然你不想上天堂,就落进地狱好啦!"于是,把风箱一停,国王从半空摔落下来,断气了。市场上的百姓齐声说道:"谁正直就是长官,谁慈爱就是父母。少年呀,你为我们除掉了吸血的恶魔,我们推举你当新的国王。"

少年班台当了帕加桑布的国王,帕朗玛娣做了王后。他们打开国王的宝库,把过去国王掠夺的金银财宝分给穷苦的人民。有一天,少年去巡视分配财物的地方,发现自己的两个哥哥带着很大的牛毛口袋,正在领取各自的一份。少年走过去说:"哥哥,我在伐木时讲的话,总算兑现了吧!"这时,两个哥哥才知道新选的国王就是自己的丑弟弟,羞愧得没有办法,恨不得变成一只老鼠,钻到地洞里藏起来。

搜集整理：董均伦、江源
流传地区：山东胶东一带

虎口屋

从前有一个庄里住着娘儿两个，靠租地种过日子，交了租子就剩不下几颗粮食了，揭不开锅那是常事啦。有一天吃早饭，娘儿两个只守着一个糠窝窝头，娘说："大拴呀！你吃了好上坡去做活！"大拴说："娘！你这么大的年纪啦，你吃了吧！"你推我让的谁也不舍得吃。正在这时，有一个讨饭的老妈妈到了门上，瘦得皮包着骨头，好几天没有吃饭了。娘儿两个把那个糠窝窝头给她吃了。老妈妈又说，她家离这里还有七十多里路，自己怎么也走不到家啦！娘儿两个听了她的话，都替她着急，大拴很乐意亲自把老妈妈送回家去。

上了路，老妈妈就走不动了，大拴背着她。走了一里又一里，从早晨走到天晌，从天晌走到日头偏西。大拴肚子里没有饭，真是饥饿难忍，累得精疲力竭，但他还是一句怨言也没有，背着老妈妈往前走。

又走了一阵，看看日头快要落山，走了也有七十来里路了，前面还是望不见村庄，挡着路的却是一片明晃晃的大湾①。老妈妈叫大拴放下她，说："好心的小伙子，你把我送到家啦，待会儿从湾里出来个什么，你就拿着。那是我送给你的。"话刚说完，老妈妈向湾里一跳，没到水里去了。

大拴一惊，这不是淹死了吗？不去救她还等什么！他什么也不顾就想往下跳。这时只见老妈妈从水里露出了半截身子，双手捧着一只花母鸡说："好心的小伙子，你不用为我担心了。我送你这只花母鸡，它愿意和你一块儿过日子！"说完，老妈妈把花母鸡放到岸上，又没到水里不见了。

---

① 大湾：积水的洼地，胶东一带都叫"湾"。大的叫大湾，小的叫小湾。

  花母鸡溜溜地跑到大拴身边,他抱起它来回了家。娘儿两个商议了一下,打扫净了窗外面的鸡窝,把花母鸡放了进去。睡下的时候已过半夜。

  天快亮的时候,花母鸡在鸡窝里咕咕地叫了两声。大拴的娘醒了过来,听了听儿子还在打鼾,她叹了一口气,自言自语:"大拴这孩子上坡去做活,能有个米面饼子吃多好!可今天早晨连糠窝窝头也没有。"

  天明了,大拴上坡去了。娘也起来,没有别的下锅,还有一笸箩地瓜叶,打算煮煮,娘儿两个好吃。她掀开锅盖,简直欢喜愣了:锅里有黄黄的米面饼子,还蒸着咸菜,都大冒热气的。真是怪了!大清早上谁也没来,什么人给弄的饭?左思右想也寻思不开,她把饭拾掇到篮子里,罐子里舀上开水,挑着去送给儿子吃。到了坡里,便把这回事对大拴说了,大拴听了也觉得奇怪。

  做晌饭的时候,大拴娘又坐到炕上,偷偷地听着。别的什么动静也没有,只听得地下"咕咕"两声,接着冒了一阵烟。大拴娘连忙下地,只见花母鸡慌忙地向院子里跑去。掀开锅一看,又是米面饼子和油蒸的咸菜。

  晚饭还是这样,娘儿两个从此有了饭吃,不再受饿。

  过了些日子,大拴和人家换工,从圈里往外抬粪。做晌饭的时候,大拴娘坐在炕上自言自语:"抬粪这个营生可累,光大拴好说,还有外人,要是有个白面饼吃吃多好!"话刚说完,就听到花母鸡"咕咕"了两声,大拴娘忙从灯窝①里偷偷地往外看。只见花母鸡跳进门口里,翅子一扑棱,变成一个很俊的媳妇,灶门口冒了一阵烟,媳妇又变成花母鸡跑出去了。晌饭,大拴他们吃的白面饼、好菜。大拴娘把见到的都对儿子说了。

  第二天早晨,大拴和一些小伙子掰合②一块儿锄地,大拴说要留在家里做饭,他偷偷地避在屋门后面。娘在炕上自言自语:"今天早上锄地,能有个饽饽吃么!"话刚说完,花母鸡"咕咕"了两声,跳进屋门口里,翅子一扑棱,变成了一个很俊的媳妇。大拴猛地从门后跑出来抱住了她。媳妇羞红了脸,低着头说:"咱两

---

① 灯窝:胶东一带,人们常常用薄壁把一栋房子隔成好多间,为了节省灯油,在薄壁上留下个一块砖那么大的长方形的小孔,把灯放在里面,点一盏油灯就能照两间屋子。这个长方形的小孔就叫"灯窝"。

② 掰合:凑合在一起互相帮助。

个可得说定了,碰到什么事也不能三心二意。"

做好了饭,大拴对媳妇说:"你跟我到坡里去吧,等俺吃完饭,你把家什挑回来,我就不用回来送了。"媳妇答应了。大拴走在前面,媳妇跟在后面,满坡里锄地的人都忘了做活啦,瞪着眼看。饭送到地里,小伙子们哪里还顾得吃饭!都光顾看了,因为谁也没看到过这么俊的媳妇。

大拴有了个好媳妇,一传十,十传百,传到这庄上老尊长的耳朵里了。老尊长把大拴娘叫了去,骂了一顿,说她家伤风败俗,媳妇不是明媒正娶的,不能留在这一姓里,逼着大拴娘回去把媳妇撵走,要是不撵走,过两天就要把她儿子和媳妇活埋了。

大拴娘回到了家,看看儿子那么欢喜,看看媳妇那么好,怎么也不愿意说出那样的话来。她心里又难受又焦急,就得了急病,半天的工夫就不行了。临死的时候,她嘱咐儿子、媳妇说:"这里不能待了,你们两个赶快去逃难吧!"

大拴和媳妇埋了娘,近处不敢落脚,商议了商议,便向远远的大山里奔去了。路上吃尽了千辛万苦,这天来到了大山的半腰里,迎面起了一阵大旋风,旋风中一条青龙,张牙舞爪地向他俩扑来。大拴吓得浑身直抖,媳妇用身子挡住他,拾起了一块石头扔过去,不偏不歪正打在龙眼上。龙逃了,旋风也煞住了。

大拴想起刚才的情景来,不觉说道:"唉!从来也没受过这样的惊吓!"媳妇脸色忽然变了,她望着大拴看了一会儿,冷冷地说道:"你也不用后悔!我走了,你愿意回去就回去吧!从今以后我再不带累你了。"

大拴要解释,她却如飞一样地走了。他赶着赶着便看不到她的身影了。大拴爬上了高山,翻过了大沟,棘针挂破了衣裳,石头磨破了脚,还没找到媳妇,他还是往前走。

一直找了三年,在一个山涧里碰着一只老虎。大拴忘了害怕,连忙问道:"老虎!你看到我媳妇了吗?"老虎张开口,只见媳妇在虎口里坐着。大拴想也没想,扳着虎牙就跳了进去。

打这以后,那老虎张着口,大拴夫妻两个把虎口当屋过起日子来了。虎口慢慢变成石头的了。大拴和媳妇的孩子生了孩子,孩子又生了孩子,到现在已经是一个大庄了,那个庄名就叫"虎口屋"。

讲　　述：赵文润
搜集整理：赵君伟
流传地区：黑龙江一带

鸡冠亭

　　从前,道士山东边有一户人家。老妈六十多岁,儿子叫春生,二十五六岁,长得又漂亮又壮实。登山抓猛虎,弯弓射大雕,是个打猎的能手。

　　这天太阳没出来,春生就背上弓,带上箭,上山了。爬了两道岭,蹚了三条河,天到巳时了,连只兔子也没碰上。正要坐下喘口气,忽听头上有咕咕的叫唤声。仰脸一看,头上飞来一只鹞鹰,两个铁爪抱着一只白母鸡,白母鸡有气无力地张着嘴。他急忙挽弓搭箭,"嗖"的一声,一箭正中鹞鹰的头上。鹞鹰一侧身子和白母鸡一同掉下来了。他恐怕摔死白母鸡,刚伸手去接,白母鸡在半空中看了看他,一展翅飞进草窠子里了。随后,从草窠子里蹿出一条有缸口粗细的花蜈蚣,花蜈蚣瞅瞅春生,一摆尾巴又钻进一个山洞里。春生没找着白母鸡,拎起鹞鹰就下山了。

　　这天下晌,春生和妈妈正褪鹰毛,门吱呀一声,闪进一个穿着金黄色衣裙的姑娘,没等门关上又进来一个穿着银白色衣裙的姑娘。两个姑娘那个好看劲儿啊,就像两朵刚开放的牡丹。双双向春生妈请安后,就蹲在春生的一左一右,褪起鹰毛来了。这个歪头瞅瞅春生,那个胳臂碰碰春生,闹得春生脸儿红得像个鸡冠子。春生妈见她俩既亲热又大方,就问这问那。黄衣姑娘说她叫小黄,不会纺线,求妈妈教她纺线。白衣姑娘说她叫小白,不会做针线活,求妈妈教她针线活。春生妈说,只要来,她就教。鹰肉下锅了,黄衣姑娘走了,白衣姑娘也走了。从这以后,她俩天天都是脚前脚后来,脚前脚后走,不是学纺线就是学做针线。跟春生更亲热,这个抢衣服洗,那个抢袜子补,有说有笑。头回生,二回熟,慢慢春生也不那么害羞了。

这一天,两个姑娘一边一个,靠在春生妈的身上。小黄说:"我会纺线织布了,做你儿媳妇吧!"小白也说:"我会缝衣补袜了,嫁给你儿子吧!"这下子可把春生妈难住了。

春生看在眼里,计上心头,把妈喊到一边,出了一个主意。娘儿两个把小米和稻米掺成两盆摆在地上。妈妈把两个姑娘叫了过来,说:"好马不配双鞍,我儿子只能有一个媳妇。给你俩一人一盆米,要把小米挑出来。谁挑得快,挑得一清二楚,谁就做我的儿媳妇。"话刚说完,小黄一把就把小一点的米盆抢过去啦,往外挑起小米来,又笨又慢腾腾的。春生皱起眉头没吱声。小白蹲到大一点的米盆旁边,往外挑稻米,像小鸡啄食一样又快又利落。春生舒展眉头笑了笑。

妈妈一袋烟没抽完,小白把小米和稻米分出来了,黄白分明一粒不混;小黄挑出的米还不满一碗。春生妈看了看,说:"小白是我儿媳妇了。"春生瞅着小白点了点头。小黄的嘴噘得多高,脸气得通红,央告说:"好妈妈,再做一件事情看看。"春生看妈又有点为难的样子,说:"该做饭啦,你俩都用自己挑的米,做出一锅二米饭来。"春生妈接着说:"谁做的米不夹生也不糊,既肉头又有饭味,就做我的儿媳妇。"说完又点着了一袋烟。

这回小黄没先动手。她看小白不慌不忙地生着火,先把稻米下锅里煮个开,然后把小米下进去就把锅盖上了。她也想这样做,可是她的米没挑完,只好一起倒进锅里了,怕落在后面,又猛架起火来。春生妈抽完三袋烟,让两个姑娘掀开锅。小白的饭又肉头又香味扑鼻,小黄的饭没掀锅就一屋子燎烟味了。春生妈笑呵呵地说:"小白过来和春生拜天地吧。"

小黄抱住春生的胳膊:"别上当,小白是只白母鸡。"小白怒冲冲地指着小黄的鼻子:"她是蜈蚣精,要害你啊!"小黄撒开春生就地一滚,一条黄地黑花的大蜈蚣张着大嘴,吐出毒芯朝小白扑了过去。小白也现了原形,一只雪白的大母鸡迎了上去。蜈蚣本来就怕鸡,不战就酥了骨,一佝偻,被白母鸡啄瞎一只眼睛,疼得它身子一拱,往大湖南岸逃走啦。白母鸡一展翅追了下去。眼看要追上了,蜈蚣猛一回头喷口毒雾,白母鸡摇晃几下就扭头慢慢飞回来了。白母鸡落在春生家的院子里。春生急忙把它抱了起来。白母鸡眼泪汪汪地趴在春生怀里说:"我是你搭救的白母鸡,我看蜈蚣精要害你才这样做的。这蜈蚣精害了九十九个童男了,害了你凑够一百个就成仙了。我现在中了蜈蚣毒液,活不成了。你把我的肉吃了,把我的冠子停在门前的石碇子上,蜈蚣就不敢来了,来也不敢沾你身。"白母鸡说到这儿就死啦。

春生没有吃白母鸡的肉。他把门前的石碇子顶上打扫干净,恭恭敬敬地把白母鸡停在上头。他们母子恋恋不舍地瞅着瞅着,白母鸡身上冒出一股香味来,一个劲儿往春生的鼻孔里钻,香味越大,鸡身子越小,最后只剩冠子了。说也怪,香味一没,春生就觉得小白和他变成一个人了,鸡冠子也变成石头的啦。

后人听到春生停鸡冠的事,又见石碇子顶上真有一个鸡冠形的石头,就把这石碇子叫作鸡冠亭啦。

讲　　述：汤成儒
搜集整理：陈钰
流传地区：甘肃敦煌

黄水坝

黄水坝坐落在阳关的东南,坝高十余丈,水阔十多里。湖水湛蓝晶莹,清澈见底。游鱼成群,水草丛生。明明是绿水碧波,可为啥叫作黄水坝呢?

传说很早以前,这儿本是绿茵茵的草滩,肥沃的农田。村子里有个憨厚老实的小伙子,叫白老大,二十多岁了,连个媳妇也没有。他六岁死了亲娘,爹续了弦,生了个儿子叫白老二。继母待人手毒心狠,爱财如命,比中药里的白矾还啬(涩)皮,大家都叫她老白矾。白老大穿的是破衣烂衫,吃的是粗米黑面,住的是草棚牛圈;老二穿的是绫罗绸缎,吃的是细米白面,住的是瓦房大院。老大干活,老二念书。按说,老大该娶媳妇了,老白矾一怕花钱,二怕他分家,有意不理这事儿。

一天,白老大正在锄地。突然,一只黄鸭惊慌地飞到面前,朝着他鸣叫着。这时,一只老鹰向黄鸭扑来。老大抡起锄头猛地向老鹰砸去。老鹰丢下猎物,迅速飞走了。

白老大把黄鸭带回草屋,为它包扎好受伤的翅膀,精心喂养它。黄鸭的伤很快养好了。老大下地,它飞到地里唱歌;老大回家,它飞到屋里鸣叫。自从有了这个活物,老大再也不感到寂寞了。

日子一久,老白矾发现老大变了:从前愁眉苦脸,现在笑容满面;从前破衣烂衫,光着脚片,现在衣着整齐,穿上了新鞋。她便留神起来。

一天傍晚,老白矾路过草屋,听到里面有个女子娇声细语地和老大说笑。她便蹑手蹑脚地扒到牛筋巴窗户上,用舌头舔破了纸一看,惊呆了。只见老大对面坐着一个姑娘,生得眉清目秀,妩媚多姿,像天仙一样漂亮。她乌黑的发髻上插着一只金簪,在油灯下闪闪发光,上身穿一件玫瑰红的衫子,腰间系着一条杏黄色的裙子。她就是黄鸭姑娘,为报答救命之恩,不嫌贫苦,和老大结成了夫妻。

老白矾正要转身离去,亲生儿子来了。老二也扒在窗上偷看,口水流下三尺长。因他是个浪荡公子,一见黄鸭姑娘,魂飞魄散,当下撒娇,要她娘做主,娶那个姑娘做媳妇,不然就要一头碰死。老白矾对老二历来是百依百顺,要地不敢给天。她人毒心眼多,把贼眼珠一转,领着老二破门而入,站在那里,双手叉腰,恶狠狠地说:"老大,你干的好事!她是什么人?"

"她是……是我媳妇。"老大羞怯地说。

"我咋不知道?哼哼,别人都说你老实,谁知道你是个牛皮灯笼,竟把人家这么好的姑娘拐骗上来了。"说着,老白矾立即换了一副笑脸,殷勤地拉着黄鸭姑娘说:"姑娘,这事不怨你,跟我到后院去,这儿不是你住的地方。"

"我不去!"黄鸭姑娘甩开手说。

"你呀,跟了他,是把鲜花插在牛粪上了!走,给我老二当媳妇去。"

老大气愤地说:"我们早已成了亲!"

"好呀,你一无父母之命,二无媒妁之言,竟敢私自成亲!你伤风败俗,我告到衙门,先打你四十板子再说。"

黄鸭姑娘说:"都是自家人,还打官司,不怕别人笑话?"

老白矾贼眼珠又骨碌一转说:"好吧,看在姑娘的面子上,官司就不打了。老大,明天,你给咱挖十亩地的涝池,若办不到,姑娘就归老二了。"

"这……"老大哪敢应承,气得说不出话来。

黄鸭姑娘在一旁说:"行。用不着一天,明天早上就给你挖好。"

"好,一言为定!"

老白矾和老二走后,老大紧锁着双眉,抱头蹲在炕沿上,不住地唉声叹气。黄鸭姑娘见状,扑哧一笑说:"别发愁了,这事儿不难办,交给我了。"

"你有那么大能耐?"

"你不必担心,我自有办法。"到了夜深人静时,黄鸭姑娘来到门前十亩大地,拔下头上的金簪子,沿地画了一圈。

第二天早上,老白矾刚一出大门,就大吃一惊:十亩地的涝池竟在一夜之间被挖好了。她气呼呼地对老大说:"你既然本事大,那就在三天之内给涝池挑满滚烫的开水。办不到,那姑娘就归老二!"

没等老大开言,黄鸭姑娘回答说:"行。用不着三天,明早就担上水。"

老白矾高兴地走了。老大对黄鸭姑娘说:"你呀,三天都办不到的事,还保证一晚上办到?唉……"

"别发愁了,咱们去烧开水。"

晚上,白老大挑来开水担子,黄鸭姑娘拔下金簪子在桶内一搅,倒进涝池里。只见那水立刻变成了沸腾的开水,霎时涌满了整个涝池。回到屋里,黄鸭姑娘拿出一锭金、一锭银,对老大说了几句悄悄话,老大连连点头。

那老白矾回到瓦房里,高兴得睡不着觉,她算定老大有天大的本事,也办不到这件事。谁知第二天清早,和老二到涝池边上一看,傻了眼!只见池内开水沸腾翻滚,热气冲天。气得她七窍生烟,贼眼珠又一转,对老大说:"老大,快来看,开水里怎么有条大鱼?"老大信以为真,只管低头寻看,冷不防被继母一把推入涝池,眨眼沉了底。老二先是吃了一惊,然后高兴地跳了起来。黄鸭姑娘心里虽恨,但不露声色。

突然,老大从池水中冒了出来,喊叫说:"快来捞金砖、银圆宝呀!"老白矾一看老大没淹死不说,还左手举着耀眼的金砖,右手拿着雪白的元宝。她立即眉开眼笑,问:"老大,这金银是哪里来的?"

"涝池底下捞的!"

"有多少?"

"看不清,可能也不多。说好,谁捞上算谁的,我可不给你们分!"说罢,老大一个猛子扎进水中。

老白矾一听不多,生怕金银圆宝被老大一人捞去,忙对老二说:"快下去捞金银!"

老二吓得只管后退,说:"这么烫的水,能下去吗?"

老白矾上前拉过亲生儿子说:"老大咋不烫?快下去,如果多,你就上来招手,我也捞去。"不由分说把老二推下涝池。

老二掉入涝池,又淹又烫,冒上水面,双手胡乱扑打了几下,又沉了下去。老白矾还以为儿子招手叫她呢,便"咚"的一声,也跳入池内。作恶多端的母子俩再也没有上来。

一会儿,老大出了涝池问黄鸭姑娘:"奇怪,池水虽开得翻滚,为啥一点儿不觉得烫?"

黄鸭姑娘说:"好心肠的人下去如洗温水澡,坏心肠的人下去要送命。"

之后,池水慢慢变凉了,可是不断地往上翻冒,白老大和大伙儿就打了一座大坝,拦住泉水,来浇灌庄稼。日久天长,水越来越多,坝也就越打越高。每当太阳下山时,晚霞像匹彩绸落在水上,成群结队的黄鸭轻盈地掠过水面,湖水荡起了金黄色的波光,金碧辉煌,真是好看极了。人们就为它起名叫"黄水坝"。

讲　　述：朱小和（哈尼族）
搜集整理：卢朝贵、叶肥、王维凡
流传地区：云南元阳县

鹅姑娘

从前，有个叫嘎成的人，他从小失去了父母，靠做点小买卖过日子。由于家里穷，虽然已是大小伙子了，还没娶上媳妇。

一天，他背了些盐巴、丝线路过老林，要到山头的寨子去卖。突然，草棵里跳出一只油光水滑的小麂子，眼里含着泪珠，可怜巴巴地对嘎成说："好心的大哥啊，上边有撵山的猎狗追我，要命的猎枪吓得我实在跑不动啦，请你救救我的命吧！"这时从不远的地方传来了狗叫声和猎人的吆喝声，好心肠的嘎成急忙放下背篓说："别害怕，快跳进我的背篓，我想办法救你。"

嘎成刚把小麂子藏好，猎狗就追上来了，狂叫着向他猛扑过来。嘎成急忙用棍子赶打着猎狗，不让它们接近背篓。撵山人见嘎成赶打着他的猎狗，心里很不高兴，说："小伙子，莫不是你偷了我撵山来的麂子？"嘎成哈哈大笑，幽默地说："撵山跑出来的野物要枪打着才能吃，你是想麂子想昏了？麂子又不是没长腿，睡在这里让我拾！不要在这里闲扯了，不然麂子跑远了追不着。"撵山人无可奈何地吆喝了一声，领着猎狗钻进老林中去了。

嘎成背着麂子穿出老林，又走过几个山头，来到一条小河边，才把小麂子放出来，温和地对它说："没有危险了，快找妈妈去吧。"小麂子走了几步，回过头来说："好心的大哥，你顺着这条小河往上走，小河的尽头有七个泉眼的龙潭，龙潭边住着老两口，你到那里就大声叫喊：'卖丝线啰，换盐巴。'他们要买你的盐巴、丝线，你不要金，不要银，给你虎皮熊胆你都不要换，只要他们那只小白鹅。"说完，小麂子轻轻地向嘎成点点头，摇了摇那对长耳朵，转眼就不见了。

嘎成记住小麂子的话，走了一天又一天。饿了，河边林子里有野果；渴了，小河的水又清又甜。

这天嘎成终于走到了小河的尽头,那里果然有个清澈见底、比十个圆桌还大的龙潭。龙潭底七个泉眼冒出一串串珍珠般的水花,潭里有只小白鹅自由自在地游着。嘎成照小麂子的话大声叫喊起来:"卖丝线啰,换盐巴!"

过了一会儿,一个很精神的老妈妈来到嘎成的面前说:"小伙子,丝线盐巴我全买了,要多少金子?"嘎成说:"给金子我不卖。"老妈妈又问道:"不要金子,那是要银子?"嘎成说:"给银子我也不卖。"老妈妈奇怪地睁大眼睛说:"给金子、银子你不卖,那是要换东西?"嘎成赶忙点点头。老妈妈说:"那我拿十张虎皮给你吧。"嘎成摇摇头。老妈妈说:"再加十个老熊胆你该换了吧?"嘎成仍然摇摇头。老妈妈说:"贪心的小伙子哟,那么你要什么说来我听听,我就满足你吧!"嘎成柔声细气地说:"尊敬的老阿妈哟,如果你愿意,就把龙潭里那只小白鹅给我,其他东西我一样都不要,这一背箩盐巴、丝线都是你的了。"老妈妈长长地叹了口气,把手向小白鹅一招,小白鹅立即游到老妈妈面前。老妈妈把小白鹅送进嘎成的背箩,说:"看你是个善良诚实的人,我就让它跟你去吧,你可要永远爱它啊!"

嘎成辞别了老妈妈,背着小白鹅上了路。

这天,嘎成来到一个四面环山的大水塘边。塘子里的水像镜子一样平静、明亮,水塘边各色鲜艳的山茶把人的眼睛都瞧花了,鼻子都闻醉了。嘎成把背箩放在塘边,用手捧着水来喂小白鹅,谁知小白鹅早已跳进水塘,亮着好听的歌喉唱着,自由自在地在水中玩耍。突然,小白鹅把头向水中一扎,无影无踪了。

嘎成等啊等啊,眼睛望酸了,两脚站痛了,始终不见小白鹅的影子。嘎成想起老妈妈嘱咐的话,心里难过极了。小白鹅还没背到家就被水淹死了,他伤心地坐在水塘边哭了起来。

也不知过了多少时辰,嘎成耳边忽然响起了一阵比唱歌还好听的声音:"嘎成阿哥,肚子该哭饿了吧?你看日头都落山了。"嘎成忙抬头一看,只见一个簸达①笑盈盈地站在他面前说话呢!姑娘的美丽把嘎成羞得心怦怦直跳;姑娘的话语把嘎成甜得笨口笨舌。他红着脸低着头说:"姑娘别笑话我,我有一只可爱

---

① 簸达:哈尼语,漂亮的姑娘。

的小白鹅在水塘里淹死了,所以伤心。"姑娘听完嘎成诚实的话语,银铃一样的笑声更甜了,说:"嘎成阿哥,快别伤心了,我就是那只小白鹅。阿妈看你善良、诚实,有心让我跟你过日子。"

嘎成听完姑娘的话,心里乐得开了花,但想想自己的困境,心又一阵酸痛。他眼里含着又是喜悦又是悲伤的泪珠说:"好心肠的篾达哟,我是一个穷哈尼,哪里配养活你,还是回到你阿妈家里去,让她另给你挑个大户人家吧!"姑娘掏出香喷喷的手帕,揩干了嘎成的眼泪,深情地说:"多憨的嘎成阿哥,我会帮助你富起来的。你看天都快黑了,我们就在这里盖起房子住下来吧!"嘎成为难地说:"没有斧子砍不了树,没有石灰怎么盖房啊?"白鹅姑娘用手指了指树说:"你看那里不是斧子吗?"果然,一棵两抱粗的松树下有一把闪光发亮的利斧。白鹅姑娘又用手指了指水塘边的一大堆大石头说:"你看那不是顶好的石灰吗?"嘎成忙跑去瞧,那些石头果然变成了石灰。

嘎成同白鹅姑娘在水塘边盖起了石灰房,引水塘的水开出了一丘又一丘田。从此,嘎成和白鹅姑娘在这里幸福地生活下来了。

不久,白鹅姑娘的美丽、嘎成的勤劳、他们和睦幸福的生活像天上的彩云一样四处传开了。哈尼阿窝也听到了白鹅姑娘的名声。他怨恨穷小子嘎成得到的幸福,恨得直咬牙。他想得到白鹅姑娘,想得口水都流到地上了。为了霸占白鹅姑娘,他绞尽脑汁想出了个坏主意。

阿窝立即派人把嘎成叫来,假惺惺地说:"小伙子,快同你的老婆搬进寨子住吧,那水塘边的老林里虎豹豺狼凶得很。"嘎成说:"尊敬的阿窝,对付虎豹豺狼我有弩箭。"阿窝说:"看不出你还是个好猎手啊!正好我要十只活虎,如果你在十天之内捉十只老虎给我,我当然就由你不搬进寨子啰,不然就得由我为你们家做安排。"

嘎成回到家,一头睡倒在床上,饭也不想吃,口里直叹气。白鹅姑娘忙问道:"你是哪里不舒服,还是阿窝让你受了气?"嘎成只好把阿窝的阴谋告诉她,愁苦地说:"十天猎十只老虎都困难,何况十只活虎?唉……"白鹅姑娘微微一笑,说:"我以为哪样了不起的事呢,这简单。过几天你去买十只大黄狗来就行了。"嘎成照白鹅姑娘的话,买了十只大黄狗。到了约定的那天,白鹅姑娘把狗拢在一处,用口对着十只黄狗一吹,十只黄狗立即变成了十只张牙舞爪的大老虎。嘎成把十只老虎送进阿窝家,帮他关在空房里。

阿窝见捉虎没难住嘎成,心里还不甘休,又要嘎成送十只活野猪来。

嘎成满脸怒色走回家,对白鹅姑娘说:"这块地方我们住不成了。"白鹅姑娘安慰嘎成说:"阿哥,快别说憨话了,是不是阿窝又欺负了你?"嘎成又把阿窝的无理要求说了一遍,最后气愤地说:"我看他是存心要整得我们没法过日子!"白鹅姑娘也气愤地说:"要活野猪也容易得很嘛,我们送给他!"

第十天,白鹅姑娘手里抬着一碗水,嘎成赶着十头大猪,到了阿窝家。阿窝一见嘎成赶来的是十头大猪,正要叫骂,只见白鹅姑娘把水向十头大猪浇去,大叫一声"变",十头猪的嘴立即变成犁铧那么长的拱嘴,嘴边露出像尖刀一样锋利的獠牙。十头野猪在阿窝家里横冲直撞,拱倒了围墙,拱倒了房子。十只老虎跳了出来,把阿窝、阿窝的兵丁和阿窝家的人全咬死了。

从此,白鹅姑娘和嘎成,还有穷乡亲们再也不受阿窝的欺压,过着无忧无虑的幸福生活。

搜集整理：张六合
流传地区：河南

二梅嫁蛇郎

伏牛山里有一个村庄叫王家庄，庄上住着一个人叫王进。这王进虽说不是员外人家，可日子过得很富裕，家中青堂瓦舍，用着丫鬟、长工，还修了一个大花园，专门觅人种竹栽花，庭内景色十分幽雅。

王进虽说日子舒坦，可是也有不称心的事：一是身边没有儿子，只有两个闺女，大闺女叫大叶，二闺女叫二梅，姐妹俩都长得人才出众；第二件事就是二梅的婚事不从父母之命，王进一气之下便得了病。

大叶和二梅虽说是亲姊妹，可是心肝全不一样：大叶天天不下绣楼，连自己穿衣、梳洗、涂脂抹粉也得丫鬟们伺候；二梅却经常和丫鬟们住在一块，还和她们一起干些家务杂活。这样日子一长，大叶笨手笨脚，什么也不懂；二梅呢，却变得心灵手巧，不要说闺中描龙绣凤，就是农田耕耘也样样精通。王进常夸大叶是"天生贵凰""闺门之秀"，骂二梅是"贫贱小女""生就的穷命根"。

这年春天，王进病重，让大叶到后花园采朵鲜牡丹做药。大叶下了绣楼，独自来到花园，走到盛开的牡丹花下。正要伸手摘花，只听一声尖叫，大叶吓倒在地上。原来是一条大蛇蟠在花下，头抬起来，足有半人高，瞪着眼，张着嘴，气势汹汹。

大叶被丫鬟搀进绣楼，把在花园中见到大蛇的事对二梅说了一遍。二梅说："姐姐这么胆小，因为有蛇，爹爹的病就不管了吗？"说罢二梅独自去到花园。

二梅走进花园，大吃一惊，在牡丹花下愣住了。她见到的不是什么可怕的大蛇，而是一位眉目清秀、面皮粉白的英俊公子。二梅说："你是谁家公子，敢私自闯进我家花园？"

公子面带微笑答道:"姑娘息怒。小生家住南山,姓佘。刚才从围墙外经过,见到一位小姐来花园观花,不知见到了什么被吓倒在地上,我特地前来相救。见小姐已回,我告辞了。"话音刚落,一眨眼,这位公子不见了。二梅感到十分惊奇,顺手采了牡丹,离开花园。从此以后,凡大叶到花园,总会看到那可怕的大蛇;二梅到花园,总会见到这位英俊的佘公子。

一天,二梅在绣房静坐,从窗口飞进来一只蜜蜂,在面前来回飞舞,飞着叫着:"嗡嗡嗡,嗡嗡嗡,蛇郎让我来做媒红。珍珠斗,银纱顶,问问小姐行不行?"二梅随口答道:"行,行,行。"说罢,蜜蜂"嗡"的一声不见了。

过了几天,果然有一帮人,吹吹打打地抬了一顶大花轿来到王进的门前。王进两口子感到莫名其妙,明知二梅没有许婚,这是怎么回事呢?于是就向来人问个仔细,来人答道:"是你家小姐亲口许的姻缘。"王进忙问二梅,二梅便把蜜蜂做媒的事对父亲说了一遍。王进觉得事到如今,也没办法,只好让二梅出嫁了。

上轿前,二梅对母亲说:"这次女儿出嫁,不知要到什么地方。你可将轿里放二斗油菜籽,再把轿底打个窟窿,我坐上轿,边走边撒。等到来年油菜开花时,你顺着黄花路去找我。"

不知不觉几个月过去了,又是阳春三月,风和日暖,油菜花黄。二梅的母亲十分想念小女儿,于是顺着黄花路去寻找女儿。这天,天气晴朗,母亲带了大叶,沿着黄花路进了南山。

母女二人走呀,走呀,翻过了许多山岭。走到太阳快要落山了,黄花路也走尽了,还是找不到女儿二梅。四下看去尽是深山老林,又无人烟,母女二人只好坐在一块大平石头上发愁。这时,忽然飞来一只花喜鹊,落到她们母女面前叫道:"喳喳喳,喳喳喳,翻开石头是她家。"花喜鹊一连叫了三遍。母女俩听了,就起身把坐着的石头翻了过去,果然闪出一个大洞口来。花喜鹊一展翅,飞进了洞里,边飞边叫道:"喳喳喳,来客啦!喳喳喳,来客啦!"母女二人顺着喜鹊引的路往前走,不大一会儿闪出一道黑漆大门来。门前挂着两个大红纱灯,进到家里一看,房舍要比自己家阔得多。

家人把母女二人迎进客厅,茶酒已毕,迎到堂屋安歇。屋里桌、椅、床、柜尽是珍木奇雕,衣料被褥无不绫罗绸缎,住室庭院到处芳香醉人。公子和二梅一日三宴山珍海味,用厚礼款待客人。过了些日子,母亲便提出要和大叶一起回家,一连说了几次,大叶硬推迟不归,无奈母亲独自一人回家了。

大叶这次探亲,看到妹妹家亭台楼阁如同仙境,公子又长得如此美貌,不由得产生了留恋的心情。一天,公子出门,家里只有大叶和二梅。姊妹俩闲坐无事,一同来到花园观花。走到井边,正看井下绿竹倒影,大叶猛一下把妹妹推下井里,迅速搬来许多石头将井填了。她回到绣房打开衣柜,穿上妹妹的好衣裳,学着二梅的模样儿。

公子外出了几日,又带了不少世间罕见之宝回到家里。好久不见客人,便问:"姐姐哪里去了?"大叶答道:"自你那天外出,她便回娘家去了。"

初听言语,猛一看外貌像二梅,仔细看看到底不一样。公子心里十分怀疑,不觉信步来到花园。走到井边,发现井被填了,于是站在井台痴呆起来。忽然听到花园鸟儿叫道:"咕咕,咕咕,姐姐嫁给妹夫。"这时,看到井口慢慢往上凸起,不一会儿长出一棵花苗,一瞬间便开出一朵十分逗人喜欢的花,香气扑鼻。公子看得出神,不由一把将花朵采掉抱在怀中。这时花株不见了,二梅却笑眯眯地站在丈夫面前,对公子诉说了自己被害的情形。

公子和二梅一同转回绣房,大叶一见妹妹又活了,便吓得面如土色,急忙逃走。公子不肯放过,抽出宝剑要斩。二梅拦住说:"存心不善,必有恶报,任她走去,试看结果。"果然,大叶逃到山间就跌崖身亡了。

从此以后,公子和二梅相亲相爱,欢度着人间幸福。

讲　　述：巴拍、巴哄（瑶族）
搜集整理：苏胜兴、廖国柱
流传地区：广西金秀瑶族自治县

蛇郎

古时候，有个瑶族老人，老伴早就离开人世了，给他留下了两个女儿。老人天天起五更睡半夜，又当老子又当娘，苦挨苦熬，终于把两个女儿拉扯大。

两个女儿是孪生的，相貌几乎一模一样。老人总是给她们穿一样的衣裳，旁人很难把她们姐妹区分出来。不过，区别还是有的，姐姐佩玉好吃懒做，妹妹佩花勤劳善良。还有，走近前仔细看，姐姐的脸上有几颗雀斑，妹妹呢，脸孔红艳艳的，就像一朵刚刚开放的红牡丹。

一天，佩花和佩玉上山砍地。佩花挥舞砍刀，狠狠地砍了起来，那高过人头的芒草随着嚓嚓嚓的响声，便齐刷刷地倒向一旁，转眼就砍了一大片。佩玉呢，她舍不得出力气，砍的草乱得像个鸡窝，老半天也挪不动两步。

太阳升到头顶，火辣辣的怪难受。佩玉把砍刀一丢，对妹妹说："我屙泡屎去。"说完，钻进地边的一片小树林，找块阴凉的地方，舒舒服服地睡懒觉去了。

佩花为了砍完这片荒地，把手中的砍刀挥舞得更快了。就在她汗流如雨的时候，奇怪的事情出现了，只听"唰唰唰"的响声，离她不远的芒草便齐根倒了下去。"是谁来帮我砍地呢？"佩花走上前两步，拨开芒草一望，不由得吓了一大跳，原来一条白链蛇在离她不到两丈远的地方用尾巴帮她砍地呢！她正想悄悄后退时，被大蛇看到了，它回过头来，温柔地向佩花点点头，又继续砍地去了。

太阳落山，佩花叫醒还在甜睡的姐姐，回家去了。吃晚饭时，老人问女儿今天砍了多少地。佩花说至少可种一担谷米，并说这功劳差不多全是那条大蛇的。老人听了很生气，责备佩花说："妹仔家不得学讲谎话呀！"佩玉则认为妹妹这话是冲她来的，在一旁默不作声，只顾低头吃饭。

第二天,佩玉连地头也没到就躲进小树林睡懒觉去了。佩花只好一个人开火路①。这时那条大蛇又来啦,它向佩花点了点头,然后沿地边爬去,把尾巴贴着地皮三摆五摆,一条又光又宽的火路便开出来啦。

一回生,二回熟,这回佩花不再害怕大蛇了,为了表示感谢,她把自己的饭包朝大蛇丢去。大蛇也不客气,接过饭包,用牙齿把芭蕉叶撕开,三口两口吃起来。吃了饭,它又爬到一棵大树上去看佩花烧地。等地烧好了,它又爬下树来,帮佩花挖地,一会儿工夫,一大块地就挖出来了。当晚,佩花又把白天的事一五一十地讲给父亲听。老人听了,半信半疑,说:"有这种事,明天我跟你们去看看。"

第二天,老父亲同女儿一起去做工。父女三人一齐向新开的岭禾地走去。到了地里,老人愣住了,只见一大片新开的岭禾地整理得平平展展,连蔸杂草芒根也找不到。难道女儿讲的话是真的吗?

就在老人感到奇怪的时候,突然从地头的小树林里跳出十多个打家劫舍的喽啰来,把老人和他的两个女儿围住。老人知道事情不妙,急忙护住自己的两个女儿,壮着胆子对强盗们喝道:"青天白日,你们要做什么?!"

强盗们听了老人的话,一齐狰狞地狂笑起来。一个小头目走上前一步说:"老家伙,恭喜你啦,东寨头人看中了你的两个女儿,特派我们前来接二位小姐上山做压寨夫人。"

老人听了大怒,骂道:"你们这些杀千刀的,我就这两个女儿,你们如今要把她们抢了去,这不是要我的老命吗!也罢,我今天跟你们拼了!"骂着,一头向那个小头目撞去。

那个强盗小头目不注意,被老人一头撞了个狗吃屎。这一来,直火得他头顶上炒得黄豆熟,爬将起来,恶狠狠地说:"老东西,你活了六七十岁,也够本啦,今天我就成全了你吧!"说着,拔出腰刀,就向老人的心窝刺去。

就在这一瞬间,那条大蛇不知从哪里蹿了出来,只听"哎呀"一声惨叫,那强盗小头目便一命归阴去了。其余的小喽啰一个个哭爹喊娘地拔腿就逃,可哪里还逃得了,只一阵子工夫,统统被大蛇咬死了。

---

① 开火路:在地的周围开出隔火路道,以便烧垦荒地。

老人见大蛇只咬强盗,没有伤害他一家人,心里十分感激,于是壮着胆子走上前,对大蛇说:"大蛇啊大蛇,你一连几天帮我家做工,今天又救了我们父女三人的命,我们如何才能报答你的恩情呢?"

大蛇说:"把你的一个女儿嫁给我吧。请你老人家放心,我不会亏待她的。"老人为难了,但转念一想,也罢,与其让两个女儿被强盗抢去做老婆,落进火坑,还不如将一个女儿嫁给大蛇呢!于是掉转脸问佩玉道:"玉,你愿嫁给大蛇吗?"

佩玉双腿直打冷战,心想:人和蛇怎能结为夫妻呢?她连连摇头。

老人又转脸问佩花。佩花想:要不是大蛇的帮助,爹今天就没命了,自己和姐姐也要被强盗抢去做老婆。为了感谢大蛇的恩情,她便点头答应了这门亲事。大蛇望着佩花羞红的脸颊,立刻转身向老人点了三下头,算是拜见了丈人。

百鸟归林的时候,老人带着大女儿佩玉回家去了。佩花目送着爹爹和姐姐走远后,对大蛇说:"蛇郎啊蛇郎,鸡有窝,鸟有巢,我们到哪里落脚过夜呢?"

大蛇说:"你闭上眼睛,骑到我的背上来,我带你回家去。"

佩花骑在蛇的背上。大蛇腾空而起,在空中飞行着,只听得一阵呼呼的风声掠耳而过。一会儿,大蛇说:"姑娘,到家啦!"

佩花睁开眼睛一看,呀,这简直是神仙洞府啊!到处百花烂漫,百草芬芳,百树葱茏。周围的亭台楼阁都是黄金和白银砌成的,光辉灿烂!更使她惊讶的是,刚才驮她来的大蛇不见了,面前却立着一个英俊健壮的小伙子。小伙子正温柔地看着她微笑呢。小伙子看着站在那里傻愣了的佩花,笑着说:"佩花,这是我的家,今后我们就住在这儿不走了。"

佩花是个从小劳动惯了的姑娘,到了蛇郎家以后,她仍然不忘劳动,每天不是下地做工,就是到机房织布。她织的瑶锦啊,蝴蝶见了也要飞来欣赏;她绣的花哟,蜜蜂也难辨真假。蛇郎见自己的妻子这样聪明能干,高兴得不得了。

秋去冬来,转眼春节就要到啦。每逢佳节倍思亲啊,蛇郎懂得妻子的心情。一天,他收拾了些金银珠宝、绫罗绸缎,交给佩花说:"回家看看吧,见了岳父和姐姐请代我向他们问候。"

佩花别了丈夫,回家探亲去了。当她走进家门时,父亲和姐姐呆住了,他们上上下下打量着佩花,简直不敢相信自己的眼睛。佩花笑了笑,把事情的经过如此这般说了个透。老人听了,乐得合不拢嘴。女儿嫁了个好姑爷,做父亲的哪能不高兴呢?佩玉听了,又嫉妒又后悔,心想:当初我为什么看不出那条大蛇是位王子变的呢?真是有眼无珠啊!唉,我要是嫁得一个像妹夫那样的丈夫该多好呀,那日子一定过得比神仙还快活哩!

一天,老人到别寨走亲戚去了,家里只剩下佩玉和佩花姐妹俩。佩玉心怀鬼胎,走到井边,对佩花说:"妹妹,你的头发乱啦,过来我给你梳梳。"佩花不知是计,便走到井边,一边躬腰看着水中自己的影子,一边让姐姐给她梳头。梳着梳着,佩玉趁佩花不提防,用力一推,便把佩花推下深井去了。

佩花被淹死后,佩玉立刻穿上妹妹的衣裳,沿着妹妹讲的路径找蛇郎去了。心急腿快,一下子就来到了她家的岭禾地。就在她四处张望寻找那条大蛇时,见一个十分英俊健壮的青年潇潇洒洒地向她走来。佩玉心想:这一定是妹妹的丈夫了,于是上前施礼道:"丈夫久等了。"

蛇郎见妻子回来了,兴奋地说:"娘子,今天总算把你盼回来了。"

佩玉看了看周围的荒山野岭,犹豫地问:"我们的家在哪里,怎么回去呀?"

蛇郎一怔,说:"才离开半个月,你怎么就忘了呢?"

佩玉唯恐露了马脚,慌忙解释说:"我从小记性差,人家讲什么就像水过芋苗叶,一下子就忘得精光啦。"

蛇郎说:"闭上眼睛,骑到我的背上来吧。等我叫你睁开眼时,我们就回到家啦。"

佩玉按照蛇郎的吩咐办了,很快就来到了蛇郎的家。她睁开眼一看,果然像妹子所说的那样富丽堂皇。

吃晚饭时,在明亮的灯光下,蛇郎望着乐颠颠的佩玉,忽然一惊,问道:"娘子,你的脸被什么东西弄脏啦?就像涂上了几颗苍蝇屎一样。"佩玉不慌不忙地解释说:"过年帮家里炸扣肉,被溅起的油星烫伤的。"

蛇郎听佩玉这样一说,便不作声了。晚上睡觉时,佩玉一躺上床,垫在龙床四个脚下的龙蛋啪的一声被压碎了。蛇郎不悦地说:"娘子,你睡觉从来都没有弄坏过床脚垫呀,今天怎么这样粗手笨脚的?"佩玉先是一惊,但一瞬间就镇定下来了,说:"回家探亲时,整天忙家务,煮饭、喂猪、扫地、洗衣,手脚就粗了点呗!"

佩玉到了蛇郎家以后，成天只顾吃喝玩乐，不愿劳动。初时还好些，后来连洗脸水也要蛇郎帮打，衣裳也要蛇郎帮洗了。蛇郎见她越来越懒，一点也不像原先那样聪明勤快，对她也就越来越冷淡了。

一天清早，佩玉正在梳妆台前对着镜子梳妆打扮，一只美丽的小鸟飞到她窗外的一株柳树上，盯着她不停地叫道："姐姐，羞啊，姐姐，羞啊……"

佩玉愈听愈觉得那鸟儿是在骂她，不觉大怒，抡起梳妆台上的铜镜就向小鸟砸去。鸟儿躲避不及，一下子被她打死了。她把小鸟捡回来，撕了毛，掺上半筒粳米煮粥和丈夫吃。同样的鸟肉粥，蛇郎越吃越觉得鲜甜，连声称赞："好香甜的鸟肉粥啊！"佩玉则越吃越觉得苦涩，吃了几口，实在咽不下去了，便把剩下的大半碗鸟肉粥往后园倒去。恰巧，鸟肉粥泼在一株楠竹根下。说来也怪，这棵楠竹得了鸟肉粥的浇灌之后，竟一下子长得绿油油的，像凤尾一样，十分可爱。蛇郎做了张石凳，摆在楠竹根旁，每天做工回来，便到楠竹下歇凉。只要他一坐到石凳上，凉风便阵阵吹来，使他觉得浑身清清爽爽，疲劳一下子消失得干干净净。后来，他把这种感受讲给佩玉听，佩玉不信，也跑到竹子下面乘凉。可她刚在石凳上坐下，竹子上便纷纷掉下一条条又长又粗的毛毛虫来，蜇得她浑身上下又痒又痛。她一火，一刀把竹子砍了。

心爱的竹子被砍倒了，蛇郎十分难过。他怀着痛惜的心情，把竹子拿回家做了张躺椅。凭着他的一双巧手，制成的竹躺椅既适用又美观。他把竹躺椅摆在厅堂里，每天做工累了就躺在竹椅上休息。说来也稀奇，只要他躺在竹椅上，就感到格外舒服，因此他常常躺在竹躺椅上过夜。佩玉埋怨说："你这人真是贱相，房里丝毡绒毯垫的龙床你不睡，偏偏要睡在这又硬又冷的竹椅上过夜？"

蛇郎笑笑说："你别小看这张竹椅，躺在上面比躺在龙床上舒服得多哩，不信你来试试看。"

佩玉听说，拉起蛇郎，一屁股便坐到竹椅上。她的屁股刚一碰着竹躺椅，便"哎呀"一声哭爹叫娘地跳了起来。原来，她的屁股早被竹椅钳去了两块肉。她一气之下，一刀将竹躺椅砍烂，丢进火塘烧了。

熊熊的烈火一下子就把那张漂亮的竹躺椅烧毁了，蛇郎想抢救也来不及啦。不过，他还是抢出来一节。他用这节竹子做了根小巧玲珑的吹火筒，为了防止妻子再把这根吹火筒烧掉,他便把这根吹火筒送给了寨里的盘三奶。

盘三奶六十出头啦,没儿没女,老伴又早早死了,一个人日子过得很孤苦。一天,她煮早饭时,由于柴不够干爽,火老是燃不旺,她便拿蛇郎送给她的吹火筒来吹。一吹,却吹出个白胖胖的小虫子来。说也奇怪,那小虫掉下地后,竟变成了一个美丽的姑娘,立在她的面前。盘三奶见了真是欢喜极了,把姑娘当作自己的亲生女儿来看待。

蛇郎听说盘三奶家有个美丽能干的姑娘,便跑去看个究竟。一看愣住了,姑娘多像他从前的那个妻子啊!脸孔儿红艳艳的,就像一朵刚刚开放的红牡丹。他越看越爱看,越看越舍不得离开。姑娘对蛇郎更是好,什么事情都愿意帮他做,总是含情脉脉的。

由于彼此玩得投机,蛇郎常常连吃饭的时间都忘了。久而久之,佩玉生气了,责问道:"是什么迷住了你的心窍,常常跑到那个穷鬼家去玩,连吃饭睡觉的时间都不记得啦!"

蛇郎说:"盘三奶家的姑娘长得可漂亮啦,就像你刚到我家来时一样,脸上没有雀斑,红红的,既聪明,又勤快,织的瑶锦绣的花,连脾气也和你以前没差别。"

佩玉听了蛇郎的话,半信半疑,决定亲自去看看。她走进盘三奶家一看,见那姑娘长得如花似玉。"怪不得蛇郎被她迷住了!"她心里这样嫉妒地想着,嘴里便问道:"姑娘,你怎么长得这样漂亮呢?简直和仙女一样!"

姑娘笑着说:"我刚生下来时,长得可难看啦,满脸是雀斑,就像苍蝇在上面屙了很多屎一样。娘见我长得难看,便到南山美人泉挑来了仙水,把水烧开后,放我进开水里洗了个澡,我才长得像现在这样好看哩。"

听了这话,佩玉喊了个"啊"字,便不再作声了。她想:我也是个雀斑脸,难怪丈夫不喜欢我,我得设法把雀斑洗去,变成一个美人才行。第二天,天还没亮,她就起床跑到南山的美人泉去,挑了满满一担的泉水回来,放进锅里烧。烧开后,她脱掉衣服和裙子,跳进开水里去了。

狠毒而愚蠢的佩玉被开水烫死了。她死后,蛇郎就和盘三奶的姑娘结了婚,从此,夫妻恩恩爱爱,白头到老。

讲　　述：吴德信
搜集整理：吴昊、吴东霞
流传地区：河南桐柏县

公冶长与蛇精

很早很早的时候，一座山脚下住着两户人家，一家是公冶长，公冶长的后院邻居是白大哥两口子。公冶长和白大哥是好朋友。

一天吃罢早饭，公冶长约白大哥一起上山打猎。他刚走到白大哥的大门外，就听见有一男一女在白大哥院里小声说话。他在门外听了一会儿，先听见一个女人娇滴滴地说："老黑呀，我对你够真心了吧，你咋对我还不放心呢？"一个男人说："不是我对你不放心，咱俩在一起睡觉、拉家常，我只害怕老白回来看见了。他要是知道咱俩的事儿，你我都活不成啊！"女人说："你真是个黑傻瓜、胆小鬼。今儿个不要紧，他上山捡柴去了，到天黑才能回来，别怕。以后咱俩瞅个机会，把老白害死，咱俩好过。"

公冶长听到这儿，一阵肉麻，身上直起鸡皮疙瘩。他先干咳嗽两声，院里说话声马上停了。他推开大门走进院里，就喊了几声："白大哥，白大哥，咱俩上山打猎吧！"没有人答应。公冶长觉得古怪，刚才还听见有人说话，咋不见一个人影儿呢！公冶长在院里转来转去，东张西望，抬头往柏树上一看，两条碗口粗的大蛇紧紧缠在一起，挨着头，四只大眼睛滴溜直转。公冶长吓了一大跳，定了定神，捡起一块石头往蛇身上砸，一下子把青蛇的头砸了个大疙瘩。公冶长又捡一块石头砸，蛇不见了。他绕着柏树找了好几圈，也没找着，就回家了。

太阳快落山时，白大哥挑着柴回来了。白大哥的妻子两手捂着头上的青疙瘩从屋里出来，一把鼻涕一把泪地哭叫着："我的天，你可别再上山了！公冶长那狗娘养的东西，见你不在家，就来欺负我，还想把你治死，霸占我。我不依他，他就把我的脸打了个大疙瘩，疼死人啊！"白大哥听这一说，就拿着柴刀找公冶长算账。

白大哥来到公冶长家的窗外,听见公冶长正和妻子说话:"虫蚁也会胡日鬼呀!"他妻子说了声:"咋?"

话正说到这儿,白大哥在外喊门了:"公冶长开门!"公冶长开开门,白大哥手捣着他的鼻子说:"你干的好事,趁我不在家想调戏你嫂子,今儿个我和你拼了!"说罢举着柴刀就去砍公冶长。公冶长跪下求情说:"大哥,你听我说了再杀也不晚。"白大哥把柴刀放下了。公冶长把他在白大哥大门外听到的话说了一遍。

白大哥说:"我老婆是一条蛇精变的,她也不会背着我干那种事儿呀!"白大哥只听他妻子的一面话,非要杀死公冶长不可。公冶长说:"白大哥呀,大嫂背着你胡混是实事儿。我咋会做那种亏八辈子良心的缺德事儿呢!你要是不信的话,请出个计策试试嘛!"白大哥和公冶长是好朋友,他就听了公冶长的话,同意定个计策试试妻子的心。

过了几天,白大哥对他妻子说:"你在家看好门,我去南山办点事,得半个月才能回来。"说罢,拿着柴刀弓箭走了。谁知他走不多远又拐回来,躲在他家屋后了。白大哥的妻子只当丈夫真格儿去南山了,就又变成青蛇,叫来黑蛇精,爬到那棵大柏树上,缠在一起。青蛇精说:"老黑呀,这回你能在我家多待几天了,白大哥上南山得半个月。咱俩这回可得瞅个空儿,在他回来的路上把他治死。中不中呀,黑傻瓜?"黑蛇精忙说:"好极了!好极了!"白大哥一听这话,火冒三丈,一箭把黑蛇精射落在地,动弹不得。青蛇精见黑蛇精中箭落地,连忙又变成女人躲在屋里。白大哥从院墙上翻进院里,一柴刀把黑蛇精砍成两截,又闯进屋里,抓着妻子的头发,一柴刀把她头砍了。

白大哥扒了青蛇精的心肝,提着来到公冶长家,说:"老弟,我把你大嫂杀了。这是她的心肝,煮了咱好下酒,也好治治你的病,补补你的身子。"白大哥又说:"老弟呀,我是一条白蛇精,喝了酒就要现原形。我太对不起你了,你嫂子出了这号事儿,我也没脸在世。我喝酒现原形,远走高飞算了。"公冶长没拦住,白大哥三盅酒下肚,真格儿变成了一条碗口粗的白蛇。公冶长一看,吓得昏了过去。

白蛇精爬上屋顶不见了。

讲　　述：陆育德、陆培仁（侗族）
搜集整理：陆海安、吴定国、杨树清
流传地区：贵州黎平

汉龙和培善

　　从前，一个寨子里有七个非常要好的姑娘，其中一个名叫培善，长得非常美丽，能唱一口优美动听的歌。

　　一天晚上，姑娘们唱歌的时候，来了一个俊俏的后生，他规规矩矩地听她们唱歌。他边听歌，边看人，一下子就看中了培善姑娘。从那以后，这个后生每晚都来月堂里，寻找机会和培善攀谈，听她唱歌。

　　这年夏天，杨梅果挂满枝头的时候，七个姑娘相约到山上去摘杨梅。她们一人提着一只篮子，像松鼠一样爬上了树，一边摘杨梅，一边唱山歌："亮占闷梅定单嘎，亮占闷亚差顺救①……"太阳快要落山的时候，姑娘们杨梅吃饱了，篮子也装满了，歌也唱够了，才心满意足地准备回家。

　　大姑娘培绪②往下一看，吓得魂飞魄散，差点掉下树去。原来，她正踩着一条大蟒蛇。姑娘们一时间也都慌作一团，差点哭出声来。这时，一个胆子大点的姑娘说："我们一起拿杨梅打它。"

　　于是，七个姑娘把自己篮子里的杨梅，一把把对准蟒蛇打去，蟒蛇接住全吞吃了。她们打完了篮子里的杨梅，又摘来树上的打，大蟒却死死盘在树脚上。

　　另一个姑娘说："我们用树枝打它！"大家又一齐折下杨梅树枝，使劲地朝大蟒打去。杨梅树枝折光了，大蟒还是盘在树上不动。

　　天已经快黑了，姑娘们害怕起来。这时培善想：大蟒老是缠着树不动，是不

---

① 这两句是侗语，"想吃杨梅在树脚，想吃红的上树梢"的意思。
② 培绪：侗语，巧姑娘。

是对我们有什么要求？她和蔼地对大蟒说道："奔①啊，如果你想要我们做妻子，就放我们下去。"果然，大蟒立刻松了一圈。

第二个姑娘照着培善的说法说了一遍，大蟒又松了一圈。等七个姑娘都说了以后，大蟒就离开了。大蟒离开后，七个姑娘麻起胆子下树来，一气跑到家里，向老人说起这桩怪事。老人感到惊奇。培善的母亲说："你们都已答应做它的妻子，它一定会来找你们里面的一个。这样办吧，晚上，你们一人拿一只篮子摆在厅堂上，它爬进哪个的篮子，那个姑娘就跟它去。"

晚饭后，六个姑娘都拿出一只新篮子摆好了，只有培善拿出一只破篮子，摆在最后一个位置上。不一会儿，大蟒果然来了。它爬到第一只篮子边，把头伸了进去。第一只篮子是培绪的，她急得额头上都沁出了汗珠。

大蟒把头从第一只篮子里退了出来，又爬到第二只、第三只、第四只、第五只、第六只篮子边，都把头伸进去以后，又退了出来。爬到第七只篮子边时，先绕着篮子闻了闻，然后爬了进去，盘在篮子里面，两眼深情地望着培善。培善看得清清楚楚，急得直想哭。她母亲无可奈何地说："你得跟它走，不去，会连累全家的。"培善只得含着眼泪对大蟒说："你要把我带到哪里去，就快点走吧！"

培善跟大蟒翻过了一条岭之后，大蟒突然讲起话来："奔啊！请你稍等片刻，我去换换衣裳。"培善等了一会儿，看见从大蟒去的方向走回来一个俊俏的后生。他手里拿着一把凉伞，伞上还系着一条洁白的手巾，这后生不是别人，正是平时来月堂听歌的那个人。他走近培善，很有礼貌地说："你在这里等哪个呀？"

"我等我的情人咧！"

"你的情人就是我，不信你去看看我换的衣裳。"

培善到那里一看，蜕下的是一条大蟒皮。后生讲自己是南海龙子，叫汉龙，因为爱慕培善，到寨上行歌坐夜，又化成大蟒迎娶情人。培善听了又惊又喜。

他俩走啊走啊，整整走了一夜，一直走到东方露出了鱼肚白，才来到了大海边。后生说："你闭上眼睛，攀住我的肩膀，跟我下去。我叫你睁开眼睛，你才可睁开。"

---

① 奔：侗语，情人。

培善跟他下到海底,睁开眼睛一看,在一座金碧辉煌的巨大木楼里,摆着许多金凳和银凳,中央放着一张金桌子。金椅和银椅上坐着两个白发老人,他们就是龙王爷和龙王后。

龙王后说:"快叫媳妇站到金凳上,把头发梳理梳理吧!"

培善是凡人,在金凳上站不稳,龙王爷叫人快拿定身丸给媳妇吃。培善吃了定身丸,在金凳上站稳了。

培善的头发并不怎么黑,也不怎么长。她站在金凳上,拿起金梳一梳,头发就由黄转青,长到膝盖;又一梳,由青变成乌黑发亮,长到脚尖;再一梳,头发超过站着的凳子,直拖到地下,一摆一摆拂着楼板。培善将头发往上一绾,那美丽的容貌,直把龙王公婆喜得合不拢嘴。过了五年,培善生了一个女儿,因为父母在杨梅树上定姻缘,所以取名梅玉。

一天,培善对丈夫说:"我离家已五年多了,我想带着孩子去看看外婆。"汉龙十分关切地叮咛:"你现在不是凡人了。洗头的时候,千万不能用茶麸水,要记住啊!"

培善回到家,妈妈好喜欢,两人整整讲了一夜的话。时间过得很快,培善回到娘家,不觉过了一个月,头发也乱了。妈妈说:"女儿呀,你洗个头吧!"

培善打来清水,自己在那里洗,妈妈在一旁看着。培善头发不同凡人,很长很长,老洗不干净。妈妈看见了,着急地说:"用茶麸水洗嘛!"

培善说:"用茶麸水洗不得。"

"哪有洗不得的道理!你以前在家都用茶麸水洗咧!"妈妈端来用茶麸泡的水,水里又放了些茶油,从她的头顶浇下去。培善当场就死在盆边了。妈妈一见,哭得死去活来,梅玉也大声哭喊着"妈妈"。

培善的妈妈原来生了四个女儿,大女二女都死了,现在三女儿又死了,还有一个小女叫培四,人才出众,不下培善。培善生前说她在龙宫的生活那样美好,母亲决定让培四去顶替。为了瞒过汉龙,教梅玉将姨娘喊作"妈妈"。

汉龙看见妻子和孩子回来了,很高兴,但仔细一看,觉得孩子她妈的头发不像原来的样子,就把孩子叫到一旁问:"她是不是你的妈妈?"

梅玉回答说:"是我的亲妈妈。"

汉龙半信半疑,就问培四:"你的头发为什么短了?"培四说:"头发太长了不好洗,我就剪短了。"汉龙还是半信半疑,有意让她站在金凳上梳头。

培四是个凡人,不但在金凳上站不稳,而且用梳子一梳,头发越梳越短了。培四不得不说出真话来了。

汉龙听后,心如刀割,立刻向老龙王要了龙药,赶到培善坟边,掘开坟墓,将龙药往她身上一喷,培善就活了过来。培四呢,嫁给了汉龙的弟弟。两姐妹都过着美好的生活。

搜集整理：许德贵
流传地区：四川峨眉山一带

白娘娘下山

　　《白蛇传》的故事妇幼皆知，都说白娘娘和许仙定情在美丽的西子湖边。不过，白娘娘当初打哪儿来，各有各的说法。在四川峨眉山，就流传着这样一种传说。

　　很早很早以前的一天早晨，峨眉山雷音洞里传出了七七四十九记巨大的雷声，正在附近白龙洞里修炼的白蛇听得清清楚楚。它知道一记雷声表示一百年，七七四十九记雷声正表示它已经修炼四千九百年啦，顿时心花怒放。它从洞中游出来，到一个山冈上，脱掉雪白的蛇衣，刹那间竟变化成一个身穿白衣白裤的美貌姑娘。

　　白蛇升华以后，那白光老是在她脑海里闪来闪去，所以给自己取姓叫"白"；又因为她升华后第一眼看见的是棵大柳树，树下有颗像珍珠一样的圆石，所以取了个名字叫"树珍"。后来人们叫她白素贞，那是音同字不同，传错了的。当初白蛇升华的山冈现在还在，大家都把它叫作"龙升冈"。

　　白树珍一路下山，走着走着，觉得一个人太孤单，正想找个女伴解解闷气，却望见对面山坡上有一个人蹲在地上挖东西。走近一看，原来是个眉清目秀、年少英俊的后生家。

　　这后生叫许仙，住在山下许家湾。只因母亲病重，无钱医治，才上山来挖取草药。白树珍在他身后轻轻咳嗽两声，许仙却一点儿也不理会。白树珍只好先开了口："后生哥，下山去走哪一条路？"

　　"从这里往下走，拐三个弯，对直走便是。"

　　白树珍见他还是连头也不抬，不觉"扑哧"一笑，又问道："你挖什么？"

"挖草药。"许仙这才听出口音,原来问话的是个女人,便抬头一望,见姑娘美貌非常,跟仙女下凡一般,竟呆住了。白树珍见他老是盯着自己,有些不好意思,淡淡一笑,转身朝山下走去。许仙见她下山,也不由自主地跟着下了山。

白树珍走了一程,转身问:"咦,你怎么老是跟着我走啊?"

许仙说:"一来怕你走错路,二来想请你看看我挖的草药对不对。"

白树珍欢喜起来,又和许仙一起回到原来见面的地方,见地上摆着牡丹花根、月季花瓣、金银花叶和鸡屎草藤,花样倒也不少。白树珍说:"这些药不怎么好,我来帮你挖吧!"

许仙十分高兴,递给她药锄。两个人一边挖草药,一边谈起天来,越谈越是情投意合,慢慢地就有些依依不舍。

正谈着,忽然哗哗地下起了大雨。两人都没带伞,怎么办?许仙急着要下山熬药给母亲治病,更是六神无主。白树珍有心要帮助他,伸出手去无意间触着刚才升华时衣服上黏着的一片树叶,就悄悄取下来,对它吹了口气,树叶顿时变成一把漂亮的雨伞。许仙是个老实人,一见雨伞喜出望外,连想都没想这把伞是打哪儿来的,便撑了起来。再一想,两个人才一把伞,总不能让姑娘受淋,就拉着白树珍,合撑一把伞下山而去。一路上,你看看我,我看看你,一把伞推来让去的,两个人的感情又深了一层。

走了一程,雨过天晴。白树珍见对面小山上有棵白花花草,知道那草能治七种病,便想过去采。许仙争着非亲手去采不可,就拿着伞,攀着小树上了山。谁知许仙刚采到药草,这小山竟腾空飞了起来。许仙急啦,连忙喊:"白姑娘,你的伞!"

白树珍站在山沟里,听到许仙的喊声,知道大事不好,掐指一算,这山将飞到杭州西湖边上,就连忙喊道:"伞你拿去吧,我会去找你的。"一眨眼工夫,许仙站着的那座山飞到了杭州,就是灵隐寺前面的飞来峰。这是后话,且不去说它。

再说白树珍,原想前去追赶许仙,又想到许仙的母亲卧病在床,无人照顾,就改变主意,决定先下山送药,待治好了许仙母亲的病,再去追赶许仙不迟。

白树珍一路下山,走着走着来到岔路口。哪条路是到许家湾的呢?吃不准,只好在路旁坐下休息,想找个过路人问问。

一会儿,从二峨山那个方向慢慢过来一个穿着青衣服的后生。那青衣后生原来是青蛇变的。青蛇在青龙洞里修炼,今天早晨它听到雷音洞里传出七七四十九记雷声,就心急火燎地要动身下山。山神说它的修炼时间还没到,非得等九九八十一记雷声响过才行。青蛇不耐烦了,和山神大吵一场,就偷偷溜下山来,脱掉蛇衣,变成一个后生,自称"青儿"。

青儿一路玩耍过来,正好在岔路口遇上了白树珍。白树珍向他问路,青儿有心要欺侮这位姑娘,竟说自己就是许家湾人,答应给她带路。白树珍救人心切,也没细想,跟着青儿就下了山。

青儿带着白树珍满山乱兜,竟来到了青龙洞口。白树珍看见青龙洞,才猛然想起,这是青蛇修炼的地方,而眼前这个不怀好意的后生家正是青蛇,顿时火冒三丈,两眼圆瞪,大声呵斥:"青蛇,你好大的胆!还不给我滚回洞中去好好修炼!"青儿见原形已露,只好直说了:"我不回洞,我要娶你为妻,在人间快快活活过一辈子。"白树珍冷笑一声:"嘿嘿,你一见面就说假话骗我,还想与我成婚,真是痴心妄想!"

青儿见白树珍不答应,随手折断一根竹子向空中一抛,吹一口气,竹子立刻变成一把银光闪闪的宝剑,正好落在手中,要向白树珍劈去。白树珍哪里会怕他,将背上的药篓朝草地上一放,顺手折断一根小树枝向空中抛去,吹一口气,树枝竟成了一把金光闪闪的宝剑,落在手中。

白树珍说:"你要动武,我可以奉陪。不过有话在先,打不赢我咋办?"

青儿说:"我打不赢你,给你当一辈子奴婢;你打不赢我,就得做我的夫人。"

"好!一言为定。"

青儿不等她话音落下,就手舞银剑刺将过去,于是白树珍和青儿就在峨眉山上大战起来。这一仗,直打得天昏地暗,日月无光。三天之后,青儿渐渐招架不住,直往二峨山逃去,白树珍在后面紧紧追赶,来到二峨山脚下一个河坝上。白树珍扯下自己身上的一根棉纱,吹了口气,棉纱顿时变成一条长长的铁链,一下就把青儿缚了起来。

青儿自知不是白树珍的对手,心甘情愿做她的奴婢,就地转了三转,两手上下舞了三舞,脑壳左右摇了三摇,向空中喷了三口气,一股青烟上冒,立刻变成一个小姑娘,只是手指依旧粗粗的,不大相称。白树珍过来握住她的双手,摸了几下,青儿的手指头就变得又白又嫩又细又长啦。

白树珍和青儿主仆两人重又回到青龙洞口,找到了草药篓。一路打听,等到跨进许家湾许仙家门时,已是第四天的黄昏了。许仙娘正躺在床上呻吟,白树珍连忙熬药,服侍许仙娘服下。

俗话说:药不投方,哪怕用船装;药投了方,只要一碗汤。不到三天,许仙娘就能下地干活啦。四邻八里听说了,都来许家求医。白树珍拿出草药分给大家,一下子治好了不少人的病。许仙娘欢喜得整天合不拢嘴巴。

到了第七天晚上,白树珍对许仙娘说:"听说你儿子许仙到了杭州,我们得去找他呢。"许仙娘日盼夜盼,就盼着儿子回家团聚,自然一口答应,又怕她们一路上肚饥,便预备了不少粽子给白树珍带上。白树珍和青儿告别了许家湾的乡亲,上了大路追赶许仙,直到杭州。接下去的故事,《白蛇传》里都说了,这里就不再啰唆啦。

后来,人们在白树珍和青儿第一次交战的地方修了个场,叫作"青龙场"。又在二峨山脚下白树珍捉住青儿的地方修了个场,因为当年白树珍一追追了九里,所以叫作"九里场"。至今,峨眉山地区的老百姓过春节都爱包粽子吃,据说也是为了纪念白树珍送药到许家湾的故事哩。

搜集整理：张承业

流传地区：四川峨眉山一带

白龙洞

在峨眉山上有一个寺庙叫"白龙洞"。庙里有副对联写道："千古白龙传佳话，七重宝树倚云栽。"这副对联传颂着白蛇在这里修炼得道的一段故事。

西天如来佛祖莲台下有一只乌龟，这只乌龟每天躲在佛祖莲台下听经。听了几年以后，也有了点道行。这天，乌龟趁如来佛祖讲经正忙，悄悄从莲台底下跑了出来。乌龟跑出来以后，驾起一朵乌云，在天上东飘西荡，游来游去，也没有找到个落脚的地方。它站在云头上想：听说峨眉山是天下有名的仙山，山上有四时不谢之花、八节长生之草，还有仙丹、宝草、奇岩幽洞。我何不就到峨眉山上去看看？要是那里景物宜人，我就在那里继续修炼，比在佛祖莲台下被压得喘不过气来强得多。于是，它就在峨眉山上落下了云头。乌龟往四处一看，这峨眉山果然名不虚传，但见洞泉飞瀑、云岭翠峰，真是一个好地方。原来这峨眉山上有大洞十二个、小洞二十八个。洞外百花竞艳，飞瀑流泉；洞内夏凉冬暖，清幽深邃，正是修炼的好地方。它就在风景优美的白龙洞附近的一个山洞里修炼起来。

乌龟在洞内一直修炼了五百年，但还差五百年才能修成人形。乌龟在洞里住得不耐烦了，就天天想主意，看怎样才能一下增加五百年道行，好早点变成人形到山上去游玩。后来，它听说牛心寺附近有个"真人洞"，孙思邈孙真人正在洞里炼金丹。这种金丹凡人吃一粒能增寿延年，仙人吃一粒能增加五百年道行。乌龟想：要是我偷吃一粒，岂不是一下就能增添几百年道行？一天晚上，它趁孙真人炼丹打瞌睡的时候，悄悄跑进洞内偷吃金丹。刚偷了一粒金丹，就见孙真人动了一下，乌龟怕被捉住，一口把金丹吞进肚里，慌忙逃出洞来。

乌龟偷吃了这粒金丹，一下就增加了五百年道行，修成了人形。哪知它一变成人形,就在山上横行霸道,无恶不作。有时变成一个莽大汉,到处欺凌妇女,有时又变成一个和尚,骗取居士们的钱财,弄得游客不敢上山游览,居士不敢上山拜佛。

不久,这事被正在"白龙洞"里修炼的白蛇知道了。这条白蛇已经修炼了五百多年。它每天在洞中静坐,渴了喝点泉水,饿了吃些野果,从不到洞外骚扰。这天,它正在洞中修炼,忽然听见洞外有人在呼喊:"救命啊!救命啊!"它往洞外一看,原来是那只乌龟变成了一个黑脸大汉,正在追逐一个姑娘。白蛇一见,十分恼怒,马上就要去搭救那个姑娘,但又一想:那乌龟已有千年道行,我才五百多年道行,怎么敌得过它?于是就想出了一个办法,运足元气对着空中用嘴一吹,忽然刮起一股狂风,吹得飞沙满天,伸手不见掌,吹得乌龟睁不开眼。待风过去,那姑娘早已跑得不知去向。白蛇救了那姑娘以后,又在洞中加紧勤修苦炼,以便将来修满道行,除掉作恶多端的坏东西。

有一天,白蛇在洞中修炼完毕,走出洞外观赏风景。忽然看见空中有一颗明珠,金光四射,上下回旋。白蛇仔细一看,认出是乌龟偷吃的那粒金丹。原来乌龟每天早晨练功时,将金丹从肚中吐出,以汲取天地灵气,待练完功,再将金丹吞入腹内。这粒金丹经过乌龟每天早晨的吐纳,已经变成了一颗金光四射的明珠。白蛇见神珠在空中上下回旋,忽然灵机一动,昂起头来,用嘴对着神珠一吸,"呼"的一声,就把神珠吸到自己肚里去了。乌龟失了神珠,一下减了五百年道行,变不成人形,再也不能到洞外去捣乱了。白蛇吞了神珠,增加了五百年道行,变成了人形,自称白莲仙姑。只见她从蔷薇花树上摘下一根花刺,吹了一口气,变成一个金钩,再从树上扯下一根葛藤,又吹了一口气,变成一条金线。白莲仙姑用金线拴着金钩,往乌龟住的洞里一抛,只见金光一闪,那金钩一下钩住了乌龟的肚皮,再顺手一提一甩,就把这只作恶多端的乌龟甩到了东海底下。从此,到峨眉山的人又多起来了。那只乌龟被白莲仙姑吞了神珠,又甩入东海,一直怀恨在心,但因为道行未满,斗不过白莲仙姑,也无可奈何,只好重新修炼,等待时机报仇。

再说白莲仙姑一天出洞来游玩,见山坡上有一个小伙子正在地里挖着什么。这小伙子眉目清秀,本分厚道。白莲仙姑一见就有几分喜爱,慢慢走了过去。那小伙子却只顾埋头在地里挖着,一点也没有看见她。白莲仙姑又不好先开腔,就想了个办法。她忽然一下蹲在地上,用手按着肚子,嘴里"哎哟!哎哟!"不住地叫唤。小伙子听见有人叫唤,抬头一看,是个年轻姑娘,忙走过来问道:"姑娘,你哪儿不舒服?"白莲仙姑说道:"早晨起来喝了一碗凉茶,现在肚子痛。"那小伙子道:"我身上带有药。"边说边摸出一粒药丸交给她。她假装吃了药丸,就不叫唤了,慢慢地站了起来,向小伙子谢道:"多谢相公的药治好了我的病。请问相公,你在挖什么?"那小伙子说道:"挖药。""你家里也有人生病吗?""我是挖回去种的。""为什么要挖回去种呢?""我家世代开药铺,与人配药治病。因为我们那里缺少这几味药,不知耽误了多少人治病,所以才挖回去种在药圃里,也好随时配药。""你叫什么名字?家住哪里?""我叫许仙,家住杭州清波门。"就这样,你一言,我一语,二人慢慢熟悉起来。白莲仙姑就每天帮着许仙挖药,许仙又给白莲仙姑讲许多认药治病的知识,二人感情越来越好。后来,许仙挖完药,要回杭州去了。白莲仙姑送了一程又一程,二人你看着我,我看着你,依依不舍,洒泪而别。

许仙走后,白莲仙姑日夜思念,终于飞到杭州西湖找着了许仙,二人成就了姻缘。后来,那个躲在东海底下的乌龟经过多年修炼,道行已满,装成法海和尚,从峨眉山一直追到杭州西湖,找许仙夫妻报仇呢!

以后,人们就把白莲仙姑在峨眉山修炼的那个洞,叫作"白龙洞"。

讲　　述：济仲
搜集整理：赵慈风
流传地区：江苏镇江

法海洞

　　镇江金山的白龙洞和法海洞都很出名。有人说，法海洞是法海练功的洞，不是的，实骨子是法海同小青青斗法的洞。

　　法海把白娘子压在雷峰塔底下，听说小青青走远了，到了四川峨眉山，他笃定了。回到镇江金山寺才想起来：从杭州到镇江要走十天半月，怎么一夜之间，白娘子就能领了虾兵蟹将来水漫金山寺的？难道我这金山寺脚下有什么漏洞？法海就去查了。今天查，明天查，金山寺里三千个和尚，个个都说不晓得。临了，查到看山门的小沙弥，是个呆子："我晓得呢！"

　　"你晓得什么？"

　　"我听香客说，金山腰眼里有个洞，南通苏杭，北通扬州平山堂，这个洞犯嫌呢！"

　　俗话说：麻布的筋多，光棍的心多。法海想：凡事不怕一万，只怕万一。万一小青青没有去峨眉山，真的伏在这个洞里，我不是自找霉倒？

　　法海叫呆沙弥把他带到洞门口，左张张，右望望，有点胆寒。呆沙弥道："方丈哎，让我到杭州见见世面去，我拱洞。"法海说："你是个小沙弥，还没有烧戒，没道行，我拱洞。"法海顺手拿来一根大树棍子，交给呆沙弥："你守住洞门口，洞里要是有妖怪出来，你替我往死里打。"

　　洞口小，法海胖。法海把袈裟一脱，颈项上挂的念珠也拿下来，交给呆沙弥。他朝洞口拱呀挤的，弄了半天，才拱了进去。

　　这时候小青青在哪块？她确确实实伏在洞里等法海呢！论小青青这个人，有胆有识有血性，讲忠讲信讲义气。白娘子被法海用金钵收住了，师父遭难，要在一般徒弟,还不远走高飞,或是洗刷自己?她不,她要为白娘子伸这个冤;不给法海一点厉害,他在世上还要害人呢!

小青青率领螃蟹精、螺蛳精、歪歪精①、乌龟精、甲鱼精,一齐伏在水漫金山寺的老路上等。小青青算定法海终归要进洞来的。她老远一望,法海果真进洞了,于是关照螺蛳精、歪歪精:"赶快变成人,法海来了。"

法海在洞里拱了一段,越走越宽敞。乖乖!放焰口念经,地方绰绰有余,风飕飕的,多阴凉!他想:留着这个大洞虽说有后患,但如果真通杭州,西湖成了我金山寺的后花园,那也不坏。渐渐听见前头有人说话了,法海以为真到了杭州,这真是一条神仙路啊!他心花开得牡丹大。

一眨眼,迎面走来三个年轻女子,是螺蛳精变的,法海不认识。他迎上去,那三个女子肩靠肩并排走着,他把头一缩,腰一弓,合着掌:"阿弥陀佛,请问施主,到杭州有多远?""前面就到。"三个女子手往后一指,身子一偏,从法海旁边过去了。

没大一刻儿,迎面又走来两个姑娘,更年轻,更标致,是歪歪精变的,法海也不识。法海见只有两个人,便往路当中一站,只听姑娘怒声大骂:"好狗不挡路,哪块来的贼秃驴?"法海一听口气,当是杭州名门大户的千金小姐,赶快缩脚往路旁一闪,嘴里直念"阿弥陀佛"。

往前没有多远,又走来一个女子,到面前一看,简直是天仙下凡。法海装作脚底下踩空了,朝前一冲,一碰那女子的手,冰凉冰凉的冷透了心。眼睛一睁,一条又长又粗的大青蛇盘在他面前。他三魂吓掉了两魂。蛇在洞里游,比天上的流星还快!法海没命地直溜直奔,溜了一阵,一想:哎呀,这不是小青青么?急忙回过身来:"小青青,我认得你。"大青蛇霍地一变,复了人形。小青青把腰里挂的双锋剑一横,冷笑道:"法海,你放明白些,这个洞里不是你的天下。我问你,我家白姐姐犯了什么罪,你把她压在雷峰塔底下?"

"她,她,她,是白蛇精,是妖怪。"

"我家白姐姐与许仙成双作对,日子过得和和气气,你无缘无故拆散他们,你倒不是妖怪?"

---

① 歪歪精:河蚌精。

"苦海无边,我遵佛门旨意行事,叫许仙知道回头是岸。"

"好一个挂羊头卖狗肉的假道学!菩萨以善为本,以慈悲为怀。你做和尚的,应该整天在庙里诵经拜佛,怎么去拆散民间的恩爱夫妻?你念的是阿弥陀佛的经,做的却是伤天害理的事。哪像个佛门弟子!"

有理走遍天下,无理寸步难行。法海被小青青驳得哑口无言,闷着个头,像木头桩子竖在那里。小青青又道:"你把我家白姐姐从雷峰塔底下放出来,我与你撑船解缆,你走你的阳关道,我走我的独木桥;你若不放她出来,不是鱼死就是网破,我决不与你甘休!"

法海悖理,只有斗法动武:"看我拿金钵把你收住。"一提金钵,法海凉了半截子。金钵只有一副,已收着白娘子了,便吹牛说:"我还有第二副、第三副,在杭州,马上拿来。"小青青又冷笑道:"你就是还有一百副,远水也救不了近火啦!"

"我还有禅杖。"法海一想:坏了,禅杖是斗妖驱魔的法器,放在金山寺的方丈室里,没有带来,结结巴巴地说:"禅……禅杖嘛,我,我放在洞外,马上拿来同你交手。"小青青大笑起来:"吃饭的家伙,能离手么?"

法海道:"我还有念珠。"法海往颈项里一摸,没得。他那念珠,一百零八颗,颗颗念过七十二卷经,除邪逐妖样样能。他大意失荆州,念珠放在洞门口了,支支吾吾地道:"我马上拿念珠来,同你斗法。"小青青道:"种田不离锄,公公不离婆。大和尚出山门不戴念珠,佛法佛经老根本也全丢全忘了。"小青青看法海什么法器宝贝都没得,把双锋剑一挥,寒气直逼法海。法海头都缩到肩膀窝里去了。

法海想:三十六着,走为上着,只有拔脚溜。螃蟹精一把拽住他:"你逃得了和尚逃不了庙,我家白娘子你放不放?"法海道:"放放放。"螃蟹精手一松,法海又溜了。小青青拦住法海道:"你既答应放,为什么溜?""我,我,我到杭州做斋念经放焰口,佛事忙,没得空。"法海嘴里说着,脚板底下又擦油了。小青青晓得法海不诚心放,关照螃蟹精让他溜。

法海横冲直撞,一撞撞到石缝缝里去了。法海以为挤过石缝缝就到杭州,拼命往里挤,浑身被夹得紧吞吞的。法海不晓得这两块大石头是甲鱼精、乌龟精变的。小青青追过来:"你不要鬼迷了心,这里不是杭州,还在你金山寺的脚底下呢！"法海懊恼死了：早晓得不进这倒霉的洞了。

　　法海被石缝缝夹得气都快脱下去了："小青姐姐，你发个大慈悲，让我喘口气。"小青青道："你自己钻进去的，自作自受。""你发个善心饶我一命吧！""你只要把我家白姐姐放出来，我马上把你松开。"法海晓得小青青的厉害，不敢骗她，他瘟气也不叹一声。

　　小青青道："你吃了哑巴药，得了瘪螺痧、闭口瘟啦？"法海死不开口。"你不要以为三个不开口，神仙难下手，我有法子治你。听着，你不肯放我家白姐姐，今后莫怨我小青青对你手下无情。"

　　小青青把话说到底了，法海不买账，小青青也没法，又不能弄死他，把法海弄死，没得人去放白姐姐了。她举起双锋剑在空中一挥："众螃蟹精听令：把那通金山的洞口严严封死。"法海当小青青吓他的，偷偷掉头一看，身后空空的，他发呆了：我把白娘子压在雷峰塔下，小青青把我封在这个洞里，一报还一报。他慌了，务必要抢在小青青前头逃出洞口。

　　可是石缝缝把他夹死了，他用巧劲一丝一毫地往外移，他这时才恨自己养得太肥太胖。他一次一次地吸气，把个大肚子吸得瘪点个，慢慢地退了出来，回转身，奔得上气不接下气。快近洞口，众螃蟹精拿着刀剑挡住了去路。法海双手合掌哀求道："螃蟹精大哥，做个好事，让我出洞吧！"螃蟹精拿刀背子往法海肚子上一搁，法海没有防他这一着，退了丈把远。螃蟹精道："我家小青姐姐关照的，善有善报，恶有恶报。"法海听了更慌，扑通一声，双膝跪下："我是出家人，行了一生善，积了一世德，众大哥发个善心吧！"

　　螃蟹精听了道："少卖狗皮膏药，你放出我家白娘子，我们放你，空话少说。""我在洞里没法放哎，出了洞，我板定放。"螃蟹精道："你这恶和尚，到这刻儿还玩滑头呢。我们现兑现，不赊欠。"说呀说的，洞口已被众螃蟹精拿石头厚厚地堵起来，只剩下了一个眼儿。

　　法海远远朝小眼儿一望，呆沙弥在洞外呢，有救星了。他趁众螃蟹精搬石头不在意，唰地一变，变成一只小螃蟹，混在螃蟹精里面，往那小洞眼爬过去。快要出洞了，不巧有一块大石头挡着，爬不过去。"呆沙弥，你来拽我一把。"呆沙弥朝洞眼里一看，一只会说话的小螃蟹，便说："你是个妖怪，我家方丈关照的，妖怪出洞就打。"他举起法海给的那根大树棍子,就往洞里捣。

"我就是你家方丈法海噢!""瞎说!我家方丈是佛门大和尚,只变大,不变小。你明明是个妖精。"呆沙弥又举起树棍子捣。"我真是法海噢,你把我拽出洞,我变给你看。""你现在变给我看。""洞太小,不好变。""你就变个小法海。""混蛋,你拿我开心。""你这个小妖精才是真混蛋,你再说是法海,我把你连皮带骨都捣烂了。"说着,呆沙弥接连搬起几块石头,把小洞眼也堵死了。

法海只有往回爬,混在螃蟹精当中。他又怕混不过去,被识破了,就又一变,变成了一颗螃蟹籽,往螃蟹粪门里一钻。你螃蟹精终归要出洞的,你出洞不是把我也带出洞了么?

法海钻进螃蟹精的粪门里,只能进不能出,索性就顺着肚肠子往里滚。滚到螃蟹精的肚脐里,他定心了。人的肚脐和外边只隔一层皮,哪晓得螃蟹精的肚脐是天生又厚又硬的壳子,千钻万钻都出不去的。所以法海他只有永生永世蹲在螃蟹精的肚脐里了。一代传一代,传到现在,人们吃螃蟹,还能在它肚脐里扒到个老和尚似的东西,就是法海。

搜集整理：江源、董均伦
流传地区：山东崂山一带

蛇娘娘

俗语说：小燕不过三月三，大雁不过九月九。为什么要这么说呢？三月三，清明节，花也开啦，柳也绿啦，小燕子也从南方飞到北方来了。

说起这清明佳节，故事可就长了。传说，在早年间有一个孩子，名叫小三。这小三少爹无娘的，跟着叔叔和婶子过日子，叔叔家只有一个女孩。到了这清明节，婶婶一早就把自己的孩子打扮得花花簇簇，却对正在烧火的小三说道："你上坡拾粪拾草，用不着穿新衣裳啦。"

谁没从孩子时候过啊！小三也是好不容易盼了个清明节。这地方的风俗，清明早晨吃秫秫米饭。小三才拿起碗来，婶子开腔说道："小三，把碗拿过来。"小三把碗送过去，婶子拿起勺子舀了一碗汤，还说："吃饭前喝上碗汤，肚子里熨帖。"小三接过了汤，明明不渴，也只得喝了。他又把碗送到婶子眼前，心想："这次可给舀上碗稠的吧！"婶子却瞪了他一眼，二话没说，又给他舀了碗汤。可怜小三一连喝完了这两碗汤，小肚子不饱也发胀了。婶子又狠声恶气地说道："吃得饱饱的，喝得足足的，放下饭碗拾草去吧！"

小三一手拿着搂草的筢，一手拿起了装草的筐，一步一步出了家门。看吧，街上大闺女、小媳妇都穿得红红绿绿的。当娘的即便没钱给孩子做件新衣裳，也是千方百计地替孩子做双新鞋穿上。就连狗的脖子上也戴了翠绿的松枝枝，只有小三还是和平时一个样。他越看越馋得慌，越看越舍不得走。他不盼别的，只盼着能耍一天也好呀！可是搂不着草，怎么办呢？叔叔要骂，婶婶要打，小三只得眼含着泪往前走了。

小三一个人走出了庄头。老人们都说："十年清明九见花。"这一年春浅，天气暖和,坡里花红柳绿的,道上车辙里的冰也化了。小三身上还穿着那件破棉袄,碎得没一点好地方,浑身像是挂铃铛一样,肩膀露着了肉,袖子也碎去了半截。一双鞋更是破得没个鞋样了,真是前露蒜瓣,后露鸭蛋,一走一呱嗒,一走一趿拉,两脚像打着拍子。俗话说得好:能叫爹娘少儿女,不叫儿女缺爹娘。

这一天,小三怎么也没心拾草了。他走进一座黑松老林里,找着自己爹娘的坟,哭了一阵,又哭了一阵,哭到末后嗓子哑了,身子也乏啦,也不管那草窝泥坑,趴在坟上睡着了。

再说,在那东海崂山上,有一个八宝珍珠洞,洞里有两个大石门,左通海底,右通山里。黄的是金,白的是银,珊瑚、玛瑙、珍珠、宝石,天底下,地面上,难得的宝物,在那里全能找到。就在这八宝珍珠洞里,住着一个奇俊的蛇娘娘。清明佳节啦,蛇娘娘身穿闪光晶亮的衣裙,轻飘飘地走出洞来,近处青山绿水,燕飞鸟叫,远处村村杏花开,庄庄秋千响。看着,看着,蛇娘娘不觉走上了山顶,她又抬头一看,嚯!一眼便望到千里之外。无巧不成故事,正看到小三在那黑松老林里,哭得眼皮跟那灯笼一样。好心的蛇娘娘掐指一算,立时什么都明白了。她想:怎么的,我也要把这可怜的孩子养大成人啊!只见她长袖一飘,起到了半空,眨眼的工夫,便站在了小三的身边。她生怕惊吓着他,小声地叫道:"小三呀!小三呀!"

她一连叫了三声,小三才泪汪汪地仰起脸来。他惊疑极了,连回答一声也忘记了。蛇娘娘笑嘻嘻地扯着小三的手说:"小三呀,不要哭了,今天是清明佳节,娘娘领你去个地方耍耍吧!"

小三见这女人又和气又可亲,擦了擦眼泪说道:"娘娘呀,我没拾着草,不敢回庄呀!咱到哪里去耍呀?"蛇娘娘笑着说:"今天咱不游东海,也不逛崂山,我领你进京去看看吧。"小三高高兴兴地答应了。

蛇娘娘把小三的手只一提,便起到了半空。真是轻如鹅毛,快如流星,吃袋烟的时候,就到了京城根上啦。两个人进了城门,上了大街。不用提那京里怎么热闹了,只说那些买卖家吧,有金银店、珠宝店、绸缎庄、杂货铺,卖的多,买的也多,车来马去,大轿小轿,小三看得什么都忘记了。

天晌了,蛇娘娘思量着小三饿了,对他说道:"小三,眼饱顶不了肚子饿呀!

这京里有的是好饭好菜,快跟我去吃吧。"

小三跟着蛇娘娘走到了最大的一家饭馆门前,刚要向里迈步,掌柜的跑了出来,身子挡住门口,脸一沉说:"你这娘子要进快进,别叫这小叫花子在我门前,沾上穷气。"

蛇娘娘狠狠瞅了掌柜一眼,拉着小三的手转身走了。两个人又走到一家中等的客店门前,脚还没站稳,掌柜的又出来撵着说:"你这娘子要进快进,我这客店住的是客,可不接待小叫花子呀!"蛇娘娘又气又恨,拉着小三的手又转身走了。

从前的世道,人穷了便是罪过。小三跟着蛇娘娘一连走了七八家,还是没有吃上一顿饭。小三说道:"娘娘呀,是饭就充饥,在街上这个饭摊吃一顿吧。"蛇娘娘叹了口气,答应了。

小三在饭摊上坐下,一碗稀饭,一碟咸菜,吃得津津有味的。蛇娘娘看到这里,开口说道:"小三呀,娘娘最恨的就是那些欺贫爱富的东西。叫他们看着吧,我一定叫你变成天底下最富足的人。"

蛇娘娘说做便做,她给小三买来最好的衣裳,她给小三换上最好的鞋袜。俗语说:人凭衣裳马凭鞍。小三帽新,衣新,脸也光彩了。能干的蛇娘娘又在京里租了一栋最好的房子,和小三住下了。

这天晚上,蛇娘娘亲手给小三温水洗脚,亲手给小三铺床盖被,把一切都弄妥当了,才对小三说道:"小三啊,春天夜短,快睡觉吧!"小三说道:"春天夜短,娘娘你也睡吧!"蛇娘娘望着小三,摇摇头说:"孩子呀,娘娘回去一趟,拿点儿东西来,咱娘儿两个好过日子。"小三一听急了,他一把拉住了蛇娘娘的袖子,求告说:"娘娘呀,我一没爹,二没娘,你再走了,谁是小三的亲人啊?"蛇娘娘也难过地说:"小三呀,我也是独身一人呀!你亲娘娘,娘娘疼你,放心大胆地睡觉吧。"

小三盖着新褥子新被,翻过来暖和,覆过去暖和,不知不觉地睡着了。

蛇娘娘看看小三的脸,又摸摸小三的头,轻轻走到了院里。星引路,月点灯,披凉风,踏冷露地回崂山去了。

第二天早晨,小三刚一睁眼,蛇娘娘已经笑嘻嘻地站在床前。她左手挎着竹篮,右手提着包袱。蛇娘娘掀开了盖在竹篮上的手巾,小三立时感觉金光晃眼。

他揉了揉眼睛才看清了,这不是别的,是他从没见过的金豆子呀!蛇娘娘又解开了右手里的包袱。哈!你猜怎么样啦?那些钻石宝玉照得满屋里明光瓦亮的。蛇娘娘把这些东西一齐堆到小三的身边,亲热地说道:"小三呀,快长大吧!这些东西都是你的啦。"

小三吃了饱饭,穿着暖衣,很快地长成了一个小伙子。有一天蛇娘娘把小三叫到了跟前,对小三说道:"小三呀!你长大成人了,天下也没有比你再富足的啦!两桩心愿娘都了啦,今天我就要回崂山去啦。"小三说道:"娘娘呀,你把我拉扯大了,如今走啦,你走了我多么想你啊!"蛇娘娘望着小三说道:"你想娘娘,娘娘也想你啊!过些日子我会来看你的。"蛇娘娘走出门去,立时不见了。

小三在最热闹的大街上置了房子,开起了买卖。那买卖大得呀,京城里要数第一家,那才是要什么有什么。说贵重的吧,夜明珠、玛瑙碗、翡翠瓶子插金花,拉它几车也拉不完;说到平常的东西,苏州梳、杭州绸、绣花手巾织花缎,简直是无穷无尽啦。买卖这样,住处当然更好了。从外面看,金漆大门,玉石台阶。进到里面,大厅二厅,有阁有楼。后花园里,修理得更是八景齐全,看山有山,看水有水,春开牡丹,冬开梅花,五月石榴红,八月桂花香,这才是四季都有好景在,月月都有鲜花开。嘿!这可了不得啦,小三花钱有钱,看景有景,睡的是象牙床,穿的是绫罗缎,顿顿吃酒席,出门有车马。天长日久,他就把小时受穷的那个滋味忘得干干净净了。

说书的都这样说:"一口难说两家事。"咱再回头说一说小三的老家里。那一年清明节,小三没有回家吃晌饭,叔叔一家人都吃的肉包子,可是谁也没有把小三挂在心上。到了晚上,还不见小三回来,婶子巴不得再省下这顿饭,手指头朝外画着说:"不回来吃,那是不饿得慌,省下块糠饼子,我喂鸡它下蛋,喂狗还看门啦!"直等到第二天,叔叔喝完了烧黄二酒,慢三步快三步地到了庄头,不用三找两找,一看就认出了小三的脚印。除了小三,没有人把五个脚趾露在外面啊。叔叔顺着脚印,一点也不费事地找到了黑松老林,竹篦草筐都找到了,只是不见小三。叔叔没有了主意,拿着竹篦草筐回了家。婶婶听说高兴了,狠声狠气地骂道:"说他懒就是懒,管保是拾不着草,没有脸来家啦!不回来正好,少个吃饭的嘴。"叔叔听婶子这么一说,也就不提小三了。

也不知道过了有几年,叔叔家的闺女长大了,要做媳妇啦。婶子对男人说道:"听说京里的东西全,给咱闺女办点嫁妆吧。"叔叔对老婆的话从来是不违背的。当天就骑上了小走驴,吆吆喝喝,叮叮当当地上路走了。

走了整整三天,才到了京城。叔叔大街走了小街串,在家里的时候还觉得银子不少,进了京看看这样也好,问问那样也贵,半天也没买成一样东西,末了走进了小三的铺子。小三正站在柜台里面,脸面白白胖胖,身上长袍马褂。叔叔别说不敢认他,做个梦也想不到这会是他的侄儿呀!小三年轻眼尖,一眼就认出了自己的叔叔,便把他请进了家里,正好碰上蛇娘娘来看小三。先茶后酒地吃过了,蛇娘娘说道:"铺子里有的是金镯银镯、玉簪珠花,给他些,叫他不要到别处去买了。"

隔了一天,叔叔才离了京城,路上早宿晚起,吃吃喝喝,走了七天才到家。婶子在家早等急了,这一天正在东张西望,老远就看到男人骑在那小驴上,醉得摇摇晃晃的。她想也不想地就开口骂道:"你这个老东西,把钱都浇了黄汤啦!还不知道给闺女买点东西没有?"没等叔叔下驴,婶子一把就把包袱抢了去,和闺女解开一看,不觉都吓呆了:那么一点银子,怎么能买这么多贵重的东西?婶子指头点到叔叔的脸上,笑道:"老家伙,快对我说,这些东西是偷来的,还是摸来的?我可不能跟着你去吃官司呀。"叔叔把怎么遇到小三,蛇娘娘怎么叫小三给他这些东西,一五一十地都对老婆说了。婶子还是不信,嘴一撇说:"看他小三那身骨头,就是活着,不叫狗咬死,也是个叫花子。"叔叔瞪起眼说:"不信,咱俩进京去看看。"婶子见男人说得这样扎实,也就半信半疑了。

遇到了这样的好事,坏婶子躺在被窝里,又想门道了。等到天明了,她真的催着叔叔和她进京去了。叔叔在小三那里只住了几天便回家去了,婶子却怎么也不愿回家。

一年有一个清明节,一年也有一次三伏天。冷在三九,热在中伏。蛇娘娘在屋里,热得坐也坐不稳,站也站不住,心里话:见水三分凉,到后花园里去走走吧。

蛇娘娘腰又细步又轻,风快地进了花园。花园里果然清气,风飘杨柳,燕截绿水,莲花雪白,清水透亮。蛇娘娘看在眼里,爱在心里,身子一跃,跳到水里洗开了。

蛇娘娘洗完澡,浑身舒服,坐在大柳树底下,不知不觉地就睡着啦。

咳!你猜发生了什么事情?正当这时,坏婶子溜进了花园,东望望,西瞧瞧的,猛抬头,看到大柳树底下盘着一条大长虫。她吓得抖了一抖,急忙翘趾连脚地回了屋。坏人有的是坏心眼,她想:趁着这回把蛇娘娘杀了,再把小三害死,这千样宝物、万贯家财,就都成我一个人的啦。她想到这里,就找着小三,假情假意地哭开了。小三问道:"婶子啊,你是想家了吗?"婶子左看看右看看,才小声说道:"你的家就是我的家,有你在跟前,我谁也不想啊。怕只怕你的命难保呀。"小三惊疑地问:"我一没病,二没灾的,怎么会命难保呢?"坏婶子可是话来得快,她一口一个孩子叫着:"唉!孩子呀,亲不亲一家人,你叔和你爹是一母同胞。告诉你吧,你那娘娘是个大蛇精啊,快想办法把她害死吧!"小三也不由得吃了一惊,又一想:娘娘待我这样好,她就真的是蛇,也不能伤害她呀!婶子见小三不作声,又说道:"孩子呀,你有难也是我有难,你的命也是我的命。你是不知道啊,那阵没有了你,哭得我三天三夜没睡着觉,也没吃下饭。你这个傻孩子,听婶子的话没有错,把蛇娘娘害死,东西搬回咱家去,不怕没有好日子过。要是你不把她害死,说不定哪一天她会把这些财宝弄回去啊。"

坏婶子尖嘴薄舌的,左说一套,右说一套,说得比蜜还甜。小三也是珠宝招红了眼,财帛迷了心啦。他找了一把快刀,朝着那后花园里跑去了。

小三手拿尖刀,气喘喘地跑到了大柳树底下。哪里有什么大长虫,连蛇娘娘的影子也没有啊!小三又是害怕,又是惊疑,转身的工夫,蛇娘娘已经站在眼前了。不知什么缘故,小三手里的刀子当啷一声掉在了地上。蛇娘娘没有生气,也没有恼火,只是难过地说:"小三啊,小三!我本想着救人救到底,谁知道救了你的身子,变坏了你的心。我也不多说你了,今天晚上,不论有什么动静,你千万不要出来,可要好好地记住我的话呀!"蛇娘娘说完,往大柳树后面一闪便不见了。

为人就怕做亏心事。这一黑夜,小三不管怎么的也睡不着了。半夜的时候,听着外面呼呼刮起了大风,接着稀里哗啦,乒乒乓乓,什么响声都有,震得墙也动,屋也摇,小三吓得全身抖成了块。好不容易挨到天明,大着胆子,开门一看,天呀!铺子、宅舍,什么都烧了个干净。除了他栖身的这一小间房,连一片瓦、一条凳子也没剩下。坏婶子自然也被烧死了。

没出一年,小三穷得复旧如初了。他想到蛇娘娘待他的好处,想到有钱的时候,不气别的,只气自己,为什么会变得那样心狠呢?常言道,最毒的是财主心。真是不假,钱养人,钱也害人啊!

小三穷到那样,在京里再没法住了,只好搬到了乡下。人生地不熟的,打短工也找不着主。有一天,小三出外讨饭,天又冷,雪又大,走到一片树林子里,冻得再也走不动了。人急了投亲,鸟急了投林。小三大声地招呼道:"蛇娘娘啊,蛇娘娘,你就再救小三这一次吧!"

小三的话音刚落,树枝不摇雪地不响的,蛇娘娘又站在他的眼前了。她叹口气说道:"小三啊,我没有生你的恩,可有养你的情,跟着娘娘走吧!"

小三扔了要饭棍子,跟着蛇娘娘回到了崂山。在崂山安家落户,过起日子来了。蛇娘娘再没有给小三那么些金银财宝,小三靠着自己的双手,打柴,捕鱼,种庄稼。

一年三百六十日,一年一个清明节,好心的蛇娘娘还是穿着明光闪亮的衣裙,轻飘飘地从八宝珍珠洞里走了出来。不过,她再也不随便把那么多的金银宝物送给别人了。

讲　　述：姜淑珍
搜集整理：李桂凤
流传地区：辽宁沈阳

蛇媳妇

早年，有这么个屯子，叫高家屯儿。单说屯子里有个高老员外，老两口子只有一个儿子，儿子叫高山。高山已有十八岁了，也没娶媳妇，老两口子整天把他关在书房里叫他念书。

这一天，屋子外面日头旺旺的，一点风也没有。高山对阿玛和讷讷①说："一天到晚总在屋里看书头昏眼花的，我想到外面溜达溜达去。"

"行，今儿个天挺好，你愿意出去就出去一会儿吧。"

高山走出家门心里挺乐，溜溜达达来到了郊外。郊外树上的雀鸟叽叽喳喳叫个不停，地上的花草青枝绿叶，真是风和日丽一片好景色。

忽然间，平地刮起一阵旋风，风越刮越大，连树都刮倒了。高山觉得脚下一轻，让旋风卷到空中，眼前一黑就昏迷过去了。醒来一看，自己让旋风刮到了一座山上。他也弄不清东南西北，只见眼前有条毛毛道儿，就顺着毛毛道儿走了下去。走，走，天就擦黑了，高山见不远儿有座小草房，就奔小草房去了。高山走进院儿，见没有什么动静，就上前敲门问："屋里有人吗？"

"是谁呀？"

"找宿的。"

门开开了，开门的是一个姑娘。高山赶忙施礼说："这位大姐，我是外乡人，天黑了，想找个宿，明儿个再走行吗？"

"你是哪个堡子的？"

---

① 阿玛、讷讷：满语，即爸爸、妈妈。

"我是高家屯儿的。"

"那你怎么到这旮旯来了?"

"我是让一阵大旋风卷到这山顶上来的。"

"噢!让旋风刮出这么远,伤着哪了吧?"

"没伤着。"

"没伤着就好,你进来吧。"

高山进了屋。姑娘说:"别客气,快坐着歇息一会儿吧。"高山就坐在了炕沿边儿上。

一袋烟的工夫过去了,高山见屋里除姑娘一个人在地上忙活外,这家没有别人,就站起来要告辞。姑娘说:"就在这儿住吧,你上哪儿去?"

"不啦,在这儿歇一会儿就行了,我到别处找个宿,明儿个天亮就回家了。"

"黑灯瞎火的你往哪儿走呀?再说这山上一时半会儿找不着人家。别走了,就在我这儿住下吧。"

高山说:"家中就你一人,男女授受不亲,在此荒郊野外,我一男子同你在一起,不是让你这没出阁的闺秀,如同白布掉染缸,跳进黄河也洗不清吗?"

姑娘听后说:"身正不怕影斜,脚正不怕鞋歪!"

姑娘再三挽留也留不住。高山说:"谢谢大姐的好心,我走啦。"说完,推开门就要走。这时,姑娘一把拽住他说:"我不让你走,你就走不了。"只见姑娘朝高山站着的地方点了一下,高山就觉得两脚怎么也迈不开步了,只好答应住下了。

第二天,天刚蒙蒙亮,高山起身就要走。姑娘说:"你再在这里住个三天两日的,我给你打听打听回家的路怎么走。这山上连个正经道儿都没有,蒿草没踝的,你往哪儿走呀?弄不好走进那深山老峪让野兽吃了。"

高山心想:人家姑娘说得也对,不打听明白道儿也没法儿走。万一自己丧了命,家中二老可怎么活呀!就又待了一宿。

一连三天晚上,高山和姑娘都睡在一个屋里。高山没有宽衣解带。姑娘瞅他那忠厚老实劲儿,搁心里说:看来我的眼力不错,是个好小伙儿呀!

高山一觉醒来,天已大亮了。看见姑娘正盯着瞅他,就觉得一阵不好意思,脸唰的一下就红了。高山心里纳闷儿,这年轻俊秀的女子怎么一个人在这荒山野岭上过日子呢？他正寻思着，就听姑娘轻声对他说："你醒了，睡得怎么样？起来洗脸吃饭吧。"高山起来一看，不知姑娘啥时做了一桌好饭好菜，还备了酒。高山洗完脸，姑娘又说："快过来吃吧，一会儿凉了。"高山盛情难却，就在桌前坐下了。过了一会儿，高山问："你是谁家的姑娘，怎么一个人住在这儿？家里没旁人吗？"

"没旁人，就我自个儿。"

"你没有阿玛、讷讷？"

"这些你不必细问，我也是好人家的女儿。"

她停了一会儿，冲着高山说："你怎么不给你媳妇倒酒呀？"

"媳妇？"高山惊愕住了。

姑娘说："我给你做媳妇你乐意吗？"

"我，我……"高山这下可慌了神儿，说，"阿玛和讷讷还不知我的死活，我怎么敢在外私订终身呀？"

"你要是答应我，今儿个就让你回家。不价，你什么时候答应，俺什么时候才让你走。"

高山虽不敢自定终身，可打心眼里也挺喜欢这姑娘。看见姑娘含情脉脉地瞅着他，想了想，就答应了这桩亲事。姑娘对高山说："什么时候结婚我会找你去。你赶快回家吧，省得阿玛和讷讷着急。"姑娘又告诉高山说："我房后有一匹马，你骑上这匹马，闭上眼睛，马停下时，你就到家了。"高山点点头问："是真的？"姑娘说："那还有假，你妻子的话还不信吗？"

高山和姑娘告别后，骑上马，闭上眼睛，只听耳边"飕飕"的风响，不一会儿工夫，马就停下来了。他睁眼一看，果真是自个儿家大门口。高山下马后，只见这匹马往高蹦了三下，就无影无踪了。

高山见马跑没了影，也没细寻思，急忙进院儿喊："阿玛、讷讷，我回来了。"阿玛和讷讷看见儿子丢了好几天又回来了，乐得直掉眼泪。讷讷擦着眼泪说："儿呀，你上哪儿去了？我和你阿玛都要急死了。"高山说："阿玛、讷讷，我上郊外溜达走迷了道儿，在外边耽搁了两天，这不是回来了吗？"阿玛说："回来了就好！回来了就好！"家奴和院公见高山回来了，也都挺乐。

高山自打从山上回来后，在书房里看书时总想起山上的姑娘，书也看不下去了。老两口见儿子在书房看书，看看停停，总煞不下心。讷讷说："咱这孩子也不小了，心也长草了，有合适的姑娘也该给他说个媳妇了。"阿玛接过话说："我说也是，该给他定媳妇了。"

说也凑巧，老两口说话不几日，就有媒人登门给高山保媒来了。这姑娘家离高家屯五六十里路，也是一个不错的人家，姑娘长得千娇百媚，远近闻名，媒人三保二保就说妥了。两家选好了良辰吉日，定在六月十八这天娶亲。

讷讷到书房对儿子说："孩儿呀，讷讷给你说了个媳妇，都和人家定妥了，再过两个月，到了六月十八你就和姑娘拜堂成亲。"

高山问："是谁家的姑娘呀？"

"是南边一家马员外的姑娘，和咱们门当户对，姑娘长得蛮不错，保准你乐意。"

"讷讷，我已有媳妇了。"

"什么？你有媳妇了，谁给你保的媒呀？"

"是我自个儿。"

"你自个儿？到底是怎么回事儿？"

高山就把自个儿让旋风刮到山上，认识了姑娘的事儿，一五一十地对讷讷说了。讷讷说："你也没打听那姑娘的家乡住处，上哪儿去找她呀？"高山也恨自己走得太急，没处去找那山上的姑娘。讷讷心想：肯定是儿子遇上了个野丫头，骗他呢。就对儿子说："那姑娘要是找上门来，讷讷就让你和她成亲。"

一晃就是一个月，到了六月十八这天。高老员外家张灯结彩，三亲六故都喝喜酒来了。呜哇！呜哇！喇叭吹着，花轿到了。可是，新娘子就是不下轿，非要新郎官掀轿帘不可。

高山本来就不愿意这门亲事，正在房后一个小屋里猫着，听见家人在外面找他。有人说："轿里的新娘子谁请也不下轿，非等新郎去掀轿帘不可。"高山听到说话，就从小屋里出来。他来到轿前掀开轿帘一看，这新娘子不是别人，正是自己在山上认识的那个姑娘。姑娘穿着红袄绿裤，头戴的珠坠滴溜当啷的，打扮得像天仙一般。她见高山来掀轿帘，就盖上盖头下了轿，高高兴兴、热热闹闹地和高山拜了天地。

媳妇过了门，对公婆都恭敬有礼，两位老人乐得合不上嘴儿。左邻右舍都说高家娶了个好媳妇。

有一天，高山的舅舅来老员外家串门儿。他是亮甲山的和尚。舅舅来了，外甥媳妇上前见礼，给舅舅点上烟，沏好茶就出去了。这时，舅舅小声对老两口说："姐夫、姐姐，你家这个媳妇是个妖精！"

姐姐说："你尽胡说，这媳妇挺孝顺又能干，哪能是什么妖精？"

姐夫也说："是呀，这么好的媳妇不能是妖精。"

"你俩要是不信，我使个法术，准能让她现原形。"

高山听舅舅来了就从书房出来。他刚要进屋见舅舅，在门外听到舅舅说的那番话就站住了。这时，舅舅从里屋推门出来，见外甥说："你媳妇是个妖精，我非弄死她不可。"

高山赶忙劝阻说："舅舅，不能这样对待她。她挺好，对老人挺孝顺，俺们夫妻如胶似漆，不管她是人是妖，我都不在乎。她就真是妖精，也没坑过谁、害过谁呀！"

舅舅不听高山的劝阻，闯出屋，见外甥媳妇正在锅台淘米做饭，就在一边念上了咒语。媳妇登时"咕咚"一声，栽倒在锅台边上。高山见媳妇倒在地上，急忙扑过去，背起媳妇就跑。舅舅见外甥背着媳妇跑出了家门，就在后面一边念着咒语一边追。

高山只顾背着媳妇往前跑，也不知道跑到什么地方了。他抬头一看，有一条又深又宽的河横在面前，插翅也难飞过去。眼看着舅舅就要追到跟前了，高山急得直跺脚。突然，刮起一阵旋风，风刮得天昏地暗。从高山身边蹿出一只老虎把高山媳妇叼走了，高山吓昏了过去。舅舅撵上来，看见外甥媳妇被老虎叼走了，念咒语也没有用了，就回去了。

高山醒来一看，媳妇连影儿都没有了，泪如泉涌。他哭了一场又一场，越哭越伤心，就走到河边闭上眼睛，刚要往下跳，就听身后有人喊："别跳，我在这儿。"高山回头一看，是自个儿媳妇，急忙跑过去，一把拽住媳妇的手，攥得紧紧的。媳妇说："我真是个妖精。"

高山说："你是妖精，我也和你在一起。"

原来,高山这媳妇是个修行多年的蛇精。她也想过人间生活。这蛇精变的姑娘爱上高山,趁高山到郊外溜达时,使法术刮起一阵旋风,把高山弄到了山上。两人在山上订下了终身。姑娘和高山分手后,见高山家南边马员外家的女儿得了伤寒病快要咽气时,就使法术让自己躺到了炕上,马员外还以为自个儿的女儿病好了呢!后来,马员外按女儿的心愿,打发人到高员外家保媒,蛇精变的姑娘就和高山成了亲。

再说,高山的媳妇让老虎叼走后,又回到高山身边。高山攥着她的手,说啥也不撒开。这时,高山媳妇依偎在他胸前说:"这回可好了,我再也不怕念咒语了,我修行的日子到了,真变成人了。我刚才是让老虎给救了。我给你做媳妇,再也不离开你了。"

高山说:"那可太好啦!咱们回家吧。"

这时,阿玛和讷讷也找上来了。老两口见小两口手拉手在一起,都乐了。高山和媳妇搀扶着阿玛和讷讷,高高兴兴地回家了。

从此,高山和媳妇亲亲热热、恩恩爱爱地生活在一起。日子过得越来越美满。

讲　　述：李永奇（满族）
搜集整理：郭连顺
流传地区：吉林梨树县

蛇为媳

从前，在辽河边上住着个小伙子，叫孟亮。他没爹没妈，又没兄姐弟妹，就在河边搭了个草棚子住。日子过得很艰苦，只靠一只破船摆渡度日。

有一天，孟亮往河对岸送几个人，船行到河中间，就刮起了大风，只好顺风漂荡。漂了二五一十天，船也坏了，人也饿得不得了，小船漂进了一个河汊子。孟亮把小船拴在一棵树上，上岸朝一条羊肠小道走去。

走出很远，也没看见一户人家。就在这时，天上的一只老鹰向孟亮身旁不远的草稞子里冲了去，一条小白蛇从里面吱吱游了出来。孟亮一看，急忙把小白蛇藏起来，捡了一块石子就把老鹰轰走了。

小白蛇没被老鹰吃掉，向孟亮点了几下头，用嘴咬住他的裤腿儿往前拽。孟亮想：小白蛇把我拽到哪去呢？反正自己也没个家，它愿往哪领就领哪吧！

小白蛇把孟亮领到一个山头，忽然眼前出现了个院子，回头去看小白蛇，已无影无踪了。孟亮心想，都看到了人家，就先整点吃的吧！

孟亮走向那院子，敲响了门，从里面走出个白发苍苍的老太太，身穿青衣。孟亮对老太太说："我是走路走累了，想吃点东西，哪怕给我口凉水喝也行。"老太太看了孟亮一眼，说："那你进来吧。"孟亮便跟老太太走进了屋。老太太盛了一碗饭递给了孟亮，说："小伙子，吃吧。"孟亮就大口大口地吃了起来。一边吃一边觉得奇怪，这碗饭吃不尽，吃得肚子都鼓得老高了，碗里还是满满的。天一点点黑下来了，孟亮跟老太太说："老人家，天这么晚了，我也不走了，你就留我住下吧？"老太太说："行，你就住吧。可这么半天我连你的名字都不知道呢，你能说给我听吗？"

孟亮就原原本本地告诉道:"我姓孟,叫孟亮,今年十八了,家住辽河边上,已没有了爹妈,专靠摆渡过日子。"孟亮越说越悲切,便把在路上遇见小白蛇的事也跟老太太一五一十地说了。老太太一听,长长地叹了一口气,说:"孟亮,我姓佘,一辈子无儿无女,你要是不打算回去了,就待在我这儿吧,我认你为干儿子,怎么样?"孟亮心想,反正家里也没什么,回去还得走好几千里路,在这儿留下吧。想到这儿,孟亮就俯下身子跪在老太太面前,说:"谢谢干娘,我往后就把您当亲娘侍候。"老太太急忙把孟亮扶了起来,说:"快起来,千万不要这样,你只要念好书就行,活儿你不用管。"

孟亮就在这儿待了下来。时光一晃一年多了,老太太对孟亮说:"我看你也不小了,也该成家立业了。山后有个老常家,那是亲戚一道的。老常家有个姑娘,长得像天仙似的好看,哪天我去说说情,把这姑娘给你当媳妇。"孟亮不知怎样回答好了,说:"干娘,那就由您做主吧。"

一天老太太去山后老常家,回来就对孟亮说:"孩子,没问题了,常家同意这门亲事了。这样的话,我看上了秋就结婚。不过可有一条,常家就这一个姑娘,离不开娘家,结婚后得到她家。我看这样也好,山前山后的,也不是隔十里八村,上她那儿就上她那儿去吧。"

转眼上秋了,孟亮和常家姑娘结了婚。孟亮一看常姑娘长得真是没比的了,他高兴极了,可常姑娘总没有笑模样。晚上睡觉的时候,常姑娘勤快地侍候孟亮入睡,可一吹灯,常姑娘就跳上了房梁。孟亮开始觉得奇怪,后来就啥也不知道了。到了第二天白天,晚上的事啥也不记得了,到了晚上还是那样。没多久,孟亮就病在炕上起不来了,常姑娘守在他跟前不说一句话,一个劲儿地哭。

病了一个来月,孟亮瘦得皮包骨头。这天,孟亮有些好转,便想回家看看,对媳妇说:"咱俩结婚这么长时间了,一直没有回去看看妈,我想回去看看。"开始媳妇不叫他去,孟亮磨了半天,常姑娘才说行,并叮嘱他今天一定得赶回来。

回到家,佘老太太看儿子瘦脱了相,心疼得不得了,问这问那。孟亮就一五一十地全说了。老太太气得够呛,骂常家这事办得太不是人了,连她的面子都不给,真是忘恩负义,最后说:"孩子呀,你媳妇没安好心,她是想害死你呀!"孟亮一听,战战兢兢地忙拽住干娘的手:"娘,这可咋办呢?"老太太不慌不忙地说:"不怕的,我来告诉你,你媳妇天天睡觉时跑到房梁上,那是在吸你的脑子呢！到了一百天,你就活不了了。这是最要命的招,叫你死你都不知道是咋死的。可有一条,这百天内隔一天就不灵了。你回来的时候,她是不是叫你今天必须回去?"孟亮点了一下头。老太太又接着说:"唉,我一猜准是这样。现在你也用不着害怕了,我给你两样东西:一把剑、一个灯碗。回去后,晚上你媳妇一吹灯,你就用这把剑砍灯碗,屋里就会大亮,你媳妇上梁也就上不去了。你拽住她的腿,说你是她的救命恩人。这样,啥事也不会有了。"

孟亮不明白地问:"我怎么还是她的救命恩人?"

老太太便说:"这你先别问了,以后你就知道了。"

孟亮吃完饭,又吃了娘给他的一粒仙丹,过了晌午就回去了。孟亮还没走到门口,媳妇老早就在那儿等他呢。等他走近跟前儿,媳妇就这个那个地问个没完,孟亮一声没吭。到了晚上,孟亮把两样宝贝放在身边,就等媳妇吹灯了。

媳妇看孟亮躺下了,一口吹灭了灯。刚要上梁,孟亮麻利地拔出了剑,一下把灯碗砸碎了,放出了白亮白亮的光。只见媳妇一腿搭在了梁上,另一条腿还在地上耷拉着。孟亮便上前拽住媳妇的大腿,哀求地说:"贤妻,咱俩结婚你又不是不愿意,可你为啥偏偏要害我？我无爹无娘,认了干娘,你咋这么狠心害我？你可怜可怜我吧！"媳妇从梁上把腿撤了下来,双手抱着孟亮就哭了,边哭边说:"丈夫,你救了我的命,我怎会再害了你的命呢？我也是没招了,不这么办,我也得没命呀！我爹娘说你是凡人,让我在一百天内把你整死,不然的话连我一块整死。我也没有什么别的法子。"小两口哭得死去活来,过了一会儿,孟亮问媳妇道:"贤妻,你说我救了你的命,是啥时候？我咋不知道呢?"

媳妇对他说:"那年你来时,在草丛里遇见的差点叫老鹰给吃了的小白蛇,就是我。"孟亮吓了一跳:"那你是……"媳妇对他说了实话:"我是白蛇仙,你不用害怕,我以后会爱护你的。"

孟亮和媳妇从此相爱得很,孟亮的身体也渐渐地康复了。

一百天已到,媳妇的爹一瞅孟亮没有死,还活得好好的,就叫儿子常青去找孟亮来,说老丈人找他喝酒。常青进了门,把他爹教的话学了一遍。孟亮一听是叫他上老丈人家,说:"行,你先走,我随后就到。"

常青走了，孟亮问媳妇："去还是不去？"媳妇寻思半天，才说："我想，这趟去了，可能就回不来了，不去又说不过去。"孟亮吓得不知怎样办了，哀求媳妇："贤妻，你可得救我呀！"媳妇说："我哪会看你的笑话？有一条，吃饭的时候，你吃啥都行，可千万千万别吃那面条。"

孟亮记住了这一条，就和媳妇来到老丈人家。老丈人见到孟亮就笑呵呵地说："在你和我闺女成亲这么长的时间里，我也没过去看看，你也没来串个门。听说你病好了，我真高兴，今天特备了一桌酒，咱爷儿俩痛痛快快地喝它几杯。来！"

喝完酒，丈母娘给他盛了一碗面条。孟亮便想起来媳妇告诉他的话，就对丈母娘说："我不喜欢吃这个。"丈母娘连忙说："不能多吃还不能少吃吗？来少吃点，压压酒。一点不吃这可不行，知道的好说，不知道的还说我没待承好姑爷。"孟亮被逼得实在没招了，就吃了一点。吃了不几口，就觉得不对味，撂下饭碗就跑回了家。进屋一看，媳妇正烧一锅油，油翻花地滚开。媳妇招呼孟亮赶快到锅跟前儿来，油烟子熏得孟亮一个劲儿地咳嗽。这一咳嗽不要紧，从孟亮的嘴里吐出来的全是癞蛤蟆、虫子。这些吐了出来，孟亮的心才得劲了。

过了两天，老丈人又叫儿子常青来看看孟亮是啥样了。常青一看姐夫没咋的，回去跟他爹一说，可把他爹气坏了，就又叫常青去找孟亮，说南山有片林子，叫孟亮帮着给打点柴火。

媳妇一寻思，知道去准没好事，就给孟亮出招儿："我给你一把镰刀，你不用到我爹那头了，直接到林子里去。割的时候，你也得注意点，千万不要睁开眼，割够数你就跑。跑到五十步远，你再回头瞅瞅。"

孟亮照媳妇说的话，来到了林子里，闭上了眼睛，手里握着镰刀就割开了。不大一会儿，全割完了。孟亮就回头看，一看，全是像胳膊那么粗的长虫，孟亮吓得没有好声地叫唤。跑到了家，媳妇正在收拾大包小包的东西呢，边收拾边哭。孟亮便问媳妇是咋回事，哭的是啥。媳妇就说："因为我救了你，现在我爹也要把我整死了。"孟亮说："那我们咋办呢？"媳妇说："只有离开这儿快跑。快把衣服换下来，千万别穿衣服，你坐在这树枝上，不管咋的，也不要睁眼睛，记住了？"孟亮就按媳妇说的去做了。

那树枝托着孟亮飞呀飞,飞出了好远。孟亮心想:这是到哪了? 我得看看。他一睁眼睛,媳妇和他就一下从天上掉了下来。媳妇埋怨孟亮:"叫你不睁开眼,你偏睁,这回剩下的路我们只好走了。"孟亮忙说:"那咱们还上去吧。"媳妇说:"不好使了,我们就得走了,没有别的法子。"

孟亮和媳妇接着往前走。走不多一会儿,天空突然出现了一片黑云,媳妇急忙对孟亮说:"不好啦,这片黑云就是我叔叔,快离我远点。"刚说完,那黑云就追上来了。黑云落到地下变成了一条六丈多长的蟒蛇,狠命地向孟亮的媳妇扑来。孟亮的媳妇说:"叔叔,我根本就没有惹着你,你咋非跟我过不去?"蟒蛇像没听见似的,再次扑向了孟亮媳妇。只看孟亮的媳妇抖开一块手帕,放出耀眼的光,晃得蟒蛇翻了几个身就死了。

打死了叔叔,媳妇对孟亮说:"我虽然把他打死了,但他毕竟是我的叔叔。我怎么也不能叫他的尸首放在露天里,我得给他埋上。"

孟亮和媳妇刚埋完叔叔的尸首,忽听身后轰的一声,又来了两块乌云,到了他们的头顶,连风带雨,整得人睁不开眼睛。媳妇一看,说:"这回可坏了,我爹我妈全来了,你快躲开吧!"

媳妇就给爹妈跪下了,说:"我走出了这么远,您二老为啥又来追我,这叫我怎么办呢? 我又不愿和你们吵架,你们干吗非逼我呢?"老常头气鼓鼓地落到了地上,喊道:"好你个没规没矩的东西,你打算咋的? 你还要对你父母下手吗?"说完,顺手就飞出一支闪光的剑。媳妇用手一挡,剑直奔她爹的脑袋飞去。她爹吓得现了原形,原来是一条老毒蛇。她妈一看,老头没制服女儿,便也掉头逃跑了。

孟亮和媳妇上了路,走了老远老远,进了一个村子。看见一张告示,说这里一户有钱人家的闺女要出嫁,嫁期又没几天,还有几十套衣服没做完,谁能在小姐出嫁前把衣服做完,就给金银。

孟亮媳妇上前揭了告示,找到了财主,说:"给我个屋子,把做衣服的布都拿到屋里,四门紧闭,不许谁看,把窗户也关上,我用一宿工夫就做完了。"财主马上让人照孟亮媳妇说的那样布置上了。孟亮媳妇就进了屋里。

第二天天已大亮,还不见孟亮媳妇出来,财主就打发丫鬟去看看怎么回事。丫鬟一进屋,发现孟亮媳妇脸煞白,正倒在地上呢! 丫鬟急忙跑出来告诉财主。

财主来到屋里一瞅,吓坏了,忙叫人抱起孟亮媳妇。孟亮媳妇慢慢地睁开眼,说:"丈夫啊,我寻思挣点钱咱俩回去过日子,哪承想把我累成这个样子。"说完就闭上了眼睛。

孟亮哭得死去活来。财主最后花了好多金银给孟亮媳妇做了口棺材,又雇人给她抬回了老家。

走在路上,孟亮正哭着,突然后边有人拍他的肩膀。他回头一看,原来是媳妇。孟亮吓得魂差点都要没了。媳妇一把拉住他:"你不用怕,我没死,我寻思我装死,想从财主那里多要几个钱,咱好回去过日子。"

从这以后,孟亮和媳妇真的过上了好日子。

搜集整理：王成飞、陈建新
流传地区：浙江临安

青藤缠枫树

在浙西龙塘山脚，有座学堂。学堂里的教书先生是个落第秀才，还懂点道术，会除妖驱魔，人称"王半仙"。

这年冬天，"王半仙"的母亲病故，要回家尽孝。临行时，他把学堂的事托他最器重的学生智颜看管，并嘱咐智颜在他归来之前，不要擅自离开学堂，要认真读书。

一天晚上，智颜刚刚坐下，就着青灯做功课，忽然听得有人敲门。他想，是谁深更半夜来找他，莫非有什么急事？于是连忙去开门。他把门打开一看，门外站着个天仙似的女子。只见她焦急地说："相公不要惊慌，我叫秀姑，只因今夜走失了一头羊羔，继母逼我深夜寻找。深更半夜我一个弱女子哪敢回去，万望相公救我！"智颜见她眼泪汪汪，动了恻隐之心，就说："好吧，你就在此宿一晚吧。"说完，智颜安排秀姑进内房安息，自己一人在书房倚桌而睡。

第二天，天刚亮，智颜想去唤醒秀姑，走到床前一看，床上并无人影，心想：怪哉，她怎么连招呼都不打就走了。

自见了秀姑，智颜心猿意马，无心读书了。这天晚上秀姑又来了，说是继母又打她，不找回羊羔不准她回家。一连三天都是这样。智颜怕先生见怪，终不敢有非分之举。

第四天晚上，秀姑来了以后，不停地哭泣。智颜忙问："你这是为何？"秀姑答："继母已将我许给邻村的丑八怪，明天就来娶我，我一身清白，怎甘心如此？现在我有家难归，万望你收留我。"智颜听后急道："不能，我是读书之人，功名未成，怎能男女同室。"秀姑一听，更是泣不成声，泪流满面，恳求道："相公如不嫌弃，我愿侍候你一辈子，到功成名就之时，再做道理。我只图个立足之地罢了。"智颜听了秀姑的话，觉得也在情理之中，于是收下了她。

自此之后，智颜倒也勤奋攻读，大有长进；秀姑对智颜体贴入微，服侍得十分周到。时间一长，智颜对秀姑就觉得难舍难分了。

转眼到了先生归来的日期。这天夜里智颜对秀姑说："明天先生就要回来，你我只有分手了。"秀姑也觉得不好难为他，就深情地嘱咐道："实不相瞒，我乃是在后山修行的青蛇，功德即将圆满。我俩的事千万不可泄露，要是被先生知道，你我的性命就难保了。你若想念我，请在第一个三七日午时，去后山那棵大枫树下跪拜我，切记不要误了时辰，不然就难以相见了。"智颜虽然惊愕，却也动情地说："我一定守口如瓶，到时前去见你。"说完洒泪而别。

第二天，先生果然回来了。一进门，就有异样的感觉，忙追问有什么人来过。智颜连说没有。"王半仙"一看智颜脸色神情，厉声喝道："你遇上妖怪了，还不快与我说出来，不然你的命也难保。"

智颜本来心虚，这一吓只得照实说了。当智颜说到秀姑约他三七日午时会面时，"王半仙"沉思片刻，说道："三七二十一，这个日子正是蛇开眼的日子。它是想在开眼之日吞吃掉你。我们应在二十日前去跪拜，方可免你一死。"

智颜听了先生的话，吓得脸色苍白，依了先生。到了二十日这天，天气阴沉，智颜随同"王半仙"来到后山的枫树前，有一座新坟，二人跪拜了一阵之后，焚香烧纸。这时"王半仙"手持斩妖剑，口中念念有词，一剑劈开了坟墓。只见坟中一条巨蛇盘在那里，只是未开眼。说时迟，那时快，"王半仙"的利剑"嗖"地刺向巨蛇，只听得一声哀鸣，巨蛇鲜血直冒。站在一旁的智颜吓得拔脚就跑，还没迈出半步，一滴鲜红的蛇血溅到了他的脸上，霎时好似利剑穿刺，疼痛难忍，巨蛇与智颜同时丧命。"王半仙"一见此情，知是青蛇精怪罪智颜泄露天机，无情无义。于是，"王半仙"干脆把他俩的坟墓并排而立。

后来，智颜的坟上长出了一株树，秀姑的坟上长出了一株青藤。渐渐地，秀姑坟上的这株青藤缠上了智颜坟上的枫树，青藤紧紧地把枫树缠住，最终将枫树缠死。后人说这是秀姑在死掉之后还恨智颜的忘恩负义。

直到现在，一些枫树都有青藤缠绕在身。

讲　　述：王德俊
搜集整理：都德滨
流传地区：辽宁旅顺

蟒精

这家有个老头、老婆，领着儿子过日子。他家有条小木船，老头和儿子天天出海打鱼，早去晚归。可这一天就没回得了家，在海上遇见了坏天气。风刮得厉害，浪掀得有劲，老头掌舵，瞪眼顶不动了。这工夫，只好听天由命，随风跑了，愿刮哪就刮哪吧。老头和儿子都睁一只眼闭一只眼，战战兢兢地在舱里趴着。就这样，大风把小船一气刮到蛇岛边。

蛇岛往海里伸出一堵石崖，把船挡住了。爷儿俩在海里泡了三天三夜，一点汤米没下肚，两人好不容易爬到岸边，朝山上去找果子吃。

快到老神洞，只听有人在哭："哎呀，救命呀，救命呀！"儿子说："爹，咱快去看看是谁。""别去，这地方妖精多，你知道它是什么？""什么妖精？人的动静。"

儿子不听劝，偏要瞅瞅。爹不放心哪，也跟着去了。走近沟里一看：哎呀！好俊的大姑娘！儿说："爹，咱问问，是妖精咱就揍她。""拉倒吧，你胆大了？"

大姑娘抹眼流泪地说："哎呀，我是大风船上的，遇浪了。船撞礁石，一家都死了，你们能不能救救我呀？"

"你是谁家的？"

"我是老王家的，有名有姓。"

"你今年多大啦？"

"二十一啦，还没找婆家。"

儿子心一动，央求爹："把她捎回家吧！"

大姑娘也直哀告："捎走吧！捎走吧！谁有儿，我就给他做媳妇。"

儿子更乐意了，抢着答应："好哇好哇！捎着你，就捎着你。"

大姑娘上了船,羞羞答答地说:"我不敢看水,上次吓坏了,头发晕,就在舱里趴着吧!"

爷儿俩扶她进舱,脱下衣裳给姑娘盖上。这时风停浪平,不费事儿就来家了。

老婆在家望呀望呀,眼睛都快哭瞎了。冷不丁隐隐约约见院里进来人了,乐得踮起小脚跑上前,把爷儿俩一块抱住了,说不出话来。乐得又大哭一场,掉完了眼泪才看清旁边站着个漂漂亮亮的大姑娘,好奇怪。老头说:"傻老婆子,这是儿领的媳妇呀!"

老婆一拍巴掌:"妈呀妈呀,原先想说媳妇没说到,这不叫大风刮家来了。哪里的?"

"在山捡的。她船招风了,把这孩子撇下了。"

大姑娘小嘴稀甜,叫声:"妈。"把老婆子乐得,豁牙漏风的大嘴笑到耳根。

老婆高兴,生怕人家不知,到处告诉人捡来个媳妇。孩子他娘舅一听:"什么?说个媳妇?谁家姑娘让你们从海上白捡?"

"咦咦,叫你说的,再好没有的人了。又俊又灵,嘴一份手一份,又会说又会做。"

娘舅不信:"姐,你先走,等我后头去。"

娘舅衔了一口朱砂在嘴里,心想:看她是妖还是人,要是人,别说朱砂,什么砂也没事;要是妖,喷口朱砂,不就现原形了吗?姑娘见他嘴衔朱砂,不像先前那副笑脸了,扭头就走,上屋躺炕上了。娘舅告诉他姐说儿媳妇不是人,老婆不信。

第二天,娘舅问外甥:"下晚看见什么了?"

"什么也没看见。睡觉就是睡觉,躺一宿就起来了。"

"我给你手心画个掌手雷握着,她要扒你手,你用手雷砍她。"

儿子告诉妈了,老婆子还不乐意:"俺媳妇挺好个人呀,别听你舅胡诌。"

嘴说归嘴说,老婆还是心不踏实。到了深更半夜,老婆子说老头:"你去打开窗帘看看。"老头扒墙根这么一看哪,可不得了啦:一条大长虫在梁柁上盘了三道,张着血口,吐着长信子,要吸他儿子血呢!

老头吓得一腚根坐窗底下了,连滚带爬回屋了。两人一点办法也没有,老婆瞅老头，老头瞅老婆，眼睁睁到天明鸡叫。

天快亮了，老婆也来点胆量了，用手指蘸点唾沫把窗纸湿个小眼一望：媳妇正在梳头，那个吓人劲儿就没法看了。儿子像没事人一样，呼呼大睡。掌手雷早忘用了，过点不用就不好使唤了。

老婆吓得核桃脸蜡黄蜡黄，一溜小跑找孩子他娘舅，见面就哭："大兄弟呀，你说对了，那是条害人精。"娘舅赶紧让她预备点麻线、一口缸，摆上一副菜板子、一把刀。

娘舅来了，把麻线往高杆上缠。越缠，媳妇越难受。等缠完了，那媳妇就像死人一样，瘫在炕上不动了。等到深更半夜月亮高照时，拿刀在菜板上剁麻。上炕看看，俊俏的小媳妇没有了，一条大长虫活生生地被剁死了，血装了一缸。

大伙这才明白：这是蛇岛上的蟒精，不是个正经玩意儿啊！

讲　　述：谭运明
搜集整理：都德滨
流传地区：辽宁旅顺

蟒山小姐

　　老蟒王有两个闺女。大闺女是白蟒，叫大姐；小闺女是红蟒，叫小姐。那时候，蟒蛇可以随便到陆地去，蟒王的两个闺女也常常到陆地去玩。不过，蟒王给她俩立下规矩：每次上陆地，一定要带日头去，带日头回，不许待到天黑。

　　有一年阴历四月十八，龙庙山庙会，唱野台大戏。卖艺的、耍戏法的、摆小摊做买卖的，各式各样的摊棚挤在一起，人山人海，十分热闹。

　　蟒王的两个闺女变成大姑娘，也来逛庙会。大姐穿一身白，小姐穿一身红，在庙里庙外到处溜达，十分高兴。小姐最爱看戏，看着看着入了迷。戏散了，日头也快落山了。她着急回家，四下一望：大姐没有了。这下小姐可慌了神儿，大声召唤姐姐。喊了半天，嗓子眼喊得直冒烟，想找点水喝，可卖水的收摊走了，只剩下个卖酒的，正在拾掇，看样儿也要下山。小姐渴得实在不行，心想：有碗酒解解渴也好。

　　她急忙朝酒摊走去，快到跟前又站住了，觉得自己是个大姑娘，张嘴要酒喝实在不体面。她狠狠心咬咬牙咽了口唾沫，想不喝，可两眼老离不开酒坛子。卖酒的挺纳闷儿：酒坛子有什么好看的，八成是馋酒了吧！他顺口一问："小姐，想喝酒吗？"小姐脸红了，没吱声，只是轻轻点点头。

　　卖酒的心眼好，对小姐说："我今天买卖不错，送你一碗酒喝吧。"小姐接过酒，一扬脖喝了个碗底朝天。酒一下肚热乎乎的挺不错。卖酒的心里寻思：看来她还有点酒量，今天管你个够。他又递上一碗，小姐照样是一口干了，一连喝了七八碗，把卖酒的吓得直伸舌头。

　　小姐这时觉得身子轻飘飘的，抬头见日头已经下山了，顾不上再找姐姐，就顺着来路,一摇一晃地向海边走去。到了沙滩上,酒劲上来了,只觉得天旋地转,两条腿软得像面条,站都站不住。小姐想坐下来歇歇,喘喘气再走,哪承想一坐下就迷糊过去了。她现了原形,变成一条小红长虫卧在海滩上。

这当儿正是小阳春的四月天气,海鱼不多。一般渔民早收网回家了,只有刘三想多打几条鱼,卖点钱好给妈妈治咳嗽病。日头快入海了,他的小船才摇到岸边。刘三一下船,就看见前面有条细细长长的东西,走近前才看清是条小长虫,浑身透红透红,叫日头一照,光闪闪的。刘三蹲下去用手轻轻拨拉一下。小长虫眼不睁身不动,张张嘴又闭上了。刘三见这小东西孤零零的挺可怜,顺手抓起装进鱼篓。他一进家,看着妈妈跪在炕沿上直咳嗽,喘不过来气,他赶紧进了屋,把鱼篓放在锅台上,去给妈妈捶背,又忙着给妈找点压咳嗽的东西吃。

小姐睡了一觉,酒有点醒了,觉得心里像着火一样,口干得要命,低声喊着:"水,水……"刘三以为妈妈口渴,赶紧舀瓢凉水端来,可老妈妈在炕上稳稳地睡着了。刘三奇怪了,满屋打量,根本没人。最后,他才听出是鱼篓里的小长虫在喊。刘三笑了:它还会说话?!知道要水喝,于是他把水瓢放在小长虫嘴边。小长虫将头伸到瓢里,喝了个够。水把酒解了,小姐完全醒了,一见日头一半掉海里去了,她顾不上说声谢谢,趁刘三放水瓢的工夫,翻身化作一道红光,飞回蟒山。刘三回过身来,见小红长虫没了,更觉奇怪。

有一天,刘三妈妈病重了,在炕上佝偻着腰拔气,小姐从门外进来。她手里拿着草药,进门什么话也没说,一个劲儿忙活,又生火又熬药。刘三妈一闻药味,嗓子眼就轻快了。她接过药碗喝了个精光,喘气顺当,也能下地走了。

刘三外出回来,见一个红衣姑娘正扶着老妈妈,他愣住了。老妈妈叫儿磕头谢恩,小姐忙拦住:"我是来报恩的。"她把事情的来龙去脉讲了一遍,刘三这才明白,三个人都乐了。打那以后,小姐常来刘三家帮洗帮浆。一传十,十传百,方圆左右的人都来向小姐讨药,小姐有求必应,经常采蛇岛的药,给人们治病。

这一年,村子里流传着一种眼病:好好的人睡一宿觉,清早起来,眼白变红,黑眼珠慢慢长了一层云膜,疼得人睡不稳坐不安,有的甚至瞎了眼。小姐把蛇岛上所有的草药都试过了,全不灵验。不料这事让蟒王知道了,他气得在小姐身上加了咒法,只要小姐一过海,他马上就会知道。小姐去不成陆地,非常惦念害眼病的人，她整天愁得像没魂似的。大姐被小妹的真心感动了，偷偷告诉她："要治好红眼病，非得用父王洞口的冰片。冰片是父王呵了几千年仙气凝成的，它是父王的命根子。"小姐听后非常高兴，转念又一想：就是把冰片弄到手，过不去海也白搭呀！

再说陆上，红眼病一天比一天厉害，大家每天都成群结队到海边望小姐快来。不少病人就在海滩上横七竖八地躺着住下。刘三焦急万分，就亲自摇着小船去蟒山找小姐。他在山南边靠了岸，只见小长虫满地，连个下脚的地方都没有，迈不开步。刘三急得没法儿，冷不丁想起小姐对他说过，只要喊声"老瞎子躲道"，小长虫就能让路。

刘三试着一喊，小长虫果然像听见命令一样，很快闪开一条道，刘三赶紧顺道上山。蟒山上树很密，树上尽是长虫。他一边小心地钻树趟子，一边大喊："小姐！小姐！"他爬过两个小山包，快到山顶了，有一段像场院的平地，长着不少刚打苞的野花，四边长满了密密麻麻的树，什么树都有，一般高，溜齐，像被剪子剪过一样。前面靠崖头的地方长着许多藤子树，互相交叉，自然搭成一个凉棚。刘三没心思游山玩水，又大声喊起来了："小姐，小姐！"

这天，小姐在洞里闷得慌，想单独出来散散心。一抬头，看见刘三正在喊她，小姐赶紧迎了上去。刘三把人们盼眼药的事一说，问药在哪儿。小姐伸手向前一指，刘三一看那个暗乎乎的地方有个山洞，洞口往外冒白雾。刘三求药心切，来不及问，就朝洞口跑去。离洞口还远，觉得寒气刺骨，浑身起鸡皮疙瘩。再往里一望，有一条大蟒像水缸粗，头像碾盘大，盘成一堆，堵在洞口。老蟒王的头顶上垂着一根银光闪闪的冰凌柱，就像倒挂的小塔，这冰凌柱像水晶一样，透明瓦亮，又像一层一层的冰片贴成的柱子。

刘三忘记了害怕，两手把住冰凌柱，用力去拽。用劲太猛了，一下子把冰凌柱连根拔下来了，跌了个腚蹲儿。没等他爬起来，蟒王突然张嘴，呵了一口气，像股大风，差点把刘三刮到空中。小姐一把拽住他："你快走吧，俺父王快醒了。"

刘三一听，吓得连站都站不起来了，抓起摔碎的冰片就往怀里揣。小姐叫他闭上眼睛，只听耳边风声飕飕，身子腾了空。一转眼，刘三已回到船上了，他抓起大橹朝陆地猛摇。船走出没多远，只听见后面响起了风声，像翻江倒海似的，水花全飞起来了。海面上吹出一条又宽又深的大沟,蟒王张着血盆大口撵来了,恨不得连船带人一口吞进肚里。刘三吓得魂不附体,两手猛劲摇橹。

正在这时,镇海锉鱼精在水晶宫里养神,忽见宫殿摇动,急忙出来看看,见是蟒王在作怪,正要吞食小船。锉鱼精大怒,心想:你胆子不小,敢在我的地盘搅海。于是不问青红皂白,向蟒王冲去。蟒王见锉鱼精朝他来了,撇下小船,跟锉鱼精打起来了。打了几十个回合,蟒王被锉鱼精一锉两截,一片血海。

刘三连同小船被急流大浪冲上海滩,被大家救下。他一摸怀里,冰片还在,这真是宝物,在海水里泡了那么长时间,一点没化。他赶紧把冰片分给闹眼病的人们。他们往眼上一抹,冰片就化了,冰水淌到眼睛里,人人药到病除。

这件事惊动了玉皇大帝,玉帝大怒,下了一道谕旨:今后长虫一律不准过海。从那以后,蟒蛇全被困在岛上。刘三和小姐也只好隔海相望,永远不能见面了。沿海渔民为了感谢小姐,在蛇岛的娘娘庙里立了牌位:蟒山小姐。逢年过节去蒸供摆碗,磕头拜礼。

据说,现在蛇岛上的小长虫很少。偶尔发现一条也不伤害人,大概是小姐的后代。

搜集整理：董均伦、江源
流传地区：山东沂蒙山一带

蝎子精

一提起蝎子精，就会使人想起《西游记》的故事。唐僧到西天去取经，路上遇上了蝎子精。不过，我现在要说的，不是西天路上的蝎子精，遇上它的更不是什么唐僧，也没有七十二变的孙悟空保护着。你想听听这个故事吗？有根才能长蔓，那只有从头说起了。

在乡村里，很早以前，就已经有石碾了。庄里人用几块大石头把碾盘支了起来，在上面碾米啦，压东西啦。一年三百六十天，庄户人家不能说天天用它吧，却得月月用碾。那时候，在一个靠山不远的小庄里，有一个小伙子娶了一个媳妇，过门不久，还没有孩子，隔壁住着他一个叔伯哥哥，哥哥家有两个孩子。

有一天，小伙子临上坡时，帮着媳妇把粮食放到了碾子上，套上牲口，才拿着镰往坡里去了。晌午的时候，他从坡里回来，又饿又渴，看到家门还锁得好好的。他不觉一愣站住了，心想：那点谷子，早就该碾完了啊，怎么天都晌了，还不回来做饭呢？他一面寻思着，一面向碾子那里走去。到了那里，小伙子简直惊疑极了，石碾在吱扭吱扭地响，小黑驴也在嗒嗒地走，簸箕扔在了地上，碾上的米已经都碾碎了，可是周围全看了，不见媳妇的影子。她到哪里去了呢？小伙子简直猜不透。他知道媳妇不是那号贪玩的人，绝不会扔下牲口和米去串门子。要说回娘家吧，她是不能不跟自己说一声的；要说是偷着跑了吧，自从成亲以来，就掰合得挺好，从来也没打架吵嘴。小伙子越想越糊涂，越想越心焦，左等不来，右等不来，便动手卸牲口。牲口卸下来了，压碎的米也扫下来了，还是不见媳妇回来。小伙子急得饭也没心去做了，东邻西舍，大娘婶子家都找遍了，还是问不着媳妇的下落。他越想越觉得这个事情怪，找了一块磨石，把镰磨得锋快锋快的，拿着又往碾那里走去了。

他也和女人碾碾时一样,围着碾转了起来。转了有十多圈,只见碾盘动了一动,眼见着从碾盘底下的大石缝里,伸出了一个黑漆漆的蝎子肚子来,弯弯的肚子顶上,长着根一尺多长的毒针。小伙子明白了,伤害他媳妇的一定是这个东西了。小伙子立刻气得头顶上似乎在冒火了。那毒针风快地向他身上刺去,小伙子一闪躲过了,胳臂一甩,镰头嗖的一声削了过去。嘿!小伙子使镰的武艺,好像猎人使枪一样熟练,半截蝎子肚子连同那毒针一起被削去了。碾盘底下的蝎子精痛得把身子一翻,碾盘被抛出了十多步远,碾砣滚得不见影子。这时候,小伙子看到了那被削去肚子的半截蝎子身子,还像碌碡一样大呀!他正要向它砍去,半截蝎子身子却化成了一阵黑风,起在半空里了,从风里发出了打雷一样的响声:"好小伙子,三年以后,再叫你拿命给我。"小伙子又猛力地把镰刀向那股黑风扔去,黑风翻翻滚滚向西北面刮去了。小伙子低头再看时,支碾子的石头中间有一个黑乎乎的深洞,果然,从那里面找出了他媳妇的尸骨、衣裳和首饰。小伙子哭了一阵,收拾起来埋了一个坟。

从来都是欢乐的日子好过,孤苦的日子难熬。小伙子自从媳妇死了以后,上坡回来不再有人做饭给他吃了;点起灯来,也没有人跟他拉呱儿了。小伙子整天价愁眉不展的,变得比从前更加心慈手软了。看到别人难过,他也暗暗伤心,听到别人哭泣,他也悄悄擦泪。尽管这样,小伙子也没有忘记把镰刀磨得晶亮,而且总是随身带着。

就这样过了有半年多,有一天傍晚,小伙子从坡里回来,看到道旁一个闺女坐在井台上哭,闺女一声爹,一声娘,哭得很是惨。他不觉停住了脚步,心里想道:天下多少人,也有欢乐的,也有愁苦的,这闺女也不知遭了什么灾难啦,这样伤心。他着实可怜起她来了,走过去问道:"天这么晚了,你为什么还坐在这里哭?"闺女还是一把鼻涕一把眼泪地哭着说道:"大哥啊!你还是走你的路吧,我是个逃荒在外的人,爹娘在路上又都死了,我哭上一顿就碰死算了。我这样苦命的人,还活着做什么?"闺女说完又号号啕啕地哭起来了。小伙子的眼睛里不觉也发湿了,他向四下里看看,周围一个人也没有,村庄黑漆漆的,天已经黑了,怎么能把她一个人撇在野地里,怎么能见死不救呢!小伙子什么也没有再问,就说道:"别再哭了,跟我回去吧。"闺女擦了擦眼泪,真的跟着小伙子去了。

小伙子把闺女领回了家里,他的心里犯难了:一男一女住在一个屋里多么不方便呀!要是别人再说长道短的,到了那时弄得不清不白的,怎么去分辩?小伙子想了一想,便到隔壁他叔伯哥哥家去了。屋里已经点上灯了,他嫂子正在灯底下,给她两个孩子做帽子。他嫂子手并不巧,拿着块布,横比量,竖比量,就是剪不下个帽子来。小伙子把路上怎么遇上那闺女,又怎么把她领回来,从头到尾都说了。他哥哥、嫂嫂也都是好心人,越听越觉得凄惨得慌。小伙子又说道:"哥哥!你今晚上到我家里,和我一块儿睡,叫那个闺女到你家里,和俺嫂子一块儿睡吧。"哥哥和嫂子一齐答应了。

小伙子把闺女领到哥哥家里时,两个孩子都睡着了,嫂子还在灯下做帽子,拿着块布,横比量竖比量,就是剪不下个帽子来。闺女见小伙子叫她嫂子,也就嫂子长、嫂子短地叫起来了,说话那个亲热呀,真是如见了老熟人一样。

小伙子和哥哥走了以后,闺女说道:"嫂子呀,你要是不嫌的话,我就给你做一做吧。"说完,拿起布来三剪两剪的,剪下了一个帽子来,又抽出那花丝线,尖尖的手指头绣起花来。闺女做得那个快呀,真是飞针走线,不多一会儿,帽子就做起来了,帽子顶上绣着凤凰戏牡丹,帽子两边绣着刘海戏金蟾。嫂子拿在手里是越看越好,越看越俊,欢喜地说道:"你这个大姐,做得这么快、这么好,你就再给俺这二儿做一顶吧!"闺女高兴地答应了,没到半夜,便又做起了一顶来。嫂子看看两顶帽子,又看看闺女,喜得不知怎么好。她心里想道:这闺女人才好,手又巧,谁要是娶上这么个媳妇,也就心满意足了。她不觉又想到小伙子身上,笑着说道:"你看俺那个兄弟怎么样?叫我说,你两个也是该当成夫妻了,要不的话,怎么会在半路相碰?你也没家没主,俺那兄弟也没有媳妇,我给你们说合说合,成全一家人家多好。"闺女羞羞答答低下了头,忸忸怩怩地说道:"我这个丑样子,怕的是人家不愿意要啊!"嫂子听她那个口气,是已经答应了,欢喜地拉着她的手说道:"你尽管放心吧,保险我去一说就成。"

第二天天刚亮,嫂子饭也没顾得做,就去和小伙子说道:"兄弟,我给你说个媳妇吧!"小伙子心里已明白了七八,半信半疑地问道:"哪里的媳妇?"嫂子欢天喜地地说道:"就是你领回来的那个闺女呀,又伶俐又能干,真是好呀!"小伙子没有作声,哥哥是一个细心人,他皱着眉头说道:"又不知道她是哪乡哪庄,也不知道她的来历,漫天坡地里碰到了这么个女人,怎么能要她做媳妇呀!"嫂子却不服地说道:"管那些干什么,眼前不明摆着是一个好闺女吗?咱兄弟正用得着这么个人啦,做做衣裳,做做饭的,你是不知道一个人过日子的难处啊!"嫂子这么一说,哥哥不好意思再说什么了。小伙子也就这样马马虎虎地答应了。

闺女和小伙子很快成了亲,她待他是温言温语,做活上面,更是又勤快又利索。小伙子是满心欢喜,街坊邻居也都夸奖,连细心的哥哥也挑不出一点不好来。这些时候,小伙子仍旧天天磨他那把镰刀,白天把它带在身上,晚上压在枕头底下。不知什么缘故,闺女看到了镰刀,脸上常常变色。有一天,她在小伙子的跟前呜呜咽咽地哭了起来,小伙子只以为她是想起了她死去的爹娘,正要上前去劝解一下,媳妇却猛力地把他推开了。小伙子左右为难,媳妇抹了一下眼泪,又和平时一样,收拾饭给他吃去了。当天晚上,睡下以后,媳妇埋怨地说道:"唉!我怎么能不难过呢?和你成了夫妻啦,你却还把我当外人待。"小伙子不明白地问道:"我什么地方把你当外人待过?"媳妇又叹了口气说道:"你要不是把我当外人待的话,就咱两口人过日子,你怎么还白天黑夜带着把镰刀?"小伙子听了,照实说道:"我这把镰刀是防备蝎子精的呀!"媳妇听了哧哧地笑了几声说道:"你这么个汉子,也太小心了,那蝎子精叫你砍了这么一镰刀,它是不敢来了。我从小胆子小,就是见不得这刀呀枪呀的。"

从这以后,小伙子不再带镰刀了,媳妇也不再哭了。春去夏来,几个月的日子,都平平安安欢欢乐乐地过去了。又有一天,媳妇笑嘻嘻地望着小伙子,知心知意地说道:"咱俩在一块这么多日子啦,我看出你是一个过日子的好人。实不瞒你,俺爹娘还活着的时候,逃荒到了山那面的一个庄里,寄下了一些东西。咱如今一年打的粮食还不够一年吃用的,我去把它卖掉了,也能得些钱。地太少了,添置一亩地也好呀!"小伙子听她说得贴情入理,当时就答应了。媳妇收拾了一下,什么也没拿,他把她送到了庄外,望着她走远了。

这一天,小伙子的叔伯哥哥在山上的大树林子里打柴,他爬到一棵高高的大树上,正想砍下一块粗大的树枝子。一抬头,看见他兄弟媳妇从山沟底下跑了上来。他心里一阵惊疑:一个女人家到这人迹稀少的深山里做什么呢?还没等他响一声,媳妇一扭身钻进一个山洞里去了。发生了这样稀奇的事情,哥哥没心再砍柴了。他瞪眼瞅着石洞,等一会儿,不见那兄弟媳妇出来;又等了一会儿,还不见那媳妇出来。他爬下了大树,悄悄地向石洞那里走去,从石缝向洞里只一望,吓得汗毛都竖起来了:洞里没有他兄弟媳妇,看到的只是大半截蝎子身子,和碌碡一般粗,却比碌碡要长了许多。那半截蝎子正在那里缩着身子蜕皮。哥哥看得明明白白的了,他连打好了的柴也没有顾得拿,就往家里跑去,把看到的事情都对小伙子说了。

小伙子听了,心里也着实害怕起来,他又把镰刀磨得锋快。隔了一天,媳妇回来了,拿回来了十吊钱,全交给了小伙子,对他说道:"咱们过日子,要往长远处打算,你可不要把它零碎花了。那里的东西我都卖了,钱还没有收齐,那些钱我已经跟他说了,等明年再去拿来。"媳妇说完,又忙着做活去了。小伙子心里想道:这么俊的媳妇,又这么会过日子,哪里会是蝎子精变的呢?他把磨快的镰刀又放起来了。过了几天,他对哥哥说道:"哥哥呀,也许是你眼花看错了吧!"

时间一天一天地过去了,哥哥每时每刻都在为弟弟提心吊胆。嫂子知道了以后,也信不过去,她说道:"要是她真的是蝎子精变的,怎么还能在这里和他过这么多日子?"哥哥也没去和她分辩,只是摇了摇头。几天以后,他才想到蝎子是一年蜕一次皮的。

第二年的春天,哥哥比往年上山的次数多了。不管阴天晴天,他常常在那石洞周围转悠。那一次,他又从石缝向那石洞里望去,不觉吓得一抖,洞里趴着那碌碡粗的蝎子,更比去年长得多了。哥哥跑到小伙子家里时,天已经要落日头了,屋里果然只有小伙子一人。哥哥没有说什么,拉着小伙子就上山去了。这时天已黑了,山上黑影影的,石洞里却是明晃晃的。小伙子从石缝里望去,蝎子精的一对眼睛如同一对火球一样,那被他削过了的蝎子肚子上还没有长出毒针来呢!小伙子的眼睛又瞪了起来,他搬起了一块石头,正要向洞里扔去,只听得枯草树叶一阵响,便什么都不见了。

小伙子回到家里时,媳妇已经在屋里了。她又把十吊钱递给了小伙子,笑眯眯地说道:"你上坡去啦,我也没跟你说一声,就要钱去了。我知道咱多年的夫妻,你也不会疑惑些别的。"媳妇有笑有说,对小伙子比从前更亲热了。小伙子看着这样花蹦蹦的媳妇,哪里还有心再去拿镰刀呢!

一天过去了,又一天过去了,细心的哥哥终于想出办法来了。他把小伙子叫到自己家去,商量好了。这天夜里,哥哥找了一根铁叉烧红了,小伙子等媳妇睡沉了,悄悄地走了过来,拿了烧红的铁叉又回到自己的屋里。看到睡着的媳妇,他的心跳了,手发抖了,他没有像他哥哥嘱咐的那样做,朝媳妇比量比量,试探试探。正要退出去,媳妇却在这时醒了过来。她一见这烧红的铁叉,身子一滚,两眼又好像火球一样闪光了。小伙子心不再发跳了,手也不再发抖了,他风快地把铁叉向那乌黑的蝎子身子插去。蝎子叫了一声,狠狠地说道:"我只要再蜕一层皮,就能长出毒针,只差一年就能把你害死。"

到这时候,小伙子才明白了。蝎子精被刺死了,从这以后,小伙子做事也更加细心了。

讲　　述：曹立山
搜集整理：王学军
流传地区：陕西宝鸡

荨麻草

　　陇县千河一带有一种野生植物，名叫荨麻草，当地人称"蝎子草"。据说，凡是有荨麻草的地方，蝎子都绝迹了。这里流传着荨麻草灭蝎子的故事。

　　古时候，陇州地方年年风调雨顺，五谷丰登，是一个"十粮九收"之乡。有一年夏季，关中大旱，赤地千里，成群结队的灾民携儿带女逃荒到这里。他们白日沿门乞讨，夜晚栖身荒山野庙之中。不久，一件奇怪的事情发生了：居住在景福山下一座神庙里的灾民，一个个地死去了，死因不明。不几天，庙外的空地上死尸累累，臭气熏天。弄得人心惶惶，乡亲们只得弃乡外逃。

　　这时候，一个名叫王小二的樵夫却与众不同。他既不惊慌失措，也不愿弃乡他往，而是每日扛上铁锨，默默无言地来到山神庙前，将那无人问的尸体掘坑掩埋。他在掩埋死尸时，发现每个死者的背部都有伤痕，青一块，红一块。一天，他将这一发现告诉了他的朋友——另一个青年樵夫刘四。于是，二人商量，决定要弄个水落石出。一天夜里，他俩带着引火器材，手执利刃上了山，蹑手蹑脚地进了山神庙，悄悄地把随身带着的一张羊皮铺在方砖地上。刘四藏在一边，王小二便睡在了干羊皮上，听着四面八方的动静。半夜过去了，王小二困得不行，不由昏昏欲睡。突然，他觉得身下的羊皮微微抖动，砰砰作响。顿时他眼睛一亮，翻身坐起，给刘四打了个手势。刘四来到身边，"哧"地点亮了松明子。王小二右手握利刃，左手翻转羊皮，往空中一抖，只见一只又长又大的黑蝎子爬在羊皮背上。王小二用力将利刃向那毒虫刺去，只因用力过猛，刀尖偏了方向，刺在那虫的尾部。只听它"吱"的一声弯过身子，两只爪子在利刃上一刨，甩掉尾巴，"叭"地掉在了方砖地上。王小二手握利刃再向那虫腹部刺去时，那虫却钻进砖缝逃跑了。

几天以后,王小二打柴归来,正要下山回家,忽见一位年轻美貌的女子在路旁啼哭。小二放下柴担,羞怯怯地走到那位女子身边,很有礼貌地施了一礼,便问:"请问大姐,家住哪里,因何在此啼哭?"

那女子边哭边说:"奴家林小青,家住后山郭家河。自幼失去父母,被邻家郭大娘抚养长大。今年春上,奴家和郭大娘的儿子郭大郎成亲,日子过得虽不十分富裕,但一家人倒也和和气气。不料,前几天奴家外出有事,丈夫上山打柴,一不小心,从山崖上滚了下去。婆婆疼念儿子,整天啼哭,结果丧了命。族里人硬说奴家连克二命,便将我赶出门外。"

王小二听了林小青的遭遇,有心接她回家,怎奈孤身一人,夜晚同宿,男女不便。他就对女子说道:"大姐,我有心将你接回家中,只是我上无父母,下无兄弟姐妹,恐怕……"女子言道:"就不难为兄长了!但不知有无剩茶剩饭,给奴一碗,奴家今生不能报君之恩,来世做牛做马也要效劳!"

王小二一听,慌忙从干粮袋里掏出剩下的半块干粮来,递给林小青。林小青接过干粮,深施一礼,便向深山里走去。

王小二望着林小青的背影,看看即将落山的太阳,心想:我不能见死不救。于是赶上前说:"大姐,我家就在前边不远,若不嫌弃,就先到我家去吧!"林小青转过身来,不胜感激,又深施一礼,于是二人同行直奔王小二家去。不久,由刘四撮合,两人成了亲。王小二照例上山打柴,林小青在家料理家务,小日子过得倒也不错。

有一天,王小二进城卖柴去,林小青却要丈夫捎回二两猪油来。王小二卖了柴就给妻子买回猪油。以后,每次王小二上集,林小青照旧吩咐要他买回二两猪油来。逐渐,王小二心中狐疑。

时隔不久,奇怪的事情又发生了。凡是林小青串过门的人家,不是死猪死羊,便是死鸡死鸭。刘四觉得蹊跷,他与王小二两人如此这般,一起商量了对策。恰巧,林小青来到刘四家串门,刘四的猪又死了。

第二天,王小二抓来了几只鸡,交给妻子说:"我在回家的路上抓到几只鸡,先放在咱家,等找到失主后,再还给人家。"

半夜里,王小二睡在床上,正在做梦,忽听后院几只鸡乱叫。他一骨碌翻身坐起，摸摸身边，妻子正在酣睡。他忙用手推妻子，说："快！黄鼠狼拉鸡哩！"等到他和妻子三脚两步赶到鸡笼边时，那几只鸡早已断气了，鸡血被吮吸得干干净净。天亮后，王小二早早地吃了饭，上了山。还不到天黑，他就回了家，将一块最好的猪油交给了林小青。林小青要去做饭，他急忙拦住，煞有介事地说："刘四的岳母去世了，我去帮忙打理一下，晚上不回家了。"说完，下山扬长而去。

王小二走了没有半个时辰，又抄小路绕到了自己家来。他悄悄从篱笆墙上跳下去，蹑手蹑脚地溜到窗户下偷听。只听林小青说："你就是不听话，偷着喝自己家的鸡血，几乎露出了马脚！"

"露了怕什么，我的伤快好了，只等今晚报了大仇，咱俩好逃走！"

"啊！"王小二大吃一惊。他又屏住气，扒住窗台，用舌尖舔破一块窗纸，往里一瞧。这一看不要紧，只见林小青背着身子坐在炕沿上，一只手提住炕席角，一只手摸着猪油，在炕席下绕来绕去，一只又大又长的蝎子从炕席下爬了出来。它摇头晃脑，爪子在空中舞来舞去，尾巴一弯一弯的。王小二一看：怎么是我砍断尾巴的那条毒虫？它的尾巴虽然长了出来，但还没有全好哩！噢，他明白了林小青要买猪油的用场。只见那条毒虫张牙舞爪地向林小青身上爬去。林小青不但没有惧怕，反而伸出了她那雪白的双手，将那毒虫拉了起来，放在嘴边，将口中吐出的鲜血一滴一滴地灌进毒虫的肚里。王小二全明白了。他一个箭步冲了上去，踢开房门，手执利刃，向那毒虫猛刺过去。毒虫见势不妙，"嗖"的一声离开了林小青，慌忙向墙角逃去。王小二眼尖手快，手起刀落，只听"扑哧"一声，刀尖刺进了那虫腹内。王小二转过身，执刀向林小青头上砍来。只听"啊"的一声，林小青顺势回过头来，狠狠地咬住了王小二的左手腕。王小二又给了一刀，林小青松了口，鲜血从他的左手臂上淌了下来，他只觉眼前一黑，浑身软了下去，不一会儿就慢慢地闭上了眼睛。原来，他中了那条母虫的毒液。等刘四和村里的乡亲赶来时，林小青已变成又胖又大的母蝎子，倒在了血泊里。王小二死后，身旁长出了一棵野草，形状好似菊花，这就是荨麻草。

讲　　述：梁秀岐
记　　录：孙晓坤、奚延芳
整　　理：马名超
流传地区：黑龙江完达山一带

定风珠

东北密山县和虎林县交界处，有座辉崔镇。清朝末年，这座山野小镇上，开了个专招呼过往客商和进山"挖棒槌"的穷苦哥儿们的店房。小店主人姓王，人称"王家店"。这家店房与众不同：有钱没钱的，都让吃住，住上几年的，掌柜从未说过"不"字。

这一天，有位河北唐山来的挖参人，名叫王荣。他家一贫如洗，老婆孩子等待王荣进北大山挖参得宝回来，好买米下锅。头一年，王荣空手还乡；第二年上，还是外甥打灯笼——照旧。说话来到第三年秋天，王荣又跟随挖参汉子们进了深山老林。按山规，凡进山挖人参的都得往西走，不许朝东去，谁若硬往东走，就九死一生，凡硬闯的，没有一个人活着回来！

这回，王荣正走到一个十字路口上。他前思后想，假如再跟着别人往西走，免不了还得空手而回，莫不如豁出性命，闯一闯东路，能活着回来就算命大，死在山里，倒也净心。想到这里，他就孤身一人向东路大步走去。走着走着，进到一处深草没人的大苇塘里。这日天气炎热，不觉一阵口渴，想找点水喝。他钻进苇塘一看，见前方不远有一间小草房，便直奔过去，细一打量，见小房盖得整洁，屋外有个两领席大小的院落，拾掇得干干净净。一想：可算找到个人家啦！便喊了声："老乡！找口水喝！"

屋里没人吱声。他大着胆推开柴门，抬头一瞅，见炕头上坐个白净的姑娘，正背脸照镜子梳头哩。他又说："大姐，给口水喝行不？"

那姑娘还是没答话，用手指指水缸。人家那条胳膊，跟白生生水葱似的。王荣不敢在屋里待长了，怕落下闲话。他赶到缸边上操起水瓢，咕嘟咕嘟喝了几舀子水,揩揩嘴巴,就离开了草屋。

当晚,回王家店开饭时,又同挖参人会合,王荣说起了在苇塘草房找水喝的经过。一位老把头直拍大腿,说道:"哎呀!王荣啊,你真傻!那地方在哪呢?"

王荣说:"离此不远,就在前面苇塘边上。"

等老把头拉起王荣再回去找,到原地一看,啥也没有了,只有王荣头晌踩倒的芦苇印儿。回来大伙把他好一顿埋怨,说她就是完达山里成仙的参王,变成个姑娘点化他哩。王荣也悔得没法儿,深怨自己没那个福分。

隔天,王荣又独自顺山朝东走。开初还有路,走走就落荒了。眼前满是拦路的藤萝蒿草,老树遮天蔽日,野兽鸣嗷嗥叫。突然,平地卷起一阵暴风,再看西北天角上,罩起一块乌云,真是要多黑有多黑,上下翻滚,转眼间就压了下来。接着,一个霹雷,一条闪电,震天撼地,哗啦啦降下一阵瓢泼大雨。正当王荣惊魂未定的时候,只听东北角上猛然传来一阵急切的呼救声:"救命啊!快救命啊!"

王荣定睛一看,远处箭飞似的跑过一个人来。细瞅,是个五十开外的黑瘦老头。这人个子不小,戴顶瓜皮帽,身穿蓝布长衫,行走如飞。霎时就跑到王荣跟前,一面呼救,一面跪倒在王荣脚下,连声哀求:"恩人发发慈悲,救救命吧!"

王荣说:"俺一个穷放山的,空手赤拳,拿什么救你?"

这时,天空中的乌云越压越低,像口黑锅紧箍住山野,又打来一个霹雷,把黑老头吓得缩成一团,哆哆嗦嗦,恳求着王荣:"我趴在地上,你骑在我身上,不管天空有什么动静,雷有多响,你都牢牢坐着别动,就能救我!"

王荣应下来,霹雷闪电足足打了半个时辰,才慢慢停了。唰地雨过天晴,草木全似水洗过一般。王荣呆呵呵的,半晌才缓过来。这时,黑老头跪倒就拜,连说多亏恩公救了他的性命。王荣却有点莫名其妙。黑老头也不多说,只请他到家中歇脚。走不多远,来到座瓜棚底下,青石为桌,木墩做凳。王荣坐下来,猛地四下一瞅,那瓜棚边边角角,青枝绿叶一片,王荣不禁想:我的天哪!这黑老头原来是看"山参"的哟!

二人边喝清茶,边唠起家常来。老头问王荣尊姓大名,何故来深山老林。王荣把家中怎样揭不开锅,一五一十,全说个遍。那老人再次哀求他道:"恩公救人就救个活吧!"

说着,黑老头就把王荣引到瓜棚外边,指着远处一座石崖道:"恩公请看!"

王荣一抬眼,差点儿没把他吓趴下。"我的天哪!半辈子也没见过这么大的蜘蛛网啊!"那蛛丝,全是碗口粗细,铺展开来比个场院还要大,悬在崖间风口上,实在怕人。一想,红口白牙地答应下了,也不好反悔。黑老头看出王荣打怵犯难了,就勉励他:"恩人不必担忧,过一会儿,要出来一个三十上下的女子和我干仗。你藏在东北角那棵大桦树旁边观战就行了。单等我把她打败了阵,你便用挖参刀子把扯在树干上的蛛网连根砍断,就算搭救了我哟!"王荣只好壮着胆子答应了。

说话之间,王荣就按黑老头的吩咐躲到树后,隐蔽下身子,观看动静。果真,不大工夫,就瞅西北角上蹿来一个女子,疯疯癫癫,满脸怒气,上身穿绿袄,下身红灯笼裤,一头青丝,眉清目秀,很有几分姿色。她赶到切近,张口就骂道:"好你个黑贼!胆敢前来抢占俺的地盘,今日岂能容你!"说着,挥动两把钳子似的家伙,对准黑老头就刺。再看黑老头呢,他手里握定一把虎叉,不慌不忙,顺势一挡,把来人推出几步开外,眨眼间就战成一团,杀到一处,难解难分。王荣在一旁可看傻啦,口水流出好多,舌头都忘缩回了。他俩打了一个时辰,黑老头越打越勇,那个女子头发披散下来,招架不住,一路败下阵去。她猛一回头,便向大蜘蛛网子飞奔而去。王荣见时机已到,抽出挖参刀子,照准紧箍在桦树干上的蛛丝奋力就剁。谁知那蛛丝比皮绳还硬,一剁一道白印,费尽九牛二虎之力,才砍折几根。这蛛丝一断,蛛网哗的一声脱落下来,刚刚爬上蛛网的女子也瘫落下来。黑老头哪肯息慢,抢前一步,又扭打在一块。隔一会儿,二人全不见了,只在草地上躺着一只碾盘大小的蝎子,翘起长长的尾针,狠狠钳住一个比车轮还大的蜘蛛滚成一团。没多久,巨蝎抱紧蜘蛛,用它铁锚粗细的钩子狠命一刺,那蜘蛛冒股白浆儿,一动也不动了。

这时,再看那个清瘦的黑老头,早站在眼前,向王荣招手,让他快出来。他如梦方醒,再也挺不起腰,悔恨怎会落到这般境地中来。黑老头把王荣扶进瓜棚,分宾主落座,老人才从头细说一遍。原来母蜘蛛精妄图侵占黑老头经营千年的基业,每次被打败她都自行爬上蛛网,使他这千年蝎精也难以对付,今天多亏王荣助他一臂之力,才铲除了多年敌手。黑老头千恩万谢,问他要什么山中宝物,王荣不要，心想：放我活命就行，还贪图什么！黑老头执意不肯，王荣说道："给我几苗人参，就心满意足啦。"

老人说何必挖那湿的，指指棚前屋后，排排行行，满是人头长身子的宝参啊！拿出捆上几捆，足有百斤上下，捆上背夹子，递给了王荣。他刚要走，黑老头拦阻道："恩公，再随我来！"

王荣跟着黑老头走到蜘蛛精身边，老人让他使刀子挖出蜘蛛精的两只眼球儿，说那就是天下难寻的"定风珠"。只要带上它们，就是再大的暴风也能镇住。王荣带上"定风珠"，背上背夹子，下山回河北唐山去了。临行时，黑老头叮嘱他，在还乡路上一不许住店，二不许结伴，三不许进酒馆茶肆打尖。王荣辞别老人，得宝还乡。

搜集整理：陈作诗

流传地区：山东沂蒙山一带

蝎子媳妇

鸡楼子山下有个王家寨子村，村北头的河边上住着娘儿俩，娘在家缝衣做饭，儿子来喜天天上山砍柴。砍的柴火挑到集上卖了钱，籴些米来下锅，一年到头吃糠咽菜，过着手够不着脚的穷日子。

有一天，太阳落山了，星星出来了，来喜才挑着一担柴火嘎吱吱嘎吱吱地下山。他走到半山腰，在羊肠小路边上，坐着一个年轻媳妇，一把鼻涕一把泪地哭，一边哭一边数黄瓜道茄子地数落。来喜见了，心里纳闷：天这么晚了，是谁家的媳妇还在这里哭哭啼啼？一定是家里出了什么事儿，劝说劝说她快回家，天黑了要碰上狼虫虎豹就没命了。

老实憨厚的来喜把柴火挑子放下，走到那媳妇跟前问："你这个大姐，有什么过不去的难处，天这么晚了还在这深山野岙啼哭？"那媳妇一听有人和她说话，就擤了擤鼻涕，抹了抹眼泪说："爹娘把俺嫁到歪头崮去，娶嫁还不到一百天，俺那个短命鬼就走了，上没有公公婆婆，撇下俺这苦命人，没依没靠的怎么过下去？今儿个，俺想回娘家去，谁寻思走到这深山野岙里迷了路，前不归村，后不靠店，叫俺这妇道人家到哪里去呀！"她说完又淌了两滴眼泪。

来喜听那媳妇有鼻子有眼地说了一遍，别看他这个像山里石头一样硬的男子汉，听得心里也软咕隆咚的，忙对那媳妇说："俺家离这里不远，家里光有个老娘，怪清闲的，你要是不嫌弃，就先在俺家里住下，到明儿个我再送你回娘家。"那媳妇听了喜滋滋地说："那俺就全依靠您这个好心的大哥哥了。"来喜挑起柴火在前头引路，那媳妇在后紧跟着，没一会儿就到了家。

那媳妇一进门就羞答答地把来喜他娘叫开了娘。来喜他娘一看儿子领回家一个天仙一样俊俏的媳妇,就问来喜是咋回事儿。来喜就一五一十地把因由向他娘说了一遍。来喜娘一听,心里乐得满脸的皱纹好像开了一朵大红花:"来喜呀,家里穷娘给你说不上媳妇,这不是从天上掉下个媳妇来吗!"来喜也羞答答地说:"娘,您别瞎说,人家没说给咱做媳妇。"来喜娘说:"傻孩子,你别哄娘了,人家进门就叫娘,不用说心里早愿意了。俗话说:庄户不识字,天天好日子。尽早不尽晚,省得夜长梦多。来喜,快拾掇拾掇,这就拜天地成亲。"

自打来喜和那媳妇成了亲,天天你恩我爱。拾柴火,小两口一块上山,男的扛扁担,女的拿镰刀。挑水,小两口一块上井台,男的挑水桶,女的提井绳,小两口亲亲热热谁也不愿意离开谁。

花开两朵,各表一枝。再说王家寨子往西不过十里之遥,有一悬泉寺,寺里有一个老和尚,这个和尚是一只芦花公鸡成精变的。来喜媳妇是个蝎子成精变的。多少年来,老和尚就相中了来喜媳妇,一心想和她成亲。蝎子和鸡犯相,来喜媳妇一看见老和尚就浑身发抖,无论老和尚怎么缠磨她,她就是不应口。时间长了,来喜媳妇实在经不住老和尚的缠磨,才变成一个媳妇在来喜砍柴回家的路边啼哭,编了一套自己不幸的身世,骗了来喜,和来喜结成夫妻。

老和尚知道蝎子精和来喜成了亲,心里嫉妒得要命,下狠心要把蝎子精置于死地。这一天,老和尚来王家寨化缘,东家不去,西家也不去,单单去来喜家。他站在来喜家的天井当中,木鱼敲得哪哪响,来喜媳妇听见木鱼声,从门缝往外一看,真的又是那个死对头。她忙把门闭严,坐在床沿上生闷气。

来喜出外办事儿进来,看见老和尚在天井里紧敲木鱼不停,忙上前问道:"老师父是化钱还是化粮?"老和尚对来喜说:"我一不化钱二不化粮,是有要事相告。"说完,一把将来喜拉到背静处,对来喜说:"你这宅子上空有一股妖气笼罩,近日你家必有大难临头。"来喜生气地说:"老师父不要胡言乱语,俺家里有什么妖气!"老和尚接着告诉来喜:"你娶的那个媳妇不是人,是北边鸡楼山上的一个蝎子精,别看如今恩恩爱爱,日子长了她会把你祸害死。"

王来喜听了老和尚的话,心里非常生气,双手捅着老和尚:"你快走,这事不用你操心,不管是人还是妖,我都要和她过一辈子。"老和尚碰了一鼻子灰,自讨没趣地走了。

来喜与老和尚在天井里说的话,来喜媳妇在屋里听了个一明二白,感动得热泪直流。等来喜进屋,她慌忙在来喜面前跪下了。来喜见媳妇给他下了跪,慌忙双手将她扶起来:"不要这样,有事儿起来说。"来喜媳妇起身,拉着来喜在床沿上坐下,把真情向来喜说了一遍。来喜听了以后,不惊也不怕,笑嘻嘻地对他媳妇说:"不管你是什么妖怪,我都不怕,只要你诚心待我,咱就好一辈子。"来喜媳妇听了丈夫的话,心里热乎乎的,可又一想,脸唰地一下变白了。来喜见他媳妇脸色不对,忙问:"你怎么了,身上哪里不舒服?你快说,我给你弄药去。"来喜媳妇说:"我身上什么毛病也没有,我就怕那个老和尚明天再来搅和,看来他不把我治死是不死心的。"来喜听了也害怕起来:"他要明天再来怎么办呢?"媳妇说:"光我是治不了他,但要有他帮忙,这老和尚就没了咒念。"来喜听了忙问:"谁能帮咱的忙,你快说,我这就去请他!"来喜媳妇说:"在北边鸡楼山上有个石洞,洞里住着个有千年道行的老狐仙。他心地善良,很愿意帮别人排忧解难,只要求着他,有求必应。"来喜问:"怎么才能把他请来呢?"媳妇说:"这位老狐仙神通广大,只要你往他洞门口一站,他就知道,即刻出洞迎接。"

王来喜按照他媳妇说的,直往北山走去。说神还真是神,他刚来到洞门口一站,洞门即刻就开了。从洞里走出一位白头发白胡子老汉儿,他在洞门口一站便问:"这不是王来喜吗?"来喜急忙打躬施礼说:"是。"老狐仙说:"你们的事我都知道了,我一定前去帮忙,你回去吧。"

第二天,天才刚刚东南晌,悬泉寺的那个老和尚手提禅杖直奔王来喜家而来,他到大门口一站,就指名道姓地叫来喜媳妇出来。来喜媳妇知道这次非和他决一死战不可,便到厨房拿出烧火棍走到大门外。仇人相见分外眼红,二人不由分说就打了起来。二人打了足有三四十个回合,没分出上下。老和尚想到,蝎子最害怕鸡,只要见了鸡,就没有武艺了。他想到这里,就摇身变成一只芦花大公鸡。来喜媳妇一见这只芦花公鸡,也现了原形,成了一个筛子大小的蝎子,屄子拖拉着有一尺多长,趴在地上一动也不敢动了。那芦花公鸡来了劲头,扬着脖子,跑上前去刚要用嘴啄那蝎子,从路边树丛里蹿出一只红毛大狐狸,张开大嘴叼着那只芦花大公鸡向北山跑去。

那蝎子一看大公鸡被狐狸叼走,又变成女人模样儿,手拉着丈夫王来喜回了家。小两口恩恩爱爱,白头到老。

讲　　述：方燕良
搜集整理：岳丰
流传地区：湖南岳阳

君山方竹扁山锁

　　君山上面有很多种竹子。有湘妃竹、楠竹、罗汉竹、古竹、毛竹、凤尾竹，还有一些讲不出名的竹子。在所有这些竹子里，要数方竹最珍贵。当地的渔民有句话说："君山的方竹扁山的锁。"意思是说扁山是一把锁，要用君山的方竹才能开。这里说的扁山是洞庭湖里的一座小山，传说它是当年秦始皇赶南山填北海的时候落在湖里的一坨泥巴化成的。

　　不晓得在哪个朝代，有条蜈蚣修炼成精，化成了一个道人，住在扁山上的大庙里。有一天晚上，蜈蚣精化作一阵清风在湖上游玩。当他游到一只大船旁边的时候，看到一老一小两个渔民，正坐在船头说古。蜈蚣精一时起了兴，就隐在一边听起来。只听那个老的讲："你晓得，为什么不管发多大的水都淹不掉君山吗？原来君山脚下有只金鸭婆，是它用背把山托起来了。"

　　小的问："为什么我们没看见过金鸭婆呢？"

　　老的讲："凡人怎么看得到？金鸭婆是用扁山这把锁锁在湖肚里的。"

　　小的问："那就没办法看见啰？"

　　老的讲："只有一个办法，就是要找到君山的方竹，把扁山上的石门打开。"

　　蜈蚣精听见这话，不由得叫出声来："无量天尊！我在扁山之上修行了多年，竟不知财宝就在脚下，罪过，罪过！"

　　当那两个打鱼人听见声音往四处找人的时候，蜈蚣精早已驾着清风走了。

　　蜈蚣道人喜滋滋地回到庙里，马上沐浴斋戒。第二天天一亮，他就驾条小船上了君山。他满山钻啊，寻啊，八九七十二峰，峰峰都找到了，还是没有找到方竹。蜈蚣道人心里发躁，把身子一抖现出了原形——一条一尺多长的金头大蜈蚣,叽扭扭就钻进了密密匝匝的斑竹丛,它这里钻钻,那里钻钻,身上被竹枝划了七八上十条口子,脚也碰破了一只,到底在一条石头缝边上找到了一根方竹子。

他欢欢喜喜捧着那根方竹回到扁山。可是那石门在什么地方呢？他用方竹这里戳一戳,那里戳一戳,凡是像门的缝缝他都试试,可是个个洞眼不是长了就是短了,不是大了就是小了。一连找了十天半月,仍然没有找到那个石门。蜈蚣道人灰了心,暗暗地骂自己"拾根棒槌当了针(真)",空操了许多心。

这天,蜈蚣道人从湖边上回来,一路走一路还在想这件事:莫不是那两个打鱼的哄我？要不然,这么个小小的扁山上有块石门会找不到？它走着走着,不留心被脚下的石头绊着跌了一跤。低头一看,哎,山脚下的草丛里有一块长方形青石板。他顾不得起身,连走带爬地摸到石板边上一看,哈！石板边上有个方方正正的眼！蜈蚣道人马上拿出方竹,向眼里一插,不大不小,严丝合缝！方竹刚一插到底,石板立刻轰隆隆地移开了,现出一扇石门。推开门,里面又是一番天地。走进石门,四面一看,只见一条大道通向君山,一只金鸭婆伏在君山脚底下,鸭颈还被一条金链锁在湖底。蜈蚣道人喜得又抓耳又搔腮,连忙三步并作两步走过去,解开链子,把金鸭婆牵了过来。金鸭婆前脚走,后脚君山就沉下去了。道人牵着金鸭婆,前脚刚迈出石门,突然一阵狂风刮来,立刻飞沙走石,天昏地暗,一把沙子不偏不倚正好打在道人眼上,把道人的眼睛打瞎了,他手里的链子一松,金鸭婆也跑了。石门马上就闭了起来,再也打不开了。

雨过天晴,君山又浮出了水面。原来金鸭婆重新回到了君山脚下。

道人摸到庙里,诊了好几年,眼睛才重见光明。他贼心不死,又到君山找方竹。因为方竹三百年才长一寸,所以他再也找不到了。从此扁山的石门再也没打开过。

听老人们说,到了清朝光绪年间,朝廷腐败,好几国洋人开着军舰到了洞庭湖。他们爬到君山上,没找到方竹,就围着君山打炮,想把金鸭婆赶出来,可是谁也没得手。有人说,有一国的海军再次在君山找到了方竹,把扁山锁打开,捉到了金鸭婆,想偷偷把它运回国去。但军舰过海的时候,金鸭婆把脚板一蹬,军舰就被弄翻,最后沉了海。于是,金鸭婆又回到了君山。

搜集整理：钟建星
流传地区：广西桂林

鸡公山

　　从前，有兄弟俩，老子娘死了，哥哥想独吞遗产，先把藏得起的东西藏起来，然后对弟弟说："老弟，古话说，'树大分权，人大分家'，将来我们总是要分家的，迟分不如早分，分了好各顾前程，省得我拖累你。老子娘没有留下什么东西给我们，这间烂房子和一点破旧家私又值不得几个钱，你也不合用，就统统归了我吧。值点钱的只有一头老黄牛，两个人又不好分，索性就给一个人，看哪个命好就归哪个。我们把这头牛牵出去，各人拉一头，牛跟哪个走，牛就归哪个。"

　　弟弟年纪小，还不懂事，哥哥怎样讲就怎样做。牛赶出了屋门口，哥哥赶忙牵着牛头，弟弟只得扯着牛尾，两人一拉，牛当然是跟着哥哥走啦。牛一走，弟弟两只手就顺着牛尾巴滑了下来，捋到一只牛蚤子。哥哥一面牵着牛走进屋里，一面回过头来对摔倒在地上的弟弟说："牛是没有你的份了，这怪不得我，只好怪你的命了。"说着就将大门"砰"的一声关上了。

　　弟弟从地上爬了起来，一手摸着屁股，一手抓着牛蚤子，一面走一面哭，不觉走到老人山脚。忽然前面来了一个老人，问他道："老弟，你为什么哭呀？"

　　弟弟看见这个老人家慈祥和蔼，就一面擦着眼泪，一面说："哥哥要我和他分家，别的东西他都要去了，只拿黄牛和我分。他牵着牛头，我扯着牛尾，结果牛给哥哥拉去了，我只抓得一只牛蚤子。一只牛蚤子怎样过日子呀！"说完又放声大哭起来。

　　老人家说："不要哭，不要哭，哭有什么用处？拿你的牛蚤子来给我看看吧。"

　　弟弟刚刚将手一松，牛蚤子就跳了出来，一落在地上，就给老人家身旁一只大公鸡啄起来吃去了。弟弟见到仅有的一只牛蚤子也给鸡吃去了，急得直喊：

"我的牛蚤子呀!我的牛蚤子呀!"

老人家摸着弟弟的头,一面替他擦干眼泪,一面说:"不要着急,牛蚤子给鸡吃了也吐不出来了,我就把这只大公鸡赔给你吧。"说完了话老人家就不见了。

弟弟仔细一看,面前站的这只大公鸡才好呢!高高的冠子,金红的毛片,怪雄气的。从此,弟弟就在老人山脚开荒种地,每天天还没有亮,大公鸡才叫头遍,他就起床到地里去了,晚上星子月亮出来了,他还在地里做活。大公鸡天天和弟弟一块下地,在地里搔扒着,扒得泥巴细细的、松松的,和牛犁过耙过一样,因此,地里的出产非常好。慢慢地,弟弟的日子就过得好起来了。

哥哥霸占了全部家产以后,什么事情都不做,一天讲吃讲喝,靠着卖卖当当过日子。没有多久,衣服家私都卖完当光了,就剩下那头大黄牛。有一天,日头晒到他的床上了,他才慢慢地爬起来,打算牵大黄牛出去卖,好吃几餐大酒大肉。哪晓得他走到牛栏边的时候,看见牛已经死在地上,鲜血流满了一地。一个穿着红黄衣服的女人正伏在地上舔牛血,一面舔一面扯着牛肉给她身旁的猫仔吃。哥哥初一看感到很惊讶,待看清楚了是怎样一回事以后,就生气了,因为他想了几天的大酒大肉现在落空啦!他正想发作,只见那女人抬起头来,娇声娇气地媚笑道:"好哥哥,牛血味道鲜得很呢,你也来尝尝吧!"

哥哥一见到这女人妖里妖气的样子,魂都掉了,气也不知到哪里去了,一下子他就和这妖女人勾搭上啦。

原来这个妖女人是条蜈蚣精,最喜欢喝生血,那个猫仔也是个贪吃的家伙,因为它们常常在一起偷东西吃,所以就成为老搭档了。蜈蚣精和猫仔整天偷东西还没有个窝子,这下遇着这个又贪又懒又狠毒的哥哥,真是合适得很啦。这样,哥哥就成了他们的窝主,蜈蚣精和猫仔天天去偷东西吃,回来就带一点肉呀或者什么别的东西给哥哥。哥哥只管坐地分赃,坐享其成。

后来哥哥晓得弟弟的日子过好了,心里很妒忌,就想谋弟弟的财产,于是他叫蜈蚣精去害弟弟。蜈蚣精说:"你先设法把他家那只大公鸡关起来我才敢去,那只大公鸡厉害得很呢!"

哥哥于是走到弟弟家里去,一进门就装作愁眉苦脸的样子,向弟弟诉苦说,他的牛发急病死了,听说弟弟有一只大公鸡会耕田种地,望念手足之情,借给他用一用。老实的弟弟听了信以为真,马上答应了。哥哥把大公鸡捉回家里,就用个铁笼子把它关了起来。

第二天,弟弟正在地上浇菜,忽听得塘里"扑通"一声,他连忙丢下水桶,跑去塘边一看,只见塘中有一个穿着红黄衣服的人在水里挣扎。他马上跳到水里,将人救了上来。上到岸上,才看出这投水的是一个年轻的姑娘。

这姑娘坐在地上,哭哭啼啼地说:"谁还多事把我救起来呀!我去年死了爷,昨天又死了娘,一无三亲六戚,二无房屋田地,往后的日子叫小女子一个人怎样过呀!倒不如死了还省得受活罪。"说罢号啕大哭,又做出向塘里跳的样子。

弟弟长了这么大,还没有接近过姑娘,这么撒野扯疯的姑娘更是没有见过。这时他手脚也不晓得怎样放了,话也不晓得怎样说了,姑娘见到他这个样子,便忽然破涕为笑道:"小伙子,我看你怪老实的,我不死了,今后就跟着你过日子吧!"

于是弟弟就给蜈蚣精迷住啦。过了一天,弟弟就头昏眼花了;又过一天,弟弟就面黄肌瘦了;再过一天,弟弟就四肢无力,躺在床上动不得了。

哥哥在蜈蚣精走后,天天到弟弟屋里走动。头一天说是来道喜,第二天说是来送礼,第三天说是来探病。其实他每趟来都是来催促蜈蚣精快点吸干弟弟的血,让弟弟快点死去,好给他早点来享用弟弟家里的东西。

蜈蚣精去弟弟家以后,猫仔没有搭档,偷东西就不方便了。头两天,它已经饿得团团转,想打大公鸡的主意了。第三天,等哥哥出去了,它就去把铁笼子打开,想去捉那只大公鸡来吃。笼门一开,大公鸡就冲了出来,猫仔一看,吓得不敢近前,因为大公鸡威风得很。它一出了笼门,就跶跶跶地大步向弟弟屋里走去。那个馋嘴的猫仔哪里肯舍呢,就远远地跟了过来。

大公鸡一走一走走进了弟弟的屋里,看见弟弟躺在床上奄奄一息,晓得出了事。跟着它又听见屋后有叽叽哝哝的声音,走进去一看,原来是一男一女在觑觑拱拱①地说着话,男的就是捉它关在铁笼子里的哥哥,那女的,公鸡认得出是一条蜈蚣精。大公鸡这时什么都清楚了,它就伸长头颈,用力一扑,狠命向蜈蚣精

---

① 觑觑拱拱:鬼鬼祟祟偷偷摸摸搞阴谋活动的样子。

啄去。蜈蚣精见大公鸡来了,吓得一身都软了,跌在地上,现出了原形,扭转头扯起脚就逃。大公鸡鼓起翅膀,跟着就追。那猫仔看见大公鸡去追蜈蚣,便偷偷跟在大公鸡后面,想趁机去捕捉大公鸡。

你想看看这个紧张的战斗场面么?请你到桂林溜马山后去,就可以看见了。那蜈蚣山上的大蜈蚣头钩扭扭,身节歪歪,百脚散乱,正在张皇失措没命地逃跑。那大公鸡(就是鸡公山)昂起头,张开嘴,鼓起翅膀,翘着尾巴,向着蜈蚣猛追。那猫仔(就是猫仔山)贼头贼脑地伏在大公鸡旁边,想伸爪子去抓大公鸡。这个小得可怜的鬼鬼祟祟的猫仔,居然想去捉那威风凛凛的庞然大物,真是太不自量力啦。

后来,蜈蚣当然挨大公鸡啄死啦,猫仔也被吓得拖着尾巴逃跑了。那个坏哥哥的下落就不明了。管他呢,坏人会有什么好下场?弟弟自从挨了那次教训以后,眼睛亮了许多。不久,他娶了媳妇,两口子勤勤恳恳快快乐乐地过着日子。

搜集整理：姬培源
流传地区：河南伏牛山一带

鸡冠花

　　从前，伏牛山里有个蜈蚣岭，岭下住着一户姓张的人家。老头早年下世，母子二人相依为命。看看儿子长到二十七八岁，还未定下亲事，母亲十分焦急。

　　一天，儿子双喜到山上砍柴，回来时，天色已晚，朦胧的月光照着山坡、小径。忽然，前边传来一个女子的哭声，双喜放下柴担，上前一看，原来是一个十七八岁的美貌姑娘，坐在路边石头上啼哭。双喜想着天色这么晚了，这姑娘还坐在这儿，必是有什么为难之事，忙走过去问。那姑娘止住哭，看看双喜说："俺爹妈给俺找个婆家，图了人家很多东西，没过门女婿就气死了，俺去给他吊孝，回来在这儿迷了路。你行行好，救救我吧。"双喜是个实诚人，就把那姑娘领回家了。他妈见儿子领回来一个姑娘，那姑娘还羞答答地直喊妈，喜得不知说啥好。

　　第二天，那姑娘早早起来，梳洗已毕，正要到厨房去帮婆婆做饭，不料身后一个大红老公鸡，颈毛倒竖，咯咯叫着朝她扑来。她吓了一跳，急忙躲在婆婆身后。双喜拿起棍子朝公鸡狠狠打去，那公鸡扑棱一下飞跑了。姑娘就这样生了病，双喜和他妈急得不知咋办才好，一天要问好几遍。那姑娘眉头皱一皱，就说："我想喝点鸡汤。"母子俩听说，一个忙着逮鸡子，一个忙着去烧水，谁知那公鸡又跑又飞，瞅着那姑娘的屋子叫。双喜气了，一坷垃砸在老公鸡身上。老公鸡在地上扑棱了几下，又挣扎着向后山跑去。

　　老公鸡飞走了，再也没有回来，那姑娘的病也慢慢好了。

　　一天晚上，老太太去给她送麦仁汤，刚撩起门帘，见一条大蜈蚣躺在床上，吓得"哎呀"一声，一屁股跌坐在地上，碗也打了。那蜈蚣听见响动，翻了个身，又变成那姑娘模样，从床上跳下来。就在这时，双喜回来了，那姑娘怕老太太说出她的原形,就想法子把老太太逼走。她就势往地上一坐,哭了起来,边哭边说:"哎呀,当媳妇这么难哪!一句话说不对,就把碗摔了,往后叫我咋过呀!"说着装模作样地就要走。双喜慌忙拦着,左劝右劝才算不闹了。老太太吓得一夜没敢睡,第二天,瞅个空把双喜叫到自己屋里,把夜里的事一五一十说了一遍。正说间,那姑娘回来了,进屋就知道事情已经败露,眼珠子一转,计上心来。她对双喜说:"我知道你妈嫌我多余,在说我的坏话,我也不叫你作难。"说罢,装着要跳河,哭哭啼啼地往外跑。双喜舍不下这个会撒娇弄情的女人,急忙一把拉住。那姑娘说:"我这个人啥都交给你了,到头来落到这个地步!"说着假意往外挣。双喜气得指指他妈:"唉,你呀……"那姑娘见双喜不信他妈的话,就逼着他说:"你妈待你好还是我待你好,谁能跟你一辈子,到底要谁你说吧!"双喜忙说:"要你,要你。"老太太见儿子被迷了心窍,便哭着走了。

又过了几天,那女人对双喜说:"我出来这么多天数了,今晚想回去看看,你送我一程中不中?"双喜连忙说:"中,中!"喝完汤,他俩一块向岭上走去。原来那蜈蚣就是在这岭西一个山洞里成精的,它经常变成美女,迷惑年轻人,然后再把人治死,吃人脑子。蜈蚣就是靠吃年轻人的脑子成精的,好多年轻人上当受骗,死在它手里。老太太在时,整天不离左右,使它不敢轻易下手,所以它就千方百计把老太太逼走。

这时,他们来到岭上,看看四下无人,那蜈蚣精就对双喜喷出一股毒火。双喜只觉得头一晕,一跟头摔倒在地上。蜈蚣精正要下手,只听"咯咯咯"几声,那大红老公鸡不知从何而来,张开一张尖嘴,对着蜈蚣精就啄。蜈蚣精就地一滚,现了原形,张牙舞爪,迎了上来。它们一来一往搏斗,从岭上到岭下,又从岭下到岭上,一直斗到天快明时,老公鸡才把蜈蚣精头上啄了个洞。蜈蚣精翻了几下死了。可是老公鸡也倒在地上累死了。

天明,双喜醒来,见身边死了一条大蜈蚣、一只大红老公鸡,这才明白过来为啥那女人见老公鸡吓出了一场病。他把老公鸡埋在山顶上,痛哭了一场。

后来,在埋老公鸡的地方长出了一朵花,那花跟鸡冠一模一样,远看就像一只红公鸡昂首挺胸站在那里,人们都说是大红公鸡变的,就给那花起名叫"鸡冠花",把蜈蚣岭也改成了金鸡岭。

据说,直到现在,凡是有鸡冠花的地方,就没有蜈蚣。

讲　　述：覃公杰、覃奉承（毛南族）
记录整理：蓝常耀、谭金田、韦志华
流传地区：广西毛南地区

孤儿和蜈蚣

古时候毛南地方有个孤儿，他一年到头总是不停不歇地在几块沙石地里壅土、施肥、间苗、浇水。年成好时有两餐玉米稀饭喝，碰上灾害就只好挖野菜充饥了。

一天，孤儿在地里锄草，锄出上面的小石头块，顺手往地边上扔去。突然草丛中蹿出一条蛇，它扬起头，扁着颈，"呼呼"吹着毒气，向孤儿袭来。孤儿慌忙把锄头向蛇甩过去，拔腿就跑，那蛇紧追不放。正在危急的时候，石缝里冲出一条火红的花蜈蚣，向毒蛇反扑过去。毒蛇一见蜈蚣，转身就往地边草丛逃窜，蜈蚣紧追进草丛里去了。孤儿喘了一口气，感激地说："多亏花蜈蚣救了我啊！"

说来奇怪，草丛里竟传来了细声的答话："这不算什么，以后我们互相帮助吧！"孤儿更加惊讶，心里说：莫非是个蜈蚣神哪？

又过了不知多少时候，一天清早，孤儿刚要下地去，突然村前田野里、草坡上寻食的鸡鸭到处惊飞奔逃。四下一望，只见一只凶恶的山鹰在小山上呼呼地扑咬，不知跟什么东西打斗，他好奇地跑了过去。啊！原来是一条火红的花蜈蚣在草丛里挣扎着，身上已被啄伤多处。孤儿捡起石头，向山鹰猛砸过去，把它赶跑了。定神一看，正是以前帮他撵走毒蛇的那条蜈蚣。他立即摘下一张芭蕉叶，把受伤的蜈蚣轻轻地移到清凉的绿叶上，又找来几味草药放在嘴里嚼烂敷在蜈蚣伤口上，把它带回家里。从此以后，蜈蚣就成了孤儿的伙伴。每天收工回家，孤儿总是先给蜈蚣换药、喂食，和它一起玩。

花开花落，果结果香，蜈蚣的伤痛已渐渐好转，食量也渐渐增大，个子越来越大，长到一根顶梁柱那么粗了。一天夜里，雾气漫天，一只金钱豹蹿到孤儿家门梯下,跳进栏里衔走一头小猪。这时爬在屋顶的蜈蚣听见小猪号叫,飞身扑在豹子背上,用几十对铁钩似的利爪钩进豹子的皮肉里,张开它那钢牙锐齿在豹子脖颈上猛咬一口,掉转尾巴再屙一泡尿。待孤儿惊醒,手执火把、木棒出门来看时,那豹子已经躺在地上死了。他把小猪放回了栏里。这时他见到蜈蚣摇曳着两只长触角在向他致意,他明白了:"啊!原来是你救了小猪!"蜈蚣细声说道:"朋友,这是我该做的嘛!"

一年,一连五六个月不下雨,孤儿种下的玉米、黄豆、南瓜、芋头,一样也没活成,粮食已经吃光,牛、猪、鸡、鹅没有东西喂,也都杀了吃了,泉水也快干涸了,日子越来越难熬了。一天夜里,孤儿做梦去找野菜,山梁上转,野地里寻,所有野菜都被挖光了,他不由得唉声叹气:"天哪!这可怎么活呀!"

"那就到外地去吧!"背后传来轻声细语的答话。孤儿回头一看,是一位英武少年,忙问:"你是哪个呀?"

少年说:"我姓吴……"

"你也来找野菜吗?"

"我是跟你来的嘛,我们相处多年了,怎么还认不出来!"

孤儿从头到脚把少年仔细打量一番,见他那武士甲衣上用金银玉珠装饰的花纹隐隐约约好像"蜈蚣"一样,忽然省悟:啊!花蜈蚣也许就是他的化身吧!于是试探地问道:"你就是搭救过我的吴公子吗?"

少年笑着说:"是你搭救过我呀!"

听着他那熟悉的声音,孤儿紧抱住少年说:"哎呀!真认不出来呢!"两人又笑又跳,不觉滑脚一跌,孤儿跌醒过来了。天已大亮,花蜈蚣正爬上床头向他摇角致意呢!

孤儿收拾一下东西,蜈蚣也脱去外壳变成了一个少年,两人逃出毛南山乡。走到瑶寨壮村,讨得一碗共食一碗,乞得一瓢共饮一瓢。

一天黄昏时分,他们来到一个村子,忽然听见山上有人喊一声:"卡同①!"孤儿随口应了一声,回头往山上一望,只见岩洞不见人,也就直往村里走去。进村

---

① 卡同:壮语,即同龄人、好友。

遇见一位老人,他们问:"老人家,吃过饭了吗?"

老人说:"快吃了。你们是哪里来的呀?"

"从那边来。今年毛南地方遭了大旱,出来讨碗饭吃哪!"

"你们受苦了,孩子!"老人进屋舀来两碗粥,关切地问,"你们从山那边过来时听见有人喊你们吗?"

"好像有人喊了一声'卡同'。"

"你们应了没有?"

"应了,就是不见人。"

老人顿时脸色变青,指着村前面说:"那,那里有个庙子,你们吃完饭就去歇吧,千万要把门关紧点啊!"

孤儿和少年谢过老人,找到那个庙,住下了。睡到半夜,一阵阴风吹来,两人浑身发冷,就偎依在一起。只听见一股旋风围绕着庙堂越转越快,竹木门窗咿呀作响,屋顶瓦片哗啦飞落。

少年说:"这风刮得稀奇,莫非有妖怪,要当心点!"他沿着柱子爬上横梁,从屋檐的空隙里往外细心察看一阵,跳下来对孤儿说:"原来是个蛇精,正是我的死对头哩!你做帮手,让我来收拾它!"二人抬来一根大木头顶紧了庙门。

少年又爬上横梁,转到门顶墙上蹲下,孤儿束紧腰带,右手紧握着柴刀,埋伏在门侧。蛇妖来到庙前,用尾巴推庙门,推不开,就来回猛击庙门,擂得"通通"响,顶门的木头震倒了,门闩松动了。这时蛇妖已有三分疲倦。待它最后用力把门推开,尾巴伸进庙里时,躲在门侧的孤儿猛地就是一刀,把蛇尾砍断了一截。蛇妖立即转身,把头伸进庙里来。说时迟,那时快,蹲在门顶墙上的少年飞身一跃,骑在蛇妖脖颈上,两只手像铁钳一样紧紧夹住它的喉咙,又用铁牙咬它的后颈窝。蛇妖"嗷嗷"直叫,用尽力气甩着断尾,想把花蜈蚣从背上甩落下来,甩打得梁断柱折,瓦落檐飞,尾断处蛇血喷射。最后蛇妖精疲力竭,气息奄奄,花蜈蚣的腰骨也被打伤,当它把尿淋进蛇妖伤口后,自己也倒在地上昏过去了。

蛇妖虽然死了,可是好朋友也受了重伤,孤儿难过得眼泪直流。他把少年抱到供桌上,让他躺好,走出庙门找回各种草药,嚼烂敷在他的伤口上。蜈蚣用微弱的声音对孤儿说:"我们快要分别了,我原是山神的儿子,因为做了错事,被罚到世间做蜈蚣,要我立功赎罪。如今我爹要收我回去了。"

孤儿听了这话,失声痛哭:"今后再也看不到你了吗?"

少年说:"把我的尸体浸在菜油里,可以天天见到我。以后什么地方中蛇毒,涂上一点就好了。"

孤儿连连点头说:"这事我一定办好!"

少年又说:"你把那蛇肚剖开,把它的胆拿回去泡酒,遇有风湿骨痛,喝了这药酒就会好起来。"说完,就现出花蜈蚣原形,死了。孤儿一一照办,剖开蛇妖取出蛇胆,还从蛇肚里得了不少金银首饰。孤儿回到了毛南地方,泡了蜈蚣油、蛇胆酒,为乡亲治病。据说,蜈蚣油和蛇胆酒,就是从那时传下来的。

讲　　述：孙胜台
搜集整理：张彦哲
流传地区：河北石家庄

蜒蚰精

从前，有一个男人中了妖，黄皮蜡状的。这天，他家门上来了个张马尾罗①的，问这个男人："你有病吗？"男人说："没有。""那怎么你脸色不好？""不好俺也没病。""你说实话吧，不说实话你就活不成了。"男人这才把实话说了。原来这几天黑价②，总有一个女的来他屋里歇着。张罗的说："你中了妖，等不了一百天，这个女妖就把你的血吸完了。"

男人听后哭起来："俺该怎么着呀？""别着急，俺是专门救你来了。""那怎么着？""黑价你睡觉时，在门上贴道符，脖子里再挂道符，那女妖就吃不了你了。"

天黑了，男人在门上贴了道符，又在脖子里挂了一道。女妖来了，到门上一看，门上净水，从窗户里进去，掀开男人的被窝，里面也净水。女妖看今天吃不了他，就走了。男人心想：女妖今天吃不了俺，那明天、后天哩？这样也不是长久法儿。第二天，张罗的问男人："你还戴着符吗？"

"戴着哩。"

"黑价有事吗？"

"没有，光听着有响声。"

"那就是女妖来了。你记着，她再来时，你揪她三根头发，她就给你说实话了。"

过了几天，那妖精又来了。男人说："你头上有根白头发，俺给你揪了吧！"

---

① 马尾罗：用马尾编织的罗。
② 黑价：方言，晚上或深夜。

不等说完,他就连着揪了三根,那女妖就迷糊了。男人问她:"你是嘛①玩意儿?"

"俺是蜓蚰精,俺爹俺娘都是妖精。"

"你想怎么着?"

"俺跟你过吧!回去也活不成,你揪了俺的头发。"

他想想这几天,她并不想害自己,和她在一块儿总觉得那么快乐,就说:"跟就跟吧。"

两人就在一起过着。有一天黑价,来了群妖精,领头的是蜓蚰精的母亲。那群妖精一进院又喊又叫,要男的还她闺女,要不就吃了他。女妖对丈夫说:"你在屋里别动,俺去和他们打。"男的躲在屋里听着外面的喊杀声。天亮了,女妖喘着气回到屋里对男人说:"咱们在这儿待不住了,今黑价他们还得来,抓不着俺,他们不罢休。"男人一看媳妇披头散发,累得满头大汗,心痛得不行,问:"那咱上哪去?"

"你骑到俺身上,驮着你走。"

男人不忍心骑在媳妇身上。媳妇生了气:"不走咱都没命了。"实在没法儿,他只得骑到媳妇身上。他刚上去,媳妇就飞起来了。飞了不知多远,才在一棵大扫帚下落下来。

"咱在扫帚底下歇歇凉吧。"

"光歇凉,咱住哪?"

"就住这儿。"

"哪有房子?"

"咱盖。"说着,媳妇就在地上堆了一堆土,支起两根棍,吹口气,一处房院就起来了。两人就住在这里,小日子过得挺红火。小两口一同下地,一同回家,一个担水,一个纺棉,和和气气。过了几年,他们有了一双儿女。孩子们长到七八岁,媳妇对男人说:"俺跟你过了十几年,孩子们也大了,能离开了,俺该走了。"

男人还只当媳妇给他说着玩,没在意。没想过了两天,媳妇说:"俺今天得

---

① 嘛:方言,什么。

走,要不咱两个孩子就活不成了。"一听媳妇真要走了,男人说:"俺有对不住你的地方吗?"

"没有,俺感激你还感激不过来哩。"

"那是为嘛?"

"俺这辈子只能在人间过这几年,要不走,俺爹娘就把咱的孩子给弄死了。"

"你走了,留下两个孩子,俺怎么过?"

"不是俺不心痛孩子,实在没法儿呀!"

最后,她告别了丈夫和孩子,现了原形。丈夫领着两个孩子一直送到大门口,两个孩子哭得泪人一样。媳妇看着丈夫领着两个孩子,也挺难受,叫了他们两声,就飞走了。

讲　　述：周学文
搜集整理：高久武、杨惠临
流传地区：河北兴隆县

蜘蛛挂线

雾灵山十分险要，长城修到这地方，工程很艰巨。民夫不知吃了多少苦头。

那时，这一带特别荒凉，山精野怪很多。有一对大蜘蛛在山里修炼，很有几分道行，每天张开网捕捉飞禽走兽。有个野鸡精总想把这对大蜘蛛吃掉，以便自己早日成仙。一天，野鸡和蜘蛛斗起法来，打得不可开交。不过，修长城的民夫都是凡眼，只看见一只野鸡扑棱着双翅，追着两只大蜘蛛又鹐又抓。工夫一长，野鸡占了上风，蛛网破了，两只蜘蛛血淋淋的。民夫们不忍，就抓起石头把野鸡砸死了，救了这两只蜘蛛。

这两只蜘蛛感恩不尽，第二天变成一对年轻夫妻，在工地附近点化了一间房子住下。男的不时地送些猎物给民夫们打牙祭，女的经常帮着民夫缝缝补补、洗洗刷刷。民夫们不知他俩是蜘蛛精，早把这对夫妻当作亲人。

这时，长城修到一处光碇子跟前，民夫们遇上了难题。秦始皇为了长城万年牢，要民夫们每修到一处，先挂起两道线，照线垒砖石。可这光碇子寸草不生，爬不上人；而且这里是风口，多粗的线见风就断。一连摔死了十几个人，线总挂不上。

监工的官儿发狠了，限期三天，如若还挂不上线，就把民夫全杀死。民夫们看看又光又陡的碇子，掰着指头算算日子，一个个急得直掉泪。

那两只蜘蛛有心爬上碇子，用自己的蛛丝挂线，可那么一来，非但再不能成仙，还得搭上命。后来一合计，自己的命是民夫救的，民夫有难不能昧良心，就趁夜现了原形，爬上碇子，一东一西，用蛛丝挂线。

天一亮，民夫们见碇子上挂好了两道线，风吹不断，十分结实，都高兴得合不拢嘴。可又纳闷：是谁干的呢？

　　这时发现了碴子上一边一个大蜘蛛，肚子全瘪了，身子也僵了；而工地旁的房子不见了，那对夫妻也没影儿了。民夫们这才明白，那对夫妻原来是蜘蛛精，报恩来了。人们把两只大蜘蛛埋在山脚大沟村边，又堆了个一亩地大小的坟头。这坟后来成了一座小山，可人们仍叫它"蜘蛛坟"。蜘蛛挂线修起的那截长城，被叫作"蜘蛛墙子"。

搜集整理：刘长发
流传地区：浙江雁荡山一带

迎客僧

记不清是什么年代了，有个云游和尚，从峨眉山动身，经过千山万壑，长途跋涉，千里迢迢来到雁荡山。他见这儿层峦叠翠，奇峰竞秀，十分喜爱，便留宿在飞泉寺。

这个峨眉和尚法名子云法师，原是昆仑山上管理灵芝仙草的白鹤童子下凡。他本领非凡，随身带着一件宝贝，专捉妖怪。到飞泉寺后，天天巡山探幽，把四周的什么白毛老鼠精、单臂猿怪统统灭了，因此朝圣的香客天天不断，原来冷落的雁荡山，渐渐地热闹起来。

子云法师为人诚恳，感动了天上的太白金星。太白金星上奏玉帝，封他为雁荡迎客僧。从此，他寒来暑往，终年忙忙碌碌，迎接各地来客。

离飞泉寺五里地，有个千年古洞，里面住着蝙蝠精。它已修道多年，成了半仙，能施妖术，十分厉害，闻听子云法师除掉了它的同伙，一直怀恨在心。这天，听说子云法师又受玉帝封号，它越想越气，便变成一个和尚，来向子云法师寻事。

这时，子云法师正在大雄宝殿念经，听徒儿说，有个出家的师弟有事相请，马上起身去迎接。来到门外，抬头一看，心里不免暗暗吃惊。但见一个满脸横肉、裸露着大肚子的莽和尚，右手执禅杖，左手提木鱼，站在山门外，眉宇之间充满杀气。

子云法师知道来者不善，但是仍以礼相待，开口高声叫道："师弟从何处来？"

蝙蝠精说："我以四海为家，漂泊无定，今日无事不登三宝殿，特来向师兄请教的！"

子云法师听听话中带刺，忙道："你我都是出家人，拜佛吃长斋，理应相互照

应,只是不知师弟喜欢听哪一卷经?"

"哈哈!"蝙蝠精大笑两声,震得飞泉寺那几株桂花树纷纷落叶,它以为子云法师软弱可欺,于是又作难道:"我最喜欢听唐三藏从西天取来的难经!"

"这还不容易么?"子云法师爽朗地回答道,"听经要真情实意,请到大雄宝殿敬上三炷清香吧。"

蝙蝠精傲慢地说:"好吧,那就请师兄引路。"

子云法师知道今天难免一场恶战。为了试探对方的虚实,他一言不发,随即打个手势,命徒儿关闭了山门,自己却飞到飞泉寺三丈多高的围墙上。

蝙蝠精眼看子云法师只身飞回寺院,冷笑道:"关闭山门也没有用,今天非给你点颜色看看不可!"说着脱去袈裟,把木鱼用力一抛,那只木鱼就滴溜溜地滚进了飞泉寺。蝙蝠精原想用木鱼去探索内情,不料等了一炷香的时间,也不见木鱼滚回来,感到事情有点不妙。进去吧,木鱼被子云法师收去了;不进去,却显得自己胆小心怯。唉,今天纵然上刀山下火海,也得走这条路了!蝙蝠精飞身上了高墙,定睛往里一瞧,只见飞泉寺的大雄宝殿金碧辉煌,子云法师正在佛座前垂着眼皮养神。刚才那只木鱼却端端正正地躺在软沙袋上。一看到这里,它感到背脊骨也发冷了。再一看,院子里摆着一口大锅,锅里面油浪翻滚,心里越发疑惑不解。

蝙蝠精的一举一动,子云法师早已看在眼里,他微启双目,轻声呼唤道:"师弟请到大雄宝殿上来。"

蝙蝠精嘴硬心虚地答应道:"真难为师兄了。"说完直奔大殿来了。

子云法师脱去百衲衣,飞上热气腾腾的油锅,沿着三分宽的锅边轻快地行走着,含笑邀蝙蝠精上来嬉戏。

蝙蝠精一看这样,不觉暗暗高兴,心想:凭我这身多年练就的轻身术,这有什么可怕的!正好让我替屈死的好友报仇。它把禅杖往柱子上一靠,飞身一跃,也紧紧地跟随上去。

两人像走马灯一般,你追我赶,一连走了三天三夜,还分不出上下。到了第五天,子云法师的徒儿送来供果,抛给子云法师解渴充饥,蝙蝠精只好眨眨两眼干着急。一直比到第七天早晨,子云法师依然精神抖擞,蝙蝠精渐渐地支持不住了。它知道这样下去非滚进油锅不可,于是心怀鬼胎,口中念念有词,竟作起妖法来。一瞬间,飞沙走石,天昏地暗,把绚丽的雁荡山变成了一个黑洞洞的世界。

子云法师一眼看穿了它的诡计,就从怀中掏出夜光珠,晃了三晃,宝珠发出万道金光,使大地重放光明。蝙蝠精被宝珠照得心慌意乱,一不留神跌进油锅,叫声:"哎哟!"翻身一跳,没命地逃跑出来,躲入了千年古洞。

蝙蝠精双目被滚油浸瞎了,嗓子也烫哑了。从此,它再也看不见东西,只好吃点飞进洞里的小虫充饥。有时饿得发昏,哼几声令人讨厌的凄厉声。

再说昆仑山上的南极仙翁到第五天发现白鹤童子不见了,屈指一算,知道下凡到人间已五十年,忙驾起一朵祥云来到雁荡山。

子云法师把老仙翁迎到大雄宝殿上,恳求老仙翁让他留下来。

老仙翁微笑道:"这里众妖已除,昆仑山上的灵芝无人看守,你还得随我回去。不过你既然喜爱雁荡,我就留下你迎客的一片情意吧!"

子云法师知道仙翁之言难违,只得草草收拾一下,就起程了。但他心里总是留恋着飞泉寺,在路上回头看了一眼,竟出乎他的意料:一个又高又大的石头和尚屹立在飞泉寺附近,模样十分虔诚,披着袈裟,双手打拱,好像是迎接远方的来客。子云法师这才明白老仙翁的用意,便很高兴地跟着他走了。

后人为了怀念子云法师,就把这石头和尚称为"迎客僧"。

讲　　述：郝光林等
搜集整理：李坤元、刘玉珍
流传地区：鲁南一带

花兜兜的故事

早年间，鲁南一带，小孩儿兴戴花兜兜。那兜兜的图案很别致，上面绣的不是翎毛花卉，而是用七色线绣上了五样虫豸儿，有蛇、蜈蚣、蝎子、黄蜂，当中是条小龙。为啥绣这些玩意儿？还有个说法哩！

传说很早很早以前，沂河岸上一个小村有户人家，娘儿俩过日子，儿子名叫量小。量小出生不久，父亲便下世了，靠娘一人拉扯他。

有一天，娘到河里去给量小洗兜兜，看见河滩淤泥里有根小黄瓜横在那里。她过去一看，不是黄瓜，而是一只样子像没翅膀蜻蜓似的虫豸儿趴在那儿。这虫豸儿看到有人走过来，就一个劲儿地挣扎着爬过来，叫了一声："娘！"量小娘见这虫豸儿开口说话，又惊又喜，就用兜兜把它包了拿回家来，给它吃，给它喝，把它养在家里。

量小娘也有点担心，怕这怪物有毒咬着量小。可是说也怪，这虫豸儿就爱跟量小玩，一看到量小的影儿，就往他身边爬，见了毒虫蚁就咬死。不多久，家里的蜈蚣、蝎子和毒虫全没了。量小娘满心欢喜，心想：狗能守门，猫能捕鼠，鸡能报晓，家里正缺个看孩子的，就把它当儿子养吧。她觉得没个名儿不好，寻思来寻思去，就给它起了个名字，叫"无毒"。从此一家成了三口，量小是哥，无毒为弟。吃饭时，无毒不上桌，偎在娘身边专拣渣渣儿吃。

不几年，量小娘得病下世了，撇下弟兄两个，日子过得紧巴巴。无毒只会驱杀毒虫，别的活儿不会干，一切家务全落到了量小的肩上。量小每天做三顿饭，还得打柴、卖柴、籴米，一天到晚忙个不停。

无毒哩，因量小哥待它好，成天光自己打柴，不用它再跟着去做伴保镖，所以吃了饭没事儿干,上膘上得很快,个子越长越大,眼看一间屋子盛不下它了,每顿能吃二升米的干饭。娘在世时,每天打一担柴卖了就够伞米吃的,现在每天起码得打五担柴卖了伞米,方断不了炊。无毒见哥哥日夜为自己操劳,累得精疲力竭,实在于心不忍。

这天早晨,量小将缸底的米扫出来做成饭,端给无毒,一看,无毒不见了,却有个彪形大汉呆呆地坐在那儿。一问,方知无毒已变成人了。量小又惊又喜,无毒却眼泪汪汪,对他说:"哥,花不能常红,月不能常圆,添粮不如减口,别再连累你啦,让我走吧!"量小一听,心里"扑通"一跳,再三劝说,可无毒半个字也不收回。量小见他执意要走,待了半晌,眼泪汪汪地说:"那你快先吃饭吧!"

无毒吃过饭,就要告辞。量小难分难舍,为他送行。兄弟两人出了村,无毒劝住量小,说:"哥哥,你不要难过,日后你想我了,可到泰山去找我。我打算以采药为业挣些银两,好给你成家。"两人约好,三年之后春暖花开的时候,在泰山见面。

转眼之间,三年过去了。量小日夜想念弟弟,看看飞燕也归来了,再也待不住啦。这天背上干粮,一早便登程去看望无毒。他一路走,一路想:弟弟一定不会忘记我这穷哥哥的。

当他到了泰山脚下,量小又踌躇起来:偌大一座泰山,无毒在哪儿呢?正在焦急,迎面来了一个道人,这人到了量小面前低头就拜:"哥,你来啦!我就是无毒。"量小眼望着无毒,诧异地问道:"兄弟,你怎么干了这一行呀?"无毒皱眉道:"罢罢罢,一言难尽哪!走,到小弟寒舍细细叙谈吧。"

无毒引量小来到庙堂,走进草房卧处,掌上灯。量小环室一看,屋里除了睡铺,三块石头支着一口小锅,别无他物。量小心里想:罢罢罢,我穷,看样儿他比我还穷!原来,这三年无毒采了很多药材卖不掉,全霉烂了。万般无奈,才当了道人,靠沿街化缘度日。无毒回想当初与哥哥分手时,曾许下诺言,要积蓄银两给哥哥成家。如今哥哥来了,自己却是手中无钱难为人啊!怎么办呢!思前想后,不由得一阵心酸,"扑簌簌"落下泪来。猛然间,他想起了自己的眼睛,拉着量小的手说:"哥哥,你和娘养我这么大,我一直未能报答你们的恩情。我尚有一颗夜明珠,它是无价之宝,哥哥你可拿回去卖了它,够你终生受用。"量小一听大为惊疑:兄弟穷得叮当响,哪来的夜明珠?问他,他也不说。

当晚,兄弟两人同榻而睡。无毒等哥哥打鼾睡实了,便悄悄起身,掌上灯,将自己的左眼珠子挖了出来,用水冲洗了,放进了量小的干粮袋里,又草草地写了个字条,便离开了草房。

第二天天明,量小醒来不见无毒,一看他留下的字条,上面写着:"哥哥,夜明珠已放在袋里。天明我要化缘去,见一面就行啦。你就返回吧,恕我不送。"

量小心想:刚刚住了一宿,有许多话还没说,你怎么忍心让我回去?伤心一场,便把那颗夜明珠带回了家,到珠宝商那里换回了一担银两,置地盖房买骡马,还娶了媳妇,日子陡然富起来。

哪料福中有祸。量小卖给珠宝商的那颗夜明珠,七传八传地传进了京城,皇上见了非常喜爱,一心想再弄一颗配对成双,便命钦差大臣按宝珠的来路查明索取,限期弄到手。这一来量小招架不住,只得骑马上路,去找无毒。

无毒不晓得量小是被官府逼来的,还以为他是贪心不足,欲壑难填,顿时把脸一变,指着自己失去的左眼怒道:"给你的那颗夜明珠就是我的这颗眼珠。你再问我要一颗,还让我活不?"量小一听,惊得连连后退,没留神脚下一绊,跌倒在地,后脑勺跌破了,鲜血直流,一会儿就气绝而亡。无毒见哥哥跌伤致死,一时也惊呆了,捶胸顿足,后悔莫及。

庙中有位老道不知事情原委,见无毒哭得死去活来,就一再劝慰,并用朱砂在条幅上写了五个字:"量小非君子。"无毒觉得师父这样评判不公正,就咬破了右手中指,写下了"无毒不丈夫"五个大字。无毒葬了哥哥,摘下皂巾,脱下道袍,双手呈给老道:"师父,道人应以宽恕为怀。弟子未能对哥哥仁至义尽,一时情急性发,铸成大罪。我不配做个道人!"老道问他要去哪里,他说:"我没有别的本领,只会驱杀害人的毒虫。我要游走天涯,为孩子们行医赎罪。"说罢,遁土而去。据说,艾子(谐音爱子)就是无毒的化身。

人们传说,无毒能驱杀蛇、蜈蚣、黄蜂、蝎子,就把它绣在小孩儿的肚兜兜上,特意把无毒绣在当中,以示对它的爱戴和尊敬。

搜集整理：董均伦、江源
流传地区：山东崂山一带

神笛

远看青山近看水。那大山远远地望去，有的像蛾眉，有的像尖塔，影影绰绰的，像是画在天上一样。就在这样冒天高的大山旁边，坐落着一个小庄，庄头上有三间破庙，庙里住着一个叫大升的小伙子。小伙子喝的是甜山水，过的是苦日子。一条汉子，一条孤影，上山打柴带上自己的影子去，下山还是带上自己的影子回。白天还好过，到了晚上点上盏小油灯，风一刮，影一晃，那光景真够凄惨啦！

一天，大升上山打柴，山坡山梁也不知走了多少路，到了一个山顶上。山多高，水多高，山顶上也有清亮的泉水。他打完了柴，日头还没落，想到泉子边上洗洗手，走了不多几步，看见青草窠里有一支笛子，他弯腰把它拾了起来。看时，这笛子绿生生的，溜光锃亮的，把嘴唇贴在上面一吹，响声比雀叫得还好听。大升手也不去洗啦，坐在山顶上吹了起来。

没到过大山的人是不会知道的，山上日头格外明，山上风也格外清。那笛声随着清风云气往四面八方响去。立时，深沟里、树林里、陡崖上、水边上，漫山遍岭都能听到那好听的笛声了。只见各种各样的雀鸟迎着笛声飞来。鲜花随着笛声摇摆，连老虎、豹子也站住了听。

大升吹着吹着，飞来一只雪白的大蝴蝶，少说也有蒲扇那么大。这蝴蝶围着大升轻轻飘飘、翻翻啦啦地飞了一阵子，才落在了他身旁的杜鹃花上。它并起翅膀，动了动长须，老一会儿又飞了起来。大升看见过不知多少蝴蝶，没见过像这白蝴蝶一样好看的，也没见过像这白蝴蝶一样喜人的。

大升一直吹到日头压山，才把笛子插在腰里，挑着柴下了山。

第二天,大升还是照常上山打柴。晌天的时候,他吃了一块冷干粮,喝了几口凉泉水,也就算是一顿饭啦。山上是多见石头少见人的,花草再好,大升还是觉得孤单得慌,他又从腰里抽出笛子,吹了起来。双双对对的雀鸟向他跟前飞来啦,小鹿也跟着母鹿跑来啦。

大升越吹越爱吹,越吹越难过。他想:雀鸟成对,小鹿有娘,我大升论人才,论营生,哪里比不上别人?人穷就是罪呀,人穷祸就来啦。爹娘生病没钱治,死在了破庙里,自己孤身一人,到什么时候才能过上舒心的日子?

大升伤心难过,吹出的调子也悲悲戚戚的。他吹呀吹呀,吹得雀鸟落下了泪,吹得母鹿低下了头。青青的山坡上,忽然响起了呜呜咽咽的哭声。哭声那个凄惨呀!大升笛子也吹不下去了。他顺着哭声走了不远,看到一棵开满了红花的桃树,桃树底下坐着一个大闺女,穿得上下雪白,满脸是泪地在那里哭。闺女擦了擦眼泪站了起来,看着大升,好像要跟他说话一样。大升站住了。闺女嘴唇动了动,眼泪又扑簌扑簌地掉了下来。

大升问道:"大姐姐,看你这样难过,有什么过不去的营生啊?"

闺女说:"你这个大哥,问到这里,我就对你说了吧。我没爹没娘,自己一个人过日子,谁知平白无故地起了祸,有个坏蛋看上了我,我豁出命也不能跟他过。"

大升听了,满心不平地说:"大姐姐,你也不用哭啦,那个坏蛋是谁?我去找他,看他还敢不敢欺负人!"

闺女看样子很是感激大升,她摇了一下头,红着脸说:"大哥呀,你替我去操这一次心,往后谁知道还会遇上什么事?"

大升说:"大姐姐,我操心就要替你操到底,你说还叫我做什么吧。"

闺女说:"南庄北村的,也不是见过你一回啦,要是你愿意的话,我情愿和你成一家人家。"

大升心里不能不寻思一下,这样好的一个闺女,就是尽挑尽选也没有这样随心如意。又一想:天下哪有这样的好事,别大白天做美梦了。他说:"大姐姐,我是个实实在在的人,你可不该耍笑我,南庄北村的,谁不知道我大升住在破庙里?"

闺女说:"大升啊,你这是说的哪里话! 上山不怕崖坡陡,踩藕不怕藕湾深,从今以后,有福同享,有难同当,凉水烧成热水,我也不嫌你穷。"

闺女说出了这样的结实话,大升不再疑心啦。可是,把新媳妇领到破庙里去,别说脸上下不来,心上也过不去啊!

闺女望着大升,又说:"你也不用为难,从前俺爹活着时也常上山打柴,在那山前坡,还有他盖的三间石头屋。你庄里也没有恋头,我家里也有是非,咱先去那里住吧!"

弦贴音,音靠弦,闺女的话越说越亲近。说来说去,两个人是你称心他也乐意了。

闺女和大升翻过了一架山梁,又爬上了最高的一个山顶。闺女前头走,大升后面跟。大升自小就走惯了山路,闺女却比他走得还快,只见她衣带飘飘,过沟上崖,如飞一样。大升快走,闺女也快走,大升慢走,闺女也慢走。紧走慢走,闺女还是走在前面,大升满心高兴,闺女也乐得咯咯地直笑。

大升随着闺女,走进了一片树林。树影花枝里,闺女更乐啦,她手扯树枝,身子一闪,便不见啦。大升正在惊疑,她又咯咯地笑着从树后走了出来。三番两次,大升也叫她逗笑了。

两个人走出了树林,果然在山前坡有三间北屋,远望不高,走进去看看很是敞亮,里面收拾得整整齐齐,灰尘不沾,吃的用的什么都有。

大升和闺女成了亲。他长了这么大个汉子,头一回觉得有了家。

勤快人手脚是闲不住的,第二天吃过早饭,大升拿起斧子、扁担,美滋滋地要往外走。闺女忙叫住他说:"要打柴你尽管去,可千万记住我的话:往南你到南山顶,往东你到东山坡,往西你到小桥边,怎么的,也不要到河那边去。"

大升答应了。他在近处的树林里,砰砰叭叭地一阵工夫打了一担柴火,歇也没歇就挑起往回走。还没到家门口,闺女已经站在门前等他啦。这真是一样的营生,做起来两样的滋味,把大升喜得嘴也闭不煞了。

山还是从前的山,水还是从前的水,笛子也还是原来那根笛子。大升吹得呀,百鸟齐声地叫;大升吹得呀,百兽把头点;大升吹得呀,青草也放香,泉水闪银光。

大升欢欢乐乐地过着日子。有一天,他去打柴,走着走着,不知不觉到了小桥边。望望河对岸,明光瓦亮的一片房子。他十分惊奇:嚇!这真是山外有山,天外有天了,没想到这山里还有这样一片好房子,也不知是什么有钱人家在这里盖的。

大升没有忘记闺女嘱咐的话,他站在小桥这边看了一会儿,刚要转身往后走去,又听到小桥底下水哗啦哗啦地响。低头一看,河水清清亮亮,靠水边有一块四四方方的白石头,又平滑又光亮。他端详了端详,心想:这块石头可是不错,把它捎回去,给她做块捶衣石吧。他放下了家什,跳下了河沟,刚把石头搬起来,忽然听到一阵哈哈的笑声。大升抬头一看,只见桥上站着一个穿绸着缎的清瘦瘦的老汉,手里还拄着龙头拐杖,看得清清楚楚龙头拐杖上拴着一个小葫芦,葫芦上还爬着一只黑蜘蛛。老汉又哈哈地笑了一声,眯缝着眼说:"这石头是我的呀!"大升听了,不觉一阵生气,理直气壮地说:"没听说河里的石头还有主!"老汉把眼一瞪,大声地喝道:"你有眼不识泰山,我是这山里的仙人。"大升先是一惊,又一想,自己做的也不是缺理的事,自己一不少胳膊,二不少腿的,怕他什么?又冲他说道:"你就是天上的神仙也该讲理呀!"

老汉又眯起了眼睛,把胡子一摸,改口说:"你看好了这块石板,就拿着吧。只是问你一句话,你拿回去有什么用啊?"

大升是一个服软不吃硬的汉子,他听老汉说了软和话,也就不好意思再生气啦,便照实对他说了。

老汉把腿一拍,说:"咳,弄来弄去,咱还是一块土上的人呀!吃水还得敬地面啦。你不敬我,我可是不能不关照你,你那媳妇是不会跟你长远过日子的。"

这下子一锛叫那老汉刨到木头上了。大升心里跳了一下,自从他和闺女成亲以来,千好万好,就是有一点不放心,怕那闺女嫌自己穷。要是她真的走了,落得自己跟孤雁一样,到那时更是没处飞没处落的了。他想到这里,扔下石头,难过地叹了口气。

老汉和颜悦色地又说:"唉,你这个小伙子,也不用难过啦。我这个仙人就是心肠软,人家难过,我看着也难过,人家欢喜,我看着也欢喜。我怎么的也不能看着恁夫妻离散。罢!我这里有一包药,你拿回去,悄悄地给她下到菜里,保她安安稳稳地跟你过一辈子。"

大升心里是半信半疑,老汉却真的伸手递给了他一包药。他接到手里,心想:病急了乱求医,如果它是毒药的话,也叫它先药死我自己。

晌天的时候,大升和往常一样挑着柴回了家,闺女还是笑嘻嘻地在门前等着他。院子的树荫底下,也早热汤热水地摆下了。大升瞒着闺女把药下到了菜里,对她说道:"饭菜怪热的,你等一会儿再吃吧。那柴火上有根绳子,吃完饭我还等着用,你去把它解下来吧。"闺女转身解绳子去了。大升瞅着这个空,大口小口地吃起菜来,他仔细品品滋味,和平常没有两样,吃在肚里,也一点不觉得难受。看来这药是不会伤人的。

大升吃完了饭,菜也剩不多了。闺女走了过来,拿起筷子,只吃了一口菜,脸上唰地变了颜色。她饭也不吃了,叹了一口气问道:"大升呀,你瞒着我做了什么事?"闺女一问,大升便把怎么碰到一个拄拐杖的老汉,怎么给了他一包药,原原本本地都对她说了。

闺女没有说一句埋怨话,她难过地说:"那老汉是一只大鳖精变化的,他几次想霸占我,几次都没得到手。大升啊,你是上了他的当啦!他活活地拆散了咱恩爱夫妻。"

闺女说着话,通红的嘴唇没有了血色,粉丹丹的脸面也眼见着发了黄。不用提大升是怎样后悔,是怎样懊恨啦!他又发急,又心疼,跺跺脚,一股劲要去找那大鳖精算账。闺女赶上去,拉住他的手说:"大升啊,你去也是白去,别说找不着他,就是找着他,你也斗不过他。再说,算账也不在这一时,唉,你来了这么多日子,也没叫你到后花园里去看一看,今天,我领你去看看吧!"

闺女开开了后门,嘿,说花园真是花园哪:石头根下也是花,石头缝里也长着花。一直通到山顶,步步花红,步步草绿。闺女拉着大升的手,走到了山顶。山顶上,天上鸟叫,地上花开,当中央里有一个石盆,石盆里长着一枝并蒂莲花,粉红色的莲花瓣,亮着银白的露珠。她看看莲花,看看大升,泪汪汪地说:"大升啊,事到如今,我实不瞒你,我的原身,就是你见着的那只白蝴蝶。从前我和大鳖精的武艺不差上下,今天我上了他的当,吃了他的药,过不多会儿,就要现出原身啦!除非大鳖精那条青龙的眼泪滴在我身上,否则我再也不能变成人了。"这阵,大升真如同钢刀剜心,他说:"不管你变成什么样,我都要一辈子跟你在一起。"

闺女摇了摇头,伤心地说:"就是我化成蝴蝶,那大鳖精也不会罢手的。眼下我和他脱不了有一场狠斗!大升呀,山高水长,没有咱夫妻情义长,怎么的我也不能叫你留在这里担惊受怕。"大升说:"大姐姐,你这是说的哪里话!哪怕它是座火焰山,我也要留在这里和你一起过。"

闺女低下了头,伸手从怀里摸出了一个圆圆的小镜,递给大升说:"大升啊,你有恋我的心,我也舍不了你。你想我的时候,拿出这小镜看看,就知道我怎么样啦。"大升刚把小镜接到手,闺女又指着前面说:"大升呀,你看那里是什么?"

大升抬起头来,看到了一对小鸟,翅靠翅地飞了过去。闺女说道:"大升呀,夫妻好比那成双的鸟,咱好比高飞的雀鸟遇老鹰。"闺女说到了这儿,眼泪扑簌扑簌地落在了莲花瓣上。闺女又说:"大升呀,夫妻好比并蒂莲,咱好比花开遇了妖风刮。"

闺女说着,弯腰挪开了莲花盆,莲花盆底下闪出了一个洞来。她又说:"大升呀,你看这洞里的花有多俊啊!"大升弯腰向洞里望去,黑漆漆的,他说:"我什么也看不见啊。"闺女说:"你探下身子看呀!"大升探身的工夫,闺女在后面一推,大升掉进洞里去了。

大升掉进了黑漆漆的洞里,只觉得身子浮浮摇摇,浮浮摇摇,老一歇,脚才着了地,眼前又明亮了。他定神一看,原来已经来到了山下,脚前便是回庄去的小路。大升自然没心回家,他向圆圆的小镜里一看,小镜里一只大白蝴蝶,翅膀直抖。大升的耳朵旁边,好像又听到了闺女的声音:"大升呀,咱这是生离死别了!"人间最伤心的是生离死别,这一阵,大升的心里比生离死别还要难受,他叫了一声大姐姐,返身往山上跑去了。

大升翻过了山梁,大升又爬过了最高的山顶。他顾不得石头绊脚不绊脚,他也顾不得树枝划脸不划脸,一阵旋风似的穿过了树林。哎呀,这山洼哪里还是从前的样子!黑沉沉、阴森森的,那个大鳖精手拿龙头拐杖站在大石上,当然不是大升先头见到的那个样子了。看吧,扫帚眉,铃铛眼,一半青脸一半红脸,指手画脚朝着头上不知在搞什么鬼。大升仰脸一看,哎呀!半空里罩满了蜘蛛网子,连日头影也看不见了。那白蝴蝶飞上飞下,眼看就要叫蜘蛛网子粘住了。大升忽然

一计上心,从腰里抽出笛子,一个劲儿地吹了起来。

嘹亮的笛声透过蜘蛛网,往四面八方响去。哈!成对成双的雀鸟朝着笛声飞来了。哈!成群结伙的雀鸟朝着笛声飞来了。它们扑棱着各色各样的翅膀,像风扫落叶一样,不大的工夫,把半空里的蜘蛛网戳了个一干二净。大升的头上又是蓝蓝的青天,大升的眼前又是树绿花红的山洼。大鳖精气得半边青脸更青啦,半边红脸也更红啦。他大喝一声:"这小子,来送死啦!"从龙头拐杖上解下那个小葫芦,口朝下一倒,哗啦啦淌出许多黄豆粒子来。黄豆粒子在地上滚一滚,蹦三蹦,变成了拿刀的兵,变成了马上的将。眨眼的工夫,成百上千的兵将,摇旗呐喊地朝大升冲来。嘹亮的笛声穿山过岭,往四面八方响去。哈!一群老虎跑来了,一群豹子也跑来了。哈!成群成伙的野兽张开簸箕大嘴,一阵工夫,把那些兵呀将呀,十个里吞下八个啦。大鳖精看看不好,举起葫芦想把剩下的豆兵豆将收回去,没防备一只老雕从背后飞了来,一张嘴把小葫芦叼走了。狼虫虎豹齐向大鳖精扑去,大鳖精把龙头拐杖朝地上一捣,山动地裂的,到处往外蹿开了水。山洼里的草没了,花淹了,大升的周围也尽是一片汪洋大水。到了这无计可施的时候啦,白蝴蝶挣下她自己的两根长须,扔下来了。两根长须化成了两条弯弯的金桥,大升顺着金桥上到了山顶。山猫、野兔什么的也都跳了上来。这时又见那白蝴蝶贴着水面,使劲地扑棱着翅膀。山顶上,纹风不刮,草叶不动。山洼里,却水响震天,浪高几丈。大鳖精眼看着就要被大浪卷走,他慌忙把龙头拐杖向水里一扔。龙头拐杖顺浪一蹿,变成了一条几丈长的青龙,大鳖精跳上了青龙背,青龙昂起头,看样子要腾空飞走。

笛声又响了。白蝴蝶翻翻啦啦地飞上了半空。水不响了,浪也平啦。那青龙昂起的头又落下去了。

大升还是朝着青龙吹呀吹呀,他想:青龙呀!大江、大河有多少,你为什么甘心做大鳖精的拐杖?青龙呀,大海大洋有多少,你为什么不去自由自在地翻腾?这才是,不用说,不用道,神笛给他把话传。只见青龙点点头,翻腾了翻腾,把大鳖精摔到水里去了。

雀鸟又叫啦,小鹿也欢喜地跳啦,那白蝴蝶抖动着翅膀,落在大升的身边。想想吧,他们心里有多么难过!守着自己的亲人,不能和他说一句话;守着自己

的亲人,不能见她的面。

大升连忙蹲下去,安慰她说:"大姐姐,水流千里归大海。咱亲人还是又相聚了。花有落的时候,草有枯的那日,你我的恩爱是天在地在,情义也在。"可怜那白蝴蝶,望着大升,浑身直抖,没法作声。

雀鸟不叫啦,小鹿也不跳了,青龙啸了一声,腾空飞去咧。也就在这时,青龙的几滴亮晶晶的泪珠,洒到了白蝴蝶的身上,白蝴蝶把翅膀一拍,又变成那个俊俏的闺女啦。她粉丹丹的面皮,轻飘飘的衣裙。他们两个人又成了一对再好不过的夫妻。

大升还是常吹笛子,吹得满山花开,吹得雀鸟成群。

害人的大鳖精没有了那些宝物,再也变不成人啦。白日黑夜地背着大盖,整年整月在水底下过日子了。

讲　　述：许阿茂
搜集整理：苏方桂
流传地区：广东肇庆

书痴和蝶仙

　　谁也记不清是哪个朝代的事了。在端州城附近有一个山村，山村里住着个穷秀才，穷得家无隔宿粮，靠着上山砍柴养阿娘。谁也不晓得他姓什么，只知他乳名叫阿端，有人送了个花号①叫他"书痴"。

　　提起书痴，痴得的确可笑，无论上山砍柴，进城卖柴，还是帮阿娘做饭烧柴，手里总是捧着一本书。只要无人同他说话，他就摇头晃脑，琅琅诵读起来，满嘴之乎者也，子曰诗云，像唱歌一样。他读书入迷，常常答非所问，痴痴呆呆，叫人看了发笑。不过，阿端心地善良，不但对阿娘十分孝顺，邻里乡亲有了什么难事，他也乐意搭帮一手。只是他太穷了，娶不起亲，直到年过三十还是光棍一条。

　　就在他三十岁那年，阿娘得病死了，家里只剩下他一个人。他更没有了约束，上得山去，读起书来，常常忘了砍柴；回到家里，读起书来，常常忘了烧饭。饥一餐，饱一餐，他自己也记不清吃没吃饭。自从他阿娘死后，每当他在山上看书，总有一只团扇那么大的彩蝶在他前后左右翩翩飞舞，常常扑到他的书上，遮住他的眼睛。赶走了，又飞回来，搅得他心烦意乱，直到他放下书本，起身砍柴，彩蝶才不打搅他。

　　一天，阿端早早起身，又上山来了。他肩上扛着一根扦担②，扦担头上挂着一摞书本，手中还拿着一本书，边走边看。走着走着，他觉得脚下一空，身子一仰，忽悠悠就跌下去了。慌忙之间，他丢了柴刀扦担，却抱住了那摞书，过了好

---

① 花号：绰号、外号。
② 扦担：一种两头带尖的竹担竿。

久,身子才落了地,直跌得头昏眼花。等他缓过气来,睁开眼睛一看,原来自己跌进了一个十几丈宽的大石穴,石穴底铺着厚厚的香茅草,就是这堆茅草救了自己的命。石穴壁上的石头是那样好看,有的好像碧绿的翡翠,有的好像紫雾青云,色彩绚丽,光华耀眼。穴顶上,横三竖四爬满了藤萝,藤萝上开着五颜六色的花朵,喷发着扑鼻的清香,藤萝和花朵搭成一个凉棚,挡住了阳光。再仔细一看,左侧有个一人宽的隙缝,好像石穴的门户,门户上挂着用五彩斑斓的鲜花串成的门帘。阿端见有门可走,赶快爬起身,想掀开门帘,走出洞穴。谁知他刚一伸手,花帘顿时散开,飞舞起来,原来那花帘是几百只手掌大的彩蝶连首衔尾结成的。阿端惊讶得不得了,愣了半天,走出石门朝下一看,吓得马上就退了回来。原来石门下面是深不见底的大峡谷,几缕白云缭绕,一只苍鹰在山谷中盘旋。

阿端见无路可出,肚子也饿了,只好退回石穴,身靠石壁坐下。他一眼看到身旁有一摞书,便打开读了起来,越读声音越响,把饥饿、危险什么都忘记了。

不知过了多久,阿端忽听门口有人咻咻发笑。他抬头一看,见是一个身穿彩裙、生得如花似玉的姑娘,一只手掩口而笑,另一只手提着个有盖的彩色竹篮。阿端赶快起身整衣,对着姑娘深深作了个揖,说:"不知姑娘是哪方神仙,小生有失远迎,休怪休怪!"

姑娘没有答话,又咻咻笑了一阵,才说:"秀才秀才,咱们天天见面,怎么不认识了?"

阿端连连摇头,说:"不认识,不认识。"

姑娘说:"认不认识以后再说,你一定饿了,快吃点东西吧。"说着,她打开竹篮,拿出一瓶碧绿的酒和两碟五颜六色的菜,摆在阿端面前,说:"秀才,请吧。"

阿端已经饿得前胸贴后背,顾不得客气,拿起酒瓶就喝了一口。也不知那酒是用什么造的,他只觉得一股异香直透脑门,浑身立刻热腾腾,添了力气。那菜也看不出是用什么做的,香甜可口。他喝上两口酒,吃了几口菜,便觉得自己已经醉饱了。

他吃完了,姑娘将酒瓶、菜碟收进竹篮,坐在他对面,笑着对他说:"秀才呀秀才,你孤苦伶仃,每天砍柴,早出晚归,没有洗衫的,没有烧饭的。我一个人住在深山老谷,没有知疼问暖的,没有谈心闲聊的。咱俩搭帮合伙,在一起过日子吧!"

阿端十分高兴,便同姑娘撮土为香,拜了天地,结成了夫妻。姑娘告诉阿端,她名叫阿蝶。

阿蝶每日提着竹篮出去,回来时竹篮里便盛满了酒菜,阿端每日只吃一餐,便一天都不饿了。他虽然同阿蝶做了夫妻,仍然改不了自己的老习惯,整天捧着本破书,琅琅诵读。阿蝶回来后夺下他的书,他才停一会儿,只要阿蝶一转身,他便拿起书本又朗诵起来,气得阿蝶无可奈何。一天,阿蝶对着他垂下泪来,他慌了,忙问:"阿蝶阿蝶,你伤什么心呀?"

"端郎,端郎!嫁给你好比嫁给一棵大叶杨,成日哗哗响,把你妻子丢一旁。唉!咱们夫妻不久长!"

阿端更慌了,拉住阿蝶的手说:"阿蝶呀阿蝶!从今往后,我不再读那破书,不再哗哗响,陪着你谈心,下棋讲古,饮酒唱歌,白头到老。"

阿蝶回心转意,"扑哧"一声笑了。

阿端果然将书本撂到一边,陪着阿蝶谈心玩耍。可是,只要阿蝶一出门,他就立刻捧起书,摇头晃脑诵读起来。读到高兴处,常常忘乎所以,连阿蝶回来他也没有发觉。阿蝶故意大声咳嗽,他这才慌慌张张将书本掖进草里。几天以后,他又放不下书本了。

阿蝶气急了,就将他的书本藏进石头缝里。阿端找不到书本,坐不安,立不稳,茶饭无心,失神落魄,三天后就得了病,渐渐地面黄肌瘦,呼吸微弱。阿蝶慌了,四处采药医治,可是一点效验也没有。

一天,阿蝶从外面回来,忽听洞穴里又传来琅琅的读书声。原来阿端从石缝里找到了那几本破书,抓起书本立刻诵读起来,似乎病也好了,精神也来了,比吃灵丹妙药还要灵验。

阿蝶看到这个情景,长叹一口气说:"书痴书痴治无方,夫妻难久长。不如早分手,你我各一方。"

听阿蝶这么一说,阿端低下头,泪也流下来了。阿蝶从石壁上挖下书本那么大一块石片,递给阿端说:"端郎,端郎!石片做砚台,助你写出好文章。睹物思人,别忘阿蝶情意长。"

她拉着阿端的手,引他走到石门口,解下腰上的白绸带,朝对山一抛,立时化

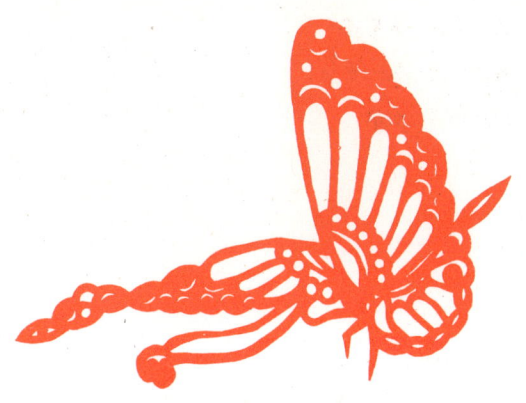

成一座玉石虹桥。过了桥,眼前有一条下山大路。阿蝶又从头上拔下一根珠钗,递给阿端说:"端郎,端郎!珠钗做路费,送你上京进考场。天上人间难相见,令人痛断肠!"阿端拉住阿蝶的手,泪流满面,不忍分别。阿蝶手一指说:"你看,有人来了。"

阿端刚一回头,阿蝶忽然化成一只圆簪大的彩蝶,扇起五彩双翅,翩翩而起。阿端惊得睁大了眼睛,这才知道自己遇上了蝶仙。

彩蝶在阿端周围盘旋了许久,渐飞渐远,慢慢飞进蓝天白云里去了。阿端下山进城,卖掉了珠钗,有了路费,连家也没回,就晓行夜宿赶到京城,参加考试。

那年考试赶上冬天,连日来狂风暴雪,冰冻三尺。考场里生着火盆也不顶事,众举子不停地磨墨蘸笔,手一停就冻住了。他们写写停停,不断朝砚台和笔头呵气。监考官也急得皱眉叹息,可是爱莫能助,没有办法。后来,监考官踱到阿端面前,惊奇地站住了。只见阿端面前放着一个碧绿暗花的石片砚台,凹处墨汁盈盈,阿端头也不抬,挥笔疾书,已经写出满篇文章,墨迹十分鲜艳,散发出一股兰麝香味。这场考试,只有阿端一人按时交上了考卷。

考试结束后,考官从阿端手中拿过砚台,亲自磨墨试笔,写了一篇大字。那墨汁油润生辉,香气馥郁,写出字来墨迹均匀鲜艳,不损圆毫。考官越看越爱,将这块砚台视为珍宝,立即呈献给皇帝。皇帝亲自试用,果然不错,心中大喜,把这种砚台命名为端砚,封阿端做端州地方官,督派工人采石磨砚,作为贡品。从此,端砚便名扬天下,成为文房珍品。

讲　　　述：龙尼花
搜集整理：宋一平
流传地区：台湾

情人洞

　　台湾的兰花特别多。台湾有个兰屿岛，岛上面的兰花更多，所以叫兰屿。这里，奇岩遍布，怪石林立，到处长满一朵朵蝴蝶似的兰花。这里的一草一木、一石一洞，都留下了动人的传说。

　　据说那时候，在兰屿岛上住着一个打鱼的小伙子，名叫索雅①。一天，索雅划船出海打鱼，可是甩了老半天网，也没网着一条鱼。眼瞅快晌歪②了，他想这一网下去再网不着鱼，就得回家吃饭了。他把这一网甩到海里，往上一拉，觉得很沉。他使劲把网拉上来一看，一条鱼虾也没网着，却网上来一只浑身湿淋淋的大蝴蝶。他把这只蝴蝶放到船板上，自言自语："美丽的大蝴蝶呀，你怎么会落进大海里呢？快让太阳晒干你那漂亮的翅膀，飞走吧！飞到我们的兰屿岛上，那里有许多兰花，它们会欢迎你的。"

　　没多久，这只大蝴蝶的翅膀就晒干了。她就像通人性似的，围着索雅飞了三圈，又向索雅点了点头，就向兰屿岛上飞去。这时，海面上起风了，索雅划着船也向兰屿岛奔去。他回到自己家的小地窖子里，就着鱼干吃了点芋头，就躺下来休息了。第二天早晨，吃罢早饭，他正准备出海，突然听到外边有人喊："看你往哪跑！看你往哪跑！"

　　索雅走出地窖子，顺着叫声找去。只见前面兰花丛中的龙眼树上，挂着一张有碾盘那么大的蜘蛛网，网上粘着一只大蝴蝶。一个很大很大的红头大蜘蛛，正

---

① 索雅：高山语，诚实的意思。
② 晌歪：当地土话，即中午已经过了。

用蜘蛛网紧紧缠住这只大花蝴蝶。那吵闹声,就是从这个凶恶的大蜘蛛嘴里发出来的。他急忙操起一把杵杆,在地上跳了个高,狠狠地朝着那个大红头蜘蛛打去。那蜘蛛疼得乱叫,一溜火星钻进海里去了。索雅爬到树上,救下大花蝴蝶。仔细一看,正是他昨天从海里网上来的那一只。他张开双手,说:"美丽的大蝴蝶,你怎么又落进蜘蛛网里呢?快飞吧,今后可得多加小心啊!"

那大花蝴蝶又围着索雅飞了三圈,向他点了点头,一转眼就不见了。

这天,索雅出海打鱼,他打了满满一舱鱼。正要调转船头往回走,突然见一对身上中箭的小狮子跑到海边上,朝着他喊:"好心肠的大哥,猎人就要追来了,快救救我们吧!"

索雅急忙跳上岸,把两只小狮子抱上船,划着船回到兰屿岛。他又到悬崖上采了些海芙蓉,用石头捣黏糊,再从两只小狮子身上拔下竹箭,把捣黏糊的海芙蓉敷在小狮子的伤口上。完后,他把两只小狮子放进一个岩洞,嘱咐说:"小狮子,在岛子上好好玩耍吧,这里没有猎人,谁也不会伤害你们的。"

他在集市上卖掉打来的鱼,用卖鱼钱买了点糙米,便往家走去。这时已经傍晚,只见他住的地窨子上面的烟筒直往外冒烟。他想:阿爸阿妈早就下世了,是谁在给我做饭呢?他走进地窨子一看,里边像白天一样明亮,用石头砌的炕上放着桌子,桌子上摆满饭菜。炕前站着一个美丽的姑娘,她头上戴着一顶闪闪发光的金冠,穿的衣裳好看极了。她微笑着向索雅走来,用手指着饭桌说:"阿哥,快上炕吃饭吧。"

索雅吃惊地问:"阿妹,你是谁?怎么来这里给我做饭呢?"

姑娘说:"阿哥,你救了我两次,怎么就把我忘了呢?"

"我救过你两次?我怎么想不起来了?"

"昨天,是你在海里救了我,今天早晨,你又从蜘蛛嘴里救了我。"

"你原来是那只美丽的大蝴蝶!"

"对,我是台湾岛上蝴蝶王国的蝴蝶公主。头几天,东海龙宫有条小青龙到台湾岛上行雨,把我抢到龙宫,强逼着我和他成亲。我讨厌他,趁他酒醉,偷偷逃出龙宫。我不识水性,多亏你一网把我救到船上。今天早晨,又是你救了我。为了报答阿哥的恩德,我愿和阿哥结为终身伴侣,不知阿哥愿意不?"

索雅是个忠厚老实的人,见蝴蝶公主遭此大难,十分同情,就点头答应了。当天晚上,索雅就请来乡邻,和蝴蝶公主成了亲。从此以后,索雅出海打鱼,蝴蝶公主在家做饭。夫妻俩恩恩爱爱,日子过得很幸福。

这天,索雅划船出海,突然遇上了大风雨。蝴蝶公主担心索雅的安危,急忙来到海边。只见大海哗哗地翻滚着,却不见索雅划船回来。她站在海边上望啊望,风越刮越大,雨越下越猛,海里的大浪越掀越高,一直望到第二天早晨,也不见索雅划船回来。就在这时,被索雅救活的那两头小狮子向她跑来,对她说:"蝴蝶公主,不好了!刚才我们路过海边一个大石洞,洞口有个大红头蜘蛛在织网,洞里有个人在招呼你的名字。我们问大蜘蛛洞里堵的是谁,他说是索雅。他还说,他是小青龙的好朋友。那天,他捉住你,正准备把你送给小青龙,却被索雅一杵杆打走了。现在小青龙让他织网堵在石洞口,活活把索雅闷死,而后小青龙再率领虾兵蟹将,杀到兰屿岛捉你,并淹死岛上的所有人。蝴蝶公主,你看怎么办?"

蝴蝶公主听到这里,真像沉雷击顶,眼前一黑,差点昏倒过去。她一言不发,眼泪顺着脸蛋扑簌簌地滚落下来。两头小狮子对她说:"蝴蝶公主,眼泪救不了索雅和人们的性命。我们先到海边去挡住小青龙带来的虾兵蟹将,你快飞上天去请妈祖婆想想办法吧!"

蝴蝶公主说:"小狮子,你们可要拼命挡住小青龙,我这就到天上找妈祖婆想办法去!"说着就向天上飞去。她飞到太阳宫,见到妈祖婆,向妈祖婆说明了来意。妈祖婆给了她一块玉石,对她说:"我让母鸡童子跟着你去灭那个大蜘蛛。这块玉石只能用一次。除掉小青龙,就不能砸开蜘蛛网;砸开蜘蛛网,就不能除掉小青龙。你快去吧。"

蝴蝶公主谢别了妈祖婆,飞到兰屿岛上空。她见小青龙带领虾兵蟹将,已经冲上兰屿岛的东岸,两只小狮子正同小青龙厮斗,身上已经受了重伤。虾兵蟹将带来的大浪眼瞅就要吞没兰屿岛,岛上的居民大人哭,小孩子叫,乱成一团。先去搭救索雅,还是先救全岛乡亲?她再也不能犹豫了。蝴蝶公主手拿玉石,忍着泪水照小青龙的脖子砸去。只听"咔嚓"一声响,小青龙的头落在海边,立刻化成一个像龙头一样的大礁石,就是现在岛上的龙头岩,那块玉石就变成现在的玉石

岩。两只狮子奋力同虾兵蟹将搏斗，杀退了虾兵蟹将，它俩也累死了。它俩化作两块石头，永远卧在了海边，就是现在岛上的双狮卧。这时，蝴蝶公主和母鸡童子飞到索雅受苦的那个大岩洞跟前，母鸡童子飞到网前，一嘴把那个大红头蜘蛛啄到地上，母鸡童子把大红头蜘蛛啄死了，自己也被大红头蜘蛛咬了一口，中毒死了。母鸡童子和大蜘蛛死了后，都变成石头，就是现在兰屿岛上的母鸡岩和红头岩。那蜘蛛在岩洞口织的网又厚又硬，蝴蝶公主怎样用石头砸也砸不开。她心一横，用头狠狠向蜘蛛网上撞去。网被撞破了，她冲进洞里，一头扑在索雅的怀里。由于她用力过猛，头上撞了个大口子，流血过多，很快就死去了。

　　索雅在岩洞里，抱着蝴蝶公主的尸首放声大哭起来。他哭啊哭，一连哭了七天七夜，活活哭死在蝴蝶公主尸首的旁边。索雅死后，他的泪水和蝴蝶公主的血水汇积在一起，就在岩洞内形成一个深潭。潭水溢出来，顺着洞口向外流去，很快就流成一条小溪。不久，小溪两岸长出一种花枝，开出的花朵像一只只大蝴蝶，美丽极了。岛上的人们说，这种花是蝴蝶姑娘变的，所以都管这种花叫蝴蝶兰，管这个岩洞叫情人洞。

月月红

讲　　述：姚金玉等
搜集整理：顾丰年、赵雅安
流传地区：河南鄢陵县

古时候,中原有一个鄢国,国王的王宫后面有一座美丽的御花园,里面长满了各种各样的花卉和珍贵的药草。离王宫不远,有一座寺院,寺院里的老和尚为了配制仙丹,常到御花园来采药。有一天,老和尚又到花园来采药。在一个荒芜的角落里,他找到了一株奇大的何首乌,心中好不高兴,急忙取出小铲,使劲挖了起来。不料想挖到药根的时候,发现有一条小蚯蚓横卧在根旁,已经把何首乌的精华吸干了。老和尚十分恼怒,便举起铲子把小蚯蚓拦腰砍断了。狠心的和尚走后,小蚯蚓疼得在地上翻来滚去,两截身子想往一块接,可怎么也接不上。

这天,八岁的小王子正在御花园里玩耍,忽然看见一个姑娘,浑身流血,在他眼前一闪就过去了。小王子心里奇怪,就跟在姑娘后边追去,追到一片荒草地上,姑娘忽然不见了,只见遭难的小蚯蚓正在地上挣扎。小王子很不忍心,就从自己的小龙袍上扯下一条红丝线,把小蚯蚓的两截身体连接起来,然后把它埋到土里。

十年以后,小王子长大成人了。老国王身体不好,就叫小王子继承了王位。老国王还准备给小国王成婚,就命人到全国各地选了许多美女,送到宫中,叫小国王挑选。这些美女穿着绫罗绸缎,打扮得花枝招展,小国王见了却不动心。一天,宫中来了一位布衣姑娘,她虽然没有涂脂施粉,却长得似天仙一般。小国王对她一见钟情,就选她当了皇后。

成婚那天,老和尚前来贺喜。他见了美丽的皇后娘娘,不由得心中一惊,认出这娘娘就是他刨药时砍伤过的小蚯蚓。老和尚心中又恨又怕:恨的是当初小蚯蚓吸光了何首乌的灵气,仙丹没能配制成功;怕的是如今小蚯蚓当了娘娘,如果在小国王面前奏他一本,小国王就会把他赶出寺院。于是,老和尚就找了个空子悄悄对小国王说:"陛下小心,娘娘不是世间凡人,乃是土中之妖物所变。陛下若是不信,可趁夜间安寝时看其腰间,有一条红印可以为证。"说罢扬长而去。

老和尚走后,小国王心中疑惑不定,晚上睡觉时,他偷偷看一看娘娘的腰间,果然有一圈红印。小国王心里十分害怕,第二天便把老和尚请到宫中,让他设法除掉娘娘。老和尚满口答应,并请小国王夜半三更时到宫里观看拿妖。

皇后娘娘到底是什么人呢?原来,她就是当年的小蚯蚓。她常年在御花园里松土翻地,培育花草,累了就卧在何首乌的根下。因那株何首乌是一颗千年仙草,小蚯蚓伴它生长,得了灵气,苦心修炼,终于成仙。她一心要报答小王子的救命之恩,于是就趁他登基选娘娘之机,变成姑娘进了皇宫。成亲那天,老和尚识破娘娘的真身时,娘娘也认出了老和尚就是当年残害过自己的仇人。这天,蚯蚓娘娘见老和尚又被请进宫来,心里就明白了。她想和尚法力高强,只有和他斗智,才能攻破他的法术。

娘娘打听得知小国王为老和尚准备了一席斋饭、一个香案和一顶红色和尚帽,便想出了一条妙计。她派人在斋饭的素包子馅里搅拌了些猪油,如果老和尚开了荤,法力就会失灵。她又派人在香案上放了一炷勾魂香,这香点着后,烟雾中会现出一个绝代美人,如果老和尚动了邪念,法力也会失灵。最后,娘娘用自己贴身穿的红内裤做了一顶和尚帽,悄悄地把国王准备送给老和尚的那顶红帽子调换了,如果老和尚戴了这顶帽子,他的道行就全完蛋了。

到了吃斋饭的时候,不明真情的国王拿了一个拌猪油的素包子敬给和尚。老和尚心中明白,接过来暗暗地藏到袍袖里,又掏出自己带的真素包子,大口大口地吃了起来。吃完斋饭,老和尚就到香案前做法事。他从褡裢里取出一炷香,换掉了娘娘的勾魂香,口中念念有词,祝告上苍,准备夜半三更捉拿蚯蚓娘娘。

小国王等老和尚做完了法事,就亲手把和尚帽递到老和尚面前,谁知和尚见了帽子,二话不说,用禅杖挑了就走。蚯蚓娘娘见和尚没有中计,心里着急了。她料定老和尚回寺要从御花园后门出去,要是老和尚阴谋得逞,自己不但报答不了国王的恩情,反而要被和尚害了性命。想到这里,她急中生智,急忙跑到御花园门口,等和尚走过时,吹起一阵清风,把禅杖上的红帽吹到老和尚的头上。老和尚没有提防,气得大叫一声,急忙甩掉帽子,但是已经晚了,他失去了道行,还原成了一个凡人。

蚯蚓娘娘见大功告成,便又回到宫中,找到小国王,以实情相告。小国王听了恍然大悟,这才知道娘娘腰间的红印就是当年为小蚯蚓接身的红丝线。小国王爱娘娘勤劳善良、多情多义,决心和她白头偕老。从此以后,蚯蚓娘娘就和国王过着幸福美满的生活。

不久之后,在御花园落下和尚帽的地方长出一枝花来,这花不分时令,月月开花月月红。蚯蚓娘娘亲自为它浇水松土,并且采用花根为周围的妇女治病,百治百灵。

现在,鄢国的御花园已经成为姚家花园。姚家花园的花农们家家都种有月月红。人们不但欣赏它那美丽的花容,还用它的根来医治妇女病,据说这就是蚯蚓娘娘传给大家的。

讲　　述：白淑静
搜集整理：常嗣新
流传地区：山西大同

蚯蚓公主

很久很久以前，有一个后生叫三郎。他从小就失去了父母，孤身一人清清苦苦过光景，靠种一小块菜地为生。他每天顶着朝霞走，披着晚霞回，种的菜除去自己吃，其余的都送给众乡亲。

有一天，他打算把已经翻好的地再细细翻一遍。太阳一竿高，他已经把地翻了一半。突然什么东西动了一下，三郎弯下腰一看，原来是条小蚯蚓被锄成了两半。三郎见蚯蚓挣扎，赶紧撕下了一块衣片小心地把蚯蚓包扎好，拿回家里。回家以后他找了个花盆放了些土，把蚯蚓养在里边，每天总要看一看。说也怪，没有几天，两截蚯蚓就长在一起了，只要三郎一过去，蚯蚓总要摆动几下尾巴。三郎见了很高兴，打算过几天把它放回地里。

一天，三郎下地回来，一推门，一股香味扑鼻，桌上放满了他从来没有吃过的饭菜。他想门朝外锁着，是谁给他做的饭呢？他饿极了，不管三七二十一就饱饱地吃了一顿，吃完了饭就爬到床上睡了个痛快觉。鸡叫三遍，太阳出山，三郎翻身下床。嘿！奇怪，一桌热乎乎的饭菜又摆出来了。他看看门和窗户不像有人开过的样子，三郎越想越奇怪，就打算看个究竟。吃完饭，他钻到了床下面。过了一个时辰，只见从放蚯蚓的小盆子里放出一道金光，照得整个屋子亮堂堂的。三郎的眼睛一动也不敢动，只见从放蚯蚓的小盆子里跳出来一个小姑娘，眨眼之间变成了一个大姑娘。她长得十分美丽，穿着一身金黄色的轻纱。她把轻纱放在床上，就开始干活，不一会儿就把一间小屋收拾得干干净净。三郎趁姑娘不注意，把轻纱拿在了手里，悄悄地走到姑娘背后，轻声说道："你是谁家姑娘，到我三郎家干啥？"姑娘被三郎吓了一跳，马上去抢三郎手里的轻纱。三郎说："只要你讲清楚,我就还你的衣裳,送你回家。"姑娘被三郎问得羞容满面,笑盈盈地说:"我叫蚯娘,是蚯蚓国国王的女儿。瞒着父王外出玩耍,来到了你种的那一块菜地。我看你勤劳忠厚,又看你孤苦伶仃,就不愿意回家,每天和你做伴。谁想却受了伤,为感谢你的救命之恩,我帮你点小忙,今天我就要回家过了。"蚯娘说完,三郎鼻子一酸说:"自从父母下世,再也没有一个人疼过我,蚯娘你留下来和我一起过光景吧!"蚯娘说:"天上一昼夜,地上六百年;地上一昼夜,地下三百六十天。蚯蚓国的人在地上只能活一年,咱们不能白头到老,怕伤你一辈子心。"三郎说:"别说一年,就是一天,我三郎也决不后悔。"一句话说得姑娘羞羞答答,低下了头。当天,二人就成了亲。

成亲以后,小日子过得十分和美,他们不知不觉过了一百天。这一天,三郎像平时一样兴冲冲进了家门。不料妻子失去了往常的笑容,满脸泪珠坐在床上,手里拿着轻纱低头不语。三郎一惊,急忙问:"蚯娘,你为什么难过,出了什么事情?"蚯娘眼泪汪汪地指了指地。三郎往地上一看,只见几十条又壮又大的蚯蚓抬着一顶轿子。三郎说:"它们在干什么?"蚯娘说:"它们奉父王的旨意,接我回去。"三郎一听,眼泪像小河一样涌了出来,两个人抱头痛哭,依依不舍。蚯娘说:"不要难过,只要我们真心相爱,日后还能相见,不过需要你有智慧和勇气。你要有心,就到千里以外的黑龙湖畔找我。那里有一座黑龙王庙,庙里有一口钟,你敲三下,钟就会自己升起。钟下面有一个洞,从洞口下去就能到我们蚯蚓国,咱俩就能重逢。我送你三颗宝丹,遇到难处吃一颗,就能化险为夷。"说罢,她挣脱了三郎的手,披上轻纱,霎时化成一条蚯蚓上了轿,走到一片松软的土地里就不见了。

蚯娘走后,三郎过一天赛过十年。他日夜想念着自己的蚯娘。于是,他带着三颗宝丹和一把斧子,朝着黑龙湖的方向不分昼夜走去。整整走了三天三夜,忽然前面断了路,下面是几百丈深的峡谷,中间流着滚滚江水。怎么办?他望着深谷,想起蚯蚓公主的话,立刻吃了一颗宝丹,几天的劳累一扫而光,浑身有了无穷的力气,纵身一跳,竟然轻飘飘地跳到了对岸。他又走了三天三夜,遇到了一条两眼望不到边的大河。他又吃了一颗宝丹,跳下大河,奋力向对岸游去。上岸以后又走了三天三夜,眼前出现了一片大森林,黑茫茫一片没有边际。他走进林中,不一会儿就迷失了方向。怎么办?宝丹只剩下一颗,如果吃了,以后有事就过不了关。他想啊,想啊,终于想出来一个办法。他用斧头砍倒了一棵树,仔细看了看树轮。树轮稀的地方就是太阳的方向,树轮密的地方就是背阳。他认准方向后,走一程,砍一棵,整整砍了九十九棵树,终于走出了大森林。

就这样,三郎千辛万苦,来到了黑龙湖畔。果然,黑龙湖旁有一座龙王庙,庙里果然有一口钟。三郎过去拿斧头"当、当、当"敲了三下,只听轰隆一声,钟离开了地面,露出来一个只有拳头大小的洞口。一个人怎么能钻进去呢?这时他又想起了第三颗宝丹,他拿着宝丹自言自语:"我和蚯娘相会,就靠你帮忙了。"说罢,一仰头吃了下去。说也怪,三郎一下变成了一个只有三寸多高的小人。三郎钻进了洞,越走越宽,越走越亮,不一会儿就看见了一座城门。城门两旁站满了卫兵,三郎恭恭敬敬上去行礼,问道:"请问这是什么地方?"卫兵说:"是蚯蚓国。"三郎说:"我叫三郎,是你们公主的丈夫。请您给我通报。"卫兵一听,慌忙拜倒:"原来驸马驾到,公主每天都要到城头观望,刚刚下城回宫。"说罢,城门大开,鼓乐齐鸣。卫兵牵来一匹高头骏马让三郎骑,三郎也不推辞,翻身上马跟着卫兵进了城。他进城一看,人来人往,一个个和气善良,都穿着黄衣服,奇怪的是家家房门都是圆的。不一会儿,卫兵把三郎带到了一座金碧辉煌、小巧玲珑的宫殿面前。宫殿门前站着美丽的宫女。兵士通报以后,其中一个宫女飞也似跑进了宫门。

公主正在思念三郎,忽听宫女来报,真是喜出望外,急忙更衣。蚯蚓国国王一听贤婿临门,设国宴招待。三郎说:"我离不开劳动,我还要种菜。"国王成全了他的美意,让他每天出洞种田,晚间归家。从此,夫妻二人一个种菜,一个翻田,和和美美地过了一辈子。

因为农民和蚯蚓结过亲,所以直到现在,蚯蚓还是愿意帮助农民松土,农民也十分爱护蚯蚓。

讲　　述：王正义
搜集整理：刘晓义
流传地区：陕西咸阳

春蛇的传说

　　春蛇就是蚯蚓，这虫样子像蛇。到春暖花开，大地解冻以后，就活过来了，人们把它叫春蛇。这春蛇跟子恭和尚还有一段官司哩。

　　传说，淳化黄花山筛子洞跟前有个大寺院，叫金圣寺。一年四季，香火旺得很。寺里有个叫子恭的和尚，这和尚修行成道，跟神仙一样。平时除了念经敬佛，就是养花种菜。

　　有一天，这和尚种菜时，一铲铲下去把个春蛇给铲成了两截子。出家人不杀生么，他不忍心，赶紧用手抹了些唾沫在春蛇的伤口上，接着一搭一对，撕了自己一绺道袍往这春蛇腰里裹绑好，放在神像莲花台底下养着。停了几天，和尚跑去看这春蛇，发现不见了。他掐指一算，知道这东西作起怪来了。

　　原来，这春蛇只因和尚一口唾沫，得了仙气，成了精啦。它变成一个美女，连夜到药王山上寻药王爷，寻了些药到民间去了，竟被汉武帝选美给选到甘泉宫里啦，还当了娘娘。子恭和尚想，这妖孽变的娘娘对朝里没啥好处，他打定主意去见皇上。

　　子恭和尚也知道这妖孽的本事。为了不惊动她，子恭和尚夜里偷偷坐船从筛子洞里的黑河去甘泉宫。见了汉武帝，子恭就直说："皇上，贫僧听说宫内近日新纳一贵人，她不是肉体凡胎的美女，她是个春蛇精。"武帝问："你是如何知晓的？"子恭和尚就说了来龙去脉："皇上若要不信，可借机查验，她腰间还有一道腰线哩！"武帝一听，半信不信的，但是留了神。到了晚上，娘娘脱衣安睡后，皇上看了看，对着哩：这腰里就是有道白腰线！他心里惊奇，就问啦："贵人腰间为何留此印记？"春蛇精一听，吃了一惊，掐指一算，也就明白是咋回事了，说："是不是那个和尚给你说的?"皇上一看瞒不过,就实说了。春蛇精就说:"那是赖和尚的瞎心,想致我死哩,皇上岂能信服?"皇上不再言传,这事也就过去了。可春蛇精对子恭和尚记恨在心,要想办法报复哩。

过了几天,这妖精让皇上请子恭和尚来吃斋。皇上满心欢喜,就派人请子恭和尚。你想,她能给和尚做个啥好斋嘛?她拿狗肠子、狗爪、狗毛,还有猫孽①这些脏东西给和尚包了些包子。子恭和尚早就知道了。和尚就事先包了些包子,藏在自己袍袖里。到了甘泉宫,娘娘叫人给端出了包子,再配了几碟素菜让和尚吃。子恭和尚一伸手,将盘子和包子用两个指头捏扁倒进去,袍袖里的包子溜下来,他就抓住,这样,倒②一个吃一个。外人看不出有啥破绽,春蛇精还以为和尚上了她的当。这子恭和尚一吃毕就回金圣寺了。他回来后,把春蛇精包的包子都倒在他的菜地里。

出奇事啦!地里长出了几样东西:一样是葱,是狗肠子变的;一样是韭菜,是狗毛变的;一样是蒜,是狗爪子变的;再一个就是芫荽,是猫孽变的。

---

① 猫孽:猫产崽后的胎盘。
② 倒:方言,倒换。

讲　　述：孟庆华
搜集整理：陈开宏

蚊子精

很久以前，蚊子没翅，也不会飞，它个大如牛，成了妖精。蚊子成精后，天天晚上都跑出来吃人，而且专拣年轻的吃。

有一天，蚊子精吃人吃到一个庄上，从庄东头挨家挨户吃到庄西头，快到最后一家了。这家子叔伯四五个就守着一个儿子，并且刚刚娶了媳妇。全家就这一根独苗，再叫蚊子精吃了，全家的香火不就全断了吗？这当父母的哭得死去活来，一边哭还一边念叨着："蚊子精啊，你这个该千刀杀万刀剐的老妖精，为什么不给俺家留个后啊！"

刚过门不久的媳妇流着泪走到跟前劝道："爹，你别哭了。娘，你也别哭了。蚊子精来吃咱家时，就让它吃我吧！吃了我，二老还有儿子孝敬。"公婆听了儿媳的话，哭得更伤心了。

刚过门的媳妇忽然想出一个主意来，对公婆和丈夫如此这般地讲了，全家人都说："这个主意想得好！"

第二天，二十里路以外适逢龙王庙会，全家人照计都来到庙会上。老的没心去说书场，小的也不再去逛花市，一齐来到肉市和鱼市。牛肉、羊肉和猪肉买了一块又一块，整整买了一大车；鲇鱼、鲤鱼和带鱼买了一条又一条，整整买了四五挑子。油盐酱醋买了个全。然后一家子就赶回家里来了。煮肉的煮肉，炖鱼的炖鱼……太阳还没落，鱼也炖好了，肉也煮熟了。里把路以外，都能闻到鱼肉香。

到了晚上，蚊子精果然来了。它看见天井里摆满了炖鱼和香喷喷的肉，就不急着吃人了，走向鱼盆和肉盆，吃口炖鱼又吃口肉，吃得别提有多自在……可没吃一半，就"扑通"一声倒了！全家人又惊又喜，跑到大街上告诉了众乡邻。

原来，他们在炖鱼、煮肉时放上了一包又一包的蒙汗药……乡邻们一听蚊子精被麻倒了，无不拍手称快，手执棍棒跑了来。那些被吃了儿子、儿媳或闺女的老人也骂着恨着走来了。这时，那位刚过门的媳妇又发话了："蚊子精么是被麻倒了，可药力一散，它还会醒来，大家还是快想个办法收拾它吧！"于是有人主张用棍砸、用刀剁，有人主张用枪刺。可都试过了，那蚊子精已经有了道行，刀枪不入。

后来还是那位新媳妇有法儿，说："老人们不是常讲吗？是兽都怕火，还是抬到天井外，架火烧了吧。"于是抱来柴火，上油点火，连扯带拉地把蚊子精抬到了火堆里。乡邻们在火堆旁守着，从晚上一直烧到天亮，那蚊子精就是烧不死，只是身子越烧越小，最后烧到黑线纫头那么大的灰渣了，还是直哼哼，就是不死。这时有人说："这回蚊子精插翅也难逃了！"没料到，这一句话提醒了蚊子精，它猛然间使用法术，插上两片很小很小的翅子来，趁人不备，"哼哼"着逃走了。

打那以后，蚊子精虽然不能再吃人了，但恨死了人，见了人不分老小，只要捞着，叮上就是一口，它是报那火烧之仇呢！

蚕姑姑

讲　　述：郭景霞（满族）
搜集整理：育光
流传地区：黑龙江呼兰

> 一盘盘苏叶馎馎冒气啦，
> 一碗碗五花腱肉烔热啦，
> 一缕缕年期香①烟升上啦，
> 蚕姑姑骑着神驴进门啦……

　　满族人家不忘蚕姑姑。她留给后人养柞蚕、织锦缎的技艺。常听我家的奶奶讲，很早很早以前，住在松花江沿岸的诸申②们，不懂穿绸缎，祖祖辈辈稀罕使用皮货。那会儿，讲究用熟好的皮板绣制各式衣样。手工巧的，连鱼皮、鸟皮、蛇皮都能用来制出各种图案的服饰。不知又过了多少年，才有了麻布。那么，啥时候有了柞蚕丝哪？相传，是一位终生勤苦的蚕姑姑最先留下来的。

　　蚕姑姑姓甚名谁，谁也不知道。她娘家哪圪垯的人，更不清楚。据说，在松阿里乌拉中游的西岸，有个靠山林盖了片土房的噶珊③。屯里丁户不多，主要以打猎、养猪、种米谷过日子。有一家家主是个寡妇老太太。昂阿西④的儿子出兵死在辽水，留下个年轻、贤惠的媳妇，跟婆母度日。婆婆刁蛮，偏心狠毒，儿子一死，一肚子怒火，成天跟一声不响的儿媳发泄，痛骂媳妇是"丧门星""妨夫鬼"。

---

① 年期香：安春香，或称安息香。生长山崖处，高一尺许，叶小，形似柳叶，味香，晒干后磨制成绿面状，供祭祀时燃用。
② 诸申：女真的另一个译名。
③ 噶珊：满语，村子。
④ 昂阿西：满语，寡妇。

天天不给饱饭吃,不给皮衣裳穿,撵进东厢房,跟一屋鸡鸭睡一个炕上。儿子的骨尸罐子埋在后园里,她得一天三叩首、三炉香。婆婆若说心不诚、情不真,就得在星星底下跪上一宿。家里小姑、小叔一大帮,数她活儿最多最脏最累,侍奉了婆母,还得侍奉小姑、小叔们。婆婆有半点不顺心,就用火盆里烧红的铁筷子①乱扎乱挑,刺得她浑身淌血冒脓。

一天,媳妇想到伤心处,偷偷擦眼泪。这可惹下塌天大祸啦!婆婆骂道:"妨夫鬼!丧门星!你还要坏心哭死谁?"逼她跪在地当央,又把一盆新从灶炕扒来的红火炭抽冷子扬到她身上,长长的乌发、粉嫩的脸,都烧焦啦。她周身是火,疼得满地打滚,昏了过去。小姑和小叔们扯着她的腿给扔到后园猪圈旁了。一天多了,她才醒过来,爬呀爬,爬进老母猪窝里。母猪带一窝猪羔子,很怪,见了她不叫也不咬,一个劲儿给她往身上拱着谷草。日子一天天熬着,婆婆不来瞧她,也不召唤她。她只好睡在猪窝里,饿啦,渴啦,爬过去咽几口猪食,吞几口泔水。她两脚烫坏,走路踮踮脚。小叔小姑们看见了,喊她"猪妞"。婆婆见她能动了,说:"去!去!打今儿个起你不准再进我门槛,骑着瘸驴上山捋猪草去!烀猪食,喂猪!"

打这以后,猪妞整天牵着小瘸驴前沟后坡剜猪菜。她到了山里,心敞亮得多,把花草虫鸟当成亲姐妹。虫鸟鸣唱,百花吐艳,猪妞才有笑容,她把忧愁苦辛向它们倾诉。花草见她点头,蝴蝶围着她飞舞。山风刮倒了小树,她扶起来培好土;害虫嗑了树皮,她用嫩草给包裹好;江水冲刷了岸边花草,她堆起土堤挡住洪水。一天,热风骤起,一阵红腾腾的山火从山上滚来,浓烟遮天,两人多高的火头呜呜怪叫。眼看大火要烧到南山的一片玻璃棵子树②,鸟雀惊飞,鹿兔奔逃。猪妞不顾大火跑了过去,用剜野菜的铁铲开出一条宽宽的防火道。山火熄灭了。葱茏繁茂的玻璃棵子树躲过了灾难。

隔了两夜,她正切着猪食菜,一抬头,瞧见屋角站着一位青衣姑娘,头梳横髻,插着银簪和鲜花,两耳银环闪闪放光,清秀美丽。她走过来慢声说:"苦命的

---

① 铁筷子:北方住家取暖都有火盆,为拨火方便,放有铁条,称铁筷子。
② 玻璃棵子树:柞树。

额云①,我是金钱蛾变的,感激你大火中救了我们家,也心疼你日夜受罪。没啥报答的,你呀到南山采点金蛋子,做身绣龙纱,别老披破猪皮啦!"

　　青衣姑娘的话,猪妞听了不敢相信:自古吃肉穿皮,哪听过有啥绣龙纱呀!青衣姑娘嘱咐几句,走啦。猪妞累得两眼冒金花,也没在意,她寻思,反正明儿个天亮得上山去,顺便找找金蛋子吧。猪妞在草里睡到大毛愣星刚落,天擦黑擦黑的就牵着瘸驴奔南山去啦。到山里挖呀,采呀,在黄玻璃棵子树林里,在榛柴蒿草里,寻摸一阵子,光采了些猪草,也没瞧见啥金蛋子。她东捋一把草,西捋一把蒿,塞满菜筐,驮到驴背上,回来全倒在猪食缸里了。缸渐渐满了,就舀进锅里烀上啦。烀呀烀,猪妞闻到猪棚里清香扑鼻,跟往常不一样,觉得挺怪,就拿勺往外舀。沉甸甸的舀不动,只好捡了根木棒搅。嘿!锅里净是亮晶晶的细丝。猪妞觉得挺新奇,一连用了几根木棒,搅出不少漂亮的丝来。

　　猪妞瞅着丝正发愣,只见那个青衣姑娘站在她跟前,帮她理木棍上的细丝哪。缠好后,又给她晾晒。从此,青衣姑娘总来猪棚,教她熬茧搅丝,织丝缎。猪妞手巧,很快织出了又长又美的绣龙纱。

　　再说,噶珊里突然闹起秋瘟,人病倒啦,牲畜死啦。穆昆达②领着全屯老少在神树下杀猪宰羊,祭鬼神。萨满击着神鼓,挥着神叉,驱赶着恶魔,祈祷着平安吉利。猪妞喂完猪,听到鼓声,偷偷跑到门口观看。婆婆不让动啊,所以她打院墙障子空隙朝外瞅。看得正入神,不巧,婆婆从后园小门走过来,瞧见一个披着亮衫的人。她从没见过这个打扮呀,吓得一哆嗦,仔细一瞧是猪妞,跑过去薅着她头发扯进猪棚。再瞧猪棚里地上炕上、墙上棚上,挂着一串串茧丝,气得她跺着脚,疯子一般大吵大喊:"哎哟哟,天哪!山神玛法佛珠,你胆敢毁坏糟蹋。噶珊闹瘟疫,是你这孽种惹下的祸端呀!穆昆达知道,打死你没人掉泪,还要连累我们孤儿寡母啊!恩都力呀,惩罚她一个人吧!"

　　婆母不敢隐瞒,连打带踹地把猪妞拉到屯外人堆里。婆母跪在地上哭诉。噶珊的人们被瘟疫折磨得胆战心惊,瞧见猪妞一身打扮,明白了,像翻江水一齐

---

① 额云:满语,姐姐。
② 穆昆达:满语,族长。

涌向猪妞,踢呀,打呀,忧伤悲苦都像是猪妞带来的。穆昆达怒目横眉地叫人把她捆上,吊在神树前,七天七夜不准给水给饭,让威严的日神晒死她,让呼叫的风神吹干巴她,让天上的鸦群啄光她……穆昆达领着噶珊的人们虔诚地跪了满地,猪妞可怜地紧闭着眼睛,人事不知了。穆昆达敬了酒,上了香,说:"阿布卡恩都力呀,主宰山河的众神呀,宽恕苦难的噶珊吧,我们把惹下罪孽的寡妇吊上啦,用她的魂灵,换来人畜安宁吧!"说完,噶珊的人,人人喝一口神坛里的猪血酒,剩下的泼得猪妞一身一脸,意思是让神把罪人领走,然后人们才各自回家。

可是很怪,第二天噶珊的人到神树前一看,猪妞和吊她的杆子全没啦,地上连土坑也找不到。噶珊的人乐了,都纷纷传告:神仙把罪人领去啦。

其实,夜里猪妞叫冷风吹醒,心想:咋能等死哪?拼命挣啊,晃啊,从杆子上摔下来,忍着痛往远处爬。爬一爬又想,噶珊的人会来抓的。于是,她把吊杆推倒,坑填好,拖着杆子爬进了她喜爱的南山。天快亮啦,她才到了南山玻璃棵子树林里,吃草吃野果舔露水珠儿,就悄悄在林子里生活起来。青衣姑娘教过她熬茧做丝缎呀,自己没穿的,就穿丝制衣裳。一天,小瘸驴上南山吃草,见了她,跑过来。猪妞骑着瘸驴离开了南山,到处走啊走。诸申开始不敢收留她,不敢学着熬蚕茧,日子长啦,见猪妞心肠好,挺热心,穿丝缎比皮子好,美观轻便,越来越喜欢猪妞啦。老人唱起乌春①:

天上最美的噢咿呗——白云,参!参!
胯下最贵的噢咿呗——金鞍,参!参!
炕边最亲的噢咿呗——火盆,参!参!
身上最阔的噢咿呗——丝裙,参!参!

猪妞的柞蚕技艺很快传开啦。这时,她已经头发斑白,都称她蚕姑姑。

一年,大辽王下了文告,选黄罗绣女,皇上有重赏。可是,文告传遍许多个噶珊,也没选着黄罗绣女。辽王很暴虐,诸申家里的女子都不敢进宫,怕被糟蹋害

---

① 乌春:满语,歌的意思。引文据传是跳蟒式舞时伴唱的。"参"是"好"的意思。

408　　中国精怪故事

死。辽王大怒,传旨再选不出来,逢女杀女,逢寨灭寨。诸申们一个个忧愁啼哭。这天,辽王正在宫中等着传报,忽然,打南边来一个骑小瘸驴的老婆子,要见辽王。辽王很奇怪,忙叫刀斧手站好,把老太婆叫进来。老太婆一点没有惧色,对辽王说:"皇上要选黄罗绣女,只有我老婆子能做。但有一条,让我织多少都成,得先放出牢里关押的所有诸申!"

辽王要选年轻的美女织锦缎,一见是个满脸皱纹的老婆子,满心不痛快,想轰出去。可又急用锦缎,母后庆寿,时间很近啦,只好问:"给我织三百三十匹黄罗纱,三天为限,敢承担么?"

蚕姑姑说:"皇上放人吧,织不出来,任杀任剐好啦!"

辽王把关押的诸申全放啦。三天三夜,蚕姑姑果然织出了足足三百三十匹黄罗纱。每匹一个图案,有蝙蝠、凤凰、喜鹊、牡丹、芍药……活像百兽奇花藏在薄纱里,跟真的一般,光彩夺目!

辽王大吃一惊,松阿里乌拉竟有这样的巧手!忙下旨,把蚕姑姑留在宫里,专为皇家织锦。蚕姑姑笑了笑,骑上小瘸驴就走。辽王大怒,心想:漂亮的锦缎只能帝王穿,卑贱的诸申哪配穿用哪!忙把身边侍臣叫过来,说:"杀了老妖婆,不能让她的技艺传出去!"侍卫们像群恶狼一样扑过来,蒙上蚕姑姑两只眼睛,堵住了嘴,绑在驴背上,在驴尾上拴着大草把,用火点着,往驴屁股上猛砍三斧。瘸驴又惊又痛,顺着山道往南山里跑去,越跑,尾巴上的火把越烧,疼得瘸驴不敢停下来,拼命跑呀,一下子跌进陡崖下的松阿里乌拉中。

从此,蚕姑姑再也不见啦。都说辽王死后变成一只圆球子鸟,黑毛挺短,一到初冬冻得直打战,转着磨磨哀叫:"姑姑我有罪!姑姑我有罪!"它好吃柞蚕,人们下套子,放箭杀它,燎它的毛,吃它的肉。也都说蚕姑姑没有死,成了一位骑着驴、巡山护蚕的蚕神,帮助各家蚕业兴旺。养蚕人家都感激蚕姑姑留下养山蚕的技艺,心疼她遭一辈子苦。每当放完秋蚕,家家都备好酒菜,点着香烛接蚕姑姑回家吃喜,寄托无限的哀思。

讲　　述：佟凤乙
搜集整理：张其卓、董明
流传地区：辽宁岫岩县

依西和蚕姑

　　从前，山里有个名叫依西的蚕把头，是个又孝顺又勤快的小伙子。他每天上山放蚕，还得回家做饭。因为家中没别人，只有他讷讷。他讷讷是个双目失明的人。

　　一天，依西在山上放蚕，光顾忙去了，忘了回家做饭，日头偏西了，才冷不丁想起来：真糟糕！自个儿不吃不要紧，讷讷在家也挨饿了。他放下蚕筐，急三火四地往家跑，到了家推开门愣住了，有一股香喷喷的味道直冲鼻子。他伸手揭开锅盖一看，嗬！锅里装着热气腾腾的饭菜。依西忙问："讷讷，今儿个谁来咱家啦？""谁也没来。""这就怪了，锅里哪来的饭菜呢？""我没听见谁来，一定是哪位好心的姑娘、媳妇偷偷送来的。"讷讷说不出哪来的，随便猜想地叨咕着。依西不相信，又找不出人来，这时他肚子实在饿了，也顾不得追根问底，放好炕桌，端上饭菜，不管三七二十一，娘儿俩美美地吃了一顿。

　　说起来实在怪，从这天起，不管依西回来早还是晚，锅里总是有热气腾腾的饭菜。依西问讷讷，讷讷总说："谁也没来。"这天一早依西又拿起蚕筐上山去了，太阳还有一竿子高，他就悄悄回来，到他房后山坡上，找个地方藏好。不一会儿，见蚕场上下来一个东西，一直朝河边爬去。到了河沿，那东西就地打个滚，变了个大姑娘，弯腰从地上捡起一件绿东西，压在石板底下，就一直冲他家走去了。依西觉得很蹊跷，就蹑手蹑脚来到河沿，翻开石板一看，是一张大蚕皮！依西乐坏了，因为这地方放蚕有个规矩，从春蚕上山到秋蚕回家，逢有四时八节，放蚕的人都得烧香供蚕姑。只听人说，山神奶奶的女儿是蚕姑，可谁也没看见过。这回他不但看个清清楚楚，蚕姑还帮他做饭，你说他能不乐吗！依西偷偷地把蚕皮衣挪到别的石板底下压好,放轻脚步,一步一步回到家来。

　　蚕姑最怕见人,冷不丁见身后站着一个俊小伙子,羞得她低着头,把脸转到了墙角落。依西想要上去跟她说话,她左躲右藏,趁依西不注意,"呼"地一下冲出门外,用袖子挡着脸一直向河边跑去了。到了河沿翻开石板一看,没了蚕衣,急得她直打磨磨。她顺河沿又找了一气,还是没找到,被逼无奈又回到依西家。这回不说话不行了,蚕姑说:"放蚕的大哥,你看到我的衣服没有?"依西拿定主意,一个没看着,十个没看着。蚕姑没有蚕衣回不去了,便在依西家住了下来。

　　蚕姑在依西家一住三年,头一年和依西结了婚,第二年为依西生了个胖小子,第三年把婆母眼睛治好了。这三年中,夏天,依西到山上放蚕,蚕姑在家做饭;冬天,蚕姑在家织绸,依西进城去卖。小日子越过越好,夫妻之间也你敬我爱。

　　这天晚上闲着无事儿,蚕姑问依西:"你说实话,当初你到底看没看见我的衣服?"依西想:我和蚕姑在一起三年了,就是告诉了她,她还能舍得走吗?便说:"看着了。"蚕姑说:"在哪儿藏着?你帮我找出来吧!"第二天清早,依西把蚕姑带到河边,翻开了石板,捧起蚕皮送给蚕姑说:"看,衣服都烂了,你要它还有用吗?"蚕姑说:"有用。"她接过蚕皮用手一抖,又变成绿莹莹的闪着光亮的好蚕衣了,然后笑着对依西说:"我和你夫妻三年,给你留下一个孩子,婆母的病也治好了,我要回去了,我讷讷想我呢!你要是心诚,咱夫妻还能见面。"说完,她把蚕衣一披就不见了。

　　依西一见媳妇走了,说不出来地后悔,他回家背起孩子就向深山赶去。他翻过一座高山又一座高山,跨过一条深涧又一条深涧,逢人就问,见村就打听,不知问过多少人,打听过多少村子,都说没见到。

　　这天他正背着孩子往前走,见路上横着一条碗口粗的大蟒,脖子扬着,嘴里的红信子一吞一吐的,一股冷气喷到人身上,浑身直起鸡皮疙瘩。依西想要绕道走,可路的一面是一眼望不到底的深涧,另一面是刀削一样的石壁,这真是只有退路没有进路。依西对着眼前的大蟒说:"蟒神啊,蟒神!我依西向你借条路,背着孩子去找他的讷讷。"大蟒听了他的话还是扬着脖,吐着红信子,拦在路上。依西没办法,拔下一根小树枝当作棍棒,对大蟒说:"蟒神啊,蟒神,别怪我依西对你无理了。"说着就冲大蟒走过去。说也怪,那条大蟒爬到道旁让依西过去了。

依西还是背着孩子往前走,这天忽见一只黑熊站在路当中,这家伙好大的个儿,站起来比依西高出一头,伸着爪子做好搏斗的架势。依西想要绕道走,可路一边是大河,另一边是悬崖,这也是只有退路,没有进路。依西对着眼前的黑熊说:"熊神啊,熊神,我依西向你借条路,背着孩子去找他的讷讷。"黑熊听了他的话还是耷拉着舌头,伸着爪子,站在路中间。依西没办法,捡起一块大石头当作家什,对黑熊说:"熊神啊,熊神,别怪我依西惹着你了。"说着就冲黑熊走过去。说也怪,黑煞煞的大熊见依西过来了,扭转身回洞去了。

依西继续背着孩子往前走。这天,突然看见一位白胡子老人站在路旁,他向前行礼说:"请问老爷爷,看没看见蚕姑?"老人把依西上下打量一遍,见他皮衣服左一道右一道划得尽是口子,裤腿撕扯得一条一条的,皮乌拉露出了脚趾。背在背上的孩子脑袋耷拉着,面黄肌瘦。老人捋了捋胡子说:"你要找蚕姑,得到卡巴山达拉洞。"依西打听到了地点,乐得转身就要走,老人叫住他说:"小伙子,山神奶奶有七个女儿,长得一模一样,你能认出来吗?"依西怎么能认出来呢?他看看老人慈祥的模样,恳求说:"老爷爷,请你告诉我怎么能认出蚕姑吧!"

"也罢,救人救到底。"说着,白胡子老人慢条斯理地把怎么能认出蚕姑的办法告诉了依西。依西听完后,顺着老人指点的方向,来到了卡巴山达拉洞。山神奶奶听说洞府外来了蚕把头,遂命树神把依西传进洞内。山神奶奶坐在虎皮椅子上问:"你来这儿干什么?""找媳妇。""谁是你媳妇?""蚕姑。""你找媳妇怎么上这儿来了?""我听一位白胡子老爷爷说我媳妇在这儿。""你媳妇在这里不假。你要认出来,就领她回去;要是认不出来,就扒你的皮,抽你的筋,吃你的心。你敢认吗?"山神奶奶瞪着一双圆眼威胁他说。依西答道:"敢。""叫姑娘们出来。"山神奶奶一摆手,七个姑娘从门外一个接一个走了进来。

这七个姑娘,个头一般高,腰条一样细,那头发、眼睛、眉毛、鼻子、耳朵长得不差一丝一毫。依西看了好一会儿,眼见山神奶奶又一摆手,七个姑娘就要往外走了,忽然想起白胡子老人对他的点化,他偷偷地把孩子屁股掐了一把,孩子疼得"哇"地一声叫了起来。依西又举起孩子说:"哭什么,阿玛认不出你讷讷,光咱爷儿俩日子也不能过了,干脆今天就一块死吧!"说完就要往地上摔孩子,依西边说边留心看这七个姑娘,只见其中的一个眼圈红了。他上前扯住说:"山神奶奶,我的媳妇就是她。"山神奶奶把瞪圆的大眼眯成一道缝,笑嘻嘻地说:"好啊,你就把她领回去吧。"蚕姑听到山神奶奶让她走了,跪下磕了头,接过孩子,领着丈夫出了洞府,顺着依西的来路,翻过一道道山,越过一条条涧,回到了家。

蚕姑回来后,教周围的人放蚕织绸,山上的蚕年年丰收,织的绸也分外好,人们都说这是托蚕姑的福。

搜集整理：刘思志
流传地区：山东崂山一带

鲤鱼少年

崂山柳树台下，有个荷花湾。湾四周的柳条鞭鞭儿，叫风一刮，撒欢欢儿。湾里住着一条大鲤鱼。老人说，这大鲤鱼有千年道行。这鲤鱼爱戏水，每天在水皮上冒三冒，蹿三蹿，引得看景的人儿像赶大集。

荷花湾旁有个荷花村，村里有个大户人家，家有好地千亩、房子百间，就是没有儿子，只有一个女儿，名叫秋波。这秋波，从小就像王母娘娘蹲天庭——坐的是那冷寒宫。眼看就是十八岁了，婚姻嘛，高不成，低不就，弄得爹害愁，娘害愁，一年三百六，全家都害愁。

这年春暖花开，秋波黑夜睡不着，抬头看看天上那个圆月儿，明晃晃的像面大镜子；那晴天儿，蓝绒绒的像匹大绸子。她慢悠悠地开门出了村，来到荷花湾边看光景。看着，看着，就见湾中间起了一点浪花儿，冒起了一股浪头，好像一枝白莲花，上面站着一个美少年。这工夫，就见浪推水，水推莲，载着那少年，浮浮漂漂上了岸，吓得秋波拔腿就往回跑，那个少年在后紧紧赶。一个不叫，一个不唤，只听风刮衣裳哗哗响，出出溜溜进了庄。秋波一进大门，"咣当"一声把门关上。她进了门还不放心，顺着门缝往外看，见那少年在外不言也不语，光朝着她笑，笑得那个甜劲儿，就像那熟透了的红苹果。

从那往后，每当月光光的蓝缎天的夜晚，秋波就偷偷从大门缝向外看，每次都看见门外那少年的笑脸儿。她越看越爱看，越看越仔细，看也看不够，心里想：这可是个好人呀！

又是一个月明夜晚，秋波正从门缝往外看，只见一会儿云遮月，阴了天，哗哗地大雨也就下来了，把门外那少年淋成了个落水鸡。她心里想：看看，人家不都是为了我呀！想到这里，她把门一开说："快进来吧，看你淋得多难受！"那少年道："能看见你一眼也就欢喜啦！"说着就跟进门来。不用说，秋波给他扭了扭衣裳，又烘又烤，眨眼间衣裳也就干了。少年穿上衣裳说："谢谢大姐姐。"笑笑就走了。

从那往后，有时候白天，有时候瞎晚儿，一阵清风过后，那少年就来了。来后，拉几句家常，又一阵清风地走了。天长日久，秋波问他："你到底家住哪里，怎么不和我说说呢？""说出来恐你害怕。""你为人挺好的，我怕什么呀？""我是个鲤鱼精呀！""我早有个八九儿。鲤鱼精住湾底，来到人间干什么的？""干什么的？想娶人间大闺女。大姐大姐许不许？""我愿意，就怕老爹他不许。""你许我许咱俩许，不关老爹什么事。"秋波一寻思可也对，于是小两口就更好起来了。

你说城墙倒厚吧？它也透风呀。每晚小两口拉呱到夜深，老爹还能听不见个风声？自打秋波把那少年留在家里过夜，她爹听见屋里有两人说话声，每天夜晚在窗外偷听话儿。三听二听，听出个门道来，知道是荷花湾里的鲤鱼精作的怪。要打骂自己的女儿吧？就这么一个独生闺女又不舍得。听之任之吧？若传出去，叫人家知道，也就丢尽了老脸。末了，他咬咬牙跺跺脚，朝着大鲤鱼下火了，就趁湾里的鲤鱼精白天正睡觉的机会，打发人拖马拉，弄来了一个白灰山，一声令下白灰全进了荷花湾。这可不好啦，湾里的水一下子开了锅，热气"腾腾"冒，白浪翻了天。就这么，大鲤鱼还不等醒过来，就活活给煮死了，漂上了水面来。鲤鱼精被煮死了，他还不解气，又叫人弄上岸砍巴砍巴，每家分给一段鲤鱼肉。村里人不知这里面有故事，一见有鱼谁不爱吃？都说："咱村'善人'开恩了。"

秋波一见爹把心上人害死了，真是心如刀绞。她哭了三天又三夜，哭一声心上人儿，喊一声不长人肠子的老爹爹。她一边哭，一边挨家挨户收鲤鱼骨。收起鲤鱼骨，她一段段骨、一根根刺，排成了一个鲤鱼架儿。守着鲤鱼架儿，她哭出了泪，哭出了血，滴滴血泪滴到鱼骨上。这一来可奇了：鲤鱼骨上滴了血，长出了肉；滴上泪，生出了皮；皮肉全是活鲜鲜的，就是不能翻个身儿。

秋波见鲤鱼长肉长皮活不了，还是哭、哭、哭……她靠近嘴边和它说："活了吧，活了吧，活了咱俩一块儿走！"一口气喷进鲤鱼嘴里，只见那鲤鱼翻了一个身，又蹦了两个蹦儿,一阵清风鲤鱼没有了,站在眼前的是那个美少年!

这时,只见那美少年摘下了自己的挡浪帽,脱下了自己的浮水衣,给秋波穿戴上,两人一块出了门,关上了门,闭上了户,手拉手地往荷花湾里去了。

老爹知道了这件事,可傻了眼,再也没法儿治了。如果再把白灰往荷花湾里撒,自家的闺女也就没有命了。只好长叹一声,成全了他俩。

讲　　述：韩秀阁
搜集整理：乔吉焕
流传地区：豫东一带

鲤鱼精看戏

　　从前黄河遍地跑，在兰考县东的黄河故道里留下一个百亩大的水潭，人称黑龙潭。潭深数十丈，碧绿的潭水，清波荡漾。潭里有个鲤鱼精，民间至今还讲述着一个美妙的传说。

　　有一年夏天，黑龙潭岸边的红庙寨开庙会，会上三台大戏唱对台，赶庙会的百姓人山人海，好不热闹，惊动了潭里的鲤鱼精。他对火头鱼将军说："民间人寿年丰，歌舞升平，我想到民间游玩散心，烦将军出水打探。"火头鱼将军得令不敢怠慢，摇身一变，化作一个院公模样的老者，来到庙会附近察看一番，然后放心回禀了鲤鱼精。鲤鱼精稍作准备，就带着女儿鲤鱼仙子和火头鱼将军出了黑龙潭。来到岸上，点化了一辆华丽的轿车，和女儿坐在马车内，火头鱼将军赶着轿车驶进庙会。这一切都被卖油馍的王二小看得一清二楚。王二小家在庙会上支了个油馍锅，油馍炸得黄焦酥香，生意兴隆。此地卖油馍都用柳条儿穿成油馍串。柳条用完了，他爹叫王二小上柳树上折柳条儿。王二小坐在柳树杈上偷懒，四处观望，见了黑龙潭突然出现的轿车，好生奇怪，正要告知父亲，轿车已驶到了跟前。他揉揉眼再看，果然是辆好轿车，七彩花轿车纳龙绣凤，绣牡丹，绣芍药，绣菊花，绣荷花，花鸟簇拥，龙欲腾空，凤欲展翅。一位院公模样的老者头戴凉帽，身穿蓝衫，赶着一匹浑身火样红的枣红马，徐徐走向戏台旁边。百姓见过多少富人家的轿车，都没有这么漂亮的，争相围拢来看轿车。这时轿帘开处，现出一位如花似玉的姑娘和一位约有八十高龄的白发老翁。父女不言不语，细听戏文。台上正唱鲤鱼仙子夜闯书生张珍书房一段戏。那姑娘看到动心处，不禁微微一笑，直惹得旁边几位书生神魂颠倒。一位身材修长的白面书生斜眼偷瞧，姑娘含情脉脉竟与他暗送秋波。书生大着胆子挤近轿车,深施一礼。姑娘含羞看看老翁,老翁看破了女儿的心思,会意地点了点头。姑娘招书生上车,书生上了轿车,向老翁和姑娘道了声好,一起坐下来看戏。

这时围观的百姓越来越多了,年轻人都眼睁睁地看着,非常羡慕坐在姑娘身边的书生。这时卖油馍的王二小也挤在围观的人群中,他是个多嘴的后生,就把折柳条时看到的黑龙潭奇事向众人诉说一遍。一传十,十传百,霎时传遍了庙会。百姓也不看戏了,把轿车围个水泄不通,纷纷高声言语:要看看仙女玉容。老翁见泄了天机,拱手对围观轿车的百姓说:"我们是远道来赶庙会的寻常百姓,不是神仙,请乡邻散去吧!"多方恳求,百姓只是不信。老者无奈,手指东南方,吹了口云气,霎时天昏地暗,狂风大作,雷电交加,下起滂沱大雨,戏台前的百姓全都冲散了,轿车趁机赶进了黑龙潭。

这天夜里,住在黑龙潭附近的人听到潭内笙歌阵阵,都说是那位白面书生做了鲤鱼大仙的女婿。第二天,人们奇怪地发现黑龙潭的水面上漂着条丈把长的鲇鱼,这大概是对那位失职的火头鱼将军的惩罚吧!

讲　　述：李中华
搜集整理：赵君伟
流传地区：黑龙江宁安

盗仙水

镜泊湖的南头住着一个老鲤鱼精，他的女儿小鲤鱼精既聪明又有一身好武艺。老鲤鱼精见自己女儿智勇双全，足能镇守水寨，保住一方安宁，就扮作一个郎中，经常在湖两岸行医，用人参、鹿茸、虎骨一些上等药材炮制成丸、散、膏、丹为人治病，药箱上写着"贫病施药，不取分文"。伤寒、霍乱、肝炎、胃溃疡、腰腿疼痛，都能药到病除，单单眼睛治不了。老鲤鱼精这趟出来，听说喇叭碚子滴水洞有仙人水，能洗眼睛，有病的一洗就好，没病的洗上也清亮，就晓行夜宿奔向喇叭碚子。

这喇叭碚子坐落在一条由南插向西北的大冈上，风景像画一样美。冈上有九个像喇叭嘴似的山头。每个山头都有洞，洞洞相通，最有名的洞有朝阳洞、穿心洞、集贤洞和滴水洞。朝阳洞是个香火洞。穿心洞有一里长，通明透亮，从这头一眼就能望到那头。这洞当腰半里路的地方，两侧各有一个洞和穿心洞相通成十字花儿。西侧的洞就叫集贤洞，有个仙人在这里打坐；东侧的洞就叫滴水洞，从洞顶滴答下来的水常年不断，天多冷也不冻。这个仙人就饮这水，称为仙人水。游人进山，都必须先在朝阳洞降香，在集贤洞前三拜九叩，听到里边传出"无量佛"的允诺，方能参观滴水洞。

一天，老鲤鱼精来到喇叭碚子，抬眼一看，果然风景绝佳，名不虚传。他一心想取仙人水，哪有心思看风景。直到正午，走得又饥又渴，不知洞里规矩，一直往滴水洞走去。老远听到滴答、滴答的声音，走到跟前一看，像珍珠串成的帘子，清清凉凉。那水的清凉劲儿，别说眼火，就是胃火也能消除。老鲤鱼精正在兴头上，冷不防"咔嚓"一个霹雷，把他打了一个趔趄。若不是他有五百年道行，这下子就完啦。他知道这个仙人不好惹,自己又孤单,他怕现了原形,就蹿出穿心洞,驾一朵云头逃回家来。他两只眼睛都受伤啦,疼得很厉害。他把受伤的原因说给女儿,又让她想办法把仙人水盗来。

第二天,小鲤鱼精变成一只特别漂亮的鹦哥,紫毛、白脖颈、花肚囊,叼着三炷香朝喇叭碇子飞去啦。飞呀飞呀,飞过朝阳洞插下香火,飞到集贤洞口,跪倒三次,点了九次头,唱起歌来:"仙人德高,鹦哥问好,风景美妙,让我瞧瞧。"这仙人见是只会学舌能唱歌的鹦哥,自己常年坐在深山老峪里本来就闷得慌,"无量佛","善哉,善哉",口中念念有词,捋下一根头发,吹口法气变出一只笼子把鹦哥圈在里头。小鲤鱼精一看,仙人喜爱她,也就将计就计,尽力讨他喜欢。游人到朝阳洞口,她就唱:"降香降香,消灾除殃。"到集贤洞口,她就唱:"三拜九叩,讨福讨寿。"仙人念无量佛,她也跟着念无量佛,把仙人哄得眉开眼笑,又喂米又喂菜,就是不给水喝。她于是心生一计,特意装成哑嗓子。仙人听她歌声越来越小,念无量佛也费劲啦,不觉脸上流露出怜悯的样子。她见有机可乘,就拼命地唱道:"仙人行善,仙人行善,口干舌燥,没水咋办?"仙人虽说舍不得仙人水,可又想,她喝得不多,就念个咒语,开了笼门,眼睛又闭上啦。鹦哥一展翅,"吐噜"一声就飞进了滴水洞。为了给爸爸治眼睛,为了给四方百姓治眼睛,她扬起脖子,咕噜咕噜喝了满满一肚子,实在不能再喝啦,才悄悄溜了出来。

再说仙人默诵一通经,不见鹦哥回来,睁开慧眼一打量,见空中有个小黑点儿朝镜泊湖南头飞去,知道鹦哥逃跑啦。"咔嚓"一声,一个掌手雷打了出去,鹦哥受了重伤,翅膀一抖落掉下一撮羽毛。她飞一会儿,停一停,用尽全身力气,好不容易才飞到镜泊湖的南头。鹦哥落在地上再也动弹不了啦。"爸爸!爸爸!"她叫了几声,不见动静,就用尖嘴凿窟窿。鹦哥凿出两个窟窿,嘴都出血啦。她把仙人水储在窟窿里,让它流到湖里,流进爸爸的两只眼睛里。为了保护这仙人水,她至死蹲在这里不动。

人们传说,道士山这面的一撮毛石碇子,就是鹦哥掉的那撮毛,湖南头的鹦哥岭就是小鲤鱼精变的那只鹦哥。鹦哥岭前的两眼泉子,就是鹦哥用嘴凿的窟窿,流的水就是仙人水。现在,这两眼泉子的水还汨汨地往湖里淌。人们知道它在给老鲤鱼精洗眼睛,路过这里的人都要洗上一洗,还尽量带上一些。

讲　　述：梅氏祖母
搜集整理：傅英仁
流传地区：黑龙江宁古塔蛤蟆河子一带

彩云

　　听老人说,在东海窝集有一个小小的部落。它南临大海,北靠群山,山清水秀,是一个挺好的地方。

　　部落里有一位打鱼姑娘,叫三音甘珠。这姑娘不但模样长得好看,还心灵手巧,学啥会啥。不知什么时候,她爱起画画这门功夫。她看山画山,看水画水,看花画花,看海画海。鸟呀、鱼呀、兽呀,她都爱,都画。有时没有纸,就在沙地上、石板上、木板上作画。一来二去,三音甘珠的画传遍了东海窝集,大家都争先恐后地求她作画。

　　这天,三音甘珠正在河边画一棵垂柳,只听身边有人说话:"三音甘珠画画我,三音甘珠画画我。"姑娘停下笔来向四处看了看,啥也没看见,又低头作画。刚一动笔,又听身边有人说话:"三音甘珠画画我,三音甘珠画画我!"一连说了三次,这才看见是河里的一条小金翅鲤鱼,从水里露出头来说话。

　　姑娘一看这小鲤鱼金翅金鳞,闪闪发光,打心眼里喜爱它,连忙说:"好!我画你!"说完就动起手来作画。小鲤鱼在姑娘面前游来游去,有时还跳出水面,翻身打挺。三音甘珠认真地画出很多鲤鱼。

　　打那以后,姑娘天天到河边画鲤鱼,鲤鱼也天天游在姑娘面前做各种动作。一来二去,姑娘和金翅鲤相处得很熟,除了作画外,还唠一些家常话。

　　三音甘珠画鲤鱼渐渐出了名,一传十,十传百,百八十里的人都来求她作画,有的还带来贵重东西作为谢礼。姑娘觉得她画的鲤鱼没人比得上了,也就不再到小河边练习画画了。

　　有一天,三音姑娘正在作画,忽然从外边进来一位年轻小伙子,长得浓眉大眼,白里透红的脸膛,不高不矮的身材,又穿着金翅金鳞的衣服,更显得与众不同。

小伙子一见姑娘,很有礼貌地向姑娘问好,并说:"听说姑娘会画鲤鱼,我想领教领教,不知如何?"三音甘珠微微一笑,点了点头,说完随便拿出一张鲤鱼画。小伙子看了看客气地说:"这是画,不是鲤鱼。"姑娘一听心里很不高兴,暗想:他还懂得一点画呢!又从屋里拿出一幅鲤鱼打挺的画,心里想:叫你见识见识。小伙子仔细看了看,摇摇头说:"这画倒不错,可惜还是画,不是鲤鱼。"

姑娘生气地又拿出一张最得意的回头鲤的画,心想:这回看你说啥!小伙子看了又看,稍稍点点头说:"这倒像条鲤鱼,可惜不是活鲤鱼。"姑娘忍着气,慢慢地说:"看来您画鲤还有两下子呢,不过想看活鲤鱼,还是请到河里去吧!"说完一转身进屋了。

小伙子也没生气,拿起画笔,在纸上刷刷点点,不一会儿,画了一条出水鲤,又在画上题了几个字:画鲤要画神,千锤百炼,黄土才能变成金。

小伙子走后,姑娘一看这张出水鲤鱼倒吸一口凉气,出了一身冷汗。这哪是画,明明是一条活灵活现的金翅鲤鱼啊!姑娘把画挂在墙上,远远望去,这条鱼真像活的一般。看了这张画,三音甘珠这才感到自己的画差得远着呢,心里很难过。

第二天,她拿起画笔又到小河边作画了。到了河边,招呼着金翅鲤,一连叫了三声,三声不来;喊了九遍,九遍不到。她只好垂头丧气回到了家。她一连三天到河沿呼喊金翅鲤,可是连个鱼影也见不到。三音甘珠明白了:这是金翅鲤不愿再看我这个过河拆桥的人。

第四天,三音甘珠又来到河边,跪在地上叨咕着:"金翅鲤呀金翅鲤,学会画画忘了你。"一边说一边伏在石头上痛哭起来。正哭着,只听河里"哗啦"一声,小鲤鱼跳出了水面,说:"三音姑娘你别哭,学画别满足,功到自然熟。"从此,金翅鲤又在水里游来游去,让三音甘珠坐在河沿认真作画。

一晃三年过去了,三音甘珠画的鲤鱼已经和当年那个小伙子的画不分上下了。

有一天中午,姑娘从外边回来。刚一进门,看见那年来的小伙子正在屋里看画。姑娘赶忙上前，深深请个安说："这位大哥，您的金翅鲤画技高超，令人钦佩，请您对我这张画多加指教！"这位小阿哥点了点头说："画得好，画得好，虽不是神品，也是一条金翅鲤呀！"说完，拿起笔来，边画边讲画鲤鱼的方法，他还语重心长地说："上天不负有心人哪！"姑娘再一看小伙作的画，更是打心眼里佩服。她双膝跪地，苦苦哀求要拜小伙子为师。小伙子赶忙扶起姑娘，笑吟吟地说："何必行此大礼，其实你我早已相处多年，我已经给你做了四年师傅了。"姑娘一时愣住了。小伙子笑着说："你不是总在河边画鲤吗？"姑娘这才恍然大悟，知道这位小伙子就是河里的金翅鲤，高兴得了不得，姑娘对小伙子更加亲密热情了。

打这以后，两个人有时相会在河边，有时聚首在姑娘家。小伙子手把手地教姑娘作画。姑娘认真学，认真练。一来二去，姑娘的画已经是神品了。天长日久，两个人也产生了爱慕之情。他们在一个百花盛开的日子里，结成了夫妻。两个人恩恩爱爱、和和气气地过着幸福的日子。姑娘的画更是名闻天下了。他俩除了作画外，金翅鲤还教三音甘珠游泳戏水，姑娘也教金翅鲤上山打猎。

一晃三年过去了。有一天，金翅鲤刚要出外打猎，忽然霹雷闪电，狂风大作。只见云彩里出现一个青脸红发、巨齿獠牙的天妖，大声喝道："好你个大胆鲤鱼，私自下凡成亲，该当何罪？今天拿你回天问罪！"说完一声响雷，把小鲤鱼揪到云间。不一会儿，天也晴了，云也散了。小鲤鱼已经离开了三音甘珠。

可怜的三音甘珠，哭得言不得语不得的。从此，孤苦伶仃、无依无靠了，画也没心思作了，天天到小河边哭。有一天，三音甘珠正哭的时候，忽然来了一个黑衣黑脸的老头。这老头伸手扶起三音甘珠。三音甘珠抬头一看，是个又黑又丑又粗又矬的老头，吓得紧往后退。老头忙说："姑娘不要怕，我是小鲤鱼的舅父，今天特意来找你想个办法，去搭救你的丈夫。"

姑娘一听转惊为喜，赶忙上前请安问好，说："舅父，金翅鲤阿哥他在哪里？"黑老头打个唉声说："小鲤鱼他没有死，被压在阴山背后，一天受三次折磨，只有你才能救他出来。"三音甘珠十分难过，忙问道："好心的舅父，用什么办法才能搭救他脱离苦海？"黑老头说："要你画出八十一张金翅鲤的画，到阴山脚下，一张一张地放在阴河里，留下一张贴到阴山顶峰。河里的鲤鱼画，就能变出八十朵彩云罩住阴山。贴山峰那张画时，千万注意，贴完画别回头，往前跑出一百步，小鲤鱼就能得救,你俩就可以团圆了。可要注意,不管遇到多大风险,也要把画放完、贴好,贴山峰那张画要贴到阳面,不管谁招呼也别回头,千万记住!"说完黑老头钻到水里不见了。三音甘珠把黑老头的话记在心里。于是,她不分白天黑夜,足足画了九九八十一天,才画完这八十一张各种形态的鲤鱼画。

三音甘珠带上了八十一张各种形态的鲤鱼画向阴山走去。她走啊走啊,干粮吃完了,吃野菜、松子充饥。找不到人家,就在树根下打小宿,受尽了千辛万苦。

三音甘珠在一个春暖花开的季节,来到了阴山脚下。一看阴山真是凶得怕人。阴风滚滚,冷气飕飕,恶山恶水,百草不生,光秃秃的怪石,黑乎乎的山峰,阴河水浑得像泥汤一样,又腥又臭。三音甘珠一心要救出她的丈夫,没被这阴森森的山河吓倒。她眼望着阴山一边掉眼泪,一边往阴河边跑去。一到阴河,赶紧往河里放鲤鱼画。放入第一张画,河水翻个花,一条金翅鲤露出了水面。就这样,一连放到七七四十九张。等放到第五十张的时候,天上忽然阴云密布,大雨瓢泼,狂风大作,雷电交加。三音姑娘浑身衣服湿透了,冷得直打哆嗦,睁不开眼,抬不起头。为了救出她的丈夫,三音甘珠继续往河里放画。放到第六十张时,核桃大的雹子向她砸来,砸得她浑身都是包,趴在地上站不起来。她咬紧牙关,爬一步,放一张画,心里暗暗祷告:阿布卡恩都力,保佑我放完八十张鲤鱼画吧!又默默念叨小金翅鲤平安无事。就这样,不顾一切地冒着风险,一张一张地放下去。放到第八十张时,三音甘珠被雹子打得只剩了一口气,昏倒在地,人事不省。

当她醒过来时,云散风停。抬头一看,八十朵彩云罩住了阴山,把阴山打扮得五颜六色,好看极啦!再一看河,河水清得一眼看到底,像镜子一样明亮。

三音甘珠哪有闲心观山赏景,一口气跑上山顶,把最后一幅画贴到最高峰的阳面上。只听"轰隆"一声巨响,金翅鲤真的从山石下走了出来,可把三音甘珠乐坏了,赶忙跑到金翅鲤跟前,两人紧紧抱在一起,忘了一切,忘了黑老头嘱托的事情。就在两个人亲亲热热的时候,八十片彩云向山尖聚拢。三音甘珠这才想起黑老头的话,赶快拽起金翅鲤往山下跑。已经来不及了,彩云越来越密,他俩东闯西走,也走不出彩云间,在彩云里互相拥抱着。不一会儿,三音甘珠变成一条彩虹挂在天边,金翅鲤变成一片晚霞笼罩着西山。

直到现在,满族中还流传一首歌谣:

天上的虹,夕阳的霞,
他俩本来是一家,
一个雨后看爱根(丈夫),
一个晚上看萨里甘(妻)。
谁要指虹乱讲究,
手指一定全烂完。

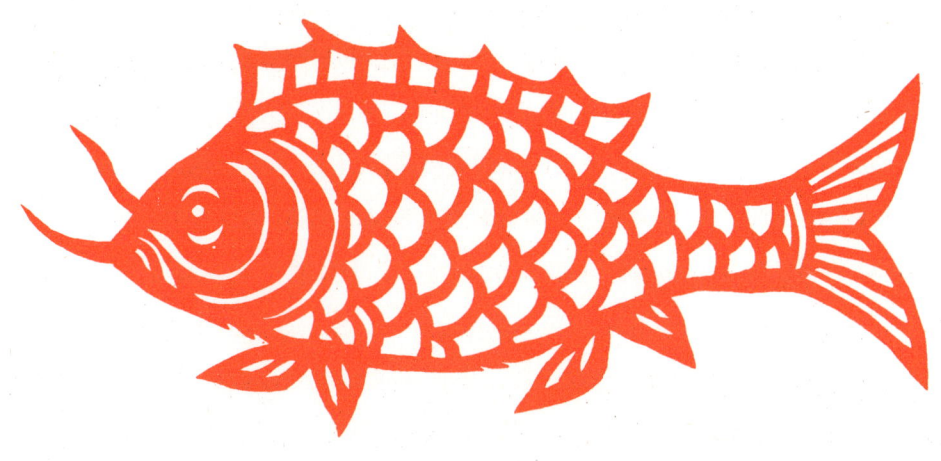

讲　　　述：王文元
搜集整理：翟胜成
流传地区：山东泗水县

水花井

在泗水县城西孔家村东头,有眼青砖到底的水井,水质清冽甘甜,供全村人饮用。可谁也不知道它掘于哪朝哪代,井水有多深多浅。只知大旱之年滴水不减,大涝之年水位不增。据说井里有一碗口粗的泉眼直通东海。每当深夜,一条红尾鲤鱼就出现在水中,嘴里吐着水泡,畅游嬉戏,满井的水花立刻散发出一股股清香。世人称它为"水花井"。

很久以前,这村有家财主,被人称作李老歪。他家田有千顷,房过百间,凭着财大势大,横行乡里。这年大旱,村里村外的井都干了,只有他家门前的那眼井里还冒水。村民只好都到这口井去挑水吃。李老歪见此情景,喜在心中。第二天,他在井前的大槐树上贴了张告示,上写着:"此树是我栽,此井是我开。谁要来挑水,快拿银圆来。若是无银两,帮工顶钱财。"他这一招,把众乡亲给难住了。

在李老歪的对门,住着一个叫刘泉的老头,为人正直、善良。他儿子叫刘文。爷儿俩都是石匠,身怀打井绝技。他看到李老歪如此霸道,老少爷们这样为难,便动手在自己院里打井。父子俩打了一天又一天,手磨破了,镐头磨短了。打到七七四十九天,非但滴水不见,还碰到块火石梁。一刨一道白印,火花四溅,震得人双臂发麻。刘泉老汉对天长叹:"老天爷,难道没有穷人吃的水吗?"

这时,不知从哪来了位身着红衣的俊俏姑娘,笑嘻嘻地对老人道了声万福,然后说道:"老公公,井打到这等地步,怎么停下了呢?"刘泉看了姑娘一眼,又叹了一口气,就蹲在井边吸起闷烟来。刘文愁眉苦脸地说:"大姐,你不知道,这井里有一块火石卡着,打不下去啊!"姑娘微微一笑,说道:"大哥别急,功夫不负有心人。我这里有柄小镐,请拿去一试。"刘文说:"大姐,别开玩笑了!这手指粗的小玩意儿,怎能刨透大石板呢?"姑娘郑重其事地说:"镐头虽小神力大,铁硬的火石也得怕。大哥不妨试试看嘛!"刘文将信将疑,不知所措,但见父亲点了点头,他便从姑娘手里接过小镐,下到井底。突然小镐闪闪发光,变大了。刘文手举镐落,就听"咔嚓"一声,石板断成数块,碗口大的泉眼喷出水来,就像开锅一样,水花四冒。刘文高兴地呼喊起来:"见水了!开泉了!"

刘文从井里上来后,老汉流着眼泪说:"这件宝物可救了俺穷人的命了!"说着爷儿俩就要给姑娘下跪道谢。姑娘急忙拦阻说:"这柄小镐就送给您打井用吧!"刘文得到宝物,乐得眉开眼笑。老人问道:"闺女,您尊姓大名,家住何处?"姑娘怯生生地说:"俺叫水花,家住东海边上。"她说完这句话,转身就走。老汉拦住去路说:"恩人,您吃顿饭再走也不迟啊!"刘文更是热情相留,水花只好答应下来。

刘泉家井里出水了,一传十,十传百,不到半天工夫,全村人都知道了,纷纷前来担水解渴。李老歪也带着一些打手闯进门来了,他三角眼一瞪,指着刘泉破口大骂:"老东西狗胆包天!你的井切断了我家的水脉。这口井就归我了!"刘泉闻听此言,气得浑身哆嗦。刘文把脚一跺说:"姓李的,光天化日,你侵吞别人劳动所得,天理何在?"李老歪冷笑一声:"'天理'几吊钱一斤?孔家村老子说了算!"这时水花姑娘也愤愤不平地向前辩理:"人家出力流汗打一眼井,怎么能归你呢?"李老歪本是色鬼,他见水花长得俊俏,便起了歹心,嬉皮笑脸地走近姑娘身边,搭讪着说:"小妞,这井归他也可以,那你就得归我。来来来,跟大爷享福去吧!"说着就动手去拉水花。姑娘早有戒心,身子一躲,顺手就是一个耳光。李老歪脸上顿时显出五个手指印,可他还是死不要脸地说:"打得好!我总算沾着脂粉香气了!"刘泉父子待要上前解救水花姑娘,早被打手们拦住。这时李老歪已把姑娘逼到井边,水花姑娘往后一退,扑通掉进井中。李老歪也留不住脚步,一头栽入井中。刘泉父子慌忙赶到井边,往里一看,只见一条红尾鲤鱼向他们摆了摆头,口吐一串水花,往井底深处游去。李老歪的家丁们一连几个昼夜打捞他,也是无影无踪。乡亲们都说:"这就是横行霸道应得的报应!李老歪早被冲到东海里边喂鱼鳖虾蟹去了。"后来,刘泉家里的这眼水井就被人称为"水花井"。

搜集整理：佚名
流传地区：浙江杭州

石香炉

有一年，山东的巧匠鲁班带着他的小妹到杭州来。他们在钱塘门边租两间铺面，挂出"山东鲁氏，铁木石作"的招牌。招牌刚刚挂出，上门来拜师傅的便把门槛都踏断了。鲁班挑挑拣拣，把一百八十个心灵手巧的后生收留下来做徒弟。

鲁班兄妹的手艺巧极了，真是鬼斧神工：凿成的石狗会管门，雕出的木猫会抠①老鼠。一百八十个徒弟经他们一指点，个个都成了高手。

一天，鲁班兄妹正在细心教徒弟们，忽然一阵黑风刮过，顿时天上乌云乱翻，原来有一个黑鱼精到人间来作祟啦。黑鱼精一头钻到西湖中央，钻出一个三百六十丈的深潭潭。它在深潭潭里吹吹气，杭州满城鱼腥臭；它在深潭潭里喷喷水，北山南山下暴雨。就在这一天，湖边的杨柳折断了，花朵凋落了，大水不断往上涨。

鲁班兄妹带着一百八十个徒弟，一齐爬上了宝石山。他们朝山下望望，只见前面一片汪洋，全城的房屋都泡在臭水里，男女老少都逃到西湖四周的山头上。湖中央转着一个老大老大的旋涡，旋涡当中翘起一只很阔很阔的鱼嘴巴。鱼嘴巴越翘越高，慢慢地露出整个大鱼头。鱼头往上一挺，蓦地飞起一朵乌云，升到天上。乌云飘呀飘呀，飘到宝石山顶上，慢慢落下来，里面钻出一个又黑又丑的后生。

黑后生滚动圆鼓鼓的斗鸡眼珠，朝鲁妹瞟瞟："哈！漂亮的大姑娘，你做的啥行当？"鲁妹说："你问姑娘啥行当，姑娘是个巧工匠。"

---

① 抠：吴地方言，捉的意思。

黑后生把鲁妹从头看到脚："对了,对了! 我看你亮亮的眼睛弯弯的眉,想必能绫罗绸缎巧裁剪。走,跟我去做新衣。"鲁妹摇摇头。

黑后生把鲁妹从脚看到头,说："对了,对了! 我看你苗条的身材纤巧的手,想必有描龙绣凤好针线。走,跟我去绣锦被。"鲁妹摇摇头。

黑后生猜来猜去猜不着,心里想一想,眯起眼睛说："漂亮的大姑娘,不会裁剪不要紧,不会刺绣不要紧,你嫁到我家去,山珍海味吃不完,乐得享清福哩。"说着,伸手来拉鲁妹。

鲁班一榔头隔开他的手,喝声："滚开点!"

黑后生仍旧咧开大嘴,嬉皮笑脸地说："我的皮有三尺厚,不怕你的榔头! 大姑娘嫁了我,什么都好讲;大姑娘不嫁我,再涨大水漫山冈!"

鲁妹心里想:倘若再涨水,全城人的性命都保不住了。她眼珠儿转两转,办法便有了,对黑后生说："嫁你不能急,让阿哥先替我办样嫁妆。"

黑后生一听开心了："好姑娘,我答应。你打算办样啥嫁妆呢?"

"高高山上高高岩,我要叫阿哥把它凿成一只大香炉。"

黑后生高兴得拍大腿："好好好! 天上黑鱼王,落凡立庙堂。有个你陪嫁的石香炉,正好拿它来收供养!"

鲁妹拉过阿哥商量了一阵。鲁班对黑后生说："东是水,西是水,怎么办呢? 你先把大水落下去,我才好动手。"

黑后生张开阔嘴巴一吸,满城的大水竟飞了起来,倒灌进他的肚皮里去啦。

鲁班指指山上的一块悬崖问黑后生："你看,你看,把这半座山劈下来凿只石香炉怎么样?"

"好哩,好哩。大舅子,你快凿,凿得越大越风光!"

"香炉高,香炉大,重重的石香炉你怎么搬呢?"

"喏喏喏,只要我抬抬脚,身后就会刮黑风;小小的石香炉算得了什么,就是一座山我也吸得动!"

等避在四周山上的人都回家去了,鲁班他们便爬上那倒挂着的悬崖。鲁班抡起大榔头,在悬崖上砸下第一锤。他一百八十个徒弟,跟着砸了一百八十锤。"轰隆"一声,悬崖翻下来了——从此以后,西湖边的宝石山上便留下了一堵峭壁。

悬崖真大呀，这边望望白洋洋，那边望望洋洋白，怎么把它凿成滚圆滚圆的石香炉呢？鲁班朝湖心的深潭潭瞄瞄，估好大小，就捏根长绳子，站在悬崖当中，叫妹妹拉紧绳子的另一头，"吧嗒吧嗒"绕着自己跑了一周，鲁妹的脚印子便在悬崖上画了一个圆圈圈。鲁班先凿个大样，一百八十个徒弟按着样子凿。凿一天，又一天，一共凿了七七四十九天，悬崖不见啦，变成一只顶大顶大的石香炉。圆鼓鼓的香炉底下，有三只倒竖葫芦形的尖脚，尖脚上，都有个三面透光的圆洞洞。

大石香炉凿成了，鲁班对黑后生说："你看，我妹妹的嫁妆已办好，现在就请你搬下湖！"黑后生要新娘子。鲁班说："别忙，别忙，你先把嫁妆搬去摆起来，再打发花轿来抬。"

黑鱼精高兴死了，一个转身就往山下跑，他卷起的旋风，竟把那么大的一个石香炉骨碌碌吸在后面飞滚。黑后生跑呀跑呀，跑到湖中央，变条黑鱼，钻进深潭潭；石香炉滚呀滚呀，滚到湖中央，在深潭潭旁边的斜面一滑，"吧嗒"一下子倒覆过来，把深潭潭罩得严严实实，不留一丝缝隙。

黑鱼精被罩在石香炉下面，闷得透不过气来；往上顶顶，石香炉动也不动；想刮一阵风，又转不开身子。没办法，只好死命往下钻。它越往下钻，石香炉就越往下陷。黑鱼精终于闷死在湖底了，石香炉也陷在湖底的烂泥里，只在湖面上露出三只葫芦形的脚。

从此，西湖留下一个奇妙的景致：每年中秋节夜里，人们划船到湖中央去，在炉脚上那三面透光的圆洞洞里点起烛火。烛光映在湖里，就现出了好几个月影。后来这地方便叫"三潭印月"。

讲　　述：勾广林、王学孟
记录整理：马名超
流传地区：黑龙江阿城

　　大约二百多年以前，黑龙江省阿城县北巨源乡境内有个大水泡子，俗名白鱼泡。老年人都说，这个泡子是由九十九眼甘泉水汇集而成的。地下水质甘美，清澈见底。早些年，这里盛产白鱼，还出个白鱼精哩！后来，听说白鱼精被一个黑鱼精给撵到了东洋大海，从此，黑鱼就久占此地，保护一方水土，年年风调雨顺，总没出过荒歉年景儿。

　　泡子南边二里多地，有个小村庄，住着几户人家。有个老董头，带着三个儿子，以种田打鱼为生。这年上，老董头给他大儿子张罗着说媳妇。话说就在娶亲正日子那天，远亲近邻，三里五村的人客不少，都赶着来"随礼"。正在大摆天地桌子、新人拜堂的热闹时分，人们忽然发现从泡子沿上传来一阵串铃声音。说话之间，就瞅跑来一辆二马小车子。车轮飞滚，车后梢跟着两个身穿黑衣裳的，看样子像是家下人打扮。车子一到董家门口，"吁"的一声，便停了下来。这时，打车厢里走下一个黑老头来。老头生得格外精神富态，梳两撇八字须，二目炯炯放光，神情潇洒，头戴黑帽，一身藏青袍褂，迈步就往院里走。

　　老董头见了心里一愣，来的不是平常亲友，赶紧上前迎接。只是，这黑老头是谁，连喜东老董头自家都不认识。黑老头见势，由他自己先行开口说道："哈，老哥俩多年不见了，老哥你想不起来了吧？咱们是老邻居啊！我在北京珠宝胡同做买卖呀，你忘了？"

　　老董头只好连连答应，可就是想不起来他到底是谁，又不好说不认得。

　　"我姓黑，叫黑永年啊。这次，有机会回家来看看，正赶上老哥你大儿子娶媳妇，特来贺喜！兄弟俺也没别的表示，仅以薄礼相赠吧！"

说着,顺手掏出一小金元宝,捧着递到了老董头手里。看得两边的人眼睛都长长啦,个个暗自惊奇。直到这时,老董头仍是蒙在鼓里,怎么也想不起这位老弟是哪个,又不好细问,便拱手相让,请黑老头入席吃酒。无奈,那黑老头执意要走。一再要走嘛,也不能强留。临走,黑老头告诉老董头说:"我很忙,不能吃酒。我家离你这儿不远,后天我就回北京,还得从你家门口路过。你要打算见我,等天蒙蒙亮时,你朝西北方一看,咱哥俩就见面了。"

说完,那黑老头上车,甩个响鞭儿,带上家人就走了。

散席以后,老亲少友们都各回各家了,老董头左思右想,也还是弄不明白。等到第三天一大早,老董头起身朝水边一看,就见原先泡子沿一片空地上怎么出现一个深宅大院。那里是灯火辉煌,人声嘈杂。一群男女簇拥着那位来家上礼的黑老头,把他送到门外,直到黑老头上了车,众人才又跪在大道两旁,磕头相送。老董头这时看得真切,冷不丁一下,想了起来,不自禁地叫了起来:"啊!原来就是他呀!"

你猜是谁?话说几年以前,有天夜里,老董头正在泡子里出船打鱼。皓月当空,他在柳茅丛中将要起网,忽见泡子当央哗哗翻起几团浪花,不久,冒出一只麻洋小船儿。离远一看,上边坐着一对老夫妻,正面对面喝酒哩!其中一位,就是这个黑胡子老头。没错,就是这个黑老头儿。他没敢惊动,便回家了。

老董头今天只顾看他的黑老弟了,见车子走远,回头再看时,哪里还有什么深宅大院,只见一片白茫茫的大水泡子,就是如今的那个白鱼泡。

老董头自从有了小金元宝,加上连年鱼米丰收,便成了富有之家了。人们为了纪念那位黑永年,就在白鱼泡岸上修了一座黑鱼庙,把那泡子也改叫黑鱼泡了。以后,打鱼的就是打上黑鱼来的,也一律放生,成了本地的一个乡规。

讲　　述：李绍富
搜集整理：袁震
流传地区：浙江湖州

白鱼潭

浙江湖州有个白鱼潭的故事。相传吕纯阳到湖州来卖汤团,他想看看世界上有多少人孝敬爷娘,因此,来买汤团的他都要问一声买给谁吃的。回答都是儿子吃的。卖了三天,没有一个说是买给爷娘吃的。

有一天清早,有一个人急急忙忙来买汤团,吕纯阳又问买给谁吃的。那人急火火地说:"我的老子吃么!"吕纯阳心想:难得碰到这个孝子,于是把有仙丹的三个汤团舀给他。

过了三天,那个大清早来买汤团的人愁眉苦脸走到吕纯阳面前,有话想说又不好开口,吕纯阳就问:"有啥事啊?"那人说:"前天来买了三只汤团,吃下去既吃不下饭又开不了口,已三天了,把人急煞了!"吕纯阳笑笑说:"你不是买给阿爸吃的么?"那人苦笑着说:"我那天是说气话,我儿子睡到半夜醒来哭着吵着要吃汤团,我好不容易等到天亮来买。我这淘气儿子,你看能想想啥办法?"吕纯阳叫他把孩子领来。不一会儿,孩子来了。汤团担就在河边上,吕纯阳在孩子颈上轻轻拍了三下,孩子吃下的三个汤团一下子吐到了河里。原来,如果是一片孝心买给爷娘吃,吃了要成仙;不是给爷娘吃,吃了就不消化,要吐出来。

仙丹汤团吐到河里,河里恰恰有一条千年老白鱼精,它吞了仙丹变成了人,后来到湖州府当了府官。白鱼精当了府官,到了夏天也不洗浴,差人觉得奇怪:"天这样热,老爷为啥不要洗浴?"白鱼精说:"我洗浴有个怪脾气,你排满十大缸水,我才洗哩。"

差人遵照他的吩咐挑了十大缸水,说:"老爷,水已准备好了,请用吧。"白鱼精就在屋里把门关了洗浴。差人觉得奇怪,在门缝里张望。他一看,吓一跳:这老爷衣裳一脱,变成一条银光闪闪的大白鱼。只见他在十只大缸的水面上蹿来跳去。

差人心想,这是个妖怪,于是跑到江西龙虎山上请教张天师。

张天师赶到湖州和白鱼精斗法,一时电闪雷鸣,乌云密布,狂风大雨。白鱼精斗不过张天师,现了原形,钻到河浜的泥潭里去。张天师以为白鱼精会闯祸,其实白鱼精当府官时太太平平,五谷丰登,蚕花丰收。可张天师不放心,怕它打一个滚就要变水灾,因此封住它,不让它出来。白鱼精苦苦哀求:"天师,我啥辰光能出头?"张天师说:"今后我到湖州来你就可以出头了。"可是张天师没有到湖州来,当时是骗骗白鱼精的,白鱼精因而没有出头之日。

搜集整理：施玉清
流传地区：安徽青阳县

绿鱼精

九华山后有个鱼龙洞，妙绝异常。洞里有一种碧绿色的鱼，它嘴尖身圆，好看极了。每到太阳落山，晚霞映照鱼龙洞时，这些绿鱼都浮出水面游来游去，你追我赶，十分快乐。特别是农历三月三这天，绿鱼聚集在洞口，非同寻常，嬉戏得更欢！这里还有一段美妙动听的故事哩！

从前，在陵阳城以东的谢村，有一个讨人喜爱的小伙子。这个小伙子从小就失去了父母，也没有个名字。由于他忠厚、善良、勤劳，人们都叫他"小好子"。

小好子在大财主谢秦家做伙计。谢秦是个有名的恶霸，全村人都不敢沾他，因此给他起了个绰号叫"三不沾"。

一天，小好子进城给老板家买盐，走到城外的一座桥头，见一群人围着一个卖鱼的白胡子老人。他挤上前一看，鱼已经卖完了，只剩下一个篾篓子和一个瓦钵，瓦钵里盛着一尾绿色的鱼。绿鱼在阳光下，显得碧绿透亮，好看极了。小好子呆呆地看着，那绿鱼不时地张开嘴，对他摇头又摆尾，像是在和他说话，又像是在向他求救。小好子不禁惊疑地想起了昨晚上做梦的情景：他担着水桶到河里去挑水，不料河边站着一个漂亮的姑娘，穿着一身绿衣，笑盈盈地望着他，脸上现着羞涩的神态。小好子十分窘迫，丢掉水桶就往回跑，不料两脚怎么也挪不动。两人对峙了一阵，姑娘低下了头，小好子也说不出一句话来。好一阵后，小好子刚想上前说话，不料那姑娘一转身跳进水里，变成一条绿颜色的鱼游走了。

小好子把绿鱼捧在手上看了又看，越看越像昨天夜里游去的那条绿鱼；又用手摸了摸，绿鱼十分顺从，一动不动。他向卖鱼的老人问道："我想买这条鱼，多少钱？"那个卖鱼的白胡子老人瞟了小好子一眼说："你要买，便宜一些，银子一锭。我这条鱼是宝鱼,你买了,会发家的。"

小好子听了一愣,心想:我哪有一锭银子呀!只得恋恋不舍地将鱼轻轻地放进瓦钵。可是,刚放进去,这绿鱼又蹦又跳,忽地跳出了瓦钵。小好子慌忙弯腰将鱼轻轻捧起,就在他弯腰捧鱼时,正好腰包里给老板买盐的一锭银子滑了出来,掉在地上。卖鱼的老人急忙拾起银子,高兴地说:"不错!不错!正好一锭。你买回了绿鱼,恭贺,恭贺!"

小好子见卖鱼的老人将银子揣进了怀里,急得话也说不清了:"我……我……"

卖鱼的老人说:"小伙子,你真干脆,说买就买,鱼在你手里,银子在我怀里,你快回去吧。"

一路上,小好子望着绿鱼发呆,心里说:买了你,我很喜欢。可我拿什么买盐呢?没有盐,老板会饶我吗?他越想越愁,不由得下意识地往怀里一摸。奇怪!银子还放在口袋里哩。这银子怎么又回来了?他走着思着,很高兴地对绿鱼说:"这下好了,银子没丢又得鱼,我也不怕老板了。"于是买了盐匆匆赶回家。

小好子住在老板家的牛屋里,他把绿鱼装在瓶里,放在自己的床头上。白天干活时,他把绿鱼带在身边,吃饭也总要留点喂绿鱼。哪怕再累,也给绿鱼日换三次水,深夜添鱼食。

绿鱼虽不会说话,但见着他,总是张嘴摇尾的,转动着水灵灵的大眼睛,头始终朝着他,好像有许多话要对他说。

日子久了,绿鱼成了小好子最亲近的伙伴,成了他最大的安慰,成为他的知己了。小好子受了"三不沾"的气,或是挨了打,总是默默地对着绿鱼掉几滴眼泪;他劳累得骨痛腰酸时,只要看看绿鱼,就觉得轻松些。

有一天,小好子做活到半夜回来,进屋还未歇脚,就忙捧着瓶子对绿鱼说:"小绿鱼,你饿了吧?我对不起你,回来晚了。"说完,突然瓶中绿鱼不见了,面前却出现了一位美丽的姑娘,他吓得半天说不出话来。这姑娘望着他笑。他忙问这姑娘是什么人,哪里来的。姑娘就将来龙去脉一五一十地告诉他。原来,鱼龙洞里有个绿鱼仙翁,他有几百个女儿,一个个长大成人后,他就派她们到人间去救灾济贫,这个绿鱼仙姑也是其中的一个。

小好子听了又惊又喜,从此,小伙子和绿鱼姑娘相处得更加亲近,好像亲兄妹一样。绿鱼姑娘天天晚上给他洗洗补补,白天仍变成绿鱼,戏游在水瓶里。有一天晚上,绿鱼姑娘告诉他说:"现在你可以独立生活了。"

小好子认为绿鱼姑娘说得有理,就向"三不沾"提出辞工,"三不沾"一口答应了。他心想:你这穷鬼除了我家,还有别的活路吗?

小好子离开了"三不沾"的家,暂寄居在村旁一间又破又脏的草棚里。村里的穷伙伴们你送一点东西,他借一些用具,就这样算是把个小家建起来了。他不分日夜地开荒种地,引水育苗,绿鱼姑娘帮他料理家务,晚上还帮他做些地里活。这样,他们的日子一天天地好起来了。第一年丰收了,小好子拆掉小草棚,盖起了新瓦房。第二年,又获得丰收。收的谷子自己吃不完就救济穷苦的乡亲。这下,"三不沾"可红了眼,他就千方百计地打听小好子是怎样发家的。

日子一久,绿鱼姑娘的事终于被人知道了。村里人都为小好子暗暗高兴。"三不沾"知道后,却对绿鱼姑娘入了迷,一心想把绿鱼姑娘弄到手。一天,他趁着伙计们都下地干活时,把小好子请了来,同时暗地派人去偷他的绿鱼。

小好子来后,"三不沾"阴笑着问:"绿鱼姑娘是怎样帮你做活的?"

小好子早已看穿了"三不沾"没安好心,就冷冷地对他笑了一下,一言不语。这下可气坏了"三不沾",他吼道:"混蛋!再不说,马上赶你滚出我的村子!"小好子仍是一言不语。直到"三不沾"知道绿鱼已被家人偷回了,才放走了他。

"三不沾"捧着绿鱼,喜得猫胡子翘得多高,忙吩咐用人将大水缸抬到他的房间,挑了八担好井水。然后他把门关了起来,眯着眼说:"我的好绿鱼姑娘,你到了我家可享福了,瞧,我给你备了这样的大缸,这样好的清水,在这里头,你一定舒服自由。"一心想发财的"三不沾",见绿鱼姑娘还未出现,又跪在缸前,对着绿鱼说:"我的好绿鱼姑娘,听人说小好子待你十分周到,要知道我待你更好啊。只要你天天出来给我弄钱、弄宝,我还要给你备个大金缸哩!"他话音刚落,突然,绿鱼姑娘一下子出现在他的面前。"三不沾"一见比仙女还美的绿鱼姑娘,一下子就迷掉了魂,二话没说,伸手就去拉绿鱼姑娘。绿鱼姑娘就势拖着他往缸里一跳,来了个头朝下,脚朝上。

第二天早晨,伙计们不见"三不沾",都认为他还没有起来。到下午仍见不到

他,大家就将房门撬开,只见水缸里一双大脚朝天,伙计们拉上来一看,原来就是"三不沾",光头被水浸得像笆斗那么大。伙计们心里暗暗高兴,就编了顺口溜道:

"三不沾"呀"三不沾",欺人太甚心太奸。
害人不着反害己,死了都是脚朝天。

再说,小好子回到家后,不见了绿鱼,急得不知如何是好。后来一打听才知道是"三不沾"给偷去了。

小好子为了把心爱的绿鱼姑娘救出来,邀了村里的穷伙伴们去跟"三不沾"评理。在半路上,遇到了正往回赶的绿鱼姑娘和当年卖鱼的白胡子老人。老人笑眯眯地说:"小伙子,你们为民除了一害,我现在正式把姑娘许配给你。不过,每年的今天(三月初三)要去看望我一次。"说完,一阵风吹起,老人不见了。

　　小好子正看得发呆,绿鱼姑娘上前道:"他是我父亲,就是我以前讲的绿鱼仙翁。"

　　"啊,"小好子若有所悟地说,"他怎么说我为民除了一害?"

　　"你想想看,"绿鱼姑娘笑着说,"你买了我,我才能接近"三不沾",把他除了,不也是你的功劳吗?"

　　二人谈着,高高兴兴地回到了家里。后来他们一起幸福地生活着。到每年三月三,绿鱼姑娘和姐妹们都化鱼入水,游进鱼龙洞的龙宫去看望父亲。因此,这一天,人们能在鱼龙洞看到各色各样又多又美丽的绿鱼。

讲　　述：黄玉民等
搜集整理：宋德胤
流传地区：黑龙江宁安

货郎与红尾鱼

　　从前，有一个年轻的货郎整天走街串户，卖些针头线脑什么的，挣些钱过日子。

　　这一天，他来到了镜泊湖，沿着湖岸走到了一座青山下。一抬头，看到湖沿边有户人家，他便直奔这户人家走来。到了门口一看，这是一座青堂瓦舍的房子，石头砌的围墙，整整齐齐的，院门大敞四开的，院子里种着各式各样的花花草草，蝴蝶飞来飞去。

　　年轻的货郎放下担子，冲着院里摇起小货郎鼓，边摇边唱着："有金针银针绣花针，五色花线喜煞人，别头簪子黑包网，各色绒花香喷喷！有买的快来买啊，来晚的买不到了！"

　　随着他的吆喝声，屋门咿呀一声开了，从门里走出一个十七八岁的姑娘。这姑娘穿着淡青色的袄、淡青色的裙，乌黑的头发松松地绾在脑后，像天仙似的来到货郎担前，笑吟吟地看着担子里的货，一声也不吱。

　　"小大姐，你要买什么？随便挑吧！"

　　"有花吗？"

　　"有，不知你喜欢哪一朵？"

　　姑娘挑了朵红牡丹，随手把花插在脑后，笑吟吟地看了货郎一眼，说："货郎，你等着我，我去给你取钱！"

　　姑娘笑了笑，转身轻飘飘地走进了院，开门进屋去了。

　　年轻的货郎等在门外，左等，姑娘也不来；右等，姑娘也不来。院子里静悄悄的，只听到风吹湖浪声，不见人前来，等了好长时间，货郎有点着急了。他便走进院,一看,这屋的后面紧挨着湖,来到屋门前,往屋里一看,连个人影也没有,贴门听一听,没有一点动静。怪!这买花的姑娘哪儿去了呢?货郎心里想着,伸手就去敲门,敲了半天,也没有人应声。

抬头看看天,天可不早了,货郎这时可真有点生气了,他握紧拳头,就使劲砸门。

"谁呀?干吗这样敲门!"

随着喊声,门吱扭一声开了。走出一个穿一身淡青衣服的老太太。

"货郎,你敲门有什么事?"

"大娘,刚才你家姑娘买了我一朵花,到现在也没给我送钱来,等得我急了,这才敲门来取钱。"

老太太听货郎说完,有些惊讶地说:"有这样的事?那你别急,我叫丫头们出来,你认出是谁买你的花,就让她给你钱。"老太太边说着边转过脸去,冲着屋里喊道:"丫头们,快出来!"

随着老太太的喊声,屋里传出一片女孩儿的笑声。门一开,呼啦一下跑出来一群姑娘,一式的淡青的袄、淡青的裙,都是将乌黑的长头发松松地绾在脑后,站在货郎面前,望着他抿嘴笑。老太太说:"货郎,你认吧。是谁买了你的花,让她马上给钱!"

货郎抬起眼睛细端详这群姑娘,长得一模一样,一个个细眉大眼、高鼻梁,都有一双小酒窝。货郎从左面看到右面,从右面又看到左面,哪个都像买花的姑娘,哪个又都不太像,这下可难住了货郎。货郎心想:都是十七八的大姑娘,当着这么多人的面,就是认出来也怪不好意思的。算了罢,花儿钱我也不要了。他想到这儿,就很诚恳地说:"大娘,这些大姐都一模一样,我实在认不准!"

老太太听了哈哈笑道:"货郎,这不难,让她们转过脸去,你看她们脑后,谁头上戴着花儿,那就是谁,就让她给花儿钱!丫头们,快都转过脸去!"

姑娘们转过身去,把后脑勺对着货郎,货郎挨个一看,他吃惊地瞪大了眼睛,这是怎么回事啊?怎么每个姑娘的头上都戴着一朵红牡丹呢?

老太太等了半天,见货郎也不出声,便问:"货郎,你认出是哪个买了你的花?"

货郎老实地回答:"认不出来。"

老太太问:"怎么认不出来呢?"

货郎说:"各位小大姐头上都戴着牡丹花,所以不敢冒失相认。"

货郎说了这话,就见老太太生气了,说:"你们这些丫头,买花不给钱,让人家货郎着急上火的,这办的是什么事呢!货郎,我来帮你相认吧!"

老太太说着,顺手抱起一个姑娘,咕咚一声就扔进了湖里,接着又抱起一个,咕咚一声扔进了湖里。货郎见老太太这样做,可吓坏了,连忙跑过来劝阻:"老大娘,你快住手,这花儿钱我不要了,你可别往湖里扔这些小大姐了!"

老太太哪里肯听货郎的话,货郎越劝,她越往湖里扔。转眼间,一群姑娘全被老太太给扔到湖里去了。货郎往湖里一看,这群姑娘正在湖里一沉一浮的,拼命地挣扎着。货郎见此情景,便什么也不顾了,连衣服也没脱,"扑通"一声跳进了湖中。到了湖里,他伸手就去救这些姑娘。可是他刚抓到一个,就觉得手上滑溜溜的,接着,这姑娘就在水中消逝了。抓一个,没一个,三抓两抓,在湖中挣扎的姑娘都不见了。

货郎往四下看一看,他已经游到湖心了,就觉得浑身一点劲也没有了,手脚也不好使了,想喊声救命都喊不出来了。货郎想,救人家没救成,自己倒要淹死了。想到这儿,他很难过,索性闭上了眼睛。这时,就觉得忽忽悠悠地漂了一阵。当他睁开眼睛时,一看已漂到湖边了,一高兴,就觉得身底下有一双手托着他,这双手用劲一推,他便上了岸。随着他,从湖中走出个头上戴着牡丹花的姑娘。这姑娘笑吟吟的,把他扶了起来。货郎正感到惊讶,忽听身后又传来一阵嘻嘻的笑声。回头一看,刚才被老太太扔下湖的那群姑娘,都站在他身后,正看着他笑呢。

忽然,姑娘们往两旁一闪,就见那个老太太走过来了,对货郎说:"货郎,买你花的姑娘找出来了,就是救你上岸的小红。小红戴上你的牡丹花,她的姐妹们便都有花戴了。为这事,我这些姑娘都喜欢得不得了。为了感谢你,我把小红送给你做媳妇吧。你也别嫌弃,我这座小屋就给你做新房吧!丫头们,快送你们姐姐和姐夫入洞房吧!"

老太太话音刚落,这群姑娘不由分说,嘻嘻哈哈地把货郎和小红推进了屋。转眼间,这群姑娘又像一阵风似的,飘出屋去了。

货郎四下一看,屋里的陈设都像水晶般透明洁净。他看看小红,小红却哭了。货郎说:"小红,你怎么哭了?如果你不愿意嫁给我,我现在就离开这里,我不能让你心难受!"

小红说:"我不是这意思。我怕你嫌弃我。货郎,你不知道,我们姐妹都是镜泊湖中的鱼。自打得到你的红牡丹,我们就成了尾巴鲜红的红尾鱼了!现在我把真话告诉你,你要是嫌弃我,那你就走吧。"

"小红,我一辈子也不嫌弃你!"

从此,货郎和小红便恩恩爱爱地过起日子来了。

记录翻译：霜生、木玉璋（傈僳族）
流传地区：云南碧江

鲍鱼①

从前有个孤儿，每天到江边去捞鱼。今天捞，也只是捞得一个鲍鱼。"呸！这个鲍鱼我不要！"就把它丢到了江里。第二天去捞，还是捞得头天那个鲍鱼，孤儿说："为什么今天捞得这个，明天也捞得这个，天天都捞得这个鲍鱼呢？"他就把这个鲍鱼带回去养在屋里的水槽里。

从这天起，孤儿每天做活回来时，家里总摆好了现成的饭菜等着他来吃。孤儿说："我没有父母，没有姊妹，这个饭是谁做的呢？"于是，有一天，他就假装出去做活，半路上偷偷转回来，躲在屋角守着，看看究竟是谁做饭给他吃。

到了中午，他捞得的那个鲍鱼"吧嗒"一声从水槽里跳出来，变成了一个怪好看的姑娘，穿着很漂亮的衣裳，戴着贵重的珍珠耳环，走到屯箩旁边，很熟悉地舀了一簸箕谷子舂米做饭去了。孤儿才知道，每天做饭给他吃的就是这个鲍鱼呀！他一下蹦出来，紧紧地抱住了这个姑娘，可是姑娘这时一半身子已经变成了鲍鱼。孤儿就对她请求说："姑娘你不要再变鲍鱼呀！我没有媳妇，你做我的媳妇吧！"于是鲍鱼又变回一个怪好看的姑娘，和孤儿成了一对夫妇。

当他们结为夫妇的时候，孤儿家里很困难，没有一头耕田的牛，也没有一口喝洗碗水的猪。媳妇说："孤儿呀！你做个猪圈吧。"孤儿说："孤儿没有猪，做了猪圈没用处。"媳妇说："不用问，做你的。"孤儿把猪圈做好了。

媳妇说："孤儿呀！做个牛圈吧。"孤儿说："孤儿没有牛，做了牛圈做什么？"

---

① 鲍鱼：故事中指有头无尾或有尾无头、又臭又腐的鱼。在现代汉语中找不到相当的词，这里姑且用"如入鲍鱼之肆，久而不闻其臭"中的"鲍鱼"来表达。

媳妇说:"别嚷嚷,做你的。"孤儿把牛圈做好了。

媳妇说:"孤儿呀! 做个羊圈吧。"孤儿说:"孤儿没有羊,做了羊圈没用场。"媳妇说:"悄悄地,做你的。"孤儿把羊圈做好了。

媳妇说:"孤儿呀! 做个鸡圈吧。"孤儿说:"孤儿没有鸡,做了鸡圈干啥呢?"媳妇说:"别多说,快快做。"孤儿把鸡圈做好了。

孤儿做完了猪圈、牛圈、羊圈、鸡圈。媳妇站在圈门口,叫了一声猪,猪圈里满了猪;叫了一声牛,牛圈里满了牛;叫了一声羊,羊圈里满了羊;叫了一声鸡,鸡圈里满了鸡。从此,他们两口子过着幸福的生活。

住在隔壁的孤儿的舅父是个有钱人,他有三个姑娘。以前孤儿曾经到他家求过婚,他嫌孤儿穷,不肯给,现在看见外甥牛羊满圈,就起了坏心。他骗孤儿说:"你媳妇是个鲍鱼,你要她干啥,臭鱼烂鱼! 快叫她走开吧! 我把最漂亮的姑娘给你。"孤儿听信了舅父的话,回家就对媳妇说:"臭鱼烂鱼你快走!"

媳妇说:"不是的吧? 孤儿呀! 只怕你后悔来不及啊!"孤儿说:"臭鱼烂鱼你快走!"媳妇走到半路,还说:"孤儿呀,不是的吧?"孤儿说:"臭鱼烂鱼你快走!"媳妇涉水走到江里,水齐了脖子,还说:"孤儿呀,不是的吧?"孤儿说:"臭鱼烂鱼你快走!"

于是媳妇扑通一声,钻到江水里去了。媳妇一没到江里,所有的猪、牛、羊、鸡都跟着她跑了。孤儿拉这条牛,牛踢了他一脚,捉那口猪,猪咬他一口,连一只瞎眼睛的羊也没有留下,全都跟媳妇一起到江里去了。

媳妇走了以后,孤儿就去找有钱的舅父:"我媳妇回到江里去了,现在你可以把姑娘嫁给我啦。"不料有钱的舅父说:"你带了几头牛几只羊来的? 你的成千上万的牛羊呢?"孤儿哪里还有牛羊呢? 他连一只瞎眼睛的羊也没有了。孤儿这时非常难过,他想念起他的媳妇来了,就天天跑到江边,哭哭啼啼的。

他正在哭着,来了一只猎狗①,猎狗对孤儿说:"你为什么在这里哭啊?"孤儿说:"我媳妇回到江里去了,我现在很想念她。"猎狗听了,一面汪汪地叫着,一面

---

① 傈僳族传说,狗是带谷物种子给人类的动物。习俗中认为狗曾经救活古代的人类,最能帮助人,大年初一早上在人吃饭之前必先给狗吃。这里说连狗也不肯帮助他了,可见他多么倒霉。

就跑了,没有帮他的忙。

不一会儿,来了一只长尾鸟①。长尾鸟问孤儿:"你为什么在这里哭呢?"孤儿说:"我媳妇回到江里去了,我现在很想念她。"长尾鸟用发笑似的声音"咯咯咯"啸了几声,便箭也似飞去了。长尾鸟没有帮孤儿的忙。

不一会儿,来了一只青蛙。青蛙问孤儿:"你为什么在这里哭呢?"孤儿说:"我媳妇回到江里去了,我现在很想念她。"青蛙说:"孤儿呀!不要紧!只要你舂两斗黄豆面给我吃,我就把你带到你媳妇那里去。"孤儿很高兴,就舂了两斗黄豆面给青蛙吃。青蛙说:"待会儿看见你媳妇的时候,你可不要笑,你要一步蹦到她面前,紧紧地抱住她。你要一笑,就坏了事了。"孤儿说:"好么,我不笑。"于是青蛙就开始吃黄豆面了。青蛙吃了两斗黄豆面,口干极了,就"咯咯咯"地喝起江水来,一会儿就把江水喝干了,喝得江底也现出来了。孤儿一看,他媳妇正坐在织布机旁边织布,织布机咔嗒咔嗒地响,孤儿高兴极了,忍不住哈哈地笑了一声。孤儿一笑,青蛙也跟着笑了,一笑,就把喝下去的江水都吐了出来,江水把青蛙也给浮到江面上来了。孤儿还是见不到他媳妇,他又哭了。

青蛙又说:"孤儿呀,不要紧!你再去舂两斗黄豆面来,我再来给你喝,这回你千万不要笑了!"孤儿赶快又去舂了两斗黄豆面,青蛙吃了,又"咯咯咯"地喝干了江水,江水现了底,媳妇又看到了,孤儿这回不笑了,就一步蹦到媳妇跟前,紧紧地抱住媳妇。媳妇笑了一声,说:"我说得不错吧!"

这样,他们两口子又重新见面了。同时,孤儿也见到了岳父——龙王。原来孤儿的媳妇是龙王的女儿。

龙王不愿意他的姑娘嫁给人,就跟孤儿说:"咱俩来赌赛,看谁的办法多。你要是赢了,我就把女儿给你;你要是输了,你就不用想得到我的女儿。第一次,比赛找人。明天,你躲起来,我去找你,若是找不到,就算你赢了,若是找到了,你就输了。"

孤儿把岳父的话一一告诉了媳妇,媳妇说:"不要紧,咱们有办法。"第二天,

---

① 傈僳族风俗,以为听见长尾鸟啸声,便会来好客人,长尾鸟总是向人报告好消息。孤儿本以为长尾鸟会来报告他媳妇回来的消息,但是长尾鸟并不同情他,他实在是倒霉得很。

龙王来之前,媳妇就把孤儿变成一根针,别在正织着的布缝里,一面还是织她的布。龙王来了,说:"女儿呀!这里有生人气!"姑娘说:"爹,这里哪会有生人气呢,是女儿在这里织布呀,并没有看见什么人来。"海龙王找了又找,也找不到,只好认输。孤儿这时才从布缝里跳出来。龙王说:"女婿呀,你倒真是个能干角色啊!"

第二天,该龙王躲起来,孤儿去找。媳妇对孤儿说:"他一定变成一头野牛,藏在野牛群里,你去看,哪一头野牛最凶,就把它抓住。"孤儿到野牛群里去看,果然有一头野牛脾气特别暴,又咬人又踢人,孤儿一把抓住它的角。岳父没有办法,只好现出原形,认了输。岳父说:"女婿呀!你倒真是个聪明家伙啊!"

第二次,比赛做庄稼活。岳父对孤儿说:"明天我们比赛砍火地①。"他指给孤儿一块很大的地,限孤儿一天砍完。孤儿去跟媳妇说:"岳父叫我砍火地,这块地大极了,一天怎么砍得完呢?"媳妇说:"不要怕!明天你只要在地头砍倒两棵树,地尾砍倒两棵树,然后说一声'龙公龙母砍火地'就行了。"

第二天,孤儿带着磨得亮亮的刀,到了地里,在地头砍了两棵树,地尾砍倒两棵树,说了一声:"龙公龙母砍火地!"只见所有树木都自动地轰隆轰隆倒下去了,一眨眼工夫一大块地就砍完了。岳父比不过,只好认输。岳父说:"你真是能干!明天比赛烧火地,你明天把今天砍好的地都烧好。"

孤儿去跟媳妇说:"岳父叫我明天烧火地,那么大一块地,一天怎么烧得好呢?"媳妇说:"不要怕!明天你只要在地头烧一堆火,地尾也烧一堆火,说一声'龙公龙母烧火地'就行了。"

第二天,孤儿带了一个火把,在地头烧了一堆火,地尾烧了一堆火,说一声:"龙公龙母烧火地!"只见所有的树枝树叶都自动地毕毕剥剥烧起来,一眨眼工夫,一大块火地就烧完了。岳父比不过,只好认输。岳父说:"你真是聪明!明天比赛收拾地里的枝枝丫丫。"

孤儿去跟媳妇说:"岳父叫我明天收拾地里的枝枝丫丫。"媳妇说:"不要怕!你只要在地头收拾两堆,地尾收拾两堆,说一声'龙公龙母收拾枝枝丫丫'就行了。"

---

① 火地:"刀耕火种"的地,先在地面上砍倒树木,放火焚烧,然后即可播种。

第二天,孤儿在地头收拾了两堆,地尾收拾了两堆,说一声:"龙公龙母收拾枝枝丫丫!"只见地上的枝枝丫丫都自动地归在一起,一眨眼工夫,就都收拾完了。岳父比不过,只好认输。岳父说:"你真是能干!明天比撒小米。"交给他一口袋小米,限他一天之内都撒在收拾好了的火地上。

孤儿去跟媳妇说:"岳父叫我明天去撒小米。"媳妇说:"不要怕!你只要在地头撒一把小米,地尾撒一把小米,说一声'龙公龙母撒小米'就行了。"

第二天,孤儿背了小米,在地头撒了一把,地尾撒了一把,说一声:"龙公龙母撒小米!"只见小米自动地撒了起来,一眨眼工夫,就都撒完了。岳父比不过,只好认输。岳父说:"你够聪明!明天比捡小米,限你一天工夫把撒下去的小米都捡回来。"

孤儿想:这么多小米怎么捡呢?就去跟媳妇说:"岳父叫我明天去捡小米。"媳妇说:"不要紧!明天你拿两个大口袋,在地头地尾各放一个,说一声'龙公龙母捡小米'就行了。"第二天,孤儿说了一声:"龙公龙母捡小米!"只见小米都自动地跳进口袋里。

孤儿把小米背回来,岳父说:"我这小米是有数的,你数数看,对不对。"孤儿想:"这么多小米要到哪一年才能数完呢?"又去问媳妇,媳妇说:"你只要说'龙公龙母数小米'就行了。"

孤儿照媳妇的话,一眨眼工夫,两口袋小米就数完了,点了点数,还差两粒。岳父问孤儿:"火地四周围你看到什么东西没有?"孤儿想了一想,说:"有一对斑鸠。"岳父就交给他一支箭,叫他把这对斑鸠射下来。孤儿想了一想:一支箭怎么能射下两只斑鸠来呢?他又去问媳妇。媳妇说:"不要紧!你把箭头劈成两半,到地边看见那对斑鸠,说'龙公龙母射斑鸠'就行了。"孤儿照媳妇的话,把箭头劈成两半,说了声:"龙公龙母射斑鸠!"一箭便把这对斑鸠射下来了。剖开斑鸠的嗓子一看,那两颗小米果然在里面。岳父没有办法,只有说:"女婿,你能干,是真能干!"

第三次,比赛打猎。孤儿跟媳妇说:"岳父要我跟他上山去打猎哩。"媳妇说:"你去的时候,带点瓜种去。每逢休息的时候,你就种下两颗瓜种。晚上他叫你和他一起在洼地里睡觉,你就和他一起在洼地里睡。等他睡着了,你就移到高处去睡,只把蓑衣挂在洼地里的树上。他要是叫你在哪座山上打猎,等他一上这座山,你就赶紧跑到另外一座山上去,只把蓑衣挂在他说的那座山的树上。你千万记住,不要忘了。"媳妇叮咛又叮咛,嘱咐又嘱咐,看看孤儿都记清楚了,才放心让他去。

第二天,孤儿跟岳父去打猎了。他记住媳妇的话,每到一个休息的地方,就种下两颗瓜种;每到一个休息的地方,就种下两颗瓜种,一路都这样种了,没有落下一处。

到了夜里,要睡觉了。果然,岳父拣了一个洼洼的地方,叫孤儿和他一起睡。岳父头朝南,孤儿头朝北。睡到半夜,孤儿悄悄起来,移到高处去睡,只把蓑衣留下来挂在树上。过了一会儿,啊!来了一阵暴风骤雨,发了山洪,树也倒了,山上的石头也垮下来了,轰隆轰隆,震得原野山谷都晃动。又过了一会儿,山洪停了,雨也止了,岳父以为孤儿一定淹死了。他要试验试验女婿是不是死了,就喊了一声:"女婿啊!"

没想到孤儿在高山上答应了:"嗨!我在这儿哪!"

岳父没有办法,只好说:"你真是能干!"

第二天,岳父说:"今天咱们打猎,我上山去撵山鹿,你在下面截着它。"孤儿说:"好嘛!"岳父上山去了,孤儿把蓑衣挂在树上,赶紧爬上另外一座高山。孤儿刚刚离开,又来了一阵猛烈的山洪,把这座山上的树木冲得干干净净,把孤儿的蓑衣也冲跑了。岳父以为这回一定把孤儿冲死了,就喊了一声:"女婿啊!"

没想到孤儿在另一座高山上答应了:"嗨!我在这儿哪!"

岳父没有办法,只好说:"你真是聪明!"

岳父两次发山洪害孤儿都没有害成,就把孤儿往很远很远的地方带。他们走过很多山峰、很多森林,走呀走的,来到一个大海子旁边。这个海子又大又深,水色黑沉沉的,波浪翻滚,险恶可怕。岳父到了海子边,一跳就跳进去了,他从海子里就回家了。

岳父以为这回一定把孤儿甩开了,他以为孤儿一定不认得路;就是认得路,路上没有东西吃,也得饿死。谁知孤儿一路上种的瓜这时都熟了,孤儿一路按瓜棵找着原路走回来,一路走,一路吃瓜当饭,在岳父到家的时候,孤儿也已经走到了。岳父看见孤儿站在门口,只好说:"女婿!你真聪明,真能干!"

第四次,岳父叫孤儿比赛射石崖,谁把箭射进石崖里面,就算赢了;射不进,就算输。

孤儿告诉媳妇。媳妇说:"不要紧,你在箭头沾上一点树胶就行了。"

第二天比赛,先由岳父射。岳父接连射了三箭,每一箭碰在石头上,都碰回来了。后来轮到孤儿射,孤儿的箭头上沾了树胶,射了三箭,三箭都粘在石崖上不掉下来,岳父以为孤儿的箭都射进石头里了,就甘心认了输。

第五次,岳父叫女婿到猴子家去借锣。孤儿问媳妇:"岳父叫我到猴子家借锣,怎么办?"媳妇说:"你到猴子家,猴子问你姓什么,你都不要点头;他要是问你:'是姓猴吗?'你就点点头。猴子如果请你喝酒,你就用一个漏底碗来接着喝。"媳妇给他一个漏底碗,又给他一包针。

一切都准备妥了,孤儿就到猴子家去借锣。到了猴子家,猴子从四方八面围拢来,问他:"你姓鱼吗?"孤儿不点头。问他:"你姓封吗?"孤儿不点头。猴子又问:"你姓猴吗?"孤儿连连点头。猴子们说:"姓猴的!我们的亲戚来了!"于是来了很多很多猴子,要请他喝酒。这个斟给他一碗酒,那个斟给他一碗酒,他都用媳妇给他的漏底碗来接了。他喝下肚的少,漏在地上的多。喝了半天,猴子全都醉倒了,可是孤儿还没有醉。在猴子醉得昏昏沉沉的时候,孤儿悄悄跑到猴子家里,偷了锣就走。

走出门不多远,锣碰在一棵树上,当啷一声,把猴子都惊醒了,猴子们都跑出来追。孤儿一边跑一边把针做成签子钉在路口。猴子追了过来,前面两个被签子刺了脚,后边的就不敢再追了,这样,孤儿顺利地把锣拿回来了。

锣拿回来,岳父叫他比赛打锣。岳父用力打了几下,孤儿没有什么感觉;孤儿打了几下,锣声就震聋了岳父的耳朵,这个龙王岳父就这样被震死了。

从此,孤儿和鲍鱼团圆了,他们在一起过着幸福美好的生活。

搜集整理：宋德胤
流传地区：黑龙江宁安

道士山

早些年，道士山上有个老老道。老老道修了座老道庙，也不知从哪收了个小老道。小老道聪明伶俐，很讨老老道的喜欢。在这道士山附近的山上，还有一座姑子庙。姑子庙里有个老姑子，这老姑子也不知从哪里收了个小姑子。这小姑子心灵手巧，长得也挺俏皮，老姑子很爱这个小姑子。

在那个时候，住到庙上的多是受苦人，这小老道和小姑子都是穷人家的孩子。小老道和小姑子住到镜泊湖以后，经常到湖中挑水，有时遇上就搭讪几句，慢慢地互相熟悉了。熟悉以后两个人就好起来了，一天不见面两人就都想得不得了。从这以后，两个人就天天在姑子庙山下的一块光溜溜的岩石上面相会。

有这么一天，小姑子侍候完老姑子，又来到这块光溜溜的岩石上等小老道。等了好长时间也不见小老道来，她又想又急，便信口唱起来了：

　　树梢摇，满天星，担惊受怕；
　　想冤家，盼冤家，等着冤家。
　　见了面，坐一坐，说句知心话，
　　你和我，同命运，都是苦瓜瓜。

她正唱着，忽然从山旁闪出个黑不溜秋的小个子来，把小姑子吓了一跳。这人来到小姑子面前，嬉皮笑脸地说："小姑子，我知道你在等小老道。你和小老道的事我都知道，不过你不用怕，人非草木孰能无情？只要你答应我一件事，你和小老道的事我就不往外面说。"

小姑子被这黑小子说得脸红心跳,怔怔地问道:"你要我答应你什么事?"

这个黑小子说:"你要答应和我也好,今后咱们都皆大欢喜。"

小姑子一听他说出这样下流的话,气得身上直打哆嗦,忽地一下站起身来,狠狠地吐了他一口,转身就跑回姑子庙去了。

第二天,这个黑小子跑到庙里,对老姑子说:"我是附近打鱼的,看到老师父的徒儿小姑子和小老道好起来了。"老姑子一听可气坏了,便大骂小姑子:"孽种凡心不死,辱没空门,气煞我了!"伸手就要打小姑子。小姑子一见事已挑明,便哭着闹着要还俗。

老姑子骂道:"你要还俗?罪过啊罪过,你要想和小老道好,除非是我们这座山连上道士山!"

老姑子的话音刚落,就听天上"咔嚓"一声响,随着雷声就下起瓢泼大雨来。雨刚一停,天上出了一道彩虹,在彩虹底下,只见那龙头山和道士山果真连在一起了!回头一看,黑小子也不见了。

老姑子被这情景惊呆了,一口气没上来就死了。小姑子见老姑子死了,便赶紧跑到道士山去找小老道。

原来,头天晚上老老道死了,所以小老道没按时去和小姑子相会。小姑子与小老道埋葬了老老道和老姑子,就搬到一起过日子了。

话又说回来了,两座山怎么会连在一起呢?原来在姑子庙那座山下,住着一个鲤鱼精。鲤鱼精见这小姑子和小老道相好,心里很同情他们,总想帮他们个忙。那天,听老姑子那样一讲,它便呼风唤雨,把身子一挺,脑袋搭到道士山上,就这样把两座山给连在一起了。

再说那个黑小子是谁呢?原来它是住在道士山的狗鱼精。它老想从小姑子那里占点便宜,没想到自讨个没趣,便想借老姑子的手拆散小姑子和小老道的姻缘。没想又插进个鲤鱼精,它对鲤鱼精恨透了,但又打不过鲤鱼精,一气之下,便跑到镇湖的独角龙那儿告了一状。独角龙一听便吼了起来:"真有这事吗?"

狗鱼精说:"小的不敢乱说。"

独角龙脾气暴烈,听了以后二话没说便飞出龙宫,来到道士山前一看,鲤鱼精果然在那儿横卧着呢。独角龙没容鲤鱼精搭话,便一头撞了过去,就听"轰隆"一声巨响,鲤鱼精的脑袋被撞掉了,它的身子便化成了山梁。从这以后,这两座山又分开了,小老道和小姑子也不知去向。后来人们就把湖中这座孤零零的小山叫道士山,把道士山旁边那座伸出来的小山叫龙头山。

讲　　述：刘老太、刘义龙、刘玉平（水族）
搜集整理：储佩成、都传敏
流传地区：贵州独山县翁台乡

红泥鳅

很久以前，在美丽的龙头山下，住着一对勤劳忠厚的夫妇，他们只生有一个叫小孥的孩子，男耕女织，过着无忧无虑的生活。

小孥十岁那年，阿妈因劳累过度，得病去世。阿爸娶了个后妻进家。没料到这后妻竟是个好吃懒做的人，德行差，脾气坏，三年没生孩子，还时常拿小孥来出气，动不动就打骂。气得阿爸病倒在床，不到三年工夫，就闭上了眼睛。从此，这后母对小孥更是百般虐待，把他当牛马使唤。只要田里没活路做了，就逼他每天上龙头山砍柴，一天砍五挑，每挑一百斤，少一斤就不准吃饭。小孥忠厚老实，总是不吭一声。

这年秋天打完米，有天早晨，太阳还没有出山，后母给了小孥一坨冷饭，就催他上山砍柴。当时小孥有病，二话不说一句，拿起柴刀就走了。

龙头山是方圆百里内最高最大的山，因为它的样子像龙头而得名。那尖尖的两峰似龙角，向前伸出的悬崖像龙嘴，龙嘴里有股泉水凌空落下，年深月久，在下面的峭壁上形成一个绿茵茵的深水井，四季水不干。山上林木茂密，野花丛生，风景非常优美。尽管如此，小孥每次上山来总无闲心欣赏。

再说小孥爬上龙头山，见天光早、露水大，就坐到龙嘴附近歇累。听到雀鸟叫个不停，他情不自禁唱起来："八月中秋月光光，无父无母好凄凉……"刚要唱第三句，就有一个女子的歌声飘来："别家十五吃月饼，你吃黄连苦难当。"这可把他怔住了，看看周围又无人，向林子里喊话没人应。他低头想了想，判定那歌声是从山下飘来的，便趴下身子往下看。这下子，人影没见，倒看见水井里有两个红红的东西。再仔细一看，原来是一对红泥鳅。他觉得新鲜有趣，就拿出饭来一颗颗投喂。那两条红泥鳅好像很懂事，一见饭粒落下，就张开嘴巴来接，有时还跃出水面跳几下。小孥心里更加喜欢，一边看一边喂，不知不觉就把一坨饭喂光了。抬起头来看天色，太阳已经偏西。他知道误了事，赶忙进林子砍了一挑柴，这才转回家去。后母早守在门口，见他这么晚只砍得一挑柴，动手便打，嘴里骂个不休。

第二天一早，后母又把他叫起，丢给他一坨冷饭，骂道："畜牲你听着，今天要不补回昨天的四挑柴，总共砍九挑柴回来，我打断你的脚杆！"他忍气吞声，一声不响地出了大门。

小孥爬上龙头山，又记起那两条红泥鳅，便快步走到原来的地方，趴下身子往下看。那两条红泥鳅像是知道他要来，早游出水面等着，小嘴巴一张一合，显得十分活泼。他马上又拿出饭粒投喂，两条红泥鳅像昨天一样，一见饭粒投下，就张开嘴巴来接，有时还跳出水面翻几个跟斗。他把身上的伤痛、后母的打骂忘得一干二净，不知不觉又把一坨冷饭喂光了。待到太阳当顶，他忍住肚饿，恋恋不舍地爬起来，走进林子里砍柴。谁知砍得两捆柴扛出来时，扁担旁已经搁着八挑干柴。小孥十分奇怪。正在这时候，两个穿红衣裳的姑娘迎面走来。他猜想这些柴准是她们砍的，就问怎么砍得这么多柴。那两个姑娘只是笑，不回答。他又问："你们怎么拿柴回去？"两个姑娘齐声答道："我们是帮你砍的。"小孥摇摇头，说："我手脚不缺，怎么要你们帮忙？二位姐姐莫说笑话。"两个姑娘正儿八经地说："我们见你好心喂饭误了时间，怕你回去又要挨打受骂，便砍了这八挑柴送你。"小孥见她们这么热心，又感激又惊奇，说："你们的心太好了！请问你们是哪个寨上的？"两个姑娘相对一笑，只说道："时间不早了，你先抬一挑回家，我们在这里帮你守着。"小孥连声说了几个"谢谢"，便挑着一挑柴下山。等下到山脚路边时，见那八挑柴已搁在这里了，他心里更有说不出的奇怪。

再说那后母，总以为他今天砍不到九挑柴，早拿着棒棒在门口守着，不料他一会儿就把九挑柴都运转来，称一称，一斤不少，气得无话可说。

第三天一早，后母照样发给他一坨冷饭，叫他上山再砍五挑柴。他一上龙头山，又想起那两条可爱的红泥鳅，便兴冲冲来到老地方，趴下身子往下看。那两条红泥鳅像是知道他要来，早游出水面等着，小嘴巴一张一合，显得十分神气。

小孥便拿出冷饭坨来往下撂,说:"对不起你们,我忙砍柴,你们自己吃吧!"然后起身到林子里去了。不久,近处飘来女子的歌声:"苦命人,太阳晒来雨又淋,年年打柴在深山,后母还要瞪眼睛。"他仔细一听,想起前天自己唱歌,也是这样的声气来接唱,和昨天帮砍柴的两个姑娘的声气差不多,而且分明是在唱他的不幸身世,便情不自禁地唱起一首歌来:"歌好听,字字句句动我心。有心唱歌来谢你,只听歌声不见人。"谁知歌声未完,那两个穿红衣裳的姑娘已在身后出现了。她们笑眯眯地说:"我们来帮你砍柴。"小孥把她们看了又看,说:"不再麻烦啦。刚才的歌是你们唱的?"两个姑娘笑着说:"我们只会砍柴,歌唱不好。为哪样不要我们帮你砍呢?"小孥说:"我力气比你们大,怎么能老麻烦你们呢?这样下去,我会变懒的。"两位姑娘点点头,说:"我们只帮你一回,明天就不上山来啦。"小孥很感激地说:"谢谢。"两个姑娘说:"不用谢,以后我们可能要麻烦你呢!"小孥说:"只要用得着我,一定帮忙。"两个姑娘点头一笑,钻进林子里去了。过了一会儿,小孥砍了两捆柴扛出来,又见八捆柴搁在扁担旁,但不见姑娘的影子,连喊多声,也没人应。他联想到昨天的事,心里更加怀疑,自言自语道:"莫非她们是神仙?"然后挑着柴下山去。

　　再说后母见难不倒小孥,气得在家独自喝闷酒。喝得太多,又吐又泻,病倒在床上起不来了。她是个信神信鬼的人,便叫小孥去请巫婆来。那巫婆知道她平时最恨小孥,故意把小孥支开后,装神弄鬼地在堂屋里乱跳乱唱一阵,然后煞有介事地说:"你家这屋基造在孽龙尾巴上,所以灾星不断,现在轮到你自己生大病啰!"后母一听大吃一惊,急问道:"那该怎么办?哎呀,快替我问问菩萨。"巫婆合上眼睛,大声说:"叫小孥拿大锤去龙头山把龙嘴砸掉,你的病就好了。"后母把小孥叫到床前,吩咐他马上去把龙嘴砸掉。小孥不信巫婆的话,不肯去,后母捶床大怒道:"没良心的,我打断你的脚杆!"小孥无法儿,只好扛着大锤上龙头山。

　　小孥来到龙头山上,快步走到龙头嘴附近,趴下身子往下看,那两条可爱的红泥鳅早游出水面等着,小嘴巴一张一合,显得十分亲热。他便把偷偷带来的一坨饭投喂,又看着伸出来的石龙嘴,心里想:我若把岩子打掉,岩上的石块就要掉下去把水井堵死,这两条可爱的红泥鳅还有命吗?他越想越不忍心,扛起大锤就转回家了。

后母见小孥回来，追问出他没有照自己的招呼做，突然从床上跳下来，边打边骂道："你若明天一早不去打掉龙嘴，我就要你的狗命！"小孥没法儿，只好答应。

第二天早晨，小孥扛着大锤来到龙头嘴的大岩上。他低头看看下面水井里的两条红泥鳅，怎么也不忍心举起大锤。他望着望着，不禁落下眼泪，对红泥鳅说道："我不会伤害你们，你们如果有知，趁早离开这里……"谁知他话还没有说完，背后林子里突然冲出两个汉子，把他狠狠一推，推下了悬崖。直到第二天太阳出山时，他才苏醒过来。睁眼一看，自己却好好地坐在龙头嘴悬崖上，身子一点伤也没有。两个穿红衣裳的姑娘笑吟吟地站在身边，告诉他说："昨天早上，你后母怕你不肯砸大岩，暗中叫她娘家的两个人跟在后边，趁你不在意，把你推下了悬崖。"小孥恍然大悟，感激地说："是你们把我救起的？"两个姑娘笑着点点头。小孥站起来把她们看了又看，说："你们老是帮助我，请问你们是不是神仙？"两个姑娘同时把实话告诉他："我们本是龙王的女儿，到此游玩，见这口井水很好，就变成两条红泥鳅，在此住了三年。昨晚，我阿妮算到我俩可能有难，赶来看我们。我们把你的事情一讲，阿妮便取出仙丹将你的伤口治好，然后刮起一股龙卷风，刮倒了你家房子，把你后母压死了。现在，你还是跟我们到都柳江边去住吧。"小孥听了更是感激，连声说"好"。

再说小孥跟着她俩走，中午就到三都的大河地方。这时年纪较小的姑娘对他说："你们先走一步，我去河边洗个手。"他点点头，就跟另一个姑娘慢慢往前走。走了一阵，见小姑娘还不来，就问身边的姑娘道："她怎么不来了？"那姑娘红着脸说："我妹妹回龙宫去了，阿妮叫我跟你在一起。我们往前走吧。"小孥仔细一想，上前紧紧拉住她的手，两人不约而同地笑了起来。不久，他俩就结为夫妻，一直过着美好幸福的生活。

搜集整理：肖则贡（佤族）

流传地区：云南沧源佤族自治县

孤儿和仙女

从前，勐河两岸闹了一场大旱，使得草木干枯，庄稼不长。挨饿的百姓纷纷下河捕鱼充饥，可怜的孤儿岩惹凑着热闹也跟着下河去了。

到了河边，人家个个都拿着捕鱼的竹笼下水，岩惹由于从小在珠米①家里干活，从不上山打禽兽，也不下河捕虾鱼，不知道捕鱼还得用竹笼。心急之下，他急忙赶回家里，拿出晒楼上的一捆竹篾，跑到珠米家里问："主人家，请告诉我，竹笼要怎么编法才好？"珠米戏弄他说："先在火堆上烤烤篾子再编。"岩惹信以为真，烧了一堆火，把一捆竹篾烤了又烤。编时篾子很脆，用一根断一根，用两根断两根。岩惹簌簌地流下了眼泪，泪水一滴一滴地掉在他手中的篾子上。哭了一阵子，他又试着编，这下可好了，凡被泪水浸着的篾子都显得柔软好使。岩惹恍然大悟，把篾子都浸在水里了，最后编出一个小小的竹笼。

竹笼编好了，岩惹欣喜若狂，奔出门外到处问人："竹笼捕鱼要怎么个捕法呀？"珠米又戏弄他说："挂在河边的大树上就是了。"岩惹信以为真，急忙跑到河边，把它挂在一棵大树上。说也真巧，当天夜里下了场暴雨，河水猛涨，大浪滔天，淹没了那棵大树。

第二天，水落之后，岩惹爬到树上一看，竹笼里跳着一条小金鱼，这小鱼张着嘴，奄奄一息。岩惹很可怜它，急忙带回家去，在一个水缸里养了起来。

每当太阳一出，他总是把水缸端到亮处，给小鱼喂食、加水。小鱼见了他，便睁着小眼睛欢快地游动。岩惹很喜欢它，每天都很有趣地逗它玩。从此，这鱼儿

---

① 珠米：富人，有钱人。

便成了他最可爱的伙伴了。

不久,岩惹的家里发生了一件奇怪的事。每当他收工回来,总有人为他煮熟了饭,打满了水,扫好了地。吃饭前,他总是走出门外,向四周喊着:"帮我煮饭、打水、扫地的好心人,请来吃饭吧!"人家听了都说他发疯。

为了把事情弄个明白,一天,岩惹装作出工的样子,关了小门,却爬到屋顶上,开了个小洞,悄悄地钻回到屋内的晒楼上守着。

等到太阳偏西的时候,只听水缸"咚"的一声响,岩惹定睛一看,一个头发乌黑、穿戴耀眼的姑娘从水缸里走出来。她一出来便忙个不停,扫地、生火、置锅下米之后,端出岩惹的小木盆,倒满了清水,当镜梳妆起来。岩惹从楼缝里看下去,清水里是一张明月般的脸庞,温和的面孔显出迷人的笑容,头上的银花、手上的金戒指发出闪闪的光亮。

突然,岩惹从楼上跳了下去,一把抓住了她。他惊奇地问姑娘:"你是什么人?为什么在我家干起这……这家务来?"姑娘难为情地说:"我是龙宫里逃出来的龙仙女叶西泳,请你救救我。"岩惹说:"我是人间的穷孤儿,怎能救得了你龙仙女?去找有钱有势的小伙子吧!"叶西泳说:"有钱有势的小伙子心最狠,只有穷苦的人能救我,救救我吧!好心的岩惹!"说着她流着眼泪扑在岩惹的怀里,诉说自己在龙宫里的遭遇和她逃出龙宫的经过。

叶西泳是龙宫里最受歧视、侮辱的一个宫女,龙王为了诈取她的血和肉,叫她与世永远隔绝,不许她谈情说爱,更不能成亲成家。她早就听到过许多美丽的人间传说,盼着有朝一日能到人间,遇上一个称心的人,和他过上幸福的日子。恰好这次发洪水,冲开了龙宫金银铜铁四道门,使她逃到了人间,落在岩惹的竹笼里。竹笼的每一片篾子都浸透了岩惹的泪水,她亲眼看到了岩惹的孤独和痛苦;游在水缸里,她日夜都能感觉到岩惹的勤劳、诚实和善良。她深深地爱上了这可怜的孤儿,深切地恳求岩惹终生做她的丈夫。

岩惹同情她,也由衷地爱她,但不愿她和自己一起承受人间的痛苦。叶西泳理解他的心意,安慰说:"心爱的岩惹,你我都是苦种子,播在一起一定会结甜果实。只要咱俩成了家,将来吃的是香饭,喝的是甜水。"岩惹点头同意了。叶西泳脱下那闪闪的金戒指套在他的手指上,说:"这是我的心,千万别让它落在地上。"

从此,岩惹和叶西泳一月又一月,一年又一年,甜蜜地生活在一起。他们养的鸡没有斑鸠大就会下蛋,栽的树没有人高就会结果,谷子撒在石头上会成蓬。他们的日子越过越美满。

岩惹十分疼爱自己的妻子,稍有风吹雨打,就不让她出门下地。常常是他独自一人起早摸黑地劳动,每当收工回来,勤快的叶西泳总是煮好了热腾腾的饭,烧好了热乎乎的水,端到他的面前。岩惹看着美丽善良的妻子,享受到她的温暖体贴,感到无比幸福和愉快。

一天,一件意外的事发生了。那天,岩惹在地里干活前,脱下金戒指,揣在衣兜里,不一会儿,他出了一身汗,于是脱掉衣裳挂在一棵小树上。不料吹了一阵风,把衣裳吹落在地上。"这是我的心,千万别让它落在地上。"在他想起妻子盼咐的瞬间,空中闪出一道电光,只听一声霹雳,接着刮起一阵狂风,把衣裳卷到了空中。岩惹惊慌地追扑,可衣裳越飘越远,越飘越高,飘进滚滚的黑云中。岩惹感到不好,扔下工具,飞也似奔回家去。

回到家里,只见飘去的衣裳已落在家门口,岩惹往兜里一摸,金戒指还在,他的眼睛亮了。可是,往屋里走去,叶西泳不见了。岩惹东家走,西家问,谁都说没有见着叶西泳。他找呀找,找遍了山山林林、村村寨寨,哭肿了眼睛又喊哑了嗓子,一连几天不知她的下落。

正愁苦的时候,有人告诉他,山神洞里有个先知老大妈,天下的事,没有哪一桩瞒得过她敏锐的眼睛。于是岩惹跑到山神洞去问先知老大妈。老大妈说:"请问问吸血的苍蝇吧!它准能清清楚楚地告诉你。"

岩惹回来杀了一只狗,把鲜血洒在地上。有很多很多的苍蝇来吸。它们吸饱了就纷纷地飞了,只只发出"嗡——嗡——"的声音。

"嗡——嗡——"岩惹困惑地学着。"哦!是嗡把她抢走了。"他突然明白,但又不知嗡的所在,他再次去找先知老大妈。老大妈告诉他:"嗡的住所就在勐河的起源地。"

当天,岩惹挎起他的长刀和小弩,沿着勐河向上出发了。他走呀走,不知走了多少天,终于来到了河水的尽头,碰上两个打水的小姑娘。岩惹问她俩是哪里的。两个小姑娘说是嗡宫里的小仆人,给嗡的妻子打泉水喝。岩惹问:"嗡的妻子是刚娶的吧?""刚娶的!"两个小姑娘异口同声。岩惹一面问话一面替她俩打水,趁她们不注意时把金戒指丢进一个水葫芦里。

两个小姑娘回到宫里,把水葫芦递给叶西泳。叶西泳一喝,金戒指便顺水落在她的嘴里,她暗暗高兴,忙问:"路上遇着什么人啦?"两个小姑娘把岩惹在泉边问话的事一一告诉了她。叶西泳叫她俩悄悄把他请进宫来。

两个小姑娘把岩惹领进叶西泳的住室里,夫妻相见,悲喜交加,紧紧相抱。叶西泳痛苦地诉说嗡对她的虐待和侮辱,只因金戒指不在身,她才无法挣脱。岩惹悔恨自己不注意,让妻子的心落在地上了。

这时,嗡吹着胡子闯了进来,问岩惹是什么人,到宫里来干什么。岩惹说:"来领我的妻子,被你抢走的叶西泳。"

"是我抢你的妻子,还是你想抢我的妻子?"嗡暴跳起来。

岩惹说:"叶西泳是我的妻子,有她和金戒指做证。"

嗡说:"叶西泳是我的妻子,有我的宫殿和财产做证。"

叶西泳说:"我是谁的妻子,由他的勤劳、勇敢做证。"

嗡说自己最勤劳、最勇敢,岩惹也说自己最勤劳、最勇敢。于是,叶西泳分给他俩各一筐黄豆,叫他们各自在一块地上撒完,还要一面撒一面数。过了半天又叫他们各自把撒的黄豆捡回来,一数,各丢失一颗。叶西泳要他们找回来,嗡找不着就想用家里的黄豆来抵,叶西泳不答应,于是他泄气不找了。岩惹在地里扒了半天,又提着他的小弩在地边转了几圈,想是地边的鼠鸟吃掉了。想着,空中飞过一群斑鸠,他提起小弩,一箭把领头的那只打落下来,剖开嗉囊一看,果然有一颗黄豆,岩惹把它取回到筐里,交给叶西泳。

接着,叶西泳把一背袋的石头和一背袋的糯米粑摆在岩惹和嗡的面前,叫他俩各挑选一袋,背着它穿过寨里的凶狗群。嗡抢过石头背袋,留给岩惹糯米粑背袋。

他俩背起自己的背袋来到寨子里,面前有几十只凶狗张着大牙向他们狂叫。嗡一面冲一面抓起背袋里的石头向凶狗死命地打去。石头打完了,凶狗又把他追了回来。接着,岩惹慢慢地向狗群走去,一面走,一面把背袋里的糯米粑一坨一坨地扔向狗群。又饿又馋的凶狗见了就抢,一咬住糯米粑,牙齿就被粘住了,咽不下去也吐不出来。岩惹趁机穿了过去。于是,他回来拉住叶西泳,准备把她领回去。走出几步,被嗡拦住:"站住!叶西泳明明是我的,是你瞎了眼睛,把自己的妻子认错了!"叶西泳说:"好!你俩的眼睛,究竟是谁的瞎了,让我看一看。"说着,她叫嗡先闭上眼睛,让岩惹在屋里躲藏起来。等嗡睁开眼睛,岩惹不见了,叶西泳指着一只大箩筐,叫他背着找岩惹,嗡背着大箩筐,找来找去,找了大半天,出了一身汗,还没找着,他只好泄气不找了。等到他把箩筐从身上卸下来时,岩惹却从箩筐里跳了出来,弄得嗡目瞪口呆。这时,叶西泳又叫岩惹闭上眼睛,让嗡躲藏起来。待岩惹睁开眼睛,嗡不见了。叶西泳告诉他:"带上你的长刀,到宫外找去,什么挡住你的去路,就把它砍掉。"岩惹出宫不远,一条粗大的野藤横挡在路上,他挥刀一砍,野藤断为两截,嗡从空心里滚了出来。"怎么样!我的眼睛没有瞎吧?"岩惹自豪地说。

这回,岩惹又回来拉住叶西泳,准备把她领回去,又被嗡拦住:"站住!你一个小小的穷孤儿,竟不知天高地厚,胆敢与我比高低、争老婆,我杀了你!"岩惹说:"我的确不知苍天有多高,大地有多厚,但知道天地之间还有个理呀!"

"理?那就请把它拿出来。我要看它有多高,有多厚,是黑的,还是红的。拿不出来,我就杀了你!"说着,就举起大刀向岩惹逼来。

"喏!理在这儿哪!"叶西泳在嗡的眼前挥了一圈金戒指,立即喷出一团火,直扑嗡的身上。嗡见势不妙,拔腿就跑。火团越烧越旺,嗡跑到哪里就追到哪里,最后把他烧成灰烬。

嗡被烧死了。叶西泳把亮闪闪的金戒指套在岩惹的手指上。夫妻俩眉开眼笑,手牵着手,顺着勐河水,高高兴兴地回到了自己的家园,又开始了他们甜蜜的生活。

搜集整理：王树本
流传地区：黑龙江宁安

小孤山

早些年，镜泊湖边住个叫王大的，这人长得五大三粗，是个火暴性子。可他心眼好，愿意为大伙办事，又是个捕鱼打猎的好手，乡亲们有个为难遭灾的事，都爱找他商量。

有一年，这一带的湖里闹妖精，湖面上常罩着黑乎乎的浓雾，卷着一房多高的巨浪，打渔船和过往商船，常给妖精拱翻。大家伙请道士烧香画符，把猪头、牛头扔到湖里祭神。这些招都使绝了，可妖精还是越闹越厉害。

王大眼见乡亲们给妖精欺负得愁眉苦脸，心真比油煎还难受。这天，他邀了几个胆大的渔民，划着船、拿着鱼叉下湖查看妖精的动静。大伙在一块合计着治妖的办法，左思右想，谁也拿不出一条好主意。不一会儿，一团团乌云向湖面拥来，紧接着下起瓢泼大雨。王大心情烦躁地坐在船帮上，一抬眼，看见一排浪过后，从天上飞下来一只老鹰，一伸爪子从浪尖上抓起一条金灿灿的小鱼。王大随手捡起一块小石头向老鹰扔去，不偏不斜，正好打中老鹰。老鹰一松嘴，那条小金鱼从空中落到船头，动弹着身子，可怜巴巴地望着王大。王大把小金鱼托在手里，心想：养生不如放生，干脆，我放了你吧！他把小金鱼投进湖里，那鱼朝王大点点头，摆动着尾巴游走了。

王大把船靠到岸上，架起一堆火，边烤着雨水淋湿的衣服，边想着心事。猛然间，身后虎啸猿啼，王大一惊愕，起身操起鱼叉。一回头，见是个身穿红袍、长得眉清目秀的少年。少年拱手说道："王大哥，这点胆量如何降得了妖精啊？"王大一问，才知道少年也住在湖边，家有弟兄两人，是打鱼的。王大说："湖边打鱼的？我怎么瞅你这么眼生呢？"少年说："一回生两回熟么！"接着就指前面不远的山嘴子说:"王大哥请到前边舍下坐坐,兄弟有话要说呀!"王大见他态度诚恳,就跟着来到前边山嘴子的一间茅屋里。一进屋,见地当中放一桌酒席,炕上躺着个同红袍少年长相一模一样的年轻人,就是头上裹着汗巾,像有病的样子。他一见王大就忙不迭地打躬作揖:"难得恩人到此一叙,小弟稍备淡酒素菜,为王大哥消愁解闷!"

穿红袍的少年见王大疑惑不解的神色,走上前说道:"这是家兄,不瞒你说,他就是刚才你救上来的那条金鱼啊!"王大定了一下神,相互问过姓名,就和小哥俩喝上了。席间,那个头上缠汗巾的年轻人说:"我们兄弟俩本来住在湖里,可是自从来了凶狠的蛟龙,就把我们的房舍占了;我俩只好躲到湖边上来栖身度日了。"

王大贪了几盅酒,向兄弟俩倾吐了自己要为民除害的心思。金鱼兄弟告诉他,这条蛟龙每逢初一、十五就出来兴妖作怪。要治服这蛟龙得做到三件事:第一,预备五船鹅卵石,石头上滚些牲畜粪;第二,用从山上找的小盒那么大的蜘蛛皮包上船头;第三,要挑五个胆大心细的小伙子分扛青红黄绿紫的五彩旗,用五种树木为旗杆,听候调动。到这月十五那天,金鱼兄弟俩要和王大一块降魔。

到了十五这天,一切都按金鱼兄弟说的准备好了。王大手拿鱼叉,腰挎弓箭,威风凛凛地站在船上。不一会儿,只见湖水变得墨黑墨黑,跟着就刮起一阵昏天罩地的大旋风,一个头上生着两只角的怪兽把脑袋伸出湖面,瞪着两只闪动绿光的眼睛,冲湖边的木船游来。这时,金鱼兄弟站在岸上口吐微光,让人们把装满鹅卵石的大木船一只一只地推到湖里。那蛟龙怪兽一口一个,把盛石头的木船都吞了。怪兽吞了五船石头,肚子胀得鼓鼓的,沉甸甸地朝下坠。这工夫,王大和金鱼兄弟带领五只木船,每船分别插着一杆彩旗,船上站着手持鱼叉的彪形大汉,把怪兽紧紧围上了。

这场恶斗啊,直从早上打到傍晚。湖水呀,被搅得像开锅似的翻腾着。王大他们饿了,渔民就划着小船送饭送水;而那蛟龙怪兽斗了一天,又饿又累,加上吞了一肚子石头,已经精疲力竭了。

这节骨眼,王大掏出两支一尺多长的箭,拉弓展臂向蛟龙眼睛射去。说来也怪,这两支箭一射进蛟龙眼睛,转眼变成两根铁索,牢牢实实地把蛟龙锁住了。

王大手拿鬼头刀正要向龙头砍去,蛟龙哀求道:"王大哥,饶我一条命吧!从今往后我再也不敢为非作歹了!"

王大问:"咋能担保你不再兴妖作怪了呢?"

蛟龙说:"我愿意把从前从你们那儿夺来的财物都还给你们。你们在我头上的地方能打着鲤鱼,在脖子地方能捕着鳌花,在身子地方可以打着湖鲫,在尾巴地方能捞到扁花。"说完,蛟龙越长越大,身子一探,缓缓地爬到湖面上了,转眼间,湖面就凸出一座小山压在龙身上。王大又让把那五彩旗插在小山顶上,没一会儿,变成五样色彩的树木。

从此,渔民在这一带果然能捕着各式各样的鱼。后来,人们管这座龙肚子上鼓出来的山叫"小孤山"。小孤山顶上,直到今天还生长着五色树林,一到秋高气爽的日子,色彩斑斓,真是美极了。

讲　　述：傅英仁（满族）
搜集整理：王士媛
流传地区：黑龙江牡丹江一带

鲫鱼贝子

镜泊湖沿湖地方盛产鲫鱼，就是有名的湖鲫。这镜泊湖的湖鲫和别的地方的鲫鱼不一样，不论它味道的鲜美劲儿，还是它模样的好看劲儿，都和普通鲫鱼不同。在清朝年间，它是有名的贡品，是给皇上吃的。

在镜泊湖的西岸，有这么一个小小的部落。这个部落你说怪不怪呢，他们祖祖辈辈不兴吃鲫鱼。为什么这个部落祖祖辈辈不吃鲫鱼呢？这里有一个传说。

很早以前，镜泊湖岸边的这个小小的部落，什么哈拉①，记不清了。有一个老渔人叫纳布昆。这个纳布昆老人很老实。老伴去世早，家里就一个姑娘，爷儿俩相依为命过日子，过得挺好。

这纳布昆也不知道为什么，最爱这种小鲫鱼。别的鱼，他都打，别的鱼，他都吃，别的鱼，他都卖，唯独这种小鲫鱼，他不打，也不吃，也不卖。他要碰到谁拿着小鲫鱼，宁可花钱把它买回来，或者用好鱼把它换回来，放回湖里。

有一年，老渔人纳布昆病了，病得挺厉害，几个月没起来。一个渔人家好几个月没有进项，那可是件大事。家里没有吃的了，也没有烧的了。虽说这姑娘也挺能干吧，老人家还有点舍不得让姑娘自己去打鱼。日子过得实在艰难，纳布昆是连吃药都不行了。

那年秋头上得的病，到了秋末，老人家眼瞅着不行了，就把他姑娘叫到跟前，说："我要不行了，你往后找一个称心如意的丈夫，好好过日子吧！"姑娘哭得死去活来。

---

① 哈拉：满语，姓氏。

正在这个时候,姑娘听到外边有"咕咚,咕咚"打木桶的声音。那个地方,凡是敲打一种梆子似的小木桶,在各部落串街走巷的,不是相面的,就是看风水的,再不就是治病的先生。姑娘听到打木桶的声音,就出去了。按理说,这打木桶的都是些个老头,五六十岁,六七十岁的,可这个打木桶的是个年轻的小阿哥。

这个小阿哥背着个兜子,长得挺漂亮。姑娘一见这小阿哥就有点磨不开了。呆了半天,小阿哥说了:"姑娘啊,你有什么心思,你说一说,我能够办到的,可以替你办嘛。"

姑娘说:"我没有别的心思,就是我阿玛病了有三四个月了,眼瞅要不行了。我盼望着有个老先生来给我阿玛看一看病。"

小阿哥说:"好,我可以给你阿玛看一看病。"姑娘半信半疑,就势把他领进来了。说也奇怪,小阿哥像很熟识的样子。姑娘到她阿玛跟前说:"阿玛,我给你找了一个先生。"这时候她阿玛已经不太懂人事了。

小阿哥看一看纳布昆的头,摸一摸纳布昆的手,摸一摸纳布昆的脚,用两只手摩挲摩挲纳布昆的脑瓜门儿,又摩挲摩挲纳布昆的胸脯,完了就拿出来好像刚从水里捞出的一把草药,说:"你把这药熬上吧,熬上喝了,老人家就能好。"

姑娘有点不相信。常言说:病急乱投医呀。不管怎么的,赶紧熬药。药熬好了,小阿哥一勺一勺把药喂到老人家嘴里。哎,可也怪,没一袋烟的工夫,纳布昆的肚子就"咕噜咕噜"地响起来。又不大一会儿工夫,纳布昆眼睛就睁开了。再不大一会儿,纳布昆就招呼姑娘说:"我怪渴的,你给我点儿水。"

哎呀,姑娘这个乐呀!她走到小阿哥的跟前,深深请安说:"你真是我家的救命恩人哪!"小阿哥说:"这样吧,老人家这病要好利索也容易。你家方便的话,不管什么屋都可以,我在这儿待几天,一直把老人侍候好我再走。"

姑娘更高兴了,纳布昆也挺高兴。也没打听这小阿哥姓什么、叫什么,给小阿哥找一间屋就住下了。打这儿,小阿哥精心伺候纳布昆。煎汤熬药,问寒问暖,连要吃什么,都是他亲手做。过了七八天,纳布昆的病就好了。

纳布昆的病是好了,可日子很难过呀!你说人家年轻人把自己的病治好了,可缺米少柴的,一点也没招儿。到吃饭的时候,小阿哥对姑娘说:"早晨了,咋还不做饭呢?"姑娘脸一红,心想:家都没粮了。

纳布昆说:"我寻思,今儿个下湖打鱼去,打点鱼款待款待你。实不相瞒哪,家里头哇,没有吃的了。"小阿哥说:"哎呀,你们怎么总哭穷呢?你们家里头有的是粮食,你们怎么说没有粮食呢?"

纳布昆说:"那哪能呢?要是真有粮,我们还能不给你做吗?"这小阿哥挺不愿意,说:"不对,你们那个小哈什①里有粮食!"纳布昆说:"没有,真没有!"小阿哥说:"没有?我刚才去看过了,你们小哈什里有那么一下子粮食呢!还都是稗子米呢!还有小黄米!还有肉干儿。你们有,你们怎么不做呢?"姑娘有点来气,说:"你看,这可真是的,要是有,我能不给你做吗?"小阿哥说:"这么办,我先去看看,行不行?"姑娘说:"行!"姑娘心里话:我不怕你看。

小阿哥打开这个小哈什一看,哈什里头都是稗子米;哎,打开那个哈什一看,哈什里头都是小黄米,还有肉干儿。姑娘吓得瞪眼睛了,不知道这是怎么回事儿。小阿哥说:"你看看,明明有粮么!"姑娘干着急,也没什么说的,这就做了饭了。

到了第二天,这个小阿哥越吃越馋,对小姑娘说:"哎呀,我想喝点马奶子,有没有哇?"小姑娘说:"没有,我们不养活马。"小阿哥说:"不能,你们有哇,不是在葫芦里装着吗?"这时候小姑娘有点明白了,觉着这小阿哥不是凡人,凡是他说有什么,就管保得有什么。姑娘这回精了,说:"有,有,有!"小阿哥说:"那好,你给我拿来吧!"果然不假,那葫芦里装了满满一葫芦马奶子。熬好了马奶子,小阿哥说:"我不喝,给老人家喝吧,喝了能壮脾胃。"

到了第三天,小阿哥又对姑娘说了:"老人家愿意吃鸡蛋,吃了可以壮力,你们家有没有?"小姑娘忙说:"有,有,有!"到那个地场,果然就把鸡蛋拿出来了。就这么地,老渔人纳布昆一家的日子,从打小阿哥来这么一帮,就越过越好了。纳布昆的身子骨很快也就复原了。

这个小阿哥从打纳布昆老人病好之后,也不张罗走。纳布昆一看这个小阿哥真是又能干又聪明,长得也不错。有一天,纳布昆做了点饭,把小阿哥请来,对他说:"小阿哥啊,我看你挺好,我这两天就寻思,你要不嫌弃,是不是我把我姑娘

---

① 哈什:满语,仓房。

许配给你呀？我要有你这样的姑爷，该多舒心啊！"

小阿哥一听这话，打了一个唉声说："我不是看不上你这个姑娘，你知道我是谁吗？"纳布昆说："我不知道你是谁。我们满族人，见到好人都不问他的名和姓。你就是一个好人，我为什么要知道你的名和姓呢？"小阿哥说："我跟你老说实话吧！我到你这儿是报恩来了。我是湖里的鲫鱼贝子，我的阿玛是湖里的贝勒。"

纳布昆一听，心里"咯噔"一下子：啊！怨不得他有这么大能耐呢！纳布昆赶忙起来，要给鲫鱼贝子请安。鲫鱼贝子赶忙请纳布昆坐下，说："你老不要这样，你老这一辈子对我们鲫鱼种族是这么爱，我们没有什么报答，我奉阿玛之命，到这儿给你老治病来了。我吃了仙丹之后，只能在旱岸上待一个月，再以后，我就不能在这儿待了，怎么能跟你姑娘成亲呢？"

纳布昆听了可就犯愁了。纳布昆说："那你怎么才能在这地方待长呢？"姑娘这时候对小阿哥有了情意，小阿哥对姑娘也有了情意。小阿哥说了："这样吧，想要让我在这儿长待，你们得预备一个大水缸。到我吃的仙丹失灵的时候，白天我住在水缸里，到晚上我就可以变成一个人。"纳布昆说："行，就这么办吧！"

爷儿俩立时给鲫鱼贝子预备了一个挺大的水缸，装满了水。到了一个月了，鲫鱼贝子的仙丹果然失灵了，于是，他白天待在水缸里，到晚上才出来。可是，鲫鱼贝子身上有一层鱼鳞，没法和姑娘成亲。姑娘问鲫鱼贝子："你说什么是什么，要什么有什么。那你说，咱俩怎么才能结为真正的夫妻呢？"鲫鱼贝子说："要想结为真正的夫妻，咱们就得找一位神。你们旱岸上有一位神，叫安班玛尼，是苏木哈拉的一位神。他住在树上。你们南面有一棵最粗最粗的树，他就住在那地场。你要是求求他，他兴许把咱俩成全了。"姑娘一寻思说："那好吧！我找安班玛尼去。"那天早晨，姑娘起了个大早，带点糕、带点米酒，找安班玛尼去了。

安班玛尼是一个有求必应的神。姑娘跪在部落南边那棵最粗最粗的大树旁边，恳求安班玛尼。不大一会儿，树底下的碗里出来一大碗米酒。这米酒"哗哗"直劲儿翻花，就像开了锅似的。姑娘一看，约莫这是神酒，一定是让鲫鱼贝子喝的，就高高兴兴地把这酒拿回来了。

鲫鱼贝子一见安班玛尼的神酒，一口气就喝了。喝了之后，这浑身热得直劲儿打滚呀，哪块凉往哪块钻。足足有两个时辰，鲫鱼贝子就脱了一层鱼鳞皮。从此，鲫鱼贝子白天黑夜都是人的模样了，鱼鳞皮也脱掉了。就这么地，和纳布昆的姑娘成亲了。

鲫鱼贝子成亲之后，回不去镜泊湖水府了。就在这个时候，鲫鱼贝子的父亲，镜泊湖水府的老鲫鱼贝勒，知道儿子和纳布昆的姑娘成了亲，勃然大怒。一天夜里，老鲫鱼贝勒带领水府兵将来到纳布昆家，没容分说就把鲫鱼贝子抓了回去，押在水牢里。

姑娘一看，怎么办呢？没有招儿。她天天到湖沿儿上去等鲫鱼贝子。鲫鱼贝子在水牢里，也是直想念这姑娘。他不由心里叨咕着岸上的安班玛尼："安班玛尼呀，你要是有灵有神通，就来帮助我离开这水牢吧！"小鲫鱼贝子叨咕了三天三夜也没有动静。

到第四天头上，就好像有人在哪地场招呼他似的："你呀，在水牢里头，应该做几件事儿，你自己就能离开水牢。"鲫鱼贝子说："做哪几件事呢？"那人说："第一件呀，今年湖岸上要大旱七七四十九天，你能不能让你的阿玛多发点水，湖洇四十，露打三寸？就是湖呀，能洇四十里地那么长，露水呀，打到地里三寸深。"

鲫鱼贝子心里话：找我阿玛不行，就找我的行水将军吧！对，找他。他就把行水将军找来了，跟行水将军说："你能不能救我呀？"行水将军说："怎么救你呀？"鲫鱼贝子说："今年湖岸要大旱七七四十九天，你能不能湖洇四十，露打三寸呀？"行水将军说："行，应该这么做。"就这样，行水将军照鲫鱼贝子说的去做了。

第二天，又听那人说："第二件事，今年镜泊湖里有一条黑鱼精在那作怪，不是吃猪，就是吃人，百姓遭灾受难。你能不能为百姓除害呢？"鲫鱼贝子说："能！"就这样，鲫鱼贝子把水内将军找来了，问水内将军："是有这么个黑鱼精吗？"水内将军说："是有！"鲫鱼贝子说："你把这黑鱼精杀了吧，为百姓除害！"就这样，水内将军把黑鱼精杀了。

杀死了黑鱼精，鲫鱼贝子问那人说："第三件事是什么呢？"那人说："你让你阿玛到岸上看看去，他看完回来，就能放你出水牢。"这天，有人来送饭，鲫鱼贝子跟送饭的说："你跟我阿玛说吧，三天之后，让他到岸上看一看，看看岸上有什么动静没有。"送饭的答应了。

到了第三天，鲫鱼贝子的阿玛老鲫鱼贝勒就到岸上一看，老百姓又跳舞，又唱歌,又烧香,又摆供……干什么呢?水府管事的禀告鲫鱼贝勒说,这是感谢镜泊湖湖主老鲫鱼贝勒。老鲫鱼贝勒奇怪了,说道:"我并没干什么好事儿,怎么感谢我呢?"

老鲫鱼贝勒越寻思越奇怪,他想看个究竟,于是变了一个老猎人,在湖岸上走来走去。他走啊走啊,一路上都听老百姓说:"你看还是老贝勒呀,给我们这地场湖涸四十,露打三寸,还除掉了黑鱼精。"

老鲫鱼贝勒心里一个劲儿嘀咕:这是谁干的好事呢?为什么都搁到我身上了呢?老鲫鱼贝勒回府就问水府文武百官。问这个,这个不说,问那个,那个也不说。问到行水将军和水内将军两个人身上了,那两个将军说:"这个事情啊,只有小鲫鱼贝子他知道。"老鲫鱼贝勒说:"好,把他叫来吧!"叫来了,一问鲫鱼贝子,他就如实说了。他阿玛一看,儿子干了好事,就把他从水牢里放出来了。

小鲫鱼贝子出了水牢,这天晚上就又上了岸,找到了南山上那棵大树,磕头谢恩,说:"安班玛尼,你还能不能救救我,让我永远在岸上呢?"他这么一叨咕不要紧,老鲫鱼贝勒知道了,又把鲫鱼贝子抓了回去。

这时候,纳布昆的姑娘也去求安班玛尼了。安班玛尼说:"你呀,拿着我的这个托力,扔到镜泊湖里。扔下去,就赶紧往回跑,可不兴回头。不管谁招呼你,你都别回头。跑出去一百步,小鲫鱼贝子就能回来了,从此,他就永远和你在一起了。"姑娘信了这话,告别了安班玛尼,坐着船到湖里去了。到了湖里,越往远去,风浪越大,咬着牙到了湖心。

姑娘拿着托力往湖里一扔,忽听山崩地裂,她赶紧把船摇到岸边,下船上岸,不回头地闷头往家里跑。跑到离岸上有二三十步远的地场,鲫鱼贝子已经出了镜泊湖,追到姑娘旁边。

这时,姑娘好像听她阿玛在后面招呼她:"你跑什么?女婿都回来了!"她寻思是她阿玛招呼她,就这么一回头。这一下子坏了!纳布昆的姑娘和小鲫鱼贝子都变成了青蛙,双双跳到湖里去了。跳到湖里之后,他俩还是日日夜夜地帮老百姓做好事儿。

从此,传下来说青蛙是鲫鱼变的。打这起,镜泊湖边这个小小部落的人们,再也不吃鲫鱼了。

搜集整理：吴品瑞、刘君祥
流传地区：北京密云

冶塔仙灯

密云县城东北的山上，有一座石塔，矗立在山顶，人们叫它"冶山塔"。塔的顶端有盏仙灯，每到晚上都红光闪烁，十分耀眼。老远人们就能看到它。据说这盏灯是仙人纪晓堂所挂。塔的下面有个很深很深的洞，洞口有根铁链，只要人们一拽它，洞里就发出哗哗的响声。据说铁链锁的是鲇鱼姥姥。要说起这个故事来，那可就远了。

密云原来名叫泗州。这座古城依山傍水，风景迷人。古城周围百里，一马平川，水草肥美。当地有句俗话：泗州碌碡转，五年粮不断。滔滔的大白河，除灌溉着两岸的良田，还驮运着无数帆船，急驰南下。

有一年，大白河突然发洪水。田地被冲毁了，村庄被冲毁了，美丽富饶的泗州处处是废墟。但人们不愿离开故土，就推举农活样样通的刘栋领着重建家园。

一晃十年过去了。在刘栋年近五十的时候，大白河两岸已整建得跟过去一样了。大年三十晚上，刘栋家里灯火通明，他一个人正包饺子，突然"砰砰砰"有人敲打院门。刘栋打开门，一下子愣住了，一个素不相识的年轻媳妇站在面前。还没容刘栋开口，年轻媳妇就抢先说道："我是回娘家的，路上耽误了，我想借住一宿。"

热心肠的老刘栋正要说什么，只见那女人已经向院里走去，刘栋只好跟进了院。刘栋虽然是五十岁的人了，却始终过着光棍的日子。如今，这个小屋中突然添了个女人，怪不好意思的，所以他搭讪几句话，就忙着包饺子了。女人进了里屋，见刘栋在堂屋里，自己也走到堂屋，大大方方帮刘栋烧火煮饺子，这更使刘栋不知如何是好了。

饺子熟了,刘栋低着头吃。那女人却絮絮叨叨地说个不停,好像多熟似的。女人说:"您可是个好人啊,方圆左右一提您,谁都伸大拇指。"刘栋这才仔细打量她。只见这女人穿一身青,漆黑的发髻,细眉大眼,一表人才,不过,长着一张鱼似的嘴巴。他便询问女人的身世。这一问,那女人忽然落下泪来。她边擦泪水边说道:"我是个苦命人啊!一过门当家的就病了。一病三年,去年死的。如今我一个人,日子真难混啊!眼下我是回家,叫爹妈做主,给我找个靠身之处。"

刘栋听着,也想起了自己的身世。他早年父母双亡,虽然凭自己硬朗朗的身子骨还没断过粮,可是孤身一人,难处也不少。这么一想,他更同情那女人了,于是,这两人就聊开了。越说越热乎,最后,女人主动提出要嫁给刘栋,刘栋很高兴。女人说定先回去禀告父母,三天后过门。直到三更后,女人才走。

三天后的傍晚,女人的三个亲戚来送她。这三个相貌很是特别:一个"骨如柴",一个"细高挑儿",一个"大胖墩儿"。刘栋就同鱼嘴女人结了亲。

你道这女人是谁?原来她是白河里为害的鲇鱼姥姥。她见刘栋领人重建了家园,整修了河道,使自己不能为所欲为,就变了个年轻媳妇,来使美人计,妄图除去这个心腹之患。从此,刘栋变得面黄肌瘦,再也没有力气带头干活了。有一天,他碰到了到处降妖的纪晓堂。纪晓堂一看,就知道刘栋被妖气迷住了,便对刘栋道:"老爷,下次那三个家亲再到您家做客时,您多多劝酒,仔细认认他们的面貌!"刘栋一听,心里可犯了嘀咕。

三天后的傍晚,那三个家亲来了。刘栋格外热情。酒桌之上,亲自把壶,殷勤劝酒。二更天,这三个人和鱼嘴女人都醉了。没半顿饭的工夫,炕上出现了鱼、鳖、虾、蟹四个水怪。刘栋倒吸了一口凉气,没有惊动他们,急忙找到纪晓堂。纪晓堂给了他三张镇妖符。刘栋回到家里,三个"亲戚"已走了。他在堂门、内门分别贴上镇妖符。第三张要贴在女人的背上,可机会难找。女人发觉刘栋神色不对,唠叨起来。刘栋听得不耐烦了,脱口说了句:"你不是人!"

女人先是一惊,随后捂着脸抽泣起来。刘栋见时机已到,忙走过去,轻声地说:"我跟你说玩笑呢!"说着一手拉女人的手,另一手掏出最后一张镇妖符,向女人的后背贴去。说来也怪,女人像被针扎了一样,随着"嗷"的一声尖叫,向屋外跑去。刘栋手中那第三道符掉落在地上。他赶紧向外跑去,耳旁只听"轰"的一声响,那女人出了屋门逃得无影无踪了。

刘栋没有跑出屋门,"咔嚓"房梁折了,把他压在底下,归天了(相传他是上仙下凡)。

鲇鱼姥姥逃回白河,急忙召见"细高挑儿""骨如柴""大胖墩儿"等水怪,发誓毁掉泗州。霎时,白河里浊浪滚滚,泛滥的洪水狂暴地怒吼着,像发了狂的野兽一样,把泗州城团团围住。这时,纪晓堂忙叫全城铁匠赶造铁链。铁链四十九环,八百一十斤重。打成之后,运到西门城楼上。他又叫全城百姓逮燕子,捉到后用香油煎炸。不大工夫,香喷喷的气味笼罩整个泗州城。

这时,各种水怪蹿出水面,嘴巴啧啧作响。纪晓堂叫众百姓把香油炸燕子投在水中。水怪一拥而上,抢吃香饵。纪晓堂见时机已到,便把那铁环用手一指,铁环都化作油炸小燕,瞄准碾盘大的鲇鱼头扔去。嘿,真叫巧,不偏不斜,都落进比锅还大的鲇鱼精嘴里了。鲇鱼精掉头就跑,百姓们拽住铁链,又上了一把大铁锁,把铁链锁在了鲇鱼精的心上。洪水这才不涨。

逮住的鲇鱼精被锁在城东冶山下的一个石洞里。人们又在山头上修了一座石塔把它镇住。

纪晓堂正要告辞,为首的五名长者唯恐鲇鱼精再出来作怪,忙恳求仙人想个万全之策。纪晓堂便把自己随身携带的一盏仙灯挂上了塔顶。从此泗州风调雨顺,五谷丰登。冶塔仙灯的故事也就流传开来。

搜集整理：陆晓蕾、周芹
流传地区：江西宜春

智斗泥鳅精

宜春秀江河里的状元洲，不管河里涨多大的水，涨得两岸的房屋浸过瓦，北门街上能撑船，洲上都不会浸到半点水。要想知道其中原因，听下边这个故事。

很久以前，状元洲是一座平平常常的绿洲，洲上住了些人家。后来听说出了只泥鳅精，每到五月就在河里兴风作浪，发大水，浸了洲，淹死人。洲上有一对小姐妹，抱着一棵树杆随波漂流，总算死里逃生。

姐妹俩无家可归，伤心地哭了起来。哭声惊动了天上一位神仙。神仙驾云落到她俩跟前，问她俩为啥哭。姐妹俩把泥鳅精兴风作浪害人的事，一五一十告诉神仙。神仙十分同情，从袖里取出两颗闪闪发光的珠子，说："涨水的时候，你俩一人一颗，衔在嘴里，沿着洲的四岸吐口水，就可消灾解难了。千万莫把珠子吞下去，吞了你们就会变鸭婆。"神仙说完就不见了。姐妹俩知道是遇到神仙，藏好宝珠，欢欢喜喜回到洲上去了。

到了第二年五月，泥鳅精照旧发大水害人。姐妹俩照神仙的话，口衔宝珠，沿那洲的四周吐口水。结果就像竖了一圈看不见的拦水坝，河水长得高，洲上却没有浸湿半点，洲上的人都高兴得放爆竹。这一下可气坏了泥鳅精，气得牙齿咬得咯咯响，一定要弄清这到底是怎么回事。

泥鳅精变成一个过路人，向洲上一个老太婆打听。善良的老太婆不知来人是泥鳅精变的，把小姐妹俩退水的前前后后说了。泥鳅精又变成一个讨饭的老人，走进小姐妹俩家里，可怜巴巴地说："小妹子，行行好，给一口吃的吧！"小姐妹俩心肠善良，十分同情这个孤苦伶仃的老人，就请她吃饭，让她住下。日子一久，心怀鬼胎的泥鳅精终于探清姐妹俩退水的秘密。

又过了一年,到了要发大水的时候。这天,小姐妹俩已暗暗地把宝珠衔在口里,刚要出门,泥鳅精突然摇身一变,讨饭婆子变成一个青面獠牙、三头六臂的妖怪,拦在门口吼叫。顿时,小姐妹俩吓得失声呼喊起来。宝珠骨碌一下滑进肚子里去了,她们马上就变成了鸭婆。两只鸭婆扑扑扑一飞,飞进秀江河里不见了。

姐妹俩变成鸭婆后,仍旧同泥鳅精搏斗。她们藏在绿洲底下,保护它不被水浸。从这以后,这洲上风景如画,后来办了学堂,出了几个状元,就改叫状元洲了。

讲　　述：张崇太
搜集整理：李坤元
流传地区：山东诸城

鱼儿子

　　古时候，有个村落不大，有三四十户人家。村前那里有一打谷场，是王家的。打谷场南面不远处有一大湾，湾里有泉眼，水很旺。从湾里溢出的水，顺溪而下，流入大河。王家在村里是个大户，人口不少，当家的老者名叫王仁。

　　每年过麦后，王仁家要在他那个打谷场里晒麦粮。这年麦后，竟出了桩蹊跷事儿：不知怎的，王仁家若晒粮，必然要落一场雨。雨不大，只下一阵，可把粮淋了。每次晒粮都是这样。别人家在场里晒粮，一个雨星也不落。这是怎么回事呢？王仁既气恼又纳闷。

　　有个在野外放牛的孩子发现了其中的奥秘。原来每当王仁家在场里摊开粮晒粮时，便从那口大水湾里蹿出一条大鱼来，它溜溜地游着游着便飞到天空去不见了。不多时，天上便渐渐形成了一片乌云，冲着那场下起雨来。雨过后，那条鱼又从空中飞下来，溅落到那口湾里。那孩子去把这事对王仁说了。

　　王仁知道此事后，便打定主意要逮住这条鱼。这天，他扫过场面，把粮摊开后，就暗地里望着那个水湾里的动静。不一会儿，果见从湾里蹿出一条大鱼来，溜溜地飞到高空去不见了。王仁立即带领大伙把早已备好的木桩杆子架设在湾里，又在架杆上面铺上了一领一领的苇箔，把湾面遮盖得严严的。

　　雨过后，那条鱼从天上飞下来，一下子跌落到苇箔上了。它入水不成，急得在苇箔上乱蹦乱跳。大家把它逮住一看，原是条黄鳝，身上金花花的，嘴巴上生着两根长须，两个眼珠儿溜圆放亮，且已生出足爪。大伙要铲死它，王仁见这鱼非凡，断定是条幼龙，连忙劝阻道："别铲它。人望成才，鱼望成龙。这精灵能腾云生雨，练功不知练了多少年月。若铲死它，岂不有伤天理造化？"又指着鳝鱼数落道:"你这精灵,确也太可恶了。我与你往日无仇,近日无冤,你为何与我作对?许你这一遭,日后你若再作践我,定斩不饶。"敲点了几句,便把它放入水中去了。

当天晚上,明月当空,吃罢晚饭,王仁正坐在院里乘凉。从大门外进来个半大孩子,近前叫了声"大爷",说:"我特地来向您老人家认错赔过。"王仁一看不认识。那孩子惭愧地说:"千不该万不该,我不该拿着口粮当儿戏,给您淋场。"王仁这才知道这孩子原是鳝鱼变的,呆了半晌道:"你这孩子,我没得罪你,你怎么还给我淋场?"

那孩子一笑:"大爷,您有所不知:鱼最怕住处沤苘沤麻。沤出那股恶味来顶鼻子,简直要命!您家呢,偏在那湾里沤,害得我难以生存下去,便耍性子与您作对。太不应该了。"至此,王仁才知道是怎么得罪它的。"那好说,以后我不去沤;别家去沤,我也劝阻不让。"

王仁见他一再认错赔过,便把他领到屋里去,掌上灯,让他坐下,问这问那,同他攀谈起来。嘴里与他说话,心里却在想:你看看这孩子,鼻子眼俊秀,真漂亮!这样漂亮的孩儿,天上难找地上难寻,我若得这么个漂亮孩儿,那该多好啊!便要认他做个干儿子,问他:"你做我的干儿子好不好?"

那孩子把头一点,说:"中。"

王仁说:"日后,你有什么困难,可来找我。"

那孩子又把头一点:"中。"

王仁又道:"我认你做干儿子,不指望别的,指望你长大了,天旱时,给这一带行云布雨!"

那孩子满口答应:"中。"

过了些日子,天上下着小雨,那孩子冒雨颠来了。进屋来,王仁问他:"前些日子,你怎么不来?"那孩子皱着眉头说:"爹,实不相瞒,鱼行靠水,不下雨,我想来来不了!"接着向王仁问道:"爹,有没有好吃的,我饿了!"

"有。"盖顶上有蒸好的饽饽,王仁取了两个来给他,说:"你什么时候饿了,就来拿饽饽吃,别不好意思。"从那之后,每当天落雨时,那孩子便颠来要好吃的。

好多天不下雨了,那孩子也不踏上门来了。王仁夜间睡不着觉,就想:人是铁,饭是钢,一天不吃饿得慌。别等他上门要了,我去给送吧。天明,他袖上两个饽饽,去湾边把他唤出来:"喏,孩子,给你饽饽吃!"那鱼吞吃一个,又噙着另一个饽饽游下水去了。从此之后,王仁每天去送饽饽,今朝去送两个,明朝又去送两个,天天如此。那鱼呢,胃口越来越大。起初,当场吃一个,后来当场连吃两个,还不饱,又从水面探出头来,张着嘴要。王仁就送三个去,三个也不行了,就送四个去。有道是:不怕减粮,就怕添口。久而久之,王仁管不起饭了。没法儿,他就串东家走西家,替鱼上门要饭。

这天又下大雨了,傍晚时分,那孩子冒着大雨颠来了。他进屋见了王仁,眼泪汪汪地说:"爹,这些年来,您为我的吃操尽心力,恩深似海,我没齿难忘。从明天起,您别再去送饽饽了。"

"咋? 因嘛?"

"爹,水湾虽好,终不是久居之地。困在这小水湾里,练不出行云布雨的本领。我要到南海里去了。趁这大雨,我这就走了。"

王仁半响不语,说:"孩子,欲成龙须归大海,你要去找出息,我不留你。"说过把头一低,弹泪了。

"爹啊爹,你别难过。两座山不见面,两个人常见面。以后,我来看望你。你想念我,也可顺着去南海的路,到南海崖上去找我。南海崖上立着一个石人,只要你在石人那儿向大海呼唤我一声,我就出来迎接你。"

王仁擦了擦眼泪,说:"那好。孩子,趁大雨盛时,你走吧!"

那孩子一去未归,屈指算来已三个年头了。王仁盼念儿子心切,正值这一带春旱,村里人央王仁去求求鱼儿子,给下场解旱雨,正合王仁心意。他便背上干粮去了。

来到南海崖上,那里果然立着一个石人。他在石人那儿向大海呼唤道:"孩子啊,孩子! 爹我来看望你,你出来迎接我吧!"等了一些时间,不见有人出来,就又高声呼唤。仍不见有人出来,这时王仁急了,他放声呼唤:"孩子,你听着:咱那里大旱了,旱得满坡麦子眼看要干死了,你快去给下场解旱雨。村里人央我来求你,你快出来,我和你说说。要不,我回去怎么向众人交代!"王仁呼唤了一阵子,依然没个人影儿出来,心凉了:"唉,不离儿! 当初,你在湾里时,我去送饽饽给你吃,只要轻轻呼唤一声,你就乖乖游来探头张口接。如今,我不是来送饽饽,而是来求你给下场解旱雨。我在这儿一呼再呼,不想你竟不理不睬,不愿出来见我了。好哇,忘恩负义了!"王仁恼怒之下,便走下海崖,寻一个野店里宿了一夜,第二天一早便启程上路回家了。

及至返回来,眼见满坡的麦子青青的,奇旺,原来已下足了灌浆雨。问了问在田里的人方知道:来急云的那个时候,他正在海崖上;下急雨的那个夜里,他正在店里宿着。蓦地想到:当他一入店时,店主似乎早有所料,要他在店里多住些日子;离店时因动身太早,也没向店主告辞一声。王仁一下子领悟过来:原来儿子急着来行雨,让他在野店等一天。他错怪了儿子,急着回家,错过了和儿子见面的机会。他无可奈何地长叹一声,把脚一跺,后悔不及。

讲　　述：卢太和
记录整理：王树林
流传地区：江苏如皋

獭猫精和赵匡胤

古时候，黄河边上有个姓赵的渔翁，老夫妻俩合住一条船；女儿名叫赵凤英，单身住在另一条船上。这天夜里，有个黑不溜秋的杲昃①爬上船，打一个滚变成一个男人，笑嘻嘻地要和赵凤英交好。赵凤英被他吹了口气，喊又喊不出，动又动不了，只好昏昏沉沉地受他摆布。这以后，黑杲昃夜夜都变成人形，到船上来纠缠赵凤英。

这一天，赵凤英的老子五十岁，来了一些亲眷贺喜；赵凤英却拘在自己的船上，怎么也不肯过去拜寿。赵老头心里奇怪，跨过船来一看，才晓得女儿带了身子，月份大了，不敢见客。赵老头又急又气，连声追问奸夫是哪个。赵凤英哭着说："我十天半月难上一次岸，更没有哪个到我船上来，有什么奸夫？那是一个黑杲昃，夜里爬上船，变成人形调戏我。"

赵老头估摸是妖精作怪，就同亲眷、船民商量好了，先在船上吃吃耍耍，到时候一起动手拿妖精。半夜里，黑杲昃又爬到船上，打个滚变成了人形。赵凤英早在防着，这时就放声大叫："妖精来了，妖精来了！"霎时，河里人声雷动，许多小船包抄过来，船头上渔叉亮闪闪的。黑杲昃一看势头不对，转身往河里一跳。哪晓得有人拿个钵头一泼，洒了它一身狗血，一下子把它镇住了。黑杲昃现了原形，原来是一只水獭猫！有个打鱼的眼明手快，忽地一叉把它戳住了。大家见水獭猫又大又肥，就剥剥洗洗，斫斫剁剁，把它煮熟吃下去了。到了这个时候，赵凤英又有点心疼，就把獭猫的骨头收起来，用钵头贮了放在船舱里。

---

①　杲昃：江苏泰如方言，意为"东西"。

过了几个月,赵凤英坐月子,生下一个小伙。赵老头看那伢儿方面大耳的,估摸长大后能有出息,就帮他取名赵天宝,叫女儿好好把他领大,将来好靠他养老。一年半载过去了,三年五年过去了,赵天宝转眼已经长到六七岁。这年冬天,黄河上忽然冰冻三尺,渔船都挨冻住了。赵老头一家打不到鱼,又没有什么积蓄,吃穿都发了愁。赵凤英想:"天宝本是水族后代,说不定还有点灵气,何不叫他想想法子呢?"就朝天宝说:"小伙,你下船瞟瞟去,能找块不冻的落地,摸点鱼回来就好了。"

"好的,我去。"赵天宝下了船,东跑西走,左寻右找,到处都冻得结结实实的。他跑得吃力了,就坐在冰河上歇息。嘿,他往下这一坐,眼前的冰就渐渐地化了,融成一个大水塘;一条肥肥壮壮的黄颡鱼游过来,后头还跟着不少黄河大鲤鱼。赵天宝往下一跳,一下子捉了两条大鲤鱼,欢欢喜喜地跑回家去了。

第二天,赵天宝又跑到那个地方,照样弄到两条大鲤鱼。他正欢欢喜喜往家跑时,不知从哪里来了个长毛野人,抢了他的鱼就吃。赵天宝说:"你吃没事,吃好了要把钱哎!"长毛野人头也不抬,一气把两条鱼都吞下去,转身就跑。这下赵天宝来了火,追上去就是一拳,"咚"!长毛野人忽地倒下去,伸伸腿就死掉了。

嗬,小伢儿一拳打死个大野人,哪有这号稀奇事呀?许多过路的就围在那里看。有个杨大人正好从这里经过,听说这件事就盘问赵天宝:"宝宝,黄河封冻三尺深,你从哪块①弄来鲜鲤鱼呀?"赵天宝也不瞒他,把鱼的来历都说了出来。杨大人听了吓一跳:"这伢儿只怕碰上了真龙地,黄颡鱼也只怕是条龙呢!"他叫地保收殓野人,自己把赵天宝带回衙门,弄好饭好菜给他吃饱,问:"宝宝,明朝你可去弄鱼啦?"赵天宝说:"去呀!家里等卖了鱼吃饭呢!""那好,今天的鱼钱我给,明朝你去弄鱼的时候,替我把这个包袱摆在水里。"杨大人弄块布包了祖宗三代的骨殖,又拿出好多钱,一起交给了赵天宝。

赵天宝回到船上,把钱交给了妈妈,还说:"杨大人也奇怪,别的不做,单叫我把这包骨头摆在水里。"赵凤英有见识,晓得这里头有名堂,就把獭猫精的骨头也包起来,说:"小伙,明朝你先摆我家的这个包袱,以后再摆他杨家的。"

---

① 哪块:方言,哪里。

第二天,赵天宝去到那块地方,又往冰上一坐,只见眼前的冰立刻化开了,那条黄颡鱼又领着鲤鱼游了过来。赵天宝顾不上捉鱼,忙把自家的包袱往水里一撂。黄颡鱼张口一接,"咕噜"一声,把獭猫精的骨头吞到肚里。赵天宝又把杨家的包袱撂下去,恰好挂在黄颡鱼的须子上,它带着游走了。

赵天宝转头去见杨大人,老老实实地告诉他一长二短。杨大人听了叹口长气,说:"罢哟,看来我杨家也只能挂挂角啦!"

原来那黄颡鱼还真是条龙。赵天宝把祖骨葬到它肚里,他的后代赵匡胤就成了宋朝的开国皇帝。杨家将一门忠烈,赤心保国,到底还只是个"挂角将军"。

搜集整理：陈明利
流传地区：北京

河堤柳的传说

永定河边的柳树多极了，这是为什么呢？有一段故事。

从前，连年泛滥的永定河原叫无定河，后来清朝皇帝赐名"永定河"，想靠金口玉言消除水患。那时河东岸一二里处有三间茅屋，住着王来顺夫妻二人。老两口心地善良，靠栽种梨树维持生活。

这年冬天，老两口在炕头上闲谈，王老汉对老伴说："这条河好几年也没发大水啦，咱家的梨树今年又没少挂果，趁手头富裕，今冬开个饭铺吧。"老伴一听点头说："那敢情好，开个饭铺方便来往行人，咱也赚点零用钱。"

第二天，王老汉开始置办用具，找人砌灶，并请人写了块"王记饭铺"的牌匾挂了出去。从此不断有南来北往的过路人前来喝酒吃饭。

有一天晚上，王来顺夫妻刚收拾完碗筷炊具，走进里屋坐在炕上，忽然听见永定河内一声巨响，紧接着一阵狂风带着黄沙打在窗户纸上，发出唰唰的响声。狂风过后，外边又传来嚓嚓的脚步声。王老汉一愣，心想这么晚啦，还有谁来呀！他穿鞋下炕，就听见拍打门板和"掌柜，掌柜"的呼叫声。王老汉急忙开了门，只见是三个腰悬利剑的壮士，连忙施礼道："里面请！"

借着屋内微弱的灯光，王老汉看清三位来客的相貌：一个矮胖子，小脑袋上长着一双闪闪发光的眼睛；一个高得出奇，细长的身材，瘦瘦的白净脸盘，眼睛凸出；另一个是中等个子，脸和手锅底一样黑。矮个的说："掌柜的，来一桶酒，三十斤熟肉。"王老汉惊奇地看看三位客人，转身准备去了。

他摆好酒肉，走进里屋，偷偷地从门缝往外探望，顿时吓得魂飞魄散。原来坐在屋里的是笸箩一般的王八和檩条一样的虾米、泥鳅，正伸着脖子喝酒吃肉。

王老汉听到"掌柜的算账"的喊声,才战战兢兢地出来,却不敢收他们给的银钱。矮个子微微一笑,说道:"你不要害怕,我们知道你们老两口是好人。实话告诉你,我们是河里的头领。只因皇帝老儿和我们作对,偏把无定河给改了名字,过年六月我等就要兴风作浪,叫河水在这里冲破堤岸,显显我们的威风。"又说:"只要你把房屋周围密密地栽齐柳枝,水再大也不会冲毁了。这事你可千万不能告诉任何人,只要一说出去,你们老两口就会被淹死!"

三个妖精走后,老两口一夜未睡,焦急地商量着怎样救这一方乡亲。他们尤其担心北边一带,因为那里村庄最多。

春暖以后,王老汉到处去割柳枝,老伴儿顺着堤坡往北栽。他们起早贪黑,腰累弯了,腿累肿了,但是他们没有顾得在自己家的茅屋西边栽上柳枝。

一个闷热的夏夜,果然狂风大作,乌云翻滚,电闪雷鸣,大雨倾盆。永定河水翻腾奔流,越涨越高,最后终于冲决河堤,从王来顺老两口栽的柳树南北两侧向东流去。王老汉的茅屋淹没在咆哮的洪水中,老两口也失踪了。大水过后,这一带幸免于难的人们想起王来顺老两口一天又一天栽种柳枝的情景,全明白了。从此,为了纪念二位老人,为了防备永定河的泛滥,人们就在堤岸上栽满了一排排的柳树。永定河边的柳树也就越来越多了。

搜集整理：刘思志
流传地区：山东崂山一带

石老人

崂山石老人村外的海滩上，立着一方大石，样子像个老人家在发痴地望着大海。为什么发痴呢？他想闺女想痴了，看闺女看痴了。

原来，他闺女名叫牡丹，六岁上死了娘，跟爹一块过日子，长得那个俊俏劲儿，真就是平常说的：乌云遮着牡丹花！远近半个崂山，没有不知道的！

闺女十八岁那年，有一天下海去挖蛤蜊打海蛎子，被出来巡海的东海龙王的虾大将撞见了。他想：龙王爷这几天心境不好，横挑鼻子竖挑眼的，我若把这闺女献上，他一开心也许还能封我个"八千岁"哪。想到这儿，他就在水皮浪尖上打了个滚，变成个花花公子，手拿小蒲扇儿呼嗒呼嗒地往村里去了。

他到村里去找谁呀？原来这里有个街滑子①，是个好事不做坏事做尽的东西。整天价袖着两只手儿，扳着两个胳臂肘儿，东街头逛到西街头，见面笑嘻嘻，龇出两粒黄豆牙儿，能说会道的。单等初一、十五，大伙凑点钱儿给他，他就买点香纸到龙王庙去烧上一炉，磕两个头，剩下的全送到小酒馆当"尿"喝了。平日油嘴滑拉舌，死人也能叫他说活，人们给起了个绰号叫李油嘴。

虾大将带着万两黄金来到李油嘴家，还没敲门，李油嘴就迎出来。一看那人尖头圆眼宽身子，小手小脚不分丫儿，估摸是个什么精灵，吓得心差点儿从口里蹦出来。就这工夫虾大将说话了："油大哥，今天请你帮个小忙。""好说好说，快请快请。"他把虾大将让到炕上，两人就打坐拉起呱来。虾大将把来意说了，李油嘴欢欢喜喜地就扣下了黄金五千两，把余下的一半扛起去找牡丹她爹了。

---

① 街滑子：方言，二流子。

一进门，李油嘴就跟牡丹的老爹道喜说："恭喜恭喜，你女儿当选龙王的贵妃啦！"牡丹爹正懵懂，李油嘴把五千两金子一放："东海龙王看中了你家牡丹，差我来下个聘礼，快收下吧。"老爹一听，气得他两个鼻子翅都扇起来了，一脚把那五千两金子顺着窗户棂子给踹到窗外的茅坑里去了。

这一来吓得李油嘴连滚带爬，跑去找虾大将。虾大将碰了一鼻子灰，就在龙王跟前添油加醋地好一顿说，龙王不觉火冒三丈，当即命令虾兵蟹将前去抢亲。可那些虾兵蟹将一离开水，虾须也并了，蟹角也卷了，眉毛胡子都贴一块了，打起仗来有几个能行的？村里的老爹也猜到他准会来这一手，早就备好长枪、大刀，在海边等候了。等它们一上岸，喊里咔嚓，枪起刀落，杀了个痛快，把虾、蟹将军的子孙都杀出了满腔黄子，杀臭了半个大海。龙王一看不行，就鸣金收兵了。

回到龙宫，龙王就对虾大将大发脾气。这虾大将却把旗杆眼一瞪，又想出一个鬼道道来了。

没住多少日子，牡丹得了个心惊脑热的病，爬不起炕，吃了多少草药也不见效。就在这工夫，村里来了个白胡子老头，手拿铃铛，身背药箱，还托着两个红果，边摇铃边吆喝着："丁零当啷，丁零当啷，红果治百病，药到病除啦！"俗话说，病急乱求医。牡丹姑娘吃草药没效，就吃吃这过路大夫的红果吧。这一吃，病是好啦，脑不涨头不痛了，可就一宿工夫，头上长出了两个角，弄得人不像人，怪不像怪。十八九的大闺女，总得说个婆家定个亲，才能好生生地过一辈子呀。就这模样儿，谁敢娶她做媳妇呢？

这光景，不用说牡丹哭得像个泪人儿，连村里人看了都替她害愁。不知请了多少先生给她治病，都没用，头上的角就是治不回去。

这工夫有人说："快出些帖子吧，谁能治好姑娘的病就重重报答！"老爹一寻思：可也是，天下自有能耐人！就说："倒也好，谁能治好女儿的病，年纪不相当的给钱，年纪相当的给人。"

帖子一出，就见来了一个美貌少年，自说家有祖传仙方，专治人间怪病。老爹就把少年请进家去。那少年把了把脉，从兜里摸出两个青果来，叫牡丹吃了。你说真也是怪事，眼见牡丹头上的角一节节地短了，一节节地没了。牡丹抬头一看那少年，长得倒也出挑——圆圆的脸儿高鼻梁，红红的嘴唇儿眉毛扬，大大的双耳垂肩上。羞得牡丹姑娘赶紧低下了头。老爹一看,也美滋滋的,心想:自己老来也有着落啦!当场就定下了这门亲事。

俗话说:二月二龙抬头。就在这一天,花轿到门口迎亲来了。牡丹姑娘梳洗打扮,欢欢喜喜上了花轿。

轿一起,就听鼓乐喇叭一齐响,忽忽悠悠两乘小轿儿朝着东海去了。老爹一看事情不好,急得他直跺脚,一边撵一边大声吆喝:"牡丹呀,快回来——牡丹呀,快回来——"他快撵,轿也快走;他慢撵,轿也慢走。他磕磕绊绊怎能撵得上?他撵到海边,水从脚脖来到了脖颈儿,再往前走就没顶了。这工夫只见后面跟上一个人来说:"生米已成熟饭啦,认了这门亲吧!"说完哈哈大笑起来。老爹转身一看,是李油嘴这块坏骨头。

这工夫,村里人也跟上来了,一个个竖眉瞪眼,这个一拳那个一脚,把个李油嘴给跺烂了,皮肉、骨头也分家了。他的皮肉都喂鱼鳖虾蟹了,骨头却变成了海里的碎石头,人们都叫它们"耻石"。

老爹呢?他变成了一个面向大海的石头老人,长年累月地瞅着大海。

再说,牡丹姑娘被龙王骗去之后,哭得死去活来,就是不肯和龙王成亲。老龙王软硬法子全拿出来,都没用。可牡丹也知道进门容易出门难,心想:反正是一不做二不休,扳倒葫芦洒了油。她说:"要我成亲也不难,必得依我事一件。"龙王说:"别说是一件,就是千件万件我也依你,说吧。""见爹一面,回来成亲。"龙王一听哈哈大笑,就叫虾大将领兵护送。牡丹浮出水面,走了不到十里路程,老远就望见老爹站在海边望着她,她出口叫了声:"爹!"这工夫只听龙王传旨:"父女已见面,速回!"虾大将一听令下,拉住牡丹的袖子就往后拖。只听一声巨响,牡丹变成了一座大山。

这座山,以后人们叫它"千里礁",再往后叫白了,就叫它"千里岛"了。

如今,李油嘴的骨头变成的那些"耻石",还躺在石老人脚下。每到涨潮的时候,就听到海水打着石老人,好像在说:"恶人难防,恶人难防啊!"

目录

龙精
小白龙 001
青龙泉 006
龙蛋 010

乌龟精
龟女婿 016
王八搬家 019
项大哥 021
乌龟石 024
青哥战龟精 029

鳖精
老鼋报恩 031
蜡台 037
鳖精变个鞋笡箩 041
鳖精画像 043

蛙精
玉蟾石 048

青蛙人 053
蛤蟆讨媳妇 060
隐山兴衰记 063
玉笛儿 067

蝲蛄精
大蝲蛄夹 072

蚌精
江蚌姑娘 075
珍珠门 082
西施贝 087
北珠 090

螺蛳精
螺蛳变人 093
美人对相公 097
螺蛳姑娘 100

夜叉精
夜叉精 104

树精

松树姑娘	107
百鸟衣	112
樟树心窝生蜡树	116
柳树仙子	120
柳状元	122
榆树姑娘	125
棒槌山上的老桑树	129
槐花仙子	135
桦树精求亲	138
椴树精	140
紫娟	144
猪婆藤精	147
金雀和树仙	150

竹精

青竹姑娘	157
翠竹仙子	163
竹妹	168

花精

姚黄和魏紫	171
黑牡丹	175
吕洞宾喜牡丹	177
牡丹姑娘	179
花为媒	183
杜鹃和牧羊郎	186
莲花石	189
莲花女走西湖	192
荷花仙	196
水仙格格	201
百合花	205
君山金桂	206
芍药仙子	209
梨花仙	214
上关花	220
花姑娘	223
夹竹桃的传说	227
山芽	229

菜精

白菜花	231
白菜仙子	234
灰菜姑爷	238
苋菜精	240

葫芦精

葫芦姑娘	241
葫芦套	246
葫芦藤	249

瓜精

冬瓜仔	252
西瓜女	254
瓜妹	260

果精

苹果姑娘	265
橘子姑娘	270
石榴公子	274

石榴花	278
葡萄精	280
桃姑嫁郎	282
玉仙园	285
杏花山	291
白果仙医	297
银杏姑娘	299
核桃格格	302

稻精
九仙姑	307

麦精
荞麦姑娘	309

人参精
红姑娘	313
参姑	319
人参娃	327
双胎参	331
红松和人参	337
柳郎和三妹	342
悬云寺	348

药精
灵芝姑娘	351
萧乌	354
首乌王	357
茯苓娃娃	360

茶精
崎峰茶	365

烟精
山旺和烟儿	369

星精
星娘	375
火星姑娘	378
负心的巴帝	381

雨精
雨水姐姐	384

雪精
雪美人	387

石精
日月石	390
石磙精	395
水晶石	397
水晶女	399
白石精	402
嘛尼堆堆	405
石人	407
石头儿子	409
狼石	416
石乌龟	420

玉精
碧玉仙子	423

象牙精

象牙姑娘　　　　　　　　　　426

盐精

盐仙　　　　　　　　　　　　430

矿物精

黑娃　　　　　　　　　　　　434
银子精　　　　　　　　　　　438
朱砂人　　　　　　　　　　　440

碾盘精

碾盘姑姑　　　　　　　　　　444

纸人精

纸扎媳妇　　　　　　　　　　447
有富娶亲　　　　　　　　　　450
弄假成真　　　　　　　　　　453

画精

王小娶妻　　　　　　　　　　458
纸娘生张良　　　　　　　　　460

泥人精

娶泥胎　　　　　　　　　　　462
泥人邱师　　　　　　　　　　468
小泥人成精　　　　　　　　　471

风筝精

风筝姑娘　　　　　　　　　　473

枕头精

枕头姑娘　　　　　　　　　　477

灯精

灯姑娘　　　　　　　　　　　481

簸箕精

簸箕女　　　　　　　　　　　483

笤帚精

笤帚精姐妹　　　　　　　　　486
炊帚姑娘买花　　　　　　　　490

钟精

铜钟和铁钟　　　　　　　　　492

炉精

化钱炉　　　　　　　　　　　494

棺板精

棺板精　　　　　　　　　　　500

车轱辘精

新媳妇识破尿炕精　　　　　　502

再版后记　　　　　　　　　　505

搜集整理：陶阳、吴绵、徐纪民
流传地区：山东泰安

小白龙

泰山黑龙潭下边有个白龙池，据说小白龙从前就住在这里。

有一年，玉皇大帝下令小白龙下一场暴雨，可是他不忍心毁坏老百姓的庄稼，就只下了一场牛毛细雨。玉皇大帝很生气，就惩罚他到人间做苦工。

小白龙无奈，只得化作一个白衣少年去卖短工，在下河桥那里等人雇。这一天，有个姓崔的来雇工，就把小白龙雇去了。雇去以后，主人一看他很勤劳，就问他："你是哪里人？"

小白龙说："我住在扇子崖下边白龙池那里。"

姓崔的又说："你住得不远，我看你挺勤快，你就在这里干吧！到别处反正也是一样当短工。"

"行啊！"

姓崔的就给他找了间盛麦糠和柴草的屋。

小白龙住下以后，非常勤快。庭院扫得干净，花草养得旺盛。庄稼活更甭说了，样样精明强干。东家不拿他当外人，小姐住的庭院，小白龙也随时进进出出。崔家这个独生闺女，见小白龙眉清目秀、聪明能干，就生了爱慕之心，非跟他不行。那姓崔的嫌贫爱富，就不愿意，说他的闺女："不行！他是个打短的，跟他受这个穷干什么？"

可是闺女爱人才不爱钱财，非跟小白龙不行。姓崔的下了狠心：你不干，我把他辞了去，看你怎么办。

小白龙被辞了以后，就上北集坡小白峪李家去扛活。李家只有老两口，无儿无女，见小白龙又勤快又伶俐，就把他留下了。

再说崔家的闺女看中了小白龙,非跟他不行。她从打扫庭院的人那里打听到小白龙的去处。黑夜里,拿了个包袱就偷跑到小白峪去了。到了李家,就说:"来你这里做活的是俺丈夫,我来看看他。"

李家一看人家是夫妻,还说什么呢?就找好屋,叫他两口子住。这么着,时间长了,就住在这个庄里了。小两口非常恩爱,男的下地干活,女的在家里洗衣做饭,把李家老两口照顾得喜笑颜开。

第二年,正赶上大旱,一连几十天没下一滴雨,只靠一个泉子的水浇不过来。土地裂开了大缝,庄稼也快旱死了。小白龙看到这情景,心中很焦急,再不下雨,庄稼就会颗粒无收。

这天夜里,小白龙悄悄地出了门,这时就显他的本事了。他化成一条龙,把尾巴插到井里边,这么一拨弄,水就顺着尾巴上来,下了一场透地雨。下了一个多时辰,小白龙见地里的水下够了,才收了原形,回到家里。可是他万万也没有想到,他变龙下雨的事被一个夜里求雨的老汉看到了。庄稼得救,大家都高兴得不得了,小白龙变龙的消息也就随之传开了。一传十,十传百,很快就传到他妻子的耳朵里去了,她并不相信。

有一天,妻子到泉边洗衣裳,看到小白龙干活累了,也在泉边休息,妻子就和他开玩笑说:"人家都说那场救命雨是你下的,还说你是小白龙,今天这里没别人,你能不能变个龙给我看看是什么样子?"

虽然是句玩笑话,可小白龙一听,知道事已泄露,不能在此久住了。小白龙说:"我变龙你可别害怕!"

妻子说:"咱两口子还害怕什么?"

眨眼的工夫,小白龙变成一条小白条鱼,在妻子的周围游来游去。

一会儿小白龙又变成人形问妻子:"刚才你看见一条小白条鱼吗?那就是我变的。"

妻子说:"我当你是真龙呢,原来是条小白条鱼。这有什么看头!"

"我要真变龙啊,你可别害怕!"

"我不害怕!"

话音刚落,一声霹雳,小白龙就现出原形,腾空而去,一下子把妻子吓死了。

所以这泉子叫"吓死泉"。后来人们为了纪念小白龙为民浇地的好处,在泉边盖了白龙庙。人们忌讳这个"死"字,便更名为"下水泉"。

传说,每逢打雷下雨的时候,小白龙总在妻子的坟上恋恋不舍地盘旋,久久不愿离去。

讲　　述：史庆有
搜集整理：张南
流传地区：江苏扬州

青龙泉

提起扬州八大禅林天宁寺,那是全国有名的一所寺院,范围大,房屋多极了。从山门到大殿很远很远,扬州人常对外路人讲的"骑马关山门",就是指的这里。

明代以前,这么大一座寺院,吃水却十分困难,寺内成千的和尚都要从外面挑水吃。

这个寺院打井怎么也打不好,不管打多深,不管打在什么地方都没有水源。这一来,忙坏了挑水和尚,几十个挑水和尚,终日汗流浃背地忙着挑水,庙内和尚却视水如金,挑来挑去,水总是不够用。

也有人说奇怪,怎么寺内打井打不出水来,莫不是出了妖怪。

话说没几天,寺内弥陀殿果真出了妖怪。和尚一到弥陀殿就有妖怪打人,起先黑夜闹,后来太阳一落山就有妖怪出现,再后来大白天也不安宁:撒灰迷人,丢砖掷瓦,弄得寺内和尚个个害怕。和尚经过弥陀殿,必须大白天成群结队经过,就这样还不保险,有的和尚还是被打了。和尚没法儿,哪一个不怕被打?于是只好将正门山门关闭,不经过弥陀殿,进进出出走后门。

一天,天宁寺当家老和尚来果正在方丈室观经悟道,听到有人把山门擂得通通的。老和尚心想:奇怪,后殿离山门这么远,关山门要骑马,怎么敲门声音那么响?等我仔细听听,慢忙,不要听错了,先不要管它,我看我的佛经。经没看几页,山门敲得更响了。奇怪!"嚓!嚓!嚓!"越敲越响,全寺的大小和尚都听见了。知客僧也向老和尚报告:"山门外门敲得擂鼓响,老方丈,你看怎么说?"老和尚一想:不开山门不对,偌大天宁寺,外边来人敲门,连个开门的都没有,岂不被人笑话?继而又一想:不能玩,弥陀殿是开山门必经之地,得罪妖精不是闹着玩的。想来想去，只好硬着头皮，命令身强力壮的和尚各带防身武器，成群结队经过弥陀殿去开山门。众和尚经过弥陀殿，奇怪，今天安稳呢，没有作怪！和尚把山门一开，原来是一位老和尚敲门要求挂单。天宁寺的和尚开口了："大和尚，平时来我寺挂单不成问题，欢迎都来不及，现在不行了。本寺弥陀殿闹妖怪，大门都不开了，安全没保障，请大和尚别处方便。阿弥陀佛，对不起！"说着就要关山门了。

只见前来挂单的老和尚面带微笑，双手合十，不慌不忙回答说："本和尚不怕妖魔鬼怪，此次专为捉拿妖魔鬼怪而来，务请方便。"

开门的和尚想：好哩！我们庙里大小几百个和尚都怕妖怪闹事，唯独你不怕？好哩！你自己上门找苦吃，出了事情与我们不相干，要进来就进来吧！让你尝尝妖怪的厉害，不打得你鼻青脸肿才怪呢！

众和尚把挂单老和尚往里引，到了弥陀殿，老和尚就不走了。他指着冷冷清清的弥陀殿说："这里打禅正合我意。请各位师兄弟方便。"说完双手合掌，然后就在弥陀殿盘膝而坐，做起禅功来。出家人有个规矩：僧人一打禅做功课，就不必问了。人家做功课，你再啰唆就不像佛门弟子了。天宁寺众和尚没法儿，只好把情况告诉老方丈。老方丈听了也无可奈何。

且说来挂单的老和尚在弥陀殿打坐，时间也不知多久。到了半夜，弥陀殿果然不太平，一阵冷风把老和尚面前的豆油灯吹灭了，接着妖怪进来了。这妖怪张牙舞爪，面貌狰狞，样子十分可怕。老和尚不理，仍然打禅做功。那妖怪摇身一变，变成一个六七岁模样的小孩。这小孩打着两个哈巴角，穿着一身青袄，高兴得很呢！他在大殿上翻跟头，玩得十分开心。这小孩时而在弥陀殿上，时而东奔西跑；时而在挂单老和尚面前指手画脚，玩着玩着，竟摸起老和尚的头来。说时迟，那时快，老和尚用手一指，那小孩立即悬空，要想挣扎但无办法。这时，只听老和尚大喝一声："孽畜！还不快现原形！"那青衣小孩不敢怠慢，在地面打了几个滚，现出青龙一条，摇尾乞怜。老和尚指着青龙说："人间岂是你胡闹之处？寺里缺水，累坏了挑水和尚，原来是你作怪。孽畜，你如立功，恕你无罪。我佛教导：苦海无边，回头是岸。"说完话后，指着殿东空地说："孽龙，还不快到那里安家落户，世世为百姓造福。"那青龙将头点了三点，一阵青烟落到了弥陀殿东。一声

巨响，一座崭新的水井出现在殿东。

第二天清早，天宁寺大小和尚不放心在弥陀殿打禅的老和尚，心想：老和尚啊老和尚，你昨天说大话，今天不晓得怎么样呢。众和尚结队到弥陀殿一看，来寺挂单盘膝坐在弥陀殿的老和尚不见了。走到外面一望，大家齐声喊了起来，原来殿东出现了一口水井。挑水的小和尚跑到井边望望，井水碧清，照见人影。小和尚高兴得跳起来喊道："好了，这下不要跑到外面去挑水了！"

庙内和尚看到弥陀殿东有了水井，个个喊好。大家仍然不放心老和尚：究竟跑到哪里去了呢？于是分头在弥陀殿细找，只见殿东墙壁上留下一首诗："青龙造孽我不知，特来命其化青泉。佛门弟子应为善，回头是岸乐无边。"原来老和尚是专门来点化小青龙的，他早就化为一阵清风走了。

从此，天宁寺的和尚都吃这口井里的水。那井水芬芳可口，百年大旱不干。打水和尚来打水时，有时还看见青龙在井里游来游去呢！以后，天宁寺的和尚再也不说妖怪的事情。因为看见青龙在井里游来游去，加上老和尚留在墙上的诗里有一句"青龙作孽我不知"，于是和尚们便称这井为青龙泉。这神泉时常显灵，扬州干旱，县官老爷到青龙泉求雨，前脚走，后脚就倾降大雨。老百姓感激神井青龙井，特地在井上盖了八角亭，墙边砖洞内供着一个青衣童子，据说那就是青龙泉里的青龙。

讲　　述：丁忠富
搜集整理：陈膺浩
流传地区：江苏如皋

龙蛋

　　王癫子是个穷人，住的是草棚，吃的是野菜粗糠，穿的是补丁打补丁的衣裳，还得天天斫草卖给财主算钱过日子。有钱的人嫌他又笨又癫痴，穷兄弟们都说他心地好、勇敢、勤劳又朴实。

　　这一天，王癫子到荒滩上斫草，刀一挥，碰到一个圆溜溜像鹅蛋样的卵石。"嚓"的一声，刀从石头上滑过，把另一只揪草的手斫出血来了，殷红的血就滴在石蛋上。王癫子撕下衣角包好手后，觉得这石蛋又滑又圆，蛮好看，白得像玉，自己的血滴在上面像朝霞散发着光辉。他舍不得丢掉，便揣在怀里带回家。

　　晚上，王癫子脱衣上床睡觉，想起石蛋，便摸出来看了一阵。人太辛苦，他双手抱着石蛋竟睡着了。半夜里醒来，他发觉有个人睡在怀里。他吃了一惊，借窗口透进的月光一看：哎呀！原来怀里是个秀丽的姑娘。这姑娘正睁开惺忪的睡眼，闪着一双水灵灵的眼睛盯着他呢！

　　王癫子大吃一惊，翻身坐起盘问姑娘："你是从哪里来的？"姑娘嫣然一笑，说："我是龙女，是你从荒滩上草窝里拾来的石蛋变的。你拾的不是石蛋，是龙蛋。妈妈把我生在大海里，我随海浪到处漂泊。潮汐送我来到荒滩草丛，白天太阳晒，晚上和风吹，今天你的热血灌在我心上，你又用热气来焐我，我伸了个腰就从蛋壳里出来了。现在我睡在你怀里，为了报答你的好心，我要和你结为夫妇。"王癫子听到她的话，心里可犯了愁，说："你生得这样娇嫩，是龙宫里的小姐；我自己还糊不上嘴，是个穷人。你跟了我，我拿什么养活你？！"龙女说："不妨，我自有办法，不要你养。你还是睡吧！明天早早起来斫草去。"王癫子拗不过龙女，只好和她结成了夫妻。

第二天一早起来,王癞子揣上菜糠饼子,给龙女留下一半,拿着刀上滩去斫草了。这天,他想到自己有了老婆,心里热烘烘的,斫起草来也分外有劲。他斫了比往常更多的草,打着震天响的号子往回走。他才进草棚,龙女已经在锅上把饭菜做好了。龙女把香喷喷的米饭、酥透透的禽肉、鲜滋滋的海鱼、绿油油的青菜,端到他面前。王癞子长这么大从来没见过这样美味的饭菜哩!他吃在嘴里,乐在心里,忍不住直望着娘子笑。

吃过夜饭,龙女端出一盆水来,对他说:"你先洗洗脸,再洗洗头,最后洗洗脚,早早上床睡,明天起早把草送到财主家去。你对财主老爷说:'王癞子娶了老婆,请财主老爷赐块地给砌点房子。'有了老婆没房子,住在草棚里怎么过日子呢?"王癞子洗了脸又洗头,洗了头又洗脚,便上床去睡。睡在床上,他心里不除疑①,对龙女说:"没钱怎能砌房子?财主老爷心术坏,还是不要去求他。"龙女说:"不妨,你自管去说,没钱不要你担心思。他心术坏,我有法治他。"王癞子拗不过龙女,只得依了她,吹灯睡觉。

第二天,财主老爷看到王癞子送了比平常更多的草来,嘴巴立即笑到齐耳根子。王癞子对财主说:"老爷,小的而今娶了个老婆,求求老爷赐块地给小的,让小的砌间房子遮风避雨。"财主哈哈一笑,心里思量:王癞子饭也吃不上,到哪里弄钱去买砖瓦木料砌房子,还不是用树杈搭搭罢了,巴掌大的地方足够了,还能占我多少地!于是,他立即说:"好吧,你要砌房子,我赐地给你。你要多少有多少,尽你砌就是了。你快回去吧!"王癞子听了,心里乐得开了花,兴冲冲地跑回来对龙女说:"事情办成了,财主老爷说'你要多少有多少,尽你砌就是了'。你说,我们砌个什么样的房子?"

龙女端出冒着热气的饭菜让他吃早饭,挨身坐在桌前说:"你看该砌怎样的房子呢?"王癞子边吃边说:"好娘子,我看庄户人家,有两间草屋也就够舒畅了。"龙女摇摇头,笑着说:"两间草房太少,龙女要住大房子。"王癞子说:"两间草屋嫌少,那就砌三间瓦屋,你总该称心如意了。"龙女摇摇头,笑着说:"三间瓦屋太少了,龙女要住更大的房子。"王癞子抓耳挠腮地想了一阵,说:"好娘子,你难道还

---

① 除疑:方言,放心,落实。

想砌财主老爷那样大的房子吗?"龙女闪着一双水灵灵的大眼睛,羞涩地笑着说:"不,财主那样的房子还是太小了,龙女还要住更大的房子。"王癞子吃了一惊,放下筷子,瞪大两眼说:"乖乖,你要住什么样的房子?你倒说说看。"龙女将豆腐汤泼在桌上,用筷子蘸了点汤,在桌上画着说:"我要住这样的房子:有花园,有亭台,有楼阁,还要有宫殿……""你画了这许多,怎么砌法?""不要担心,我自有办法。"

　　说着,龙女对桌子轻轻吹口气,把桌上的菜汤吹干了,伸出纤细的手指,用尖尖的指甲从桌上挑起薄薄的一张豆腐皮来,上面清晰地绘着红色的房屋图样。她把图样交给王癞子,又从头上拔出一根金钗子交给他,说:"你如今拿这金钗子到财主老爷最大的地里去,照我画的样子在地里画,屋要多大就画多大,画好了才能回来。"王癞子听了龙女的话,从早画到晚,连中饭也没回来吃,好不容易才把房子画全了。太阳落山的时候,王癞子舒口气,兴冲冲地跑回来,对龙女说:"我把房子画好了。好大的房子呀,前前后后,重重叠叠,把财主老爷那块地都画满了。"龙女端出香喷喷的饭菜来给他吃。吃过了,又端出一盆水给他洗脸洗头又洗脚。

　　王癞子洗好上床去睡,第二天醒来睁眼一看,自己竟睡在罗纱帐子里。透过那蝉翼般的帐子,他看到龙女正对着漆得红堂堂的梳妆台在梳头呢!他连忙一骨碌爬下床,又见自己正睡在昨天画的房子里。他走到妻子背后去,无意间从镜子里照见自己的样子,却又惊异得说不出话来。原来他头上的癞痢疤不见了,秃顶上竟长出一头乌黑光亮的头发。他的脸也变得白白的,身上还穿着柔软的绫缎。他几乎不认得自己了。龙女告诉他,那是她忍痛拔了自己身上的鳞片,给他煎水洗的缘故。

　　这样,王癞子和龙女就住在又大又好的房子里,欢天喜地地过着日子,说不尽有多快活。

　　财主听说王癞子占了他最大的地砌了房子,又听说他娶了个非常漂亮的老婆,便亲自跑来看。这一看,可把财主看得头昏眼花了。那些高高矮矮的房子、重重叠叠的亭台楼阁、飞檐高耸的宫殿,他还没见识过呢!当然,最使他眼馋的还是生得像月中嫦娥的龙女,要是把她抢过来做小老婆,那才美呢!

财主回去后派人把王癞子叫去了。财主说:"王癞子,你砌的房子确实得体,就是少一桩:房子四周没有河。你三天之内在房子四周挑起一条河来,河里还要有鱼有草,我的地才能赐给你。要不,房子就得统统拆掉。"王癞子听完气极了,二话没说就跑回来了。他把财主的话对龙女说了,拿了绳子要绑财主去官府评理。龙女阻止了他,从怀里摸出半个龙蛋壳来交给王癞子,说:"现在不是绑财主去评理的时候,官府也不会帮你说话。你还是先拿上这蛋壳,明天到我娘家去,向我爸借张犁,向我妈要点鱼苗和草籽带回来。这样,河就有了,鱼和草也有了。不过你要记着,不能把这蛋壳丢了。"

王癞子第二天清晨就拿着这半个蛋壳来到大海边上。说也奇怪,海水见着蛋壳都向两边分开,留出一条路来让他走。他走呀走,就来到龙宫。龙王和龙后娘娘看到蛋壳,认出是女儿的,高兴得热泪盈眶。他们问清龙女的情况,欢喜地说:"好了,我们的女儿有着落了,女婿给捎信来了。"他们摆了筵席招待女婿,又隆重又盛大。饭后见留不住他,龙王马上借犁给他,龙后娘娘也把鱼苗和草籽送给他,打发他回家。王癞子回来后用犁在屋四周耕了一圈,耕过的地方立刻都变成了河。他又把鱼苗和草籽撒在河里,河里鱼也有了,草也有了。到了限期,财主带着人来查看,只见房子四周围了一条大河,河里流着清清冽冽的水,游着大大小小的鱼,长着青青翠翠的芦苇和草,真是美极了。财主老爷没得话说,只好闷闷不乐地跑回家去。

财主回去不久,又派人把王癞子叫了去。财主说:"王癞子,你光有房子和河还不行,河边上还得有树木才像样子。你三天之内要在河岸上种起一排排树来,树上还要有鸟有窠。要是办不到,还是要把房子统统拆掉。"王癞子听完更气得厉害,三步并作两步跑回来,提起扁担要去打财主。龙女夺下他的扁担,笑着说:"打他,现在还不是时候。你还是拿着蛋壳到我娘家去,向我爸要点鸟蛋,向我妈要点树种带回来。这样,树有了,鸟和窠也就有了。"王癞子只好又拿着半个蛋壳来到龙宫里,要来了树种和鸟蛋。他把树种撒在河岸两边,第二天树就长出半人高。又把鸟蛋放在树丫上,第三天树也有了,鸟也有了,窠也有了。到了限期,财主老爷带着人来查看,只见河两岸长起一片葱郁的树林,树上百鸟齐鸣,鸟儿不住地在窠边盘旋。财主老爷没话说了,气得闷声不响地跑回去。

既然难不住王癞子,财主回去后就派人在夜里暗害他,想把他杀了后霸占他的老婆和房子。第一个派去的人被树撞破了头;第二个派去的人被落下的鸟粪眯瞎了眼;第三个派去的人被河拦住了,他脱了衣裳想游过河,河草绊脚鱼啃腿,游不多远淹死了。财主一计不成再来一计,主意就更恶毒了。

财主派人把王癞子找来说:"王癞子,你有了那些还不行,没有桥,我到你家去很不方便。你要在三天之内造一座桥,能走四匹马拉的车子。到时候,我要坐车到你家去,还要在你家吃一小锹挖出的一口井里的甜水茶,我的地才能赐给你。要是办不到,就把你老婆送给我做小。"王癞子一听,火冒三丈了。他跑回来操起砍刀,要去杀财主。龙女夺下他的刀掩在身后。他扑过去要抢,说:"你别劝我了,这次断不能饶了他,他要我把你给他呢!你说可恼不可恼?该怒不该怒?"龙女没将刀还他,也没恼怒,只淡淡一笑说:"龙家人一怒天下尽成沼泽,我不愿为区区小财主去荼毒众百姓,所以不恼也不怒。但现在是治财主的时候了,你不杀了他,他也要杀了你,并且连我也要抢呢!"他听龙女说要杀财主,顿时高兴起来,伸手向龙女要刀。龙女说:"慢!要杀死财主,你明天还要先到我娘家去一趟,向我爸要点柴棒,向我妈借小锹,顺便让他们把'大梦'和'晦气'也带来,这才能治死财主哩!你要记住:财主来了,若是问你小锹从什么地方来的,你就说:'大梦!晦气!'我自会对付他。"王癞子忍气吞声去龙宫把要借的借回来了,另外还带回两只漆有龙和凤的小箱子,箱子上锁着金锁。他把两只漂亮的小箱子交给龙女,把柴棒搁在河面上,把小锹收好,吃过夜饭便早早睡了。

到了限期,财主果然坐着四匹马拉的车子走过大桥,一直来到王癞子家里。王癞子请财主在花园大厅里坐定了,拿出那把从龙宫里借来的小锹,在地上只挖了一下,就挖出一口井来。他从井里打上一桶清凉的水,烧茶给财主喝。财主喝了井里的水,嘴里甜丝丝的,越喝越要喝,打嘴巴也不肯放下来。财主问王癞子:"这小锹是个宝,你从哪里得来的?"王癞子牢记着龙女的话,说:"大梦!晦气!"财主追问:"大梦、晦气是什么?"龙女从房里捧出两只锁着金锁的箱子交给财主,说:"在这里哩。你记好,上面漆着凤的是'大梦',漆着龙的是'晦气'。宝贝都锁在里面,要什么就打开来取。"财主听说箱子里锁的是宝贝,连龙女也不想要了。他伸出两手,一手抓住一只箱子,搂在怀里牢牢不放,说:"你们命穷,不配有这样的宝箱,这箱子应该归我。"龙女说:"你要就拿去,我把钥匙交给你。不过你要回家去才能打开,不然宝贝飞出来,落在我这里就不跟你走了。"财主连连答应,接过钥匙,提着箱子,欢天喜地回家了。

　　财主到了家,饭也顾不得吃,把两只宝箱放在条几上,自己在宝座椅子上坐好,拿钥匙先把漆着凤的"大梦"打开了。箱子一开,立刻放出耀眼的光彩,珍珠、玛瑙、翡翠,各式各样的奇珍异宝,把他的眼睛都闪花了。财主欢喜极了,他又拿钥匙把漆着龙的"晦气"打开。箱子一开,立刻射出一股红光,飞出一条火龙。火花先爆瞎了财主的眼睛。财主捂住两眼想往门外逃,可是龙女已经叫王癞子磨快砍刀等在门口。财主的头刚伸出门,"咔嚓"一刀,就被砍落下来了。接着,蹿出来的火龙吐着火舌,喷出烈焰,顷刻间,把财主老爷和他的房子烧成了灰烬。

　　财主死了,再也害不到穷人了。龙女就把砌在他地上的房子分给了穷人,她和王癞子各自拿着半个龙蛋壳,一同走回大海,住到娘家去了。据说,龙女还有一座殿子没有分掉,那是他们最后留下住的,也就是后来的龙王庙。龙女把房子分给穷人后,这里慢慢就形成了县里的一个镇市。而她走后,"大梦"和"晦气"也就留在人间。人们碰到想做而又做不到的事情时便说:"大梦!"碰到不顺心的倒霉事情时就说:"晦气!"至于从那只"晦气"箱子里飞出来的火龙,从那以后也就留在人间作怪。每逢大火时,人们就会看到它在浓黑的烟尘中吐着火舌,在滚滚的烟雾里翻腾飞舞,并且向四周和天空喷射着烈焰。

翻译整理：文明英（黎族）

流传地区：海南

龟女婿

古时候，在海南岛五指山南开河边有个打鱼人。他每晚都去打鱼，回来时，竹篓里总是装满了鱼。除了自己吃以外，还有剩余的晒干存起来。

有一天，太阳刚下山，他就拿着捕鱼网下河去了。说也怪，偏偏那个晚上没打到鱼，连一条小鱼也不进网。每次撒下网，捞上来的都是一只乌龟。捞到半夜，竹篓还是空空的。他没有办法，只好把那只乌龟带回家，给他的女儿玩。他有两个女儿，大女儿名叫贝娓，小女儿叫贝村。贝娓非常讨厌乌龟，贝村却非常欢喜乌龟。

有一天，贝村上山放牛，把乌龟也带去。她和牧童们把牛赶到一个大潭旁边的坡地上后，就坐在绿荫覆盖的厚皮树下玩起乌龟来。别人看见乌龟好玩，就哄贝村去找牛，趁机把乌龟当砖石垒三足灶，用来煮东西。生火时，乌龟感到热，便跑到大潭里去了。贝村把牛赶回来后，不见乌龟，就问牧童："你们看见我的乌龟了吗？"

大家都装着未听见，她就一个一个地问，最后问到一个小妹妹。小妹妹如实地把乌龟跑到大潭里去的经过说了出来。贝村知道后，便沿着乌龟脚印一直跟踪到大潭边。这时候，忽然听到潭的对面滴沥滴沥的水声，她一看，哎呀！一个俊秀的后生哥正在潭边洗头。贝村问："阿哥喂！看见我的乌龟没有？"

后生哥反问："你为什么要找乌龟呢？"

贝村说："我有一只乌龟不见了。"

后生哥听到她这么一说，好久好久没有回答。贝村急问："你到底看没看见呀？"那后生哥把声音放得很低很低地说："唉！我没看见！"贝村又问："唉！人家告诉我它跑到这个大潭来了,你若看见了,就告诉我吧!"

后生哥就老实地对贝村说:"如果你真的是找乌龟,我可以告诉你。但你为什么让人用火烧它呢?"贝村说:"哎呀!那是人家害它的,不是我,我疼爱它!"那后生哥听贝村这么一说,觉得她很诚实,就对她说:"如果真是那样,就请你把眼睛闭起来。"

贝村毫不犹豫地合上了双眼,顿时听到狂风呼呼,散沙四溅。一会儿,那后生哥叫她把眼睛睁开。哟!一条又宽又直的沙路,从潭的这一头直跨到那一头。贝村就从沙路上走过去。到了潭那边,后生哥见贝村心地好,又长得漂亮,贝村见后生哥也长得俊美,便互相表示爱慕。后生哥把她带回去,结婚成了家。

这后生就是乌龟。四五年过去了,贝村和乌龟已有了一个女孩,但贝村的父母亲一直不知道她的下落,都以为她早就死了。有一天,一只白头翁飞来,停在屋前的那棵大榕树上,叫着:"大伯呀大伯,大妈呀大妈,赶快打扫房子吧,你的乌龟女婿要来啦!"

贝村母亲不相信。过了一会儿,又飞来一只乌鸦,大声叫:"哇!哇!请赶快打扫房子吧,你的乌龟女婿要来啦!"

贝村母亲觉得很奇怪,就随便打扫了一下房子。不久,果然贝村抱着女儿,和乌龟女婿骑着马,一块回到娘家。到了家门口,乌龟不下马,一直坐在马背上,村寨的人都好奇地围着观看。看的人,有的指手画脚,有的交头接耳,不知谈论些什么。

这一天,岳父岳母见女婿到来,非常高兴,杀鸡宰猪来招待他们。岳父岳母请村里的人陪女婿喝酒,可是谁都不肯跟他在一起,都嫌他长得丑。岳父岳母没有法子,只好请来一位老婆婆陪着他。

乌龟不在乎这些,他坐下来,见酒就喝,见菜就吃。一会儿,他感到热起来了,就把身上的乌龟壳脱下来,变成了一个英俊的青年。这可把大家看呆了,都高高兴兴地来向他敬酒。乌龟女婿的英俊,还打动了姐姐贝妮的心。

酒后,乌龟先骑马回家了,留下妻子和女儿。贝村和女儿在娘家住了几天后,也准备回夫家。她走的那一天,姐姐贝妮送她走。她争着抱妹妹的女孩。当她们走到梓高树下,发现上面果子累累,她掐了一下那女孩的屁股,让孩子大哭起来。她便对妹妹说:"孩子要吃果子,你爬上去摘几个吧!"

妹妹信以为真,就爬上树去。当妹妹爬上树时,她悄悄拿出藏在身上的柴刀去砍树。妹妹看见心里一慌,从树上掉了下来,摔死了。姐姐马上换上妹妹的服装,抱着妹妹的女儿来到乌龟家。

她来到妹夫家,乌龟打量了一番对她说:"你不是我的妻子!"贝娓说:"哎呀!你眼睛瞎啰!我不是你的妻子,谁是你的妻子?"乌龟就说:"你要是我的妻子,就请你从我家所有的米缸中,说出哪个是糯米缸,哪个是粳米缸。"贝娓被难住了。乌龟确信她不是自己的妻子。贝娓又说了好些花言巧语,乌龟还是不相信。

有一天,乌龟的女儿上山砍山兰,听到一只鸟在啼叫:"我的女儿长大了吗?来照顾照顾我吧!"女儿回家就把听到的话告诉了父亲。

乌龟听女孩这么一说,就赶忙跑到山兰园去,对鸟儿说:"如果你真的是我的妻子,就飞来停在我的手指上。"他的话音刚落,那只鸟便飞来停在他的手指上。乌龟就把它带回家,煮热饭给它吃。鸟儿吃了热饭,它的羽毛变成了美丽的花衣裳,贝村复活了。乌龟看见了妻子,非常高兴。女儿见了妈妈,泪水直流,紧紧地搂住妈妈。

贝村复变成人后,她姐姐再也无法在贝村家待下去了。有天,她悄悄地回了娘家。从此,贝村又和乌龟、女儿过着幸福美满的生活。

讲　　述：孙胜台
搜集整理：杨志忠
流传地区：河北

王八搬家

从前，滹沱河南岸有个小辛庄，村子里有个叫张老实的人，老两口子跟前有一儿一女，一家四口人过日子。张家种着几亩河滩地，一家人打春天忙到秋天，年年打的粮食不够吃，日子过得紧巴巴的。孩子们忙活一年，吃不上，穿不上，常没好气，张老实也常为一家人的吃穿发急。

有一天晚上，张老实躺下后翻过来覆过去睡不着觉，盘算着怎么过日子。想着想着睡着了，见一个胖墩墩的长脖子老头来到跟前说："你这个人实在，我想到你家住房！"

"我就这么三间坯房，让你在哪儿住哩？"

"你家穷，我不怕，不在你家住，想在你家沙滩地里住。"

"地里没房没屋能住吗？"

"我找的就是这样的地方。"

"不嫌脏你就去住吧！"老实这么一说，那老头脖子一抽打，扭身不见了。吓得老实心里一惊，醒了，原来刚才是做了个梦。老实翻了个身刚睡下，那个长脖子老头又来了，说："老实，老实，你说叫我住，我就搬去了！"说完，长脖子又一抽不见了。老实醒来又是一梦。原来这个老头是一个王八精，在滹沱河里受够了河神爷的气，想出来找个地方另住，他看中了老实的河滩地，这才去托梦。他见老实答应了，回去领上公王八、母王八、大王八、小王八，一大群王八带上水来到张老实的地里，旋了几下子，就成了一个大涡坑，一群王八就在这里住下了。

第二天，张老实觉着黑价的梦有点怪，就到地里去看，想不到河滩地变成了大涡坑，梦中的事成了真的。老实正看这片大水时，忽然"哗啦"一响，大涡坑里钻出一个王八，冲着老实点了点头，脖子一抽又钻进水里不见了。王八抽脖子的样子和梦里的那个老头一模一样，老实这时才知道梦里的老头是这个王八精。老实想：王八不住江河来这里住，许是有什么难处，有难就住吧！

　　王八住了张家的河滩地，张家的孩子们做活儿没有活儿，花钱又没有钱，一家子闲气更多了。老实也为孩子们没事做、日子不好过发急。这一天晚上，老实心里烦，刚躺倒睡下，那个长脖子老头又来了，说："我占了你家的地，一家子生闲气。你要想发家，我给你想办法。坑里种白莲藕，水里养鱼虾，水面放群鸭，不愁没钱花。"说完一扭身走了。老实醒来又是一梦。老实想了想，知道这是老王八指点他发家哩。他就按老王八说的，让儿子下水种藕，他在水里养鱼虾，让闺女去放鸭子。

　　张家种的藕长得好，养的鱼个头大，喂的鸭子下蛋多，不到三年，张家发了大财。打这以后，张家人人有活做，手里有钱花，一家子和和顺顺过日子，再没有闲气了。

讲　　述：谭振山
搜集整理：项扬
流传地区：辽宁沈阳

项大哥

听老一辈讲，早年间，在俺们辽河沿上住着一户人家，就两口子过日子。老头姓马，五十开外的年纪了，每天还得靠打鱼为生。这两口苦苦打了一辈子鱼，到头来啥也没攒下，老头子落了个弯腰，老太太赚了个驼背。

有一天早上，马老汉又去河里捕鱼。他从日头露脸一直捞到太阳落山，还没捞上半碗鱼虾。这时天又滴沥滴沥下起雨来了。马老汉一看下雨了，赶忙把船向岸边划去。

马老汉顶着雨划呀划，划到了岸边还没等下船呢，见东边来了个白眉毛盖到眼皮、白胡子垂到胸坎的老头。这老头呼哧带喘地走到马老汉船前，疑疑迟迟地说："船家，俺是河对岸老项家的，今天出来赶集，回来晚了，眼下摆渡的船一个也没了。你能不能送俺一趟？俺可以多给你一些钱。"

"啥钱不钱的，你老快上船吧！俺这就送你过河。"

老项头上了船，马老汉又掉转船头，飞快地向对岸划去。船划了一会儿，就到了对岸。老项头临下船，从怀中掏了二十两银子，递给了马老汉。马老汉说啥也不要，老项头非要给。两个老汉推来推去的，折腾了半天。老项头一看，马老汉死活也不要这银子，只好将银子收起来，谢过马老汉就走了。

马老汉见老项头走了，便划船往回走。哪知他刚举起船桨，忽然发现刚才老头坐的那个地方，扔着一个鼓鼓囊囊的大钱褡子。马老汉一看，自己嘀咕着："糟糕，这老汉子怎么把钱褡子忘在船上了。"想到这儿，马老汉又把船停在了岸边。他一步跨上了岸，拎着那个大钱褡子朝老项头的方向追去了。

马老汉沿着河边追呀追，他一口气追出了好几里地，也没见着老项头的踪影。马老汉心里挺纳闷：怪事，这么大岁数的老头也不能走这么快呀，咋转眼工夫人就不见了呢？

马老汉没追上人，只好回到了船上。马老汉上船后，顺手将钱褡子往船板上一扔。这工夫就见那钱褡子直动弹。马老汉吓了一跳，心里直嘀咕：怎么这钱褡子里还有活玩意儿？他好奇地捡起钱褡子打开一看：呀！这哪是钱褡子呀！里边装的全是些活王八崽，能有五六十个。马老汉瞅着这些王八崽，愣了老半天，不知咋办才好。

马老汉合计了一会儿，想起个好主意来：干脆我把它们都放到河里，让它们逃命去吧！想到这儿，马老汉把这些王八崽一股脑儿倒进了辽河里。马老汉望着那些王八崽，一个个活蹦蹦地游走了，心里挺高兴，这才收船回家。

第二天过晌，马老汉正在家吃饭呢，就见昨日坐船的那个老项头找上门来了。老项头进屋后，开门见山地问："船家，昨晚我急着下船，落下了一个钱褡子，你可曾看见？"

"噢，是有个钱褡子。我说老爷子，你这么一把年纪，怎么走起路来跟小伙子似的？昨儿个我咋追也没追上你啊！后来没法儿了，我才打开钱褡子。我一看里边一文钱也没有，全是些王八崽啊！我一合计就将这些王八崽放进了河里，让它们逃生去了。你老今儿个来，想要这些王八崽的话，我是没处弄去了。那些小王八你就合着卖给我了，我给你些钱吧！"

马老汉说完，就要去取钱。老项头一把拦住了马老汉，说："俺今儿个，一不是要钱，二不是要王八崽来了。俺见你这老头心眼挺好，特意和你交朋友来了。俺比你大十来岁，就做你的哥哥，你做俺的弟弟，不知你可愿意？"

"我当然愿意，咱哥俩昨日能相逢在船上，也算有缘。来，到屋坐，咱哥俩先喝两盅再说。"

马老汉把老项头让进了屋。这老项头也不见外，进屋后，是坐下来就喝，抄起筷子就吃。两个老汉边喝边谈，唠得挺近乎。这时，老项头四下打量了一下马老汉的家，说："我说大兄弟，瞧你家，这日子过得挺穷啊！这是为啥？"

"唉，别提了老哥哥。头两年这辽河里，鱼呀虾的有的是，可这两年也不知谁惹怒了河神爷，这辽河是三天两头发大水，把这鱼虾冲跑了。我每天是起五更爬半夜地去河里打鱼,还是十网八网捞不上来几条鱼虾。这日子不好过呀!"

"噢,原来是这样,这好办。赶明儿,你出去打鱼,靠河南边打,那儿的鱼多得很。"

第二天,马老汉便到老项头说的那个地方去打鱼,果然一网下去再拽上来一看,里边全是活蹦乱跳的大鲤鱼。

打这天起,马老汉出去打鱼,天天是满载而归。从此,马老汉家渐渐富了起来,自己买了新船,和老伴过上了好日子。

说话的工夫,马老汉已有半年多的光景没见到老项头了。一天,马老汉正和老伴叨叨:"项大哥咋总没来呢?"这时就见老项头打外边乐呵呵地走进屋来。马老汉见大恩人来了,挺高兴,忙招呼老伴炒菜烫酒。老哥俩多日不见,见了面是格外亲热。两个老汉是你敬我一杯,我敬你一杯,不一会儿两人都喝得酩酊大醉,趴在桌子上,东倒西歪地就睡着了。

也不知过了多长时间,马老汉先醒了酒,起身想看看项大哥。可他抬起头来一看,吓了一大跳。原来,项大哥不见了,就见桌边上趴着一只大王八,身上还散发着一股刺鼻的酒气。马老汉这下恍然大悟:原来这个"项大哥"是喝多了酒才现了原形,怪不得他知道哪块有鱼呢!敢情他是王八精变的啊!

马老汉一寻思:我管他是人是精呢!这个项大哥心眼好可是真的,别让他趴在桌边上着了凉。于是马老汉轻轻地把他放在了炕上,又给他盖了床被,这才放心地出了家门,打鱼去了。

自打"项大哥"现了原形后,他就再也没来过老马家。马老汉为了答谢"项大哥"的恩情,花了不少钱在河南岸上修了一座河神庙,里边又塑了个"老项头"的泥像。隔三岔五地,马老汉常来庙里烧香敬供。打这时起,辽河边上就留下了这座河神庙。

讲　　述：陶金海
搜集整理：陶涛
流传地区：河北秦皇岛

乌龟石

　　山海关城北有座山，形状像龙角，叫角山。角山下住着一个姓刘的老汉。老汉在草房前搭了个棚，卖茶卖酒，接待走南闯北的客人。天长日久，见多识广，乡亲们有什么困难，都去找他商量，他总是热心相助。人们尊敬他，都称他刘神仙。

　　刘神仙爱酒如命，酒量很大，平时喝酒从来没有遇到过对手。有一天，刘神仙正在喝酒，从门外走进来一个黑小子，对刘神仙说："老人家，小子路过这里，闻得酒香扑鼻，引起酒兴。老人家如能赊给我点酒喝，酒钱以后照付，不知老人家能允许吗？"

　　刘神仙听黑小子说得恳切，也不问他是谁，就说："烟酒不分家，喝几杯米酒我老汉还供得起。"说着让黑小子坐下喝酒，并说："小伙子，酒是粗酒，菜也不丰盛，只能算是解解渴吧！"黑小子也不客气，坐下来就一杯接一杯地喝开了，直到把刘神仙那满葫芦酒喝干，才向刘神仙道了谢，扬长而去。

　　第二天，刘神仙又坐在那里饮酒，黑小子又来找刘神仙喝酒。刘神仙爱酒如命，自然也爱酒友，如今遇到黑小子这样能饮酒的人，正求之不得。就这样，黑小子无日不来，来必饮酒，一老一少结成了莫逆之交，一晃半年过去了。

　　这一年，这一带闹旱灾，已经七七四十九天没下雨。禾苗眼看着要枯萎了，乡亲们愁得吃不香，喝不下，都来找刘神仙想办法。刘神仙到镇上买了些香、烛和三牲祭品，带领乡亲们到龙王庙去求雨，可是一连求了几次，仍没下一滴雨水。刘神仙望着将要旱死的禾苗，一下愁白了胡子和头发。

　　这天，刘神仙正在借酒浇愁，黑小子又来找刘神仙喝酒。一进门，忽然见刘神仙的头发胡子变白了，眉心皱了个大疙瘩，不禁问道："老人家，什么为难事把

你折磨成这样？能和我说说吗？"

刘神仙给黑小子斟了杯酒,说:"小伙子,近来你没来,哪里知道我们的愁苦啊!"接着把这一带的旱情告诉了黑小子,并说:"小伙子,不知道你是不是有办法为这方百姓解除苦难?"

黑小子想了想说:"办法是有,但我怎敢违反天规?"刘神仙听说有办法可想,也没注意他的话,就一再央求黑小子发发善心,为乡亲们解除灾难。黑小子又说:"降雨是龙王的事情,龙王降雨必须得到玉皇大帝的圣旨,我怎敢冒险降雨呢?"

刘神仙平常与他接触,便怀疑他是异人,听他这么一说,越发相信他有本领。但见他犹豫不决,便跪下说道:"小伙子,你如能帮这个大忙,我们这方百姓终生不忘大德。"

黑小子被刘神仙恳切的请求感动了,上前扶起刘神仙说:"你老人家求我,我就冒一次险吧!"说罢就走了。第二天,果真下起了大雨,但降雨的时间太短,没有下透。

过了些日子,黑小子又来找刘神仙喝酒。刘神仙已为他备下酒菜,两人坐下来畅饮。黑小子这天喝得很痛快,说话也很风趣。喝完酒,刘神仙又央求黑小子再下一次雨,黑小子点头答应了。次日,便下起了瓢泼大雨。刘神仙看这次下的是一场透雨,地里的禾苗又绿油油地长了起来,高兴得头发和胡子又都变黑了。乡亲们也笑得合不拢嘴。刘神仙想报答黑小子的恩情,一早就到镇上沽酒,乡亲们得知后也送来不少好酒好菜。

刘神仙备好了酒菜,见黑小子还没来,就换了身干净衣服,准备去请黑小子来。刚走出门,他愣住了,黑小子家住什么地方,从来没问过,到哪里去找呢?刘神仙正在发愁的时候,黑小子来到他的面前。刘神仙连忙高兴地把他让进屋,指着一桌丰盛的酒菜,笑哈哈地说:"小伙子,我们是酒友,无话不说,可咱俩认识到如今,我还没请教过你家住哪里,姓甚名谁。乡亲们托我备了些酒菜,叫我去请你,竟不知到何处去请。幸亏咱们知心朋友心灵相通,你正好来了。"

黑小子认真地说:"老人家,在人世间,我第一次遇到你这样真诚相待的好人,可惜我们缘分已尽,今天我是特意来向你告别的。你有什么困难尽管说吧,我只能最后帮助你一次了。"刘神仙听了他的话,默了一会儿神说:"能告诉我你到哪里去吗?以后也好去探望你。"

黑小子想了想,说:"老人家,我实话对你说吧,我是在石河天井里住的千年龟王,自幼喜欢饮酒。我见到人们喝酒,便去讨酒喝,都遭到训斥,只有你慷慨大方,热情好客。这次降雨,我违背了天规,可千年的功夫不能丢,我要急速离开这里,找一个安静的地方继续修行,完成千年功业。"

刘神仙看着即将与他分离的黑小子,心里十分难过,流着泪说:"咱俩虽不是同类,你我交往日久,今日分别,何日再见?"停了一会儿,刘神仙又道:"小伙子,你要走了,就再降一次雨吧,让我也看看你这龟王是如何降雨的。"

黑小子答应了,说:"老人家,我明天早晨就在天井里再降一次雨,你要找个安全地方偷偷观看,看到什么奇怪的事情,千万不能声张,免得我在降雨时误伤了你。"刘神仙全都答应了。

第二天,太阳还没出山,刘神仙就在天井旁的一块大岩石后面藏了起来,等待看龟王降雨。天井里的水平静得像一面镜子,突然,"哗啦"一声响,从水里冒出一个庞大无比的黑龟盖,足有石碾盘那么大,头像柳罐斗,腾开四只船桨一样的脚划水,划到岸边,爬到岸上,冲着天空拜了四拜,又点了三点头,这才伸长脖子,像一条数丈长的水龙,张开大口插进水里,只一吸就把天井里的水吸去一半,又抬起头来向天空喷去,顷刻间,大雨瓢泼而下。

刘神仙在岩石后看入了神,正在这时,忽见前面尘土飞扬,细一看,一匹雪白的高头大马,马背上骑着一位身材魁梧的大汉,提枪佩剑直奔天井而来。原来这人是二郎神,他是玉皇大帝派来查访下界谁胆大包天,敢在这里降雨的。这时,太阳已经升得老高,晒得大地冒青烟,一片片小苗黄了叶,树木花草打了蔫,飞禽走兽躲在阴凉地方喘着气。二郎神觉得干渴难忍,汗流浃背,胯下的马也热得口吐白沫,便急着想在石河中找水饮马,可是石河干旱得连一滴水也没有。二郎神正在发愁,忽然想起石河的天井里可能有水,便驱马来到天井旁,翻身下马,忽然发现天井中有一个很大的龟王正在吸水,眼看就要把天井中的水喝干了。二郎神想:原来这一带干旱是你作的怪啊。一气之下,把手中的石弹猛地向龟王掷去。"叭!"一声巨响,正好击中龟王的天门盖,那石弹又骨碌碌滚向远处,滚过的地方成了一道沟,后来就叫石弹沟。当时龟王被打得昏了过去,它腹中的水也全部吐了出来,后来苏醒了便忍着剧痛向山上爬去,爬到半山腰,因伤势太重,再也爬不动了。

这时,刘神仙猛然醒悟过来,边跑边呼喊着黑小子。龟王一听是刘神仙的声音,强忍剧痛,缓慢地转过身向山下望去。刘神仙连忙跑到龟王身边痛哭不止。二郎神刚想去饮马,见刘神仙哭龟王,不禁愣住了。他来到山中扶起刘神仙,问道:"老人家,这是怎么回事?"刘神仙便把这一带降雨的事情一五一十地告诉了二郎神。二郎神听了刘神仙的话,既恨玉皇大帝暴虐,又后悔自己误伤了龟王。二郎神抚摸着龟王说道:"变成龟石吧,让人们永远纪念你。"

从此,龟王果真变成了龟石。每年的这一天,刘神仙带领乡亲们来到天井边,摆上酒菜祭奠龟王。后来刘神仙老死了,那乌龟石却千秋万代卧在那里。

青哥战龟精

搜集整理：杨安民
流传地区：吉林

相传很久很久以前，南国九州江上游有个九泉潭。一年，潭里来了个龟精，这龟精为非作歹，无恶不作。有时潜入水底压住泉眼，使九州江断流，发生大旱；有时又浮上水面，兴风作浪，水漫四周乡村及作物。九州江两岸村庄百姓受尽折磨，难以生活下去。

却说九州江下游狗头冲村，有个名叫青哥的后生仔，他决心铲除龟精，为乡亲除害，过上安宁的日子。拿定主意，他备足干粮，告别乡亲，沿着九州江两岸，披星戴月地赶往九泉潭。

一天傍晚，青哥走得精疲力竭，正要就地歇息。此时，只觉得眼前金光一闪，一个白发苍苍、佝偻着腰的老头挑着一担柴火，蹒跚地走到青哥的跟前哀求："后生仔，你帮我将这担柴担过前面这座高山行吗？"青哥说声好，接过担，咬紧牙关跟着老头往前走。一会儿，翻过高山峻岭，在一块石牛般大的石前辍步。老头慈祥地问青哥："后生仔，到这里干啥？"青哥如竹筒倒豆子，一口气将龟精如何作恶、残害百姓及自己前来除龟精的前因后果，毫不掩饰地告诉老头。老头听毕，颇为感动，他好言奉劝说："后生仔，要除掉龟精，光凭力气还不行，老衲告诉你，此巨石下压着九枚金钱环，打中龟身，就能把龟壳震裂，打中龟头，就能把龟精打死。然而，如果这九枚金钱环被打完，你就会变成石头。"老头说毕，化作一只白鹤冲上九霄。青哥喜不自禁，他知是白鹤仙子指点迷津，便找来锄头挖石。可石旁的土硬如铁，青哥挖了三天三夜，才把巨石挖开，九枚金钱环闪闪发光地展现在眼前。青哥立即拾起来。再爬过一座又一座的高山，赶到九泉潭。

青哥在潭边等了数日，龟精的影子也没见过。这天，青哥正在焦急时，唯见一只白鹤从空中冲击落潭,霎时九条水柱直向天空喷射,继而一只巨大的龟精张牙舞爪地直向白鹤扑去。青哥见罢,一股愤怒促使他取出一枚金钱环猛向龟精掷去,打在龟精背上。龟精大怒,瞪大双眼,丢下白鹤,直取青哥。青哥沉着自若,狠狠地掷出七枚金钱环,枚枚击中龟精。龟精的背壳被震得开了一条条裂痕,口吐白沫,翻了白肚,浮在水面,顺着浪涛,漂向下游。青哥见状,回头再找白鹤时,已无踪无影。他朝天上拜几拜,将剩下的一枚金钱环藏在怀里,欣喜地赶回家。

岂料,龟精虽被八枚金钱环击得壳背震裂,但只是外皮受了重伤,一时痛昏过去,这些日子又元气渐复。不久后,龟精率领一群龟子龟孙,气势汹汹地寻觅青哥复仇而去。这群龟子龟孙沿江游下,一路兴风作浪,来到青哥村庄边。青哥一眼便认出是当日未被击死的龟精,他不禁怒火冲天。为救乡亲,保一方平安,他毫不畏惧变为石头,取出最后一枚金钱环,咬紧牙关,瞄准龟精的头,使尽平生力气掷去,正好击中龟精脑袋。这次,龟精被打死。龟子龟孙也被震得皮酸骨软,慌忙逃之夭夭。青哥也因掷完最后一枚金钱环,变成一块巨石,屹立在九州江边。

从此之后,九州江风平浪静。

讲　　述：谭振山
搜集整理：江帆
流传地区：辽宁沈阳

老鼋报恩

在早,盛京城北面石佛寺附近,有一户姓刘的买卖人家,家里开了个小杂货铺子。掌柜的名叫刘振江,为人忠厚,心地善良,周围三里五村谁家有个大事小情,为难遭灾的,他都乐意上前。时间长了,东施西舍的,买卖始终没发起来。

有一年秋天,刘振江出外办货,回家途中,碰见了本村财主李二搂。李二搂手里拎着个大鳖,那鳖的后爪穿着一根柳条,鲜血顺着柳条直滴答,疼得大鳖直拘挛。李二搂今天心里高兴,就先和刘振江打招呼:"刘掌柜的,上哪发财去啦?你看这个鳖值多少钱哪?"

刘振江说:"这家伙个头真不小,八成是个鳖精。你买它花了不少钱吧?"

李二搂得意扬扬地说:"花钱的买卖谁干?我在大道上捡的!谁知道它怎么跑大道上来了。我老婆正好猫月子,用它大补!"

刘振江看看那个大鳖,它好像通人性,看着刘振江,两只小眼睛吧嗒吧嗒掉起眼泪,看神情,是向他求救。刘振江心软了,对李二搂说:"它也是条命啊,你把它放了吧,瞧着怪可怜的。"

李二搂把眼一瞪,说:"那可不行,我捡的东西我说了算!"

刘振江说:"你放了它,我把刚办来的这筐红枣给你。猫月子的人,吃红枣也是大补。"

李二搂有点活心了。不过他这人搂劲太狠,他知道刘振江心肠软,看不得大鳖受罪,就故意拎着柳条抡一圈,疼得鳖拘挛成一团,然后才说:"就这筐枣?我不干,除非你再给我三升小米子。"

刘振江实在看不过眼了,把牙一咬说:"好,再给你三升小米子。等会儿到我家去拿,你先把鳖给我!"

李二搂乐坏了,生怕刘振江变卦,马上把鳖一递,说:"吐唾沫就是钉儿,你可不兴反悔。"说完,他拎过那筐红枣,乐得像拾了狗头金,颠颠地回家了。

刘振江小心地把柳条从鳖爪上取下来,然后,特意拐了一段路,来到辽河边,把它送进河里。那个大鳖回头看了他一眼,游走了。刘振江回家后,给李二搂量了三升小米子。不久,他就把这件事忘了。

进了冬月,有人捎信来,刘振江远在京城的姑姑生了病,身边没啥亲人,让他去照应些日子。刘振江打小就是这个姑姑给抱大的,接到信儿,哪能不去?他把买卖交代家里人,带了点银钱就上路了。一路上紧赶慢赶,到了京城已经摸腊月边了。

刘振江在姑姑家一住就是十来天,每日请医抓药,尽心服侍。姑姑的病倒是见轻,可他的心病越来越重。咋的?带来的银钱眼瞅花光了,在人地两生的京城里,没有钱,一天也活不了啊!刘振江临来时,媳妇把她娘家陪嫁的一个金镏子给他带上了,让他留着应急时用。刘振江想想没别的道了,唉,先把金镏子卖了再说吧。

他来到京城里有名的珠宝胡同,找到一家金店,把金镏子递进拦柜。这家金店掌柜挺势利眼,他看了看刘振江的穿戴,不像是阔人,就开了个最低的价。刘振江也是买卖人,不好哄,他看看别的金镏子卖价,就说:"掌柜的你开的价太低了吧?"金店掌柜的说:"你卖的货成色不好,给你的价已经够高了。"

刘振江心里挺憋气。卖吧,明摆着叫金店敲了竹杠;不卖吧,自己还真等着钱用。这时,门外进来一个六十来岁的老头。这老头脑袋不大,脖子挺长,长得倒是一副善相,穿戴挺阔气。老头看见刘振江,先是一愣,紧跟着喜出望外地一把拉住他胳膊,说:"这不是老刘大兄弟么,你多咱来的京城?"刘振江看看老头,不认识。老头说:"哎哟,兄弟,想不起来了?咱俩当初好得像一个人似的,就差插草为香,结拜成磕头兄弟了,你咋都忘了呢?"

刘振江还是瞪眼想不起来啥时认识的这老头!老头看他那个糊涂样儿,就说:"你不是家住盛京城北面石佛寺跟前儿的刘家窝棚,名叫刘振江么?"

刘振江说:"对呀!"

老头说:"那你还合计啥呀,你正是老刘大兄弟!还卖啥金镏子,快走,到哥哥家喝一盅,有话咱慢慢唠。"老头说着,拉着刘振江就往外走。

这一来,刘振江还真不好办了。有心问问这老头姓甚名谁,人家和他这样熟,怎好再张口问?有心不跟这老头走吧,人家实心实意地拿他当兄弟待,怎么好冷了这份情?他只好跟着走了。

一路上,老头问他:"兄弟,你来京城干啥?"

"唉,我姑闹病了,我来照看照看。"

"你卖金镏子干啥?"

"给我姑抓药。从家带的钱不多,住了这些日子,花得不剩啥了。"

"你今天碰见哥哥了,这些都好说。来,到家了。"老头伸手往前一指,刘振江一看,嘿,好一所大宅院!外面修着大门楼,进院来,迎面是坐北朝南的五间大瓦房,两旁东西厢房各五间。真是雕梁画栋,龙飞凤舞。走进正房的客厅,里面摆着八仙桌椅、宝器古玩,墙上挂着名人字画,一看就不是一般人家。老头对刘振江说:"我家没有旁人,就我和你大嫂,孩子们都不在身边。"说完,冲里喊了一声:"来贵客了!老刘大兄弟来了,还不快出来迎接!"

老头话音刚落,就见里屋出来一个干净利落、精精神神的老太太。老太太满脸赔笑,那亲热劲儿,真像见了娘家客:"哎哟,这是哪阵风把我兄弟吹来了?大兄弟,你可把人想坏了。这些年,你大哥天天叨咕你,就盼你来!"

刘振江越听越纳闷儿:这是哪葫芦里的药呢?我在京城也没有这样一家亲戚呀!他心里这么想,嘴上也不好说什么,就含糊答应着坐下来。

老太太挺麻利,不大工夫,就摆上一桌酒菜,请刘振江入座。老头给刘振江满上酒,说:"不瞒老弟,我平素就好喝几盅。咱哥俩兄弟一场,还没一块摸过杯呢,今天你得多饮几盅。喝完酒,就住在我家好了。"

刘振江一听急了,说:"那可不行,我家还有个病人呢!哥嫂的情我领了,改天再登门拜谢,我得给我姑抓药去。"

老头说:"也好,等你姑病好了,再来哥家多住几天。我看你那金镏子也别卖了,我开了好几处买卖有的是钱,给你十两金子,带回去给姑姑看病。你别多心,你的姑姑也是我的姑姑。"说完,掏出来十两黄金。

那时候,一两黄金抵得上百两白银,十两黄金该是多大一笔数目!刘振江别说不认识这老两口子,就是多年的老朋友,他也不敢要哇,这人情太大了。他把金子使劲往老头怀里推,说啥也不要。老头有点动气,急皮酸脸地说:"你这人可真是,咱俩生死弟兄一样,你咋还这么外道?莫非你看我不可交?"

刘振江一看,再往下啥话也不能说了,只好收起金子。老头这才有了笑模样,又给刘振江满上酒,说:"兄弟,我还得求你一件事呢。我离家挺长时间了,想托你捎这封信回去,看看我那帮儿孙过得怎样。"刘振江说:"大哥放心,我一定亲自捎去。但不知大哥家住在哪里?"老头说:"我家也在石佛寺附近。你在刘家窝棚,我在马门子东边二道湾。捎信的事不急,等你回家时再说。"

两个人又唠了一会儿,刘振江便告辞了。老头和老太太一直把他送出大门外。

有了钱,刘振江给姑姑治病更上心了。他请来最有名的郎中,抓来最好的药。没多久,姑姑的病就好利索了。满打满算,才用了二两金子。姑姑病一好,刘振江心里就长了草,着急往回走了。姑姑知道留不住他,就为他收拾好了行装。刘振江正想到大哥家辞行,顺便去取那封信,还没动身,老头却打发一个小孩把信送来了。小孩说:"你是刘大叔吧?我们掌柜的听说你要走了,让我把这封信交给你,还给你带来三十两金子做盘费。"说完递过来一个红绸小包。

刘振江一看,这还了得?他说啥也不收,要给老头送回去。小孩看他真急了,才说:"实话告诉你吧,我们掌柜的怕你往回送金子,他昨天就上外地去了,家也搬了。"刘振江眼睛瞪得挺老大,说:"这怎么可能?是他叫你这么说的吧?"小孩说:"不信?我领你去看。"小孩领着刘振江,三拐两拐找到那座大空院。刘振江进院子一看,可不,房子已经换了主人,里面的陈设全变样了。刘振江没辙了,只好收下了金子,把那封信精心收藏起来。

看看小孩要走,刘振江实在忍不住了,问:"小伙计,你们掌柜的说没说过我是他什么人?"

小孩说:"掌柜的就跟我说,你是他的好兄弟,下话没说。"

刘振江又问:"那你们掌柜的姓啥?"

小孩嘻嘻笑起来:"你俩那么好,你还不知姓啥?他姓袁,人都叫他袁掌柜。"

刘振江在心里记住了。小孩蹦蹦跳跳地走了。

刘振江走了半个多月,傍年根儿才回到家里。到家后,他把在京城遇上的这件事对媳妇一说,媳妇惊得直咂舌,说啥也不信。刘振江把黄金一亮,媳妇这才知道是真的。半晌,她像想起什么似的,问刘振江:"那位大哥叫你把信送到哪儿?"

刘振江说:"他说家住马门子东边二道湾。"

媳妇自言自语:"怪了,我娘家离马门子不远,我去过那个二道湾,那儿也没有人家呀!"

刘振江说:"有没有人家我也得去一趟,大哥就托我这么点事儿,我说啥也得给办好!"

第二天,刘振江就去了马门子。进堡子一打听,东边是有个二道湾,堡子里的人都说那儿没有人家。刘振江没管那些,出堡子往东奔去了。二道湾是辽河的一个汊子,腊月里,河面上结了冰,溜光铮亮好似一面大镜子。刘振江还没来到河边,就见对面不知啥时来了一个小孩,这小孩十四五岁,斯斯文文,走到刘振江身边,施了一礼,说:"你是刘爷爷吧?我在这儿候你多时了。"

刘振江说:"你是谁家的孩子?"

小孩说:"我爷爷头些日子捎来口信,说他有书信让你带来,我估摸这两天你该来了。"

刘振江惊奇地问:"你家到底在什么地方啊?"

小孩伸手往河面一指,说:"就在这儿,刘爷爷到家坐会儿吧。"

刘振江往河面一看,怪呀,刚才还是一片亮冰,转眼间不知怎么出现了一个热热闹闹的堡子。鸡鸣狗叫,人来人往。刘振江不明白是怎么回事,不敢去串门,就推说有事,把话岔开了。小孩也没深让,把信拆开,一目十行地看完了。看完信,小孩说:"刘爷爷,我爷爷在信上说,你是他的救命恩人,他要报答你呢。"

刘振江慌忙摆手说:"可别,可别!你爷爷他是弄错了,我什么时候救过他命?"

小孩看看信说:"这上面写着嘛,三年前,他喝醉了酒,落到一个坏人手里,是你用一筐红枣、三升小米子把他救了出来。你怎么忘了呢?"

刘振江一听,心里咯噔一下子。他想起来了,三年前,他用红枣、小米救了一个大鳖,敢情那是一个老鳖精呀!那个老头,这个小孩,还有河底的堡子,不用问了,他全明白了。这时他才想起在京城遇见的老头有点颠脚,那是当初叫柳条穿伤的呀,怪不得他姓袁,他原来真就是个老鼋!小孩看刘振江走了神,就说:"我爷爷还有话呢。他说你是个好心人,他要帮助你过上好日子。咱这辽河两岸,自古就有规矩'隔河不找地'。河北岸都是李二搂的田,这几年,我爷爷年年让河水往北岸淹,他的地都快叫河水吞光了,气得他要卖地,你手头不是有金子吗?他卖你买!"

刘振江说:"我做买卖还行,种地可是外行,买那么多河套地干什么?"

小孩说:"你把地分给穷人种啊,你还做你的买卖。有我爷爷保佑,你一定能发财的。"说完,小孩又从怀里掏出几颗耀眼的珍珠。小孩说:"这是爷爷叫我给你的,让你卖了做本钱,今后做点大买卖。"小孩把珍珠往刘振江手里一塞。不等他答话,噔噔噔跑进河上的堡子里。刘振江追了两步,再看,眼前哪有什么村庄房舍,依旧是白亮亮的一片冰。

刘振江信了老鼋的话,一开春,就找李二搂,要把北岸的地全买下来。李二搂心里偷着乐,笑刘振江是个大傻瓜,谁不知道河水年年往北岸上滚,他觉得又占了个大便宜。

不料,这年夏天,辽河发水使了反劲。一股脑儿往南边滚,滚啊,滚啊,一直滚到石佛寺山根下,南岸上千垧地都过到北岸了,河道从此就在山根下定位了。李二搂白白丢了上千垧地,气得他一股气胀死了。刘振江白白得了上千垧地,真就把地全分给了穷人。他自己也用珍珠做本钱开起了大买卖,过上了好日子。

讲　　述：牛六官
搜集整理：吕明辉
流传地区：吉林集安

蜡台

说不上是哪年了，鸭绿江上有一个年轻的木把名叫水生，这小伙子除了有一身好水性和一手放排的绝活外，还有一副公鸡一样响亮的嗓子。每回排子放到六道沟江脸子上时，他都要放开嗓子唱几句山歌：

　　鸭绿江水哟绿油油，哥放松排哟江上走；
　　绿水清清哟山歌美，姑娘为啥哟不还口？

这一天，水生的歌声未绝，江边上真有一位姑娘还口了！她的歌声像金铃铛一样脆，像叮咚作响的山泉水一样美：

　　青山作琴水当弦哟，哥哥唱歌妹妹连哟；
　　绿水不尽歌不断哟，青山不老情意绵哟。

水生顺着歌声一看，唱歌的是一位放鹅姑娘。她的小绸袄像身边的鹅绒一样白，她的大裙子像脚下的江水一样绿，她的眼睛像熟透了的山葡萄一样水灵，她的身材像长白山里的美人松一样苗条。水生心里一阵高兴，赶紧停了排子，清了清嗓子，又唱起了一支更好听的歌：

　　哥放松排哟妹赶鹅，心里有话哟对妹说；
　　啥像鹅毛哟白如玉？啥像松排哟红似火？

江边的放鹅姑娘接着小伙子的调,也回了一支同样好听的歌:

哥放松排妹赶鹅哟,心里话儿对哥说哟;
妹心像鹅毛白如玉哟,哥情像松排红似火哟。

这歌声像蜂蜜一样香甜,像多年陈酿的老窖一样醉人!小伙子心里发痒,忍不住把排子向着江边划去。水生上了岸,和姑娘一搭话,才知道这个放鹅姑娘叫江丫。江丫红着脸坐在水生旁边,两人亲亲热热地唠起嗑来。

从此以后,水生每回放排放到六道沟江脸子上,都要和江丫对上一阵子歌。这歌声欢快、明亮,歌声传到木把们的耳朵里,累了,身上就添了劲儿;冷了,就会感到身上热乎乎的;饿了,就像吃上几桌大席;困了,也马上就有了精神头儿!大伙儿都喜欢他俩,都愿意听他俩唱歌。

有一回,水生放排到六道沟,给江丫带来一支用长白山最好的鹿皮做的放鹅鞭子。江丫呢?也用最白最长的鹅翎给水生编了一件既轻快又防水的蓑衣。两人约定好了,下次再见面时,就在水生的松木排子上办喜事。

可是,他俩的歌声也惊动了睡在江底的一个千年老鳖精,他眼馋姑娘的俊俏,想抢她做鳖婆。

这天,老鳖精变成个粗笨的放牛汉,把一帮小老鳖变成一群牛,自己赶着这群牛来到江丫放鹅的地方。离得远远的,他就用破锣嗓子唱起来:

放鹅女遇见放牛郎啰,乐得俺心中喜洋洋啰;
好似苍蝇叮上了血啰,好似黑瞎子抹蜜糖啰。

歌声像猪哼、驴叫、狗吠、狼嚎!姑娘连头都没抬!

老鳖精一看自己唱得不中听,忙甩了鞭子,直奔姑娘身旁,贼兮兮地说:"美丽的姑娘,不要跟一个穷木把子过日子了,我有亮堂堂的水晶宫,可他连个家都没有。"

江丫回答道:"他的木排就是我们的家!"

老鳖精又说:"我有吃不完的山珍海味、穿不尽的绫罗绸缎,他可是缺吃少穿哪。"

江丫回答道:"我会给他做粗茶淡饭,会给他织粗布衣衫!"

老鳖精还不死心,又说:"那有多累呀!到我那去,有的是金子、银子,你一辈子不用干活,享尽清福,要啥有啥呀。"

江丫反问道:"我要水生哥的歌儿,你有吗?"

老鳖精急眼了,他拉下脸,恶狠狠地说:"水生哥,水生哥,明天早晨江面会起大雾,我变成哨口里的一块大石头,把你那个水生哥撞得粉身碎骨!"

江丫并不害怕,她回答道:"你变吧,我会站到大石头上给水生哥引路,让你白费心机!"

老鳖精冷笑着说:"那我会叫你变成石头!"老鳖精说完就走了。

当天晚上,江丫把鹅群赶到岸上以后,就坐在江边,对着一汪碧绿的江水和天上一勾弯弯的新月,哼起了忧伤的调子:

初一新月十五圆哟,九曲江水入海湾哟;
今宵良辰美景在哟,哥妹今生见面难哟。

那群雪白的大鹅被她的歌声感动了,它们都流出了一滴滴同情的泪水。说来也怪,这一滴滴白鹅的泪水溶在一起,结成了一块大白蜡。江丫用这些白蜡做料,用水生给她的那把鹿皮鞭子做芯,做成了一根大蜡烛,她刚收拾完,天就亮了。

江面上果然起了漫天大雾,白茫茫的一片,根本分不出东西南北。江丫赶紧划着放鹅的小船,到江心哨口上一看:急哨上真的长出一块又黑又大的石头砬子,大石砬子的尖头正对着急流哨口,木排要是撞上,非得排散人亡不可。

江丫急忙把小船靠上大石砬子,自己攀了上去,就在这时,大雾深处传来了水生的歌声:

雾盖江面哟水不绿,雾埋青山哟林不青;
哥放松排哟雾里寻,妹妹为啥哟不回音?

姑娘眼里含着泪花,点亮了手里的蜡烛,高举在头上,然后用她那金铃铛一样甜脆的嗓子,唱出最后一首歌:

江上哨口水流急哟,哥要当心瞅仔细哟;
妹妹送你过哨口哟,哥呀来世再相聚哟!

水生领头的松排看见了蜡烛的光亮,听着江丫的歌声,顺利地躲开了哨口那块大石头砬子。老鳖精失算了,因为江丫压在他的头上,他再也变不回来了,只好成了江里的一块大石头。

江丫的歌声渐渐弱了。她觉得身子发硬,最终变成了一块僵硬的石头,她那鹅毛一样洁白的衣服,使这块石头像根白亮的蜡烛一样,在大雾天里照着江面,保护着穷苦的木把们平安绕过大石头砬子,渡过哨口。

从此以后,水生每回放排到六道沟江脸子时,都要披上江丫为他编的那件鹅毛蓑衣,仍然对着已经变成石头的江丫唱起深情的山歌。

当地的老百姓把这块大石头砬子叫作"蜡台"。

讲　　述：冯明文
搜集整理：李征康
流传地区：湖北武当山一带

鳖精变个鞋笸箩

　　有一条不大不小的响水河①，河边住着一户姓赵的人家。赵家很有钱，老掌柜和掌柜奶奶心肠都好，经常积福行善，修桥铺路，家业越来越兴旺。他家没有儿子，只有一个女儿，天天坐在绣楼上绣花。

　　赵小姐的绣楼窗子，正对着前边的河。河里有个老鳖，它天天晌午在石头上晒盖，两只绿豆眼鼓愣愣望着绣楼上的绣花姑娘。一来二去，心里有意了。夜里，它变成个公子，上了赵小姐的绣楼，同姑娘睡在一起。

　　三日九，九日三，赵家掌柜奶奶看出姑娘身怀有孕了，就来问她："女儿呀，我没见你到过别处，咋就怀上身子，是谁害了你？要给当妈的说实话。"

　　姑娘知道这事早晚瞒不住妈妈，就说："每天夜里，有个小伙子上楼来，女儿撕抓不赢他，又不敢喊叫，就只好由他摆弄。"

　　她妈一听，觉得也是有理，女儿一个人住在绣楼上，咋打得赢男人！她想了想，说："今晚我给你一根针、一个线穗子②，你将线穿在针上，等那小伙子走时，你就将针偷偷别在他的衣裳后襟上，明日你爹会想办法的，一定能制服他！"

　　这天晚上，老鳖又变成小伙子上楼来了。他走时，姑娘遵照妈妈的吩咐，在他衣裳后襟别上了穿线的针，他一点也不知道。

　　第二天早晨，赵家掌柜老两口顺着线找，一找找到沙滩上，线头钻进了沙窝里。老两口请人刨沙，逮住了个老鳖。这老鳖足有筛子大，当下就被他们打死

---

① 响水河：河水流得"哗哗"响的意思。
② 线穗子：纺车纺出的线疙瘩，一头大，一头小，很像玉米穗。

了。又剥掉它的鳖壳。这鳖壳圆圆的，凹凹的，正好给姑娘做个鞋笸箩①。

过了几个月，赵家小姐生了孩子，是个胖乎乎的儿子。她本想不要他，可又觉得总是自己身上一块肉，舍不得；有心养了他，又怕别人笑话。正在进退两难的时候，妈妈来了。掌柜奶奶想出个好办法，对外人张扬开去，就说是从别家捡的儿子，不将小姐喊妈，改口喊成姐姐。

十几年以后，赵小姐的娃子上学了。小娃嘴里掏实话，这些学生娃不讲情面，打起架来，总说他没爹没妈，是个野娃子。孩子回家来，一个劲儿地追问赵小姐："姐姐，我妈是谁？她现今在哪儿？"赵小姐只是支吾，不敢说实话。

这孩子很聪明，就想了个计策，要去跳塘，起身就跑。赵小姐紧紧跟在后面追。孩子跑得太快了，"扑通"摔了一跤。赵小姐心疼坏了，失口喊："我的娃子，你咋不当心呀！跌坏哪里了？"

孩子赶忙问："姐姐，我是你的娃子？！"

小姐看瞒不住孩子了，才给他一五一十说了实话。这时娃子一个劲儿哭着要见他爹。小姐说："我用的鞋笸箩，就是你爹的壳。"

据说，这娃子重新安葬了他爹的鳖壳，得了好风水，后代当上了皇帝，就是赵匡胤。

---

① 鞋笸箩：从前姑娘们装针线的竹编器。

讲　　述：陈满意
搜集整理：旭光
流传地区：山东青岛

鳖精画像

　　从前，在一个小山村里住着个姓韩的私塾先生。这韩先生不光"四书""五经"读得透，抚琴下棋样样通，还画得一手好画。他在纸上画水，水像在淌；画鸟，鸟像在飞；画人，人像在笑；画虎，虎像在跑。是远远近近有名的神笔画师。

　　一天傍晚，韩老先生从学堂教完学回来，一进门，见屋里坐着个穿红挂绿的女子。这女子一见他回来了，赶忙立起身来施礼道："老先生，俺等您老半天了。"韩先生连忙还了一礼，问她道："闺女，找俺做甚？"女子道："听说您画得一手好画，今日特意来求您给俺画张像，不知老先生肯不肯？"

　　韩老先生向来是以善良厚道为本，乡里乡亲、东邻西舍有求他画画的，他总是有求必应。听了这素不相识的女子的请求后，便说："这位小姐，如不嫌老朽画得不济，我就给你画一张吧！"说着，韩老先生便仔细端详起她来：只见这女子长着粉白脸、樱桃嘴、柳叶眉、杏核眼，杨柳细腰摆一摆，胜似那仙女下凡间。韩老先生把她从上到下看了个一清二楚后，说道："今日天色晚了，你明天早上再来拿画吧！"

　　那女子听了，笑着道了个万福，便转身走出了大门。韩老先生送走那女子，回到屋里吃了饭，点上灯，花费了半拉宿的工夫，才把那女子的像画了出来。

　　第二天一早，韩老先生刚一敞大门，那女子就从门外走进来拿画。韩老先生见她来了，赶忙走进里屋拿画。谁知到了画桌前一看，吃了一惊！惊什么？原来画上那俊俊秀秀的女子，一宿间竟然变成了一只黑不溜秋的团团鳖了！仔细一想：莫不是家中人来人往乱糟糟的，叫别人把那张俊秀女子的画拿走了，顺便画了这鳖和我开玩笑？想到这里，他便红着脸从里屋走出来说："这位小姐，实在对不起,昨晚上画的那张像,还有几笔没画好,改天你再来拿吧!"

那女子听后,笑了笑,一句话没说,转身就走了。韩老先生等那女子走后,也急匆匆地吃了饭,上学堂教书去了。当天傍黑一回到家里,饭没吃,酒没喝,便重新为那女子画起像来。他画呀画,一直画了半拉宿,又为她画好了一张像。韩老先生手捧画像,左看看,右瞅瞅,自言自语:"这遭我得好生藏起来,别再让人钻了空子,把画换了去!"

第三天,天一明,韩老先生就早早来到书房里,想把那张晾干的画卷起来。哪知进屋一看,又愣了!怎么的?画上的女子又变成黑不溜秋的团团鳖了!他直愣愣地对着变了的画,边看边想:前天画上的女子变成鳖,俺以为是谁跟俺开玩笑。夜来俺画好了像,特为把画高搁起来晾着,怎么一宿光景又变成鳖了?真是土地爷放屁——神气!

韩老先生怕那女子来拿画时看见不乐意,便赶紧把画卷起来藏好,又编好一套瞎话,等那女子来了好应付她。一会儿,那女子又来拿画了。韩老先生急忙迎到门口,挡住她说:"这位小姐,夜来下晚,我把像画好了,铺在桌子上晾着,谁想让个该死的大黄猫给踢倒墨海,洒了一画墨汁,把像染成了一个黑蛋蛋。这样吧,今日下晚,我再下点细工夫,好生给你画一张。明天一早,俺保准不让你白跑冤枉路就是了。"听了老先生的话,那女子说:"老先生,您不用为难,俺明天再来拿就是了!"说完,告别了老先生,一转头又走了。

当天下晚,韩老先生教书回来,走进书房磨好墨,铺开纸,第三次动手为那女子画起像来。这回,他真是使上了自己的所有本事,加上了细工夫画起来。只见他从一更天画到二更天,又从二更天画到五更天,累得浑身放了大汗,才为那女子把像画好。他手捧画好的像,左看,右看,觉得处处满意,便自己跟自己说:"今黑夜我豁上不困觉,非看看这画上的女子到底是怎样变成鳖的不可!"韩老先生一边说,一边两眼直勾勾地瞅着画上的女子。谁知,瞅着,瞅着,上下眼皮就打起仗来了。一会儿,便趴在画像上迷迷糊糊地困着了。

韩先生这一困不要紧,等他一觉醒来时,天已大明了。他惊慌中抬起头,揉了揉眼,一瞅眼前的画:哎呀呀,那画上的女子又变成鳖了!韩老先生双手捧着第三回变成鳖的画像,心里又惊又气又恨,直立立地站在那里发愣。就在这个节

骨眼上,只听身后闯进一个人来,韩老先生回头一看:哎哟哟,来者不是旁人,正是那来拿画的女子!

那女子一进屋,瞅见老先生手中的画,便高兴地拍着巴掌说:"哎呀呀,老先生的手艺果真是名不虚传。您画得就像是照着俺的模子刻出来的一样!"说着,便把那张鳖像从老先生手中拿过去,卷了起来,揣进怀中,转身一阵风似的走出门去。

韩老先生惊呆呆地望着走出门的女子,心里话:人家都说鳖是万鱼之妻。我把她画成了鳖,她不但不恨俺,反倒说俺画得真像。奇怪!奇怪!真奇怪!这里面准定有个景!俺不如跟着她,去看个明白,弄个清楚。想着,便撵出了大门。当他撵到村西头的莲花湾前,只见那女子在湾沿上打了个影儿就不见了。

韩老先生来到湾边上,眼瞅着湾中的水圈圈,看见湾水下有个黑影子在动,这才一下子明白了:噢,原来这女子是个成了道行的鳖精!

日月似流水。三年后的一个六月天,一大早起来,就见天阴得像黑锅底,一会儿便闪驾着雷,风刮着雨,劈头盖脸地压下来。这大雨下到傍晌天时,便一马平川,到处是水了,连屋里头也能漂起船来。一霎间,只听到处是叫石头、砖块打出的水声,家家户户墙倒屋塌了。韩老先生和老伴被大水冲得东的东,西的西。幸亏他抓住了一页门板,在水中漂来荡去,才没淹死。就在韩老先生叫天天不应,呼地地不灵的时候,他抬头看见从远处驶来一只小船,那船越驶越近,等驶近韩老先生身边时,摇船的女子一伸手,便从水中把韩老先生拉到船上。老先生死里得救,心里直纳闷:发这么大的水,人们死的死,伤的伤,这么个弱女子,怎么能平安无事呢?他一边想,一边打量着这驾船的女子。他越打量,越觉面熟。打量来,打量去,实在憋不住了,便说:"小姐,俺觉得好像在哪儿见过你呢。"

女子一边摇橹,一边回头望着他,笑着说:"韩老先生,您忘了吗?三年前,您还给我画过一张像呢!有仇报仇,有恩报恩,俺今日是特来报答您的画像之恩的!"

韩老先生听了女子的话,一下子完全明白了:原来是那鳖精救了自己的命。可转念一想:自己的老伴和众乡亲在大水中个个生死不明,还不知叫水冲到哪儿去了。就对女子说:"这位小姐,谢谢你救了我这条老命。可俺老伴和满村人在这大水中都不知死活。如果他们都不在了，只剩下我一人，还不如死了清闲！"

那女子听了他的话，一手摇着橹，一手朝着北山坡上一指，韩老先生顺着女子的手指看去，只见山坡上有一片草屋。说话间，只听耳边风声呼呼作响，自己好像骑在一匹快马上。过了有一袋烟工夫，抬头再看时，自己已站在那片草屋前的水边上了。他那老伴，还从眼前的一栋草屋里笑嘻嘻地走出来迎接他上岸呢！

韩老先生上了岸，见众乡亲也都得救聚在这里，心中十分感激。正想感谢那女子，可回头一看那女子和小船都没踪没影了。

讲　　述：梁保相
搜集整理：孙可才
流传地区：山东崂山一带

玉蟾石

　　很久以前，崂山里头的一个小山村里，住着一对慈善的孤寡老人，他们一年到头种着几块兔子不拉屎的山冈薄地，过着贫穷的苦日子。

　　这一年，山里遇到百年没见的大旱天。老两口起早贪黑，一把汗水一把血地干活，好不容易才把庄稼修饰得绿油油的。老两口欢喜地看着庄稼，心里乐开了花。不料想，天旱又遭蝗灾，一夜之间，那铺天盖地的大蝗虫把庄稼叶子吃得一干二净。老两口看着叫蝗虫糟蹋了的庄稼，百般无奈，一齐伤心地放声大哭起来。

　　这时在崂山朝阳洞里修炼了上千年的玉蟾，听到这悲痛的哭声，走出洞来往山下一看：原来是三年前救过自己性命的恩人，在地头伤心落泪。它想：这两个恩人已经年过半百，无儿无女，如今又遭大难，我一定要搭救一下，以报大恩。想到这里，就驾起祥云，来到老人身后，叫道："老人家，别痛苦，莫悲伤，你们收俺玉蟾做儿子，玉蟾帮你们种庄稼。"

　　老两口忽听到背后有人说话，立刻止住哭声，急忙回头一看，没有人影，只见一只三条腿的巨蟾，张着簸箕般的大嘴，一张一合地说着话。老两口不见还罢，一见吓得浑身发抖，瞠目结舌，不知该怎么办才好。

　　玉蟾见两个老人吓呆了，连忙又说："老人家，别害怕，俺是三年前你们救过的那只大蟾，今日特意来报答你们的救命大恩。如果你们愿意收俺做儿子，往后必过好日子。"那玉蟾说得那么诚心诚意，叫得那么亲热，直说得老汉心满意足，叫得老婆子满心喜欢。这时，老两口笑容满面地说："玉蟾呀，玉蟾！俺老两口一辈子缺儿少女，有你做儿子也是天大的喜事。"说着就像得了宝贝一样，领着玉蟾欢天喜地回了家。

当天晚上老婆子看看这里无米,望望那里没柴,便忧愁地说:"老伴儿,咱有了玉蟾做儿子,可是,家中缺吃少用,往后的日子该怎么过呢?"老汉听了,也愁眉不展地唉声叹气。这时玉蟾道:"爹、娘,别忧愁,我保你们吃、喝、穿、戴样样有!"

第二天,鸡叫头遍,老两口和往常一样,老汉拿起扁担要挑水,可往缸里一看,水缸里早已满了;拿起镰刀要砍柴,一看,草棚里也堆满了干柴。老婆子拿起水瓢要淘米,一见米缸里的米满上了尖;一掀锅,锅里往外直冒热气,里头香喷喷的饭菜早已做熟了。老两口看看这儿有条有理,望望那儿整整齐齐,走出院门,就更觉新鲜了,以前,家前屋后光秃秃,一夜之间,家前院后,屋左房右,长出八棵垂杨柳。当老两口乐哈哈地走到自己的庄稼地里一看,更觉惊奇:那被蝗虫毁坏的庄稼,今日却棵棵长得旺旺盛盛,并且好锄的锄了,好耕的耕了,该上肥的上了肥。老两口眼里看着,心里想着:好生奇怪呀!是玉蟾做的吧?可它怎么能在一宿之间,做这么多营生呢?两口子暗中一商量:今晚不睡觉,要看个水落石出。

天黑了,老两口把玉蟾抱到炕上,临困觉时老汉说:"老伴儿,天这么旱,又闹蝗灾,明日咱去山泉挑水,把庄稼浇一浇,把蝗虫捉捉。"老婆子随口答应一声:"是啊!"这时玉蟾说:"爹、娘,别操劳了,今夜雨后,自有禽兽灭蝗虫。"老汉觉得奇怪:"孩子,别瞎说了,满天星星,没有一点云彩花,哪里来的雨?那些飞禽走兽,又怎么能来灭蝗虫?快困觉吧!"说着就躺下困起觉来。

那两个老人,虽然嘴上说困觉,并没有一点困意,他们都想看看玉蟾到底用什么方法,做出这样的奇事来。

半夜三更,玉蟾见夜深人静了,听爹娘都呼呼地困了,便悄悄地把被一掀,屋里顿时金光万道,只见玉蟾一打滚,脱下一层蟾衣,变成一个美貌俊秀的仙童,手中拿着一把拂尘,轻轻一摆,门便自动地开了,又将双脚一跳,就一溜清风地不见了。老两口爬起来就追,可是,东找西寻不见踪影。两人正在着急,忽然听到房后山泉里有人说话。两个人趁着夜色,悄悄地来到房后,偷偷地观看。只见玉蟾喝一口清泉水,往空中一喷,口中念道:"九龙九龙听仔细,玉蟾仙童来求你。快布云,快洒雨,为民除旱莫迟疑。"话音没落,月光下现出九条不同颜色的飞龙,各自喷云吐雾,不一会儿工夫,便乌云翻滚,遮住了满天星斗,一阵狂风过后,就霹雷火闪地下起了瓢泼大雨。

天将亮时，雨过天晴。玉蟾又喝了一口清泉水往地上一喷，口中念动咒语："天灵灵，地灵灵，天上禽，地上兽，听我指令灭蝗虫！"说话不迭，天空中凤凰带着百鸟，地上各种虫兽都成群结队地出来扑食蝗虫。

老两口看得真切，听得明白，欢喜地刚要上前去拉玉蟾回家，谁知那玉蟾听到响声，头也不回地往家跑。老两口在后面急赶慢赶，跑进家中一看：只见玉蟾在屋里东寻寻，西找找，急得满身出大汗。一看老两口满脸带笑地走进来，便着急地问道："爹、娘，你们可看见孩儿的衣裳？"老汉哈哈笑着说："好孩子，你为民除旱灭蝗，乡亲们知道会给你歌功颂德。"老婆子说："好孩子，你不要再变成蟾了，就这样留在人间吧！你的蟾衣，早就叫我们藏起来啦。"

玉蟾听完，连忙跪在他们面前说："爹、娘，快还儿的蟾衣，这蟾衣是玉皇大帝赠送的珍宝，你们若不还我的蟾衣，我就战不胜妖魔，再也不能为乡亲们消灾除难了。"老两口听完这番话，只好把蟾衣还给玉蟾。玉蟾把那蟾衣往身上一披，又立时变成了原来的模样。

可是，没过多久，山乡里突然出现许多怪事：天天傍晚，妖风四起，飞沙走石，随后又在烟雾中听到阵阵蟾叫，有的人家丢鸡鸭，有的人家失牛羊，还有的人家的年轻闺女也不明去向。一时间，闹得山里人心慌意乱。人们猜疑，晚上听到蟾叫，是不是玉蟾作的恶呢？

正当乡亲们猜疑玉蟾作恶的时候，山乡里来了一个神婆，一边摇铃，一边念道："我奉神的旨意，前来告诉山乡众民：山乡出现蛤蟆精，整夜兴妖作怪，闹得众民不安，若不把它除掉，众民就要大祸临头了。"没过几天，乡里果然出现瘟症病。乡亲们听了神婆的谣言，都信以为真，再也沉不住气了，个个弄枪舞刀，准备找玉蟾算账。

老两口听到这些可怕的消息，愁眉苦脸地回到家中，茶不思，饭不想，觉也困不安。玉蟾见两个老人整天满脸愁容，就上前亲热地说："爹、娘，您二老病了吗？"

老汉叹了口气说："孩儿，事到如今，俺只好对你说实话。你虽不是我亲生自养的，却比亲生自养的还孝顺。这些天来，妖风四起，闹得乡邻不安，乡亲们听了神婆的谣言，都说你做了对不起父老兄弟的事。你到底做没做呢？"说着就痛哭起来。

玉蟾听了这些话,不慌不忙地说:"爹、娘,这些事我早就知道了。请你们去把父老兄弟找来,我有几句话对他们说。"老两口听了玉蟾的话,马上找来众乡亲。玉蟾对他们说:"父老兄弟,玉蟾以慈善为本,从来不会做昧良心的事,我心中无愧事,不怕鬼叫门。"乡亲们说:"玉蟾你为山乡除旱灭蝗,大伙都感谢你的大恩大德,只是这些日子,听那神婆说是你兴妖作怪,给人们带来了灾难,这到底是怎么回事呢?"

玉蟾气愤地说:"乡亲们,你们哪里知道,那个花言巧语的神婆是条毒蛇精变的。事到如今,只好把实话说给你们听。"

原来在这崂山黑风口的山洞中,有一条毒蛇,它偷吃了蟠桃峰上的仙桃,修炼成蛇魔王,常常危害过路人的性命。玉蟾曾多次劝它改恶从善,可那蛇魔王本性难移,错把玉蟾的一片好心当恶意。三年前,蛇魔王在山里抢走一个挖野菜的闺女,硬要逼她成婚,正巧让玉蟾碰上,它拉开蛇魔王,放走了那闺女。打那起,蛇魔王便恼羞成怒,和玉蟾动起武来。它们你来我往,从天上打到地上,从陆地打到水中,一直打了三天三夜。只因玉蟾人单势孤,被蛇魔王的爪牙打伤,它紧紧缠住了玉蟾,脱不开身。正要张开血盆大口把玉蟾吞食时,碰上老两口上山打柴,他们看见一条大蛇缠住一只蟾,一边叫喊,一边站在山上举起一块块石头向那毒蛇打去。那毒蛇挨了老两口一顿打,吓得钻进树林逃跑了。那逃跑的蛇,就是蛇魔王。从这以后,蛇魔王和玉蟾结成冤家仇敌。前些日子,玉蟾为了报答老两口的救命大恩,为乡亲们做了许多好事。可巧又被蛇魔王知道了,它就千方百计地施展妖术,闹得四乡百姓不得安生;又变成神婆四处造谣,欺骗乡亲,陷害玉蟾,想借乡亲们手中的刀杀死玉蟾。

众乡亲听了玉蟾的话,才完全明白过来。大伙儿说:"那怎样才能治死蛇魔王,保住这一方百姓的安全呢?"

玉蟾说:"只有我与那蛇魔王决一死战了!请乡亲们助我一臂之力吧!"乡亲们说:"我们怎么才能帮助你呢?"玉蟾说:"今日午时,看到东南乌云遮天盖日,那就是蛇魔王带领妖魔们来了。你们就赶快向那乌云投枪射箭。看到西北飘来十二朵祥云,那就是我去迎战,你们就鸣锣呐喊,为我助威。"说完,玉蟾双脚一跳,一溜清风不见了。

一会儿,只见东南方天空上,乌云翻滚,电闪雷鸣,朝西北拥来。乡亲们一见,急忙开弓放箭,投枪挥刀。这时,又听北风呼啸,从西北天空飘来十二朵祥云,潮水般地朝东南飘去,和东南的乌云相遇。人们见了,一齐打锣呐喊,为玉蟾助威。战着战着,猛然一声巨响,随后一条大蛇从半空摔在崂山中,跌得粉身碎骨,蛇精死了。那玉蟾,由于战蛇精用尽了千年吸收日月精华、天地甘露修炼出的三十六件珍宝,这时也浑身无力,昏昏沉沉地跌落在崂山脚下的一个山坡上,再也没有醒过来,后来,便变成一块蟾形的巨石,人们就叫它"玉蟾石"。

讲　　述：石国玉、潘家峰（水族）
搜集整理：周隆渊
流传地区：贵州榕江县

青蛙人

从前有一年，我们这地方流行瘟病，穷人没钱看病买药，整家整家地病死。太阳山下的岩鲜寨内有位姓欧的老奶奶，在半个月内接连死了三个儿子。欧奶两只眼都生翳子，出门不见路，做活眼睛花。她请人把儿子埋在坡上后，想起自己孤单一人，无依无靠，就独自守着空房、冷灶哭泣。

"呱呱呱"，门口传来了青蛙叫声。欧家门前有口大池塘，以往，欧奶常坐在塘边歇凉，倒些剩饭在塘内喂养鱼虾。今天，青蛙叫声又逗引她摸出房门坐在塘边。欧奶望着雾茫茫的塘水，想起死去的三个儿子，泪水像断线的珍珠滴进水塘。

晚上，欧奶守着桐油灯绩麻，忽然从门口跳进来一只斗大的青蛙。青蛙坐在灯下，眼珠转动几下，突然说起话来："奶，我愿做你的儿子，收下我吧！"欧奶吓了一跳，说："你虽然会说人话，可惜不会砍柴种地呀！"青蛙说："放心吧！只要收下我，自有好处。"欧奶心想有个青蛙做儿子总比当寡奶好，便随口答应了。从此，欧奶就有了伴，她出门时青蛙守家，她绩麻时青蛙坐在灯下。欧奶心中烦闷时，青蛙便呱呱地唱歌给她听。

有天晚上，欧奶对青蛙说："你虽然是我儿子，可惜不能传宗接代，欧家断子绝孙咋个办呢？"青蛙眨眨眼说："娘，你给我娶个媳妇吧！"欧奶以为他说笑话，摇摇头，叹了口气。青蛙又说："娘，你试试看吧！"

欧奶想抱孙子的心太切，第二天便果真托媒人去说亲。人们听说欧奶要给青蛙儿子娶媳妇，个个笑掉大牙，没有一家答应。欧奶对青蛙说："崽哟，你就死了这条心吧！谁家的姑娘都不愿嫁给你哩！"青蛙却说："妈，你托人去常家说亲没有?"常家是寨上有钱的财主,只有一个女儿名叫常玉,长得像朵花一样。欧奶吓得脸色变黄,说:"快别说了,常家听说后,会派人打断你的腿哩!"青蛙却哈哈大笑:"娘,你放心吧!保准一说就成。"欧奶半信半疑,过了好几天,才托媒人去常家试试。

常玉的父亲叫常德海,是个贪心而又执拗的财主。他听说后笑得打哈哈,对媒人说:"癞蛤蟆想吃天鹅肉,他家如果有本事就抬一丈灰绳来吃小酒①。"媒人回话后,欧奶心凉了半截,把青蛙叫来说:"灰咋能搓绳?慢说一丈,就是一尺也叫人作难。"青蛙却咧着嘴笑,说他自有办法。

到吃小酒时,青蛙拖来一丈草绳,叫欧奶在台盒里铺层沙,把草绳放在里面,然后放了一把火,霎时间草绳就变成了灰绳。欧奶喜欢得合不拢嘴,连忙打发人抬到常家。

财主常德海原来是说的气话,哪晓得欧奶当真送来了灰绳。泼出的水,说漏的嘴。他害怕当众丢面子,不敢打反悔,又赌口气说:"到吃大酒②时要四件东西:一缸金,一缸银,一缸酒越吃越有,还要一头肥猪抬不进大朝门。少了一样就另找别家。"

媒人来欧家回话后,欧奶心想自家穷得锅儿吊起甩,去哪儿找金银和比朝门还大的肥猪呢!还有那一缸越吃越有的酒,除非去天上求仙王。她想到自己一生命苦,现在虽然有了个儿子,又讨不到媳妇,心中十分难受,便对青蛙说:"崽哟,你就打一辈子光棍吧!我也不想抱孙子啦!"青蛙不回答,摇摇头,鼓鼓眼,对欧奶呱呱一连叫了几声。

第二天,青蛙告别欧奶出门,去西天求佛祖。他一步一跳,跳过了三十三座山、三十三条河,跳进了一座叫五行观的宫殿。殿内天井坝里有棵桃树和李树,树上的枝叶很茂盛,但就是没有果子。道士们全跪在树下念经,脸色十分惊慌。道士们对青蛙很热情,把他带到厨房里喝水吃饭,又安排歇处。青蛙在五行观里住了一天,道士们就在桃李树下跪了一天。青蛙感到很奇怪,问他们为什么要这

---

① 小酒:订婚酒。
② 大酒:结婚酒。

样。原来五行观里这两棵桃李树是上百年的老树,年年开花结果。可今年突然变了,既不开花也不结果。道士们很是惊慌,怕有妖魔作怪,才跪在树下念经祈祷。道士们听说青蛙要去西天拜佛,请他在佛祖面前问问桃李树不开花结果的原因。青蛙点头答应后,便跳上去西天的大路。

青蛙一步一跳,又跳过了六十六座山、六十六条河,来到一座叫大觉寺的庙子。庙里全是些百岁左右的老和尚,全跪在大雄宝殿里念经,态度十分虔诚。到吃斋的时候,和尚们都不吃饭,全在一口大瓦缸里舀酒吃。这口酒缸活像一眼冒沙水井,酒像泉水一样直往外冒。几百个和尚舀了吃,吃了又舀,缸里的酒照样满盈盈的。和尚们酒后东倒西歪,呕吐,屙屎,臭气冲天。和尚们对待青蛙很好,管他吃饱睡好。第二天,青蛙要走了,和尚们请他问问佛祖,为什么他们修炼了一百多年还不能成仙。青蛙连连点头答应,并感激他们热心招待。

青蛙走出大觉寺后,又跳过了九十九座山、九十九条河,来到一座叫云翠庵的尼姑庙。这座庙冷冷清清,山门前的金刚折了腿,殿上的佛像断了头,梁上牵着蜘蛛网,地上流着猪屎尿,一群肥猪在天井里奔跑打架。尼姑们虽然对待青蛙很和气,但脸色悲伤,衣服破烂。青蛙问她们这里为什么这样冷落。尼姑们告诉他,庙里供的观音菩萨以前十分灵验,求神拜佛的香客很多。但是,近来菩萨忽然变了,求签签不灵,问卦卦不应,所以,庙子才变得这样破烂。听说青蛙要去西天拜佛,尼姑们便托他在佛祖面前问问原因。

青蛙到了西方极乐世界,登上灵山,在雷音寺里找到佛祖。佛祖问青蛙来西天有什么事。青蛙心想应该把别人的事放在前面,把自己的事摆到后头,便把道士、和尚与尼姑托付的事说了。佛祖闭上眼睛掐指一算,说:"五行观的桃李树不开花,是因为道士们贪财,在树下埋了金银;大觉寺的和尚不能成仙,是因为他们好酒贪杯,破坏了佛门清规;云翠庵的香火冷落,是因为尼姑们破戒吃荤,喂养的猪玷污了寺庙。"青蛙问完了别人的事后才想到自己的事,哪晓得这时佛祖已经闭上眼睛,不再睁开了。原来这是佛祖立下的规矩,凡是来西天拜佛的人,只准许问三件事。青蛙没有办法,只好退出雷音寺。第二天早晨,青蛙打算再去找佛祖求情,刚跳出水洞,只见漫天大雾,灵山再也找不到了。

青蛙白跑了一趟西天,心中十分懊恼,但想到欧奶一定在家等急了,只好拖着一双脚赶快往回走。

青蛙走到云翠庵，尼姑们听了佛祖的话后，羞得满脸通红，马上把猪卖了，留下一头最大的送给青蛙，又派两位尼姑帮忙赶猪。青蛙到了大觉寺后，和尚们都想修炼成仙，马上戒酒，把那口越吃越有的酒缸送给青蛙，又派两个和尚抬缸。到了五行观后，道士们被佛祖说穿了秘密，吓得头上冒汗，马上在桃树下挖出一缸金，在李树下挖出一缸银，也派两个道士抬着金银跟着青蛙回家。

青蛙回家后第二天，就是吃大酒的日子，道士、和尚与尼姑抬着金银，扛着酒缸，赶着肥猪走到了常家门口，看热闹的人里里外外围了好几层。财主常德海不相信青蛙会送来他要的东西，定要当众验收。于是，道士把金银抬来，不多不少，恰好一样一缸。常德海吃了一惊，头上冒出了豆粒般大的汗珠。

尼姑赶着猪要进大朝门，那猪又肥又大，根本进不了门。尼姑叫道士拿刀来劈开门枋，让肥猪进门。常德海吓得两腿打战，直着脖子喊："不要砍，算我输了。"

两个和尚把酒缸放在地坝里，叫看热闹的人去舀酒吃。人们拥到缸前轮流吃酒，足足过了两个时辰，缸里的酒一点也不少。和尚在酒缸上拍了两下，酒便从缸里冒出来，在地上流淌。常德海见了，两眼发愣，半句话也说不出来。

常德海本来是赌一口气，欺负欧奶家穷，谅她拿不出这样的彩礼；现在，他要的东西件件摆在面前。他不敢赖掉这门婚事，只好同意马上发亲。

常玉嫁过门后对欧奶十分孝顺。她虽然是财主家姑娘，但手脚麻利，做事勤快，上山能砍柴，在家会纺纱，屋里屋外收拾得干干净净。欧奶十分喜欢，再不像以往那样一天到晚愁眉苦脸的了。

过了一年，欧奶不见常玉害喜；又过了一年，还是没有害喜。欧奶着急了。岩鲜寨旁有座姑子庙叫虎头庵，里面供有一尊送子观音菩萨。欧奶经常带常玉去庙里烧香求子，但一直没有应验。常玉心中也暗暗着急，埋怨自己嫁的丈夫不是一个真人。

有一天，从外方来了戏班子，在虎头庵前地坝上搭台唱戏。常玉为了给欧奶解闷，扶着她去看戏。青蛙也去看戏，但不和她们同走，天不黑就独自走了。头天的戏是《梁山伯与祝英台》，扮演梁山伯的后生方头大脸，一表人才。常玉一边看一边想：自己的丈夫如果像他这样一表人才，该有多好哩！第二天，常玉又去看戏，表面上是在看戏，暗中是在看人。第三天晚上，戏才演了一半，常玉再也看不下去了。她想到自己嫁了个青蛙，不能替欧家传宗接代，以后年老了，依靠谁呢？她心中十分苦恼，便悄悄跑进虎头庵，跪在送子观音菩萨前哭诉。这时，从佛台后走出来一位老尼姑，她把常玉从蒲团上拉起来说：“你真傻！自家人不认自家人，扮演梁山伯的后生不就是你家男人吗！"常玉大吃一惊，以为老尼姑戏弄自己。老尼姑又说：“出家人从不说假话，他每天都是来庙里换了衣服后才去唱戏的。"常玉惊呆了，傻乎乎地看着她。老尼姑见她还是不相信，便把她带到庙后一个山洞前说："你自己进去看吧！你丈夫的衣服就藏在里面。"常玉走进洞里，果然看见墙上挂着一张青蛙皮。她想了想后，便抱着青蛙皮悄悄回家，锁在箱子里。

　　再说那青蛙并不是一般的青蛙，而是青蛙国的国王。他经常变成人出来游玩，学会了唱戏，认识许多戏班子。今晚，他唱完戏后，在山洞里找不到皮，没法再变成青蛙，只好穿着唱戏的衣服回家。欧奶看到青蛙儿子变成了一个漂亮后生，喜欢得手脚不知往哪儿放！雾蒙蒙的眼睛也清亮多了。常玉更是喜欢，每天吃过晚饭后就扶着欧奶去看自己的丈夫唱戏。

　　过了一年，常玉生了一个胖乎乎的儿子。婴儿的呱呱叫声，给欧奶的三间草房带来了欢笑。欧奶更是欢喜得了不得，额上的皱纹少了，眼睛里的翳子也散了。但是，青蛙人好像有什么心思，整天坐在屋里发闷。

　　这年春天，气候闷热，久不下雨，门前水塘里的青蛙突然打起架来，被打死的青蛙在水上漂了一层。青蛙人十分悲伤，把打死的青蛙捞起来，挖个土坑埋了。有一天，常玉洗菜回来，看见青蛙人在翻看她的衣箱。她吃了一惊，忙走上前关拢衣箱问他："你要干哪样？"青蛙人笑嘻嘻地说："天热了，我那件衣裳该洗洗啦！"常玉知道他是在找青蛙皮，怕他再变成青蛙，于是装着很不在意的样子，说："这用不着你动手，我自己会洗。"

　　从这天以后，常玉就多了个心眼，把钥匙挂在裤腰带上，夜晚睡觉也不解下。青蛙人也再不提起洗衣裳的事，每天照常干活、吃饭、睡觉，对欧奶特别孝顺，对常玉也特别亲热。时间久了，常玉也就不放在心上了。

到了夏天,雨水很多,家里的桌椅板凳生了霉斑。常玉害怕青蛙皮在箱里霉烂,趁青蛙人上山砍柴的时候,从箱里翻出来拿到水塘里洗刷。这时,孩子在屋里大声哭起来,常玉连忙进屋抱起孩子,走出门口时,看见青蛙人正站在水塘边穿青蛙皮。她急了,喊叫着跑过去,但已经晚了,她的丈夫已变成了一只斗大的青蛙,向着大路上跑。常玉抱着孩子追,哪里赶得上。青蛙一跳几步远,已经跳出去几十丈路了。"妈,你快来哟。"常玉失声叫喊着。等欧奶从屋里跑出来时,青蛙已经跳上了山梁。

常玉急得脸色发白,抱着孩子扶着欧奶没命地追。欧奶走三步停一步,喘着气喊:"崽哟,你等等,娘有话跟你说。"青蛙哪肯停下来,一步一跳,像兔子一样,转眼就跳过几座大山。常玉和欧奶舍不得青蛙,在后面拼命地追赶,腿都快跑断了。

过了几座大山,前面是一眼望不到边的大海。常玉扶着欧奶跑到海边时,青蛙早已跳进了水中。"崽哟,你好狠心呀!"欧奶坐在海边捶胸顿脚地哭喊。常玉更是眼泪长流地叫:"你甩手走了,叫我依靠哪个呀!"她们哭得十分伤心,眼泪成了一条河,流进大海。

突然间,水面上浮现了一朵浪花,青蛙浮出水对欧奶点了三下头,说:"我是青蛙国王,因为你孤单穷苦才来给你当儿子。现在,我的国家发生了战事,我不能久住人间,从此就告别了。"说完后,青蛙就汆入水中,再也不浮出来了。

搜集整理：水滴、熊兴祥（哈尼族）
流传地区：云南建水县

蛤蟆讨媳妇

从前，大黑山中有一对老夫妻，种瓜种豆糊口。他们六十开外，还是无儿无女，过着冷冷清清的日子。无花的野地蝴蝶看不起，无儿的夫妻要受别人的气。可怜的老夫妻常常对着地里的蛤蟆叹气：不想好男，不想美女，有一个蛤蟆样的儿女也叫人心里欢喜。

有一年，老夫妻的瓜地里结了一个很大很大的南瓜。他们把这个南瓜抱回家里，用刀一砍，南瓜里"咚"地跳出了一个碗大的蛤蟆。蛤蟆落地，没有"咕呱"的叫声，却说起了人话。它亲亲热热叫了一声"阿爹"，又叫了一声"阿妈"，还对老夫妻说："我就是你们的儿子，我就是你们的娃娃。"老夫妻不嫌蛤蟆丑陋，也不认为蛤蟆难看，他们把蛤蟆抱在怀里，你抱过去，我抱过来。

妥底花儿开了十八回，蛤蟆长到了十八岁。天下的事情，它样样懂；地上的活计，它件件会。老夫妻哟，老倌像喝了米酒心里醉；老妈妈像吃了蜜糖，乐得合不拢嘴。

不料，一天，蛤蟆对老夫妻说："阿爹阿妈，我要讨媳妇。让媳妇给你们端饭送水，好让你们享享清福。"老夫妻忙说："乖儿，你就丢了这个念头吧！哪家的姑娘会来我们家做媳妇！"蛤蟆笑了笑，说："听说国王家的公主非常漂亮，我要讨国王的公主哩！……"老夫妻着急地说："哎哟，乖儿莫说了，担心给人听到，传到国王耳朵里，会惹下杀头罪的。"蛤蟆蛮有把握地说："你们放心，不会杀头的。只要我亲自去说，国王会把他的公主嫁给我的。"说完，就一蹦一跳地走了。

蛤蟆来到王宫，向国王说："尊敬的国王，请你把公主给我做媳妇吧。"国王一听，气得暴跳如雷："你简直是癞蛤蟆想吃天鹅肉。给我拉下去，把它剁成肉酱！"

蛤蟆说:"尊敬的国王,当心我用太阳烤死你们全家。"

国王又冲着卫士大声吼道:"别听他瞎说!快拉下去!"

不等卫士冲过来,蛤蟆朝天"咕——呱"地叫了一声,霎时间太阳就变成一个大火球,把整个王宫烤得滚烫,国王、王后、王子、公主都热得汗如雨下,张着嘴巴直喘大气。

国王只好答应把女儿嫁给蛤蟆,边喘气,边说道:"哎呀呀,蛤蟆饶了我吧,我把公主嫁给你。你三天以后来娶亲好了。"

蛤蟆朝天又"咕——呱"地叫了一声,太阳恢复了原样。

过了三天,蛤蟆骑着高头大马,来到王宫娶亲。国王便立即派了一队人马,前拥后簇,把新娘护送到了蛤蟆家。没想到,揭开黑纱帕一看,新娘不是国王的公主,而是一个独眼丫头。于是蛤蟆气急了,骑上高头大马,冲进王宫,质问国王:"哼!你堂堂国王,竟欺骗百姓,把一个丫头当公主嫁了我!"

国王见没有骗过蛤蟆,便说:"蛤蟆呀,你不想想,你一身癞浆泡,七丑八怪,活像魔鬼,怎么配娶我的公主?好了好了,我再给你些金,再给你些银,作为陪嫁礼物,你就娶了那丫头吧!"

蛤蟆冷笑一下,说:"你莫把我当小娃娃看,我就是要讨你的公主做媳妇。你要是再不给,我可要用大水淹死你们全家!"国王把脸一沉,说:"不给就不给!"

蛤蟆对天"咕——呱"地叫了两声,顷刻天就下起瓢泼大雨来。整个王宫都泡在水里,吓得国王求饶:"好,好,我把公主嫁给你了。再过三天,你来娶亲吧。"

蛤蟆又对天"咕——呱"地叫了两声,雨就停了,水也就退了。

过了三天,蛤蟆又骑着高头大马来接亲,国王照样又派了一队人马,护送着新娘去蛤蟆家。走到半路,蛤蟆心中生疑,怕国王又骗它,于是就揭开了新娘面上的黑纱帕,一瞧新娘是一个又黑又瘦又老的叫花子。蛤蟆怒火中烧,掉转马头,直冲进王宫,又质问国王:"好哇,你不讲信用,这次我可要让大地震动,把你的宫殿全部毁掉,把你家全部埋了。"

国王一听吓坏了,忙说:"呃!莫忙,莫忙,以后再不骗你了。再过三天你来接亲吧。"

过了三天,蛤蟆又骑着高头大马来到王宫,这次,它真的把国王的公主讨回了家。老夫妻哟,乐得眉开眼笑,好像年轻了三十岁。他们便把公主当作亲女儿看待,蛤蟆对公主也十分体贴。原先,公主整天只在家中转来转去,不愿出门,也不愿见人,日日愁眉不展,天天哭泣悲伤。后来,她也变了,她感到蛤蟆虽丑良心却好,家中虽穷却有温暖,她对公婆孝敬周到,对蛤蟆事事关心。

一天,蛤蟆想试试公主是不是真心和自己相爱,便想出了一个主意。他拿了些钱给公主,叫她到街上买些东西。公主一走,蛤蟆就脱掉蛤蟆皮,变成一个标致的小伙子,抄近路,赶到了公主的前头。见了公主,他唱起了拔威阿其①,公主不理他。他又对公主说:"听说你是国王家的公主,你男人是个又粗又矮、浑身长满癞浆泡的丑八怪。你这样漂亮的公主,就心甘情愿地嫁给他?"

公主一听,生了气,"呸"地吐了一口唾沫,说:"我的男人再丑也比你这不要脸的东西强。"说完,各自走了。

第二天,天蒙蒙亮,公主醒来,只见身边睡的正是昨天半路上遇到的小伙子,不知如何是好。刚想起身逃走,却发现床边有一张蛤蟆皮。她明白了,原来自己的男人是一个年轻貌美的小伙子。她为了不让他再变成丑八怪,就悄悄地把蛤蟆皮丢到了火塘里。这时,小伙子也醒来,看见蛤蟆皮被公主烧了,就告诉她,他原是天上的犁头星,因同情老夫妻才来到人间。

从此,小两口子恩恩爱爱,共同敬奉老人,过着美满的日子。

---

① 拔威阿其:表达爱情的山歌。

搜集整理：钟建星
流传地区：广西桂林

隐山兴衰记

往时，隐山的风景才优美呢！圆圆的一座山恰巧坐落在圆圆的西湖当中，一半露在湖水面，一半浸在湖水里。这西湖的水是那样清澈，湖面是那样光滑，就像是一面圆圆的大镜子。这镜子边全是些峭拔矗立的山峰，要是站在隐山顶上俯视那湖中群山的倒影，你一定会叹为奇观：镜子里尽是些下尖上广、和一般的山不一样的怪山！每天朝阳东升或是夕阳西下的时候，湖水映着红霞，发出闪闪的金光，那就分外好看啦！隐山的周围种满了粉红色的荷花，时时发出清新的香味。山上长满了青翠的松树和竹子，将山都掩隐了。如果有一阵风吹来，松竹中就会发出悦耳的声音，好像有人在吹箫弹琴一样。白天，红嘴霜毛的白雀展开它们圆润的歌喉在唱歌；晚间，白蝙蝠鼓动它们的膜翅在飞舞。咳，这真是传说中的蓬莱仙岛呀！

那时候，隐山的松竹中间有一座大庙宇，庙里住着七七四十九个和尚。为头的老和尚是一个勤恳的人。那时候，泛舟来游西湖隐山的人很多，老和尚每天督率着众和尚挑水扫地，培树除草，把庙宇打点得光光亮亮，松竹、荷花也培植得很繁茂。因此，远近的游客越来越多，隐山显出一片兴旺的气象。

老和尚最恼恨那些好吃懒做的人了。有一天，庙里敲钟吃饭的时候，他数一数吃饭的和尚，一共五十个。他以为数花了眼，再仔细数了一下，还是五十个！他想认一下哪个不是本庙的和尚，一时又认不出来。老和尚不作声，记在心里。到了做事的时候，他点一点人数，只有四十九个，没有五十个呀！第二餐吃饭的时候，他又来数一数，这下又是五十个和尚了。一连数了三次，都是五十个！老和尚知道有人来吃白食了，不过一时又认不出吃白食的和尚来。老和尚气得很，于是想了一个办法。做工的时候,老和尚暗暗嘱咐大家,今天吃夜饭的时候不敲钟,大家看日头平到西山①顶的时候就回来吃饭。又交代敲钟的和尚,今天吃夜饭的时候不要敲钟,等大家吃完夜饭才敲钟。

这天,大家吃完了夜饭,庙里吃饭的钟声才当当当地响起来。这时候,一个年轻和尚大摇大摆地由外面走进庙堂来,老和尚一见到就发火了,气冲冲地说:"你是哪里的?看你身强力壮,为什么不做事只来吃白食?"这个年轻和尚装没有听见,老和尚更恼了,狠狠地训斥了他一顿,还叫众和尚将他打出庙门。众和尚劝住了老和尚,又劝那年轻和尚向老师父认个错,答应今后在这里老老实实做工。这年轻和尚见下不了台,没有法儿,只好说:"这是我不对,不肯做事光想吃现成饭,以后我一定在这里勤恳做工就是了。"大家以为他说的是真话,老和尚还对他讲了几句勉励的话呢。哪知以后这个年轻和尚总不见影子,做工的时候看不见他,吃饭的时候也看不见他了。

原来,这个年轻和尚是西湖边田洞里一个蚂蚁精变的。他那次虽然口头上答应要做工,其实心里很不愿意;而且他认为那次是受了侮辱,存心要报复。于是,他变成一个秀才,穿着一身绿袍子来游山,故意去找老和尚谈心。这时,老和尚当然认不得他就是以前那个吃白食的年轻和尚了。老和尚是一个喜欢奉承话的人,绿衣秀才几句恭维话把老和尚捧上了天,老和尚飘飘然了,立刻就把他当作好朋友,招待他吃,招待他住,慢慢地一刻也不能离开他了。老和尚渐渐疏懒起来,山上的事务很少去督导了。

有一天,绿衣秀才做出非常关心老和尚的样子说:"老师父呀,你待我这样好,我不知道怎样报答你。我时刻都在想法子使你这座山更加兴旺起来呢!老师父呀,这几天我想出一个主意,你看,如果在山上到处点上灯火,不就辉煌壮丽了吗?这样做一定会更加发达。"绿衣秀才的话说得这么诚恳,老和尚还会不信?于是,老和尚一面叫人准备灯油,一面叫众和尚在山的石壁上凿洞做灯台,以便安放灯火。

众和尚见老师父做这样劳民伤财的事,心里很不以为然,便纷纷来劝老和尚

---

① 西山:桂林一座山的名字,不是泛指西边的山。西山在隐山的西边。

不要这样做。绿衣秀才一面在老和尚跟前极力撺掇，一面又花言巧语地哄着众和尚说："在石壁上凿洞是累一点，但只累这一次，以后点了灯你们这座山就会发达起来，那时，你们就可以坐着吃现成饭了。"众和尚这几天没有老和尚督着做工，已有些懒散，听说以后有这样大的好处，心里想：管他呢，累也是累这一回，以后就可以享福了。于是，大家就动手凿洞了。

叮叮当当的凿石声把白蝙蝠惊醒了。它们知道了是怎样一回事以后，就鼓着膜翅尖起嘴巴唱道："扑扑扑，蚂蚁心太毒；吱吱吱，和尚心太痴。"众和尚望了望白蝙蝠，不懂它们讲的话是什么意思，继续在石壁上凿洞。

叮叮当当的凿石声，惊动了松竹上的白雀。它们知道了是怎样一回事以后，就飞到老和尚面前张开红嘴用婉转的声音唱道："老和尚，老和尚，千万莫上当；点灯耗钱财，勤劳才兴旺！"老和尚看了看白雀，不理它们，仍然督率着众和尚在石壁上凿洞。

四十九个和尚凿了四十九天，山上终于凿成了几千几百个长方形的石洞（这些石洞现在还看得见呢）。石洞凿成啦，老和尚心里非常欢喜，立刻叫大家点了一万盏灯，有的放进石洞里，有的挂在松竹上，光是庙堂上就挂了成千盏灯。大家松了一口气，回到庙里等着享福啦。

山上点着成万盏灯确实好看，尤其是晚间，灯火辉煌，照耀得就同大白天一样。可是，怪事也就发生啦！自从点了灯，众和尚不再勤劳做事以后，不但庙宇香火逐渐冷落，山场逐渐荒芜，连西湖的水也逐渐干涸了，山脚下的荷花也逐渐凋零了，山上的松竹也逐渐枯萎了。白雀用低沉的声调唱着歌："老和尚，老和尚，上了蚂蚁当，赶快熄灭灯，勤劳才兴旺。"白蝙蝠也有气无力地唱歌："吱吱吱，点灯无意思；扑扑扑，勤劳才是福。"老和尚又恼又羞，但他的性子刚，嘴巴硬，始终不肯认输。后来眼见庙宇和山场要衰败完了，觉得自己无脸见人，就在一天晚上，悄悄走到山下一个小岩里吊颈自杀了——以后人们把这个岩叫作吊尸岩。

就在老和尚自杀的第二天早上，有一个和尚去挑水，看到一群白雀和一群白蝙蝠追着绿衣秀才。那绿衣秀才给白雀和白蝙蝠啄得咬得一身血淋淋的，绿袍子都变成赭袍子了。绿衣秀才狼狈地逃到离隐山不远的一条小桥边，忽然变成一只大蚂蚁，跳进溪里面去了。后来，人们叫这里为蚂蚁桥。

到这时，隐山上的和尚才知道是上了蚂蚁精的当，个个醒悟过来，和往日一样勤勤恳恳地做事，庙宇又打点得整洁光亮起来了，松竹又长得青枝绿叶的，白雀又在唱歌，白蝙蝠又在飞舞了。虽然山周围再没有湖水了，也没有荷花了，然而山中的六个洞——朝阳洞、夕阳洞、北牖洞、南华洞、白雀洞、嘉莲洞，洞洞都有一潭香甘清冽的水。洞中含水，格外使人觉得新鲜秀气，因此游人又越来越多了，隐山又兴旺起来啦！

讲　　述：程宗泽
搜集整理：尹培民
流传地区：江苏常熟与太仓，以及上海宝山一带海滨地区

　　从前，有一对老夫妇，自中年丧子后，两个老人就靠在海滨挖芦根、编芦靴为生。

　　有一天，他们正在海边挖芦根，见到一只小白鸡在芦苇里乱蹿。小白鸡后边，有一条大青蛇吐着红红的信子，在追赶着小白鸡。正在这性命攸关的时刻，老头拿起斜口刀往大青蛇砍去。这飞去的斜刀好像有神力，正好插入大青蛇的右眼。只见大青蛇在地上滚动身子，最后昂起鲜血淋漓的蛇头，对老夫妇认了一阵，就往海中游走了。

　　老夫妇把这只小白鸡带回家去喂养着。乡邻们见老夫妇带回的这只小白鸡，毛羽洁白如玉，红嘴红脚，煞是好看，就起名叫它白玉鸡。老夫妻呼唤它时更亲更疼，叫它白玉儿。老太有时索性呼它玉玉、玉玉！

　　时间过得很快，一晃已经三年。奇怪的是这只白玉鸡一直像拳头大小，红嘴红脚。乡邻们也难免有闲话说了，说什么老头老太没福气，三年养只小白鸡，小鸡尚且养勿大，哪来儿孙大福气！老头老太听了，气了一整天，哭了一长夜。

　　可是明天一早去喂鸡，白玉鸡不见了，却从鸡笼里爬出个三岁小儿郎。这三岁的光腚孩儿，生得又白又胖，直冲着老头老太咯咯发笑。发呆的老头老太突然醒悟过来：这是老天悯怜他们，使白玉儿变成了真正的小儿郎，好使他们欢度晚年。

　　二人马上叩谢苍天赐福，接着抱着三岁小孩，"玉玉、玉玉"叫个不停。

　　老人身边有了个乖儿郎，沉闷的生活有生气了。从此就一直把这小孩带在身边，连去海边干活也带着。

这二尺高的三岁小孩,居然不但会走会笑,还会帮二老挖芦根,摘芦花。唯一的不足是,这孩子不会讲话,可是他从芦苇中挖到了一支玉笛。只要他一吹玉笛,老人们就知道他想说的是什么。从此,两个老人就唤这孩子叫玉笛儿。

说起这玉笛儿,比这白玉儿还要神。玉笛的声音不但能表达白玉儿的思想感情,一到夜来,关上了家门,还能吹出美妙的歌曲。只见天仙一般的歌女、舞女,随着悠扬的笛声翩翩起舞。而笛声一停,天仙般的美女便消失得无影无踪。有时这天仙般的美人还会带来一些仙桃、仙酒给二老尝尝。二老晚年的生活真是称心满意。

无奈好景不长,玉笛儿会吹出仙女来唱歌跳舞的事终于给乡人知道了。偏偏这消息传到了东乡一个告老还乡的王御使那里。王御使想:天下哪有这等奇事?便唤家奴叫老头带了玉笛儿来吹吹,给老爷开开眼界。

王御使是当今皇上的恩师,有财有势,他说的话等于圣旨,连地方官都不敢违抗。老头只好带了玉笛儿来见御使老爷。

可玉笛儿一见王御使,就吹起笛儿说话:

王御使,王御使,要听玉笛是可以。
不过我要告诉你,听了一曲知满足。
若你心中歹念起,玉笛三声断肠时。

王御使听了很不高兴,说道:"我不过是想见识见识,难道堂堂朝廷大臣,会对一支玉笛眼红不成?"可当玉笛儿吹出一曲《加官晋爵》时,老御使竟拍案叫绝,进而手舞足蹈起来。但是笛声一停,什么都恢复了平静。这时,玉笛儿要告辞回去了,老御使却再三央求,请再赐一曲过过瘾。玉笛儿说:"我吹二曲对你身体有影响的。"老御使说:"不碍事的,你只管吹好了。"

玉笛儿就吹起了第二曲《天池群芳舞》。这下老御使竟如着魔似的在花厅上边跳边蹦,捧腹大笑。等这第二曲吹毕,老御使已瘫痪在地上,连话也说不出来了。可他嘴里还喃喃着:"请再吹一曲,再吹一曲!"

老头一看,如果再吹一曲,老御使非断气不可,于是抱起玉笛儿,就往外跑。

待老御使喝了参汤,恢复神志后,第一句话便问:"玉笛儿呢?"

家奴便说:"他们回去了。"

老御使说:"怎么让他回去?是谁让他们回去的?"

这时,老夫人也已闻讯走了出来,便说:"是我叫他们回去的。难道你不要命了吗?"

于是老御使与老夫人争吵起来,一争吵老御使又昏厥过去了。

老夫人急得团团转,这怎么办呢?

这时,门子来禀报老夫人,说外边有个青衫道长要求见老夫人,还说他能治好老爷的病。

老夫人就叫人把他请进来。只见这青衫道长身高八尺,铁青的三角脸,独眼红须,样子十分可怕。但他说能治好老爷的病,众人不得不敬他三分。

他上来搭了老御使的脉搏,说道:"有救,有救。"随即掏出一颗朱砂丹送入老御使口中,不到半刻工夫,老御使醒过来了。

青衫道长说:"这玉笛儿是小妖精,它原是只白肉蟾,如今又得了支玉笛,魔力可大哩!这魔笛只要吹三遍,听到的人都要死。所谓玉笛三声要断肠!"

老夫人就问他:"道长,你可有什么法术能破此魔障呢?"

青衫道长说:"单靠法术不行,还要用计。只消如此这般,一定能制服玉笛儿,为老爷老夫人消灾降福。"

这一夜,乌云密布,伸手不见五指。有几个蒙脸人来到老头老太家放火烧屋。老头老太急急忙忙背着玉笛儿逃出火海。

一伙乡邻来救火,不防夹在救火人中的几名歹徒,假装前来搀扶老头老太,却把玉笛儿强架住了。玉笛儿突然变作一只白玉癞头从挟持者手中跳了出来。它一跳跳到老头老太身边,舌中卷出一支玉笛,要老头快吹响它。

这时青衫道长出现了。他一阵狞笑,对老头老太说:"你老头吹吧!可以吹。只要吹三声长音,所有的人,包括你老伴在内,三声之后都要命归黄泉。你忍心让这些救火的乡邻死去吗?忍心让你的老伴死去吗?你孤单一人活着还有啥滋味!你想想吧!"

老头一时间愣住了。他知道这玉笛的厉害,但是没有明白玉癞头的用心,也没有看懂玉癞头对他使的眼色。玉癞头的意思是只要一吹响玉笛,它就会恢复人形,就可拿了玉笛来对付这帮坏蛋。老头哪里知道这一层道理?

这是性命攸关的时刻,任何发愣犹豫都会把事情弄得不可收拾。青衫道长一见奸计得逞,便摇身一变,化为一条一丈八尺的大青蛇,张开血盆大口直向玉癞头蹿来。它刚好一口咬住玉癞头的后腿,老头用玉笛不顾死活地直往蛇头上打去。青蛇头颅给神笛击碎了,但它还死不松口,弓身一蹿,口中衔着玉蟾一起跌落海中。从此,海滩上一到夜来常有玉癞头在水中的叹息声,因为它被一条死蛇咬住了再也无法脱身。

每年一到深秋,海边的芦苇总要发出心肠欲断的玉笛呜咽,而那飘忽不定的玉蟾叹息声,好像江滩牛鸣,揪人心肠。

讲　　述：张仁山
搜集整理：王德昌、于济源
流传地区：吉林靖宇县

大蝲蛄夹

听老辈人说,早年间,珠子河口有个大蝲蛄夹,能装一斗二升小米子。

濛江没拉街基那昝①,咱这儿有个占山户,姓胡,大伙都叫他"胡当家的"。这个人,"胡子"也勾搭,官军也联络,官私两项都吃得开。眼珠子一转一个道儿,一肚子坏水,外人送号叫"一包脓"。他为了迎兵接匪,设筵摆席,专雇个姓李的山东老头,在珠子河口给他看"鱼亮子"②。老李头乍到这儿,就觉着怪:"鱼亮子"上游,咋个雾气蒙蒙的呢?还有一宗,要有人上这儿弄鱼弄蝲蛄,弄多少都行,就是不下雨。若是带着核桃皮、核桃树叶子来,不等到河沿,非下大雨不可。

有天早晨,水面上露出一个大蝲蛄夹,光顶尖就有一人来高,像个大树杈。老李头想:这准是精灵呀!怪不得鱼不上"亮子",是它在护河啊。以后,老李头就把"亮子"挪到上游去,哪天都能起个百八十斤的鱼啊,蛤蟆啊,蝲蛄什么的。小鱼活着,他就收了。死的,他就倒在下游深汀③里。

这老爷子是打山东逃来的,虽说老家没什么人了,可是故土难离呀。他没事常琢磨:趁这口气还在,怎么也得把这把老骨头带回老家去。现在是进退两难:回去吧,手头分文没有;不回去吧,眼看土埋半截了。

一天,老李头起"亮子",给石头绊倒了,腿上划开一道口子,疼痛难忍,一个人倒在行李卷上,又发开大愁了。这么寻思也是愁,那么寻思也是愁。这工夫,

---

① 那昝:方言,那时。
② 鱼亮子:东北的一种捕鱼设施。在急流上,用石头、板条等将河面造成"八"字形,水到窄口处十分湍急。窄口下有铁丝网,鱼落入即游不出来,这就是"鱼亮子"。
③ 汀:水的深处和湾处。

就听"嘎吱"一声,门开开了,进来一个白胡子老头。这个人进屋说:"李大哥,听说您腿坏了,怎么样!"老李头急忙起来让座。白胡子老头又说:"咱们是邻居,都别见外。这些天,我忙着换衣裳①,吃了你不少东西。没别的,我带一斤酒来,咱哥俩喝一盅,宽宽心,解解闷。"他打怀里掏出瓶子,在这深山老林里,见个人可亲近啦!老李头连推带搡地把白胡子老头让到炕头上,中间拽个小桌,拿出一碗鱼,两人对斟对饮,比亲兄弟都热乎。鱼也吃了,酒也喝没啦,白胡子老头掏出一个小包包,里边是漂白漂白的粉末,还沙粒粒的。他给老李头敷在伤口上,没说什么,也没让老李头下地送,就走了。

老李头喝点酒,忽忽悠悠睡一宿好觉。天一亮,老李头觉得身上可轻快了,伤口也长好了。他越寻思越感到奇怪,琢磨来琢磨去,明白了:这个白胡子老头准是那个大蝲蛄变的。刀口药②就是蝲蛄眼研成的末。他说"换衣裳",必是蜕盖呀!打这以后,老李头还是天天往那大河里倒小鱼。

转过年,高粱晒红米的时候。有天晚上,白胡子老头又来了。这回啥也没拿,愁眉苦脸的,进屋就说:"李大哥,我在这儿住不下啦!官府要派人捞珠子,我得搬家了。李大哥,这回你也知道我是谁了,明天你上我那儿取个三缸来,留着做个念想儿③吧!"

两个人手拉手,掉了一气眼泪。末了,白胡子老头便匆匆忙忙地走了,老李头送到门口,连影也没看着。

第二天,他拿条绳子去取三缸。到那儿一看,哪有三缸啊?在大石头上放着一个大蝲蛄夹。他用绳子绑一绑,就背起来。好沉哪!足有四十斤重。到家后,他在门旁刨了个坑,把夹尖朝下,立起来,把箱子里的一斗二升小米装进蝲蛄夹里,正好装下了。

头两天,老李头一点没理会,可后来才觉着奇怪:蝲蛄夹里的小米子,光吃不见少。米吃不了,他就分送给南山北冈的穷哥们吃。

---

① 换衣裳:蜕盖。蝲蛄一年蜕两次盖,头次于铲头遍地时,二次于高粱晒红米前后。蜕盖时,在石头底下不动,体软易伤,十多天新盖即可长硬。
② 刀口药:蝲蛄蜕盖期间,头部有两个形状如豆瓣的白东西,质地坚硬,可做刀口药。
③ 念想儿:纪念的意思。

没有不透风的墙啊！老李头得宝的事，叫胡当家的知道了。一天，他领了好几个打手，就把大蝲蛄夹抢去。"一包脓"到家一寻思：我往里装啥呢？粮食大囤满、小囤流；鲜鱼、咸干鱼，左一篓右一篓。唉！装酒吧！他打发人上山外，用马驮回来两篓酒，就倒进蝲蛄夹里了。这酒浮流浮流的，打鼻子香。"一包脓"直淌口水，舀了一茶碗子，香甜美味留不住口，接二连三灌进去三碗。这下子可热闹了，胡当家的拎个棒子，乱抢起来，穿衣镜、茶盘、茶碗、座钟、挂表，都叫他砸个粉碎。他老婆、孩子来搀扶他，也给打死了。口口声声要"进京献宝""当大官"。闹腾一阵子，"扑通"一下子，倒在地上打开滚儿了，舌头嚼个稀巴烂，顺嘴丫子淌沫子。后来，四脚一蹬就断气了。

胡当家的一死，南山北冈的穷哥们，有的拿一元，有的拿五元，有的拿十元，积起不少钱，了却了老李头的心愿，打发他回海南①家了。

———————
① 海南：指山东。

讲　　述：沃梦喜（达斡尔族）
搜集整理：孟志东、奥登挂
流传地区：内蒙古莫力达瓦达斡尔族自治旗

江蚌姑娘

很早的时候，有父子俩住在江边一所草房里。父亲每天撒网捕鱼养活他的十岁的儿子。这一天，父亲划着渔船来到江上撒网捕鱼。头一网，是一把水藻。这可是从来没有过的事啊！他长叹一声，自言自语："我打了这么多年鱼，从未拉过空网，至少还能打到几条小鲫鱼！"

他又第二次把网撒到江里，等他把网拉上来一看，只是几条嘎牙子鱼。这时，他坐在船上，顶着炎热的太阳，面对江水祈求说："善心的水龙王啊，赐给几条金鳍的草鱼和银鳍的鲤鱼吧！时候已到中午，我那失去亲娘的心肝儿子，正饿着肚子守在家里，等我打鱼回家给他充饥哪！"

他刚说完，江面上就漾起一片金波，慢慢地才平静下来。渔夫用手抹掉脸上雨点般的汗珠，撒下了第三网。他心里焦急地盼望，这次可不要是空网。等拉出网子一看，网里仍然没有鱼，网底只有一个鲫鱼般大的蚌，在碧绿的水波里一张一合地动着。再仔细看，里面好像躺着个一拃长的粉红色的女娃娃。打鱼人惊奇极了，赶紧拉网。蚌壳却合上了，咋掰也掰不开。打鱼人把蚌拿在手里翻过来掉过去看，蚌的一面像镀了一层银，一面像镀了一层金，在阳光底下闪闪发亮。打鱼人暗想：这是水龙王赐给我的宝蚌啊！他没再撒网，将放射金银光亮的江蚌揣在怀里，乐得合不上嘴。他把渔船拢上江沿，便迈开大步，急忙往家走。

正在门前玩耍的孩子，看见父亲背着空网回来，在他身上却放射着金银光芒，急忙跑过去问道："爹，你身上怎么闪烁着金光银辉呢？"

打鱼人笑着走进屋里坐在炕沿，把儿子叫到跟前说："你为什么瞪大眼睛看我呢，莫不是爹的脸上开了一朵鲜花？快到外面去烧点水，爹渴得口舌都干啦！"

孩子在门前烧水。趁这空隙打鱼人把宝蚌从怀里掏出来,装在一个桦皮桶里,藏在水缸后头。忽然他觉得心里一阵难受,急忙爬上炕躺着。

孩子烧开了水端进屋,见父亲在呻吟,忙问:"爹,你怎么不舒服啦?是不是今天捕鱼太累了?"父亲说:"我的眼睛和心都在抽搐,我的命可能不长了。打你母亲死后,我一脬屎一脬尿地拾掇,把你拉扯到今天,你已经十岁了。爹生前没能给你添置财产,给你留下的只有一张渔网和一条小渔船。你就靠这养活自己吧!在水缸后头有……"

打鱼人没说完话就咽了气。孩子在父亲遗体旁边放声痛哭了三天三夜,才把父亲埋葬起来。从此,这孤儿每天到江边钓鱼度日。过了几年,孤儿成了身强力壮的小伙子。

有一天,他拿起父亲用过的渔网,划着小船到江上捕鱼。没用多大工夫,就捞出三四十条鲫鱼。他背着渔网和鲫鱼往家走,远远看见烟囱在冒缕缕白烟。孤儿一边走一边想:这几年,我一直一个人过活,今天烟囱怎么自己冒烟呢?我出来以前灶坑里也没点过火啊!他轻轻走近门旁,贴耳倾听,屋里没有什么动静。他把渔网晒在柳条障上,进屋一看,炕上地上被扫得干干净净,碗筷被刷洗得净亮。他掀开锅一瞅,水在滚滚沸腾!孤儿奇怪极了,他刮净鲫鱼的银鳞下在锅里,煮熟吃完就睡了。

第二天,孤儿打鱼回来,不但屋子收拾得干干净净,昨天打来的鱼也已煮好,放在炕桌上冒热气,破旧的衣服也被洗净,补缀好了放着。孤儿更加觉得奇怪,他打鱼太饿了,盘腿坐下就把鱼都吃了。夜里,孤儿躺在炕上怎么也睡不着觉,把手放在胸口上思索:什么东西在暗中相助我呢?是神仙怜悯我这孤儿,还是精怪诱惑我?不管怎样,明天我要见个分晓!

第二天,孤儿吃了一点东西,背上渔网出去了。可是,他没有走出多远,便脱掉鞋,光着脚丫子,悄悄地返回来,趴在西窗根下,偷听屋里的动静。

没多久,屋里有了声响。孤儿轻轻用手指把窗纸捅出一个小孔往里一看,忽然从水缸后面的桦皮桶里走出一个身穿粉红色长袍的美貌姑娘,迈着轻盈的脚步,先收拾了铺盖,然后扫炕、扫地、掏灰、烧火。孤儿见这情形,高兴得差点笑出声来。他生怕姑娘吓跑,就悄悄爬到门口,冷不丁站起来,开门直奔水缸后头。

一看,桦皮桶里有个金银色的蚌壳,还在一张一合地动着。

孤儿猛然闯进屋,惊动了红衣姑娘,她回头往水缸后头跑,不料蚌壳已被孤儿抢先捉在手里。姑娘又窘又羞,脸上浮起一层红云,一直红到耳后根。孤儿说:"蚌妹,打我父亲死后,这么多年我一直过着孤独的日子。现在你既然已经出了壳,就甭再进壳了,咱俩一起过日子吧!"不等姑娘答话,"砰"的一声,他将蚌壳摔碎了。自那以后,江蚌姑娘就和孤儿结成夫妻了。

有一天,孤儿照常去打鱼,江蚌姑娘一个人在家感到寂寞,走出门外瞭望翻滚银浪的江水,不由唱起歌子。她那婉转美妙的歌声,响彻了江岸和原野。由于她的歌声,江里的浪涛平静了,岸边的柳树丛里也鸦雀无声,花儿垂下了头,蝴蝶停止了翩翩飞舞,空中的云雀、碧野上的黄莺,还有花翎鸟和其他各种各色的鸟,都飞来落在柳枝上,倾听江蚌姑娘的歌儿。

突然,天空浮起一块黑云,嗒嗒的马蹄声惊飞了群鸟。江蚌姑娘回头一看,有两个骑马的人往她这边驰来。原来是住在北山麓的笨伯尔巴音①。今天他领着亲信出来游山逛水,被她的歌声吸引住了,来瞧瞧有这般金嗓子的到底是谁。

笨伯尔巴音见眼前站着一位美丽的姑娘,他不由得滚下了马,呆呆地看着。啊!这姑娘太俊了,他不敢相信世界上竟有这样美的女子,要是和他三个老婆比较的话,简直漂亮千百倍!他越看越想看,不禁垂涎三尺。于是,他往前挨近几步,嬉皮笑脸地说:"姑娘,你有丈夫吗?"

江蚌姑娘把脸一绷:"你问这干什么?我丈夫打鱼去了!"

笨伯尔巴音捂着嘴,想了一会儿,说:"等你丈夫回来后告诉他,叫他明天正午到我家去。我是住在北山麓的笨伯尔巴音。如果不到,那可没你们的好处!"说完,他转身上马。就在上马的工夫,他还一连回了三次头。

傍晚,孤儿回来了,江蚌姑娘把笨伯尔巴音来过的事告诉了丈夫。孤儿愁得连饭也没吃,一夜没睡好,翻来覆去叹息。第二天,孤儿到笨伯尔巴音家去了。

笨伯尔巴音不知羞耻地说:"昨天我看中了你媳妇,我想把她娶过来,你看怎

---

① 巴音:富翁、富人。

样?"孤儿气道:"世上哪有这种事情!"笨伯尔巴音瞪着眼说:"哼,反正我是爱上她了。说实在的,你若是不肯给,那就只有死路一条!"

孤儿气得话都说不上来了,攥住拳头就要打笨伯尔巴音。笨伯尔巴音一喊,他的手下人拿着棒棍跑过来,七手八脚地把孤儿狠狠揍了一顿,险些把他的筋骨打断了。笨伯尔巴音说:"饶你一条命,你回去想一想,若是你不送上门来,第三天头上,我就亲自出马把她抢来!"

孤儿回到家里,把事情的经过向江蚌姑娘诉说了。江蚌姑娘安慰他说:"不要难过了,我有办法惩治他们!"她从头上摘下一根银簪子,告诉孤儿:"明天一早,你坐小船到大江上游的河汊子去。那里离河岸不远的地方,有一块卧牛石,它底下有个洞,往里走有个石头门,你用这银簪一指,石头门会自动开的。小石头房里有一个红宝石匣,常年有两条黑花大蟒守卫着。不过有银簪可以收拾它们。有了红宝石匣,咱就能战胜笨伯尔巴音!"孤儿听了,心里稍宽了一些。

第二天大清早,孤儿揣着银簪,坐上小船划向大江上游。到了河汊子,将小船拴在临江的一棵柳树根上,下船往前走去,果然在不远的地方有一块卧牛石。孤儿用尽了全身力气,推开了卧牛石,它底下出现了一个洞。他手里拿着银簪就下洞了。洞里很暗,走了一阵,前面有白闪闪的一个石头门。孤儿用银簪一指,"轰隆"一声,石头门自动开了。石头房里一道红光一闪就不见了。屋里漆黑,桌上有两个灯笼般的东西来回摇晃,还有两个灯笼般的东西在朝前移动。原来那是黑蟒蛇和花蟒蛇的眼珠。它们发觉门口有人,雌蟒就紧紧盘住红宝石匣,蜷伏在案上。雄蟒瞪大两眼,吐着火舌向孤儿扑来。孤儿不慌不忙,将银簪轻轻一掷,银簪像流星划过天空一样,发着亮光飞过去,从雄蟒的左眼钻进去,从它右眼钻了出来。雄蟒猛劲往上一挺,将粗大的尾巴往地上甩打几下,死了。雌蟒动怒了,张开大嘴向着孤儿"咝咝"喷射一股刺骨的冷水。正在这时候,银簪又飞过去,钻穿了雌蟒的两眼,它也伸直了身子死去了。石头房里顿时照满红光,红宝石匣出现在孤儿的面前。孤儿欢天喜地,抱着红宝石匣回到家里。

江蚌姑娘点燃三根艾蒿,绕着红宝石匣熏了三转,宝石匣自动开了。江蚌姑娘说声:"回去!"宝石匣就关上了。这时,江蚌姑娘又点了九根艾蒿,绕着宝石匣熏了九转,宝石匣一开,从里面跳出身穿红缎绿绸衣裳的九个童男和九个童女,各人手里拿着耀眼的绣着芍药花图案的手帕,朝江蚌姑娘和孤儿请了安,就开始唱歌跳舞。等他们献完歌舞请安的时候，江蚌姑娘又说一声："回去！"

眨眼间，童男童女都进宝石匣里不见了。

江蚌姑娘说："这红宝石匣是万能法宝，它能为穷人做不少好事。可惜，为了把那些巴音消灭干净，明天不得不把这宝石匣也葬送掉啊！"

第三天，还没到响午，笨伯尔巴音领着手下人，气势汹汹地来到孤儿家。江蚌姑娘抱着红宝石匣，站在门口说："笨伯尔巴音，你要把我接去，也不难，可你得答应三个条件。"

笨伯尔巴音听她愿意去，乐坏了，忙说："这好办，这好办！你尽管说吧！"

江蚌姑娘说："第一，明天响午，由孤儿亲自把我送到你家；第二，你得把远近的巴音都请来庆贺；第三，当我进你家大门的时候，你将这宝石匣摆在当院，用九根艾蒿熏绕九转，叫出九个童男和九个童女献舞迎接！"

笨伯尔巴音听这三个条件没什么难的，就满口应下了。他小心地抱着红宝石匣回去了。笨伯尔巴音回家后就忙开了：杀猪宰羊，装饰房屋，派人邀请四方的巴音前来赴宴。巴音们听说笨伯尔巴音要娶举世无双的美女，同时还要拿出能献歌舞的宝匣，无不赶来贺喜和看热闹。

第二天，笨伯尔巴音院里熙熙攘攘，巴音们围坐在院里，穷人们则站在板墙外面，都在等着观看热闹。过了一会儿，笨伯尔巴音就在当院放了一张高桌，把红宝石匣供在正中间，等着江蚌姑娘的到来。

中午时分，江蚌姑娘和孤儿从正南边缓缓步行而来。笨伯尔巴音赶忙点起九根艾蒿，将宝石匣熏绕九转，宝石匣"嘣"一声开了盖，从里面跳出身穿红缎绿绸衣服的九个童男和九个童女，唱起美妙的歌，跳起了舞。笨伯尔巴音和其他巴音都看呆了。

江蚌姑娘在离大门有三丈远的地方停下脚步，对孤儿说："这些富豪完蛋了，穷人们才有好日子过！"说完，她喊一声："动手！"

这时，正在载歌载舞的童男童女，忽然变成了黑脸大汉和红脸女将，挥舞着耙子和棒子，把笨伯尔巴音和他的同类围起来痛打。巴音们哭叫着，正要抱着流血的头向外逃去，那宝石匣里喷出一股冲天的火柱，"轰隆"一声雷霆，笨伯尔巴音和请来的巴音们全都化成了灰烬。不一会儿，云消天晴。从那以后，穷人的日子好起来了，江蚌姑娘和孤儿也过着美满幸福的日子。

讲　　述：傅英仁（满族）
搜集整理：史卫国
流传地区：黑龙江宁安

珍珠门

镜泊湖里有两个门柱子似的小山，那就是珍珠门。

早先，镜泊湖里没有这么个珍珠门。传说从前这湖岸上住了个叫苏东阿的小伙子。小伙子浓眉大眼，长得虎彪彪的，是个下网打鱼的好手。几十丈深的湖，他能一个猛子扎到底。爹妈过世时，没给小伙子留下一张烂网、半块船板，就留下了一根笛子。笛子成了苏东阿的伴儿，小伙子能用它吹出各色各样的曲调。他吹的笛声，能使鸟呀鱼呀听直了神。

一天下晚，苏东阿到湖沿吹笛子，突然湖底出现了个亮东西，"唰"的一下把半拉湖照了个通亮。就连湖里通绿的水草呀，红尾巴鲤鱼呀，都能看个一清二楚。满屯子打鱼人都跑来了，七嘴八舌地说是"湖灯"亮了。看看半拉镜泊湖像在日头地里，大家伙就扛网抱桨，趁亮下湖捉鱼去了。

打这以后，天天下晚苏东阿都到湖沿吹笛子。笛子一响，"湖灯"准亮。日子长了，一吃过晚饭，大伙就会喊："小阿哥吹笛子呀，咱们打鱼去喽！"这成了惯常的事儿。

后来，那"湖灯"离湖岸越来越近了，苏东阿觉得奇怪，就一边吹笛儿，一边打量"湖灯"。有一天，他到底看准了，原来水里面有一个俊模俊样的姑娘，坐了条飘飘悠悠的小船，锃明瓦亮的"湖灯"就是戴在她头顶上的一颗大珍珠。苏东阿心里好奇，就一个猛子扎进湖里，抓住姑娘坐的小船，连人带船拽到了岸上。姑娘看到小伙子，臊得想扭头跑回湖里。苏东阿赶紧拦住说："你别害怕，我是这岸上打鱼的苏东阿。我没旁的心思，就是想认识认识你。"姑娘这才稳住神说："我叫珍珠，家就在湖里的蛤蜊城。"她又和小伙子说，她天天下晚跑出来，就是为了听他吹笛子,若是一天不听,就饭也吃不下,觉也睡不着。"

苏东阿听了,心里甜滋滋的,就说:"那咱俩一块过吧!我天天吹笛子给你听,你用珠子给打鱼的照亮下湖。"可是姑娘叹了口气说:"小阿哥,实不相瞒,我是个蛤蜊精。"苏东阿说:"只要你愿意,不管你是什么,我都乐意娶你!"姑娘说:"我是水族,咱过不到一块呀!"这下子苏东阿没招了,弄得他眉头上拧个大疙瘩。珍珠看他实心实意,就告诉他,要她到陆上住,得她的干爹老蛟龙用法术给她脱胎换骨。不过,老蛟龙是不会轻易答应的,除非把他的九龙夜光杯偷来。那是东海龙王赐给他的镇海宝杯,弄丢了可不是打哈哈的事。

苏东阿赶紧问怎么能偷到九龙杯。珍珠说:"七月十五是父王的生日,只有那天父王才把杯子拿出来,半夜里在湖面上摆席饮酒,要弄宝杯非那天下手不可。不过,弄不好说不定……"苏东阿接过话头说:"能和你成夫妻,我豁出命也行。"两个人定下了偷杯的计策,珍珠姑娘就回去了。

转眼间就到七月十五了。那天下晚,苏东阿悄悄猫在湖边。半夜光景,就见那湖水翻了一阵花,四个夜叉出来巡湖了。又待了一会儿,一群蛤蜊女在湖当间摆起了八仙桌,搬来了满满一桌的山珍海味,桌上还真有盏九龙夜光杯。那宝杯闪闪发亮,就像是星星落在了桌上。这时候,一身珠光宝气的老蛟龙来了。可是没等他坐稳,苏东阿早游到湖心,一伸手把宝杯抢跑了。等到老蛟龙醒过神来,小伙子已经没影了。他气得一甩袖子,宴席哗的一下子散了,湖上冒起了白雾。不多会儿,那四个巡湖夜叉的脑袋被扔到了岸上。

老蛟龙回到蛤蜊城,进了水晶宫,就脸不是脸鼻子不是鼻子地倚在象牙床上。珍珠姑娘明知道准是为了九龙杯,却特意上前问道:"父王年年吃寿席回来欢天喜地,今儿个怎么愁眉不展?"老蛟龙连连摇头:"别提了,别提了,一个愣头青把九龙杯抢走了。"说着找来了鳖将军、虾谋士,商量去找宝杯。可是众大臣都大眼瞪小眼,谁也弄不明白到底是谁偷了杯。最后,还是珍珠姑娘开了腔:"请父王给女儿三天工夫,容女儿前去查访。"老蛟龙又摇起了头:"难啊,难啊!你个女儿家有什么道行能找回杯来?"珍珠说:"我认识岸上一个吹笛子的小伙子,我找他帮着打听打听,说不定偷杯的人就住在湖边呢!"老蛟龙没了办法,只好让她去试试,说:"找回九龙杯的人,他要什么我给他什么。"

珍珠上了岸,苏东阿正焦急地等着她呢!两个人欢天喜地见了面,珍珠把前前后后的事诉说了一遍,然后对苏东阿说:"我回去就和父王说,找到宝杯的人任你金山银岭全不要,就要我给他做媳妇。他要是答应了,把我送上岸来,你就把杯子放进湖里。要是不行,你藏好宝杯,我再来和你商量法子。"她说完坐上蛤蜊壳小船,荡荡悠悠地回到蛤蜊城去了。

哪承想老蛟龙听了珍珠的回话,一口一个不成,说:"那小伙子要什么都行,就这宗不行。我怎么能割舍你离开我上岸与人为妻?"姑娘说:"父王有言在先,找到宝杯的人要什么你给什么,如今怎么好反悔呢?再说,没了镇湖杯,妖怪又要作乱,龙王怪罪下来也不得了。"老蛟龙被说得没了词儿,只得问:"敢情你愿意嫁给这个人?"珍珠姑娘笑了,老蛟龙看这样子,想要留住女儿又要找回九龙杯是不成了,就说:"罢了,就让你去吧。不过要到陆上住,你就得脱胎换骨,那罪可不好受啊!并且从此你就只是个凡人,过去的道行也就白修炼了。"珍珠回答:"父王放心,女儿不怕受罪,甘愿做个凡人。"

老蛟龙就拿来了他炼成的"真水"朝珍珠身上喷。喷第一下子,姑娘浑身上下好似火烧火燎。喷第二下子,她身上像搁了千把刀。喷第三下子,她疼得满地打滚,把湖水都搅起了九尺高的浪头。老蛟龙去掉了珍珠身上的蛤蜊壳,就把她推上了岸。

就这样,苏东阿娶了珍珠姑娘。成亲那天晚上,湖岸上可热闹了。珍珠姑娘头上的宝珠比一百堆桦子火还亮,照得湖上湖下通明瓦亮。苏东阿吹起笛子,笛声让人听了像喝蜂蜜水那么甜。人们像过节似的穿着花裙,成双成对地跳起舞来,一直乐呵呵到天大亮。

从此,小两口在一块儿你恩我爱地过日子,好得像一个人。每到下晚,苏东阿就吹起笛子,珍珠姑娘擎着宝珠给打鱼的照亮。说也蹊跷,有这珠子照亮,保准网网不空,百里镜泊湖穷渔户的日子都缓过了气。

哪知好景不长,一来二去,事情传到贝勒乌拉锡奔的耳朵里。乌拉锡奔有钱有势,家财万贯,儿子在京里当着什么大官。他在镜泊湖一带说一不二,真是跺跺脚湖水也要翻花呀。听说苏东阿娶了个俊媳妇,还有宝贝珍珠,穷打鱼的都快发财了,气得他又翻白眼又扯头发,立时起了霸人占宝的坏心。这天,他派人把苏东阿找了去,说为全穆昆①人丁兴旺,五谷丰登,六畜平安,要还愿跳神,珍珠姑娘必须来,照亮献舞。苏东阿怕乌拉锡奔不安好心,就推说珍珠姑娘不会跳神。乌拉锡奔嘿嘿一声奸笑,捋着胡子说:"你女人能歌善舞,跳神时不来,你想得罪老佛爷?"没办法,苏东阿只好气呼呼地回来了。

珍珠听苏东阿把乌拉锡奔的话学了一遍,心里七上八下直绞个儿。她心里作难,挨了好半天,才说:"小阿哥,乌拉锡奔再催时,你就告诉他,想要叫珍珠去不难,他得先答应三件事:头一件,把七七四十九张牛皮文书烧了,放了买来的奴隶;第二件,把七七四十九个粮仓都打开,分给渔樵耕猎的穷人;第三件,把七七四十九个围场都交出来,让大家随便去打猎。不过那时候,咱夫妻怕也到头了。"说着,眼泪像断线的珍珠落了下来。

苏东阿一听火了:"听蝲蛄叫就不用种地,你就是不去,看他敢怎么样!"珍珠说:"不,那样不光保不住我,连你的性命也得搭上啊!"她擦干了眼泪,又说:"现在只有这条道好走了。我这回得狠狠惩治惩治这个黑心贼,为老百姓出口气,也给大伙争个好光景。"苏东阿问:"乌拉锡奔要是答应了那三件怎么办?""那就告诉他,我隔天傍晚在湖心小山上等他,叫他来接吧!"苏东阿又问:"干什么到小山那儿等他,你要干什么?"珍珠姑娘扑到苏东阿怀里,哭着说:"别问了,我活着是你家的人,死了是你家的鬼呀!"

第二天,乌拉锡奔又把苏东阿找去,苏东阿就把珍珠的话对他说了。黑心的乌拉锡奔一听,嘴巴差点咧到耳门后,心里寻思:先把漂亮的姑娘和无价的宝珠弄到手再说,还怕奴隶、粮仓、围场飞到天上去?就叫人当着苏东阿的面,把七七四十九张牛皮文书烧了,奴隶得了自由。把七七四十九个粮仓打开了,没吃的穷人随便去装。七七四十九个围场也开放了,猎户可以任意打围。苏东阿这才把珍珠让乌拉锡奔隔天傍晚去湖心小山接她的话说了。

长话短说,这天天擦黑时,珍珠划着船来到湖心的小山上。只见风卷着湖水,浪头一甩一丈来高,天上黑云彩像抹了锅底灰。这时候,乌拉锡奔驾着大船来了,他看见珍珠姑娘正在山上等着呢,乐得差点儿从船头上颠下来。不过等他

———
① 穆昆:满语,宗族。

爬上湖心小山，来到珍珠跟前，看见她怒气冲冲的样子时，他害怕了。

珍珠指着乌拉锡奔的鼻子，骂道："你这条白了尾巴梢的老狼，整天欺男霸女，变着法儿祸害老百姓，今天我送你见阎王爷吧！"乌拉锡奔看看来头不对，扭头想跑，可姑娘早把那颗明光锃亮的夜光宝珠握在手里，喊了一声"小阿哥"，便朝山上摔去。只听"咔嚓嚓"一声巨响，好似天塌地陷，脚下的山裂成了两半，湖水涌上半山腰，珍珠姑娘和乌拉锡奔一起沉到湖里去了。偷偷跟来想和乌拉锡奔拼命的苏东阿也不见了。这时候，风平了，浪静了，圆圆的月亮升上了湖面，一切都和过去一样，只是湖里多出了门柱子似的两座小山。这就是如今的珍珠门。

说起来叫人不信，直到如今，月亮圆的晚上，还能模模糊糊听到湖里有笛子声，影影绰绰看见湖上有个姑娘跳舞。大伙都说笛子是苏东阿吹的，跳舞的就是珍珠姑娘。

讲　　述：刘伟　等
搜集整理：邱国鹰
流传地区：浙江洞头

西施贝

早年，在洞头岛三垄树的山顶，住着母子俩。他们家没有一寸土地，没有一块船板，全靠儿子阿全下海滩捡海贝换点番薯丝，东凑西挪过日子。

海边的穷孩子懂事早，十五岁的阿全又勤劳，又善良。他每天不等潮水退尽就早早来到滩边摸蛏捡贝，直到潮水上涨了才迟迟回家。他十分爱惜幼小的海贝，常常是捡到手了又重新把它们放回海。一面放，一面还自言自语："回去吧，等长大了再来！"

阿全的爸爸死得早，娘哀伤过度，又吃尽千辛万苦把孩子拉扯大，所以身子十分衰弱。一年夏天，天热气闷，阿全娘只觉得心烦身燥，病倒在床。没过两天，身上长起疥疮。这疮也怪，手上的疮还未愈，腿上又发了，全身又疼又痒。阿全着了慌，求了许多土药方，都不见效。眼见娘一天天瘦下去，连眼皮都快抬不起了，阿全十分伤心。

一天，阿全早早起了身，看看潮水将要退尽，忙赶到滩边，想多捡些海贝，卖点钱给娘撮药。阿全下了七年海滩，对那些蛤蜊的穴、竹蛏的孔，都辨认得一清二楚，平常只要寻着了洞穴，照着位置摸下去，准能挖到海贝。今天却怪，找了大约有一炷香的工夫，平展展的滩头没找着一个洞穴或孔隙。阿全一边寻找，一边惦着家里生病的娘，又着急又伤心，不觉流泪了，两串热滚滚的泪珠一直掉落到海滩。忽然，泪珠落下的地方，露出一个像针孔一样的小孔隙。阿全伸手狠劲往下摸去，触到一个硬邦邦的东西，提上来一看，是个从没见过的海贝：薄薄的外壳呈三角形，外表黄澄澄、亮光光的，好看极了。阿全想：这海贝样子倒好看，可惜太小了，也许刚离开娘不久哩！他不忍心，叹了一口气，顺手轻轻放下，说："你去吧！"

那海贝一落到海滩,一下子变大了。不一会儿,两扇外壳"啪嗒"一下掀了开来,跳出一个美丽的姑娘!阿全惊呆了。

姑娘笑眯眯地望着阿全说:"好心肠的孩子,我是海贝仙女,为了答谢你爱惜幼贝的情意,特来为你娘治病。孩子,快带我去吧!"

阿全听说海贝仙女要为娘治病,高兴得什么也不顾了,深一脚浅一脚地从海滩奔跑回家。一路上,只见那美丽的仙女脚不沾地,飘飘悠悠紧跟着赶来。

进了家门,阿全娘正重一声、轻一声地呻吟着。海贝仙女看看病情,点了点头,不慌不忙地舀了一碗清水,用汤匙在自己的舌尖上轻轻一刮,又在水里搅了几搅,霎时一阵清香溢满草房。海贝仙女端着这碗水,扶着阿全娘让她喝。阿全娘只觉得这碗水清丝丝、鲜滋滋,第一口喝了,透心凉;第二口喝了,一身轻;第三口喝了,只见疥疮纷纷脱落,连一点疤痕都没留下。

阿全娘的病好了,她"哎呀"一声下了床,拉着阿全一同跪谢,却被海贝仙女一把拉住了。她笑吟吟地说:"阿婶,别客气了,要谢,还得谢你这个好心肠的孩子!"

阿全见仙女的药这么灵验,想:每一年的六月暑天,岛上的乡亲常有害疥疮的,受了不少苦,要是他们也能喝上这么一碗水,多好呀!可惜这一大碗清水只剩一小口了!

海贝仙子看阿全在一旁想得出神,就问他还有什么事要相助。阿全红着脸,把自己的心思讲了出来。海贝仙女想了想说:"难得你有这样好的心肠,行啦!"说着,端起碗,轻轻一泼,碗内剩下的一口清水"哗"的一声早飞出门外,不远不近,不偏不斜,正巧落到沙滩上。海贝仙女微微笑了笑,说了声:"明年六月天,海滩再见吧!"竟飘飘悠悠出了门向海滩而去,一会儿就无影无踪了。

好事无翅飞千里。海贝仙女治好阿全娘疥疮病的消息很快传开了,大家都感激、怀念救人苦难的海贝仙女。第二年六月,阿全记着仙女的话,早早到海滩上等了好多天,再也没见到海贝仙女,却在滩上看到许多像针孔那么细小的孔隙。从这些孔隙里挖出的海贝,跟去年海贝仙女藏身的那种贝一模一样。用这种贝烧成的汤去热解毒,治疥疮、治痧气很灵验。而且说起来也奇怪:洞头岛少说也有一百多个滩头,独有三垄海滩才产这种贝。大家明白了:海贝仙女用阿全娘喝剩的那一口清水,变成了年年生、年年长,挖不尽、取不竭的海贝,给海边人家留下一味宝药哩!大家说,海贝仙女比西施还美,又是在舌尖上点化成药,就把这种贝取名为"西施贝"。

XI
SHI
BEI

蚌精·西施贝

讲　　述：葛姓老人、马珩（赫哲族）
搜集整理：马名超
流传地区：黑龙江佳木斯

北珠

　　黑龙江有个泡子沿，住着夫妻两人，还领个儿子过日月，常年打鱼为生。

　　这一天，老头带儿子出船打鱼去了，老太太在家拾掇锅碗瓢盆。她累了，躺在炕上眯眯眼睛。正当她似睡非睡的时候，门唰啦开了，进来个水头白净的姑娘。她一看，哪来这么个俊俏闺女呀？就说："你找谁呀？""就找你，大娘！"老太太说："你找俺干什么呢？"只见姑娘满眼含泪地说："唉！你老不知道哇，我受苦啰！我有好多孩子，连男带女的，你老得设法救救我哟！"

　　"你年轻轻，能走能撂的，我怎么救你呢？"

　　老太太细一打量，姑娘手脚都被捆得紧紧登登的，一点也动弹不得。

　　"那我怎么救你呢？"

　　"实话告诉你吧，你儿子和你家老爷子把我逮住了！你老行行好，把我放了，将来一定报答你老人家！"

　　老太太瞅那姑娘哭哭啼啼，怪不忍心的，就说："那好吧！"

　　还没把话说完呢，她老伴和儿子回来了，抬个大抬筐，"轰轰轰轰"进屋了。儿子张口就喊："妈呀！昨儿黑夜下网，什么也没捞着，最后一网，网着个大蛤蜊。累一宿了，给收拾收拾，咱爷儿俩吃了它！"

　　老太太下地一看，大抬筐里卧着一个二三尺长的大蚌，她不觉心里一动，暗想：这蛤蜊不就是给我托梦的那个姑娘吗？寻思到这儿，哎呀，不能吃啊！老太太跟老伴说："留下它吧！打几辈子鱼，还没见过这么大的蛤蜊呢！"老伴很随和，一说就松口了；儿子也不想吃蛤蜊肉啦，让老太太把大蚌放进水缸里养起来了。

　　到了晚上，老太太又做了个梦，那个姑娘又来哀告说："你老既然把我救了，就该把我放了才是。不要放进江河里,就放进你家门前那片莲花池塘里去吧!只有一样,塘上边得盖满青草儿!"老太太听得真切,一一答应了。临走,姑娘恋恋不舍地告诉老太太:"将来我得感谢你哟!你家房山头上挂的那盏灯笼,常年不用了。那灯笼很有用场,你拿灯笼到池塘里照,什么时候能照出亮,你就要得珠子啦!珠子全是宝贝!"

老太太影影绰绰地把姑娘说的话一一记下了,趁着月亮光儿就把大蛤蜊扔到池塘里了。白天整来菱角叶子马蹄莲,没多久就把池塘盖得青青一片碧绿碧绿的。

说话间,时间就隔不短了,她家里谁都不记得,只有老太太还记得这宗事。可是,她家里太穷困,父子俩下网收不上多少鱼;鱼贩子杀价,也卖不上几文钱。她儿子连裤子都穿不上,更不要说娶媳妇了。实在无路可走,老太太忽然想起了那年上做的梦:蛤蜊姑娘不是说过咱房山头有盏灯笼,还说用灯笼到塘上照照就能得珠子吗?哎呀,得了珠子不就发了财?给儿子娶上个媳妇,把破马架①推了,咱也盖上三间茅草屋!她去到房山头一望,果然有个破灯笼。那是前辈子老人走船使的,破得都没了魂儿。老太太跟儿子说:"咱家穷啊!你拿这灯笼,到池塘里隔着青草照照,看塘里有没有亮儿。"

儿子说:"哎呀!大蛤蟆塘里,照啥哟!"

妈妈一再说,小伙子也没啥事干,就只好拿上破灯笼去照。到那儿一照,塘里暗暗的,静悄悄啥也没有。

隔夜,老太太又央告老头子。他去一照,见塘水里闪闪烁烁,发光啰!老头喊来儿子,下塘一捞,全是尺来长的大蚌,每个蚌壳壳里都含着一颗圆鼓鼓的珠子,闪闪发着光华。

这爷儿俩一看,好家伙,可发了大财啦。他们把一颗颗珠子拾起来,连夜就赶奔依兰②城。到那依兰宝器店一卖,可闯大祸了!依兰道统衙门知道了这件事,问他们还有多少这样的珠子,下命令让都交上来。都拿去了,也不给银两啊!

---

① 马架:又名马架子,是东北边远地区垦荒者搭的最简陋的住房。
② 依兰:松花江下游的著名古城,金朝的时候,是宋徽宗、宋钦宗"蒙尘"后被囚禁的地方。

你猜为啥？人家那叫"佛顶珠"，天下难寻哟。问他们打哪儿来的，他们也不敢说。一说，那块池塘不要连根掘了吗！官府就让那爷儿俩立下字据，让他们每年献出一百颗"佛顶珠"，若献不出便杀头。

可是，珠子产得再多，一年能采多少颗！那一百颗也难得凑齐哟！就因为这个，交不上珠子，那爷儿两个被绑在一条绳上，拉出柴草市给活生生地砍啦！老太太一听，似梦不似梦地。晚上，蛤蜊姑娘又来了，问老妈妈："大娘！你老这回不愁吃穿了吧？"老太太哭得泪人儿似的，疯疯癫癫地叫喊着："呵呵！再也不愁吃穿喽！是你把我们一家人都害了！这盏破灯笼我也不要啰！你拿回去，拿回去啵！"老太太一边哭喊着，一边把那灯笼扔进池塘里去了。

蛤蜊姑娘坐在池塘边上，也暗暗哭了。她本来是一片好心，没想办成了大错事。据说，从那以后，黑龙江特产的"北珠"就再也不放光了。打鱼捞蚌的人再捞上来蛤蜊，剥开来虽然也有珠子，颜色却又灰又暗，再也不发光啰！宝珠失掉光华，就难登大雅之堂了。

[附记] 蚌珠俗有"南珠"与"北珠"之分。旧时，黑龙江产的"北珠"最为珍奇名贵，可嵌于顶盔、宫帽等当作饰物。"南珠"较小，只能用于一般顶戴。"北珠"失去光泽后，渐成俗物。

讲　　述：林登仙（高山族）
搜集整理：何陈
流传地区：台湾地区

螺蛳变人

　　从前，有一个穷苦的农民，孤单单地住在一间破草房里。当他出去劳动的时候，家里空空的，很少有人到他这里来。

　　一天晚上，农民拿着火把，到水田里照螺蛳。他捡到了一个很大很大的螺蛳，差不多装满了筐。

　　回家以后，他把这个大螺蛳放在水缸里养活着，每天换一次清水，换水的时候一定要俯在水缸边上玩赏半天。他很爱这个大螺蛳，宁愿挨饿也不肯用它来充饥。

　　过了一些日子，有一天，这个农民从田里劳动回来，开门一看，饭已经做好了放在炉灶上。他觉得很奇怪，心想：是谁这么好心，会替我做饭呢？

　　第二天，快到做饭的时候，农民又回家了，跟昨天一样，不知道是谁已经把饭给做好了。这时他越发感到奇怪，就跑去问邻居，邻居都说没帮他做饭。

　　农民想出了一个办法来：他假装又到田里劳动，却躲在门外边等着，想看看到底会有什么人来给他做饭。等了一会儿，他偷偷地从门缝往屋里看，忽然看见一个漂亮的女人从水缸里出来，走到灶边点火做饭。这时候，农民推门走进屋去，对那个漂亮的女人说："原来是你在帮我做饭。"

　　那个女人没想到农民会在这个时候回来，也来不及回到水缸里去了。女人说："因为你待我太好了，我为了报答你的恩情，所以出来给你做饭。"

　　从此以后，两人就成了恩爱的夫妻。他们分工合作，互相帮助，男的到田里劳动，女的在家做饭和缝补衣服。可是，农民太爱他的妻子了，每到田里去劳动，不一会儿就得跑回家来看看。妻子见丈夫老来回跑，就对他说："你为什么老跑

回来,这样活儿要到什么时候才能干完呢?"

农民回答说:"因为我在田里干活,心里老想着你,干不下去,所以一会儿就得回来看看你。"

妻子笑了笑说:"原来是这样,那好办,我这里有张像,你把它带到田里去,可以随时看看,就不必老往家跑了。"

农民真的把像带到田里去。他把像夹在一根竹竿头上,插在自己的面前,一边锄着禾苗,一边看着。果然这个办法很好,不用老往家跑了。

然而,天有不测风云。一天,忽然起了暴风,把竹竿上的像给刮跑了。农民跟着追上去,可是风刮得太猛,眨眼间像不见了。他只好回家告诉妻子。妻子说不应该那样粗心,把像夹在竹竿上插在地里,现在被风刮跑了,又有什么办法呢!

那张像被风刮着,刮着,一直刮到很远的草地上,被皇帝的一个侍从捡到了。侍从看到像上的女人像天仙一样美丽,就立刻把像送给皇帝。皇帝一看,像上的女人是那么漂亮。他从来也没有看见过这样的美人。他想:这样漂亮的女人,能给自己做老婆该是多么幸福啊!于是,皇帝立刻下命令,让侍从们马上到各处去寻找那像上的女人。侍从们谁也不敢怠慢,每人拿着一根打狗棍子,挨庄挨户查寻。他们每到一处,就一边叫嚷一边搜索,闹得天翻地覆,鸡犬不宁。

一天,他们在丢像的农民家门口来回走了几趟,根本没想到那个漂亮女人就在这个破房子里生活着,所以没进去寻找。后来实在找不到了,无意中推开门走进那间破房子,一看,里面却有一个漂亮女人。仔细一看,这个女人就是像上的那个漂亮女人。侍从们喜出望外,就七手八脚地把她拉出来,带到皇帝那里去了。

皇帝一看真的是像上的那个漂亮女人,非常高兴,就重赏了侍从们。从此,那个农民心爱的妻子,就变成皇帝的老婆了。

农民从田里回家,见自己的妻子不在家,饭也没做,为他缝补的破衣服也都原封不动摆在那里。起初他还以为妻子出去了,一会儿就会回来。他在家里等着,等了好久,还不见妻子回来。他急了,就跑到邻居家问,邻居也不知道。他又回到屋里四处寻找,水缸里空空的,妻子的耳环和首饰都整整齐齐地放在桌子上。妻子到哪里去了呢?农民心慌了,好像失去了灵魂,一点精神也没有了。

日子一天天过去,农民每天都在思念着妻子,活儿干不下去,饭也吃不下去。一天一月一年地过去了,总是不见妻子回来,一点信息也没有。他因为生活困难,没有办法,只好把妻子的首饰拿出去变卖。

农民走着,走着,走到了一个偏远的地方,远远地看到一座华丽的房屋。他想,这准是个有钱的人家,一定有人买首饰。到了这家门口,他就大声叫喊着卖首饰。这时,从屋里走出一个女人,农民一看,便立刻认出是自己的妻子。

女人也认出卖首饰的人就是自己日夜想念的丈夫,悲喜交集。她把首饰拿在手里看了又看,心中想着计策,便对皇帝说:"我很喜欢这些首饰。"皇帝一听自己的老婆很爱这些首饰,就问那个卖首饰的人要多少钱。

卖首饰的人回答说:"我不要钱,我只要一把长而宽的快刀。有这样一把刀,我就把这些首饰换给你们。"卖首饰的人一边说着,一边用手比画着。

皇帝说:"这很容易。"说着就进屋里拿出一把刀来,交给卖首饰的人。

卖首饰的人接过刀来就对皇帝说:"很好,我就需要这样一把刀。现在首饰归你们,刀归我了。我们应该互相敬礼,表示我们交易的成功。"

皇帝听了,就很高兴地向卖首饰的人弯腰施礼。这时,卖首饰的就趁机一刀把皇帝的头砍下来了,然后把自己的妻子领回家去了。

搜集整理：徐廉明
流传地区：四川

美人对相公

嘉靖二年崩瓦岗，打烂多少神梆梆。这句民谣，说的是明朝时候，青滩南岸的瓦岗山崩塌、垮岩的情形。当时，山脚江岸上有条一字形的长街，商贾云集，市面兴隆。街上多是从四川推着小木船来西陵峡做丝绸、麻布、桐油、盐巴等山货特产生意的买卖人。他们善于经商，能迎合市场做生意，所以，当地人称之为"神摆摆"。他们的小木船就叫作"神梆梆"。崩山那天，正是中午，街上正上市。原本风和日丽，艳阳高照，忽然平地响起一阵"轰隆隆"的雷声，瓦岗山的半壁山峰，铺天盖地崩倒下来。那岩石流入江中，激起十丈多高的巨浪，江水倒流一百多里，形成了又陡又险的新滩。那正兴隆热闹的街市和许多小货船等，都遭浩劫，统统埋葬在滩下了。

好端端的一座大山，为啥突然崩垮了半边呢？现在看来，当然是地壳的变动引起的，可在当时流传着一个故事。

据说，在那些四川来的船商中，有一户姓张的人家。夫妻二人都是四十开外，有个十七八岁的独儿，名叫张孝。张孝人品端正，勤奋好学，平时除帮着父母照料生意外，一有空闲便坐在船头读书。父母都担心他的婚事，他却不理不睬。

这年，到的船商很多，码头都停不下木船了，有的就靠到北岸来。遇巧，在张家泊船的附近，天天有个年轻姑娘在海螺石边浣纱洗菜。张母见她长得俊美，手儿又巧，很想说来做儿媳。

原来这姑娘是早年大禹疏峡导江时从西海中随波逐流来的一只小海螺，长期吸收日精月华，幻化成一个美丽的少女。她爱上了张孝，有意天天来此浣纱洗菜。这天，她见张孝正在船头读书，便故意将麻纱向水里一推，那纱丝一缕一缕，顺水朝着张家木船漂来。海螺姑娘假装着急地喊道："婶婶、大哥子啊,快帮忙把纱给截住吧!"张家母子闻声,立即用篙竿一缕一缕把纱挑上船来。海螺姑娘随即上船来取纱道谢,趁机和张母攀谈起来,最后被张母收为干女儿。过了些日子,张母就向她提起婚事。海螺满口答应,二人十分亲热。张家夫妇就决定等这趟生意做完,将海螺姑娘带回四川与儿成亲。

这消息一传开,人们都向二老道喜,称赞这是一对美满夫妻。唯独西陵峡人人痛恨的黑凤妖生气得很。

这黑凤妖原是天上一只黑凤凰,疏懒成性,常到御花园去啄食百花籽,并爱和一些孽龙调情卖俏,所以被玉帝降罪在瓦岗山下,令她自食其力,思过悔罪。但她恶习不改,前些时候见张孝年少英俊,多次勾引,张孝只是不理。现在,她看见张孝要和海螺姑娘回四川成亲了,就想出了一条毒计:料定第二天他们要来街上买东西回四川办喜事,便趁中午赶场最热闹的时候,用尽浑身力气,将瓦岗山顶垮半边,崩塌下来,想把张孝、海螺压死。不料这时张孝和海螺都到秭归城去了,躲过了灾难。但是,父母和乡亲们均遭浩劫。二人悲痛欲绝,抱头大哭。

哭后,海螺便将黑凤妖的来历和常常为非作歹、残害百姓的事告诉张孝,又说这场灾难也是她犯的罪。张孝听后,怒火中烧,愤满胸膛,立志要铲除此妖。海螺姑娘又说,只有用天上落下来的檀弓、地上长出来的金弹子,才能制伏黑凤妖。这两件稀罕的法宝,到哪儿去找呢?

张孝辞别海螺姑娘,走遍千山万水,访过千家万户,就是没有从天上落下来的檀弓、地下长出来的金弹子,但他一点也不灰心。不久,他来到一座青山下,遇着大雨,便在路边一棵大树下躲避。一会儿,又跑来几个衣衫褴褛的人,也到树下躲雨。突然,当头一声霹雳,打断了一根弯弓似的树枝,直端端地落下地来。张孝上前一看,正巧是檀木呢!他便将它做起大弓来。雨停了,旁的人问他做弓干啥。张孝一五一十说出缘由。众人笑着说:"你还要找地下长出的金弹子吗?跟我们走吧,我们干的正是这行呢。"张孝一问,才知道他们都是山脚下的掘金人。

从这天起,张孝就跟着他们挖金。挖呀挖呀,挖了半年后,终于挖着了三颗像黄桷籽大的金豆子。他欢天喜地,连夜赶回青滩。哪想到,海螺姑娘不见了。

他急忙点起火把四下寻找。快天亮时,才在那海螺石旁发现一封信——这是几天前,海螺撕下一条白绫子衣襟,咬破食指,用血写给他的。信上告诉他,海螺被黑凤妖抓去,用妖术定在了剑北岸的乱石滩上,日晒雨淋,风吹霜打,要是一百天内还无人相救,就将化为一尊石头。所以,她把身上带的一面小镜子一直向着江南照射,希望张孝回来后,按照镜子反光的方向前去救她。

张孝看完信,扳起手指一算,不好了,一百天已经过了!他气得捶胸顿足,趁黑凤妖还在酣睡,引弓握弹,用尽自己全身气力,将三颗金弹对准黑凤妖射去。两弹射瞎黑凤妖两只眼睛,最后一弹射中心窝。黑凤妖现出了原形:一只丑陋的黑怪物。

张孝又忙对着那镜子反光的方向,用扇子挡着阳光,向对岸望去。真可惜呀,可怜的海螺姑娘已经化为岩石。张孝惊得犹如木鸡,也一动不动了。

直到现在,青滩人还经常指着西陵峡大江两岸的两尊岩石,称它们为"美人照镜子"和"相公扇扇子",津津乐道地讲着美人对相公的古老传说。

搜集整理：钟建星
流传地区：广西桂林

螺蛳姑娘

有个种田的后生哥，屋里头没得个老也没得个小，孤零零一个人。每天他种了地，回家后还要自己煮茶弄饭吃。有一天，他到漓江边去洗菜，看见滩头上有一个螺蛳，绿油油的，生得玲珑可爱，他捡起来看了又看，舍不得丢了去，就把它带回去养在水缸里。过了一天，他从地上做活回来，想做饭吃。一进门就闻到香喷喷的饭菜气味，抬头一看，只见桌子上摆着热腾腾的饭菜。他感到奇怪，心想：又没得个隔壁邻舍，是谁这么好心来帮我煮菜弄饭呀？这时他已经饿得很了，也无法去查根究底，不管三七二十一，端起饭碗一下子就把饭菜吃光了。这一餐他吃得分外香甜。第二天，他做完活回来正想做饭，又见桌子上摆起热腾腾的饭和菜。第三天也是这样。后生哥心里想：明天我在屋外躲起来，看看究竟是什么人帮我弄饭菜。于是，第二天早上，他扛起锄头装着出去做活的样子，一出门，就钻进屋边的草棚里躲起来。一会儿，只听见屋里哆哆地响，后生哥就贴着门缝去瞧，只见水缸里出来一个美姑娘，拿了柴和米就烧起饭来，后生哥这才明白，原来这几天是螺蛳姑娘给他弄的饭和菜。他连忙推门进去，向螺蛳姑娘道谢。螺蛳姑娘羞红了脸低着头说："谢什么，我还得先谢你把我带回屋来呢！"从此，后生哥就和螺蛳姑娘一起过日子。过了几年，他们有了三个娃仔，一个叫作白白，一个叫作黑黑，一个叫作黛黛。

有一天，后生哥正在锄地，一个师爷骑马出来游春，看见后生哥那么发狠，就打趣地问道："锄地郎，锄地郎，问你锄头落地几多双？"后生哥是个老实人，不晓得怎样回答，只觉得这个人可恶，就瞪了他一眼，仍旧使劲地挖地。师爷乐得哈哈大笑，骂了一声"蠢东西"，就打马走了。

后生哥回到屋里,把师爷作弄他的话对螺蛳姑娘说了。螺蛳姑娘说:"明天他如果再来问你,你就说:锄头落地无双数,问你马蹄落地几多双?"

第二天,后生哥正在锄地,果然又见师爷打起马来了。师爷一见后生哥又在发狠挖地,又想拿他来开心,唱道:"锄地郎,锄地郎,问你锄头落地几多双?"后生哥就放下锄头,高声唱道:"锄头落地无双数,我问你马蹄落地几多双?"师爷挨这一问,目瞪口呆,也不晓得怎样回答,半天才说:"想不到你这么乖呀!"后生哥冷笑说:"你再乖也比不上我女人乖。"师爷才晓得是他老婆教他的。师爷看见前面有一间茅屋,知道就是后生哥的家,也不管后生哥愿不愿意,就打起马到茅屋去找后生哥的老婆。

师爷进了茅屋,一见螺蛳姑娘像天仙一样美,就惊呆了。他那两只贼眼睛滴溜溜地转,看见堂屋挂着一张画,就问:"画上鲤鱼有好多斤?"螺蛳姑娘马上回答说:"自从画了未曾称。"姑娘接着反问:"你滴溜溜一对贼眼睛,问你几两几钱又几分?"师爷听了,又气又急,不晓得怎样答话,只好狼狈地跑了。

师爷一回到县衙里,就对县官说,兴坪村上有个天仙似的女人,如此这般聪明厉害。县官听了,尽咽口水,说:"好,一定要想法子把她弄来,给我做小老婆。明天我去她屋里看她,叫她弄十样菜来孝敬我。"

消息传到后生哥耳里,他一听县官要逼迫他家弄十样菜来款待就愁了,螺蛳姑娘说:"莫愁,莫愁,你到后园去割一抓韭菜来。"后生哥割了韭菜回来,螺蛳姑娘用韭菜和个蛋子一起煎了。县官来了,一看只有一样菜,就大声大气地骂:"叫你们弄十样菜,怎么只有一样?这样对父母官多么不恭敬!"螺蛳姑娘不慌不忙地说:"韭菜九样,再加蛋子一样不是十样吗?"县官没法子,只好狼吞虎咽地将韭菜煎蛋吃了。一面吃一面想鬼点子来难倒螺蛳姑娘。一走到门口,县官就问螺蛳姑娘:"对门大山好多斤?"螺蛳姑娘想也不想就答:"你去拿来我称。"县官踏上马镫,又问:"你知道我现在是上马还是下马?"螺蛳姑娘一脚踏在门槛里一脚踏在门槛外,反问说:"你知道我现在是进屋还是出屋?"县官原本想难倒螺蛳姑娘的,不想自己反被难倒了,恼羞成怒,板着脸对后生哥说:"明天你们搓根草灰索子给我,做不出,就要你的女人做我的小老婆。"

后生哥又愁了,螺蛳姑娘说:"莫愁莫愁,你去拿根草索来。"后生哥拿了一根草索来,放在地上,螺蛳姑娘用火在两头一点,立刻就成了一根草灰索子。螺蛳姑娘说:"你去叫县官来拿吧!"后生哥跑到县官那里说:"草灰索子搓得了,你去拿吧。"县官哪里拿得起来呢,只好改口说:"草灰索子不要了,限你三天交一个公鸡蛋来。如果没有,就要你的女人做我的小老婆。"后生哥又愁起来了,螺蛳姑娘安慰他说:"不要紧,放心做你的活去,三天以后,我来对付他。"

三天以后,县官见后生哥还没有来回话,心里暗自喜欢,想:"这回螺蛳姑娘逃不出我的掌心了。"就带起师爷往后生哥家里来,一看不见后生哥,只见螺蛳姑娘在屋里,师爷就问:"你男人哪里去了?叫他交的公鸡蛋怎么交不出来?"螺蛳姑娘说:"轻声些,不要吵闹,他在屋里头生娃仔呢!"县官一听开口就骂道:"胡说!男人家哪能生娃仔,分明是怕见我躲起来了。"螺蛳姑娘说:"是呀,既然男人不能生仔,公鸡又怎能下蛋呢?"县官和师爷你望着我我望着你,两人像锯了嘴的葫芦,哑口无言,只好悻悻地走了。县官晓得斗不过螺蛳姑娘,就和师爷商议,要在半夜带兵来抢螺蛳姑娘。

螺蛳姑娘晓得县官不会死心,一定会使出毒辣的法子来的,于是她和后生哥领着三个娃仔走到漓江边,向着江心喊道:"白蛟叔叔,今天夜里县官要来害我们了,请你来帮我们一下忙吧!"白蛟从江心腾跃了起来,答应说:"好的。"白蛟叔叔对着三个娃仔各吹一口气,三个娃仔就变成三个小螺蛳。白蛟带着三个小螺蛳到岩洞里藏了起来。螺蛳姑娘又仰起头对着月亮喊道:"月亮姑娘,今天夜里县官要来害我们了,请你帮我们一下忙吧!"月亮姑娘从天上走了下来,答应说:"好的。"她对后生哥吹了一口气,后生哥立刻变成了一只银蟾。月亮姑娘带着银蟾守在岩洞面前。螺蛳姑娘回到屋里,对着画上的鲤鱼说:"鲤鱼姐姐,等下县官要来害我们了,请你帮我们一下忙吧!"鲤鱼从纸上跃了出来,答应说:"好的。"

话音刚落,县官和师爷就带着一队兵马来了。县官一见螺蛳姑娘就像贪婪的饿狼扑了过来。正在这时,只听得天崩地裂一声响,姑娘不见了,一只像山那样大的螺蛳耸立在他们面前。县官、师爷和那些士兵吓呆了,才定了神,想拔脚逃跑的时候,忽然对面跳来一条大鲤鱼,口里吐出像瀑布一样的泉水,把他们一冲就冲到漓江里去了。那会水的就和粪蛆一样在水里乱钻,不会水的就和秤砣一样坠到江底去了。县官和师爷被冲到江心,看见江心有一只大银蟾浮在水面,就伸手去抓,希望银蟾托他们游到岸上去,谁知那银蟾一张口就把县官吞了下去。师爷见了连忙松手,不想江边的岩洞里腾地蹿出一条大蛟来,把师爷也吞了下去。

从此,漓江边上就添了一座青翠秀丽的螺蛳山,漓江水上就添了一块玲珑皎洁的银蟾石。螺蛳山旁的腾蛟岩里添了三个螺蛳石,一个白得像玉石,一个黑得像乌金,一个绿得像翡翠。腾蛟岩旁、银蟾石后添了一座鲤鱼山,那鲤鱼嘴上现在还吐着飞瀑,灌溉着这里的田地呢!

搜集整理：曹宗鑫
流传地区：河南新野县

夜叉精

大清光绪年间，新野县城里有家大字号，专营珠宝玉器、古玩字画一类的值钱物件，赚钱很多，掌柜外号"卢半城"。这位卢掌柜识文断字，见多识广，常常出远门儿跑生意。

有一次，他从汉口坐船回新野，路上遇到了大风。在船拢岸抛锚避风时，见江边有座古寺院甚为壮观，就趁这工夫登岸观光。

进了山门一看，却是一座荒寺。只见满院荒草没膝，佛殿缺门少窗，一片萧条景象。进殿一看，佛像东倒西歪，壁画剥落殆尽，更觉满目凄凉。出于对古字画的爱好，他沿墙专心浏览起壁画来。从残片的色彩看，这些壁画年代相当久远。他当即来了兴致，掏出手绢儿，轻轻地把一块残画上的灰尘擦掉，上面现出一幅手执钢叉、踩浪探海的夜叉像来。这位古董鉴赏家眼睛不由一亮：啊，这不是画圣吴道子的手迹吗？古画摹本上有这幅夜叉图，但谁也不知道真迹在何处。这回算遇上无价之宝了。他欣喜若狂，连忙掏出随身携带的裁纸刀，小心翼翼地把这块一尺见方的壁画铲了下来，兴冲冲地带回船上去了。

卢掌柜心情舒畅，便热了一壶酒，坐在船头上自斟自饮起来。正喝着，猛抬头发现船边儿站着一个人，仔细一看，原来是个讨饭的小妞儿，蓬头垢面，衣不蔽体，双手捧着个破碗，眼巴巴地看着盘中的菜肴，口水直流。卢掌柜动了恻隐之心，就搀她上船，拿过馍馍让她吃。这小妞儿像饿死鬼托生的，抓起馍馍就狼吞虎咽起来，还不停筷地夹盘中的肉吃。

待她吃饱喝足后，卢掌柜才问起她的身世。小妞儿说，她就是本地人。爹是个杀猪的，妈死得早，她就靠吃猪羊杂碎长大。爹又死了，她给人家当了童养媳。

因为她好吃肉，没荤腥下不了饭，夫家说养活不起，就把她撵出来了，她只好住在这破庙里，讨饭度日。

卢掌柜一听更生怜悯之心了：小小年纪孤身独处，遇上猛兽强人可怎么好？就对她说："小妞儿，讨饭不是长法儿，你给我当丫头吧！有吃有穿，也有个依靠，怎么样？"

小妞儿一听，"扑通"跪下就磕头道谢。卢掌柜喊出管家，带她进后舱梳洗换装。那小叫花儿梳洗毕，给卢掌柜送来一杯香茶，卢掌柜打眼一看，不由目瞪口呆！只见她眉清目秀，唇红齿白，光彩照人。卢掌柜惊喜万分，立即改变了主意，决定收她为二房。

五天后回到新野县，卢半城立即操办婚事，大宴宾客。新娘一出来见礼，举座皆惊，赞叹不已。卢掌柜越发得意，把小娘子看成了心肝宝贝，一切都由着她的性子来，要星星不敢给月亮。

这位二奶奶一开始温柔贤淑，和蔼可亲。只是吃起东西很贪婪，见肉不要命，而且越吃越多。谁知后来脾气突然变坏了，下人们稍不如意，就牙撕口咬，凶如猛兽。婢仆们一见她就不寒而栗。卢掌柜屡劝不止，也无可奈何。

有一天，家里来了客人，卢掌柜让人割回二十多斤肉，放在厨房里待客用。不料厨子晌午做菜时，发现肉不翼而飞了。卢掌柜知道后很生气，认为出了家贼，就逐个盘问下人。大家都说，半晌里只见二奶奶去过厨房。他心里不由"咯噔"一下，嗯，莫非是她偷吃的？

第二天，卢掌柜又让人买回半拉猪肉扇儿，仍放在厨房里，自己躲在暗处观察。不一会儿，小美人果然鬼鬼祟祟进来了，关上门一转身，突然改变了模样，青面红发，暴眼金睛，五指如爪，口赛血盆。只见它左手抓起半拉猪，右手"咔嚓"撕下一条猪腿，"嗷呜"一口，就连骨头带肉吞下肚去。接着，牙撕口拽，生吞活剥，不一会儿就把半拉猪吃了个一干二净，直吓得卢掌柜三魂走了两魂，大气也不敢出。

待那女妖怪拍拍肚子抹抹嘴离去以后，卢掌柜也蹿出厨房，吆喝十几个店伙计，挥刀舞枪，呐喊着来驱杀妖怪。刚冲到门前，那怪"嗖"地跳了出来，大吼一声，吓得众人屁滚尿流，抱头鼠窜。卢掌柜一家人全都逃了出来，再不敢进门了。

这咋办哩？听说乾明寺来了个法术很高的道士，卢掌柜忙把他请来，设坛作法，驱妖降魔。整整折腾了三天，仍然抓它不住。它白天不轻易出来了，一到晚间就四处觅食，最后竟吃起活猪活羊、活牛活马来。道士摇着头对卢掌柜说："这怪非同一般，至少有一千多年的道行。又是从外地来的，所以本方土地管不住它，我实在无能为力呀！"说罢甩手走了。

卢掌柜无计可施了，反倒平静下来。仔细一想，这怪好生面熟。想呀想呀，突然想起了那幅壁画。青面红发，暴眼金睛，莫非是这深海夜叉在作怪？这画儿出自画圣之手，又经历一千多年，自然就有灵性了。都怨自己一时鬼迷心窍，把民间公有之物窃为己有，才引狼入室，惹出这场大祸，这是报应啊！

卢掌柜追悔莫及，赶紧跑回家里，取出那块珍藏在密室里的壁画。打开包装一看，那夜叉的嘴上还残留着啃生肉时沾染的斑斑血迹呢。怎样处置它呢？就近有口八角琉璃井，是当年光武帝的皇后阴丽华浇花用的，深不可测。卢掌柜就把它扔进这口井里了，又让人抬来个大碾盘，盖在井口上，用沙土封死。古井镇古画，从此，那夜叉精再也没有出现过。

讲　　述：索兴保（达斡尔族）
搜集整理：恩克巴图、呼思乐
流传地区：内蒙古莫力达瓦达斡尔族自治旗

松树姑娘

早先有个老头,他有三个儿子:大的叫鄂珠荣,老二叫鄂力荣,老三叫鄂苏荣。大儿子和二儿子都娶媳妇了。鄂苏荣心地善良,常拿家里的东西接济穷朋友,因此哥嫂都恨他。

有一天,鄂珠荣和鄂力荣对父亲说:"鄂苏荣是个败家子,这么大了,什么活儿也不干,还往外分送东西,应该把他打发走!"父亲听了,皱眉叹道:"唉！我也常说他,可他不听。既然你们都要赶他,那就让他到外面谋生去吧!"于是,父亲把鄂苏荣叫到跟前说:"孩子,你也不小了,在家不干一点活儿,父亲不能再留你了。现在,你自找生路去吧!"说罢,父亲从圈里牵出两匹马给了他。鄂苏荣告别了父母,直往日落的方向奔去。

鄂苏荣离开家,跋山涉水,不知走过多少村镇,把他两匹马也卖钱花了。

一天,鄂苏荣正两手空空地走着,迎面走来一个身穿灰袍,头戴草帽,右手拄着拐棍,左手拿着蝇甩子的白胡子老人。他大吃一惊,心想:在这旷野荒郊,怎么会有人？这老人说不定是神仙,求求他或许能指点谋生之路。他想着想着,迎向前去,跪下求道:"神明的老人啊,我是个穷人,想找个讨生活的地方,请您帮个忙,给我指点指点谋生的地方吧!"

老人瞧了他几眼,慈祥地说:"孩子,快起来吧！从这里朝北走去,有一棵青松。你在它旁边等到黄昏,那棵青松就会摇晃起来,变成一个美丽的姑娘。当她迈开步子要走时,你拉住她下摆说:'你是我的妻子,还上哪儿去?'那她就会和你过日子啦!"老人说完,就不见了。

鄂苏荣照老人指点的方向走去,果然见有一棵伞子般的青松。天色渐渐黑

了,这棵青松真的开始微微摇晃起来。没多久,它就变成了一个美女。她整了整翠绿的长袍,正想姗姗而去,鄂苏荣一把抓住她的绿袍下摆,说道:"你是我的妻子,还往哪儿走?"

松树姑娘回头一看,是个非常俊秀的小伙子。她满脸羞容地说:"现在我只好跟你过了。"

鄂苏荣说:"我是个身无分文的穷人啊!"

"那没关系,只要心好,比什么都强!"

说着,松树姑娘拿出宝头巾一甩,平地起了两间房,屋里干干净净的,炕桌上摆满了美酒佳肴。他俩对坐着吃喝起来,有说不出的高兴。忽然间,松树姑娘脸浮愁云说:"咱们在这儿,顶多只能待三天!"

"那为啥?"

"这你不必问啦!以后会知道的。"

第二天,刚吃过早饭,有个男孩跑进屋来,对鄂苏荣说:"姑爷,我爸叫你去劈院里的三根木头呢!"

松树姑娘听了,便告诉弟弟说:"先回去吧,你姑爷一会儿就去!"

她把弟弟打发回去后,拿出一把斧子和一张符,对鄂苏荣说:"我父亲想试探你的力气呢。那三根木头不是凡人能劈开的。你拿这张符,悄悄贴在中间的那一根木头上,再用这把斧子各砍一下每根木头,然后赶紧躲在一边。"于是,鄂苏荣来到岳父家,把那张符贴在中间的一根木头上,用斧子各砍一下每根木头后,刚闪到一边去,只听噼里啪啦一阵响,屑片四下乱飞,三根木头都七分八裂了。

岳父走出屋来,瞧着鄂苏荣,点着头说:"你是我的女婿了。明天你来拜见岳母吧!"

鄂苏荣回来后,松树姑娘问他:"父亲说了什么没有?"

"让我明天去见见母亲!"

第二天早晨,松树姑娘拿出一把宝剑说:"你进屋时,剑刃朝外拿着;请安的时候,把剑举在头顶上。"

鄂苏荣照他妻子的话,把剑刃朝外拿着,进了岳父家。他一看,炕头上坐着一个老太婆,两眼直闪凶光。鄂苏荣把剑举在头顶,刚要请安,只见她忽然变成一条大缸般粗的黑蟒,张着簸箕一样大的嘴,伸出红舌扑了过来。鄂苏荣正惶恐万状,只听一声惨叫,那黑蟒触剑死去了。

等鄂苏荣回来后,松树姑娘说:"你杀了我蟒蛇母亲,父亲不会饶恕你的。咱们得赶紧逃走!"可是,他们没走出多远,后面就传来喊叫声。松树姑娘回头一看,父亲领着三千兵马,驾云追来。

松树姑娘忙对鄂苏荣说:"你先跑,不要等我啦!现在我要和父亲交战。若是胜了,我会追上你,要是败了,咱俩就再见不上面了。你一直往前跑,千万别回头瞅!"说完,她抽出两把雪亮的宝剑,腾空应战。

她父亲咆哮如雷:"你叫凡人杀了母亲,还要和我交战?哼!今天就算我没你这女儿,你也没我这父亲!"于是,两个人就挥剑在空中打了起来。一来一回,整整打了一百个回合,不分胜败。后来,她父亲开始招架不住了,掉头就逃。松树姑娘飞身追上,"唰"的一剑,把她父亲砍下马。三千个兵见主子被劈死,吓得个个抱头逃命。

松树姑娘拭净宝剑,插入鞘套,驾云追赶鄂苏荣。追了三百里远,他俩方得相见。于是,鄂苏荣领着松树姑娘,又赶了一个多月的路才回到家来。

父母兄嫂见鄂苏荣领来俊俏的媳妇,立刻召集族内亲戚,设宴欢庆。鄂苏荣兄弟仨有个舅舅,眼睛长得特别:一只是公鸡眼,一只是母鸡眼。他也被请来赴宴了。

招待族亲的盛宴开始了,大媳妇和二媳妇俩一手只能端一盘菜,三媳妇一手能端好几盘,动作又轻快又利索。舅舅边吃喝边闭上母鸡眼,用公鸡眼看三媳妇,见她精明超众;他又闭上公鸡眼,睁母鸡眼看三媳妇,见她不像凡人。于是,他把姐姐悄悄叫到外边说:"我看你这新儿媳妇,不像凡人,可能是成精的东西。留她恐怕不吉利呀!"

"鄂苏荣娶得这个媳妇多不容易啊,你快别胡说啦!"

鄂苏荣领着媳妇回来,父母很高兴,欢宴完了,就给他俩盖了一所新房。几个月后,鄂苏荣兄弟仨的舅舅决定让女儿出嫁,准备陪送三百件衣服。于是,他把这针线活儿交给三个外甥媳妇,吓唬说:"限你们三天之内做完,不然,必有重罚!"

大媳妇和二媳妇俩立即动手,三天之内,每人才缝好两件衣服,可是,三媳妇还不急着忙。第三天的晚上,三媳妇把两个妯娌没做的衣料都抱回家来了。

夜深人静,三媳妇在院里点了每束九根的九束香。不一会儿,只见九九八十一张锦绣的缎褥子从夜空中飘落,铺满了院子,接着,又有九九八十一位仙女飞降下来。她们把衣料放到缎褥子上,借助皎洁的月光,裁的裁,缝的缝,没多大工夫,便把衣服做完,放回屋里,然后,一个个驾着彩云飞回天去。第四天一早,舅舅要活儿来了。

头两个外甥媳妇说:"我们俩废寝忘食做了三天三夜,才做出了四件衣服。剩下的衣料都叫三弟妹拿走了。"

舅舅来到三外甥媳妇家一看,二百九十六件衣服全都缝好了。这一来,他更觉得三外甥媳妇不是凡人了。

有一天,松树姑娘一个人在家,忽见舅舅手拿着白光闪闪的宝网,气势汹汹地走了进来。她看出舅舅是来捕捉她的,立刻抽出宝剑,砍死了他。松树姑娘杀了舅舅,就到婆婆那里去请罪。

婆婆听了,对她说:"咱婆媳俩无冤无仇,和睦相处到今天。你杀了我弟弟,全怪他想谋害你。只是我不能再留你了,你自己找栖身之处去吧!"

晚上,鄂苏荣回来了。松树姑娘把事情的经过告诉了他,并说:"现在我要离开这里啦!你要是想和我过,那咱俩就一块走。如不愿意,那你就留下吧!"

鄂苏荣说:"我想和你生死在一起!"于是,他俩就走出屯子。走了一阵,松树姑娘告诉鄂苏荣说:"现在你紧闭两眼,拉住我的手别放!"

说完,她就乘风驾云,飘降在一座幽静的深山里,拿出宝头巾一甩,有了一所房屋,住了下来。不久,松树姑娘生了个白胖小子,幸福地生活着。

有一天,王爷的猎队来到这山里,看见松树姑娘是个绝世美女,就要动手抢走她。松树姑娘见势不妙,忙甩宝头巾,变出一条小船,让丈夫和孩子都坐上,拿起桨一划,便从院里徐徐腾空而去。他们正在天上划行,忽然小船停住了。松树姑娘猛劲一划,船头斜过来,又停住了。她再怎么用劲,小船就是不往前动了。于是,他们一家三口人便停留在那里,化为三颗星星了。从那以后,天上就多了三颗星星。这就是今天人们所看见的三星的来由。

树精·松树姑娘

讲　　　述：李马氏（满族）
搜集整理：张其卓、董明
流传地区：辽宁岫岩县

百鸟衣

　　早些年,睡觉的枕头有二三尺长,枕头的两端各有一个四四方方的顶,叫枕头顶。不管穷家富家,枕头顶都用五彩丝线绣上各式各样的图形:飞禽走兽啦,花草虫鱼啦;也有绣人物的,还有绣字儿的。字儿有满文、汉文两样。谁家的姑娘媳妇手巧不巧,看看枕头顶就一目了然。有这么一副枕头顶,上面绣了一段故事,还配有一首诗,诗是这么说的:"三尺韭菜乌兰西①,拿着龙袍换鸟衣。金花娘娘巧定计,暗夺江山谁得知?"这段故事是怎么一回事呢?

　　传说有这么一家人,老太太领着儿子过日子,儿子名叫得叶尔,天天在山上打猎。日子本来挺穷,偏偏老太太又得了病,躺在炕上不能动弹。得叶尔只顾在家侍候讷讷,腾不出身去弄吃的,眼见讷讷不病死也得饿死,这可把他愁坏了。他无亲无友,又没有四邻,只在门前有棵大柳树。这棵大柳树大得有两搂粗,是得叶尔爷爷的爷爷栽的,说不上它有多少年了。得叶尔自打懂事的时候起就和大柳树处得挺好。每年开春冰雪一化,大柳树的枝条上长出毛毛狗,左一摇右一摆,好像招呼得叶尔说:"快来吧,折下几条给你玩。"得叶尔一条也没折过,怕伤害了大柳树。夏天天热了,得叶尔打完猎躺在树根底下,柳树的细枝条还是左一摇右一摆,像给得叶尔扇风乘凉,得叶尔总是说:"真凉快,谢谢你了!"秋天大柳树上的叶子哗哗落在地上,得叶尔怕它难过,就说:"别伤心,明年春天你还会长上绿叶的!"冬天大雪落在树枝上,一串白,一串白的,得叶尔高兴地说:"你开花了,真好看。"就这样,得叶尔平日有什么话,除了对他讷讷说,也对大柳树叨咕

---

①　乌兰西:满语,官府。

几句。这回他有了难处,没地方求,只得去求柳树帮忙了。他给大柳树下了一跪,说:"我讷讷有病,没有媳妇侍候她。我上山十天半月就回来,请保佑我讷讷平安无事。"说完,又嘣嘣磕了三个头。

得叶尔求过柳树,就离家上山了。一去十几天,打来一些野物,换了点粮米,赶忙返回家。走到门口,见原来的几间小房变成了青堂瓦舍的四合大院。他心中正在纳闷,讷讷从屋里走出来了。得叶尔更愣了,说:"讷讷,你病好了?"讷讷说:"好了。你不是求柳树了吗?那天我正口渴,从大柳树下出来一个姑娘,捧来一捧水,我喝过就好了。"得叶尔又问:"咱那房子呢?"讷讷说:"也是那姑娘找来好些人,把小房拆了,不到一天工夫就盖成了这个四合院。"得叶尔心里想,这是大柳树帮了忙。他一边寻思一边往屋里走,还没进门,门里走出一个大姑娘,很大方地对他说:"你回来了?"得叶尔一看,这姑娘长着水灵灵的一双大眼睛,绒嘟嘟的长睫毛,小脸蛋粉嫩嫩地红,两只小手像葱白似的。讷讷说:"这就是给我治病、给咱家盖房子的姑娘,她姓柳。"不用说,这是柳树姑娘了。得叶尔乐得跑到大柳树下磕了一顿头,回来又领着柳树姑娘拜祖先,拜讷讷,当晚就成了亲。

得叶尔自从娶了柳树姑娘,小日子越过越好。可就有一样,他舍不得媳妇,一上山打猎心里就想得慌。柳树姑娘说:"赶明儿我把我的像画下来,你带在身上,想我了就掏出来看一看。"第二天,柳树姑娘果然画好了自己的像,这像画得可美了,和真人一样。打这以后,得叶尔每天上山打猎,就带着柳树姑娘的画像。

谁知好事多磨,一天,得叶尔正在山上看画像,突然刮来一阵大风,把画像卷去了。得叶尔怎么撑也没撑上。画像哪儿去了呢?被国王的侍卫捡去,献给国王了。

国王一看画像上的女子,真比天仙还要美上多少倍,就撒下兵马,拿着画像四处寻找,把柳树姑娘找到了。常言说:双拳难抵四只手。柳树姑娘见房前房后围了好多兵马,自知不跟着走是不行了。她就拿出一包韭菜籽,交给讷讷说:"这包韭菜籽等得叶尔回来叫他种上,好好侍弄着。百日后,韭菜长到扁担宽、三尺高时,叫得叶尔挑到京城里去卖。还有,告诉得叶尔,从今往后,一边侍弄韭菜,一边打鸟。一天打一只,把羽毛做成百鸟衣,去的时候穿在身上。要是见到国王,叫他如此这般。那时我俩就能团圆了。"

柳树姑娘被兵马抓到王宫里，国王一看比画像还要美上十分，更被迷住了。他当即给柳树姑娘起了个最富贵最美的名字，叫"金花"，又封柳树姑娘为"金花娘娘"，当晚就要和金花娘娘拜堂成亲。柳树姑娘说："我本为有夫之妇，国王实在要我改嫁，得等到百日之后。"国王本来等不及，可又不敢硬逼，怕一旦逼急了，美人出事，只好说："那我就等你一百天吧！"

国王耐着性子掰着手指头一天一天地数，好不容易等到日子了，谁想到金花姑娘不多不少在一百零一天生病了，把这国王急得像猴子吃辣椒一样，站不稳，坐不安，请来了多少名医也治不好。金花娘娘说："要想治好我的病，必得吃韭菜。"国王一听，笑了："我的娘娘，天上的神仙肉，海中的龙王胆，我弄不来，这韭菜有什么难？"金花娘娘说："我要的韭菜得有扁担宽、三尺高。"国王说："这也不难，三天之内准定弄来。"

国王命满朝文武大臣、宫廷内外侍从，统统拿着朝廷告示，在全国之内收买韭菜。眼睁睁三天过去了，韭菜倒弄来不少，可就没有一份够三尺高的，也没一份有扁担宽的。国王正在着急，忽听门外传报，有卖韭菜的。国王命侍卫快快喊进来。你说这卖韭菜的人是谁？就是柳树姑娘的丈夫得叶尔。柳树姑娘被抢走之后，得叶尔从山上回来，就按柳树姑娘临走时留的话，把韭菜籽撒在地里。正好是一百天，韭菜果然长成了扁担宽、三尺高。

国王见韭菜长得葱绿，根根有扁担宽，再一量整三尺高，乐得他急忙跑去告诉了金花娘娘。金花娘娘说："好啊，拿来我看看！"国王传令将韭菜挑进宫内。金花娘娘还没看韭菜，就"扑哧"一声笑了。自金花娘娘进宫以来，国王还是头一回看到她笑呢，那个美呀，国王神魂颠倒了。国王问："金花娘娘为何发笑？"金花娘娘指着卖韭菜的说："你看，他穿的是啥衣服？"国王细一看，衣服是用一根一根鸟羽毛做成的。要说好看，那羽毛是五颜六色；要说寒碜，那羽毛又长短不齐，什么形状的都有。金花娘娘说："大王，我怎么没见到你有这样的衣服？"国王说："这衣服好吗？"金花娘娘说："怎么不好？我就愿意看这样的衣服。"

国王正不知怎样才能得到美人的欢心，就对卖韭菜的说："喂，把你的衣服卖给我好不好？"卖韭菜的说："这衣服是我用一百天打的一百只鸟的羽毛编成的，一百只鸟不重样。你用多少钱能买得起？"国王说："整个天下都是我的，你要多少银两我都有。"卖韭菜的说:"多少银两也不值钱,我要你用龙袍换。"国王想,做一件龙袍算个什么,就说:"换就换吧!"国王解下玉带,脱下龙袍,扔给了卖韭菜的。卖韭菜的脱下百鸟衣扔给了国王。国王穿上百鸟衣,金花娘娘"扑哧"一声又笑了。这一笑笑得国王三魂七魄都出窍了。金花娘娘笑完说:"你不会也上大街喊几声'卖韭菜'让我听听吗?卖韭菜的声音真好听。"

  国王头一回见金花娘娘这么乐,他就穿着百鸟衣,挑起韭菜担,出了宫门,在街上喊:"卖韭菜喽!卖三尺高、扁担宽的韭菜喽,卖韭菜喽!"叫着,在街上绕了三圈就往回走。刚进宫门,身穿龙袍的得叶尔高坐在龙椅上发话了:"哎!来人,把那个卖韭菜的小子给我赶出去!"宫廷侍卫得令,就往外轰撵国王。国王说:"我是国王,我不是卖韭菜的!"得叶尔说:"推下去给我斩了,我杀的就是冒充的国王!"刀斧手得令,手起刀落,"咔嚓"一声,把国王的脑袋砍了下来。从此得叶尔就掌握了国家的大权,当上了一位英明的国王。

搜集整理：杨永国、陈士锷
流传地区：湖南洞庭湖一带

樟树心窝生蜡树

大岛赤山的芭蕉村里，有一棵几丈高的大樟树。这棵大樟树的心窝窝里，长着一棵四季常青的蜡树。这就是洞庭湖上远近闻名的樟蜡树，人们也叫它"樟蜡生"。传说那枝粗干直的樟树，是一位虎实英俊的后生，而那秀气的蜡树，却是一位美丽的姑娘。

说起来，自然是好久好久以前的事了。有一个二十多岁的后生，爹娘早死了，没有人叫过他的姓名，就因他住在一棵大樟树下，人们都叫他樟树哥哥。他勤快、善良，终年在湖边打鱼，日子还是过不下去。他的茅棚前面，长着一棵美丽的蜡树，有月亮的晚上，他总是坐在蜡树旁边缝补衣服，并经常自言自语："人到二十五，衣烂无人补呀！要是有个好妻子，帮我料理家务，那该多好啊！"

后来，每当樟树哥哥在蜡树下补衣，一拿起针，就好像听到有姑娘的笑声。他便围着蜡树东瞧西望，上下找寻，可是，什么也没看见。

一天下午，樟树哥哥打鱼回家，推开柴门，只见锅里热气直冒，饭已经煮熟了；放在凳上的脏衣服，洗净晒干了；放在床头的破被子，全都补好了。整个屋里，收拾得干干净净，整整齐齐。这是谁替他做的好事呢？茅棚周围又没有人家，他怎么也猜不透。一连几天都是这样。

这天，樟树哥哥吃完早饭，装作到湖边去打鱼的样子。他手提渔网，走出茅棚，又关好柴门。后来，绕个大弯，躲到了樟树背后。等了好久，蜡树背后雾气升起来，随后走出来一个美丽的姑娘。她走近茅棚，打开柴门，进到屋里，淘米、煮饭、洗衣，就好像是在自己家里一样。姑娘做完家务，拍拍身上的灰尘，正要出门。樟树哥哥悄悄地从樟树背后走了出来，张开双手拦住小门，感激地说："姑娘,真要谢谢你啊!"姑娘低着头,一时没有话说。

樟树哥哥接着问道:"姑娘,你姓什么?叫什么名字?家住哪里?"

姑娘望着樟树哥哥英俊的面容,脸上不禁泛起两朵红晕。她细声地回答说:"我叫女贞,也叫蜡妹子。父母双亡,无兄无弟。"

樟树哥哥说:"我也无父无母,无兄无弟,和你是一样的苦命。我们就一起过日子吧?"

从此以后,他俩成了一对美满的夫妻。樟树每日半天打鱼,半天到赤山顶上砍树,晚上又锯又凿,叮叮当当地造起船来。蜡妹呢,就忙里忙外,加紧编织渔网。

过了七七四十九天,樟树哥哥的船造好了,蜡妹的网也织成了。樟树想为蜡妹做一对好桨,他找遍三十六座山冈,终于找到了一根笔直的楠木,做成了一对又轻巧又结实又喷香的好桨。他又找遍了七十二个竹园,找了三根大楠竹,编成一张又合适又好看的船篷,架在船上。蜡妹随他出湖打鱼时,可以遮风雨,累了也好休息。

渔船下水了,樟树两口子出湖捕鱼了。樟树做的船,蜡妹一桨能划二三十丈远;蜡妹织的网,樟树一手能撒十几丈远。他们第一网下水,就打了很多的鱼。这惊动了正在湖中游玩的洞庭王爷的三公子红虾驼背。他是个色鬼,他游出水面时,一眼看到了蜡妹子。他盯着蜡妹子,嬉皮笑脸,蜡妹子连看也没看他一眼。他痴呆地望着樟树夫妇打满一船鱼,划向芭蕉村,直到看不见蜡妹子的身影,他才像醉醒了似的,扫兴地回到王宫。第二天,他派人请来了芭蕉婆婆,拿出几锭银子,请求芭蕉婆婆给他想个办法,把蜡妹子娶到手。芭蕉婆婆见钱眼开,满口答应,还拍着胸脯说:"包在婆婆身上!"

芭蕉婆婆回到村里,借故把蜡妹子骗到家里,对她说:"蜡妹子呃!这就恭喜你、贺喜你啦!洞庭王爷的三公子看上了你,你可以到王宫里去享清福了。到了王宫,可莫忘了我这老婆子哟!"芭蕉婆婆挨着蜡妹坐下,拉着她的手,显得特别亲热。

蜡妹听了,心里很不快活,答道:"婆婆,莫说是洞庭王爷的三公子,就是玉皇大帝的大公子,我也不嫁。"

芭蕉婆婆不死心，接着说："蜡妹子，到王爷家里当媳妇，住的是亭台楼阁，穿的是绫罗绸缎，吃的是山珍海味，看的是奇花异草。如今，你跟着樟树伢子，风吹雨打太阳晒，一年到头吃穿难，又何苦呢?!"蜡妹听了，气愤地说道："哼！亭台楼阁，住的是懒人；绫罗绸缎，穿的是贪人；山珍海味，吃的是罪人；奇花异草，看的是闲人。谁喜欢过那种日子谁就去，我蜡妹不去！"芭蕉婆婆听了，知道自己无法对付蜡妹，便去找三公子。

蜡妹回到家里，没有把刚才发生的事情告诉樟树，她怕他听了担心。第二天，她照常跟随樟树哥哥出湖打鱼。当他们的船离岸不远时，忽见红虾驼背带领无数虾兵蟹将拥了过来，大喊大叫要捉拿樟树。蜡妹这时便不得不把缘由一一告诉樟树哥哥了。樟树自然万分气愤，他手提渔网，等虾兵蟹将离自己不远时，使劲撒开渔网，将其网住大半。红虾驼背赶快使出一双铁钳，卡住樟树脖子，越卡越紧，眼看樟树要被卡死。蜡妹举起双桨，朝红虾驼背背上猛打，只几下就把他打死了，救出了樟树哥哥，赶散了残兵败将。夫妇两人收拢渔网，回家里了。

这事很快被洞庭王爷知道了，他吼道："胆大樟树夫妇，竟敢打死我的儿子，不把他俩处死，怎能解恨！"于是，他调兵遣将，呼风唤雨，亲自出马，直奔芭蕉村。

樟树受伤回到茅棚，不便行动，躺在床上。蜡妹千方百计给他调药医治。樟树刚喝完药，突然天昏地暗，风雨交加，水越涨越大，浪越卷越高，不一会儿便由村边涨到茅棚前，由茅棚外漫到床边来了。樟树勉强起床，蜡妹冲出门外。这时，一阵狂风把他们的茅棚卷走了；一股洪水淹没了芭蕉村，把他们的渔船、渔网和楠木桨都冲走了。蜡妹扶着樟树哥哥，靠着屋后的大樟树，躲避狂风暴雨。这时，洞庭王爷带领大批虾兵蟹将已将他俩团团围住。只见老家伙右手一挥，无数双铁钳伸向樟树和蜡妹，紧紧夹住樟树哥哥的脖子和双手双脚，把他活活卡死了，然后吊在大樟树的树枝上；又夹住蜡妹的双手，想把她拖走。蜡妹背靠蜡树，站稳双脚，一动也不动。她望着心爱的樟树哥哥，号啕痛哭。那哭声悲伤极了，连风伯雨师都被感动了。于是，风停了，雨也住了。洞庭王爷见风停雨住，便用湖水猛冲蜡树根。蜡树被冲走了，蜡妹也被拖动了。被拖到龙井边时，她发现了樟树伸出的根。她便死死抓住那樟树根，无论虾兵蟹将怎样拖她，都决不松手。洞庭王爷便命人将她推入龙井，活活淹死了。

芭蕉村的樟树枯死了,蜡树被冲走了。

不知过了多少年,芭蕉村的樟树又活了,在它的心窝窝里,还长出了一株叶子翠绿翠绿的蜡树。人们都说那是蜡妹子偎在樟树哥哥的怀里哩!他俩亲亲热热,谁也不能再把他们分开了。

讲　　述：张树娥
搜集整理：王为人
流传地区：辽宁铁岭

柳树仙子

　　在一个村子里，住着一个狠毒的财主，他整天算计着给他扛活的长工，千方百计找借口，让穷人多给他干活，少得工钱。

　　有个叫王春的长工，家里穷得破烂不堪，唯有院子中间的大柳树长得特别茂盛。夏天穷兄弟们常聚到这里一边乘凉，一边商议怎样对付狠心的财主。

　　财主怕穷人到一起商量对策，揭穿他的伎俩，就打起大柳树的主意了。一天，他把王春叫到屋子里说："王春，你欠我家的钱该还了，我要用它买柴烧。"王春说："工钱都让你扣掉了，我拿什么还哪？"财主说："你要是三天之内能给我砍三千三百三十三斤柴，欠我的钱就都不要了，若是砍不来，今年的工钱还不给你。"王春有些犯愁，挠了挠脑袋说："老爷，哪有那么多柴呀？"财主奸笑着说："你家不是有棵大柳树吗？"王春立刻明白了，财主在打这棵大柳树的主意。他真舍不得把这棵树锯掉，可一想起欠财主的债又实在没办法。

　　晚上月亮升起来了，他借了把锯来到柳树下，转来转去还是舍不得锯。后来一咬牙，拿起斧子往后山走去。后山虽然离他家不远，可近处是悬崖，得绕着走。要不是悬崖，王春起早贪黑三天也能砍三千三百三十三斤柴，可一绕道都把时间搭到路上了。王春一想到穷哥们儿天天到这里乘凉，树要没了多失望啊！他下决心冒险从近道上山。他每次打一百多斤柴，去时攀悬崖还勉强，可回来背着这百斤重的柴实在不容易。他一想起那棵茂盛的大柳树和穷哥们儿在树下说笑的情景，顿时浑身就有了劲。王春很聪明，他找了几根长绳子接起来，绑在悬崖的一棵大松树上，背着柴顺绳而下，安全可靠。两天过去了，他已经砍完了二千二百二十二斤柴了。财主一看，这小子真有办法，又想到欠他的债这么便宜就还清了,就起了坏心。夜里,趁王春砍柴的时候,他绕到山上,把绳子弄断了几股就溜了。王春背着柴回来,顺着绳子往下走,不料绳子断了,王春一闪摔了下去。

王春眼睛一闭,只觉得耳边呼呼的风声,睁眼看见自己落在一根树枝上,一点儿也没摔着,他暗自庆幸自己的命真大。他伸手拽着树枝想挣扎起来,可他一用力,只听"哎哟"一声,定神儿一看,原来自己躺在一个姑娘的怀里,正拽人家的头发。他慌了,急忙站起来,深深地鞠了一躬,对姑娘说:"谢谢你救了我。"姑娘含羞地说:"我还要谢你呢!由于你勤劳善良,我才躲过一场杀身之祸,是你救了我。"王春被她说愣了:"我怎么能救你?"姑娘说:"我是你家院子里的柳树,多年来修炼成人,为了报答你家几辈人对我的浇灌之恩和你的善良美德,我特来相救,并愿以身相许。"王春着急地说:"我家里很穷,还欠财主的债……""不要紧的,只要我们勤劳会幸福的。""可我这三天内砍不够三千三百三十三斤柴,就得立刻还债,还不给我今年的工钱。"姑娘笑着从头上拔下一根柳枝递给王春说:"不要紧,你拿着它在柴垛上摇三下,然后念:'千棵树,万棵树,一树有难万树助。'要多少柴就有多少柴。"王春领姑娘回去,按姑娘说的做了。财主一看王春砍够了柴,又领回一个漂亮媳妇,十分眼红。他强打笑脸对王春说:"王春你真行,欠我的债就算免了,今年的工钱照发,不过你得照实说,你的柴是怎样打的,这媳妇是从哪儿领来的?"老实憨厚的王春把经过告诉了财主。财主当天夜里就学着王春,也往山上老松树的树枝上绑根绳子,背了一背柴从山崖上往下爬,爬到中间他故意把绳子弄断,一下子掉到崖下摔成了肉饼。

乡亲们知道后,都高兴极了,从此穷人们过上了好日子。

讲　　述：岑炳贞、蔡国栋（壮族）
搜集整理：唐远明、黄革
流传地区：广西凌云县

柳状元

　　说不清是哪代皇朝、何人执政，广西凌云县泗城府出过一名姓柳的状元。

　　凌云泗城正北街（现在的城厢镇东风街）头，有一所学堂。离这学堂不远的大城门左边，有一棵高大的木棉树，这棵树就是泗城附近传说的"柳状元"。

　　正北街头那所学堂学生不多，才二三十人，老师闭目可数，只要听他们的脚步声，老师就知道是张三还是李四。说起这位老师，人人敬仰。他在这所学堂教了几十年书，但谁也说不出他叫什么名字，只知道他姓黄，人人称他"黄老先生"。

　　黄老先生为人正直，耐心细致，对学生严格要求，但几十年经他教出来的学生，没有一个考上状元。黄老先生为自己的学生年年落榜而苦恼。他曾多次试考自己的学生，每次都发现学生的成绩是良好的，因此他百思不解。从此黄老先生心事重重，脸上总是罩着一层阴云，整日愁眉不展。

　　一天，黄老先生在给学生们改卷时，发现多了一份试卷。这份试卷不但笔法工整，而且答对如流，文采出众。试卷上没有名字，落款只有一个"柳"字。发卷时，这份试卷不翼而飞。

　　牛事不了马事来，第一个谜还解不开，第二个谜又来了，真是怪事！黄老先生正在院内沉思，忽然看见一个放牛娃站在教室窗外认真地画着什么。他好奇地朝着放牛娃走去，问道："你在画什么？""抄试题。"放牛娃头也不抬地答道。

　　"你家住在哪里？"黄老先生又问道。

　　"那边！"放牛娃用手往北一指说。

　　"今年几岁了？"

　　"十三岁。"

"姓什么？"

"姓柳。"

"啊！"黄老先生似乎有点明白了，继续问道，"你想读书吗？"

"很想。"

"为什么不来呢？"

"没有钱交学金。"

"你父母亲呢？"

"没……没有了。"放牛娃支吾着说。

"好吧！你既然想读书，明天就来上课，我不收你的学金就是了。"黄老先生同情地说。

"谢谢老先生，其实我早就来听您的课了。"放牛娃不好意思地说。

"啊！那写有'柳'字的试卷是你的？"

"是的！"放牛娃点点头。

光阴似箭，不知又过了多少年月，没人知道，只记得有一年皇帝下了圣旨，要招凌云泗城一名姓柳的状元为驸马。钦差大臣来到凌云泗城却查无此人。问来问去，问到黄老先生。黄老先生说："是有这个人在我这里读过书，但我没有去过他家，我带你们去问问。"

黄昏时，黄老先生带着钦差大臣往大城门走去。忽然看见城门左侧的田野中，有一座富丽堂皇的大院，院门上一块金匾，写有醒目的"柳府"两个大字。钦差大臣觉得奇怪：白天走过这里时，只见一片田野，未见有什么"柳府"呀！黄老先生更是感到茫然，他在泗城教了几十年书，这里走过千百遍，除了田中间小土堡上有一棵大木棉树外，别无其他建筑物，眼下怎么会冒出这样一所大院呢？

正当大家迷惑不解时，只见一个少年从大院里向黄老先生走来，近前便拂袖施礼道："老师辛苦了！"黄老先生定睛一看：啊，原来这个少年正是当年那个姓"柳"的放牛娃呀！他紧紧地握住少年的一只手，激动得老泪纵横，嘴里反复地说："恭喜你！恭喜你！你为泗城父老争了一口气，今后到皇宫，可别忘了泗城啊！""请老师放心吧！我就因为忘不了泗城父老，忘不了您，才那样拼命的啊！"少年答道，然后带众人进屋，当晚大家都在"柳府"就寝。

第二天一早醒来，谁知一个个全躺在一棵大木棉树下，哪里还有什么"柳府"大院？

是不是真有"柳府"？"放牛娃"是人还是仙？"柳状元"是否赴京当驸马？这些都无人去考证。人们只记得当时朝廷派钦差大臣送来的那张圣旨，高高地贴在那棵大木棉树上。从那以后，泗城府的群众都把那棵大木棉树称为"柳状元"。

讲　　述：谭振山
搜集整理：项扬
流传地区：辽宁沈阳

榆树姑娘

相传很早以前，在秀丽的七星山下，住着一个叫王小的小伙子。这王小命很苦，自幼就没了父母，单身一个，每日靠种田为生，日子过得还可以。

不料这一年的春天，老天爷不知怎的发了怒，一连几个月连颗雨星星也没落，眼瞅着七星山下的河水枯了，禾苗黄了，青草死了。乡亲们愁眉苦脸，唉声叹气地说："唉，今年的年头算完了，咱们只好靠挖野菜、吃草根度时光啦！"

一天早上，王小起来后，肚子饿得咕咕直叫，他拿了把小铲刀，上山挖野菜去了。王小找了一山又一山，山山都是光秃秃的，哪有野菜的影子啊！王小转悠了半晌，饿得实在挺不住了，只好紧了紧裤腰带，坐在半山腰一块背风的大石头上，想歇一会儿。王小坐在石头上，望着山下凄凉的景象，不由得又想起了死去的爹娘，想起了以后的日子，越想越伤心，便哭了起来。

王小哭啊哭，从头午一直哭到日头落了山，那个伤心劲儿就别提了。王小低头哭着哭着，忽然发现自己坐的这块石头缝里，长着一棵只有两片枯黄树叶的小榆树。刚才他掉下来的泪水，一滴一滴地都滴在了树叶上，小榆树的叶子转眼间就碧绿碧绿的。王小一见这荒山秃岭中竟能长出这么刚强的小榆树，真是打心眼儿里珍惜它。王小弯下腰对小榆树说："小榆树啊，小榆树，咱俩都是苦命的，你也是没了父母，只剩下了自己，可你是咋活过来的啊？"小榆树没有回答，仍然立在那里。这时一阵山风吹来，小榆树被风吹得摇晃了两下。王小见了忙用双手轻轻扶住了小榆树，生怕大风把小榆树刮折了。

也许是因为同样孤苦伶仃的命运吧，王小自打见了这小榆树，就格外地喜爱它。从这天起，王小每天都想方设法弄点水来，到山上浇小榆树。一天，两天，

树精·榆树姑娘　　125

三天，小榆树长得是一天比一天高。到了第二年春天，小榆树枝叶繁茂，长到有一人多高了。榆树上还结着密密麻麻的金黄色的榆树钱。王小将这些榆树钱慢慢地捋了下来，拿回家熬汤做菜吃。嘿！用这榆树钱做出的汤和菜，真是又鲜灵又清香啊！王小一看自己这回是饿不着了，可村里的乡亲们在挨饿呢！于是王小又上山捋了满满一袋子榆树钱，给村里的乡亲们吃了。说来也怪，这棵榆树好像聚宝盆，不知为什么，榆树钱越捋越多，这下可就成全了王小和村里的乡亲们。全村人靠着吃榆树钱，度过了大旱之年。

又是一天早上，太阳刚刚露脸，王小和往常一样，上山给小榆树浇水。可是王小刚爬上山，就远远望见一匹小马驹站在榆树下，正津津有味地吃榆树叶呢！王小一见真比剜他的心还难受，他是连吆喝带吓唬，快步来到榆树旁，想赶走这匹小马驹。哪知小马驹根本不怕他，照样低头吃着榆树叶。

王小这回急眼了，他抡起挑水的扁担，照着马屁股狠狠地打了几下，这下可把马驹打毛了。就见这马驹两腿朝后，尥着蹶子一溜烟跑了。可刚才它吃榆树叶时，是脖子卡在树杈上吃的。它这一跑一蹦高倒不要紧，竟一下子把榆树连根拔了起来，拖着榆树跑了。王小跟在后边撵了老半天，也没撵上小马驹。没办法，王小只好垂头丧气地回家了。

王小进了屋，在炕上躺了老半天才爬起来，想生火做饭。谁知王小一掀锅，不由得愣住了。就见锅里煮的是热气腾腾白花花的米饭，米饭上面还有一层香喷喷的榆树钱。王小两眼发直，呆呆地在锅台前站了老半天，才在屋里四角旮旯找起来，想看看谁来家里给他做的饭。

王小找了半天，屋里连个人影也没有。这是怎么回事呢？王小正在纳闷的时候，听背后"扑哧"一声有个女人在笑。王小赶紧回头一看，呀！一位身着绿衣绿裤俊俏的大姑娘，正站在自己身后抿着嘴笑呢。王小一看傻了眼，这位姑娘自己不认识啊，他便结结巴巴地问道："大姐你从何而来？"这位姑娘羞答答地说："我本是山上的榆树精，为感谢王郎救命之恩，今日下山愿和王郎结鸳鸯。"

王小这才恍然大悟，原来这位大姑娘是小榆树变的啊！他一听人家大姑娘要和自己做夫妻，便连连摇头说："不行不行！我是锅里成年缺粮米，身边无钱又无地，哪有钱来娶美妻呀！"

姑娘听后笑着说:"这不要紧,我织布,你种田,咱们夫妻恩爱苦也甜。"

王小一看人家一个大姑娘不嫌自己穷,实心实意地跟自己,而且自己确实是打心眼儿里喜欢这个姑娘,所以也就不再推脱了,两人拜了拜天地就算成亲了。

可是成亲这天晚上,王小就犯了愁,原来晚上这顿饭没吃的了。总不能让刚过门的媳妇头一顿就跟自己挨饿吧!王小想了半天,拿了把斧头,想上山砍点柴卖,好换些米面来。哪知王小刚出门,就被榆树姑娘喊了回来。榆树姑娘爽快地说:"王郎不必上山砍柴了,你看那里不是有榆树钱吗?"

王小顺着姑娘指的朝水缸中一看,果然见满满一缸子黄乎乎的榆树钱。哎,真奇怪,这榆树钱为啥沉甸甸的?王小低头一看,呀!这哪是什么榆树钱呀,全是小金钱。

后来,王小将这些金钱全都分给了村里的乡亲们,让七星山下的人们都过上了好日子。

搜集整理：袁耐梅
流传地区：河北承德

棒槌山上的老桑树

承德市的人，没有谁没看见过承德市八大景之一——棒槌山的。一提起棒槌山，谁都知道它像擎天柱似的矗立在承德市的东北角，半山腰有棵老桑树。一到夏天，孩子们就到山下捡那水灵灵的清香的大桑葚。要问这光秃秃的棒槌山怎么在半山腰长了一棵老桑树，你不一定说得上来，老人们可知道它的来历。

很久以前，这里是山连着山的，山峰直插到云彩里，山坡上长满了苍松翠柏，林子里的飞禽走兽可多啦。山下有个樵夫终年打柴，风里雨里干了二十多年，也没娶得起媳妇。这一年春天，他上山打柴，捡了个大桃核。他想：这深山野岭的，哪来的桃核呢？也许是猎人或樵夫扔的吧？他拿回来种在院子里，春天芽刚一发，就长出一棵小桃树。樵夫每天回来浇它，小树长得飞快。一入秋，樵夫就给小树包上了谷草；下了雪，就把院子里的雪扫起来堆在小桃树根上，又暖和又湿润。三年以后结了一个大蜜桃。这桃大得出奇，半拉红，半拉绿。到了冬天，樵夫没舍得吃，大蜜桃也没烂。樵夫就用块破布把它包了起来，放在窗台上；每天打柴回来，都打开包看看。一天不看，心里就像缺了点什么似的。

樵夫打柴，终年不歇。这一年年三十，吃完早饭，照常上山砍柴。砍了一大挑回来，太阳已经偏西了。他进屋一看，锅里热气腾腾的，揭锅一看，又是馒头又是肉。他心里纳闷：谁给做的呢？向街坊四邻打听了半天，也没人承认。这时樵夫也着实饿了，不管三七二十一，就大吃了一顿。晚上躺在炕上，他总想：谁呢？翻来覆去睡不着，顺手拿起小布包一看，变样了！他怕大蜜桃被孩子们偷走，忙打开包一看，大蜜桃还好好的在那儿。"也许我记错了？"他因为打柴累了，想着想着，就睡着了。

大年初一早晨,樵夫热了点剩饭吃了,去给婶子大娘拜年。回来一看,又是香喷喷的一锅。他更纳闷了,决心要弄清是谁做的。初二这天早晨,吃完早饭,他假装去打柴,躲在柴垛后面。该做饭的时候,他悄悄跑到窗台下,舔破窗纸向里一看,只见窗台上的小布包唰啦一下子开了,出来个仙女,走到外屋就要做饭。樵夫忙推开门,跑到屋里,一把拉住仙女,仙女也没挣脱,只是羞答答地抿着嘴笑。从此他们结成了夫妻。仙女每天都早早起来做饭,侍候樵夫吃完,把他送走;晚上早早做好饭,放在锅里热着,等他回来一起吃。樵夫每次看见妻子纺的线、织的布,心里都甜滋滋的。他们的小日子过得很幸福。

仙女身上穿着一件宽大的衬衣,从来没脱过,樵夫非常奇怪。一天晚上,樵夫说:"你怎么老不换这件衣服呢?"仙女笑了笑,说:"咳!要没这件衣服,咱俩还到不了一块呢。你常年打柴,可你没到过东山最高的山顶上。那上面满是仙花仙果,我爸爸就是花果仙王。我们姐妹十个,我是老十,大家都管我叫桃李姑娘。爸爸整天让我看着那片桃李树,一辈子也不让下山来玩一次。我坐在树杈上,每天都看见你在山里砍柴。我想:你无拘无束地劳动,又那么勤恳,要是我能和你在一起多么好啊!我就偷了爸爸的定身衣,变成大桃核,让你捡着了。本想看看你就走,谁想后来舍不得你,索性跟你过起来。爸爸要知道,不知怎么怪罪我们呢!"樵夫听了半天,还是不明白,就问:"这些事情和这件衣服有什么关系?"仙女说:"这就是定身衣,要脱下来你就看不见我了。"桃李姑娘拿出一把锁着定身衣的钥匙,樵夫一把抢过去,说:"我试试!"仙姑着急地说:"这还了得!"其实樵夫根本没想打开,把它拿到院里藏起来了。

此后两个人还是你疼我爱地过日子。三年后,生了一男一女。

一天夜里,桃李姑娘忽然做梦哭醒了,说妈妈想她快要哭瞎了眼,九个姐姐也埋怨她得了幸福就不管别人了。爸爸知道她逃走了,气得要死,限三天之内找回她,否则就拿妈妈问罪。仙女说:"我一人做事一人当,谁也不连累!孩子你带着,我回去安排一下再来,谁也挡不住我。"樵夫虽然不愿意让她走,但是也知道拦不住。两人亲亲热热地说了半宿话。第二天,仙姑看看孩子,嘱咐了又亲,亲了又嘱咐,临走时向樵夫说:"我这一去,不定几时回来,要是时间太长了,你就去找我。大东山的山顶上有一片花果林,林前有一块一丈多高的大青石,你敲着那大青石叫我的名字,就可以找着。去时要多加小心,我爸爸心眼可毒啦!"四口子抱在一起,哭了一顿,仙女接过定身衣的钥匙,就不见了。

仙女走后,樵夫十分惦念,孩子也想妈:吃饭也找妈,睡觉也找妈;黑夜盼到白天,白天盼到黑夜。樵夫顾了打柴,顾不了看孩子;顾了看孩子,顾不了打柴。两个孩子鞋趿拉袜趿拉的,活像小叫花子。樵夫决定去找仙女。领上大的,背上小的,向东山走去。

爷儿三个走啊,走啊,走了一天也没到那高峰上。晚上,就歇在树林子里。树林里豺狼虎豹嗷嗷叫,孩子吓得直哭。樵夫就把孩子搁到树上,自己也爬上去过夜。孩子饿了,就吃点干粮,实在困了,就呼噜呼噜地睡起来。走了好几天,干粮也快吃完了,才走到那高峰下。向上一看,全是断崖绝壁。他打了二十多年柴,从来没到过这儿,连条羊肠小道也没有。自己爬都很危险,背着孩子上更不行,一不小心翻到山涧里去,准没命。幸亏天色还早,他们就一边坐下来休息,一边想办法。怎么办呢?正在发愁,忽然看见山坡上长了许多荆条,就用手折了一些,拧了三条长长的荆条绳,试试都很结实。他用两条绳头拴在两个孩子腰上,把两条绳子的另一头拴在自己腰上,然后拿起了另一条绳子,见树就往树上搭,见着石头就搭在石头上,然后一把一把往上爬。爬呀,爬呀,眼看就要精疲力竭了。最后使出全身的劲,才爬到了山顶上。山上是一片花果林,他也顾不得去看。向下一看,两个孩子小得像蚂蚁似的。他赶紧在断崖上找了一棵树,骑着树根,就往上拔孩子。拔了一个又一个,好容易才把两个孩子拔上来。两个孩子乐得直嚷:"妈妈在哪儿?妈妈在哪儿?"爸爸说:"快了!"往里一走,果然看见一块大青石,他心跳得更厉害了。一边敲着大青石,一边叫:"桃李姑娘!"不大会儿,出来个横鼻子溜眼的人问:"找谁?""找桃李姑娘。""请吧,我们老爷找还找不到你呢!"樵夫知道不是好话,心想:豁出去了! 就带孩子跟了进去。

院里尽是那仙花仙草,房子也尽是人间没有的亭台楼阁。院里走的端茶送饭的姑娘们,穿的都像云彩似的那么好看,大家都用好奇的眼光看着他们。不大会儿走到一座正殿,只见里面坐着一对老头老太,穿的都是最美丽的羽毛做的衣服。两旁的丫头小子垂手直立,屋里静得连苍蝇飞的声音都听得见。两个孩子吓得紧拉着爸爸的衣襟,不敢上前。等了半天,老头子才说:"好啊!我没找你,你倒找上门来了！瞧，你肉眼凡胎的那个样！认吧，我有十个女儿，认出来你就领回去；认不出来，我把你们推下断崖活活摔死！"一声令下，鱼贯进来十个仙女，年纪、长相、打扮都一模一样，谁也不敢抬头看他们一眼。老太婆也不吱声，两个孩子看看十个仙女都像妈妈，可也不敢叫。这可难坏了樵夫。老头子早等得不耐烦了，叫声："来人哪！……"樵夫这时急中生智，啪啪几巴掌，打得两个孩子哇哇地哭，直喊妈。樵夫说："妈早把你们忘了！我说不来，你们偏要来送死。我先把你们打死，省得死在人家手里！"说着扬起手来又要打。桃李姑娘这时早哭得泪人似的了。樵夫一下就把她拉了出来。老头子可愣住了，愣了半晌，忽然满脸赔笑地说："啊，十姑爷真有心计……"就吩咐家人设宴招待，喝退了十个仙女，又跟身旁站立的亲信嘀咕了一阵，说："领外孙见妈去吧，小心'侍候'！"并不提樵夫回家的事。孩子听说找妈妈非常高兴，但又不愿离开爸爸，可是家人硬把他们拉走了。樵夫虽然受着招待，心可没在席上，当时就要带着孩子和老婆回去。老头子眼珠一转，说："十姑爷来一趟不容易，在我这里吃好吃歹，多住几天，权当歇歇脚。"樵夫也没答话，只是胡乱吃了点饭，就被安置在一间屋里住下了。

到晚上，桃李姑娘也不来看他，他心里生了疑：怪不得她一来就是一两年没回去！我来找她，她还不上前来认，准是变了心啦！这时，门吱扭一声开了，桃李姑娘闪了进来，一看孩子不在身边，立刻变了脸色，知道老头子要下毒手了，就哭着埋怨樵夫不该让人家把孩子领去。本来樵夫不想理她，一听这话，心里又急又气，说："你在这里山珍海味吃着，绫罗绸缎穿着，还想孩子干吗？"桃李姑娘一听，更伤心了，哭得李三娘似的，说："爸爸知道我偷了他的定身衣，气得发誓要把我逮回来，如果我不回来，也得连累你们。我回来以后，被押在黑山洞里好几个月，妈妈多次讲情，才放了我。我早就等着机会偷定身衣，可是一直也没有机会。如今四口子都落在虎口里了，你不想法儿搭救孩子逃跑，还说这些话……"樵夫后悔不该说这种气话，急得当时就要去找孩子。仙姑说："那哪儿行，出去就有危险。"两人无法儿，只好抱头痛哭起来。最后桃李姑娘说："我回去先看看孩子，再想想办法。没有定身衣还是走不了。我现在得走了，爸爸的夜宵酒也该喝完了。以后，你要多加小心，爸爸让你干什么活，你都要先告诉我一声，不然你会受害的。"说完就走了。

第二天,老头子扔给樵夫一个账本、一支破毛笔,说:"十姑爷,请你把账本前边这笔账替我勾了。"樵夫说:"我只会打柴,不会销账。"老头子冷笑一声,说:"十姑爷那么有心计的人,这么点事就难住了?"

樵夫气得拿起笔来就要勾,可是见笔尖没泡开,就打算用口水润润,刚用舌头一舔,笔尖骨碌一下子掉进肚子里去了。樵夫也没在意,老头子顺手从袖筒里又拿出一支好笔来,樵夫这才销了账。

从此以后,樵夫一天比一天瘦,脸比纸还白。桃李姑娘一打听,才知是受了害,再过几天不救就没救了。她打发小丫鬟偷偷把樵夫叫到后山上,假装要他折杏花,把他绑在树上,树下点着火烧起来。樵夫寻思:她一定变心了!就大骂不止,仙姑也假装听不见。不大会儿,樵夫嘴里吐出个小金蛤蟆来。樵夫被松了绑,才知道受了害,要不是妻子救了自己,过几天就没命了。他后悔事先没告诉她。

过了两天,老头子见樵夫没死,知道是闺女救了他,气得肉都哆嗦起来了,但不好说出来,只好装着笑脸另想办法。这一天,老头子又扔给樵夫一把斧头,说:"十姑爷,你是砍柴的,我家后花园那棵大海棠树该修枝了,请你把那五条小枝一条条地砍下来。"樵夫知道这又是诡计,就悄悄地打发小丫鬟告诉了桃李姑娘。桃李姑娘给了他一条五彩绳,并告诉他:砍树枝时,先用这绳子把五条小枝捆在一起,然后一斧子砍下来,跑出一百步再回头。樵夫就按着妻子说的做了。他跑出一百步以后,回头一看,见有五条大蛇在追他——但已经追不上了。樵夫吓得一身冷汗,又是害怕,又是恼恨,心想:老头子对孩子也好不了,说不定还被他害了。正想着,老头子迎面走来,樵夫真想一斧子劈死他,又一想:要劈不死,孩子大人不都完了吗?还是想别的法子吧。老头子一看,又枉费心机了,一边纳闷,一边暗打主意,就假仁假义地说:"十姑爷,明天是我的寿辰,明儿我上后花园桑树林里藏起来,你找。找着,罚我喝酒,找不着,罚你喝酒,咱也乐和乐和,好呗?"

樵夫知道这回的花招准比前两回还毒,嘴里答应着,就回屋去了。傍黑天,找着了妻子一说,桃李姑娘的脸变白了,说:"我爹能变成各种东西,连我也认不出来。这回躲不过去,就死在明早晨了!"两人急得干跺脚,后来还是桃李姑娘说:"把九位姐姐请来商量一下。"立刻请来九位姐姐,姐姐们听妹妹一说,都大吃一惊,纷纷议论。二姐说:"咱大伙跟他评理去——为什么要拆散人家一家子?"三姐说:"你在他面前还评出什么理来了?!干脆,把定身衣的钥匙偷来,打发十妹他们走。"姐妹一听,都说这主意好。可是怎么偷?又犯了难。还是三姐心眼多,说:"明儿不是爹的寿辰吗,咱姐十个轮流劝酒,把他灌醉……"大姐到底年岁大,想得周全,说:"偷走了他就善罢甘休了?"最后九姐想出一条绝计说:"咱偷来定身衣,他变成什么,咱就把定身衣罩在什么上,把钥匙拿走,让他永远翻不过身来。"可是十个姐妹谁也想不到他会变成啥东西,还得求母亲来帮忙。于是十个姐妹到母亲那里,连哄带骗,只说认出爸爸来,同他喝酒。老婆子终于答应了,明天看她的眼色行事。

第二天,十姐妹早早起来,穿上最好的衣服,去给老头子拜寿。在宴会上,十个姑娘欢天喜地,轮流给老头子敬酒。老头子心中有事,本来不想多喝,可是也架不住十个女儿硬劝,结果喝了个酩酊大醉,定身衣的钥匙早被人偷走了。可是老头子还没忘上后花园的事,就摇摇晃晃地往后花园桑树林里走,大家也跟了去。一眨眼的工夫,老头子不见了。樵夫找了半天不见,老婆子小声说:"大桑葚……"大家一看,果然阳坡的一棵大桑树上长着一个鲜红鲜红的大桑葚。这时,只听唰啦一声,定身衣罩在大桑树上了。

从此,老头子变成了大桑葚。桃李姑娘和樵夫找到了孩子,辞别了母亲和众位姐姐,带着定身衣的钥匙回家了。樵夫回去以后,把钥匙铸成了一把劈山斧,这斧头永远掌握在他的手里。

无数年以后,长着这棵桑树的山峰风化成了棒槌形,但桑树依然没动。人们看见这棵老桑树,就想起当年桃李姑娘和樵夫的故事来。

讲　　述：刘成群
搜集整理：李宝君
流传地区：山东泰安

槐花仙子

相传，在泰安岱庙前街上，住着一户姓高的私塾先生。老夫妻俩跟前只有一子，年方十八。夫妻俩对儿子竭力培养，盼望将来能金榜题名，光宗耀祖，给儿子起名叫仕强。谁知随着年龄增长，仕强渐悉世事，十分厌恶那些争仕途、求功名的禄虫。他看透了社会上那种官官相护、欺压百姓的黑暗内幕，决心不入仕途，做一个清白廉洁之人。起初，高老先生曾力劝儿子应试举场，但见儿子执意不从，也就只好任其自然了。

十年寒窗，高仕强无心苦读经书，却练得了一笔好字画。因此，每日里在街头设摊，卖几幅字画，赚钱后与二老维持生计。闲暇时候，便到岱庙吟诗作画，倒也乐得清闲。

这年正值春季，岱庙唐槐院内槐花盛开，馨香四溢。时过正午，高仕强正在院内望花作画，一位约十七八岁的妙龄女子细步缓缓地来到面前，轻声说道："您可肯为我作张画吗？"高仕强一惊，抬头一看，只见眼前这位女子生得柳眉凤眼，樱唇含笑，真如天仙一般。顿时高仕强羞红了脸，"男女授受不亲"，这是古之常规呀！一时间，高仕强手足无措，赶忙收起纸笔，起身便走，把那个女子闪在了身后。哪知等他走到院门口，那女子正亭亭玉立于院门当中，挡住了他的去路。那女子抬起细嫩的纤手，又含笑说道："您若肯为我作画，我愿用这金戒指谢您。"听了这话，高仕强生气了，心中暗想：这女子孤身无伴，缠我作画，定不是好人！于是愤然说道："千金易得，君子一气难求。男女有别，你几番缠我作画，是何用意？请姑娘自重！"说完，急返身从侧门跑出院外，回家了。

晚上，高仕强躺在床上，想着白天的事，久久不能入睡。忽然，门"吱呀"一声响,一个人影闪了进来。高仕强一看,正是白日里那女子。他一惊,急忙坐起身来问道:"你到底是何人,为何几番缠我?"

姑娘一笑,答道:"我是城东辛庄赵员外之女,名叫槐仙,久羡你不入仕途、不随世俗的好品行,我意与您结为夫妻,不知您……"

"不!这怎……么行,"高仕强又惊又羞,又喜又怕,话都说不成句了,"我家……家境贫寒,这彩礼……也……"

"我只图你一个清廉正直之人,并无他求,你要愿意,今晚咱就成亲吧!"

两人言来语去,越谈越热乎。高仕强尽管对这女子的来历心存疑虑,但凭感觉断定,这女子绝非那种轻薄的歹人,于是便答应了。这时,槐仙又说话了:"你要保证不把咱们成亲的事对任何人说。"高仕强也答应了。

从那以后,每天起更夜定,槐仙就来到高仕强的房中,陪他吟诗作画,到五更天明,就悄然离去。就这样,几年过去了。一天,高仕强终于忍不住了,跑到城东辛庄一打听,哪里有什么赵员外,更没什么叫槐仙的女子。晚上等槐仙来了,高仕强便向她问起这件事。只见槐仙长叹一声,说道:"仕强啊,咱们已是三年的夫妻啦,我就把一切都对你实说了吧。我是唐槐院内的槐花仙子,久羡你人品高洁,决意废弃修行,与你结为百年之好。只要你信守诺言,再等三年,我就可脱为凡体,与你生死相随了。"高仕强听了,心中恍然大悟,不由喜上眉梢。

又过了一年,高仕强双亲病故,月夜里,槐仙帮助仕强埋葬了双亲。第二天,高仕强含泪来到父母坟前,烧香作供。谁知本地恶霸财主王老七带着一帮打手也赶来了,硬说高仕强双亲的墓地冲了他家的风水,非要掘坟移尸。高仕强据理争辩,一帮打手便蜂拥而上,拳脚相加,把高仕强打昏在地。王老七叫喊着:"打!打死这小子,这块田产就归我了!"话音刚落,一个打手便举起一根木棒,朝高仕强头上狠狠砸了下来。就在这时,奇迹出现了,只听见"咔嚓"一声,木棒折了,那个打手一头倒在地上,爬不起来了。高仕强睁眼一看,是槐仙!只见她立在自己身边,伸出的手臂就是两根粗壮的树干,左右猛扫,把王老七和那帮打手全打在了地上。接着身子一转,旋出一股股强风,立时王老七一伙便像树叶一般被轻飘飘地刮到了半空中,掉在山崖下摔死了。

槐仙把高仕强拉到身边,眼泪汪汪地说:"仕强啊,为了救你,我已经现出原形了,这儿不能待了。咱们只有一条路,走吧!到天涯海角去。"

"好,咱们死也在一块。"仕强也哭着说。于是,槐仙让仕强贴在自己身边,化作一股清风,两人一块飞走了。去哪儿了?不知道。反正从那天起,唐槐院里的唐槐就枯死了。后来,人们为了纪念这对好夫妻,在枯死的槐树洞里又栽了一棵小槐树,取名槐仙抱子。也有人说,那是槐仙与仕强夫妻俩的托化,是说他们在天涯海角已经喜抱贵子了。

讲　　述：佟凤乙（满族）
搜集整理：张其卓、董明
流传地区：辽宁岫岩县

桦树精求亲

　　陈大娘是个地地道道的满族人。传说她当姑娘时像莲花一样美，她又最喜欢莲花，在她屋内的墙壁上，挂满了她画的莲花图。时间长了，大伙都叫她莲花姑娘。

　　莲花姑娘长到十七八岁时，母亲把她许给邻村一个叫陈三葛的小伙子。就在准备成亲的前一天，陈三葛突然死了。母亲心疼女儿，想为她再选一个女婿，就是选不中。名贵人家说她是望门妨①，不像样的小伙子她还看不上。这都是小事，最主要的是莲花姑娘觉得，一个女人一旦当了媳妇，生儿育女，围着锅台转，一辈子什么都完了。正好，她也不想找，便改成婆家姓，算是婆家人，自己照旧在家和母亲过日子。就这样，大伙开始管她叫陈大娘了。

　　陈大娘不光会作画，她聪明过人，广学不倦，天底下三百六十行，不说样样精通，可也什么都会，尤其是治病，真是手到病除。她还会一些法术。

　　有一回，她外出行医，临走时对母亲说："我把吃的用的都准备足了，你在家千万别出门，谁喊你，别答声；谁要来，不让进屋。"她走出大门，回手一指，把她家的三间小草房，变成一朵大莲花，周围的花草树木变成一潭清水。莲花坐在池水中间，就像真的一样。

　　在离陈大娘家不远的深山里，有个桦树精，它见陈大娘美貌出众，总想得到她。这天它变成一只小鸟到陈大娘住的地方，在天上盘旋了多少圈也没找到。看来看去，约莫大莲花里面必有点名堂，它落在莲花花瓣上学着陈大娘的声调叫着喊着："娘，开门，娘，开门！"

---

① 望门妨：过去没过门的媳妇死了男人，被称为望门妨。

母亲在屋里听到姑娘叫门,要出去开,想起姑娘临走时说的话,又回炕上坐下。外边的小鸟还是一个劲地叫:"娘,我走得又饿又累,你要把我关在门外呀!"母亲听了一会儿有点忍不住了,她心疼姑娘,可又不放心,下了炕,边去开门边问:"你是谁呀?"母亲这一答声,"莲花"变回了原样。小鸟一看自个儿蹲在房脊上,知道是陈大娘使的法术,它落到地上变成一个俊俏的小伙子,进屋。小伙子上前殷勤地说:"阿木①,陈大娘答应许配给我了,她让我来背你,到我家去住。"母亲一看进来的不是自己姑娘,觉得事情不好,忙说:"我不去,我姑娘临走说不准外人进屋,你快走吧!"

桦树精知道陈大娘特别孝敬母亲,它要是把老太太弄走了,日后陈大娘一定去找它要人。趁她要人,它好求亲,陈大娘不答应,就不给人。它打定了这个算盘,要领老太太走,可老太太怎么说也不走。桦树精伸手要抢,陈大娘回来了。桦树精一看不好,溜走了。

桦树精回到山里,第二天它想看看陈大娘走没走,又下了山。老远一看陈大娘正在河边洗头,它便变成一丝轻风飘拂到陈大娘身边。陈大娘把梳掉的头发扔到地下。轻风捡起头发用手慢慢地捋,捋完了变成一个小伙子,说:"莲花姑娘,我想娶你为妻,你愿意吗?"

陈大娘转过身来一看,知道是桦树精又来了,说:"你娶我有什么本事?"

桦树精说:"你的头发是捆妖绳,没本事的捡着它得被捆死,我能把你头发抻直,这就是本事。"

陈大娘说:"是吗?我再给你几根看看。"说完把梳子上挂的头发捏了下来,扔给桦树精。陈大娘头发一出手,就好像千百条飞龙一样,张牙舞爪地向桦树精扑去。桦树精吓得高叫一声,撒丫子往回跑,跑到山上变成一棵大桦树。飞龙见桦树精现了原形,就变成枯藤,紧紧地把桦树捆了起来。从那以后桦树精捆上了枯藤,再也动弹不得了。

直到今天,大山里上百年的老桦树身上还都盘着枯藤,那藤子传说就是陈大娘的头发变的。

---

① 阿木:满语,大娘。

讲　　述：辛德祥、宋玉云
搜集整理：王德昌、于济源
流传地区：吉林靖宇县

椴树精

　　这还是清代的事情呢。在长白山的一个木场子里，有一个姓万的木把①。这万木把是山东人，别人都叫他山东万；又因为他长得腰粗膀宽，好似骆驼，又有人叫他骆驼万。

　　山东万做木头的手艺可是远近出名。他用的锛子足足有二十五斤，别人锛一方木头，他就能锛两方，做的木方又平又直，棱是棱，角是角的。他的大砍斧足足有九斤重。他抡起大砍斧呼呼一阵风，几抱粗的大树，几斧子就撂倒了。别人都使牛爬犁耢木头，他不，二尺五见方、八尺长的木头，扛起来，噔噔噔就走，连大气都不喘一口。要说起放排，他更是了不得，垛插得山一样高，他一个人就敢去挑垛。木排散了，他就踩着根单杆木在江里走上走下地抓木头。

　　山东万对木把弟兄可好了，谁的树放不倒了，他就去抡几斧子，几斧子就倒了；谁的爬犁陷住了，他就去拽一把，一把就拽出来了。把头们一折腾、打骂木把们，他看见了，就帮木把们使劲儿。他攥起大拳头，胸脯一挺，破口大骂，把头们也不敢惹他。一来，他块头大，惹急了，点一指头，踹一脚，不要命也得脱层皮；二来他力气大活计好，干起活来一个顶几个，又不多赚一个大钱，就只好忍着他，顺着他。他给木把们撑腰出气，木把们没有不喜爱他的，谁有个什么大灾小难的都愿意找他帮忙，他没有不答应照办的。

　　有一天，鸡叫头遍，把头们正在工房子里睡觉，大师傅做好饭，正要掀锅。这时，只听见一个瓮声瓮气的声音说："大大攒一团给我老段！大大攒一团给我老

---

① 木把：伐木工。

段!"大师傅一撒目,好家伙,只见从窗口伸进一只毛茸茸的大手,那手活像小簸箕,又大又厚。大师傅可吓麻爪儿了。可那家伙仍伸着大手,一声接一声地喊叫着。大师傅没法儿,只好撑着胆硬着头皮,铲了一大木锹饭倒在那只大手中。那只大手缩了回去,听得见吧唧吧唧的咀嚼声。不大工夫,大手又伸进来了,又喊:"大大攒一团给我老段。"没法子,大师傅又舀一大盆饭倒在那只大手中。不大工夫,那只大手又伸进来,喊叫开了。大师傅只好又舀又倒。一顿家伙就把一大锅大楂子干饭吃了个一粒不剩。饭吃光了,那家伙也走了。

那家伙一走,大师傅就把木把们喊起来,把前前后后的经过一说,木把们听了又是惊又是奇。现做饭不赶趟儿,把头不管你吃没吃饭,紧催着上工。大伙又憋气又窝火,只好空着肚子去上工。做了一天大木头,粒米没进,有些人干不动了,有些人就倒在地上不能动弹。山东万见了这光景,心里真难受。他袖子一挽,说了声:"俺才不管他老段老楸的,今儿黑间看俺的!"

这天黑夜,山东万就搬到厨房炕上躺着。鸡叫头遍,大师傅又掀锅时,那只大手又伸进来喊:"大大攥一团给我老段!"山东万一宿没合眼,巴不得他快来。听他一喊,山东万悄悄地下了炕,摸到窗前,那家伙正一口连一口地嚷叫着。山东万一个高儿蹿起来,一把就握住了那只大手。那家伙见手叫人抓住,就往回拽。可咱山东万的大手就像老虎钳似的,扣得紧紧的,哪能拽得出。山东万就往里拉,那家伙就往外拽。拉啊拽啊,拽啊拉啊,只听咔嚓一声,山东万也跟跄一家伙坐了个屁股蹲儿。一看手中,哪是什么大手,原来是根老粗老粗的椴树杈子。

这天早上,木把们吃了顿饱饭。打这以后,这家伙再也不敢来捣乱了。

过了好些日子,一天晚上,三号工房的木把们一个拉胡琴,一个就哼着唱京戏。正唱着,门嘎吱一声大开,随着闪进一个人来。那人进来就瓮声瓮气地喊:"快当啊,各位师傅!"大伙抬眼一看,嗬,好一个黑大汉,身子足有一丈五尺高,腰足有四五抱粗,两眼好像两盏小灯,脸蛋黑得像锅底。冷眼一看,真好似座铁塔。这家伙一动脚步,地都颤动,往炕沿上一坐,压得碗口粗的炕沿呼哈呼哈直响,眼看就要压折了。深山老林子里哪来的这路人?房里的木把们吓得目瞪口呆,说不上话来。

他坐好了,就瓮声瓮气地说:"拉拉唱唱给我老段听听,拉拉唱唱给我老段听听!"大家一听又是"老段",吓得头皮都发麻,但也不敢不照办,只好一个拉一个唱。那些人就你瞅我,我瞅你地陪着。拉啊唱啊,唱啊拉啊,一个时辰,又一个时辰,他立着耳朵一个劲地听,还不让歇着。一歇着,他就瓮声瓮气地喊,大眼睛又大又亮,谁敢不依他,就这样闹腾着。拉胡琴的拉得两手起了水泡,唱的人嗓子沙哑了,其他的人也不敢合眼。一直闹腾了一宿,鸡叫了两遍,它才站起身,瓮声瓮气地说:"下黑我老段还来!"说完就扬长而去。

天大亮了,大师傅端上饭来吃。木把们拉唱了一夜没合眼,还得照旧去做木头,哪有力气呀?这还不算,这家伙晚上还要来,还得一宿不睡觉。这样下去,不吓死也得熬死。大伙合计,就去找山东万想办法。

山东万一听,二话没说,就答应了。晚上吃了饭,他就拎起斧子来到三号工房。他一高儿跳上炕,在炕里边盘腿大坐,把大斧坐在屁股底下。不大一阵工夫,只听呼通呼通地响,门又嘎吱一声开了,那个黑大汉又闪了进来,瓮声瓮气地喊:"快当啊,各位师傅!"因为今晚上有山东万在场,大伙胆子都壮了。大伙按着山东万的吩咐,齐声回答:"快当,快当!"黑家伙往炕沿上一坐,又瓮声瓮气地说:"再拉拉唱唱给我老段听听!"拉的人唱的人也爽爽快快地回答:"好!"就又拉又唱起来。拉得有板有眼,唱得清脆洪亮,黑家伙张着大嘴支棱耳朵听得入了迷。

这节骨眼,我们的山东万悄悄站起身,摸起大斧子,凑到黑家伙背后,把大斧一抡,使出全身力气,照准黑家伙的脑袋,着着实实地劈了下去。只听"扑哧"一声,"嗷"一声吼叫,山东万的大斧子怎么也拔不出来了。只见一溜火星,直奔屋门冲出去,把山东万也拽了个跟头。那家伙冲倒了墙壁,冲毁了大门,在外面还嗷嗷直叫唤,那声音真吓人。

山东万大手一挥说:"俺这一斧子劈得可差不离,它再也不敢来了,大伙睡觉吧!"这一宿大伙可真睡了一个好觉。

第二天,天大亮了,木把们起来一看,屋里满地是血。山东万跟大家循着血迹往前追,过了一道道山,过了一道道涧。嗬!在一陡立的大青石砬子上,长着一棵又粗又大的椴树。这棵椴树老枝老干,根子盘曲纠结,光树身就有十几抱粗。树头上有一个老树杈断折了的新印,山东万那把大斧子还顶在树身上,只有斧把露在外面。原来是这棵老椴树成了精,在兴妖作怪呢!

山东万一个箭步蹿上去,扯住斧把,三摇二晃,就把大斧子拽了出来。他使劲抡起大斧,呼呼一阵风,乒乓地砍起来。只听那树嗷嗷叫,还往外吱吱冒血。一顿大斧,只听轰隆一声山响,老椴树倒了。一看,是棵双心子树。山东万几斧子就砍下了树头,他站在树轱辘上挥起胳臂,拿出全身力气,几大斧就把大椴木轱辘劈开了,只见里面有黄澄澄的苞米楂子粒,还有不少人骨头。这家伙不知做了多少祸,害了多少人了。

　　山东万跟木把们生了一堆火,把老椴树填到火堆里,一会儿工夫,就烧成一堆白灰灰儿。

　　打这以后,木把们可以安安心心地吃饭、睡觉和上山做木头了。大家可真打心眼儿里感激山东万啊!听说山东万以后给木把们做了许多好事。

讲　　述：刘德然
搜集整理：于令珠、肖云龙
流传地区：山东昌乐县

紫娟

昌乐境内的官道旁，有一片大紫荆树林，每逢六七月间花香袭人，远至数里，凡路过此地的人都在这里歇息。

相传有个叫鄂步端的书生进京赶考，路过这片树林。他又累又饿，就在一棵直丝直缕的大紫荆树下歇息，不知不觉倚着树迷迷糊糊地睡着了。忽见从一个朱红大门里出来个如花似玉的姑娘朝他走来，边笑边说："鄂郎啊，门外风大，快来家歇歇吧！"鄂生见姑娘长得俊秀异常，又叫出他的名字，很惊奇地问："大姐，咱俩素不相识，怎好打搅？"姑娘说："我叫紫娟，是千年的树精，咱俩注定有段姻缘。知你今日到此，特地等候接你来家。"说着手把手地领着鄂生走进大门，进了绣房。二人一见钟情，你亲我爱的，又插香又盟誓。紫娟把大考的题目对鄂生说了，要他千万记住，准能得中。鄂生感激地发誓说："我若得中不来娶你，开膛剜心不得好死。"二人又说又笑，不觉鸡叫三遍，紫娟说："天放亮啦，快上路吧！"二人真是难舍难分。紫娟倒在鄂生怀里细声细语地说："奴身已属郎君，盼你早日回来团聚。你想我时朝俺家方向喊一声紫娟就行。"又嘱咐了一番，鄂生才一把鼻涕一把泪地和紫娟分了手。

鄂生哭醒了，才知是一场梦，但紫娟姑娘说的题目记得清清楚楚。鄂生进了考场，果然是紫娟说的题目，不费力气地考中了进士，放了个县令。他刚到任时还不错，有事为民做主，救急解难的。可过不了多久，贪赃枉法的事就学会了，不上一年就得赃银两千多两。真是"黎民疾苦抛脑后，花天酒地乐通宵"，早把紫娟忘得一干二净了。

这年，宫里盖大殿，砖、瓦、石料都备齐全，就缺一根紫荆梁。皇帝下了一道

旨：哪个官能献上一根大紫荆梁，官加一品，赏银千两、宫女两名。鄂生一见有这么好的事，一下子就想起那棵大紫荆树来，二话没说便带人去伐那棵大紫荆树。一斧子砍下去，紫荆树哗哗地流血水。这时忽然一阵香风吹过，紫娟姑娘和一个老头站在鄂生面前。老头对鄂生说："鄂县令，人不能以怨报德啊！难道你忘了和紫娟盟下的誓言吗？"鄂生听了一愣，心里想：什么紫娟白娟的，那不过是幻梦一场，加官、美女、赏银才是实的。便生气地对老头说："大胆刁民，再信口开河小心掉脑袋！"紫娟跪在地上哭着说："鄂郎啊，念你我夫妻一场，饶了俺这一回。再说你当上县令还不是多亏了奴家告诉大考的题目吗？人要有良心，也免遭杀身之祸，望鄂郎三思而行。"鄂生听了"哼"的一声："饶了你，我到哪里讨赏去？"说了一声"砍"，就把树伐了。

　　鄂生把紫荆树运到京里献上。也怪，上梁的时候总是东摇西晃地上不稳当，还不时发出怪声，吓得工匠们趑趑趄趄不敢靠近，建造官也愁坏了，鄂生也吓得直哆嗦。这时，那个老头又来了，捋着胡子眼瞟着鄂生自言自语："哼！黑心做梁还会稳当？"建造官一看老头话里套话，忙说："老人家有何高见？请赐教。"老头朝着鄂生瞅了一眼，说："不把献梁人的黑心扒出来吊在梁上，一辈子也上不稳当。"建造官一听杀鄂县令，出了身冷汗。正说间听见开道锣声，过来一辆凤辇，前面太监手擎圣旨喊道："圣旨到，鄂县令听旨。"鄂生一看凤辇上坐着的不是别人，正是紫娟，直吓得魂飞九霄，不知所措，战战兢兢地跪在地下。太监念道："七品县令鄂步端，为官不正，贪赃枉法，上欺下压，作恶多端，罪不容赦。但念你是朝廷命官，赐鸩酒一杯，以保全身。"鄂步端听了长叹一声："悔不该当初……"鸩酒进口，七窍流血，立刻身亡。

　　建造官看鄂县令已死，便命人开膛剜出心来，一看果然是黑的，就把这黑心吊在梁上。梁稳稳当当地上好了，那老头和紫娟还有太监呢，一阵香风过后都不见了。

　　从此以后，人们在上梁的时候总是贴上一副对联："擎天白玉柱，架海紫金（荆）梁。"还在梁上吊一块红布，以示扶正压邪。久之，竟成了风俗。

讲　　　述：丁白云
搜集整理：李志铮
流传地区：湖南醴陵

猪婆藤精

年轻力壮的王七，父母早丧，靠出卖劳力为生，年过二十三，仍然是孤单一人。秋收后，农活不紧，没人雇他了，便进山烧木炭。

有一次卖炭回来，遇个五十多岁的妇人躺在路边呻吟。王七走近一问，妇人说病了，家住老虎岩，要求王七送她一程，她给工钱。老虎岩正是王七烧炭的地方，送她回家是"牛角上挂稻草——顺带江流"的事，便扶她上车，缓缓地推着。妇人呼呼地睡着了。推到王七住的草棚边，妇人醒了，王七舀碗泉水给她喝，要继续送她回家。她说："我现在好多了，不再劳你了。"说罢，从衣袋里掏出个小布包来，要给工钱。王七不肯接，她感激地走了。

以后，这妇人常在近黄昏时路过王七住的草棚，进去歇息。她看见王七的衣服破了，便帮着补好。闲谈时，又打听王七的身世。她告诉王七，自己是个寡妇。二人越来越熟，她劝王七住她家去，说一个人住草棚，夜里难防老虎伤人。王七见她诚心实意的，便搬去了。她帮王七做饭、洗衣，王七觉得又有了一个妈妈。住了一个月，王七生活方便，炭烧得多了，卖的钱自然也多些，便买瓶药酒给她喝。一次，她喝完半杯药酒，问王七："你能做我的干儿子吗？"王七马上叫声"干妈"，跪下向她磕三个头。她笑得合不拢嘴，忙把王七拉起来，又告诉他，她还有个干女儿，叫喜翠，十七岁了，还没嫁人，希望他俩结为夫妻。王七没回话，干妈便说："过几天喜翠会来看我，那时，你再斟酌吧。"

过了几天，喜翠来了，身穿印花布衣服。王七从没有见到过容貌这么美丽的姑娘。喜翠见了王七便喊"七哥"，声音甜甜的。吃罢午饭，她便跟王七去干活，帮着捆柴、装车，动作十分麻利。推车时，王七感到车子比往日轻了，到装窑时，柴却不少。以后,王七又发觉喜翠替他洗的衣服,总有点清香气味。他进城卖炭,喜翠抢着帮他装车;他推车上路,肩上轻飘飘的,找到买主一过秤,竟有七百多斤。他怀疑喜翠是妖怪,回来问干妈,干妈说:"喜翠爸是老烧炭的,曾学得一位和尚的轻车法,喜翠爸临死时,将这法术传给了女儿。"王七听了,也就不疑了。喜翠装窑封窑,也有讲究,弯柴经她手一捋便直了,增大了窑的容量;封窑时向窑四周喷四口水,燃火快,没马脚。王七以为这都是她爸传授的,因此十分敬重她。

这年烧炭,王七赚的钱比往年多三倍。过小年时,两人成了婚。陪干妈过了大年,王七才带着喜翠回家。村里的后生见王七讨个这么漂亮的堂客,十分眼热。几个色鬼趁王七外出,便来嬉笑胡闹,喜翠都把他们轰走。有个家伙死皮赖脸缠扰,喜翠一巴掌扇去,这家伙的嘴肿得像猪八戒,搽了七天猪屎才好。喜翠喂猪,一头猪每天可长膘三四斤。猪疫流行,她给邻居送点草药熏熏,全村猪栏平安无事,因此大家都很尊敬她。

一天,干妈来了,要王七去观音寺求碗观音菩萨净瓶里的圣水,给她治病。王七只求得一小杯。他见干妈和喜翠焦急不安,又去求得一小杯。黄昏时,突然天昏地暗,狂风呼啸,喜翠要王七赶紧关上大门,她和干妈焦灼地互相推让着圣水。最后,喜翠端着圣水,向干妈跪下,哭着说:"干妈,还是您用吧,这是您最后一关啊!"干妈接过圣水,一把抱紧喜翠的头,把圣水全淋在喜翠的头上。这时,一声响雷,一道耀眼的白光闪进屋来,王七被吓昏倒地。等他苏醒时,满屋硫黄气味,只见喜翠跪在地上,双手挽着根烧焦了的猪婆藤①蔸子,撕心裂肺地哭干妈。王七见了,赶紧爬过去,一同抱着痛哭。

喜翠哭了一顿干妈,就向王七诉说她和干妈的身世。原来,她俩都是修炼三百年才先后变成人的猪婆藤精,要避开三次雷劫,才能终生为人。三次避劫的方式不能相同:干妈第一次是戴着一位进士用过的头巾避的。这进士考上秀才时,吃菌中毒,几乎丧命,是干妈用草药救活的。第二次是和喜翠同披关公的战袍避的。这战袍是一位将军的祖传宝物,一次作战,将军被敌人射中落马,险些被掳。当时,干妈的儿子是将军手下的骑兵,冒险夺回将军,自己身负重伤而亡。

---

① 猪婆藤:茎拳头大,叶形似冬苋,可喂猪,冬凋。

王七夫妻披麻戴孝，安葬了干妈。邻居虽因此知道喜翠是猪婆藤精，但见她为人善良，勤俭持家，又乐于助人，不仅不忌她，而且非常敬佩她。当她要避第三次雷劫时，全村男子汉一齐咬破手指，让鲜血滴在一块黄布上，张挂在她家的门额上，保护她平安地渡过最后一难。夫妻寿高七十而终，生了两个儿子，都中了状元。

搜集整理：董均伦、江源
流传地区：山东沂蒙山一带

金雀和树仙

　　从前有一个地方，有一片很大的树林，那树林大得呀，你走进去几天几夜也走不出来。林子里长着各种各样的树木，有四季常青的松树、柏树，也有那开花的楸树、梧桐树，还有那到了秋天叶子发红的枫树、橡树，还有那结果的山楂、杜梨。嘿！要是像这样慢慢地数下去，怕说三天三夜也说不完呀！就在这树林子里面，有一棵最老最老的大槐树，它的顶上有着像龙一样的弯曲的树枝，它的下面有着像屋那样大的树洞，洞里面住着一个聪明灵巧的树仙。他用又干又香的树叶铺成床，他用爬到树上的金银花藤做门帘。我就要说一个与他有关的故事，不过不能从这里开头。

　　那时候，在离这个大树林子很远的一个小庄里，有一棵大榆树，榆树上常有一个颜色金黄的小雀跳呀叫呀，榆树旁边住着两户人家。两家子屋脊相连，两家的院落也只隔着一堵薄薄的土墙。墙西那家子，有一个汉子叫刘春田。刘春田家里穷得是寸地没有，两口子三更半夜就起来推水磨，做豆腐。两口子吃着豆皮、豆腐渣，用赚来的钱养活他那快近八十的老娘。墙东那家子也有一个汉子，家里是骡马都有，富人起个富贵名，他叫王玉峰。王玉峰也有一个八十多的老娘，耳又聋，眼又花，老得下不来炕。王玉峰只忙着放债收租，他老婆也是张口说钱，闭口想钱，两口子不只是不心疼老人，倒嫌他娘碍手碍脚，白吃白用，心里老是指望她快些死掉。

　　俗话说，严霜偏打洼处草。这一年春底，大榆树上已经长满了黄绿色的树叶子。刘春田的老娘得了重病，两口子又急又疼，取借无门。刘春田脱下了身上仅有的旧单褂，他老婆拔下了头上的铜钗子，好歹凑起了一服药钱。药吃下去了，病却没有治好，老人死去了。刘春田想到娘吃苦受累把他拉扯大了，却没有让她过一天好日子，心如同被拉出来一样疼，两口子哭得那个悲惨呀！风不刮了，天落雨了，榆树枝子有的也耷拉下去了。这时候，榆树上的那个小小的金雀也看到了，也听到了。它张开小嘴又闭上了，它难过得再也不忍心听下去，黑眼里亮着泪水，在蒙蒙的细雨里飞走了。

　　鸟扑树林就如同人扑庄。那金雀飞呀飞呀，不知不觉就飞到了那片烟雾蒙蒙的大树林子里了，一落落在了老槐树上。风吹起来时，雨住了，各种各样的树叶子都是丝亮丝亮的，明光闪闪，连那粗大的杨树干也透过白色的树皮，露出了新鲜的绿色。杜鹃又叫了，野鸡在飞了，可是金雀的黑眼里还是泪光闪闪。乌云散了，太阳出来了，林子里的小草也晶莹得像珠宝一样生辉，那爬在老槐树上的金银花正开满蝴蝶形的小花，露水滴滴，香气四射，蜜蜂在花上嗡嗡着，蝴蝶也飞来了。从来就不安静的小金雀虽然还很难过，也止不住去啄啄那嫩光的金银花了。它啄一下，眼泪就掉了下来，它啄一下，眼泪就掉了下来。忽然间满树的金银花动了，耷拉在树洞口的金银花藤向两边分开了。从树洞里走出来一个和善的老人，他的头发披到双肩，好像白鹤的羽毛一样又光又亮，他的脸色红通通的，一对眼睛也如同孩子那样清澈明亮。常在树林里来往的金雀，立刻便认出他是树仙了。还没等它开口，树仙说道："我在这树林子里住了千万年，从来没有看到过鸟儿落泪。人都说鸟儿不会哭，小金雀呀，你今天怎么掉下泪来了？你哭得我都心动了。"小金雀叽叽喳喳地叫起来了，树仙是能听懂它的话的，它说："老人家呀，我今天看到了一桩事，太让我感动了，我怎么能不掉泪呢！"小金雀把刘春田家里怎么穷，平时怎么侍奉他的老娘，他老娘病了，怎么弄药给她吃，死了以后，两口子又是那么难过，一五一十地都对树仙说了。树仙没有作声，他立在那里，似乎是在想什么心事。小金雀还止不住接二连三说道："树仙老人呀，那刘春田两口子真是好人呀！"树仙听了，却摇着头说道："小金雀，要知道一个人的好坏，是不能单凭那一点点的，这要看他对别人是不是一样好。"小金雀也摆着头说道："不，树仙呀，你去看，那时你就知道他两个是怎么样的好人了。"树仙真的把身子一动，变成了一个那么干瘦的老妈妈，身上穿的衣裳补丁摞补丁，没有一块好地方。老妈妈说道："小金雀呀！我真的要去看看他俩了。"

刘春田和他老婆安葬了老娘以后,饭也没心吃,正在家里难过,一抬头看见了一个老妈妈站在门前,瘦得简直是风一来便能吹倒,两口子看了都十分可怜她。老妈妈说道:"恁行点好,给我块干粮吃吧!"刘春田连忙把家里最好的一块干粮拿给了老妈妈。他老婆也替老妈妈犯起愁来了,她问道:"老大娘,你这么大年纪了,上沟走崖的,跑不动了啊!"老妈妈说道:"我就是孤身一人,没家没业,没儿没女,有什么法子呀,哪里跌倒哪里死吧。"刘春田看到了老妈妈,又想起他死去的娘来了,看样子这老人也和自己娘一样,没有过上一天好日子,这样大年纪了,是不应该再叫她东家要一口,西家讨一口了。他说道:"老大娘,你要是不嫌我家里穷,就在我家里住下吧!"他老婆听了他的话,也连忙说道:"俺娘刚刚死去了,你在俺家里就是个老人了。"

老妈妈也没有推辞,就在刘春田家住下了。

刘春田和他老婆对待老妈妈那个好呀,真是说也没法说了。他常对老婆说:"老和小一样呀,不要让老人家做活呀!"老妈妈看到他两个白天黑夜受累受苦,在炕上怎么也坐不住,常帮着他俩烧烧火,摞摞豆腐箩的。他们每次做熟了饭,总是先让老妈妈吃饱。他老婆背后常嘱咐刘春田说:"老人全凭饭力呀,咱们年轻人挨点饿,还能撑得住啊。"说实在的,这三口人日子过得是又苦又累,可是,你疼我爱相处得很和睦。

真是日久见人心,一年这样过去了,两年这样过去了,刘春田两口子跟老妈妈更加亲近了。眼看着第三年又快过完了。有一天,老妈妈把刘春田两口子叫到跟前说道:"孩子,我今天就要走了。"

两口子真是想也没有想到这里,刘春田难过地问道:"大娘呀!是不是俺俩哪里待你不好,还是你嫌这里日子太苦?"春田老婆也着急地问道:"大娘呀!是因为我说话不留心得罪了你,还是因为别的事情伤了你老人家的心?"老妈妈摇摇头说道:"孩子,不要胡思乱想,和你俩在一起苦日子也会变甜,和你俩在一起伤心的人也会得到安慰,不过,孩子,我可是不能再在这里住下去了,我今天就要走了。"春田一心想留住老妈妈,他担心老人家会受渴,会受饿。他说道:"大娘呀,你走了,这屋会显得多么空啊!你走了,叫俺再到哪里去找!"春田老婆也眼泪汪汪地说道:"咱已经像两根苦藤藤拧到了一块,三年的风霜,咱都一起受了。

大娘呀,你走了,叫俺多么想念。"老妈妈想了一想说道:"孩子,怎么说我也该回去了,恁到树根底下去挖一块泥回来,我给恁留下一个像,恁要是想我的话,就看看我的像吧。"两口子见实在没法留住老妈妈了,才到树根底下挖了一块泥回来,老妈妈接过了泥来,一面捏一面说道:"榆庄有个刘春田,我在他家住了整三年。临走没有什么留给他,捏了个泥人吐银钱。"

老妈妈念完了,泥人也捏成了,真的和老妈妈一模一样。泥人把嘴一张,啪啦啪啦地吐起银钱来了,老妈妈忽然不见了。到这时,刘春田两口子才知道那老妈妈是神仙变成的。从这以后,刘春田家的日子越过越好了。刘春田家东邻的王玉峰两口子看了很是奇怪。本来,他因为刘春田家穷,从来不去串门,这一天,却别有用心地去了。他到了刘春田家,并没心去说话拉呱,瞪着一对老鼠眼,东瞅瞅,西溜溜,一下子就看到了桌上摆的那个小泥人,嘴里啪啦啪啦地吐银子。他什么也顾不得说了,连忙问道:"恁这个宝物是从哪里得来的?"刘春田两口子从来不会撒谎,便根根梢梢地都对他说了。王玉峰也就不再坐了,连忙回到家里,和老婆商议了一下,找了一根绳子,把他娘活活勒死了。两口子寻思着,又少了一张吃饭的嘴,又能赚得泥人来,这真是一个好买卖,便一齐坐在院子里,干号了起来。他俩号得那个难听呀,风刮起来了,想把他俩的声音掩掉,日头也气得发了黄啦。榆树枝子也摇摆着,表示不满。这时候,站在榆树上的小金雀也看到了,也听到了,它怒冲冲地张开尖尖的小嘴,气鼓鼓地瞪着圆圆的小眼,它不愿再听这样的假哭干号,抖了抖羽毛,扑了扑翅膀,在风沙里飞走了。

这时,小金雀忙着去找树仙,就如同人们急着去看朋友。它斜着翅膀飞着,它调弄着尾巴飞着。它飞呀飞呀,终于飞到了那片大树林子里了。它又向那棵老槐树上落去,翅膀斜了几斜,身子歪了两歪,它站不住,又被风刮起来了。风越刮越大了,各种各样的树叶子漫天飞,可是,小金雀还是挣扎着向那大槐树上落去。风吹乱了它的光泽的羽毛,它那小爪紧紧抓住的树枝又被风刮断了。那平时垂着的金银花藤也荡起了枝条,那小金雀想去抓住它,却又被风扔到了一边,扑空了,按说要撞在树干上了。嘿!它却一点没有碰痛,它被树仙从树洞里伸出的手接住了。这和善的老人又责备又疼爱地说道:"小金雀呀!这么大风,你怎么还到处飞呀,你那么急着找我有什么事情呢?我已经让那对好心的夫妻过上

好日子啦。这事,你是早已知道了啊。"小金雀连忙说道:"树仙老人呀!你是不知道,我看到了一桩什么样的事情啊。我气得直冒火,我要赶紧把这事情告诉你,那时候,你就不会责备我在这大风天里飞了。"小金雀把王玉峰家里怎么富,平时怎么待他老娘不好,为了赚得那吐银子的泥人,怎么样把他娘勒死,又怎么样在院子里假哭干号,一五一十都对树仙说了。树仙没有作声,他皱着眉头,似乎在琢磨什么事情。小金雀又止不住接二连三地说道:"树仙老人呀,那王玉峰两口子真是狠毒的人呀。"树仙听了,却摇着头说道:"小金雀呀,我无论如何也信不过去,世界上还有这样的人竟忍心把他亲生娘害死。"小金雀也摆着头说道:"不!树仙呀!你去看看,那时你就知道他两个是怎么样又贪又狠了。"树仙真的把身子一动,又变成那么干瘦的老妈妈了,身上穿的衣服是补丁摞补丁,没有一块好地方。老妈妈又说道:"小金雀呀,我真的要去看看他俩了。"

王玉峰和他老婆埋了他的老娘以后,一心只盼着那神仙老妈妈快些来,干哭一声,向门外看一眼,干哭一声,向门外看一眼。过了一阵又过了一阵,从风沙里出现了一个穷老妈妈,老妈妈磕磕绊绊地来到他家门前站住了。他老婆正要像往常赶走穷人一样把老妈妈赶走,却被王玉峰拉住了,因为他曾经在刘春田家看到那吐银子的泥人,那泥人和这老妈妈一模一样。他连忙跑到门口喊道:"神仙老妈妈,你快到俺家里来吧!俺家吃得比刘春田家要好得多呀。"那老妈妈却摇摇头说道:"我不是什么神仙老妈妈,我是一个穷老婆子,恁行点好,给我块干粮吃吧!"王玉峰老婆一面回屋里拿干粮,一面咕哝道:"也不知哪里来了这么个穷老婆子,却把她当成神仙看待。"她挑来挑去,挑了一块喂狗的干粮扔给她了。王玉峰也说道:"老大娘,你这么大年纪了,上沟走崖的跑不动了啊!"老妈妈也说道:"我就是孤身一人,没家没业,没儿没女,有什么法子呀!哪里跌倒哪里死吧。"王玉峰听了,心里欢喜极了:这老妈妈看来一定是那个神仙老妈妈了,她回答我的话和回答刘春田的话是一丝不差。他很得意地说道:"老大娘,我家里有的是房子,你就在我家里住下吧。"他老婆一听可着了急,憋不住大声地说道:"才去了一张吃饭的嘴,又找上个装食的洞。"

老妈妈没有作声,跟着王玉峰走进去了。这已经是吃饭的时候了,王玉峰两口子每天都是顿饭成席的,他把她领进一间空房子里去了。两口子回到自己的房里,吃饱了,喝足了,才把一点冷菜、一点冷饭端去。

第一顿饭这样送给老妈妈吃了。第二顿饭也是这样送去了。可是这一天两口子三更半夜的还在心疼。他老婆不住声地咕哝道:"穷人都是那副穷相,你可别叫她白白赚了饭去吃啦。"王玉峰心里也打着算盘:万一这穷婆子真的不是神仙变成的,不是要折本了吗?他想了一会儿,忽然把手一拍说:"好了,我有办法啦!"他老婆听了他的办法,也欢喜地说道:"对,这个办法是再好不过了。她要真是一个神仙变成的,那咱也会得到那吐银钱的泥人;她要真是一个穷婆子,那就立刻把她赶出去算了。"两口子觉也顾不得睡了,往老妈妈住的那间空房子走去。老妈妈已经睡下了,两口子硬逼着把她叫了起来。王玉峰说道:"老大娘,你要是神仙变成的,就先给我捏一个吐银钱的泥人吧!我会养活你三年的。"

老妈妈吃惊得瞪起了眼睛,一声不响。王玉峰老婆沉不住气了,大声吆喝道:"我说她是一个穷婆子就是一个穷婆子,快些叫她滚出去吧!"

老妈妈却并不害怕,也没有生气,只是冷笑了一声:"我也该回去了,恁到那树根底下挖一块泥来吧,我给恁留下一个像,也不枉见面一场。"

两口子听了,欢天喜地出去挖了一块泥回来。老妈妈一面捏一面说道:"榆庄有个王玉峰,我在他家住到天三更。临走没有什么送给他,捏个泥人吐马蜂。"

老妈妈念完了,泥人也捏成了。这泥人有点像王玉峰,又有点像他老婆,泥人把嘴一张,三指长的大马蜂,是接二连三地飞出来了,灯光里是一片嗡嗡声了,老妈妈忽然不见了。马蜂在王玉峰两口子身上脸上都落满了,扑了这里,那里又蜇了,扑了这些,那些又去蜇,不多一会儿,脸肿得眼睛也睁不开,两个人痛得在地上滚了起来。也许他俩一直滚到大天亮,不过,说故事的人没有这样说过,那只有请大家自己想一下吧。

搜集整理：梁兴晨
流传地区：山东泰安

青竹姑娘

　　泰山竹林寺①，是怎么修建的呢？相传，泰山前面有个书院，书院里有个学生名叫周童。这周童相貌出众，聪慧过人。周童的父母一心要他考取功名，求个一官半职。可是这周童，偏不喜欢摇头晃脑地吟诗做文章，就喜欢画画。画什么？画山水，画竹兰，画虫鸟，画得最好的是蝈蝈吃白菜。

　　中秋节这天，书院放了假，学生们有的回家了，有的结伴去游玩；会弹琴的弹琴，会吹箫的吹箫。那幽雅的箫声、清脆的琴韵，直引得百鸟合鸣，草丛间的蝈蝈儿也叫个不休。

　　那周童，喜欢独自一人去描摹花卉虫鸟。他听到山坡上的蝈蝈叫，心里痒痒抓抓，便蹑手蹑脚地去逮蝈蝈玩。可是，他刚逮住一只放进草帽头里笼起来，就听十步开外的山坡上又有一只蝈蝈叫，叫得比先一个更加清脆好听。他立刻攀崖拨草地去寻。当他逮住第二只，又向草帽里放时，发现第一只不见了。周童觉得奇怪，心想：莫非我毛手毛脚，只顾捕捉，它钻出来跑了？当他逮住第三只的时候，又发现第二只不见了。

　　就这样，他跑一段，逮一只；逮一只，跑一只。一连逮了九只，也跑了九只。他累得满头大汗，手托着空草帽，细细察看，帽头一点漏缝都没有，心里好生纳闷。他低头看着衣角，已被荆棘扯破了，抬头看看天色，太阳压山了，于是把草帽往头上一扣，想返身下山来。你说怪不怪？刚迈了一步，忽听背后蝈蝈又叫起

---

① 泰山竹林寺，建于何时不详，至唐尚有记载，后来只留寺院残迹，有人亦称"悬云寺"，故而传说纷纭，此为一种传说。另见本书《悬云寺》篇。

来,叫得比任何一次都好听,像人拨弄琴弦一般。周童的瘾头又上来了。他转身,绕崖拨草去寻,只见那只蝈蝈伏在银花藤上,形美体健,金首碧身。周童凑近了,它还侧起头来,朝他振振翅儿。周童弓身向前一扑,那蝈蝈三蹦两跳,落到十步开外的草棵上。周童追上前去,又一扑,那只蝈蝈腾地跳起,不远不近,落到十步开外。他越逮不住,心里就越发急;越急,就越去追赶。他不知追过几道沟,翻过几道梁,直追到一座山坳间,那蝈蝈停在一朵木槿花上。周童绕着花树去抓,那蝈蝈一下跳到他的衣袖上。他一抓,又跳到他肩上;再一抓,又跳到他的头顶上,逗得他又喜又恼。他索性抡起草帽,猛地往头上一扣,那蝈蝈啪啦啦地在他眼前旋了个圈儿,三蹦两跳翻过一道石墙不见了。

  周童定神一看,不禁吃了一惊:呀!我这是到了什么地方?这地方是个山坳,松柏郁郁葱葱,山溪淙淙不止,百鸟唱个不停。面前有座四合小院,黑油漆大门儿,青石围墙。周童站在墙外,心神恍惚。那动听的蝈蝈叫声,不断线地传出来。他走近门前,有心进院去逮,觉得生门生户,冒冒失失,怪不礼貌;甩手走掉吧,又觉可惜。他正犹豫不定,从门里"哗"地泼出一盆水来,他浑身上下被浇了个湿淋淋。他刚待发火,从门里走出一个俊俏姑娘。她双手端着个脸盆,朝周童满面赔笑。这姑娘顶多不过十七八岁,蓬松乌亮的头发,两道月牙眉,桃花一般的脸盘儿,细柳一般的腰肢,穿着一身竹青色的衣裳。周童一看,别说生气啦,魂儿都被她抓去了。

  那姑娘飘洒洒地迎下台阶,拉住周童的衣袖赔礼道:"哎呀!全怨我粗心,把你的衣裳弄湿了。"

  周童如呆如痴,只是诺诺后退。姑娘说:"这位大哥,快到家里来,把衣服换一换,我给你洗一洗吧!"

  "不敢,不敢!"周童反而不好意思了。

  姑娘问:"你怎么到这里来了?"

  周童把逮蝈蝈的事说了一遍。姑娘说:"那就到我院里逮去吧!"

  姑娘见周童迟疑不前,忙解释道:"你别害怕,家中只有我一个人!"周童一来贪心逮蝈蝈,二来觉得这姑娘情意殷切,不好意思推托,便跟着姑娘进了院子。

  这院子不大,挺幽静。院子中央有块两人高的怪石,姿态奇异,那怪石前,长着一棵挺大的竹子。竹子并不高,伞蓬蓬的,青葱滴翠,散发着醉人的清香。周童爱画竹兰,但从来没见到过这样的修竹。他绕着竹子,左看看,右瞧瞧,忽然发现竹枝上挂着个青竹编的蝈蝈笼子,八个角儿,玲珑乖巧,里面养着十只形态各异的蝈蝈。这十只蝈蝈与他刚才亲手逮住后又逃脱了的那十只蝈蝈一模一样。他正待问其根由,那姑娘说:"我也爱蝈蝈,这是我喂养的。它们饮饱竹叶上的露水,就到外面去玩耍。你要不嫌弃,就送给你吧!"

周童一听,谢过姑娘,伸手去摘蝈蝈笼子。姑娘拦住他说:"别着急,你先到屋里换下衣服,等我洗净晾干,你再回去。你看天已晚了,山又深,林又密,你一个人怎么走道呀!"

周童向四周看了看,果然迷迷糊糊,归路也辨不明了。姑娘劝他住下,明日再走。他只好答应了。

姑娘领着周童到了屋里,翻箱倒柜,拿出一件衣衫递给周童,叫他换下湿了的衣服。周童接在手里,又惊又喜:喜的是碰上了个温情的姑娘,惊的是这男人衣裳是谁的呢?姑娘说:"家中只有我和老爹爹。爹爹是个养竹子的行家。我老家本在江南,有一年爹爹来泰山进香,见这里山清水秀,便搬到这里来了。我们爷儿俩在这山上以养竹为生,爹爹下山卖竹器去了,十多天才能回来。这衣裳是爹爹年轻时穿的,如今老了,一直压在箱子底下。"

周童将信将疑地把衣服换了,真是又合体又漂亮,像姑娘特意为他做的一般。转眼工夫,姑娘又给他摆了一桌吃食:果也鲜,菜也香,白馍馍还冒着热气儿。

姑娘笑盈盈地说:"常言道:不打不相识。今天,你不逮蝈蝈,也到不了我门前;我不泼你一身水呀,你也不进俺家的门儿。既然来了,就吃点喝点吧!"

周童吃了个酒足饭饱,问:"这儿是什么地方?"

姑娘说:"叫竹林园。"

周童说:"我怎么没听说过呢?"

姑娘说:"因为你在书院读书,不常出门。"

周童问她怎么知道他的底细。姑娘只是抿着嘴儿笑。周童问姑娘叫什么名字,姑娘告诉他,叫青竹。

青竹姑娘坐在灯下,给周童缝补那件被荆棘扯破了的衣裳时,忽然扑簌簌地流下泪来。周童不解其意,赶忙追问:"刚才还高高兴兴,怎么又伤心流泪呢?"

青竹说:"爹爹外出,一去就是十天半月,家中常常只留下我一个人,明天你一走,我又孤单了。"

姑娘一哭不打紧,那泪珠子就像滴在周童的心尖上。他答应她,常来竹林园和她做伴儿。

青竹说:"你诵读诗书,一心想求名做官儿,哪有心思找我做伴呀?"

周童叹口气说:"人们常说:官如虎,名如土。我讨厌那玩意儿。我倒想学艺作画儿,或者像你这样耕作自食。"青竹听了破涕为笑,说:"呀!你喜欢画画儿,我喜欢绣花儿,你就常来给我画个绣花样子吧!"她说着转身走到床边,托着一幅刺绣让周童看。周童一看,大吃一惊:那刺绣,绣的是《翠竹蝈蝈图》——一棵翠竹上伏着十个蝈蝈,个个活灵活现,和院中那怪石前的修竹与蝈蝈一模一样。他心里好生惊奇,越发迷了。两人情投意合,便结成了夫妻。

第二天清晨,青竹指路,周童回到书院。从此,周童像有线牵着一般,每天放了学,便悄悄跑到竹林园去。天长日久,父母和书院的老先生都发现了周童的行迹。一天,老先生把周童叫到跟前审问。周童从小没说过一句谎话,便把逮蝈蝈遇到青竹姑娘的事,一五一十地说了一遍。老先生惊慌失色:"哎呀!在这荒山野岭,哪来的美貌女子呀?一定是个得了仙气的什么精。古语说:人心不邪不淫,才能成其大业。你这样贪玩,怎么得了?"老师训斥,父母看管,逼着周童与那青竹姑娘一刀两断。从此,周童再也没法到竹林园去了。

过了十天,周童想得昏昏沉沉,饭也吃不下,画也不能画了!脸黄了,人瘦了,病倒了。一天夜里,周童正昏昏欲睡,忽听房门"吱扭"一声开了,青竹姑娘闪进屋来,轻盈地走到他的床前。周童一见来的是青竹姑娘,忽地坐起来,一颗心都化了。青竹姑娘说,十天等不到他,猜着出事了,夜里偷偷来看他的。周童心一软,情一动,便把父母和老师训斥的话和盘说了。青竹姑娘坐在床头,眼泪汪汪地说:"你千万别听信挑唆。咱俩既然结为夫妻,我还有二心待你吗?你也不必担心,我有办法使你身体康复。"说着从口里吐出一个山楂大的红药丸子,送到周童嘴边。她嘱咐周童,把这粒红药丸子衔到嘴里,千万不要咽下去,等她走的时候,再吐出来还给她。

周童把丸子衔到嘴里,顿时觉得神清目明,浑身有力。他衔到天亮,青竹也守候到天亮。青竹临走时,周童又把红药丸子还给了青竹姑娘。

一连三夜,周童果然病好,渐渐变得又白又胖,体健如初。老师和父母觉得蹊跷,又一齐询问周童。周童为人倒老实,就是经不住三句好话,也经不住三句训斥,又把青竹姑娘夜里来看他,让他衔红药丸子的事说了出来。老先生更是惊慌,他吓唬周童说:"哎呀!一定是个妖精了!那女子对人先甜后毒,到了时机,食你心肝,饮你鲜血,她借此增加一百年道行!等她真相一露,你就逃不脱了。"

周童的父母苦苦哀求老先生想个主意。老先生想了想说:"我猜想,那红药丸子一定是女妖成仙的宝丹。到晚上,她若再来,你就趁机将那丸子吞下去。她没了宝丹,你也就会除灾避难了!"老先生的一席话,说得周童心里悠悠忽忽。他信吧,姑娘待他真情实意;不信吧,可从没见到过她爹爹。后来,他就依了老先生的主意。

到了晚上,青竹姑娘又来了。周童果真将红药丸子咽了下去。第二天清晨,当姑娘向他讨回时,周童推说夜里不留神,咽下去了。青竹姑娘一听,立刻瘫软在床前,脸色变得蜡黄。她伤心地说:"你算把我害苦了!我已经不能再与你一起生活了!"说着说着,泪像山泉一般往下流。周童见青竹这般伤情,不知怎么是好。姑娘又说:"你若对我还有情意的话,咱们相好一回,无论如何,你再到竹林园去看我一次。"说完,一眨眼,青竹姑娘不见了。

这一天,周童闷闷不乐,不知姑娘发生了什么事。晚上,等老师和同窗都睡下,他便溜出书院。月光明亮,山色迷离。他跑到竹林园时,简直惊呆了:原来那座小宅院全然不见了,只有一片青靛靛的竹林,山风一吹,发出沙沙的响声,更觉凄凄凉凉。他胡乱想道:莫非走错了道?不对,分明是那片竹林。莫非姑娘生了气,出走远方了?不对!她还能把房屋宅院带走吗?唉!看来再也见不到青竹姑娘了。他刚待转身往回走,忽然传来几声蝈蝈叫,叫得非常凄凉。周童急忙走上前去,定神一看,面前竖着一块奇形怪状的石头。周童辨认了一下,这就是那宅院当中的怪石。怪石旁边那棵挺大的竹子已经干枯了,干枝上还挂着那个八角蝈蝈笼子。

周童坐在那棵枯竹跟前，心里好生懊悔，听信了老师的话，把他和姑娘弄到这步凄凉境地。他越想越难过，觉得胸口一阵绞痛，"哇"的一声，将那红药丸子吐了出来，一下子落在枯竹根上。那棵枯竹，立刻又变得青葱滴翠。周童揉揉眼一看，青竹姑娘活脱脱地站在他的面前，不过显得比以前憔悴了。她一下扑到周童怀里说："周童呀，没想到咱二人会重新见面。今晚叫你来看看我，是让你看在二人的情分上，把我的枯体残尸掩埋掉。"

周童完全明白了：青竹姑娘，原来是个竹精。姑娘觉得自己的真形已经被周童见了，便说："我是人也罢，是精也罢，我待你怎么样呢？你怎么轻信别人的谗言伤害我呢？"问得周童无言对答。青竹又说："我向你把实底说了吧：我并没有一个养竹的老爹爹，因为我不这样说，你不会和我好。一句话，是为了咱们结成恩爱夫妻。那红药丸子，是我跑遍泰山，采集了一千零八种药材，炼了一千零八天，才炼成的一颗宝丹。我全指望着这颗宝丹活在人间。如今你既然对我产生了疑心，我们之间也就算到头了。"

青竹姑娘讲出这番伤心话，周童慌了手脚，忙拉住姑娘的衣袖说："我做了错事害了你，如今完全明白了。你是人也罢，是仙也罢，从今往后，我就是一死，也不与你分离！"

青竹姑娘含着眼泪笑了。她说："好吧，俗话说：一日夫妻百日恩，不经磨难情不深。不过，你得依我一条。"

周童说："别说一条，十条百条也依！"

青竹姑娘说："我经过这次磨难，得暂时离开去修身。你呢，也正在专心学艺。过些年咱们再相会。"

周童还想讲些什么，忽然眼前飘起一阵雾气，青竹姑娘无影无踪了。

从此，周童就以画画为生，而且专画《翠竹蝈蝈图》。他把青竹姑娘嘱咐他的话语全都记在心里，和谁也不吐露半个字。他在竹林园盖了一个宅院，说是出家做了和尚，改名"竹林寺"。实际呢，是等着青竹姑娘。

搜集整理：林如求
流传地区：山东

翠竹仙子

从前，上丰山上住着一个诚实厚道的后生仔，从小没爹没娘，凭着一双勤劳的手种地过日子。常年风吹日晒雨淋，练就了他一身钢筋铁骨，壮实得就像一块石头，因此，人们都唤他"小石头"。

有一天，小石头下山给财主家干活，回来的路上看见路边有株竹子，不知什么时候被山洪连根拔起，冲下山来，横卧在悬崖边，枝叶焦黄，眼看就要枯死了。小石头见这竹子长得美丽，就把它带回家来，栽在屋后的山坡上。

天旱的时候，小石头就给竹子浇水；天冷的时候，小石头就给竹子培土。过了不久，竹子活了，长出了青枝绿叶。第二年春天，竹根附近又长出了几根竹笋。过了一年，竹笋又长成了竹子。如此几年工夫，后山上就长出一片小小的翠竹林。

小石头眼看着独竹成林，心里就像喝了蜜一样甘甜。他每年都要上山给竹林锄一遍草，培一层土。为了制止野猪残害嫩笋幼竹，小石头又在竹林四周挖下许多陷阱。在小石头的精心养护下，竹林越长越茂盛。

有一回，小石头的扁担断了。他从门后摸出一把柴刀，来到竹林里，想砍一根竹子做扁担。他用手摸摸这根竹子，又用手摸摸那根竹子，株株竹子都长得劲挺挺的，他怎么也舍不得动刀去砍，最后只好空着手回来。

第二天早上，小石头正想上山砍一根木头做一根柴扁担，不料打开房门一看，门前放着一把崭新的竹扁担。小石头心想，这扁担一定是山下那位好心的大伯送来的，也不放在心上，拿了扁担就去挑粪。

转眼秋天到了，小石头打下了许多粮食，家里的谷囤不够装。他从门后摸出一把柴刀,来到竹林里,想砍几根竹子编谷囤。他用手摸摸这根竹子,又用手摸摸那根竹子,株株竹子都长得劲挺挺的,他怎么也舍不得动刀去砍,最后又空着手回来。

第二天早上,小石头正想下山去向人家借几只谷囤装粮,不料打开房门一看,门前放着五只新编的竹谷囤。小石头心想:这谷囤一定又是山下那位好心的大伯送来的吧!他没顾得多想,就扛起谷囤去装粮。

秋收过后,转入了冬闲季节。小石头想:难得大伯送了扁担又送来谷囤,我得去当面谢谢他。于是,他装了两口袋新米,下山去找大伯,见了面就说:"大伯,谢谢你雪中送炭,给我做了扁担,又编了谷囤。今年丰收了,你啥时候再给我做一把竹笊篱,让我也吃顿干米饭吧!"

大伯听了小石头的话,摸摸后脑勺,有点莫名其妙。小石头以为他年老耳聋没听清,又把话重复了一遍。大伯听完,把头摇得像只拨浪鼓,说:"这好事不是大伯干的。大伯卧病在床快半年了,这几天刚能起来走动,哪会为你做扁担编谷囤?"

小石头一听,好比一头栽进糨糊桶——稀里糊涂。他想:除了大伯,山前山后还有哪个会来关心我这条穷光棍呢?大伯听他讲述了事情的经过,也觉得诧异。这事会是谁干的呢?他俩左猜右想,始终找不出一个答案来。

小石头见天色晚了,就告别大伯回家。到了家里,他就准备生火做饭,可一开厨房门,忽然闻到一股扑鼻的饭香。小石头一步跨进厨房一看,咦!灶沿上还放着一把新做的竹笊篱,锅里的米已经半熟,可以捞起来蒸干饭了。

这是谁做的好事?小石头前后左右搜索了一阵,只见房子内外连个人影也没有。他想:这事大概是神仙做的吧!便大声喊道:"好心的仙人,你在哪儿?出来让我小石头当面谢谢你吧!"

小石头话音刚落,突然从竹林里走出一个楚楚动人的仙姑来。那仙姑长着一张瓜子脸,头上插着三片绿竹叶,身上穿着绿衣裳绿裙子,亭亭玉立,秀丽端庄。她来到小石头跟前,朝他微微一笑,说:"你谢我什么呀!要谢的话还得让我先谢你呢!"

小石头惊讶得叫了起来:"我谢你帮我做饭呀!"他愣了愣,瞪大眼睛望着这位美丽的仙姑,又说:"你是谁?为什么倒要先谢我?"

仙姑羞怯地低下头说:"我叫竹英,是个翠竹仙子。那一年雨魔为患,我娘同他斗了三天三夜,最后战败,倒在悬崖边上,奄奄一息。要不是你把她救回,又细心护理,早就没命了!也不会生下我。我娘感激你,说你人好心好,见你孤身一人,就让我来帮你做做家务事。"

"你真的是个竹仙姑?"小石头听了翠竹仙子的话,简直像做梦一样,有点不敢相信。

翠竹仙子微笑着向他点了点头。

小石头想了想又问道:"那竹扁担和竹谷囤,就是你做的啰?"

翠竹仙子又点了点头。

小石头救竹遇仙女,不禁喜出望外。当夜,他们就在草房里结了婚。从此,夫妻俩恩恩爱爱地过日子。翠竹仙子心灵手巧,能用竹子编成各式各样精美的竹器,什么篮子、米箩、竹帘、竹席……要她编什么,她就能编什么,而且编得又快又好。小石头除了把翠竹仙子编的竹器送一部分给穷苦乡亲外,还拿到集市上去出卖。人们见他的竹器又好看又便宜,都争着向他购买。从此,他们的日子越过越甜美。

上丰山下有个财主,绰号"癞痢头"。这癞痢头头上生疮,脚下流脓,心眼坏极了。他听说小石头娶了个心灵手巧的美媳妇,心里就像吞了一头刺猬一样地难受。他把三角眼一转,就带了几个家丁来到小石头的家。

癞痢头假惺惺地摸出一块黄铜,对小石头说:"你是个穷种田汉,能吃饱穿暖就算最大的福分了,哪配娶这么漂亮的老婆?我把这块金子给你,你把老婆让给我吧!"

小石头一听,气得"呸"地向他吐了一口唾液,骂道:"你这只披着人皮的狼,我今天揍死你!"他攥紧拳头就想揍癞痢头,却被家丁挡住了。癞痢头嘿嘿冷笑两声说:"你这贱骨头,敬酒不吃吃罚酒,老婆不肯让,就给我抢走!"

家丁们呐喊一声,正想上前动手,站在小石头背后的翠竹仙子威严地大喝一声:"慢着!"她朝小石头使了一个眼色,然后转向癞痢头说:"不劳动手,我愿意跟你们走!"

癞痢头一听这话，笑得嘴巴咧到了耳后根。他一把抓过翠竹仙子的手，扭头就往山下走。

走着走着，癞痢头忽然觉得手里有点异样，转头看时，哪里还有翠竹仙子的影儿？再张开手掌看时，握的哪是什么翠竹仙子的手，分明只是三片翠竹叶！

这一惊非同小可，把个癞痢头惊得像泥塑木雕的一般。他正怔怔地望着手掌发呆，忽然，那三片竹叶竟神奇地活了起来，抽出竹芽，转眼之间变成一根指头粗的竹鞭，朝着癞痢头的手腕、屁股、小腿，没头没脑地上下抽打起来。癞痢头疼得像杀猪一般号叫，不住叩头求饶。跟随的那几个家丁见了，吓得舌头伸得老长，生怕鞭子抽到自己身上，只顾用手死死掩住自己的屁股，听任主子在一边挨打，也不敢轻举妄动。

那竹鞭把癞痢头抽了个痛快，忽然又变成了三片竹叶，向山上的竹林飞去，眨眼间不见了。这时，家丁们才七手八脚把被抽得半死的癞痢头抬回家中，调养了半月方才平复。

癞痢头好了伤疤忘了疼，一想起美人未到手，反而白白挨了一顿打，就恨恨地要上山去报复。他带了十多个家丁，个个手拿明晃晃的大砍刀，一窝蜂似的冲上山来，团团包围了小石头的草房。癞痢头知道这翠竹仙子是个竹精，便带领家丁闯进竹林，挥刀砍竹。说也奇怪，他们前头刚把竹子砍倒，后头砍倒的地方却又长出竹子来。前头砍倒一株，后头却长出两株、三株来。结果，那竹子非但砍不倒，反而越砍越多。

癞痢头一看，气得两眼翻白，就下令放火烧竹林。家丁们抱来一堆堆柴草，放在竹林里点着。但柴草烧完了，竹子还是青青的，哪里烧得着！

癞痢头气急败坏，又下令放火焚烧小石头的草房。一声令下，草房冒起了熊熊烈火。癞痢头狞笑着，歇斯底里一般大叫起来："烧死竹精，报我一鞭之仇！"

不料，癞痢头的话音刚落，从烟雾里突然钻出两个人来。他们不是别人，就是小石头和翠竹仙子。只见翠竹仙子从头上摘下一片竹叶，用口一吹，那竹叶就大得像一片草席，托着他们二人向竹林飞去。

癞痢头一见，发疯一样边追边嚷："抓住竹精！抓住竹精！"家丁们应声像疯狗一般拥进竹林。他们随着那片竹叶，从东追到西，从南追到北，追得晕头转向，精疲力竭。忽然一阵浓烟滚来,熏得他们气喘不过,眼看不见,最后都落入小石头挖的捕野猪的陷阱中,死了。

　　从此以后,上丰山上的竹子越繁衍越多,漫山漫谷,方圆数十里,到处都是竹。上丰便成了有名的竹乡。小石头和翠竹仙子呢？他们从此离开了上丰。人们都说,小石头也成了仙,夫妻双双上天去了。

讲　　述：王同文、覃凤英（水族）
搜集整理：岱年、范禹、世杰
流传地区：广西宜州

竹妹

在碧绿幽深的龙江畔，有个逃荒户聚居的水族村寨。寨里有个名叫阿当的后生，他爹饿死在逃荒路上，他妈常年犯病卧床不起。阿当从小半饥半饱，勤俭为生，倒也长得粗眉大眼，身强力壮。他每天都要上山砍几大捆柴，挑到街上去卖掉，换点吃用的东西，勉强维持住娘儿俩的生活。

这阿当有个怪脾气，他砍下柴棒千千万，就是从来不动一根竹子。大楠竹、钓鱼竹、金竹、水竹，他都十分喜爱，加意保护。砍柴或挑柴累了，阿当总是坐在凉悠悠的竹下，低声唱着各种各样的山歌，一边顺手把散乱的竹叶拢到一起，塞在竹根缝里做肥料。

深冬的一天，风雪来得特别猛烈，阿当为了给病重的妈妈买两服药，走上北山费力地砍着一蓬蓬枞毛柴。眼看天快黑了，阿当既冷又饿，心头十分犯愁。这时候，从一蓬粗大的楠竹丛中，突然走出来一位秀丽苗条的姑娘，穿着鹅黄色的衣裤，戴着绣有白花的青色头巾。她手捏一把弯刀，大方地对着阿当说："让我来帮你砍一捆柴吧！"阿当摇摇头，好心好意地说："风雪这么大，天也晚了！你是哪个寨子的姑娘？快快回家吧！"姑娘微微一笑，说声不要紧，就挥起弯刀在一旁砍伐起来。说来也怪，不管那柴棒有多粗，她挥一刀就断一根，挥两刀就断一双。不一会儿，砍了一大片。她又飞快削掉枝杈，把柴拢好捆紧，做得十分麻利。阿当不时地偷睒一眼，心头很是惊喜，忍不住说："好心的姑娘啊，这么几大捆柴，少讲也有四五百斤，我哪里挑得动呢？"姑娘摘下绣花青头帕，揩掉脸上的汗水，笑着说："我早就晓得你有劲，准定挑得动！"阿当插好尖担试抬一下，说来也怪，四五百斤的柴仿佛只有一百来斤，很轻易地挑起来了。阿当一时弄不清怎么回事，只是放下担子,犹豫一阵才讷讷地说:"能干的姑娘啊,是我耽误了你,天快黑了,还是由我送你回家吧!"姑娘轻巧地围好头帕,说一声再见,眨眼间就消失在竹子背后了。

阿当把柴挑回家,第二天一早,抬到街上卖掉,抓得两服药,买了一升白米、二两碎盐,还特地买了一块绣花手帕。卧病在床的阿妈服药后精神清爽一些,关心地问道:"崽呀,昨天风雪特别大,你怎么能够砍得那么多柴啊?"阿当就把昨天发生的事情照实讲了,又说今天晌午后再去北山砍柴,要是还能够遇见那位姑娘就好啦。

阿妈向来忠厚胆小,生怕阿当遇见一个浪荡女人,就认真地说:"崽呀,你一定要听妈的话,北山不能去了,今后只准上南山砍柴!"阿当一向老实听话,心头虽有挂牵,还是扛起扁担上南山去了。不料刚刚走进密林深处,正要动手砍柴时,从近旁的大楠竹丛里又走出来一位秀丽苗条的姑娘。他仔细一瞄,正是昨天帮忙砍柴的姑娘呀!阿当又惊又喜,心头止不住一阵乱跳。这姑娘好像一眼看穿了阿当的心思,深情地说:"阿当哥,我不是浪荡女,也不是山妖,我名叫竹妹,从来不害人的。这几年,你每天上山砍柴,我都在一旁悄悄观望,见你忠厚勤快,对待我的家族特别爱护,所以才来和你交朋友嘛!"阿当好像明白了点,但又找不到恰当的话讲,低下脑壳使劲砍起柴来。竹妹从腰后掏出弯刀,也在一旁轻巧地砍起柴来。不一会儿,堆好了十几捆柴,足够阿当挑几回的啦。

冬去春来,阿当和竹妹每天在坡上相遇,一起砍柴,一块歇息,谈心对歌,双方爱慕的感情就像那窖封的糯米酒,越来越浓烈醉人了。

阿当回家的时间越来越晚,阿妈的疑心越来越重。阿当就把这一切都讲出来,并说竹妹确实是个少有的好姑娘。阿妈默想一阵,叫阿当领着竹妹进家来看看。见面以后,阿妈无限欢喜,用一只粗糙的老手抚摸着竹妹灵巧的双手,轻轻地说:"我家崽好有福气!只是我们家太苦,处处要亏待你!"竹妹顺从地低着头说:"阿妈不用担心,只要我们三人齐心合力,日子会过好的。"

阿当和竹妹成婚以后,竹妹叫他不要再砍柴了。天麻麻亮,她和阿当一起上山摘香菌,掏木耳。说来也怪,竹妹随便走到哪片坡,哪里就有大片的香菌、木耳。每天,他们早早收拢两大挑,上街卖了,买回盐辣肉米,生活过得很好。竹妹还特意给阿妈和阿当缝制了几套合身的新衣裤。阿妈高兴得成天合不拢嘴,身子骨也硬实起来啦。

寨子头有位大财主,生就一个怪毛病:哪个穷人家的日子好过点,他就要整倒哪个。这天下午,财主带着一帮打手,闯进阿当的茅草房,逼着阿当立刻交出三百两银子的山税。老实的阿当交不起银钱,也辩解不清楚。财主气汹汹地叫打手把阿当吊起来毒打。阿妈被吓昏倒在地上。这时候,竹妹提着一篮菜回家,上前护住阿当和阿妈,对财主讲起理来。财主输理耍蛮,眼见竹妹漂亮灵巧,就喝令打手来捆竹妹,说是拿人可抵山税。竹妹一闪身逃进后园,财主赶忙追进后园。竹妹站在一蓬楠竹下发笑,财主火烧火燎地扑上去。那楠竹闪电般地弯下腰来,把财主的头发、衣服紧紧钩住,提到半空中,狠狠摔下来,又提上去。财主被抓摔得头破血流,喊爹叫妈。打手们拥上前去解救,也被另外几棵楠竹抓摔起来。过了好一会儿,竹妹用手轻轻一指,这蓬楠竹依旧挺立不动。打手们架起财主,一瘸一拐地逃走了。

竹妹解脱阿当,拍醒阿妈,向他们说道:"我本是楠竹精,修成人身进了你们家的门。刚才把财主打得半死,他不会善罢甘休。你和阿妈能不能跟我一起,另找地方过日子呢?"阿当深情地看着竹妹,一个劲儿点头答应。阿妈说:"世上有恶人,也有善精!好媳妇啊,我愿跟你在一起!"

这天夜里,竹妹领着阿当和阿妈向深山逃去。财主领来官兵,到处搜山,一直没有捉住他们。

搜集整理：张复兴、郭崇华
流传地区：河南洛阳

姚黄和魏紫

姚黄和魏紫是洛阳牡丹中最好最奇的两种牡丹。牡丹是花中之王，姚黄和魏紫便是牡丹之冠。这两种牡丹花是怎样出现的呢？洛阳民间有这样一个传说。

宋朝的时候，邙山脚下有个穷孩子，名叫黄喜。他父亲去世早，家里只有他和母亲。这孩子憨厚老实，勤劳能干，从小就挑起了生活的重担，靠打柴过日子。每天鸡叫头遍，他把母亲给他准备好的干粮袋往扁担头上一挂，说声："娘！我走了！"然后他便踏着晨露上山去了。

山坡上有个石人。这石人究竟是咋来的？谁也说不清。反正从黄喜记事时起，它就在这儿立着了。在离石人不远的地方，有一股清凌凌的山泉水，泉水旁边长了一棵开紫花的牡丹。这棵牡丹究竟有多少年了，谁也记不得。反正自黄喜会上山砍柴那天起，它就在这儿长着了。每天早晨，黄喜总是第一个来到这里，把干粮袋从扁担上取下来，往石人脖子里一挂，说："石人哥，吃馍吧！"然后他再走到泉水旁边，给牡丹根上捧几捧泉水，说："牡丹姐，喝水吧！"这才上山去砍柴。

黄喜长到十八九岁，成了个英俊的小伙子。一双大眼睛像星星一样明亮，两条浓眉像墨一样乌黑，被日头晒得黑黝黝的脸膛泛着红光，显得很健壮。

这一天，他砍完了柴，回到石人跟前，摘下干粮袋，说："石人哥，你不吃我可吃啦！"吃罢馍，又到泉水旁边，再给牡丹捧几捧水，然后洗洗汗涔涔的脸，挑起柴火回家。

今儿个黄喜砍的柴火特别多，像挑了两架小山，扁担压得跟弓一样。走不了多远,就得用支棍支起担子歇歇肩。这时,后面撵上来一位年轻姑娘,走到他跟前说:"我帮你挑吧!"

黄喜不认识这姑娘,只见她穿一身浆洗得干干净净的紫色带花衣裳,浓眉大眼,乌发细肤,长得十分俊俏。黄喜不好意思地说:"不不,我挑得动。"

姑娘笑了,嘴角上显出了两个美丽的酒窝儿,狡黠地说:"还逞强哩!挑得动为啥一会儿一歇呢?"说罢,她不管黄喜同意不同意,便上去把柴火挑子抢了过去,挑上就往山下走。黄喜在后边咋撵都撵不上。

姑娘一口气把柴火挑到黄喜家。黄喜娘正在厨房做饭,一见儿子领回来这么好看一个姑娘,笑得两眼都眯成一条线啦!她把姑娘让进屋里,又是让座,又是倒水。姑娘不歇也不喝,就像到了自己家一样,袖子一卷,下了厨房,帮助老人生火、擀面,啥活都干,把黄喜娘高兴得就像喝了枣花蜜一样,一直甜到了心窝里。

吃罢饭,黄喜上街卖柴去了。黄喜娘拉着姑娘的手问长问短。姑娘告诉她,她叫紫姑,家就在这邙山上,父母都不在了,只剩下了她一个人。黄喜娘看她诚实、勤快、心眼好,家里又没有别的人,心想娶她做媳妇。她把心里话对姑娘一说,姑娘笑了,甜甜地喊了她一声:"娘!"老人非常高兴。从此,紫姑就在黄喜家里住了下来。这姑娘手很巧,做得一手好针线。她绣的牡丹花跟真的一模一样。黄喜卖柴时把牡丹花被面捎到集市上,总是一抢而空。这样没多久,家里就慢慢富裕起来了。黄喜娘催着儿子和紫姑早点把喜事办了,紫姑总是说:"娘,你别急,我来咱家还不够一百天哩!等过了一百天,俺俩就成亲。"

为什么要等一百天才成亲呢?原来,紫姑有一颗珠子,整天在嘴里噙着。自从她和黄喜定亲那一天起,不光她噙,她还叫黄喜跟她轮换着噙。她还再三交代他:"只准噙,不准咽,一咽就不能成夫妻了。"黄喜问她噙这珠子有啥用处。她说噙了它上山砍柴不觉得饿,不觉得累,多重的担子都挑得动。黄喜想试试灵验不灵验,有一次他柴火砍得特别多,挑起来一试,竟跟往常一样。他认定这是一颗宝珠,每天都要噙一噙,同时他还默默地记着天数,等噙够一百天好跟紫姑成亲。

如今,黄喜已经噙了九十九天了。再过一天,喜期就到了。黄喜真高兴呀!

第二天一早,黄喜照常上山砍柴。他走到石人跟前,对石人说:"石人哥,我

172　　　　　　　　　　　　　中国精怪故事

明天就要跟紫姑成亲了,你为我高兴吗?"

说罢,他对着石人笑了笑,又来到泉水旁边,想把这事也告诉给牡丹。可是一想,自从他跟紫姑认识那天起,那棵紫花牡丹就不见了。当时他以为是被谁偷走了,好多天心里都不是滋味。现在他又想起了牡丹姐姐,于是又问石人:"石人哥,你告诉我,牡丹到底被谁偷走了?她现在在哪里?"

不料,石人竟开口说话了:"就在你的家里。"

"啊?"黄喜吓了一跳,向后退着说,"你,你怎么会说话?"

石人说:"黄喜,你别害怕,听我把实情告诉你。你要娶的那个紫姑,就是那棵紫牡丹变的。她是个害人的花妖,她叫你噙的那颗珠子,会把你身上的血脉全吸干的。今天是最后一天,明天你就没命了。"

石人的话,黄喜有点不相信。他觉得紫姑不会害他,可是,他跟那棵失踪的牡丹连起来一想,心里又有点害怕了。他说:"石人哥,你说的这是真的吗?"

石人说:"真的。你要想活命,一会儿回家把她那颗珠子咽了就行了。"

回到家里,紫姑又叫他噙珠子,黄喜是个实诚人,他听了石人的话,就把那颗珠子咽到肚里了。

紫姑一看他把珠子咽了,脸色唰的一下变了,差一点晕过去。黄喜娘赶快过来扶住紫姑,问儿子是咋回事。黄喜是个孝顺孩子,长这么大没对娘说过一句瞎话。他把刚才石人说的话老老实实地全说了。

紫姑一听,原来是石人捣的鬼。她已哭成了泪人,哽咽地说:"你上石人的当啦!"

接着,她把真情讲了一遍。原来,那个石人是个石头精。它看紫姑长得很漂亮,心想霸占为妻。紫姑不从,石人仍不死心。但因紫姑有一颗宝珠,它诡计施尽,也到不了手。只要紫姑和黄喜噙够这颗宝珠一百天,结为夫妻,往后石人就再也没有办法了。现在黄喜把宝珠一吞,一来紫姑失去了护身宝,二来又能害黄喜一死。这样,石人精就可以轻易得到紫姑了。

黄喜听了紫姑说的话,悲愤交加,后悔莫及。他说:"石人这样害咱,咱就拿它没办法了吗?"

紫姑说:"你带上斧子,去到石人跟前,把它的头劈开,里边有一本'无字天书'。把这本书取出往空中一抛,天神就会来惩罚它了。"

黄喜听罢,掂起斧子就走。他来到石人跟前,用尽全身力气,照着石人的头猛地一劈。石人的头"哗"的一声开了,里面果然有一本"无字天书"。黄喜把书向空中一抛,刹那间,出现一道闪光,一声霹雳击得石人粉身碎骨,成了一堆碎石。

这时,黄喜只觉得吞下的那颗珠子烧得他心里难受,好像有一团火要从喉咙眼里冒出来。他喝了几口泉水,还是压不下去,只好纵身跳进了泉水里。不料,水面上打了个旋儿,他不见了。

紫姑从山下慌慌张张地赶来了。她一看黄喜跳进了泉水,也随着跳下去了。

几天以后,泉水旁边生出了两株牡丹,一株开黄花,一株开紫花。人们听说后,纷纷跑来观看。都说这是黄喜和紫姑变的。

不知过了多少年,这两株牡丹分别移栽到了姚家和魏家的花园里。从此,姚家的黄牡丹起名叫"姚黄",魏家的紫牡丹起名叫"魏紫"。

讲　　述：姬明德、冀银生等
搜集整理：张楚北
流传地区：河南洛阳

黑牡丹

各色各样的洛阳牡丹中，有一种花色深紫如墨，人称"黑牡丹"。每逢开花时，旁边总有一片大叶伸过来，罩在花朵上，见的人无不称奇。传说，它的出现与吕洞宾戏牡丹有关。

洛阳牡丹闻名天下以后，不仅天底下的人都来看，天上的八仙也想饱饱眼福。一年春天，正是牡丹花盛开的时候，吕洞宾化作一个花花公子，来到牡丹山的牡丹沟里赏花。正看时，一个年轻女子从他身边飘然而过。吕洞宾见这女子长得美貌非凡，他忘了看花，却被这如花的女子勾走了魂儿。女子在花丛里走，他在后边紧跟，心想：能撑上说句话，也不枉到凡间一趟。谁知撑到一棵红牡丹跟前，那女子转眼不见了。吕洞宾恍然大悟：咦！亏我生着仙眼，不识仙体。大水冲倒龙王庙——一家人不识一家人呀！原来是这棵红花牡丹修炼成仙啦！好办，好办，等她再现仙体，我把身份一亮，自然会一见钟情。但他一等再等，那红花仙子再也不跟他照面。吕洞宾只好将这棵牡丹枝上绑个绳子，作为记号，自言自语："改日再来，改日再来。"

红花仙子隐了仙体，又化作一粒红豆，飞到牡丹洞里，把这件意外的事向管牡丹的花神牡丹仙子禀报。

这时，牡丹仙子正在洞中画焦骨牡丹谱，见飞来一粒红豆落在案上，她知道这是红花仙子所变，便故意与红花仙子戏耍，捏住装进笔管里，用个小纸球把笔管口一堵，继续作画。

红花仙子不能出来，就在笔管里向牡丹仙子诉起苦来："姐姐，今儿真倒霉，我到山上看望众姐妹，回来时被一个花花公子发现了，他穷追不舍，可把我吓坏啦！"

"你可知道他是谁呀?"牡丹仙子对着笔管说,"他就是那两口出家,住在山洞里,夫妻夜不同床,相敬如宾的吕洞宾哪!"

"你咋知道是他?"

"我知道今天八仙赏花来啦。能看见你的仙体的不是凡人,只有他们。他们中间,唯有吕洞宾一向喜欢寻花问柳,所以我断定不是别的神仙。"

"嘿!好个吕洞宾!说什么夫妻二人相敬如宾,准是自吹的。他这个神仙是骗来的!"红花仙子感慨地说,"人间有伪君子,想不到仙宫内还有假神仙!"

牡丹仙子笑道:"傻妹妹,天上人间,虽然有高低贵贱之分,但这种自毁名声的人哪里都有。以后,时时处处提防些便是。"

说话间,画已作完。牡丹仙子停笔,取下笔管上的纸球,把红豆往外倒,没注意倒在砚池中。鲜红的豆豆染上墨汁,变成了黑紫色。红花仙子忙现出仙体,美如桃花的面容,变得与那染墨的红豆没有二色。

牡丹仙子惭愧地说:"好妹妹,是我不小心,无意中毁了你的面容,我害了你啦!"

红花仙子说:"姐姐,这倒好。听了你刚才说的,我正想,生为女性,美不如丑,免得无端招来麻烦。如若摆脱不掉,烦恼终日,将会误了自己的大事。我还要感谢你哩!"

第二天一大早,吕洞宾又来找那棵绑上记号的牡丹。到跟前一看,花朵被叶片罩着。他拨开叶片,下面不是昨天的红花,却是黑色的花朵。这是咋回事呢?原来,那红花仙子虽然变成了黑花仙子,仍不想让吕洞宾看见,便用绿纱罩在自己脸上。吕洞宾见这情景,知道花仙与他无缘,也不觉得害臊,袖子一甩,不见啦!

自此,洛阳万紫千红的牡丹山上,就出现一种与众不同的奇花——黑牡丹。

吕洞宾喜牡丹

讲　　述：王南方
搜集整理：王同全、赵景斌
流传地区：河南禹州

神垕东南大刘山中，有个地方叫吕沟，相传这是吕洞宾修道的地方。

从前，吕沟绿草茵茵，松青柏翠，风景喜人。在吕洞宾居住的土洞不远，长着一棵牡丹花。每逢立春花开，那盘子般大的花朵，红艳艳的，迎风点头。花儿清香，十里八村都能闻到。吕洞宾喜爱牡丹的姿色，清晨傍晚常到花前观赏。如果花下有野草，他就细心地把野草拔去。如果天气旱了，他就从远处担来泉水浇灌。在他的精心料理下，牡丹一年比一年长得好，花儿一年比一年开得鲜艳。

天长日久，牡丹得道成仙，修成了人形，成了一个绝世美貌的少女。离牡丹不远，有一棵千年老竹也成了精。这竹精贪恋牡丹美貌，生了邪念，每逢夜深人静，就变成一个浪荡公子去向牡丹求爱，常用污言秽语调戏牡丹。这牡丹心比玉白，比冰清，痛恨竹精无耻下流，拒绝他的要求。那竹精见牡丹不肯上钩，想起平日吕洞宾常给牡丹拔草浇水，认为牡丹是恋上了吕洞宾，心里暗暗恨起吕洞宾来。

有天早上，吕洞宾又去给牡丹浇水。竹精变成一个书生来到花前，和吕洞宾相见，说："这牡丹花多好啊！"吕洞宾随口答道："是呀！贫道喜爱牡丹就是因为她美丽动人，清香芬芳。"竹精听见吕洞宾说出"喜牡丹"三个字，就到四方传扬，说吕洞宾下流无耻，是个骚仙，自己说自己戏牡丹……

牡丹痛恨竹精狠毒，血口喷人。她想：吕洞宾根本不知我已修成仙道，对我没有一点坏心，却遭受这样的不白之冤。在吕洞宾又去浇水时，她变成了一位少女。吕洞宾见牡丹变成了一个美丽的姑娘，又惊又喜，忙说："仙姑得道，可喜可贺。"牡丹笑了笑，施了一礼，说："谢谢道兄平日照顾，可你知不知近日有一些闲言碎语？"吕洞宾说："贫道不出深山，不入人世，不知有些啥闲话？"牡丹把竹精多次调戏自己、散布污言秽语的事对吕洞宾说了一遍。吕洞宾一听竹精不但说自己的坏话，还想玷污贞洁的牡丹仙子，心中大怒，拔剑来到老竹跟前，一下把老竹砍为几截。

吕洞宾斩了竹精，感到人言可畏，此地不可久留，就告别牡丹，四方云游去了。

吕洞宾走了，但是吕洞宾戏牡丹的故事流传在人间，无法收回。其实是"吕洞宾喜牡丹"，并不是"吕洞宾戏牡丹"。

讲　　述：朱三保、郭宝森
搜集整理：杨彦衡
流传地区：江苏苏州

牡丹姑娘

　　从前,武则天当皇帝的辰光①,苏州阊门有兄弟二人,都靠织绸过日脚②。老大已经娶了老婆,是个软耳朵,什么都照老婆的眼色办事。他老婆过门不久,就想霸占全部家产,一门心思要把老二撵出去。

　　老二从小勤勤恳恳跟哥哥学手艺,平日两人相依为命,蛮要好。自从有了嫂嫂,日脚就过得勿好哉!住两样,穿两样,连平日吃饭也两样哉!哥哥嫂嫂鱼肉不断,弟弟却粗茶淡饭。这还不算,日脚越来越难过。老二想:勿能捏着鼻子过下去,我自己有两只手,何勿自己做,自己吃,免得受这窝囊气。于是,他就另立门户,单独织起被面来,赚几个钱苦度光阴。

　　老二有个脾气,空下来喜欢种种花草。他搬出去以后,在破机房外面的天井里,种满了各式各样的牡丹花。每天一空下来,他总是不怕吃力,壅肥浇水,拔草除虫,忙个不停。到了春二三月,牡丹盛开,有红的,有白的,有紫的,还有一种浅绿色的,五彩缤纷。那牡丹,大的有鲤鱼盆那么大,小的有菜碗口那么大,大大小小,万紫千红,把小小的天井打扮得像个花园。老二坐在机前,望着那些鲜花,越看越喜欢。他的心愿就是把这些花朵织到被面上去。他东拣西挑,摘了一朵漂亮的牡丹花,插在机头上,就配着五色丝线,用心地织起来。可是,牡丹花的花瓣重重叠叠,颜色有深有浅,有明有暗,就是最高明的画师也画不像呢,要织到绸被面上去更是难上加难。这可把老二难倒了,无论怎样也想不出好办法来。

---

① 辰光:方言,时候。
② 日脚:方言,日子。

有一天,他正坐在机上苦思冥想,想得迷迷糊糊。忽然一抬头,只见一个秀里秀气的姑娘站在机子旁边,笑盈盈地说:"老二啊,这样好看的牡丹花,你想织到生活①上去?"

老二说:"是啊,我正动脑筋哩。可是脑子也想得痛了,还没有好办法。"

姑娘说:"老二啊,只要功夫深,铁杵也能磨成绣花针。喏,我这里有个花本本,你不妨拿去看看。"

老二接过花本一看,那上面的花样又新鲜,又好看,真像得到宝贝一样,心里暗暗感激。于是,他就照着花本,一梭一梭地织起来。这姑娘也奇怪,到时候就来相帮,就像是他的隔壁邻舍一样。后来,一种新式的牡丹花被面就织出来了。老二心里蛮高兴,把被面挂在屋里,看来看去看不够。只见一朵朵五颜六色的牡丹花开在绸被面上,活灵活现像是真的,引得蜜蜂、蝴蝶也飞进屋里来,围着绸缎上下飞舞。从此,老二织牡丹花被面出了名,方圆几百里地都晓得了他这个能人。

这辰光,这个忠厚勤俭的老二,忽然像发现珍宝一样,注意起这位"邻舍"来了。看到她每天辛辛苦苦帮着他,脾气又那么好,讲到她标致,更是呒啥好比的,除非比作这绸被面上的牡丹花,他因此心里像粘着块饴糖,喜滋滋甜津津地爱上了她。不料这个姑娘大大方方地先对老二说:"我们两人都无依无靠,穷帮穷,不愁穷,就结为夫妻吧!"

老二高兴得话都讲勿连牵②哉。半天,他才红着脸说:"我还怕你嫌我穷呢,我是打了灯笼也找不到你啊!"他们就这样配成了夫妻。

老二夫妻俩织的被面,大家都抢着要买。老大织的被面还是老花样,一条也没有人要了。嫂嫂看到老二娶了标致的媳妇,买他们被面的人又多,攒了不少钱财,心里像打翻了一钵头醋,又恼恨,又眼热。她知道,老二的被面讨人欢喜,都是因为花本设计得好,她便向老二探问那个花本的来历。老二是个老实头,他一五一十地把花本的秘密告诉了嫂嫂。嫂嫂听了心里好奇怪,开口向老二借花本,

---

① 生活:方言,活儿。
② 连牵:方言,爽利、流畅的意思。"讲勿连牵",讲不像样的意思。

老二也满口答应了。可是事情瞒不过老二的妻子。她虎着脸，拦阻着说："老二啊，事到如今，也不瞒你了！你道我是啥人，我就是牡丹姑娘。这个花本本，是我从天上织锦殿里借来的。你怎好随便借给别人呢！"

老二听说姑娘是花神下凡，又喜又惊，想想她的话蛮有道理，就把花本收藏起来，再也不肯借给别人了。不料，这些话都被嫂嫂偷听着了。"哼！原来是个妖精！"她便想了个恶计，要险损①牡丹姑娘。她跑到老二的天井里一看，嘿！牡丹开得正旺。趁老二夫妻俩不在机房的时候，她拎了一桶滚烫滚烫的开水，猛地向花根浇去，只听见"哧……"牡丹花立即叶枯花谢，从此再也长不起来了。

就在牡丹花被烫死的辰光，牡丹姑娘忽然得了个怪病，浑身红肿发水泡，像染红了的珍珠米，怎么医也医不好。临死的时候，她含着眼泪对老二说："我是受了嫂嫂的暗算，你一定要替我报仇啊！"

老二抱着牡丹姑娘，哭得死去活来。他后来把妻子葬在天平山风景最好的地方，又托人写了张状子，到衙门去告状。这场官司难审，大小官吏都断不了，一直打到了当朝女皇帝武则天那里。这个武则天虽说蛮有本事，可是也不相信老二的妻子是花神下凡，便把案子压下来了。老二官司打得一无结果。

到了那年十月小阳春，武则天在花园里喝醉了酒，一时高兴，提笔写了一道圣旨，要百花在一夜之间统统开放。皇帝的旨意那是不好违抗的，说一是一，说二是二，老天爷也要让她三分。这可忙坏了天上的百花仙子。第二天，武则天到花园里一看：别的花都开齐了，独有牡丹花没开。大家把牡丹花掘起来一看，哎呀，根须须都烂掉了！这辰光，武则天忽然想起老二告的状子：难道牡丹花神真的被人杀害了？当时就下了圣旨，派人赶到苏州查看究竟。皇差一踏进老二的机房，只看见老二坐在机上正哭得伤心。一问，牡丹花果然早已断了种。

皇差原原本本把事体②告诉了武则天。武则天光火透顶，马上派人把恶婆娘捉来，当场斩了。

牡丹姑娘的仇虽报，但老二自从失去了她，心也碎了，一天到晚忧忧郁郁，茶

---

① 险损：方言，暗箭伤人的意思。
② 事体：方言，事情。

饭无心。一天,来了个老头,指点他说:"牡丹姑娘的尸体得了名山的灵气,还没有烂掉。只要你把天井里的牡丹花救活了,牡丹姑娘就可以活转来。"老头接着给他一瓶仙水,说:"这瓶里的甘露是集天上人间百花的汁配制的,百花都愿为自己的花王出一分力,浇在牡丹根上,花就会复活。"老二喜出望外,马上照他的话去做。隔了几天,牡丹花的死根上果然绽出了雪白的芽芽头。他连忙跑到天平山去,把妻子的坟土掘开。哈,牡丹姑娘的脸色还是红红的,好像睡着一样。老二连叫几声,忽然,天边飞过来一只金凤凰,绕着牡丹姑娘的尸体来回打转。接着,一股花香从牡丹姑娘身上散发出来,五颜六色的花蝴蝶也飞拢来了。真是奇怪,牡丹姑娘又活过来哉。

从此,老二家天井里的牡丹花越开越盛。老二和牡丹姑娘又把冷落多时的机房变成了牡丹花的世界。

讲　　述：周世弟
搜集整理：周祖山
流传地区：山东即墨

花为媒

早年，即墨有一个叫柿子院的村子，村子里有一个无爹无娘的孩子，名叫杨平。他无依无靠，住在两间漏雨的房子里。为了生计，他向村里的财主王善人借了两吊钱，到市场买来了花苗和花籽，在院子里开了个小花圃，做了个花农。杨平人聪明，手脚勤，把一园花修饰得根深叶茂，繁花似锦。尤其是那株牡丹，叶翠花红，香气袭人，杨平视它为掌上明珠。活干累了，看上一眼，顿时心里舒坦，力气倍增。

眼看着花儿都长大了，可以卖了。杨平心里那高兴劲儿呀，就甭提了。他盘算着：卖了花，先还清债，再买二斗高粱，剩下的钱就去买些花盆，多栽些花，这样，日子就一天比一天好过了。可是天下的事儿不像人们盘算得那样美。这天下午，天上拥来了恶狠狠的乌云。一声霹雳，大雨就下了起来。下着下着，落下了冰雹，开头像黄豆，过一会儿像花生，最后像栗子一样大了。杨平急了，他想用点什么遮住那些花，可是他家里什么也没有，眼看着自己的希望就要随水东流了。他一下子扑到那株牡丹上，用自己的身子挡住了冰雹。冰雹好歹下完了，杨平忍着痛站起来。他哭了，一园花全完了，叶子花瓣都砸在泥里，只剩下一枝枝光秃秃的杆儿，唯有那株牡丹像先前一样俊俏，多少给杨平一点安慰。"我就不信灾难全落在我头上。"杨平心里想着，弯下腰，整理着那些残花败叶。

"哈哈哈哈。"一阵野猫子般的笑声在院子里响起。杨平抬头一看，王善人早已站在背后了："大侄子，大叔恭喜你发财喽！"杨平苦笑了一声："发的什么财呢！""咳，不是我哭穷，你大兄弟要娶媳妇了，你借的钱还给我吧！""大叔，你看，一阵冰雹把花全砸坏了，过几天我再还你的债吧。""不行，不行。"王善人说着，眼珠在那株牡丹上骨碌着:"咳,我王某人一向以行善为本,你实在还不起钱,就把这株牡丹抵给我吧。"杨平见王善人想要他的牡丹,忙说:"这株牡丹是我豁出命救出来的,给多少钱也不能卖。"王善人见杨平把话说死了,就说:"好吧,限你一天,本利两清;还不上,嘿嘿,别怪我翻脸不认人。"说完,他又用眼角瞟了瞟那株牡丹花,一步三回头地走了。

真是祸不单行,杨平的心都碎了。他想:明天还不上债,这株牡丹就会被王善人抢了去。他的为人杨平可清楚呢!可是上哪儿弄钱呢?他忽然想到了舅舅。对,找舅舅想想办法。

杨平来到舅舅家,舅舅正在叹气呢,原来舅舅家也揭不开锅了。舅舅见外甥来了,就问:"平儿,你来干什么?"杨平看到舅舅那副悲苦的样子,向舅舅借钱的念头打消了,就说:"舅舅,外甥想你,看你老人家来了。"舅舅是聪明人,他看到外甥一脸愁云,揣摩杨平一定有什么事儿才来找自己,就问:"平儿,找舅舅有什么事吗?"杨平听舅舅一问,心想:豁上吧,向舅舅张张口吧。又一想:为了一株花儿,向舅舅借钱,他能帮忙吗?说不定还会数落我呢,干脆撒谎吧。他就说:"舅舅,有人给我说了个媳妇,向你借三吊钱来啦!"舅舅一听乐了,胡子眉毛全拧到一起去了:没想到这个穷外甥还能娶上个媳妇,就是倾家荡产,也得帮这个忙。亲娘舅亲娘舅,扯着骨头连着肉。舅舅说了声"你等着",就乐颠颠地跑了出去。一会儿,他提着三吊钱回来了,说:"平儿快拿着,告诉舅舅,哪天成亲,舅舅看喜去!"杨平接过钱胡诌说:"六月十六。"说完,头也不回地走了。

他把这三吊钱还给了王善人,回到家一头栽到土炕上,哭了起来。他哭爹,哭娘,哭自己命苦,哭着哭着,六月十六就到了。大清早,舅舅笑眯眯地来了。杨平连忙迎出来,把舅舅让进屋里。舅舅问:"媳妇娶来家了吗?"这一问,把杨平问懵了。哪儿有什么媳妇呢?杨平又撒谎说:"娶来家了,在炕上躺着呢,不巧,病了。"他知道舅舅不会掀开门帘看看外甥媳妇的,又说:"你看你,舅舅来了,也不给他老人家烧碗热水喝。""这不来了吗!"里屋传来一位女子的清亮亮的声音,接着门帘掀开了,走出一位如花似玉的姑娘来,翠绿的衣裙,光彩照人,粉红的脸庞,宛若一朵盛开的牡丹花。姑娘叫了一声舅舅,舅舅笑着答应了,接着她就抱草烧水。这把杨平吓坏了,他奇怪自己一喊竟喊出这样个美人来,他也不知道这位美女从哪儿来的。他胡思乱想好容易挨到天黑,送走舅舅后坐在门口,吓得不敢回家。

那位姑娘走了出来,叫了声"杨平",接着说:"天已经黑了,你怎么还不回家呢?"杨平问:"你姓什么,家在何方?"姑娘说:"我姓花,住的嘛,远在天边,近在眼前!"杨平又问:"你是妖是怪,为何来到我家?"姑娘说:"我非妖非怪,是你把我娶到你家的。走,快回家吧。"杨平可害怕啦,晚上让她吃了怎么办?又一想:我杨平为人正直,光明磊落,怕什么呢?再说,这是我的家,我为什么不敢进呢?杨平便和那位姑娘一同进了屋子。

杨平不但没被吃掉,相反,姑娘待他还挺周到呢!转眼四天了,姑娘说:"今日要回娘家望四日了。"杨平问:"你娘家在哪儿呢?"姑娘说:"你跟我走就到了。"

杨平向邻居借了头小毛驴,让她骑上,两人翻过了一座山。"到了吗?""没到。"

两人涉过一条河。"到了吗?""没到。"

一直走到日头落山,姑娘指着前面一个村子说:"先在这儿歇个宿吧,明天再走。"姑娘领着杨平走到三间茅屋前说:"就住这家吧!"杨平上前敲门,开门的是位大娘,四十多岁,杨平一看认识,自己的牡丹就是向这位大娘买的。大娘也认识杨平,就问:"孩子,要干什么呢?"杨平说:"要和媳妇望四日,天黑了,想在这儿借个宿。"大娘很善良,就让他俩住下了。点上灯,大娘怔住了,这个媳妇长得和自己的女儿兰兰一模一样。大娘让媳妇和自己的女儿睡在西间,自己住东间,让杨平住在厢房里。第二天天刚亮,杨平起床喊媳妇上路了。谁知道怪事出现了,炕上只有兰兰一个人,媳妇不见了。大娘慌了,到处找,哪儿能找得到呢?问兰兰,兰兰说:"不知道。"杨平哭了。大娘说:"别哭了,我看你怪好的,如果你不嫌弃,我把兰兰许给你吧。"问兰兰,兰兰红着脸跑开了。就这样,兰兰骑上了小毛驴和杨平一同回到家里。

杨平进门后,先去看那株牡丹,只见那株水灵灵的牡丹正朝着他笑呢!

搜集整理：刘虎恩
流传地区：山东临朐县

杜鹃和牧羊郎

沂蒙山区七十二崮，歪头崮最陡最险。歪头崮脚下有个小村，叫一瓢村。很久很久以前，一瓢村出了一件奇事，一直流传到现在。

那时候，一瓢村有个牧羊郎叫木墩儿。他的身世真是苦：他的爹娘从很远的地方私奔来到一瓢村，身无分文。为了生活，夫妻双双去给财主贾怀善做长工。整天做死做活，却连顿饱饭都吃不上。木墩儿十六岁那年，爹因劳累过度死了。葬了爹，木墩儿和娘想回老家。贾怀善算了算账，说木墩儿一家欠他一百两银子。还清了去留两便，还不清别想离一瓢村半步。木墩儿和娘明白是财主坑人，娘儿俩打碎牙齿肚里咽，仍留在贾家做工，还那还不清的债。木墩儿仍给财主家牧羊，木墩儿娘仍给财主家洗衣做饭干杂活。

木墩儿喜欢赶羊到歪头崮放。羊吃草时，他自己爬到崮顶那块石头上玩。石头南侧有一株杜鹃花，长得十分茂盛；开花时，花如云霞，非常惹人喜爱。木墩儿喜爱这株杜鹃，不让羊靠近它，怕羊糟蹋了这花；他常常用水葫芦盛来泉水浇它，怕太阳晒坏了它。木墩儿不知道，这株杜鹃花在崮顶已经活了好几千年，它吸取日月精华，早已修炼成了花精。

有一天，天格外热，木墩儿怕杜鹃花受不了这么火热的太阳，就把羊赶进一片树林，卧盘好，自己抱着葫芦装水浇花。浇了四葫芦水，木墩儿忽然看见羊炸了群，从树林中四散逃出。木墩儿忙跑进树林一看，只见羊毛羊血铺了一地。木墩儿知道是遇上饿狼群了。他慌忙飞跑着把羊拢到一块，点点数，缺了六只！木墩儿心里一沉，一腚蹲在了地上。少了这六只羊，财主贾怀善还不知怎样毒打他呢！挨顿毒打事小，要紧的是他娘儿俩回老家的日子，又不知推到哪年哪月了！

越想越难过,木墩儿忍不住流起泪来。正掉泪,忽然听见一个女子说:"木墩儿哥,你哭什么呀?"木墩儿抬头一看,面前站着一个小姑娘,穿一身粉红衣裳,面如满月,眉眼俊俏,真像仙女下凡。木墩儿一见到这姑娘,就像见到亲人一样,根本没去想山野里怎么会出来个陌生姑娘,还知道他的名字。木墩儿把自己的身世和眼下的遭遇告诉了姑娘。姑娘说:"木墩儿哥,你别难过。我叫杜鹃。我知道一个秘密,它能帮你离开财主家。这崮后的仙书崖,有一丛野葡萄蔓,葡萄蔓下遮藏着一眼淌银泉。你找到这眼泉,只要说一声'仙书主人,打开仙书',泉眼就会淌出银子来。你觉得够用了,说声'仙书主人,合上仙书',淌银泉会马上闭住泉眼。你去吧!木墩儿,我在这儿等你。"

木墩儿听了杜鹃姑娘的话,拔腿就去了崮后仙书崖。一切都跟姑娘讲的一样。木墩儿取了二百两银子,打算用来还债和用作同娘回家乡的盘缠。杜鹃姑娘看了看木墩儿手里捧的银子,满意地点点头,说:"木墩儿哥,你一点不贪心,是个忠厚可靠的人。"说完就不见影了。木墩儿这才醒过神来,以为遇上了仙女,忙朝刚才杜鹃姑娘站的地方磕了三个头,然后用破衣服包好银子赶羊回家了。

财主贾怀善听木墩儿说被饿狼吃了六只羊,脸一下子就青了,指着木墩儿的鼻尖大骂:"王八羔子,你知道六只羊值多少银子?扒了你的皮,抽了你的筋,也卖不出六只羊的钱!"骂完就要动手打。木墩儿说:"住手!我和娘受够了你的欺压。算账吧,算算欠你多少银子!"

"好呀!我就算给你看!"贾怀善拿来账本,一阵乱扒拉,说:"你们娘儿俩干了两年,扣除吃住钱,再扣除六只羊钱,欠我二十两银子!你爹欠下的一百两银子,我按低息算,到今天连本带利一百六十两!还银子吧!"木墩儿狠狠地说:"你真是吃人不吐骨头!"他从破衣服里拿出二十两银子,其余的往地上一抖,说:"一百八十两,一文不缺!"

贾怀善望着地上白花花的银子,惊得目瞪口呆。他拿起一块咬咬,成色十足!他想问问木墩儿从哪里弄来这么多银子,可木墩儿从他手里夺过账本一转身走了。

木墩儿回到他和娘住的草棚,高兴地对娘说了自己的奇遇。娘听了也非常高兴,流着泪朝歪头崮方向连连磕头谢恩。

木墩儿没想到,他向娘讲自己的奇遇时,贾怀善就在棚后偷听。他听到淌银泉的秘密时,欣喜若狂,赶忙回家找了一只又长又大的口袋,独自一人直奔歪头崮仙书崖。他照木墩儿说的办法一试,果然银子像水一样从淌银泉里流出,流进他带来的大口袋。口袋装满了,贾怀善又脱下裤子,用藤条扎了裤脚,装满了两裤筒,这才恋恋不舍地说:"仙书主人,合上仙书。"贾怀善先把装满银子的裤子搭在脖子上,又去背口袋。银子太重了,背不动。贾怀善使劲一挣,脚下的石头滚动了,脚下失了支撑,身上又压了那么重的银子,一头栽下了山崖,摔死了。

就在贾怀善摔死的时候,杜鹃姑娘来到木墩儿娘儿俩的草棚。她跟木墩儿和木墩儿娘说明自己是杜鹃花精,她感激木墩儿天天陪她,为她浇水。她告诉木墩儿娘,她爱上了忠厚的木墩儿,如果木墩儿不嫌弃,她愿意做他的媳妇。木墩儿娘和木墩儿自然喜欢。木墩儿和杜鹃姑娘当晚就在草棚行了夫妻之礼,结成了夫妇。

杜鹃姑娘对木墩儿和婆婆说:"贾怀善偷听了夫君和婆婆的谈话,偷偷去取银子。他贪心不足,摔到山崖下死了。这儿不能再住了,我们不如今晚就走,回老家去。"

三个人收拾了一下,半夜时离开了一瓢村。他们回到老家,男耕女织,过着美满幸福的生活。

搜集整理：倪少才
流传地区：江西贵溪

莲花石

龙虎山下仙水崖的十大景之一——莲花石，传说是莲花仙子变的。

早在一千七百多年前，第一代张天师从太上老君那儿学到了"九鼎丹法"，被玉帝封为天师。太上老君送了他一只仙鹤，要他骑鹤遍游九洲选址建宫。这一天，张天师骑鹤驾云来到龙虎山，站在龙虎山背上观看地形。只听"轰"的一声，土地公从地里冒出来，指手画脚地说："龙虎相斗几千年了，再斗必有一伤，要在此建宫恐怕不利。在这上游，有块莲花宝地，天师可去看看。"张天师得到土地公的指点，心里十分高兴。当晚半夜子时，他骑鹤飞到天上俯望，只见应天山下一派五彩光华，几十条五颜六色的玉带上下翻滚，十个美女站在十朵莲花中间，忽上忽下、忽左忽右地翩翩起舞。张天师见景大喜道："真是一块宝地啊！"

这十朵莲花，有一朵是白莲花，九朵是红莲花。白莲花最大，是姐姐，红莲花都是她妹妹。她们原来生长在天宫的瑶池里，只因有一年天河泛滥，十颗莲子被冲出了天宫，跌落在应天山脚下，经过几千年的修炼，都已成了仙。她们因为喜爱人间的青山绿水、鸟语花香、自由自在，也就不愿再回天宫了。

离莲花池不远的地方，住着一个后生，名叫柳青，生得眉清目秀，膀宽腰圆。他父母早亡，又无兄弟姐妹，孤单一人，一年四季靠砍柴为生，生活过得十分贫困。柳青砍柴，常从莲花池边经过，他见莲花四季盛开不谢，心里很是羡慕。所以他每次砍柴下山，总要在莲花池边的柳树下歇一歇，蹲在池边洗手洗脸，还给莲花浇洒清水。清水洒在莲花身上，莲花显得更加娇艳。莲花见了柳青，好像迎来宾客，随风点头微笑。

有一年冬天，柳青砍柴下山时很晚了，他来到莲花池边，见莲花上的露珠，在洁白的月光的照映下,好似银珠一样,闪着光彩。当他像往日一样给莲花洒水时,忽见白莲花有一花瓣掉在池里,随波漂荡。柳青不顾天气寒冷,赤脚下池捞起花瓣,在手中抚摸了一阵,然后轻轻地把花瓣安放在原处。说也奇怪,花瓣安上以后,再也不掉下来了。

他抚花生情,轻声念道:"花如美人池中生,郎怀一片倾慕心。莲花若能成婚配,求仙今晚赴红尘。"

念毕,一阵香风吹来。只见十朵莲花蕊中,站出十个美女。他拭目细看,原来整个莲花池变成了一座宫殿。十个仙女站在光芒四射的前厅,个个含笑对柳青施礼。柳青见此情景,甚为惊异,急忙说:"我是一个粗汉,请众仙姐不必客气。"说罢,他见十仙女中有一个身穿莲花藕白衣、头戴莲子宝珠钗的白莲仙子,轻移莲步向他走来。白莲走到柳青身边,羞红着脸说:"请青哥去宫中稍歇片刻。"柳青推辞说:"小弟贫穷福浅,不便到仙宫拜见。刚才小弟出于爱花之意,有所失言,请仙姐莫怪。"白莲仙子答道:"既然如此,后会有期。"当她依依不舍返回莲花宫以后,只听空中传来了悦耳的情歌:"莲花素女池中生,白莲不舍青哥心。玉泉浇花胜彩礼,素女早愿配情人。"

随着阵阵歌声,莲花宫和十朵莲花,慢悠悠地沉入池底不见了。

柳青坐视许久,再不见众仙女出现,就挑起柴担,踏着月光,赶路回家。他一边走,一边想着刚才的莲花仙女。柳青回到家里,放下柴便去厨房做饭。揭开锅盖一看,只见一锅热气腾腾的白米饭,锅的中间还坐着一碗香味扑鼻的山菇。柳青十分惊异,自言自语:"难道我在做梦吗?"话音刚落,突然白莲又出现在柳青身边,笑容满面地请他吃饭。柳青惊喜交加,激动地说:"仙姐,你这样怜爱于我,我从内心也敬爱仙姐,今天就请在这里一同吃饭吧!"

从此以后,柳青和白莲便成了一对恩爱的夫妻。夫妻二人勤劳持家,柳青上山砍柴,白莲纺纱织布,生活过得很美满。一年以后白莲怀孕了,柳青更是高兴得不得了。

再说那张天师自选定建宫地址以后,不久就大兴土木,挖基砌墙,把正乙宫建在白莲花的位置上,把三宫六院建在九朵红莲的位置上。宫院竣工后,一天,天师忽然想起莲花的歌舞,想再次观赏一遍,就于当夜子时,又骑着仙鹤飞到半空,等着看莲花出来歌舞。但左等右等,天快亮了,还不见莲花出来。天师屈指一算,才知道因挖基建宫损坏了莲花宫,众莲花无处安身,天天咒骂他。又听说白莲仙子和柳青成了婚,天师大怒,骂道:"天宫莲花女和凡间樵夫成婚,真是大逆不道!而且竟然敢咒骂本天师,我一定要把她们除掉。"

第二天,天师找来柳青,连吓带骂地说:"你好大的胆,竟敢与白莲成婚,你难道不知道她是妖怪吗?"柳青答道:"是人也罢,是妖也罢,我俩情深,互相爱慕。"天师见吓不住柳青,就把他轰出府去,大叫:"不擒住白莲,我誓不罢休。"说罢,天师手执镇妖剑,直向白莲杀来。这边,白莲和众姐妹也一个个手持莲花宝剑迎战,双方大战在龙虎山下。

十莲花团团围住张天师,十把莲花宝剑杀得张天师抵挡不住,只好跑到应天山上,发文书向玉帝奏本。玉帝得本以后,也认为是件大事,便派太白金星下凡,要他将九朵红莲带回天宫瑶池。白莲因和凡人成婚,并怀孕在身,违犯天规,不能回天宫,玉帝让太白金星夺了她的宝剑,交张天师发落。

张天师得旨以后,立即诵经施法,要生擒白莲仙子。白莲被夺走了宝剑,自知战不过天师,便急忙告别了难分难舍的丈夫,踩着泸溪河水,向西天逃跑,逃到仙水崖时,被天师赶上。天师哈哈大笑,正要伸手擒拿白莲,突然"轰"的一声,一团烈火从白莲仙子身上喷出。熊熊烈火把张天师的胡子眉毛都烧着了,吓得张天师连忙逃跑。待火花熄灭,天师才提心吊胆地上前察看。一看,哪里还有什么白莲仙子!只见一朵巨大的石莲花,扎在仙水崖下的泸溪河中。原来,白莲仙子不甘心被擒受辱,于是喷出了全身精气,化火自焚了。

现在,人们看到的仙水崖莲花石就是莲花仙子自焚化成的。莲花石上还有一颗莲子石,据说是莲花仙子所生的儿子。

讲　　述：臧兆钦
搜集整理：张崇纲
流传地区：山东崂山一带

莲花女走西湖

传说,很久前百里崂山脚下,有一个方圆十里的莲花湾。这莲花湾中的莲花有个奇怪景象:年年只长叶子不开花。你说这事怪不怪?

莲花湾边有一个百户人家的山村。这年夏天的一个傍晚,村里一个没爹没娘没成家的庄户小伙子,从山上扛着锄头往家走。当他走到山下的莲花湾边时,正逢日落西海、月出东山时分,那银盘般的圆月,倒映在这青一片、绿一片的莲花湾中,照得湾水生辉,莲叶闪光。真是说怎么好看,有怎么好看。庄户小伙被这莲花湾的美景迷住了。他站在湾边上,目不转睛地看啊看,看啊看,忽见湾水一皱,满湾的莲花叶一摇,"呼啦"一闪,从水底下蹿出一片密密匝匝的粉红色的莲花骨朵来!一会儿工夫,那满湾的莲花骨朵又"呼啦"一闪,开出一片粉丹丹、鲜嫩嫩的莲花!那湾中间的一朵莲花,开得格外大、格外红、格外惹人喜爱。月光下,只见湾中朵朵莲花随着阵阵夜风不断地摇摆,晃得满湾红光点点,彩波盈盈,细浪哗哗。

正当庄户小伙看得出神的时候,又"呼啦"一闪,那满湾的莲花变成了一个个身穿粉红衫、腰束草绿裙、头插金簪子的美貌女子。这些女子个个赤着白嫩嫩的双脚,踏着绿闪闪的蒲团大的莲花叶,一边微笑着,一边手舞足蹈地围着湾中间的一个顶高顶俊的女子,一边跳着,一边唱着:"金花花,银花花,不如俺粉丹丹的莲花花——绿叶擎彩伞,清香飘山洼。天仙仙,地仙仙,比不上俺娇滴滴的花仙仙——亭亭水中立,随风舞翩翩。"

庄户小伙在湾沿上看着这群女子奇妙的舞姿,听着她们那甜蜜蜜的歌声,不知不觉地也学着她们的样子,一边舞着,一边唱着:"金蛋蛋,银蛋蛋,不如俺山上的土蛋蛋——种出五谷香,结出瓜果甜。文状元,武状元,比不上俺这土状元——挥镐能劈山,抡锄造梯田。"

庄户小伙一边舞,一边唱。他那双脚不知不觉地一边挪动着,一边走进莲花湾中,踏着一个又一个蒲团大的莲花叶,擦着满湾歌舞的女子的肩头,走到湾中间那个特别高大、格外俊秀的女子身边,和她对舞对唱起来。

莲花女和小伙一边对歌、对舞,一边用明亮亮的大眼睛互相递送着情意。两人越唱越舞越快乐,不知不觉中天光亮了。随着村中一声鸡叫,满湾女子立时停了歌舞,"呼啦"一下,又变成了满湾粉丹丹的莲花。眼瞅着那满湾莲花并起了花瓣,变成一湾花骨朵,慢悠悠地缩进水底下去了。

庄户小伙一看女子们一个也不见了,满湾莲花也没影了,一时间十分扫兴。他低头一看,这才发现自己的双脚不知什么时候已走进湾中间,踏在一个盖垫①大小的莲花叶子上。那莲花叶子随着一阵轻风,飘飘悠悠地载着他往湾边漂动,眨眼工夫,就把他送到了靠岸的水边。

庄户小伙扛着锄把一跳,上了岸。他站在岸上,低头仔细一看,自己在湾水中手舞足蹈了一宿,浑身上下却没沾半滴水。

打那开始,庄户小伙便叫这村边的莲花湾的奇事怪景迷住了心窍:每天吃了下晌饭,便溜溜达达到这湾边来看莲花出水,瞧花女现身,然后边歌边舞着进湾,踏着莲花叶子和那湾中间的俊花女对歌对舞。

就这样,庄户小伙恋上了花女,花女也迷上了庄户小伙,两人谁也舍不得离开谁。

俗话说,舒心的日子如流水。庄户小伙和花女日日相思,夜夜相恋,不知不觉过了三个月。

九月里,秋风凉。天冷了,水凉了,眼看就要下霜上冻了。

这天夜里,庄户小伙又到莲花湾中和那花女歌舞相会。他们轻歌曼舞,整整乐了一宿。傍天明时分,随着村中传来头遍鸡叫声,那花女便停下舞步和歌声,双手拉着庄户小伙的手,长长地叹了一声,满脸伤感地对他说:"小哥哥啊,天冷

---

① 盖垫:方言,用高粱顶端细秆拼制成的圆形器具,用来盖饭锅或缸。

了,眼看就要上冻了。往后俺这娇嫩的身子再不能在寒气中现形了。假如你的心中有俺的话,就在这莲花湾中间盖一栋草屋。每到夜晚,俺就借着你的草屋现身,伴你对歌对舞。"说完,"呼啦"一下,俊花女又和众花女变成莲花,缩成骨朵,消失在深水中。

庄户小伙见花女们回去了,自己也转身回到家。他没有钱请工匠,便请街坊邻居帮忙,日夜采石、推土,在湾中垫出一条小路,直通湾中间。又请人把他的旧草屋拆了,在湾中间盖起三间草屋。草房盖好的当天,庄户小伙便住了进去。

晚上,庄户小伙一边在草屋里借着灯光编织草鞋,一边等待着那花女来草屋现身相会。可是,一更过了等二更,二更过了三更到,一直等到五更天,也没见花女的影子。末了,庄户小伙等累了,便趴在炕沿上困了觉。

庄户小伙刚刚入了梦乡,就见那花女哭哭啼啼地走进屋里,满脸怨恨地对他说:"小哥哥啊,你真傻,俺叫你在湾中间的水上盖栋小屋,你为什么要填湾盖屋呢?你让人用石头和沙土把俺压在十八层地狱里,使俺永世不得现身了!"

庄户小伙一听,又急又悔地说道:"花妹啊,都怪我没听明白你的话,把你害苦了。事到如今,怎样才能把你救出来?"

花女说:"小哥哥啊,你若想救俺的话,务必明日一早在这屋门口挖开七七四十九尺深的一口大井。大井出水之日,就是咱们相会之时。"说完,身子一闪,又无踪影了。

庄户小伙一觉醒来,想起梦中之事,便按照花女的指点,马上在屋门口挖开了大井。他挖了一天又一天,挖了一尺又一尺,饿了啃口冻地瓜,渴了喝捧湾中水,一直挖了三天三宿。当他把井挖到七七四十九尺深时,一锨挖出个孩子头大的莲蓬!

他急忙弯下腰,伸出双手从泥中往外拔那大莲蓬。拔啊拔,只听"咕咚"一声,一个水桶粗的泉眼蹿着浪花,把他连同那莲蓬一块冲出了井口。

水井打成了。

庄户小伙手捧莲蓬回到草屋里,剥开莲蓬一看:啊!这莲蓬厚厚的皮里,包着一粒粉丹丹、饱鼓鼓、闪闪发光的大莲籽!

庄户小伙手捧莲籽,一边借着灯光看,一边摸着莲蓬,自言自语:"花妹啊花妹,难道说,这莲籽就是你的真身吗?"

话声刚落,只见莲籽从他手中往地下一滚,立时变成一个尺把高的小女孩。眼看着那小女孩越长越高,越长越大,眨眼工夫,便长成一个身穿粉红衫,腰束草绿裙,头发高绾,头顶的发髻上插着一支金簪,浑身宝光闪闪的女子!

庄户小伙仔细一看:啊,这站在眼前的女子,正是自己日思夜想的莲花女!

庄户小伙又惊又喜地扑上去,一手拉着那花女的手,一手扶着她的腰说:"花妹妹,真是你吗?你真是花妹吗?"

花女一边笑,一边点着头,上前一步,双手拉上庄户小伙,在草屋里跳起了舞,对起了歌。从此,花女和庄户小伙便结成了恩爱夫妻。

俗话说,患难夫妻恩爱深。这小两口情深意长子女多。几年工夫,他们便生下了九子九女二九一十八个孩子。九个闺女个个长得像莲花女一样俊美贤惠;九个儿子个个出息得如庄户小伙一样勤劳厚道。

当他们的九个闺女、九个儿子都成家立业后,莲花女和庄户小伙仍然像十七八岁。据说后来在一个风和月明的夏夜里,莲花女拉着庄户小伙,一边唱着他俩最爱唱的那支莲花歌,一边跳着他俩最爱跳的莲花舞,离家出走到杭州西湖去了。

讲　　述：牛二元
搜集整理：旭光
流传地区：山东青岛

荷花仙

　　从前，有个名叫王鹏的小伙子上山拾草，来到一个四面都是树林、中间有个荷花湾的地场，见那朵朵粉红色的荷花，把清湛的湾水都映红了；那像绿伞一样的荷叶上，露水珠像一颗颗珍珠滚来滚去，煞是好看。王鹏越看越爱看，看着看着，便走近水边去，想仔细看一看。他一到水边，见水底下模模糊糊地现出一栋红砖绿瓦的屋子来。王鹏以为是自己看花了眼，便从湾中捧了把水，把眼睛洗了一把。可是当他睁眼再看时，那水底下的屋子连门窗都能看得一清二楚了。王鹏还是不相信自己的眼睛，又往水下走了走，捧了把湾水洗洗眼，再趴在水皮上往水下仔细看。这一看，透过窗口，连那屋里头的东西也看见了：只见屋里有一个穿粉红色纱裙的俊秀女子，正在对着镜子梳洗打扮呢！王鹏眼看着那俊美的女子，两只脚便不知不觉地朝着那水底的房子走去。说来也怪，他的脚走到那里，湾里的水立时闪开一条五尺宽的路。他顺着这条闪开的路走了不大一会儿，就来到那屋子的大门前。刚一推开门，只见门里一只青蛙在他眼前一蹦跶，变成了一个头扎发髻的小仙童，对着他鞠躬施礼道："相公，请进，俺家小姐总算把你给盼来了！"说着，便把手朝屋里一挥，请他进屋。

　　小仙童的一番话把王鹏越发说糊涂了。他赶忙问道："你家主人是谁？她盼我来做什么？"

　　小仙童说："相公啊，当着真人不说假话，屋里那正在梳妆的女子就是我家的主人。她是修炼了一千多年的荷花仙子。一个月前，她就算到今日您将光临，特意叫我在门边相迎！"

　　王鹏听了，好像进了迷魂阵一样，他半信半疑地往屋里走，刚刚来到屋门口，

只见一个身穿红纱裙子,头插金簪,耳戴玉环,脚穿绣花鞋的女子迎着他走上来,道:"王相公,请进,俺等您多日了!"

二人进屋刚刚坐下,那小童子便手端红漆茶盘送来了茶点,让他吃喝。

王鹏砍了半天柴火,这阵子正好又干又饿,便大口大口地吃喝起来。刚刚吃完,忽听门外响起了鼓锣、喇叭声。这时,小仙童手捧新衣、新帽,笑容满面地走进屋里,对王鹏道:"相公,成亲的乐班子马上就进院了,快打扮起来和小姐拜天地成亲吧!"仙童说完,不等王鹏说话,从座位上拉起他来进了东间,为他里外打扮一新,便一手拉着荷花仙子,一手拉着王鹏来到院子里,教他俩拜起天地来。就这样,青蛙为媒,大地主婚,两人成了夫妻。

成亲以后,小两口恩恩爱爱,互相体贴,小日子越过越红火。

一年后的一天,荷花仙子领着青蛙仙童出门游山玩水去了,家中只留下王鹏一人看门护院。

谁知,荷花仙子前头走了,腚后就出了事。你道出了什么事?荷花仙子走了不大一会儿,一个头大身子细、嘴角两边长着两根黑胡子的黑脸大汉气呼呼地闯进门来。王鹏迎上去,刚要对他说话,那黑脸大汉趁王鹏无防备,抄起一把椅子,朝着王鹏的头顶砸了下来。王鹏躲闪不及,惨叫一声倒在地上,死了。那黑脸大汉用力过猛,一下闪在地上,跌了一个嘴啃泥,碰掉了嘴角上的一根黑胡子。但因打死了人,他也顾不得痛,从地上爬起来,一溜烟似的跑没了影。

那么这个黑脸大汉是谁?又为什么要打死王鹏呢?

原来,这个黑脸大汉是荷花湾里修炼了千年的一条泥鳅精。一千年前,他就看中了荷花仙子,非要娶她当媳妇不可。荷花仙子见他净干坏事,宁愿被他杀死也不应这门亲事。泥鳅精却死皮赖脸地缠住她不放。荷花仙子一气之下,躲进仙洞修炼起来。泥鳅精到处找不到荷花仙子,慢慢地也就死了心。哪知,一个月前的一阵鼓锣、喇叭声,使他如梦初醒。当他知道了真相时,那荷花仙子已和王鹏结成了夫妻。他想上门找事,又觉自己的道行不够,不敢下手。今日,他见荷花仙子和青蛙仙童出了门,便对王鹏下了毒手。

荷花仙子领着青蛙仙童游玩回来,进门一看,立时吓呆了。只见满屋都是血,王鹏直挺挺地躺在血泊中间!荷花仙子蹲下身来为王鹏擦洗血迹时,一眼瞅见地上有根黑胡子,立时明白了,心想:好个泥鳅精,一千年前没捞着娶我当媳妇,直到如今你还怀恨在心。你知道治不过我,来治我男人。等着吧,我叫你血债再用血来还!

荷花仙子想到这里,赶忙把报仇的方法和青蛙仙童说了一遍,便把王鹏的尸体抬到床底下藏了起来,呼天抢地哭了起来。

泥鳅精在水底下听见了荷花仙子的哭声,便变成一个美貌男子来到荷花仙子家中,问青蛙仙童道:"你家主人为什么事哭得这样伤心?"

青蛙仙童道:"泥鳅大哥,你不知道,俺家主人命不济,摊上个好男人,才成亲一年,今日不知叫哪个狼心狗肺的东西害死了。你想想,俺主人能不伤心吗?"

泥鳅精听了青蛙仙童的话,便假惺惺地来到荷花仙子跟前说:"人死了,哭也不能再把他哭活来。俗话说:'寿命在天,福气在命。'一千年前,俺叫你跟俺成亲,你死不依。这倒好,年轻轻的就守了寡。"

荷花仙子听到这里,心里那个恨呀!真想上去咬他两口才解恨。但是为了给男人报仇,她表面上哭得更急了,嘴里还嘟哝着:"好狠心的郎君呀,你死得倒清闲,可撇下我怎么活呀!等等我,我也跟你做伴去吧!"说着,就要往墙上撞。

泥鳅精一见,赶紧从后头拉住了她的胳膊说:"荷花仙子,你真是大闺女要饭吃——死心眼。"

荷花仙子听到这里,便止住了哭声,抽抽泣泣地回到自己的屋里去了。

青蛙仙童一见,对着泥鳅精开了腔:"我说泥鳅精,如今只有你才能救我主人的命了,不知你愿不愿意和她成亲?"

泥鳅精听了,立时眉开眼笑地说:"好!好!我一百个愿意!一千个愿意!"

就这样,当天晚上泥鳅精和荷花仙子要成亲了。青蛙仙童摆好了酒席,请他们二人入席喝喜酒,庆新婚。

酒席上,青蛙仙童先给新娘敬酒,后又给新郎敬酒,敬了一杯又一杯,一直敬了四五二十杯。泥鳅精也一连喝了二十杯。青蛙仙童敬完了酒,荷花仙子又接着给泥鳅精敬起酒来。她强装笑脸给他敬了一杯又一杯,泥鳅精瞅着像荷花一样俊秀的荷花仙子,又一憋气喝了三七二十一杯。这工夫,泥鳅精已醉倒在地上,现了原形。

荷花仙子一见，连忙和青蛙仙童把泥鳅精抬到床上，从头上拔下那根金簪，在泥鳅精的头顶上狠狠地扎了一下。拔出金簪后，那泥鳅精的血立时哗啦哗啦地对着床底下王鹏的嘴淌进去。泥鳅精的血往床下王鹏的嘴里淌，王鹏身上的伤口也慢慢地合起来。血越淌越急，伤口也越合越小，等到泥鳅精的血淌净了，王鹏的伤口也全长好了。只见他翻了个身，揉了揉眼，活了过来。

从此，王鹏、荷花仙子和青蛙仙童三人形影不离，无论走到哪里都在一块。不久，那王鹏也得了仙体，变成了荷叶大仙。直到如今，人们在画荷花时，总爱在那荷花旁的荷叶上，再画一只小青蛙呢！

讲　　述：徐大娘（满族）
搜集整理：巴彦
流传地区：黑龙江松花江一带

水仙格格

松花江东边，有块地方叫尼什哈。早些年，这里古树遮天，荒蒿遍地，附近有一片碧波荡漾的莲花泡子。秋天，荷池红绿，水鸟翱飞，像人间仙境，风景美丽极了！

这地方过去没有人烟。有个爱唱歌的小伙子，是穷困低贱的乌津①，名叫恩哥。他背着白发苍苍的额娘，跋山涉水，逃到这片荒草甸里来寻活命。恩哥年轻忠厚，十分孝敬额娘。他天天到泡子里采菱角，到泡子沿剜柳蒿芽，到泡子边山坡采山芹菜、桔梗，与额娘苦度岁月，相依为命。

恩哥能弹一手动听的口弦琴。逢到额娘烦闷不高兴时，他一弹琴，额娘就开心了。除了弹琴，他一有闲空就莳弄莲花泡子，割尽了泡子四周的荒草，让地上长起一片片的黄花、芍菜，砍断了一根根老豆秧、乱麻藤，使池边榆柳长得又绿又直，又打死了上百条祸害水鸟、小鱼的水蛇，堵死了石砬子上的蛇洞。日子一长，他把莲花泡子莳弄得水鸟成群，鲜花遍野，游鱼蹦出水面。

一天，额娘病了，病得很重，昏迷不醒，急得恩哥眼泡子都哭肿啦，伤心地给她预备料子②。第三天头上，额娘忽然眼睛睁个缝，说："孩子……额娘想，想喝口鱼汤。"

恩哥的心像连阴天里望见了太阳，乐得急忙拿起了渔网，跑到莲花泡子。他把网下到水里，等了一个时辰又一个时辰，一连下了三次，拉上的尽是些乱草和

---

① 乌津：满语，即家生子，奴隶生下的儿子，奴仆。
② 料子：棺材。

菱角秧,连一条小鱼都没有!恩哥换了个地方,抓把苏子面弄到网里,放进水里,等呀等,还是没有鱼,后来连渔网也被水冲走了。

恩哥急得干跺脚,心里牵挂额娘,只好眼泪汪汪地回去。可是没打回一条鱼,咋安慰额娘呢!他一步一步往回挪,忽然,扑鼻飘来一股清香的鲜鱼汤味,闻闻,是打自己住的土房里冒出来的。他拉开门,只见额娘在炕头上端端正正坐着呢!脸红扑扑的,一脸褶子全笑开了。她对儿子说:"你上哪儿去啦?还麻烦邻居大妞把鳌花送来,烹的鲜鱼汤真顺口,比得上咽口龙肝呢!"

恩哥一听,觉得很稀奇,连鱼鳞都没捞到一片,哪来的鳌花?这里咱一家,哪来的妞儿啊?恩哥不信。只听额娘又说:"那妞还夸你琴弹得好呢!她说这疙瘩,以前是风雹闪电、狼嚎虎啸一个调,如今有生气啦。妞长得挺秀气,像一朵莲花!"

恩哥以为额娘在说胡话呢!但是她病好啦,大吉大利,恩哥也没多说,因为心里还惦着让水冲跑的渔网,劝了劝娘,来到莲花泡子。他正愁又大又深的泡子,渔网咋捞啊!一抬头,愣住了,一个美丽的姑娘站在池边,穿着玉色丝裙,围着珠穗披肩,正摘着挂在渔网上的菱角秧。这姑娘瞧见恩哥呆呆地望着她,笑了,拿着渔网走过来,说:"阿哥,渔网找到啦。额娘病好了,千喜万喜!"

恩哥接过渔网,惊奇地问:"走遍荒山岔岔,不知格格是哪家的?"

姑娘笑着说:"远说两层天,近瞧肩靠肩,邻居呗!"

恩哥左思右想,不对,又一追问,姑娘闪着大眼睛,微微笑着,半天才说:"傻阿哥,实不相瞒,我是莲花泡子的水仙。你的琴弦打动了我的心,我敬佩你的勤苦耐劳,感谢你杀死水蛇,使莲花宫有了欢乐和太平日子。我是来帮你治理泡子,缝补洗刷,侍候额娘的!"水仙格格热情、爽快的一番话,使恩哥很受感动,他犹豫了半天,说道:"这事,我得问问额娘。"

姑娘嘴一撇,嘿嘿乐着,一会儿工夫不见啦。恩哥没理会,扛上鱼笼子,大步流星回家了。一拉门,姑娘盘着云子髻,换了一身麻布衫,围灶坑烧火哪!见他进来,大大方方,抿嘴乐,不说话,扭身拿起斧子劈柈子,拎着柳罐打井水,活干得精熟、麻利、规整。恩哥都看呆啦。这时,额娘醒了,问:"谁劈柴烧火哪?"

恩哥进屋,贴额娘耳朵小声一说。额娘乐了,忙把水仙格格让进屋,说道:

"你是仙家格格,穷家媳妇难当啊!照老规矩,你得做三件事,满意啦,就是我家的媳妇!"

第二天,水仙格格来啦。额娘说:"你做半碗米填饱肚,娘尝尝!"姑娘点头笑笑,出去啦,老太太不放心,偷着瞧。姑娘围裙一结,挎筐上山了,不大一会儿工夫,筐里装满了小根蒜、黄花、香蘑、红花根……老太太还琢磨做啥吃呢。门一开,热腾腾,香喷喷,端上一桌子:百合面饽饽、莲蓬粥、葱拌蘑菇,外上两碟黄花、哈什蚂酱。饭菜安排得巧!半碗米还剩了三酒盅,没难住。

额娘说:"明儿个给娘做床手指肚大的褥子吧!"姑娘想:手指肚大的褥子咋铺啊?嗯,有了。夜里,她把额娘攒的破补丁找出一筐笭,在月亮下洗呀,剪呀,缝呀,天亮给额娘送来一床喜鹊登枝的新花褥。额娘细瞧,暗暗佩服,褥里褥面全是手指肚大的布块,搭配七色,拼成的喜鹊像真的一般。

额娘心里高兴,但又说:"娘别的不想,就想盖床水晶被子带响儿的!"姑娘点点头,出去啦。正是晌午头,挑了十桶水,热上啦。回屋里把全家的大小旧被里面全拆啦,棒槌敲啊木盆洗,脏水淘了一盆又一盆,热水搅好土豆面,不大工夫浆出的被里像一面面水晶墙,雪白又匀称,叠得棱是棱,角是角,抖一抖哗哗响!

额娘得了这么个巧媳妇,干活利索,啥活都拿得起来放得下,非常高兴。恩哥两口,就在泡子沿砍树开荒,养猪种田。一有空,恩哥弹起口弦琴,水仙伴着弦声,模仿花姿、月影、鸟飞、鱼跃,跳着舞。据传,"蟒式"舞蹈就是她传下来的。日子一长,尼什哈搬来的屯户多啦,噶珊的男女老少,谁都喜欢这小两口。

一天,水仙慌慌张张跑回家,含着泪对恩哥说:"你过去杀死不少害人的水蛇,现在蛇王来了,霸占了我的莲花宫。看样子,咱们缘分到头啦!恩哥啊,你好好侍候额娘,领孩子过日子吧!我现在回去斗蛇王,不然沿岸父老要遭百年难哪!"

恩哥娘儿俩抱住心爱的水仙,伤心痛哭,谁舍得叫水仙离开啊!这时,莲花泡子里嗷嗷叫,接着翻江倒海似的鼓起三丈高的大浪,水一下子漾出泡子沿,地毁了,树倒了,噶珊淹没了,人们往山上跑,往树上爬,哭喊着争活命。

水仙和恩哥急忙背起额娘,抱着孩子,也跟着大家跑上山去。一到山上,水仙把孩子交给恩哥,说:"我得赶紧下泡子,哪能只顾咱一家团圆,让水族受害、乡亲遭殃哪！恩哥，你给我弹琴助战，明天，如果我打败蛇王，正晌午洪水就消啦！你瞧见水皮上泛起黑血，是我杀死了水蛇精，你把黑血埋到深坑里，别脏了莲花泡子；要是你瞧见了红血，是我战死啦，你们开个渠，把我的血引进咱们开的地里去！"

恩哥悲伤得不知说什么，刚要伸手去拽住水仙，只听她说："记住啊，我走啦！"天上一个沉雷、一道闪电，水仙不见了。恩哥就哗啷啷，哗啷啷，拼命弹起口弦琴来，琴声随着雷鸣，震得天摇地动。

第二天正晌午，水不知什么时候全消啦！连沟沟汊汊、坑壕洼地，都是干干的。恩哥和噶珊的人不顾房子倒、庄稼淹啦，欢天喜地喊着水仙的名字朝泡子沿跑，都盼找到勇敢的水仙格格。忽见莲花泡子白水翻翻，冒出一股股像黑泥浆似的污血，岸上的人高兴了，恩哥的琴弹得更激昂欢快啦。大家正乐着，乐着，水里一下子涌起一溜鲜红鲜红的血，像水浪里搅起百丈红纱，殷红耀眼。沿岸的人一见，都失声痛哭起来。恩哥和噶珊的人便把黑血引进挖出的深坑埋上，又把红血引进一片片被水淹的田地里。谁知，红血一到田地里，土里就咕噜噜钻出几棵长得又粗又壮的粘谷和金苞米，籽粒格外沉实。恩哥把粘谷和金苞米籽一粒一粒地分给全噶珊的人，拿回去种上，奇怪，很快就出苗长起来了。从这以后，莲花泡子四周开垦出越来越多的庄田，水仙留给后人的粘谷、苞米，越种越多，越种越壮，成了家家户户喜爱的口粮。

讲　　述：曲占文
搜集整理：郑旭华
流传地区：吉林长春

百合花

在很早以前,有一个名叫小林的小伙子,从小父母双亡,靠种田维持生活。他不怕辛苦劳累,开垦荒山野岭,每天起早贪黑地劳动。

一天,这勤劳的小伙子的汗水流在石窝里,石窝里就开出了一朵神奇的百合花,鲜艳夺目,香气四溢,非常惹人喜爱。小伙子小心地用双手把花高高兴兴地捧回家,种在石臼里。一天,他在灯下编织竹篓,突然灯里开出一朵闪亮的灯花。那灯花慢慢变大,从灯里走出来一个非常美丽的姑娘,她就是百合花的化身。

从此,小伙子和姑娘结成了夫妻,白天两人上山种地,晚上一个编织竹篓,一个绣花。小日子过得又甜蜜又幸福。小伙子也就渐渐满足了,他不再劳动,整天衔着烟杆,手提鸟笼,东游西逛,变得又懒又馋,妻子一再劝说,他也听不进去了。

有一天灯芯里又开出了一朵灯花,油灯里飞出一只五彩的孔雀,小伙子的妻子骑着孔雀飞进月亮里去了。小伙子把所有的东西都卖光了,又来卷炕上的席子,忽然看见妻子当年精心绣制的象征幸福的图案,他流出了眼泪,后悔当初不听妻子的劝告。

从那以后,小伙子又像从前那样辛勤地劳动。在中秋之夜,灯花忽然又开了,他的妻子回来了。从此以后,夫妻相亲相爱,共同劳动,日子过得比花香,比蜜甜。

讲　　述：李仕力
搜集整理：李丘山
流传地区：湖南洞庭湖一带

君山金桂

　　从前，北洞庭湖有个渔村，一年四季，风风雨雨，洪水泛滥，弄得渔民无法安生。大家就去村子里找那个眉毛胡子都白了的"老洞庭"。

　　"老洞庭"睁开眼睛，想了想说："听老一辈讲，君山顶上有棵金桂树。折一根桂枝回来插到村里，就能长出高大的桂树，镇妖压邪，抵御洪水和风暴，但必须是个没有私心的后生去，才能取回来。"说完，他又睡觉了。渔民们你看看我，我看看你。这时，一个眉清目秀的后生自告奋勇地站出来，要上君山去折桂枝。

　　这后生叫赵衡力，在洞庭湖的风浪里闯了二十个年头了。他想到自己光棍一条，无挂无牵，为了渔村寻找幸福，跑一趟君山，有什么不好呢？

　　第二天，他告别了乡亲们，带了干粮行囊，驾着小渔船，向君山出发了。一路上不晓得碰了几回风浪，过了几道险滩，一连走了三天三夜，才靠上了君山。登上君山后，越过一道道沟，爬上一重重山。他找呀找呀，找了三七二十一天，走遍了七十二座峰，才在青螺峰顶找到了"老洞庭"讲的那棵金桂树。

　　这金桂树足有十几丈高，抬头望不到顶，几个人牵手还抱不过来，满树的桂花清香扑鼻，惹得几多蜜蜂子、蝴蝶儿上上下下飞个不停。

　　几天来，赵衡力风里浪里，爬山越岭已经特别劳累，现在找到了金桂树，被那花香一熏，立刻感到十分疲倦。他走到金桂树边，伴着树蔸，刚刚坐下喘一口气，就不知不觉睡着了。一觉醒来，只听见身边琴声鼓声，十分好听。他睁开眼睛一看，蒙蒙眬眬地看见好多花枝招展的姑娘，在那里跳舞。等他揉了揉睡眼，正准备看个仔细，姑娘们忽然飘动着美丽的衣裙，飞上金桂树不见了，只看见树上一束束金黄金黄的桂花随风摆动。

赵衡力知道这不是一个梦,觉得好生奇怪!他是到仙境里来了?他想起了自己到君山的目的,就是仙境也不应该久留呀!他抬头看看天,时间已经不早,便立即伸手折桂。谁知赵衡力不伸手便罢,一伸手就像被吸在桂花树上了,不管他怎么用力,也缩不回来。他急出了一身大汗,想起渔村乡亲们正在盼自己回去,自己怎能困在这里?于是他用足一身的力气,猛地往下一扯,突然从树上跳下一个美丽的姑娘。原来他的手就是被这个姑娘抓住了。

姑娘望着赵衡力,细声细气地问:"请问大哥尊姓大名?家住哪里?为什么到这里来折桂?"

赵衡力清清楚楚地把他的来意说了,末了很恳切地说:"请姑娘快快松手,让我早早回去。"

姑娘痴痴地望着赵衡力,好久好久没有作声。赵衡力被姑娘捉住了手,进也不是,退也不是,很不自在。愣了半天,姑娘脸一红,说道:"小妹是洞庭王爷的小女儿,名叫金桂,愿将终身许配于你,不知大哥……"

赵衡力满脸通红。他想,自己孤苦伶仃,原来准备一辈子单身,谁知道,眼下竟有这样一位称心的神仙女,自愿来结良缘,心里当然有说不出的高兴。但他又想,自己家贫如洗,这么一个花一样的姑娘,能跟着自己回渔村去受苦吗?他拧着眉头,想了想,说:"姑娘呀,不行啰!你的好意我终生难忘,只是我家里太穷,住在破茅棚里,一双手养活一张嘴还不够呢!"

金桂说:"大哥,只要你答应了,你缺什么就可以有什么。不信,你看那是什么?"

赵衡力随着她的手指看去,前面立即出现了一座朱门绿窗、雕梁画栋的房屋。金桂拉了赵衡力一把,接着说:"以后我们就住在这房子里,你就不必再回渔村受苦了。"

赵衡力说:"姑娘,我有双劳动惯了的手,只怕过不得这清闲的日子呢!"

姑娘说:"这个容易。你要打鱼,就在这里打好了。"说着,把手一指,湖边上立刻有了一条挂了篷的新船。

赵衡力大吃一惊,他恳求说:"姑娘,这万万使不得,万万使不得呀!我们渔村住着三十多户人家,天天受洪水、风暴的苦,我怎么能一个人在这里享受富贵荣华,过好日子呢？我得立刻折桂枝回去镇妖压邪哩！请姑娘开恩。"

金桂听了赵衡力的话,很是感动,她高兴地点了点头,说:"大哥,小妹不强留你,你就快快折下桂枝回去吧！"

赵衡力二话不说,折了桂枝,望了望金桂,转身就下了山。

赵衡力回到渔村,全渔村的男女老少都来到村头接他,连"老洞庭"也拄着拐杖来了。赵衡力照着"老洞庭"的话,把桂枝插在临水当风的地方。那桂枝刚刚插进土里,立即飞长起来,眨眼间,就长得同君山青螺峰上的金桂一模一样了。一转眼,呼啸的狂风停息了,猛涨的洪水也退了。全村渔民好高兴啊！赵衡力激动地望着那一束束盛开的桂花,想起君山折桂的情景,情不自禁地伸手去折桂花。他的手刚一摸到花枝,那桂花马上变成了一个美丽的姑娘。赵衡力一看,这不就是在青螺峰遇见的金桂吗？他先是退了几步,然后勇敢地跑拢去,牵着金桂的衣袖,把她引到大家面前。赵衡力把如何上君山折桂,如何和金桂相见,她又如何相许终身,一五一十向乡亲们讲了一遍。渔民们你望望我,我望望你,又惊又喜。

"老洞庭"捋着胡子笑哈哈地说:"嘿嘿,我早晓得了,晓得了,只是我事先没讲出来就是了。"金桂羞答答地向"老洞庭"和众渔民道了谢,又向雾霭弥漫的洞庭湖挥了挥手。瞬间,云开雾散,一座雕梁画栋、朱门绿窗的高楼,飞到了金桂树前。"老洞庭"领着众渔民到房子里悬灯结彩,贴上喜联,热热闹闹为赵衡力和金桂举办婚礼。新郎新娘拜了天地,众渔民喝了喜酒。一对美满的夫妻,生活得甜甜蜜蜜,多么幸福呀！

讲　　述：丁友德
搜集整理：郭修文
流传地区：安徽亳州

芍药仙子

SHAO
YAO
XIAN
ZI

　　俺亳州人特别喜爱芍药，不单因为它的根能入药，花儿好看，还因为有一段优美的传说。

　　唐朝武后当皇帝时，亳州城东住着一位姓白的花匠。白花匠年轻英俊，勤劳善良，二十多岁还没说上媳妇。爹娘替他着急，他却不焦不躁，一天到晚，一年四季，除了下地干活儿，就是侍弄花草。春天他给花草施肥，夏天他给花草浇水，秋天他给花草剪枝，冬天他给花草培土。他的房前屋后也都是花儿：春有春兰，秋有秋菊，夏有荷花，冬有蜡梅。庄户人虽说日子苦点，可有花花朵朵做伴，有蜜蜂蝴蝶起舞，倒也得到不少乐趣。

　　在所有的花草中，白花匠最喜爱一种花。春二三月，紫红紫红的花芽儿破土而出，它长得又粗又壮，很快长成一蓬蓬，像一丛透明的红珊瑚。红珊瑚越长越旺，又很快地变成一丛红玛瑙。不久花儿含苞了，花儿咧嘴了，花儿又开放了，粉红的花瓣，金黄的花心，色彩十分明丽。花儿叫什么名字？不知道，那是他从涡河湾里寻来的野花。他去请教私塾老先生，那位老先生就给花儿起了个名字叫"灼花"，后来又把火字旁的"灼"改为草字头的"芍"，芍花算有了名儿。

　　再说武则天当了皇帝之后，胃口越来越大。御花园虽有数不清的花儿朵儿，她却不知足，非要把天下的奇花异草都搜进皇宫，以供享乐；还要把天下的花师花匠弄进皇宫，专为自己种花儿。

　　这一天，武则天的侄儿武三思来到亳州，他听说白花匠种了许多花儿，又是个侍弄花儿的把式，就骑着高头大马去了。他到那地方一看，呀，眼都直了：花儿真多，味儿真香，开得真好！特别是那一株芍花，他见都没见过。他心想：若是带

花精·芍药仙子

回皇宫,老姑准喜欢。她老人家一喜欢,我武三思更抖了!于是,他对花匠说:"种花的,算你小子走运,明天随我进京献花儿,便可在宫中谋个差事。"知府一听,也跟着应和:"这可是千载难逢的机会,还不赶快谢过大人?"白花匠说:"俺不去,这花儿俺留着看哩。"

武三思一听,脸一下子拉长了:"种花的,这是皇上的意思,你敢抗旨不遵吗?"他拿出圣旨抖了抖,对白花匠说:"限你明天一早,带上花儿到州衙去。"

这下,白花匠吓得没神了,哭了一天一夜!第二天一早来到州衙,后来又进了皇宫,当了御花园的花师。他那棵心爱的芍花也种在御花园里。

御花园里的花儿真多,天南海北的名花都有,白花匠一见就爱上了这些花儿。清早他给花儿除虫,晚上他给花儿浇水,晌午顶着日头给花儿锄草,夜晚他披着月光在花间散步。他一天到晚不愿闲着,因为他一闲着就想家:爹娘谁照顾呀?宅前屋后的花草谁侍弄呀?地里的五谷杂粮靠谁种呀?为这他愿一天到晚干活,干活可以暂时忘掉许多烦恼。

功夫不负苦心人,那满园的花木也长得特别喜人。远远望去,像一尺云锦,花儿水灵灵的,别提多好看了。

可是那棵芍花呢?长得干巴巴的,白花匠一见就难受。他知道那是起的时候动了根儿,走在路上伤了枝儿,再加上不服水土——唉,花儿也和人一样恋着亳州的水土哩。白花匠难受,对芍花格外爱护。天天挑水浇,一边浇一边唱:"芍花芍花,快快长大,叶儿返青,别再想家。"

他浇下一瓢水,那花儿咕嘟咕嘟喝完了,小叶儿泛绿了。他又给芍花追肥,一边追一边唱:"芍花芍花,快快长大,赶紧发棵,别再想家。"

他追上几遍肥,又松松土,芍花舒舒服服地挺挺腰,真的发棵了。他又给芍花除虫,一边捉一边唱:"芍花芍花,快快开花,有我做伴,别再想家。"

他一遍遍捉虫,汗珠吧嗒吧嗒掉在花枝上,花枝上很快抱满了花骨朵。

眼看花儿要开了,白花匠却累病了。这天夜里,他躺在床上呼呼大睡。他梦见芍花开了,粉红的花瓣,金黄的花蕊,从花蕊里走出一个年轻美貌的女子,长得比九天仙女还俊。她手托绫帕,冉冉地走到床前。白花匠连忙问:"姑娘,你是谁?"

"我是芍花仙子,是花王的小女儿。"

"你来做什么?"

芍花仙子说:"你为俺操心劳碌,累病了,俺拧下一枝花根为你治病。"说着,眼里闪出泪花。

只见芍花仙子拧下一条根,白花匠一见,一哆嗦,心想:十指连心,那该多痛啊!他感激地看着芍花仙子,见她那月白软缎花鞋上渗出一点殷红的血迹,他正想起身道谢,芍花仙子双手递上绣花绫帕,转身走了。白花匠望了一眼绣花绫帕包着的花根儿,连忙起身追去。

他追呀追呀,一直追到芍花跟前,那女子忽然不见了。他轻轻地抚摸着花朵,又轻轻地扒开花根,果然花根上有拧掉的痕迹。那受伤的地方还湿漉漉地往外冒水呢!

白花匠哭着回到屋里,哭着煎药熬药,哭着把药服下。这药真灵验,第二天病就好了。为了记着芍花仙子的恩情,他把芍花改名芍药花。从此,他对芍药花更加看重了,有什么心思总爱给她说。他真希望能和芍花仙子天长地久待在一块儿,一辈子侍弄芍药花,他心里也高兴。

暑往寒来,花开花落。转眼冬天到了,御花园里百花凋零,一片肃杀景象。偏巧武则天又动了游兴,带着文武百官、宫娥彩女来御花园赏花看景。她一进御花园,立即来了气儿,叫来白花匠问道:"白花匠,这花儿怎么都败了?"

白花匠小心回禀:"万岁,天有四时,月有圆缺,眼下已到十冬腊月,花早该谢了。"

武则天说:"不行,朕要看花,传我的口谕:园中百花,都要连夜开放。抗旨不遵者,一律治罪!"

第二天一早,武则天赏花来了。那蜡梅花迎合圣意,冒雪而开,被封为花魁;杏花开得慢了一步,被贬到民间;牡丹花才冒出芽儿,被贬到洛阳。芍药花和白花匠却不见了。

白花匠和芍药花哪儿去了呢?他们连夜逃出皇宫,走了九九八十一天,才回到亳州。白花匠又把那棵芍药花栽在自家宅前。说来也怪,芍药花回到了故土,长得真快,转眼间发芽了,长叶了,开花了。花儿一开,从里面走出年轻貌美的芍药仙子。她对白花匠笑了,白花匠也对她笑笑,他俩成了亲。他俩一块种地,一块儿养花,一块儿抚养子女。他们给自己的孩子起名叫"白芍"。为了逃避官府的追捕,也为了让儿孙不再被选进皇宫,每逢花开时节,他们将花掐去,光长根儿,好给百姓治病。老百姓爱芍药花,把掐掉的花泡在瓶子里,也有种在家前屋后让它开花的。后来越种越多,亳州的芍药天下闻名,成了亳州一大特产。

搜集整理：董均伦、江源
流传地区：山东沂南县

梨花仙

在离沂山不太远也不太近的一个庄里，有一个孩子叫满升，没有爹也没有娘，跟着叔叔、婶子过日子。叔叔虽然也有一个儿子，却待满升很好，婶子就为这个常和叔叔吵架。满升的这个叔伯哥哥，也因为这个，不满意自己的娘。一家人为了满升经常吵吵闹闹。

满升长到十三四的时候，什么都懂得了。有一天，他对叔叔说道："叔叔呀！你为我，不知和婶子生过多少的气，在我身上也算尽到了心啦。我现在也长大了，就自己出去挣饭吃吧。"

叔叔听到这孩子的话，低头寻思：要是不让这孩子走，自己也不能老守在家里，万一老婆起了坏心，这孩子有个三长两短，怎么对得住死去的哥哥和嫂嫂？有心让这孩子走吧，这么小的年纪，出门在外的，怎么挣饭吃呢？

满升又说道："叔叔呀，你也不用为难。那燕子年年北来南去，也从来没见它们饿死，那水里的大鱼小鱼没房没屋，也没见它们冻死。我走了你也好过一天安稳日子。"

叔叔难过了一阵，才说道："孩子呀，叔叔也没有主意啦，你走就走吧！"叔叔领着满升到了集上，尽自己所有的钱买了几个烧饼，看着他吃了，才把他送到庄外，掉着眼泪分别了。

满升独自一人站在野地里。往哪里走呢？他望望北面那高大的沂山，飘起了一片又一片白色云雾，这些白色云雾让太阳光一照，像银子一般光亮。那些蓝色的高山上，有些什么东西呢？那些银子般的白云，都是从什么地方冒出来的呢？满升多么想去那高山上看看啊，他想着想着就朝那里走去了。

那些大山望去近在眼前,可是走一步还不到边,走一步还不到边。走了大半天,已经傍晚了,满升才走到山边的一个庄里。他看看那黑云嗖嗖地从西天边涌了上来,听听庄里也没有一点动静,幸好庄头上还有一间小场院屋。他想:不管怎的,还是上这里面过一夜吧。

满升走进了场院屋,在草堆里躺下。外面越来越黑了,连那场院周围的树木也看不清了。大风刮起来,那响声,好像饿狼叫那么瘆人。闪亮,雷响,大雨下了起来,满升觉得那雷声似乎能把这小屋震倒,那闪也会把树木烧着。大雨直下到半夜才停止。这是春天三月的时候,下雨的夜里是十分冷的,满升穿得又单薄,肚里也没有饭,止不住身上发抖。正在这时,从那场院边的树行子里,闪出了一点火光来。这可怜的孩子心里十分害怕:是不是这场院主来看场院了?他会把我从这小屋里赶出去吗?火光越来越近,看得出是一个红色的灯笼。满升坐了起来,灯笼更近了。满升看得清清楚楚,那挑灯笼的是一个穿白衣裳的媳妇,一只手还托着一个花茶盘。媳妇不向左走,不向右走,直奔这小屋里来了。满升虽看不清盘子里托着什么,却闻到了一阵香味。那媳妇走进了小屋,开口就叫起满升的名来。满升起初还不敢答应,媳妇却对他说道:"你不用害怕,我可怜你受饥受寒的,来送饭给你吃呀。"她说完,放下了茶盘,上面有菜有饭,满升肚子正饿,听那媳妇这样说,也就把饭菜吃了。媳妇临去的时候,又对满升说道:"我就住在离这里不远的梨树林子里,你要找我的话,就到那里去吧。"她说完,又手托茶盘,挑着灯笼走了。

满升一吃饱,身上也觉得暖和了,不知不觉就睡着啦。天亮了,他才被外面的响声吵醒。他翻身爬起来,走出场院屋时,见一个老汉正赶着一群羊过来。他寻思道:别人好歹都有个着落,我往哪里去呢?他忽然想起媳妇的话来,连忙追上那放羊的人,问道:"老爷爷,这附近有片梨树林子吗?"老汉把手一指说道:"这山东面就是。"

满升欢天喜地向山东面跑去,当他跑到那里的时候,不觉又愣住了。这里一间屋没有,四面尽是高山挡着,眼前只有一棵又一棵的梨树。不管那梨花开得怎么好看,满升都没心看,他又失望,又孤单,难道说是自己听错了吗?他一转身,却忽然看到那媳妇就在前面向他招手,他欢喜得又跑又跳地到了她的跟前。媳妇拉着他的手说:"我告诉你吧,我是梨花仙,可怜你小小年纪就没依没靠的。从今以后,你就在我这里住着吧。"她说完,领着满升向梨树行子走了不远,真的就到了有房子的地方了。

满升在那梨花仙家里,一住几年。她待他那个亲热呀,就像待亲兄弟一样。那梨花仙有一把葱绿的小扇,每当大风刮起来的时候,她只要手举着小扇,迎风一扇,梨树行子便一点风丝也没有。这小扇只要在那云雾里一晃,云雾里立刻就能亮起闪电,下起雨来。她常常说:"满升呀,再过几年,我就送你这样一把小扇。"

不知不觉又过了几年。有一天,梨花仙忽然对满升说道:"你叔伯哥哥明天要娶媳妇了。"满升听了又欢喜,又犯愁,欢喜的是哥哥说上了媳妇,犯愁的是叔叔从哪里弄钱办喜事呢?梨花仙笑嘻嘻望着满升说道:"你叔叔待你很好,你还是去帮助他一下吧。"她说完,走出了屋门,小扇轻轻地一扇,草叶飘了起来,花瓣也飞起来啦,转眼的工夫,彩绸飘飘的花轿出现了,吹鼓手也拿着笙管喇叭集齐了。

当天满升就带着花轿和吹鼓手回到了叔叔的家里,叔叔看见满升长得又高又壮,心里自然是欢喜了。婶子也正愁没钱雇轿,见满升带了吹鼓手和花轿来,也很是高兴,对满升也比以前亲热多啦。第二天,一家人欢欢喜喜,哥哥带上花轿,吹吹打打地把媳妇娶回家了。到了过午,满升对叔叔说道:"喜事也办完啦,今天过午我要回去了。"

叔叔和婶子见留不住满升,便送了又送,送过了一道岭,又送过了一道岭,站在那岭顶上望着满升带着吹鼓手和轿夫往前走去。

满升走了不远,便看到梨花仙来接他。她对着满升说道:"还要这些吹鼓手和轿夫做什么!"说着把小扇一摇,吹鼓手和花轿都不见了。只有些草叶、花瓣纷纷落到地上。梨花仙和满升回山去了。叔叔和婶子都吃了一惊:怎么那花轿和吹鼓手一下子就不见了呢?婶子心慌意乱地说道:"咱侄儿不知道变成一个什么样的人啦!我听乡约老婆说过,这时候到处都在捉拿反抗朝廷的人,也许咱侄儿就是这样的人,要不然,咱问他住在哪里,他为什么不说呢?说不定就要叫他连累了呀。"婶子的这些话说得叔叔心里也犯愁了,两口子害怕地回了家。

当天晚上，乡约的老婆坐在家里闲着没事，心想：去讨碗喜酒喝吧。她腿快胳膊轻地来到了叔叔家里，见了婶子就说道："你欢喜呀，儿子娶了媳妇，侄子又发了财，花轿喇叭的给你弄了来家，你可是好啦。"婶子一听这话，心也跳了，嘴也慌啦，不知道说什么好。乡约老婆见婶子脸色变了，心里也就犯了猜疑，连忙追问道："满升出去这么多年，在外面干的什么差事呀？"这一追问，婶子心里更害怕了。她只以为乡约老婆已经知道了那花轿、吹鼓手忽然变没有了的事情，连忙走到里间，把那仅有的两吊钱拿了出来，递在乡约老婆手里，才说道："这点钱，给恁家乡约喝酒吧。我真的不知满升在外面是干的什么差事。不管怎的，也别叫他连累俺两口子呀。"乡约老婆真是想也没想到会有这么一回好事，她把两吊钱揣在怀里，吃了饭喝了酒才回家去。

这个乡约不只是一个酒鬼，还是一个赌钱鬼，喝得醉醺醺地快半夜才回到了家里，往炕上一倒就要睡。老婆用指头戳着他的脑门子骂道："一天价只知道喝酒，成天价喊着捉拿反抗朝廷的人，你捉的那些人在哪里？"乡约哼哼唧唧地说道："没有，叫我到哪里去捉？"老婆把嘴一撇说道："我只出去了一趟，也知道是谁了，也把那钱拿来家了。"乡约一听就爬了起来，问道："你知道是谁？"她这才把她怎么去满升叔叔家里，她问了些什么话，满升婶子怎么给她钱，说了些什么话，都对男人说了。

两口子商量了一阵，才高高兴兴地睡着了。只过了几天的工夫，乡约又到满升叔叔家去要钱，叔叔和婶子害怕他去告官，东取西借地又凑了两吊钱给他。乡约拿了这两吊钱，酒馆里一站，赌钱屋里一坐，就又光了。熟道好走，第二天又到满升叔叔家去了，叔叔和婶子好歹又凑了两吊钱打发走了他，可是没过一天他又去了。叔叔和婶子再也拿不出一文钱来，乡约这次没有得着钱，出了门便气鼓鼓地往县城走去了。

这一天，风和日暖的，满升和那梨花仙正在梨树林里游玩，满升说起了叔叔家的事情。那梨花仙把小扇一扇，突然吃惊地说道："你叔叔和你叔伯哥哥遭难了。"满升听了也吓了一跳。那梨花仙看了满升一眼，伸手从梨树上摘下了一片叶子来，把它托在手里，用那小扇一扇，叶子立刻变成一把绿色小扇。她又对满升说道："你也长大了，也分出那善和恶来了，我就把这小扇给你一把吧。你有了这小扇,不只是能呼风唤雨,扇一扇还能知道千里路以内的事情。扇一扇,想到哪里立刻就能去了。你有了这把小扇,想变什么,就能变出什么来,想怎么样便能怎么样。"满升接过了小扇,两个人轻轻地一扇,一眨眼就来到了叔叔家的门口了。两个官差正押着叔叔和哥哥走出来,满升十分气愤,用扇一扇,绑在叔叔和哥哥身上的绳子都一下子松开了。

梨花仙也大声说道:"各人做事各人当,你们不是要拿反抗朝廷的人吗?俺两个就是。要进京咱就进京,要见官咱就见官,放了他们两个,俺们跟你们去吧。"官差们见到了这个情景,也不敢不答应,也不敢去绑他俩。他俩快走,官差也跟着快走,他俩慢走,官差也跟着慢走,一直走到大堂上,站在那里,也不跪下。县官连忙吩咐用大铁锁把他俩锁了起来。铁锁刚拿了来,还没靠身,梨花仙和满升把扇子一扇,一齐不见了。拿铁锁的人吓得把铁锁掉在大堂上了。只听得梨花仙的声音:"走了这么远的路,坐下歇歇吧。"声音就是从铁锁那里响出来的。县官又吩咐人支起了火炉,把铁锁扔进了火炉里,火炉里又响起了说话声:"满升呀!别睡着啊,等会儿咱好回去!"县官听了这话,不觉惊慌了起来,要是走了他俩,朝廷知道了,自己的命也就没有啦。他把口气放软和地说道:"你们出来吧,我捉你们也是皇帝让我捉的,你们有本事去见皇帝吧!"只听那梨花仙和满升冷笑了一声,接着说道:"见皇帝又有什么可怕?只有一桩,你可得亲自送俺俩去。"县官连声答应着。只一闪的工夫,梨花仙和满升又都站在大堂上了。

当天,县官带着人马,亲自送满升和梨花仙进京了。走出县城不远,梨花仙把满升一拉,两个人都站住了。梨花仙说道:"累了,走不动啦。"县官说道:"要坐轿就来轿,要骑马就拉马来!"梨花仙摇摇头说:"也不坐轿也不骑马,找一对瓶子来,要你挑着,俺才去哪,不的话,俺就不去。"县官生怕他俩又忽然不见,只得答应了。他找来了两个瓷瓶子,那瓶子嘴小得不过铜钱那么一点大。他俩又把扇子一扇,不见了,接着那小小的瓶子里发出了声音:"快点走呀,不快走,我们要回去了。"县官听了,只得去挑那瓶子。小小的两只瓶子,却好像有几百斤重,县官用尽力气才挑了起来,走了几十步,就压得满脸淌汗。他哀求道:"路远,担子又重,请你们出来走一会儿,就算饶了我吧!"那声音又严厉地说:"就饶你这一次吧,快去叫那乡约来挑着!"县官如同得到赦令,连忙差人把乡约叫到跟前。乡约挑着那对瓶子,也是压得腰弯腿颤的,走了一阵便走不动了。县官很是心焦,吩咐人用鞭子赶着他快走,还没走到京城,那乡约连挨打带受累地就死去了。县官只得又亲自挑着,虽没累死,也累了个半死,才算送进了京里。

皇帝听说抓了反抗朝廷的人,连忙上了金銮殿,文武百官列在两旁,那个威风是不用说了。皇帝传下了圣旨,叫赶紧把那两人带上来。四个武官抬着两个瓶子到了金銮殿前。皇帝惊奇极了,开口问道:"那两人在哪里呢?"还没等那文官武官作声,瓶子里又响起了梨花仙的声音,她招呼道:"满升!还睡吗?到了金銮殿啦!"另一个瓶子里又响起了满升的声音:"一觉睡到如今,我还不知道什么时候到的京城。"皇帝只听得瓶子里说话,却看不见人,大惊失色地说道:"快些给我把这对瓶子砸碎!"武官听了,举起铜锤,砰砰两声,两只瓶子被砸得粉碎。梨花仙和满升的声音同时响了起来:"可惜了这一对瓶子。"皇帝更加惊奇地问道:"你们在哪里说话呀?"那声音立刻又应道:"俺在瓦渣里说话。"皇帝一听又忙吩咐人把那瓦渣扫了起来,放到碾上去压。那被吩咐的人心里虽十分害怕,也只得依照皇帝的话做。过了一会儿,那瓦渣被碾成细面面,皇帝看见那面面,狠狠地说道:"这一次可是被碾死了。"他话还没说完,又听到那梨花仙和满升的声音了:"枉费这些力气了!"皇帝听了,打了一个冷战,又吩咐道:"赶紧给我把那些面面扔进御河里去吧!"

面面被扔进御河里了,好久没有一点动静,皇帝才大着胆走到了御河旁边。他刚刚弯身向下一看,满升的声音又从河里响起来了:"你使锤砸,上碾压,现在只叫你到河里尝尝滋味吧!"随着这声音,皇帝头重脚轻地掉进水里去了。这时候满升和梨花仙忽然闪了出来,梨花仙还是穿一身雪白,满升穿的是青衣青裤。两个人又把扇子一摇,只一闪的工夫,又都不见了。皇帝差一点就被淹死,满升和梨花仙平平安安地回到了沂山。县官虽然知道,也不敢再差人去捉拿他俩了。

搜集整理：杨宪典（白族）
流传地区：云南大理

上关花

苍山万花溪下面的村子里，有个白族姑娘名叫阿秀，心灵手巧，精于绣花。她绣的花，惹得蜜蜂来采蜜，引得蝴蝶舞翩跹，远近闻名。人们都争着来请她绣花。她母女二人就靠此为生。

阿秀虽然天天替人家绣绸缎，可仍是顾得了吃的，就顾不上穿的。长成十七八岁的大姑娘了，连一件好些的衣裳都没有，天天都穿着洗了又洗、补了又补的粗布单衣，戴着旧头巾，但这丝毫也遮掩不住她如花的容貌。多少小伙子请媒人来说亲，门槛都快踏烂了，没有一个合阿秀的意，最后还是她自己看上了一个打猎的小伙子。他叫小郎，人长得很周正，也很忠厚。再过一个月就要成亲了，母女俩十分焦愁：没有嫁妆也算了，可连一件新衣裳都没有呀，怎么成亲？

一天，阿秀到溪边洗衣，看到自己的单衣破旧得不像样了，瞧着瞧着禁不住掉下泪来，叹了口气道："唉！我亲手帮人家绣过的绫罗绸缎，不知可装几箱几柜，自己却连一件嫁衣都没有！"她心里难受极了。

这时，忽听得后面山洞内有人叫她一声："阿秀呀！"回头一看，是一个不相识的漂亮女子，笑嘻嘻地对她说："好妹子哟！没有衣裳，我送你一件。"说着把手里的衣裳一抖，是一件绣花的新绸衣，那花儿又新鲜又好看。阿秀绣过百样花，竟没有见过这样好看的花，便对那女子说："阿姐，多谢你好心帮助。这么好的衣裳，还是你自己留着穿吧！"那女子道："不碍的，我有的是，你不要嫌弃呀！""不是嫌弃，像你绣的这种花，我长眼睛都还没见过呢！""这是映山红，说实话，平常是看不到的。""映山红？听说过，就是没见过。""她虽压盖万花，可偏偏生在深山幽谷里，真的难得见。"阿秀还要问，不想那女子把衣裳往阿秀身上一披，就不见了。

阿秀又惊又喜,高兴地把衣裳拿回家来,把经过一五一十地告诉了阿妈。阿妈听了,高兴地说:"女儿呀,这一定是个好心人送你的,她不愿我们感谢她,她才躲了。就算是花仙赐给你,也不用怕,你就先穿起来吧!"阿秀穿上一看,不大不小,刚刚合身。阿秀妈瞧瞧新衣,又瞧瞧女儿,欢喜地说:"阿秀呀,你穿上这件新衣,就像个仙女哩!"

就在阿秀穿上新衣的时候,土官的驼背儿子闯了进来。他一见阿秀这么漂亮,先就掉了三魂七魄,接着就像苍蝇见了蜜一样,叮上了,撵也撵不走。驼子仗着他爹是土官,就缠着要讨阿秀做小老婆。阿秀妈说:"我家阿秀有婆家了。再说我的白缎子似的姑娘,咋个去做你的小老婆!"阿秀气呼呼地骂道:"癞蛤蟆想吃天鹅肉,你不要做梦!快给我走!再嚼几句牙巴骨,当心你的嘴巴!"驼子碰了一鼻子灰,恨恨地出了门,说:"看你再狠,也逃不出我的手掌心!"

驼子回到土衙门,对他爹说:"阿爹,我妹妹要出嫁了,帮她找个绣嫁衣的来吧!"土官问:"去哪儿找?"驼子便说:"万花溪下面那个村子有个叫阿秀的姑娘,手艺好,又不要工钱,请她来绣花吧。"土官打发人去叫阿秀,阿秀不肯,但哪里由得她,被衙役硬拖来了。

阿秀把土官家小姐的嫁妆一件一件地绣完,土官想放她回去,驼子却想霸占她,想方设法不让她走。春去夏来,阿秀和猎郎的婚期早过了。阿秀日思夜想:咋个才能跳出驼子的手掌心,和小郎相见?

驼子不断打着鬼主意。他怕土官觉得无花可绣,打发阿秀走掉,三番两次地说:"阿爹,这姑娘有件绣花绸衣,你没有见过,可好看哩!让她照样绣一件给我妹子吧!"

土官逼阿秀拿出花衣,一看,不觉看呆了:"哎呀!是哪样花这么好看?我活了这么大年纪,还没有见过哩,真是稀奇!"阿秀脱口说:"映山红!""这是仙花,你见过吗?""见过。""在哪里?""苍山万花溪。""我派人跟你去,连根挖它几棵来,栽在我花园里,再照样绣一件花衣,我就放你回去。"

驼公子和两个衙役随阿秀来到万花溪,映山红却一棵也没有找到。阿秀想:那位送花衣的大姐就是在这里不见了的,这阵子能够见她一面该多好呀!正想着,山洞里忽然放出红光,射得人眼花缭乱。洞里的映山红树又高又大,开满了洗脸盆那么大的花朵，把整个山峰、溪水都映红了。只见那位大姐笑嘻嘻地站在洞口。阿秀欣喜若狂地奔过去，大姐一把拉住她，让她躲进洞里，自己堵住洞口。驼公子和衙役们追了过来，想抢出阿秀，只听"哗啦"一声，山洞门关上了。那三个家伙惨叫着，一个个头晕眼花，倒在洞外。

第二天，土官带着人来找，见驼公子和两个衙役昏死在那里，阿秀却不见了。土官命人把三人抬回去救治，但那作恶多端的驼公子已死掉了。土官不甘心，派人四处去搜查阿秀，连个影儿也找不着；又派人去抓阿秀妈，也已无影无踪。后来有人说："阿秀跟着花仙去了。"又有人说："花仙把阿秀连她妈和小伙子一起，搬到苍山云弄峰北面的上关去了。"

从那以后，云弄峰下蝴蝶泉、上关一带便有了映山红，其他各种花也愈来愈多，愈开愈旺，这就是上关花的来历。

讲　　述：莫希那（鄂伦春族）
搜集整理：王朝阳
流传地区：黑龙江大兴安岭一带

花姑娘

兴安岭的大森林里，住着这么一户人家：老两口，一个儿子。儿子名叫阿拉坦聂，二十多岁了，还没有个媳妇，他阿爸阿妈为这事儿可犯愁了。愁来愁去，两个老人都愁病了。阿拉坦聂爬山，涉水，给老人采药治病，给老人打飞龙吃，对老人特别孝顺，可老人还是愁儿子没有媳妇。过了几年，老人生生愁死了，就剩下阿拉坦聂一个人。阿拉坦聂哭哇哭哇，泪水都哭干了。

他一个人天天上山打猎。有一天，他登上了仙人峰，放眼一看，仙人峰顶上开满了各式各样的花。香气扑鼻，景色迷人。他挑选了一朵最鲜艳的大红花，带回自己的住处，栽上了。

第二天，他又上山打猎去了。天快黑的时候，他回到仙人柱①里掀开锅一看：哎呀！有人把饭给做好了！有炒菜，有手扒肉，有饺子，饭菜喷喷香。他饿极了，也不管三七二十一，就饱饱地吃了一顿。

阿拉坦聂天天上山打猎。一连七天，每天回来，都有人给他做好了饭。他觉得很奇怪，想要看个究竟，闹个明白。这一天，他假装去打猎，藏在仙人柱的后面。到了中午，他看见从那朵大红花中间，走出来一个非常漂亮的姑娘，下地就做饭。一边做饭，一边不断地往门外瞅。小伙子看到这里明白了：啊！原来你在那朵大红花里住着呀！我把大红花拿到手，你就回不去了。小伙子悄悄地进了仙人柱，一把就把花抢到手了。姑娘发现小伙子进来了，想回到花中去，但是晚了。

---

① 仙人柱：鄂伦春人住的房屋。

姑娘站在小伙子面前,说:"阿拉坦聂,我爱你。我爱你的心眼儿好,爱你勇敢、善良、憨厚,我愿意给你当媳妇儿。但是,现在还没到时候,你把那朵大红花给我吧,那是我的衣裳。等到时候了,我再和你结成夫妻。"小伙子等不得了,说:"好姑娘,现在已经到时候了,让我们结成夫妻吧。"

就这么着,小伙子和花姑娘结成夫妻了。

这事儿被左邻右舍知道了,大家就都来串门看新娘。有的小伙子光顾看新娘了,想坐到桦木杆床上,却一屁股坐到地下了;有的小伙子光顾看新娘了,抽烟时烧了自己的手指头都不知道疼。这些小伙子发现自己丢丑了,羞得出门拔腿就跑了。

这花姑娘的漂亮劲儿,传到了一个协领官那里。这协领官就起了歹心,亲自带兵来抢花姑娘,要抢回去给他当小老婆。

小伙子知道了,就哭,没有别的章程①。

花姑娘说:"你不要哭。只要你把花还给我,他们来抢也抢不去!"小伙子就把花还给花姑娘了。

这时候,协领官带着兵就来了。花姑娘拿着花,一眨眼的工夫,她就变没了,钻到花心里去了。小伙子就把花藏起来了。

协领官进到仙人柱里,问小伙子:"你把花姑娘藏到哪儿去了?快说!不说,打死你!"

这时候,花姑娘突然从花心中走出来,站在仙人柱门前的草甸子上,脆声脆气地说:"我在这儿呢!"

协领官一看,这花姑娘太漂亮了!馋得哈喇子②流了一地,就带兵去抓。刚跑到花姑娘跟前,一眨眼儿,花姑娘又没了。这可把协领官闹糊涂了:怎么没了呢?到哪儿去了呢?他就命令当兵的,里三层外三层地包围了仙人柱。找了七天七夜,还是没找着。协领官和当兵的,一个个都累得人困马乏。当官的狗急跳墙,就把小伙子绑起来了,威胁他:"你要不交出花姑娘,我就把你带到官府去,整

---

① 章程:方言,办法。
② 哈喇子:口水。

死你!"说完,就连推带搡地把小伙子押走了。

这时候,花姑娘又出现在仙人柱门口,脆声脆气地说:"我在这儿呢!"

协领官一听,乐掉了魂儿,放了小伙子,转回头来抓花姑娘。刚跑到花姑娘跟前,一眨眼儿,花姑娘又不见了;再回去抓小伙子吧,小伙子也不见了。协领官又命令当兵的,里三层外三层地包围了仙人柱。

小伙子哪儿去了呢?原来他跑到森林里的一棵大松树上去了。一会儿,花姑娘找他去了。她对小伙子说:"阿哥,你往东走吧!离这儿百十里,有个小房子,我在那房子里等你。"

小伙子就先往东走了。到了那个小房子里一看,他媳妇早就在那里坐着了,怀里还抱着个胖娃娃呢!媳妇说:"阿哥,我给你生下了宝贝!"

小伙子乐得心里开了花,他接过胖娃娃就亲起来。亲一下,胖娃娃就长一尺;又亲一下,胖娃娃又长一尺。亲了七下,胖娃娃就长了七尺。这宝贝长得跟他阿爸一样结实,跟他阿妈一样漂亮。他天生就能打猎。往上走,打来一串飞龙鸟;往下走,打来一串天鹅,给他阿爸阿妈吃。

有一天,媳妇对阿拉坦聂说:"阿哥,有协领府的坏蛋们在,咱们穷苦猎民就过不了好日子。我发大水把他们冲走,咱们自个儿选一个为猎民办事的好协领官。"

小伙子说:"太好了!太好了!"

他媳妇就对着一条小河吹了一口仙气,只见小河立刻大浪滔天,咆哮起来,抽一袋烟的工夫,就把那群坏家伙冲到跟前来了。只见一个个脑袋露在水面上,喊爹叫娘。他媳妇说:"给我冻!"咆哮的河水"咔"一下子冻上了。坏蛋们的脑袋被冻在冰面上边。媳妇对阿拉坦聂说:"阿哥,拿猎刀砍!"阿拉坦聂一刀一个,像削大萝卜似的,把坏家伙们的脑袋都削掉了。他媳妇说:"给我化!"冰化了,河水又咆哮起来,把协领府的坏蛋们冲走了。

紧接着,猎民们都骑着猎马,从四面八方来到仙人峰下,挑选猎民们自己的新协领官。只见花姑娘站在峰顶上,手里拿着一个红布条、一个绿布条。她说:"我把这两种布条一起扔下去,这两种布条一块儿落在谁的头上,谁就是大家挑选的新协领官。"

山下的猎民们都说:"好!就这样挑选吧!"

花姑娘就在峰顶上把这两种布条扔向山下的人群中。只见这红绿两色布条在空中飘来飘去,飘来飘去,最后落在了她儿子的头上。

猎民们高兴地欢呼:"我们有自己的新协领官了!我们鄂伦春人再也不受气了!"

花姑娘的儿子当了协领官以后,猎民们真的过上好日子了。

夹竹桃的传说

讲　　述：黄随山
搜集整理：黄国动
流传地区：河南禹州

从前，禹州西南山区有个农民叫贾大山。这贾大山爱花如命，被称为花王。

有年春天，花王路过一座山上，偶然在山崖上发现了一棵花树。他爬上去用锄头把这棵珍奇的花树挖了下来。这棵小树浑身上下一片碧绿，枝头开着鲜红的花朵。花王把它栽到自己的家里。

过了几年，花王的女儿贾竹桃出嫁。当花轿走到离村十几里路的山崖下时，忽然狂风大作，飞沙走石，天昏地暗。黑云中出现了妖怪。这妖怪身高三丈，头大如斗，眼似铜铃，样子十分可怕。贾竹桃当场被吓死。花王自从女儿死后，心里像刀割一样难过，吃不下饭，睡不着觉，终日跑到女儿坟上啼哭。有几次他想上吊自尽，幸好被乡邻们发现，才没有死去，但是身体一天不如一天。尽管这样，他还是坚持着给这棵花树浇水，施肥，直到卧床不起才撒手。他的精神感动了这棵花树。这棵花树本是花仙，被妖王强行霸占。花王救了它，花王的女儿却遭到不幸。这天，它变成贾竹桃姑娘的样子来到花王的住室里。花王看见女儿到来，不顾一切爬起来上前紧紧抱住了她。花仙说："老伯伯，我是你院里的花树，亲眼看见年轻姑娘被妖怪害死，今日特变成你女儿的模样和你商量除妖大事。老人家，这妖我能制服它，可我只有一次生命，制服妖怪后我就会死去。为了大家的安宁，我愿用生命去除掉妖怪。明天你们用花轿把我抬到那儿去。"花王听到这里，感动地说："你就是我的女儿，你不能去，你就做我的女儿吧！"花仙说："老伯伯，不要这样，我一条性命能换来万家安宁。我宁愿死掉，也得把妖精制服。"

第二天，人们用花轿把花仙抬到贾竹桃死的地方。这时又是狂风大作，妖怪出现。花仙头上长出了一朵朵小花，嫩红嫩红的花蕊中放射出一道白光。妖怪一见转身就跑。这时花芯中又放射出一道红光,照在妖精头上,不一会儿妖精变成了一堆白骨,可花仙再也不能恢复人形了。

妖怪除掉后,村民安居乐业。人们为纪念这棵仙花,又把它种在花王的院中,经过精心管理,它又开花了。这年春天,人们把这棵树移植,由一棵变为两棵。后来移呀,移呀,终于很多人家都种上了这种花。大概因为它曾变成过花王的女儿贾竹桃,人们就给它取了个名字——夹竹桃。

现在禹州民间有这样的风俗:谁家女儿出嫁,手里就握着一束夹竹桃,据说是为了辟邪。

讲　　述：杨再有（苗族）
搜集整理：杨政、刘立云、谯菲、陈明钊
流传地区：四川筠连县一带

山芽

　　从前有个放牛娃名叫山芽，三岁时父亲死了，他妈带他到六岁，就帮人看牛，一直帮了十多年。

　　一天，他在山上看到一个漂亮的姑娘在唱山歌，他也唱山歌和她对答，日子久了两个人就好了。山芽想娶那个姑娘，就跟主人家说："给我娶个媳妇吧。"主人家说："你这样穷，娶啥子媳妇？"他回家告诉他妈，他妈高兴地答应了，就喊姑娘到他屋里来歇。从此，姑娘就晚上来，白天回去。

　　一天，山芽在山上碰到一个黑大汉。黑大汉问他："你晓不晓得那个姑娘叫啥子名字，家住哪里？"山芽说："不晓得。"黑大汉说："姑娘住在老林头，明天我带你去找。"

　　第二天，山芽来到林子里，黑大汉却没有来。他就一个人到林子里去找。找呀，找呀，找了好久也找不到，便在一棵大树下睡着了。刚睡着就做了一个梦，梦见那个姑娘对他说："你明天到某处来找我。"第二天他果真去了，见到一座大瓦房，里头住了一个老妈妈和七个女儿。老妈妈看他来了，就说："我把七个女儿都喊出来由你认，看哪个是你喜欢的姑娘。要是你认出来了，她就和你去。"可是七个女儿一个相貌，他硬是认不出。这时，其中一个把辫子一甩，向他微笑。他这才认出来了，便和她一道回了家。

　　走在路上又碰到那个黑大汉，他偷偷对山芽说："坏了，你弄的这个姑娘是个妖精。"还给了他一包药，要他撒到水里头，说可以防妖气。哪知水里放了药，村里的人喝了水都病了。山芽知道上了当，就去找黑大汉。黑大汉说是那个姑娘干的。山芽又去问姑娘，姑娘说："我不是妖精，因为黑大汉一直想霸占我，才诬我为妖精。我头上有三颗珠珠,你取两颗放在水里,全村人就能得救。"山芽性急,把三颗珠珠一下子都拈了下来,姑娘就昏死过去了。这时,黑大汉突然闯进屋来把她抢走了。

山芽很想念姑娘。姑娘又托梦说:"你想我,到深山林子头来找我。千万不要忘了戴一顶帽子,拿一根大棒子。"第二天,山芽戴着帽子,拿着棒子去找姑娘。来到一座山坡前,见坡上有一个大洞。他钻进洞里去看,正遇着那个黑大汉。这洞里头有一窝牛角蜂,黑大汉放出蜂子来咬他。山芽戴了帽子,没有被蜂子蜇。黑大汉就扑过来,山芽拿起棒子和他对打。黑大汉打不赢,就变成一条蟒蛇把山芽缠住。山芽举起棒子直敲蟒蛇脑壳。蟒蛇回头来咬了他一口,他就昏死了。这时,那六个女儿来了,变成六朵花一齐开放,发出一阵香味把蟒蛇熏跑了。山芽闻了花香慢慢醒过来,伤口也不痛了。山芽这才找到心爱的姑娘带回家去了。

到了成亲那天,黑大汉又来了。他变成和山芽一模一样的小伙子,还约了个妖精变成姑娘的模样。这样,山芽分不出真假,姑娘也认不出哪个才是真山芽了。聪明的山芽马上唱起山歌,唱的全是他们以前在山梁子上唱过的,姑娘就认出了真的山芽。她也从身上拿出一朵美丽的花来,山芽一看也认出了她。黑大汉和那妖精只好逃跑了。

山芽和姑娘结婚以后,姑娘生了一个娃娃,日子过得很幸福。一天晚上,姑娘才对山芽说:"我其实是林子头的野花精,那个黑大汉是蟒蛇精。如果不打死蟒蛇精,他还会害人,我们的日子也过不好。今天我就去找六个姐姐,一起去收拾那个害人精。"姑娘说完就走了。

从此,姑娘再没有回来。山里的猎人告诉山芽,他们看到她们七姐妹和黑大汉打了七七四十九天,最后都累死了。又有人说黑大汉一直没有露面,躲在洞里头修炼,所以姑娘没有找到他。

搜集整理：郭鸿嘉
流传地区：河北辛集

白菜花

    从前，在一座小山下边，有一条清清的小河。河边有一个村庄，庄上有一个李财主。李财主家常年雇着一个做活的小伙子，这小伙子名叫石黑郎。石黑郎父母双亡，房无一间，地无一垄，也没有妻子，只靠给地主扛活为生。

    石黑郎每天过河到山脚下去给地主耕地的时候，就对着青山和河水发出感叹："像我石黑郎，从小就给财主当牛当马，哪天是我的出头之日啊！别人都有妻子儿女，我石黑郎好命苦哇！我这一辈子还能娶上妻子吗？"

    这天，他正在这样感叹，忽见头顶上飞过两只喜鹊。喜鹊在他头顶上盘旋一阵，又"喳——"地叫了一声，从喜鹊的嘴里吐出一粒小东西，落在石黑郎面前。石黑郎拾起来一看，原来是颗白菜籽儿。再一看喜鹊，却早已飞走了。

    他得了这粒菜籽儿，舍不得扔掉，就把它种在山下河边的地头上。不过三天，就出了一棵青青的小白菜苗儿。石黑郎每天下地时，用河水来浇它，每天锄它一遍，又给它捉虫，小心地培植这棵菜苗儿。

    菜苗很快地长成了一棵大白菜。石黑郎高兴地把白菜拔下，抱回家去，放到了自己住的屋子里。不料，石黑郎刚把白菜往炕上一放，白菜忽然不见了，转眼一看，炕上坐着一个美丽的女子，正向石黑郎微笑。

    石黑郎看了大吃一惊，忙问："你是什么人？"

    女子站起来笑道："我姓白，名叫菜花。你辛辛苦苦地种养了我，我心疼你孤零零一人，受苦受难没个亲人，我愿意嫁给你！"石黑郎高兴极了，当夜二人成了夫妻。

    这样一个像天仙一样美丽的女子，在石黑郎屋里走出走进，被李财主发现了。李财主一看这女子比自己的老婆漂亮多了,就把自己的老婆左打扮右打扮来和白菜花比美。

在镜子中照照,比不上白菜花的美貌。

在洗脸盆的水中照照,也比不上白菜花的美貌。

在水缸里照照,还是比不上白菜花的美貌。

这天李财主领了自己的老婆,叫石黑郎也领了白菜花,到河边上去比美。当河水里同时出现了两个人影的时候,李财主的老婆仍然比不上白菜花的美丽。这时李财主非常嫉妒,生出坏心眼,赶过去一下就把白菜花推入了河中。石黑郎坐在河边,大哭起来。

石黑郎正哭得伤心的时候,忽然从河中飞出一只白色的水鸟。这只水鸟的叫声,像人说话一样。白水鸟飞着向石黑郎叫道:"石黑郎,石黑郎,我是你的爱妻!"

石黑郎止住哭答道:"你是我的爱妻,你飞到河边的树上来。"

白水鸟听了,果然"扑棱"一声,飞到了河边的树上。

白水鸟在树上又向石黑郎叫道:"石黑郎,石黑郎,我是你的爱妻!"

石黑郎答道:"你是我的爱妻,你飞到我的肩头上来。"

白水鸟听了,果然飞到石黑郎的肩头上来了。

白水鸟在石黑郎的肩头上又叫道:"石黑郎,石黑郎,我是你的爱妻!"

石黑郎答道:"你是我的爱妻,你飞到我的袖筒里来!"

白水鸟听了,果然飞到石黑郎的袖筒里去了。

石黑郎把白水鸟带回去,放进一个鸟笼里,细心地喂养着。每天石黑郎从地里回来,白水鸟就热情地问:"饿不饿?累不累?饿了快吃饭,累了炕上睡。"石黑郎现在虽然还是孤零零一人,可是他和水鸟在一起,从中得到了不少的安慰。但这只水鸟一见李财主,就"喳喳"地反复骂道:"狼心狗肺的李财主,害得俺夫妻好苦!"白水鸟把李财主骂恼了,他从笼里掏出了白水鸟,摔死在地上,埋在了院子里。

不久,就在埋白水鸟的地方,长出了一棵椿树。椿树很快地长大了,枝叶茂密,小鸟儿在树上唱着动听的歌。夏天,石黑郎每天从地里回来,就坐在树下休息,树叶哗哗地响着,鸟儿动听地唱着。石黑郎一到树下休息,就觉得凉爽、畅快! 可是每逢李财主一到树下,树上鸟儿的屎就像雨一样地落在李财主的头上和脸上,使得李财主简直不敢到树下来了。李财主生了气,叫人把树锯倒了。

石黑郎见李财主把树锯倒了,心疼了好几天。但见椿树的木质很好,他常要过河下地,还得淌水,就自己用这棵树造了一只小木船。

他每天过河下地,就把小船放在河面上,坐下来,也不用摇桨,也不用扯帆,小船就自己摇摇晃晃、平平稳稳地把石黑郎送到对岸,差不多天天都是这样。

这天李财主来到河边,见这只小船不用摇桨,不用扯帆,自己能够行走,就非常奇怪。他也学着石黑郎那样把小船摆到河面坐了上去,小船自己行走起来,李财主高兴极了。正高兴着,船已到河心,只听得水"哗啦"一声响,小船突然来了个正翻身。李财主喊声:"不好!"接着"扑通"一声,翻身落水。一股巨浪打在李财主头上。李财主顺流而下,被成群的鱼虾吞吃了。转眼间,小船又翻正船身,平平稳稳地在河心行驶着。

石黑郎见李财主翻身落水,就向河岸跑来。当他跑到河岸,小船已经自己靠岸了。不料一抵岸,小船却忽然不见了。从河里走出来的是一个漂亮的姑娘,石黑郎一看,正是他的爱妻白菜花。

白菜花微笑着向他走来,对他说:"你不要再回财主家受苦了,咱在山上开一块荒地,在山下盖一间草屋,就在这里过日子吧!"

石黑郎高兴地答应了。从此,石黑郎和白菜花就在山脚下相亲相爱地过起日子来了。

讲　　述：薛天智
搜集整理：刘敏
流传地区：辽宁沈阳

白菜仙子

很早以前，有个叫张仁的小伙子，一条扁担挑着两个箱子，摇着拨浪鼓，走街串巷，卖些针头线脑小杂货过日子。他做买卖老的不欺，少的不唬，四乡八邻都夸他仁义，热乎地叫他"张货郎"。张货郎买卖做得挺红火，可就是老也攒不下钱。咋的呢？十里八村谁家有个为难遭灾的求着他，他是灶王爷的横批——有求必应。因为手头没钱，到了二十八岁还没娶上个媳妇。

有一天，他串乡回来往家走，累得又饥又渴，把挑子放在路旁，四处撒目想找点水喝。忽然看到路西小山坡上长着一棵大白菜，心想：这荒山野岭咋长出白菜来了呢？又一琢磨：也许是风从哪块刮来的白菜籽落到那里，赶上雨水调和就长出来了，我把它拿回家够吃一顿呢！他连忙走到近前一看：这棵白菜实在少见，足有三盆粗，条桌腿高，叶儿翠绿翠绿，帮儿雪白雪白。他把它拔下来，放到箱子里就挑回家了。

他把白菜挑到家，打开箱子一看，吓得连往后退。原来里边的白菜变成了一位水水灵灵、像牡丹花一样好看的大姑娘。她撩起罗裙走出箱子，笑盈盈地站在张货郎面前。张货郎结结巴巴地问："你是鬼呀还是妖？我从没做过亏心事，缠着我干啥？"姑娘脸蛋一红，扑哧乐了，笑道："货郎哥，我不是鬼也不是妖，我叫白姑，是白菜仙子呀！不忍心让一个好心人孤孤单单，连一个帮他铺床焐被说话唠嗑的人都没有。货郎哥不嫌弃，我就给你做个伴吧。"张货郎见一个仙女要给自己做媳妇，差点乐傻了。当晚，两个人便由月亮做媒、天地做证，拜堂入了洞房。

成亲之后，张货郎更加勤快，早出晚归，经营买卖。白菜仙子在家忙里忙外，操持家务。一晃就是一年。

一天,货郎串乡回来,把箱子往地上一放,闷声不响坐在炕沿上打唉声。白菜仙子让他吃饭,他说不饿,让他喝茶,他说不渴。白姑便说道:"张郎,你有啥事尽管说。"张仁未曾开口,两眼流下泪来,向妻子哀求道:"我近日出门,见四乡荒旱无粮,饿死病死的人到处都有。你是仙人,该想个法儿搭救搭救大伙吧!"

白姑听了沉吟半晌,轻轻吸了口气:"张郎,你的心太好了。你说的这些事我早已看在眼里,想在心里。本想搭救众人,只是怕,怕你……""怕我啥?"白姑接着说:"我要管,一定会得罪瘟神和旱魔王来找我算账,论神力他俩不是我的对手,无奈我已有六个月身孕,神力已减,恐怕敌不过他们。真要有个三长两短,你这点骨血也要难保哇!"张仁听了又是喜来又是忧,喜的是白姑有喜,自己要当爸;忧的是白姑难抵两魔头。想了半天,他眼前一亮:"难道我这凡人一点忙也帮不上吗?"白姑说:"多一个人就多把力,只怕张郎遭难。"张仁说:"只要能保住乡亲,保住你和孩子,我啥也不怕。"白姑点点头。她从箱子里拿出一双鞋叫张仁穿上往西走,蹚过二九一十八条大河,翻过九九八十一座大山,到西天边去找火神爷求借避火珠,用来对付旱魔王。

张仁穿上媳妇给他的新鞋,带足干粮,连夜往西天赶去。说也奇怪,他穿着这双鞋,遇着大河拦路,碰上高山挡道,一飞就过去了。走到第八天头上,便到了西天,遇到一片火海,见火海深处隐隐约约有一座宫殿,便想跳进去找火神爷。他刚跳进火里,只听"呜"的一声,一个上撑天下挂地的大火苗子把他卷了回来,从头到脚烧起了燎浆大泡。他一虎身起来又往里跳,接连三次都被卷了回来。刚想跳第四次,忽然见那火苗子变成了一个红胡子老头儿站在他面前,哈哈大笑道:"好一个张货郎,白姑真有眼力!"张仁一愣问:"你就是火神爷?"老头儿点点头。"你咋知道我?"火神爷说:"白姑早已算出那里百姓有难,要搭救他们必得有一凡人精诚辅佐才行。她择你为婿乃为今天之举呀!"说罢从袍袖里拿出一颗金光闪闪的避火珠,递给张仁。他接在手里刚想拜谢,火神爷和火海都不见了。他感到浑身十分凉爽轻快,一看肉皮子还是本皮本色,心中高兴,赶快往回跑。

白姑和张仁分手后,驾着白云奔北海,想求北海龙王行场透雨。她来到海边刚想下海,见波涛翻滚,唰的一声海水分开,北海龙王走到白姑面前,一拱手道:"仙子来意本王已明,愿助一臂之力。在下有一事相求,不知仙子肯应许否?"白姑深施一礼道:"劳大驾搭救一方百姓,小仙感恩不尽,对老王所求,当竭尽全力。"龙王道:"恕我冒昧,我水族之中菜虽多,但就是缺少白菜,求仙子开恩赏赐。"白姑听完笑了笑,把袍袖一抖,从此海里便有了海白菜。

白姑谢过龙王,驾起云头刚到家,只见西北天空乌云滚滚,电闪雷鸣,不一会儿便下起大雨来。白姑急忙踏上云头,解下罗裙,向四面八方扇了二八一十六下。一场透雨过后,漫山遍野都长出了白帮绿叶水水灵灵的大白菜。四方百姓以菜带粮,炖白菜,熬白菜,吃了三七二十一天。

乡亲们填饱了肚子,度过了饥荒,解除了瘟疫。

白姑这一举动乐了老百姓,却把旱魔王和瘟神两个魔头气得哇哇怪叫,驾着一阵狂风来到白姑家门前厉声叫道:"小小黄毛丫头,坏了我们的大事,快快出来受死!"白姑不慌不忙走出院门,对他们一声冷笑,说:"你们危害百姓,应千刀万剐,还敢前来吵吵?"说着从衣袖里拿出一把碧绿小扇往天上一扔。眼见着这把小扇越来越大,变成了一片五十多丈长、二十多丈宽、碧绿碧绿的白菜叶儿,忽忽悠悠地向瘟神头顶上压下来。瘟神从嘴里吐出一股有碗口粗细、带腥臭味的黑气,接住白菜叶子不让它往下落。相持不到半个时辰,瘟神的脸由青变紫,黄豆粒大的汗珠子往下噼里啪啦直掉。瘟神眼看就要支持不住,猛地一声怪叫,化作一股黑烟向西北方向逃去。

白姑刚刚松一口气,旱魔王驾着个大火球到了她面前,二话没说一瞪眼,从眼睛里唰地喷出两股大火苗子,向白姑烧去。白姑往头上一摸,摘下一颗用千年心血炼成的露水宝珠,托在手里吹口气,化作一股清泉向大火浇去。眼见着那火小了,过一会儿又重新大了起来。白姑心里着急,她知道自己的神力因播种白菜已用去了二成;没等复原又和瘟神交战,耗去三成;再加上有了身孕,遇上强敌。她明知道自己敌不过,还咬牙等张仁借避火珠回来。旱魔王发出一阵狂笑,又从鼻孔里喷出两股大火来。白姑见势不好,摇身一变,变成一棵十多丈高、五六搂粗的大白菜。旱魔王见白姑现了真身,越发得意,又从耳里和嘴里喷出火来。这七股火好像七条火龙围着白姑上下翻腾。白姑心想,再过半个时辰张仁不拿避火珠来,自己就要被旱魔王烧成灰了。

白姑正着急,忽见张仁捧着避火珠飞一样来到她身边。火见了避火珠顿时失去了功力。白姑见张仁回来,精神一振,趁旱魔王慌乱之时,便复了人身,从口中吐出一颗用白菜籽炼成的红珠,化作一道红光向旱魔王打去。旱魔王招架不住,被红珠打倒,一溜火光急忙往西南落荒而逃。

这场恶仗被四方百姓看得真真亮亮。等人们从四面八方赶到张仁家里想拜谢他们两口子时,白姑和张仁已被玉皇大帝召到天上领功受赏去了。

讲　　述：陈静增
记录整理：李淑玲
流传地区：山东临朐县

灰菜姑爷

有个叫赵安的人，是大户人家的后代，已是三世单传。到了他这一辈，连单传也传不下去：眼看都年过半百了，还没有儿子，老两口守着一个女儿过日子。人丁少，宅院显得格外荒凉，后院的花草树木几乎全是野生的。老两口怕寂寞，女儿长到十六岁了，还不舍得给她找婆家。

女儿常常觉得日子很无聊，夜深人静的时候，便想一些不好意思告诉爹娘的事情，想得近乎着迷。一天夜里，鸡不叫狗不咬的时候，有一个书生，身穿绿袍，突然来到了姑娘床前。姑娘又惊又喜，一声连一声地问他，可他只是微笑，什么话也不回答。开始书生坐在凳子上，后又坐到床边上，试探着伸出手去摸了姑娘的手。他做这些的时候，显得很胆怯，很懂理，一点也不鲁莽，也没有威逼的意思。姑娘觉得他很可爱，伸出两手套住他的脖子，两人便做了夫妻该做的事情。

从此，每夜鸡不叫狗不咬的时候，书生便来到姑娘屋里，鸡叫第一声就匆匆离开，从没间断过。他来的时候像一股风从门缝吹进来，他走的时候像一缕烟从屋里飘出去，一点响动都没有。姑娘明知他不是人，可两人已亲密得再也没法分离。

母亲看出闺女变了样，连哄带吓，姑娘只得讲了实话。

母亲说："那不是妖就是怪，你看你又瘦又黄，都快让他缠死了。"

姑娘不说话，只是流泪。母亲就骗她说："你要不愿意离开他，就藏起他的衣服，他就走不了啦！"

夜里，书生又来了，两人玩乐了一夜。鸡叫第一声，书生照例起身要走，姑娘早已将他的衣服藏好。书生好说歹说，姑娘怎么也不肯把衣服交出来。正在这时,窗下一声咳嗽,母亲起床了,书生便化作青烟逃走了。母亲来到姑娘屋里,要过衣服,就着蜡烛上的火烧掉了。

第二天,她们在后院一个破屋框里发现了一株大灰菜。灰菜一人多高,光秃秃的无一片绿叶。

从此,那书生再也没有来过。姑娘很生母亲的气,她发誓不再嫁人,每天痴呆呆地提着水桶浇那株灰菜,希望它还能长出叶子。不想那株灰菜不几天就枯死了,姑娘就把它刨出来,供在桌上。

老两口互相埋怨,都说女儿大了不能留,便托了好些人为女儿找婆家。可媒人一到,姑娘就指着桌上的干灰菜说:"这就是姑爷。"

事隔几个月,姑娘就生下了儿子。

搜集整理：蒲正忠
流传地区：重庆

苋菜精

　　从前，有一个小孩名叫毛娃，他在一所山村学堂念书。有段时间，他每天下午放学回家后，总有一个小姑娘来同他一起玩耍。虽然妈妈不认识这个小姑娘，可是小孩子家在一起玩耍，又有什么关系？

　　久而久之，毛娃的身体一天比一天消瘦。他既没有生病，饮食、睡眠、上学也都很正常。这到底是什么原因呢？妈妈对小姑娘产生了怀疑。为了搞个水落石出，她未惊动任何人。

　　一天，当小姑娘与毛娃玩耍得正起劲的时候，妈妈悄悄地将一枚针别在小姑娘的衣服后面，针上穿着一根长长的线。第二天天刚亮，妈妈便起床了。她要顺着这根线去看个究竟，以防万一，还提上一把菜刀。"找到了！"妈妈几乎喊出了声。原来从毛娃家到学校要经过一条小路，路边有一块荒地，除长满野草外，还有一株又粗又壮特别显眼的苋菜，针就别在这上面。妈妈一刀将它砍断，立刻冒出很多鲜红的血来。

　　从此，再也不见小姑娘来玩耍，毛娃的身体也逐渐恢复正常。原来毛娃每天上学、放学经过这里时都要对着这株苋菜撒泡尿，久而久之，这株苋菜便成了精。

讲　　述：王灵
搜集整理：耿瑞
流传地区：河南

葫芦姑娘

从前有个穷货郎，家里只有一个老母亲。货郎德行好，厚道。他一到哪个庄上，人家就把他围起来：换个针，扯点线；买个顶针，割截头绳。可是，他跑一天赚的钱，换成柴米，也只够他娘儿俩吃的。有时候，生意不好赔了本，还得跟人家借粮。眼看母亲年岁越来越大了，货郎恐怕出远门卖货，母亲在家没人照料，就只在邻近村里卖货，早晚也好回家看顾一下母亲。

一天，他挑着货郎担，来到附近的一个村子里，见一群小孩子正在玩一只小鸟儿。眼看着那小鸟儿快要死了，货郎心里可怜。他就走到那群小孩子跟前，从货郎担里拿出一把甘草，撒给孩子们，让他们把小鸟儿放了。小孩子得了甘草，自然愿意把小鸟儿放掉。不过，这只小鸟儿早已不能动了。货郎心想：救人就要救活。于是，他把小鸟儿往担子里一放，货也不卖就回家去了。货郎回到家，一进屋就把小鸟儿交给老母亲，又是给小鸟儿找米，又是给小鸟儿捉虫。一二三，三二一，没几天，小鸟儿醒过来了。货郎就把它放在手掌上让它飞走了。小鸟儿飞走时，他难舍难分，还掉了几滴眼泪。

小鸟儿飞走了，他和母亲还照常过着穷苦的日子。

有一天，货郎起早正要出去卖货，只见一只小鸟儿衔着一个凹腰葫芦，飞来落在他的肩上，叫了三声："缺啥要啥！"小鸟儿把葫芦丢下，就又飞走了。

你猜这是啥鸟儿？又从哪儿飞来的？

它原来是群玉山西王母身边的青鸟，远去青峰山传送旨意。回来的途中，误坠人间，被几个调皮的小孩子捉住，几乎丧了命，多亏货郎搭救。这次，它是特地从群玉山来报恩的。那凹腰葫芦是个宝葫芦，货郎哪里知道。他手里拿着葫芦站着发愣。后来,他忽然想起那鸟儿临飞走时的叫声,就说:"我缺啥呢?就是没人侍候母亲呀!"他的话音刚落,一闪眼,从葫芦里走出来一个漂亮的大姑娘。货郎还没弄清咋回事,那姑娘就拉起他的手,往屋里见婆婆去了。老婆婆远远看见儿子拉着个姑娘,还以为谁家的姑娘走错了门。等儿子一说,她一时乐得眉开眼笑。

一家三口人,住一间七漏八淌的茅草棚,咋住哩?货郎媳妇就和货郎商量盖房。货郎说:"咱家穷得吃了上顿没下顿,用啥盖呀?"媳妇说:"你甭发愁,咱这就盖。"

说干就干。她叫货郎寻找六根麻秆,四方插定了,又插两根算作门口,然后让货郎圪挤①住眼。货郎媳妇用手四下一挥,一所瓦房起来了;她又一挥,东、西小厢房起来了;再一挥,一处漂亮的小院子和大门也有了。过一会儿,货郎一睁开眼,只见眼前四合头院带门楼,全有了。他又问媳妇:"咱连吃的都没有,住恁好的房子干啥哩?"媳妇说:"不难。"她让货郎圪挤住眼,折起裙子一抖,黄粱小米也满缸满囤了。从此,货郎一家三口,房子也有了,米也有了,可以舒舒坦坦地过日子了。

可是,好日子还没过三天,大祸就临头了。

这一天,当地的一个太守忽然从这里经过。他看见这所小院子里的房子盖得美丽精巧,就叫人问房主是谁。他一听是一个穷货郎,就想霸占货郎的房子和院落。当时,他派衙役把货郎绑起来带到官府去了,硬说这房子是偷人家的东西盖的。货郎穷,穷得正直,从没有要过不义之财。太守要判他罪,多冤屈!太守问他盖房哪来的钱。货郎老实,只得把媳妇盖房的经过一五一十地告诉了太守。太守一听,起初不相信,但又觉得奇怪,心想:不妨把货郎放回去,限他三天之内,在房子周围挖上一条水渠,修一座小桥。如果他媳妇真能办到,那个小庄园岂不更好看吗?那时,我再想法儿把小庄园和那媳妇弄到手。于是,他就命令货郎回去,三天之内在院子外面挖一条河,搭一座小桥,另外在水渠里养一百条鱼,每条一斤,办不到就要加重判罪。货郎因为挂念老母、妻子,只好点头答应。

---

① 圪挤:方言,闭拢。

货郎回到家里,拉着老母亲和媳妇就要往外逃走。媳妇看货郎神色不对,就问他出了什么事。货郎把太守的话说了一遍。媳妇一听,笑着说:"我以为啥大事呢!就这点小事,容易。"货郎听媳妇说有办法,也就安下了心。

一天过去了,两天过去了。第三天,眼看太阳又落了。水渠和小桥还没个影哩!货郎能不急吗?他问媳妇,媳妇却叫他去睡觉。

到了半夜,货郎媳妇摇了三下凹腰葫芦。一会儿,一只青鸟飞来了。她骑上青鸟,飞到群玉山,借来王母娘娘的银针,又跨着青鸟飞回来了。她拿起银针,绕着小院子画了一个圆圈,院子四周顿时出现了一条清亮亮的河。她又向青鸟借了几根羽毛,搭起一座小桥,然后把银针交给青鸟,送还西王母那里去了。这时,天刚刚亮。货郎媳妇唤醒丈夫,又和了一百斤面块,二人抬到大门外小桥边。货郎一看院子外清水环绕,小桥也架在小河上了。他见妻子揪一块面,一捏一条鱼,往水里一放,小鱼扑棱扑棱地游走了。于是,他也弯下腰,拽一块面,捏成鱼,往水里一放,不会动。他媳妇一边笑他,一边拿起那条不会动的鱼,放在嘴上一吹,再往水里一放,鱼也扑棱着游到深水里去了。就这样,他们捏完了整整一百条鱼,天才大亮了。

小两口刚转身回到屋里,太守就带着随从来了。太守一看惊呆了:小桥流水,多美呀!他越看越贪,心想:这货郎媳妇果然是一个巧手神人。我要能得到她,还愁什么荣华富贵!对,只要那货郎有一点点办得不如我的意,就把他绑走。他媳妇我也不愁弄不到手。太守想到这里,就叫货郎把河里的鱼捞上来,称称。货郎按妻子的嘱咐,在桥的东边一网撒下去,一百条鱼儿上来了,白花花的一条也不少。称称,条条都是一斤重。

这一来,可把太守给弄傻眼了。他挑剔不出毛病,又一心想把这个小庄园和货郎媳妇弄到手。一计不成,他就又想出一个孬点子来。他把货郎叫到跟前,说:"货郎,限你三天之内,在小庄园后面堆一座青山。"

货郎心想,这可不是容易的事,就对太守说:"老爷,小人办不到。"太守说:"办不到,那好。你把这庄园和媳妇都交给我,咱就不绑你问罪了。"货郎一听,可气坏了。常言说"孩子老婆不能让人"呀。可是在太守面前,有气也不敢出,只好跪下说:"老爷,我愿在三天之内,堆成那座青山。"

太守一听,心里暗笑:这傻瓜,你有啥能耐? 你媳妇再巧,也不能搬座山来。于是他就说:"好,三天之内要堆不成山,你就得把庄园和媳妇送给我。一言为定。"货郎跪在地上磕头,等抬头看时,太守带着人马已经走远了。

货郎回到家里,愁眉不展。媳妇就问他出了啥事。货郎把太守逼他造山的事给媳妇一说,媳妇还是说:"不难。"货郎知道造山是件难事,对妻子的话也是半信半疑。

一天过去了,两天过去了。到了第三天,货郎跑到屋后去看看,连个土疙瘩也没有,转身回到屋里见妻子跟没事人儿一样。货郎问媳妇:"今天都第三天了,你造的山呢?"媳妇不慌不忙地说:"慌啥哩! 明天早晨,你再去看看。"

这天半夜里,葫芦姑娘拿出葫芦摇了三下,一会儿,青鸟又飞来了。她把太守逼她家造山的事跟青鸟一说,青鸟一振翅膀,飞回昆仑山去,假传王母一道旨意,让大力士夸娥氏兄弟俩抬一座青山,随之飞向货郎庄去。青鸟前头飞,夸娥氏兄弟俩后头跟,转眼到了货郎庄,放下青山,没停,就回昆仑山了。这时候,鸡叫天明了。

货郎一夜没睡,听见鸡叫三遍,就赶快下床,到庄后一看,果然院子后面添了一座青山。这一下,他心里可踏实了。

天亮了,太守领着人马又来了。他一看庄园后面果然有一座青山,像两只胳膊一样,半抱住庄园,有山有水。太守不看不心贪,越看越眼馋。可是,自己的孬点子全落空了。咋办呢? 他黑眼珠子一转,又想了一个主意。他命衙役叫过货郎来,说:"货郎! 前两件事你都办成了,这第三件事你再能办成,就不判你的罪了。"货郎说:"请问大人,这第三件是啥?"太守说:"你能马上给我弄个'可笑'来吗?"货郎心想:老天爷,谁见过"可笑"是啥样的? 他就对太守说:"小人办不到。"太守说:"你办不到,就赶快把你媳妇和这庄园交给我。"太守话音刚落,货郎媳妇就跑过来说:"能办到。"太守一见货郎媳妇那样好看,就赖着皱脸皮说:"娘子,你能做到吗?"货郎媳妇说:"我能做到。可是我有两个条件。"太守说:"啥条件?"货郎媳妇不慌不忙地说:"一,要把你带的兵排成两队,站在桥上不准动;二,只准你一个人看'可笑'。"太守心想:你就是弄来了"可笑",咱也不会罢休。当时就答应了。

货郎媳妇跑进屋里,端来一个烧得通红的鏊子,往太守跟前一放,说:"大人看吧,'可笑'就在这里边。"太守弯下腰一看,只见鏊子里有一个大姑娘,油头粉面的。太守说一声:"可笑。"鏊子里面的姑娘就向他一笑。这太守越看越动心,不由得伸长老脸去亲吻鏊子里的姑娘。他刚一触到鏊子面上,"哧"一声,他的一嘴胡子就烤着了。

货郎媳妇忍住笑,问道:"老爷是可笑吧!"太守捂着嘴说:"可笑,可笑,真可笑;一嘴胡子全烤焦。"他说着,就跑到水边用水冰他烤疼的脸。谁知他刚去捧水,一条老龙就张嘴咬住他,把他拖下水去了。

太守的衙役兵丁见太守没了,就要跟货郎算账。说时迟,那时快,那群人正要冲过来时,货郎媳妇顺手收起了搭桥的青鸟羽毛,眨眼间,一个个兵丁、衙役便"扑通扑通"地掉进无底深水里去了。

从此以后,货郎一家就过上了安稳的日子。

讲　　述：武明锡
搜集整理：张平
流传地区：吉林长白

葫芦套

在长白县鸭绿江边，有个小村叫"葫芦套"，流传着这样一个故事。

早年间，这个山村有家陈大粮户，奸诈刻薄，爱财如命，大伙管他叫"陈扒皮"。他家雇了个小猪倌叫王小。王小从小没了爹娘，在陈扒皮家放猪，住的是猪食屋，吃的是猪食，在陈家受尽了折磨。

一个阴天的早晨，王小赶着猪群去放猪。忽然，他看到江沿有只小龟，两只前爪不知叫啥咬伤了，趴在那里不能动，两只小绿豆眼里直往外流泪。王小见它怪可怜的，赶忙把小龟捧回猪食屋子，敷上红伤药，包扎好伤口，又给小龟放点吃的才去放猪。

从此以后，王小对小龟侍候得可上心啦。早晨放猪前，给它放点吃的。晚上回来，和小龟一个炕上睡。约莫半个多月光景，小龟伤口全好啦，王小恋恋不舍地说："小龟呀，你的伤好了，回老家去吧，你爹娘正等着你回去呢！"他双手捧着小龟，把它送进江中。

过了几天，王小赶着猪群去放猪，刚走到江沿，一个白胡子老头拦住了王小，笑眯眯地说："王小啊，你把我受伤的小孙子救活了，这救命之恩我忘不了啊！俺答谢你，送你一颗葫芦籽，明天早晨到江边去捞吧！"说完，白胡子老头不见了。王小听了白胡子老头一席话，心里纳闷：这老头是谁呢？一颗葫芦籽又有啥用呢？不管咋的，明早到江边瞧瞧再说。

第二天，王小起了个大早，跑到鸭绿江边等着。忽然看见大流中漂来一颗大葫芦籽儿，他连忙蹚水伸手去捞。那颗葫芦籽儿像长了翅膀似的，一下子蹦到他的手心里。滚圆饱满的大葫芦籽儿多好呀！王小爱不释手，瞅了又瞅，看了又看,经心在意地揣在怀里,回了家。

转过年,到了"山青葫芦地青瓜"的时节,王小把大葫芦籽儿种到碇子嘴阳坡地里。说来也怪,头一天种上,第二天发了芽,第三天长出叶,第四天爬了蔓。王小乐坏了,连忙搭上葫芦架。第五天开了一朵大白花,第六天葫芦迎风长,一会儿工夫长得缸口粗,可把王小乐坏啦!他乐呵呵地说:"真是颗宝葫芦啊!"话音刚落,只听"嘎嘣"一声,大葫芦裂开了,一位甩根大辫子、穿身海棠红袄的俊俏姑娘从葫芦里走了出来。

王小惊呆了!他用手使劲揉揉自己的眼睛,端详着这俊姑娘,瞅着瞅着自己不好意思起来,脸臊得通红,低下了头。

姑娘笑吟吟地走到王小面前,深深地鞠了一躬,说:"王小哥,我是葫芦姑娘。我看你心眼好,老实厚道,如果你不嫌弃,我情愿和你结成恩爱夫妻,和你白头偕老。"葫芦姑娘虽然大方,但说出这些话来,也臊得脸红扭着头。

王小抬起头,结结巴巴地说:"俺是猪倌,也没个家,住这破猪食屋子,你不嫌穷?"

葫芦姑娘笑着说:"嫌穷,俺也不会从水上漂来找你呀。"

王小一看,姑娘心眼实在,又长得俊,也顾不上放猪了,就把姑娘亲亲热热接回猪食屋子。

自从他俩结成恩爱夫妻,葫芦姑娘缝缝洗洗,把个破猪食屋收拾得干净利落。一天,葫芦姑娘和王小说:"咱这猪食屋也不挡风遮雨,不如盖几间新房?"王小说:"我给陈扒皮放了六七年猪,连个大钱也没捞到,盖新房哪有钱呀?"葫芦姑娘笑着说:"钱吗?不难。"顺手从香荷包中掏出一粒葫芦籽儿,递到王小手中,然后贴着他耳朵"喳咕"一阵。他一听,高兴极了。

王小起了个大早,爬到葫芦峰半腰,把葫芦籽儿塞到石缝里,大声喊道:"山门开,山门开,给俺穷人献宝来。"只听"咔嚓"一声巨响,碇子半腰开了两扇石门,王小走了进去,惊得两眼发直。只见地上金光耀眼,堆满了金银财宝。顷刻,出来个挺俊的姑娘,上身穿件粉红袄,下身穿条葱绿色裤子,腰间扎条绣着芍药花的围裙,手牵一匹小金马驹,一抬手就把活蹦乱跳的小马驹套上了。那匹小马驹拉着小金磨,撒着欢,一圈又一圈地跑起来。一会儿工夫,从磨膛里淌出一堆金豆子。王小眼都看直了。他害怕葫芦姑娘在家着急，就急忙从磨盘上抓了两把金豆子装在兜里，麻溜走出石洞，面对洞口喊起来："石门闭，石门闭，葫芦籽儿随我回家去。"

只听"咔嚓"一声，石门没了。王小从石缝里取出葫芦籽儿，高高兴兴地回了家。

葫芦姑娘心地善良，把金豆子分给穷乡亲们一些。乡亲们非常感动，大伙合计给葫芦姑娘盖新房，立刻伐木做梁，打地基，七手八脚地很快把新瓦房盖起来。从此，王小再也不给陈扒皮放猪了，夫妻俩你耕我织，欢乐地过上幸福日子。

这件事很快传到陈扒皮耳朵里。他眉头一皱，想出坏道眼，吩咐伙计把王小找来，奸笑着说："小猪倌，听说你发福生财，又娶了一房俊媳妇。这些年你在我家吃住，这账咱们还没算。你回去和你媳妇商量一下，只要把你媳妇那颗葫芦籽儿借给我使使，前后这笔账就算一笔勾销。"

王小回家一说，可把葫芦姑娘气坏了。原来陈扒皮没安好心，他要葫芦籽儿，一是想打开石门把金马驹拐走，二是想把葫芦籽儿留下，把葫芦姑娘抢去给他当小老婆。葫芦姑娘早已识破他的诡计，暗暗地骂道："陈扒皮呀，你真是长虫须子蝎子心，太狠毒了！好，我就叫你入这个圈套。"于是葫芦姑娘笑嘻嘻地对王小说："好吧，就把葫芦籽儿借给他用用吧。"

陈扒皮借去葫芦籽儿，喜得抓耳挠腮，乐得一宿没睡。第二天大清早，他就领着老婆，扛着几条口袋，爬上葫芦峰砬子嘴，把葫芦籽儿塞进石缝，也学王小那样喊了几声，果然山门开了。陈扒皮闯进石洞一看，简直乐坏了。小金马驹拉着小金磨呼呼转，磨口里吧嗒吧嗒往外淌金豆子。陈扒皮心想：弄几口袋金豆子，还不如把金马驹、金磨一起背走，那我想要多少金豆子就有多少。他越想越美，哈腰朝小金马驹扑过去。小马驹见陈扒皮扑过来，一低头，把他顶个狗啃屎，撒欢跑掉了。陈扒皮好歹爬了起来，急忙喊他老婆帮忙捉小马驹。正在这当儿，石门"咔嚓"一声闭上了，把贪财害命的陈扒皮两口子压在山洞里再也出不来了。

葫芦姑娘除了陈扒皮一霸，村里人十分感激。为了不忘葫芦姑娘的恩情，村里家家户户都在河套边种起葫芦。这里出产的葫芦个儿大，远近闻名。后来，当地人便给这个小村起名叫"葫芦套"。

搜集整理：陈国喜

葫芦藤

很早以前，有个老妈妈，娘家姓单。她早年死去了丈夫，身边没有一个孩子，只靠种葫芦开瓢卖钱来维持生活。

这个庄其他人家种的葫芦，不是全开谎花①，就是坐不住纽儿，只有单妈妈种的葫芦，结得多，长得大，还实诚。

老妈妈非常喜爱葫芦。她天天到葫芦架前，看看这个，望望那个，辛勤地侍弄着。单妈妈虽然不失闲地干，日子却很贫寒。可是，邻舍有个遇难遭灾的时候，她总是周济人家。时间一长，大伙都管她叫善婆。

善婆年老了，她越来越觉得孤单。有一天，善婆坐在葫芦架下，对着一个大葫芦说："葫芦哇，你要是个孩子多好啊，咱娘儿俩还能唠唠嗑！"她自言自语完了，就回到屋里，躺在炕上睡着了。蒙眬中，她看见一个穿着一身青绿色衣服的年轻姑娘，笑吟吟地走进来，坐在她的身边。这姑娘真讨人喜欢。她刚要起身跟姑娘搭话，却猛地醒了，原来是做了一个梦。打这以后，善婆常常梦见这个姑娘。善婆的心情更乐呵了，种葫芦的劲头更大了，葫芦也越结越多，不仅本庄的人来买，外庄的人也来买。

这个庄有个财主叫胡四，非常刁赖，脑袋上光秃秃的没有一根头发，伙计们给他起个外号叫"葫芦瓢"。这个外号传到了胡四的耳朵里，他非常恼火。不管他怎样恼火，伙计们还是在暗地里叫。他不仅讨厌这个外号，就连听到"葫芦"这两个字都觉得刺耳，于是便叫账房先生写个告示贴出来，限本庄种葫芦的人家在

---

① 谎花：不结果实的花。

三天内把葫芦秧全部砍掉,否则就要重罚。

告示贴出去以后,庄子里不管是种葫芦的,还是没种葫芦的,心里都憋一口气,恨胡四太霸道。邻居把这个消息告诉了善婆,善婆听后,急得哭起来。眼看就要收的葫芦,真叫人舍不得。

其他几家种葫芦的,因为没结葫芦,只是几棵空秧,听到这个消息后,没到三天就都砍掉了,只有善婆的葫芦秧还长着。老妈妈这几天愁得饭吃不进,水喝不下,只是坐在屋里掉眼泪。

这时,胡四的两个家丁拿着镐头闯进善婆家葫芦地,一边骂善婆,一边抡起镐头连砍带砸。善婆哭着上前求情,被一个家丁一脚踢倒在地,等善婆爬起来的时候,两个家丁早扬长而去了。

善婆看着这些被打碎的葫芦,心疼得使劲哭。正当她哭得悲伤的时候,忽听到身后有人轻轻地说:"老妈妈,别哭了,您把我拿到屋里锯开。"善婆听准了,是葫芦秧里面说话。她赶紧扒开葫芦秧,果然看见一个又光又大的葫芦。她急忙把它抱到屋里,找来锯轻轻地锯起来。刚锯开一小条缝,就看见从葫芦里冒出一股青烟,接着就见一个身穿青绿色衣裳的年轻姑娘,笑吟吟地出现在眼前。

善婆惊呆了,用手使劲地揉一下眼睛,端量着,她想起来了,这正是梦里见到的那个姑娘啊!

"老妈妈,不要怕,我是葫芦姑娘,特意来和您过日子的。"听姑娘这么一说,善婆一把拉住了她的手,高兴得淌出了眼泪。

从此,娘儿俩就在一起过起日子来了。她俩有说有笑的,家里的活,姑娘争抢着干,善婆的乐劲就不用说了。

这个事传到了胡四的耳朵里。他听说姑娘长得像天仙一般,也不顾"葫芦"的忌讳,连忙派几个家丁到善婆家来抢葫芦姑娘。姑娘听说来抢她,就对善婆说:"娘,不要怕。"说完,她不慌不忙地走到那个葫芦壳跟前,一眨眼,姑娘就不见了。几个凶神恶煞的家丁把善婆家搜个遍,也没见到有什么姑娘,只好骂骂咧咧地回去了。

胡四听了家丁的禀报,信不过,就亲自领着家丁来了。他们闯进屋子,冲着善婆问:"老婆子,姑娘呢?"善婆头不抬眼不睁地回答:"我没有姑娘!"胡四把眼一瞪，吼道："你还当我不知道吗？这个姑娘是从我胡家逃出来的使女，你把她藏到哪儿去了？"善婆仍然没理睬他。"给我打！"胡四大声喝道。几个家丁上前刚要动手，葫芦姑娘突然出现在屋里，大声喝道："给我住手！"胡四一看，马上命令家丁把姑娘绑起来。善婆上前往回拉，被几个家丁踢倒在地。

胡四得了葫芦姑娘，心里美滋滋的。他叫账房先生赶紧写帖子，去请各庄财主，准备当天晚上就和葫芦姑娘成亲。

几个庄的财主都到了，聚在胡四的客厅里，向胡四贺喜。胡四连忙叫家人摆上酒席宴请宾客。这时，有个财主提出要看看葫芦姑娘。胡四也想就此显显自己的威风，就满口答应了。葫芦姑娘被带到厅前，财主们一看这姑娘，都呆住了，简直比天仙还美。这时，只见姑娘对着财主们连吹三口气，立时变成三股青烟在财主们的身边缭绕着。不一会儿，青烟变成葫芦藤。这葫芦藤又粗又长，把财主们的脖子全都给缠住了。转眼间，财主们的脑袋瓜变成了一个个的葫芦头，被吊了起来。胡四的大厅变成了葫芦园。从此，葫芦姑娘和善婆也不见了。有人说，曾亲眼看见姑娘背着善婆飘上天了。

翻译整理：王平、黄盛、李健（黎族）
流传地区：海南

冬瓜仔

从前，有一对善良勤劳的老夫妻，没儿没女，靠开山种山兰过活。有一年，夫妻俩在山兰地边种了一棵冬瓜苗。妻子特别喜爱它，天天用竹筒去浇水。冬瓜苗长得又嫩又壮，过了不久，就结了一个小冬瓜。妻子欢喜，每次去浇地都要对小冬瓜说："冬瓜冬瓜快长大，长大种子传给穷人家。"

过了一段时间，冬瓜长得又长又大。有一天，妻子正对冬瓜说："冬瓜冬瓜快长大，长大种子传给穷人家。"突然，冬瓜大声喊着："妈妈，妈妈，我已经长大了，快带我回家。"妻子一听，又惊又喜，急急忙忙跑回家告诉丈夫。丈夫听了以为妻子说疯话，两人就吵吵嚷嚷到了地里，果真听到冬瓜在那里大声喊着："爸爸，妈妈，我已经长大了，快带我回家吧！"夫妻俩高高兴兴地把冬瓜摘了下来，可是他们怎么也扛不动。那冬瓜嚷着说："爸爸，妈妈，不用扛，我自己能走，你们带路，我在后面滚。"就这样，他滚呀滚呀，很快就滚到了家里。

冬瓜仔手脚勤快，干起活来从不叫苦。白天，父母亲上山干活，他就在家烧火煮饭做家务；晚上，父母亲休息了，他就躺在竹床上留更守夜，看护家门。冬瓜仔很神奇，他能做无米之炊，每餐都能让家人吃上山珍海味。夫妻俩十分珍爱冬瓜仔。

冬瓜仔家里有一头牛。每天一早，冬瓜仔就把牛赶到山上去，在青草稠密的地方滚一个圈，那牛就在圈子里吃草，从不走出圈外。牛养得又肥又壮。

冬瓜仔的村子里有个富翁，家有一百头牛，每年都要请长工帮他放牧。富翁知道了冬瓜仔很会养牛，就请冬瓜仔去养牛。一百头牛，他一个人放牧，毫不费事。

冬瓜仔原来是个英俊的后生仔。他还能把冬瓜籽变成千军万马，指挥他们打仗。后来这事传到了皇帝那里,皇帝几次派人来招冬瓜仔进宫,每一次冬瓜仔都说:"我要放牛,没有闲工夫见皇帝。"使者请不到冬瓜仔,都被皇帝杀掉了。

不久,皇帝又派使者前来召请,冬瓜仔竟答应了。冬瓜仔通晓神功魔法,一眨眼,他就跑到了皇帝的金銮大殿。他一进大殿,便在皇帝的座位后面躲藏了起来。过了很久,使臣回来禀告皇帝,冬瓜仔答应来了。皇帝便大喝道:"冬瓜仔在哪里?"还不等使臣回答,冬瓜仔就应声说:"来了,我早就来了。"皇帝听到冬瓜仔在背后大喊大叫,对皇上不恭敬,就大发雷霆,立即抽出宝剑对着冬瓜仔刺去。只听"哧"一声,宝剑化为一摊铁水。冬瓜仔一滚一滚地走出宫殿。皇帝一看,又拔出另一把宝剑向冬瓜仔砍去。"噌"的一声,这一回宝剑卷了刃。冬瓜仔放声大笑。

皇帝又气又惊,高声叫喊:"什么地方来的怪物,胆敢在皇上面前放肆!"

冬瓜仔说:"我不是怪物,是人。"

皇帝说:"你是人,为何不以人貌见我?"

冬瓜仔说:"要见我真容,除非摆席宴请。"

皇帝无可奈何,只好答应。摆多少桌酒席呢?皇帝说摆一百桌,冬瓜仔就说摆三百桌;皇帝说摆三百桌,冬瓜仔就说摆六百桌;皇帝说摆六百桌,冬瓜仔就说摆九百桌。最后皇帝只好答应摆酒九百桌。

皇帝摆好了九百桌酒宴,对冬瓜仔说:"怎么样?九百桌酒席摆好了。"

冬瓜仔哈哈大笑,说道:"你的酒席哪有我的酒席好?"冬瓜仔一滚,把皇帝的酒席打翻在地,压得粉碎。然后他一跃,从瓜壳里跳了出来,一挥手,只见瓜壳渐渐扩大,里面摆着九百桌山珍海味、佳肴美酒。皇帝和他的卫士们看见如此丰盛的酒宴,个个面面相觑,急忙坐下吃喝起来。这时候,冬瓜仔一声喝令,手一挥,只见冬瓜壳里跳出千军万马;又一声喝令,手一挥,冬瓜壳顿时合拢缩小,把皇帝和卫士们关在里面。冬瓜仔一脚,便把它踢进大海里去了。

搜集整理：张士杰
流传地区：河北廊坊

西瓜女

从前，有个老头，不光能干各式各样的庄稼活，还特别会种西瓜。他种出来的西瓜长得旺、结得多、个儿大、瓤儿甜。这样，人们都管他叫西瓜老爹。

西瓜老爹是个穷人，给一个姓王的财主当长工，专给王财主种西瓜。西瓜老爹年年辛辛苦苦地种西瓜，王财主年年美滋滋地吃西瓜。这年夏天，西瓜老爹忽然得了病。王财主心里想：西瓜老爹人老不顶用了，又得了病，死在我家还得用张破芦席把他卷起埋了，我白赔一张破芦席实在不合算，不如及早把他赶走，死在外边喂野狗去吧！王财主就把西瓜老爹扯到大门口，狠狠朝外一推："去你的吧！"接着就关上了大门。

西瓜老爹爬起来，望望关紧了的大门，咬牙含泪，只好走了。他没家没业的，可上哪儿去呀？西瓜老爹哼哼唧唧地走哇走哇，走得又渴又饿又乏，实在走不动了。

这时候，正好前边有一片树林子，他就走进树林，倚在一棵大树下喘气。西瓜老爹自言自语："唉！我给王财主种了大半辈子西瓜，吃尽了苦，受尽了累，如今见我年老又得了病，就一脚把我踢开，好个狠毒的王财主哇！我没家没业，没儿没女，连病带饿，连路都走不了啦！这可怎么办哪？"

西瓜老爹正说着，忽然吹来一阵微风，风里带着香味，直钻鼻子眼。他不由得站起来朝四外一看：那边原来有几棵大桃树，结了很多大鲜桃，刚由绿变白，嘴儿红润润的，像对着西瓜老爹嘻嘻笑哩。西瓜老爹忙走过去摘桃吃。鲜桃又香又甜汁又多，吃到肚子里清凉凉的。他吃了鲜桃以后，觉着也不渴啦，也不饿啦，也不乏啦，也不喘啦，立刻打起精神来啦，浑身又有了劲头啦——西瓜老爹的病好啦！西瓜老爹喜得一边在树林里走动,一边笑呵呵地说:"啊！这回我的病好啦！真轻松啊！真痛快啊！"

西瓜老爹正轻松愉快地走动着,忽然发现地上有一片西瓜秧。西瓜秧四外长着很多野蒺藜,密密匝匝,枝上长满带刺的青蒺藜,正好把瓜秧团团围住。西瓜秧蔓子细长长,叶子黄瘦瘦,想爬也没地方爬,只好盘绕在一起,扬着蔓头望天空。西瓜老爹不由得说:"西瓜秧被野蒺藜欺侮得多可怜哪！再没人管它就要枯死啦！我就来照管这片西瓜秧吧。"

西瓜老爹就蹲下身来,把野蒺藜狠狠地拔掉,把瓜蔓轻轻拉平,把土刨得软松松,四外垒起田埂,收拾成了一块小瓜田。从此西瓜老爹饿了去摘鲜桃吃,夜里睡在大树下,就留在树林里照管这块瓜田了。

西瓜老爹精心照管,西瓜秧长得很快:过几天,叶子变得绿油油的了;过几天,蔓子爬满瓜田了;过几天,秧上长出骨朵来了;过几天,骨朵开出黄花来了;过几天,黄花结成西瓜了。可是很奇怪,这片西瓜秧,只长一个骨朵,只开一朵花,只结一个西瓜。西瓜结出来以后,不是慢慢地长,是眼瞅着长——三天工夫长得比水缸还大得多。西瓜老爹惊喜地说:"我种了大半辈子西瓜,头一回见着这么大的西瓜呀！我往日种的西瓜都被王财主吃了,这回也该尝尝自己亲手种的西瓜啦！"

西瓜老爹见大西瓜熟了,就摘了下来。可是他望着大西瓜,又不知怎样做才好:吃呢,一个人又吃不了;留着呢,天热又爱烂;卖了呢,从心里又舍不得。他想:别的先不管,先把西瓜打开,把瓜子拣出来晒干,留着明年好当种子。西瓜老爹打定了主意,用指甲在大西瓜当中掐一道印,抡起拳头就砸开了。咚！咚！咚！像砸门一样,砸了半天,大西瓜才裂开一道缝子。西瓜老爹把双手插进缝里,用力一掰,"嘎嘣"一声,大西瓜一裂,从里面"嗖"地跳出个小闺女来,接着西瓜又"吧嗒"合上了。

小闺女一落地,就见她身子一晃,立刻变成了一个大闺女——黑油油的头发,白润润的脸儿,水汪汪的大眼睛,闪闪发亮;上身穿着粉红的纱褂子,下身穿着浅绿的花裤子;脚上是一双杏黄的绣花鞋。闺女站在西瓜老爹跟前,不言不语,只是喜眉笑眼地望着他。

西瓜老爹怔怔地说:"我——我这是做梦吧?"

闺女忙笑嘻嘻地说:"老爹爹,您不是做梦。"

西瓜老爹说:"那——那你是谁家的闺女呀?"

闺女说:"您救了我,又把我抚养大。爹,我是您的女儿呀!"

闺女说着,立刻就朝西瓜老爹俯身下拜。西瓜老爹急忙搀起闺女,摸摸她的手,理理她的头发,望望她的脸,乐得合不上嘴。可是过了一会儿,西瓜老爹忽然又叹起气来了。

闺女忙问:"爹,您干吗叹气呀?"

西瓜老爹说:"唉!孩子啊,我巴不得有你这样一个好闺女呀!可是,我房没一间,地没一亩,要吃的没吃的,要穿的没穿的,只给王财主流了大半辈子血汗,这让我拿什么养活你呀?"

闺女忙说:"爹,不用发愁。这都好办,您瞧!"闺女说到这里忙对那个大西瓜唱道:"西瓜西瓜开开,小瓦房子出来!"

闺女刚住口,就见大西瓜那道缝子"嘎巴"一裂,从里边"呼"地滚出一座小瓦房来,接着又"吧嗒"合上了。小瓦房一落地,立刻变成一座大瓦房,里边用的、铺的、盖的,什么都有。闺女领着西瓜老爹,院里院外看了一遍,就扶他上炕坐下。西瓜老爹喜欢得什么也说不出来,只是呵呵笑。看看天已晌午,到了吃饭的时候,闺女忙来到院里,又对大西瓜唱道:"西瓜西瓜开开,好吃好喝出来!"

闺女刚住口,就见大西瓜"嘎巴"一裂,从里边"呼"地滚出一个食盒来,接着又"吧嗒"合上了。闺女把食盒拿到屋里,打开以后,里面是热腾腾、香喷喷的肉饺子啊!闺女把饺子端到西瓜老爹跟前,她也坐在一边,父女俩一齐吃了起来。西瓜老爹吃着饺子,不由得想起往后过日子的事来了,就对闺女说:"孩子,我有话想跟你说。"

"爹,您说吧!"

"孩子,如今咱们的日子过好了,要是再使劲过下去,日子还会更好呢。你说是不是?"

"爹说得是,我也是这样想的。您说咱们的日子往后应该怎样过呢?"

"你看,这树林子四外有很多荒地,咱们开垦出来,不就能种更多的西瓜了吗?"

"爹,我也是这样打算的呀!"

"好!那咱们就动手干吧!"

"对!爹干轻活,我干重活。"

从此,西瓜老爹和闺女就天天勤勤恳恳地开起荒地来了。

有一天,王财主骑着马到别的地方去收租要账,正好从这片树林子旁边路过。王财主一看,树林周围的荒地都被开垦出来了,树林里还盖起了一座新瓦房,心里很是纳闷。他不由得心想:荒地变成了良田,野林里有了瓦房,这要都变成我的,那才对我的心思呢!王财主打好了如意算盘,忙把马拴在树上,提着马鞭子,就直朝瓦房奔来。

这时候,西瓜老爹和闺女正在屋里吃饭。听见外边有响动,西瓜老爹趴到窗口一看哪——王财主手提着马鞭子,龇牙瞪眼地闯进门来啦!西瓜老爹急忙扭头对闺女说:"孩子,快看!"

"什么?"

"他又找到咱们的头上来啦!"

"谁?"

"就是那个王财主!我去看看他来干什么!"

"爹,不要紧。您先吃饭吧!我去见见他!"

王财主闯进院子,刚要喊叫,忽然看见从屋里走出个闺女来。王财主一看闺女长得很俊,也顾不得喊叫了,立刻不眨眼地盯上了她。闺女把脸一沉:"你闯进我家,想干什么呀?"

"我——噢,我想问点事。"

"什么事呀?"

"这树林里的瓦房是谁盖起来的?"

"是我爹。"

"那树林四外的荒地是谁开出来的?"

"也是我爹。"

"你爹是谁?"

"就是被你赶出来的那个西瓜老爹!"

"是他?"

"对啦!我爹不但能在野树林里盖起瓦房,能让荒地变良田,还能种出来出奇少有的大西瓜呢!"

闺女说着,忙扬手一指那个大西瓜,让王财主看。王财主只顾盯俊闺女了,没留神院里还放着这么大的一个西瓜呢!王财主一看,不由得吃了一惊:"啊!这么大的西瓜呀,人间少有哇!"

"人间少有的大西瓜,我爹也种得出来呀!"

"哎呀!想不到他能种出这么大的西瓜来呀!"

"这西瓜不光大,里边还装着许多金银财宝呢!"

"啊? 还有金银财宝?"

"对啦!"

"真的?"

"你不信就看哪!"闺女说着,一转身,对大西瓜唱道,"西瓜西瓜开开,金银财宝出来!"

闺女刚住口,就见大西瓜"嘎巴"一裂,从里边"叽里咕噜"直朝外滚元宝。也有金元宝,也有银圆宝,连着滚出了一大堆,才又"吧嗒"合上了。王财主一听说大西瓜里有金银财宝,立刻就馋得直张大嘴;这时候一见地上真堆了一大堆元宝,马上蹿上去就抢啊!闺女一见,急忙又对大西瓜唱道:"西瓜西瓜开开,财主财主进来!"

闺女刚住口,大西瓜立刻应声"嘎巴"一裂,从里边"呼"地喷出一阵大风,大风一卷,正好把王财主刮进西瓜里去,忙又"吧嗒"合上了。这时候,闺女才朝屋里喊道:"爹!快出来看哪!"等西瓜老爹走出来,闺女又对大西瓜唱道:"前滚滚,后滚滚,蹦起来,摔个狠,看看里边是什么人?"

闺女刚住口,大西瓜立刻朝前一滚,朝后一滚,"嗖"地蹦上天空,猛地往下一摔。"叭——"大西瓜摔破了,里边哪有什么人哪,只有一条又肥又大的瓜虫子,已经被摔死啦!

"爹呀!"闺女看看瓜虫子说,"这瓜虫子不知吃了多少西瓜了,看它吃得多肥呀!"

"孩子!"西瓜老爹看看瓜虫子说,"这回瓜虫子死了,往后咱们种的西瓜就会越长越好啦!"

父女俩说着,不由得嘻嘻哈哈拍手大笑。

搜集整理：陈所巨
流传地区：安徽一带

瓜妹

　　山左董家庄有一个财主，排行第七，人称七老爷。此人不读书，不劳动，不经商，单靠老子留下的一片田产吃租过日子。他生性吝啬，是个鸡蛋过手也小一圈的人。七老爷家里除了雇长工外，还每年雇上一个季工，专门为他种西瓜。什么叫季工？原来这种西瓜一年嫌长，一月嫌短，从栽下瓜秧起，到西瓜成熟止，从春至夏一季正好。

　　这一年，七老爷家雇了个壮头壮脑的憨小子，姓田名旺，家住董家庄四里外的小河坎。田旺家里一贫如洗，只有一间破草房。家里有个七十岁的老娘，娘儿俩靠田旺卖力为生。这田旺别的本事不多，单种得一手好西瓜。人说，再差的地，只要田旺一种，便不愁结不出又好又大的西瓜来。

　　这一年，田旺把七老爷家的五亩瓜地整治得似花园一般。人家瓜地锄三遍，他至少要锄七遍；人家瓜地上两次肥，他至少要上五次。对待西瓜，就像对待他自己的亲生兄弟一般。春天，寒气来了，恨不得脱下自己的棉袄给瓜秧盖上；夏天，太阳毒了，恨不得自己变块乌云把太阳遮起来；三天不下雨，浇起瓜来，恨不得把小河挑干。俗话说，皇天不负苦心人，一点不假。进伏以后，七老爷的瓜地里便堆满了一个个磨盘大的西瓜。等西瓜熟透了，田旺便摘下来，挑到七老爷家里，供七老爷和太太、少爷、小姐们享用。

　　田旺收完这一季西瓜，便到七老爷家里结算工钱，心想：当初来时，七老爷当面讲定，种完一季瓜，付给纹银三两。拿到这三两银子，先到集上给娘扯件衣裳，余下的留着买柴买米度日。想着想着，不觉来到七老爷家中，只见七老爷正在剖吃西瓜，淡红色的瓜汁顺嘴直流。田旺向七老爷讲明来意。七老爷说："当初你到我家来时,我已讲定,种瓜一季付银三两。"

田旺说:"小人正要领取这三两银子工钱。"

七老爷说:"工钱是要领的,不过,先得算一算账。工钱三两,扣除你在我家的茶饭钱一两五钱、住房钱一两、工具折旧钱二钱;端阳节那天,老爷给你喝了杯酒,扣一钱。剩下二钱银子,老爷也没得散碎银子给你,就给你个西瓜吧!"

田旺听了,好比三九天被当头浇了一瓢冷水,从头凉到脚。正待分辩,七老爷指指放在墙角的一个西瓜,袖子一甩,径直向后房去了。田旺无法,只好抱起那个西瓜回家,一路行来,越想越气人,越想越伤心。

正是七月炎夏,天地之间宛如一个大蒸笼,热气熏人。田旺走得燥热起来,正好路旁有棵大枫树,便坐在大树底下歇息一会儿。田旺把那西瓜放到地上,对着西瓜唉声叹气:"唉,种瓜半年,累死累活,只得了这么个西瓜,回去拿什么养活老娘?"讲到伤心处,不禁滴下两点泪来。可巧,那两滴眼泪不偏不斜,正落在那西瓜之上,只听一声轰响,那瓜早裂为两半。田旺惊得站立起来,定睛看时,只见瓜瓢中间坐着一个小人儿。那小人儿随风长大,不一会儿便长成一个标致的女郎。那女郎走出瓜来,对着田旺轻轻一笑。田旺平时见着女孩儿老远地就羞红了脸,此时,早窘得不知如何是好。正要走开,只听那女郎开口说道:"田哥慢走,奴家有话说与你听。"

那声音宛如莺啼燕语,田旺只好站立不动。那女郎又说:"田哥莫怕,我是瓜仙。谢你一季辛勤浇灌之恩,今日特来相会。"

田旺见说,便又打量那女子一番,只见她粉面秀润,螺髻高绾,上穿深绿叠花衫,下着淡红绣罗裙。田旺生来爱瓜,听她说是瓜仙,又见她如此善良秀美,禁不住先从心里爱她三分,不再害怕了,便上前施礼,说道:"瓜仙大姐驾临,但不知大姐来找我有何事?"

瓜仙听了,轻轻地说:"傻瓜!奴家以心相许,与你成亲。"说罢嫣然一笑。

田旺虽是憨厚,但男女之情还是懂得的,早高兴得什么似的,说:"大姐,你是来与我……与我为妻的?"

老实人说话,不会三弯九转,是方的,不会说圆的。一句话问得女郎粉脸羞红,反倒不好意思起来。

田旺一见,越发高兴,说:"大姐,不知该怎样叫你?"

"我叫瓜妹,你就叫我瓜妹好了!"

二人在树下歇息一会儿,瓜妹合上那个西瓜,又搓揉了几下,那瓜变得小如鸡蛋一般,放在袖中藏了,和田旺一起回家。

瓜妹随田旺回到家里,见过了老娘,老娘十二分喜欢。瓜妹贤淑勤劳,纺织缝纫,淘米烧饭,操劳如同村妇;对婆婆又是百般孝敬,递茶送饭,问寒道暖。田旺每日仍出门去做零工,挣几个钱养家糊口。日子虽清苦,但是夫妻恩恩爱爱,婆媳和和气气,一家子也算是欢欢喜喜、和和睦睦地过日子。

再说,村里人看田旺不知从哪里弄来一个标致贤惠的老婆,都来问长问短。田旺是个老实人,便把七老爷不给工钱,只给了个西瓜,西瓜里又如何钻出个女子来,一五一十地都告诉了人家。村里人听了都觉得新奇,把这事相互传播。一传十,十传百,传到七老爷耳朵里。七老爷起先不信,见人家说得有鼻子有眼的,就派家人前去打探。那家人打探回来后,证实田旺确是从西瓜里得了个花儿一般的老婆。七老爷听了,心里老大懊悔。

这七老爷原是个好色之徒,听说有如此美女,早是心痒痒地想弄到手。这一天,七老爷带着几个家丁,来到田旺家里。正好这天田旺出门做短工去了,瓜妹正在家里淘米做饭,躲避不及,被七老爷撞见。七老爷见瓜妹天姿国色,疑是天仙下凡,惊得伸出的舌头缩不回去。七老爷贼眼一转,对田旺娘说:"老婆婆,我是董家庄七老爷,你儿子田旺在我家种了一季西瓜,本该给他二钱银子,是我一时没有散碎银子,就给了他一个西瓜。不想家人一时疏忽,将我家祖传的一个宝瓜拿给他了。那宝瓜原是我家的,那女子也是我家的。今天,老爷我特来讨回。"

田妈哪知究竟,说道:"等我儿回来,你自与他说。"

七老爷哪管这些,动手就来抢人。瓜妹见那伙人来势汹汹,怕惊了老娘,便从袖中摸出那个瓜来,一晃就有碾盘般大小,忽然开一口子,瓜妹随即跃入瓜中,那瓜又自个儿合上了,连一点痕印都看不出来。七老爷见状,就叫家丁把那西瓜抬着,一伙人扬长而去。

傍黑,田旺做短工回家来了。听老娘一说,早气得心头起火,拿把菜刀就要去寻七老爷拼命。老娘见了,一把抱住儿子,说:"儿呀,他家人多势众,你这不是去送死吗？不若明天到县衙门去告他一状，县官若能依理而断，也许能把西瓜断给我们。那时，瓜妹那孩子不就回来了吗？"

第二天一大早，田旺就赶往县城，在那纸笔摊子上花了两枚铜钱，找人写了张状纸，径直走上大堂来。正逢本县县官放牌准告，县官接过田旺的状纸，看了一遍，对田旺道："本官清廉，哪容此等白日抢劫之事！你的妻子么，本官定要代你追回。"

再说，七老爷将那西瓜抢回家中，千呼万唤，直至磕头许愿，也叫不出那女子。急得七老爷叫人用刀剖那西瓜，想把那女子掏出来。不想那西瓜硬如生铁，随你刀砍斧斫，也休想动它分毫。七老爷没法，只好"西瓜娘子""西瓜大仙""西瓜奶奶"地乱叫一气。正在这时，县官传他来了。

县官问："有人告你抢劫他家妻子和一只西瓜。"

"大人，小的不曾抢劫。这是小人的辩词，老大人一看便知。"七老爷边说边从腰间解下一个拜匣，双手递给县官，又接着说道："那田旺本是我家雇工，此人手脚毛糙，将我家一个西瓜偷回家去了。小人去他家讨回，根本没见他有什么妻子。不想他恶人先告状，还望老大人明断！"

"唔！这么说是他偷了你家西瓜，你去他家拿回的？"县官一边看那匣子一边问。

"是，老大人。"七老爷答。

"青天大老爷，委实是他抢了小人妻子和那西瓜。大老爷可要为小民做主！"田旺急了，喊将起来。

"呸！大胆刁民！自己偷盗，反来诬告，本官如不重重罚你，将如何警示旁人？来人！将这刁民拖下去，乱棒打死！"县官喝道。

那些衙役如狼似虎，一拥而上，不问青红皂白，将田旺拖了下去。拖走田旺之后，七老爷问县官："老大人，你看我那辩词如何？"

县官一边玩着拜匣中一颗闪光的宝珠和几件镂金首饰，一边摇头晃脑，做出阅读文章之态，得意地说："辩词写得不错，原该这么写的。唔！没你的事啦，带回你家西瓜，与你那抢来的新娘子逗乐去吧！"

"老大人，那女子还在这西瓜里哩！"七老爷说。

"怎么，还在西瓜里头？"县官也觉惊奇。

七老爷和县官看那瓜时，那瓜忽地自己动了起来。忽地平地跃起，而又猛地落下，狠狠地砸在七老爷的头上，早把七老爷砸得脑浆迸裂，一命呜呼。吓得县官两眼直直地发呆，正要拔腿跑时，不想那西瓜又蹦起来了，在县官背上猛击一下，击得县官抱着匣子趴在地上吐血。几个衙役慌忙扶起县官，送往后堂去。众人看那瓜时，那瓜自己骨碌碌地滚到大堂外面去了。

话分两头。那田旺被八个衙役拖下之后，棍棒齐下，连头盖骨也被打碎了，可怜衔冤含恨而死。尸体被衙役们丢在县衙门外头的荒河滩上。

七月天气，直至天黑了下来才有丝丝凉意。田旺自觉如大梦初醒一般，睁开眼睛，只见瓜妹正跪在自己身边，从头到脚为自己揉合伤口。手到之处，伤口愈合如初，疼痛全无。不一会儿，田旺就能站立了。瓜妹告诉田旺，七老爷已被她砸死，那狗官也被她击伤，少不得半年上不了大堂。田旺这才吁了一口冤气。

田旺和瓜妹看看天色不早，又怕老娘在家中焦急，于是，双双上路，回家去了。

搜集整理：苏方桂
流传地区：辽宁

苹果姑娘

苹果姑娘红脸蛋，一嫁嫁个小懒汉；
懒汉懒汉不干活，姑娘眼泪流成河。

我们老家出产大苹果，又红又脆。中秋节前后，苹果红了，像红纱灯笼似的红得透亮，香得醉人，几十步开外就闻得见。谁闻见这香味，都忍不住要抽搭抽搭鼻子，说一声："好香！"

就在这苹果树下，老奶奶讲着这样一个关于苹果的故事。

靠海有一个小村子，小到村东头煮饭，村西头就能闻见味儿。村里有个懒小子，小名叫柱儿。老人家常说："懒人馋，馋人懒。"他就是又馋又懒的人。整天就是吃饱了睡，睡醒了吃。不多几年，就把老人辛辛苦苦挣下的家业吃尽当光了。自己没吃的了，就两手揣在袖里，东家游，西家逛，进门就掀人家的锅盖："大婶呀，你的饼子黄澄澄的像块金子，可不知甜不甜？"说着，也不等人家答应，拿一块就吃。久了，他到谁家，谁家就闩上门。

这一天，他饿得实在扛不了啦，就跑到海边去打牡蛎吃。牡蛎很鲜，他肚子又饿，越吃越香，吃来吃去，忘记了一切。谁知天渐渐黑了，像谁打开一件黑袍子罩住了天地，潮水一弓腰一弓腰地涨上来。猛然间，一道闪电把黑幽幽的天劈成两半，紧接着一声闷雷打下来。柱儿吓呆了，抬头一看，哎呀，完了！他走过来的沙滩无影无踪了，他回不去了。

来了大风暴，大海开了锅，浪头一个接一个压下来。一个山一样的大浪，张开血盆大口,一口把他吞下去……

也不知过了多久,他忽忽悠悠地醒过来。睁眼一看,自己躺在一个小岛上。他吐了两口咸水,想爬起来,忽然听见有人在耳旁叫唤:"疼呀,哎哟!疼呀,哎哟!"他扭头一看,原来是一棵挺嫩的小树,拦腰折了,叶子黄了,迎着风,沙啦啦地响。他怪可怜它,顺手把它扶直,拔根马兰叶把断处捆好。

这个小岛到处是苹果树。正是苹果开花的季节,一棵棵树像一个个俊俏闺女的头上披着白纱。满岛子都是香味儿。成群的蝴蝶、蜜蜂飞来飞去,真美极了!他沿着苹果树林往里走,找了些野菜充充饥,喝了口泉水解解渴,然后找个草窝窝睡下了。

第二天,太阳照在脸上,他醒了。走到海边,想看看有没有过往的船只,好招呼一声,把他捎回家去。可是一件怪事把他闹愣了。就在昨天他躺过的地方,出现了一座小屋,屋上绕满了藤萝,粉紫色的花儿像一串串小灯笼似的挂在上边。他心想:好啦,碰见人啦。连招呼都没打一声,冒冒失失地推开门,探头一看,咦,一个圆脸的姑娘坐着在绣花!她真美极啦,就像我们老家流传的一首小唱里称赞的那样:

牡丹花儿看见她,哭哭啼啼叫声妈:
"成天说我长得俊,和她比一比,
我像个丑夜叉。"

柱儿看呆了,傻乎乎地钉在那儿。那姑娘跳下炕,拉着他的手,笑眯眯地说:"好心的小伙子,在我生命垂危的时候,你救了我的性命。我是这岛上的主人,整个岛子都是我的,我名叫'苹果姑娘'。你在这儿住下吧,我会给你幸福!"说着,她端出了丰盛的山珍海味和各种水果点心请他吃。原来她就是柱儿昨天救的那棵小树啊。

从此,柱儿就在这儿住下了,和她做了夫妻。媳妇在家纺线织布,非常勤劳。他仍然是那样懒,吃饱了,喝够了,连地方也不愿挪。

有一天,苹果姑娘递给他一把镐头、一筐树种,说:"这是一筐苹果树种,你看哪儿有空地方就种上吧。"

他哪干过活呀？不去吧，怕她生气，无奈，只好去了。一步挪不上三寸，好半天才挪到树林子，哎呀，腿好酸！一靠树就坐下了。俗语说：好吃不如饺子，自在不如倒着。坐了一会儿，一歪身便倒下来，睡着了。等他醒来，太阳已经压山。他揉揉眼睛，看看树种，还是满满一筐。这可怎么办？他一狠心，把一筐好树种都扔到海里去了。

回到家，苹果姑娘面朝里坐着，理也没理他，从镜子里，他看见她满脸泪痕。他心里有鬼，也没敢问她。

第二天，第三天，他仍然把一筐筐树种扔到海里去。真奇怪，这几天苹果姑娘变得又瘦又黑，皱纹满面。他慌了，问她："你怎么了？是不是织布累的？你歇歇吧，多吃点好的，多睡点觉就好了。"

她没说话，只是一边流泪，一边唱道：

我把你当作好花一朵，你原是花枝上一根枯藤；
我把你当作好鸟一只，你原是鸟尾上一根焦翎。
春天过去了，花儿会落，十五过去了，月儿会缺；
想必我们的缘分到头了，勤媳妇哪能配懒老爷！

唱完，她就起身收拾东西。他可吓坏了，忙给她跪下，苦苦哀求说："我错了，你饶我这一次吧！从今往后，我一定改过自新。"

她叹了口气，饶了他，可是她说，要是他再不改，她一定离开他。

这回他不敢再偷懒了。可是干活腰多么疼呀！胳膊、腿又酸又麻，懒病来了，想想她满是泪痕的脸，想想她使人心酸的歌，咬咬牙，又干下去。

晚上回家看看她，呀，好像阴了好久的天，冷不丁又出了太阳！她恢复了青春，像一朵戴着朝霞的鲜花哩。

当他一偷懒，一泄劲，她就变得又黑又丑；当他使劲干活的时候，她就变得又年轻又美丽。

半年过去，柱儿的懒病去了根；一年过去，柱儿已经成了个膀大腰圆的劳动汉。

这一天,柱儿忽然皱着眉头,长吁短叹起来。她问他怎的了,他不说,只低低唱道:

燕子飞到南方,记挂北方的巢窝;
流落在外的人,怀念故乡难舍。

苹果姑娘听了,也唱道:

雄燕子飞了,雌燕子紧紧跟着,
花枝儿动了,花朵儿怎能停着!

柱儿一听,高兴得流出了眼泪。两人立刻收拾东西,准备动身。忽然柱儿犯愁了,说:"没有船,怎么走?"她抿嘴一笑,交给他一包苹果种,让他背着,二人一直走到海边。到了海边,她解下腰上系的七色绸带,向北岸一扔,立刻,一条七色长虹将天地连接起来,变成一座通到陆地的大桥。

他们两个,手拉手走上这座长长的桥,直走了七七四十九天才走到家。

左邻右舍、叔叔大爷们看懒柱儿出息得这样,又领回这样一个俊俏的媳妇,都是又惊又喜,大伙儿帮助他俩安了家。

苹果姑娘一到这儿,就把背来的种子分给乡亲们,教大家种苹果树。

六年过去了,苹果树开了花,结了果。人们都高兴地说:"这一回咱们这儿可有水果吃啦!"

可是那果子结得只有山楂那么大,涩得像没熟的梨,没有人爱吃它,人们也不叫它苹果,称为"山柠子"。不少人埋怨起来,不少人要砍树。

苹果姑娘忧愁得瘦了,眼窝陷下去,整天整夜地不说一句话。她到园里挖了一把土,送到嘴里尝了尝,伤心地哭了。她拉着柱儿的手说:"你们这儿的泥土不宜种苹果,所以结的果子不好吃。"

柱儿说:"那怎么办呢?"

苹果姑娘不说话了,眉头皱起了疙瘩,大眼睛忽闪忽闪,低下头去。过了三天,她对柱儿说:"没有别的办法,只好用我的身子来补养它们了!"

柱儿说:"这哪里使得呀!"

她说:"你不要不割舍,我的心早横定了。等我死后,埋时不要装棺材。十五天过了,我的坟头上会长出一棵小树来,那就是我。等它长大以后,把枝条截下,然后和山柠子接枝,用马兰叶绑好,长好以后,就能结出又甜又香的苹果来了。"说完就断了气,柱儿哭得死去活来。全村的人,想想她平日对大家的好,也都哭了。

她死后,柱儿遵照她的嘱咐,把她埋了。十五天后,她的坟上果然钻出一棵银色的树苗。树苗长大以后,柱儿用它的树枝和山柠子接了枝。几年后,果然结了又红又大、又香又脆的苹果,就像我们现在吃的那个样子。

我们家乡的人每到吃苹果的时候,就想起了这位苹果姑娘。

讲　　述：才仁诺布（藏族）
翻译整理：耿予方
流传地区：西藏

橘子姑娘

很久很久以前，有个王子已经二十岁了，长得很健壮，又有一手好骑术、好箭法。他自幼聪明，读了很多的书，待人很公正，老百姓都信服他。老国王想早日给王子成亲，但王子总是说："我需要读书，练武艺，我还不忙结婚哩！"老国王也没有勉强，王子仍然过着自由自在的生活。

王宫里有一个老太婆，年纪很大，头发全都白了，天天给国王背水。有一天，王子甩石头玩，不巧正打在老太婆背水的瓦罐子上，瓦罐子破了。老太婆像丢了一件宝贝一样难过，因为那是她天天背水要用的啊！王子跑到老太婆的面前，向老太婆道了歉，并给她钱买了一个新的瓦罐。老太婆很受感动，她把两手合在一起祈祷："王子一定会得到一个橘子姑娘！"

王子一听，赶紧向老太婆问道："橘子姑娘住在哪里呢？橘子姑娘的心眼善良吗？橘子姑娘的相貌漂亮吗？"

"橘子姑娘是一个仙女，她住在遥远的湖畔，湖畔有一片茂密的橘子林，橘子树上那个最大最美丽的黄色橘子，就是橘子姑娘。"老太婆一边说，一边又皱眉头，"橘子姑娘好是好呀！她的心如哈达一样洁白，她的脸如月亮一样可亲。可是要到橘子林，路太远了，拦路的猛兽太多了！"

"我不怕。我有千里马，能翻山越岭；我会使用刀箭，能消灭野兽。"王子满脸春风说，"请你指给我一条道路吧！"

老太婆眼睛看着远处的雪山，说："王子，你就照这个方向去吧！白天有太阳，晚上有月亮，它们会驱走黑暗，带来光明。你勇敢地去吧！你要记住：得到那个又大又美的黄橘子后，一定要在怀里放好，不到王宫绝对不能吃掉它。"王子点点头,表示记住了老太婆的嘱咐。

王子骑着一匹千里马,带着弓箭和宝刀出发了。第一天,碰到了一群豹子张牙舞爪地拦在路上,王子扔了一些肉块,豹子抢着吃肉,王子走过去了。第二天,碰到了一群老虎,跳着吼着十分凶恶,王子又扔了一些肉块,老虎抢着吃肉,王子走过去了。第三天,碰到了一群狗熊,晃着肥胖的身子向王子扑来,王子再扔了些肉块,狗熊抢着吃肉,王子走过去了。

王子闯过三道关口,来到一个湖边,只见果树林立,橘子累累。王子走进树林,个个橘子笑嘻嘻的,好像在说:"远方的客人,把我摘去吧!"王子向它们看一看,没有动手。

在树林里,有一棵最高的橘子树。在树的顶端,有一个金光闪闪的大橘子。王子爬上树去,轻轻地摘下来,看了又看,揣在怀里,飞马跑回王宫。

到了王宫,王子剥去了金色橘子的外皮,一口气把橘子吃了。顿时觉着有些睡意,倒头便进入了梦乡。在梦中隐隐感到有人在拉扯他的衣裳,在抚摩他的胸膛,王子立刻醒了。睁开了蒙眬的睡眼,看见一个仙女站在跟前。王子同仙女两人相亲相爱,结成了一对美满的夫妻。

王子有一个女仆,本是一个魔女,见王子和仙女在一起相亲相爱,非常嫉妒。一天,王子和仙女一同到湖畔游玩,魔女也跟着去了。王子玩累了,便把头枕在仙女怀里睡着了。魔女对仙女说:"你美丽呢,还是我美丽?依我看,你的衣服漂亮,就显得人漂亮,如果我穿上你的衣服,你穿上我的衣服,在湖水里看一下影子,就真正显出谁美谁丑了。"仙女同意了,将王子的头轻轻放在围裙上枕着,脱下自己的衣服,让魔女穿上,自己披着魔女的衣服,她们一同来到湖畔。比了许久,还是仙女漂亮,魔女丑陋。魔女趁仙女不防备,一下把仙女推到湖里去了。

魔女急忙回到王子跟前,抱着王子的脑袋。王子觉得过去像睡在棉花中间一样舒适,现在却像睡在石头上面一样难受。王子惊醒了,看见自己枕的是一个黑脸的姑娘,便问:"你的脸为什么变黑了?你不是我的妻子,我不是你的丈夫,你去吧!"魔女装出一副笑脸说:"王子为什么这样多疑?太阳一晒,白的当然变成黑的。"王子也就不再追究了。

王宫里有一个喂驴子的仆人。一天,他牵着驴子到湖边饮水,看见湖里盛开着一朵鲜艳的荷花。驴夫便采下来送给了王子。王子一看这朵荷花,觉得特别美丽,也觉着特别亲切,便将这朵荷花放在佛堂的供桌上,每次吃饭都要去看看。

这件事情被魔女知道了。她又偷偷地把佛堂里的荷花取出来,扔到王宫附近的地里。

过了一年,王宫附近长出了一棵桃树。这棵树团团像伞盖,结了很多很多的桃子。每个人分了一些,都吃得津津有味的,只有王宫的一个牧童没有吃到。他跑到魔女面前,问道:"为什么桃子没有我的份呢?"魔女说:"你去桃树上再找找看,找到的桃子都是你的。"

牧童来到桃树旁边,右转三圈,左转三圈,从树下看到树梢,从东面看到西面,眼睛都看花了,也只是看到树枝和树叶,没有看到一个桃子。最后,牧童终于在桃树的顶上,找到了一个特大的桃子,小牧童高兴极了,马上摘下来带回家中去了。

小牧童又想自己吃,又想给妈妈。但是一个桃子不能分开,他想了很久,最后决定放在佛堂里敬神。从此,牧童和他的妈妈,天天吃肉有肉,喝奶有奶,生活相当富足。老妈妈想:"这是神保佑吧!"便跑到佛堂里去看,其他什么新东西都没有增加,只是多了一个桃子。老妈妈取过桃子吃了,觉着微微有些睡意,倒头便进入了梦乡。在梦中隐隐感到有人拉扯她的衣服,有手抚摸她的双颊。老妈妈立刻醒了,睁开了蒙眬的睡眼,眼前出现了一个仙女一样漂亮的姑娘。这个姑娘为老妈妈做饭,为牧童缝衣,使这个清寒的家庭,增加了不少乐趣。

这件事情又传到魔女耳朵里。她打发屠夫三弟兄去杀死那姑娘,并吩咐把她的血肉和土混在一起,让风吹散。

屠夫三弟兄捉住了仙女,将她杀死,并把她的血肉和土混在一起,让风吹散了。但是仙女有一滴血滴在地上,在这一滴血的地方,又长出了一棵青青的草。

牧童赶着羊群在原野里放牧,一只小山羊吃掉了那棵青青的草。这只小山羊"咩咩"叫了三声,牧童过来了。小山羊用人的语言对牧童说:"你快把我杀死吧!剥下我的皮铺在地上,取出我的血洒在皮的四周,掏出我的肠子绾成圆圈,剜出我的心脏放在皮子中间,割下我的四只蹄子安在四个角上。"

牧童开始有些不忍,但小山羊再三请求,牧童只好照办了。做完之后,牧童瞌睡极了,倒头便进入了梦乡。在梦中觉着天摇地动,牧童惊醒了。

这时,在那辽阔的草原上,出现了一座有里、中、外三层的大城,里面树木苍翠,花草芬芳。在树木花草丛中有许多漂亮的楼房,真是人间稀有的宫殿。门前还有虎狗、豹狗①看守,宫内男仆女侍成群。

一天,王子在王宫的楼上眺望,看见草原上新起了一座宫殿,十分惊奇,便骑马前来观看。王子一进这座宫殿,宫中仙女便迎了出来,那仙女原来就是橘子姑娘。二人相遇,悲喜交集。仙女向王子述说了魔女的几次迫害,不禁流下眼泪。

魔女得知仙女与王子又相会了,气得像疯狗一样,向草原奔来。刚到门口,就被虎狗、豹狗咬死,被扔进九层黑洞里去了。

王子和橘子姑娘又幸福地生活在一起。后来王子做了国王,仙女做了王后,牧童做了大臣。

---

① 虎狗、豹狗:指一种凶猛的看门狗。

讲　　述：熊凤祥（苗族）
搜集整理：刘宇仁
流传地区：四川筠连县

石榴公子

从前，苗家有个孤女叫陶幺妹。爹妈死得很早，又无亲戚，只好去财主家帮工，经常挨财主打骂。

一天，陶幺妹上山讨猪草，看见一只饿老鹰在啄一只小雀子，她便捡起一块石头向饿老鹰打去，把老鹰打下来了。但是，老鹰仍然抓住小雀子不放。陶幺妹很生气，心想：你这东西就像那老财主，死到临头，还不放过整穷人的机会。她便拿起镰刀割断了饿老鹰的颈子，救下了小雀子，把饿老鹰的尸体埋在大岩下。不久，岩下长出了专门钩人的钩藤，这钩藤就是饿老鹰变的。

陶幺妹把小雀子带回屋里，又找草药来替它包扎，找粮食果子来给它吃。一直等小雀子的伤养好后，她才对小雀子说："雀子，雀子，快快回去！爹妈想你，爹妈念你，我这个孤女子不敢留你。"小雀子在陶幺妹的手掌上跳着叫了几声："叽叽叽，陶幺姐，不要怄来不要气，三三九天来看你。"向她点了点头，便飞走了。

过了九天，小雀子果然飞来了。它见陶幺妹被老财主打得一身青红紫绿，躺在床上呻吟，便飞在她手心上，吐了一颗白亮亮的珠子，叫道："啾啾啾，陶幺姐，这个地方难留你。快快随我到山里，破庙里能住你，今后的日子有盼头哩！"陶幺妹受够了财主的欺负，早就不想在这里了。她见小雀子来接她，连工钱也不要了，马上收拾好衣裳，同小雀子走了。

陶幺妹同小雀子走啊走啊，渴了就捧山溪水喝，饿了就摘野果子吃，走了九九八十一天，才来到荒无人烟的一座大山下，那里当真有座庙。陶幺妹想：我在这里总比挨打受气好。于是她安下心来了。

小雀子随幺妹进庙后，又在她手心里跳着唱："咚咚咚，种种种，挖开土巴把树种。陶幺姐,勤服侍,石榴结籽好运至。"说完就飞走了。

陶幺妹听了小雀子的话,就用锄头挖翻了老土,把土巴敲得细细的,才把那颗白亮亮的珠子种了下去。过了不久,地里长出了一棵石榴树苗,陶幺妹怕树苗被雀子啄、虫子咬,又怕被野兽践踏,就日夜守护在树苗旁边。还怕它渴了,时常给它浇水;怕它孤单了,还唱山歌儿给它听。

一天,陶幺妹又在石榴树旁唱起山歌:"石榴叶子青又青,你孤单来我孤身。若是树儿成了人,妹儿与你来认亲。"

她无意间抬头一看,好像觉得石榴树正点头对她笑,便又唱了起来:"近望石榴泪淋淋,妹儿无亲受欺凌。若是你变男子汉,幺妹与你结同心。"唱着唱着就睡着了。她醒了之后,看见石榴树上有一朵小碗大的石榴花望着她笑。幺妹心想:莫非我的好运真的要到了?她便更加细心地照料石榴树。

过了三年零三个月,石榴熟了,陶幺妹便把石榴讨回家里放在桌上。石榴一进屋,一间屋子便香透了。陶幺妹馋得直吞口水,却舍不得吃。

一天,陶幺妹上山挖葛根去了,回家来时,见缸里的水挑满了,灶门口的柴也劈好了。她想:这万山老林里没有人,是谁帮我做的呢?莫非我的好运真的来了?莫忙,我得把这件事搞清楚。她便装作什么也不晓得似的,放心大胆地睡了。

第二天,陶幺妹吃了早饭后,便说要下河摸鱼虾,拿起家伙就出了门,走到半路就折回来了。她贴着门缝一望,咦?好奇怪,桌子上的石榴张开了嘴,爆出了一颗石榴籽。石榴籽一爆,里面跳出一个豌豆大的小娃娃。小娃娃抖掉披在身上的白衣服,见风就长,一眨眼变成了一个十七八岁的小伙子。小伙子长得十分漂亮,拿起小刀进了灶房。陶幺妹心中暗喜,忙溜进屋子,把白衣服藏了起来,又躲在门背后看。过了一会儿,小伙子干完活路进屋找衣裳。陶幺妹见小伙子进屋后,顾不得害羞,反身将门抵上。小伙子在桌上床下找衣服,忙得团团转,她却情不自禁地笑,顿时把小伙子闹了个满脸通红。小伙子闷了一会儿才说:"陶幺姐,莫开玩笑,快还我的衣裳。"陶幺妹说:"大哥,你是哪家的,为啥要帮助我?"小伙子说:"我是石榴仙的幺儿,你救了百鸟仙幺女的命,是她叫我来帮助你的。"陶幺妹又说:"石榴大哥,你是单身男儿,我是穷家孤女,难道你不晓得我对你的一颗心吗？我们不能结为一家人吗？"姑娘家脸皮薄，话没说完脸就红了。石榴小伙见陶幺妹确实诚心，便答应了。他们一起商量，等把房子修整好，就请小雀子来做媒成亲。

一天，石榴公子上山去烧石灰，陶幺妹留在家中做饭。忽然间，天上起乌云，眼看要下雨，陶幺妹赶忙跑出去收衣服，哪晓得一阵黑风吹来把她卷走了。石榴公子正在山中打石头，一见起了狂风，急着往家里跑。跑到半路，见乌云中有一个人在喊救命。仔细一听，听清是陶幺妹的声音，不由怒火冲天，抓起开山斧就向乌云甩去，只听得哎哟一声，乌云不见了。石榴公子回到家里，杀了一只狗，将狗血涂在刀上，穿上白袍就去找妖怪算账。

石榴公子沿着血迹走了九天九夜，来到一个洞边，血迹不见了。他正为难时，忽然洞里传来了一阵歌声："小河清清嘛心里酸，泪涟涟哟泪涟涟。一股妖风卷我走，丢下哥哥难团圆。"原来是陶幺妹在唱诉苦歌。石榴公子见洞深不见底，便还原为石榴籽滴溜溜地滚下洞底。

石榴公子来到洞底，沿着阴河漂了进去，见陶幺妹正在洗血衣，忙漂在她的衣裳上，落进她手心里。陶幺妹见一颗白珠落在她手心里，晓得是石榴公子来搭救她，便一五一十地讲了她这次落难的根由。

原来，几年前，她救百鸟仙子时砍死的饿老鹰，是鹰王的儿子。鹰王见儿子走后一直没回去，就拿起两半边竹脑壳打卦，一算就算着是陶幺妹整死的，他就来找陶幺妹算总账。他原想一口吞掉陶幺妹，哪晓得陶幺妹是一位美貌姑娘，就想把她弄去当小妇人。可是半路上被石榴公子砍伤了屁股，只好放下与陶幺妹马上拜堂结亲的打算，躺在床上养伤，让陶幺妹出来洗衣服。

石榴公子听后，便躲进她的口袋里，随她进了洞子。石榴公子一路走一路看，见地上到处都是雀儿毛、雀儿骨头，心想：这东西太歹毒了，我不杀他誓不为人。

鹰王见陶幺妹进屋后，便大叫有生人气味，对着陶幺妹的口袋一吹，就把石榴公子吹了出来。石榴公子见大事不好，忙跳进墙缝里藏了起来。鹰王只闻到生人气味却不见人，气得扯住陶幺妹的头发道："贱人，是不是你带进了生人？"陶幺妹见石榴公子躲起来了，便说："大王，你要与我成亲，竟不把我当人。我才下洞府，难道不是生人？你竟说我带进生人。呜……"说着就要朝墙上碰。鹰王见了，忙拉住她说："小姐，莫哭了，你看我这里穿也有，吃也有，哪点不好嘛，别多心。"他替她揩去了眼泪，放开她，又向四处狠狠地吹了几口气，才躺在床上。陶幺妹把汤药端在他面前，微笑道："大王，请吃药。望大王养好伤，我们好早日成亲……"鹰王轻轻拧了一下陶幺妹红嫩嫩的脸蛋，说："有小姐这句话，我就放心了。"便喝了汤药睡着了。陶幺妹这才去找石榴公子，可是怎么也找不到。一会儿，石榴公子却提着一把刀站立在面前。石榴公子叫陶幺妹先藏好，才来到鹰王床前，对着鹰王的心窝子就是一刀。刀还顾不得拔，又跳进砖柱缝里。鹰王痛得大叫一声，翻身下床四下找仇人。可是连一个人影也不见，走了五六步，就倒下死了。

　　石榴公子见鹰王死了，才跳下地来。他还不放心，又踢了鹰王几脚。见鹰王死硬了，才叫出了陶幺妹。

　　鹰王死了，陶幺妹和石榴公子又团聚了，但一想到出不了洞子，又发起愁来。石榴公子说："陶幺姐，别怄，我自有办法。"他走出门去向着东南方大喊道："喳喳喳，百鸟仙家，我把仇人杀啦，快来送我们回家。"不一会儿，一只大牯牛似的雀子飞到陶幺妹和石榴公子的面前唱："喳喳喳，喳喳喳，恩人朝我背上爬，闭上眼睛坐稳当，眨眼工夫就到家。"

　　过了一杆烟的工夫，陶幺妹睁开眼一看，果然到了家门，又见一位姑娘望着她笑，忙问姑娘是何人。姑娘道："我就是小雀子——百鸟仙姑，前来恭贺你们成亲。"陶幺妹乐得心里像吃了蜂糖，当天就与石榴公子拜堂成了亲。从这以后，他们就过上了幸福美满的生活。

搜集整理：贺永生

石榴花

汉武帝年间，张骞出使西域，住在安石国的宾馆里。宾馆门口有一株花红似火的小树，张骞非常喜爱，但从没见过，不知道是什么树。园丁告诉他是石榴树。张骞一有空闲就要站在石榴树旁欣赏石榴花。后来，天旱了，石榴花叶日渐枯萎，于是，张骞就担水浇那棵石榴树。石榴树在张骞的灌浇下，叶也返绿了，花也伸展了。

张骞在安石国办完公事，就要回国的那天夜里，正在屋里画通往西域的地图。忽见一个红衣绿裙的女子推门而入，飘飘然来到跟前，施了一礼说："听说您明天就要回国了，奴愿跟您同去中原。"张骞大吃一惊，心想准是安石国哪位使女要跟他逃走，身在异国，又身为汉使，怎可惹此是非，于是正颜厉色说："夜半私入，口出不逊，出去出去，快些出去！"那女子见张骞撵她，怯生生地走了。

第二天，张骞回国时，安石国赠金他不要，赠银他不收，单要宾馆门口那棵石榴树。他说："我们中原什么都有，就是没有石榴树，我想把宾馆门口那棵石榴树起回去，移植中原，也好做个纪念。"安石国国王答应了张骞的请求，就派人起出了那棵石榴树，同满朝文武百官给张骞送行。

张骞一行人在回来的路上，不幸被匈奴人拦截，杀出重围时，却把那棵石榴树失落了。人马回到长安，汉武帝率领百官出城迎接。正在此时，忽听后边有一女子在喊："天朝使臣，叫俺赶得好苦啊！"张骞回头看，正是在安石国宾馆里见到的那个女子，只见她披头散发，气喘吁吁，白玉般的脸蛋上挂着两行泪水。张骞一阵惊异，忙说道："你为何不在安石国，要千里迢迢来追我？"那女子垂泪说道："途中被劫，奴不愿离弃使臣，就一路追来，以报昔日浇灌活命之恩。"她说罢"扑"

地跪下，立刻不见了。就在她跪下去的地方，出现了一棵石榴树，叶绿欲滴，花红似火。汉武帝和百官一见无不惊奇，张骞这才明白了是怎么回事，就给武帝讲述了在安石国浇灌石榴树的前情。汉武帝一听，非常喜悦，忙命武士刨土起出，移植御花园中。从此，中原就有了石榴树。

讲　　述：盘木清
搜集整理：吕定禄、屈艺
流传地区：湖南双牌县

葡萄精

从前有一户人家，靠种葡萄养家糊口。一年辛辛苦苦下来，日子过得倒也可以。特别屋后院的那一棵葡萄树，更是叫人欢喜，一年能结十几担葡萄。光是这一棵葡萄树的收成，就有十几两银子。一家人对这棵葡萄树也另眼相看，每天灌尿灌屎精心培养。一天，主人培育它时不小心，手指被剐破了，出了很多血，滴在葡萄藤上。这棵葡萄树吸了人血，几年后，修道成精，经常在主人家中弄神做鬼，搞得主人一家很不安宁。

葡萄精看到主人家的小女儿生得如花似玉，不觉迷了心窍，就打定主意要占有她。每天半夜过后，它就趁姑娘熟睡的时候变成一个美男子，到小姐房中同她睡觉，还吸她的血。这样，小姐的身体一天不如一天，脸也黄了，身体瘦了，头重脚轻，不思茶饭，四肢酥软了。

父母见女儿这样，以为得了大病，就四下里请郎中来为女儿治病，但是无济于事。女儿一天比一天消瘦，又羞于启齿，后来竟成天胡言乱语。父母很是着急。

一次，请来一个老郎中，他一看小姐的病，就讲是中了邪气。母亲又去跟女儿讲："是不是有妖精收了你的魂，吸了你的血去？"小姐这才讲出了前因后果："那男子好乖，每天晚上都来。他一来，我就分不清东南西北了，随他怎么摆弄。"母亲听了，想了一下，告诉女儿说："今天晚上你喝点雄黄酒，身上放一包丝线，穿上银针，到明天清早那男人走的时候，你把银针插到他身上。"小姐点头照办。

第二天早上，父母来到小姐房中，只见一根丝线从房门牵到屋后院，银针插在那葡萄藤上。他们就这样知道了,原来是这葡萄精缠住了小姐,就叫来家人,把这棵葡萄树砍了,血流了一地。

从此,姑娘的身体很快就康复了。

讲　　　述：宋玉才
搜集整理：祝谦男
流传地区：陕西乾县

桃姑嫁郎

很早很早以前，盘龙山下的漆水河边，有一座破庙，破庙里住着一个没爹没娘的放羊娃。放羊娃心想：咱在庙里住着呢，不敬佛谁敬？一天到晚，少不了早供晚斋。一年放羊挣的工钱，全都做了香火钱。放羊娃做了功德，心里自很安然。

有一天夜里，劳累了一天的放羊娃正睡得香甜的时候，迷迷糊糊只觉得手里甩鞭梢儿，几声脆响，羊群向山上跑去。忽然一惊，扭头一看，只见那弥勒佛挺胸凸肚，双眼眯缝，正向他说话哩："只因当年俗僧迁寺，将我遗弃在这古刹破庙。不说思慕众佛，单少了施主供奉，也苦得我好不心烦呀！幸亏你善心敬斋，感念三载功德，今日我破佛戒律，仗胆来为你做个媒人。此女是我的义女，就与你结为夫妻吧。"说完，只见一个很俏丽的女子对放羊娃笑哩！他正不知怎么办才好，忽然眼前一道金光闪过，那女子不见了。佛仍然是佛，一动不动地挺着胸，双眼眯缝着笑哩。他坐了起来，揉了揉眼睛，才知道那是一场梦。

第二天，他照例赶着羊群上了山。说来也怪，羊今天顺着山沟一个劲地低着头吃草，任你咋赶也赶不回头。

不觉翻了三座山，越过了三道岭，面前出现了一个仙境：青草绿生生的，草地上有一棵桃树，又壮又高。放羊娃跑到树跟前，瞅见了一只桃，鲜红鲜红的，足有老碗那么大。他摘下来就咬着吃。呀，甜得很嘛！吃完桃，桃核他舍不得丢，将它放在衣裳的口袋里，急忙赶着羊群，又翻过了三座山，越过三道岭，天就黑了。

圈好羊，回了庙里，他从身上掏出那颗桃核，放在炕头上，呼呼地睡着了。

睡着睡着，他一惊，好像身边还有个人！借着月光一看，吓了他一跳，一个十七八岁的女子在他身边睡着呢！仔细一看，呀，就是昨夜梦见的那个女子。他往炕头一看，桃核不见了。放羊娃想起佛说的话，他倒高兴起来了，就悄悄儿地挨着那女子睡下了。

就这样，放羊娃有了家了。这女子名叫桃姑，不光长得桃花样好看，人也勤快贤惠，把个放羊娃喜得一蹦几尺高。

谁知这事被财主知道了，他就跑到庙里来看。不看还罢，一看事就瞎咧！财主一见桃姑好人样，就色眯眯地盯着，口淌涎水哩，心里打起了坏主意。

晚上，他把放羊娃叫来说："你吃我的饭，还得跟我转。你那媳妇就让给我算咧。往后我给你再娶一个咋样？"

放羊娃咬着嘴唇，停了半会儿才说："不成，不成！"财主把贼眼一瞪："啥？不成？成也得成，不成也得成，明早我就打发人来领人！"放羊娃哭丧着脸回到庙里，窝在炕上不吃不喝。

桃姑问他咋咧。他摇头叹气不吭声。问得急咧，他才把那事原原本本地给桃姑叙说了一遍。桃姑眉毛稍拧了一下说："我当是啥事，不要紧，你尽管放心好了。"说着就把嘴贴在放羊娃的耳朵边，说出她的主意。

第二天天还没明，财主就叫了几个狗腿子抬上轿来敲庙门。桃姑梳妆好，开了庙门走出来。那伙贼人看得花了眼，心里都想：怪道来，东家对这娃打主意哩，长得也太漂亮了。

桃姑自己坐到轿里去了，这伙狗仗人势的贼抬着就走。当轿走到漆水河的桥上时，轿突然向外一歪，哗啦一下连人带轿一齐掉下河去咧，把那伙贼人淹得在河里乱哇哇呢。上了岸，捞了轿，不见了桃姑，他们悻悻地回去了。

原来，桃姑变成了桃核，顺水漂走了。下游里，让放羊娃拿了个笊篱捞上来了。

小两口又团圆了。晚上，说起这事，叽叽呱呱地笑了半夜。时间不长，狗腿子瞅见了桃姑，跑去给财主说咧。财主很生气，就打发一伙贼人又到庙里来抢。

和上回一样，桃姑没言语就坐在轿里了。轿抬到财主家，狗腿子对财主点头哈腰，嬉皮笑脸地表功："这回没麻达①，美人抢回来咧。"

---

① 麻达：方言，即大意。

财主出来揭开轿帘,一惊:"咦,人呢?"

狗腿子慌忙探头进去一看:妈呀!哪里还有个影儿呢?仔细一看,咦,轿里咋有个桃核呢?他伸手抓起来,狠气撇到墙外头去咧。放羊娃照桃姑嘱咐的在墙外头等着呢,顺手就装在兜兜里拿回庙里去了。

搜集整理：董均伦、江源
流传地区：山东沂蒙山一带

玉仙园

玉仙园是在仙洞山的半腰里。说起来那玉仙园，又没有房子，又没有院墙，只是一个稍微平坦的小坡。听老人们传说，从前那座高高的仙洞山，除了石头，还是石头，不只是没有山尖上那个仙洞，老大的一座山，连一棵树也没有，真是穷山薄岭。住在山周围的人，更是苦上加苦，许多人都是靠着上山打石头吃饭。风吹日晒，汗浸疼了他们的眼睛，嘴干得发苦了。他们常常想，要是这山上有两棵树就好了。但是盼望归盼望，谁也以为在这样土薄的山上，是不会长出树木来的。可是有一天，不知在什么时候，在那半山腰的大石头前面，长出了一棵小桃树。一场一场的大雨下过了，一次一次的山洪凶猛地冲走了山上的沙石，可是那棵小桃树，不只是没有被冲走，还长得红枝绿叶，活旺活旺的。那时候，有一个常在山上打石头的小伙子，他是外地人，流落在那里的，谁也不知道他的真实姓名。山上风硬日头晒，他的脸皮变得红黑冒亮的，因为这个，别人都叫他"王大黑"。王大黑脸黑心却好，他长得又高又壮，手艺好，又没有老婆孩子，却从来没有积攒下一个钱。他看到别人有难处的时候，就是典裤子卖袄，也要帮助人家。南庄北村谁都记着他的好处。

王大黑上山打石头时，常常从那棵桃树旁边经过。在一天夜里，那小桃树忽然长成大树了，红艳艳的桃花开满了树枝，娇绿的嫩叶冒出了枝头。早晨，王大黑从树底下经过，风不吹，枝不摇，大滴的露珠扑扑地落在他的身上；傍晚，王大黑从树底下经过时，日光格外地红，桃花格外地鲜，片片花瓣，轻轻地向他飘来。不知什么缘故，王大黑走到桃树底下，就觉得那桃花似乎在向着他笑，他心里就不由得高兴起来，劳累了一天，也就不觉得累了。从这以后，王大黑打完了石头回庄时,总愿意在那棵树底下坐上一坐。

有一天早晨,王大黑又从那树底下经过,看到满树上的桃子变得又大又红,那股甜丝丝的香味,顺风飘出了老远,虽说桃树离王大黑打石头那里很远很远,香味却一直飘在他的周围。这已经是六月了,日头火毒火毒的,石头也像是烧热的铁样烙脚,王大黑不只是脚下的鞋破了,就连遮日头的苇笠也没有买上。傍响天的时候,伙伴们都找地方风凉去了,王大黑却想多打一点石头,没有停下手来。打着打着,觉得一阵头昏眼花,不觉倚在石头上,迷迷糊糊地睡着了。不知过了多少时候,他猛地清醒过来,身子如同浸在凉水里一样痛快。他连忙睁开眼来,只见树影晃动,密密匝匝的桃树枝叶,像一把伞一样给他遮住太阳。对对的红桃散着香味,抖动的绿叶,招来了凉风。王大黑一跳站了起来,心想:是谁砍了那么大一根桃树枝子插在了这里?他向那面望去,几个伙伴都在那边睡着了。他用手摇了摇,哪里像是插在那里的树枝子,简直就是在那石缝里生根发芽长大了的桃树。王大黑心想:这真是怪事,这山上除了山半坡有棵桃树以外,哪里也没有树呀!他把桃树看了又看,想弄明白这是怎么一回事,便向山半坡走去了。心急腿快,他小跑样地走到了树下,仰脸看去,树枝摇,鲜桃摆,一根颤悠悠的细枝上站着一个闺女,正在摘桃。王大黑心里更是惊奇了,别说周围庄里没有这么一个女人,他走过的地方也不算少了,从来也没见到像这闺女这么俊的人呀!她的脸面,使王大黑想起了春天正开的桃花,她的头发如同围绕着花朵的绿叶那样好看。闺女一笑,便显出嘴边的两个酒窝。只见她把手一招,从王大黑打石头那里,飘起了一点东西,越飘越近,越飘越近,闺女一伸手把它接住了。王大黑一看,原来是一根小小的桃树枝,枝上还结着一对鲜桃,闺女轻轻地把它往粗枝上一按,那小桃树枝就长在上面了,似乎从来就没人动过它一样。王大黑还没顾上想一想,闺女就摘下了一对大桃,向他扔了去,王大黑不觉把手一伸,桃子正落在他的手里,闺女乐得咯咯笑了起来。王大黑被她笑得不知怎么样好,闺女连忙止住了笑,向他抬了抬手,看意思是让他快些把桃子吃了。王大黑真的就把桃子吃了,那桃子咬在嘴里,如同蜜水一样甜,吃下去以后,简直像才洗过澡一样清凉爽快。他刚刚吃完了桃子,闺女身子一闪晃,一手抓住一根桃树枝,荡了一下,好似一片花瓣样轻飘飘地落到了他的跟前。王大黑的眼前,一下子也变了样啦,他已经不是站在桃树底下了,而是站在一个碧绿闪亮的屋里,顶棚上画着红光闪闪的大桃子。闺女笑嘻嘻地说道:"我叫玉仙,我知道你是百里挑一的好人。你自己一个人过日子,是免不了有些难处的,你上山打石头,到这里也不偏路,有营生要做的话,尽管来找我吧。"闺女说着话,两腮更红了,眼睛更亮了,好像桃花带露开放,好像桃花在霞光里闪耀。王大黑看着她那光彩闪闪的脸,听着她那些知心知意的话,又感激又高兴,却不知道说什么好。正在这时,闺女一闪不见了。王大黑转脸一看,伙伴们已快走到他的身边了,可是他们什么也没有看到,只见王大黑一人站在那棵红桃绿叶的桃树底下。

也许是因为吃了玉仙亲手送给他的那对桃子,王大黑回到家里,老感觉像是玉仙就在自己眼前,一直到半夜他也没有睡着觉。第二天他上山的时候,比平时走得更快了,天刚亮他就到了桃树底下。转眼工夫,他看到玉仙又站在他的跟前,他眼前又是一片明碧闪亮的屋子。玉仙笑嘻嘻地望着他,王大黑红着脸说道:"我是来找你给我补一补小褂呀。"玉仙很高兴地答应了。其实她早已看透了,王大黑并不是单单为了补衣裳才来找她的。她说道:"大黑呀,我猜得着,昨天晚上你没有睡着觉,屋里有炕,你就在那里睡一会儿吧。"

真是一次生,两次熟,王大黑见玉仙待他这么一片热心肠,心里更加觉得跟她亲近了。他依着她的话,好像到了熟人家里一样,一歪身子在炕上躺下了。太阳出来时,伙伴们走到了桃树底下,只见王大黑一个人在那里睡着了,他的身边放着已经补好了的小褂。

从这天起,王大黑差不多天天都到那桃树底下去看玉仙。天长日久,伙伴们都觉得奇怪。有一次。他们照直问他:"王大黑,桃树上也没有桃子了,你到桃树底下去做什么?"王大黑从来不对伙伴们说谎,他把实话对他们说了。大伙自然又惊奇,又替他高兴。

离这里二十多里路有一座县城,县官是京里一个大臣的亲戚。有一天他吃饱了喝够了,闲着没有事,寻思了起来:我今天要权柄有权柄,说富贵也真富贵,我还有什么不满足呢?他想来想去,忽然想道:我要是再有一个花园就好了,修上它假山大湖,修上它亭台楼阁,多么有趣呀!他想到这里,不觉乐得哈哈大笑了几声,说道:"这只要我说一句话就行了。"

从前那是真的，做官的只要说一句话，当百姓的不知要流多少血和汗。王大黑也被逼着给县官做苦役去了，他每天和同伴们一起从山上给县官往城里推石头，衣裳磨破了，鞋也穿碎了。这一天，王大黑推着石头到了半山腰，鞋绽得再也没法穿了。他对伙伴们说道："你们在这里等一等，我到玉仙那里，叫她给我缝一缝鞋。"伙伴们答应了，看着他向那棵大桃树底下走去了。

伙伴们等了不多时候，让一个监工的衙役碰到了，衙役不问三七二十一就打起他们来了。这时，王大黑从桃树底下赶了过来，衙役伸着手，迎上去就要打。谁知道手腕却如同被人拿着一样，噼噼啪啪向自己脸上打去。衙役唉唉呀呀痛得直叫唤，两面的腮都打肿了，还是停不下手来。王大黑和他的伙伴们，有的在瞪着眼看热闹，有的憋不住笑了起来。那衙役没法，双腿跪在地上，一面打脸，一面哀告道："饶了我吧！饶了我吧！以后我再不打人了。"一连哀告了三遍，听到一个女人声："就饶你这一次吧。"那个衙役这才停下手来了。

衙役得了赦，一溜烟地逃回了县城里，一五一十都对县官说了。县官吃了一惊，连声吩咐，赶紧去把那个妖人拿来。王大黑还没把石头卸下车来，就被一根绳子绑进衙门里，打了四十大板，下到牢里去了。

伙伴们得到了这个消息，又焦急，又生气，又难过，又犯愁，他们商量了一下，觉得还是去找玉仙吧。他们趁上山装石头时，急急忙忙地到了桃树底下，却又为难了，只见桃树上绿叶满枝，可是对谁说呢？他们虽然听王大黑说过玉仙，但除了王大黑谁也没有见过玉仙一次。其中一个大声说道："玉仙啊！俺伙伴们有事情要对你说呀！"他话音刚落，就听到一个女人的声音："你们等一等，我给你们开门啊。"紧跟着满树的桃叶子，翻翻拉拉地动了，就在这一霎，伙伴们也看到自己站在那碧绿光亮的屋里了，不过谁也没有注意去看这些。在他们的眼前站着一个奇俊的闺女，闺女的身边放着一双还没做好的男人鞋，不用说也知道，这就是玉仙了。他们把听到的消息都对玉仙说了。玉仙很感激地说道："你们大伙尽管放心，我这就去救他出来。"玉仙说完，身子一闪就不见了。

县官正坐在大堂上，施威发令，忽然听到半空中有人说话了："你这赃官，为什么把王大黑押在牢里？那衙役是我打的，你能把我怎么样？"县官抬头一看，什么也看不见。他惊得瞪大了眼，旁边跟班的也吓呆了，声音却又响起来了："你们这群狠心的东西,快些把王大黑放出来。"这次县官听清是女人声,壮了壮胆,说道:"半空里说话的,你到底是谁?"那声音冷冷地一笑道:"你当我不敢把名字告诉你吗?我就是玉仙。"县官说道:"本县是一县之主,一县的父母官,我只要说一声,银子就能堆成山,我只要说一声,庙宇就能盖得连成片。你快些显出真身,让我看一看。"那玉仙嗤笑起县官来了:"嚄!我还没看到这堂上有什么县官呀!"县官说道:"我就是呀。"那声音又说道:"呀,我还当你是一堆粪哪!我并没有白说你啊,你这县官是几千两银子买的,你那些银子都比粪还臭,你是不配看到我的。"

那县官被玉仙揭出了老底,可是世界上有一种脸皮厚的人,不管别人说什么,还是自觉不错。县官不服地说道:"不管怎么说,我也是皇上的七品官,那王大黑只是一个打石头出大力的……"

县官还没说完,玉仙就怒气冲冲地骂起他来了,骂他凭什么和王大黑相比,王大黑是人心,他是狼心……玉仙越骂越气,县官那厚脸皮也吃不住了,变得脸红脖子粗的,可是他什么威风也没处使,玉仙是踪影也看不到一点。这时,玉仙又冷笑一声:"你不是想看到我吗?就叫你先看一下我的小手艺吧。"说话不及的工夫,忽然从门外飘进一根小小的桃树枝子,那桃树枝子落在了大堂中间,马上就在砖地上生了根,转眼的工夫,就长成一棵大树了。这桃树简直没法说有多粗多大了,树枝顶得屋顶忽闪忽闪地动了,衙役官差们看大事不好,嚷的嚷,叫的叫,藏的藏,躲的躲了。县官心里比谁都害怕,也顾不得再踱那四方步了,比老鼠还快地从大堂上溜走了。那些看守一看苗头不对,也都乱纷纷地逃命,其中的一个,突然跌倒再也爬不起来了,他连忙哀求道:"仙人!放了我吧!"他的头上也有声音响起来:"放你容易,快些给我把监牢门开开。"看守连忙答应。

王大黑听到外面又嚷又叫的,正不知是什么事情。忽然监牢门开开了,关在监牢里的人喜得喊了起来,便一拥向外跑去了。王大黑也夹在人群中间,跑出了城,回家去了。

第二天早晨,王大黑刚要动身上山去,才走到院子里,却看到玉仙从外面走进来。她气喘喘的,头发没梳,衣裳发湿,眼眉上也沾满了细小的露珠。王大黑心里很是惊疑,还没等他开口,玉仙就急急忙忙地说道:"大黑呀!那县官是不会让你在这里住安稳的。我一夜跑了上万里路,给你借来这一把神凿,你拿上它,只要……"

玉仙的话还没有说完,外面就喊叫起来了,原来是县官差了许多兵马来抓王大黑。玉仙把王大黑的手一拉说:"快跟我来吧。"

王大黑跟着玉仙刚刚出了庄,后面的兵马也追来了。他们跑呀跑呀,快跑到山顶上时,眼看快要被追上了。玉仙停下来指着一面高石壁说道:"大黑,大黑,赶紧在这里凿一下啊!"王大黑依着玉仙的话,扬起了手里的铁锤,锤打在凿子上,不是呼地响了一声,而是轰隆隆地连声响,石壁上出现了一个好像大门那么高的圆圆的石洞,王大黑朝着里面跑去。官兵们随后就追到了,可是只见黑乎乎的大洞,不见王大黑的影子。有几个官兵大着胆子向里走去,走呀走呀,不知走了有多深,听到一阵哗哗啦啦的水响,一条大河横在眼前。河水那个深呀,看不到底,河水那个急呀,船下去也会被打得粉碎。看那河对岸,却是一片亮光闪闪,官兵们停了一会儿,只得出来了。

从这以后,没有人再看到过王大黑。人家都说他已经成仙了,那石壁上的深洞,也被叫成仙洞了,这山也被叫成仙洞山了。从这仙洞里,常常冒出一卷卷绿绵绵的白雾,白雾有时把整座大山都蒙住了。这时,你仔细听去,便能听到山里面的一种响声,叮叮当当,叮叮当当,活像是谁在山里面打石头。人家都说,那个勤快的王大黑,就是在山里也不肯闲着呀。真的,那个山上打出来的石头,有时就像磨过的一样整齐光滑。人们也没有再看到过那个玉仙,不过山上都长满了桃树啦,山半坡那棵大桃树那里,人们都叫它是"玉仙园"。从玉仙园通到仙洞的地方,桃树更旺更密,有人说那是玉仙给王大黑遮着日头,他常去看她呢!白雾有时半天围绕着树梢不散,也有人说这是王大黑和玉仙会面的时刻。

讲　　述：吕奶奶
搜集整理：陶涛
流传地区：河北秦皇岛

杏花山

XING HUA SHAN

　　山海关城西有个燕塞湖，湖里有座山，山上满是杏树，每年春天杏花开时，就像一座花山，当地人都叫它杏花山。

　　传说很久以前，有哥俩，老大叫狗儿，老二叫玉儿。从小死了爹娘，留下几亩薄田，春种秋收，一年四季，仅能糊口。老大狗儿为人粗莽，老二玉儿为人温和。弟弟处处迁就哥哥。

　　这年春旱，地里的禾苗全旱死了，圈里的猪也饿得吱吱乱叫。哥俩把圈里的猪赶出去放牧。野草都旱死了，哪里还能放牧啊！哥俩商量把猪赶到山里去。这天，哥俩把猪赶到山沟，果然那里有许多水草，那猪钻进去大口大口吃了起来。山坡上有棵大杏树，正是含苞待放的时候，却旱得花骨朵打了蔫儿。

　　玉儿见大杏树快旱死了，就对哥哥说："哥哥，咱们打水把杏树浇浇吧！"狗儿懒懒地说："肚子饿得咕咕叫，哪有力气去浇它？"说完就趴在向阳坡上睡着了。玉儿看哥哥不愿意干，就把自己的饮水瓢解了下来，从坡下的水沟里舀水到坡上去浇杏树。玉儿一来一往舀水浇树，浑身是汗，又累又饿，看看周围无物可吃，只好靠着树干休息，从腰里抽出竹箫，呜呜地吹了起来。

　　从此，玉儿和狗儿天天到这里放猪。玉儿每天来到这里，总是先给杏树浇水，浇完了就吹箫。狗儿无事可做，就睡觉。那棵大杏树在玉儿精心浇灌下，重发新芽。不久便绽开了满树粉红的杏花。不久，又结出满树大杏，一个个竟像小儿拳头那么大。

　　哥俩高兴地天天摘杏吃。这天，玉儿给杏树浇水、培土后，又坐在杏树前面吹起了竹箫。箫声悠扬悦耳，高声处如高山流水、万马奔腾；低声处呜呜咽咽，如泣如诉,令人心碎。玉儿正在用箫声诉说心中的烦闷,偶然一抬头,见杏树后面有个银红色的影子一闪,玉儿仔细地看了看,又什么也没有。他以为是眼睛花了,不再理会,继续吹箫。过了一会儿,那个银红色的影子又一闪,玉儿急忙擦了擦眼睛定神细看,那个银红色的影子慢慢地走了出来。这回玉儿看清楚了,原来是一位身穿杏红衫、细腰袅娜的女郎,只见她一步进又一步退,不敢向前。

玉儿站起来问道:"你是谁呀?"

那女郎笑道:"你每天都在吃我的,喝我的,怎么还不认识主人?"

玉儿听了,不由愣了愣说:"这位大姐家住哪里?姓什么?叫什么?咱们可不曾见过面呀。"

那女郎笑道:"我家就住在这山后,是你的箫声把我引来的。你在这里吹箫,每次我都来偷听。你今天晚上的箫吹得实在动人,我才忍不住走了出来,还望玉哥不要见笑。"

玉儿听了,不由说道:"大姐见笑了,大姐如不嫌弃,尽管来听吧。"

女郎喜道:"只要玉哥在这里吹箫,我就天天来听。"说完,便转到杏树后飘然而去了。

从此以后,玉儿每天劳动完了,就坐在杏树下吹箫。箫声一响,那女郎便飘然而来,坐在树下默默地听着。箫声快乐时,女郎便眉飞色舞;箫声凄凉时,那女郎便潸然泪下。玉儿的箫声一停,她便悄然而去。时间久了,玉儿渐渐感到奇怪:女郎说她家住在山后,怎么每次箫声一响,她会来得这样快呢?这天,他吹完了箫,就暗中跟在后面,看她究竟住在哪里。谁知那女郎走起路来,像水上漂的荷花,一眨眼便不见了。玉儿没有追上那女郎,就想了个办法,把针拴上白线,偷偷地把针线别在女郎常常经过的草棵上,等女郎从那里经过时好把针线带走,这样就能顺线找到女郎的住处了。

次日,玉儿和往常一样,又坐在那里吹箫,吹完了,那女郎仍然坐着不动。玉儿心里着急,不由说:"大姐,时间不早,该回去了。"

那女郎面色阴沉地说:"玉儿哥哥,我今天晚上和你多坐一会儿吧,从今以后咱们再不能见面了。"

玉儿惊道:"大姐,我并没有得罪你呀,这是为什么?"

那女郎道:"玉儿哥哥,你已经对我有怀疑了,我们缘分已尽,今天晚上我是特意来向你告别的。告别之前,我告诉你,我不是凡人,是山里的杏仙银白玉。你在我干渴要死的时候救活了我,又吹箫给我做伴,因此,我动了凡心。哪想到缘分却这样尽了,从此分别,请玉哥保重。"女郎说罢,就地一拜,返身便走,玉儿急忙去追,走了两步那女郎飘然隐去了。

玉儿这个悔呀就甭说了!他围着那棵大杏树,低低地唤着杏仙的名字:"银白玉妹妹,原谅我吧!"可哪里有人答应呢!只有那树叶哗哗地抖动着,像是在哭泣一样。树叶抖动下来的露珠,滴到玉儿的头上,凉飕飕的,像是杏仙的泪珠。玉儿后悔极了,悔恨自己不应该怀疑杏仙的行踪。以后他每天都要到大杏树下,对杏树唤三声"银白玉妹妹",完了就坐在树下吹箫,呜呜咽咽地叫人听了心碎。可是玉儿吹得再伤心,银白玉也不再出来了。

不料有一天,玉儿正在树下吹箫时,那银白玉竟又走了出来。玉儿见了,也顾不上吹箫,急忙拦住她说:"银白玉妹妹,你不是说缘分已尽了?"

银白玉愁眉不展地说:"只因小妹有难,特来求你相救。"

玉儿吃惊道:"你有什么灾难?我怎样才能救你呢?"

银白玉道:"请你明天在这树下守我一天,雷劈电闪也不要离开,我就感恩不尽了。"

玉儿道:"行!别说是一天,就是一个月、一年,我也守得了。"

银白玉道:"事成之后,当来谢你。"

玉儿拉住银白玉道:"银白玉妹妹,今晚就不要走了,听我吹箫,岂不更好?"

银白玉道:"如蒙相救,当再续缘分,往后的日子很长,何必计较今天一晚呢?"说罢飘然而去。

次日一早,玉儿便来到大树下,伸手摸着大杏树,说道:"银白玉妹妹,你在哪里?"又摸着树干说:"这是你的腰吗?这是你的胳膊吗?"他正在絮叨不休时,狗儿手里掂着把大板斧来到树下,对玉儿说:"兄弟,你在这儿正好,帮我把大杏树伐倒吧!"

玉儿一听这话,才明白杏仙银白玉说她有灾难,原来是指狗儿要伐树。玉儿说:"这树你不能伐。"

狗儿急道:"兄弟,这是棵没主的野树,把它伐了可以卖银子。"

玉儿道:"我要留下这棵杏树吃杏儿。"

狗儿道:"伐树在我,由不得你,你甭想留下吃杏儿。"狗儿说着,"当"的一声,朝大杏树砍了一斧子。

玉儿急了,顺手把狗儿推下山坡,拾起板斧指着狗儿说:"看你敢来!你再敢动这棵树,我就要你的命!"

狗儿见板斧落在玉儿手中,在坡下不敢上来,远远地指着玉儿说:"好,好,弟弟打哥哥,这是大逆不道,你就别想回家了!"说完抱头鼠窜而去。

玉儿看狗儿那一板斧正砍在大杏树树枝上,砍破了皮,玉儿忙撕下一块衣襟,把破皮处包好。玉儿用手摸着伤处,小声地说:"银白玉妹妹,痛不痛呀?我给你抚抚吧。"玉儿正在自言自语,只听背后有笑声,急忙转过身来,原来是银白玉站在背后,正看着他微笑呢。

玉儿忙拉住她的左臂说:"你今天来得早啊!"不想银白玉皱皱眉,叫道:"你别拉嘛!我的臂不是被砍伤了吗?"玉儿这才松开了手,问她伤得怎么样。

银白玉道:"只伤了一点皮,不要紧。玉儿哥哥,你第二次救了我,我怎样报答你呢?"

玉儿道:"狗儿把我赶出来了,我也无家可归了,咱俩就成家吧。"

银白玉羞得低下了头,过了一会儿才说:"自从我见到你,也不知为什么老是想着你,这就是缘分吧!你又两次救了我,没什么报答你,只好依你了。"

从此,玉儿在阳坡前的大杏树下盖了两间茅草屋,玉儿和银白玉两个人就住在这里。坡下种地,坡上种杏树,欢欢乐乐,无忧无虑,可美满了。干活累了,玉儿就抽出竹箫,坐在大杏树下吹给银白玉听。不久,银白玉生了双胞胎,一男一女,长得可招人喜爱了。

再说狗儿回家以后,蛮想玉儿会回家来求他,不料玉儿一直没回来。过了些日子,因为家里的活儿没人干,他又去找玉儿。到了那里,见有个身穿银红色纱衣的绝色美女和玉儿在一起,两个人有说有笑,非常快活。狗儿想:噢!怪不得他不回家,原来有这样的美人陪着他。

他闷着满肚子气回家,左想右想,想出了个主意。他把圈里的猪宰了一头,杀了一只鸡,自己把猪肉和鸡肉炖好,亲自去请玉儿。玉儿正在山坡上干活,他把玉儿拉到一边说:"兄弟呀,从前是我不对,你回家吧,哥哥给你准备了好吃的,咱们哥俩好好叙谈叙谈。"玉儿为人心地善良,没有想到狗儿会暗算他,就答应了。

哥俩回到家中,狗儿端出好酒好菜来招待玉儿,又殷勤劝酒,把本来不会喝酒的玉儿,灌得醉醺醺的,又将玉儿和银白玉的事全探听得一清二楚。狗儿眼珠子一转,坏主意来了。他想拆散玉儿和银白玉,于是对玉儿说:"兄弟,你想不想和银白玉白头到老?"玉儿说:"此话怎讲?"狗儿道:"你想想,银白玉是神仙呀,人家能和你长久过日子吗?万一人家要走,一晃就不见了,到那时你怎么办?"

玉儿听了狗儿的话,觉得也有道理,他又十分喜爱银白玉,巴不得与她做长久夫妻,就急忙向狗儿求教。狗儿道:"兄弟,你想把银白玉永远留在人间,我教你个法儿。我这里有配好的三日醉药酒,你回去给银白玉喝了,等她睡着了,你把大杏树连根刨掉,银白玉没有了替身,就再也不能走了。她就会永远伴在你身边了。"

玉儿听狗儿说得很有道理,他哪里知道这是狗儿要害他和银白玉呢?玉儿答应了,把狗儿给他的药酒揣在怀里。他回到向阳坡的草屋里,对银白玉说:"银白玉妹妹,我和你成婚那天连杯喜酒都没喝,今天我到城里,买了二两酒,咱俩喝个交杯酒吧。"银白玉高兴地答应了。

到了晚上,银白玉带着一儿一女和玉儿围坐在一起。玉儿拿出三日醉药酒,倒了一杯,端到银白玉的唇边道:"喝吧,但愿咱俩白头到老。"银白玉情不可却,只好喝了下去。谁知这杯酒一喝下去,不得了喽!银白玉只觉得天旋地转,便醉倒了。

玉儿拿起镐去刨大杏树,大杏树的根子长在山石缝中。一天过去了,两天过去了。第三天上,玉儿正在叮叮当当地刨呢,眼看大杏树就要倒了。这时候,茅屋的门"嘭"的一声被推开了,银白玉头发散乱,怀抱一双儿女,踉踉跄跄跑出来喊道:"玉儿哥哥,不要刨倒了树,树倒了我也活不成了。"这时狗儿从隐藏的地方跑出来,夺过玉儿手中的镐,狠命地刨起树来,大杏树"呼啦啦"就倒下了。银白玉身子连连摇晃,哽咽着说:"玉儿哥哥,你……你害了我了!"

玉儿看到这情景,慌了神,他急忙扶住银白玉,只听她呜咽着说:"实指望白头到老,谁想你听从恶人的话,拆散了咱们恩爱夫妻。"说着把怀中的一双儿女向坡上抛去,"扑"的一声落地,化成一片杏林。银白玉也就倒地而灭。玉儿这时才知道上了狗儿的当,满肚怒气向狗儿扑去,狗儿正在捧腹大笑,气得玉儿一镐把他打到坡下,倒地而亡。

玉儿虽然报了仇,但是只剩下孤零零一个人了。儿女化成的杏林,他精心浇灌、培土,一代一代传下来,那里就成了座杏花山。

讲　　述：刘亚屏
搜集整理：刘筱芬
流传地区：河南镇平伏牛山一带

白果仙医

　　镇平杏花山下，有一座菩提寺。寺里有三棵几搂粗的白果树：有两棵只长叶，不结果；另一棵却是白果累累，挂满枝头。树旁钟楼上挂一个大钟。这大钟有一人多高，还缺了个口子。

　　传说很久以前，菩提寺住着一个面善心恶的老和尚，管着几百个小和尚。这老和尚勾结官府，把方圆几十里的山坡土地，霸为己有。他对老百姓肆意敲诈勒索，逼得家家户户日无逗鸡米，夜无鼠耗粮，穷得只差把锅揭了当铁卖。

　　那口大钟和三棵白果树相处多年，很有感情。大钟整天吊在钟楼里，心里烦闷，就每天夜里飞到寺外玩耍，五更飞回，老和尚一点也不知道。一天五更，大钟从寺外飞回来，一棵白果树细声问道："钟爷爷，你夜夜飞到寺外游玩，外边是个啥样？"大钟瓮声瓮气地说："白果姑娘，我正要找你们商量个事。今夜我飞到村里，只见家家叹气，户户啼哭。一打听，原来是老百姓得了瘟疫，没钱求医买药，死的人可多了！"另一棵白果树不等大钟说完，就急急地说："哎呀，这咋办？钟爷爷，咱们快快想个办法，救救百姓吧！"大钟胸有成竹地说："救百姓也不难，就看你们仨有没有胆量。"第三棵白果树大声说："只要能救百姓不死，再大风险，我也不怕！"大钟压低声音说："在这后山悬崖上，长着几棵灵芝仙草，那是老和尚的心肝宝贝。他指望吃这灵芝仙草能长生不老哩。咱们将灵芝仙草采回来，制成药，百姓吃了，病就会好的。只是若让老和尚知道了，你我性命难保啊！"三棵白果树齐声说："钟爷爷，管他哩，救百姓要紧，咱们快快去办吧！"于是，大钟变成一个白发老翁，白果树变成三个姑娘，四人结伴飞向后山悬崖。

　　天一明，老和尚不见了大钟、白果树，就领着几个小和尚四处查找。太阳一竿高,他们来到山脚下,老远看见后山悬崖上有一老翁领着三个白衣姑娘,正在采灵芝仙草。老和尚爬上山急忙问道:"你们是大钟、白果树?"四人见老和尚已经认出他们,索性说道:"我们正是大钟、白果树,来采灵芝仙草给百姓治病呢!"老和尚恶狠狠地说:"你们快给我滚回寺院,若说半个不字,我就启奏上天,拿你们治罪!"老翁哈哈大笑,说:"俺们若怕治罪,就不来这里采灵芝仙草啦!"大姑娘说:"你不是常常手捻佛珠,张嘴行善,闭嘴普救众生吗?"三姑娘尖声责骂老和尚:"你的慈善心肠,叫狼吃了?叫狗啃了?"老和尚被质问得恼羞成怒,急忙下山跑回寺院,焚香祷告道:"启奏玉皇大帝:菩提寺妖钟妖树作乱,速派天神下界!"玉帝大怒,即派天神降妖。那天神脚踏白云,手执钢鞭,来到杏花山,高声喝道:"玉帝有旨:妖钟妖树快快放下灵芝仙草,速回寺院,不得有误。"老翁、姑娘们不听。天神大怒,一鞭向手拿灵芝仙草的老翁打去,老翁忙将灵芝仙草递给大姑娘。可怜鞭声响处,老翁的一只膀子落地。天神又朝姑娘们打去。大姑娘慌忙把灵芝仙草交给身后的二姑娘,三姑娘又赶紧用身子挡住神鞭,紧紧护住灵芝仙草。三姑娘怕灵芝仙草落入天神手里,急中生智,大口把灵芝仙草吞入腹中。

天神把老翁、姑娘们押回寺院,四人现了原身。这事惊动了附近百姓,他们纷纷赶来观看。只见大钟缺了个口子。两棵白果树枝断身残,树皮开裂,树的汁液汩汩往下流。老百姓说那是大姑娘、二姑娘在伤心落泪呀!三姑娘吞了灵芝仙草,望着树下带病色的老百姓,看看被天神打得遍体鳞伤的钟爷爷和两个姐姐,悲痛交加。她气愤地运足全身力气,猛地一摇,眨眼间结出了一树白果,又奋力抖了抖身子,哗啦啦白果纷纷落地。百姓一看,都惊呆了。

有人好奇地捡起一个果子,咬开尝尝,清香可口,顿觉神爽体健。那些正患瘟疫的老百姓,吃了白果,立时疾病全除。老百姓这才醒悟:白果树吞下灵芝仙草,为的是结出白果,好给老百姓治病哩!

至今菩提寺附近的老百姓,每年深秋时节,还到白果树下,摘果、采叶拿回去治病。"白果仙医"的故事就流传下来了。

银杏姑娘

讲　　述：汪锁山
搜集整理：王力扬
流传地区：江苏泰兴

提起"银杏之乡"白果树的来历，说法可多哩！有的说人间第一棵白果树是炼石补天的女娲娘娘栽的，有的说是古代我们这里一个叫白根土的穷小子栽的。这里我说一个白根土与银杏姑娘的故事。

在老远老远的年代，这里有户人家，孤儿寡母，儿子叫白根土。老娘已经年老力衰，又是个瘸脚，行走不便，单靠种着地主几亩薄田为生。哪晓得几年来一直旱涝歉收，狠心的地主竟夺了他家的地。这下还得了吗？一家两口，生计断绝。

老妈妈终日唉声叹气，淌着眼泪。看看灶下无草，烧不成饭；家中无米，揭不开锅。根土这孩子可懂人事了，他总是劝说着妈妈不要担心。他对妈妈说："天掉下来儿去顶，地裂开来儿去托。妈只管放心，有儿在，妈不用愁。"根土每天起早贪黑，捞河鱼，摸水虾，到市上变钱买米，做饭给妈妈吃，自己宁可连汤带水凑合。就这样一天又一天，一年又一年地过去了。

这年夏天，根土正在野地里挑菜。突然，天昏地暗，狂风大作，飞沙走石，一阵龙卷风刮来，前面一排钵口粗的树木，有的被刮倒，有的被拦腰刮断，有的甚至被连根拔起。根土抬头朝前面看，只见不远处有一棵小树，叶子像一把把扇子，在狂风中歪歪倒倒，不住地颤抖。根土心里一怔，顶着风暴扑上去，一把将小树抱在怀里，用自己的身子抵挡风暴的袭击。雨过天晴，小树已经倾斜在地。根土想：如果再刮风暴怎么办？不如把它移回家去。于是就连根带土，把它挖回了家，栽在屋前。老妈妈知道了也很高兴，对儿子说："孩儿，做得对，应当爱护树木！"她督促儿子给它浇水、施肥、松土。老妈妈没事就倚门看树。母子俩把这棵树视同家人。几年之后,这棵树长得绿荫覆地,犹如棚盖。看到的人,没一个不啧啧称赞的。

一天,根土挑野菜回家,正准备做饭。突然来了一位姑娘,身穿水绿色衣裳,穷苦人打扮,进门就叫妈,帮忙烧菜做饭。根土和他妈都感到惊讶,看到这位干净利落的姑娘,高兴得连嘴都合不拢来。老妈妈问她家住哪里,叫什么名字。姑娘腼腆地说,她也是本地人,住在前面村上,名叫银杏。她父母双亡,无兄无姐,无依无靠,不知投奔何处,走到门前,看到老妈妈无人照料,就来帮忙。根土妈听了非常感动,她想:我母子孤孤单单,无人同情,难得这位姑娘一片好心。于是她说:"姑娘,你和我们都是一根藤上的苦瓜,如果不嫌我家穷,不怕生活苦,就留在我家吧!"银杏姑娘垂下头低声说:"妈!我也是苦人家出身,再穷我也不嫌,再苦我也不怕。何况我们都有两只手,还愁忙不出好年景来!妈,我愿服侍你老人家一生一世!"老妈妈听得春风满面,连声叫好。根土也是满心高兴。

从此,银杏姑娘就留在根土家里。锅上灶下,针头线脑,缝补洗刷,样样料理得清清爽爽,里里外外都忙得稳稳当当,一家三口热热乎乎,过得开开心心。

春去秋来,时间一长,银杏和根土瞧出老妈妈好像藏着什么心事。两人围在老人家脚前脚后问:"妈,怎么着?"老妈妈叹口气说:"人说话到嘴边留半句,妈的心思,不知该不该对你们讲。""讲吧,妈!"根土、银杏同声向老人家恳求。老妈妈不慌不忙地拉着根土和银杏坐下来,说:"男大当婚,女大当嫁,你俩都不小了,又都是穷根上生,苦地里长,能看见你们把终身大事办了,妈死了也闭眼了!"老人家眼巴巴地望着根土和银杏,两个人都不好意思地低下了头。

"拣日不如撞日,你俩就在今天晚上拜天地吧!"老妈妈说。

这天晚上,正好是除夕。他家既没有张灯结彩,也没有请客办酒,就一家三口团聚一室,欢欢喜喜地办了终身大事。

谁知根土、银杏结婚的消息,当天就被恶霸地主张老虎知道了,他听人说,银杏美如天仙,羞煞嫦娥。张老虎脖子一歪生了歹心,一心想拆散根土夫妻,夺取银杏。就在根土、银杏成婚第二天,大年初一,地主就备上花轿,带领一伙狗腿子,吆三喝四地来到根土家。张老虎硬说白根土多年不交租谷,不管三七二十一,硬叫人把银杏拖进花轿,抢人顶租。根土和他娘哭得死去活来,眼睁睁地看着张老虎凶神恶煞般地把人抢走。

银杏被抢走时,对根土和老妈妈说:"妈妈不要难过,恶人有恶报!张老虎不会有好下场!银杏我永远是你家的人,今年秋天还能在此树下相见……"她话未说完,就被抢走。说也奇怪,花轿抬到屋前树下,只听得一声霹雳,火光四起,烧毁了花轿,炸死了张老虎,那伙狗腿子赶忙跪在地上磕头求饶,夹着尾巴逃走了。

再说,根土思念银杏,对这棵树更加细心培植。到了深秋的一天傍晚,根土在瞌睡中突然听到银杏在树下喊道:"根土!根土!"根土从睡梦中惊醒,三步两脚奔出屋外一看,并无人影。只见满树金光耀眼,挂满累累果实,把树枝都压弯了。根土摘下一个,剥开果皮一看,里面包着洁白的果子。"妈,快出来看,这棵树上结白果啦!"老妈妈听到儿子喊,真是喜出望外,瘸着腿奔到树下,接过根土手中的白果一看,她顿时明白了:"根土,这白果多像银杏姑娘的脸蛋啊!莫非白果就是银杏变的?她说今年秋天相见,不是见到了吗?"根土兴奋地看着满树的白果,嘴里还在不住地喊着:"银杏!银杏!"

这时,左右四邻都赶来看稀奇,因为果子洁白,人们把这棵树叫作"白果树"。为了永远纪念银杏姑娘,就把树上结的果实叫作"银杏"。左右邻舍怀着向往的心情,都把树根下抽的嫩条挖回去栽。不到几年工夫,这里家前屋后,庄里庄外,都长了一排排白果树,所以人们一直称这里是银杏之乡。

讲　　述：于老太太（满族）
搜集整理：傅英仁
流传地区：黑龙江牡丹江一带

核桃格格

　　从前蓝旗沟住着一家人，老两口子一生一世只生一个儿子。这孩子是太阳下山时生的，老太太就给他起个名字叫顺多西哈。

　　顺多西哈三岁那年，老阿玛故世了。老额娘哭得死去活来，日子一长，两只眼睛就哭瞎了。左邻右舍看他们母子俩怪可怜的，这家送盆米，那家送捆柴，就这样，勉勉强强地过日子。

　　"穷人出虎子"，这话一点也不假。孩子长到十一二岁的时候，就能拉开弓使箭，上山打个小牲口什么的。长到十八岁那年，不但本事出众，长相、人品也百里挑一。就是因为太穷，娶不起媳妇。

　　有一天，顺多西哈打完猎往家走，走到一棵老核桃树下，忽然，一颗核桃掉在他眼前，他赶忙捡起来，乐呵呵地把核桃带回家去。

　　第二天一大早，他把核桃种到院子里。打那以后，天天浇水、松土，精心侍弄。转过年一开春，就长出一棵又高又壮的小核桃树来。顺多西哈侍弄得可上心啦，小核桃树每长高一点，他就跟额娘说："额娘，核桃树又长高了！"

　　老太太眼睛看不见，可心里很喜欢这棵小树。儿子一出门，老人家总是坐在树旁，摸着小树叨咕着："核桃树，快快长，结的核桃满筐装。核桃核桃快快长，结的核桃大又香。"说也怪，老太太叨咕一回，小树就长一尺。没有一年工夫，就长成一棵又高又大的核桃树。

　　第三年，这核桃树真的结了一个又大又圆的核桃。到秋天，核桃长得有饭碗那么大，可把娘儿俩乐坏了。这喜事儿一传开，左邻右舍都来看这个出奇的大核桃。有人说，这是娘儿俩福分大，才有这样的奇事。也有人说："这核桃长得怪，不知里面什么样。"

下霜的时候,顺多西哈把核桃摘下来放在桌子上,也舍不得吃。天天打猎回来,看它几遍,摸它几遍,喜欢得了不得。

天头一冷,老太太身板弱,顺多西哈怕他额娘累着、冻着,天天起五更做饭,白天还得上山打猎,成天也不得闲。有一天早晨,日头出来才醒,顺多西哈赶忙披衣起来到厨房做饭,刚走到厨房一看,饭已经做好了,热乎乎的糕、香喷喷的饭,心想:这准是老太太起早做的饭。吃完了,就忙着上山打猎去了。一连七八天,天天如此。

在第九天晚上,顺多西哈对老额娘说:"额娘,你老身板不好,眼力又差,不要再起五更做饭了,还是我来做吧!"老太太一听,愣了一下说:"孩子,从打入冬我一顿饭也没做过,不都是你做的吗?"顺多西哈也纳闷,心想就娘儿俩过日子,这饭是谁做的呢?

有心眼的顺多西哈这天晚上回来,假装睡觉,看看到底是谁做的饭。在四更天时分,忽听桌子上"咔嚓"一声,小伙子偷偷一看,只见那个核桃一裂两半,从里面出来一个小人,跳到地上,一转身变成一个漂漂亮亮的大姑娘,到厨房不一会儿工夫就做好了饭,马上又回到了核桃里。

吃完饭,顺多西哈悄悄把老太太领到外面,小声说:"额娘,你猜每天早晚是谁做的饭?"老太太说:"不是你吗?"小伙子摇摇头,低声说了他凌晨看到的情景。老太太一听,乐得嘴都合不上了,忙说:"这是阿布卡恩都力打发下凡的仙女呀。要是老留在咱家有多好!"娘儿俩又合计了半天,小伙子才出去打猎。

第二天晚上,小伙子又假装睡觉。四更天时,果然那位姑娘又出来,到厨房做饭了。小伙子悄悄起来,把核桃壳轻轻地揣在怀里,又上炕假装睡觉。姑娘做完饭,想要回去,到桌前一看,核桃壳不见了,东找西找,急得团团转。她明明知道是小伙子藏了起来,也没法要,呆呆地站在那里一动也不动。

小伙子怕急坏了姑娘,赶快起来到姑娘面前,规规矩矩请了一个安说:"请姑娘放心,我没有坏意。这些日子你贪黑起早给我们做饭,实在感恩不尽。"说完又请了一个安,红着脸说:"姑娘,如果你不嫌我家穷,就留在我家吧!"老太太也再三挽留。

姑娘想了半天才说:"这位大哥有所不知,我本是长白山万年核桃玛法的小格格,因为练功睡觉,被佛托妈妈看见了,罚我下山再转一次生,做件好事才许回山。多亏好心的阿哥和老额娘精心培育,我才转了一次生。为了报答你和老人家的好心肠,我就想偷偷侍候你们一年再回山。"说完,核桃格格再三哀求把核桃壳给她。小伙子低下头,老太太掉下泪来,说:"好格格,可怜可怜我这瞎老太太吧!留在我家亏待不了你,做我的儿媳妇吧!"

姑娘打个唉声说:"我可以留下,可我本是一颗核桃,浑身有毒气,哪能和凡人成亲?你们这么苦苦留我,我倒有一个办法,只怕这位阿哥办不到。"

小伙子赶忙说:"只要姑娘肯留下,什么困难事我都能做。"

姑娘笑了笑说:"你在院子里支上一口大锅,添上水,把我放在锅里煮,压上大石头,一个劲烧火。不管我在锅里怎么叫、怎么哀求,你千万别开锅,一直烧到锅里一点动静也没有了再开锅,那我就能和你成亲了。"

小伙子愣了半天,才说出话来:"行,我一定照你说的办!"

姑娘进锅前,还千叮咛万嘱咐,让小伙子照她的话去办。小伙子含着眼泪,盖上了锅盖,压上了石头,生起火来。

锅水烧得滚开,就听姑娘在锅里喊:"小阿哥呀!快开锅,我在锅里受不得。"小伙子一声不出,还是烧火。

锅里水咕咕响,热气呼呼冒,小伙子心里怦怦跳。就在这时,姑娘又在锅里大声呼喊:"小阿哥呀快开锅,要再不打开,就要煮死我。小阿哥,太狠心,真要煮死我,怎能和你结成亲?"

顺多西哈一听,心里难受得了不得,要停火,打开锅,请出格格来。可他又想起姑娘的话,含着眼泪,继续烧火,边烧火边向锅里说:"好格格,不要怕,我一定听从你嘱托我的话。"说完又一个劲地烧火。

锅里的水顶得锅盖直动弹,热气冒得像白云。姑娘有气无力地说:"顺多西哈呀,顺多西哈呀!真的一点怀念我的心都没有吗?我——快——不行了!"说完在锅里哭泣着。小伙子吓得赶忙撤了火,打开锅,扶出姑娘,轻轻放在炕上。半天,姑娘睁开眼睛,叹口气说:"好心的阿哥,可惜锅打开得早了,我只能跟你过五年日子。"小伙子后悔得了不得。

成亲以后,核桃格格精明灵巧,什么都会,炕上地下的活,样样精通。姑娘又用煮她的那锅水,天天给老太太洗眼睛,没过一百天,老太太的眼睛也好啦。

第三年,她还生了一个宝贝儿子。

第六年头,核桃格格浑身长出大泡,流脓淌水,起不了炕。顺多西哈每天耐心地给姑娘擦脓擦血,端屎端尿。

有一天,核桃格格把顺多西哈招呼到炕前说:"感谢你这样真心地侍候我。现在,我不行啦。我死后,千万把我埋在北山口的小河旁。"说完咽了气,离开了顺多西哈。小伙子哭得死去活来,照着核桃格格的临终嘱咐,把核桃格格埋到北山口的小河边。

第二年,坟头长出一棵核桃树。打那以后,北山核桃树一年比一年多了。核桃每年采不败,用不完。据说顺多西哈到老的时候还整天在核桃林里转悠,后来消失在核桃林里。

从此,人们就把这个山沟叫作核桃沟,渐渐地人们都叫它胡家沟了。至今,吉林、宁古塔一带的老满族人都知道北山核桃个儿大瓤多,是最好的核桃。

讲　　述：庹珠秀、冯和起
搜集整理：李康征
流传地区：湖北武当山一带

九仙姑

有个种庄稼的小伙子，正在秧田里踩二遍脚①，忽然想撒尿。庄稼人是最爱肥料的，他就将尿浇在一蔸最绿的秧苗上。

这蔸又肥又绿的秧苗被尿一浇，秧苗中间就冒出一股股烟子。烟子越冒越大，一下子罩住了秧田，小伙子什么也看不见了。过了几锅烟的工夫，烟子散了，田埂上却坐了个大姑娘，她正在擦眼泪。

小伙子没爹也没妈，是个单身汉。他从没有见过这个姑娘，认为她一定是外地人，在此迷了路，就上前问她。她说："我是一个孤女。你若愿意收留我，我就和你住在一起混个日子算了。"

小伙子领姑娘回到家里，两个人成了亲。姑娘天天洗衣、做饭、纺线、织布，手脚一刻也不闲。两口子情投意合，日子真还算过得不坏。

晚上，月亮出来了，姑娘总要端把小椅子，坐在房檐下，两手捧着下巴颏儿，瞪着眼儿瞅月亮，一直瞅到五更头上才睡。时间长了，小伙子问姑娘，为啥每天要看月亮。姑娘说："你莫管我。我只是看看玩玩。"

又过了好些天，姑娘在看月亮的时候，忽然哭了。小伙子不知发生了什么事，赶忙跑来安慰她。她说："大祸要来了，我不瞒你。我是天上张玉皇的第九个女儿，只因蟠桃会上打碎了茶盅子，被父王打下凡来，没地方存身，先变棵秧苗藏在稻田里。谁知你一泡尿浇现了我的原形，我走不了路，才和你成了亲。如今

---

① 二遍脚：武当山人栽谷秧后，七天用脚踩一遍草，连踩三遍，谷秧就长起来了。第二个七天踩秧草时，称"二遍脚"。

我回天宫的期限到了,父王要接我到上界去了。我们夫妻这样好,咋舍得分开呢?"

小伙子一听说姑娘要走,急了,村前村后一吆喝,请来了许多人,都拿着杨叉、木棒,围在屋前屋后,要和接姑娘的天兵天将对打。一会儿,天上忽然起了云彩,地上忽然起了怪风,又是扯闪,又是打雷,天兵天将来了。他们一看怎些人护着姑娘,不敢硬来,便都化成烟子,从窗户钻进屋里,强拉上姑娘,再化烟子走了。

小伙子又单身一人过日子了。他想念姑娘,天天来到谷田里,看着他尿过尿的那棵秧苗一个劲地哭。他一心只想着那棵秧苗再冒出烟子,姑娘再出来和他笑。

小伙子天天看着秧苗,看着它出了穗子,看着谷粒由青变黄,沉甸甸勾下了头。这天中午,他在田里看见姑娘笑眯眯走来了。她说:"你将我这棵谷子薅回去,舂出来,煮熟蒸烂,拌上曲子。只要想我时,就喝点米汁儿。"说完,起身就走。小伙子起身攥她,一不小心,跌了一跤,醒了。原来是他哭姑娘哭得晕倒在稻田里,做了这个梦。

小伙子很听姑娘的话,他就照着姑娘说的做了。那米汁儿又甜又解乏,喝几碗晕晕乎乎就睡,什么也不想了。后来,人们解愁,都喝那棵苗传下的谷米汁儿。这谷米汁儿没个名称,就用姑娘的名字代替,叫"九",再后来,又谐音写成了"酒"。

那个谷秧变成的姑娘,是不是玉皇大帝的女儿,至今谁也说不清楚。

搜集整理：董均伦、江源

流传地区：山东

荞麦姑娘

小板凳，别歪歪，坐上俺那好乖乖。

好吃懒做没人爱，乖乖，千万要勤快！

唱完了这个小曲儿要说故事啦。说故事要说得有枝有叶、有根有梢，那咱就打这里开头。

有一家子，两口子都死了，撇下了一个十三岁的小男孩，叫忙生。爹娘真是忙了一辈子，好歹才给忙生留下了靠河沿的一块荒地。谁都说，那块荒地什么也不长。真的，河里涨水，水就把荒地淹了；刮起大风，沙就把荒地漫了。忙生长到十七岁了，别看年纪小，可是一个刚强的小伙子，他动手料理起那块荒地来了。别人说："忙生啊，你别枉费那功夫啦！"忙生说："你等着看好了。"他不和人家分辩，只是鼓上劲做活。真是天下无难事，就怕功不到。

忙生把荒地上的沙铲出去，草根刨净了，靠河边垒上了高高的石崖子。地整理好了，春天也过去了，忙生想：种谷种高粱都晚啦。左想右想，还是种上些荞麦吧，都说荞麦不大费功夫。

忙生从种上那天起，就像用钉子钉在那里一样，一天价不离荞麦地。锄呀，上粪呀，这些不用说，忙生都做了。谁也不知道他还在地里想些什么门道，下什么功夫。只见他地里的荞麦，红秆绿叶，"嗖嗖"地长起来了，开花了。

溜腰深的荞麦上，好像下了一层雪花，蜜蜂一天到晚在花上嗡嗡采蜜。红的、黄的、花的蝴蝶，百般百样，在上面翻翻闪闪地飞。走到地边上的人，都夸忙生是好样的:荞麦长得不能比这再好了。忙生听了笑眯眯的,劲头更大了,常常很晚很晚才回来。有那号爱说趣话的人,跟忙生逗趣说:"忙生!你叫荞麦迷住了,要和荞麦辩两口子。"忙生笑笑说:"别胡说了。"

说实在的,忙生到了荞麦地里,真有些不舍得走开。

有一天晚上,月亮地里,那荞麦更加好看,好像是蒙上了一层薄薄的白纱,在风里轻轻地摆动。

忙生看一眼,想再看一眼;看一眼,想再看一眼,乐得出了神。忽然间,在荞麦地那头有个人影一晃。忙生还以为是自己眼花了,揉揉眼睛再看,可真是有个人。那人越来越近,快到了跟前啦。月光底下,看得清清楚楚,是一个十八九岁的闺女,绿裤红袄,雪白的脸,十分好看。忙生惊奇地想:天这么晚了,她到这里做什么?也许是过来问路吧?还没等他作声,那闺女笑嘻嘻地说道:"叫你那么上心地照看,心里真不过意。"

忙生听了,更觉着奇怪,对闺女说道:"你是认错人了吧!"

闺女笑道:"和你天天在一块,还不认识吗!我叫'荞麦',你什么时候要找我,只要一叫'荞麦姑娘',我就来了。今晚上月亮多好呀,你还想多看一会儿你的荞麦吗?"

忙生点了点头。那闺女把袖子一甩,忙生再看时,满地的荞麦都变得五光十色,那个好看呀,就是最好看的花朵也没有那么俊秀。那荞麦姑娘低声细语和他亲亲热热地拉起呱来。

过半夜了,忙生才回到家里。刚刚躺下,听到外面呜呜地刮起大风来了。那个风可大呀,真是刮得地动屋摇。忙生躺不住了,跳下炕,一把拉开门,他急得心里乱跳,什么也顾不得,直向荞麦地里跑去。风几次把他刮倒,飞沙打疼了他的脸,他一直跑到荞麦地里。只见一条黑东西,滚滚地向西南下去了。他差一点放声哭了——荞麦地里没有了荞麦,已经变成高高的沙岭了。

大风住了,天又晴了,月亮也明了,忙生大声地叫道:"荞麦姑娘!荞麦姑娘!"他一连叫了许多声,可是一点影子也没有。忙生伤心地落下泪来,心想:荞麦姑娘也许叫那条黑东西抓走了,也许压到沙岭底下啦。要是叫黑东西抓去,我怎么也要把她找回来;要是压在沙岭底下,我一定挖她出来。太阳出来了,照在那又高又大的沙岭上,忙生动手一锹一锹地挖了起来。

说故事容易,做起来可难。一天又一天,一月又一月,一年又一年,大沙岭铲低了,大沙岭铲小了,大沙岭终于铲平了。忙生欢喜得了不得,连忙大声地叫道:"荞麦姑娘!"还没落音,只听"呼啦啦"的一声响,眼前的地裂开了,金光四射,飞出了一只金黄的小雀来。

金小雀飞到半空,闪着金光,和人一样地说起话来了:"好小伙子,你救我出来,这满窑的金银,都送给你这个勤快人。"

忙生一低头,只见从裂开的地缝里,金子、银子,一个劲地滚了出来。忙生惊奇地看着,过了一会儿,却流下了眼泪。金小雀一下子就看到了,它奇怪地问道:"金子、银子尽你捡,你怎么还掉泪?"

忙生抬起头来问道:"好心的金小雀,你告诉我,那荞麦姑娘怎么不见了呢?"

金小雀听了,长长地叹了一口气,说道:"那荞麦姑娘,已叫秤钩子妖怪抓到摩天山黑石洞里去了。那妖怪会飞沙走石,吐绳缠人,要救出荞麦姑娘,得最有劲的人。"

忙生说:"好心的金小雀,我不要这些金和银,只要叫我变成天底下最有劲的人。"

金小雀听了,"扑"的一声,落在忙生的跟前,吐出了一粒金小米来。忙生吃下了这金小米,金小雀在旁边拍拍翅膀说道:"只有最勤快的人,才能变成天底下最有劲的人。"金小雀刚刚说完,忙生就变成最有劲的人了。他别了金小雀,脚脚①西南地去找荞麦姑娘了。

这阵儿是个夏天,日头火毒火毒的,晒得脊梁痛。忙生看见道旁有一棵树,这棵树少说也有一搂粗,枝叶挺多的。他想:拿它遮阴凉多好呢!

他走过去,没费多少力气,就把它拔出来了。打了打根上的土,当把伞,擎着往前走。走了一阵,觉得拿着怪麻烦的,顺手插在腰里。这样走了不知有多少日子,离摩天山还有四百多里路。他一走进这四百里路以内,秤钩子妖怪就知道了。它从黑石洞里走了出来,把大口一张,立时呼呼地刮起大风来了。

忙生正走着,大风刮过来的那些沙子碎石好像下大雨一样地落了下来。忙

---

① 脚脚:方言,脚不停地走。

生从沙里拔起脚来还是往前走,不多一阵,忙生眼前就是一眼望不到边的大沙滩了。秤钩子妖怪站在摩天山顶上哈哈地笑了起来。

"你要进我的宝地,渴也能把你渴死。"秤钩子妖怪说完,放心大胆地回洞里睡觉去了。

忙生走着走着,觉得口渴了,四周围连一点水也没有。他提起拳头,一拳打下去,就打出了一口井。那口井跟个小湖一样大,周围少说也有二三里路。忙生喝得足足的,又向前走。一天不到,他就走了四百里路,天还不黑就到了摩天山下。抬头看看,山高得好像插上了天,半山腰里,黑云飘飘。忙生把腰带紧紧,挽挽袖子,向上爬去。眼看快到黑石洞了,只听霹雳一声:"谁进我的宝地!"

忙生眨眼的工夫,秤钩子妖怪已经站在跟前,秤砣鼻子,铃铛眼,满身长着黄毛,手跟秤钩子一样,伸过来,想抓忙生。忙生一闪躲开了。秤钩子妖怪见抓不住忙生,使劲向石头上吹了一口气,比磨盘大的一块石头就向忙生飞了过去。忙生冷笑了一声,伸出一只手就接住了,说:"妖怪,这吓不住我。"

他一下子又把那块石头向妖怪扔去,正打在妖怪的胸膛,"吧嗒"一声,那妖怪连哼也没哼。它见石头打不着忙生,血盆大口猛地一张,吐出了一根白绳,看看有锄棒粗,弯弯勾勾像条长虫样地向忙生飞去。

忙生眼明手快,"咔嚓"一声,折了一棵大松树,少说也有两搂粗。左招架,右招架,白绳都缠在松树上。眼看松树上快缠满了,那妖怪的绳也吐完了。忙生使力一挣,山崩地裂的一声响,一颗黑心滚了出来。妖怪跌倒在地上,越缩越小,最后变成一只蜘蛛,死了。

忙生想着荞麦姑娘,三步两步走进了黑石洞,见地下躺着荞麦姑娘,已经死去了。忙生看着荞麦姑娘,眼泪"扑簌扑簌"地滴了下来。

忽然金光闪亮,把个黑石洞照得明晃晃的。金小雀飞来了,把衔着的一滴水,顺在荞麦姑娘嘴里,荞麦姑娘立时苏醒过来了。脸又是那么白,衣裳又是那么绿,把个忙生喜得不知怎么好。荞麦姑娘又欢喜又感激地说道:"你是天底下最勤快、最勇敢的小伙子,只要你再在那里种上荞麦,咱俩就能照常见面。"

忙生回了家,在靠河沿的地里,又种上了荞麦,那里又长起了头等的好荞麦。蜜蜂又在那里采蜜,蝴蝶又在那里飞舞。月光底下,那荞麦姑娘又走了出来。

讲　　述：佟凤乙（满族）
搜集整理：张其卓、董明
流传地区：辽宁岫岩一带

红姑娘

这是很久很久以前的事了。据说那时候，在一条大河北岸的村落里，住着一个非常俊俏的姑娘，她头顶一串闪闪发亮的红珠，身穿红袄红裙，大伙称她为红姑娘。

在大河的南岸，也有个村落，与北岸的村落隔河相望。河南岸村落里的人都知道红姑娘美貌出众，却不知道她的父母是一对老蟒精。

这一年从河北岸传来一个消息：红姑娘要选亲了，要选一个最勇敢最有本事的青年做她的丈夫。河南岸的小伙子们闻讯，一个个挎弓背箭，驾着小船驶向对岸。那夹在两岸中间的大河，虽然水不深，流不急，也没有暗礁险滩，可是小船行至河中都翻了。大河淹死了不少人，可是还有些青年向对岸闯去，他们当中有个小伙子，是个木匠。

小木匠家住在离河南岸很远的一个山沟里，这一天他听到了这一消息。不少人劝他不要去送死，可是他说："世上没有爬不了的山，没有过不去的河，如果我回不来，说明我没有本事，死了也不可惜。"他腰里别着斧子，手里提着锛子，跳上了小船。

像每个能工巧匠一样，小木匠是个细心人，他边划船，边想：天上无云不下雨，河里没有浪，船怎么能翻呢？船到河中心，他猛然发现水中有一个黑乎乎的东西，他将舵一横，船停住了。再一看，黑乎乎的东西不见了。船继续往前划，又看到那个黑乎乎的东西，再一停，又没了。难道就是它作怪？船上有两捆谷草，小木匠抓起一捆，扔进水中。黑乎乎的东西错把谷草当作人，猛地将它掐住了。小木匠趁此机会，抡起锛子就是一下子。黑乎乎的东西受了伤，"嗷"的一声在水中蹿上蹿下,掀得小船乱摇乱晃。小木匠又抽出腰中的斧子照准它的脑袋"嗖"的一下劈过去。黑乎乎的东西也豁出来拼死了,就向小船扑来。小木匠心不跳,手不慌,拿出木匠砍木头的架势,举起锛子"啪啪啪"接连三下。黑乎乎的东西"吭哧"一声沉进水里,再也出不来了。

你猜这黑乎乎的东西是什么?是老蟒精派出的小蟒精,专门捉拿前去相亲的小伙子。小蟒精死了,河里风平浪静了。小木匠擦了把汗,架起小船,直向北岸划去。这时北岸山坡上传来一阵女子的歌声:"站北坡,望南坡,手捧依勒哈木克①。依勒哈木克红又甜,献给巴图鲁好阿哥。饿了阿哥当饭吃,渴了阿哥当水喝,吃不饱来喝不足,妹再登山给你摘。"

小木匠顺着歌声望去,嘀!好一个大姑娘!只见她头顶一串红珠,身穿红袄红裙,手捧一篮红色的野草莓,真像个仙女。不用问,一定是红姑娘了。小木匠本是走四路吃八方的人,经得多,见得广,九腔十八调,腔腔调调拿得起来,听红姑娘唱山歌,他清清嗓子也唱了起来:"站南坡,望北坡,南北中间一道河。没有本事不敢过,巴图鲁本是木匠哥。斩除妖魔平风浪,妹送鲜果唱起歌,南坡北岸歌相和,我送妹妹心一颗。"

小木匠唱完山歌跳上北岸,红姑娘听完山歌走下山坡。一个是最勇敢的小伙子,一个是最美貌的姑娘,两个人相会在一起,你瞅瞅我,我看看你,两颗心就像两团火。小木匠把红姑娘赠的野草莓一颗一颗吃完,然后姑娘在前,小木匠随后,二人一起进了村子。

红姑娘将小木匠领到父母跟前。两个老蟒精一看,坏了!坏在哪儿啦?坏在小伙子闯过了河,坏在姑娘看中了他。两个老蟒精心里生气,脸上却带着笑说:"啊!勇敢的小伙子,你来了,盼着你呢!俺们有话在先,说话算数,姑娘就给你了。你就住下吧!"

"巴尼哈②!"小木匠很有礼貌地道了谢。

小木匠住了一宿,第二天早晨老妖婆走进屋来了,说:"姑爷啊,请到我那屋

---

① 依勒哈木克:满语,野草莓。
② 巴尼哈:满语,谢谢。

用饭。"小木匠跟着老妖婆刚出门槛,红姑娘就把他叫了回来,说:"阿哥,这顿饭不去吃不合礼节,去吃你可千万别吃面条。要是非逼你吃不可,只许吃小半碗。"小木匠说:"我记住了。"

老妖婆见小木匠来了,眉开眼笑地把一盆面条端来,说:"新姑爷进门,头一顿饭得吃宽心面。"她盛上一碗,双手递到小木匠面前。面条香气扑鼻,又是老丈母娘亲手端着,当姑爷的怎能不接?小木匠接过面条吃了起来。还没等吃完第一碗,老妖婆"啪"地又扣上了第二碗,扣完笑着说:"咱就这么个规矩,不摆空碗。"小木匠说:"吃不下去了。"老妖婆说:"年轻轻小伙子,多吃几碗算什么?"扣完第二碗又扣了第三碗。吃过饭,老妖婆笑嘻嘻地将小木匠送回房中。

小木匠回到屋里,肚子就痛起来了。红姑娘一看,坏了! 急忙端来一个火盆,盆里烧上火炭,炭上坐着一个香油锅,香油锅的热气直冲小木匠的嗓子眼。小木匠觉得心里直翻腾,一口接一口地把刚才吃的面条全吐出来了。小木匠吐完了,一看哪是什么面条,吐出来的全是带刺的槐树枝和三角六棱的小石头。

两个老蟒精以为小木匠死定了,推门一看,见他坐在炕上,跟媳妇唠嗑呢! 老蟒精恨得牙根发痒,脸上还是赔着笑:"好姑爷,俺们老两口子腾不开手,你去北坡菜地里挑大个儿茄子摘一筐,好留作种,小个儿茄子摘一筐,好做菜吃。"

小木匠接过筐刚要走,红姑娘叫住他说:"你到北坡菜地里,大个儿茄子别摘,小个儿茄子也别摘,挑不大不小的摘。"

小木匠吃了一回亏,照红姑娘告诉的话,不摘大,不摘小,把不大不小的摘了两筐拿回来了。两个老蟒精一看,小木匠还没死,又说:"姑爷,你到南山把牛给我们赶回来。"

小木匠接过鞭子回到屋里,红姑娘说:"你到南山赶牛,赶到半路,照老犍牛抽三鞭子,照老乳牛抽三鞭子,完后你就赶快跑,千万别回头,等跑出百步之外,再回头看。"小木匠从南山把牛赶回来,走在半路上,把老犍牛抽了三鞭子,又把老乳牛抽了三鞭子,转身就跑,跑出百步开外,回头一看,见一对大蟒在后面张着大嘴,吐着冷气。小木匠紧跑慢跑跑到了家,后面的大蟒又变成了一对牛。

小木匠把大蟒的事告诉了红姑娘。红姑娘说:"你知道那一对大蟒是谁? 那就是我的父母。"

小木匠吓得"啊"的一声,从炕上蹦到地上。红姑娘说:"你别害怕,我不是小蟒,我本是长白山上的人参姑娘,小时候被大蟒擒来。两个老蟒精见我长大了,就以为我选亲的名义,招来小伙子,好吃他们的心。他俩吃到四百九十颗人心,就能修炼成捉拿不得的妖魔了。现在已经吃了四百八十九颗人心,这最后一颗,就是你的心。"红姑娘停了一会儿,又接着说:"你在河里没被小蟒精害死,两个老蟒精不甘心。那天请你吃面条,是想让带刺的槐树枝和小石头穿透你的肚肠。你死了,就扒你的心吃。让你去摘茄子,大茄子是大蟒精变的,小茄子是小蟒精变的,你要动一个,大、小蟒精就一起吃你的肉,喝你的血,把心送给两个老蟒精。让你去赶牛,你要不抽三鞭子,牛角就把你的胸脯豁开,两个老蟒精就把你的心挑出来吃了。"

小木匠一听,"扑通"一声,双膝跪在地上,说:"多亏贤妻多次救我。"

红姑娘扶起小木匠说:"老蟒精几次害你不成,必然知道是我从中作梗,我在这儿也待不下去了。咱俩一起走不方便,我给你一把伞,现在你就离开这里,我随后赶到。你可要记住,不管遇到多热的天、多大的雨,也不准把伞张开,你要一直往前走。"

小木匠答应了,拿着雨伞偷偷来到河边,驾着小船划向南岸,上岸后,头也不回地往前走去。他白日不打尖,晚上不歇宿,一连走了两天。偏偏这天中午,头顶的日头像火一样热,连地里的庄稼都烤得冒了烟,干活的人都躲在树下乘阴凉。路旁的人们见只有小木匠一人赶路,都用手指点着他。这个说:"看这个人是铜铸铁打的,干晒也晒不化。"那个说:"他舍得挨晒,可舍不得那把伞,保准是个傻子。"

小木匠想起红姑娘的千叮咛、万嘱咐,宁可头上晒得冒油,豆粒大的汗珠往下滚,还是夹着雨伞往前走。走了一阵,突然天上飘来乌云,不一会儿,下起瓢泼大雨。路上的行人,有的顶锅盖,有的披蓑衣,只有小木匠不遮不盖,任凭雨淋。这时躲在路两旁避雨的人都觉得他可笑。这个说:"看,落水鸡来了,那模样真好看,浑身上下除了一口牙,没有一处没湿透。"那个说:"这个人保证缺心眼,不知道伞是遮雨的,你告诉他这是柴火棍,他就能塞进灶坑里当柴烧!"

小木匠本来又累又饿,刚才挨了太阳晒,这会儿又遇上大雨浇,再听了别人笑话他的话,有点受不了啦!他想:人家都说我是傻子,我这不真成傻子了吗?他随手就把伞支开了。只听"吧嗒"一声,掉下一个东西,一看是红姑娘。红姑娘埋怨他说:"哎呀,我不让你打开伞你偏打开,这回坏了,那两个老蟒精知道我在这儿,一会儿就来了。"小木匠一听急得直跺脚,说:"我也不知道你在伞里啊,这可怎么办哪?"红姑娘说:"你到村子里去买一公一母两只鸡,要多少钱给多少钱,再借一把刀,快去快回!"

小木匠一手提两只鸡,一手拿着刀,刚从村里回来,就听到天上隆隆直响,飞来一块黑云,一道火光闪过,云里头喊道:"好啊,你们这两个畜牲,我叫你们跑!"

红姑娘说:"快,快把公鸡脑袋剁掉!"小木匠情知不好,红姑娘怎么说他就怎么办,挥刀一剁,公鸡脑袋就落地了。

小木匠还没稳住神,又见天上一道火花,云头里又喊道:"你杀了岳父,好大的胆子!"话音没落,小木匠伸手又是一刀,老母鸡脑袋也掉在地上了。杀了公鸡和母鸡,黑云散开了,大雨停住了,天也晴了,只见一对大蟒扁乎乎地躺在地上,足有好几丈长。

两个老蟒精被杀死了,小木匠高兴地说:"这回可该顺顺当当地回家了。"红姑娘说:"我变作一匹马,你牵着我,要是有人跟你借马骑,你可以借。唯独阴阳先生和老道来借,你千万别借。"说完红姑娘就变成一匹枣红大马。

小木匠记住红姑娘的话,牵着马一路朝前走,一连走了好几天,哨码子里的银子花光了。自己没有钱找点饭吃还行,马没草料眼见饿瘦了,他很心疼,又没办法。这天傍晚路旁走来一个道士,问:"这匹马卖吗?"小木匠说:"不卖。"老道说:"我租它骑行吗?"小木匠说:"不行。"

小木匠牵着马往前走,老道在旁边跟着不放。他一边走一边说:"你看多好的马,瘦成这样,一定是没喂草料把它饿的。这样吧,我也是走不动了,天也快黑了,只骑三十里,一里我给你一两银子。方便方便吧,咱们都是赶路的。"小木匠看看马饿得有气无力的样子,实在想不出别的办法了。他想:反正你骑,我牵着,我只要扯住点,连马带人还能跑了?

小木匠得了银子,牵着缰绳,老道骑在马上。他一步一回头,一气走了二十多里,见老道和马都是好好的,也就放了心。小木匠牵着马只顾往前走,牵着牵着觉得后面不像是"嗒嗒"的马蹄声,而像是拖拽着什么东西似的。他回头一看,傻眼了:老道和马不见了,马缰绳上系着一条长板凳。小木匠急得呜呜哭了起来,哭了一气,顺着原路往回找,找了好几天也没找到。

枣红马哪儿去了呢?是老道使了个法术把它骑走了。老道一气骑回三清观,观里的小道童围上前来,摸鼻子的,抠耳朵的,稀罕得了不得。老道得意地说:"这是人参姑娘变的宝马,你们打点浆子,把正殿糊严实了,把它牵进去,用铁链子拴上,谁也不准看,饿它七天七夜,它就再也变不回去了。"小道童们听了师父的吩咐,钉的钉,糊的糊,把个正殿捂个风丝不透。

眼瞅着快到七天了,枣红马在正殿里憋得咴儿咴儿直叫。偏巧,老道的大徒弟出门回来,听到叫声,问小师弟怎么回事。小师弟说了原委,大徒弟觉得稀奇,三清观里除了老师父就数他大,这么新鲜的事他没看着,那怎么行?他推开小徒弟,用舌头把正殿的窗户纸舔了个眼,刚想睁一只眼闭一只眼往里面看,只听屋里的铁链子"哗啦"一声,枣红马变成一只蜂子,"嗡"地飞向窗户眼。大徒弟"啊"的一声叫喊,被蜇瞎一只眼睛,倒在了地上,蜂子飞走了。

红姑娘飞出了三清观,在一条山路上找到了小木匠。小木匠因失去红姑娘,忧虑成病,躺在一棵大树下已经奄奄一息了。红姑娘从头上摘下一颗红珠碾碎,给小木匠灌下去,一袋烟的工夫,他就苏醒过来了。

小木匠见红姑娘回来了,乐得不得了,两个人拉着手沿着弯弯的山路,回到了小木匠的家乡。

讲　　述：刘彦德
搜集整理：金鑫
流传地区：吉林通化

参姑

也记不清哪个年月了，反正是很早以前的事了。老白山下有一个小县城，叫甸子街，城外的村庄里住着一户姓石的人家，从祖辈起就是种地的。到了石义这辈，更是穷得缺吃少穿，父母都下世去了，只剩下孤苦伶仃的光棍一条，种了财主的几亩兔子不拉屎的地，一年累死累活，打下点粮食还不够交租的。

有一年，庄稼遭了旱灾，官家逼捐要税，财主催租讨粮，穷人的日子简直过不下去了。石义心里盘算：在家硬挺也不是个门路，听说老白山上有棒槌①，碰巧挖它几苗，回来换点吃的穿的。他东挪西借地弄了些小米子，带着随手用的家把什就进山了。

山里的大树，上顶天下挂地，密密麻麻地连一丝风也不透，闷热得喘气都费劲，杂草长得齐腰深，地上石头泥块又滑又湿，真是难走极啦！石义在老林子里走啊走啊不知爬了几道山冈，不知过了多少河，可是连一根棒槌毛也没看见。

一天，石义正在一条小河边烧火做饭，又掏出小旱烟袋装上烟，忽然听到前边的林子里有人喊叫："救命啊！救命！"他也顾不得走道走得腰腿酸痛了，操起"快当斧子"②就奔了过去。跑出不远就看见前面一棵大松树下，一只又高又粗的大黑瞎子③追着一个人，那个人吓得两手抱着脑袋，跟头把式地乱跑，眼瞅着就让黑瞎子逮住了。就在这个紧要的关口，石义一个高蹿上前去扬起斧子，冷不防地照准黑瞎子就是一家伙。只听"嗷"的一声，黑瞎子倒在地上伸了腿，脑袋瓜

---

① 棒槌：人参的俗称。
② 快当斧子：放山人的吉利话，实质就是锋利的小斧子。
③ 黑瞎子：即黑熊。

子开了瓢。那个人趴在地上,吓得浑身直哆嗦,光等着挨啃呢,没承想有人竟把那猛兽砍死了。他还寻思是神仙来搭救他,跪起来朝着石义就磕了三个响头,嘴里还叨念着:"谢谢山神老把头保佑,谢谢山神老把头保佑!"石义赶忙走到近前,把他从地上拉了起来,笑眯眯地说:"哪来的山神老把头,我也是放山的,咱们一样,都是穷人。"

那个人把石义从头到脚地好一顿端详,看清了眼前站的确实是一个平常的小伙子,又千恩万谢地作了一个揖。石义从地上捡起那人扔掉的空米袋和"快当斧子",把他领到了拿火①的河边,一面吃着饭,一面唠着家常。那个小伙子说:"我叫王恩,家住在宽城子②,母亲早年病死了,我父亲是个全城有名的员外,还在金榜上题过名。没承想一把大火烧得片瓦不剩,他老人家也归了西天。我考功名又没考上,没有办法,听说老白山里有的是棒槌,要能挖苗大货,可就发财了。真是倒霉,棒槌没挖着,差点送了命!"

石义忙劝说道:"放山也不是容易的事儿,怕吃苦可不行。谁愿意钻这不见天的老林子呢?这不叫吃穿逼的!"

王恩点点头,觉得这小伙子老实厚道,又看自己吃粮没了,就是挖不到棒槌也不能饿着肚皮出山啊!心里一合计,就满脸堆笑地对石义说:"救命恩人,我一辈子也忘不了你,不能同生,还能同死,咱俩就拜个干兄弟吧!"石义怪可怜他的,心想这样也好,结个伴多份力气,遇着什么事有个商量,就爽快地答应了。两个人找了三根草棍,插在石头缝里,一起朝天拜了三拜,又互相问了问岁数。石义向王恩磕了个头,叫声"大哥",王恩忙拉起石义,也亲热地叫着"兄弟"。兄弟俩都乐得够呛,也有了劲头,收拾了一下用具,背起米口袋,又朝山林里走去。

石义和王恩又不知走了多少日子,路更难走了,山更难爬了,米也快吃光了,能够听到老白山尖上的"天池"水响,可以看见白云在脚下的山旁转悠。他们的脚走出了血泡,手磨出茧子,可就是天不开眼。王恩泄了气,一屁股坐在大石板上,再也不愿迈步了。石义看他有气无力的样子,只好就地压垯子③住下来。

---

① 拿火:行话隐语,即休息的地方。
② 宽城子:长春市的旧称。
③ 垯子:搭在野外的简易房,可以躲避风雨。

第二天,外头下着雨,老林子里又阴又暗又冷,树梢还被风刮得呜呜直叫唤,怪吓人的。王恩赖在垏子里,说什么也不动弹,石义只好一个人去压山。地上的青苔毛子和杂草又烂又滑站不住脚;天上的雨水湿透了身上的破衣裳,顺着肉皮直流,冷得他直打牙帮子,摔得满身是泥。石义也不灰心,手里紧握着索拨棍,一对大眼睛瞪得溜圆,就连一根小草也要撒目一下。眼神一亮,只见前面的石砬子下边站着一苗双胎六品叶①,顶着通红通红的参籽,真稀罕人。石义愣了半天,也忘了喊声棒槌了,急忙跑到跟前,掏出红线和大钱把它拴好,用鹿骨签子破了土,就仔细地挖了起来。费了半头晌的工夫,才把这苗老大棒槌挖完,掂量掂量足有八九两重,托在手上,须子还拖拉到地。他又用树皮包好,乐颠颠地跑回了垏子。一进门,就看见王恩正在狼吞虎咽地吃着新做的小米干饭,石义也没管这个,仍旧笑呵呵地对他说:"大哥,这回不用发愁了,咱们挖着了一个大山货。"王恩一听,扔下碗筷就把棒槌包子接了去,打开一瞅,这苗大得出奇的棒槌,把他吓了一跳,恨不能嗓子眼都要伸出小巴掌:"兄弟,昨晚我观了个好景②,我知道今天能开眼嘛!"

　　这一宿,石义睡得又香又甜,王恩可翻来覆去地闭不上眼睛,暗自合计:这苗大山货足能卖个几万两银子,要是都归我,那我就变成大财主了!天亮以后,雨不下了,云彩散了,日头也出来了。石义看看米口袋里一粒粮食也没有啦,就到林子里采些蘑菇,回来熬了一锅汤,两个人填满肚子,便下了山。石义背着棒槌包子走在前面,王恩低着脑袋跟在后边,心里又翻腾起昨天晚上的鬼主意。他扭头一看,正巧林子边的半山腰上有个大石头洞,直上直下像一眼井,就对石义说:"兄弟,咱到那井边歇歇脚,我也渴了。"石义答了声"好吧"。两个人就走了过去,王恩趴在洞口往下一看,黑乎乎不见底,也不知道有多深,他赶紧缩回脖子,招呼石义:"兄弟,你看这井里有没有水?"石义心实啊,手把着洞口上的石头,伸个脑袋紧看。王恩在他背后故意轻轻地一碰,石义还不知道是怎么回事呢,就大头朝下栽了下去。王恩背起地上的棒槌包子,就像后边有野牲口追他似的,撒腿就跑。

―――――――
① 双胎六品叶:一苗六品叶长两个芦头、两根茎。
② 好景:即做梦。

石义忽忽悠悠地掉到洞底,一点也没伤着。他仰脸朝上一望,可直了眼,看蓝天只有酒盅那么大。四处都是溜光的石头,要上去是妄想啦。他在下面急得直打磨磨,心里还惦记着上边的王恩大哥:不知他一个人能找回家去不? 冷不丁看到旁边有一个小洞,还透亮儿。他想反正到了这地步,豁出去了,就弯着腰爬进了小洞。嗬! 越往里走就越宽敞越亮堂,有山有树有花有水,和外边一样。他心里直纳闷:这是什么地方呢? 忽听有人喊道:"石大哥,石大哥,快来救我!"石义随声一看,只见一条大花长虫紧紧盘着一苗出了土的大棒槌,这棒槌足有一人来高,叶子都发黄了,红籽也不亮了。他又四处撒目,再没看到别的。石义已经明白:想必这毒虫要祸害这苗人参宝吧? 他顺手从绑腿里拽出"快当斧子",就向大虫奔去。那大虫瞪着放光的眼睛,张开大口,一伸舌头,就把石义吹出老远。石义几次猛扑,也没靠到大虫的近前。石义气得直劲跺脚,急得抓耳挠腮。这时人参宝又说话了:"石大哥,你兜里揣的法宝为啥不用?"石义低头一看,原来是兜里的旱烟袋露出半截。这一下子可好了,听人讲烟袋油子能够杀虫,为啥不试试! 他忙掏出烟袋,照准虫头扔去。大虫以为石义打它,气得张开大口接住烟袋,也没管是什么东西,就吞进肚子里。不大一会儿,那大虫的骨头就脱节,全身哆嗦着放了长条。

石义看到大虫已经死了,刚转身想走,又听喊道:"石大哥,慢走!"石义回头一瞅,大棒槌不见了,眼前却站个姑娘,浑身上下穿着绿衣裳,不肥不瘦正合体,圆脸上那双大眼睛水汪汪的,乌黑的头发上还戴着一朵红花,笑眯眯地瞅着他。石义好磨不开,脸都红到脖子根,憨厚地问道:"是你住在这里修炼啊! 还有什么要我帮忙吗?"

姑娘说:"我名字叫参姑,原先住在天池边上,那毒虫老想害我,我只好东藏西躲,最后搬到这个洞里,寻思这回它可找不着了。哪想到我正在河边洗衣裳,它又追来了。没来得及脱身,就让它困住了,想困我七七四十九天把我困死,好把我吃掉,使它的魔法更高,也永远不会死。"参姑讲到这里,感激地瞅着石义,又爽快地接着说:"幸亏你救了我,我也不回山了,就跟你去过日子吧!"小伙子听了又欢喜又犯难,待了老半天才答言:"我家里穷得啥也没有,再说也出不了这个洞,怎么能行呢?"参姑又笑了,说道:"要是嫌你穷,我就不吱声啦。出洞也容易,你快去把那毒虫的两个眼珠子剜出来,咱们就走。"

石义按照参姑的话,拿着"快当斧子",到了河边,把那条死长虫的两个眼珠子剜出来,它们像鹅蛋一样大小,一个发黄,一个发蓝,都闪闪放光。石义把它们揣在怀里,走回姑娘的身旁。参姑从头上摘下一片红花瓣儿,让他踩在脚底下并闭上眼睛。只听耳边狂风直响,不一会儿,参姑说声:"到家了!"他睁开眼睛一看,果然是自己的小草房。在洞里一天,外边就是一年,家乡变样了。

邻居们听说石义从山里领了一个好看的媳妇回来,都来贺喜。石义和参姑亲热地接待大伙,有说有笑,真像办喜事一样热闹。石义问大伙的日子过得怎么样,人们七嘴八舌地诉说起来。一个后生说:"咳!天一滴雨不下,庄稼旱得点把火就着了,光靠肩膀子挑水浇,是救不活啦!"

参姑听说缺雨,又看到大伙一个个愁眉苦脸的样子,也跟着难过起来,从针线包里拿出一包参籽分给大伙,并且嘱咐道:"这是水参籽,你们种到地里,庄稼就不会旱了,来年还能生长出棒槌呢!"大伙听了乐得一蹦多高,也不唠嗑了,都跑了出去,把参籽埋在自己的地里。

第二天,参姑跟石义下田干活,刚一出门,就叫邻居围住了,大家向他们直劲道谢。这个说:"庄稼不发黄了,变得绿油油的。"那个说:"地也不裂缝了,变得水汪汪的。"参姑也乐得闭不上嘴,和大伙一块走进田里。

再说王恩抱着大山货,直接下了营口,卖了五万两银子。他一想,有了这么多钱,光做个财主也不够味,就用这钱捐了个知县,回到甸子街当起县太爷来了。这一下子这个地方的百姓可就遭了殃,自己吃不上穿不上,还得用血汗供给这个县太爷吃喝玩乐。他住的是花瓦宫殿,穿的是水獭貂皮,吃的是山珍海味,喝的是人参汤鹿茸汁,只顾自己享受荣华富贵,不管百姓是死是活。

这一天,他骑着高头大马,领着一群当差的,前呼后拥地上城外打猎。他们不走大道,专门在庄稼里扑腾。走到石义的小草房门口,王恩看见一个美若天仙的女人出来泼水,他忙勒住了马,看直了眼。等女人转身进了屋子,他才像做梦刚醒似的,叫跟班的唤来了地保,问道:"这是谁的家?"

地保赶忙回话:"这是石义的家啊!"

王恩吃了一惊,又问:"他没死?"

地保说:"大人,他从山里回来,还领个媳妇呢!长得像一朵花。"

王恩想了一会儿,嘱咐道:"你告诉石义,就说知县王老爷找他,叫他马上去!"说完,他也没有心思打猎了,领着喽啰们回了知县衙门。

地保哪敢怠慢,到了石义家,就把县太爷的话讲了一遍。石义不知怎么办好,直看他媳妇。参姑说:"你们是老朋友,去看看也好,不过多加小心,有事回来再合计。"

石义来到了知县衙门,把门的看他是个泥手泥脚的庄稼汉,不让他进去,瞪着眼睛问道:"你叫什么名字,来干什么?"

石义生气地回答:"我也不知道来干什么,是王恩叫我来的。"

把门的一听,连忙哈腰作揖,低声下气地说:"噢!是石大爷,小人瞎眼!小人瞎眼!"又忙叫跟班的禀报给知县大人,随后便把他领了进去。石义看到大厅上早就摆好了酒席,王恩满脸堆笑陪伴坐下。没等石义张嘴,他就胡说八道起来:"兄弟,那天你不小心掉进井里,我在上边喊破了嗓子,又在井边哭了半天,寻思你不在了,才伤心地拿着那苗棒槌,好不容易走到了甸子街,总算没有饿死。后来考了个两榜进士,才到现在这样。"说罢用眼角看看石义的脸色,见石义没有多疑的样子,就试探着问:"兄弟,你后来怎么从井里出来的呢?"

石义不会撒谎,就原原本本地把经过讲了一遍,王恩一听真是喜上加喜,暗暗盘算:要是把这个人参姑娘弄到手,就是想成神仙也不难了。他这一高兴,好像自己真的腾了空驾了云,也不顾什么磕头的交情了,直截了当地开了口:"兄弟,你家的日子过得也挺累,多一口人就多一张嘴,我看不如把人参姑娘送到府上来,我给你十锭金子。"石义一听,心里明白了,真没想到王恩竟说出这样不要脸的话,气得一下子站起来,大声地说道:"快闭住你那喷粪的嘴巴!别说我不干,就是我干,她还不干呢!人穷志不穷,你就是拿出金山来俺也不要!"说完,转身就走。

王恩急眼了,也忘了称兄道弟了,忙叫当差的把石义拦住,拍着桌子喝道:"好,石义,算你小子有本事!"说着,用手往锯齿狼牙立陡石崖的牤牛岭上一指,又道:"限你今晚上,把牤牛岭的九十九个山尖给我平去,要是办不到,明天就把你的媳妇送来!"

石义气鼓鼓地回到家里,邻居们听到信都赶来探望。参姑忙问:"啥事情?"石义对媳妇说:"王恩起了坏心,想要霸占你,叫我今晚去平掉牤牛岭上所有的山尖,不然明天就得把你送给他。"大伙一听,都气得挽袖子撸胳膊,说:"我们帮你平去!"

参姑听完不慌不忙地说:"谢谢大家的好意。石郎,你把那黄色的虫眼拿出来,那是'平山石',只要把它往山上一扔,多少山尖也能平了。"邻居们都高兴地散去。石义却半信半疑的,心里老是不落实。好歹挨到五更天,拿着"平山石",来到城西的牤牛岭下,一扬手就把它扔上山去。真格的,所有的山尖都没有了,山顶成了一马平川的大冈。他高兴地跑进知县衙门,让王恩查看。王恩不看则罢,一看眼都气斜了,又对石义叫道:"这还不行!明天你得把马鹿沟里的仙人泉水弄干,不然得把你媳妇送给我!"

石义又气鼓鼓地走回家,邻居们知道信了,都赶来打听。参姑问道:"怎么样?"石义忙说:"别提啦!他还叫明天把仙人泉的水弄干,不然还得把你送给他。"大伙一听,气得摩拳擦掌,都说:"我们一起帮你弄去。"

参姑听完笑着说:"谢谢大家的帮助。石郎,你把那个蓝色的虫眼拿出来,那是'吸水丸',只要把它扔进水里,就是大海也会立刻干。"邻居们都欢乐地走回家。第二天吃完早饭,石义拿着"吸水丸",走进城南边的马鹿沟,把手里的虫眼扔进咕噜咕噜直往外冒水的泉里,一点不假,水一下子就干了。他乐得一口气跑回去报信,王恩坐着轿到仙人泉一看,气得嘴都歪了。他心里寻思:这小子一定有宝,把人参姑娘抢到手,把宝贝献给皇帝,至少封我个当朝宰相,我再把人参宝一吃,就会长生不老!

他想到这里,只得露出无赖的架子,对石义说道:"反正,反正我要除掉妖邪,一会儿就去抓你媳妇去!"这回,石义跑到家,没等媳妇张嘴,他就说了:"坏了,那小子要来抢你啦!"邻居们一听,可都火了,一个个操起镐头铁锨,愤怒地大喊:"叫他来抢吧,咱们和他拼啦!"

参姑听了,皱一下眉头,思量了半天才说:"好吧!既然他不讲情义,咱们也不能等死。"她转脸对邻居们说:"这回得劳累你们了,求大伙从我们门口起,挖一条一丈宽一丈深的大沟,一直通到大江。"邻居们一齐答应:"办得到!"就跑出去干了起来。真是人多力量大,不多工夫,大沟便挖成了。参姑又嘱咐石义拿过一个大碗和一把刀子,她把自己的胳膊刺破,滴了一碗血。石义心疼地忙拿白布给她包伤,参姑轻声地说道:"石郎,过几天我的身体就会复原,不用担心。你赶快拿着这碗血骑到房顶上去,等官兵一进院,你把血向他们泼去就行啦!"

石义点着头,急忙上了房顶。不一会儿,就看到王恩亲自领着一些手拿刀枪的狗腿子,呼哧带喘地奔了过来,刚要进大门,石义就把血朝他们泼去。只见碗里涌出一道滚滚的大水,把王恩和狗腿子们冲进新挖的大沟里去。他们被冲得鬼哭狼嚎地直翻个儿,一露头,就被站在沟两岸的邻居用镐头、铁锨砸下去,一直被大水冲进了松花江。

后来,松花江里就出了一种又不好吃又难看的"七星鱼",人们传说是王恩和狗腿子们变的。老白山下也有了家种的棒槌,人们管它叫园参。

讲　　述：龙树林（赫哲族）
记录整理：苍劲
流传地区：黑龙江同江

人参娃

　　早先，在一个山坳里住着几户人家。有个姑娘，父母病死了，寄养在叔叔家里。叔叔额旦和婶婶兀胡莫可刻薄了。十五岁的姑娘，每天要拎水、劈柴、做饭、鞣兽皮、割皮条、搓皮绳、砸鹿筋和狍子筋，还要上山扒一大捆桦树皮，晚上又得缝衣做鞋、编筐打篓，每天累得腰酸腿痛。可是，叔叔和婶婶稍不顺心，就打她骂她，折磨得她几次想寻死。

　　一天，姑娘在白桦林里扒树皮，手指头都抠破了。她痛得浑身发抖，头晕目眩，昏倒在地上。但等她醒来后，手指不痛了。抬手一看，十个指头都用捣碎的草药膏抹上了。她奇怪地四处看看，见身旁的桦树皮也用鹿筋绳捆好了。她站起来找了半天，也没见个人影，心想，准是哪个好心的老头可怜她，帮她做的。眼见太阳要落山，就背起桦皮捆回家去了。

　　第二天，姑娘又来剥桦树皮，一进白桦林就看见了一捆桦树皮。她以为是别人剥好放在这块的，没在意，便扒起桦树皮来。扒着扒着，身边传来了一串歌声："山泉清清哟山泉甜，守泉挖井自找难；小船轻轻哟小船快，舍船游水好奇怪。"

　　姑娘回头一看，桦树捆旁站着一个敦实的小伙子。他头戴绿缨红珠桦皮帽，身穿黄绒金穗鹿皮衣，憨笑地望着姑娘。

　　姑娘暗想，昨天准是他治的伤，就低头答道："葡萄串串哟葡萄鲜，自采葡萄酸也甜；青山巍巍哟青山高，登上山顶景色好。"

　　小伙子见姑娘答了腔，忙拎起桦皮捆蹽了过来，边走边唱道："老藤新藤哟树上缠，阿妹无伴多孤单；鱼胆鹿胆味相同，我看阿妹无人疼。"

　　姑娘听着，不禁流下泪来。小伙子走到姑娘跟前，放下桦皮捆，从腰间抽出一条绣花巾,轻轻地搭在姑娘手上,又唱道:"清亮亮的泉水顺山流,谁和阿妹分忧愁?绿茵茵的嫩草挂露珠,愿和阿妹同甘苦。"

姑娘羞涩地用绣花巾擦干眼泪,望着这好心的小伙子答道:"浪滔滔的苦海不见边,恐怕阿哥白盼船;雾茫茫的山林看不透,阿哥指路有人走。"

两人坐在桦树跟前攀谈起来,谈得很投机,很开心。从此,每天姑娘一到白桦林,小伙子就把桦树皮捆好了。两个人有说有笑地在林中玩耍,对山歌,采鲜花,摘野果,玩得可开心啦。直到太阳快落山时,才恋恋不舍地分开。

过了半个月光景,额旦和兀胡莫发现姑娘脸上愁容少了,有时还哼哼歌,偷着笑,就连扒的树皮块也大了,捆得也紧了。两人猜想姑娘在外招了汉子。晚上,待姑娘睡着后,兀胡莫从她身上翻出了绣花巾。于是夫妻俩便把姑娘吊起来毒打逼问,姑娘只得如实说了。

额旦和兀胡莫听说那小伙子头戴绿缨红珠桦皮帽,身穿黄绒金穗鹿皮衣,心中暗喜:这不是人参娃吗?人参是七叶为参,八叶为宝,成宝的人参就常变成这种穿戴的小伙子。要是挖着这样的人参宝吃了,能成仙上天。两人偷偷地合计了半夜,想出了个鬼点子。

第二天,额旦把姑娘关在屋里,让兀胡莫带着骨针和红线团,到白桦林里去找人参娃。兀胡莫一进林子,就见那小伙子坐在一捆桦树皮上等着哩。见兀胡莫来了,他忙起身要走。兀胡莫喊道:"小伙子,我姑娘病了,让我来找你,叫你快去哩!"小伙子愣住了。兀胡莫上前一把抓住他,边拖边催:"快,快走吧!"

小伙子从帽子上摘了一粒红珠子,交给兀胡莫说:"给她吃了,病就能好。"说完,一甩胳膊,挣脱了兀胡莫,向密林深处跑去。狡猾的兀胡莫早防备了这一手,趁小伙子摘红珠子时,就在他衣角别上了带红线的小骨针。

不一刻,额旦也赶来了,两人乐呵呵地顺着红线向林中找去。走哇,走哇,直走到一个山窝子里,在一丛灌木中发现了一棵叶子上别着骨针、扯着红线的八叶老山参。两人忙用骨签子拨土挖起来。到太阳要落山的时辰,挖出了一个矮墩墩、胖乎乎、像个小娃娃的老山参。

两人回到家里,把人参放在吊锅里,架在屋外头煮起来。照传统,快煮好时,两人得分头去向树神、山神祈祷,回来再吃才灵验。额旦用石板把吊锅压好,把姑娘叫出来守着,对她说:"不准动吊锅,动了回来打死你!"

两人走后,吊锅里"咕嘟咕嘟"地响起来,喷出一股香气,直扑鼻子。姑娘想揭开锅看看,刚一摸石板,又吓得缩了回来。这时,吊锅里唱起歌来:"咕嘟嘟,参煮熟,快动手,莫迟误,吃完参肉有出路。咕嘟嘟,参煮熟。"

姑娘听着听着,索性揭开石板,见锅里是个胖乎乎的人参,捞出来就吃。吃完了人参,她想把汤泼了,叔婶回来就说烧干了锅。但泼在一块儿又怕叔婶看见,就端着吊锅,围着房子墙根沥了一圈。回手又用石板扣上锅,架上柴火,坐在门口看着。

额旦急匆匆地回来了。他怕老婆先回来都吃了,没祷告完就往家赶。他麻溜揭开锅一看,啥也没有了。他恶狠狠地向姑娘扑过去。姑娘急忙躲进屋里。

这工夫,房子晃了两晃,竟然忽悠悠地飘了起来。额旦一愣,忙抱住门框爬了上去。房子越升越高。这时兀胡莫也连跑带颠地奔来,一见房子离地一人高了,忙喊额旦把她拽上去。额旦慌忙搭手拽住了她,没等拎起来,房子一侧歪,额旦被闪了下去,和兀胡莫摔落在烧得通红的吊锅上。吊锅"砰"地炸了。

小房飘呀,飘呀,飘到深山里落下了。姑娘走到门口一看,人参娃正站在门外笑嘻嘻地向着她迎来哩。

原来人参娃是个看守山参的仙童,是他特意用一个人参宝去救姑娘的。姑娘因吃了人参宝,也变成了神仙,和人参娃结成了夫妻。两人看守着深山老林里的人参,过着自由幸福的生活。

讲　　述：时文兰
记录整理：杨万久
流传地区：吉林抚松县

双胎参

　　听人讲，在旱松江河边有个榆树屯，屯里有个叫金柱的小伙子，父母全下世了，就剩他孤苦一人，守着两间破草房过日子。金柱都二十出头了，还没成家。他舅舅挂着这件事，这天来看外甥，进门见屋里也不像个家样，心想：他要有个媳妇就好了。他从怀里掏出十两银子，交给金柱说："舅舅我做小买卖也不宽裕，这点银子你留下，张罗着托人订一门亲吧！等有了准谱，告诉我个信儿。"

　　舅舅走后，金柱想：我一个穷光棍，谁给媳妇？不如用这钱买点小米子，跟人去放山，要能挖着大棒槌，以后成家就不愁啦！他准备了三天，第四天就奔老白山去了。一路爬沟上崖，蹚水过河，真不容易呀。他足足走了三七二十一天，来到一片老树排子里，在一棵老窟窿杨树边上压了个小抢子。第二天一放亮，他就出去压山了，结果，白白走了一天，什么也没捞到。就这样，一连半拉来月，方圆百八十里地是压遍了，连棵棒槌毛也没看见。这天晚上，他把剩的最后一碗小米饭吃了，看看空口袋，躺在那里翻来覆去睡不着。半夜光景，他忽听抢子外面有女人哭的声音，心想：这深山老林的，哪来的女人啊？他躺不住了，披上布衫走了出去。刚迈出抢子，就愣住了，原来眼前出来个小院套儿，这阵正敞着大门，院当心有两个姑娘眼泪汪汪地跪在那里，一个干巴老太太，正咬牙瞪眼地用笤帚疙瘩抽打靠左边跪着的那个姑娘。她一边打一边骂道："再叫你不听话，再叫你不听话，非打死你不可！"

　　说完，她又朝姑娘头上打了起来。金柱一看，怕她把人打坏了，也没多寻思，大步走了过去，把干巴老太太的手架住说："大婶，她犯啥错，你多数叨数叨就行了，打脑袋容易打坏呀！"

干巴老太太翻了翻白眼珠子,往地下吐了一口唾沫说:"好吧,今儿个看在你这邻居的面上,饶她这一次,下次再不听话呀,哼!我就扒她的皮!"说完把笤帚疙瘩一扔,进屋去了。

金柱拣了几片干净树叶儿,让姑娘自己擦了擦嘴角上出的血,就出大门回了坨子。第二天天亮,他起来想做饭也没有米了,抽一袋烟就又去压山。他转悠了一天,到老林子放黑影的时候,他走了回来,觉着浑身无力,走到地铺跟前,一头栽倒在那里就昏迷过去了。可是过了一会儿,他忽然闻到了一阵扑鼻子的小米饭香味。他强支撑起来,打开小锅一看,果然是一锅热气腾腾的小米饭,也顾不得问是谁给做的,就吃了起来。吃着吃着他又纳起闷来:这是谁给做的呢?正在这工夫,只听外面有人叫他:"金柱哥,金柱哥,明天你赶紧下山吧,可别再待了。别说红榔头市已经过了,就是不过,有那个老太太在这场儿,你也别想开眼①。"

金柱赶紧走了出去,见一个扎着一根大辫儿的姑娘,正急急忙忙走回对面的小院子里去,看样,就是昨晚被打的那个姑娘。金柱叫了一声:"妹妹,饭是你给做的吗?"

那姑娘站下,红着脸说:"快别问这些了,一会儿老太太就回来了。"

说完她飘飘悠悠地进了院子不见了。金柱回到坨子门口,被一件东西绊了一下,低头用手一摸,原来是米袋子,里边有半袋子小米。不用说,这是那位好心的姑娘送来的,方才那饭,也一定是她做的了。第二天,金柱背起东西要下山了。临走,他想再看看姑娘,但是连房子也不见了。无奈,他向那里点了点头走了,又走了三七二十一天,金柱好歹到了家。乡亲们看他瘦了不少,都劝他别上火,放山不开眼是常有的事,没把命搭上就挺好。

事情真巧,金柱回家的第二天,舅舅又来了。这老头是看看外甥把媳妇娶到家了没有。金柱怕舅舅生气,把舅舅迎在当院,不敢让进屋,脸上还使劲地淌汗。舅舅偏用眼一个劲儿往屋里瞅,捋着胡子问金柱:"金柱,我在家等听信儿,等得不耐烦了。咋样了?外甥媳妇娶家来了没有?"

老实巴交的金柱,汗珠子一溜两行地向下滚,干嘎巴嘴说不出话来。就在这

---

① 开眼:指发现人参。

工夫,屋里的破门帘忽然一挑,从里面走出一位挺俊挺俊的姑娘。她假装生气地对金柱白了一眼,说:"你看你,舅舅来了,也不快让进屋。舅舅,你老快进屋喝酒吧!"

舅舅着眼一打量这姑娘,心里话:这回我那死去的老姐姐该闭上眼了,这外甥媳妇,不但长得好,说话也爽快。金柱看这姑娘出屋,开始一愣,好半天才认出来了。这不就是那位送小米子的姑娘吗,她怎么来了呢?再一看,屋里收拾得挺利索,桌子上摆了酒菜。舅舅高高兴兴地吃喝完毕,又嘱咐了一阵,就回去了。姑娘让金柱往远里送送,他送舅舅回来以后,站在院子里,心里一个劲儿地"扑腾扑腾"跳,不敢进屋。后来还是姑娘红着脸,把他接了进去。这时,已到掌灯时分,姑娘点着小油灯,背着脸,低着头坐在那儿。金柱两只手没处搁没处放,也涨红着脸说不出啥来。待了一会儿,还是姑娘先搭了茬儿:"金柱哥,你认不出我来了?"

"认出来了,认出来了!今天多亏你出头,方没惹舅舅生气。可这……到底是咋回事啊?"

姑娘说:"我叫蒂莲,姐姐叫并莲,俺俩是'一对双'。亲妈死了,落在后娘手里,成天挨打受骂。今天是姐姐帮忙,我才跑出来的。金柱哥,你把我留下吧!"

金柱一听乐得合不上嘴。小两口当天就成了亲,转过年,蒂莲生了个大胖小子,起名叫小果。

有一天,金柱收工,蒂莲已经做好了饭。她让金柱先哄会儿孩子,自己要到河沟边洗件衣裳,等洗好后再吃饭。金柱点头答应,蒂莲端着洗衣盆走了。她刚刚走不到一袋烟工夫,当院忽然起了大风,刮得飞沙走石睁不开眼睛,风刚一住,从门外进来一个人。金柱认出,来的不是别人,就是打蒂莲的那个干巴老太太、蒂莲的后娘。金柱忙走上前说:"大婶,你来了,先歇歇,一会儿收拾吃饭。"

这时,蒂莲也回来了,她一见老太太,脸"唰"地变了色。干巴老太太的脸子更冷,她趁金柱没防备,一把将孩子抢了过去,咬牙切齿地说:"好你个小蒂莲,你敢背着我和这穷小子成亲,看我不打烂你!你说,你回不回去!不回去,这孩子要遭殃!"说完把小果举起来,就要往地下摔,把孩子吓得没好声叫唤。蒂莲"扑通"一声跪在地上,哀求把孩子留下,答应跟她回山。这时,干巴老太太把小果往金柱怀里一推,说:"我谅你也得回去。我先走了,你要是不走,不出半个时辰,我还回来。"说完,她披头散发,蹬着小脚走了。蒂莲接过小果,眼泪像断线珠子似的往下淌。金柱方才像傻了一样,这阵才醒过神,他扯住媳妇的手,苦苦哀求:"蒂莲啊,你可不能走啊!丢下我和小果,我们爷儿俩怎么活呀!……"

蒂莲什么话也说不出来,光知呜呜咽咽地哭。正哭着,忽然当院又起了一阵风,蒂莲知道干巴老太太又要回来,赶紧擦了一把眼泪,扶着金柱的胸脯说:"他爸,不能再留我了。实话对你说吧,那个干巴老太太就是那棵干巴老杨树变的,我们姐俩是人参变的。因为从小长在那棵杨树窟窿里,靠着半窟窿土长大,那个老杨树精使着法儿折腾我们姐俩。我好容易跑出来,又让她找到了。我要不走,她再回来,咱全家三口都要遭殃。"

"蒂莲啊,蒂莲……"金柱的眼泪哗哗的,可是,等他睁眼看时,哪里还有蒂莲,只有半截长袖子在手里攥着。他追出门外,跑到大道上,撵过村口,只见蒂莲的背影,飘飘遥遥地进了林子不见了。

蒂莲走后,金柱饭不想吃,水不想喝,小果也闹。左邻右舍来劝,也不顶事。金柱一想蒂莲回去又得受罪,更是揪心。又过了几天,金柱拿定主意,要去找蒂莲。他带了点炒米,背着小果走了。

走啊走,走啊走,饿了吃把炒米,渴了喝口山涧水,走段路就嚼口炒米喂喂小果。他爬过了九九八十一座山,蹚过了九九八十一道河。

这一天,雾气一过,前面露出了三间瓦房,开着窗户。金柱大步奔过去,往里一看,大叫一声,奔进屋去,原来蒂莲正被一根红绳子五花大绑地绑在屋里的柱子上。他冲蒂莲说:"蒂莲啊,我可看到你了,你为我遭老罪了。"被绑的那个姑娘强打精神笑了笑说:"妹夫,你认错人了,我是并莲,你姐姐。我帮蒂莲逃走以后,那个老杨树精就把我绑在这屋里。"

金柱要给姐姐解绳,并莲不让,怕被老杨树精知道更糟糕。金柱无奈,只好告诉并莲,要先去找蒂莲。姐姐再三嘱咐,到了里边要十分小心,不管怎么饿,千万不要吃干巴老太太给的东西。金柱点头答应,背着小果出了门。抬头一看,前面不远有一座大院,还没等他到大门口,那个干巴老太太就迎了出来,笑嘻嘻地把他让进屋去,又招呼一个小姑娘给他端饭,说:"饿了吧?赶紧吃饭吧。"

金柱摇头说一点也不饿。干巴老太太无奈,便叫小姑娘把饭端了下去,又吩咐道:"丫崽子,领他歇歇去。等一会儿,再让蒂莲去看你。"

小姑娘领金柱到了一座空房子里,金柱心里真盼着蒂莲快来。可是一下午过去了,到了晚上,肚子饿得"咕咕"直叫,小果也饿得直哭,还是不见蒂莲来。正在着急,忽然门帘一动,金柱正要迎上去,只见来的还是那个小姑娘,端来了几个馒头、一大碗炒蘑菇。金柱和孩子都饿得够呛了,他真想抓起来就吃,又想起并莲姐姐嘱咐的话,就没敢动。

再说,那个老杨树精,约莫金柱爷儿俩吃了馒头和菜,马上就能被毒死,正在暗暗高兴。这时候蒂莲进屋来了——自从她回山以后,那老妖婆整天叫她在磨坊推磨。蒂莲说:"听说金柱他们爷儿俩来了,我得去看看。"

老杨树精冷笑一声:"哼!快去吧,快去吧!快去收尸吧!"

蒂莲含着眼泪,急急忙忙奔向空房子去。进屋一看,见馒头、炒菜都没动,就放心啦。金柱拉着蒂莲的手,小果扑到妈怀里哭。蒂莲接过儿子喂了几口奶,孩子不哭了,她才说:"这馒头是石灰块儿变的,吃了就烧断肠子,蘑菇也是有毒的,吃了非死不可。那老杨树精是想害死你们。"说着她从腰里掏出一把斧子,在地上掘了个坑,把馒头、蘑菇全埋上了,又把斧子交给金柱,叫他去砍干巴老树。临走还嘱咐,不管老杨树精怎么哀告,也不能手软。金柱点头答应,抱小果躺下了。蒂莲故意哭哭啼啼来到上屋,对后娘说:"他们爷儿俩中了毒快咽气了。"干巴老太太说:"谁让他们来了,自己找死!"

半夜子时到了,金柱夹起斧子奔上屋去了,抬头一看,屋子早没有了,那地方只有一棵干巴老杨树。金柱记着媳妇告诉他的话,奔上去对准第二根树根就是三斧子。干巴老太太的声音出来了:"金柱啊,别砍了,好孩子,别砍了。今后,你要啥给你啥,你要咋的都依你。"

金柱没听她那套,他又按蒂莲告诉的数着树根,左数第七根,右数第八根,上去就砍了起来。忽然他听蒂莲哀告起来:"哎呀,金柱你好狠心啊!我天天盼你来,天天盼你来,你可倒好,坏了良心了,怎么砍起我了……"

金柱一打"哏儿",那树根又和原来一样粗了。他想:这准保是老树精耍花招,得听蒂莲的话,不能手软。想到这儿,他左一斧子,右一斧子,越砍越欢,一会儿工夫把那老树根砍断了,只听老树精"哼"了一声,再也没动静了。这时蒂莲笑呵呵地抱着小果走过来了,说:"孩子他爸,你砍死老杨树精,这回咱们得好了。"说完,小两口抱着孩子,来到那两间瓦房,给姐姐松了绑。

金柱要请姐姐一块下山,并莲说:"我在山里待惯了,再说这里还有些家产。日后,你们要有个为难遭灾的时候,也好有个投奔,我就不走了。"

金柱和蒂莲看劝不过,只好答应让她先在这里住着。他们又商议,把那个老杨树精抓来的党参小姑娘放回去。然后,小两口欢欢乐乐地抱着孩子下山了。

讲　　述：金富女（朝鲜族）
搜集整理：金明汉
翻　　译：李京变
流传地区：吉林延吉

红松和人参

　　遥远的古时候，在一个山沟里，住着一个名叫红松的小伙子。他从小失去父母，跟祖母过日子。后来，祖母也离开了人世。他二十多岁了，还没娶媳妇，独自打短工、卖柴火过日子。

　　有一年秋天，红松和往常一样到沟里去打柴火。在那深谷里没有说话的伙伴，他只得一个劲地砍着那胳膊粗的大树。他一口气砍了两大捆，不料镰刀被挂在树根上，他用力一提，左手食指一下被割破了。因割得太深，连骨头都露出来了。他急忙用右手按住左手食指。回到家里，用破布头包住伤口后，想找根线绑一下，可是，家里连根线都找不着。他环视了一下，进到库房，翻了翻柜子，从柜子里拿出奶奶从前珍藏起来的小小的包袱，解开一看，里面有颜色好看的蓝线和红线①。他拿着蓝线、红线，耳边响起了奶奶生前的话："孩子，这蓝线、红线是你爹妈婚礼时留下的。你时常拿出来看一看，就会看见你爹妈呀！"红松抹着眼泪，正想把蓝线、红线重新放回包袱里，耳边又传来了奶奶的声音："孩子，你拿这蓝线、红线绑食指吧！这里浸透着爹妈对你的无限的爱。"于是，红松便拿着蓝线、红线绑了食指。不知怎么回事，伤口一会儿就好了。

　　第二天，红松照例又去打柴了。在沟里干了一会儿，觉得肚子饿得难受，想去深山谷里采些野果吃。当他吃够了野果正往回走的时候，离他不远的地方，出现了一束格外明亮的红光。那红光十分耀眼，走近一看，在一棵檀木树下，有一棵头顶红珠的奇怪的草。仔细一看，这棵草只有一根枝，有两尺来长，中间长着

---

① 蓝线、红线：普通的带颜色的棉线。过去，朝鲜族结婚时，男方给女方带去棉线。

掌状的六片叶子,茎顶端还结着红珠般的花朵。他无意中拍了一下膝盖,因为这棵草和奶奶说过的人参一个样,高兴得他马上想去挖,可又想:人参是贵重的宝物,先暂时留着吧,哪怕是多长一天也好,等明年阳春三月再来挖也不晚。想到这里,他打算做个标记,可找不到适当的东西,便把绑在食指上的蓝线、红线解下来,拉断两截绑在人参茎秆上。就在他走回打柴的原地时,忽然又发现从山谷里走来一位姑娘。只见那位姑娘身穿红上衣和浅绿色的裙子,扎一条长辫子,辫头还挂着红豆般的珍珠,真像花一样漂亮。红松眼睁睁地望着,入迷了。可是姑娘毫不理睬,从他身边轻轻地走过去了。他呆呆地望着姑娘的背影,一眼瞧到姑娘头上的辫绳:这不就是我给人参绑的那蓝线、红线吗?红松睁大了眼睛,急急忙忙跑到那棵檀木树下一看,那棵人参无影无踪了。红松惋惜地说:"古人说,人参会变人,果然不假!人参走了不算啥,我的蓝线、红线可得找到啊!"红松握着拳头,朝着姑娘消失的方向奔去。他跑得气喘吁吁,刚转到一个山沟里,不料碰见这村里权势最大、金钱最多、人称土皇帝的两班,带着走卒们朝这边走来。一见红松,他们不管三七廿一就把打的几捆柴全都抢走,还用棍棒把红松痛打了一顿。

这天夜里红松躺在被窝里,想起白天被两班抢柴、痛打,见到人参和陌生的姑娘,翻来覆去,怎么也睡不着。

第二天一早,红松就起身了,跑到离村子很远的老雕峡谷去打柴。他拽着树枝攀上陡峭的山坡。他看到右侧一个幽深的山谷里,树丛茂密,枝叶蔽日,是个打柴的好地方。于是他从古树中间挤过去,没想到裤腿被什么东西挂住了。他低下头一看,不禁愣住了:就在两棵古树之间,有一棵和昨天见到的一模一样的人参。他立即蹲下来用双手轻轻地扒开土,扒着扒着,忽然什么细软的东西挂在手上。呀,这不是昨天给那棵人参绑上的蓝线、红线吗?

红松惊喜地看了又看那棵人参,微微笑了笑,像是对人似的说:"不要害怕,可爱的人参!我不会挖走你,你在这儿放心地长吧,在这儿活个千年万年吧!可爱的人参,这蓝线、红线还给我,行吗?"说完,正要解开蓝线、红线,可不知什么原因,人参根自个儿冒出大半截。红松一看人参露出了根,怕干死它,顺手扒来旁边的松土,可人参根全部露出来了。红松捧着长相和人十分相似的人参,一时想不出别的办法,只好重新把蓝线、红线绑在人参茎秆上,小心翼翼地抱在怀里了。

傍晚时分,红松回到家里,从怀里拿出人参,仍然是那样新鲜。他看了一遍又一遍,最后送到库房里,打开柜子,把人参珍藏在奶奶留下的包袱旁边。

第二天,红松打柴归来,意外的情景使他惊呆了。不知是谁干的,竟把摊得乱七八糟的小屋子收拾得干干净净,饭桌上还准备着晚饭,搁架上摆了一溜从来没见过的花碗。他吃着新饭碗里冒热气的雪白的大米饭,感到别有味道;那几道菜味道特别鲜美,可与山珍海味媲美。有生以来头一回吃这么丰盛的饭菜,心里别提是什么滋味了。吃罢晚饭,他就到左邻右舍问了问,可是谁也不知道。他第二天早晨起来一看,不知谁又把早饭做好了。晚上回到家里一看,晚饭又准备好了。他心想:究竟是哪位好心人做的好事呢?第三天早晨起早一看,更是使人惊奇:锅台边摆有饭菜不用说,枕头边还放着一件十分合身的新衣服。

这天夜里他拿定主意要弄个明白。他想出了一条妙计,便假装熟睡了。就在东方发白的时候,听到库房里的柜子门"咔嚓"一响,不一会儿从库房里走出一个姑娘。红松一眼就认出是在山上见过的那位姑娘,头顶上整齐的红珠子闪闪发光,把屋子照得锃亮。看到这一切,红松再也躺不下去了,他霍地站起来,挡住了库房门。

姑娘听到响声,吓得转身往库房里走,可是,红松已挡住了她的去路,发现她脖子上还系着蓝线、红线。

红松看到姑娘脖子上的蓝线、红线,顿时鼓起了勇气,猛然握住姑娘的双手,向姑娘倾吐了爱慕之情。姑娘腼腆地低下了头,微笑着轻声地说:"你是这世上最勤劳、最善良的人!"然后又说:"我是生长了一千年的人参,从今天起,你就叫我参女吧!"说完,她把脖子上的蓝线、红线拿在手里恭恭敬敬地跪下,红松急忙也对着跪下,就这样,他们结成了美满姻缘。

从那以后,这一对称心如意的夫妻,每天劳动生活,日子越过越好,夫妻情义一天比一天深厚。

红松娶了个漂亮媳妇的消息,就像长了翅膀,传遍了整个深山林海。这消息也传到了那个两班的耳朵里。这两班已经有九个小老婆。凡是他听到哪儿有美女,就像赌输了的赌棍似的瞪起血红的眼睛,一定要弄到手。听到这一消息,哪能放过呢?他心里痒得坐也坐不住了,想亲眼看一看美女,便火急地穿上外出服装走到村口,偷看在井台上打水的参女。两班一端详,心想:名不虚传呀。让我的九个小老婆和这个美女比,那简直是乌鸦和凤凰呀!

两班回到家里,召集心腹,定下了一个抢参女的毒计。第二天,两班把红松召来,口口声声逼他还债。红松忙说:"收债得等到秋后,现在有什么钱还债呢?"两班嘿嘿一笑。一个心腹便走上前去,恶狠狠地说:"看你这个糊涂虫!人不是钱,是什么?"

红松这才明白,两班是想抢自己的妻子,他不禁打了个寒战。他强压住心头的怒火,冷静地一想:天塌下来也有活路,先对付眼前为重,回去和妻子再好好商量。于是,他说:"好吧!明天早晨一定还账。"

红松刚一出门,两班哈哈大笑说:"这个笨蛋一定是说胡话。他肯定没有别的办法来还债,你们几个明天早晨早点去把参女给我抓过来。可是,不怕一万就怕万一,今天晚上你们轮流到他家去放哨。"

红松回到家里,一边叹息,一边向妻子说了那个两班逼债的事。参女微微一笑说:"别说千两银子,哪怕是万两银子,也保证明天早晨偿还,你不必过分担心。"

"咳,那家伙是心怀鬼胎,是想从我手中夺你呀!"参女一听,脸顿时苍白,声音也有些颤抖了。不一会儿红松说:"路有千条万条,摆在我们面前的只有一条逃跑的路。"参女欣喜地说:"好呀,那咱们到长白山去吧!"

"是啊,从前听说过长白山是天下名胜,可眼下咱还不知道它在哪儿呢。怎么去找呀?"红松一时拿不定主意了。

参女接过话头说:"我生在长白山。我知道去长白山的路。"红松心里这才算一块石头落了地,高兴地拉住参女的手,约定了逃跑的时间。

太阳偏西了。红松和参女悄悄地准备离开家。参女对红松说:"到长白山去,要紧紧抓住我的手,千万不要松开。"说完,两人手拉手像是串门似的上路了。可谁知道,刚出屋迎面猛然闪出了三个黑影,挡住他们的去路,大喊一声:"好小子,往哪儿逃!"他们话刚说完,参女"呼"地吹了口气,三个黑影猛地倒栽下去,红松和参女趁势走出了院子。

原来倒下去的三个黑影,是两班和他的心腹。那两班爬起来,急忙领着心腹们追上去。虽然是黑夜,但是参女头顶上的红珠子发亮,所以什么都看得清。红松和参女手拉着手,根本不回头看一看,只是没事似的谈笑风生,慢慢地走着。两班在马鞍上高声喊叫:"快去抓,快去抓!"心腹们也喊叫着追上去。两班一个劲地催马,以为一眨眼的工夫就能抓到了。可是,追呀追,还是追不上。而红松和参女就在丈来远的地方不慌不忙地走着。不知撵了几百里地,东方渐渐地发白了。

红松和参女手拉着手正站在山顶上。两班与心腹们看着红松和参女站在山顶上,急着要往山上爬,但是,无论他们使出多大劲头,就是爬不上去,到头来还是回到原来的地方。

参女抓住红松的手,向长白山深处奔去。两班和他的心腹们正爬在半山腰上。参女一看,用右脚使劲一跺,两班和心腹们顿时像触了电似的抱头鼠窜。这时,参女又"呼呼"地吹了口气。霎时间,两班和心腹们连人带马被刮到半空中,然后从悬崖绝壁上滚下山去,摔得粉身碎骨。

红松和参女终于来到了长白山。参女微微地笑着,她向自己心爱的丈夫身上轻轻地吹了一口气,红松立即变成一棵合抱大的松树,用它那树枝顶着苍天,巍然屹立着。参女也随即变成一棵人参,长在红松的旁边。

于是,红松和参女在长白山上过着和睦的生活。据说,现在长白山林海里红松和人参多,是红松和参女传宗接代的缘故。还有挖参的时候,要敲着红松叫三遍:"芳草!芳草!芳草!"这是给红松报信,想领走红松的妻子的意思。如果不这样,那你就挖不到人参了。

讲　　述：赵永福
搜集整理：梁之
流传地区：吉林长白山一带

柳郎和三妹

听说这是个真事儿。很多年以前，长白山小阳屯还是一片原始森林，有几十户人家，也是散居在山山岭岭里，很少有个热闹。

有一年挂锄时节，从岭前来了三个唱蹦蹦①的。班主叫黄横，五十多岁。他老婆叫李玉梅，演上装；还有一个二十多岁的小伙叫柳郎，演下装。三个人来到小阳屯，山里人像见了宝贝，整宿围着他们，看他们演蹦蹦，可热闹呢！谁知，没隔多久出了岔子。

一天，小半夜的时候，屋里正演得红火，忽听房门"吱扭"一声，走进来一个十八九岁的姑娘，穿着红布衫、绿裤子，头上插一朵小红花，模样长得那个俊劲儿就不用提了！因山里人居住分散，相互不熟，进来个陌生人也不奇怪，大家把眼睛都盯在李玉梅和柳郎身上，谁也没在意。可有一个人留心了，就是吹喇叭的班主黄横。黄横鼓着两个腮帮子，一双熬红的绿豆眼一个劲儿往姑娘身上盯，把调都吹跑了，李玉梅和柳郎全愣了！

戏演完了，看戏的人陆续散了。黄横借解手的空儿，四处一撒目，只见在月光松林里，走着那个漂亮的姑娘。她不紧不慢像在水上飘一样，顺着羊肠小道向密林深处走去。黄横差点淌出口水，跟着就追。虽然大月亮的，但山路坑坑洼洼很不平坦。黄横追了一阵子，已是浑身大汗气喘吁吁了。姑娘还是不慌不忙地往前走。黄横纳闷儿：这是谁家的姑娘，住在哪儿呢？他穿过密松林，拐过小龙湾，便是一个巴山嘴子。黄横趁树枝挂住了姑娘衣角的机会，使出了牛劲儿，蹿

---

① 唱蹦蹦：唱戏的艺人。

上去扯住姑娘的袖口,才要去抱,姑娘一甩袖子没影了,闹了一场空欢喜。

上山累坏了黄横,屯里急坏了李玉梅和柳郎。李玉梅和柳郎卸了妆,怎么也找不到黄横了。开始,他们以为他出去解手了,等了一会儿没回来,怕行林子迷了山,急忙四处寻找,一直窜到半夜也没有见影儿。这时,猛见黄横从林子里一瘸一拐地走出来,他老婆劈头就问:"你死哪儿去了?"

黄横挤巴挤巴小眼睛说:"闹肚子,上林子解了个手。"

李玉梅不信:"这么长的工夫,掉茅坑啦!"

"别吵了,快睡去吧。"黄横拉着老婆就走。柳郎也跟着回去了。

这是一个筒子式的地坨子,黄横临时借的。他和老婆睡在炕上,柳郎铺了两块棒槌板,睡在灶炕前。年轻人觉大,又爬了一阵子山,不一会儿就睡着了,打起了呼噜。傍天亮,吹来一阵山风,门"吱扭"裂开一条缝,把柳郎冻醒了,就听黄横对老婆喳咕:"你这个人,就是娘们心肠,你知道我干啥去来?"

李玉梅问:"干啥?"

黄横说:"来看戏的那姑娘是人参精,我一把没抓住,撸下来一些人参叶子。要是能抓住,上船厂一卖,下半辈子再也不用唱戏了。"

李玉梅高兴地问:"真的?"

黄横说:"那还有假,明天想法子抓住她!"

柳郎想起来了:是来过一个俊俏的姑娘,要是叫黄横抓住,那不把姑娘糟蹋了吗!我得给姑娘通个信。

第二天晚上,头一出是李玉梅的单出头《红月娥做梦》,柳郎借烧水的机会坐在门前等着姑娘。月亮越爬越高,星星越出越密,《红月娥做梦》眼看就要完了,姑娘还没见影。柳郎想:不来自然是好,就怕一会儿再来,那就麻烦了。这时,就听黄横喊柳郎:"快,到你的了!"柳郎望了望红松林,姑娘还没有来,只好进屋里上装。这时,门一响,姑娘进来了,还瞅着柳郎一笑,找了个地方坐下。柳郎可急了,才想去告诉姑娘,李玉梅一个饿虎扑食抱住了姑娘,黄横立刻大喊:"棒槌!"就见姑娘一哆嗦,真的是一苗大山参。黄横用一条事先准备好的红绒线,把山参捆了起来。柳郎心里很难过,戏也闹黄了,人也走光了。黄横两口子扒了块椴树皮,采了些青苔,把山参包起来,放在衣箱里。黄横对柳郎说:"明天回岭前,卖了参也有你一份。"

夜深了。当晚黄横两口子大概是得了宝的缘故,睡得特别香,嘴里还一个劲地说梦话:"这下好了,下半辈子咱俩可够过了。"

柳郎怎么也睡不着,姑娘那和善的面孔好像就在眼前,正向他笑呢!柳郎在岭前也听说过:什么人参变大姑娘,变白胡子老头,变红兜肚小孩;什么被人抓住,就放在锅里煮上吃掉。他想:这姑娘不也会被人吃掉吗?多可惜啊!他长叹一口气,翻了个身,听听黄横两口子睡得正香。这时,猛听衣箱里姑娘说:"柳郎,快救救我!柳郎,快救救我!"柳郎悄悄爬起来,把耳朵贴在箱子边问:"怎么救啊?"姑娘说:"你把绳子解开就行。"柳郎明白了。他慢慢打开箱子,摸出人参包子,一层层打开,把红绒线拽断,人参在他手中一晃就不见了,就听门外说:"谢谢柳郎救命之恩!"柳郎一块石头落了地,躺下睡着了。

再说黄横两口子一觉醒来,穿好衣裳,打包要走,猛见箱子没关盖,急忙伸手去摸老山参,摸了个空,两口子急眼了。黄横上去踢了柳郎一脚:"别装蒜,山参哪儿去了?"柳郎半宿没合眼,现在睡得正香,猛地挨了一脚,睁眼一看,什么都明白了。他说:"没看见。"黄横上去打了柳郎一个耳光子,骂道:"你娘的!什么没看见,明明是你拿去了,还敢犟嘴!"柳郎没拿山参,心里很委屈,但又不敢说把人参姑娘放走了,真是哑巴吃黄连——有苦没法说啊!

黄横翻了个遍,也没找到山参,就找来了地方小头目屯老二。屯老二拍桌子瞪眼睛,把柳郎好一顿审,柳郎还是说不知道。屯老二火了,一拍桌子喊:"给我打!"立刻上来两个人,把柳郎按倒,打了二十大板。黄横把柳郎五花大绑押在牛棚里,决定第二天往岭前送。

半夜,柳郎昏迷中,忽听耳旁有人唤:"柳郎醒来,快跟我走。"柳郎睁眼一看,人参姑娘站在他面前,那两个看守东倒西歪地躺在了地上。他急忙对姑娘说:"你快走,豁上我一条命到头了,千万别让他们抓着你!"柳郎一说,姑娘激动得流出了眼泪,一边给柳郎解绳子,一边说:"别说了,快走!"柳郎说:"解开我也走不动了。"姑娘说:"背也得把你背走!"柳郎怎么好意思叫姑娘背呢!说啥也不往姑娘背上趴。这时,房门"吱扭"一声,屋里走出一个人,见牛棚有动静,就喊:"不好了,牛棚来人啦!"柳郎见有人喊,推着姑娘快走,姑娘趁机抓住柳郎的手,一转身,背起柳郎,平地一阵风,两个人不见了。

柳郎觉得忽忽悠悠,耳边风声阵阵,不一会儿,风停身稳,来到一个巴山嘴子的背后。山下有两间草房,从屋里射出一缕灯光。姑娘扶着柳郎进了屋,坐在炕上。姑娘说:"你已经知道了,我是千年山参转胎成人。我叫三妹。还有一个继母住在后院,一般不上我这儿来,你就在这儿养伤吧!"

柳郎一听说这就是姑娘的屋,又没有外人,怎么好住下呢?就说:"三妹,你的好心我知道,可我怎么好住你的屋呢?还是叫我睡在门口吧。"

三妹从头上取下朵红花,捏了几个红籽儿,放在水碗里一搅,递给柳郎。她说:"把药喝下,伤就好了。你救了我的命,我怎么叫你走呢!"柳郎一口气把药喝完。三妹又说:"亲妈死的时候对我说,谁救了我的命,我的终身就……可你,什么也不明白……"姑娘一点,柳郎倒明白了。他望了望站在眼前的三妹,真招人喜欢呀!可他一转念,伤心地说:"我从小死了爹娘,穷得连吃饭碗都是人家的,我怎么好连累你呀!"三妹说:"我什么也不要,我喜欢你心眼好!"说着,她偎到了柳郎的怀里。她又悄悄地说:"你这个人呀,你以为我天天晚上是去看戏呀?我是去看你。不然,黄横那么坏我还去吗?"

三妹的药真好使,柳郎的伤全好了。他爹娘死得早,长到二十多岁,还没有人体贴过,今天三妹待他这样真心实意,他感动地说:"好三妹,我永远也不离开你!"三妹逗趣地说:"你不上门口睡啦?"柳郎说:"我怕在屋里你生气。""傻瓜!"三妹说着,"噗"一声笑了起来。

一晃,五六个月过去了。一天,三妹满面愁容地说:"柳郎,我已怀孕几个月,被继母知道可就大祸临头了,我看还是离开这儿吧!"柳郎听说三妹有了喜,自然高兴,可又怕三妹的继母迫害三妹。走吧,没家没业上哪儿去呢?就在这时,三妹的继母推门进来了,她笑嘻嘻地说:"看三妹这孩子,女婿来了好几个月也不告诉妈一声,快去我那儿坐坐。"柳郎听了不知咋好,三妹吓得立刻变了脸色。三妹的继母说:"走吧,酒席都摆好了!"三妹跪在继母的面前说:"母亲,看在孩子的面上,不要伤害柳郎,他救过我!"三妹的继母冷笑一声,说:"你报答得也挺好啊!我告诉你,不伤他也可以,你必须马上跟我走。"柳郎听说要领走三妹,真是晴天霹雳。他上前拉住三妹说:"三妹,你不能扔下我呀,你走了我可怎么过啊?"三妹回身扑向柳郎,哭着说:"柳——郎——不知何年我们才能相见!"三妹的继母喝道:"快走,你就死了这份心吧!"说着,拉起三妹就走。柳郎急忙上前去拉,三妹趁机把头上的红花塞到柳郎的手里,娘儿俩全不见了。

屋里空荡荡的,只剩下柳郎一个人。往日那种夫妻恩爱有说有笑的情景不见了,柳郎一边痛心地哭着,一边跑出门去,在山林里喊叫:"三妹!三妹!"

柳郎从日出喊到日落,从星密喊到星稀,脸黄了,人瘦了,树枝挂碎了他的衣裳,岩石磨破了他的脚掌。四五个月又过去了,他也没见到三妹的面。一天夜里,他手捧着三妹留下的小红花,泪水像断了线的珍珠,一滴滴落下来。他想起过去的恩爱岁月,想起了三妹被黄横捆绑的不幸……他忽然心里一亮,想道:三妹是山参转胎成人,她的继母也一定是山参变的,黄横能用红线拴住三妹,我为啥不能用红线拴住这个老太婆呢?从此,他决心找到三妹的继母,设法搭救三妹。

一个大月亮的晚上,柳郎爬了一山又一山,走了一林又一林,还是没找到三妹的继母。他实在又饥又渴,便来到小龙湾边,趴下去喝水,还没等喝,就听水底传出隐隐约约的啼哭声,细听,是三妹在哭。柳郎也顾不上喝水了,轻轻地招呼:"三妹!三妹!"只听龙湾里说:"柳郎,我在这儿呢!"柳郎一听真是三妹,就要下水。三妹说:"下水也救不了我,你还是到巴山嘴子的砬子上找那老太婆吧!""你等着,我一定来救你!"柳郎说完就走了。

借着月光,柳郎来到巴山嘴子后边的石砬子,艰难地往上爬,指甲盖抓劈了,膝盖磨破了,岩石上留下一条血迹。他鼓足劲,咬紧牙,坚持往上爬,几次昏过去,几次又醒来,到底爬上了砬子。砬子上有三间青砖屋,一明一暗。柳郎挨到窗前细听,东屋里传出睡觉的呼噜声。他轻轻推开门,进屋一瞧,正是三妹的继母睡在炕上。他从兜里掏出红绒线,大喊一声:"棒槌!"三妹的继母一哆嗦不见了,炕上躺着一苗老山参。他立刻用红线捆绑起来,揣在兜里下了砬子。柳郎来到龙湾边,轻轻地喊:"三妹,我来救你了。"说着就要下水。只听三妹说:"你把小红花衔在嘴里。"柳郎从怀里掏出小红花,衔在嘴里,往水里一走,水翻着浪花往两边分,越走越亮,不一会儿,来到一个石洞。三妹在洞里说:"柳郎,我在这里!"柳郎走进石洞,果真,三妹被锁在里边,身旁还躺着一个小孩。他举起一块石头,向着锁链砸去,只听咔嚓一声,锁链碎了。三妹扑在柳郎的怀里,泪水落在柳郎的胸上。柳郎说:"你为我受罪了!"三妹说:"你为我受累了!"柳郎从怀里掏出那苗用红线绑着的老山参,说:"她再也不会欺负你了。"三妹看了一眼说:"也叫她尝尝水牢的滋味!"说着,便把老山参放进水坑里。三妹回身抱起躺在地上的小孩,说:"柳郎,这就是我们苦命的孩子,出生在水牢里!"柳郎把孩子抱在怀里亲了亲,说:"以后就好啦,咱们回家吧。"三妹瞅着柳郎一笑,微微点了点头。柳郎抱着孩子,拉着三妹的手,走出了龙湾,回家了。

讲　　述：张建新、张光海　等
记录整理：吴绵、陶阳、徐纪民
流传地区：山东泰安

悬云寺

悬云寺，就是先前的竹林寺。竹林寺，原来在泰山傲徕峰长寿桥上边。

从前，这个寺里有一个老和尚，有一个小和尚。老和尚经常虐待小和尚，整天让他干又脏又累的活。小和尚每天上山拾柴，柴拾少了，还要挨打。

有一天，小和尚到马蹄峪拾柴，来了两个小孩，一个男的，一个女的，都穿着绿袄红裤，小女孩头上还扎两个抓髻。他们就一起玩耍起来。天快黑了，小和尚才想起还没拾柴，很怕回去挨打。那两个小孩说："不要紧，我们帮你拾。"不一会儿，拾了满满一筐柴，小和尚就背着下山了。

从此，小和尚每天都到山上去和那两个小孩玩，那两个小孩呢，每天都帮他拾很多柴。时间长了，老和尚觉得奇怪，心想：先前小和尚每天拾的柴很少，现在为什么拾那么多呢？就问他："柴火是哪儿来的呢？是不是砍的树？"

小和尚说："不是，我每天上山拾柴，就有两个小孩帮我拾。"

老和尚说："我不信。"

"不信，你看看去。"

第二天，老和尚远里一看，果然有两个小孩帮着他拾柴。老和尚怪纳闷：那地方没有人家呀！两个小孩是从哪里来的呢？他就和小和尚说："这样吧！我给你一根针和一个红线穗子。明天你上山打柴，等快要分手的时候，你偷偷地把针别在那小女孩的后背上，看看到底是人还是什么。"

白天，小和尚还是上山打柴，两个小孩还是照常来玩耍。天快黑了，两个小孩又帮他拾柴。快分手的时候，小和尚偷偷地把预备好的针线别在那小女孩后背的衣服上。小和尚拾柴回来，老和尚问："我让你办的事，你办了吗？"

"办了!"

老和尚点点头,没说什么。天一亮,老和尚就扛着大镢上山去了。他找到线穗子,沿着红线寻去,见红线别在一片参叶上。他寻思:这准是个千年的"人参娃子",这可是个好东西呀,吃了能延年益寿,长生不老。他就用大镢挖,挖了二尺多深,果然挖出个参娃,好像个婴儿,笑眯眯的。老和尚满心欢喜:这真是个宝贝啊!

老和尚回到寺里,把参娃洗了洗,放到锅里煮,心想:我一个人吃了,也于心不忍,何不请我的朋友来吃,好一道成佛升仙。他就吩咐小和尚说:"我下山有点事,你在家烧火,可是你千万别掀锅盖。"

小和尚答应:"是!"

老和尚刚走出大门,又回来嘱咐小和尚:"你一定记住我的话,千万别掀锅盖。"

老和尚又走出大门,他总是不放心,一会儿又转身回来了,还是对小和尚说:"你切实记住我的话,千万别掀锅盖。"小和尚只是默默地点头。

老和尚三次走出去,又三次走回,这才放心地走了。

小和尚一边烧火一边想:为什么不叫我掀锅盖呢?里边煮的一定是出奇的东西,就算死在这一节里,我也得掀开锅盖看看到底煮的是什么。他一掀开锅盖,可了不得了,一股奇香扑鼻,再看看锅里,煮着一个胡萝卜似的东西,不由得掰下一点尝尝。一尝又香又甜,忍不住又吃了一点。越吃越想吃,三吃两吃,吃完了。他猛然想起师父的嘱咐,害怕起来了:不让我动,可我都吃了。他打起算盘,怎么办呢?他想:一不做,二不休,干脆把汤也都泼了,就说煮化了,水也烤干了。就这样,他端起小锅,围着庙浇了一遭。刚浇对了头,这一下可了不得了,只听"轰隆"一声,整个寺院摇摇晃晃,离开地面升起来了。

这时,老和尚与请来的那些绅士名流也到庙前了。老和尚一看寺庙升起来了,知道坏事了,赶紧扒住庙台,大喊:"等等我!等等我!"

可是那寺越升越高,越升越快,老和尚同扒松动了的一块庙台石一起掉在地上,摔死了。

庙升到半空中,就悬在云上了。从那以后,人们就把升上天的竹林寺叫悬云寺。

据说，每逢雨过天晴，站在竹林寺的地基旁边，还可以隐隐约约地看到天上的悬云寺，还能隐隐约约地听到寺里的鸡鸣和钟声哩！

据说，原来人参的老家是泰山，只因男参丢失了小伙伴，心里难过，就一路哭着上东北长白山了。男参流下的泪水变成了泰山的天麻和赤鳞鱼。所以，现在东北长白山人参很多，泰山上的人参就很少了。

讲　　述：薛天智
搜集整理：刘敏
流传地区：辽宁沈阳

灵芝姑娘

　　莲花山下莲花坡，莲花坡住着姓王的母子二人。儿子叫王小，他手脚勤快，对妈妈孝顺，是个百里挑一的好小伙儿。

　　有一天，王小从山上打柴回来，见他妈趴在炕上直劲哼哼，忙走过去问："妈呀，您哪疙瘩不舒坦？"

　　王小妈囔囔说："妈觉得身上没劲，脑瓜疼。"

　　王小一看他妈妈红头涨脸的样儿，就猜想是受了风寒着了凉，伸手往前额一摸，哟，滚烫烙热的，便说："妈，我给您做碗热面汤，您喝下去发发汗吧！"

　　王小妈喝了面汤发了汗，没见好不说，反倒大发了。王小急着求医抓药调治，一连扎咕了十多天也不见效。王小妈流着泪对王小说："小哇，妈要不中了，你就别往我身上白搭钱啦！手头那俩钱，留着你将来娶媳妇吧。"

　　王小心像刀子扎，哭着说："妈，您把儿从屎窝挪到尿窝拉扯大，没吃过一口饱饭，没享着一天清福。我宁可打一辈子光棍儿，也要您活着。"

　　"别冒傻话了，妈从今儿个起再也不吃药啦！"

　　王小妈说着用手一扒拉，就把药罐子扒拉到地上，摔了个粉碎。王小鼻子一酸，扑到妈妈身上，娘儿俩抱头痛哭起来。哭得那个惨哪！十人见了九人落泪。

　　母子俩正哭着，来了位白发老太太。她一进屋就对王小说："快擦擦眼泪，别哭了，有一种药能救你妈的命。"

　　"啥药哇？"

　　"莲花峰顶一口泉，泉旁有个青石岩，岩上有棵灵芝草，那是起死回生长寿丹。你若能把它采回来，用无根水熬服，你妈的病能好不说，还能延年益寿，长命百岁。"老太太说完就走了。王小把妈安顿好,背上干粮带足水就上山啦。

莲花坡离莲花山主峰老远,等他翻过九沟十八岔走到峰下时,已日落山后眼擦黑了。王小正在寻找往山上攀的路,忽见眼前峭壁上亮起两盏灯。他想:奇怪呀!这荒山野岭从没人家,哪来的灯火呢!赶奔亮光走近一瞅,他吓得"妈呀"一声:这哪里是灯,原来是一条巨蟒的两只眼睛。这大蟒可真长,它尾巴搭在山尖儿,脑袋拖拉在地上,那个粗细,十多搂都搂不过来。大蟒见王小愣在那儿,问:"王小,你到这儿干啥来啦?"

"采灵芝草。"

"不怕我吃你吗?"

"我为娘采药啥也不怕!"

"可我饿啦。"

"等治好我妈妈的病,我送你吃个饱。"

大蟒听了点点头,它化阵清风就走了。王小爬到半山腰,就听见呜呜风响,一股血腥味儿直呛鼻子。随着山摇地动一声吼,一只斑斓猛虎扑到王小跟前,问:"王小,你到这儿干啥来啦?"

"采灵芝草。"

"不怕我吃你吗?"

"为娘采药我啥都不怕!"

"可我饿啦。"

"等治好妈妈的病,我送你吃个饱。"

老虎听了没言语,摇头摆尾慢腾腾走了。王小往峰顶爬,爬到天明日头红才登上顶峰。这里果真美呀!鸟儿在林中唱,蝴蝶在花里飞,一汪清泉像一面大镜子平放在绿意盈盈的青草地上。王小搭眼一瞅就看见了泉旁那块巨石。这石头老高老高,它没棱没角圆咕隆咚戳在那儿,顶上长着一棵鲜红鲜红、像蘑菇一样的灵芝。

王小三步并作两步跑到巨石前,脚蹬手攀往上爬,可那石上溜光水滑没抓挠。他使出了吃奶的劲,爬了一回又一回,每一回都是爬到半截腰就出溜下来,累得呼哧带喘瞪眼儿上不去。

王小急哭了。这时,一个天仙似的大姑娘来到他跟前,问:"挺大个小伙子哭啥呀?"

"采不到灵芝草,我妈命难保哇!"

姑娘脸一红,羞答答地说:"王小哥,你妈都老大把岁数了,还病病歪歪的,怕也没几年活头了,你还操心她死活干啥!你待在这里和我结成夫妻吧!"

姑娘说着用手一指,眼前就出现了一座宫殿。那墙雪白雪白,是用银子砌的;那瓦金黄金黄,是用金子铸的。

王小看呆了,心里想:这地方真太阔啦!

姑娘瞟了他一眼,接着说:"王小哥,我这里有花不完的金银财宝、穿不尽的绫罗绸缎、吃不完的山珍海味,你就留在这儿享福吧!"

王小脸一沉:"我是娘生的,你也不是从石缝里蹦出来的。若自个儿贪图享受,把爹妈扔了,还不如天上飞的大老鸹呢!"

姑娘听王小这话不急也不恼,只是咯咯笑,忽悠一下飞到巨石顶上,说:"我把灵芝送给你,治好妈妈的病,你乐意要我给你做媳妇吗?"

王小红着脸说:"只要能救我妈的命,你要我咋样都中!你是谁呀?"

"实话告诉你,我是灵芝仙子,早就相中了你,你一路遇见的都是我试探你的。"

王小乐了,他和灵芝姑娘手拉着手回到家。治好了妈妈的病之后,两个人就结成了夫妻。

讲　　述：果俊
搜集整理：汪永言、黄汝信
流传地区：安徽萧县

萧乌

传说上八仙张果老小时候就死了爹娘，他来到萧县凤凰山下，跟姑母过活。姑夫木玉，为人奸猾，好吃懒做，很不喜欢张果老。

张果老常到邻居何老汉庵前玩耍。何老汉年过花甲，满头白发；地无一垄，靠讨饭度日。他庵旁出了几棵野菜，讨饭回来，经常提水浇灌。这几棵野菜被木玉发现，他就叫张果老趁玩耍的时候，顺手偷来。张果老不肯，为这事，挨了姑夫不少揍。

这天，张果老又来到何老汉庵前玩耍，见庵后有头小牛犊直拱庵墙。他把牛犊赶走，却发现庵墙角下，有棵叫不出名字的野菜，藤蔓就像红芋秧，秧长叶大，逗人喜爱。若不是及早把牛犊赶走，就怕连根儿也被拱掉。张果老连忙把藤蔓扯好，把土填平；怕牛犊再拱，又插了一圈枣树枝。回家晚了，饭没吃成，还挨了姑夫一顿好嚷。

挨嚷归挨嚷，张果老总担心何老汉庵墙角那棵又旺又大的无名菜。第二天，他又跑来看看。刚要回家，被一个穿花褂的小哥拉住了。两个小娃娃，在一起玩了个痛快。

这次回家又晚了，姑夫木玉气得要揍他，张果老只得依实说来。木玉问那小孩的名字，张果老也不知道。木玉一想，山下就四五户人家，根本就没有这样一个穿花褂的小孩。到底是怎么一回事呢？

次日中午，饭做好了，仍不见张果老回来，木玉悄悄地溜到何老汉庵旁的树丛中，要看个明白。远看张果老正和那个穿花褂的小男孩在一起跳绳呢！木玉咋呼一声："穿花袄的小孩，你是哪家的，还不回去吃饭！"那个穿花褂的小孩一听，

扭头就往庵后跑。木玉随后就撵,撵到庵后,一晃不见了,木玉觉得奇怪。

当天晚上,木玉对张果老说:"孩子,给你这个线团,再纫上一根针。明天那个穿花褂的小孩再找你玩,临分手时,你就偷偷地把这根针插在他花褂的后襟上,把线团放下。"张果老只好从命。

第三天,木玉又躲在庵旁的树丛中,看着张果老和穿花褂的小孩在一起玩耍。等张果老把针往那小孩的花褂后襟上一插,就听到木玉大叫一声:"吃饭喽!"那小孩听后,拔腿就跑,那个线团在地上骨碌碌乱转。

木玉顺着那根线寻找,一直找到庵后那棵又旺又大的无名菜下。木玉用铁锹一锹一锹地挖,一直挖了三尺多深,突然发现一颗臼头大的果子,那根针正好插在果子上。木玉心想:这准是一颗仙果!

木玉把仙果带到家中,洗净切好,放在锅里煮,一煮满屋喷香。他对张果老说:"你看好锅,可不许动,我找你姑母去。"张果老连声说:"好好好!"

小孩嘴馋,闻闻喷香,急得口水直往下淌。哪有小猫不吃咸鱼的呢!他早把木玉的话忘得一干二净,掀锅就尝。一尝,别提味道有多好了!他尝了一块又一块,一会儿就把仙果全给吃光了。这时他才想起木玉的安排,心想:姑夫回来,见我把仙果吃光,岂能善罢甘休?我得赶快跑!一说要跑,只听得西屋的小毛驴"咳咳"乱叫。又一想:腿跑哪有骑毛驴快呢!他看看锅里,只剩下一点汤了,这点汤也别留了,干脆让小毛驴饮了吧!他把饮过汤的小毛驴牵到屋外,一抬腿跨上了驴。霎时间,只觉得毛驴四蹄生风,腾空而起。张果老和小毛驴都成了仙。张果老为什么倒骑驴呢?他是看看姑夫木玉追上来没有。

张果老走后,何老汉讨饭回来,发现庵墙角那棵无名菜被人挖去,落了个大土坑,确实有点儿生气,干脆把那些小棵的无名菜也刨掉,一来免得别人乱挖,二来还能煮煮充饥。一个月以后,何老汉的白头发变成黑头发。别人问他,他就讲了吃无名菜的经过。

张果老吃了无名菜,成了神仙,无人看到;何老汉吃了无名菜,白头发变成黑头发,却是无人不晓。那就给这无名菜起个名字,叫何首乌吧!何首乌,独有萧县产的质地最好,内有清晰的花纹,简称"萧乌"。

讲　　述：刘亚杰
搜集整理：王永灵、吴丽华
流传地区：吉林前郭县

首乌王

很早以前，在龙王山下有个采药老人，名叫刘义。有一天上山采药，他突然发现在一片平展展的地方，长着一棵很大的首乌。刘义心里好像忽地点亮一盏灯，想起老辈人曾经讲过，在这山里头有个生长千年的首乌王，莫非这就是？他立即两眼一眨也不眨地死死盯住，心里说：管你是不是王，先撒泡尿圈住再说。随后他操起镢头就要挖。

就在这时，只见首乌的枝叶晃了三晃，立即变成了一个长胡子的胖娃娃，他笑眯眯地站在刘义面前。刘义一见，真像做梦一般，又惊又喜：哎呀，果真是首乌王！没等刘义说话，首乌王便向他躬身施礼道："老人家，我已经修炼千年，实在不容易，你就手下留情，把我放了吧！"刘义本来心地善良，又眼见首乌王变成个活灵灵的娃娃向他求情，咋忍心断送它的性命拿去换钱呢！刘义赶紧弯下腰，轻轻地拍拍首乌王的肩膀说："好，你走吧！"首乌王为难地说："老人家，你把我圈住了，我走不出去呀！"采药老人本来就为用尿圈住首乌王感到有点害臊，又听它说走不出去了，心里很不是滋味，越想越难受，不由得落下眼泪来。泪水落在首乌王的身上，首乌王顿时高兴地说："好啦，你老人家的泪水一洒，把尿给解了，这回我就能出去了。"刘义一听，忙催促首乌王快走。首乌王遇到了刘义这样心地善良的人，自然要报答一下。只见它把手往空中一伸，立即出来一个首乌。它把首乌递给刘义，嘱咐道："老人家，请收下吧！千万不要卖掉，你自己炖炖吃了吧！以后遇到难处，你就还到这里来，连叫三声'首乌王，首乌王，有事快来帮帮忙'，到时我自然会来的。"说罢，又向刘义深施一礼，这才飘然而去。

刘义回到家，就把那个首乌炖炖吃了。霎时间，只觉得浑身增添了精气，胳膊和腿灵便了。对着镜子一照,满头的白发变黑了,满脸的皱纹平展了,一下子年轻了三十岁。

再说山下有个药店,药店掌柜的经常和刘义打交道。他见到刘义返老还童了,觉得奇怪,便问刘义吃了啥灵丹妙药。刘义不会说谎,又不愿说出真情,只得含含糊糊地说吃了首乌。药店掌柜的听了,心中暗想:首乌能乌发不假,可也不能使人返老还童啊!这一点是神灵的作用。看样子,刘义以后必有大富大贵,我何不将女儿嫁给他,将来也能跟着沾点光。第二天,药店掌柜便托人说媒,把女儿嫁给了刘义。

刘义成亲后,夫妻那个恩爱劲就甭说了。可是婚后不久,刘义的妻子突然生起了大病,良医没少找,好药没少吃,病不但没好转,反而一天重于一天。眼看性命难保,急得刘义团团转。猛然,他想起了首乌王,便赶紧登上龙王山去找首乌王。他连叫三声,首乌王飘然而来。刘义说明原因,只见首乌王把手向空中一伸,马上出现两种草药。首乌王把它们交给刘义说:"回去熬上,吃了就好了。"说完,飘然而去。

刘义妻子吃了草药,果然立时就好了。她觉得非常奇怪,便问刘义是从哪里弄来的灵丹妙药。刘义本来不想说,一想到老婆汉子不应当有啥背人的事儿,也就如实地说了。谁知刘义的妻子嘴快,就把这事给张扬出去了。结果,一传十,十传百,很快就传开了。

消息传到长安,有个钦差想:女皇武则天虽然老了,但她总怕别人说她老,有根白头发也要让宫人拔掉。我若把首乌王弄到手,献给女皇,让她乌了头,返老还童,我这官位也得向上蹿三蹿。于是,他带领人马来到龙王山。一打听,得知刘义两口子知道首乌王在哪儿,便把刘义夫妻找来。钦差对刘义说:"赶快上山把首乌王给我拿来,皇上重重有赏。"刘义一想:哪能干那缺德事呢!他一口咬定说不知道。钦差见刘义不肯从命,就让官兵把他五花大绑,然后威胁刘义的老婆说:"他不去,你就得去,要不然,就地开刀问斩!"刘义老婆一听要没命了,连声说:"我去,我去……"刘义一听她要去,便大声骂道:"你这个贪生怕死的贱人,算我当初瞎了眼!"刘义老婆羞红了脸,她不知该跟丈夫说什么好。这工夫,钦差更是吹胡子瞪眼地大喝道:"赶快上山!"说着就把刀按在了她的脖子上。刘义老婆哀求道:"别杀我,别杀我,我就上山。"她哆哆嗦嗦,一步一步地向山上爬去。来到那块平展的地方,她连叫三遍:"首乌王,首乌王,有事快来帮帮忙。"话音刚落,一个带胡子的胖娃娃来到面前,躬身施礼道:"有何难事,快说吧!"刘义老婆道:"你的恩人刘义要没命,我想把你献给钦差老爷。不然的话,刘义就完啦!"首乌王想了想说:"把我的胡子献上去就够了。"说完,把胡子全薅下来交给她,然后飘然而去。

刘义老婆下了山把胡子给钦差道:"首乌王说了,这就够了。"钦差接过胡子,赶紧装起来,又大声命令道:"光胡子不够,皇上要乌发,把它的头发拿来!"刘义老婆又爬上山,来到那块平展的地方,又照上次那样叫了三遍。那个胖娃娃果然来了,躬身施礼道:"又有何事?"刘义老婆说:"钦差要你的头发,拿不去,刘义就没命了。"首乌王想了想说:"为救恩人,拿去吧!"说完,把头发全拔下来交给她,然后飘然而去。她又下了山,把头发交给钦差,说:"这回够了吧?"钦差接过头发,又连忙装起来,再一次大声命令道:"不够,皇上要返老还童,把它的全身拿来!"刘义老婆为难了,她想:要胡子、要头发它都能给,要它全身能给吗?不给,我就得捉住它,可它已修炼多年,我怎么能捉住它呢?她忽然想起刘义早先说过用尿圈住它的事,便有了办法。她赶紧找来一个瓶子,在里面撒泡尿,揣在怀里便又上山了。

来到那块平展展的地方,她又连叫三声:"首乌王,首乌王,有事快来帮帮忙。"话音刚落,一个没胡子没头发的胖娃娃来到面前,躬身施礼道:"还有何难事,快说吧!"刘义老婆道:"钦差老爷还要你的全身,不拿去,刘义马上就要被杀头。"首乌王听了,连声叹道:"这如何是好,这如何是好……"刘义老婆见它犹豫不决,恐怕它跑了,就从怀里掏出尿瓶子,搂头泼了过去,只听"扑通"一声,首乌王倒在了地上。刘义老婆高兴极了,心里想:这回我们两口子的命都保住了。她抱起首乌王,乐颠颠地下了山。

刘义见首乌王遭了擒拿,将老婆痛骂一番,随后,抱起首乌王痛哭起来,泪水滴滴落在首乌王身上,把尿解了。首乌王突然站起来,赶紧照刘义身上吹口气,转眼之间,他们就飘然升天了。钦差上前拽住刘义的腿,刘义将他一脚踢开。刘义老婆一见丈夫升了天,心里很是难过,又一想,自己不听丈夫的话,才落到这步田地。前思后想,一咬牙,撞死在大石头上了。

从此,再也没有人看到刘义的踪影。传说,首乌王已经把他点化成仙了。

讲　　述：黄治国
搜集整理：黄骏
流传地区：湖北大巴山一带

茯苓娃娃

　　农夫张老三，世世代代住在大巴山里的张家湾。他屋对门有一条深沟，屋对面有座小山梁。站在张老三的院坝边喊一声，对面山梁上的人能喊答应，但要从张老三家里走到对面山梁上去，至少要半天。小山梁两边，是重重叠叠的梯田，每年秋收以后，这些梯田都蓄满了冬水，像一面又一面的大大小小的玻璃镜子。张老三每天回家吃罢中午饭，总爱在阶沿上搭根长板凳，坐下抽叶子烟，顺便看一看对面小山梁上李老二家里在干什么。

　　有一天，张老三衔起烟雾缭绕的烟斗，盯着对面山梁上那些明晃晃的水田。忽然，一个白白胖胖、赤身露体的娃娃，一下跳到水田里洗澡去了。张老三连忙跑到院坝边上，用手做成喇叭形，高声喊叫："李二哥哎！啊嗬——"

　　屋对门的深沟里，立即响起了回声："李二哥哎！啊嗬——"

　　张老三想：那个娃娃一定是李二哥家的。这么冷的天气，跑下冬水田去洗澡，不冻死也得冻病。我喊了两声李二哥，都没有答应，一定是他走哪里去了。我得快点过去，把那个娃娃拉起来。

　　张老三丢下叶子烟斗，"噔噔噔"，下了沟，气喘吁吁地爬上了梁，连休息一下都顾不上。他径直跑到小娃娃洗澡的那个冬水田边上，眼睁睁地从田外边盯到田里，哪里有什么小娃娃？他又想：说不定是哪个娃娃洗完澡又回家去了，我还得去给李二哥打个招呼，谨防他下次再跳。于是，张老三一路小跑到了李二哥家里。恰好李二哥和李二嫂到街上买猪，刚刚回来。张老三一把拉住李二哥就问："李二哥，你赶场才回来呀？"

　　"嗯！"

"你家的小娃娃呢？"

"不在家呀！"

张老三听说李二哥家的小娃娃不在家，忍不住又拍膝盖又跺脚："哎呀！"

李二哥和李二嫂一时莫名其妙，同时问道："啥事？"

"我看见你家的小娃娃滚到水田里去了！"

李二嫂听见自己的小娃娃滚下了冬水田，"哇"地哭了起来。李二哥跟着问："老三呀！你看到了？"

"嗯！"

"哪个冬水田？"

"你家那个棉弓田。"

"几时滚下去的？"

"吃中午饭的时候。"

李二哥心里一默，说："不会吧！我屋牛娃子到他外婆家里去了三天了。"

"我在我那阶沿上看得清清楚楚的啊！"

李二嫂一边拭泪，一边说："我们去看看再说，也许今天上午他从外婆家里回来了呢？"

李二哥觉得二嫂说得在理，忙说："要得。我们马上去看看。"

李二哥和李二嫂急急忙忙把从街上买回来的架子猪拴在白水柱上，跟着就向棉弓田跑去，张老三也跟在后面。李二哥和李二嫂在棉弓田上转了一圈，看在眼里的是一田亮晃晃的水，水里的犁沟丘都看得明明白白。莫说滚下去了个小娃娃，就是滚下去酒杯大的一个土块，也看得出来。李二哥喊住正在东张西望的张老三："老三呀，你看见小娃娃从哪里滚下去的？"

"从田傍崖滚下去的。"

"你看见那个小娃娃穿的啥呀？"

"我看见的那个小娃娃白白胖胖，精精巴巴，身上丝线都没有沾一根。"

"这就怪啰！"

李二嫂还不放心："我们再到棉弓田傍崖找一下。"

他们三个人重新到田傍崖，挨一挨二看了个遍，连脚印也看不出来一个。心直口快的李二嫂破涕为笑地说:"老三呀!只怕是你的眼睛看花了?"

"我眼睛不花呀。"

"小娃娃滚下田咋会不见了?"

"是啊!"

还是李二哥想得周到:"管他的。今天下午娃儿他妈回娘家去一趟。如果小娃娃在外婆家里那就算了,如果没在外婆家里,我们立即去找。"

李二嫂当然表示赞成,说:"对,我去。"

张老三回到家里,一夜都没有睡好觉。到了第二天吃罢中午饭后,他又像昨天一样,坐在那根长板凳上,叼上叶子烟斗,直眉直眼地把对面梁上那个棉弓田死死盯着。嘿!硬是怪哟!一个白白胖胖、精精巴巴的小娃娃,又一下跳到田里去了。张老三不管三七二十一,跑到院坝边上,又是高声大喊:"李二哥哎!啊嗬——"

张老三的嗓门再大,李二哥也没答应。原来李二哥昨天下午和李二嫂同路到牛娃子外婆家里去了,还没有转来。心眼老实的张老三,二话不说,丢下叶子烟斗又往棉弓田跑。他今天跑得比昨天更快,跑到河对面坎坎上,已经累得上气不接下气了。他停了一下,又往棉弓田傍崖跑去。就像昨天一样,田里的水又清又平,连小小的水波纹也没有,哪里去找个小娃娃哟?于是,张老三又去找李二哥,李二哥家门是上了锁的,人影也没有一个。张老三才不得不扫兴地往家里走。刚刚走到半路上,李二哥、李二嫂带着牛娃子欢欢喜喜地回来了。李二哥第一个看见了张老三,热情地打着招呼:"老三呀!你又看见小娃娃在跳水了?"

"是啊!"

"你看,跳水的像不像我家的牛娃子?"他一边说,一边把牛娃子推到张老三面前。憨厚的张老三,不转眼地把牛娃子周身上下看了一遍,慢吞吞地说:"高矮、胖瘦都有点像,只是跳水那个娃娃身上没有挂一根丝线。"

李二嫂打了几个哈哈,才说:"老三呀!我屋牛娃子,昨天中午在他外婆家里那火炉边上烤火,连门槛都没有跨出啊!今天,我们三个人在一路,两个大人把他夹在中间,他咋个有法跑到这里来跳水哟?"

张老三用手轻轻拍了拍自己的脑袋:"这,这……"

李二哥只好安慰他:"老三呀,这也没有什么。"

张老三嘿嘿一笑,凑近李二哥的耳朵,细语低声说:"我明天中午再试一下。"

"要得。"

"我明天不出坡干活……"

"我也在家里坐着等。"

"我看到小娃娃跳水就喊。"

"我听见你喊就出门。"

"我看见他在哪里就给你说。"

"你说在哪里我就去捉。"

"捉住了我要看看究竟是个什么东西。"

"就是个金娃娃,我两个也'二一添作五',平分了。"

第二天,天刚亮,张老三就站在自己的阶沿上,定神盯着对面的小山梁。李二哥站在自己的屋侧边,专门听张老三的喊声。

吃早饭了,张老三叫老婆把饭给自己端来,边吃饭,边看对面,一上午都没有发现什么。李二哥呢,李二嫂把早饭端去,他吃了,连饭碗也顾不得送回家,怕张老三喊他。

中午饭熟了,张老三仍在阶沿上一边吃一边看。嘿!那个小娃娃又跳水啰!他把饭碗一丢就喊李二哥,李二哥听见喊声就答应,并问道:"又跳了吗?"

"跳了。"

"在哪里?"

"棉弓田傍崖那个湾湾里。"

李二哥一头跑到棉弓田傍崖那个湾湾里,还是没有人影。他转过去喊张老三过来一下。张老三过来了,李二哥和他商量了一阵,他们扛上两把锄头,一起到了棉弓田傍崖那个湾湾,一齐动手挖土。挖呀挖呀,挖出几个像鹅蛋一样大的疙瘩。李二哥捡起来一看:"呀,既不是石头蛋,也不是泥巴蛋,到底是什么呀?"他再用指甲抠了一下,黑皮里面包着白肉。他们又继续挖了一阵,张老三忽然惊叫起来:"嗨!这里有个泥巴娃娃啊!"李二哥赶忙丢下锄头去看,果然有一个像泥巴塑成的小娃娃。他用指甲去抠了抠,也是黑皮白肉。他和张老三把那个怪娃娃抱起来,正好有个老郎中路过这里,看了看就给李二哥说:"那是个茯苓娃娃,不是什么怪娃娃。你送到中药铺里,准能卖一笔大钱呢。"

以后,这座山里经常出现茯苓娃娃,有的中医还把这种茯苓娃娃叫作茯苓神呢!

搜集整理：胡天亮
流传地区：北京

崎峰茶

怀柔县北部山区有个挺怪的村子,叫崎峰茶。崎峰茶村西有座高大挺拔、刀劈一般的山崖。据说这个山崖的顶上曾经有过一棵茶树。当地流传着这样一个故事。

说不清是哪个朝代了,在南方著名的龙井茶乡有一片茶林,每年采下的叶子,喝起来比别处的龙井茶都要好。有年秋天,一个大臣奉皇上之命来巡视,尝到了这里的茶叶,觉得既甘美爽口,又消食解乏。他便要随从弄些茶籽,带回京城,等来年种上,以便将来专供皇上享用。

第二年春天,京城的一座园林里,果然栽种上了南方的龙井茶。可是茶树不适应北方的气候,几年过去,死得只剩下了几棵。又不知过了多少年,这几棵已长成了大树,其中有棵老树已经成仙了。这位茶仙看烦了皇帝老子和达官贵人的脸色,不愿再为他们洗刷肚肠了,在一个月色朦胧的夜晚,它忽地腾入空中,驾起祥云,眨眼工夫,就来到了群山起伏的怀柔上空,落在一座陡峭、险峻的山崖上。它摇身一变,就成了一棵根扎岩石、枝叶蓬松的小茶树。

一年过去,小树变成了大树。尽管叶挂满枝,随风飘香,可是打柴的、采药的、放羊的,无人认得。这天茶仙有点急了,它摇着满树的枝叶,忽然变成了一个老头:花白头发,紫红脸膛,穿戴打扮都像个外乡人。他背着满满一篓子茶叶,来到山下边一个姓常的人家,要求借宿。

姓常的无儿无女,只有公母俩。他们靠租种本村财主的土地过活。家境虽然穷苦,但住房还算宽敞。看着天色已晚,他们便让这老人住了下来。

老常问:"从哪儿来呀?"

外乡人回答:"口里。"

"来这里干什么呀?"

"采茶。"

"采茶?这里哪有茶树呀!"

"有,就在西边的山尖子上,"老人用手一指,"你看我采的一篓子茶。"

老常拿眼瞥了瞥,不像什么好茶叶,就不再说话了。

第二天,外乡人便起早上路了。

第二年秋天,那个外乡人又背着一篓子茶叶来了,还是借住在常家。次日临别的时候,他对老常说:"我两次来采茶,都是住在贵舍,真打扰你了。我也没啥可酬谢的,就送你点茶叶吧!"说罢递过来一包用黄纸包着的茶叶。老常心想:在这儿采的柴火一般的东西,还要送给我!他说:"我不要它!"

外乡人摇摇头,说:"你还是收下,尝尝吧!"

老常认为这人准有点疯病,很不痛快,但他还是把茶叶接了过来。等外乡人一走,他就气冲冲地把它扔到房顶上了。

过了几天,他上山去打柴,果然看到了那棵茶树。老常想:虽说是茶树,不长好茶有什么用?他举起斧头,便把它砍了,双手抱起树干,扔下悬崖,准备弄回家烧火。

他下了山,绕到悬崖前,可是砍下来的茶树不见了。难道这一会儿工夫,就让人扛走了?他闷闷不乐地回到家里。

第三年秋天,那外乡人又走进了常家,一瘸一拐,背着个空篓子,神情很不一般,还要求借宿。老常有心不让他住,可是又说不出口,只得让他住下。老常不搭理他,外乡人上赶着跟他说话:"这次来,空跑了一遭。"老常依然不语。

外乡人说:"茶树没有了。"

老常"哼"了一声,很倔地说:"没有了,我把它砍了!"

外乡人很是惊讶:"砍不得呀!那棵树可珍贵啦!"

老常心里禁不住好笑,问道:"珍贵在哪儿?"

"我给你的茶叶,你喝了吗?"

"没有。"

"怎么不喝呢？那可是难得的好茶叶呀！你尝尝就知道啦。"

老常心里忽然有所触动。自从茶叶扔到房上，一年来，只要一下雨，院子里一积水，就是红的。他不觉有点后悔，不该把茶叶扔在房上，更不该把茶树砍了。

外乡人说："你把茶叶放在哪儿了？快拿出来。"老常无法，只得照直说了，显得很抱歉。然后他走出屋，搬过梯子，上了房，不一会儿，就敛下来一捧茶叶。

外乡人看了，不觉叹了口气。老常心里感觉过意不去，吃饭的时候到了，非要拉外乡人吃饭不可。外乡人推辞不了，便答应少用一点。

老常夫妇端来了饭菜，还端来一大盘山鸡肉。老常说，是自己上山打的。

外乡人拿过一个碗，夹几块山鸡肉放在碗里，倒了些汤，漫过鸡肉。然后他叫老常拿过茶叶，捏过一撮放到碗里。鸡肉立刻就化了，只剩下一根根骨头。老常看了，很是吃惊。这时，他才知道，这种茶叶非同寻常。

不久，老常进京替东家办事。他就把那茶叶包好，放在褡裢里。心想到京城茶庄，让人家看看，到底是什么茶叶，是不是能换俩钱花。

老常在京城给东家办完事，便来到了一个高级茶庄。他把茶叶拿出，打开来让人家看。

一个小伙计看了看，没说什么。这时，茶庄的主人从里边走了出来，说："嗬，什么茶，这么香？"说着就走到柜台前，低头细看。他问老常："这是哪里产的茶叶？"

老常如实说了，而且告诉他，茶树已经被砍了。店主感叹不已，惋惜不已。

老常问他："您看还值几个钱不？"

店主说："这茶成色本来不错，可你保存得不善，兴许还受了潮。"老常点点头，默默不语。店主进去拿出十两银子，摆在了桌子上。老常很是震惊，赶快装在褡裢里，走出了茶庄。

老常回到村上，把这件事情跟穷苦的哥儿们说了，同时非常后悔，不应该把那茶树砍了。

一个小伙子说："砍了？没有哇。昨儿我上山放羊，还看见了。"

老常说："你是说梦话吧？我明明砍了。"

"不知谁说梦话呢！不信咱们打赌！"

老常马上登上山崖去看,茶树分明还长在那里。山风阵阵地吹着,茶树摇晃着满树枝叶,好像满脸堆笑地欢迎他。他解释不通,心想这可神了。他赶快下山,告诉街坊们,让他们拿上家伙,上山采茶。人们提着篮子,跟着上山了。一个多时辰过去,大家都满载而归。老常除采了一篮儿茶叶外,还弄了不少茶籽。

这件事轰动了全庄,震动了庄上的大财主。他蛮横无理地说:"那宝树是上天赐予我的,往后谁再上去采茶,我就打断他的腿。"从此,他就派出家丁在山上看守,不准人走近茶树一步。可是人们突然发现,那茶树没有了。你说奇不奇?

第二年春天,老常把采来的茶籽全部下种了,可是一颗籽也没出芽,这茶树便绝了种,但这地方落下了"崎峰茶"这么个名。

搜集整理：李凤琪

流传地区：山东青州

山旺和烟儿

很早以前，有个青年叫山旺，从小父母双亡，家境贫寒，卖身给财主做长工。一天，他在山林里砍柴，忽然听到一阵嬉笑声，抬头看是个年轻的姑娘在树后向他招手。这姑娘好看极了：俊俏的眉眼，笑眯眯的，上身穿粉红罗衫，下身是长长的绿裙子，一搭眼就惹人喜爱。山旺想跟她说话，可是刚走过去，那姑娘就不见了！山旺在树林里找了几圈儿，仍然没有踪影，只在地上发现一棵不知名的花草：肥大的叶子绿茸茸的，中间开着一簇粉红的花朵。他把这棵花连根刨起，回家栽到自己的窗前。

当天夜里，他躺在床上，一闭眼就看见那个年轻姑娘在向他招手，耳边还响起那银铃般的笑声。睁眼看时，屋里黑沉沉、冷凄凄，什么人也没有！他再闭上眼。奇怪！那姑娘又出现在眼前。

山旺翻来覆去，怎么也睡不着，直到半个月亮爬上窗口，才迷迷糊糊地睡去。蒙眬间，听见"吱扭"一声，屋门开了，一个穿粉红罗衫的女子轻轻地走进来。他借着窗外照进的月光定睛细看，正是白天在树后向他招手的那个年轻姑娘！

山旺又惊又喜，急忙起身让座。姑娘伸手把他按住，随后坐在他的身边。

山旺怔了半晌："这，这不是梦？"

姑娘轻轻地一笑，摇了摇头。

"那你是？"

"我是花仙，名叫烟儿。你把我请到你家，咱俩就做夫妻吧？"说罢，姑娘低下头，脸红得像三月桃花。

山旺孤孤单单，生活够苦的了。干一天活回家，除灯影儿做伴，连个说话的人也没有。他做梦也想不到能娶个这么俊的媳妇,也不管是仙是鬼,就一口答应了。当夜,风扫地,月当灯,两人插草为香拜天地,结成了恩爱夫妻。

俗话说,好景不长。这事被山旺的主人知道了。那财主是个老色鬼,他瞅见山旺媳妇长得像月里嫦娥似的,动了心。他逼山旺把媳妇让给他做妾,山旺不从。黑心的财主串通官府,诬告山旺是贼,拐卖良家女子。这天夜里,衙役们包围了山旺的房子,呐喊着来捉人。山旺见四面被围,无法脱身,急得火烧火燎的。他媳妇说:"别急,你听我的!"说着,她掏出一块手绢铺在地上,叫山旺站上去,说:"闭眼,搂住我!几时叫你睁眼你再睁。"山旺把眼一闭,紧紧抱住他媳妇的腰,觉得脚下飘飘悠悠升上半空,衙役的呐喊声渐渐远了。他听得耳边呼呼风响,可是不敢睁眼。也不知过了多少时候,两脚飘飘悠悠落了地。他媳妇说:"到家了,睁眼吧!"他定睛一看,山清水秀,柳绿花红,好一处幽静的山庄啊!

山旺跟着媳妇走了一程,迎面绿荫深处现出一座庭院,红漆门,高台阶,灰砖花瓦,很有气派。进大门来到客厅,见一个黄脸虬须的大汉坐在太师椅上。山旺媳妇上前道了声"万福",回头对山旺说:"这是咱哥。"

山旺行罢礼,黄脸大汉问起来,听说他是妹妹自己找的女婿,脸色阴沉沉的,有几分不快。妹妹猜出哥哥的心情,可是,自己已怀身孕了,不住娘家又到哪儿去呢?夫妻俩就在这儿住下了。

山旺是个勤快人,他知道媳妇有了喜,心里高兴,更有使不完的劲,耕地、锄草、担水、劈柴,样样都干。这天,黄脸大汉把他叫去,说:"家里没柴烧了,你到后山石洞旁边,砍些树根回来!"山旺高高兴兴地答应了。媳妇见他磨斧子,问他干什么。他把刚才的事一说,他媳妇暗暗吃了一惊,临走嘱咐他:"你砍三下转身快跑!"山旺问为什么,他媳妇说:"百步之外你回头看,就明白了。"

山旺半信半疑,掖上斧子来到后山,只见怪石古洞,大树参天,一条条树根从石缝里伸出来,真是好烧柴。他抡起斧子"唪唪唪"连砍三下转身就跑,百步之外回头一看,脸唰地变了颜色!原来有条一丈多长的蜒蚰,从石洞里钻出来,张牙舞爪直追过来,吓得他想喊喊不出声,想跑挪不动步。幸亏这条大虫怕光,追出四五十步就又钻回山洞去了。山旺回来告诉媳妇,问是怎么回事,媳妇闭口不答。

过了几天,黄脸大汉又把他叫去,说:"山后砍柴你不敢去,山前树上有老鸹窝,你去捅下来当柴烧吧!"山旺怕出意外,回去告诉了媳妇。媳妇给了他一顶草帽,说:"你戴上它,捅老鸹窝时千万别仰脸往上看!"

山旺来到山前,那儿有好大一排杨树。深秋,叶子落了,树杈上有一堆堆干枝,那是山老鸹做的窝。山旺看准地方,戴上草帽,低着头用竹竿一捅。哗啦啦一阵响,几十支箭落在地上。幸亏草帽遮住,要不就会被乱箭射死!

山旺吓了一身冷汗,回家告诉了媳妇。他媳妇说:"那个蜒蚰精就是俺哥。他不让俺嫁你,更不让俺把孩子生下来。他几次害你没成,不会甘心,今夜咱们逃走吧!"

山旺发愁了,说:"你眼看要临产了,怎么行呢?"

媳妇说:"不走也是死,不如闯出一条活路!"

当天晚上,鸡不叫,狗不咬,一弯月牙儿躲进云层,四周一片漆黑。山旺媳妇换了一身短装,挎一把宝剑。她叫山旺带上必需的东西,又交给他一张弓、三支桃木箭,说:"你趴在我脊梁上,我叫你射箭你就往后射。"说完,背着山旺腾空而起。山旺紧紧搂住她的脖子,起初不敢睁眼。一会儿,听见身后"呜"的一阵风声。这风声越来越响,山旺睁眼回头看去,风声裹着一团乌云,渐渐逼近。他正想问,忽听媳妇喊:"射箭!"

山旺张弓搭箭,回手朝那朵乌云射去,风声立刻息了,云团也渐渐远了。谁知,过了一会儿,风声裹着乌云,又渐渐逼近。

"射箭!"

山旺回手一箭,风声又息,云团又远了,可是不多一会儿,那团乌云又紧紧追了上来!

山旺的三支桃木箭射完了,云团还是紧追不舍。山旺媳妇按落云头,拔出剑对山旺说:"你在这儿等着,我和他较量一番。看来不是鱼死,就是网破!"说罢纵身跳上半空,接着云彩里传来叮叮当当兵刃格斗的声音。

这工夫,月牙儿时隐时现,山旺借月光往云彩里看,起初像两人厮杀,你来我往,互不相让。后来,一阵吼声,云层里现出一条十多丈长的蜒蚰,伸着密密麻麻的爪子向他媳妇扑去。他媳妇身影一闪,躲过这条毒虫,接着回手朝毒虫猛刺一剑,那毒虫怪叫一声,疼得在云彩中翻滚,尾巴一甩,打在他媳妇身上。只听"当啷"一声,一把宝剑从空中落下来,随后他媳妇也摔倒在地上,那团乌云和蜒蚰精也不见了。

山旺媳妇晕了过去。山旺抱住千呼万唤,她才慢慢睁开眼睛:"我……我肚子疼……要生了……"

山旺搓着手,急得团团转,不知如何是好。

"快,扶我找个避风的地方!"

山旺把媳妇抱到一座崖头的旮旯里,拔了些山草垫在地上,又脱下衣裳铺上。媳妇叫他转过脸去,别回头看。他背着脸,听见媳妇在草堆上翻滚,喊叫,心里疼得好像刀剜,可又不敢回头。过了很久很久,忽听"哇"的一声,他忍不住扭脸一看,哎哟,一个娃娃落地了!他不管三七二十一,跑过去用衣裳把娃娃裹起来,紧紧地贴在自己胸口。媳妇有气无力地说:"我口渴,你去……找点水来……"

山旺找遍了,没有河,也没有山泉!

媳妇往南一指:"离这儿不远,是青州的仰天山。山顶……有水池,你去……"

"那你?"

"不要管我,快去……快回!"

山旺把孩子交给媳妇,急忙上路了。他不管山高路险、坡陡苔滑,摸着黑深一脚浅一脚地往高山上爬。脚磨起泡,手被棘针划破,血一滴滴地往下淌,他全都不顾。走啊,爬呀,天蒙蒙亮的时候,他看到了山顶那座水池。池边有一摊黑血,池水有一股腥味儿……

山旺一心惦记媳妇和孩子,没多想。他解下腰里拴的葫芦,灌满了水,等赶回来天已大亮了。山旺给媳妇喝了水,收拾收拾,刚要去找吃的,只见他媳妇皱着眉,脸色由黄变青,脑门上渗出豆粒大的汗珠儿。山旺不知什么缘故。这时,有个老汉赶着羊群从山上下来,问起原因,山旺一五一十地说了。老羊倌说:"我家在半山腰,天傍亮听到一阵风声,出门看是条受伤的毒虫在池边喝水。你没见那摊黑血?想必这水有毒啊!"

山旺媳妇长叹一声,对山旺说:"完了完了!我原想跟你自由自在地做一世夫妻,白头到老。想不到逃出虎口,又入狼窝,这个世道容不得我呀!"

山旺哭着说:"那咱就一块死吧!"

媳妇苦苦一笑:"尽说傻话!都死了,孩子谁养活?"

"可我不能没有你!孩子大了要娘,我怎么说呀!……"

媳妇说:"你在这儿找个安身之地,把我埋在窗前,明年秋天咱们就能见面。"

山旺媳妇死后,山旺痛哭一场。他按媳妇的嘱咐,在仰天山前住了下来。老羊倌帮他搭起草房,圈起篱笆,他把媳妇埋到窗前。孩子饿了,老羊倌送来羊奶。山旺又当爹又当娘,孩子总算活下来了。

第二年春天,山旺媳妇坟上长出一棵苗苗,抽芽,长叶,叶子绿茸茸的,又肥又大,中间绽开一簇粉红色的花朵。

秋后,山旺把叶子劈下来,晒干,烤黄,又用竹竿儿做了烟袋。按上搓碎的烟叶末儿,用火点着,吸一口火亮一闪,升起一团淡蓝色的烟雾,烟雾托着一朵小小的莲花。他媳妇在莲花上亭亭玉立,笑容可掬,随着烟雾袅袅上升。山旺又吸一口,又是一朵莲花。

山旺笑了,孩子也笑了。从那以后,世上留下了种烟和吸烟的习惯。

讲　　述：王平志、陈新显（黎族）
搜集整理：绕游龙
流传地区：海南

星娘

从前，有两兄弟。哥哥和嫂嫂百般虐待弟弟，白天要他饿着肚子去放牛，晚上要他挨着寒冻上山看守山兰。每天他放牛回家，上山去看守山兰时，天上总是布满了星星。这时，他总要对着一颗最亮的星星说："星娘，星娘，我每天放牛回来，天都昏黑了，你能帮帮忙就好啦！"

长年累月，弟弟总是这样请求着。

有一天夜里，他来到山兰地时，看见地边的草寮内有豆一般大的灯光亮着。他赶上前去，看见灯前有一位年轻漂亮的姑娘，低着头坐着。弟弟大吃一惊，问道："姑娘，你是哪一峒的？半夜三更跑来这里有什么事呢？"

姑娘望着他微笑说："我是来帮助你看守山兰地的。"

弟弟说："我很穷，没有吃的也没有穿的，你不能来受苦。"

姑娘说："你每天晚上不是叫我来吗？"

弟弟说："我叫的是星娘，你是人，不是星星。"

姑娘说："我就是星星，不相信你出门看一看。"

弟弟走出草寮一看，果然不错，那颗最亮的星星不见了。原来面前的姑娘，就是自己天天渴望的星娘！他心头有说不出的高兴，两眼紧紧看着星娘。从这个晚上开始，弟弟再也不是一个孤单的人啦，他和星娘结成夫妻，生活在一起了。

第二天天明起来，他们住的草寮，已变成了一座很漂亮的瓦房，房子旁边有牛栏、羊栏，还有许多牛呀猪呀鸡呀鸭呀。弟弟非常奇怪，忙问星娘。星娘说："这些都是我们自己的。"弟弟大喜。他想了想，又对星娘说："现在我们有了牛，可是没有田来耕种呀！"星娘说："我们的田地多得很，你明天骑一匹马，出去看看,马到哪里,你就到哪里。"

第二天,他骑上马出门去,结果走了一整天,他看见一层层梯田和一片片水田,回来对妻子说:"田地很多,可都不是属于我们的。"星娘说:"你能够看到的,都是属于我们的。"弟弟高兴极了,有牛有田,又有妻子,便一心一意地埋头种田。两人早出晚归,天天在一起劳动,夫妻恩爱,寸步不离,日子过得挺幸福。

有一年,皇帝出游,所有村人都被强迫到大路边去焚香拜接。星娘美貌出众,一下子就被皇帝瞧见了,皇帝要把她带回皇宫去做妃子。星娘拼命挣扎,但敌不过皇帝的强横。弟弟上前与皇帝拼命,也被皇帝的卫兵打得死去活来,结果星娘被劫入宫了。村民们对皇帝的强蛮行为,虽然气愤,但没法子,只好恨在心里。

星娘被抢进皇宫后,不洗脸也不梳头,样子变得越来越难看。皇帝见星娘这样丑,便不再喜欢她了。日子一天天过去,皇帝也渐渐把星娘忘掉了。

自从星娘被劫走后,弟弟日夜想念着她,茶饭无味,坐卧不安,整天想着怎么才能把妻子救出来。一天,傍晚时分,弟弟上山打猎回来,忽然看见一群仙女在自己家门口游玩。年长的一个见他回来,忙上前作个揖说道:"阿哥,我们都是星娘的姐妹。星娘被皇帝抢去,请你不用难过。我来告诉你一件事:明年今日,有一只金凤鸟从这里飞过,它肚里有一颗夜明珠,能得到这颗夜明珠,就能救回星娘了。但想得到它,就得有百发百中的射箭本领。"说罢,她领着众人一阵风似的走了。

弟弟感激仙女,从这天开始,他终日练习射箭。过了一年,他已经练得百发百中了。有一天,太阳将要落山,弟弟背着弓箭从山里回来,刚到家门口,忽然见一只金光闪闪的金凤鸟,像流星似的从东向西飞掠过去。弟弟异常高兴,心想,这就是自己等待的金凤鸟了。他忙搭上弓箭,用尽平生之力向金凤鸟射去。金凤鸟被射中了,弟弟取出了一颗金光灿烂的夜明珠,欢喜得什么似的。但是他又想,夜明珠如何救得妻子呢?正在为难的时候,屋外的篱笆前突然出现了一群仙女。年长的仙女又上前来对他说:"你明天可带着夜明珠到京城的皇宫去,如果皇帝要用物件与你交换,你什么都不要,只要皇宫中的一个妃妾。记住,不管皇帝给你怎样难看的妃妾,你都要将她带回来。"说完,众仙女又化阵清风走了。

第二天,弟弟带着夜明珠,日行夜行,跋山涉水,足足走了四十九天,才走到了京城。他走到皇宫的大门口,高声叫卖夜明珠。许多行人都围住他看夜明珠,后来,皇帝也来了。他愿意以许多贵重物品和弟弟交换夜明珠,但弟弟都拒绝了。最后,皇帝提出以宫女来交换,弟弟就说要皇帝的妃妾来交换。皇帝满口答应,高兴地捧着闪闪发光的夜明珠进宫里去,命令官员挑选皇宫里最丑的妃妾给弟弟。不一会儿,从宫门走出一个很丑很怪的女人来,她走到弟弟的面前,行了礼,说一定要跟着他回去。弟弟想起仙女的话,只好领着那丑女人回家去。

这丑女人一路走着走着,走一程路她就脱下一件衣服丢掉,再走一程路又把鞋袜脱下来丢掉……这样走到家时,她只剩下一件薄衣裳了。当他们回到家门口时,丑女人忙跑进房里去,打开衣箱穿上衣服,忽然间又变成一位天仙般美丽的姑娘。弟弟看见了,又惊又喜,原来站在面前的,就是自己一年前失去的妻子!夫妻重逢了!从此,他们重新过着自由幸福的生活。

讲　　述：王世文（苗族）
搜集整理：刘立云、杨政、谯菲、陈明钊
流传地区：四川筠连苗族地区

火星姑娘

不晓得是多久以前，有个叫天真的娃娃，他妈害病死了，老实巴交的阿爹给他娶了个后妈。这个后妈的心很狠，跟他阿爹说："你要这个娃娃，我就不跟你过。明天你到老林子头安憨包机①时，把他甩到林子头算了。"阿爹没得办法，就咬咬牙答应了。

第二天，天真和阿爹一路去老林子头安憨包机。天慢慢黑下来了。阿爹说："天真，你在这儿耍，我去找些柴来烤火。"说完，阿爹就走了。天真等呀，等呀，就是不见阿爹来。他大声地喊也没得人答应。天完全黑了，梁子上一只大豹子"嗷嗷"地叫起，朝这边走了过来。天真害怕了，赶忙爬到树上去，向着天空喊："阿爹，阿爹，快点带我回家去！"那只豹子发现了他，冲过来顶撞那根树干。他紧紧抱着树，吓得连眼泪都流不出来了。他又怕又冷又饿，就在树杈上晕过去了。

过了一会儿，他醒过来，看见天上有一颗小小的火星落了下来，正好飘到他的手掌上。转眼间，这颗火星就变成了一个小姑娘，对他说："天真哥哥，我是火星姑娘，我带你下去。"天真说："下头有一只大豹子，我不敢下去。"火星姑娘说："不怕的，豹子已经走了。"他们两个滑下树来。火星姑娘捡起两块白石头，敲出一点火星星，马上就点起了一堆柴火。火星姑娘又不晓得从哪里弄来米，煮了给天真吃。姑娘还拿出一件衣裳来，给天真盖上说："你睡后不要揭开这件衣裳，谨防角子②落下来打到你。"睡到半夜，天真听见一片响声。他睁开眼，揭开衣裳一

---

① 憨包机：一种类似夹板的打猎工具。
② 角子：安放瓦片的木条子。

看,哟,到处都是火星星在飘。当真,一块角子落下来砸到他身上。天真赶忙把衣裳盖住睡了。

第二天早晨,天真醒来一看,哎呀!好漂亮的一座白房子。他就问:"这是哪个财主的屋呀?"火星姑娘说:"这是昨晚上我的兄弟姐妹给我们修的。"他们就住进了白房子。

以后,他俩每天一起耍,一起开荒种地。到了晚上,天上的火星星就飘下来,变成许多姑娘、小伙子,和他们一起唱歌、跳舞、吹芦笙。

过了三年,天真的阿爹一直想着他,就偷偷钻进老林子,想看看天真是死是活。进到老林子里头一看,见这里已经开了田地种上了庄稼,梁子上还有一座很漂亮的白房子。他走拢房边上,天真正好出来。他看到阿爹来了,很高兴,就请阿爹进屋,留阿爹耍了七天,给他讲了那天晚上碰到的事情。阿爹临走时,天真和火星姑娘送他好多珍贵的山货。阿爹回家后给天真后妈说了。后妈就说:"你这个憨包,你的娃娃发了财,向他多要点东西嘛。"阿爹说:"当初你要把娃娃甩到万山老林头喂豹子,现在咋个好意思向别个要东西?"后妈冒火说:"你不去,我去!"

后妈来到林子头。天真见她来了,有点害怕。火星姑娘说:"天真哥哥,我有办法。"后母耍了三天,临走时,这也要,那也要,火星姑娘都答应了。临走时,火星姑娘又准备了只口袋,在底层放进一个蜂包,上头放着好饭好菜,还牵来一匹白马,对天真后妈说:"路远得很,这匹马牵来给阿妈骑。你走到霍麻林正好吃午饭,这些饭菜给阿妈带上。"天真后妈便骑上马驮着东西回去了。到了霍麻林,她打开饭袋,才吃了几口,牛角蜂就飞出来围着她蜇。她赶忙钻进霍麻林,全身被刺得又红又肿,回到家整整躺了半月才好。以后,她再也没脸去见天真和火星姑娘了。

有一天,苗王打猎来到了这里,正好火星姑娘出去提水,被苗王看到了。苗王见火星姑娘像山坳里的山茶花,开得又香又艳,就想:我十几个婆娘,没有一个赶得到她的脚后跟。苗王就起了心,要抢她去做夫人。火星姑娘没得办法,就对天真说:"天真哥哥,我这里有一根玉角子,你等我走后,把它打成两半,有半边就飞上天去,我的兄弟姐妹就会下来,你们再想办法救我。"

火星姑娘被抢走后,天真非常着急,就把玉角子打成两半,有半块飞上天去了。不一会儿,满天的火星星都落下来,变成火星姑娘的兄弟姐妹。天真把火星姑娘被苗王抢走的事说了。他们就说:"不要急,你去抓几只野猫子,我们来做芦笙。"天真去抓了几只野猫,把野猫皮剥下来做成了一件衣裳。他们就吹着芦笙,跳着舞到苗王住的京城去了。

再说苗王把火星姑娘抢来后,看见她总是不高兴,咋个逗也不能让她笑一下,就想找一个戏班子来宽她的心。恰好有人进来报告说,有一伙穿皮衣服、吹芦笙的人来到京城。苗王就把他们请进宫。说来也怪,芦笙一吹起,火星姑娘就自己出来了。那个穿皮衣服的一跳舞,姑娘就笑了,快活得很。苗王想:原来你喜欢看跳舞,我也会跳嘛!他对天真说:"你把皮衣脱下来,我穿起来跳舞给姑娘看。"天真就把野猫皮脱下来给苗王穿上。芦笙一响,这野猫皮就像生了根一样,紧紧贴到苗王身上。苗王一急,脚底绊了一下,在地上一滚,就成了一只野猫了。

以后,天真和美丽的火星姑娘依旧回到他们的白房子里,过上了幸福快乐的日子。

搜集整理：龙金美（黎族）
流传地区：海南五指山一带

负心的巴帝①

从前，有一个叫亚昌的人，从小就失去父母，无依无靠，只好给财主到山上去看守山兰坡地。在山上，他长年累月受尽苦难。亚昌孤单一人在山上守园，每天夜晚总喜欢坐在棚外面看天上的星星。他每次看到其中最大最亮的那一颗星时，总自言自语："要是那颗最大的星能落到我的面前该多好哇！"

一天晚上，他正在入神地观看天上的星星。突然，在他面前出现一位非常美丽的姑娘。他惊奇地问道："你是谁家的女儿，到这荒山上有什么事？"

"可怜的阿哥哟！我就是你经常见到的那颗星星。"姑娘说，"我叫亚丝。你不是每天晚上都盼我落到你的面前吗？"

亚昌半信半疑地抬头一望，那颗大星果真不见了。他高兴地问道："亚丝，你为什么下凡来呢？人世间很痛苦呀！"

"为了解除你的痛苦，我愿做你的妻子！"

"你想嫁我？我做梦也不敢想呀！我穷得连个家都没有！"

亚丝说："是呀！我正为这个才从天上下到人间。亚昌哥哟！我一定与你白头偕老！"

亚昌见她态度诚恳，就答应了。于是，他们便在荒山上安了家，辞掉替财主守山兰园那份工，辛辛勤勤地砍山开荒。这一年，风调雨顺，他们打下了满满七间大仓的谷子，不愁吃也不愁穿。亚丝生下一个又胖又白的男孩子，生活过得十分美满。

---

① 巴帝：黎语，疯子或乞丐。

可是,亚昌自从打下七仓谷子之后,便交结了不少游手好闲的汉子,整天饮酒作乐,不愿干活。亚丝的话他不但听不进去了,还看成是对他最大的束缚。和亚昌鬼混的那伙人便趁机挑拨说:"巴帝昌呀!她是人吗?丈夫的事她都敢管,这样的老婆,嘿!她一定是一个诡计多端的妖女,如果你现在不把她撵走,以后会招来天大的灾难!"

从此,他对亚丝的感情逐日冷淡,千方百计想赶走亚丝。一天早上,亚昌把妻子经常用来挑水的土罐凿个小孔。待亚丝出去挑水后,他便赶忙杀狗,把狗血洒在屋子四周,关着门,把狗头挂在门槛上方。

亚丝打了半天水,都从小孔里漏掉了,只好挑着空罐子回家。刚到家门,见到遍地洒满狗血,门前挂着狗头。她知道亚昌做了毫巴①,事情已经无法挽回了,只好流着眼泪大声说:"忘恩负义的亚昌呀!我从天上下凡,以为能与你白头偕老。可是,谁知你听信别人的鬼话,把我当作妖女赶出家门。唉!真是饲肥瘦狗反咬人呀!好,你把孩子交给我吧!"

亚昌从屋子里把孩子使劲往外面一丢,又紧紧关上门,一声不应。

亚丝抱着孩子,含着泪花,走进那七个谷仓,从每个仓里抽出一把谷子说:"亚昌呀亚昌,我为你打下七间谷仓的谷子,你却把我赶出家门。好吧!祝你永远'幸福'!"说毕,像一股风地不见了。

从此以后,亚昌更加无忧无虑地闲逛,大口吃肉,大口喝酒,欠下一大笔酒肉债。到了年关,逼债人络绎不绝,他只好打开谷仓称谷抵债。等他打开七间谷仓,却见满满的七仓谷,全被虫蛀光了,只剩下一些壳子。原来,亚丝临走时把壳里的米带走了。他一骨碌坐在地上,想起亚丝临走的话,耷拉着脑袋无话可说。

自从妻子走后,亚昌的日子一天比一天穷困,最后只好给汉商抬轿糊口。由于他人小身瘦,有气无力,经常被汉商打骂。

有一回,他抬轿从一棵大榕树下经过,饿得两眼冒火星,一头栽在地上,把汉商摔得半死。汉商爬起来,抡起木棍劈头盖脸地打了他一顿,打得他昏死过去。汉商丢下他不管。

---

① 毫巴:黎语,旧时黎族杀狗时,在屋子四周洒狗血,表示人与鬼妖隔魂。

等他醒过来,只见抱着孩子的亚丝正用犀利的目光盯着他。亚昌简直不敢相信自己的眼睛,拼命大喊:"亚丝呀!我不该听信别人的鬼话,救救我吧!"亚丝说:"你有七仓谷,怎么给汉人抬轿呢?"

亚昌大嚎起来,拍打着自己的两颊说:"我不该赶走你呀,我的良心丢到哪里去了?"亚丝故意把孩子递给他说:"抱他吧!过去他是你的孩子,但你已经丢掉他了。"

亚昌发疯地亲着孩子,哀求地说:"亚丝呀!我们一块回去吧!"

"回去?!哼!你已经杀狗隔魂了,无法补救。你这个忘恩负义的巴曼①,把孩子交给我,快给汉人抬轿去吧!"亚丝说着,便从他手里把孩子夺过来,一缕烟地,上天去了。

亚昌从昏迷中苏醒过来,大叫一声:"亚丝——你不该把我丢下呀……"这听信别人谗言、忘恩负义的人,从此沦为流浪的巴帝。

---

① 巴曼:黎语,男人。

讲　　述：杨春英
搜集整理：马明君
流传地区：陕西咸阳

雨水姐姐

玉皇爷听说人间有老两口在世上行善积德，净做好事，连个蚂蚁的命也不忍心害死，就装扮成一个要饭的老汉来到世间，他要看看虚实。

一天，老两口来庙里烧香还愿，见一个要饭的老汉倒在路边，就急忙把他抬回家，给喂饭，请人给看病。两天后，老汉病好了，硬是要走。老两口说："你年纪大了，在外面挨饥受冻的咋能行呢？你还是住下吧！"老汉拗不过他们，就住下了。他就是玉皇爷。

玉皇爷在他们家里住到第九十九天。老两口要出远门，就对他说："老哥，你住下给娃做个伴，我俩明日就回来。"玉皇爷答应了。当天晚上，他对老两口十九岁的儿子说："我今晚要走，你到了三更时把窗打开，喊一声'雨水姐姐'，就有人给你做伴。"说完就飞上天宫去了。

到了三更时分，小伙子打开窗喊了一声"雨水姐姐"，一个身着绿衣，长着柳叶眉、杏子眼的姑娘从窗口飘了进来，给小伙做伴。

第二天，老两口一进门不见了要饭的，心想：老哥在外面又要受罪了。晚上，小伙子不愿再跟父母睡。他父亲说："娃大了，你就独自睡吧。"晚上雨水姐姐又给小伙做伴了。

等到第二个九十九天的晚上，雨水姐姐对小伙子说："我要回天宫了，你到腊月二十三日晚上在窗口喊我，你就能来天上。"说完就走了。

到了腊月二十三日晚上，小伙子对着窗口喊："雨水姐姐！"窗口里伸进一条白绸带，小伙子沿着白绸带走去。走着，走着，见一个人拉着牛耕地，他问那人该怎么走。那人让他往右拐。走着走着，他又见一个老妇人在涝池边洗衣服，他问

该怎么走。老妇人说往右拐。走了一段路,他到了雨水姐姐的家里。雨水姐姐含羞地推着一个小男孩说:"叫爸呀!"小伙子知道自己有了娃,也很高兴,就住了下来。

雨水姐姐住的房子有四个窗户。有一天,雨水姐姐对小伙子说:"你在东窗看,在西窗看,在南窗看,千万不可在北窗看。"小伙子一天禁不住好奇心,悄悄地走向北窗,刚一伸头就眼前一黑,咚的一声掉进了人间。

每年腊月二十三,小伙子都要在窗口喊雨水姐姐,窗口却再没有出现绸带,小伙子再也上不了天了。

有一年,天闹旱灾,地皮都裂口了。小伙子边走边说:"今天有大雨。"正好县令路过,就要抓小伙子问罪。小伙子焦急地喊:"雨水姐姐,雨水姐姐救救我。"轰的一声,天空一声雷响,接着大雨落了下来。县令见他料事如神,给他封官加禄,让他当了师爷。后来,他娶了一个年轻貌美的妻子,日子倒也过得挺美满。

搜集整理：唐光玉
流传地区：甘肃酒泉

雪美人

　　古城酒泉县城北门外，有一座仙姑庙，也叫雪姑庙，庙里塑着一尊雪美人的神像。关于雪美人，还有一个民间传说。

　　相传在很多年以前，北门外的北大河边，住着一户穷人。儿子叫大牛，靠租种财主的地过活。大牛家可穷了，常常吃了上顿没下顿。大牛都快三十了，还没有娶上媳妇，二老心里十分着急。

　　这一天，村里下了一场大雪，足足有三尺三寸深，从雪里飘起一位美人，来到大牛家。雪美人长得可漂亮了，眉毛弯弯的，眼睛大大的，嘴巴尕尕的，腰身细细的，说起话来和和气气的。见过她的人都把大拇指竖得高高的。大牛的父母更是高兴，心想：天底下哪里去寻找这样好的媳妇啊！大牛也高兴得整天合不上嘴。

　　谁知这件事一传十，十传百，没几天就传遍了全村，让村里的大财主赵二爷知道了。赵二爷长得十分难看：一双老鼠眼睛小小的，玉米棒一样的脑袋长长的，大蒜鼻子红红的，木鱼一样的长嘴扁扁的。他心又狠又坏，人们见了他都躲得远远的。听说大牛家飞来了一位漂亮的雪美人，赵二爷暗暗起了坏心。他立刻带着一群打手，蛮不讲理地闯进了大牛家。大牛一见赵二爷要来抢人，抓起一把锄头就要上去拼命。雪美人从中拦住，不慌不忙地说：“你们不要吵，不要闹，我出三道题，你们谁能答上我就和谁成亲，怎么样？"赵二爷高兴得在地上跳蹦子，连说："行，行！你快出题。"雪美人说：“你们谁能把天上的星星摘下来？"

　　赵二爷想了三天三夜，急了一身臭汗，怎么也答不上。到了晚上，大牛指着北大河里的水说："你们看，我把天上的星星全部摘下来养在水里了！"乡亲们都说大牛答得好。

赵二爷不服气,他吵吵嚷嚷地说:"说好三道题,才答了一道,不能算,不能算!"

雪美人又说:"你们谁能把天上的月亮取下来捧在手里?"

赵二爷想了五天五夜,头发掉了一大把,还是答不上来。到了晚上,明月当空,大牛取来一面铜镜,指着铜镜说:"你们看,我手上这轮月亮多好看呀!"乡亲们又齐声夸奖大牛答得好。

赵二爷连连摆手说:"半夜三更天不亮,才说了两道题,还有一道题哩!"

雪美人又说:"你们谁能告诉我,太阳是什么味道?"

赵二爷想了九天九夜,头都想疼了,怎么也答不出来。大牛不慌不忙,搬个梯子上了房,从房顶上取下几个晒过的馒头,用手掰开一个说:"你们闻吧,太阳就是这个味道。"乡亲们过来一闻,都说:"这的确是太阳的味道。"他们为大牛的聪明高兴。赵二爷气得要死,但有言在先,又当着乡亲们,只好带着打手灰溜溜地走了。大牛赢了,他和雪美人成了亲,男耕女织,欢欢乐乐地过日子。雪美人死后,人们为了纪念她,修了这座仙姑庙。

搜集整理：董均伦、江源
流传地区：山东沂蒙山一带

日月石

百丈古寺玉皇顶，

日月石下鸭子泉。

这些都是沂山上八大景致之一。那玉皇顶说不上有多么高，到了傍晚，山里升起的云雾，在山顶上变成彩云，和青苍苍的山石、碧绿的松树接成了一片，玉皇顶下面百丈古寺的红瓦显得更加新鲜光彩。和古寺相隔只几个山头，有一个像镜子一样光亮平静的泉子，叫作鸭子泉。鸭子泉上就是那日月石。从前，那日月石不只是白天看去明光光的，每到晚上那日月石上就显出一个月亮，好似天上的月亮，天上的月亮有缺有圆，这日月石里的月亮却永远是圆圆的，只是在初一、十五时格外地光亮。那鸭子泉被照得晶亮晶亮的，每一滴水都似乎变成了水银。在这一阵，日月石上那圆圆的月亮里，常能影影绰绰地看到一个女人的影子，那水晶一般的泉子里，也常有一对金鸭游来游去。不过没有人看得清那女人的面貌，也没有人抓得到那好看的金鸭。

那时候，古寺里住着一个老和尚，每天除了访友喝酒，便是到山下化米化钱。也许是老了的缘故，他很想招个徒弟，给他看看门，扫扫地，早晚做做饭，送个水，端个茶的。有一天，他到山下面的一个庄里去化缘，看好了一个十多岁的孩子，那孩子虽说穿戴得不好，却长得高鼻明眼的，看上去又俊秀又聪明。老和尚心生一计，对孩子的爹娘说道："穷人家是担不住这样的好孩子的，要叫他长命百岁，只有把他舍进寺里。"这孩子的爹娘哭了一阵，真的把孩子舍进寺里去了。

孩子剃去了头发，换上了袈裟，便是一个小和尚了。他虽是一天书房门没进，可不管什么事情，一学就会。有人给这老和尚看门做活了，他下山的次数就更多了。

小和尚在那古寺里，孤孤单单地过了好几个年头。那一天，他去松林的泉子里挑水，林子里红花闪耀，泉子边青草鲜嫩，那晶亮的泉水把小和尚好看的模样，清清楚楚地照在了水上。不知是什么缘故，这小和尚忽然长长地叹了一口气。他把那两只水桶慢慢地盛满了水，担了起来，转身刚走了两步，就走不动啦，如同被人拖住了一般。他连忙回头去看，却什么也看不见。他回过头来，又要往前走去，刚刚走了两步，却又走不动了。他再回头去看，还是什么也看不见。他正在发愣，路旁的松树后面突然响起了一阵笑声，随着笑声从松树后面闪出了一个十六七的年轻闺女。她黑头发上插着几枝山花，月白衫上镶着巧妙的花边，圆圆的脸面，红红的双腮，那一对眼睛呀，更是说不出有多么好看，说不出有多么光彩，只照得小和尚的脸上放光，连他的心里也亮堂了。

小和尚还没来得及说一句话，闺女已经伸手把担子接了下来，对他说道："你也孤单得慌，我也闷得慌，咱们就一块儿在这里玩一会儿吧！"说实在的，小和尚天天住在这深山里，真是巴不得有个人和他做伴，巴不得有个人来和他说说话，他心里虽有点惊疑，却也高高兴兴地答应了。

闺女好说也好笑。她认得山里所有的药草，她也叫得出各种花名草名。她把很大的石头掀下山去，山谷中发出了打雷般的响声，两个人都乐得哈哈地笑了起来。她把那开满花的树木轻轻地一摇，花瓣就落满他俩的身上，两个人也笑了起来。自来到这深山里，小和尚从来没有这样高兴过。他和那闺女分手以后，回到了寺里，心里还是一阵又一阵地欢喜。

第二天，老和尚又下山去了，小和尚瞅老和尚转过了山脚，慌慌忙忙地摸起担杖，就去挑水。他走进了松林，只见那闺女早已等在泉子边了，两个人又欢天喜地地耍了起来。他们走到山梁上一片青草地上时，闺女忽然说道："我教你唱戏吧！"她说唱就唱，在那草地上就教小和尚唱了起来。她唱一句，小和尚也唱一句，一出戏唱完了，小和尚也学会了。两个人在草地上，他装男，她装女，热热闹闹地唱了起来。

这一天,小和尚又是欢欢乐乐地度过了。从这以后,只要老和尚下山去,小和尚总是立刻挑起水桶向那松林里走去,每次都碰到那个闺女,每次都玩得又热闹,又快乐。

有一天,老和尚又下山去化缘,这古寺到那山下有人家的地方,少说也有二十里难走的山路,他每次都是早晨去晚上回来。这次,他已经走出了几里路啦,忽然想起了忘记拿钵盂,连忙转身往后走去。老和尚爬上了一个山顶时,就听到有人唱戏,细嗓、粗嗓的,唱得那么好听,他心里很是奇怪!在这深山里,什么人在唱戏呢?老和尚越走越听得清楚,声音就是从古寺那里响出来的。他加快了脚步,转过了山坡,他看清楚了,在寺前那片草地上,他的徒弟正和一个闺女在那里连演带唱。这老和尚心里虽气得慌,却没有声张,一闪躲进了山林,悄悄往那片草地上走去了。走得近了,他猛地从树林里跳了出来,大声喝道:"不要动,哪来的大胆女子,竟敢勾引我的徒弟!"

小和尚一惊站住了,那闺女却风快地跑向松林里去了。老和尚一见,连忙就追。他追进了松林,远远地看到那松树缝里,红红鲜鲜的,好像那女人的裙子,等他追到跟前时,却原来是一棵盛开的杜鹃,闺女已没影没踪了。

老和尚回到了寺里,连骂带打地拷问起那小和尚来了。小和尚被拷问得急了,哀告道:"师父呀!你饶了我吧!"老和尚停住了手说道:"我饶你,你可得告诉我,那闺女是从哪里来的,叫什么名字。"小和尚说道:"师父呀!你就是逼死我,我也不知道她是从哪里来的,她叫什么名字。"老和尚想了一想说道:"我饶你,你可得听我的话,我给你一个线穗子,把针引在线头上,等她再来的时候,你把这枚针悄悄别在她的衣裳上,那时我自有办法。"

小和尚接了线穗子,心里却另有主意。他知道那老和尚是不怀好意的,他怎么也不能让那闺女受害啊!

第二天,老和尚说要下山赶集,小和尚还没有拿起水桶,那闺女就来了,还是高兴地说道:"走吧,春暖花开的,待在家里做什么!"小和尚却连忙说道:"你这个好心的大姐呀,以后千万不要再来啦。师父给了我一根针、一个线穗子,想要知道你的下落,找着你,他会害了你的。"小和尚说着,心里着实难过,声音也悲悲凄凄的。假若这闺女真的再不来了,他就又要过那孤孤单单的日子。

闺女接了那线穗子,扯着上面的线头,就把线穗子扔到了地上,欢天喜地地对小和尚说道:"你也不用难过,也不用犯愁,快跟我来吧!"

小和尚跟那闺女向门外走去,闺女手里还是扯着那线头。小和尚吃惊地说道:"赶紧扔了它吧,俺师父会顺着这根线找着咱们的。"闺女看到小和尚那个吃惊的样子,咯咯地笑了一阵,说:"你尽管放心跟我走吧!"

闺女还是手扯线头,同小和尚两个,穿过了松林,爬上了几个山头,到了那水平如镜的鸭子泉边,才把那线头扔下了。她把手一拍,水面上涌起了罗圈般的水纹,接着一对金鸭从水里钻了出来。前头那只金鸭,扁扁的金嘴里,衔着一枝嫩绿的树枝,树枝上结着一个鲜红的小果。小和尚立刻如同走进了熟透的苹果园里,走进了盛开的桂花林里一般,可是什么也没有这个红果的味儿好闻,什么也没有这个红果的香气足。那金鸭游了过来,把那红果连枝儿吐到了岸上,才又沉到水底去了。

闺女一弯腰拾起了树枝,从那枝上把红果摘了下来,递给了小和尚,说道:"你把它吃了吧!"

小和尚依着闺女的话,连忙把那红果吃了下去,不只是觉得那红果香甜好吃,还觉得浑身轻松痛快。这时,他不再觉得有一点忧愁、有一点难过,又高高兴兴地和那闺女在这鸭子泉边玩了起来。

这时,那老和尚坐在路旁的一块石头上歇息。他站了起来,不再向山下走去,而是转身往后走了。他想:这次一定能够抓住那闺女了,也许她是一个什么宝物变成的,那时候自己就可以发个外财了。他不再打那盘绕在山上的小路走了,他从那树缝子里,从那石头中间,躲躲闪闪地回到了古寺。寺门开着,却不见了徒弟。他又生气,又懊恨,心想:一定是徒弟跟那闺女逃走了。他低头看到了地上的线穗子时,才又欢喜起来。他顺着那根白线就找去了,他也穿过了松林,他也爬过了山头,他听到了一阵又一阵的笑声。

老和尚还没有走到跟前,闺女已经知道了,她把小和尚一拉,两个人跑到一块大石头后面躲了起来。老和尚到了那鸭子泉边时,已经累得气吁吁的了。白线到这里已经到头了,可是人呢?却一个没有。他更加恼怒,正要向四外去找,闺女在那石头后面把手一拍,水面上又涌起罗圈样的水纹,两只金鸭又从水里钻出来了。后面那只金鸭,扁扁的金嘴里衔着一根鲜嫩的绿枝,绿枝上却结着一个绿果。老和尚看到了金鸭,什么也不顾了,那一对金鸭也一直向他跟前游来。金鸭眼看已经游到岸边了,老和尚连忙弯腰去抓,金鸭一闪不见了,岸上只放着那根鲜嫩的绿枝,绿枝上结着一个新鲜的绿果。老和尚也闻到扑鼻的香味,他想那金鸭吐出来的,一定是仙果了。他把它摘了下来,塞进嘴里吃了,虽说不是十分香甜,却也有一些香甜的滋味。他走了几步也觉得身子轻快多了。这时,闺女在石头后面,悄悄地嘱咐小和尚:"你跳出去,你师父一定追你,你不用怕,尽管往正西跑去,我在那里等你。"闺女说完,一闪不见了。

  小和尚真的从石头后面跳了出来,老和尚一见那小和尚,果然跟着追了去,一面追一面骂道:"你这个小家伙,我赶上你,就砸断你的腿。"

  小和尚前面跑,老和尚后面追,追过了一个山头又一个山头。小和尚爬山过岭就如同长了翅膀飞一样,老和尚也觉得腿快身子轻的。跑着跑着,前面有一条几十丈宽的大深沟,小和尚心里发慌,抬头一看,闺女站在了沟那岸向他招手。他想:就是摔死,也比落到那老和尚的手里要好得多了。他用力向沟那沿跳去,嗬!如燕子一样,一下就飞过去了。那老和尚见自己徒弟跳过了沟,也向前跳去,他却只跳到沟的半截,便掉下去了,因为他吃了一个没熟的仙果呀!这沟少说也有百丈深,老和尚摔死了。

  就在这天,闺女与小和尚半飞半走、半云半雾地离开了沂山。到了晚上,那日月石上不再有月亮显出来了,那上面也不再放亮光了。原来那小和尚碰到的闺女就是日月石里的仙女。金鸭自然也不见了。

石磙精

讲　　述：刘有英
搜集整理：孙佳讯
流传地区：江苏连云港

不知什么地方有一座大山，山下有一条小路，乡里人进城去卖草、卖菜，都要从这里经过。

有一天太阳落山的时候，有个生得身强力壮的小伙子，扛着扁担打从这里经过，走着走着，忽然听见后面有人哀求道："我走累了，可怜可怜我这老汉，驮驮我吧！"小伙子回头一看，一个又矮又粗的小老头从后面赶来，他走路和人家不同，一转一转，像打滚似的。

"老人家，就驮驮你吧！"小伙子把扁担拿在手里，让小老头向背上一趴。哎呀，像块大石头似的，多重啊！走着，走着，小伙子觉得背上越来越重，压得几乎喘不过气来。

"老人家，老人家！下来，下来！我驮不动了，让我歇歇吧！"小伙子没想到那老家伙倒吆五喝六起来："快走，快走！"他不由来了气："你不下来，我要摔了！"

"你摔吧！"小老头像蝎虎巴在墙上似的紧紧巴在小伙子的背上。

这一来，更重了，像山一样压下来。这边一摔，摔不掉，那边一摔，摔不掉，真急死人呀！好了，好了，前面是座大石桥，桥下面白浪滔天。小伙子挣扎上了桥，身子一歪，"扑通"一声，他和小老头都栽到桥下去。"咕噜，咕噜"，小老头喝了两大口水，"啊呸，啊呸"，呛得直打喷嚏。小伙子趁这机会，身子一缩，两手一松，甩掉了他，一口气蹿到岸上去。

小老头在水里，两只白眼直翻，仰着脸，向小伙子哀求道："可怜可怜我老汉，把我拉上去吧！"小伙子明白这个老家伙不是好东西，还睬他吗？扛起扁担就走了。

几天过后,一天晚上,太阳落山,那个小伙子扛着一条长长的火枪,在山下小路上走来走去。他又听到后面哀求道:"我走累了,可怜可怜我这老汉,驮驮我吧!"回头一看,哈!还是那个又矮又粗的小老头!小伙子站住了,小老头滚呀滚地追过来。小伙子说:"让我抽袋烟,提提精神,再驮吧!"他一面回答,一面把火枪衔在嘴里,哧,哧,哧,真的像抽起烟来:"香呀!香呀!"小老头听说香,不由得馋得直流口水。

"你给我抽一袋吧!"

"好,你把烟嘴衔住,我给你点火。"小伙子把火枪梢伸过去。

看,小伙子给它点火了。他扳起枪机,嘎的一声落下去,紧接着轰隆一声。只见火光一闪,冒起一阵黑烟,好多碎石片向空中直飞。黑烟散后,那个又矮又粗的小老头不见了,只有个石碌倒在路旁,一头被打得炸裂开来。

搜集整理：刘思志
流传地区：山东崂山一带

水晶石

自古崂山有水晶，
崂山水晶向贫穷。

"自古崂山有水晶"，是说崂山山上的土里、石头崮里，埋藏着数不清、挖不完的水晶石。"崂山水晶向贫穷"，是说崂山水晶石，大部分叫崂山里的穷苦人得了去。庄户人上山拾草、刨地，常常一镢刨出个水晶石，一锄锄出个水晶窝子来。于是，庄稼人得了宝，换个百儿八十两银子，过几年好日子。

富人为什么很少得水晶石呢？因为他们一不下坡种地，二不上山拾草，那水晶石当然不会自动往他们家里跑。

山下有个叫"谭不够"的大财主，见山里不少穷人挖到了水晶石，发了财，很是眼红，便花钱雇了一帮子人，亲自领着他们上山去找水晶石。可是，从春找到夏，从夏找到秋，从秋找到冬，从正月初一找到年三十，不但没找到水晶矿，连个水晶面都没见上。眼看日头就要落山了，他们找到一个大石头崮边，忽听石崮里头传出丝弦铮铮、水流唰唰、人声走动的响声！财主一听，心想：这石崮里头一定有宝贝！便领雇工们一齐动手凿起石崮来。不大一会儿工夫，只听"哗啦"一声，石崮下打开了一扇石门，顺着门口往里一看：哟，红光跳跳，黑光跃跃，白光闪闪，绿光道道……里头盛着满满一洞水晶、茶晶、墨晶。

这时，已是日落西山、星斗满天了，山下边不断传来"乒乓""噼啪"辞灶的鞭炮声，雇工们都急着回家过年，没心思挖石头、取水晶了。财主一见这情景，心想：都想回家过年吃饺子，总得留下个人在这儿看水晶矿，可留谁好呢？张三吧，鬼睛蛤蟆眼的,一肚子坏水,我信不过他;李四吧,傻里傻气的,别给我看瞎了宝……思来想去一大通,找不着合适的人。末后,一狠心,对雇工们道:"你们都回家去过年吧,我留下来看矿!大年初一都来开矿啊!"雇工们一听财主松了口,把家什一放,欢欢乐乐地下了山。

老财主见雇工们一个个走了,自己站在这水晶矿洞口望着满满当当一洞水晶石,恣得不知说什么好,心想:有了这一崮子宝贝疙瘩,我谭某祖孙十八代也吃不完,花不尽……

想着,想着,眼皮就打起仗来,身子也不听使唤了。于是,他便在石崮子洞口,把身子一横,躺在那里堵着门打起盹来。迷迷糊糊中,只见眼前云遮雾罩,一缕缕白云,一缕缕红云,一缕缕黑云,从他身子上边的缝里飘出去。正在这时,忽听耳边传来一个女人的话音:"老该死的,挡住了你姑姑我的去路!"

老财主蒙蒙眬眬中,忽觉身上叫人狠狠踢了一脚,痛得他一骨碌爬起来。睁眼一看,见一个浑身穿素的俊闺女,喘吁吁地直往石崮下跑去!再一看,那闺女的前头,还有一大群穿不同颜色衣服的人往崮下跑!

老财主看到这里,又倒头看看石崮里头:哎,怎么不见光亮,只剩下一个黑乎乎、空隆隆的石洞了?那满洞的水晶、茶晶、墨晶都变成人跑了!于是,他爬起来就去撵。一边撵,一边吆喝着:"我的好宝贝,都给我住下!我的好宝贝,都给我住下!"一边撵,一边想:只要把最后边这个穿白衣裳的俊闺女撵上、抓住,她准能把前头跑的那些再给我叫回来!

想到这里,他便不顾一切,拼命地撵起来。眼看要撵上她时,他便猛上一步,双手一抱,把那闺女搂在怀中。谁知,那闺女没等他抱紧,猛地往下一蹲,从他手中滑出去,"嘎嘣"一声,跌在地上,白光一闪,不见了!

当老财主蹲下来仔细看时,哪里还有俊闺女,只见地上撒了一片四棱八瓣的水晶石!

老财主一见,长叹一声,狠狠地跺了跺脚。当他抬头正要再去撵前头跑的那些水晶石变成的人时,他们早已没踪没影了!

讲　　述：董元海
搜集整理：张崇纲
流传地区：山东崂山一带

水晶女

有个小伙叫王山。王山没爹没娘没兄弟姊妹，一年到头靠上山打石头过日子。

这年六月的一个大雾天，王山又上山去打石头。打着，打着，忽听身后一个女人的声音："王山哥，歇歇吧！"

王山顺声转身一看，见身后雾茫茫一片，什么也看不见，心想：莫非我耳朵听错了，把锤头、錾子的回音当成了女人的说话声？便又低头打起石头来。

谁知，王山刚刚打了三锤，又听身后传来那女人的说话声："王山哥，歇歇吧！"这声音是那么真切、清楚、暖人心。

这回，王山再不疑心自己耳朵听错了。只见他把手中的锤头、錾子往石头台上一放，顺着话声找去。刚刚走出十几步，就见迎面站着一个身穿白衣、腰束白裙、头顶插着一朵粉红色石竹花的俊闺女！

王山见这俊闺女半羞半笑的脸上，一对大眼睛闪闪发光，不转眼珠地瞅着他，便开口问道："小妹妹，刚才是你叫俺吗？"

俊闺女一边点头，一边说："是啊，俺见你一天到晚不停闲地打石头，累得臂痛腰酸，连汗也不顾擦一擦，觉得挺心疼！"

王山听后，长长地叹了口气，说："小妹妹啊，俺也是人，也是肉长的，怎不知肚里没饭饿得慌，干活多了累得慌。可俺豁上命干，打下的石头卖了，还养活不了俺一个人一张嘴呢！"

俊闺女听了王山的诉苦，难过地掉下了眼泪。只见她白闪闪的袖子口把眼泪一抹，喘了口粗气，伸手从怀中掏出一个鹅蛋大、亮晶晶、透明闪光的石头蛋，一边递给王山，一边说："王山哥，不必烦愁。你把这石头蛋拿回家去，放进锅里，锅中就出饭菜；装进衣箱里，衣箱里就有衣裳；锁进钱柜里，钱柜里就装满金银圆宝。"

王山听俊闺女说到这里，立时满脸堆笑地伸出双手，从她手中捧过那宝贝蛋，目不转睛地瞅起来。他瞅啊瞅，瞅啊瞅，越瞅越想越心欢，瞅了大半天，才想起该问问那俊闺女是什么人，家在哪里，叫什么名。可是，当他抬头再看时，俊闺女不见了，立在眼前的是一块高大的石头崮，石头崮尽顶上，长着一棵开粉红花的石竹子！

王山一时找不着那俊闺女，心想：等以后打听到她的下落，多买些礼品去报答她就是了。王山想到这里，石匠锤也没顾上拿，便捧着那石头蛋下了山。

王山一进家门，便照那俊闺女的指教，把石头蛋放在锅底下，盖上盖垫叫它变饭给他吃。一、二、三、四、五、六、七、八、九、十，约莫过了一袋烟工夫，王山揭开盖垫一看：啊，锅里果然有一饭罩热腾腾的白饽饽、一大盘香喷喷的粉条炖猪肉！

王山干了大半天活，饿得肚皮贴上了脊梁骨，肠子一个劲地唱小戏。如今，他一见这么好的饭菜，捞起饽饽，拾起筷子，夹起菜，狼吞虎咽地吃起来。不大一会儿工夫，王山就把一饭罩白饽饽、一大盘菜吃了个穷干溜净，那饿扁了的肚子也鼓起了一个尖。

王山吃饱喝足了，心想：光有饭吃没衣穿不行，我得叫这石头蛋给我变些好衣好裳才行。想到这里，他便把那石头蛋从锅底下拿出来，又装进空荡荡的衣箱里，严严实实地盖起来。过了不大一会儿，王山揭开衣箱，禁不住大吃一惊：只见箱中装满了绸子衣、缎子被，还有一顶红缨帽子、一双纳底鞋呢！

王山一见有了这么好的衣裳，便把身上的破衣烂衫破鞋头子一甩，从头到脚换上了新衣、新帽、新鞋。哎呀呀！这衣、这帽、这鞋还正合身合脚，好像照着他的身子做的呢！

王山有了饭吃，有了衣穿，便想得更多更远了。他想：我还得要钱，要房，要媳妇，要使女丫鬟，像有钱人那样阔阔气气地活着才行！于是，王山又向那石头蛋要了十钱柜金银圆宝、十间高楼大厦、三房年轻貌美的媳妇、十个穿绸挂缎的小丫鬟。不到半年时光，穷王山一跃变成了方圆百里顶富有的大财主！

俗话说：人有钱，心眼变。这话可真不假，王山自打有了钱，便气粗腰也硬起来：左邻右舍有难他不帮，穷哥们没衣没饭他不问，专门巴结有钱的财主和有权有势的官府衙门，合伙欺侮穷乡亲！

一天下晚，王山在自家的客厅里，张灯结彩宴请他的狐朋狗友。夜半五更天，当王山一伙个个喝得狗熊不认铁勺子的时候，忽见从门外走进一个身穿白衣、腰束白裙、头插一朵粉红色石竹花的俊闺女！

俊闺女一进王山他们喝酒的客厅，便指着王山说："王山，王山，变了心肝，花天酒地，忘了当年。还我宝蛋，收回财产，重操旧业，活该受贱。"说完，右手朝着王山锁石头蛋的大木柜一指，只听"嘭"的一声，从木柜中跳出一团耀眼的白光，随着俊闺女一块消失了！

第二天早上，王山醒酒后，抬头一看，自己仍然躺在当年的破草屋里。那石头蛋，那高楼大厦，那娇妻丫鬟，那金银圆宝，那绫罗绸缎，那骡马车辆……统统不见了。连身上的衣服，也换成了当年的破衣烂衫！他回想起来，好像做了一个长长的金钱梦。

王山看到这里，慌忙跑出家门，跑到当年打石头的山坡去找那送他石头蛋的俊闺女！

谁知，王山到了山上，找到那块高大的石头崮一看：啊，石崮子一裂两半，从石崮子中间裂出一个拳头大、八面光滑的椭圆形的窝。

王山是打石头的人，看了这石头窝后，心中明白了一切：原来那白衣、白裙、头插粉红石竹花的俊闺女，是这大石崮里的一颗特大水晶石变成的啊！如今，这水晶石冲开石崮子搬走了，也带走了她送他的一切财富。

打那起，王山又成了穷光蛋，一年到头靠上山打石头糊口。

讲　　述：王印泉
搜集整理：任廷山
流传地区：河北保定

白石精

保定城西有座山庄，叫石精村。提起这个村名的来历，还有一段动人的传说哪。

相传，北宋的时候，三关元帅杨六郎，带领兵马与辽兵作战，来到保定西部山区。正行间，忽听山口内有人高喊："呀呔！兵马止步，休往前行！白石大王在此，快让杨六郎出来答话！"随着喊声，冲出一员战将。杨元帅打马上前，定睛观看。只见来将身高丈余，白面皮，白胡子，白眉毛，骑白马，使白枪。真像一座白塔，好不威武。

杨元帅在马上问道："来将何人，为何拦住本帅的去路？"那将答道："我乃白石大王，想和杨元帅见个高低。我若战败，情愿在帐前听令。若是你败了，就请交出帅印，某家也当几天元帅！"

杨元帅一听，火冒三丈，厉声喝道："大胆草寇，竟敢在本帅面前逞狂，看枪！"说罢抖枪便刺。白石大王急忙挺枪相迎。二人你来我往，战到三十回合，白石大王招架不住，拨马就跑，杨元帅紧追不放。正往前跑，就见前面出现一条大河。那白石大王跑到河边，连人带马，"扑通"一声，跳入水中。

杨元帅命人沿河仔细观察，过了一个时辰，也不见动静。心想，如果淹死，必定有尸体漂出水面。如果没有淹死，他能跑到何处呢？

杨元帅心中十分纳闷，立刻传令三军，就近安营扎寨。接着，命人去村中请来几位老者问起情由。一位老者说："自从来了这个白石大王，闹得家家户户不得安宁。他每月都从周围村庄抢走一对童男童女，生不见人，死不见尸，不知弄到何方。"又一位老者说："这个白石大王可把百姓们害苦了，求元帅快把他除掉!"杨元帅安慰大家说:"请各位父老放心,本帅定要除掉此害,为百姓们报仇。"

第二天一早,杨元帅击鼓升帐,亲自披挂整齐,正准备去寻那个白石大王,就见守门军卒跑进中军大帐:"报!昨日那个穿白战将在营外讨敌骂阵,点名要元帅出马!"

杨元帅一听,勃然大怒,立刻跨马持枪冲出营寨。见了白石大王,二话没说,就杀在一处。战到三十个回合,白石大王又拨马拖枪败走,跑到河边,又跳入水中。杨元帅无奈,只得罢兵。

一连几日,都是如此。杨元帅冥思苦想,也无计可施。深更半夜,杨元帅仍在营内来回踱步,思谋良策。忽见一位白发道长来到面前,躬身施礼说道:"元帅大驾光临,小神迎接迟晚,望乞恕罪!"杨元帅还礼问道:"你是何人,深夜到此有何见教?"那道长说:"我乃是村前大河的河神!"杨元帅一听是河神,忙问:"你可知那白石大王的来历?"河神说:"小神正为此事而来。那白石大王本是河中的一块巨石,受千年日月之精华,成为精灵。"杨元帅说:"既是石精,你为何不把他除掉?"河神说:"小神几次与他交手,但都斗他不过。我去天宫奏请玉帝发兵,玉帝说杨元帅在此,让我助你,共除此精。"杨元帅一听大喜,说:"请问有何妙计?"河神说:"明日我施展法力,先让大河干枯,待他战败跳河时,你就可以追上去除掉他。"二人计议已定,河神告别杨元帅,飘然而去。

第二天,那个白石大王果然又来叫阵。杨元帅挺枪纵马,便刺。白石大王架住大枪说道:"杨六郎,快把帅印交出,某家当几天元帅再还给你!"杨元帅说:"你能胜我手中大枪,就把帅印交给你。你若败了,我也得提个条件。"白石大王说:"什么条件?"杨元帅说:"你若败了,我就让你永远站在河北岸的村边,为百姓站岗,何时有洪水,及时报信!"白石大王说:"如果败在你手,甘愿如此!"说罢,二人开战。战到三十多个回合,白石大王又败阵逃跑,来到河边,往下一跳,才发现河床干枯了,心知不妙,正想勒马向别处逃跑,杨元帅已经赶到。说时迟,那时快,杨元帅用尽全身力气,朝白石大王猛刺一枪,就听"咔嚓"一声,如山崩地裂,直冒火光。再一看,哪里还有什么白石大王,只有一块巨石倒在河底。巨石正中留下了杨元帅大枪扎穿的枪眼。

杨元帅见石精现出原形,立刻命军卒从河底抬出,立在河北岸的村边上。石精村也由此得名。这就是现在的石井村的由来。

说来也怪,从那以后,每当闹洪水之前,那块巨石就从中间的窟窿眼里往外滴水。这是给人们报信呢!年深日久,那块巨石已经没有了。但是杨六郎大战白石精的故事,还在民间流传着。

讲　　述：郭双清（藏族）
搜集整理：刘先进
翻　　译：鲁绒亨扎
流传地区：四川木里藏族自治县

嘛尼堆堆①

　　四川木里藏族自治县瓦科大路边有一字儿排着的十三个嘛尼堆堆。传说很早很早以前，一到晚上，十三个嘛尼堆堆就变成了十三个穿红袈裟、戴黄鸡冠帽的喇嘛子，拉起手围成圆圈跳锅庄，又唱又闹的声音连好远都听得到。太阳一落，附近的老百姓就不敢从那里过。

　　一天下午，外地来了一个可怜的藏族老太婆。她脖子上吊起葫芦大的一个喉儿包②，走路呼哧呼哧地喘不上气。她来到十三个嘛尼堆边时，天也快黑了，人也累得不行了，倒在嘛尼堆堆边就迷迷糊糊地睡着了。

　　"起来，起来，同我们跳锅庄。"老太婆蒙蒙眬眬地被喊醒，看见一个中年喇嘛在喊她，不远处有十二个同样的喇嘛正在又吼又唱地跳锅庄。

　　按藏族的规矩，被邀请跳锅庄是不能拒绝的，否则是对别人的极不尊敬。老太婆只好跟十三个喇嘛一起跳。跳不了两下，她累得像拉羊皮风箱样地呼噜呼噜直喘气。

　　"我把这个给你取了！"一个喇嘛走来像摘熟透了的果子一样轻轻地就把她的喉儿包给取下来，搁在路边的石头上。老太婆脖子不出血，也不疼，顿时感到身子轻松了，出气均匀了，精神更好了。

　　她同喇嘛跳到快天亮的时候，鸡一叫，这十三个喇嘛就不见了。老太婆揉揉眼睛，只看见十三个嘛尼堆堆，好端端地依然在路边摆着。

---

① 嘛尼堆：藏区路口要道常见的一种宗教设置物。用石头堆砌成长、宽各丈余的塔形，凡路过者要随手拾一石块添置堆上，念一句"唵嘛呢叭咪吽"，以表示对佛爷的祈祷和膜拜。
② 喉儿包：生在脖子上的大肉疙瘩。

老太婆被喇嘛鬼医好了喉儿包的事,给当地的甲布①太太知道了。她也想去医自己好多年都没有医好的喉儿包,还想趁机会再捞点好处,逮一个喇嘛回来替她家给人医病挣钱。

隔了几天的一个下午,甲布家的娃子前呼后拥地用马把甲布太太送到那些嘛尼堆边,甲布太太大着胆子一个人留下来等着。到了晚上,十三个喇嘛不知是怎样就钻出来了,又照样跳锅庄,也请甲布太太同他们一起跳。

甲布太太巴不得这样,一开始跳就迫不及待地请喇嘛给她取掉喉儿包,喇嘛们给她取掉了,照样不出血,不觉得疼。

天快亮时,鸡一叫,甲布太太一把死死地抓住同她跳锅庄的那个喇嘛,喊他跟自己回家去。另一个喇嘛忙走过来,拿起先前摘下来的两个喉儿包在甲布太太脖子上一按,喉儿包就像生了根一样,牢牢实实地贴上了。喇嘛们也不见了,甲布太太手上只是紧紧地攥着一块嘛尼堆堆上的石头。

---

① 甲布:财主、富人、头人的统称。

讲　　述：李月娥
搜集整理：张卜劳、汪润林
流传地区：陕西宝鸡

石人

"你真是重孝他爸——石人！"这是流传在西府农村的一句俗话。这句话源于一段美丽的传说。

王家庄村边，有一尊年代久远的石人像。有一天，王家庄的几个姑娘在村边挖野菜。休息时，她们一个个把自己手中的笼往石人头上套，说是谁的笼套在石人头上，石人就是谁的女婿。前边一个一个都没套中，最后只有一个名叫美丽的姑娘，不偏不斜地将笼子恰好套在石人头上。大家顿时拍手嬉笑："美丽呀！石人就是你的女婿了！"

这天夜里，美丽怎么也睡不着，一闭上眼睛，眼前就出现了石人。半夜，忽然听见有人敲门："美丽，开开门！我是石人，看你来了！"美丽大着胆前去开门。门一开，外面跨进一个英俊的少年，他的神态，跟村边的石人一模一样。少年笑盈盈地望着美丽，美丽的心不由跳着："半夜三更，你来干啥？"少年笑着说："你把笼子套在我的头上，你怎么能食言啊？"

美丽虽然对少年的容貌风度有所动心，但她还是又惊又怕。她说："你快走吧！若叫我哥哥看见，你性命难保呀！"少年望着美丽，思忖片刻后，慢慢说道："美丽，你知道我的身世吗？八百年前，这里到处是野兽，把人几乎吃光了。我听到消息，从离这儿五百里的山里赶来，用了不到一年时间，把附近的大小野兽全消灭了。这下激怒了兽王，它用法术使我变成了一尊石人，并说谁家的姑娘什么时候看中了你，你什么时候才能还原成人。我在这里整整站立了八百零八年。"少年说完，美丽被他为民除害的精神感动，便激动地说："我看中你！"从此，他俩相亲相爱，常来常往，只等八月十五结婚。

这消息很快被美丽的大哥知道了,他又气又恨,把美丽整整吊打了两天两夜。坚贞不屈的美丽始终没有变心。大哥没办法,拿了铁锤,把石人的两只眼睛砸了。可怜的少年,从此变成了一个瞎子。少年见美丽仍然对他坚贞,就对她说:"离这里八百里有个老龙山,山上有个百蟒洞,从洞里钻进去,就会碰见一堆石子。这堆石子里,有两颗像人眼珠一样的圆石头,把它们拿回来让我吃了,我的眼睛就会好的。"美丽听了,毫不犹豫地朝老龙山方向走去。鞋磨破,脚磨烂,她也没回头。走了三十二天,终于来到百蟒洞前。抬头一看,只见洞门口有两条比桶还粗的大蟒。大蟒一见有人,抬起头,吐出舌头,堵住洞口。美丽对大蟒恳求说:"大蟒哥哥啊!为了治好石人少年的眼睛,你们就发发慈悲让我过去吧!"美丽的诚心感动了大蟒,它们弓起身子,让美丽从下面钻了过去。进了百蟒洞,见有一座又高又大的石子山。她顾不得歇口气,操起锨就翻,锨磨秃了,又用手刨,一直刨了七十二天,终于在石子堆里找到了两颗像人眼珠一样的小石子。她高兴极了,拿着石子急忙往回跑。进了村,村子变了,自己的家无踪无影,村里的人一个也不认识。

村外成了一片汪洋,连个石人的影子也不见。她问一个白发苍苍的老头,老头子说:"听爷爷讲,七十二年前,我们村有个叫美丽的姑娘,她为了给石人找眼睛,钻进百蟒洞被蟒吃了。"美丽一听,心想:我在石子山翻了七十二天,世上竟过了七十二年。她又问石人哪里去了。老头子说:"三十年前,这里发生了一场大地震,石人被水淹了。"

美丽听了,转身跑到水坑边,连叫三声"石人"。只见水中升起一股云雾,云雾中石人慢慢露出水面。美丽大叫一声,扑到水里,游到石人跟前,把两颗石子喂进他嘴里,石人立即变成了一个英俊的少年。两个人从水里出来,在水坑旁边搭了个草庵,开荒种地,过着勤俭幸福的日子。第二年,美丽生了一个儿子,起名叫重孝。这重孝,就是我国历史上有名的打虎英雄。因此人们一直传说,重孝他爸是石人。

讲　　述：佟凤乙（满族）
搜集整理：张其卓、董明
流传地区：辽宁岫岩一带

石头儿子

很多很多年以前，在一个山脚下，有一个村子，村子里有一群姑娘。姑娘中最小的一个，名叫凤丹。凤丹刚刚十七岁，脸蛋长得红是红白是白的，眉毛像弯弯的柳叶，眼睛像透亮的泉水，要是一笑，就露出一排小白牙。姑娘们相亲相爱，大家喜爱小凤丹，就像喜爱一颗明珠一样。

这一年春季的一天，姑娘们挎着筐子上山采山菜。这山可大啦，山菜可多啦，老母猪忽达、鹁鸽腿、蕨菜、刺母菜、山铃铛、猫蹄子，数也数不清。风儿轻轻地吹，小鸟啾啾地叫，野菜散发着清香。她们采呀采，不知不觉地越走越远，走进了深山里。深山里，林木丛生，又高又密，只能从树叶缝里透过一点点太阳光亮。野兔、狍子常在她们跟前来来去去，还能听到老虎的吼声。她们有点害怕了，便想转身回去。正在这时候，忽然刮起一阵大风，这风可大啦，竟把她们卷起来了，卷到了空中，经过了老远，才落到地下。等她们立住脚一看，正站在一座小桥前。小桥是三根树木拼起来的，桥下是万丈深沟，连底都看不着，只听见水撞在石头上砰砰的响声。桥那边好像有一个人站在那儿向她们摆手。姑娘中最大的一个说："别往前走了，快回家吧！"凤丹拦住了大家，说："咱们过去看看那个人，是不是迷了路！"说罢，她领头过了桥。过桥一看，那人原来是个石头人。这石头人个头挺高，胸脯很宽，方脸高鼻梁，样儿很好看。山里的姑娘从没见过石人，觉得挺新奇，有的捏鼻子，有的抠眼睛，有的摸脸庞，叽叽嘎嘎笑个不停。这时凤丹想出一个好主意，说："咱们扔筐玩吧，看谁把筐套在石人脖子上，谁就给他做媳妇。"姐妹们齐声说好。

扔筐由最大的姐姐开始，一个接一个。说来也怪，筐儿扔过去，不是落在石人左面,就是右面,再不就是掉到身前,滑到身后,套来套去没有一个人能套中。说来更怪,轮到凤丹的时候,她的筐一出手就不偏不斜正好套在石人脖子上。风一吹,筐一悠荡一悠荡,逗得姑娘们都笑了,小凤丹更是乐得前仰后合。大姐姐逗笑地说:"看你乐得这样,你真给石人做媳妇得了!"其他姐妹也凑趣地说:"石人给我们当妹夫啦!"这一来凤丹倒不笑了,心想:他是石头,我是人,人怎能给石头人做媳妇?不知哪个姐姐更是调皮,冲着石人问:"我们把凤丹给你做媳妇你乐意不乐意?"想不到石人把头点了三点,嘴儿一动,笑了。这下子姑娘们可吓坏了,转身就往回跑。

姑娘们一溜烟跑回家里,凤丹的心更像十五个吊桶打水,七上八下。她躺在炕上,胡思乱想:他倒是个很俊的小伙子,可他是石人呀!她迷迷糊糊地睡着了。睡梦中,十几个姐姐都来了,说是为她送亲。她们领她往山里走,突然她的眼前一亮,石头人来了,她害臊地低下头去。只听石头人说:"我叫卧黑杜里,因为犯了天条,从天上贬到人间,我对你很爱慕,愿和你结成夫妻。"说罢,他们手拉手一起进到帐篷里住了一宿。

到天亮,凤丹醒来了,原来是一场梦。奇怪的是第二天姑娘们相见时,也都说昨晚梦见凤丹与石头人成了亲。凤丹呢,自那夜以后便有了身孕。

凤丹怀孕三年,生下一子。这石头儿子三个月会叫讷讷,六个月会走路,九个月便与十几岁的孩子一起玩耍了。小孩子在一起玩嘛,免不了磕磕碰碰的,石头儿子常常为他没有阿玛而挨骂。

离堡子不远的王爷府里,有个叫阿依达的阿哥,年刚十六岁,长得膀大腰圆,力大无比,骑马射箭,使刀弄枪,样样精通。他仗着父亲有钱有势是个王爷,常常欺负同年岁的孩子们,更欺负小石头儿子。这天他指着石头儿子的鼻子骂道:"你知道你是怎么来的吗?嘻嘻,把你阿玛找出来叫我们见识见识,谁不知道你们家是被窝里扔锄钩——乱铲。"石头儿子最忌讳别人说这话,气得他一拳打死了阿依达。

石头儿子打死了有钱有势人家的儿子阿依达,连忙跑回家里跪在母亲面前哭道:"讷讷,讷讷,我要阿玛,你告诉我阿玛在哪儿?"凤丹的眼泪唰唰地滚了下来,这叫她怎么说呢?

娘儿俩正在哭着,一个姐姐跑进来说:"不好了,王爷听说他儿子阿依达被打死,领兵来了!"

凤丹搂着石头儿子哭得更厉害了:"天哪,这可怎么办哪!"

凤丹的姐姐们都来了,大伙出主意说:"去找石人!快走吧!"

石头儿子从讷讷怀中挣脱出来,说:"讷讷,别哭,我来背你。"可是已经晚了,王爷的兵马堵住了大门口。凤丹推开儿子说:"好孩子,别管讷讷了,快去找你阿玛吧!"姨娘们打开后窗,送石头儿子逃跑了。

石头儿子沿着当年讷讷采山菜的路,穿过了高耸的密林,躲过了虎豹的追踪,找到了那座横在万丈深渊上的小桥。小桥呢,三年前本是三根木头铺成的,如今只剩下一根了。一根就一根吧,为了找到阿玛救出讷讷,粉身碎骨也得闯过去。石头儿子抱住木头一点一点地爬,到底过去了。眼前就是姨娘们告诉他的阿玛站的地方,可哪有人啊?只有一个野藤套着野藤、枯草压着枯草的高草堆。他撕开一层又一层的野藤,扒开一丛又一丛的枯草,衣服扯破了,小手出血了,一边哭一边喊:"阿玛,你在这儿吗?阿玛,你的儿子来了,你怎么不答应啊?"

石头儿子嗓子喊哑了,泪水流干了,到底扒出了一个石头人。可是他也一头跌倒在地上,昏迷过去了。忽然,金光一闪,石人动了,变成一个英俊魁梧的小伙子,蹲下身来亲亲石头儿子的小脸蛋,擦去他眼角上的泪珠,小心地包好他的小手。石头儿子模模糊糊觉得有人在跟前,睁开了眼睛。石人说:"你醒了,我的儿子!"

石头儿子看看跟前的人,想:他管我叫儿子,他是我阿玛?石头儿子扑进了石人的怀里,说:"阿玛,咱们一起回家去吧!"

石人流着眼泪,说:"好孩子,阿玛不能回去。上方罚我受五百年清冷,如今期限未满。阿玛要和你一块回去,只怕永世不能和你讷讷见面了。"

石头儿子急得直跺脚,说:"阿玛,孩儿闯下大祸,打死了王爷的阿哥,讷讷被抓走了。你不回去,谁去救讷讷啊?"

石人拉着儿子的手说:"孩子,别着急。来,阿玛传授你武艺。"石人从野藤枯草里拽出两个有碾砣大的石锤,教儿子学武艺。石头儿子一连练了三天三夜,练得浑身骨节嘎嘣嘎嘣直响,直到两把锤子握在手里像两个烟袋锅一样,随意摆布。石人见儿子武艺学得差不多了,摸着儿子的脑袋说:"好孩子,你讷讷正在遭难,快回去解救吧。要记住,阿玛传授给你的武艺,只许为民除害,为国分忧,不许欺压百姓,胡作非为。"石头儿子说:"儿一定听阿玛的话。"

石头儿子舍不得离开阿玛,上前扯住衣襟还想再说点什么,一使劲衣襟断了,摔了个大跟头。爬起来一看,手里握着个藤子。阿玛没了,野藤枯草中间依旧站着那个一动不动的石头人。怎么回事儿?石头儿子像做梦一样,揉揉眼睛一看,身旁放着两把大石锤。他拿起石锤一抡,好不得心应手!他说不清是梦还是真事,反正石人是阿玛,他跪下咚咚咚叩了三个响头,站起身来对石人说:"阿玛,孩儿走了。"只见石人冲他点了点头。

再说王爷抓住凤丹,把她关在黑咕隆咚的一个山洞里,又去追拿石头儿子。他领着兵,在山林里走了三天三夜,从东山转到西山,从西山又转回到东山,及里旮旯①都找遍了,连石头儿子的影儿也没看着。老王爷气得发了疯,命家丁们在府门前的大榆树底下放好一堆干柴,干柴上浇满猪油,把凤丹拉出来,绑在大榆树上。王爷没抓到孩子,要把他的讷讷点天灯,以解心头之恨。

干柴正要点着,石头儿子回来了。他冲开王爷的卫兵,扯断绑在讷讷身上的绳索。王爷一看小仇人到了,吩咐手下上前捉拿。石头儿子抡起大石锤,打得王爷的兵马倒的倒,跑的跑。王爷把兵马吆喝回来,下令说:"用箭!"士兵们摘下弓,对准石头儿子母子"嗖嗖"便射,射出的箭就像蝗虫一样飞。石头儿子亮出大锤,舞动起来像两堆大火,箭碰上多少掉多少。王爷所有的箭都射完了,箭杆堆得像小山一样,娘儿俩连根头发丝也没伤着。石头儿子大声说:"老王爷,还有什么本事,快使出来。"老王爷又气又急,骑着白马举着狼牙棒向石头儿子扑来。石头儿子不慌不忙上前轻轻一锤,把王爷的狼牙棒打得无影无踪,回手又一锤把王爷打倒在马下。低头一瞅,王爷和他的马变成了一堆肉饼。王爷手下的兵丁见王爷死了,扔下刀枪,逃的逃,散的散。石头儿子领着讷讷回到村里,姨娘们见除了王爷这个大害,把石头儿子围在中间举起来,又唱又跳,高兴极了。

石头儿子母子俩回到村里,刚过上几天安稳的日子,又发生了一件事情。原

---

① 及里旮旯:满语,无处不到。

来离石人国土不远有个罗塞齐国。罗塞齐国国王身高两丈二尺,脑袋像柳斗,手掌像簸箕,使着八个人才能抬动的乌铁棒。他仗着力大无比,只以为天下无敌,带着手下的人马围住石人的国家。他声称,石人国家的国王如果在十天之内找不到他的对手,就得把城门打开,把城里的金子、银子、美女全部献给他,不然他就拿着乌铁棒来血洗石人的国家。

国王听到这个消息,急得像热锅上的蚂蚁,一会儿跑到城墙上,望望城外罗塞齐王的乌铁棒,一会儿到城墙底下,看看城里的百姓。他唉声叹气地说:"灾难要降临了!"他派出探马四处精选能人,发誓如果有人能解除这个大难,情愿把江山让给他。

七天过去了,能战胜罗塞齐王的巴图鲁一个也没有选来。

八天过去了,还是没有选到一个能人。

九天过去了,探马一个个回来,都摇着头。

十天期限到了,国王绝望了。

就在国王绝望的时候,石头儿子从城外赶到了。他站在国王的面前说:"国王陛下,我去治治这个小小的罗塞齐王。"说着他出城来到罗塞齐王阵前。罗塞齐王叫了十天阵,没一个敢出城应战,好不容易出来一个,还是个小孩。罗塞齐王笑着说:"哎呀,一个堂堂大国,竟派个唇红齿白的小毛孩上阵。喂,快回去吧,我怜你年小,免你一死。回去跟你们国王说一声,换个大人来。"石头儿子笑了笑,说:"杀鸡用不着牛刀,我们国里个个都是大力士,国王怕出个大人和你交战有损体面,才让我前来。"罗塞齐王也笑了笑,说:"好吧,我先不跟你打。你要是能拿动我这根乌铁棒,咱俩再比试。"说着叫来八个大汉把他的乌铁棒抬来。石头儿子一看乌铁棒太粗了,一脚踩在棒子中间,两只手拽住两头,往上一扳,像面条一样将个乌铁棒扭成细丝,然后又往腰上缠了三圈,用手一拽,断了。石头儿子扯下一段一扔,不知飞向多远去了。两军人马顿时惊呆了。石头儿子说:"怎么样?咱们开始比试吧!"罗塞齐王心里也是一惊,不过他装出满不在乎的样子说:"这个不算,你使的是邪术。咱俩摔一跤,你要能摔过我,咱们再动刀枪。"说着伸出簸箕一般的大手,去抓石头儿子。一连抓了三把,石头儿子站在地上纹丝未动。这时,石头儿子大声说:"罗塞齐王,你连我一个小孩都打不过,还想带兵打我国，快滚吧！"兵将们一看，邻国的小孩都这么厉害，要真交起手来还有个好？这就一个个窝头往回跑。一气跑回自个儿的地界，再也不敢侵犯石人的国家了。

国王没费一刀一枪，没伤一兵一卒，让石头儿子把个气势汹汹的罗塞齐王吓跑了，回到宫殿上就要让位，石头儿子说啥也不干。国王又拿出银子、金子给他，他一文也没取。石头儿子谢过国王，转身往家走，刚进大门口，见院子里挤满了人。大伙看到他，有的冲他喊："石头儿子，你阿玛回来了！"有的往屋里跑，喊："卧黑杜里，你儿子回来了！"

石人从屋里出来抱起儿子，说："好孩子，你听了阿玛的话，为国家解除了苦难。上苍为此饶恕了我的罪过，让我们一家团圆了。"

石头儿子一手扯过阿玛，一手扯过讷讷，小脸蛋上流着眼泪说："阿玛、讷讷，我们再也不分开了。"

讲　　述：赵四二
搜集整理：赵慈凤
流传地区：江苏镇江

狠石

镇江北固山甘露寺背后，有一只羊，是用白玉一样的石头雕的，是个坐像，放在江边山顶上。传说年代久了，石羊成了精灵。

江中间有块暗沙，今日潮，明日潮，潮水带下的泥沙，又聚在上面，成了沙洲。石羊望着它长出了芦苇、禾苗，后来又长出了树木。石羊望呀望，总望到一位年轻姑娘，在那里挑肥车水，割麦栽秧。石羊很奇怪：怎么老是这姑娘下田做生活？

莫看这块沙洲绿油油的，却常闹水荒。人穷得草房七倒八歪，衣裳披披挂挂，成天唉声叹气，觉得日子过得没有指望。唯独这个叫芦花的姑娘，身不离田，手不离锄。石羊被她感动了，决心帮助她做些生活。

这天五更头里，月亮还没有下山，天上还有星，江心里雾蒙蒙的。石羊悄悄地走下北固山，游过江，到芦花姑娘的田里翻土耕地。直到天发白了，石羊才过江回到北固山甘露寺背后。

天亮了。芦花扛着犁，走到田边子上一看：咦！田已经耕过了。翻上来的泥，油光水滑的，整整齐齐的。是哪个耕的呢？这样好心，倒要看看究竟是哪个！芦花留神了好多天，一个人影子也没有望见。

下种了。一天五更头里，石羊又悄悄地下山，过了江，到芦花田里，把麦种好了，再回到北固山上。

芦花拎着麦种来一看，哎呀！麦种全下齐了！弯下腰来拨开泥土再细细看一遍，都出芽了。估摸还是那个耕地的人做的事。这么好心，是哪一个呢？

割麦了。栽秧割麦紧似火，亮月子还在中间，芦花就拿着镰刀下田了。才割了半垄，只听见对面"嚓嚓嚓"，飞快地割过来。是哪一家抢我麦子呀？芦花直起腰一看，大半亩麦子割掉了，一排一排整整齐齐放在田里。一个小伙子气喘吁吁地躬在麦窝里，正割得飞快呢！

"你为什么割我的麦子？"

石羊直起腰来，满脸是汗："我替你割的。"

芦花打麦窝里走到石羊跟前，一看是一个皮子白白的枣核子脸的敦实小伙子。芦花问道："你家麦子都割掉啦？"

"嘻嘻……"石羊光笑不说话。

"以前替我家耕地、替我家下种的都是你吗？"

石羊点点头。

"啊，我说是哪个做的好事哟，找了多少天。我怎么谢你呢？"

石羊只是笑笑，又弯下腰飞快地割麦了。芦花又走前一步："哎，你这个人叫什么名字？住在哪块？"

"我叫石羊，住在对江北固山上头，甘露寺后边。"

芦花听了，扑哧一笑。哪有人家住在那个地方？她以为小伙子不想实说，也就罢了。

石羊帮芦花割完了麦，又帮她把麦挑上场。天发白了，快亮了，他跟芦花说："姑娘，我要回去了。"

"你怎么就走呢？忙了一大阵子，到我家去歇一刻儿，吃碗早饭。"

"不，不，我要赶快回去了。"石羊着急地说。

芦花转过身子，陪石羊走了几步，站在那里，望着石羊去远了。她想：大清老早的，哪有船过江呢？想想不放心，又赶到江边，只见大江里白花花的，一只船也看不见。她懊悔不该让石羊走，站在江边望着，望着……

有一个邻居早上下田，看到芦花望着江水发呆，就喊她："芦花，太阳老高的了，你站在这块看什么呢？"芦花吓了一跳，脸一红，头一掉，回到场上打麦去了。

芦花打了一天的麦，筛筛扬扬，麦子颗颗饱满，在门口堆成了个小山。她晓得要不是石羊，麦子长不到这么好。这个人，又忠厚，手脚又勤快……想呀想，越想越高兴。

全村人都说芦花家麦子好，一亩抵得上十亩的收成，都说要是家家收这多,日子就好过了。这话打动了芦花。芦花想:去找石羊请他帮帮忙。

第二天,芦花起个早,坐了过江船到北固山,爬到山上,绕到甘露寺后边一看,一户人家也没有。石羊真没有说实话?根本不肯把家乡告诉我?她跑到甘露寺里问老和尚:"请问寺院后头,还有一家叫石羊的吗?"老和尚回她:"这后边从来没有住过人家。石羊倒有个,石头的,在后边山顶上。"

芦花跑到甘露寺后边,当真有座石雕的羊。芦花想:就是它吗?她走过去拍拍石羊:"你认得我吗?"一个很熟的声音:"认得,认得,你是芦花。"芦花一听:就是替我收麦的小伙子的口音嘛!芦花感动得不晓得说什么是好,蹲下来,拿手摸着石羊,告诉它,全村人都想收到像她田里那样的好麦。石羊看她为人诚心,答应去试试,约好芦花在麦田里等。芦花这才高高兴兴地、依依不舍地走下山去。

头遍鸡还没有叫,芦花就下麦田了。呀,全村的麦子,怎么一夜之间全割光了呢?芦花正在惊讶,只见一个人躬在剩下来的几垄麦子里割着呢!芦花跨大步子奔过去:"这么多麦,全是你割的?"石羊告诉她,昨天晚上他就过江来了。芦花很舍不得他辛苦,拿下头巾,帮他揩汗。石羊道:"我们快一齐把这几垄麦割掉吧。"

到了天亮,全村人下田,看到麦都割倒了,惊疑了好久好久。捆捆挑挑,运到麦场,打下来一看,虽不及芦花家,但同往年相比,要多出好几倍呢!全沙洲听到这消息,都跑来看,羡慕极了:"要是都打这么多,沙洲上的日子就好过了。"芦花听了,又把这话记在心上,不过没有说起石羊的事。

芦花又过江来,到北固山同石羊商量。石羊答应了:"今儿晚上我来,你同我一道割麦。"这年麦熟,全沙洲的年成,是从来不曾有过的。

沙洲有个当方土地,晓得北固山石羊精帮百姓忙,有了好年成,就想:纸包不住火,日后人都晓得石羊灵验,都到北固山去供它,还有哪个供我啊?弄得不好,庙还保不住,我连个蹲身之处都没得呢!一山不容二虎,打人不如先下手。他就参了一本,奏到天庭,说石羊"滥用法术,增粮媚民;勾引民妇,触犯天条"。天庭接到奏章,就派兵到北固山抓石羊。被押走之前,石羊请求:"我如再回北固山,请还把我头朝北放,让我永远望着沙洲。"天兵说:"不要痴心妄想了,要把你打下十八层地狱,永远受罪了。"这些情形,芦花她哪里知道呢!

麦子收场就栽秧了。芦花来找石羊,笑着说:"起五更,睡半夜,季节不等人,你却在山上逍遥自在呢!"石羊没有回音。芦花急起来:"忙时忙月,快帮我们耕田去吧!"石羊一点回音也没有。芦花大声嚷道:"你怎么不作声?哪个得罪你啦?"芦花左呼右唤,看石羊还是不睬她,呜地哭起来了。

芦花失魂落魄地回到沙洲,向村里人哭诉了一遍。全村人这才晓得:麦子收成好全靠北固山石羊。大家劝芦花:"石羊心那么好,我们都去劝劝他,他准会理你的。"村里人同芦花一起到了北固山,对石羊说:"今天才晓得,我们麦收那么多,全亏的你!还望你帮我们种好稻子,争个丰年呢!"石羊一点回音也没有。大家又说:"芦花是我们沙洲的好姑娘,你不看僧面看佛面,同芦花说句话吧!"石羊还是没有回音。

芦花急死了,拍着石羊,哭着说:"大家伙儿都来求你哪!你一句话不说,难道你是石心、石肠、石肝、石肺,是一块'狠石'吗?"

沙洲人看石羊还是一点回音没有,全都眼泪汪汪地说:"芦花哭得这么伤心!石头人见了,也会掉眼泪,你连一句话都没得,你连石头人也不如,真是不通人性石心石肠的'狠石'吗?"

打这个时候起,人们不叫它石羊,而叫它"狠石"了。其实,芦花他们哪个晓得,石羊在天牢里,日日受审,夜夜挨打,受尽了煎熬,受够了折磨,早已被作践得不成样子了。

石羊在天牢里,一关就是十年。后来天庭查清了,放石羊回到北固山。天上十年,人间百年。芦花和同村人早已不在人世,沙洲已经换了两三代人了。

天庭答应石羊当初被抓时的请求,把它头朝北放,永远看着沙洲。狠石的故事,一直传到如今。

搜集整理：钟建星
流传地区：广西桂林

石乌龟

木龙洞附近住着一对石乌龟，公的住在漓江里，母的住在山顶上。这一对石乌龟是两个坏家伙。你知道，从前打仗都是靠城墙来抵御敌人的进攻，所以砌城墙都要特别讲究坚固。桂林城都是石头城，按说应该像铁打似的那样坚固，可是，由木龙洞到马鞍山这一段的城墙常常崩塌。这是什么道理呢？原来就是给那两只坏乌龟扒烂的。起初，城墙崩塌了，人们还不知道是什么原因，又辛辛苦苦耗上几个月的工夫，才把城墙重新砌好。哪知砌好不久，一下又崩塌了。这样砌了倒，倒了砌，不知砌了多少回，倒了多少回。人们奇怪起来了，就派人来守护。一天晚上，正是好月亮，半夜里，守城的猛然听见水里哗啦哗啦地响，只见江中那只石乌龟游上岸来啦。又听见山上咯噔咯噔地响，只见山顶上那只石乌龟也爬下山来啦。它们都爬到城墙上，左一扒，右一扒，一块一块的城墙石都给它们扒松了。它们继续东一扒，西一扒，"轰隆"一声，一排城墙就崩塌下来了。这时，两只石乌龟却伸长脖颈咧开嘴巴站在石堆上得意地哈哈大笑。这时，人们才知道城墙常常崩塌就是这两只石乌龟搞的鬼，可是没有办法制服它们。

有一年，人们要在从木龙洞到鹭鸶洲的漓江上造一道桥。因为这里是交通要道，由东北乡进城或者由城里去东北乡，一定要走这条路。过去都是靠几条渡船往来，不大方便，造了桥，当然就方便得多了。为了一劳永逸，大家决定就地取材，砌一座石桥。

于是，人们去请了鲁班师傅来砌桥。鲁班师傅嘛，当然技术高明，他设计好图形，准备好材料，就动工砌桥了。三天三夜，桥基就打稳了；又三天三夜，桥墩就露出水面了；再要三天三夜，就可以架好石板，全部完工啦！

第九天早上，工地上来了一个穿八卦衣的游方道士。他不顾妨碍大家的工

作,在人群中大摇大摆地走着,一面走,一面喊:"鲁班在哪里?鲁班在哪里?"鲁班师傅对这个不礼貌的人没有责怪,心平气和地说:"你找我做什么呀?"

道士瞧了鲁班师傅一眼,说:"哦,你就是鲁班师傅吗?听说你做的工程又快又好,我看未必吧!"

"那就请你睁大眼睛看看吧。"鲁班师傅有点不高兴了,指着那屹立在波涛汹涌的漓江中的几个石墩说。

"那算什么!你说你什么时候砌得起桥?"

"明天鸡叫前,一定可以砌好了。"鲁班师傅早已有了周密的计算,所以毫不犹豫地回答。

"我说你鸡叫前一定砌不成,我可以和你打赌!"

"我说我鸡叫前一定砌得成,我也可以和你打赌!"

这天晚上,工作照常进行。鲁班师傅并不因为和那个道士打了赌就加添工人,也不因为和那个道士打了赌就要工人赶快做工。他算准了,明早鸡叫第一遍的时候,架好最后一块石板,工人就可以全部坐下来休息啦。

原来,那个游方道士就是漓江中那个公的石乌龟变的。这一对石乌龟早在鲁班师傅动手砌桥的时候就蓄意破坏,不过看见工人们日夜发狠地做工,没有办法下手,只好想别的法子。这天晚上,圆圆的月亮还挂在正空中,漓江中的石乌龟伸长脖颈"喔喔喔"地学着公鸡的声音叫起来了;接着,山顶上的石乌龟也"喔喔喔"地学着公鸡的声音叫起来了。这一叫,把全城的公鸡都叫醒了,它们都以为是该叫的时候了,一齐拍着翅膀,伸长脖子"喔喔喔"地叫了起来。

这时,鲁班师傅慌了,还以为是自己失算,又羞又恼,气起来,一脚就将石桥踢倒了。现在这一带江底下有许多一块一块的石头,据说就是当日鲁班师傅踢倒的那座石桥的石块。

后来,鲁班师傅才知道是两只石乌龟搞的鬼。于是,他雕了一条木龙,安在木龙洞里面。就在安好木龙的这天晚上,天空乌云密布,北风呼呼地吹,木龙忽然变成真龙飞了起来。猛然间,闪电过处,霹雳一声,山顶的石乌龟被打得粉碎。江里那只石乌龟看见来头不对,连忙沉下江里去,身子刚好沉到一半,露在水面上的那半边身也被打碎了。现在这只半边石乌龟还浮在木龙洞前的漓江中呢!

从此,世间就少了两个坏东西了。

搜集整理：李蔚
流传地区：河南南阳

碧玉仙子

古时候，南阳是一片水泊湖洼地。据说，现在的独山就是那时龙王的玉库。后来，不知龙王犯了啥罪，玉帝派神人凿穿了湖底，湖水便流到长江去了。湖水一干，就变成了一马平川的好田地。玉帝还下令：把龙王的身体化作白河；玉库就地封存，化作独山，让人们在这里生儿育女，传业后世。

独山南坡下面，出了个小伙子，叫山哥。一天，他在山前的小河里摸鱼，忽然摸到了一条翠绿色的石鱼。拿出一看，晶莹碧透，摇头摆尾，就像刚出水的活鱼一样，在阳光下闪闪发光。山哥心里奇怪，就沿着河水往上走。一会儿，摸到玉禽、玉兽、玉花、玉草；一会儿，摸到玉盆、玉盘、玉壶、玉碗。件件玉器玲珑剔透，十分好看。还有许多碧绿色的玉石，也散散乱乱掺杂在这些玉器中间。

山哥把它们拿回草屋，左看看，右看看，越看越美，越看越爱。他不禁拿起一块，学着雕刻起来。山哥是一个心灵手巧的人，他一钻进去就着了迷，时间不长，就琢磨得熟练了。又过了一些日子，山哥就对雕琢玉器心领神会，技法也运用自如了。这时候，他雕虫像虫，雕鸟像鸟，比活的还好看。他把这些精巧的玩意儿送给山前的邻居，送给山后的放牛娃。人们都夸奖山哥的好手艺。

后来，消息传到了恶霸老财迷的耳朵里，可就惹祸了。他带领一帮家丁闯进山哥家里，一见这么多宝物，顿时眉开眼笑。他懂得这是龙宫美玉，不论哪一件都是无价之宝。当时老财迷就心生一计，大喝说："穷小子，这些东西是哪里来的？"山哥说："是我从山中小河里拾来的。""胡说！明明是我家的宝贝，你看这上面还刻有我的名字，怎么被你偷来了？给我统统搬走！"山哥上前夺玉器，却被如狼似虎的家丁们按倒，打得鼻青脸肿。最后，老财迷还是把宝物都抢走了。

山哥伤心极了。他呆呆地坐着不吃不喝,不知不觉便迷迷糊糊地睡着了。这时候,忽然从外面飘来一个身穿绿衣绿裙的少女,身材高挑,像碧玉一样透灵。这个俊俏姑娘来到山哥家,"吱呀"一声推开了他的房门,走上前去,轻轻抚摸着山哥受伤的地方,低声说:"山哥,这里有一粒瓜种,是打开宝山北门的钥匙。你把它种在门前朝阳的地方,等七七四十九天以后,摘下金瓜,到北山阴坡连摔三下,山门便会打开,你要的东西里边都有。"山哥一梦醒来,东方已经天亮,少女的影子也见不到了。自己觉着浑身的伤不疼了,手里还真的放着一粒金色的瓜种。

山哥按照绿衣少女的吩咐,把瓜种小心地种在房前朝阳的地方。这瓜也真奇怪:一种下去一七出苗,二七爬架,三七开花,四七结瓜,恰好还孤独独地只结了一个瓜。到了五七、六七,瓜由青变黄,由黄变红,鲜亮鲜亮。远处看去,金瓜把山哥的小茅屋照得金光雪亮。

这天晚上,老财迷正好登楼赏月,一眼便瞧见了山哥茅屋的金光。他就一个人悄悄地溜到山哥的房前,发现原来是金瓜在放光。当他伸手要偷金瓜的时候,屋里忽然有人嚷叫起来:"金瓜要长七七四十九天,现在是六七四十二天,谁也不要动!"

老财迷一听,吓了一跳,隔着门缝一看,山哥呼呼酣睡着,嘴里正说梦话:"等我七七把瓜摘下来,往北山背阴坡摔三下,宝山门就开了,把宝取出来,大家就不受穷了。"

老财迷听了,又惊又喜,躬着野猫腰子,一溜烟跑回家去了。

金瓜长到第四十八天的晚上,老财迷再也忍不住了。他悄悄背上一个大口袋,偷走了金瓜,急忙来到北山背阴坡,把金瓜摔三下。金瓜就像是一条金蛇,飞舞着,滴溜溜直往岩缝里钻。这时山门果然"哗啦"一声就打开了,山洞里尽是珠光宝气,各色美玉不计其数。这个贪心的老财迷一见,心花怒放,蹲下身子就拼命往布袋里扒拉玉器。

由于这个金瓜少浸半夜露水,少晒一早晨太阳,还没有完全长熟。所以,山门打开不久,金瓜忽然破裂,山门"哐当"一声,又自动关上了。老财迷也被封在山肚里了。

山哥清晨醒来,发现金瓜不见了,十分纳闷。他猜想准是老财迷偷走了,当时就要去找老财迷拼命。可是,他刚要抬步,眼前一亮,睡梦里见到的那个美丽的绿衣少女,手里还是托着那粒金色的瓜种,站在他的面前。她笑着向他摆手说:"好山哥,不用去了。老财迷早被封死在山肚里了。"

山哥使劲儿揉了揉眼睛,心想:我这不是在做梦吧!绿衣少女"咯咯"地笑成了一朵花。山哥惊奇地问:"你究竟是谁家的姑娘?你叫俺干啥?"

绿衣少女的脸一下子就红透了。她低着头笑着说:"我叫玉妹,天上神人都叫我碧玉仙子。我爱你勤劳、能干、心好。你要是不嫌弃,咱们就……就结为夫妻吧!"

山哥高兴地牵着玉妹的手,很快回屋里去了。

从此以后,小夫妻俩恩恩爱爱,每天精心雕琢玉器。后来,他们还收了许多徒弟。南阳的独山玉器,从此在人间传下来了。

讲　　述：岩温光　等（傣族）
翻　　译：刀孝忠、胥自兴
记　　录：曹爱贤、张星高
整　　理：张福三、冉红
流传地区：云南西双版纳

象牙姑娘

很久以前，勐巴娜西地方有个国王，他出去打猎，走得很远。在森林的另一边，他发现了一块宽阔的坝子，形状如同一张芭蕉叶铺在地上。这里水草肥美，可惜没有人烟，只有一群野象出没。国王为了占领这块土地，就下令勐巴娜西的人，不分老幼，每人到这里围二十排篱笆开荒种田，谁不围就要杀头。

有一个名叫岩宰多嘎达的青年，没有父母兄弟，孤苦伶仃地生活在世上。他穷得连一把砍刀也没有。没有砍刀，砍不来竹子，他只好捡别人用剩的竹尖去围篱笆。这块地方很快就这样被开垦出来。国王又下命令，撒下许多谷种。不久，谷种就长了出来。庄稼长得很好，齐膝盖高，大家见了都很高兴。但是，森林里的一群野象，由一头独牙的老象领着，常常在夜间出来，偷吃田里的庄稼，一吃就是一大片。

国王又下命令，叫百姓在田边搭起高脚窝棚，轮流在田里看守。一次，轮着岩宰多嘎达去看守。他带着枪，住在窝棚里，瞪大眼睛守望着。两天过去了，平静无事。就在第三天晚上，岩宰多嘎达不知怎么的，迷迷糊糊地打起盹来，那群野象趁这个时候，从他那一段扎得不牢固的篱笆那儿钻进田里，把一大片庄稼吃光了。他听到一阵唰唰唰的声音，惊醒过来，睁眼看见那群野象在卷吃着庄稼，便大吼一声，端着枪去赶象群。野象见有人来赶，就拼命向森林逃去。但是那只独牙象，年纪大了，跑不动，被岩宰多嘎达抓住了。他要把独牙象交给国王处置。突然，这只老象流起泪来，说："你们的国王很残暴，他会杀死我的。你放了我吧，我是象王。让我回到森林里去，我们不再来吃庄稼了。"岩宰多嘎达说："我放了你，可国王不会饶我啊！"独牙老象王说："我这里有一颗象牙，把它送给你，它会给你带来好处的。"岩宰多嘎达见老象王态度真诚,产生了怜悯之情,就把老象放了。

岩宰多嘎达得到老象王那颗独象牙,把它当作宝贝似的珍藏起来。这些年来,他一直给国王种庄稼,风里来,雨里去,也不分白天黑夜,可是到头来连个老婆也娶不起,饱一顿、饥一顿地过着日子,自从有了那颗象牙,却出了怪事。有一天,他从田里回来,门一打开,只见竹篾桌子上摆了香喷喷的饭菜。他惊讶得说不出话来,是哪个好心人帮他做的饭呢?以后,天天如此,岩宰多嘎达决心弄个明白。

一天早上,他到田里干活,待了一会儿就偷偷跑回家,躲起来看究竟是怎么一回事。不一会儿,看到从那颗象牙里跳出来一个美丽的姑娘,给他淘米做饭。他赶忙跑进屋,一把拉住那姑娘,问道:"你是谁家的姑娘?为什么对我这么好?"姑娘说:"我是老象王的公主,名字叫苏瑞达。我住在那颗象牙里,我父亲把象牙送给你,也就把我嫁给了你。做了你的妻子,我就应该做事,听从你的使唤。"

岩宰多嘎达听了,又见苏瑞达那么美丽和善良,喜欢得不得了,当晚他们就结成夫妻。从此,岩宰多嘎达到田里干活,象牙姑娘苏瑞达就在家里织布、做饭。他们过起美满幸福的生活来。

且说勐巴娜西国王,在宫里吃腻了美味珍馐,想吃山上的鸟肉。他派一名大臣,带领四个武士到森林里去捕捉斑鸠。他们捕了满满的一网袋。在回去的路上,口渴了,到岩宰多嘎达家去找水喝,在井边碰上了苏瑞达。他们被她的美丽惊住了,张大着嘴巴,呆呆地看着,半天说不出一句话来,连苍蝇飞到嘴里也不知道。等到象牙姑娘热情地招呼说"过路的客人,请到家里坐",他们才惊醒过来。

大臣和四个武士喝了水回到宫里,把象牙姑娘苏瑞达的美丽形容向国王描画了一番。国王大吃一惊,竟有如此美丽的姑娘,他决定亲自去察看。第二天,国王乔装成一个有钱的商人,带着象队,拉着货物,从她门前经过。天色晚了,他就到苏瑞达家借宿。按照傣家人的老规矩,他们热情接待了国王。国王一看,苏瑞达果真是绝色的美女,就说:"你是一只金孔雀,怎么栖息在这简陋的竹楼里?你是一朵金莲花,怎么生长在浑浊的泥塘中?跟我走吧,我这几十头大象,驮的都是金银财宝,它们都是你的,让你来享受世界上的荣华富贵吧!"苏瑞达却说:"过路的客人,别动那邪恶的念头,它会像一条有毒的虫子,把你的心吃掉。"

国王见金钱打动不了姑娘的心,就露出本相,说:"我是国王,我要你去做我第一百零一个妃子。"但又遭到了苏瑞达的严厉拒绝。

国王灰溜溜地回到宫里,成天闷闷不乐,心神不定。这时,大臣向他献了一计,国王才眉开眼笑起来,就派这位大臣去向岩宰多嘎达传达他的命令:叫他来同国王斗鸡。他要是斗赢了,国王就赏赐给他一块土地;要是斗输了,就得把老婆送进宫里。

谁都知道,国王有一只从国外买来的又凶又狠的大公鸡,斗遍全国,没有遇上敌手。岩宰多嘎达接到命令,愁容满面,不知怎么办才好。苏瑞达说:"别发愁,明天我们会有一只善斗的鸡。"当天晚上,象牙姑娘就到森林里去,一边走着,一边撒着米叫道:"咕!咕!……狐狸,狐狸,你想吃国王的公鸡,就快出来吧!"一只狐狸走了出来,象牙姑娘把它从头摸到脚,变成了一只大公鸡。岩宰多嘎达就抱着这只公鸡,去同国王斗鸡。国王的公鸡竖起脖子上的毛,怒视着冲过来,想一嘴把它啄死。岩宰多嘎达的公鸡却一动不动地趴在地上,等国王的公鸡冲来时,一下子跳了起来,把国王那只鸡的脖子扭断了。国王大惊失色,说:"斗鸡不算,明天再来斗牛。你斗赢了,我把土地分给你;斗输了,就把老婆献出来。"

岩宰多嘎达愁容满面地回家来。象牙姑娘问:"斗输了?"岩宰多嘎达说:"斗赢了,只是不算,明天又要斗牛。"象牙姑娘说:"别急,明天我们会有一头善斗的牛。"当天晚上,象牙姑娘又去到森林,一边走着,一边撒着草喊道:"嘿!嘿!……豹子,豹子,你要吃国王的牛,就快出来吧!"一只豹子走了出来,象牙姑娘把豹子从头摸到尾,变成了一头大公牛。岩宰多嘎达就牵着这头牛,去跟国王斗牛。国王的牛又大又壮,角上还套着锋利的铁套子。斗牛开始,国王的牛气势汹汹地冲过来,岩宰多嘎达的牛节节退让;等国王的牛冲到跟前,豹子变的牛跳了起来,把它咬死了。国王又说:"不算,不算,明天再来斗象。"

岩宰多嘎达难过地回到家,象牙姑娘问:"又出了什么事?"他说:"国王要和我斗象,我哪儿去找啊?"象牙姑娘说:"别发愁,明天我们会有一头善斗的象。"当天晚上,象牙姑娘又到森林里去,一边走着,一边丢着肉喊着:"咻!咻!……老虎,老虎,你要吃国王的象,就快出来吧!"一只老虎走了出来,象牙姑娘把老虎从头摸到尾,变成了一头大公象。岩宰多嘎达就赶着公象,去跟国王斗象。国王的大象昂起头和鼻子,向岩宰多嘎达的象步步逼来;等它走到跟前,老虎变的象甩开鼻子,缠住了它的前脚,用力一拉,把它摔了个四脚朝天,然后把象牙戳进了它的胸膛。国王斗象斗输了,但他还不死心,当场就把岩宰多嘎达关进监狱,要他交出象牙姑娘苏瑞达。

象牙姑娘得到了消息,就装扮成一个化缘的和尚,披着黄袍袈裟,到京城去救丈夫。这时,岩宰多嘎达因为死不答应交出自己的妻子,被装在麻袋里,等待被处死。第二天,四个武士抬了装着岩宰多嘎达的麻袋,准备扔到大河里去。他们走在路上,听见麻袋里大声吼叫起来:"该死的东西,谁叫你们把我抬走,我是王子!"一个武士听见是王子,说:"兄弟,我们搞错了,打开看看吧!"另一个武士说:"快走,岩宰多嘎达诡计多端,他一定又是假装王子来骗我们的。"口袋里又叫了起来:"你们吃了豹子胆了,我是王子!"但是任他怎么叫喊,武士们还是把麻袋扔进河里去了。

国王处死了岩宰多嘎达,派人去抓象牙姑娘苏瑞达。就在这时,王后哭哭啼啼地跑来说:"王子失踪了。"接着一个大臣前来禀告:"岩宰多嘎达还活着,正在田里干活哩。"国王一听大惊,派人到河里捞起麻袋一看,淹死的果然是王子。原来象牙姑娘早把丈夫救了出来,把王子装进了麻袋。国王怒火万丈,点起兵马去捉岩宰多嘎达和象牙姑娘苏瑞达。象牙姑娘早有准备,不等国王的兵马到来,就唤出藏在象牙里的一万象兵,迎上前去,冲散了国王的兵马,杀死了残暴的国王。

后来,百姓和头人就推举岩宰多嘎达当了国王。岩宰多嘎达有象牙姑娘苏瑞达的帮助,把国家治理得很好。

搜集整理：张士杰
流传地区：河北廊坊

盐仙

从前，有一个老娘和一个儿子，住在渤海滩上，靠打鱼过日子。儿子是个很勤恳的小伙子，天天除了下海打鱼以外，每逢月夜还到海边去拾蚌捡蟹。

有一天夜里，海面上风平浪静，圆圆的大月亮升起来，照得大海蓝光闪闪，照得海滩银白雪亮。小伙子推开家门，提个鱼篓，又去海边拾蚌捡蟹了。

小伙子正朝海边走着，忽见远处有一团白光，像朵白莲花，游游荡荡、游游荡荡地直朝这里飘来。这是什么呢？小伙子很纳闷。见旁边有个土堆子，他忙趴在后边悄悄地看着。白莲花越飘越近，越近越大，一会儿工夫就飘到这里来了。小伙子借着月光看得很清楚：不是白莲花，是个大闺女。闺女俊眉秀脸，穿着白袄白裙，挎着一个花篮。她一边走，一边忽闪着大眼睛东张西望，好像在寻找什么。小伙子不由得在心里说：这是谁家的俊闺女呀？怎么深更半夜地赶路哇？东张西望地找什么呢？他想问问她，她要是迷了路，好替她寻路；她要是有什么难处，好帮她一把。可是他又一想：我是年轻轻的小伙子，她是年轻轻的大闺女，深更半夜里答话不方便，不如先躲在这里看着吧。她要真有什么难处，再去帮她也不晚。小伙子仍是不声不响地看着。这时候，闺女好像找到了要找的什么了——前边有一片坑坑洼洼，直朝那里走去。她笑嘻嘻地来到坑洼跟前，伸手朝花篮里一抓，又扬手轻轻一撒，只见一片白闪闪的银花纷纷朝坑洼里飘落。她在清亮亮的月光里，沿着坑洼轻轻走动，抓一把，撒一把，撒得银花漫空飞舞。大闺女在月光下笑嘻嘻地撒银花，手不停脚不闲，直到天快亮了才住了手。这时候，只见她挎着花篮，慢慢走去，越走越远，越远越小，不一会儿工夫就看不见了。小伙子看得出了神，早就忘了拾蚌捡蟹，呆呆看了一夜。闺女走后，他急忙来到坑洼里一看,坑洼底上沉着一层白花花的银粒。小伙子不由得说:"哎呀,闺女撒下这么多的玉沙呀!"他抓起一把来看看:说是像雪吧,又很硬;说是像白面吧,又成颗成粒;说是像玉沙吧,用手一捻又能碎。这不是真正的玉沙,到底是什么呢?他猜不透,就装了一篓子玉沙,拿回家去了。

　　小伙子回到家,忙一边告诉老娘夜里遇到的事情,一边让老娘看玉沙。老娘听了很惊喜,看了半天也闹不清这玉沙到底是什么。因为那时候还不兴吃盐,所以不知道这玉沙就是盐。老娘想:这玉沙是不是能吃呢?她就捡了一粒一尝,玉沙沾湿就化,有咸滋滋的味儿。在煮鱼的时候,老娘就撒上一些玉沙,结果非常好吃。老娘对小伙子说:"这玉沙是宝贝哟!那个闺女准是仙女呀!"

　　"我猜也是。"

　　"这玉沙多好吃呀!可别惊动了仙女,盼她往后多来撒些玉沙吧!"

　　"妈说得对。"

　　"那些坑洼里还有多少玉沙呀?咱们把它扫回来吧——咱们吃着好吃,大伙准也爱吃,快让大伙也来尝尝玉沙吧!"

　　"坑洼里还有好些个玉沙呢!我看不如告诉大伙去那里扫,这不更省事吗?"

　　"对对对!你就快去告诉大伙扫玉沙吧!"

　　小伙子立刻去告诉大伙,又领着大伙到坑洼里来扫玉沙。大伙把玉沙扫回去,都说很好吃,都说这娘儿俩给大伙找到了好宝贝,对娘儿俩很感激。娘儿俩给大伙做了好事,心里很快乐。从此,小伙子就不断在夜里去看望那个仙女,仙女隔些日子就来撒一回玉沙,只是没有准时候:有时候他就能看见她来撒玉沙;有时候他来了她却没来;有时候他没来,第二天坑洼里已经撒下了玉沙。别管怎样吧,反正小伙子一见有玉沙了,就急忙告诉大伙来扫。

　　可是这件事后来让一个商人知道了——只知道大伙都喜欢吃玉沙,只知道玉沙是小伙子告诉大伙去扫的,可不知道玉沙是从哪里来的。商人心里暗暗盘算:大伙都爱吃玉沙,我要是闹清了玉沙的来路,把玉沙都弄到手,再以高高的价儿卖给大伙,就能发财致富啦!商人忙赶到海边来找小伙子,在海边一直转悠到天黑,才见小伙子打鱼回来。商人急忙拦住小伙子说:"小伙子,我想问你点事。"

"问吧。"

"你那玉沙是从哪里得来的呀?"

"你问这个干什么?"

"这你就甭管啦!只要你告诉我玉沙的来路——"

"我不知道!"

"我给你说个俊媳妇!"

"我不知道!"

"我再给你盖一座大瓦房!"

"我不知道!"

"你要金子我给你金子,要银子给银子!"

"我不知道!"

"这样吧,只要你告诉我,你要什么我给什么!"

"我不知道!"

"你要是信不过我的话,咱们就这样办:你先说要什么,我先给了你,然后你再告诉我,这样行了吧?"

"你甭瞎操心啦,我什么也不要!你磨破了嘴皮子我也不知道!"

小伙子说着,推开商人,头也没回,大步流星地回家去了。商人跟小伙子一直纠缠到天大黑,只闹了几个"不知道",急得干瞪眼。商人瞪了半天眼,忽然眼珠一转,心里说:小伙子刚才说话又耿直又带着气,说不定到家要撒撒气呢,我不如跟着去听听,也许能听出根底来的。他想到这里,忙瞄着小伙子的后影,悄悄地紧跟了上来。商人见小伙回到家进了屋,忙溜到窗根支棱着耳朵听着。就听老娘问小伙子:"你今天怎么回来得这么晚呀?"

"咳!甭提啦!在海边上碰见一个商人,跟条长虫似的死缠住我不放,非让我告诉他玉沙是怎样来的不行,还应着给我这个那个的!"

"你告诉他啦?"

"我一看他没安好心,气就气坏啦,有个告诉他吗!"

"这才对呢!要是告诉了没安好心的人,那可就害了仙女,也害了大伙啦!咱们不稀罕他的什么东西,不能告诉他!"

"妈说得是!那位仙女夜间出来,在海滩上撒玉沙,大伙就总能吃到玉沙。这种对大伙有好处的事,死也不能告诉坏心的人哪!"

娘儿俩万没想到商人那么不要脸,跟进家来偷偷听着呢!仙女撒玉沙的事,结果被商人听到了。商人急忙溜出小伙子的家门,一边走一边想:这回可好啦,我把那个仙女捉住,不光能把玉沙霸到手,还能得个媳妇哩!

商人回去以后,等到夜里,带着一条绳子,贼贼咕咕地来到海滩上,就这溜那溜地找开仙女了。可是他找了一夜并没找到。没找到哪能死心呀?第二天夜里,他披着绳子又来找了。商人蹲在一个土堆子后边,正东张西望地瞧着,就见远处有一团白光,游游荡荡、游游荡荡地直朝这里飘来——这回仙女可真来了。商人急忙掏出了绳子。仙女走近了,又像以前一样,找到坑洼,扬手撒起银花来。这时候,商人从土堆子后边站起,把绳子放在嘴上一叼,猫着腰,挓挲着双手,瞪着眼,悄悄地从仙女身后扑了上去。仙女听见有动静,立刻住了手,扭头想看看是什么,谁知商人已经来到她跟前了。商人饿虎扑食地蹿上去,一手薅住仙女的裙带,一手从嘴上拿下绳子,动手就要捆仙女。仙女立刻变得怒容满面,袖子一甩,"唰啦"打掉商人手中的绳子,急忙扭身要走,可是商人揪住裙带死也不放。仙女走不脱,急得一抖裙带,像耍流星一样,商人被抖上天空,又"咕咚"摔在地上,差点没摔死。可是商人舍命不舍仙女,抓住裙带死不撒手。仙女又急又气,拼命抖裙带,商人被抖得飞上落下,摔得筋斗骨碌的,就是不撒手——这样拉拉扯扯、抖抖滚滚的,一直闹腾了好半天。谁知就在这时候,忽然变天了——风起云涌,电闪雷鸣,浪蹿海啸,尘滚沙扬,眼看就要下大雨了。仙女一看,再甩不掉商人,就回不去了。她抬头望望天空,朝商人狠狠一咬牙,立刻"扑簌扑簌"掉下了眼泪。不一会儿,大雨"哗哗"地浇下来了。大雨一浇,仙女的身子就化了。商人已经被摔成了烂倭瓜,死在海滩上了。

讲　　述：张金荷
搜集整理：孙祥栋
流传地区：山西阳泉矿区

黑娃

阳泉原是平定所属的一个小镇，镇上也不过寥寥几家酒肆茶店，这里的无烟煤却是很有名气的。阳泉煤质地坚硬，易于燃烧，不熏不呛，用它做饭取暖既快又好。早年间，京关道上就专有人护送阳泉煤为皇家进贡。

阳泉煤是怎样出世的呢？相传古时候，阳泉一片荒凉，风沙成灾。在狮脑山的脚下住着一户姓荆的穷苦人家。荆公公给当时显赫一时的赵简子的后代赵公子家里做饭，他的老伴梅妈妈每天上山为赵家捡烧火柴。

这年隆冬腊月，寒风刺骨，白雪飘扬，远山近岭都披上了耀眼的银装。老妈妈焦急地等着丈夫快回家来，好带点残汤剩饭填肚充饥。天越来越黑了，还不见荆公公回来，梅妈妈又冷又饿，睡也睡不着，便强打精神，准备到山上捡些柴，顺便到赵家看看丈夫。

梅妈妈借着雪光，一步步艰难地走上山坡，好不容易才到了每天去捡柴的松林。她实在太累了，便坐在一块石头上靠着松树休息，后来竟慢慢地睡着了。突然，好像有个七八岁样子的小娃娃站在梅妈妈面前。梅妈妈心里好生奇怪：谁家的小孩这么冷的天一丝不挂？

她正想问个明白，小娃娃却笑嘻嘻地开了口："好心的妈妈，你记不清我是谁啦？"噢，梅妈妈想起来了，几个月前，这个小娃娃在河滩上玩耍，几乎被大水冲走，多亏她看见，才让荆公公把小娃娃救上岸来。梅妈妈见他生得黑油油、亮晶晶，还特意给他取了个名字叫"黑娃"。

想到这儿，梅妈妈急忙问："黑娃，你怎么一个人到这里来玩，也不穿点衣服，你家在哪里呢？"

"老妈妈,这里就是我的家。你天天上山捡柴太辛苦了,我送你点东西,拿回去做饭取暖吧。"黑娃一边说一边把几块黑东西放在梅妈妈的怀里。

梅妈妈告诉黑娃说,自己要到赵家大院给丈夫送柴。黑娃皱了皱眉头说:"老妈妈,你就先把这些送去吧,用完后,我再送你。不过要记住,这事千万别让贪心的人知道。"说完就忽然不见了。

梅妈妈怀里抱着黑娃给的几块黑东西,来到赵家大院的厨房,正碰见管家在训斥荆公公。原来赵家今晚宴请群僚众吏,偏偏柴湿火不旺,尽管肉炒了很长时间,还是不熟也不香。

梅妈妈一进厨房门,荆公公就对着她发起火来:"去,去,快回家去,你来凑什么热闹!"连说带推竟把她怀里的东西碰掉在地上。荆公公一看黑东西更火了:"啊,你疯了,拿这几块黑石头来干什么?"他越说越气,顺手把一块黑石头扔到了火里。说也奇怪,火立刻变得红光四射,热气灼人,不一会儿就把锅里的菜烧得香气四溢。

这意外的奇观,顿时使三个人都惊叹不已,连呼怪事。管家连忙把梅妈妈上下打量了一番,说:"你,你这是从哪里学来的把戏?"

荆公公高兴地一边炒菜,一边往火里扔了一块黑东西,火便越烧越旺,锅里的肉很快就熟了。管家急忙跑回客厅,把这件怪事告诉了主人。

管家一走,梅妈妈就悄悄地把自己遇到的怪事全都告诉了丈夫,荆公公想,这大概是黑娃报恩来啦!他正想向梅妈妈问个究竟,赵公子却一脚踏进了门槛。

赵公子一进门就笑着对梅妈妈说:"梅老婆子,听说你给我送来黑宝贝啦,今晚的菜可真色美味香啊!"他一边说,一边从地上捡起黑石头:"啊,就是这乌金墨玉。知道吗?这奇宝异石是沿着龙脉走的。"他见梅妈妈要走,便急促地说:"我祖上找了好久都没找见,这宝贝是经过几十万年才出世的。你快快告诉我,黑宝贝在什么地方?"

梅妈妈摇了摇头,冷冷地说:"不知道,我见山上放着几块,就随手捡回来了。"

赵公子急忙问:"山上还有吗?"

梅妈妈又摇了摇头说:"没有了。"

赵公子眼珠一转,扭身便回到了客厅,把管家叫来,如此这般地在他耳边盼咐了一番。

当天晚上,荆老汉回到破窑洞,就独自盘算起来,等梅妈妈刚一睡着,他便悄悄地一人出了门。他一人连奔带跑来到松树林,也学着梅妈妈的样子,睡倒在石头上。果然,不一会儿黑娃就站在了他面前,连声叫着他说:"老爷爷,你来这里干什么呢?"荆公公急忙睁开眼睛说:"唉,你给老妈妈的黑宝贝我们都用完了。"黑娃想了想说:"老爷爷,多亏你们救了我,我是要报答你们的。你每天晚上来这里取黑宝贝就是了。记住,可不能让贪心的人知道。"

说完,黑娃转身在地上挖了挖,把几块黑石头放在荆公公面前,便闪身消失了。此后,荆公公便每天晚上到松林里来取黑石头。一块、两块、百块、千块,慢慢地荆公公的破窑洞里就放满了黑石头。

他辞退了厨师的活,干脆担着黑石头四处叫卖起来。人们都特别喜欢买他的黑石头,时间不长,他便发了财。梅妈妈不喜欢拿黑宝贝卖钱,她给穷苦人家送去黑宝贝连一文钱都不要。

时间长了,没有不透风的墙。这一天,荆公公到松树林取石头,被管家悄悄地跟上全看清了。赵公子立刻把荆公公叫去,对他说:"黑石头的秘密我都知道了。如果你愿意,那咱们就一起做买卖。"荆公公见赵公子这样抬举他,连考虑都没有考虑就连忙点头同意了。

过了几天,荆公公被赵家的兵丁们前呼后拥地到了松林。兵丁们来到松林,当下乱砍树林,乱刨树根,竟挖出来不少黑石头。这当儿,黑娃闻声走出,还没说什么,就听荆公公大喊一声:"快抓住黑娃,他就是宝贝!"

人们奇怪,一个黑不溜秋的小娃怎么是宝贝?正想着不敢动手的时候,梅妈妈呼天喊地跑来,一把抱起黑娃,哭着说:"黑娃,我的好孩子,快跑吧!荆公公要害你了,快跑!"

荆公公拿起大刀要对梅妈妈和黑娃下毒手。这时,黑娃自己走出,从红肚兜里掏出一把金钥匙交给梅妈妈,也不说一声,趴在地上叩了三个响头,便腾空而起,飞到赵家大院。

荆公公一看,黑娃飞了。奇怪!怎么跑到赵家大院了?不一会儿,浓烟滚滚,火光大作,赵家大院顿时化为灰烬。

荆公公虽然害怕,但钥匙必须抓到手,他一见梅妈妈哭叫连天地呼唤黑娃,便朝梅妈妈冲来。还没靠近梅妈妈的身边,飞来一把火竟把荆公公的头发、眉毛、胡须烧了个精光,荆公公连忙跪倒求黑娃饶命。

梅妈妈一跑,金钥匙丢了,她找了九天也没找见。

从此,荆公公想改过自新,就把原先刨来的黑石头白白送给穷人家,并继续上山给穷人家刨黑石头,这就是最早的煤窑。后来,石卜嘴一带的煤窑差不多全是荆家开的。荆家的煤窑规模不大,但价格便宜,祖祖辈辈传到现在。赵家大院的遗址尚在,不过只剩几道破门楼了。

梅妈妈忽然在一个晚上出走,荆公公天天找,总不见。那梅妈妈呢?人们说:"梅妈妈抱着黑娃到了最深最深的地下宫殿去了。"

每年三十晚上的时候,家家户户门前放着一块黑炭,炭上系一条红纸,这就是为了纪念黑娃。那红纸不正是黑娃的红肚兜吗!那金钥匙到现在找见了没有?据说只有勇敢的矿工在地下取宝时才能拿到。人们为纪念这位心地善良的老梅妈妈,就把她为人们寻到的黑石头叫作煤,也就是现在的煤啦!

讲　　述：刘良河
搜集整理：辛成
流传地区：山东崂山

银子精

有小两口穷得没法，便拉着棍子一块出门去讨饭。这天傍黑时分，小两口来到一个村里，见村头一家红漆大门门口，站着一个老头。他俩便走上去问道："大爷，您家有地方没有？能不能留俺俩住一宿？"

老头一看是两个要饭的，便道："有是有，只是那屋里常闹鬼，怕你俩不敢进去住！"

小两口听后，想了一想，道："大爷，要饭在外的穷人，不怕闹妖弄鬼，只要有个地方趴着就行了。"

老头道："好，你俩不怕就行。"说完，便领上小两口，走到三间闲屋跟前，给他俩开了门，让他们住了进去。

小两口住进这旧屋后，又饿又冻又害怕，直到三更天还没困着。四更天时分，他俩用讨饭的破瓢把小油灯扣上，便迷迷糊糊地打起盹来。

就在这时，只听房门"哗啦"一声打开，号号啕啕走进一个女人来。那要饭的媳妇从梦中惊醒了，她顺手把那扣灯的瓢一揭，借着灯光一看：啊，一个浑身穿白的女人，"咕咚"一声，随着灯光跌倒在炕旮旯里！吓得那要饭的媳妇连忙跳下炕来扶她。谁知，人没扶起来，倒吓得她把一泡尿撒在那穿白衣的女人身上了！

要饭的媳妇尿完了尿，睁眼再仔细看那炕旮旯里的女人：哎哟哟，那女人不见了，却见炕旮旯里堆着一堆白花花的银圆宝！

要饭的媳妇一见，又惊又喜，连忙上炕把男人推醒，叫他起来看。小两口见一下子得了这么多银子，连忙揭开炕基，把那银圆宝藏进炕洞子里。

第二天早上，小两口一起来，便到房东老头家，借了一头小毛驴。女的骑着，男的赶着,带上一个元宝上了集。

　　小两口在集市上把元宝换成了钱,置办上新衣新鞋新帽子,又割肉买鱼,打上十斤二锅头好酒,回到住宿处,把房东老头请了去吃喝起来。酒过三巡,菜过五味,小两口一齐跪倒在房东老头跟前,千求万告要拜他为干老头,并要求他把这闹"鬼"的旧房卖给他们!

　　房东老头半中腰得了这么个干儿子、干闺女,当然乐意了;他听说他俩要花钱买下他这旧屋时,更是一百个乐意。

　　就这样,小两口花了五两银子,就买下了这三间房子。从那时起,小两口发了家。他们把房东老头当亲爹一样待。

讲　　述：李占春
搜集整理：郑友群、严晓星
流传地区：辽宁沈阳

朱砂人

有个外乡人，投奔到一处依山傍水的地方混碗饭吃，在一个商号里谋到个站拦柜的差事。这家商号的大掌柜的住在河的南岸，二掌柜的住在河的北岸。两个人别看不是一家人，那脾气禀性可像一母所生一样。两人对下边人都挺恶，非打即骂；两人又都好听人讲古。赶上阴天下雨没有买主，他俩也不体恤站拦柜的人，硬逼这些天南海北雇来的人轮班儿讲古给他俩听。这天，又下雨了。这个外乡人刚被两个掌柜的撸了一顿，又被圈住给他俩讲古。他不忍这口气，就讲了一个"朱砂人"的故事。

有这么个拦河湾，湾里潜伏着一个朱砂人。朱砂有了人的体形、人的灵气，自然便是稀世珍宝，价值连城了。这个朱砂人被一个专门寻找宝物的南方人发现了，他就暗中观察朱砂人的一举一动，琢磨着怎样把这个宝物弄到手里。

天长日久，南方人发现这朱砂人在水中定居，也经常到陆地上来买个东西啥的。还发现经常和朱砂人有交往的，是一个长相五大三粗的卖熟牛肉的人。这人每天都到镇上去卖熟牛肉，每当他路过拦河湾时，那朱砂人必定要在拦河湾上边儿的松树林里等他，必定要买一块熟牛肉。年年月月，刮风下雨，从不耽误。那南方人把这事看在眼里，想借助卖熟牛肉的来杀死朱砂人，就开始和这卖熟牛肉的套近乎。他先是把家搬到卖熟牛肉的家边儿上去，接着就变着法儿和这卖熟牛肉的交朋友。两人是越处越亲密，最后成了莫逆之交。

这天，南方人边和卖熟牛肉的喝酒，边问："你这么风里来雨里去的，一天能挣多少钱？"卖熟牛肉的说："哪能挣多少钱，勉强凑合生活呗！"南方人说："不能挣多少钱，何必吃这份苦呢，开个买卖多省心呀！"卖熟牛肉的说："我哪有那么大的本钱呢?"南方人说:"我有办法叫你发一笔大财,只要你肯为我去干件事儿。"卖熟牛肉的问:"你叫我干什么事吧?"南方人说:"我叫你去杀个人。"卖熟牛肉的说:"杀人的事儿我可不干。我得了钱还能怎的,最终还不得吃官司去?"南方人说:"决不叫你吃官司就是了。你一刀把他砍死之后,你就走你的,后步的事全由我兜着,啥都不用你管,你爱哪儿去哪儿去。你若愿意,我这就给你一万两银子,事成之后,我再给你两万两银票,而后各走各的道,谁也不牵扯谁,你看如何?"他这是双关语,意思是说:砍死之后你发现是宝,也别眼热,你是我用大价钱雇的。卖熟牛肉的一听能得这么多银子,就见钱眼开了,便把这事应承下来,问:"你叫我杀谁?一定是你的仇人吧?"南方人说:"你啥都不必打听,他还兴许不是人呢!你只管杀完走人就是了。"他怕这宝让卖熟牛肉的得去,自然不能把事说破。卖熟牛肉的说:"我怎的也得知道去杀谁呀!"南方人说:"就是天天在拦河湾买你熟牛肉的那位,你把割肉的刀子磨得快快的,一家伙把他脑袋砍下来就算完事儿。"事就这么讲妥了。

第二天,卖熟牛肉的边往拦河湾走,心里边打鼓,想:今儿个我换了大号刀,刃薄背厚,只要砍下去,那老主顾可就没命了。转念又一想:我贪三万两银子去杀害一条性命,于心也有愧呀!他说还兴许不是人。不是人怎么还吃我的牛肉呢?不过,我答应朋友了,不办也不讲信用。莫不如我先试一试,不往死里砍。他若是人,我拿这一万两银子为他养伤治病;他若不是人,凭我这把力气,回头再收拾他也赶趟儿。他打好了主意,信马由缰也就走到了拦河湾边儿的那片松树林,那朱砂人正等着买他的熟牛肉吃呢!这时,那南方人已经在附近的一棵大树后面了。

卖熟牛肉的一看老主顾已经到了,这就支上架子,放平箱子,摆好案板。平常是接过朱砂人的钱,割哪儿算哪儿,两下不争;今天呢,把肉箱子打开,偏问朱砂人选哪块肉。朱砂人听他这么一问,嘴上说割哪块都行,手指呢,可就无意之间朝一块完整点儿的肉伸出去了。朱砂人的手指一伸,他刀就随手指刹下去,一家伙把那手指给刹了下来。这工夫只见一溜儿火光,眼前的朱砂人已经无影无踪。这个时候,藏在大树后边的南方人走出来了。他说:"真可惜,没砍住他。"说着就把这手指头拿起来,说:"你仔细看看,这是什么玩意儿?"卖熟牛肉的一看,他也懂得点医药上的事,就说:"这可是朱砂?"南方人说:"你说对了。光这个手指头就值几千两银子,你若能把这朱砂人整个儿砍住,你合计合计能抵多少银子?"这回他明白过来了,这是宝呀,就说:"可惜!可惜!叫他跑没影儿了。这么办:等明天他再买肉时,我看准再砍就是了。"南方人说:"你有杀他之心,他怎能还买你牛肉?明天他不会来了。"卖熟牛肉的问:"那还有别的制伏他的方法没有?"南方人说:"有倒是有,就看你胆量怎么样吧。"卖熟牛肉的说:"杀人我都敢,我的胆量还算小吗?今儿个我是试试他到底是人不是人,真没想到他跑得这么麻利。"南方人说:"你有胆量就好办,你听我调遣吧!"

南方人买了一条船,画了三道符,对卖熟牛肉的说:"咱俩一道坐船下水,我钻到水里去抓他,你坐在船上等我。这三道符你全拿着,你看我从水里把手伸出来,你别管手有多大,你就把第一道符贴我手心上;等我再伸出手来,你就把第二道符贴我手心上;等我第三次伸出手来,你再把第三道符贴到我手心上。这样,我就能把那朱砂人给降服住。"他俩合计妥当了,找个晴天好日、风平浪静的时辰,就把这条船下到拦河湾里去了。船摆到拦河湾中间,只见南方人张嘴吃下一道符,接着便钻进水里去了。这时,就听这水咕嘟咕嘟翻花,像打鼓似的响着,这时南方人已经和朱砂人交上手了。打了有一袋烟工夫,只见有一只手伸出水面来。这手能赶上十个寻常人手那么大,手指头足有小擀面杖那么粗。等手伸到船帮,卖熟牛肉的就壮着胆子把第一道符贴到那手心上了。这南方人把手一合,又钻进了水里。这回,交手的声响更大,像打雷一般。打着,打着,只见那手又伸上来了,足有小簸箕那么大。卖熟牛肉的刚把第二道符贴上去,天就起风了,浪掀起一丈多高,再加上两个在水里猛打,把水搅得团团转。这样,那条船在拦河湾当间儿就吃不住劲儿了,一点儿一点儿被浪推到岸边上来。随后,又几个恶浪扑来,眼见着船要翻了,卖熟牛肉的无奈,就上岸了。等南方人第三次把手伸上来,那手比大笸箩还大。等来等去,等了不少工夫也不见卖熟牛肉的给贴符,他又把手缩进水里去,两人接续恶战。这时候,那是飞沙走石,天昏地暗。打得卖熟牛肉的在干岸上都站不稳,眼睛更别想睁开。可就在他闭着眼睛的工夫,风平浪静了。不大一会儿工夫,那南方人的死尸漂了上来,把拦河湾的水都染红了。就这样,朱砂人谁也没得着,南方人白搭上一条命,卖熟牛肉的呢,还卖他的熟牛肉去了。

朱砂人一看,这地方买卖人图财害命不可交,就走了。到什么地方去了,谁也不知道,反正从此拦河湾没有朱砂人就是了。那么说,河里啥也没有了吗?也不是。拦河湾北岸有座山,南岸是沙滩。从此,河南开始出王八,河北树茂出了兔子。

两个掌柜的听完这个故事后,就再也不逼站拦柜的给讲故事了。

矿物精·朱砂人

搜集整理：王庆丰
流传地区：辽宁沈阳

碾盘姑姑

　　光绪初年，沈阳的十里砖城还是很壮观的，城墙上的门楼和角楼也都完好。当时在城门楼的近旁还筑有堆房，驻扎着守城的八旗兵，日夜巡逻。

　　一个秋景天，白日间下了一整天的细雨。到了夜里忽然风雨大作，漫天呼啸，飞沙走石，呜呜作响，把一些住家的窗户纸都打坏了。不要说一般人都缩卧在屋里，就是城上的八旗兵，也不肯走出一步来。可是到了第二天早晨，风停雨住，是一个大好的晴天，一个巡逻的八旗兵走到东北角楼近前，猛地被卧在箭垛里的大碾盘绊了个跟斗。哎呀！这可是个新发现，因为他们每天都经过这里，可谁也没注意这里有个碾盘哪！城上的兵丁听说后，也都围了过来，七嘴八舌地议论着。"如果碾盘早就放在这里，还能看不到吗？""说是昨夜里谁抬上来的，可这几千斤重的大碾盘，怎么能运上三丈五尺多高的城头呢？""是自己飞上来的吧？真是稀奇！"就这样轰动了城里城外，远近皆知。

　　说话到了九月九，按例允许百姓上城头登高眺远。这一天，前来登城的人分外多，人头攒动，绝大部分是特意来看大碾盘的。其中有个老太太盯着这面大青石，左瞅瞅，右看看，不肯离去。最后她在靠近轴眼的地方发现有铜钱大小的一块血迹，伸手抚摸着说："这好像是刘年姑家的。"

　　说起刘家来，早年就住在内治门（小东门）外，开着一个粮米店。店主刘扁头是个心黑手狠的家伙，因为打死伙计，出了人命案，结果承德县大堂派来衙役，拘走刘扁头，抄没家产，就地拍卖。刘老太太被赶出房门，便领着七岁的儿子宝库走进碾棚。衙役领着买主进来时，刘老太太趴在碾盘上拖住拐轴不放。买主打量了一下说："这个碾盘太老了，若是在中间凿个大眼儿，做个井台用还行。"刘老太太一听,放声大哭着,脑袋往碾盘上撞,直撞得头破血流,一汪鲜血摊在碾盘上。买主见到这种凄惨情景,便说:"钱多少我也不要了。把总,你也行个好吧。就给他们母子留下算了。"后来真的就给留了下来。

刘家遭此变故之后,老太太便在碾棚边搭个小房住着,每天领着宝库去东山嘴子教场一带搂树叶做香卖,十来年勉强维持着生活。在一个数九隆冬的日子里,阴沉的天落下大雪来,母子俩赶到家来,见一个穿着破衣烂衫的女子,面朝着里面跪在碾盘边,头枕在沿上,身旁还扔个要饭的破筐。刘老太太走上前,见是个闺女,连喊:"姑娘,姑娘,醒一醒!"可是那姑娘仍不作声,伸手挡挡鼻孔,还有气,便同儿子一起抬进屋里。刘老太太熬了两碗小米稀粥,亲自用匙喂着。姑娘慢慢舒缓过来了,于是认了刘老太太当干妈,留了下来。她自报姓年,人们都管她叫年姑。年姑做活挺麻利,整天是家里外头忙个不休。过了两年,宝库和年姑都长大了,经邻居们一撮合,两个人就成亲了。没过多久,刘老太太便下世了。

刚成亲那几年,宝库也还勤快,每天早晨和年姑一起去搂树叶,下半晌回到家来,他就出去给杂货店送香。年姑呢,就在家里拖着碾杆砸叶子,筛香面,常常弄得糠扫蛾眉柳带霜呢。一来二去,日子过得越来越好了,渐渐地手头便有了富裕。偶尔宝库从街上带回二两酒,年姑也就赶紧弄点菜,让他喝个畅快。可有的时候,他下午一出去,到了很晚才回来,问他,便说:"陪着店铺掌柜的闲说话来着。"年姑说:"咱们是拿身子当地种,办完了正经事,还是早些回来,也省着叫人惦记着。"宝库随口答应着,可还是不改。后来,经常下晚看不到影,到天亮才回到家里,倒头便睡。年姑就把饭盆坐到锅里热乎着,一个人背起大筐,提着耙子上山去了。

不久,年姑终于听到宝库在外边耍钱的风声,便劝解着说:"咱们是靠推碾子拉磨过活的,钱不是容易挣来的,可不能到赌场上去打水漂啊!"宝库眉头一皱,不耐烦地说:"唉,我知道啊!"说是尽管说,可一玩起来就什么都忘了。赶上赢了钱,便买上一大把油条,进屋就拍着口袋说:"嘿嘿,人就得碰运气,往后有钱了,买了毛驴不就替我干活了吗!"年姑生气地说:"我可不妄想那不义之财,还是自己一点点挣来的钱靠实啊!"逢到宝库耷拉个灌铅脑袋回来的时候,年姑憋了一会儿,还是忍不住说:"输了就输了吧,从此洗手,咱们不去玩就是了。"可是耍钱的人十个有九个没脸的,赢了贪玩,输了想捞。俗话说,久赌无胜家。那是个无底洞,越陷越深哪。

好多天了,宝库一个钱也没拿回来,家里断炊了。年姑平时买菜节省了一吊钱,放在针线包里,想拿去买米,可不知什么时候让宝库偷着翻去了。她自己坐在小屋里,伴着外面恼人的绵绵细雨,偷偷地哭泣。傍晚时宝库回来了,进门就要饭吃。年姑说:"就等你回家买米下锅呢!"宝库眼睛一斜楞:"怎么的,你也来逼我呀!好,我把碾子卖了。"说着拔腿就往外走。年姑一把拖住他的大腿说:"你可不能啊!那是我们的命根子,你卖碾子就等于把我也卖出去了。"宝库回身一脚:"哼!反正不过了,急眼连你也一起卖了!"说完脱开身子扬长而去。

没隔多大工夫,他真的领来一个买主。年姑张开两臂,俯身在碾盘上,像护着自己的生命一样,哀求着宝库:"宁可挨饿也不能卖啊!这是咱妈给留下的呀!"买主皮笑肉不笑地说:"不愿意卖也行,那就欠账还钱吧。"说完转身走了。宝库一听急了,抓住年姑的头发,就往碾盘上直撞。年姑的脑袋被捣出了窟窿,再也不出声了,流出的一摊鲜血淹过了旧的血痕。宝库也没顾得这些,起身便追买主去了。外面的天暗下来了,风雨越来越大了。

第二天,一辆四套马车在这家门前停下了,一会儿又赶着空车走了。有人好奇地把头伸进碾棚,只见那里剩只土墩子,碾砣滚在墙角下,而碾盘却不知哪里去了,同时年姑也不见了。

人们传说,年姑就是碾盘的化身,是为了报答刘老太太的恩情才转世的。邻居们却讲着:"年姑是多好的媳妇啊!真是个居家过日子的好手,就怨宝库那小子不着调,自己把个刚垒起的窝窝蹬翻了。"从此,宝库便流落成遛房根、蹿房檐、整天拖着个夹棍的讨饭花子。后来,他也听到城顶飞上个碾盘去,心里便疑惑着。到了第二年重阳节,他也跟着人群爬上城去。这时候,在碾盘轴眼中已经长出了一棵手指粗细、三尺多高的榆树来。有人说,亲眼看见这刘宝库拍着碾盘,咧开大嘴哭着,流出的哈喇子一直扯到地上。又有人讲,那年从城墙顶上摔下来一个人,就是刘宝库自愧投身的。而年姑和碾盘的传说则更为普遍了。于是有人就在碾盘身后、东北角楼前边修起一座仙祠,祠里供着一尊黄袍加身的女神像,这就是碾盘姑姑。

讲　　述：刘宝兰
搜集整理：王世安
流传地区：辽宁辽阳

纸扎媳妇

　　从前，在弓长岭这场，有个小光棍。他姓李，名叫李魁。他就一个人过日子，日子过得挺紧。到了年根底下，他就去姐夫家借钱。

　　姐夫家离他家有五里路。他连跑带颠，一袋烟的工夫就到了。姐夫问他："李魁，你大过年来干什么？"他说："姐夫，我来找你借两个钱花。"

　　姐夫同他开玩笑地说："我不是不借你。如果你娶上媳妇，别说借两个钱，就是借三个钱，我也借给你。"

　　李魁想：姐夫这不是明摆着不借给我钱吗？他一急，就冷不丁想起来了。他前几天做了一个梦，梦见一个老者告诉他："李魁，你要用钱，就用纸扎个姑娘。不但有媳妇，还能有钱花。"做完梦以后，他想：我何不扎个纸人试试？想到这儿，他就说："姐夫，你说这大话，是不是当真？"姐夫说："那还有假的！你家炕上如果坐个大姑娘我这钱就白给你了。"

　　李魁听完，就上街了。他来到了纸画铺，就扎了一个像仙女一样的纸人。当他拿着纸人路过刘宝家坟茔的时候，刚死不久的刘荣的灵魂就附在纸人上了。纸人一下掉在地上。李魁一看，说："糟了，摔坏了怎么办？"他捡起来一看没有摔坏，就急忙往家赶路。到家他就把纸扎的人放在炕头上。一端详，这纸人还真像呢！她，红扑扑的脸膛，格外俊俏，挺讨人喜欢的。李魁转身就上姐夫家去了。

　　姐夫看他又回来了，就说："你娶媳妇了吗？"李魁说："我已经娶到家了。"他姐夫哪里肯信，连连说："你撒谎，你撒谎！"李魁说："你要是不信，把钱拿着同我一块去看看。若没有那么回事，你再把钱拿回来；若有那么码事，你就把钱扔在炕上。"他姐夫一听，也是这么个理儿，就打开箱子，拿了不少钱，跟李魁走了。

李魁到院里一瞅,只见屋里影影绰绰有个人影在晃动,吓得他头发根发炸。他想:莫非屋里闹鬼了?不管怎么说,让姐夫进去看看再说。姐夫不知这里是怎么回事儿,就先进了屋里。

炕上的纸人,不知啥时已变成了真人。她见从外边进来人了,就磨身下地,问跟在姐夫后边的李魁:"李魁,来的客人是谁呀?"李魁害怕想跑,又一想,要跑就露馅了。他硬着头皮进来,说:"他是我姐夫。"

姑娘立刻笑脸相迎,给姐夫施礼,说:"姐夫,请你炕头坐。"姐夫坐下以后,姑娘又说:"俺家李魁不会说话,都不把我介绍给姐夫。那么的吧,我就自我介绍给姐夫吧。我是刘宝家的女儿,我叫刘荣。"

姐夫一看新媳妇能说会道,就跟她唠一会儿家常,越唠越近乎。姐夫就觉得小舅媳妇不错,把钱扔在炕上,走了。

李魁就送姐夫,送一程又一程。姐夫让他回去他也不回去。眼看就要进村了,李魁才被姐夫劝说回去。

其实,李魁并不是送姐夫,而是不敢回家。这回,他只好硬着头皮往回走。走到大门口,来回转磨磨,就是不敢进去。而后,他一想:反正也是那么回事了,干脆我闯进去再说。

李魁壮着胆子进屋了。刘荣一看李魁进来,就说:"你不用害怕,我不是说了吗?我是刘宝家的小荣子。你忘了,咱俩还是同窗学友呢!因为咱俩有夫妻缘分。"

李魁想起来了,刘荣是自己的同窗学友。他皱起眉头又想:不对呀,她不是得病死了吗?怎么又活了呢?怪!

刘荣看李魁犯合计,就说:"我以前是有病,可是渐渐好了,你不要害怕。"她说完,就跟李魁热乎起来,两人就结了婚。赶到过年的时候,刘荣给李魁整了不少菜,两人吃得真香。

一晃就过了七天。刘荣说:"李魁,咱俩去娘家串个门吧。"李魁说:"你娘家在哪儿?"刘荣说:"我不是跟你说过了吗?刘宝就是我的父亲。"李魁连说:"是,是。"他就把东西准备准备。

第二天,李魁就套上马车,拉着刘荣到刘宝家去串门,走到了刘宝的那个村外。乡亲们一听刘荣回来串门,都感到奇怪,背地悄声嘀咕:"刘家丫头不是死了吗?怎么又回来了呢?"

有人就给刘宝送信。刘宝两口子光顾得高兴了,把死了荣子这码事给忘得一干二净,赶忙出得门来接客。刘荣下车就喊:"爹爹,妈妈,我串门来了。"刘宝老两口一看真是小荣子,就上前搂住她亲呀亲,不知怎样才好。

晚上,刘荣和她妈妈在一起睡觉。娘儿俩越唠越近乎,唠来唠去,她妈妈冷不丁就说了一句:"荣子,你不早死了吗?怎么又活了?"

荣子一听妈妈这句话,心就咯噔一下,凉了。活人就变成了纸人。妈妈一看,女儿不吱声了,就去摸一摸荣子,一摸是个纸人。这下可把妈妈吓坏了。她下地就把老头刘宝喊醒。刘宝一看,就明白了七八分。他想:如果李魁要人来,我可怎么办呢?

刘宝一看事情不妙,就跟老伴商量:"这个事不好好安置,我们会被闹得稀糊浑糟。"他老婆说:"要不,就这么着,我去跟二姑娘说说,让她替她姐姐和李魁成婚。"原来,二姑娘长得比她姐姐还俊。刘宝说:"这也是个好办法。"老伴就找二姑娘。二姑娘一看事情弄到这步田地,姐夫又长得挺体面,也就红着脸同意了。

第二天,谁也没声张。二姑娘就替姐姐和李魁回去过日子去了。

讲　　述：黎言朋
搜集整理：王太捷
流传地区：鲁东南一带

有富娶亲

"瞎话谱,瞎话谱,不是这个村,就是那个主①。"说瞎话离不开说村道主,我说的这个瞎话出在河东沙旺村的孙姓人家,名叫孙有富。有富是个孤儿,从小父母双亡,跟他舅舅长大成人。他舅舅是个扎纸匠,有富从小跟他舅舅学扎纸人、纸马、纸车什么的。后来有富长大了,到了成家立业的时候了。他舅舅就把他叫到跟前,对他说:"你现在十八岁了,该成家立业了。我给你二十两银子,你回到家里:愿意继续干扎纸活儿,就买点彩纸、竹篾、秸秆,拾掇拾掇房子开个扎纸铺;不愿意继续干这玩意儿,就买亩薄地耕种。待二年有了家底,再娶上媳妇,传宗接代,孙家就有了根了。"有富觉得舅舅是片好心,就收拾收拾要带的东西,回沙旺村自己家里去了。

沙旺村是个大村,村大、户多、人杂,离孙有富家不远有一个赌博场。有富在他舅舅家生活惯了,乍回到家里,一个人生活怪闷得慌,听见赌博场吆三喝四的,怪热闹,就去观景。开始只是解闷、观景,三来两去,时间长了,心也热了,手也痒了,于是就坐下来抹两把。三抹两抹,把他舅舅给他安家立业的二十两银子输进去了。

没了银子,有富好几天没进赌场。赌友来叫他,他说:"舅舅给我的银子都输光了,不能再赌了。"赌友说:"你舅舅开扎纸铺有钱,再向他借去。"有富说:"舅舅给我的银子是让我开扎纸铺做本钱的。扎纸铺没开起来,再向他去借,舅舅问起来怎么向他说?"赌友给他出主意:"你就说娶媳妇。这样的大事,你舅舅不能不

---

① 主:鲁东南土语,指家或户。

管吧?"有富一听,这个办法行,就到舅舅家去借钱。

他到了舅舅家,对他舅舅说:"庄里人见我一个人过日子怪困难,给我提了门亲事。"他舅舅一听怪高兴,问:"媳妇的娘家是哪庄里呀?""啊……娘家,娘家……"有富原先没料到舅舅会问得这么详细,一时没答上来。也巧,他舅舅听混了音,把"娘家"听成"杨家",就说:"杨家,杨家也行啊!什么时候过门?""明天是九月九,好日子。"舅舅说:"明天我去看看。"有富心里话:糟了。他又接着说:"明天办喜事,钱不够,我想再借二十两银子。"舅舅痛痛快快地又给了他二十两银子。

在回家的路上,有富心里一直打鼓:明天舅舅真的来了怎么办呢? 对,我还得糊弄糊弄。

他回家扎了个纸人儿,给它穿上红袄绿裤绣花鞋,脸上擦上胭脂和宫粉,装扮成一个俊媳妇,把它搬到炕上,盘腿坐着,头上盖上蒙头布,等他舅舅来看外甥媳妇。

这天他舅舅真来了,一看外甥媳妇坐在炕角里,头上还蒙着红头布,就不高兴地说:"怎么还不揭下蒙头布来呀?"有富说:"她怕见生人。""过了门就是一家人了,什么生人不生人的。快揭下来。"有富迟迟疑疑地去揭蒙头布。刚揭开一点缝儿,纸媳妇说话了:"咱舅又不是外人,还不快一点揭下来。"有富一听,吓了一跳,可是守着舅舅在跟前又不好说什么。只见纸媳妇活动了一下身子,站起来,下了炕,先给舅舅请安,然后就要去给舅舅做饭。他舅舅一看,人长得又好,说话知情达理,就说:"我也不吃你们的饭了,见你们俩挺好我就放心了。我回去了。"舅舅说完就走了。

有富送走舅舅,心里怪纳闷:明明我做的纸人,怎么成了真的了? 我这是做梦啊,还是出来神了? 他壮了壮胆子问纸媳妇:"你是仙家呀,还是谁家的姑娘? 怎么到俺家来的?"媳妇说:"俺娘家是杨家,是你娶俺来的呀。"有富说:"那是俺舅舅听混音了,我哪里娶杨家的姑娘来?"媳妇说:"你要愿意留俺,咱就是夫妻,不愿意留俺,俺这就回去。到了你的家了,还三心二意的,以后怎么过日子?!"有富见媳妇长得如花似玉,大大方方,利利索索,哪还舍得让她走? 他就说:"你别生气,我盼还盼不到呢,哪能不愿意!"就这样,两人便过起日子来了。

有富自从有了媳妇,不再进赌场了,用舅舅给他的二十两银子买了彩纸、竹篾、秸秆，开了个扎纸铺。媳妇做着饭，他干手艺活，日子过得挺红火。

日月如梭，转眼间一年过去了。媳妇忽然提出来要回娘家看看。有富问："你娘家到底是哪里？"媳妇说："在沙河下游，离这里很远。"有富说："那我得送你去，你一个人走路我不放心。"第二天，有富备上他家的小毛驴，让媳妇骑着，自己跟在后边，顺着沙河往北走。走一程，又一程，从早晨一直走到太阳偏西，眼看天快要黑了，有富说："看来今天是赶不到了，前边有个小村，咱到庄里找户人家借个宿，明天再继续赶路。"媳妇说："就那么办吧。"

两人走到村头上，靠街有一户人家。有富上前叫门。开门的是一位五十多岁的老汉，老汉听有富说是来借宿的，忙把他们让进家里。

这家姓杨，除杨老汉外，还有一个十七八岁的闺女。杨老汉很好客，吩咐女儿给客人做饭，自己陪客人说话。吃过晚饭，天就黑了。老汉说："我们父女俩过日子，小门小户，没有宽裕的房子，将就着住一宿吧。你和我在这屋里睡，你媳妇跟我女儿到南屋里去住。"有富说："这样就很好哇。"一会儿，老汉的女儿就领着有富的媳妇到南屋里去了。

这闺女，白天帮爹爹干农活，晚上还要做一会儿针线。她点上油灯，坐在灯下做针线。有富媳妇坐在她对面，闺女一面做针线活，一面和有富媳妇唠家常。做了一会儿，灯光渐渐暗了，闺女抬头一看，原来灯芯子有了灯花。她用指头对着烧焦的灯花轻轻一弹，也巧，灯花正落在媳妇的身上，忽地烧着了。不大一会儿，好端端的一个人儿，竟变成了一堆纸灰。这一来可把闺女吓坏了，她忙去喊出爹来，偷偷地把事情告诉了老汉。老汉一听也挺为难，父女俩急得在院里直转圈。最后还是老汉爽快，对闺女说："反正你也没找主，我看这小伙子人长得也不错，看样子也挺本分，就把他招为女婿吧。"闺女想：把人家的媳妇烧死了，也只好这样了。

老汉回到屋里向有富把事情的经过一说，有富虽然有些伤心，但听说老汉的女儿愿意给他做续房，也很满意，就说："你们父女都是实在人，反正我一个人在哪里都是过日子，我就当你的养老女婿吧。"老汉和闺女都怪高兴。

就这样，三口人和和睦睦地在一起生活了三年。三年以后老汉生病去世了，孙有富这才带着媳妇又回到了沙旺村，继续干他的扎纸手艺。

讲　　述：郭洪君
搜集整理：朱守林
流传地区：吉林双阳

弄假成真

张员外有两个儿子,老大张文河、老二张文海。两个儿子相差千里。老大懒馋奸刁,一屁三谎;老二老实厚道,只知啃书本。张家不幸,一场天火烧得片瓦无存,金银财物丝毫不剩。张老夫人被火烧死,张员外悲伤过度气断身亡。只剩下张文河、张文海,哥俩无处投身,只好住在幸存的两间草房里。

哥俩一个懒馋奸刁,一个书呆子,这日子可怎么过?常常是吃了上顿没下顿。

一天,张文海还在闭着眼睛瞎叨咕:"但行好事,莫问前程。与人方便,自己方便。"张文河一见气不打一处来,一甩袖子走了。想想也没地方去,就到十里外的姑姑家,撒个谎,骗了二两银子,下馆子去了。

张文海在家坐了一天,坐得腰酸腿痛,就出了屋,边走边背书。不知不觉离家远了,来到一条林中小道上,背得正起劲,突然前面有女子的叫喊声:"快来人啊!"张文海朝喊声跑去,只见一个歹人正拽着一个女子往林中奔走。他跑了过去。那个歹人一看有人来了,就丢下女子自个儿钻进林子跑了。张文海跑到女子跟前,这个女子早就吓昏了,足足有一袋烟的工夫才睁开眼睛。

张文海问她:"你是哪里人?怎么到这儿来了?"

那个女子见眼前是一个穷书生,才知自己得救了。"我叫李秀梅,家住在离这儿不远处,从姥姥家回来路过这里,不想遇到了歹人。多亏相公搭救,小女感恩不尽。"

张文海说:"一个女子怎好一人行走?我送你回家吧。"

李秀梅见四处无人,只有他们这一男一女,羞得脸色绯红,但又怕歹人回来,也只好点头答应了。张文海把李秀梅送出树林,这才放心回家。

眼看就要过年了,家里什么也没有。张文海只会念书,别的什么也不管。张文河就出去借钱,往日借的还没还,谁还肯借他?他走了几处也没借着银两。回来路过一个山冈,见不远有一座新坟,坟头供着纸人,还有纸桌、纸椅子。纸人和真人差不多,画得眉清目秀,扎得杨柳细腰。他灵机一动,终于想出了个骗钱的办法。他把这些东西全搬回家。张文海问:"哥哥,这是干什么?"

张文河说:"你听我的,到时候你就知道了。"

张文海摸不着头脑,只好听哥哥的安排。张文河把这些东西全摆在了张文海的屋里,把纸人放到炕上,上面还盖了被子。一切安排完了,他对张文海说:"你在家等着,等会儿姑姑来了,你什么也别说,听我的。"说完就走了。张文海一个人不敢在屋,就躲到哥哥的屋里,又背他的诗文了。

张文河从家里出来直奔到姑姑家中,一进大门就装出为难的样子。姑姑知他是想着法子骗钱,就问他:"又来干什么?前些天不是给了你二两银子吗?是不是又耍光了,喝光了?"

张文河难为情地说:"别再提以前的事啦,我改好了。"

"改好了?"姑姑不信,"改好了还来干什么?"

张文河说:"前两天从关里来了个老太太,领了个姑娘,走到这儿就看中了文海,也不嫌家贫,就把姑娘许给了文海。我用你给的银子为文海办了婚事,没够,又向别人家借了一百两。这不,要过年了,文海媳妇也病了,人家又来要钱,我着急上火的,都两顿没吃饭了。"

他姑姑知他捣鬼:"你编得挺圆乎,哪来的姑娘?准是你又来骗钱花。"张文河装着委屈的样子:"姑姑不信到家看看嘛。"见张文河这副样子,他姑姑心里也犯了疑,就拿上银子说:"到你家看看。"

两个人连夜赶了回来。张文海正在看书,见姑姑走进院子忙迎了出来。姑姑问他:"是你娶了媳妇吗?"

"这……"他不知说什么好。张文河急忙接过话茬:"这还有假?姑姑快请屋里坐。"

他姑姑进了门就要上老二的屋。张文河心中有鬼,怕姑姑看出来,急忙拦住说："姑姑先到我屋坐会儿，弟媳妇正在生病，别惊动她。"他姑姑把他推到一边："我就要看看是真是假。"张文河哪能让姑姑进屋？他又拦住姑姑说："你要看就隔着门帘看吧。"

他姑姑隔着门帘一看，屋里有了不少新东西，又见炕上躺个人，这才相信。但她哥哥死了，就扔下这么两个侄儿，侄儿娶了媳妇她怎能不高兴？怎能不亲近？又何况侄媳妇生了病，哪有不到前的道理？她就不管张文河怎么拦阻，硬是推门进来了。

听见门响，炕上的人急忙翻身坐起来，说："姑姑来啦！侄媳生病没能接你，姑姑别生侄媳的气啊！"

张文海的姑姑这时高兴得不得了，忙坐在侄媳妇跟前说："侄媳妇，你可别动。"她又是摸脑袋又是摸手的，喜欢得不得了。

这些早把张文河、张文海吓傻了：怎么纸人变成了真人？见姑姑在跟前又不好说破，只好硬着头皮挺着。姑姑把他们哥俩好个数落，什么结婚不告诉她、媳妇有病不早看；什么死去的员外、张家的血脉，说着说着还哭了一场。他们哥俩无言对答，都战战兢兢地站着，不敢乱动。

姑姑哭哭又笑了："这回好了，娶了媳妇，有了家，我也放心了。"说着从怀里掏出银子放到媳妇手里："侄媳妇，你好好养病，哪天我来接你到我家住几天。"临走时她又对张家兄弟说："快给侄媳妇看病，侄媳妇要有个三长两短的，我拿你们是问。"

送走了姑姑，张文海媳妇打开柜子，拿出一套新被褥送到张文河屋里，又给铺上。回到自己屋里，她又拿出一套新被褥铺好，然后静静地坐在炕上，单等张文海进屋睡觉了。可是左等不见张文海进屋来，右等也不见他进屋来，她就和衣躺下睡了。

张家哥俩送走了姑姑，压根儿就没敢进屋。等到大半夜了，哥俩都困得不行了。听听屋里没什么动静，张文河对张文海说："你回屋去睡吧！"

"我不敢。"

"别怕，我在外面拿着大马刀等着，没动静便罢，有动静我就进去砍她。"

张文海胆战心惊地进了屋，见媳妇已经睡了，也没敢出声，悄悄地和衣躺下了。他迷迷糊糊地就见媳妇翻个身起来了,来到他身旁还摸摸他的脑袋。他吓得紧咬着牙,闭着眼睛,连大气也不敢出。媳妇拿了床被子给他盖上,又回去躺下了。他这才长出了口气。

张文河在外听了半天也没有什么动静,这才进了他屋。一看,一床新被褥,摸摸热乎乎的,是真的。这就奇了,到底怎么回事?是不是鬼?他翻来覆去睡不着。鸡叫三遍了才迷迷糊糊刚要睡着,就听西屋房门响。他一骨碌爬起来,趴门窗上一看,弟媳妇正在生火做饭,这才放下心来。人都说,鸡叫三遍鬼就不见,是鬼不能起来做饭呀。

这时,张文海也醒了,刚想起来,媳妇进屋来取东西看见了,就说:"醒啦?"又给他打了盆洗脸水。

张文海洗完脸,壮着胆子问:"你是什么人?"

女人笑笑说:"我路过这里,见天黑了就到你家借宿,见屋里没人,我就躺下了。不想你们把我……这也是咱俩的缘分。"张文海见这女人不像是鬼,对他也很好,这才放下心来。

吃过早饭,媳妇对文海说:"你去把哥哥叫过来。"张文海把哥哥叫了过来。媳妇从柜里拿出个小包,说:"哥哥,眼看到年根了,咱们家也得办办年货了。这是姑姑送的银子,我这里还有些,哥哥都拿去。往日缺谁的短谁的先给了,剩下的办点年货。哥哥看够不够?"

张文河接过银子连连说:"够了,够了。"

他往日借的主太多,也记不清了,就来到大街上说:"我往日借了谁的,欠了谁的,赶快来呀,我今天还债了。"平时借给他钱的听说他要还债,都来了。他一一还了。一看,还剩很多,就办了年货背回家来。

一家人欢欢乐乐地过了年。媳妇对张文海真是百依百顺、知冷知热的,又贤惠又能干。两人的感情越来越好,甜甜蜜蜜的。一晃快过十五了,媳妇说:"我来了这么些天了,今儿个咱们去我妈家看看吧。"

张文海借了一辆驴车让媳妇坐上,他赶着,出了家门往西走。走进树林,媳妇问他:"你记得这个地方吗?"

张文海说:"常走。"

媳妇笑了:"你太粗心。"

车子出了树林,张文海问:"还有多远?"

"拐过山头,看见三间瓦房就是。"

拐过山头,果然看见了三间瓦房,张文海就把车赶进了院子。从屋里出来个老太太,一见车上的人愣了,干张嘴说不出来话。媳妇忙迎上前:"母亲,女儿回来啦。"她又对张文海说:"快来见我母亲。"

张文海拜见了丈母娘。老太太这才醒过神,把姑爷让到屋里。她一边做饭一边想:不对呀,我的大女儿几天前死啦,怎么又回来啦?小女儿也凑到跟前:"妈,姐姐不是死了吗?"老太太赶紧捂住小女儿的嘴,怕张文海听着。

吃过晌饭,小女儿再也忍不住了,把姐姐叫到西屋问:"姐姐,你不是死了吗?怎么又回来了?"这一问不要紧,她姐姐扑通一声倒在地上,变成了一堆秫秸和纸片。她赶紧跑出屋叫她妈:"妈妈,妈妈!不好了,姐姐她是堆秫秸。"

一听这话,张文海急忙跑到西屋,一看,地上果真是一堆秫秸和纸片,没有媳妇的影子。他不信,说:"来时明明是个好好的人,不用说,准是你们嫌贫爱富,把她藏了起来。不交出来,我上衙门告你们。"他边说边四处看,这屋里也实在藏不下人,准是藏到外边了,就跑出门喊:"你在哪儿?快出来。"

老太太见张文海急成这样子,也哭了起来,对张文海说:"不是我骗你。年前我女儿从姥姥家回来,在树林里遇上了歹人,亏了一个书生相救才保全了清白。可是,她被歹人吓着了,回家就病倒了,不几天就死了。她死后,我们照她的样子扎了个纸人放在坟上,第三天就不见了。不知怎么和你成了亲。"张文海一听才想起以前的事来,恨自己不该回这个家来,也恨自己和李秀梅相见太晚,便大哭起来,哭得死去活来,非要把纸人拿回去不可。

老太太就这么两个女儿,一个吓死了,身边只剩一女,本想招个养老女婿,见张文海如此痴情,知他定是个有情有义的人,就说:"你也不必伤心了。这也是秀梅的苦心,才领你家来。她的妹妹叫秀英,如你不嫌就做我的养老女婿吧。"

张文海这才仔细看看秀英,和秀梅长得一模一样,就像是秀梅的化身,不由得动了感情,看着就是秀梅。他忙拜了丈母娘,和秀英拜堂成了亲。

讲　　述：李秀莲
搜集整理：董飞
流传地区：辽宁铁岭

王小娶妻

早时候，一个深山沟里有两间草房，里面住着老两口，领一个小伙子，这个小伙子名叫王小。老两口以打柴为生，拉扯王小过日子。

转眼王小十八了，就在这一年老两口一同故世了。剩下王小一人，只好每天打一捆柴，到街上去换些盐米回来维持度日。

一天，王小打一捆柴到街上去卖，见人们都在争抢买画。王小见画上是个非常漂亮的大姑娘，就顺便买了一张，挂在了家里的墙上。每天打柴前他都要看上一眼，一晃已有半年多了。

这天，王小照样打一捆柴到街上换些盐米。回到家刚一进院，就见自己的小屋里烟气腾腾的，很纳闷儿，便进了屋。一揭锅，满锅雪白的馒头还直冒气呢。王小心想：这是谁给做的呢？管它呢！饿坏了，吃完再说吧！咬一口尝尝，又香又可口，越吃越爱吃，一口气吃下十多个。第二天早上又饱饱地吃了一顿，照样砍柴到街上去卖。

卖完了柴回来，又见自己屋里热气腾腾。进屋一看，谁也没有。揭锅又是一锅雪白的馒头，这回王小可真有点奇怪了。是谁给做的呢？王小想弄个明白。第二天吃完饭，他拿着柴刀在房后山坡上藏了起来。

刚要到晌午的时候，见小屋的烟筒冒烟了，王小轻手轻脚地来到后窗底下，用舌头舔破窗纸往里一看，见一位清秀的姑娘正在地上忙来转去，一会儿烧火，一会儿和面，一袋烟工夫锅就开了。锅一开，这大姑娘"呼啦"一下就没了。王小急忙进屋寻找，哪儿也没有，只见墙上那张画好像动了动，王小便想：能不能是她？

第二天王小又在房后偷看。看清了，果真见那张画"呼啦"一声响，就跳下一位清俊的大姑娘,忙着给王小做饭,可把王小乐坏了。王小每天照样打柴,回来准能美美地吃上雪白的馒头。过了好几天,王小心想:总这样什么时候是头儿,如果能在一起多好!

这天,王小又到房后藏了起来。趁着姑娘从画上跳下来忙着烧火做饭的时候,王小赶忙从房后跑进屋,一把抱住了姑娘说:"你可别回去了,答应和我在一起过吧!"姑娘不好意思地一笑说:"那也好,我见你太苦了。不过你得答应我一个条件。"王小问:"什么条件?"姑娘说:"你得把这张画收好。"王小满口答应,把画很精心地收藏了起来。从此姑娘就和王小生活在一起了。王小每天到山上砍柴,姑娘在家里做饭,小两口过得蛮红火,亲亲热热,体体贴贴。

俗话说,人有旦夕祸福。有一天,家里来了两个陌生人,说是给皇上打鹌鹑的。皇上每天都让打,近处已经打没了,他俩才来到这深山沟里。两个打鹌鹑的官差见王小的媳妇长得怪好看的,就磨磨蹭蹭地不想走。眼瞅着就要天黑了,两个官差不但不走,还唉声叹气地发起愁来。王小媳妇一问才知是因打不着鹌鹑,回去要被杀头。王小媳妇说:"这有什么可难的,我用面给你们捏几个。"说着,不一会儿工夫两个鹌鹑就捏成了。王小媳妇把手一松,鹌鹑便在屋里飞了起来。两个官差赶紧过去一下子抓在手里,乐滋滋地回去了。

打这天起,两个官差每天都来这里,一坐就是半天,等要天黑的时候,王小媳妇就给他们捏两个鹌鹑拿回去。

一来二去,这事被皇上知道了,就派了二三十人来抢王小媳妇。王小媳妇一算感到不好,对王小说:"不好了,皇上要来抢我。"王小一听可有点慌了:"这怎么办哪?"王小媳妇说:"别忙,你明天去南山,那里有我一个舅舅,他有三个宝匣,一个是雨匣,一个是水匣,一个是冰匣。你去把雨匣取来。"第二天王小果真拿了回来。等官兵一到,王小媳妇打开了雨匣,晴朗的天忽然下起雨来。雨点像雹子似的浇得官兵晕头转向,像落汤鸡似的,连滚带爬全都逃了回去。这下可激怒了皇上,他下令:"给我抢!"这次又被王小媳妇知道了,她忙叫王小去取那两样宝。等官兵一到,王小和媳妇骑在了屋脊上,打开了水匣,大水越涨越多,一直没到官兵的脖子。这时王小媳妇又打开了冰匣,把那些官兵全都给冻死在里边了。

从此王小就与姑娘过上了安稳的日子,姑娘还给王小生了个胖娃娃哩!

讲　　述：姜科
搜集整理：王福和
流传地区：河南禹州

纸娘生张良

禹州张得乡所在地张得街，相传是因张良的父亲张得在此开饭店而得名。

张得家很穷，一没土地，二没牲畜，三没妻室，光棍一条，以开饭店为生。张得为人忠厚，热情周到，取利轻微，因而总是顾客盈门。他又肯接济穷人，吃罢饭有钱就给，没钱就走，从不说啥。有个姓黄的老人，看样子穷得很，谁也不知道他是何处人氏。他吃罢饭总是说："张掌柜，记上账。"一抹嘴就走了。张得就说："好说，好说，黄兄，忙去吧！"

这位姓黄的老人叫石公，他深感对不起张得。人家小本生意，怎能老是赊账？有一次他对张得说："张兄，看我吃饭总是欠账，老对不起呀！我给你弄只鸟儿，也不知你喜欢不喜欢。"张得忙着给别的顾客做饭，随口答道："好，好！喜欢，喜欢。多谢了！"

第二天，黄石公果然提了个鸟笼来了。只见那鸟七色羽毛，鲜艳夺目，小嘴红里透亮，拖着长长的尾巴，好看极了。叫唤起来也特别好听，像拉弦儿，像唱歌儿，又像弹琴。张得将鸟笼往饭店门前一挂，可热闹了，招来了更多的客人，生意更兴隆了。黄石公看着这繁荣的景象，心里乐滋滋的。

时间长了，张得想：这样好的东西，咋能占为己有呢！不能夺人之爱呀！于是张得又将鸟儿还给黄石公。黄石公接过笼子，对张得只是笑："好，好。"随手打开笼子让鸟儿飞走了。鸟儿飞走后，张得愣住了，显得又惋惜，又后悔，又有几分埋怨。黄石公看着张得那心痛的样子，连声说："值不得，值不得！我再给你弄一件更新鲜的东西。"

没过几天，黄石公拿了一张画儿亲自送到张得家里。张得高兴得不知说什么好,随即将画贴在墙上。自从那画儿往墙上一贴,稀奇事出现了:张得每次回家,桌上就有香喷喷的饭菜,他吃着饭,不由得抬起头来看看那画上的姑娘。一次,张得自言自语:"这件衣服真该换了。"当他回家时,一件崭新的衣服周周正正地搭在绳子上。看到这衣服,他又不自主地抬头看看画上的姑娘。猛一看,姑娘水灵灵的大眼睛好像忽闪了几下,他定睛再看,还是那张画儿。一连串的事,使张得存下了心。中秋节那天,张得故意说:"中秋节吃什么饭呢?唉,什么都行!"说罢他假装外出,躲在窗外的柴垛后,想看个究竟。

天将中午,他还没听见什么动静。他急不可待,将头伸进窗户窥探。这一看他可乐坏了:画上的姑娘正在手脚麻利地做月饼、烧元宵哩!张得此时喜出望外,破门而入,冲进屋内,一把抱住那姑娘,大声叫道:"我有媳妇了!我有媳妇了!"这一声吆喝,那女子变化不及,没能回到画儿上去,她就和张得结成恩爱夫妻。

一年后,他们生了个又白又胖的娃娃,取名张良。这就是后人传说的"纸娘生张良"的故事。

讲　　述：武兴功
搜集整理：陈玉明
流传地区：河北邢台

娶泥胎

　　周公出生在钟伍村一个贫寒人家。十来岁上就死了爹娘，除了皇台底有个舅舅外别的没啥亲近人。小孩子家也不会过，没多长时候粮食吃光了，钱也花完了。没法混，就变卖家当将就着往前走①。没几年，家里值钱的东西都卖光了，实在混不下去了，只好去找舅舅"打饥荒"②。

　　开头，周公去了，舅舅妗子还亲热，烧火做饭，叫他饱吃一顿，临走，还叫他揣上几个干粮。后来周公没吃的就找舅舅要，没花的也去找舅舅要，哩哩啦啦要了二三年，不干个正经活儿，舅舅妗子就讨厌他了。舅舅见了他没好气，就数落他："小儿呀，你也老大不小的啦，别人家的孩子都知道下个地割个草儿，你就知道白吃白喝东游西逛？这样下去，连个媳妇也寻不上！"妗子在一旁帮腔："哼！你爹你娘咋死那么早，留下你这白眼狼，填不满的穷坑！"说着推推搡搡就把周公撵出来。

　　周公在舅舅家要不到东西，免不了干些偷鸡摸狗的勾当，慢慢地学坏了。瞎话说得滴溜圆，他把你卖了你还得帮他点钱！

　　一天夜里，周公孤单单地躺在破土屋里，手枕着后脑勺胡思乱想：眼看我就十七啦，也该娶媳妇啦，光这样靠偷摸过日子也不是个长法儿，还得想法儿去向舅舅要钱。可想个啥法儿呀？天无绝人之路。翻过来倒过去，周公还真想出了个好主意！

---

①　往前走：往前过日子的意思。
②　打饥荒：邢台方言，要饭吃的意思。

钟伍村村西南有座娘娘庙,庙不大,里边端坐着个泥胎女,也不大。这泥胎女雕画得挺好看,活鲜鲜水灵灵跟个真人一样。周公趁月黑溜进庙,用布袋往泥胎女身上一扣,悄悄地背回了家。他把泥胎女放到炕上,用被子蒙住身子,光露个脸儿。收拾停当,周公就去叫舅舅。

到了舅舅家,周公说:"舅舅,别人给我说了个媳妇,现在在俺家炕上坐着,请你老人家去相相中不中。"

舅舅一听就火了:"你这浑小子又糊弄谁?谁不知道你是个穷光蛋!还肯把闺女许给你?!不去!不去!"

周公见舅舅生气,自己也不着急,厚着脸皮说:"是真是假,你去看看再说。说不定你外甥真有那桃花运哩!"

舅舅被他缠不过,没奈何,半信半疑,心想:去就去!要敢糊弄我,再跟你小子算账!

他舅舅牵出一头小毛驴,往上一骑,紧打几下驴屁股,"嗒嗒嗒嗒",一顿饭工夫来到了周公家。

"哪儿有你媳妇哩?"舅舅问外甥。

"炕上坐着哩。"周公装模作样地答。

"吱扭!"舅舅把屋门推开了,往炕上一瞅:"噢,真有个媳妇。"那媳妇弯弯的眉毛,红扑扑的脸蛋,大眼睛忽闪忽闪的,抿着小嘴儿正羞答答低头笑哩!

这下舅舅慌了神儿,一时间不知咋办好,结结巴巴冲着泥胎女说:"来,来啦?"

"嗯。"泥胎女答应了一声。

这一"嗯"不要紧,可把周公吓了一跳!他知道他舅舅五十多岁了,早早花了眼,后来又成了雀蒙眼,迷迷糊糊看不清真假。本想糊弄个钱儿花花,谁想到这泥胎女变成大活人,还会说话!

舅舅见外甥媳妇长得俊,挺高兴,扭头回家就给外甥送来钱。周公也欢喜得了不得,也不管泥胎女来历明不明,与她一起把屋里屋外收拾了收拾。

泥胎女手挺巧。她叫周公买来花红彩纸,先用麻头纸糊好窗户,接着咔嚓咔嚓剪起了窗花。

邻家壁舍的听说穷周公娶了媳妇,都不相信,一群一伙地来看稀罕。到家一看,嚆!屋里屋外干干净净,窗户正中贴着大红双喜字,上边贴着喜鹊登梅枝,下边贴着鸳鸯嘴对嘴,左边贴着麒麟送贵子,右边贴着石榴迸红籽儿,一片红艳艳的,晃人眼。

泥胎女见众人来,忙着招呼让座。大伙见周公媳妇又俊俏又大方,没有不说好的。有个好说俏皮话的随口编个"落":"稀奇稀奇真稀奇,世上的事说不得(di);俊闺女寻个赖女婿,俊小伙常常娶丑妻。"

一天,吃了早饭,泥胎女对周公说:"俺要回娘家看看,你送送俺吧!"

周公问:"你娘家是哪村?"

"火石冈"。

周公正想打听打听泥胎女的底细,见泥胎女要回娘家,挺高兴。他赶忙跑到舅舅家,借来小毛驴,扶泥胎女坐好,撅根柳树枝当赶驴棍,一路上"嘚儿,驾"吆喝着朝火石冈走去。

到了村东北一家门口,泥胎女冲门里喊:"娘,俺回来啦!"

喊了几声,门里出来个三十七八岁的娘们儿,瞅瞅泥胎女,问:"你是谁呀?"

"娘,俺是拴妮啊!"

"啊!你是俺闺女?俺闺女早死了一个月啦!再说,你长得也不像俺闺女拴妮呀!"

"娘,俺是死了,可到了阴曹地府,阎王爷说俺心眼好,在阳世间积德行善,好帮衬人,又给俺增了阳寿,叫俺的魂儿附在娘娘庙的泥胎身上。阎王爷还给俺配就一门好姻缘,寻了个挺有前程的女婿。这不,俺女婿也来啦!"她说着,拉过周公,催促道,"还不快喊娘!"

"娘!"周公喊了那娘们儿一声。

那娘们儿见泥胎女说得有鼻子有眼儿,还有男人跟着,不再疑心,立马把他俩让进家。

进了家,周公夫妻一一拜过家里人,接着就是先酒后饭招待一气。小周公饱吃一顿,喝了几杯茶,叫泥胎女留下住几天,自己骑着毛驴兴颠颠地回钟伍村去了。

人常说,半路的光棍难打。小周公意外地娶了个泥胎女,怎么能再守着空屋子睡呀?没过三天,他就牵着毛驴去火石冈接媳妇。

周公到了拴妮家,"啪啪啪"一打门,门不开;"啪啪啪"又打门,门还不开;"啪啪啪"三打门,门还不开。周公急了,喊:"拴妮,开门来,是我!"

一会儿门开了,拴妮娘对周公说:"唉,好女婿呀,拴妮她……刚才又死啦!"

周公一听吃惊不小,赶紧跑到屋里一看,拴妮又变成泥胎了。这下周公可不行啦,马上拿出了他那赖茅厕①的劲儿,冲着他丈母娘又喊又闹:"我送来的是活人,没过三天,怎么成了泥胎?"

他这一喊,引来一大群看热闹的。周公见人多,闹得更凶了:"乡亲们都听听,我给她送来的是活人,她说我送的是泥胎。这明明是嫌俺穷,想赖婚哩!"说着扯住拴妮娘的胳膊,高喊:"不行,走,打官司去!"

拴妮娘刚死了闺女,心里正难受,又怕打官司,不愿跟周公纠缠,给了周公些钱。当初周公偷个泥胎放在炕上,就为了糊弄他舅舅几个钱,如今拴妮娘给了钱,周公也就顺坡下驴,不再闹啦。

那拴妮怎么又死啦?她本来阴魂虚弱,附体泥胎后该慢慢将养。被周公背回家后,周公阳气太盛,她受不了,想回娘家避一避,不想没过三天周公就来啦。她一听叫门,心一惊,真魂出了窍,又成了泥胎女。

周公有了钱,把驴还给舅舅,以后就走闯天涯,学了不少本事。他最后漂流到西岐,认文王为父,武王为兄,干出了一番惊天动地的大事业,那是后话。

---

① 赖茅厕:不讲理。

讲　　述：薛天智
搜集整理：刘敏
流传地区：辽宁沈阳

泥人邱师

相传,过去有一位远近闻名的泥人大师邱龙吉。据说,他捏出的泥人会说话,能唱曲儿。娶不起媳妇的好小伙儿若求到他,他弄团泥捏巴捏巴吹口气,就能变成像天仙一样美貌的大姑娘,给那光棍儿做媳妇。他塑出的佛像常显圣,不即不离就到人间明察暗访,给穷苦人消灾解难,惩治那些坏人。他捏过多少活泥人谁也数不清,他塑过多少灵验的佛像谁也记不准。他的手艺这么好,到底是咋学来的呢?

只记得邱大师的手艺是祖传的,父传子,子传孙,传来传去传到他这辈儿。邱大师没事就合计:咱家干了几辈子,捏出的泥人儿、塑出的佛像比天上的星星还多,可就是泥人变不成真人,泥佛变不了活佛,我的手艺啥时能捏人人活、塑佛佛灵呢?

邱大师天天琢磨夜夜想,转眼过去了二十年。这工夫,他已娶妻生子,带上徒弟当了师傅。那年,有个地方建了座九天玄女庙,请他去塑神像,他领着手下十几个弟子就去啦。

邱大师他们吃住都在庙里,一连干了七七四十九天,几层大殿的神鬼佛像差不多全塑完了,只差大殿正中神位上的九天玄女娘娘的金身还没塑成。邱大师塑了毁、毁了塑来回折腾了九九八十一次,也没塑出一尊自己觉得可心的娘娘。他不是嫌这尊神态轻浮,就是嫌那尊过分庄重,心目中理想的神女该是啥样的呢?

这天晚上,徒弟们都在配殿睡下了,唯有邱大师一个人坐在正殿,守着空神位苦思苦想。他想着想着,忽听见门外有女人叽叽嘎嘎的说笑声。这深更半夜的,谁家女子会到庙里来呢?邱大师忙躲到门后往外瞅,见两个俊美的女子,一人挑着一盏大红纱灯在前引路,后面跟着七八个像花一样好看的大姑娘,如群星捧月般簇拥着一位仙女,她们说笑着奔正殿走来。邱大师细细端详,这仙女长得可真美,她身材苗条,面如桃花却不轻浮,眉目含情表情庄重。

邱大师看了,不禁惊喜得大叫一声:"嘿,这就是我心目中的神女呀!"他这一喊,仙女们忽悠一下子就不见了。邱大师醒来,见窗外月光如水,大殿里红烛未尽,方明白刚才是梦,可那神女的样子他记得真真亮亮。他赶忙虎身站起,抓起泥巴塑呀塑,忙活到金鸡三唱东方亮。等到徒弟们早晨起来一看,师傅手里攥着泥睡在地上,一尊活脱脱的神女像已塑了出来。

在交工前一天晚上,邱大师像烙饼似的翻来覆去睡不着,觉得这尊神女像是自己从艺几十年来塑得最好的一个,应该在走之前再去看看。他想到这里,便披上衣服奔正殿走去。

邱大师来到神女像前上下打量,左看右看瞧不够。他瞅着瞅着,忽见神女的眼皮儿一撩,长袖一甩,就从神位上走了下来。邱大师一愣,不由得连往后退。九天玄女笑着问他:"你直劲往后躲啥呀?"

"怕娘娘怪罪。"

"怪罪你啥?"

"我学艺不精塑金身,怕有啥不合娘娘心意的地方。"

"塑得不错,挑不出啥。不过,离你心中想的塑神神灵、塑人人活的境地还差些。"

"请娘娘指点。"

"跟我来。"

九天玄女说着,就领邱大师飞进了一个山清水秀的峡谷里。九天玄女指着一堆小山似的泥,对邱大师说:"你要按照自己心中所想去塑,待你将这些泥用完,我自会来接你回去。"

邱大师点头应允,便一人待在这只有鸟儿在天上飞、虎豹在身边跑的山谷里,抠着那堆泥不分白天黑夜地捏呀,塑呀,手脚不停地干。他肚子饿了,就摘山中野果子吃,他口渴了,就捧一口山涧水喝。

日子一天一天地过去了。那堆泥逐渐逐渐见少,眼瞅着再捏六七个泥人儿就使用完了。这时,邱大师忽然想起来,徒弟们跟自己折腾这么老多年,还有好几个没混上媳妇呢,莫不如捏上几个大姑娘带回去表表心意。

就这样,邱大师一边琢磨一边捏,一口气将泥用完,正好捏上七个天仙似的大姑娘。他刚把泥姑娘一个挨一个摆放在地上,忽然刮来一阵微风,随之飘来一大片柳絮飞花落在泥人身上。邱大师怕晒干以后抠不掉,便把泥姑娘逐个捧起来用嘴往下一吹。吹完一个放到一边,吹完一个放到一边。等他把七个泥姑娘吹完,她们都变成了真姑娘,一顺水儿站在邱大师跟前,齐刷刷张嘴叫师傅。把个邱大师乐得呀,直吧嗒吧嗒掉眼泪。这工夫,九天玄女驾着五彩祥云飞来,乐呵呵地说:"邱龙吉,你的艺业已成,快些回去吧!"

九天玄女说着推他一把。邱大师一睁开眼,撒目四周,已天光大亮,瞧瞧自己,浑身上下被夜间的露水打了个透湿,原来,他在庙后草地趴了一宿。邱大师想:难道说自己所遇的一切是梦?待他揉揉眼睛仔细看,那七个大姑娘却真真地站在自己跟前。这到底是做梦还是真事?

邱大师正在呆呵呵地猜疑,只见徒弟们吵吵嚷嚷地跑过来问他:"师傅,你咋跑这儿睡觉来啦?"

"我睡几天啦?"

"还几天呢,这一宿就够您受的啦!"

"咋的,我才出来一宿吗?"

"是呀,咱大伙早晨起来,见您不在庙里,就全都吓毛丫子了,寻摸老半天才在这里找到您的!"此时,邱大师心头一亮,猛然醒悟。

有一个徒弟指着他身后那帮俊姑娘,悄声问:"师傅,她们是干啥的呀?"

邱大师笑着说:"你们的媳妇哇!"

姑娘们听说都羞红了脸,小伙儿腼腆地低下了头,泥人邱师傅哈哈大笑着向庙中走去。

讲　　述：孙胜台
记录整理：张彦哲
流传地区：河北藁城

小泥人成精

　　有一个小小子叫好乐，他玩胶泥，捏了很多小泥人，在砖垛上晒着，有小闺女，有小小子。这些小泥人晒干后成了事。黑价，小好乐在屋里睡觉时，听着有人喊他的名字，就光着屁股开开门，看看也没有人。第二天黑价，还是听着有人喊他。小小子觉得奇怪，莫不是自己捏的小泥人喊他？他从屋里走到砖垛旁，拿起一个泥人往地上一摔，净是血。好乐一看害了怕，就往屋里跑。小泥人一个个跳下来就追，边追边喊："好乐，好乐，赔俺兄弟，要不俺吃了你呀！"好乐听说小泥人要吃他，吓得钻到被窝里哭。这时，一个老道从这里过，听见他哭，就叫开了门，问他为嘛哭。好乐说："俺捏了一溜泥人，成了精，非要吃俺。"

　　"得了，别哭了，俺给你在门上贴道符就没事了。"

　　这天黑价，小泥人又来了，一进院就喊："好乐，好乐，俺们又来吃你，快开门！不开门俺们明儿个还来，吃不了你不沾！"小泥人见门上贴着符吃不了他，就走了。

　　第二天，老道说："今儿黑价他们要挖你的眼珠，你一只眼上擦个鸡蛋就没事了。"天黑时，那群妖泥人来后都跨过了符，一道符就是一条河。小泥人们过了河，跑到屋里抠了小好乐的"眼珠"，就叫着跑了。泥人跑出去一看是两个鸡蛋，气得喊叫："好乐，好乐，明天还来抠你的肚脐。"

　　老道见小泥人没抠走好乐的眼珠，就说："他们没抠走你的眼珠，还得来抠你的肚脐，你在肚脐眼上擦个杏核就没事了。"黑价，小泥人们又来喊："过河喽，快抠小小子的肚脐吃啊！"小泥人们蹿到屋里，抠了好乐的"肚脐"就跑，出来一看，又错了，气得乱叫，刚要到屋里再找好乐，鸡已经叫了。

第二天,老道对好乐说:"今儿黑价俺给你在门上贴十二道符,叫他们都死在这里。"老道就在门上贴了十二道符。

这天傍黑,小泥人都来了,一进院又喊又叫:"今天非吃了小小子解解馋不可。"一个一个都争着跳过河去,等到了第十二道河,小泥人们都没了劲,再一跳都掉进了河里。第二天,好乐出门一看,院里尽是烂骨头烂肉。好乐为了报答老道的救命恩情,就跟着他学徒去了。

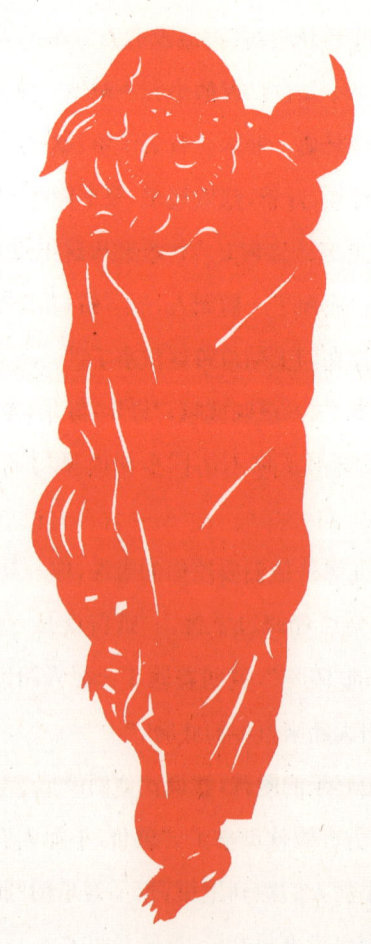

讲　　述：姜淑珍
搜集整理：李桂凤
流传地区：辽宁沈阳

风筝姑娘

　　李家庄有个小伙子，叫李三。他排行老三，前边有两个哥哥，很小就死了。李三长到十二三岁时，爹娘又都去世了。李三只好到财主家去放猪，养活自己。有个缺米少盐的时候，就上姑姑家去借。

　　李三从小就爱放风筝。一到春天，他都扎个风筝上野地里去放。一边放猪，一边放风筝。他放的风筝比别人的都高。他扎的风筝和别人的也不一样。人家有扎蜈蚣的、蜻蜓的、蝴蝶的、孙悟空猪八戒的，可他每年放的风筝都是一个大美人儿头。他从集市上买几张彩纸，回家后，在纸上画一个漂亮姑娘，画完了，就糊在竹篾扎好的架子上。李三天生手巧，他扎出的风筝活灵活现，像真人儿。

　　这年春天，李三又扎了个风筝，还是一个好看的大姑娘。他一边琢磨，一边扎，下了挺大功夫，这回扎的风筝比哪年扎的都好看。李三瞅着风筝姑娘，搁心里寻思：这姑娘要是我媳妇该多好！他心里这么想，可嘴上打个唉声说："唉！我这么穷，谁愿嫁给我呀？别胡思乱想了。"李三自言自语后，拿起风筝就到郊外去放。

　　说也奇怪，李三放的风筝越飞越高，谁看了都说这个风筝放得好。可风筝在天上飞着飞着，突然，风筝绳儿断了。眨眼工夫，风筝就落地了。李三跑过去伸手一拿，风筝又刮跑了。他就在后面撵，刚要捡起来，风筝又刮跑了。撵来撵去，一直撵到南山坡上，风筝就不见了。抬头往山坡上一看，山坡上坐着一个十七八岁的姑娘。这姑娘长得真俊，正坐在那儿看着李三。李三让姑娘一看，觉得挺不好意思，就东瞅瞅，西看看，磨身想往回走。这时，姑娘对他说："这位大哥，刚才你在找什么呀？"

"我找风筝。眼瞅着刮到这边来了,怎么就没了?"

姑娘又说:"你别找了,回家看看有没有,兴许回家了。"

李三心里说:这个人儿也真有意思,没看着就拉倒呗,净瞎说。风筝又不是人,它还能认识道儿,自己跑回家去呀?他没把姑娘的话当回事儿,就山前山后找个遍,怎么也没找着,只好回家了。

李三回到家,一推门儿,风筝真在炕上呢。仔细一看,正是自己扎的风筝。他有点纳闷儿:山上的姑娘怎么说得这么准呢?又一寻思:不管风筝怎么回来的,没丢就行。他也没细想,晚上还没有米下锅呢。他把门关好,就到姑姑家借米去了。

常言道:上山擒虎易,开口求人难!李三一边走一边想:总上姑姑家拿米,有点儿不好开口,我今儿个得怎么说呢?他寻思了一会儿:有了,今儿个我就这么说。他在心里寻思好了,就三步并两步地朝姑姑家走去,不一会儿就到了姑姑家。

姑姑一看,是自己娘家侄子来了,没爹没妈,可怜见儿的,就留李三吃饭。他假装推辞两声,就实实惠惠地吃了饭。吃完饭后,姑姑问:"你今儿个来有什么事儿吧?有啥事儿你尽管吱声,只要是姑姑能办到的,什么都行啊!"

"姑姑,这回可真有好事儿啦。"

"什么好事儿呀?"

"我给你娶侄媳妇了。"

"真的?那可太好了。一会儿套上马车,顺便多带回家点米,姑姑坐车去看看侄媳妇。"

姑姑这么一说,李三心里可慌了神儿,没想到姑姑把他的话当成真事儿了。自个儿哪来的媳妇呀?姑姑偏要去看看,他又没法儿说不让去,只好把米装上车,让姑姑坐到车上。老板儿赶着车,他坐在车后尾,硬着头皮往家走。不一会儿,就到了他家门口。

这时候,李三的心里就像揣个小兔子似的,怦怦直跳,后悔自己不该撒这么大的谎。他见姑姑下了车进院,直奔屋里走,心想:干脆假戏真演吧,露馅儿了再说。想到这儿,李三就冲着屋里喊:"姑姑来了,快出来接姑姑呀!"

话音刚落,只听房门"嘎吱"一声开了,从他家屋里真就出来一个新媳妇,打扮得可漂亮了,迎上前对姑姑说:"姑姑,您快进屋歇歇吧!"

这下可把李三弄懵了。他愣了老半天,又是惊又是喜,也不知道自个儿是在做梦,还是真事儿。他定了定神儿,仔细一看,出来的媳妇正是他在南山坡找风筝时遇到的那个姑娘。又一看,炕上的风筝也不见了。他搁心里寻思:八成是风筝变的姑娘吧?不管怎的,先把姑姑对付过去再说。

不等李三吩咐,小媳妇就动手做起饭来了。她烧火做饭可麻利了,一袋烟的工夫,香味扑鼻的饭菜就端上来了。姑姑看娘家侄子娶了个不错的媳妇,挺乐,吃完饭对他们说:"我得回去了。往后,你们小两口好好过日子,缺啥少啥,到姑姑家去拿。"两个人都点头说:"谢谢姑姑。"

随后,两个人把姑姑送到院儿门口。李三对媳妇说:"你先回屋吧,我再送姑姑几步,一会儿就回来。"媳妇对姑姑说:"姑姑,有空来串门儿。"说完,就回屋了。李三送姑姑走出了挺远。姑姑说:"你回去吧,别往前送了。"

他明是送姑姑,心里却在纳闷儿。做梦也没想到,他撒的谎却变成了真事儿,也不知那风筝姑娘是妖精还是鬼变的,干啥到他家来。姑姑也不知道他在寻思事儿,再三让他回去,他才往回走。

李三回来,也不敢进屋,假装收拾院子。天黑了,就在院儿当间蹲着。屋里媳妇喊他说:"快进屋睡觉吧,天都黑了。"

"你先睡吧!"

媳妇叫他好几遍,他也没进屋,媳妇就自个儿先睡了。

李三寻思:白天看这姑娘长得挺和善,不像是个妖精;就算是妖精变的,也不像要害我。他就壮着胆子进到屋里,看都没敢看媳妇一眼,就在炕上躺下了。他困得实在没法儿,就睡着了。两个人炕头儿一个,炕梢儿一个,睡了一宿,媳妇也没吃他,也没害他。

第二天早上,媳妇早早就起来抱柴火做饭。白天干家务活儿,给李三收拾屋,炕上地下,屋里外头忙个不停。一日三餐侍候李三可周到了。一来二去,李三也不害怕了。两个人就像真夫妻一样。可是,到了晚上,还是各睡各的,李三没碰姑娘一下。一连十几个晚上,李三也不脱衣服睡觉。风筝姑娘暗想:真是个好小伙儿。

这天晚上，两个人刚躺到炕上，风筝姑娘就脱衣凑到李三跟前说："你怎么不搂你媳妇睡呀？你是不愿意俺呀？"

李三让媳妇这一问，支支吾吾一阵儿。这些日子两个人在一起也有了感情，他打心眼儿里喜欢这个姑娘，就是总不好意思开口。让姑娘这一问，他才说："俺愿意，俺愿意。"

"那你怎么不脱衣服睡呀，自个儿媳妇还怕啥？"

这时，李三才明白：人家姑娘对俺是真情实义。管她是人还是鬼，俺也和她在一起。这一夜两个人恩恩爱爱成了真正的夫妻。

打这以后，两人相亲相爱，过起日子来了。左邻右舍都说李三娶了个好媳妇。以后的事就不知道了。

讲　　述：李成明（满族）
搜集整理：张其卓、董明
流传地区：辽宁岫岩县

枕头姑娘

　　德音太父母在世的时候，给他说下一门亲事。姑娘是邻村的傅勒浑的女儿。这一年四月十八，德音太十五岁，姑娘十七岁，碰巧都去赶庙会，两个人见了面。德音太偷偷送给姑娘一块手帕，姑娘从身上解下亲手绣的荷包，系在了德音太腰上。双方都觉得称心如意。可是转过年，德音太的父母死了，家中只剩下了他一个人。村子里有个财主，见德音太年轻力单，无人替他主事，硬是把他父母留下的一点土地给霸占去了。傅勒浑见德音太穷了，便与他断了亲。可是傅勒浑的姑娘不忘相见之情，又拗不过父母之命，一赌气投河死了。

　　德音太没有了财产，娶亲也没有了指望，硬是气得生了病。可是为了活命，还得带着病身子去做工。

　　德音太没有别的亲人，只有一个舅舅，日子过得也不宽裕。可是外甥没有父母，舅舅不管谁管？他领着德音太去治病，没有吃的给送粮，没有穿的给他做衣裳。舅舅为德音太没少操心。

　　德音太本来够倒霉的了，村子里有一帮阔少爷，吃饱了，喝足了，闲着没事还要德音太陪伴他们寻开心。有一天晚上，德音太硬是被阔少爷们从家里拉出去打牌。德音太从来没打过牌，也不会打牌，可是阔少爷们堵住门不放他走，结果德音太一个晚上输了五十两银子。

　　德音太输了银子，债主天天找他要钱，逼得他实在没办法，只好去求舅舅。舅舅听说德音太要借五十两银子，吓了一跳："你借这么多钱做什么？"德音太怕说实话惹舅舅生气，可不借又不行，就瞎编个理由说："我说了个媳妇，得拿彩礼钱。"舅舅一听外甥说了媳妇，心里挺乐，说："你说媳妇，别说借钱，就是给你也行。"

德音太拿着舅舅的五十两银子去还债，债主收了银子，还跟他要二两利息钱。要是不还，还得利滚利。德音太被逼无奈又去找舅舅。舅舅问："你怎么又来借钱了？"

德音太还是不敢说实话，又瞎编说："媳妇刚说到家，没有粮米日子不好过了。"

舅舅说："看你，娶媳妇也不告诉舅舅一声。娘亲舅大，你讷讷不在了，这么大的事把舅舅都忘了。"

德音太说："我手头不行，没敢大操办，简简单单地就接家来了。"

舅舅说："赶明儿我去看看，今天我先把钱给你买粮米。"

舅舅关心外甥，说来就来了。德音太想躲没处躲，要藏没处藏，只得硬着头皮把舅舅迎进屋，说："舅舅，你来了。"

舅舅坐在炕上，见屋里只外甥一个人，就问："外甥媳妇呢？"

德音太不敢说"舅舅，我是糊弄你的，我没娶媳妇"。他咽了一口吐沫，说："在里屋呢！"

舅舅说："我来看看她，从过门我还没看过她的面呢！"

德音太又咽了一口吐沫。他明知不好，要露馅儿，还是冲着里屋喊："舅来了，你听不着啊！快下地做饭！"

舅舅说："不用了，看看就行了！"

德音太又喊："舅来了，你倒是下地啊！"

舅舅见外甥喊了两遍，里屋也没个动静，心里想：这是外甥媳妇不愿见我呀！他便起身下了地，说："我还有事，改日再来吧！"

德音太的心像吊在半空的水桶，七上八下，见舅舅起身要走，桶底落了地。他为了装得再像一点就掀开门帘进了里屋，说："看你！连舅舅来了都不下地，舅舅要走了，快送送！"

舅舅见里屋还没有动静，不再等了。德音太跟着他跨出房门，一个劲儿地说："小人家姑娘，不行啊，没教养，不敢见人。"

舅舅说："都是穷人家，也不必讲什么礼节了。媳妇说到家，好好过日子，生个一男半女的，就不错了。"

德音太送舅舅到大门口,转身回来,急忙跑进里屋,从被垛上拽下个枕头,抄起笤帚疙瘩,"啪啪"一边打一边说:"你这个少打的货,舅舅来了连地都不下,你这贱骨头就得揍!"

德音太又是打又是骂,本是让舅舅听听的,因为舅舅要经过他家房后。他是让舅舅知道,他说媳妇是真的。舅舅走到房后听见外甥打媳妇,心里想:这何苦的,小两口闹掰生了,外甥媳妇不恨我吗?他又转回来了。

德音太见舅舅回来了,可傻眼了,劝仗还能对一个人劝吗?他正急得不知怎么好,忽然门帘一挑从里屋出来一个小媳妇,身着红旗袍,头插银扁簪,耳戴金耳环,一身新媳妇打扮,迎着舅舅说:"舅舅来了,给舅舅请安!"她亲亲热热把舅舅让上炕,点燃一袋烟,又端来一杯茶,完后刷锅做饭去了。

舅舅吃完香喷喷的饭菜,乐呵呵地走了。德音太把舅舅送到大门口,干站在那儿也不敢回屋。他本来没有媳妇,从哪儿冒出来的呢?他心里害怕得很。这时,屋里媳妇喊他说:"快进来吧!"

德音太参着胆进了屋,说:"大姐,今儿个得谢谢你了,谢谢你在舅舅面前替我周全。要不舅舅知道了真情,该有多伤心!"

媳妇说:"也难为你,舅舅来了,弄得不知如何是好。"

德音太说:"舅舅对我千般爱怜,我对不起他啊!我对他说谎。"

媳妇说:"我知道你是个正派人,被人欺负了,又遭到诈骗。这样吧,我救人救到底,不走了。"

德音太说:"这真是求之不得,不知大姐从哪儿来,姓甚名谁?"

媳妇说:"你怎么糊涂了,刚才你打的是谁?"

德音太一拍大腿,说:"你是枕头姑娘?"

媳妇说:"从你出世我就陪伴你。你是个苦命人,我可怜你。"

德音太和枕头姑娘结成了夫妻,一连过了三年。三年里枕头姑娘知冷知热地照顾德音太,德音太的病渐渐好了,身体也强壮了起来。

一天,枕头姑娘说:"我要走了,给你找个媳妇。免得我走后,你一个人孤单。"

德音太舍不得枕头姑娘。枕头姑娘说:"傅勒浑的姑娘本许你为夫,她因你而死。傅勒浑还有个小姑娘，也到了婚配年纪，我领你去把她要来。"

枕头姑娘变成傅勒浑已死的姑娘的模样，和德音太一起坐着车，来到傅勒浑家。

傅勒浑老两口见大姑娘回来了，又高兴又疑心，说："孩子，你回来了，没死啊？"小妹妹也亲热地拉着姐姐的手，说："姐姐，你还活着，我可想你了！"

枕头姑娘说："我随着水冲下去，一个打鱼的老头救了我，收养在他家。前几日，德音太阿哥外出办事，从门前路过，被我看见，才知二老还在世。德音太尚未娶妻，便跟着一起回来了。"

傅勒浑本因德音太穷了才断的婚，这回见姑爷已不是寒酸模样，姑娘打扮得也很是整齐，也就没再说出不乐意的话来。

德音太在老丈人家住了两晚上。第三天晚上，枕头姑娘和小妹妹一起包饺子。小妹妹见姐姐干活干得麻利，就说："看你，像旋风似的。"说旋风就来了旋风，"呼"的一声窗户开了，姐姐一眨眼没有了。小妹妹跟着跳出窗外去撵，可连影子都没见着。

第四天，德音太要回家去，问："我媳妇呢？"全家人正愁得不行，女儿是自己的，本来心疼，可对姑爷怎么说呢？大伙都埋怨小姑娘，说她把姐姐弄丢了。小姑娘也急得没法儿，就说："姐夫，不必难过，让我去顶替姐姐好了。"

德音太赶着车把傅勒浑的小女儿接到家，成了美满夫妻。

讲　　述：孙亚清
搜集整理：王长江
流传地区：吉林双阳

灯姑娘

这是很久以前的事儿了，在本地住着一位瘫痪的老太太，年近七旬，无儿无女。她家邻居是一个叫大勇的长工，常常过来帮她干活。她病了，大勇就汤一碗饭一碗地侍候着。

有一天，瘫痪老太太病得很重，眼看就要断气了。她把大勇叫到跟前说："大勇啊，我这大半辈子多亏了你侍候，看我现在恐怕是不中用了，我家也没有别的什么好东西，只有一盏油灯送给你，留着日后有用。"说完不一会儿，老太太就死了。大勇把她埋葬好，把油灯拿回了家。

这盏灯很怪，它是用土烧成的，能装四五斤油，上面还刻了个烟锅大小的姑娘。虽说小，看上去却清晰，鼻子是鼻子、眼睛是眼睛的，就跟活人一个样。打这以后，大勇每天干完活都要看一会儿这盏灯和上边刻的姑娘，还痴痴地喊："灯姑娘。"

有一次，大勇看见灯姑娘朝他笑呢！大勇傻乎乎地冲着灯姑娘说："你看我好吗？要不你瞅我笑什么呀？"

灯姑娘抿嘴一笑："大勇哥，我本来还要等九九八十一天才降临人间。我看你为人老实，勤劳能干，心眼儿好，就提前下来吧。"说着，她飘飘然降落到地上，一转身就变成了大姑娘。这下大勇甭提有多高兴了。

灯姑娘说："大勇哥，咱俩要想在一块待一辈子，你可要办件事，可以吗？"

大勇红着脸，忙说："什么事？你快说，哪怕是千件万件。"

灯姑娘说："你把灯添满油，点九九八十一天不熄灭，我就能来到人间变成真人了。好哥哥，你千万记住，只能添一次油。"说完，灯姑娘脸上淌着泪水，身体一点一点地变小,又回到了灯壁上。

大勇忙着把灯油添满点燃,然后就守在灯边。时间一天天过去,期限临近了,大勇也渐渐地瘦了下来。

就剩最后一天,灯火越来越小,眼看就要灭了。大勇揭开灯盖一瞧:坏了,原来灯盏里的油不够了。姑娘说只能往灯盏里加一次油,这可怎么办?他急哭了,越哭越难过,泪水不住地往灯盏里滴。大勇心里说:灯姑娘啊,你若有灵,就喝一口我的泪水吧!这就是我的心血呀!灯姑娘啊灯姑娘,你若是真爱我,就把我的泪水变成油,管够……

灯果然又亮了起来。九九八十一天终于过去了,灯姑娘降临人间和大勇成了家,美美满满地过上了好日子。

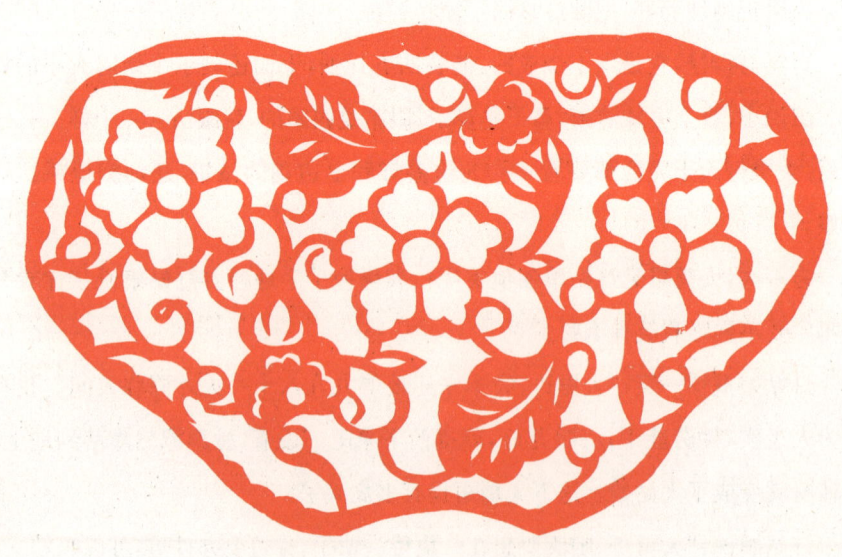

讲　　述：兰孝合
搜集整理：徐其仁
流传地区：山东崂山一带

簸箕女

　　张家村有个面善心慈的书生，姓张，名厚。这天，张厚出门访友，在回来的路上，看见一个姑娘坐在路边的一块石头上号啕大哭。张厚觉着奇怪，忙走了过去，问道："姑娘，你有什么难处？能不能和我说说？"

　　这时，只见那姑娘抬起头来，擦了擦满脸的泪水，看了看张厚，说："我爹娘前些日子被人杀害了。现在只剩我孤身一人，无亲可投，无家可归。以后的日子可叫我怎么过啊！"说完，又号号啕啕地哭了起来。

　　张厚听了，觉得怪可怜的，忙蹲下对她说："姑娘，我家就在东面靠海边的那个小山村，家中只有我一个人。如不嫌弃，可暂到我家去住些日子，以后慢慢再想办法。"姑娘便跟着张厚回了家。

　　当天晚上，张厚看见一个很俊很俊的闺女站在他身边，边流泪边对他说："好心人，你要帮我报仇啊！"醒来一看，是个梦。

　　过了些日子，张厚又见那女的站在他身边，又哭着说："好心人，只有你能帮我报仇！"张厚听到这里忙问："姑娘，你有什么仇、什么冤？能不能和我说说？"姑娘听了，擦了擦眼泪说："我家住东海扶桑山，家中只有爹娘和我三人。一年到头靠出海打鱼为生。那天，俺全家又出海打鱼去了。刚走出不多远，碰上一帮海盗。那海盗一见小女，非要强娶为妻，我爹娘哪里肯依！谁知狠心的海盗把我爹娘杀害，将尸体抛入海中，又强逼小女与他成亲。我怎么办呢？想喊无人听，想跑跑不了，要打打不过。万般无奈，我只好一狠心，扯起衣襟把脸一蒙，跟爹娘去了！"张厚听到这里，心里那个难受劲就不用提了。正想再问问那姑娘叫什么名字，一看，她已朝门外走了。急得张厚爬起来就去撵。谁知，一头栽倒在炕旮旯里。醒来一看,又是一个梦。

第二天,张厚到他叔叔家,把梦见的事一五一十地和他叔叔说了,并说:"我梦见的那个女的和我前些日子领回来的那个姑娘一模一样。"

他叔叔听后,想了想,对他说:"你明天半头晌溜回家,看看她在家里干什么。我给你这七个黑碗,她如果发现了你,一定会来撵你。你不要怕,就向我家跑。看她要撵上你时,就向她摔出一个黑碗。把这七个黑碗摔完了,也就到我家了。我自有办法治她。"

第二天半头晌,张厚溜了回去,趴在东间窗外,轻轻地舔破窗户纸,单眼向里一望。只见那姑娘坐在桌子前,边哭边说:"屈死的爹娘啊!我一定为你们报仇!"说完,她一抬手,把自己的头摘了下来,放在桌子上,用梳子梳起来!张厚一看,当场惊得"啊"了一声,扭头撒腿就跑。那姑娘一听外面有人,忙安上头撵了出来。

张厚在前面跑,那姑娘在后面撵。眼看就要撵上了,张厚一回头,朝那姑娘摔出一个黑碗。那姑娘一看,一个黑碗朝她打来,就地一滚,然后爬了起来,又向前追。张厚朝那姑娘摔出一个黑碗又一个黑碗。第七个黑碗摔出去后,正好到了他叔叔家。他跑进院子一看,叔叔正站在院子中间的一张方桌上,手拿桃木剑,嘴里还在不断地念叨着。张厚惊得没地方钻,一头钻到他叔叔站着的那张方桌底下,浑身哆嗦成一个蛋!那姑娘一看张厚钻到方桌底下,便朝他扑了过去。就在这时,张厚叔叔举起桃木剑,把姑娘一劈两半!

当天晚上,张厚又做了一个梦,梦见那姑娘又站在他跟前对他说:"好心人,你把我的尸体装进棺材里,把棺材放到海里去,你就帮我报了仇了!"

第二天,张厚和他叔叔照那姑娘说的,把她装进了棺材,抬到了海边,正在这时,看见从海那边漂来一只小船。张厚叔叔用手在棺材头上拍了三下说:"屈死的鬼,有冤申冤,有仇报仇去吧!"说完,将棺材推到海里去了。那棺材一推到海里,在水里左转了三圈,右转了三圈,然后,朝着驶来的小船撞去。

你说怪不怪,船被撞破了,那棺材不但没破,反而掉转头顺着原路漂了回来,一直漂到张厚和他叔叔跟前!叔侄两人一见,又把棺材抬了回去,准备明天给那姑娘做个坟再埋。

谁知,当天晚上,张厚和他叔叔同时做了一个梦,梦见那姑娘说:"好心人,等天亮了,你把棺材打开,将里面的骨灰收到簸箕里,朝着大海扇,边扇,边说:'仇也报了!冤也伸了!该还魂了!'念了三遍,我就回来了。"

第二天,天刚亮,张厚和他叔叔把棺材里的骨灰扫在簸箕里,朝着大海扇了起来。边扇,嘴里边念叨,第三遍刚说完,只见簸箕里的骨灰没有了,却从簸箕里面走出一个很俊很俊的大闺女来。那闺女还朝着他俩笑呢!

张厚叔叔一看,忙走了过去,一手拉着那闺女的手,一手拉着张厚的手,说:"孩子,你俩回家好好过日子去吧!"

张厚同那闺女成了亲,夫妻俩恩恩爱爱过了一辈子。

自那以后,周围村的人,都知道张厚说了一个簸箕女做媳妇。

讲　　述：杨氏
搜集整理：宗琪
流传地区：甘肃皋兰县

笤帚精姐妹

秦王川北端有一大片石山，川里人称它为北山。北山脚下，早年住着一户关外来的人家。不知啥时候，这户人家悄没声儿地搬到别处去了，只剩座破落庄院任风雨吹打。墙头屋顶，长满了绿色的苔藓；屋子没门没窗，早已成了鸟雀的乐园。南来北往的过路人也把它当作客栈。

那年，一个老盐客领了两个儿子去北山贩盐，大的叫庄娃，小的叫二娃。当晚父子三人行得迟了，前后不着村庄，便把驴车吆进了这座庄院。收拾停当，爷儿仨卧在破土炕上抽旱烟，闲聊天。正说在兴头上，老盐客停住抽烟，说："娃娃们，院子里有人来了。"

果然，一阵细碎的脚步响，门口进来两个黄裙黄鞋黄头巾的年轻女子，腰系粉红绸带儿，一样的美貌，一样的装束，细条条的，水灵灵的，露着细白的牙齿浅笑。两个少年盐客看傻了眼，张着嘴不会说话了。老盐客发话问道："两位姑娘从哪里来，有啥见教？"

站在前面的女子笑道："嘻嘻，没见过这般无礼的人，明明是白住人家的房子，反把主人当客人问，好没道理。"另一个随声道："真叫鹊巢鸠占，我们的屋里咋能叫这种野客容身！"

老盐客赶紧下炕，躬身施礼，笑脸相答："两位大姐有话好说。我们见这屋子家道破败，并不见有人出入，咋说你们是主人呢！要真是的话，两位大姐请多行恩惠，出门人不求安稳，只图方便。好歹借宿一晚，明早就行。"两女子笑道："这么说还像个话，就留你们住一晚也不妨。"两人交换一个眼色，对视而笑。一个女子说道："不过，老人家，你要照看好你们的毛驴儿，半夜叫起来，我们害怕哩！"老年盐客想了想,就起身到圈里去,给驴儿添了草料,躺在草堆里睡下,打起了呼。

这晚月明如水,星光灿烂。两个年少的盐客睡在一屋。半夜,弟弟二娃翻身时,看见门口走进来一个人影,细细辨认,见是傍晚说话的那女子。二娃装着睡熟,半闭眼不作声儿。那女子悄悄凑过来,俯在二娃耳边轻轻说:"官人家,我有事相求,你来搭个手!"二娃不由自主地跟那女子出去了。

那女子把二娃带到一间破败的磨坊,叫二娃坐下,拿一块油烙的锅盔给二娃吃,甜言细语对二娃说:"我是这庄院的主人,叫柳翠,姐姐叫秀姑,爹妈死了,撇下我们姐妹俩相依为命。官人家,你要是不嫌奴家丑,我情愿给你铺床扫炕,服侍你。"柳翠说到此处,显出羞答答的样子,不再言语。窗上透进一束月光恰好照在柳翠脸上,她越发妩媚可爱,只是低了头站着不语。二娃脸上烧一阵,凉一阵,心里似揣了个兔子直扑腾。这样站了一会儿,柳翠问二娃家世生平、多大岁数。二娃把自己的名姓家世都如实告诉了柳翠。柳翠说:"二娃,我看你人忠厚,又诚实,今晚我们就做了夫妻吧?"二娃此时恍恍惚惚,被柳翠推在屋角的草地上,当夜恩恩爱爱,做了夫妻。

第二天早晨,老盐客从圈里起来,走进北屋,叫醒庄娃,却不见了二娃,两人以为二娃出门去了。等了一会儿,不见回来。老盐客问庄娃,庄娃也不知道。两人在院子里到处找,转来转去,最后发现二娃睡在磨坊的草堆上,吃了满满一口泥,全身沾满了草芥。叫一叫不醒,推一推不应,喊了半天,二娃才渐渐睁开眼睛,脸部浮肿,眼皮发青。老盐客急忙在二娃的人中上掐,问二娃啥时跑到磨坊里的,昨夜发生了啥事。二娃掉了魂儿似的发呆,啥也不知道。老盐客赶紧抱起二娃放到北屋炕上,点火烧些自带的水,给二娃洗了鼻眼,又泡些锅盔喂给二娃。一整天,二娃躺着起不来,又赶不成路,老盐客急坏了,吩咐庄娃守着兄弟,自己出门找人去了。

庄娃依着爹爹的吩咐,守在炕头。天黑了,门外渐渐模糊起来,月光又爬上了窗台,庄娃胆儿大些,始终没打瞌睡。他给兄弟喂了些馍,安顿二娃睡好,心里盼望爹爹快些找到人来救兄弟。到了半夜,爹仍不见回来。忽然听到院子里有脚步声,循声看去,昨晚那女子又出现在门口。那女子径直走过来,对庄娃说:"你兄弟得的病我能医治,跟我来。"庄娃听说她能给兄弟治病,自然高兴地跟了出去。

那女子照样把庄娃带进磨坊里,说:"我知道你叫庄娃,对你说,我叫秀姑,我妹妹叫柳翠。昨晚我妹妹已经和你兄弟做了夫妻,他们现在还在洞房里呢!天教你们弟兄两个来我家做招女婿,这是天赐的良缘。你要是娶了我,吃淡饭,喝粗茶,我也情愿。"庄娃听了,抬起脚就走,却被那秀姑一把掇住,如同拴了绳子,挣也挣不脱,甩也甩不开。庄娃看时,这秀姑眉眼倒竖,目光逼人。怪了,庄娃脱不开手,喊不出声,稀里糊涂被秀姑拉过去,也做了夫妻。

将近五更时分,老盐客回来了,领着一位老汉。那老汉七十多岁,须发皆白,耳不聋,眼不花,说话嗓门吓人。两人进了屋,炕上只躺着二娃,庄娃又不见了。老盐客急忙跑到磨坊一看,庄娃光条条地在草上躺着,与前夜二娃的情状一样。老盐客抱住儿子就放声大哭:"天啊,这是中了啥邪了?我好端端两个儿子都成了啥样子!"

那老汉闻声赶来,拉起老盐客,叫他不要急,声称自有妙法,能叫他两个儿子立时复原。那老汉吩咐盐客把庄娃抱到炕上,从怀里掏出一叠纸符,在两个小盐客的头上绕了几圈,口中念念有词,然后在纸上啐了一口唾沫,点着烧了。那老汉道:"你跟我来。"盐客跟着那老汉在炕洞前站住,盐客莫名其妙,站着不敢动。只见那老汉拿起一根棍子往炕洞里一搅,骨碌碌滚出两把笤帚疙瘩。盐客惊问:"这是啥?"那老汉并不答话,掏出火镰打火点着一堆草,把那两个笤帚疙瘩扔在火中,"呲"的一声,冒出两股青烟,同时闻到一股煳焦味。

那老汉拍一拍手,笑道:"好了,没事了,这是两把笤帚。早先主人搬家的时候,把这东西扔在炕洞里,几十年日修夜炼,如今变成笤帚精了。这妖孽虽说成不了大气候,却能害人。今日老夫把它们除了,你们可就平安无事了。走,看看你的儿子去!"他们来到北屋,见两个少年盐客如同刚睡醒一样,揉揉眼睛,下了炕来。那老汉和老盐客问起两夜的遭遇,两人都全然不知。盐客跪下谢恩,那老汉哈哈大笑,扶起盐客,出门走了。

盐客爷儿仁再没敢逗留,打点行李,拉出毛驴车儿,没等天亮就离开了那座破烂的庄院。以后,那座庄院再没出过啥怪事儿。

讲　　述：李世兰
搜集整理：陈作诗
流传地区：山东沂蒙山一带

炊帚姑娘买花

　　传说早些年，沂山脚下有个李家庄，庄里有个李员外。李员外家里很富，可到老来不见一儿半女，急得他天天愁眉又苦脸。

　　这一天，李员外家门前的空场上，来了一个卖花的。卖花人站在那里吆喝累了，从花筐绳上摘下板凳坐下，掏出烟袋抽烟。这时从李员外家走出两个十六七岁的姑娘，个子一样高，脸蛋一样俊，猛一看很像一对双胞胎。两个姑娘扭扭捏捏地来到花担跟前，向卖花人笑了笑，说："掌柜的，俺们要买您两枝花。"掌柜的心里想：买就是，我就是盼着有人来买花。没有来买花的，我这买卖也别做了。他一边想一边笑着说："二位妹妹要买花，就随意挑吧。相中哪枝买哪枝。"那两个姑娘左挑右选，扒拉了一大阵子，才一人选中一枝，价钱也没问，就把花插在头上了，扭转身，边走边对卖花人说："您等着，俺们回家拿钱去。"

　　卖花人借着这点空儿，一边又摁上烟吸着，一边等着买花姑娘出来送钱。一等不出来，二等也没出来，从天东南晌等到快晌午了，买花姑娘还没出来送钱。卖花人实在等急了，就挑起花担子上门去要。他走进院里找到李员外，问："老东家，你家的两个姑娘买了俺两枝花，说给俺把钱送来，俺等了一头晌，也未曾见到有人送钱来。你快把钱给俺，俺也好赶路。"李员外说："俺家里哪有姑娘买你的花？不用说两个姑娘，我就是有一个姑娘，也谢天谢地了。"卖花人说："明明是从你家里出来的两个十六七岁的姑娘，长得一个脸蛋，个子一样高矮，一人选了一枝花插在头上，连价钱也没问，光说回去拿钱，还说叫俺等着。"李员外说："没影的事儿！我天天盼孩子盼了三四十年，都快盼疯了，也没盼来，八成是你看花了眼。"

卖花人说话有点气粗了,抬起脚来照着鞋底上磕了磕烟袋,说:"人是从你家门里出来的,戴上花又从你家的门进去了,怎么能说我看花了眼呢?你说我看花了眼,我怎么没到别人家要钱,偏偏到你家哪?"李员外心里想:俺家里没有你说的那两个姑娘买花,不管你怎么赖也赖不上。李员外喘着粗气对卖花人说:"俗话说,干屎抹不到人身上,没买就是没买。你到屋里找找看,人又不是小东西,两个大活人我可没法藏。"两个人越说越上火,你一句我一句吵了起来。这时候正好老管家从外边回来,问清了因由,顺手从腰里掏出二百钱给了卖花人,说:"别再找了,两枝小花,也不是什么值钱大物,用不着干费那么多唾沫。"

卖花人收起钱来,挑着花担又去串乡。李员外的心里犯开了嘀咕:我家里男孩女孩没见一个,哪来的两个姑娘出去买花?这可真是个蹊跷事儿。这个闷葫芦在李员外的心里装了三四个月。快过年了,李员外叫伙计们把屋子、天井打扫打扫,今年提前放工,让伙计们早回家过年。伙计们正在天井里打扫着,小伙计从厨屋的瓮旮旯里拖出了两把破炊帚头子,每把上都插着一枝鲜红鲜红的花。小伙计觉得稀奇,便拿着两把炊帚头子,一边说着,一边向老东家屋里走去。

李员外接过炊帚头子一看,心里明白了:原来是你俩作的怪,要是再变成两个姑娘,那有多么好啊!说来也怪,李员外心里难过,眼里掉下两颗泪珠儿,落在炊帚头子上。一眨眼的工夫,两个十六七岁如花似玉的姑娘站在李员外面前,笑嘻嘻地叫开了爹。传说这两个姑娘都给李员外当了闺女。

讲　　述：尹宝兰
搜集整理：王全宝
流传地区：山东沂蒙山一带

铜钟和铁钟

费县城北有座山叫钟罗山。传说山上有四口大钟：铜钟、铁钟、金钟、银钟。

很早以前，山北寒凉寺村有一个名叫憨大的孩子，小时候死了爹娘，雇到钱财主家打柴。这小憨大在财主家受苦挨饿十余载，被折磨得就剩下一副骨头架子，好歹长到十七八了。

一天，钱财主又撵着他上山砍柴，他连累带饿，实在支持不住了，一头倒在石崖上，"呼呼"地睡着了。

也不知过了多久，他迷迷糊糊地听着东边传来"叮叮当当"的银铃似的歌声。一个唱道："铁钟妹，铁钟妹，世上哪个活受罪？"另一个接道："铜钟娘，铜钟娘，世上受罪打柴郎。"憨大一听，吃了一惊，赶忙睁开眼，就见两个鲜花样的大闺女正在蹦蹦跳跳地唱歌。

他光顾贪看，不小心踢了一块石头，"哗啦"一声响。那两个姑娘听到响声，一下没影了。

憨大抬眼看看山顶，有两个东西放光。他爬上去一看，是两个大钟，一个铁的，一个铜的。他过去把挑柴火的扁担，一头插铁钟鼻里，一头插铜钟鼻里，心想：我叫那些扛活的穷爷们抬家去，卖了也吃顿饱饭！憨大正寻思着，就听有人说："柴郎哥，柴郎哥，你放下扁担听我说。"

憨大好生奇怪，真把扁担抽出来了。一抽，"扑通"一声，看看钟没有了，坠地里去了，光落两个大坑。

他正发呆，忽听身后一阵"咯咯"的笑声。穿红衣服的姑娘说："柴郎哥，好心肠，铜钟斟酒给你尝。"

穿青衣裳的姑娘说:"柴郎哥,心地宽,铁钟端饭你打尖。"

两个姑娘拿酒给憨大吃了,走了。从此,两个大姑娘天天给憨大送饭,没过几个月他便吃得煞白透胖了。这钱财主看着好生纳闷。

这天,憨大头里刚走,钱财主就轻手轻脚地跟了出来。头一天,钱财主跌折了胳膊。第二天,钱财主扭了脚脖子。可他还是不死心,第三天,又一瘸一拐地跟憨大上了山。

到山上一看,两个大闺女正送饭给憨大吃哩!那两个闺女白里透红实在俊,就跟天仙一样。钱财主把眼睛都看直了。他上去就抓那两个闺女。穿红衣裳的闺女一闪,他只抓到了穿青衣裳的闺女。只听"扑哧"一声,钱财主被弄到钟里去了。这个大铁钟"扑通"一声,陷到地下去了。

穿红衣裳的姑娘就对憨大说:"柴郎哥,柴郎哥,铜姑有话实难说——你要不嫌为奴我长得丑,我,我愿……"

铜姑娘一句话没说完,铁钟妹从山东边石崖下冒出来了。她听到铜姑娘的话,说:"铜姑好,柴郎实,你俩正好配夫妻。"说得憨大、铜姑娘二人的脸红到脖子根。

铁钟妹催他们快走,铜姑娘不忍离去。铁钟妹一念咒,刮起一阵大风,把铜姑和憨大刮得像两片树叶,飘飘荡荡直奔郯城孝女庙。从此,憨大耕田,铜姑织布,过上了幸福美满的生活。

再说这铁姑送走了铜姑,心想:天帝怪罪下来,我也吃罪不起,我也逃了吧!她连夜投奔她的师父——蓬莱仙宫彭仙祖。

土地神一看铁铜二钟都走了,赶紧禀报天帝。天帝也只好另派金银二钟来镇守钟山。这钟山是通往天宫地府之门,没人镇守是不行的。

铁钟铜钟都走了,山上还有金钟银钟,可是谁也没见过。

讲　　述：萧朝寿
搜集整理：徐贯行
流传地区：福建建阳

化钱炉

云谷山下，有个村子叫浑头林，这里流传着一个"化钱炉"的故事。

很多年以前，浑头林有个姓赖的财主，是云谷山下的首富。赖财主人狠心贪：他稻田多了还想多，把别人的稻田一丘一丘并过来，小丘并成了大丘，小片并成了大片；他茶山多了还想多，把别人的茶山一座一座圈过来，一岭又圈过一岭，一山又圈过一山。浑头林周围有二三十个村子，家家户户都变成了赖财主的佃客。赖财主要是哼一声，佃客们会以为是晴天响雷；赖财主要是顿顿脚，佃客们会以为是山崩地陷。

赖财主珍珠一样的大米吃不完，雪花一样的银子用不完。他吃的，要用景德镇的细瓷碗来装；他穿的，要用苏杭的绸缎来缝。家里用人一大帮，丫头一大串，好像走马灯，专供他使唤。那日子，要是神仙看见了，也得羡慕他三分。

照理说，赖财主该心满意足了。可是，他偏偏有一块难医的心病哩！

原来，赖财主已经半百年纪，虽然讨了三妻四妾，却一个一个都是不生蛋的母鸡，别说生儿子，就连女儿也没生下一个。赖财主眼看着这万贯家财、千顷良田、不尽茶山，没有一个嫡亲的儿子接传下去，他怎么能不心如火烧呢？

有人对赖财主说，送子观音庙里，送子观音灵验得很。赖财主便急急忙忙去烧香许愿，要送子观音送他一个嫡亲的儿子。赖财主烧香回来，等了好多日子，仍是没有生儿子。

又有人对赖财主说，降生娘娘庵里，降生娘娘灵验得很。赖财主又急急忙忙去烧香许愿，要降生娘娘送他一个嫡亲的儿子。赖财主烧香回来，等了好多日子，还是没有生儿子。

赖财主没有儿子,气得白天吃不下饭,晚上睡不着觉。那三妻四妾来劝他,他把眼一瞪,大骂道:"都是一帮没用的蠢猪,生不下一个儿子来!"三妻四妾挨了骂,撇撇嘴,走开了。

有一天,赖财主又听说,深深的云谷山里,有一座大王庙,那里的大王神会显灵,有求必应。赖财主听了,连忙吩咐家里人:明天三更做饭,四更启程,多带蜡烛纸钱,他要赶紧去烧香求子!

第二天,赖财主到了大王庙,对那大王神像又是磕头又是许愿,求大王千万千万送一个嫡亲的儿子给他,他会给大王重建庙宇再塑金身。

那殿堂上的大王神听了赖财主的祷告许愿,眼睛仍旧闭着,理也没理他。倒是殿前那只化钱炉,却也是个成了精的宝贝,它早听说过赖财主人狠心贪,是谁也惹不起的大富豪。今天看赖财主伏在地上向大王神求子的模样,竟是个獐头鼠目的家伙,便越看越觉得好笑,忍不住就"嗤"地笑出声来。

不想化钱炉这一笑,惊醒了那假装睡觉的大王神。大王神看一眼化钱炉,问道:"化钱炉你笑什么呀?"

化钱炉说:"我笑这个赖财主,原来没个人样子。"

大王神说:"这个赖财主,为人太贪太狠,佃客们对他都无可奈何哩。"他略一沉吟,又对化钱炉说道:"你既然笑出声来,就让你去他家走一遭吧!"

化钱炉想不到大王神会叫他去当赖财主的儿子,急得连连摇头,说:"我不去,我不去!"

大王神笑了笑,说:"去吧,去吧。"便仍旧闭目养神了。

赖财主从大王庙回家后不久,他的三姨太果然有了身孕,十月怀胎,生下一个白白胖胖的男孩来。

赖财主高兴极了,他知道这是大王神给他的儿子,便给男孩取名叫仙生。

这仙生出了娘胎,就跟别的孩子不一样,他紧闭着眼睛,张开着小嘴,乱舞着小手,乱蹬着小腿,一直哭个不停。赖财主哄他哄不住,三姨太哄他也哄不住。他不歇气地哭,哭得赖家上上下下,个个心神不宁。有一个丫鬟用景德镇烧制的细瓷小碗,给三姨太炖了参汤端进房间来,听见仙生的哭声,不由得心一慌,连碗带汤"当啷"一声,就打在地上了。赖财主见了,心痛得就要开口大骂那丫鬟。不想仙生听了那细瓷小碗摔破的声音,竟停住哭声,张开小眼,咧着小嘴"咯咯"地笑起来。赖财主和三姨太一见仙生不哭会笑了,顾不上骂丫鬟,脸上也露出了笑容。

从这以后,仙生一哭,就得摔破景德镇的细瓷小碗给他听,他才会转哭为笑。摔别的碗,便止不住他的哭声。那仙生时时要哭,就得时时摔景德镇的细瓷小碗。赖财主家里,一天到晚都断不了摔碗声。

赖财主只有这一个宝贝儿子,摔几只细瓷小碗给他听,有什么大不了的呢?家里的碗摔完了,便派人上县城买来摔;县城的碗卖光了,便派人上府城买来摔;府城的碗卖光了,便派人上景德镇去买来摔。

仙生长到三岁,一天到晚还是要哭,摔景德镇的细瓷小碗已止不住他的哭声。赖家大大小小,个个被他哭得心神不宁。那三姨太听见仙生的哭声,心像刀绞似的,不留神把苏杭绸缎衣裳在门钉上"嗤"的一声撕破了。不料仙生听到了那撕破绸缎的声音,就"哈哈"大笑起来。赖财主和三姨太一见仙生不哭会笑了,脸上也露出了笑容。

从这以后,仙生一哭,就得撕破苏杭绸缎给他听,他才会转哭为笑。撕别的绸缎,便止不住他的哭声。那仙生时时要哭,就得时时撕苏杭绸缎。赖财主家里,一天到晚都断不了撕绸缎声。

赖财主只有这一个儿子,撕几匹苏杭绸缎给他听,有什么大不了的呢?家里的绸缎撕完了,便派人上县城买来撕;县城的绸缎卖完了,便派人上府城买来撕;府城的绸缎卖完了,便派人上苏杭二州去买来撕。

仙生长到七八岁了,才慢慢不爱哭了。赖财主和三姨太便送仙生去读书。那读书的学堂,离着浑头林五里路,仙生去上学,要赖财主和三姨太送他去。仙生坐在学堂里,眼睛却斜盯住窗外,他要看见赖财主和三姨太站在窗外陪着他,他在学堂里才坐得住。

仙生读了三年书,赖财主和三姨太就在学堂窗外陪着站了三年。那仙生却一句文章也没学会念,一个大字也没学会写,连那条天天走来上学的路也还是不认识。赖财主和三姨太不陪着他走,他就认不得路,走不回家。

赖财主还要让仙生把书读下去,可他已一年比一年老了,没有那么多精力再站在学堂窗外陪这个宝贝儿子。他想了几天几夜,想出了一个办法。

赖财主雇人从山上开采来许多石头,将这些石头凿成一样大小、四四方方的石块,再把这些方石块从赖家大门口铺起,一块连着一块,一直铺到学堂门口,为仙生铺了五里长的方石块路。

赖财主看看方石块路铺好了,便指着那方石块路对仙生说:"宝贝儿呀,你去上学,只要从家门口走着这方石块路去,就能走到学堂;放学回家,只要从学堂走着这方石块路来,就能走到家,千万要记住了。"

仙生把那方石块路仔细地看了又看,才向赖财主点了点头。

仙生天天走着那方石块路去读书,走着那方石块路回家,走了几年,总算学写了几个字,念了几句文章。赖财主见儿子已渐渐长大,自己也渐渐走不动路,便想让儿子去管家管业了。

春天过去了,赖财主把仙生叫到身边,对他说:"宝贝儿呀,如今头春茶已经收完,你把它送到武夷山的星村镇去卖吧!"

仙生叫了很多佃客,挑着一担一担的头春茶,带了管家,离了浑头林,去星村镇卖茶了。

那一担一担的头春茶挑到星村镇,茶行老板看了茶叶,故意作弄仙生,对他说:"你的茶叶不如你父亲的茶叶,要低一个等级算钱。"

仙生听了,不知做买卖是要讨价还价的。他把头一歪,对茶行老板说:"我的茶叶不卖给你了!"

跟仙生去卖茶叶的管家听了这话,忙悄悄跟仙生说:"我们浑头林的茶叶向来是卖给星村镇茶行的,你不卖给他,想卖给谁呀?"

仙生说:"我不卖,我不卖,我要把挑来的茶叶都堆在九曲溪岸边放火烧掉!"

管家一听,大吃一惊,忙阻拦道:"少爷,你烧掉茶叶,回去怎么向老爷交账呀!"

仙生眼一瞪,对着管家吼道:"我家有的是茶山,烧掉这头春茶,还会长出二春茶。烧!烧!烧!"

管家没办法,只得将那一担一担挑到星村镇的头春茶叶,全都堆在九曲溪岸边,放起火来烧了。那火越烧越旺,发出噼噼啪啪的响声,仙生见了,高兴得手舞足蹈,连连说:"好看得很,好看得很!我下回还要把茶叶送到星村镇来烧!"

赖财主知道仙生烧掉了挑去星村镇卖的茶叶,倚在床边上,咧着嘴巴苦笑。

秋天过去了,赖财主把仙生叫到身边,对他说:"宝贝儿呀,如今秋粮已经收成,你把它运到建宁府去卖吧!"

仙生雇了很多船,把稻谷一船一船装好了,带了管家,离了浑头林,去建宁府卖稻谷了。

那一船一船的稻谷运到建宁府,粮行老板看了稻谷,故意刁难仙生,对他说:"你的稻谷,不如你父亲的稻谷,要低一个等级算钱。"

仙生听了,不知做买卖是要讨价还价的。他把头一歪,对粮行老板说:"我的稻谷不卖给你了!"

跟仙生去卖稻谷的管家听了这话,忙轻轻地跟仙生说:"我们浑头林的稻谷向来是卖给建宁府粮行的,你不卖给他,要卖给谁呀?"

仙生说:"我不卖,我不卖,我要把运来的稻谷都倒进大河里去喂鱼!"

管家一听,大吃一惊,忙阻拦道:"少爷,你倒掉稻谷,回去怎么向老爷交账呀?"

仙生眼一瞪,对着管家吼道:"我家有的是稻田,倒掉今年的稻谷,明年还会长出稻谷来。倒!倒!倒!"

管家没办法,只得将那一船一船运到建宁府的稻谷,全都倒进大河里去了。那大河里流着稻谷,闪着金灿灿的波光,仙生见了,高兴得手舞足蹈,连连说:"好看得很,好看得很!我明年还要把稻谷运到建宁府来倒!"

赖财主知道仙生倒掉了运去建宁府卖的稻谷,躺在床铺上,闭着眼睛摇头。

第二年,仙生又把茶叶送到星村镇九曲溪岸边放火烧掉;又把稻谷运到建宁府大河里倒掉。

第三年,仙生还是把茶叶送去烧,把稻谷运去倒。

赖财主躺在床铺上,嘴也不会咧了,头也不会摇了。他喉咙里,只有出气,没有入气。那三妻四妾,都围坐在赖财主身边,只会流眼泪,没有话说了。

这时候,仙生从大门外兴冲冲地跑进来,对着赖财主说:"我把茶山一座一座都卖掉,钱都分给茶工了;我把稻田一片一片都卖掉,钱都分给佃客了。如今家里没钱没粮,这日子我不过了!"

赖财主听见这话,惊得眼睛睁得大大的,嘴巴却讲不出话来。他的三妻四妾吓得号啕大哭,边哭边对仙生喊:"少爷,没了茶山,没了稻田,我们怎么过呀?"

仙生嘻嘻笑着说:"你们怎么过,我可管不着。我要回去了!"

赖财主一听,却不知怎的突然从喉咙口迸出一句话来:"你,你回哪里去呀?"

仙生说:"我是大王庙里的化钱炉,大王让我来收拾你,现在都收拾完了,我要回去了!"

赖财主听见仙生这话,大叫一声,双腿一蹬,就断气了。

仙生看了,"嗤"地冷笑一声,走出了那个已经空荡荡的赖财主家,回到云谷山大王庙,仍旧变成了那只化钱炉。

讲　　述：黄佳休
搜集整理：钟琼奎
流传地区：福建建宁县

棺板精

从前,建宁县黄埠乡的封头村有一条山路,两边是悬崖峭壁,古木参天,叫棺板弄。每当单个行人从这儿经过时,便有一个如花似玉的美女,叫行人背着她走,不管行人肯不肯,怎么也甩不掉,快到村庄了,她便悄悄走了。这事一传十,十传百,凡亲身经历过或听说过此事的人,都有点担惊害怕,都不敢走这条山路了。

一天,有一个木匠师傅,背着木工工具,大摇大摆路过这条山路。他走进棺板弄,一个美女在路中的一块石头上坐着,等木匠师傅走到她的身边,就笑着对木匠说:"好心的师傅啊,我走路扭伤了脚,麻烦你背我一程,到前面村庄就行了。"

木匠说道:"你一个女人家,我背你会被人笑话。"

美女又恳求道:"这山路行人稀少,不会有什么人看见,就是有人看见,你也是助人之难。请行行好,快到村口时,我就下来自己走。"

木匠说道:"好女子,依我看还是不背为好,你把住址告诉我,我到村子里叫你家里亲人来接你就是了。"

美女说:"天都快黑了,我一个弱女子,怎敢待在这儿呢?"话刚说完,女子就起身一跃,紧紧贴在木匠背上。木匠想把她摔下来,但她就像一块糨糊粘紧了似的,怎么摔也摔不掉。木匠只好背着她一步一步向前走。走了一程,只觉得背上冷冰冰、硬邦邦,越背越重,压得他喘不过气来,全身上下一个劲儿地淌汗。

走啊!走啊!快到村边了,木匠悄悄地回头一看,背的哪里是美女,原来是一块棺材板,一晃眼又变成了一个美女。木匠取出曲尺,把她拦腰压住,背上顿觉轻松了许多。刚好碰到一块大石头,他用尽全身力气一摔,"啪"的一声巨响,一块棺材板摔在石头上,碎裂成大小一样的两块板。木匠马上拿起锯子拦腰一锯,板块流出了黑红的血,把石头都染红了。他随后把板往溪里一扔,顺水漂走了。

从此,这个地方再没美女出来害人。后人把这地方叫作"棺板弄"。

搜集整理：刘凤云
流传地区：吉林

新媳妇识破尿炕精

从前有这么一家人，有车有马，日子过得不错。不知是什么缘故，突然发生了一宗怪事儿，全家人都尿起炕来。不光是爹尿炕，妈尿炕，姑娘、儿子尿炕，新过门儿的媳妇在娘家本来不尿炕，一进他家也尿炕。这一年该小儿子娶媳妇了。娘家妈对女儿说："你的婆家都尿炕，你到婆家头三宿别睡觉，免得尿炕。别让人家说你在娘家就有尿炕的根儿就行了。以后再尿炕，就是你婆家的事儿了，与咱家无关。"

女儿记住了娘的话，新婚之夜这新娘就没敢合眼。刚过二更天，就听院子里有动静。新娘忙坐起来，把耳朵贴近窗户仔细一听，有"轱辘辘"和"吱吱扭扭"的语声。她把窗纸舔破，借着月亮看见有个头上戴着花、穿一身红袄的小媳妇，骑一个车轱辘，甩着小鞭子，正在院中转圈儿，一边转一边喊："轱辘辘，轧着，轧着！"转了三圈儿之后，就奔房门来了，要进屋。新娘害怕了，赶忙躺下用被蒙住头，可还是想看个究竟。她就壮着胆子从被缝儿偷偷看，看见戴花的小媳妇一手端瓢一手拿刷帚，刷帚往瓢里蘸一下水，往人头上洒三下。她一边洒水一边吱吱扭扭地叨咕着："主人别见怪，浇点油，走得快。"当她走到新郎头边时，新娘吓得不敢出大气儿。洒头一次水时，就听新郎尿炕声。新娘急了，捅了丈夫一把，尿炕声停了。那戴花的小媳妇"哼"了一声，扭头就往外走。一连三天都是这样。

三天过去了，老婆婆没见新媳妇晾尿被，感到奇怪，就来查问。新媳妇就把看到的情形一五一十地说给了婆婆听。婆婆告诉了公公。公公听了，重复了两遍："浇点油，走得快！"他冷不丁明白了，于是一摆手说："啥也别说了。快，大伙扫院子去！"扫了一阵院子，他忙吩咐儿子把仓子后边那个车轱辘抬出来，正当午时劈碎烧了它。劈开后,木纹里直往外冒血,用火烧时发出一阵"吱吱扭扭"的"救命"声。大伙都很吃惊。

公公这才告诉大家,好几年前,有一回他赶翻了车,把中指弄破了,血穿箭儿似的往外冒。中指的血滴到了车轱辘上。为了止血,他往伤口上浇了些尿。车已摔破了,他就把那轱辘扔到仓子后边去了。没想到,日久天长它变成了尿炕精。

自从烧了那车轱辘后,全家人都不再尿炕了。

再版后记

1960年11月,我进入复旦大学中文系首届正式招生的中国文学史专业副博士(硕士)研究班,除了一道学习朱东润、蒋天枢、王运熙、赵景深诸位导师的系列古代文学专题课,各位导师也对名下的研究生另外安排学习计划。我师赵景深先生安排我结合编辑《古代儿歌资料》《古代童话资料》[①],学习中国民间文学史,其中"童话资料"便编入大量中国古代精怪故事。

1985年,上海文艺出版社民间文学编辑室主任徐华龙先生提议,请上海社科院文学所所长、上海民间文艺家协会主席姜彬先生组织编纂《中国民间文学大辞典》。我应邀参加,任第一副主编和歌谣作品分类主编。[②] 对辞典的内容,姜彬先生提出可吸收新的研究成果和新发现的资料,对民间文学理论体系和作品的范围、解释做一些"突破"。参编者在讨论"民间文学作品"的分类时,便增加了"仙话""鬼话"两类。[③] 我当时认为,从"神话"中析出的"怪话",也可作为中国民

[①] 这两部书是当时上海少年儿童出版社计划出版"儿童文学资料"丛书的选题。两年后先后编成,《古代儿歌资料》1963年出版;1963年后出版形势大变,《古代童话资料》未出版,"文革"中书稿丢失。

[②] 1982年1月,笔者应邀参加中国民间文艺研究会上海分会的成立大会暨学术研讨会,提出协作编纂《中国民间文艺辞典》。发言整理为《关于编纂"中国民间文艺辞典"的问题》,发表于《江苏省民间文学工作通讯》第17期(1982年编印)。辞典由上海文艺出版社于1992年出版。关于笔者参加编纂该辞典的情况,有另文介绍。

[③] 最早提出"仙话"并作为中国民间故事分类概念的是罗永麟教授,见罗著《论仙话及其对中国文学的影响》,《民间文艺季刊》,1986年第3期(总第11期)、1987年第2期(总第14期)连载。徐华龙先生最早提出"鬼话",并编有《中国鬼话》(上海文艺出版社1991年版)、《中国鬼文化大辞典》(主编,广西民族出版社1994年版)等系列著作。

间幻想故事类型之一；但对"怪话"的整体情况尚不能把握，所以仅提出了其中流传最多的"精怪故事"，且因没有系统研究，而没有编入辞典。因此，我想先编一部"中国精怪故事大典"，为进一步研究提供资料。

这一设想，得到徐华龙先生的极力支持，但他要求只选辑当代民间流传的精怪故事，同时作为民间故事读物推广。他大概先在该社编辑出版的畅销刊物《故事会》一角发表了"启示"，征集精怪故事。很快就收到大量来稿，我背回扬州的就有一大口袋。我同几位硕士研究生（1987年入校）翻阅后发现，许多是根据古代文献和已出版的故事改编的作品，可用者很少。1990年8月，我以该社"民间文学编辑室"的名义，向全国各省、市（地区）和县民间文艺家协会、群艺馆、民间文学"三套集成"办公室等单位发出了"征集精怪故事启示"；同时，我也向一些知名民间故事搜集者征集。研究生学习任务重，因此我正式邀请时任扬州师范学院中文系资料室主任的好友孙叔瀛先生①参加编选工作。我们大量搜集已出版的各地和各民族民间故事集，其中包括上海文艺出版社出版的《中国少数民族民间文学丛书·故事大系》几十册。根据上述两方面的要求，我们先选出了约350篇故事，后又经反复精选、增删，最后确定入编260篇（包括几篇故事异文）。这些故事，以演化期（态）的精怪故事为主，也收入若干篇发展期（态）的故事。选编的原则，首先考虑确实来自民间口头流传，有些方言尽量做了注释；其次，考虑故事流传的地区、民族及精怪变化之物类，尽量多一些，并根据有关资料，尽量补足每篇故事流传的地区、讲述者的民族（汉族故事不注）；第三，故事有可读性，但不含低级趣味。最后，我同孙先生讨论写出了"前言"。

本书从起意编辑，到最后定稿，前后经过了六七年的时间。1993年完稿，1995年1月上海文艺出版社正式出版。其"前言"以《中国的精怪信仰和精怪故事——兼谈神、仙、鬼、怪故事系列》为名，先在《扬州师院学报（社会科学版）》1994年第3期上联名发表。本书出版和论文发表，在学界有很明显的影响。各地陆续出版了多种古今妖魔鬼怪故事作品集，也发表了一些谈妖说怪和论述精

---

① 孙叔瀛（1927—2008），山东泰安人。1948年参加革命，在淮海战役中负伤致残，一目失明。复员转业后，1959年毕业于苏北师范专科学校中文科，又在中国人民大学文艺理论研究班学习三年结业。在扬州师范学院中文系主要承担资料编辑、整理和管理工作。任副研究馆员。

怪故事的著作和论文。友人台湾大学著名教授曾永义先生认为精怪故事是"新兴之研究题目",在其巨著《俗文学概论》"次编"(第二编)"各类型之'故事'"中,主要根据本书"前言"的论述,将"精怪故事"列为第六类。① 本节"余言"中说:"精怪故事的种类形形色色,如同鬼神一样,善恶良窳皆有。……《中国精怪故事》收有狼精、虎精、鹿精、猴精、猪精、獐子精、麂子精、兔子精、老鼠精、黄鼬精、刺猬精、熊精、马精、狐狸精、牛精、驴精、羊精、凤凰精、白鹭精、白鹤精、雁精、燕子精、喜鹊精、鹰精、鸽子精、雀精、火鸟精、布谷精、鸡精、鸭精、鹅精、蛇精、蝎子精、蜈蚣精、蜘蛛精、蝙蝠精、无毒精、蝴蝶精、蚯蚓精、蚊子精、蚕精、鱼精、龙精、乌龟精、鳖精、虾精、獭猫精、蛙精、蝲蛄精、螺蛳精、夜叉精、树精、竹精、花精、菜精、葫芦精、瓜精、果精、稻精、麦精、人参精、药精、茶精、烟精、星精、雨精、雪精、石精、玉精、象牙精、盐精、矿物精、碾盘精、纸人精、画精、泥人精、风筝精、枕头精、灯精、簸箕精、笤帚精、钟精、炉精、棺板精、尿坑精等。可见在中国人的心目中,无物不成精怪。"

在本书初版"后记"中,我们曾指出:"演化期的精怪故事,具有童话的特征,适合儿童阅读。"我的孙女嘉雯在小学二年级时(2012年),从我的书架上拿到这本书,开始是每天完成大量的作业后,悄悄地读;后来见我不反对,便公开读。前后大概用了两个多月的时间,读完全书。我感到很惊奇,问她为什么读这部书。她回答:"有趣。"这是一名七八岁的儿童对本书的评论。互联网上一位读者的评论具体一些:《中国精怪故事》"是一本很厚的书。我第一次认识它是在我小学的时候,在图书馆一隅,很无意地发现了它,而后,如获至宝。很喜欢书中各种各样充满了想象力的故事,喜欢在中国民间传流的千奇百怪的关于精灵们的爱情、报恩、作恶、淘气的故事。我已记不起我到底看过几遍,就是百看不厌。长大了,便拼命地在网络上搜索这本书,没有找到电子版的,却在旧书网上发现了实体书的踪迹,所以毫不犹豫地买了下来"。这位读者大概已经是中年人,他选择了本书

---

① 书中有说明。该书为高等学校教材,2003年由台北三民书局出版,"精怪故事"见第328—345页,下面引文见第344—345页。我曾推荐大陆出版社出简体字版,因原出版社的版权费太高,没有成功。

中的若干篇故事打字出来,在网上发布,"让大家分享"①。

　　本书出版已经二十五年,南京大学出版社决定将它再版。我决定,除了个别明显的文字刊误,尽量保持原貌(包括原版"前言"),以保留作为中国各地各民族流传的民间精怪故事作品一代文献的结集。②

　　回忆起三十年来编选和出版这部精怪故事集的历程,首先应当感谢各地各民族的民间故事讲述者、搜集整理者,他们为保存民族民间文化遗产做出了巨大的贡献,为本书的选辑提供了基础。其次,要感谢徐华龙先生和上海文艺出版社的编辑使本书初版得以面世。第三,感谢南京大学出版社的领导和编辑们,肯定本书在当代中华民族精神文明建设中仍具实在价值,细致周到地再版本书。

　　在写这篇再版后记的过程中,当年的合作者孙叔瀛先生的身影经常出现在我的脑海中。我们的合作,主要是在他1988年1月离休之后。他全力认真地投入本书繁琐的编选工作中。本书再版,是对这位不为名利,在频繁调动的每个工作岗位上都尽心尽力把工作做好的革命战士最好的纪念。

虹桥退士泰安车锡伦
2020年11月21日于扬州,时年八五虚度

---

① 见 http://bbs.tianya.cn/post-16-1709244-1.shtml.[2018-03-26].
② 其中几篇故事有少许改动,比如最后一篇故事据其内容归类为"车轱辘精",标题改为《新媳妇识破尿炕精》。

图书在版编目(CIP)数据

中国精怪故事 / 车锡伦，孙叔瀛编. —南京：南京大学出版社，2021.3
ISBN 978-7-305-21254-3

Ⅰ.①中⋯ Ⅱ.①车⋯ ②孙⋯ Ⅲ.①民间故事—作品集—中国 Ⅳ.①I277.3

中国版本图书馆 CIP 数据核字(2020)第 185048 号

出版发行	南京大学出版社
社　　址	南京市汉口路22号　　邮　编 210093
出版人	金鑫荣
书　　名	中国精怪故事
编　者	车锡伦　孙叔瀛
责任编辑	顾舜若　章昕颖
书籍设计	周伟伟
照　排	南京紫藤制版印务中心
印　刷	南京爱德印刷有限公司
开　本	718×1000　1/16　印张 64.5　字数 910 千
版　次	2021 年 3 月第 1 版　2021 年 3 月第 1 次印刷
ISBN	978-7-305-21254-3
定　价	198.00 元

网址：http://www.njupco.com
官方微博：http://weibo.com/njupco
官方微信号：njupress
销售咨询热线：025-83594756

* 版权所有，侵权必究
* 凡购买南大版图书，如有印装质量问题，请与所购图书销售部门联系调换

ZHONGGUO
JINGGUAI
GUSHI

出 版 人　金鑫荣
出版统筹　沈卫娟
责任编辑　顾舜若　章昕颖
书籍设计　周伟伟
责任监制　郭　欣

豆　　瓣　南大·守望者
官方微博　http://weibo.com/njupco

上架建议
经典畅销 民间文学
ISBN 978-7-305-21254-3

定价：198.00元